안 되는 줄 알면서도 하려 하다
知其不可而爲之

−《논어》연독십이강−

鍾書林 著

朴雲錫 金洪水 共譯

明文堂

* 이 책은 2014년 11월 무한대학출판사武漢大學出版社에서 간행한
≪知其不可而爲之 - 論語研讀十二講≫을 번역한 것이다.

선생님께서 말씀하셨다. "덕을 닦지 못한 것, 학문을 익히지 못한 것, 의로운 일을 듣고 실천하지 못한 것, 그리고 잘못을 고치지 못한 것이 나의 근심거리이다. 〔子曰: "德之不修, 學之不講, 聞義不能徙, 不善不能改, 是吾憂也."〕" 《논어·술이述而》

선생님께서 말씀하셨다. "천명을 알지 못하면 군자가 될 수 없고, 예를 모르면 남 앞에 나설 수 없고, 말을 분별할 줄 모르면 다른 사람을 알 수가 없다. 〔子曰: "不知命, 無以爲君子也. 不知禮, 無以立也. 不知言, 無以知人也."〕" 《논어·요왈堯曰》

선생님께서 말씀하셨다. "태어나면서부터 아는 사람은 상등이다. 배워서 아는 사람은 그 다음이다. 곤란에 부딪혀서야 배우는 사람은 또 그 다음이다. 곤란에 부딪혀도 배우지 않으면, 그러한 사람은 곧 하등이 된다. 〔孔子曰: "生而知之者, 上也. 學而知之者, 次也. 困而學之, 又其次也. 困而不學, 民斯爲下矣."〕" 《논어·계씨季氏》

목 차

서 론

"천하에 도가 없어진 지 오래되었습니다. 하늘이 장차 선생님을 세상 백성들을 깨우치게 하는 스승으로 삼으실 것입니다.〔天下之無道也久矣, 天將以夫子爲木鐸.〕"(《논어·팔일八佾》) 2,000여 년 전, 의儀 땅의 국경 관리인이 매우 경건한 마음으로 세상 사람들이 공자孔子(B.C. 551~B.C. 479)를 우러러 사모할 길을 열어주었다. 얼마 뒤에는 자공子貢이 "중니仲尼는 흠잡을 수가 없습니다. 다른 사람이 비록 현명하다 해도, 그것은 언덕과 같아서 넘어설 수 있습니다. 하지만 중니는 실로 해나 달과 같아서 그 누구도 넘어설 수가 없습니다.〔仲尼不可毀也. 他人之賢者, 丘陵也, 猶可踰也. 仲尼, 日月也, 無得而踰焉.〕"라고 하거나, "선생님께 우리가 미치지 못하는 것은 마치 하늘에 사다리를 놓더라도 오르지 못하는 것과 같은 것이랍니다.〔夫子之不可及也, 猶天之不可階而升也.〕"(《논어·자장子張》)라고 하였다. 그리고 맹자孟子는 "인류가 이 땅에 있은 이래로 공자 같은 분은 없었다.〔自有生民以來, 未有孔子也!〕"(《맹자·공손추 상公孫丑上》)라고 하고, 송宋나라의 선비는 "하늘이 중니를 내지 않았다면, 이 세상은 영원히 밤과 같았을 것이다."라고 하였다. 이것은 학자들이 공자에게 부여한 더할 수 없는 찬양이다. 그리고 "소왕素王〔제왕의 덕을 지니고서도 그 자리에 오르지 못한 성인〕"에서부터 "대성지성선사大成至聖先師〔모든 것을 이루고 지극히 뛰어난 성인으로 인류의 영원한 스승〕"에 이르기까지 역사학자와 통치자들이 더할 수 없는 존경의 의미로 호칭들을 부여하였다.

그러나 공자는 세 살 때 아버지를 여의고, 열일곱 살 때 어머니를 잃은 평범한 사람1)일 뿐이다. 그런데 도대체 어떤 주된 사상

---

1) 공자는 모친상을 당하여 "요질(要絰 : 요질腰絰, 즉 상복의 허리에 매는 띠)"을 했

으로 당시의 현인과 후세의 철인哲人들로 하여금 이렇게 존경하고 우러러보게 하였을까? 더욱이 중국뿐만 아니라 전 세계의 문명에 2,500여 년이라는 긴 세월 동안 영향을 끼쳤음에도 불구하고 시들지 않는 것은 왜일까? 그의 삶이 지닌 신비로움과 커다란 매력은 대대로 학자들에게 심혈을 기울여 저술하게 하였다. 그러나 언제나 우리가 충분히 이해할 수 있는 묘방을 얻을 수는 없었다. 그럼에도 불구하고 동시대 사람들뿐만 아니라 모두가 그들이 필요로 하는 아주 진귀한 양분을 섭취하였다. 그리고 이것으로 그들은 자기 시대라는 땅이 비옥하도록 물을 댈 수 있었던 것이다.

는데, ≪사기史記·공자세가孔子世家≫에는 명확한 시간이 기록되어 있지 않다. 여기서는 전목錢穆, 광아명匡亞明 등의 견해를 따른다.(전목, ≪공자전孔子傳·공자연표孔子年表≫, 삼련서점三聯書店, 2012, 135쪽. 광아명, ≪공자평전孔子評傳≫, 남경대학출판사南京大學出版社, 1990, 25쪽.)

1절 | ≪논어≫를 읽고 연구하는 지금의 언어 환경

　≪논어≫를 읽고 연구하면서 공자와 점점 가까워지고, 2~3천 년 전의 성현과 대화하면서 우리의 영혼을 깨끗이 씻어낸다. 또한 소란스러운 현대 문명 가운데 중국 민족문화의 뿌리를 찾아내고, 중국 민족역사의 기억을 탐색한다. 이것이 우리가 현재 ≪논어≫를 읽고 연구하면서 갖추어야 할 태도이다.

1. 공자의 문화적 공헌과 사상적 영향

　우리는 항상 중국이 5,000년 문화전통을 가지고 있고, 공자는 그 5,000년 문화 속에서 가장 위대한 성인이며, 영향력이 가장 크고, 공헌이 가장 많은 사람이라고 말한다.
　전목錢穆(1895~1990)은 이렇게 말했다.

　공자는 중국 역사상 제일의 대성인이시다. 공자 이전에 이미 중국의 문화와 역사는 2,500여 년 이상 축적되어 있었다. 그런데 공자는 그것을 집대성한 사람이다. 공자 이후 중국의 역사와 문화는 다시 2,500여 년 이상의 진화와 발전이 있었다. 그런데 공자는 그것의 새로운 단초를 마련한 사람이다. 이 5,000여 년 동안 중국 역사의 진행과정에서 방향을 제시하고, 중국문화의 이상을 건립하는

데 가장 깊은 영향력과 큰 공헌을 한 사람으로 아마도 공자와 견주어서 거론될 만한 자가 없다.2)

그런데 공자도 이전에 이미 "백 세대[百世]"라는 말을 하였다. 예를 들어 ≪논어·위정爲政≫에 다음과 같은 말이 있다.

자장子張이 물었다. "열 세대가 지난 뒤에도 그때의 일을 알 수 있겠습니까?" 선생님께서 말씀하셨다. "은나라는 하나라의 예禮를 바탕으로 하였으니, 무엇을 덜고 보탰는지 알 수 있다. 주나라는 은나라의 예를 바탕으로 하였으니, 그 역시 무엇을 덜고 보탰는지 알 수 있다. 그렇다면 주나라를 계승한 것은 비록 백 세대의 후에라도 그때의 것을 알 수 있다."〔子張問: "十世可知也?" 子曰: "殷因於夏禮, 所損益, 可知也. 周因於殷禮, 所損益, 可知也. 其或繼周者, 雖百世, 可知也."〕

≪맹자·공손추 상≫에도 다음과 같은 말이 나온다.

자공이 말했다. "그 예禮를 보면 그 정치를 알 수 있고, 그 음악을 들으면 그 임금의 덕을 알 수 있다. 그러하니 백 세대가 지난 뒤에라도 그때의 임금을 평가하더라도 그 평가가 다를 수 없다. 인류가 이 세상에 있은 이래로 선생님과 같은 분은 없었다."〔子貢曰: "見其禮而知其政, 聞其樂而知其德. 由百世之後, 等百世之王, 莫之能違也. 自生民以來, 未有夫子也."〕

고대 사람들은 아버지에서부터 아들에 이르는 변화의 30년을 한 세대[一世]라고 하였다. 그렇게 되면 열 세대는 300년이 되고, 백 세대는 3,000년이 되는 것이다. 이것으로 볼 때 공자는 3,000년 전에 있었던 문화의 계승자이자, 3,000년 뒤에 있을 문화의

---

2) 전목, ≪공자전·서언序言≫, 삼련서점, 2012.

창시자인 것이다. 이런 의미에서 전목의 평가는 참으로 탁견이다.

전목이 전체적으로 평가를 내린 것에 따르면, 공자의 일생에서 가장 중요한 것은 스스로 공부하는 것과 남을 가르치는 것이고, 그 다음은 정치적 활동이고, 그 세 번째는 저술 활동이었다. 우리가 오늘날 종종 말하는 "배워서 능력이 넉넉하게 되면 벼슬할 수가 있다.〔學而優則仕〕"라는 말이나, "군자가 뜻을 얻지 못하여 곤궁하게 되면 그 자신만이라도 착하게 하고, 뜻을 얻어 영달하게 되면 아울러 온 천하를 착하게 한다.〔君子窮則獨善其身, 達則兼善天下.〕" 라는 말 등은 모두 공자와 ≪논어≫에서 나온 것이다. 동시에 공자는 또한 중국 민족의 정신을 대표하는 사람이다. 이장지李長之 (1910~1978)가 일찍이 "공자와 굴원屈原(약 B.C. 340~B.C. 278)은 중국 정신의 역사에 있어 가장 위대한 기념비적 인물이며, 중국의 윤리 도덕에 있어 최정상에 자리한다. 공자는 중국 민족정신을 대표하고, 굴원은 중국 민족의 혼을 대표한다. 이들이 있기에 중국 민족은 행복할 수 있는 것이다."라고 하였다.3)

양계초梁啓超(1873~1929)는 또한 세계문명의 척도에서 공자의 문화적 지위를 칭찬하였다. 그는 중국, 더 나아가 동아시아와 세계의 문명이 모두 공자로부터 그 혜택을 부여받았다고 생각하면서 이렇게 말했다.

학문에는 공자의 학문이 있고, 윤리에는 공자의 윤리가 있고, 정치에는 공자의 정치가 있다. 인재들은 모두 공자와 일체가 됨으로써 성공할 수 있었고, 역사는 공자와 절도節度를 같이함으로써 점진적인 변화를 이루어 나갈 수 있었다. 만약 공자가 없었다면, 중국은 공자 이후 2,000년의 역사가 없었을 것이다. 중국이 공자 이후

---

3) 이장지李長之, ≪공자와 굴원(孔子與屈原)≫, ≪공자전孔子傳≫ 부록1, 동방출판사東方出版社, 2010, 210쪽.

2,000년의 역사가 없었다면, 세계 역시 2,000년의 역사가 없었을 것이다. 이러하기에 공자는 현재의 우리와의 관계가 매우 깊고도 또한 긴밀하다. 그러므로 우리는 공자를 모를 수가 없다. 게다가 우리는 오랫동안 공자를 배워왔다. 그러나 공자가 세상을 떠나고서 2,000여 년이나 지난 지금에 이르러 공자를 아는 사람이 얼마나 되는가? 또한 공자가 세상을 떠나고서 2,000여 년이 지난 지금에 이르러 공자를 알지 못하면서도 공자를 알려고 하는 사람이 또한 얼마나 되는가? 우리는 공자를 충분히 이해하고 있는가? 모르기에 알려고 하는 것이다. 이것이 공자에 관한 한 편의 글을 쓰는 이유이다.4)

양계초는 일찍이 세계 위인의 척도에서 공자의 전기를 쓰고자 계획하였다. 하지만 애석하게도 일찍 세상을 떠나 그 일을 이루지 못했다.5)

최근 몇 년간 일본에서 이루어진 《논어》 고초본古鈔本에 대한 심도 있는 종합적인 연구에 따르면, "《논어》가 가장 일찍 일본에 전해진 중국의 책 가운데 하나이다. 《일본서기日本書紀》의 기록에 따르면 오진덴노〔應神天皇〕 16년(286)에 백제가 박사 왕인王仁을 파견하였는데, 그는 《논어》 10권과 《천자문千字文》 1권을 가지고서 일본에 들어왔다. 이후로 《논어》가 점차 일본의 문화와 풍속, 그리고 지식 등 여러 방면에 깊이 침투하였다. 그와 함께 일본의 문자를 비롯해 교육, 도덕, 정치의 근원이 이루어지게 되었다."6)라

---

4) 양계초梁啓超, 《공자孔子》 부록, 길림출판그룹유한책임회사(吉林出版集團有限責任公司), 2012, 122~123쪽.
5) 위에서 인용한 내용은 양계초의 《세계위인전世界偉人傳》 제1편 "공자孔子"의 "발단發端"이라는 글의 서두이다. 애석하게도 하늘이 양공梁公에게 수명을 더 주지 않았기에 그의 연구가 계획대로 이루어지지 않아, 겨우 〈발단發端〉과 〈공자와 시세(孔子與時勢)〉("1. 연대와 공자의 관계, 2. 지리地理와 공자의 관계"라는 서두)만 남아 있다.

고 밝혔다. 지금까지도 일본에서 ≪논어≫가 널리 퍼지고 있으며, 그 기세가 시들지 않고 있다.

그리고 한반도에 영향을 끼친 것 또한 일찍이 기원전 3세기 때부터, 베트남에 영향을 끼친 것은 한漢나라 무제武帝(B.C. 156~B.C. 87) 때부터 시작되었다. 서양에 영향을 끼치기 시작한 것은 17세기부터였고, 18세기에 있었던 유럽의 계몽운동 등에 깊은 영향을 끼쳤다.7) 공자와 그의 사상은 지금도 세계 각국의 심도 있는 문화교류로 그 영향이 더욱 넓고 깊어지고 있다. 최근 몇 년 사이에 모두가 알고 있는 것처럼 여러 나라에 '공자아카데미'가 설립되는 것이 바로 그 뚜렷한 표징이다.

2. 공자와 현대 사회의 언어적 환경

모두가 잘 알다시피 공자를 핵심으로 하여 유학을 현대적으로 전환하려고 하는 것은 유학 엘리트들이 줄곧 노력하고 있는 방향이다. 이론과 실천에 대해 비교적 긴 시간의 검증을 거치면서 동양은 물론이고 서양 역시 공자와 유학이 큰 영향을 끼친다는 것에 대해 모두 절실히 느끼고 있다. 그들은 공자와 유학을 예나 지금이나 그 시대의 가치로 느낀다.

---

6) 유옥재劉玉才, ≪논어선본서영論語善本書影・영인전언影印前言≫, (일日) 타카하시 사토시(高橋智), 양양楊洋 중국어 번역, ≪일본 무로마치 시대 고초본〈논어집해〉연구(日本室町時代古鈔本〈論語集解〉研究)≫ 외 1종(外一種) ≪논어선본서영論語善本書影≫, 북경대학北京大學, 2013.
7) 비교적 이른 시기에 공자의 국외 영향에 대해 체계적으로 연구한 학자는 광아명匡亞明이다. 광아명, ≪공자평전≫, 남경대학출판사, 1990, 392~418쪽 참조.

1) 중국이 당면한 전통문화 건립의 절박한 필요성

최근 학자들이 밝힌 바에 따르면, 공자의 가르침은 2,000여 년 동안 줄곧 중국 교육의 중심이었다고 한다. 그리고 "민국 초기에 천박한 무리들이 외국을 숭배하고 중국을 비하하면서 공자의 학설을 무너뜨리려 하였다. 마침내 지금에 이르러 사회의 풍조가 각박해지고, 인간의 도덕질서가 거의 무너졌다. 사회와 사람의 마음이 크게 망가지고, 세계의 정세는 날로 긴박해지고, 정치인의 횡령과 부패는 날로 더해지고, 사회의 문제는 날로 위급해지고 있다. 그래서 공자의 가르침을 활용하지 않으면, 이러한 상황들을 구제할 수가 없다. 그러나 오늘날 다른 나라에서 지은 것은 성스러운 책으로 보고, 자기의 문화는 도리어 비하하여 없애려 하는 경향이 날로 심해지고 있다."[8]라고 한다. 이러한 단정이 비록 꼭 들어맞는 말은 아니라고 하더라도, 중국 사람들이 지금 마음 졸이고 있는 현상과 위기를 말하고 있다.

그러나 기쁘고 안심되는 것은 2014년 3월 24일에 중국 교육부에서 〈중화민족의 우수한 전통문화 교육을 보완하는 지도 요강〔完善中華優秀傳統文化敎育指導綱要〕〉을 발표했다는 것이다. 여기에서 중화민족의 우수한 전통문화에 대한 교육을 강화하고 보완해야 한다는 지도적 의견을 제시하였다. 그리고 공자를 핵심으로 하는 중화전통문화에 대한 요즘 중국 사회의 노력과 회귀를 구체적으로 드러냈다.

2) 유가 문명과 세계 문명의 대화와 연계

현재 중국이 경제적으로 발전함에 따라 유가儒家 문명은 동아

---

8) 서근정徐芹庭, ≪주·진·양한 53가 역의周秦兩漢五十三家易義≫, 중국서점中國書店, 2011, 8쪽.

시아 문명의 대표가 되고, 세계 문명을 구성하는 중요한 부분이 되어 날로 관심을 받고 있다. 21세기가 시작되면서 미국의 학자 사무엘 헌팅턴(Samuel P. Huntington, 1927~2008)이 ≪문명의 충돌≫이라는 책을 출판하였다. 이 책에서는 기독교 문명과 이슬람 문명, 그리고 유가 문명의 3대 문명이 충돌할 것이라는 논조를 제시하였다. 이러한 말이 나오게 되면서 유가 문명은 다시 한 번 세계 문명과 대결해야 하는 풍랑에 휩쓸리게 되었다. 분명 유가 문명은 기독교를 비롯한 이슬람교, 불교 등의 문명과 대화하고 함께 융화하려고 해왔으며, 여전히 이것들은 향후 유가 문화의 발전을 위해 그 속에 들어가야 할 것들이다. 비록 유가 문명이 2,500여 년을 지나오면서 여러 많은 문화와 융합하고 공존해 왔지만, 오늘날처럼 기독교 문명 등의 강도 높은 공세에 직면한다면 어떻게 대화하고 공존해야 할지는 여전히 쉬운 주제는 아니다.

3) 유가 문화와 경제 발전의 관계에 대한 새로운 인식

제2차 세계대전 이후 한국을 비롯한 싱가포르, 타이완, 홍콩으로 대표되는 "아시아의 네 마리 작은 용"들은 경제를 빠르게 발전 성장시켰다. 그리하여 세계인들은 유가 문화가 현대의 경제와 사회에 끼친 중요한 영향에 대해 경탄하였다. 특히 중국 대륙에는 땅을 뒤흔들 만큼 영향을 끼쳤다. 다소 깨어 있는 지식인들이 이전에 유가에 가했던 과격한 행위를 반성하고 바로잡기 시작하였다. 그들은 최근세 때부터 "유교를 무너뜨리자!"라고 한 것과, 문자 개혁의 배경과 위기 속에서 과거 유가 문화에 대한 극단적이고도 잘못된 견해를 검토하기 시작했다. 최근에 "국학 열풍國學熱風" 등의 전통문화에 대한 중시와 새로운 인식에 따라, 유가 문화는 현대의 경제와 사회, 그리고 생활 속에서 더욱 큰 역할을 발휘할 것이다.

4) 현대 신유학의 흥성과 전통 문화의 발전

현대 신유학은 1920년대에 생겼으며, 유학의 "도통道統"을 잇
는 것을 소임으로 삼았다. 현대 신유학은 객관적이면서도 공감하
는 심정으로 전통 유학을 이해하고, 이를 바탕으로 서양 학문을
흡수하고 융합하여 중국 문화와 중국 사회가 현대화로 나아갈 길
을 모색하는 학술 사상이다. 1958년 1월에 모종삼牟宗三(1909~1995)
을 비롯하여 서복관徐復觀(1903~1982), 당군의唐君毅(1909~1978), 장군
매張君勱(1887~1969) 등 네 명이 함께 서명한 〈중국문화를 위해 세
계인에게 삼가 아뢰는 선언문—중국 학술 연구와 중국 문화, 그
리고 세계 문화의 전망에 대한 우리들의 공동 인식[爲中國文化敬告世界
人士宣言- 我們對中國學術研究及中國文化與世界文化前途之共同認識]〉을 발표하고, 중국
문화와 세계 문화에 대한 자신들의 견해를 밝혔다. 이것은 흔히
"현대 신유가新儒家의 선언"이라고 말하며, 오늘날 국외에서 신유학
을 발전시키는 사상의 요강이 되었다. 현대 신유학의 발전과 그
대표적인 인물의 구분에 관해서는 유술선劉述先(1934~2016)의 "삼대
사군三代四群"설이 비교적 잘 알려져 있다.

제1대의 제1군 : 양수명梁漱溟(1893~1988), 웅십력熊十力(1885~1968),
마일부馬一浮(1883~1967), 장군매
제1대의 제2군 : 풍우란馮友蘭(1895~1990), 하린賀麟(1902~1992), 전
목, 방동미方東美(1899~1977)
제2대의 제3군 : 당군의, 모종삼, 서복관
제3대의 제4군 : 여영시余英時(1930~), 유술선, 성중영成中英(1935~),
두유명杜維明(1940~)

제1대와 제2대의 엘리트들은 이미 모두 세상을 떠났지만, 그

들의 저술과 그들의 유학에 대한 이념과 정신은 지금까지도 학계의 준칙이 되어 영향이 시들지 않고 있다. 제3대들은 아직도 세계를 무대로 활약하고 있으며, 오늘날 해외에서 유학의 이론을 연구하는 분야에서 대표적 인물이 되었다.

두유명을 예로 들면, 그는 오랜 기간 동안 유가를 비롯한 기독교, 불교, 이슬람교 간의 "문명적 대화"에 힘써 왔으며, 끈질기게 유학의 현대적 가치를 찾아내려 하고 있다. 예컨대 그는 유학을 새로 소개하면서 일종의 '포용적 인문주의'로 해석할 것을 제안하고, 현대적 의의를 재평가하였다.9) 21세기의 시작과 함께 사무엘 헌팅턴의 '문명의 충돌'이라는 의론에 두유명은 곧바로 유가 문명과 여러 다른 문명의 대화라는 각도에서 대답하고,10) '문명의 대화'로 '문명의 충돌'을 바로잡을 것을 강력히 주장하였다. 이로써 유교 문명이 가지는 개방성과 포용성의 매력을 드러냈다.

또한 김경방金景芳(1902~2001) 등과 같은 학자도 있다. 그는 공자와 유가를 분리하여 서술할 것을 강력히 주장하면서 "공학孔學은 공학이고, 유학은 유학이다. 공학은 공자 당사자의 사상을 연구하는 것이다."라고 하고, 더 나아가 "현대 신유학은 송명이학宋明理學의 현대화에 지나지 않는다. 즉 송명이학에 현대 의식을 첨가하고, 동시에 그것으로써 실제 생활에서 현대화로 인해 제기되는 문제를 해결하기를 기대하는 것이다."라고 하였다. 그리고 "진정으로 현대 중국인의 정신생활을 강화하고, 현대 중국인이 21세기에 세계 민족의 대열로 힘차게 나아가도록 하는 것은 공학孔學이다."11)라고 하

---

9) 두유명杜維明, ≪도·학·정 ― 유가의 지식인을 논함(道·學·政 - 論儒家知識分子)≫, 상해인민출판사上海人民出版社, 2000, 181~182쪽.

10) 두유명, ≪문명의 충돌과 대화(文明的衝突與對話)≫, 호남대학출판사湖南大學出版社, 2001.

11) 김경방金景芳·여소강呂紹綱·여문욱呂文郁, ≪공자신전孔子新傳≫, 장춘출판사

였다.

요컨대 공학이든지 유학이든지 모두 중국과 동아시아를 현대
화로 이끌어 나가고, 우리 현대 생활에 녹아들어 무궁한 매력을 뿜
어내고 있다는 것이다.

5) 공자와 세계문화유산, 그리고 동서양 사상문화의 교류

공자는 중국에서 살았고, "공자라는 사람이 중국문화의 중심이
다."[12]라고 한다. 하지만 공자는 또한 세계적인 사람이며, 그의
사상이 세계의 사상문화에 끼친 영향은 가늠할 수 없을 정도이다.

맹화孟華는 공자와 볼테르Voltaire(1694~1778)를 비교하는 연구
를 하여 서양의 사상문화에 끼친 공자의 영향을 설명하였다. 18세
기에 살았던 볼테르는 평생 동안 비록 "그 자신의 철학체계에 속하
는 어떠한 것도 만들어 내지 않았지만, 그는 계몽사상가 중에서 가
장 뛰어나고, 그의 사상을 가장 효과적으로 선전하고 보급한 사람
이었다."[13]라고 하며, '유럽의 공자'라는 명성을 누렸다. 그리고 이
'유럽의 공자'는 학계로부터 '공자가 유럽에 둔 수제자'로 간주되고,
공자의 사상과 중국 문화를 유럽에 전파하는데 큰 공헌을 하였다.
공자는 볼테르의 '정신적 교부敎父'이고, '우러러 본 높은 산이자,
나아갈 큰길'이었다. 그래서 어떤 학자는 "만약 사마천司馬遷(B.C.145
~?)의 말을 빌려 볼테르가 공자를 앙모하는 심정을 표현했다면,
당연히 이와 같았을 것이다."[14]라고 하였다. 기록에 따르면 볼테

長春出版社, 2006, 269쪽.

12) 류이징柳詒徵, ≪중국문화사中國文化史≫, 동방문화출판센터(東方文化出版中心),
1988, 231쪽.

13) 맹화孟華, ≪볼테르와 공자(伏爾泰與孔子)≫, 신화출판사新華出版社, 1993, 17
쪽.

14) 맹화, ≪볼테르와 공자≫, 신화출판사, 1993, 130쪽.

르는 그가 소유한 여러 채의 집마다 한 칸을 전적으로 '공자의 방'으로 할애하였다. 그리고 공경하는 마음으로 공자의 초상화를 걸고, 매년 수확한 첫 곡물을 그 앞에 바치는 것이 중국 사대부士大夫가 공자에게 제사지낼 때와 같이 경건하고 정성스러웠다.15)

볼테르 이후 서양에서 공자를 전파하고 수용한 것을 보면, 풍자와 비판도 있고, 존숭과 환영도 있었다. 이것은 중국에서 공자가 2,000여 년 동안 대체로 성인聖人으로 숭상을 받았지만, 일찍이 냉대와 비판을 만날 때도 있었던 것과 상황이 비슷하다. 현대의 서양이 도구적 이성을 최고로 여기면서 가져온 인문정신의 상실과 위기로 몇몇 지식인들은 시선을 동양으로 돌려 공자의 사상문화 속에서 정신적 양분을 흡수하고 있다. 지금 세계의 적지 않은 곳에서 잇달아 공자아카데미를 건립하고 있다. 이것 역시 공자가 중국과 동아시아를 벗어나 서양에 영향을 끼치는 하나의 예이다. 만약 정말로 공자의 사상과 문화정신이 더 많이 그리고 더 넓은 문화권으로 깊이 침투할 수 있다면, 그것은 인류의 문화 교류와 문명 통합에 더할 수 없는 큰 도움이 될 것이다.

6) 공자의 모범적 삶과 후세에 대한 격려와 영향

공자는 세 살 때 아버지를 여의고, 열일곱 살 때 어머니를 잃었다. 그가 살아온 삶은 하층의 평범한 사람에서부터 성현에 이르는 전형적인 모범을 보여주었고, 사람들에게 많은 영향을 끼쳤다.

아버지가 세상을 떠나자 공자의 어머니는 공자를 데리고 친정이자 노나라의 도읍인 곡부曲阜의 평민 구역으로 이사 갔다. 그곳에서 그를 성인이 될 때까지 키웠다. 과부와 그 자식은 힘들게 생계를 도모하며 스스로의 힘으로 생활을 꾸려나갔다. 생산력의 수

---

15) 맹화, ≪볼테르와 공자≫, 신화출판사, 1993, 130쪽.

준이 매우 낮았던 춘추시대에 그들이 겪었을 생활의 곤란은 상상도 못할 정도였다. 공자의 유년시절 생활은 오늘날 농촌의 아이들과 다를 바가 없었다. 대부분의 시간에 어쩔 수 없이 갖가지 노동을 해야 하였고, 여러 가지 집안일도 처리해야 하였다.

≪논어·자한子罕≫에는 다음과 같은 말이 있다.

> 태재太宰가 자공에게 물었다. "선생님께서는 성인이십니까? 어찌 그토록 다재다능하십니까?"
> 자공이 대답했다. "참으로 하늘이 내신 성인이시며, 또한 재능도 많으십니다."
> 선생님께서 그 말을 들으시고 말씀하셨다. "태재가 나를 아는구나! 나는 어려서 곤궁했기 때문에 비천한 기예를 많이 배웠다. 군자가 이렇게 많은 기예가 필요한가? 많을 필요가 없다!"〔大宰問於子貢曰: "夫子聖者與? 何其多能也?" 子貢曰: "固天縱之將聖, 又多能也." 子聞之, 曰: "大宰知我乎! 吾少也賤, 故多能鄙事. 君子多乎哉? 不多也."〕

공자가 살아온 길은 평범한 사람이 성장하는 과정을 그대로 보여준다. 그리고 그가 성장해 온 과정은 후세에 많은 영향을 끼쳤다. 맹자도 어린 나이에 아버지를 여의자 그 어머니가 아들의 교육을 위해 환경이 좋은 곳을 찾아 세 번이나 이사했다. 사마천司馬遷도 유년시절에 한성韓城에서 노동을 하였다. 한유韓愈(768~824)도 일찍 고아가 되어 형수의 손에서 자랐다. 구양수歐陽修(1007~1072)도 일찍 아버지를 잃고 어머니가 키웠다. 그들은 모두 공자를 정신적 우상으로 숭배하고, 공자처럼 분발하여 강해지려고 노력하여 사람들에게 상당한 영향을 끼치는 아주 중요한 인물로 성장하였다. 그들이 남긴 자취 역시 사람들을 앞으로 나아가도록 영향을 끼치고 격려하고 있다.

춘추시대 이래로 ≪논어≫는 유가의 중요한 경전이 되어 이것을 읽고 깊이 연구한 저술이 엄청나게 많이 있다. 오늘날 우리가 ≪논어≫를 공부하려면 대체로 몇 가지 주제로 나눈다. 이 책은 지면의 한계 내에서 가능한 한 체계적으로 공자의 생애를 비롯해 사상과 저술 등을 소개하고, 독자들에게 공자와 ≪논어≫에 대해 대략적인 이해를 할 수 있도록 하고, 또한 될 수 있는 대로 중복을 피하고, 남이 말한 것을 따라하더라도 조금이나마 새로운 뜻이 있기를 바란다. 사치스러운 소망을 이룰 수 없을지도 모르겠으나, 부지런히 탐구하고자 한다.

2절 | ≪논어≫를 읽고 연구하는 방법

우리가 오늘날에도 ≪논어≫를 읽고 연구하고 있지만, 고대와 현대의 문화나 환경의 차이, 그리고 그것들의 변화로 말미암아 고대의 많은 학자들이 ≪논어≫를 다루는 방법을 그대로 준칙으로 여길 수는 없다. 그리고 마땅히 신중하게 선택해야 한다.

주여동周予同(1898~1981)이 〈어떻게 경학을 연구할 것인가?〔怎樣研究經學〕〉에서 "'역사'의 관점으로 '경전經典'을 다루고, 사회과학적인 방법으로 경전 속에 매장된 재료를 발굴하여야 한다."라고 하며, "유학이론으로 덧세워진 허울을 경전 자체에서 벗겨내고, 최근의 가장 새로운 종교학, 민속학, 그리고 문화인류학의 관점으로 중국 상고사회의 참된 모습을 찾아야 한다."고 하였다. 그리고 "경전에 보다 고급적인 분석 작업을 가해야 한다."고 하며, "스스로 고대의 의관衣冠을 쓰고 이미 죽은 고대의 경학자들 행렬 속에 섞이는 것" 은 안 된다고 주장하였다.16) 이것은 주여동이 일찍이 현대의 이념 으로 ≪논어≫ 등과 같은 경학의 책을 연구한 자기의 체험을 이야 기한 것이다.

≪논어≫는 고대 '13경전' 가운데 중요한 하나의 경전으로 그 자체가 독특한 풍격을 갖추고 있다. 일반적으로 ≪논어≫는 경전 의 입문을 위한 중요한 책이라고 말한다. 그러나 그 속의 깊이와 어려움에 대해 주희朱熹(1130~1200)는 일찍이 자신이 독서를 통해 얻

---

16) 주여동周予同, ≪중국경학사 강의中國經學史講義≫, 상해문예출판사上海文藝出 版社, 1999, 133~134쪽.

은 혼자만의 비밀을 후학에게 이렇게 말했다. "《논어》와 《맹자》
는 공들인 것이 적어도 얻는 효과가 많다. 《육경六經》은 공들인
것이 많아도 얻는 효과는 적다. 〔《語》·《孟》工夫少, 得效多. 《六經》工夫
多, 得效少.〕"(《주자어류朱子語類》 권19)17) 선현들이 《논어》를 읽은 방법
을 종합적으로 소개하면, 대체로 다음과 같은 부분에서 주목할 필
요가 있다.18)

첫째, 《논어》를 기본적인 텍스트로 하여 공자의 진면목을 학
문적으로 설명하는 것이다. 이러한 기초 위에서 상세한 현대적 해
석을 더하고, 그에 따라 의미를 더욱 발전시켜 공자의 사상과 학
설이 현대 사회에 더욱 잘 기여하게 해야 한다. 공자의 사상은 후
세에 들어서면서 바뀐 것이 아주 많다. 양계초梁啓超의 말에 따르면,
공자가 점차적으로 변하여 동중서董仲舒(B.C. 179~B.C. 104)와 하휴何
休(129~182)가 되었다가, 또 점점 변하여 마융馬融(79~166)과 정현鄭
玄(127~200)이 되고, 또 점차적으로 변하여 한유와 유종원柳宗元(773
~819)이 되었다가, 또 점점 변하여 정이程頤(1033~1107)와 주희가
되고, 또 점차적으로 변하여 육구연陸九淵(1139~1193)과 왕수인王守仁
(1472~1529)이 되었다가, 또 점점 변하여 고염무顧炎武(1613~1682)와
대진戴震(1724~1777)이 되었다고 한다.19) 이 때문에 양계초 이후의
학자들은 공학孔學을 한학漢學이나 송학宋學 등과 같은 후세 유학과

---

17) (송宋) 여정덕黎靖德 편編, 《주자어류朱子語類》 권19, 중화서국中華書局, 1986,
    428쪽.
18) 난귀천欒貴川의 《논어 교육 과정(論語教程)》은 "어떻게 《논어》를 읽을 것
    인가"에 대하여 모두 여섯 가지 견해를 말했다. 자세한 내용은 난귀천, 《논어
    교육 과정》, 중국사회과학출판사中國社會科學出版社, 2010, 16~17쪽 참조.
19) 양계초, 〈공교孔教를 보존하려는 것만이 공자를 우러러 받드는 것이 아니라는
    의견(保教非所以尊孔論)〉. 이 글은 원래 《신민총보新民叢報》 제2호(1902년 2
    월 22일)에 실려 있다. 양계초, 《청대 학술 개론清代學術概論》, 상해고적출
    판사上海古籍出版社, 1998, 87~88쪽.

의 경계를 분명하게 구분하여 공학의 진정한 내용을 연구하도록 앞장서야 한다고 주장하였다. 그리고 이것이 곧 학계의 공통된 인식이 되었다.

　이러한 인식에 있어서 주여동은 대표적인 학자다. 그는 일찍이 이렇게 말했다. "나는 있는 힘껏 성의를 다하여 참된 공자의 형상을 그려내야 한다고 생각했기 때문에 텍스트의 선택에 있어서 매우 엄격하였다. 내가 선택한 텍스트는 대부분 공자의 제자들이 기록한 ≪논어≫ 한 권에서 취한 것이다. ≪논어≫ 이외의 책은 정말 부득이한 경우가 아니라면 함부로 참고하지 않았다. 그 까닭은 ≪논어≫ 이외의 책은 공자를 묘사한 자료가 없다고 생각했기 때문이 아니라, 이러한 자료들은 신뢰성이 떨어지기 때문이었다."[20) 또 이렇게도 말했다. "진짜 공자를 연구하려면, ≪논어≫ 한 권만을 유일한 자료로 여겨야 한다. 그런데 물론 ≪논어≫가 비교적 믿을 만하기는 하지만, 여러분도 알다시피 여전히 절대적인 것은 아니다. 그 원인은 다음과 같은 것들 때문이다. 첫째는 ≪논어≫의 판본이다. 고대에서부터 현대까지 여러 차례 변화를 걸치면서 그 내용이 후세 사람에 의해 왜곡된 부분이 없었다고 장담하기 어렵다. 둘째는 ≪논어≫의 20편이 앞의 10편과 뒤의 10편이 문체가 일치하지 않는다. 게다가 끝부분의 〈계씨季氏〉를 비롯한 〈양화陽貨〉, 〈미자微子〉, 〈자장子張〉, 〈요왈堯曰〉의 5편에 의심스러운 곳이 많다. 그러므로 진짜 공자를 연구하려면, 반드시 먼저 ≪논어≫의 진정한 모습이 어떤 것인지를 연구하는 것이다. ……≪논어≫에 대한 연구야말로 실질적인 공자 연구의 선결 문제라는 것을 알아야 한다."[21) 그리고 이렇게도 말했다. "공자에 대한 연구는 가장 신뢰

---

20) 주여동 지음, 주유쟁朱維錚 편집 교정, ≪공자, 성인 공자 그리고 주희(孔子 · 孔聖和朱熹)≫, 상해인민출판사, 2012, 7쪽.
21) 주여동 지음, 주유쟁 편집 교정, ≪공자, 성인 공자 그리고 주희≫, 상해인

할 만한 ≪논어≫로부터 착수하고, ≪논어≫ 한 권을 위주로 해야한다. 공자 문제를 잘 연구하지 못한 것은 ≪논어≫에 대한 연구를 잘 하지 못했기 때문이다."22) 이상은 모두 원전으로서의 ≪논어≫에대한 연구를 강조하고 중시한 것이다.

김경방도 또한 "공학孔學은 공학에서부터 시작되어야 하고, 유학儒學은 유학에서부터 시작되어야 한다. 유학은 공학과 같지 않다. 후세에 이름을 떨친 한학과 송학은 모두 유학이지 공학이 아니다. 유학의 점진적인 발전 과정은 공학이 쇠퇴해가는 과정과 흡사하다."라고 하였다. 김경방의 이 말에 대해 여소강呂紹綱(1933~)은 다음과 같이 말했다. "김경방의 주장은 공학과 유학의 경계를 분명하게 구분하자는 것이다. 후세 유학이 공학을 사칭해서는 안 된다는 것이다." "김경방은 한나라 유학자의 학문은 이미 공학으로부터 심하게 벗어나 있다고 생각했다." "송나라 사람 중에 명성이 가장 높은 사람은 주희인데, 송학은 그로서 대표될 수 있다. 하지만 공학에 대한 그의 연구는 깊지 않다." "김경방은 특별히 송학이 공자의 학설을 계승하지 못하였다는 사실에 주목하고, 절대로 송학을 공학으로 착각해서는 안 된다고 훈계했다." "김경방은 우선 대대로 공자에게 억지로 덧붙인 것들을 하나하나 깨끗이 벗겨내어 공자 학설의 진면목을 되돌려놓은 후에 그것을 현대 사회에 소개해야 한다고 주장했다."23) 공학孔學과 후세의 유학을 구분할 것을 강조하는 것은 공학을 본래의 모습으로 되돌려놓으려 하는 것이다. 이것들은 모두 우리가 오늘날 ≪논어≫를 읽고 연구하는데 있어서 중요한 지침이 된다.

민출판사, 2012, 7쪽.

22) 주여동, ≪중국경학사 강의≫, 상해문예출판사, 1999, 50쪽.

23) 여소강, 〈독서 안내: 김경방 선생과 ≪공자신전≫(導讀 : 金老與≪孔子新傳≫)〉, 김경방·여소강·여문욱, ≪공자신전≫, 장춘출판사, 2006, 5~7쪽.

이와 상응하는 것으로 서복관徐復觀의 다음과 같은 말이 있다. "공자가 인류문화사에서 차지하는 지위는 서양철학의 틀에 맞춘다고 해서 올라가는 것도 아니고, 또한 서양철학의 틀에 맞추지 않는다고 해서 내려가는 것도 아니다. 지금 중국 철학자들의 주요 임무는 ≪논어≫를 매개로 하여 공자 사상을 파악하고, 그것을 현대적인 언어로 설명하여 공자의 본래 모습을 드러내는 것이다. 지식이 얕고 공부하지 않는 무리가 자기의 생각과 행위를 ≪논어≫투로 바꾸고, ≪논어≫를 빙자하여 ≪논어≫를 유린하였다. 그러나 공자의 원래 모습을 드러내고 나서 시대가 그를 어떻게 평가하는지는 인류의 운명에 맡길 뿐이다."24) 이것은 우리가 앞으로 ≪논어≫를 읽고 연구할 때 마땅히 경계하고 가능한 한 피해야 할 것들이다.

현대 신유학을 대표하는 중요한 사람 가운데 하나가 전목錢穆이다. 전목은 "≪논어≫에 근본하여 공학을 논하자!"라는 말을 앞장서서 부르짖고, 이를 실천한 사람이다. 전목의 저서인 ≪공자와 논어[孔子與論語]≫를 비롯해 ≪논어요략論語要略≫, ≪논어신해論語新解≫, ≪공자전孔子傳≫ 등은 모두 우리가 공자의 일생과 ≪논어≫를 이해하는데 중요한 참고 자료이다.

둘째, ≪논어≫를 읽고 연구함에 있어서 '육경六經'을 보조적인 자료로 삼아 서로 밀접하게 연결시키는 것이다. 이러한 점은 김경방과 여소강 등이 특별히 강조한 것이다. 여소강이 일찍이 다음과 같은 말로 설명했다. "김경방은 공자를 연구하는데 ≪논어≫ 외에도 '육경'을 중시하였다. 공자를 연구하면서 '육경'을 따로 떼어놓으면

---

24) 서복관, 〈공자의 사상적 성격으로의 회귀(向孔子思想性格的回歸)〉, ≪서복관의 마지막 잡문집(徐復觀最後的雜文集)≫, 시보문화출판사업유한회사(時報文化出版事業有限公司), 1984. 부걸傅傑 선집(選編), ≪논어 20강論語二十講≫, 화하출판사華夏出版社, 2009, 203쪽에서 재인용.

공부자孔夫子가 곧 '빈껍데기 공자[空夫子]'가 될 것이다. '육경'은 공자가 평생을 다해 힘써 공부한 역사문화이고, 공자가 계속 연구 정리하여 자신의 견해를 덧붙여 지은 것이다. 그러므로 '육경'은 공자가 우리에게 남긴 귀중한 문화유산이다."25)

김경방이 생각하기로 "진정한 공자의 학문"은 '육경'과 《논어》이다. 70명의 제자가 기술한 것을 비롯해 《맹자》와 《순자荀子》두 책의 일부도 마땅히 그 안에 포함되어야 한다. 이상 서술한 저작 중에서 공자의 사상을 가장 잘 반영하고 있는 것으로는 《역전易傳》이 으뜸이고, 다음은 《춘추春秋》이고, 그 다음은 《논어》이다."26) 김경방 등의 생각은 다음과 같다. "공자와의 관계가 매우 밀접한 '육경'은 "공자가 극도의 공을 들인 것이다. 《시경詩經》과 《서경書經》은 편집하고 순서를 정한 것이고, 《예기禮記》와 《악기樂記》는 예절과 음악을 정리하여 복구한 것이고, 《역전》은 뜻을 명백히 밝힌 것이고, 《춘추》는 직접 지은 것이다. 이 모두는 공자의 귀중한 유산이다. 또한 공자 학설의 중요한 저장고이며, 그속에는 공자의 사상이 많이 내포되어 있다. 《역전》과 《춘추》가 그중에서 더욱 중요하다. 공학을 다루는데 '육경'을 버려두고 무시하는 것은 생각조차 못할 일이다."27) 그들은 동시에 이렇게도 생각했다. "공자의 사상을 연구하는데 《논어》에만 근거하고, 심지어 《논어》만을 본보기로 삼고, 《논어》에 없는 것은 모두 믿을 만한 것이 못된다고 하는 것은 취할 수 있는 방법이 아니다."28) 비록

25) 여소강, 〈독서 안내: 김경방 선생과 《공자신전》〉, 김경방·여소강·여문욱, 《공자신전》, 장춘출판사, 2006, 7쪽.

26) 김경방, 〈어떻게 공자를 평가할 것인가〉, 김경방·여소강·여문욱, 《공자신전》, 장춘출판사, 2006, 11쪽.

27) 김경방·여소강·여문욱, 《공자신전》, 장춘출판사, 2006, 170쪽.

28) 김경방·여소강·여문욱, 《공자신전》, 장춘출판사, 2006, 171쪽.

공자와 '육경六經'의 복잡한 관계에 대해 지금까지도 학계에 확정된 이론이 없기는 하지만, 김경방 등이 앞에서 말한 견해는 우리를 아주 크게 깨우쳐주고 깊이 생각하게 하는 것이다.

　셋째, 공자의 학설과 ≪논어≫가 전파되고 수용된 과정에 대해 주의해야 한다. 김경방은 일찍이 이렇게 말했다. "공자가 살던 춘추시대 말기부터 근현대에 이르기까지 2,500여 년간 정세가 변화무쌍하여 치세와 난세가 자주 뒤바뀌니, 공자와 그의 학설 역시 그 모든 변화를 다 겪어왔다. 정치사회의 조건이 다름에 따라 사람들이 공자와 그의 학설을 칭찬하거나 비난하는 것이 아주 달랐다. 일반적으로 나라가 통일되고 사회가 안정된 시기에는 공자와 그의 학설이 대체로 추앙과 절찬을 받았다. 그러나 나라가 분열되고 사회가 불안하거나 큰 변혁에 직면할 때에는 공자와 그의 학설은 대체로 맹렬한 비난과 비방을 받았다. 이것이 바로 공자와 그의 학설이 겪은 역사적 운명이다." 또 이렇게도 말했다. "공자의 학설이 생긴 이래로 중국의 치세와 난세의 역사 역시 공자에 대한 존중과 반대가 교차해서 일어난 역사이다."29) 분명 공자는 시대가 다름에 따라 드러나는 모습도 달랐다. 이것은 ≪논어≫와 '육경' 이외에 주목할 필요가 있는 또 하나의 주제이다. 최근 여러 박사학위 논문 제목들이 ≪논어≫의 전파와 수용에 집중되어 있다. 이것은 우리가 이러한 것에 주의를 기울이고 중시하고 있다는 것을 구체적으로 보여주는 것이다. 이러한 연구는 우리들로 하여금 ≪논어≫ 원전에 대한 진일보한 연구와 탐색을 촉진시킬 수 있을 것이다.

　넷째, ≪논어≫와 관련된 새로운 출토문헌에 주의해야 한다. 이러한 점은 광아명匡亞明이 처음으로 제기하고 중시한 것이다.30)

---

29) 김경방, 〈어떻게 공자를 평가할 것인가〉, 김경방·여소강·여문욱, ≪공자신전≫, 장춘출판사, 2006, 1쪽.
30) 광아명, ≪공자평전≫, 남경대학출판사, 1990, 15~16쪽.

1973년에 하북성河北省 정현定縣에서 죽간 ≪논어≫와 ≪유가자언儒家者言≫, 그리고 ≪애공문오의哀公問五義≫가 출토되었다. 1993년에는 곽점郭店에서 ≪곽점초묘죽간郭店楚墓竹簡≫이 출토되었다. 2001년에는 ≪상해박물관 전국초죽서上海博物館全國楚竹書≫ 속에서 ≪계강자문공자季康子問孔子≫를 비롯해 ≪중궁仲弓≫, ≪종정從政≫ 등을 발견하였다. 앞에서 서술한 새로운 출토 문헌은 ≪논어≫ 원전의 연구와 그와 상관된 연구를 한층 더 깊은 단계로 발전시켜 나갈 것이다.

다섯째, ≪논어≫를 읽는데 뜻을 새기는 것에 주의해야 한다. 송나라 때부터 이미 ≪논어≫를 읽는데 뜻을 새겨 읽는 것에 특별히 관심을 두었다. 주희는 ≪논어집주論語集註·논어 서설論語序說≫에서 정이程頤의 말을 인용하여 이렇게 말했다. "요즈음 사람들은 책을 읽지 못한다. ≪논어≫를 읽는 것을 예로 들면, ≪논어≫를 읽지 않을 때도 이러한 사람이고, 읽고 나서도 이러한 사람이니, 곧 읽은 적이 없는 것이 된다.〔今人不會讀書. 如讀≪論語≫, 未讀時是此等人, 讀了後又只是此等人, 便是不曾讀.〕" 그렇기 때문에 ≪논어≫를 읽는데 뜻을 새기며 읽는다는 것은 우리가 ≪논어≫에 대해 이해하고 깨달은 깊이를 실제로 구현해낸다는 것이다. 예나 지금이나 뜻을 새기며 읽는 데는 어디에 휴지休止를 두며 읽을 것인가 하는 것이 글의 뜻을 이해하는 관건이다. 휴지를 두는 곳이 다르면, 이해 역시 전혀 일치하지 않는다. 예를 들어 ≪논어·자한子罕≫의 마지막 문장으로 방탕함을 제지하는 시詩인〈강체지화康棣之華〉를 인용할 때, 공자는 두 구절로 논평하였다. "子曰: 未之思也夫, 何遠之有?〔자왈: 미지사야부, 하원지유? (선생님께서 말씀하셨다. '생각하지 않는구나! 어찌 먼 것이 문제겠는가?')〕" 이것이 지금 우리가 휴지를 두어 읽는 방식이다. 하지만 하안과 주희는 "子曰: 未之思也, 夫何遠之有?〔자왈: 미지사야, 부하원지유? (선생님께서 말씀하셨다. '생각하지 않을지언정 어찌 먼 것이 문제겠는가?')〕"라고 휴지를 두어 읽었다. 휴지를 두어 읽는 것이 바뀌면, 말의 정감에도 필연적으로 변화가 일어난다. 그래서 류존인柳存仁은 《논어》를 읽는데 뜻을 새기며 읽는 것의 중요성을 특별히 강조하며, 〈《논어》 낭독에 관하여〔關於朗讀《論語》〕〉라는 글을 썼는데 자세히 읽을 필요가 있다.31) 류존인은 낭송할 때 낭송하는 사람이 원문에 함축된 뜻에서 체득할 수 있는 정서를 실제로 드러낸다고 하였다. 그리고 그 정서는 또한 낭독하는 사람이 원문의 자구字句를 해석한 것에 근원하여 생겨난다고 했다. 이러한 견해는 우리가 중요하게 볼 필요가 있다.

이 밖에 진대제陳大齊(1886~1983)가 일찍이 《논어》가 제멋대로 해석되거나 오해되는 정황이 비교적 심한 것에 대해 일침을 가한 것이나, 《논어》 원문에서 진정한 의미를 찾으려는 것에서 출발하여 《논어》를 연구하는 11가지 방법을 총괄해 놓은 것32)은, 또한 우리가 참고해 볼 만한 것으로, 《논어》에 대한 우리들의 연구 수준을 증진시키고 높여줄 것이다.

---

31) 이 원저는 중국에서 찾기가 어렵다. 부걸 선집, 《논어 20강》, 화하출판사, 2009, 318~332쪽 참조.

32) 진대제陳大齊, 〈논어를 어떻게 깊이 연구할 것인가(如何研讀論語)〉 참조. 이 원저는 중국에서 찾기가 어렵다. 부걸 선집, 《논어 20강》, 화하출판사, 2009, 333~364쪽 참조.

3절 │ ≪논어≫를 읽고 연구하는데 참고할 문헌 개요

공자는 평생 동안 "선현의 뜻을 이어나가기는 하되, 자기가 새로운 뜻을 지어내지는 않았다. [述而不作]" 비록 ≪논어≫는 공자가 자신의 손으로 직접 지은 것이 아니지만, 그의 일생과 언행을 이해할 수 있는 제1차 자료이자 원 자료이다. 오늘날 우리가 공자와 ≪논어≫를 연구하는데, 당연히 ≪논어≫를 텍스트로 하고, 동시에 기타의 연구 자료를 참고하는 것이 중요하다. 참고할 문헌 목록을 총체적으로 열람해서 보는 방법은 보편적인 지식에서부터 전문적인 지식으로, 그리고 얕은 데에서부터 깊은 데로 들어가는 인식의 규율에 위배되어서는 안 된다.

1. 기본적인 문헌 목록

1) 양백준楊伯俊의 ≪논어역주論語譯註≫(중화서국中華書局, 1981)

양백준(1909~1992)은 호남성湖南省 장사長沙 사람으로, 유명한 언어학자이다. 그는 가학家學으로 깊고 두터운 기초를 닦았고, 숙부인 양수달楊樹達과 황간黃侃을 스승으로 모셨다. 두 사람 모두 현대의 유명한 언어학자였다. 양백준은 1932년 북경대학北京大學 중문과를 졸업하고, 중산대학中山大學을 시작으로 북경대학, 난주대학蘭州大學 등에서 교편을 잡았다. 그는 오랫동안 옛 서적들을 정리하고 주석을 다는 데 힘썼다. 그의 대표적인 저술로는 ≪논어역주≫를 비롯해 ≪맹자역주孟子譯註≫, ≪춘추좌전주春秋左傳注≫, ≪열자집석列子輯釋≫ 등이 있다.

≪논어역주≫는 글자의 음과 뜻을 비롯해 어법의 규칙, 수사의 규칙, 명칭의 제도, 풍속, 관습 등을 고증하는데 중점을 두었다. 논증이 상세하고, 서술이 유창하며, 표현이 분명하고 정확하다. 뿐만 아니라 매우 높은 학술적 가치를 지녔으면서도, ≪논어≫를 이해하기 위한 일반 독자들의 입문서이기도 하다.

비록 출판 시기 등의 요인으로 어쩔 수 없이 이 책에 약간의 결함이 있기는 하지만, 책 전체를 부정할 수는 없다. 이 책은 줄곧 정확한 주석과 평이한 주해로 유명하여 현재 가장 좋은 ≪논어≫ 교과서로 간주되며, 학계와 독자들에게 큰 환영을 받고 있다.

≪논어역주≫는 1958년에 완성되어 1962년에 중화서국에서 초판이 출간되고, 1980년에는 중판重版이 간행되었다. 지금까지 인쇄된 것이 수십만 권에 달한다. 최근에 중국 일반 독자들이 읽기에 편하도록 중화서국에서 간체자로 출판하고, 원저에 있는 명칭의 제도나 풍속 또는 관습 등의 고증을 삭제하고 간단한 주석과 주해만 남겼다. 그러나 대학생이 되면 마땅히 번체자로 된 ≪논어역주≫를 기본적인 입문서로 삼아야 할 것이다.

2) 두도생杜道生의 ≪논어신주신역論語新注新譯≫(중화서국, 2011)

두도생(1912~2013)은 사천성四川省 낙산樂山 사람으로, 문자학과 음운학을 연구한 학자이다. 일찍이 사천대학四川大學과 보인대학輔仁大學, 그리고 북경대학에 들어가 공부하면서 육종달陸宗達(1905~1988)을 비롯해 호적胡適(1891~1962), 전목, 주광잠朱光潛(1897~1986), 당란

唐蘭(1901~1979), 심겸사沈兼士(1887~1947) 등의 유명한 학자들을 스승으로 모셨다. 그는 중국어의 언어와 문자를 가르치고 연구하는 데 수십 년 동안 종사하였으며, 고문헌학의 기초가 탄탄했다. 이 책의 서론에 따르면, 그는 1987년에 시작하여 2003년까지 장장 17년이나 걸려 이 책을 완성하였다.

이 책은 20여만 자로 되어 있다. 《논어》를 장章에 따라 주석을 달고 해석하였다. 그리고 본문을 비롯해 주석, 해석, 선현의 논평, 저자의 논평이라는 다섯 항목으로 나누고, 부록에는 글자와 단어 색인 및 인명 색인과 참고 자료 등을 붙였다. 《논어》를 주석하고 번역하는데 옛날의 주석을 참작하고, 양백준의 주석을 참고하여 여러 번 고치고 다듬어 글자와 문장을 정확하고 엄밀하게 하였다. 옛날 사람들이 《논어》에 대해 논평한 부분은 주로 세 가지 책에서 인용했다. 첫째는 주희의 《사서장구집주·논어집주》이다. 둘째는 명나라의 광동성廣東省〔粤東〕 사람인 등림鄧林이 저술한 《사서보주고비지四書補註考備旨》이다. 이 책은 장章에 따라 《논어》의 글자와 문장, 그리고 그 장의 취지를 풀이하여 주희의 《논어집주》와 서로 보탬이 되게 하였다. 셋째는 청나라의 김징金澂이 명나라와 청나라 학자들이 사서四書에 관해 저술해 놓은 것을 수집하여 기록한 《사서미근록四書味根錄》이다. 이 책은 송명이학에서 《논어》에 주註와 소疏를 단 것을 비교적 많이 받아들였는데, 이것이 이 책의 커다란 특성이다.

이 책은 1980년대 후반에 쓰기 시작하여 전통 학문에 대한 저자의 탄탄한 기초가 더해지면서 《논어》 원문에 대한 번역과 주석이 원래 뜻과 아주 부합하게 되었다. 이 책은 양백준의 《논어역주》와 참고하고 대조해가면서 읽어 볼만하다.

3) 손흠선孫欽善의 ≪논어본해論語本解≫(삼련서점三聯書店, 2009)

손흠선(1934~)은 산동성山東省 연대煙臺 사람으로, 북경대학 교수이다. 현재 ≪유장儒藏≫의 편집자 중 한 사람이다. 그는 북경대학에서 공부하고, 졸업하고 나서는 학교에 남아 교편을 잡았다. 장장 수십여 년 동안 고문헌학의 연구에 종사하여 기초가 탄탄하다. 대표적인 저서로는 ≪고적집교주高適集校注≫를 비롯해 ≪공자진시문선龔自珍詩文選≫, ≪논어본해論語本解≫ 등이 있다.

≪논어본해≫의 '머리말'에 해당하는 자서自序에 따르면, 이 책의 '주석' 부분은 청나라 가경嘉慶 20년(1815) 강서성江西省 남창부학南昌府學에서 판각한 형병邢昺의 ≪논어주소論語註疏≫(즉 완원이 교정한 ≪십삼경주소十三經注疏≫본)에 근거하고, ≪논어집해論語集解≫본을 저본으로 삼았다. 모든 장章은 양백준이 지은 ≪논어역주≫의 방법을 모방하여 편篇과 장章을 번호로 표시하고, 편과 장에 따라 주석을 달고 백화문으로 번역했다.

≪논어본해≫는 ≪논어≫의 원문에 대한 주석과 번역을 포함하는데, 이것은 저자가 ≪논어주역≫(파촉서사巴蜀書社, 1990)에 기초하여 더한층 완정하도록 수정 증보하여 완성한 것이다. 현재 일반적으로 두루 이용되고 있는 여러 가지 ≪논어≫의 역주본과는 달리 이 책의 주석은 비교적 핵심을 찌르고 글이 정확하고 적절하다. 특히 어구를 서로 참조할 수 있도록 주의를 기울였다. 다시 말해서 ≪논어≫ 자체에 있는 어구로 ≪논어≫를 해석하여 독자가 ≪논어≫를 이해하는데 편리하게 하고, 하나를 가르쳐 나머지 것을 유추하도록 하는 장점이 있으며, 동시에 주석과 해석 가운데 주석 부분에 더욱 치중하여 고대 문화에 대한 상식을 많이 증가시켜 준다는 것이다. 이전 책들(특히 양백준의 역주본)의 언어와 문자에 치우친

단점을 보완했으니, 초학자에게 입문서로 적합하다.

이 책 '부록[附論]' 부분은 전문적인 주제를 거시적으로 분석한 것이다. 공자의 시대와 생애, ≪논어≫가 책이 된 과정, 그 원류로 전승된 것과 역대 ≪논어≫와 관련된 주요 저술의 판본, 그 정리의 성과, ≪논어≫의 언어와 문학 및 사료적 가치 등을 구별해 놓고, 거기에 전문적 주제에 대한 연구를 덧붙여 놓았다. 이러한 내용은 ≪논어≫ 연구자들에게 참고할 만한 상당한 가치가 있다.

이 밖에 전목의 ≪논어신해論語新解≫를 비롯해 남회근南懷瑾의 ≪논어별재論語別裁≫, 이택후李澤厚의 ≪논어금독論語今讀≫ 등도 모두 학계에서 비교적 격찬하는 기본적인 읽을거리이다. 하지만 이 책들이 모두 "내 마음이 곧 육경의 주석이 된다. [(六經註我,) 我註六經.]"(≪상산어록象山語錄≫ 권1)라는 방식을 취하고 있다는 것을 고려할 때 개인적인 학문적 의견이 비교적 많이 개입되어 있어 초학자들은 약간 평이하고 법도에 맞는 주석본에서부터 시작하는 것이 마땅할 것이다. 어느 정도의 기초와 흥미를 갖게 된 후에 다시 이러한 책들 가운데 적당한 것을 선택해 보고, 아울러 옛날 경전에 주소註疏한 것과 서로 결부시켜 ≪논어≫ 원문에 대한 인식을 심화시켜야 할 것이다.

2. 경전에 대한 주소註疏

1) 동한東漢의 정현鄭玄이 지은 ≪논어주論語注≫

정현(127~200)은 자字가 강성康成이며, 동한의 북해北海 고밀高密 사람이다. 그는 고금을 통틀어 경학經學의 위대한 스승으로, ≪후한서後漢書≫에 그의 전기傳記가 있다. 정현은 일생동안 지은 책이 아주 많다. ≪수서隋書·경적지經籍志≫에는 "≪논어≫ 10권, 정현 주〔≪論語≫十卷, 鄭玄注〕"라는 기록이 있다.

　　진秦나라와 한나라 때 ≪논어≫가 전해 내려오는 길은 비교적 복잡했다. 한나라 초기에만 해도 세 종류의 판본이 있었으니, ≪고논어古論語≫와 ≪제논어齊論語≫ 및 ≪노논어魯論語≫이다. ≪고논어≫는 고문古文에 속하고, ≪제논어≫와 ≪노논어≫는 금문今文에 속한다. 당시에 장우張禹(?~B.C.5)가 ≪노논어≫의 목차에 근거하고, 동시에 ≪제논어≫의 해설을 함께 채택하되 그 가운데 좋은 것을 골라 ≪장후론張侯論≫을 저술하였다. 당시 영향이 자못 컸다. 정현은 ≪장후론≫을 저본으로 삼고, 아울러 ≪고논어≫와 ≪제논어≫를 참조하여 ≪논어≫에 주석을 달았으니, 고문과 금문의 경학에 정통했던 것이다.

　　정현의 ≪논어주≫는 경문經文에 있어서 고문과 금문을 함께 채택하였으나, ≪고논어≫로 ≪노논어≫의 뜻을 풀이하고 음을 바로잡았다. 즉 주석의 방법에 있어서는 "고문을 근본으로 하고", ≪논어≫의 구절에 대한 뜻을 풀이하고 발음을 표시하는데 중점을 두었다는 것이다. 그와 동시에 "금문을 함께 채택하여 그 뜻을 더욱 풍부하게 하고", 경문의 심오한 뜻을 상세히 밝히는 것을 중시하여 스스로 한 학파의 이론을 이루었다. 그리고 금문과 고문에 정통함으로써 ≪논어≫를 주석한 대표작으로 논어학論語學 역사에 중요한 지위를 차지하고 있다.

　　정현의 ≪논어주≫는 진晉나라부터 당唐나라까지 한동안 성행했다. 그러나 오대五代 이후에는 조금씩 흩어져 분실되었다. 그래서 이 책을 원래 모습으로 회복하기 위해 남송南宋의 왕응린王應麟(1223~1296)부터 청나라의 혜동惠棟(1697~1758)과 마국한馬國翰(1794~1857) 등에 이르기까지 끊임없이 분실된 것을 수집하였다. 20세기 이래로 돈황敦煌과 투루판[吐魯番] 지역에서 당나라 때의 필사본인 ≪논어정씨주論語鄭氏注≫의 훼손된 책이 여러 건 잇따라 출토되었다. 이것은 현재 볼 수 있는 가장 이른 시기의 ≪논어≫ 주석서로, 그 가치가 매우 높아 국내외 학자들의 관심을 불러일으키고 있다. 중국학자인 나진옥羅振玉(1866~1940), 왕국유王國維(1877~1927), 왕소王素(1794~1877) 그리고 일본학자인 가나야 오사무[金谷治, 1944~2006], 쓰끼호라 유즈루[月洞讓, 1918~1991] 등이 잇따라 이에 대한 정리와 연구를 진행했다. 그중에서 왕소의 ≪당나라 필사본 논어 정씨주 및 그에 대한 연구[唐寫本論語鄭氏注及其研究]≫(문물출판사文物出版社, 1991)가 나중에 나왔지만 도리어 정밀하다. 그리고 이것은 당나라 때의 필사본인 ≪논어정씨주≫에 대한 연구를 집대성한 저작으로, 독자들이 읽기에도 편리하다.

2) 삼국三國시대의 하안何晏이 지은 ≪논어집해論語集解≫

하안(190~249)은 자가 평숙平叔이고, 삼국시대의 남양南陽 완현宛縣 사람이다. 그는 하진何進(?~189)의 손자이자 조조曹操(155~220)의 의붓아들로, 황족인 조상曹爽(?~249)에 의탁하여 살다가 사마의司馬懿(179~251)에게 살해되었다. ≪삼국지三國志≫에 그에 대한 전기가 있다.

지금 전해지고 있는 ≪논어집해≫에는 단지 하안의 저술이라는 표시만 있다. 하지만 서문에 따르면 이 책의 편찬자는 하안 이외에도 손옹孫邕, 정충鄭冲(?~247), 조의曹羲, 순의荀顗(?~274) 등이 있다. 아마도 조정의 명을 받아 함께 저술하고, 하안이 그 일을 총괄해서 이끌어 나갔을 것이다.

이 책은 "공안국(B.C.156~B.C.74)을 비롯해 포함(B.C.7~A.D.65)·주씨·마융·정현·진군(?~234)·왕숙(195~256)·주생렬의 설을 모

으고, 그 아래에 자신의 의견을 보태어 집해集解를 만들었다.〔集孔安國·包咸·周氏·馬融·鄭玄·陳群·王肅·朱生烈之說, 并下己意爲集解.〕"(≪경전석문經典釋文·서록序錄≫) 옛 서적에 주석을 다는데 "집해"라는 하나의 체제를 이 책이 처음으로 사용하였다. 양한兩漢 이래로 학문이 사제 간에만 전승되어야 한다는 구속이 무너지면서 각각의 학파나 학설이 이 책 속에서 융합하여 연결되고, 또한 그것이 ≪논어≫에 대한 한나라와 위魏나라 때의 옛 주석에 비교적 집중하여 보존되어 있다. 그 래서 이 책은 후세 사람들로 하여금 양한 때 ≪논어≫가 전파된 대략적인 정황을 이해할 수 있게 하기에 중요한 문헌적 가치를 가진다. 동시에 이 책은 시대의 영향으로 그 주석에 현학화玄學化의 색채가 비교적 농후하여 객관적으로 볼 때 경학이 현학화로 나아가는 것을 촉진시켰다. 이 책은 세상에 나온 이후로 줄곧 전해 내려와 없어지지 않았다.

현존하는 ≪논어집해≫의 판본은 매우 많다. 지금 유통되어 쉽게 볼 수 있는 것으로는 "십삼경주소十三經注疏"본 등이 있다.

3) 남조南朝시대 양梁나라의 황간皇侃이 지은 ≪논어의소論語義疏≫

황간(488~545)은 오군吳郡 사람인데, 황간皇偘이라고도 한다. ≪양서梁書·유림전儒林傳≫에 그에 대한 전기가 실려 있다. 그는 학식이 넓고 재주가 많아 양나라 무제武帝가 신임하였다. 저술로는 ≪논어의소≫ 10권과 ≪예기강소禮記講疏≫ 50권이 있는데, 당시 함께 세상에 전해지자 사람들이 그것을 소중히 여겼다.

황간은 하안의 ≪논어집해≫를 저본으로 삼아 그 기초 위에 ≪논어≫의 뜻에 대한 소疏를 달고 풀이를 하였다. 그래서 그것들을 합하여 ≪논어집해의소論語集解義疏≫라고 불렀다. 그는 ≪논어≫에 소疏를 달고 풀이하는데 하안을 근본으로 삼아 "소疏는 주注를 해치지 않았다." 그래서 하안의 현학화 영향을 받아 황간의 ≪논어의소≫ 역시 현학적 사변의 색채가 비교적 강하다. 그러나 고증과 해석의 방법, 그리고 사상의 깊이에 있어서는 독자적인 하나의 학파를 형성할 특징을 나타냈다. 동시에 불교문화의 영향을 받았기 때문에 황간은 "의소義疏"라는 체제를 처음 사용하였다. 이는 불교의 강론講論 체제에 깊은 영향을 받은 것으로, 진인각陳寅恪(1890~1969)이 다음과 같이 논평하였다. "황간의 ≪논어의소≫는 ≪논석≫을 가지고 ≪논어·공야장≫을 해석했다. 이것은 인도의 ≪비유경≫ 체제의 다른 유형이다. 〔惟皇侃≪論語義疏≫引≪論釋≫以解〈公冶長章〉, 殊類≪譬喩經≫之體.〕"(≪논어소증論語疏證·서序≫)

≪논어의소≫는 남송 후기에 이르러 중국에서 전해지던 것은 없어졌다. 청나라 강희康熙 연간에 절강성浙江省 여요현余姚縣의 왕붕汪鵬이 일본의 아시카가 학교〔足利學校〕에서 이 책을 가지고 중국으로 돌아왔다. 나중에 절강성 순무巡撫가 사고(전서)관四庫(全書)館에 바쳤는데, ≪사고총목제요四庫總目提要≫에서는 이 책에 대해 아주 높이 평가하고 매우 중요시하였다. 이후에 판각본으로 간행된 것이 아주 많은데, 그 가운데서 가장 유명한 것은 ≪지부족재총서知不足齋叢書≫본이다.

이 책이 송나라로부터 유실되었다가 청나라에 이르러서야 다시 일본에서 들어오게 되자 어떤 학자(청나라 강번江藩(1761~1831) 등과 같은 학자)는 그것이 위작이 아닌지 의심했다.

≪논어의소≫의 주요 판본으로는 ≪사고전서四庫全書≫본, ≪지부족재총서≫본, ≪총서집성초편叢書集成初編≫본 등이 있다. 근래에 중화서국이 출판한 고상구高尚榘(1953~)가 일본 다이쇼〔大正〕 12년(1923) 회덕당懷德堂본을 저본으로 하여 교감하고 구두점을 찍은 판본이 있다.

4) 송宋나라 형병邢昺이 지은 ≪논어주소論語注疏≫

형병(932~1010)은 자가 숙명叔明이고, 북송의 조주曹州 제음濟陰 사람이다. 태평흥국太平興國(976~984) 초기에 구경九經의 시험에서 급제하여 여러 관직을 거쳐 벼슬이 예부상서禮部尙書에 이르렀다. ≪송사宋史 · 유림전儒林傳≫에 그의 전기가 실려 있다.

형병의 ≪논어주소≫는 또한 ≪논어정의論語正義≫로도 불린다. 이 책은 하안의 ≪논어집해≫와 황간의 ≪논어의소≫로 말미암아 현학화의 색채를 띠게 되어 이미 시대의 요구에 적응할 수 없었다. 북송 함평咸平 2년(999)에 조정의 명령으로 형병 등의 학자들이 새로운 주석서를 만들었다.

≪논어주소≫는 하안의 ≪논어집해≫를 저본으로 하여 ≪논어≫ 경문에 소疏를 달고, 다시 하안의 주注에다 소를 달았다. 그리고 그 가운데 선유들의 학설을 많이 인용하였는데, 한나라와 위나라 사이의 여러 학자들의 학설을 통합하여 남조南朝와 북조北朝의 학문을 동시에 받아들이는 새로운 주소注疏를 형성하고, 오랜 기간에 걸친 남조와 북조의 학설을 융합하였다. 북송의 황제가 도교道敎를 숭상하였기 때문에 형병의 주소에도 현학玄學이 많이 드러나고, 현학으로 인해 도교의 학문을 많이 언급하였다. 인용한 전문傳文으로써 경문經文을 해석하고, 소疏로써 전문의 뜻을 추론할 때 경문의 뜻을 당시의 일과 결부시키는 것이 많았고, 전문과 경문을 바꾸어가며 서로 뜻을 밝혔다. 그래서 ≪논어주소≫는 바로 한나라와 당나라의 ≪논어≫에 대한 학문을 일차로 총괄하고, 경학에 대한 남조와 북조의 학문을 통일시키며, 또한 오경五經 경문의 뜻과 당시의 일이 서로 드러나게 하여 송학宋學의 시초를 여는 것이 되었다.

형병의 ≪논어주소≫는 청나라의 13경주소에 들어가게 되어 주요한 판본으로는 '십삼경주소'본이 있다.

5) 송나라 주희朱熹가 지은 ≪논어집주論語集註≫

주희(1130~1200)는 자가 원회元晦이고, 호는 회암晦庵이다. 남송南宋의 저명한 이학가理學家이자 교육자였다. 그는 이학理學을 집대성한 사람이고, ≪논어≫와 ≪맹자≫ 등의 사서四書를 연구하여 사서의 명분과 지위를 확립하였다. 소흥紹興 18년(1148)에 진사에 급제하고, 고종高宗을 비롯해 효종孝宗, 광종光宗, 영종寧宗 등 네 임금을 거치면서 관직이 환장각煥章閣 대제待制 겸 시강侍講에 이르고, 영종寧宗을 위해 ≪대학大學≫을 강의하였다. 평생 동안 저술한 것이 아주 많은데, 주요한 것으로는 ≪사서장구집주四書章句集注≫와 ≪초사집주楚辭集注≫, 그리고 그의 문인들이 편집한 ≪주자대전朱子大全≫과 ≪주자어록朱子語錄≫ 등이 있다.

≪논어집주≫는 ≪사서집주四書集註≫의 하나로, 송나라 이학에 있어서 경전經傳과 같은 성격의 저작이다. 주희는 ≪논어≫에 대해 주석을 달면서 이학에 대한 기본적인 자신의 사상을 자세히 밝혔다. 이 책은 한나라와 당나라의 옛 주석을 기초로 하여 경문經文이 지닌 본래의 뜻에 중점을 두면서 의리를 명백히 밝히는 것을 중시하였다. 그리고 자구字句에 대한 고증과 그 의리義理를 한꺼번에 녹여 내었다는 점에서 논어학論語學 역사에 영향이 비교적 크다.

주희 자신의 말에 따르면, 30세부터 이 책에 대한 주석 작업을 시작하였으나, 70세에 가까워질 때까지 "수정을 다 마치지 못하였으니 [改猶未了]"(≪주자어류≫ 권116), 전후로 "40여 년이나 해석을 [四十餘年理會]"(≪주자어록朱子語錄≫ 권19) 거쳐야 했다. 심지어 세상을 떠나기 며칠 전까지도 수정하고, "힘을 다해 깊이 연구하여 죽은 뒤에야 그만둘 정도였으니, [畢力鑽研, 死而後已耳]"(≪회암집晦庵集≫ 권59 〈답여정

주희가 이 책을 위해 모든 정력을 기울였다는 것을 충분히 알 수 있다. 그러나 결함이 있다는 유감을 면할 수 없다. 주여동이 일찍이 ≪사서집주≫ 안에 있는 ≪논어집주≫를 가지고서 주희를 다음과 같이 평가하였다. "그가 평생의 정력을 기울이고, 애매한 부분을 상세히 분석하고, 아주 작은 부분까지도 구별한 것은 ≪역본의易本義≫와 ≪시집전詩集傳≫ 등의 책에도 있는 것이다. 그런데 사물의 도리〔名物度數〕에 있어서는 이따금 실수한 곳이 있으니, 후대 사람들의 비난을 면할 수 없다. 그러나 적절한 말로 경전의 요지를 밝힐 때에는 경전의 학문에 의탁해서 철학을 말한 것은 사실 나름대로 송학의 주관적인 입장이 있었기 때문이다."33) 그러므로 송학을 대표하는 저작인 ≪논어집주≫는 불가피하게 "송학"이라는 낙인이 찍히게 되고, 또한 이것은 그 시대의 풍조 때문이었다.

≪논어집주≫는 ≪사서집주≫의 하나로 전해오는 판본이 많고, 비교적 통행되는 판본으로는 중화서국의 ≪신편제자집성新編諸子集成≫본이 있다.

6) 청淸나라 유보남劉寶楠이 지은 ≪논어정의論語正義≫

유보남(1791~1855)은 자가 초정楚楨이고, 호는 염루念樓로, 청나라 강소江蘇 보응寶應 사람이다. 도광道光 20년(1840), 진사에 급제하여 문안文安과 삼하三河 등의 현縣에서 지현知縣을 역임하였다. ≪청사고淸史稿≫에 그의 전기가 실려 있다.

보응현寶應縣에 거주하던 유씨劉氏들은 대대로 경학經學을 계승하였다. 유보남은 어릴 때부터 숙부인 유대공劉臺拱(1751~1805)에게서 ≪논어≫를 배웠다. 유대공은 ≪논어≫ 연구의 대가大家로 ≪논어

---

33) 주여동 지음, 주유쟁 편집 교정, ≪공자, 성인 공자 그리고 주희≫, 상해인민출판사, 2012, 203쪽.

병지論語駢枝≫를 편찬하였다. 유보남은 평생 동안 ≪논어≫를 연구하였다. 그러나 병 때문에 그의 저서인 ≪논어정의≫를 탈고하지 못하고, 아들 유공면劉恭冕(1821~1885)이 이어서 완성시켰다. 따라서 ≪논어정의≫에는 유씨 부자 두 세대에 걸친 심혈이 응집되어 있다. 이 책의 판각본에는 1권에서 17권까지 각 권 아래에 모두 "보응유보남학寶應劉寶楠學〔보응현의 유보남이 쓴 것〕"이라고 새겨져 있고, 18권부터 24권까지는 "공면술恭冕述〔공면이 지은 것〕"이라고 적혀 있다. 이것으로 앞의 열일곱 권은 유보남이 직접 저술하고, 뒤의 일곱 권은 유공면이 초고에 기초하여 이어서 지었다는 것을 알 수 있다.

유공면은 자가 숙면叔俛으로, 광서光緖 5년(1879) 향시鄕試에 급제하였다. 그는 어릴 때부터 집안의 학문적 전통에 따라 경전을 공부하였다. 젊은 시절에는 ≪모시毛詩≫를 전공하다가 노년에는 바꾸어 ≪춘추공양전春秋公羊傳≫을 연구하였다. 그가 아버지의 ≪논어정의≫를 이어서 지은 것 외에 별도로 지은 것으로는 ≪하휴주논어술何休注論語術≫ 등이 있다.

≪논어정의≫는 황간의 ≪논어의소≫를 비롯해 형병의 ≪논어주소≫, 주희의 ≪논어집주≫를 기초로, 여러 학자의 주석과 학설 가운데 더 좋은 것을 채택하여 따르고, 청나라 학자들의 주해와 고증들 가운데 장점을 가진 것을 한층 더 널리 받아들이고, 인용한 것에 상세한 기록을 덧붙였다. 이 책은 문자에 대한 훈고와 사실의 고증, 그리고 경전의 뜻을 상세히 밝히는데 중점을 두었다. 더욱이 문물과 제도, 풍속과 예절, 역사와 야사, 그리고 인명과 지명에 대한 주석과 고증이 한층 더 상세하게 갖추어져 있다. 그리고 정론이라고 할 수 없는 이설異說에 대한 것도 받아들여 보존한 것이 많아 독자들은 감별할 필요가 있다. 이 책에는 한나라와 송나라 때의 학파에 따라 생긴 편견이 존재하지 않는다. 비록 유씨

부자는 한나라의 학문을 위주로 공부하였지만, 송나라의 학문도 동시에 받아들였다. 이런 까닭에 대단한 학문적 업적을 성취하였으며, ≪논어≫에 대한 고대의 연구에 있어 뛰어넘을 수 없는 하나의 금자탑을 이루게 되었다.

이 책은 "범례凡例"에서 이렇게 말했다. "주注를 다는데 ≪논어집해≫를 사용한 것은 위진시대 옛사람들의 기록에 보존되어 있다. 그리고 정현의 잃어버린 주注도 모두 ≪논어주소≫에 실려 있다. 경문을 인용하는데 있어서는 사실을 토대로 하였을 뿐 어느 한 학자에게 오로지 집중하지는 않았다. 그렇기 때문에 주注의 뜻이 갖추어진 데는 주注에 근거해서 경문을 해석하고, 소략한 데는 경문에 의지하되 ≪논어주소≫로 보충하였다. 다시 말해서 잘못되어 따를 수 없는 것은 경문을 먼저 살펴보고, 그 다음에 주注의 뜻을 참고했다는 것이다. 〔注用≪集解≫者, 所以存魏晉人著錄之舊, 而鄭君遺注悉載≪疏≫內. 至引申經文, 實事求是, 不專一家, 故於注義之備者, 則據注以釋經. 略者, 則依經而補≪疏≫. 其有違失未可從者, 則先疏經文, 次及注義.〕(≪청인주소십삼경淸人注疏十三經·논어정의≫) " 이것으로 이 책이 옛 주석을 배열하고 채택한 상황을 알 수 있다. 특히 정현의 ≪논어주≫를 연구하고 잃어버린 것을 수집하는데 있어서 이 책은 빠뜨릴 수 없는 매우 좋은 참고서이다.

≪논어정의≫의 통행본으로는 중화서국에서 교감하고 구두점을 찍어 간행한 책이 있다.

7) 정수덕程樹德이 지은 ≪논어집석論語集釋≫

정수덕(1877~1944)은 자가 욱정郁庭으로, 청나라 말기에서 중화민국 초기까지 생존한 복건성福建省 민후閩侯(지금의 복주福州) 사람이다. 일찍이 향시鄕試에 급제하여 명성을 얻고, 나중에 일본에 유학하였다. 귀국 후에는 법률정치 분야의 진사進士 신분을 하사받아 한림원

翰林院 편수編修에 제수되었다. 그 후 국사관國史館 협수協修 등의 직책을 역임하고, 이어서 북경대학과 청화대학清華大學 등의 대학에서 강의하였다. 저술로는 ≪구조율고九朝律考≫ 등이 있다.

이 책을 짓게 된 동기에 대해 저자는 자서自序에서 이렇게 말했다. "≪논어≫라는 한 권의 책에 달린 주석에는 한나라와 위나라의 여러 유명한 학자들이 달아놓은 갖가지 것들이 있다. 하안의 ≪논어집해≫가 성행하면서부터 정현과 왕숙 등의 주석은 모두 폐기되었다. 마찬가지로 주자의 ≪논어집주≫가 성행하고서부터 하안의 ≪논어집해≫와 황간의 ≪논어의소≫, 형병의 ≪논어주소≫ 또한 폐기되었다. 주자로부터 지금까지 800여 년이 지났다. 그 사이에 이름난 선비들이 자구를 풀이하고 내용과 이치를 밝혀 그 가운데는 이전의 사람들이 드러내지 못한 것이 많았다. 그러나 애석하게도 이것들을 모두 꿰뚫는 책은 없다.〔≪論語≫一書的注釋, 漢·魏諸家有各種注. 自何晏≪論語集解≫行, 而鄭玄·王肅各注皆廢. 自朱子≪集注≫行, 而≪集解≫及皇侃≪論語義疏≫·邢昺≪論語注疏≫又廢. 朱子至今又八百餘年, 其間名儒著述訓詁義理, 多爲前人所未發, 惜無薈萃貫串之書.〕"이에 저자는 송나라 이후의 여러 학자들의 학설을 분류하여 채집하고, 각 학자를 나누어 배열하고, 학술상에 있어서 애써 종파를 구분하려 하지 않고, 진실로 마음에 와 닿는 것이 있으면 대개 함께 채집하여 기록하였다. 그 내용은 열 가지로 나누어지며, 고이考異를 비롯해 음독音讀, 고증考證, 당나라 이전의 옛 주석, 집주集註, 별해別解, 여론餘論, 발명發明, 안어按語 등이다. 거기에 인용된 책의 수는 680종이며, 이 책의 글자 수는 전체 140여만 자이다. 이 책은 ≪논어≫를 연구하는 학자에게 한나라에서부터 청나라까지의 상세한 자료를 제공한다. 그래서 "천년 동안의 주석을 집대성한 것"이라는 명성을 가지게 되었다.

매우 안타까운 것은 이 책 저술을 1933년부터 시작하였는데, 때마침 일제가 침략하였다. 이에 저자는 나라의 운세가 쇠락하고,

글의 맥락이 이어지지 못하게 될 것으로 생각하여, 몸이 마비되는 장애도 꺼리지 않고 분발하여 저술하였다. 머리말에서 저자 스스로 이렇게 말했다. "몸의 병으로 혀는 굳어서 마비가 되고, 발은 걷지를 못하고, 입은 말을 못한 지 어언 7년이나 되었다. 얼마 남지 않은 생애에 땀이 흐르고 손이 부르트는 노력도 아끼지 않고 1년 내내 이것을 하기 위해 애썼다. 〔身患舌强痿痺之疾, 足不能行·口不能言者七年於玆矣. 風燭殘年, 不惜汗蒸指龜之勞, 窮年矻矻以爲此者.〕" 중국 고유의 문화를 발전시키기 위해 "눈은 뜨기가 어려워 볼 수 없고, 손은 부들부들 떨려 글을 쓸 수가 없는 〔目難睜不能視, 手顫抖不能書〕" 허약하고 노쇠한 몸으로, 저자 자신은 구술하고 친척은 기록하여 9년이 걸려 드디어 1942년에 탈고하였다. 그의 굳센 분발은 국난 속에서 지식인이 보여줄 수 있는 압축된 모습이었다.

이 책은 저자가 구술하고 친척이 기록하여 완성했기 때문에 초판에는 잘못 써지거나 빠뜨린 글자가 비교적 많고, 또한 새로운 형식의 구두점도 없었다. 나중에 재판(중화서국 1990년 판본)을 찍을 때는 정수덕의 영애인 정준영程俊英과 학자인 장견원蔣見元이 다시 바로잡고 아울러 구두점을 더하여 세상에 내놓았다. 물론 완벽한 사람도 없고, 완벽한 책도 없다. 그래서 ≪논어집석≫ 초판이 나온 뒤에 비판을 가하는 약간의 학자들이 있었다.34) 그러나 결점이 장점을 가릴 수 없고 훌륭한 것에도 약간의 흠이 있기 마련이다. 그러기에 학계는 저자에게 은혜를 입었으며, 그 큰 공은 사라질 수 없는 것이다.

---

34) 그 대표적인 학자가 임명선任銘善(1912~1967)이다. 자세한 내용은 임명선, ≪무수실문존無受室文存≫, 절강대학출판사浙江大學出版社, 2005. 참조. 그리고 임명선이 ≪논어집석≫의 득실을 평가한 것에 대하여 부걸傅傑이 또한 논평을 냈다. 자세한 내용은 부걸, ≪임명선의 〈논어집석〉에 대한 비평(對〈論語集釋〉的批評)≫, ≪동방조간신문(東方早報)≫, 2009년 10월 18일 "서평書評" 지면 참조.

3. 중요한 공자의 전기傳記

1) ≪사기史記·공자세가孔子世家≫

〈공자세가〉는 한나라 사마천이 지은 ≪사기≫ 속에 있는 유명한 글이다. 공자가 일생동안 보여준 언행은 그의 제자와 그 제자의 제자들에 의해 기록된 것을 모아서 ≪논어≫라는 한 권의 책을 이루었다. 그리고 공자가 평생토록 행한 주요한 정치활동은 ≪춘추좌씨전春秋左氏傳≫에 많이 실려 있고, 기타의 언행과 집안 및 세계世系는 선진先秦의 전적인 ≪맹자≫를 비롯해 ≪춘추공양전≫, ≪춘추곡량전春秋穀梁傳≫, ≪소대례기小戴禮記≫, ≪세본世本≫, ≪공자가어孔子家語≫ 등에 흩어져 나타나고 있다. 그런데 사마천은 서한西漢 이전의 여러 학자들이 기록한 자료들을 수집하여 〈공자세가〉를 지었다. 이 한 편의 내용이 공자의 일생에 대한 전기로는 가장 풍부하고 상세하며 확실하다.

사마천은 평생토록 공자를 흠모하고 숭배하는 마음이 흘러넘쳤다. 그는 전기의 끝부분에서 감탄하여 이렇게 말했다. "공자는 평민이었으나, 10여 세대가 지나도록 학자들은 그를 종주로 삼았다. 천자와 제후로부터 육례를 말하는 사람에 이르기까지 모두가 공자를 표준으로 삼는다. 그러기에 가히 지극한 성인이라 부를 만하다.〔孔子布衣, 傳十餘世, 學者宗之. 自天子王侯, 中國言六藝者折中於夫子, 可謂至聖矣!〕" (≪사기·공자세가≫) 사마천과 〈공자세가〉에 대해 현대의 학자인 이장지李長之가 시적인 정취로 찬미한 ≪사마천의 인격과 기질·사마천과 공자〔司馬遷之人格與風格·司馬遷和孔子〕≫가 있으니, 함께 읽을 만하다.

2) 전목錢穆이 지은 ≪공자전孔子傳≫

전목(1895~1990)은 자가 빈사賓四로, 강소성江蘇省 무석無錫 사람이다. 그는 현대의 역사학자이자 교육가였다. 북경대학을 비롯해 청화대학, 사천대학 등의 교수를 역임하고, 홍콩신아학원〔香港新亞書院〕을 창립하였다. 그는 일생동안 저술한 것이 매우 많다. 그 가운데 중요한 것으로는 ≪논어신해論語新解≫를 비롯해 ≪공자전孔子傳≫, ≪공자논어신편孔子論語新編≫, ≪국학개론國學概論≫, ≪선진제자계년先秦諸子繫年≫, ≪맹자연구孟子硏究≫ 등이 있다.

≪공자전≫은 사마천 이후의 여러 학자들이 수정하고 취득한 것을 종합적으로 참고하여 다시 공자를 위한 전기를 지은 것이다. 이 책은 공자의 사람됨에 가장 큰 목적을 두었다. 즉 공자가 일생동안 날마다 끝없는 증진을 위해 공부하고, 넓고도 세심하게 펼친 교육 활동을 위주로 탐구하고, 정치활동은 그 다음 가는 것으로 다루었다는 것이다. 전목은 공자가 중국의 역사와 문화에 있어서 스스로 공부하고 그것을 통해 교육 활동을 펼친 두 가지 항목으로 중요한 공헌을 했다고 여겼다. 그래서 이 책은 ≪논어≫를 위주로 자료를 채택하면서 공자 스스로 공부하고 그것을 통해 교육 활동을 펼친 전기를 중심으로 하였다. 그리고 이 책 뒤에 공자의 연표를 덧붙였다.

전목은 일생동안 공자와 ≪논어≫에 힘을 기울이는데 매우 부지런했다. 1925년에 저술한 ≪논어요략論語要略≫은 사실 그가 ≪논어≫에 근거해 공자의 새로운 전기를 짓기 위해 처음으로 시도한 책이다. 1935년에 지은 ≪선진제자계년≫이라는 네 권짜리 책이 있는데, 제1권이 공자가 일생동안 한 행동과 활동에 대한 것이다. 거기에는 많은 학자들의 견해를 두루 인용하여 증거로 삼고, 고증과 분별을 상세히 덧붙였다. 1963년에는 ≪논어신해≫를 완성하였다. 이 책은 ≪논어≫의 조목과 글자를 일일이 해석하고, 의리義理의 사상을 중요시하고 있어 ≪공자전≫과 함께 읽어볼 만하다. 전목의 ≪공자전≫은 중국 본토에서 출판된 판본이 비교적 많은데, 중요한 것으로는 삼련서점 판본이 있다.

3) 이장지李長之가 지은 ≪공자 이야기〔孔子的故事〕≫

이장지(1910~1978)는 본래의 이름이 이장치李長治 또는 이장식李長植으로, 산동성 이율利津 사람이다. 그는 현대의 작가이자 문학평론가이다. 일찍이 북경사범대학北京師範大學 등의 대학에서 교편을 잡았으며, 일생 동안의 저작이 아주 많다. 대표작으로는 ≪노신비판魯迅批判≫을 비롯해 ≪도교도로서의 시인 이백과 그의 고통〔道教徒的詩人李白及其痛苦〕≫, ≪사마천의 인격과 기질〔司馬遷之人格與風格〕≫, ≪도연명평전〔陶淵明傳論〕≫ 등이 있다.

이장지는 시인이면서 또한 산문의 대가이다. 글이 풍기는 운치는 활달하면서도 서정적인 냄새가 진하다. 2,500여 년 전 공자의 평소 활동하는 모습을 그의 문장 행간에서 마치 살아있는 것같이 생생하게 볼 수 있다. 이 책이 비록 부분적으로 통속적인 읽을거리이기도 하지만, 저자가 이것을 위해 결코 역사적 자료를 헤아리는 엄숙성을 약화시키지 않았다. 도리어 그는 엇비슷한 역사적 자료를 취사선택할 때 모두 근거가 있는 것으로 하여 조금도 소홀히 하지 않았으며, 거의 매 페이지마다 관련된 각주가 있다. 책 전체의 글자 수는 7만여 자에 불과하지만, 각주만 해도 239개나 되고, 인용한 책도 수십 종이나 되어 말에 반드시 근거를 두었다고 할 수 있다. 이러한 각주들이 보기에는 보잘것없는 것 같지만, 저자의 역사에 대한 안목과 빈틈없는 정신을 뚜렷이 보여주고 있다. 저자가 인용한 문헌은 현재 우리가 볼 수 있는 공자의 사적事迹과 언행에 관련된 역사적 자료를 망라하고 있고, 동시에 공자에 대한 1950년대의 최신 연구 성과도 포함하고 있다. (우천지于天池·이서李書, 〈이장지와 그의 ≪공자 이야기≫〔≪李長之和他的≪孔子的故事≫〕)

이장지의 가족이 알려주는 것에 따르면, 이장지가 ≪공자 이야기≫를 저술하는 데는 오랜 준비 기간을 거쳐야 했다. 일찍이 1930년대에 이미 공자에 관한 전문적인 저작을 쓸 생각을 갖고 있었는데, 1954년에 상해인민출판사上海人民出版社의 부탁을 받아 원고를 완성하였다. 이 책은 1956년에 상해인민출판사에서 처음으로 출판되었다가, 2002년에 북경출판사北京出版社 '대가소서大家小書'라는 총서시리즈에 수록되었다. 그리고 2010년에 동방출판사東方出版社에서 책 제목을 ≪공자전孔子傳≫으로 바꾸고, 이장지의 공자에 관한 연구 논문 6편을 부록으로 넣어 책을 발간하였다. 이것이 현재의 비교적 완전한 책이다.

4) 광아명匡亞明이 지은 ≪공자평전孔子評傳≫(남경대학출판사南京大學出版社, 1990)

광아명(1906~1996)은 본래의 이름이 광결옥匡潔玉 또는 광세匡世로, 강소성 단양丹陽 사람이다. 그는 현대의 교육가로 길림대학吉林大學과 남경대학南京大學 총장 등을 역임하였다. 만년에는 ≪중국사상가평전총서中國思想家評傳叢書≫ 편집을 주관하였고, 주요한 저서로는 ≪공자평전≫ 등이 있다.

이 책은 광아명이 편집을 주관한 ≪중국사상가평전총서≫ 시리즈의 제1권이다. 이 책은 1985년에 출판된 ≪공자평전≫을 기초로 하여 수정한 것이며, 저자가 40여 년 동안 준비한 성과의 결정체이다.

저자는 〈후기後記〉에서 공자에 대한 평가를 "긍정과 부정, 그리고 부정의 부정"이라는 세 단계를 거쳤다고 스스로 말했다. 이러한 체험적 인식은 대체로 20세기 공자에 대한 인식을 받아들이는 복잡한 과정을 반영한 것이다. 그래서 이 책은 중국대륙의 개혁개방 이후 첫 번째로 공자를 전면적이면서 체계적으로 소개하고 평가한 학술적 저서로서 획기적인 의의를 갖는다.

이 책의 속표지에는 현대의 저명한 화가인 정종원程宗元이 1984년에 제작한 6폭의 그림이 있다. 〈평민인 30세의 공자 모습〔布衣孔子三十而立像〕〉을 비롯해 〈공자의 어머니 안징재가 아들을 가르치는 그림〔孔母顏徵在敎子圖〕〉, 〈"승전"에 임명되어 방목하는 그림〔任"乘田"放牧圖〕〉, 〈협곡의 모임에서 예로써 경공을 꾸짖다〔夾谷之會以禮斥景公〕〉, 〈자로를 비롯해 증석, 염유, 공서화가 공자를 모시고 앉다〔子路·曾晳·冉有·公西華侍坐〕〉, 〈공자가 만년에 죽간을 묶은 가죽 끈이 세 번이나 끊어질 만큼 《역》 읽기를 즐겼다〔孔子晚而喜《易》韋編三絶〕〉 등이다. 이 그림들은 평민으로 살아온 공자가 일생동안 보여준 정신과 풍모를 대체적으로 잘 반영하였다. 그리고 과거 공자의 초상화에 그려진 표정과 태도를 완전히 고쳐 공자의 진정한 모습에 상당히 부합한다. 구도와 구상 등의 면에서 보면, 모두 전례에 없는 최초의 시도라고 할 수 있다. 동시에 속표지에도 "공자가 여러 나라 제후들을 방문한 안내도〔孔子訪問列國諸侯示意圖〕"와 "옛 노나라의 그림〔古魯國圖〕"이 있어 독자가 공자의 일생을 대략적으로 이해하는데 더할 수 없이 편리하다. 책 뒤에는 공자의 연보를 비롯해 인명 색인, 문헌 색인, 어휘 색인이 덧붙여 있어 독자가 한걸음 더 나아가 책을 깊이 읽고 연구할 수 있도록 편리를 제공하고 있다.

4. ≪논어≫의 학문적 전파 역사

1) 대유戴維가 지은 ≪논어학사論語學史≫(악록서사岳麓書社, 2011)

대유는 오랫동안 은거하면서 책을 쓰다가, 나중에 호남대학湖南大學에 초빙되었다. 저술로는 ≪춘추학사春秋學史≫와 ≪시경 연구사詩經研究史≫가 있다. 그는 '문화혁명' 이후 고등학교를 졸업하고, 스스로 경전을 구입하여 자세히 읽으며 깊이 연구하기를 오랜 세월 동안 계속했다. 시골에 살면서 명예와 이익을 좇지 않고, 학계의 인사들과도 교류가 아주 적었다. ……그래서 학계에서 그를 아는 사람이 드물었다.

이 책의 머리말에서 이렇게 말했다. "무릇 학문을 하는 사람은 외로움을 달갑게 여겨야 한다. 경학을 배우는 것도 반드시 이와 같다. 그래서 옛사람들이 '경전을 궁구하면 백발이 된다.〔窮經皓首〕'라고 한 것이다. 경학은 복잡하면서도 어려우며, 빨리 이룰 수 있는 것도 아니다. ……하지만 지금 학계에서는 조급한 성공과 눈앞의 이익에만 급급하고, 학풍이 경박하여 이것을 과업으로 하는 사람이 드물다. 이것을 과업으로 하면, 짧은 시간에 학문적 성취를 나타내지 못한다. 그렇게 되면 대우라고 하는 것이 모두 낮아지고 요원하여 기약이 없다. 그런데 대戴선생은 재야의 학자로 심사 받을 만한 직위에 있지 않았다. 그래서 이런 것에 연루되지 않아서 연구에 전념할 수 있었으니, 이른바 '학문을 위한 학문'을 할 수 있었다."

이 책의 제1부는 '논어학論語學'에 대한 연구 통사이다. ≪논어≫가 형성된 시대적 순서에 따라 선진先秦에서부터 진한秦漢, 위진남북조, 수당隋唐, 북송, 남송, 원명元明, 청나라 등 여덟 시기로 나누어 그 연구의 상황을 탐구하였다. 이 책이 "채택한 연구방법은 전통적인 경학의 연구방법이다." 그리고 "저작에 쓰인 자료들은 상세하면서도 믿을 만하며, 무릇 ≪논어≫와 관련된 학문적 사료는 크고 작은 것을 불문하고 모두 수록하였다." 선진시대에서부터 청나라까지 "역사상 ≪논어≫의 연구에 공로가 있는 경학자라면 그것의 크고 작음을 불문하고 모두 합당한 역사적 지위를 부여하였다."(강광휘姜廣輝, 〈서언序言〉) 그렇기 때문에 이 책을 통해서 역대의 ≪논어≫에 대한 학문의 전파와 수용을 두루 살펴볼 수 있다. 그 대강의 세목을 좀 더 또렷이 해보면, ≪논어≫를 연구한 역대의 학자를 비롯해 유파, 전승, 역대의 뚜렷한 연구 성과 모두를 이해할 수 있다.

최근에 고대 전적典籍의 수용과 전파에 대한 학계의 연구와 관심이 집중되어 적지 않은 젊은 학자들이 박사논문으로 이 주제에 몰두하고 있다. ≪논어≫로 말하자면, 대유의 ≪논어학사≫ 외에도 당명귀唐明貴의 ≪논어학사論語學史≫(중국사회과학출판사, 2009), 송강宋鋼의 ≪육조 논어학 연구六朝論語學研究≫(중화서국, 2007)도 ≪논어≫에 대한 학문의 통사에 많은 힘을 기울였다. 이 밖에도 현대의 저명한 경학연구자가 평생 ≪논어≫의 연구에 힘을 기울여 그 결과 ≪공자와 성인 공자, 그리고 주희[孔子·孔聖和朱熹]≫라는 책이 근래에 주유쟁朱維錚의 편집과 교정으로 2012년 상해인민출판사에서 간행되었다. 이 책에는 주여동周予同이 공자를 연구한 일련의 논문들이 집중적으로 실려 있다. 예를 들면 〈공자孔子〉를 비롯해 〈공자에서 맹자와 순자까지—전국시대 유가의 학파와 유가 경전의 전승[從孔子到孟荀—戰國時的儒家派別和儒經傳授]〉, 〈도참과 위서 속의 공자와 그 제자들[讖緯中的孔聖與他的門徒]〉, 〈도참과 위서 속의 "황"과 "제"[讖緯中的"皇"與"帝"]〉 등이 있다.

이 책의 편집과 교정을 맡은 사람이 다음과 같이 칭송했다. "모두가 비록 지금으로부터 6, 70년이 지났는데도, 읽는 사람으로 하여금 여전히 신선함을 느끼게 한다." 이 책에 수록된 일련의 논문들이 가지는 학술가치는 분명 주유쟁이 다음과 같이 말한 것과 같다. "경학사經學史의 관점에서 공자와 성인으로서의 공자, 그리고 주희까지를 재현한 전기사傳記史는 20세기 초반부터 대작이 매우 많았다고 할 수 있다. 내가 반세기 동안 역사를 공부하면서 많은 책을 읽어 온 것에 비추어보면, 여러 학생들에게 경학사의 입문서로 소개할 만하다고 여겨진다. 논한 형식이 간략하면서도 글을 되새기며 음미할 만한 것으로 주여동 선생의 이러한 저작을 뛰어넘는 것은 드물다." 그 가운데 특히 〈도참과 위서 속의 공자와 그 제자들〉은 수집한 자료와 탐구의 공적으로 아직까지 도움을 주고 있다.

요약해서 말하면, 위에서 나열한 것들은 단지 기본적으로 참고해야 할 중요한 목록이지만, 열거하지 못한 다른 책들도 중요함에 있어서는 결코 뒤지지 않는다. 일부 중요한 저술을 말하자면, 그것들은 서술이나 전문적인 주제에 있어서 종종 너무 심오하여 초학자에게는 적합하지 않다는 것이다. 가령 억지로 소개했다가 일이 바라는 대로 되지 않으면, 독자로 하여금 그것에 흥미를 잃게 할 것이다. 만약 더 깊이 연구하는데 뜻이 있는 사람이라면, 자연스럽게 이런 초보적 단계를 넘어 광활하고 깊은 곳에 있는 공학孔學의 책들로 들어갈 것이다.

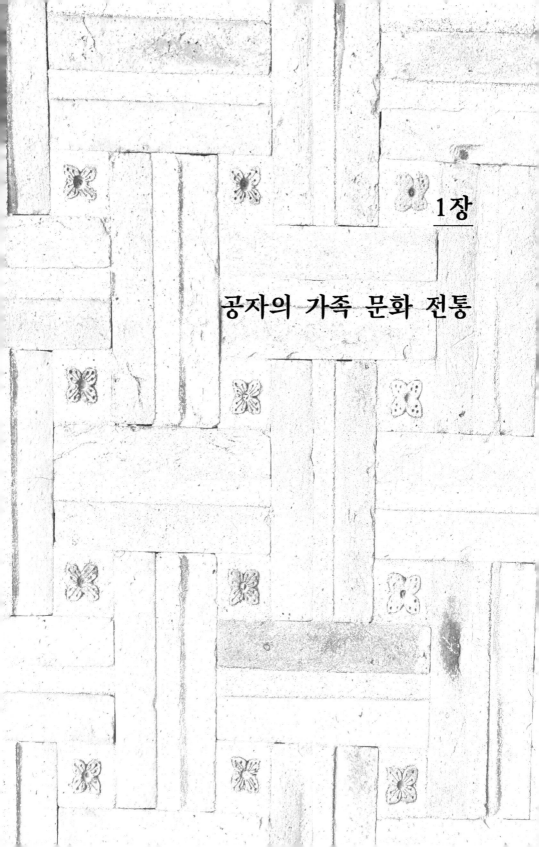

1장

공자의 가족 문화 전통

공자는 은殷나라 왕실의 후예이다. ≪공자가어孔子家語・본성해
本姓解≫의 첫 구절에서 다음과 같이 말하고 있다. "공자의 선조는 송
宋나라의 후예인데, 송나라에 봉해진 미자계微子啓는 제을帝乙의 장남이
자, 주왕紂王의 서형庶兄이다. 〔孔子之先, 宋之後也. 微子啓・帝乙之元子, 紂之庶兄.〕"
공자의 가족 계보는 일반적으로 은나라 주왕의 서형이자 현인인 미
자微子로부터 시작된다. 그리고 시간을 다시 거슬러 올라가보면, 미
자계는 제을의 아들이다. 제을에서 다시 거슬러 올라가보면, 은나
라의 역대 제왕들의 계보와 연결된다.

역사를 훑어보면, 공자의 선조가 지닌 신분과 지위는 점차적
으로 낮아지고, 순탄치 못한 인생으로 이리저리 떠돌면서 흥성에
서 쇠퇴로 이어지는 극심한 풍파를 겪었다. 선조인 제을은 은나라
의 제왕이었다. 그런데 미자에 이르러, 그가 비록 장자이기는 했지
만 제위에 오르지 못해 왕실의 종친으로 지위가 강등되었다. 얼마
뒤 은나라가 멸망하자 미자는 주周나라에 항복하고, 주나라의 성왕
成王은 미자를 송宋나라에 봉하면서 다시 왕실의 종친에서 제후로
신분이 하락했다.

미자가 송나라를 창건하고서 4대째인 민공潛公에 이르러, 형이
죽으면 동생이 계승하는 은나라의 방식으로 바꾸었다. 이에 동생
에게 왕위를 전하니, 이 사람이 양공煬公이다. 민공의 장자인 불보
하弗父何가 공자의 선조가 된다. 그런데 민공의 둘째 아들인 부사鮒
祀가 숙부 탕공을 죽이고 임금이 되니, 이 사람이 여공厲公이다. 따
라서 불보하에서부터 시작하여 공자 선조의 신분은 한 나라의 군
주이던 제후에서 또다시 공경公卿으로 추락하였다.

그런데 공자의 6대조인 공보가孔父嘉가 화보독華父督에게 피살되는데 이르러서는 공경의 지위마저도 잃어버렸다. 그러나 이에 대해 다른 견해도 있다. 즉 공보가가 죽은 뒤에도 공경의 지위는 여전히 유지되었으나, 그의 증손인 공방숙孔防叔이 노魯나라로 달아나면서부터 공경의 지위를 잃었다는 것이다. 공자의 아버지 숙량홀叔梁紇은 공방숙의 손자이다. 그는 무예와 용맹함으로 제후들에게 이름이 알려졌으며, 노나라 추읍鄹邑의 대부大夫였다.

이 번창했던 가족은 일찍이 휘황찬란한 은나라의 문명을 건립하였다. 그러나 서주西周 이후 점점 쇠락하여 국군國君이 되었다가, 이후 공경이 되고, 다시 대부가 되었다가 결국 평민이 되었다. 공자는 세 살 때 아버지를 여의고 일개 평민의 신분이 되고서는 선조로부터 어떤 물질적 혜택도 받지 못했다. 그러나 이 번창했던 가족 문화의 후광이 오히려 공자에게 무궁한 정신적 자산을 제공해 주었다.

1절 │ 가족 문화 전통에 대한 공자의 추인

공자는 은나라의 후예로, 그의 몸에는 은나라 왕실의 피가 흐르고 있었다. 그는 비록 춘추시대 말기에 살았지만, 마음속에는 은나라 왕조에 대한 특별한 정감을 가지고 있었다. 특히 그 정감은 미자 시대의 왕실 종친에 대한 것이었다. 이것은 중국인들이 종친에 대하여 가지는 일종의 미묘한 특수 심리이기도 하다.

1. "은나라에 있었던 세 어진이[殷有三仁]"에 대한 추모

≪논어·미자≫에서는 이렇게 말하고 있다.

> 미자는 떠나고, 기자는 노비가 되고, 비간은 간언하다 죽었다. 공자께서 말씀하셨다. "은나라에 세 어진이가 있었다."[微子去之, 箕子爲之奴, 比干諫而死. 孔子曰: "殷有三仁焉."]

미자와 기자, 그리고 비간은 모두 은나라 말기의 왕실 종친이다. 주왕紂王이 도리에 어긋난 말세의 정치를 하니 세 사람은 용감히 나서서 쇠락으로 패망해가는 은나라의 형세를 구해보려 하였다. 미자는 큰형으로 주왕에게 여러 차례 간언했다. 그런데도 주왕이 이를 듣지 않자 일찍이 자결로써 나라를 구하려 하다가 나중에는 조정을 떠났다.1) 기자는 주왕의 서형庶兄2)으로 자주 간하였다. 그러

나 듣지 않자 미치광이인 척하여 노예가 되어 민간에 숨어살았
다.3) 비간은 주왕의 숙부로 여러 번 간하다가 심장이 도려내어져
죽었다.4) 공자는 비간의 죽음에 대해 "자기 몸을 희생하여 인仁을
이루었다. [殺身以成仁]"(《논어·위령공衛靈公》)라고 하여, 뜻 있는 선비나
어진 사람의 모범이 되었다. 그리고 "미자와 기자는 주왕의 친척으
로, 한 사람은 옥에 갇히고 한 사람은 떠났으니, 자신들의 몸을 돌
보지 않은 것이다. [微·箕紂親, 一囚一去, 不顧其身.]"(《사기색은史記索隱·술찬述贊》)

---

1) 《사기·송미자세가宋微子世家》에 "미자가 '아비와 자식은 혈육의 관계이고,
   임금과 신하는 의리의 관계이다. 그러므로 어버이에게 잘못이 있으면 자식은
   세 번 간했다가 들어주지 않으면 뒤따라 다니며 통곡을 하고, 신하는 세 번
   간해서 들어주지 않으면 그 의리에 따라 떠나는 편이 났다.'고 하였다. 그러자
   태사와 소사가 미자에게 떠날 것을 권하니, 미자가 바로 떠나버렸다. [微子曰:
   '父子有骨肉, 而臣主以義屬. 故父有過, 子三諫不聽, 則隨而號之. 人臣三諫不聽, 則其義可
   以去矣.' 於是太師·少師乃勸微子去, 遂行.]라고 하였다.
2) 마융馬融과 왕숙王肅은 기자를 주왕의 숙부로 보았고, 복건服虔과 두예杜預는
   주왕의 서형庶兄으로 보았다. 여기서는 후자의 설을 따랐다.
3) 《사기·송미자세가》에 "주왕이 탐욕스럽고 방탕한 짓을 하므로 기자가 간언
   하였으나, 주왕이 듣지 않았다. 어떤 사람이 말하기를 '떠나는 편이 낫습니다.'
   라고 했다. 이에 기자는 '신하된 자가 간하였으나 듣지 않는다고 하여 떠나버
   리면, 이는 군주의 악행을 부추기는 꼴이 되고, 나 자신도 백성에게 기쁨을
   뺏는 것이 되니, 차마 그렇게 할 수 없습니다.'라고 하였다. 그리하여 머리를
   풀어헤치고 미친 척하다가 잡혀서 노예가 되었다. 그는 풀려난 후 마침내 숨
   어살면서 거문고를 연주하며 스스로 슬픔에 잠겼다. [紂爲淫泆, 箕子諫, 不聽. 人
   或曰: '可以去矣.' 箕子曰: '爲人臣諫不聽而去, 是彰君之惡而自說於民, 吾不忍爲也.' 乃被
   髮詳狂而爲奴. 遂隱而鼓琴以自悲.]라고 하였다.
4) 《사기·은본기殷本紀》에 "주왕이 갈수록 음란해져갔다. 미자가 몇 번이나 간
   언했어도 주왕이 들으려고 하지 않았다. 그는 태사와 소사에게 상의를 하고는
   은나라를 떠났다. 그러나 비간은 '신하는 죽더라도 임금께 충성스러운 마음으
   로 간언해야 한다.'라고 하면서 계속 주왕에게 간언하였다. 그러자 주왕이 진
   노하여 '성인의 심장에는 구멍이 일곱 개나 있다고 들었다.'라고 하면서 비간
   을 해부하여 그의 심장을 꺼내보았다. [紂愈淫亂不止. 微子數諫不聽, 乃與大師·少
   師謀, 遂去. 比干曰: '爲人臣者, 不得不以死爭.' 乃彊諫紂. 紂怒曰: '吾聞聖人心有七竅.'
   剖比干, 觀其心.]"라고 하였다.

라고 하여, 또한 어진 사람의 본보기가 되었다. 그 때문에 공자가 "은나라에 세 어진이가 있었다."라고 칭찬한 것이다. 전목은 이렇게 말했다. "세 사람은 모두 혼란을 진정시켜 백성을 편안케 하는데 뜻이 있었다. 그들의 행동은 달랐으나, 그들이 지극한 정성과 측은히 여기는 마음으로 사람을 사랑한 것은 한결같았다. 그렇기 때문에 똑같이 어진 사람이 되는 것이다."5) 이것은 공자의 말에 함축된 핵심을 잘 파악한 것이다. 공자가 미자와 같은 선조에 대해 '어짊〔仁〕'이라는 말로 평가한 것에는 은나라 말기의 정치에 대한 애석함과 실망이 함축적으로 표현되어 있으며, 동시에 은나라 멸망에 대한 슬픔과 추모가 무의식중에 은근히 드러나 있다. 공자는 이런 여러 가지 미묘하고도 섬세한 마음을 높이 예찬하는 "은나라에세 어진이가 있었다."라는 말을 빌려 무심결에 언뜻 지나가는 말투로 표현한 것이다.

전목은 ≪논어·미자≫의 전편全篇에 대해 이렇게 말했다. "(이 편에는) 인자仁者와 현자賢者가 벼슬에 나아가거나 물러난 것이 많이 기록되어 있고, 거의 ≪논어≫의 끝에 배치되어 있다. 이것은 아마도 공자께서 도가 행해지지 않는 것을 보고 벼슬에 나아가야 할 경우와 물러나야 할 경우의 뜻을 밝힌 것 같다. 먼저 이 편篇으로 은나라의 멸망이 현자를 등용하지 않은 것에서 비롯되었음을 밝혀서 지금의 상황을 걱정하고 옛일을 회상하였다. 그래서 공자께서 도가 곤궁하여 이 백성들이 재난과 변란에서 벗어나지 못함을 탄식하셨다."6) 이것은 핵심을 찌른 말로, 공자가 "은나라에 세 어진이가 있었다."라고 개탄한 진정한 심정을 이해한 것이다.

"은나라에 세 어진이가 있었다."라고 한 말은 공자가 옛날과

---

5) 전목, ≪논어신해≫, 삼련서점, 2012, 421쪽.
6) 전목, ≪논어신해≫, 삼련서점, 2012, 421쪽.

지금의 일을 주시하면서 선조를 추모함과 동시에 자신의 처지를 그 속에 함께 넣은 것이다. 역사가 늘 그렇듯이 공자와 세 어진이를 함께 끌어들였다. 똑같이 말세에 처하게 된 그들은 어느 곳에 처하고 무엇을 따를지 선택해야만 했다. "인仁"은 공자 자신이 기대하던 것이며, 세 어진이가 보여준 "인"의 힘은 난세 속의 공자에게 비할 데 없는 용기를 주고 마음속에 빛을 밝혀주었을 것이다.

공자에게 위로가 되고 기쁨을 준 것은 가족 전통 중의 "인"의 힘이었다. 그것은 곤경에 처한 공자를 정신적으로 무한히 격려해주었을 뿐만 아니라, 가늠할 수 없을 정도의 사회적 명예를 가져다주었다. ≪춘추좌씨전≫ 소공昭公 7년(B.C. 535)에 다음과 같은 기록이 있다.

9월, 소공이 초나라에서 돌아오자 맹희자孟僖子가 예식의 진행을 잘 해나가지 못한 것을 부끄럽게 여겼다. 그래서 그것을 배우려고 만약 예식에 능한 사람이 있으면 그를 좇아 배웠다. 그러던 그가 죽음에 임박하자 자신의 대부들을 불러놓고 말했다.
"예절은 사람에게 있어 근간이 되니, 예절이 없으면 바르게 처세할 수 없다. 내가 듣자니, 장차 예절로 세상에 드러날 사람이 있는데, 공구孔丘라고 부르며 성인의 후손이라고 한다. 그런데 (6대조인 공보가가) 송나라에서 죽음을 당하게 되자 그의 고조부인 불보하가 송나라를 차지할 수 있었으나 동생인 여공에게 왕의 자리를 양보하였다. (불보하의 증손자인) 정고보에 이르러서는 대공戴公을 비롯해 무공武公, 선공宣公을 섬겼다. 세 번째 왕의 명을 받았을 때 더욱 공손하였다고 한다. 그래서 (정고보의 사당에 있는) 솥[鼎]에 새겨놓은 명문銘文에 이르기를 '일명一命에 고개를 숙이고, 이명二命에 등을 구부리고, 삼명三命에는 허리를 굽히고, 길을 걸을 때는 (중앙으로 걷지 않고) 담장 가를 따라 걸어가도, 누구도 감히 나를 업신여기지 않았다. 이 솥에 범벅과 죽을 쑤어서 내 입에 풀칠하리라.'라고 하였다. 그

의 공손함이 이와 같았다. 장손흘臧孫紇이 말하기를 '성인聖人의 후
예로서 밝은 덕을 가진 사람이 만약 그 당대의 세상을 다스리지 못
하면, 그 후손 중에 반드시 통달한 사람이 있게 될 것이다.'라고 하
였다. 지금 그 통달한 사람이 아마도 공구인 듯하다. 내가 만약 죽
게 되면, 반드시 열說(남궁경숙南宮敬叔)과 하기何忌(맹의자孟懿子)를 선
생에게 부탁하여 선생을 섬기며 예절을 배우게 하면, 그 지위가 안
정될 것이다."

그래서 맹의자와 남궁경숙이 공자를 스승으로 삼아 가르침을 받은
것이다. 〔九月, 公至自楚. 孟僖子病不能相禮, 乃講學之, 苟能禮者從之. 及其將死
也, 召其大夫曰: "禮, 人之幹也, 無禮, 無以立. 吾聞將有達者曰孔丘, 聖人之後也, 而
滅於宋. 其祖弗父何以有宋而授厲公. 及正考父佐戴·武·宣, 三命玆益共, 故其鼎銘
云: '一命而僂, 再命而傴, 三命而俯. 循牆而走, 亦莫余敢侮. 饘於是, 鬻於是, 以餬余
口.' 其共如是. 臧孫紇有言曰: '聖人有明德者, 若不當世, 其後必有達人.' 今其將在
孔丘乎? 我若獲沒, 必屬說與何忌於夫子, 使事之, 而學禮焉, 以定其位." 故孟懿子與
南宮敬叔, 師事仲尼.〕

여기에서는 노나라 공경公卿인 맹희자가 공자의 선조를 "성인"
으로, 공자를 "성인의 후손"으로 칭하며, 공자의 선조인 불보하와
정고보가 보인 사적을 성인의 것이라며 극도로 찬양하고 있다. 그
러나 공자의 선조인 민공이 왕위를 아들에게 물려주지 않고 동생인
양공에게 물려준 것이 노나라의 내란을 초래하였다. 왜냐하면 민
공의 둘째 아들이 숙부인 양공을 시해하고 그의 형인 불보하를 왕
으로 삼으려 하였기 때문이었다. 그런데 불보하가 왕이 되면, 마땅
히 그 동생에게 왕을 시해한 죄를 물어야만 했다. 그렇게 되면 가
족 간에 다시 비극을 더하게 되는 것이었다. 이러한 상황에서 불
보하는 왕의 자리를 서자庶子 출신의 동생에게 자진해서 양보하고,7)

---

7) 《사기·송미자세가》에 "양공이 즉위하자, 민공의 아들인 부사가 양공을 살해
하고 그 자리에 올랐다. 〔煬公卽位, 湣公子鮒祀弑煬公而自立.〕"라고 하였는데, 이
에 대해 《사기색은》에서 "《춘추좌씨전》에 따르면, 민공은 서자이다. 〔據

자신은 기꺼이 경卿이 되었다. 그리고 불보하의 증손자인 정고보는 송나라의 대공을 비롯해 무공과 선공을 보좌하였다. 그는 나랏일에 마음을 다하고, 도덕의 수양을 지극히 하여 그 아름다운 이름을 후세에 전하였다. 맹희자는 "성인의 후예로서 밝은 덕을 가진 사람이 만약 그 당대의 세상을 다스리지 못하면, 그 후손 중에 반드시 통달한 사람이 있게 될 것이다."라는 예언에 따라 공자를 "성인의 후예" 가운데 "통달하게 될 사람"으로 확신하고 있었다. 이것은 그가 "인"을 실천하는 공자로부터 한결같이 "인"을 관철하는 공씨孔氏 가문의 거대한 힘을 보았다는 것이다. 그렇기 때문에 자신의 두 아들이 공자를 스승으로 모시고 가르침을 받을 수 있도록 부탁한 것이다.

2. 공자의 주왕紂王에 대한 평가
― 완전한 악인으로 몰지는 않았다

≪논어·자장子張≫에서는 이렇게 말하고 있다.

자공이 말했다. "주왕의 착하지 못한 행실이 이렇게 심하지는 않았다. 이 때문에 군자는 뭇 악행이 모이는 자리〔下流〕에 머무는 것을 싫어한다. 천하의 증오가 모두 거기로 모여들기 때문이다."〔子貢曰: "紂之不善, 不如是之甚也. 是以君子惡居下流, 天下之惡皆歸焉."〕

여기에서 자공은 "주왕의 착하지 못한 행실이 후세 사람들이 말하는 것만큼 지나치지 않았다. 이 때문에 군자는 하류下流에 머

≪左氏≫, 卽湣公庶子也.〕"라고 주석을 붙였다.

무는 것을 싫어한다. 그것이 천하의 증오를 모두 그에게 모여들게 하기 때문이다."8)라고 개탄하였다.

≪논어≫에는 공자와 자공이 '군자가 미워하는 것'에 대해 토론하는 것을 기록한 것이 있다.

> 자공이 물었다. "군자도 미워하는 것이 있습니까?" 선생님께서 말씀하셨다. "미워하는 것이 있다. 남의 나쁜 점을 말하는 사람을 미워하고, 아래에 있으면서 윗사람을 비방하는 사람을 미워하고, 용기만 있고 예의가 없는 사람을 미워하고, 과감하기만 하고 융통성 없는 사람을 미워한다."〔子貢曰: "君子亦有惡乎?" 子曰: "有惡. 惡稱人之惡者, 惡居下流而訕上者, 惡勇而無禮者, 惡果敢而窒者."〕(≪논어·양화陽貨≫)

이 두 번의 담론을 합쳐서 보면, 그 내용이 서로 비슷하여 마치 하나의 담론을 둘로 나누어 기록한 것처럼 보인다. 전자는 주왕의 악명을 평가하는 문제와 관련되기 때문에, 공자의 제자가 어쩌면 조심하느라 공자의 모습이 드러나지 않게 했을 수도 있다. 왜냐하면 자공은 공자의 제자로, 주왕에 대해 이렇게 새로우면서도 깊이 있게 이해하고 체득한 것을 공자로부터 들었을 가능성이 크기 때문이다. 공자는 자공에게 이렇게 알려주었을 것이다. 즉 주왕 역시 '착한' 일면이 있었고, 그의 악행이 결코 후세에서 말하는 만큼 그렇게 지나친 것은 아니었을 것이나, 다만 후세에 성패를 가지고 사람을 논하다 보니, 천하의 악명이 모두 주왕에게로 돌려졌을 뿐이라는 것이다.

그렇다면 주왕에게는 도대체 어디에 '착한' 곳이 있었을까? 애석하게도 ≪논어≫에서 이에 대해 상세하게 언급하지 않아 그의 '착한' 면과 관련된 기록을 믿게 할 길이 없다. 그러나 자공이 감격

---

8) 백화문 번역은 전목, ≪논어신해≫, 삼련서점, 2012, 448쪽 참조.

해하며 한 말에서 적어도 우리는 이러한 것을 알 수 있을 것이다. 다시 말해서 공자와 자공이 주왕의 '착한' 면에 관해 비공식적으로 의견을 나눈 적이 있었을 것이라는 것이다. 그렇지 않았다면, 자공이 이처럼 깊은 여운이 담긴 말을 감격해서 표출할 수는 없었을 것이다. 공자가 주왕을 완전히 악인만은 아니라며 세속 사람들과 달리 평가한 것을 보면, 은나라의 역사에 대해 공자 자신만의 독자적인 생각을 가지고 있으며, 또한 "천하의 악명을 모두 주왕에게로 돌리려고" 시도하는 상황에 대해 공자가 아주 조심스럽지만 분명하게 반발하고 있다는 것을 알 수 있다. 그 동기와 최종 결과가 어떻든 간에 우리는 어렴풋하게나마 친족의 역사에 대한 공자의 배려를 느낄 수 있다.

그러나 유감스러운 것은, 역사는 늘 승리자가 쓴다는 것이다. 주왕은 패배자였기에 "천하의 악명이 모두 자신에게 돌려지는" 숙명을 거역할 수 없는 추세였던 것이다.

> 양주楊朱가 말했다. "천하의 아름다운 일은 순舜을 비롯해 우禹, 주공周公, 공자에게 돌리고, 천하의 악한 일은 걸桀과 주紂에게 돌린다."〔楊朱曰 : "天下之美歸之舜·禹·周·孔, 天下之惡歸之桀·紂."〕 (≪열자列子·양주楊朱≫)

> (성제成帝가) 돌아시시 그림을 가리키며 반백班伯에게 물었다. "주紂의 도리에 어긋난 행동이 이 정도에까지 이르렀는가?" 반백이 대답하여 아뢰었다. "≪서경≫에 이르기를 '아녀자의 말을 사용하였다.'라고 했습니다. 그렇지만 어찌 조정에서 그러한 방자함이 펼쳐졌겠습니까? 이른바 온갖 악행을 그에게 돌린 것이지, 이와 같이 심하지는 않았습니다."〔因顧指畵而問伯: "紂爲無道, 至於是虖?" 伯對曰: "≪書≫云'乃用婦人之言', 何有踞肆於朝? 所謂衆惡歸之, 不如是之甚者也."〕 (≪한서漢書·서전敍傳≫)

양주와 반백의 말을 통해 우리는 공자가 친족을 배려하는 온 정을 다시 한 번 느낄 수 있다. 설령 주왕과 같이 만백성이 모두 혐오하고 경멸하는 폭군이라 할지라도, 공자는 가능한 한 그에게서 '착한' 면을 찾아내고자 하였다. 이것은 '인仁은 사람을 사랑하는 것〔仁者愛人〕'이라는 공자의 넓은 마음이다. 좁은 가족의 세계에서 벗어나 시공의 터널을 뚫고 온 그의 사랑이 지금까지 이르고 있다.

3. 공자와 기자箕子

《사기·송미자세가》의 기록에 따르면, 주나라의 무왕武王이 은나라를 멸한 후 미자를 송나라에 봉하고, "기자를 조선에 봉하고 신하로 삼지 않았다.〔封箕子於朝鮮而不臣也〕"9) 또 《논어·자한子罕》에서는 이렇게 말하고 있다.

공자가 구이九夷로 가서 살고자 하자 어떤 사람이 물었다. "누추한 곳으로 어찌하여 떠나려 하십니까?" 선생님께서 말씀하셨다. "군자가 그곳에 있다면, 어찌 누추하다 하겠는가!"〔子欲居九夷. 或曰: "陋, 如之何!" 子曰: "君子居之, 何陋之有?"〕

구이九夷에 대해 난귀천欒貴川은 다음과 같이 주석을 달았다. "이 곳은 조선朝鮮을 가리킨다. 고려高麗는 구이 가운데 하나이다. 군자는 특별히 주나라 초에 조선에 봉해진 기자箕子를 가리킨다."10) '구이'는 바로 조선을 가리킨다. 이 점에 대해서 비교적 일찍 언급한 사람은 동한의 반고班固이다. 《한서·지리지地理志》에는 다음과 같

---

9) 《사기史記》 권38, 중화서국, 1959, 1620쪽.
10) 난귀천, 《논어 교과 과정》, 중국사회과학출판사, 2010, 138쪽.

이 기록되어 있다.

현토玄菟와 낙랑樂浪은 무제 때 설치되었다. 모두 조선을 비롯한 예맥濊貊, 구려句麗라는 오랑캐이다. 은나라의 도道가 쇠퇴하자, 기자가 조선으로 가서 그 백성들에게 예의를 비롯해 농사, 양잠, 길쌈하는 방법을 가르쳤다. 낙랑조선樂浪朝鮮의 백성들에게 범해서는 안 될 여덟 가지 조항을 두었다. 즉 사람을 죽이면 즉시 죽일 것, 사람을 다치게 하면 곡물로 배상할 것, 도둑질한 남자는 그 집안의 종[奴]으로 삼고, 여자는 비婢로 삼는데 속죄하려면 50만 전을 낼 것 등이다. (그런데 돈을 지불하여) 비록 죄를 면하여 평민이 된다고 하더라도, 오히려 그것을 부끄럽게 여겨 시집을 가고 장가를 들려고 해도 호응하는 데가 없었다. 그렇기 때문에 그 백성들은 끝내 서로 도둑질을 하지 않아 문을 닫는 일이 없었으며, 아녀자들은 정숙하고 성실하여 방탕하거나 음란하지 않았다. 농부들이 먹고 마실 때는 대나무 그릇과 나무 그릇을 사용하고, 도성 사람들은 관리나 중국의 상인들을 꽤나 모방하려 하여 때때로 음식물을 접시에 담았다. 군郡에서 처음에는 관리를 요동에서 뽑아왔는데, 그중의 어떤 관리들은 백성들이 창고의 문을 잠그지 않는 것을 보고 장사하러 온 상인들과 함께 밤에 도둑질을 하자 풍속이 점점 야박해졌다. 지금에 이르러서는 법으로 금하는 것을 범하는 자가 점차 많아져 법령이 60여 조목에 이른다. 귀하도다, 어질고도 현명하신 분의 교화여! 그러나 동이東夷 민족은 천성이 유순하여 남만南蠻과 융만戎蠻 및 북호北胡와는 달랐다. 그래서 공자는 자신의 도리가 행해지지 않는 것을 애통해하며 바다로 뗏목을 띄워 구이九夷로 가서 살고자 하였으니, 이유가 있었던 것이다! 〔玄菟·樂浪, 武帝時置, 皆朝鮮·濊貊·句驪蠻夷. 殷道衰, 箕子去之朝鮮, 教其民以禮義, 田蠶織作. 樂浪朝鮮民犯禁八條. 相殺以當時償殺. 相傷以穀償. 相盜者男沒入爲其家奴, 女子爲婢, 欲自贖者, 人五十萬. 雖免爲民, 俗猶羞之, 嫁取無所讐, 是以其民終不相盜, 無門戶之閉, 婦人貞信不淫辟. 其田民飲食以籩豆, 都邑頗放效吏及內郡賈人, 往往以杯器食. 郡初取吏於遼東, 吏見民無閉藏, 及賈人往者, 夜則爲盜, 俗稍益薄. 今於犯禁浸多, 至六十餘條. 可貴哉, 仁賢之化

也! 然東夷天性柔順, 異於三方之外, 故孔子悼道不行, 設浮於海, 欲居九夷, 有以也
夫!〕

당나라의 안사고顔師古가 주를 달 때, 한걸음 더 나아가 ≪한
서≫의 기록을 근거로 다음과 같이 말했다. "≪논어≫에서 공자가
'도가 행해지지 않아 바다로 뗏목을 타고 떠날 때 나를 따를 사람
은 아마 유由(자로子路)일 것이다.'라고 하였는데, 공자가 뗏목을 타
고 동이로 가고자 한 것은 그 나라에 어질고도 현명한 사람의 교
화가 있어 도를 행할 수 있다는 것을 뜻하는 것이다. 〔≪論語≫稱孔子
曰: '道不行, 乘桴浮於海. 從我者其由也歟!' 言欲乘桴筏而適東夷, 以其國有仁賢之化可以行
道也.〕"11)

또 ≪후한서·동이열전東夷列傳≫에서는 이렇게 말했다. "≪예기
禮記·왕제王制≫에 이르기를 '동방東方을 오랑캐〔夷〕라 한다.'……오랑
캐에는 아홉 가지가 있으니, 견이畎夷를 비롯해 우이于夷, 방이方夷,
황이黃夷, 백이白夷, 적이赤夷, 현이玄夷, 풍이風夷, 양이陽夷가 그것이
다. 그래서 공자도 구이에 살고 싶어 하였던 것이다. 〔〈王制〉云: '東方
曰夷.' ……夷有九種, 曰畎夷, 于夷, 方夷, 黃夷, 白夷, 赤夷, 玄夷, 風夷, 陽夷. 故孔子欲
居九夷也.〕" ≪후한서·동이열전≫에서 그 전기傳記를 언급하며 또 이
렇게도 말했다. "옛날 기자가 쇠망한 은나라의 운명을 벗어나려 조
선 땅에 피난하였다. 처음엔 그 나라의 풍속이 알려진 바 없었다.
그런데 8조목의 규약을 시행하여 사람들에게 해서는 안 되는 것을
알게 하니, 마침내 고을에 음란하거나 도둑질하는 행동이 없어져
서 밤에도 문을 잠그지 않게 되고, 완고하고 거친 풍습을 바꾸어
놓았다. 그렇게 너그럽고 까다롭지 않은 법이 수백 년 동안 행하
여졌다. 그래서 동이東夷 전체가 온화하면서도 예의가 바른 것이
풍속이 되어 다른 세 곳의 오랑캐와는 다르게 되었다. 진실로 정

---

11) ≪한서漢書≫ 권28, 중화서국, 1965, 1658~1659쪽.

령政令이 밝으면 도의道義가 있게 마련인 것이다. 공자가 격분해서 구이九夷에 가서 살려고 하니, 어떤 사람이 그곳은 누추한 곳이 아닌가 하므로, 공자가 '군자가 그곳에 있다면, 어찌 누추하다 하겠는가!'라고 한 것도 역시 그럴 만한 까닭이 있었던 것이다. 그 뒤 통상이 이루어져 상인들과 접촉하고, 점차 상국上國과 교류하게 되었다. 그런데 연燕나라 사람인 위만衛滿이 그들의 풍속을 어지럽히자, 이에 풍속이 경박하게 되었다. 노자老子가 '법령이 불어날수록 도적이 많아진다.'고 한 것은 기자와 같이 법조문을 간략하게 하고 신의로 다스리는 것이었으니, 성현이 법을 만든 근본 취지를 얻은 것이었다. 〔昔箕子違衰殷之運, 避地朝鮮. 始其國俗未有聞也, 及施八條之約, 使人知禁, 遂乃邑無淫盜, 門不夜扃, 回頑薄之俗, 就寬略之法, 行數百千年, 故東夷通以柔謹爲風, 異乎三方者也. 苟政之所暢, 則道義存焉. 仲尼懷憤, 以爲九夷可居. 或疑其陋. 子曰: '君子居之, 何陋之有!' 亦徒有以焉爾. 其後遂通接商賈, 漸交上國. 而燕人衛滿擾雜其風, 於是從而澆異焉. 老子曰: '法令滋章, 盜賊多有.' 若箕子之省簡文條而用信義, 其得聖賢作法之原矣!〕"12)

이상의 ≪한서≫와 ≪후한서≫의 기록은 기자가 조선을 어질고도 현명한 교화로 다스렸다는 것을 묘사한 것으로, 공자가 추구하는 어질고 바른 정치의 이상〔美政理想〕에 상당히 부합한다. 이 역사적 자료들을 종합하여 청나라의 유보남劉寶楠은 ≪논어정의論語正義≫에서 "공자께서 구이에 살고자 뗏목을 타고 바다로 나가겠다고 한 것은 모두 조선을 말한다. 〔子欲居九夷, 與乘桴浮海, 皆謂朝鮮.〕"라고 분명하게 말하였다. 그는 또 하이손何異孫의 ≪십일경문대十一經問對≫를 인용하여 이렇게도 말했다. "기자가 조선에 봉해지자 도리를 널리 보급하여 풍속을 잘 이끌고, 백성들에게 예의를 비롯해 농사와 양잠을 가르쳤다. 그래서 지금에 이르도록 백성들은 음식을 대나무그릇과 나무그릇에 담는 것을 귀중히 여기고, 의관과 예악이 중국과 같은 것은 기자의 교화 때문이다. '군자가 거주한다.'는 구절

---

12) ≪후한서後漢書≫ 권85, 중화서국, 1965, 2807쪽·2822~2823쪽.

은 기자를 가리켜 한 말이지, 공자 자신을 군자라고 한 것은 아니다. 〔箕子受封於朝鮮, 能推道訓俗, 敎民以禮義田蠶, 至今民飮食以籩豆爲貴, 衣冠禮樂, 與中州同, 以箕子之化也. '君子居之', (一句恐)指箕子言(之), 非孔子自稱爲君子也.〕"13) 위의 기록과 주소注疏에 보이는 것은 ≪논어·자한≫ 이외에 ≪논어·공야장≫에서도 언급하고 있다.

선생님께서 말씀하셨다. "도리가 행해지지 않아 뗏목을 타고 바다로 나간다면, 나를 따르는 사람은 바로 자로일 것이다!" 자로가 이 말을 듣고 기뻐하였다. 〔子曰: "道不行, 乘桴浮于海. 從我者其由與!" 子路聞之喜.〕

만약 안사고나 유보남이 말한 것, 즉 "공자께서 구이에 살고자 뗏목을 타고 바다로 나가겠다고 한 것은 모두 조선을 말한다."라고 한 것이 옳다면, ≪논어≫에서 공자가 여러 번 기자가 봉해진 '구이'인 조선의 땅에 대한 동경을 무심코 드러낸 것은, 공자가 그의 선조인 기자의 어질고 바른 정치에 대한 존경과 그의 인격적 매력에 대한 흠모와 추종을 잘 보여주는 것이다.

≪한서·예문지藝文志≫에서는 "공자의 말 가운데 '예禮를 잃으면 그것을 변방〔野〕에서 찾는다.'라는 말이 있다. 〔仲尼有言: '禮失而求諸野.'〕"라고 하였다. 그런데 지금 우리들은 공자가 말한 것의 출처를 고증하여 밝힐 길이 없다. 그러나 그것은 위에서 공자가 "구이에 살고자 한다."는 말과 "뗏목을 타고 바다로 나가고자 한다."는 말과 분명히 유사성이 있다. ≪춘추좌씨전≫ 소공昭公 17년(B.C.525)에 담국郯國의 임금이 노魯나라로 조회를 갔는데, 담국은 고대 제왕인 소호少昊의 후예들이어서 공자가 담자郯子에게 소호 때의 관직 제도에

---

13) (청淸) 유보남, 고류수高流水 표점 교감(點校), ≪논어정의論語正義≫ 권10, 중화서국, 1990, 344쪽.

대해 가르침을 청하고, 또 공자가 "'천자가 관직에 관한 예법을 잃어버리면, 사이四夷에서 배운다.'라고 하는데, 이는 믿을 만하다. 〔天子失官, 學在四夷, 猶信.〕"14)라고 하였다는 등등의 이야기가 나온다. 이것을 통해 공자가 소수민족의 문화에 대해 관심을 갖고 주의를 기울였음을 알 수 있다.

≪사기 · 공자세가≫에도 다음과 같은 기록이 있다.

어느 날 매 한 마리가 진陳나라 궁정에 날아와 죽었는데, 싸리나무로 만든 화살이 몸에 꽂혀 있었고, 그 촉은 돌로 되어 있었으며, 화살의 길이는 1자 8치였다. 진나라 민공湣公이 심부름꾼을 보내 이것에 대해 공자에게 물었다. 공자가 말했다. "매는 멀리서 왔습니다. 이것은 숙신肅愼의 화살입니다. 옛날 무왕武王이 상商나라를 멸한 후에 사방의 모든 이민족과 교통하고, 각기 그 지방의 특산물을 조공하게 함으로써 그들의 직책과 의무를 잊지 않게 했습니다. 이에 숙신은 싸리나무로 만든 화살과 돌로 만든 화살촉을 바쳤는데, 길이가 1자 8치였습니다. 선왕께서는 그의 아름다운 덕을 표창하고자 숙신의 화살을 큰딸인 대희大姬에게 나누어 주었습니다. 그리고 그 딸이 우虞나라의 호공胡公을 배필로 맞이하자, 호공을 진나라에 봉했지요. 같은 성씨姓氏의 제후들에게는 진귀한 옥을 나누어 주어 친척의 도리를 다하게 한 반면에, 성씨가 다른 제후들에게는 먼 지방에서 보내온 조공의 물품을 나누어 주어 자신의 의무를 잊지 않게 했습니다. 그리하여 진나라에는 숙신의 화살을 나누어 주었던 것입니다." 진나라 민공이 옛 창고를 조사해서 찾아오게 했는데, 과연 그것이 있었다. 〔有隼集于陳廷而死, 楛矢貫之, 石砮, 矢長尺有咫. 陳湣公使使問仲尼. 仲尼曰: "隼來遠矣, 此肅愼之矢也. 昔武王克商, 通道九夷百蠻, 使各以其方賄來貢, 使無忘職業. 於是肅愼貢楛矢石砮, 長尺有咫. 先王欲昭其令德, 以肅愼矢分大姬, 配虞胡公而封諸陳. 分同姓以珍玉, 展親. 分異姓以遠職, 使無忘服. 故分陳以肅愼矢."

---

14) 상세한 내용은 양백준楊伯峻, ≪춘추좌전주春秋左傳注≫, 중화서국, 1981, 1389쪽 참조.

試求之故府, 果得之.〕

≪사기정의史記正義≫에는 다음과 같은 말이 있다. "≪숙신국기≫
에 이르기를 '숙신은 그 땅이 부여국 동북쪽에 있는데, 물길로 60
일을 가야 한다.'라고 하였다.〔≪肅愼國記≫云: '肅愼, 其地在夫餘國東北, 河六
十日行.〕" 부여국夫餘國은 중국의 동북쪽에 있고, 숙신과 부여夫餘는
모두 주나라 무왕이 "사방의 모든 이민족들과 교통하고", "성씨가
다른 제후들에게 조공의 물품을 나누어 주던" 지역에 속하였다. 공
자가 진나라 민공의 심부름꾼에게 회답한 것은, 그가 구이九夷 그
리고 중원의 이성異姓과 종친의 관계에 대해 깊이 인식하고 있다는
것을 드러내는 것이다. 주나라 무왕이 기자를 조선에 봉한 역사적
사실과 "사방의 모든 이민족들과 교통한 것" 등으로 서로 검증해보
면, 공자가 기자와 구이를 대하는 정감을 우리로 하여금 잘 인식
하게 할 수 있을 것이다.
　≪사기·송미자세가≫에는 다음과 같은 기록이 있다.

그리하여 무왕은 기자를 조선에 봉하고 신하로 삼지 않았다. 그 이
후 기자가 주나라로 조회를 하러 가다가 옛 은나라의 도읍을 지나
게 되었다. 그런데 궁실이 파괴되어 곡식이 자라는 것이 슬퍼 기자
는 상심하여 소리 내어 울고 싶었으나 할 수가 없었다. 그런데 울
려고 하는 것이 아녀자와 같다는 생각이 들어, 이에 맥수麥秀라는 시
를 지어 읊었다. 그 시는 다음과 같다. "보리 이삭 패어 늘어지고,
벼와 기장 무성하구나. 교활한 저 아이, 나를 좋아하지 않았지." 이
른바 교활한 저 아이는 바로 은나라의 주왕이다. 은나라 백성들이
그 시를 듣고 모두 눈물을 흘렸다.〔於是武王乃封箕子於朝鮮而不臣也. 其後
箕子朝周, 過故殷墟, 感宮室毀壞, 生禾黍, 箕子傷之, 欲哭則不可, 欲泣爲其近婦人,
乃作麥秀之詩以歌詠之. 其詩日: "麥秀漸漸兮, 禾黍油油. 彼狡僮兮, 不與我好兮!" 所
謂狡童者, 紂也. 殷民聞之, 皆爲流涕.〕

여기서는 기자가 조선에서 중원으로 돌아가다가 은나라의 옛 도읍을 지나면서 감개무량함을 금치 못하여 소리 내어 울고 싶었으나 울 수도 없었는데, 울먹이는 것이 또한 아녀자와 같다는 생각이 들어, 이에 시를 지어 읊는 방식으로 그가 '나라 잃은 슬픔[黍離之悲]'을 토로하는 것을 묘사하고 있다. 공자의 일생을 전체적으로 살펴보면, 그 역시 시를 지어 읊으면서 감정을 직접 토로하기도 하였는데, 이것은 아마 그의 선조인 기자를 모방한 것일지도 모른다. 공자가 일생 동안 시를 지어 읊은 경우가 두 차례 있었다. 첫 번째는 공자가 정치에 종사하다 실망하여 54세 때 조국을 떠나면서 가슴에 찬 슬픔과 분노를 노래한 다음과 같은 경우이다.

공자는 마침내 노나라를 떠나 둔屯에서 묵게 되었다. 대부大夫인 사기師己가 공자를 전송하며 말했다. "선생께서는 아무 잘못이 없습니다." 공자가 말했다. "내가 노래로 대답해도 괜찮겠는가?" 공자는 노래를 불렀다. "저 여인의 입은 사람을 내쫓을 수 있고, 저 여인의 요청은 사람을 죽이거나 망칠 수도 있으니, 유유자적하며 이렇게 세상을 마치리라!"[孔子遂行, 宿乎屯. 而師己送, 曰: "夫子則非罪." 孔子曰: "吾歌可夫?" 歌曰: "彼婦之口, 可以出走. 彼婦之謁, 可以死敗. 蓋優哉游哉, 維以卒歲!"] (《사기·공자세가》)

두 번째는 병이 깊어 세상을 떠날 무렵, 가슴 가득한 실망을 노래한 다음과 같은 것이다.

공자가 병이 나자 자공이 뵙기를 청하였다. 공자는 마침 지팡이에 의지해 문 앞을 서성거리다가 자공에게 말하였다. "사賜야, 너는 왜 이렇게 늦게 왔느냐?" 그러고는 탄식하며 노래를 불렀다. "태산이 무너지려는가! 들보와 기둥이 부러지려는가! 철인哲人이 죽으려는가!" 노래를 부르고 나서 눈물을 흘렸다. 다시 자공을 보고 말했다. "천하에 도가 없어진 지 오래되었다. 아무도 나를 존중하지 않는구나."

〔孔子病, 子貢請見. 孔子方負杖逍遙於門, 曰: "賜, 汝來何其晚也?" 孔子因歎, 歌曰: "太山壞乎! 梁柱摧乎! 哲人萎乎!" 因以涕下. 謂子貢曰: "天下無道久矣, 莫能宗予."〕
(《사기·공자세가》)

공자가 세상을 떠나기 전에 아들이 죽었고, 가장 아꼈던 제자인 안회顔回와 자로子路도 죽었다. 그는 말할 수 없는 실망과 슬픔을 품고서 "천하에 도가 없어진 지 오래되었다. 아무도 나를 존중하지 않는구나."라고 하면서 세상을 떠났다. 공자가 이 시를 지어 읊을 때의 상심과 고통은 분명 그의 선조인 기자에 못지않았을 것이다.

4. 은殷나라 사람으로서의 자각自覺

공자는 은나라 사람이다. 그는 임종할 때 자신이 은나라 사람이라는 것을 자각하고 있었다. 그래서 그는 자공에게 이렇게 말했다.

천하에 도가 없어진 지 오래되었다. 아무도 나를 존중하지 않는구나. (장사를 치를 때) 하夏나라 사람들은 유해를 동쪽 계단에 모시고, 주周나라 사람들은 서쪽 계단에 모시고, 은나라 사람들은 두 기둥 사이에 모셨다. 어젯밤에 나는 두 기둥 사이에 놓여 제사를 받는 꿈을 꾸었다. 나는 처음부터 은나라 사람이었다. 〔天下無道久矣, 莫能宗予. 夏人殯於東階, 周人於西階, 殷人兩柱間. 昨暮予夢坐奠兩柱之間, 予始殷人也.〕
(《사기·공자세가》)

공자는 이 말을 하고 나서 7일 후 세상을 떠났다. 이장지李長之가 이렇게 말했다. "공자가 선망한 것은 주나라, 즉 '찬란한 문화'

의 주나라였던 것이다. 은나라 사람들은 귀신을 숭상하였고, 은나라는 본래 감정을 중시하여 종교적 정서가 풍부한 문화를 가지고 있었다. 하지만 주나라는 규칙을 준수하고, 예악을 중시하는 일종의 이지적인 문화를 가지고 있었다. 은나라는 낭만적이고, 주나라는 고전적이었다. 공자는 자신이 은나라 사람이었으나, 주나라를 흠모하였다. 이것은 공자가 근본에 있어서는 낭만적이었으나, 고전적인 것을 갈망하였다는 것을 나타낸다."15) 공자의 선조는 나라가 망하면서 정치 권력까지 잃었다. 공방숙孔防叔은 송나라를 떠나면서 작위를 잃었다. 공자는 50여 세에 노나라를 떠나 14년간이나 외지를 떠돌았다. 농경문화에서 인류의 뿌리를 찾아가고자 하는 그런 자연스런 천성은 공자 또한 예외가 아니었다. 그가 여러 나라를 두루 돌아다닐 때 그의 선조가 세운 송나라는 그를 무정하게 내몰았다. 당시 송나라의 실권자인 환퇴桓魋는 공자를 최대의 적 내지는 최대의 위협으로 보았기에 그를 죽여야만 마음이 후련할 것 같았다. 송나라를 세웠던 이 직계 자손은 끝내 자신의 본가 성문에 반 발짝도 들어갈 수가 없었으니, 송나라에 들어가 선조를 제사지낸다는 것은 더 말할 필요도 없었다.

≪논어 · 술이述而≫에서는 다음과 같이 말하고 있다.

선생님께서 말씀하셨다. "옛것을 전승하여 기술하되 창작하지 않으며, 옛것을 믿고 좋아하는 나를 가만히 우리 노팽老彭에게 견주어 보노라."〔子曰: "述而不作, 信而好古, 竊比於我老彭."〕

강유위康有爲는 이것에 대해 다음과 같은 주석을 달았다. "포함包咸이 말하기를, '노팽은 은나라의 어진 대부로 옛일을 계술하기를

---

15) 이장지李長之, ≪사마천의 인격과 풍격(司馬遷之人格與風格)≫, 삼련서점, 1984, 68쪽.

좋아하였다. 나도 노팽처럼 옛일을 상세히 조술祖述할 뿐이다.'라고
하였다. 공자는 은나라의 후손이기 때문에 우리〔我〕라고 말한 것이
다. 〔包咸曰: '老彭, 殷賢大夫, 好述古事. 我若老彭, 祖述之耳.' 孔子爲殷後, 故曰我.〕"16)
비록 후세에 '노팽'을 '노자老子'라고 해석하는 사람이 있기는 하지
만, 강유위의 주석에 주의를 기울인다면 공자가 '우리〔我〕'라고 말했
을 때의 그 친근감과 자부심을 납득하고 음미할 수 있을 것이다.
공자는 자신이 은나라 사람이라는 것을 자각하고 있었기 때문에 은
나라의 어진 대부를 자연스럽게 '우리 노팽'이라고 불렀던 것이다.

　　≪사기・은본기≫에는 다음과 같이 기록되어 있다. "태사공太史
公이 말하기를 '나는 송頌에 의거하여 설契의 사적事跡을 편찬하였고,
성탕成湯 이후의 일은 ≪서경≫과 ≪시경≫에서 취했다. 설의 성은
자씨子氏였으나, 그 후손들이 여러 제후국으로 나뉘어 봉해져 각기
자기 나라 이름을 성姓으로 삼게 되었기에 은씨殷氏를 비롯해 내씨
來氏, 송씨宋氏, 공동씨空桐氏, 치씨稚氏, 북은씨北殷氏, 목이씨目夷氏 등
이 있게 되었다. 공자가 은나라의 제후들이 타고 다니던 노거路車
가 가장 아름답다고 말했는데, 은나라 사람들은 흰색을 숭상했다.'
라고 하였다. 〔太史公曰: 余以頌次契之事, 自成湯以來, 采於≪書≫・≪詩≫. 契爲子
姓, 其後分封, 以國爲姓, 有殷氏・來氏・宋氏・空桐氏・稚氏・北殷氏・目夷氏. 孔子曰, 殷
路車爲善, 而色尙白.〕" ≪사기≫에서 인용한 공자의 이 말은 ≪논어・
위령공≫에 나온다.

　　안연이 나라 다스리는 것에 대해 물었다. 선생님께서 말씀하셨다.
　　"하나라의 책력을 쓰고, 은나라의 수레를 타며, 주나라의 면류관을
　　쓰고, 음악은 〈소무〉를 연주할 것이다."〔顔淵問爲邦. 子曰: "行夏之時, 乘
　　殷之輅, 服周之冕, 樂則〈韶舞〉".〕

---

16) 강유위康有爲, 루우열樓宇烈 정리整理, ≪논어주論語注≫, 중화서국, 1984,
　　87쪽.

또 ≪예기·단궁 상檀弓上≫에서는 이렇게 말했다. "은나라 사람들은 흰색을 숭상하여, (상사 때에는 한낮에 염습하고,) 군대와 관련된 일에는 백마를 타고, 희생은 흰빛의 짐승을 쓴다. 〔殷人尙白. (大事斂用日中,) 戎事乘翰, 牲用白.〕" 노輅는 고대의 큰 수레로 대다수 제왕들이 타고 다니는 수레를 가리킨다. 옛사람들은 일상생활에서 쓰는 물건 가운데 오직 수레를 가장 귀하게 여겼다. 공자가 주로 은나라의 수레인 노거輅車를 타고 다녔다는 것은 또한 그가 은나라 시대의 기물과 은나라 사람들이 숭상한 흰색을 좋아하였음을 나타내는 것이다. 이것은 아마도 그가 여전히 은나라 사람이라는 것을 자각시키기 위해서 그렇게 하였을 것이다.

공자가 은나라 후예라는 것을 문화적으로 추인했다는 것은 후세에서 널리 동의하는 것이다. 그들은 심지어 공자를 은나라 사람의 토템인 봉황의 화신으로 여기기도 하였다. ≪장자莊子≫에는 공자가 노자를 용龍으로 비유한 기록이 있다. ≪장자·천운天運≫ 편에서는 이렇게 말하고 있다. "공자가 노담老聃을 만나본 뒤 3일 동안 멍한 채로 말이 없었다. 제자들이 공자에게 노담과 무슨 이야기를 나누었는지 물었다. 공자가 말하기를 '내가 이번에 용을 보았네. 용은 기운이 모이면 형체를 이루고, 기운이 흩어지면 아름다운 무늬를 이루며, 구름을 타고 음양의 두 기운 사이를 날아다닌다네. 나는 그런 용을 보고 입을 벌린 채 다물지도 못하고, 혀를 놀려 말할 수도 없었다네〔舌擧而不能汎〕(이 여섯 글자는 문일다聞一多의 강남고장본江南古藏本에 따라 보충한 것이다). 내가 또 노담에게 무엇을 충고할 수 있었겠나?' 라고 말했다. 〔孔子見老聃歸, 三日不談. 弟子問曰: '夫子見老聃, 亦將何歸哉?' 孔子曰: '吾乃今於是乎見龍. 龍合而成體, 散而成章, 乘乎雲氣而養乎陰陽. 予口張而不能噏, (舌擧而不能汎,) 予又何規老聃哉!'〕" 그런데 노자의 눈에는 공자가 봉황의 화신이었다. 문일다가 당나라와 송나라 때에 수집하여 기록한 책인 ≪예문유취藝文類聚≫와 ≪태평어람太平御覽≫ 속에서 일실된 ≪장자≫

의 한 단락을 찾아냈는데, 그 내용은 다음과 같다.

노자가 공자를 따르는 다섯 명의 제자를 보고 물었다. "앞에 가는 사람들은 누구요?" 공자가 대답하였다. "자로는 용감하고 힘이 세며, 그 다음 자공은 지모가 있고, 증자는 효성스러우며, 안회는 어질고, 자장은 무예를 잘하지요." 노자가 듣고는 탄식하며 말했다. "내가 듣기로 남방에 새가 있는데, 그 이름을 봉황이라 하는데 …… 봉황이라는 새는 머리에는 성聖이라는 문채를 이고, 목에는 인仁이라는 문채를 두르고, 오른쪽에는 지智라는 문채를, 왼쪽에는 현賢이라는 문채를 띤답니다."〔老子見孔子從弟子五人, 問曰:"前爲誰?" 對曰:"子路, 勇且力. 其次子貢爲智, 曾子爲孝, 顔回爲仁, 子張爲式." 老子歎曰:"吾聞南方有鳥, 其名爲鳳, ……鳳鳥之文, 戴聖嬰仁, 右智左賢."〕17)

이 외에도 초楚나라의 광인狂人인 접여接輿의 노래에 다음과 같은 내용이 있다.

봉황이여, 봉황이여! 너의 덕이 어찌 그리도 쇠했는가. 지난 것은 탓할 수 없지만, 앞으로의 것은 고칠 수 있다네. 그만두어라, 그만두어라! 오늘날 정치에 종사하는 자들은 위태롭기 짝이 없다. 〔鳳兮! 鳳兮! 何德之衰? 往者不可諫, 來者猶可追. 已而, 已而! 今之從政者殆而!〕(《논어·미자》)

봉황이여, 봉황이여! 너의 덕이 어찌 그리도 쇠했는가. 오는 세월은 기다릴 수 없고, 가는 세월은 좇을 수 없다네. 천하에 도가 있으면 성인은 자신의 일을 이루고, 천하에 도가 없으면 성인은 자신의 생명을 보전할 뿐이네. 지금의 시대에는 겨우 형벌을 면할 수 있을 뿐이라네. 행복은 깃털보다 가벼운데도 거두어들일 줄 모르

---

17) 문일다聞一多, 《신화 연구神話研究》, 파촉서사巴蜀書社, 2002, 164쪽 참조.

고, 재앙은 땅보다 무거운데도 피할 줄을 모르는구나. 그만두어라. 그만두어라. 덕으로 사람 고르는 짓을! 위태롭구나. 위태롭구나. 땅을 가르고 그 안에서 허둥지둥하는 일을! 가만두어라, 가만두어라, 내 갈 길 막지 마라! 내가 가는 길 굽이져도 나의 발은 다치게 하지 않을 것이네! 〔鳳兮鳳兮, 何如德之衰也! 來世不可待, 往世不可追也. 天下有道, 聖人成焉. 天下無道, 聖人生焉. 方今之時, 僅免刑焉. 福輕乎羽, 莫之知載. 禍重乎地, 莫之知避. 已乎已乎, 臨人以德! 殆乎殆乎, 畫地而趨! 迷陽迷陽, 無傷吾行! 吾行卻曲, 無傷吾足!〕 (≪장자 · 인간세人間世≫)

문일다는 여기에서 나오는 "같다는 뜻의 '如〔여〕' 자가 너라는 뜻의 '汝〔여〕' 자를 가차假借한 것"으로 생각하였다. 한漢나라의 석경石經 ≪논어≫에는 '如' 자가 접속사인 '而〔이〕' 자로 되어 있는데, '而' 자도 본래 너라는 뜻의 '汝' 자로 해석된다.18) 문일다는 공자가 노자를 용에 비유하여 칭찬하자, 노자는 답례로 공자를 봉황에 비유하였다고 생각하였다. 용과 봉황이 타고난 한 쌍이듯 공자와 노자 역시 타고난 한 쌍이다. 그리고 말들 역시 서로의 입에서 나왔고, 전고典故도 바로 똑같이 ≪장자莊子≫에 나온다. 문일다는 "용은 옛날 하夏나라 사람들의 토템이고, 봉황은 옛날 은殷나라 사람들의 토템이다."19)라고 하고, 또 "노자를 용으로, 공자를 봉황으로 여긴 것은 장자莊子가 지어낸 우화일지도 모르지만, 우화가 생겨나는 데는 반드시 근원, 즉 민속학적 근원이 있어야 한다. 사실 봉황은 은나라 사람을 상징하는 것이고, 공자는 은나라의 후예이다. 공자를 봉황이라 부른 것은 그를 은나라 사람이라 한 것과 다름없다."20)라고 하였다. ≪장자≫와 그 잃어버린 부분에 대한 문일다의 해석은 적어도 ≪장자≫의 시대가 시작된 전국 시기부터 공자가 은나라

---

18) 문일다, ≪신화 연구≫, 파촉서사, 2002, 164쪽 참조.
19) 문일다, ≪신화 연구≫, 파촉서사, 2002, 164쪽 참조.
20) 문일다, ≪신화 연구≫, 파촉서사, 2002, 164~165쪽 참조.

사람으로서 문화적 자각을 했다는 것을 이미 주시하고, 그것을 신격화하기 시작하였다는 것을 우리에게 알려준다.

2절 | 공자와 무사巫史 전통

공자는 은나라 왕실의 후예이고, 그 왕조는 무巫의 문화가 전성기이었다. 은나라의 정치는 종교와 합쳐져 하나를 이루고 있어 그 임금은 정치적 영수일 뿐 아니라, 무巫 집단의 수장이기도 하였다. 그래서 임금이 직접 주술呪術 활동에 참가하였다. 예컨대 탕왕湯王 시기에 "날이 크게 가물어, 5년 동안 수확이 없자 [天大旱, 五年不收]" 탕왕이 비를 내려주도록 신께 직접 빌고자 "몸소 상림桑林에서 기도하였다. [以身禱於桑林]"(《여씨춘추呂氏春秋 · 계추기季秋紀》) 그리고 과연 큰비를 얻게 되었다. 은나라가 멸망한 이후에도 이러한 주술 문화의 전통이 완전히 중단되지 않고, 주공周公의 봉국인 노魯나라에 비교적 잘 보존되어 내려왔다.

서주西周 초기에 주나라 임금이 제후들에게 분봉을 해줄 때 "노공魯公에게는 …… 은殷나라의 유민遺民으로 구성된 여섯 씨족인 조씨條氏, 서씨徐氏, 소씨蕭氏, 삭씨索氏, 장작씨長勺氏, 미작씨尾勺氏를 나누어 주며 각 씨족의 종손[宗氏]을 거느리고, 그 방계의 자손[分族]들을 모으고, 또 그들에게 딸린 노예들을 인솔하고 가서 주공을 본받게 하였다. 이로 인하여 주나라 왕실의 명령을 따르게 되었다. [分魯公以 …… 殷民六族, 條氏 · 徐氏 · 蕭氏 · 索氏 · 長勺氏 · 尾勺氏, 使帥其宗氏, 輯其分族, 將其類醜, 以法則周公, 用卽命于周.]"(《춘추좌씨전》 정공定公 4년) 노나라 임금인 백금伯禽은 이 은나라의 유민들에게 회유와 포용의 정책을 채택하여 그들을 씨족 단위로 각 지역에 안배하여 원래의 혈육 관계를 어지럽히지 않아, 각각의 씨족들은 상대적으로 독립성을 유지하였다. 이렇게 하여 은나라 원래의 여러 가지 풍속과 관습을 보존해 나가는 것도 허락하였다.21) 양조명楊朝明의 연구에 따르면, 복사卜辭에는 은나라 때 가뭄이 심하면 무당을 불태우는 예절과 풍속이 있었는데, 주대周代의 다른 나라에서는 이러한 풍속이 보이지 않고, 단지 노나라에서만 이와 유사한 상황이 나타난다는 것이다. 양조명의 연구는 무당을 불에 태워 죽이는 것[焚巫]과 무당을 땡볕에 앉혀두는 것[暴巫]이 본래 은나라 사람들이 기우제를 지낼 때 사용한 옛 예절인데, 노나라의 임금도 가뭄을 만날 때면 또한 이런 옛 예절을 따랐다는 것을 밝혀내었다. 이것은 은나라가 예전에 가졌던 습속이 노나라에 그대로 보존되어 있어 노나라 임금들까지도 크게 그 영향을 받았다는 것을 증명해준다.22)

공자의 부친인 숙량흘은 "안씨顔氏의 딸과 야합하여 공자를 낳았는데, (공자를 낳을 때 그의 어머니가) 니구산尼丘山에 기도하여 공자를 얻었다. [與顔氏女野合而生孔子, 禱於尼丘得孔子]"(《사기·공자세가》) 일본 학자인 시라카와 시즈카[白川靜]는 일찍이 공자의 명확하지 않은 출생과 관련된 전설에 근거하여 공자는 무당의 자식이라고 판단했다.23) 물론 이러한 추측은 독단으로 생긴 실수임에 틀림없다. 바로 앞에서 논한 것처럼 은나라에는 샤먼의 풍조가 크게 성행하였다가, 은나라가 멸망한 이후에는 그 샤먼문화가 노나라에서 비교적 잘 보존되어졌다. 그런데 공자의 부친이 나이가 많아 자식을 보게 되었기에 그의 모친이 니구산에 기도한 것은 공자의 장수를 빌기 위한

---

21) 양조명楊朝明, 《서주 시기 노나라 "은나라 유민 여섯 부족의"의 사회적 지위 시론(試論西周時期魯國"殷民六族"的社會地位)》, 《연태대학학보煙台大學學報》 1996년 제3기 참조.

22) 양조명, 《서주 시기 노나라 "은나라 유민 여섯 부족의"의 사회적 지위 시론》, 《연태대학학보》 1996년 제3기 참조.

23) (일日) 시라카와 시즈카(白川靜), 오수강吳守鋼 옮김, 《공자전孔子傳》(중역본), 인민출판사人民出版社, 2014, 11쪽.

의미이다. 필자의 통계에 따르면, ≪시경≫에는 수명을 뜻하는 "壽〔수〕" 자가 모두 31번 나오는데, 그 가운데 ≪시경·노송魯頌≫에 나오는 횟수가 7번으로 가장 많다. 여기에서 당시 노나라에서는 산에다 장수를 비는 풍습이 성행하였음을 알 수 있다. 공자의 어머니가 기도를 한 것은 당시 노나라의 보편적인 풍습일 뿐 결코 무당이기 때문은 아니다.24) 따라서 공자도 무녀의 자식이 아니다. 그러나 당시 노나라에서 이렇게 장수를 비는 풍습은 바로 은나라의 샤먼문화 습속이 노나라에 그대로 남아있었다는 생생한 표현이다.

종족의 이러한 샤먼문화의 습속은 필연적으로 공자의 성장과 이후의 사상에 은연중 영향을 끼쳤을 것이다. ≪논어·술이≫에서 다음과 같이 말하고 있다.

> 선생님께서 말씀하셨다. "옛것을 전승하여 기술하되 창작하지 않으며, 옛것을 믿고 좋아하는 나를 가만히 우리 노팽에게 견주어 보노라."〔子曰: "述而不作, 信而好古, 竊比於我老彭."〕

앞에서 말한 것처럼 공자가 '노팽' 앞에 우리라는 뜻의 '我〔아〕' 자를 덧붙인 것은 친근감과 자부심을 나타낸 것이었다. 노팽은 은나라의 어진 대부大夫이기도 하였지만, 사실 은 왕조에서 무巫와 관련된 직책을 맡은 사람이어서 무팽巫彭이라고도 하였다. 은나라는 샤먼의 정치로, 그 임금이 모든 무巫의 수장이었고, 공자는 은나라 왕의 후예였기 때문에 그가 은나라 사람이라는 것을 자각하게 되자 스스로 '노팽'에게 견주었던 것이다. 그런 까닭에 또한 그 자신

---

24) 시라카와 시즈카는 "니구산〔尼山〕을 향해 기도한 것은 아마도 그 산에 무사巫祠가 있고, 징재徵在로 불리는 여성이 바로 그곳의 무녀巫女였기 때문일 것이다. 또는 징재는 안씨顏氏의 무녀라고도 말할 수 있을 것이다."라고 추측하였다.(〔일〕 시라카와 시즈카, 오수강 옮김, ≪공자전≫(중역본), 인민출판사, 2014, 11쪽)

을 샤먼문화의 전통에 자리매김하지 않을 수 없었던 것이다. ≪논어·자로≫에서는 또 다음과 같이 말하고 있다.

> 선생님께서 말씀하셨다. "남방 사람의 말에 '사람으로서 진득함이 없으면, 무당이나 의원 노릇을 제대로 할 수가 없다.'라는 것이 있으니, 참 훌륭한 말이로다!"〔子曰: "南人有言曰: '人而無恆, 不可以作巫醫.' 善夫!"〕

남방 사람들은 일을 하는데 항심恆心이 없으면, 무당이나 의원 노릇을 할 수 없다고 한다. 공자는 이 말에 매우 공감하며, 이것으로 그가 무당에 대해 비할 수 없을 만큼 존중하며 매우 중시한다는 것을 표명하였다.25)

공자는 무사巫史가 신에게 기도하는 것에 대해 때로 아주 의미심장하게 말한 것이 있으니 자세히 음미해볼 가치가 있다.

> 공자께서 병이 위독하자 자로가 신명神明께 빌어보자고 청하였다. 선생님께서 말씀하셨다. "그런 선례가 있느냐?" 자로가 대답했다. "있습니다. 제문祭文에 이르기를 '그대를 위하여 천지신명께 비노라.'라고 하였습니다." 선생님께서 말씀하셨다. "내가 그런 기도를 드려온 지는 오래되었다."〔子疾病, 子路請禱. 子曰: "有諸?" 子路對曰: "有之. 誄曰: '禱爾于上下神祇.'" 子曰: "丘之禱久矣."〕 (≪논어·술이≫)

여기에서 공자는 자로가 기도하자고 한 데에 대해 태도가 아주 모호하다. 그리고 귀신의 유무에 대해서도 분명하지 않을 뿐 아니라, 자로가 기도하려고 한 행동에 대해서도 직접적으로 비판하지 않고 있다.26)

---

25) (일) 시라카와 시즈카, 오수강 옮김, ≪공자전≫(중역본), 인민출판사, 2014, 65쪽 참조.

그러나 어떤 때는 이러한 것에 대해 아주 명쾌하게 다음과 같이 말하기도 하였다.

공자께서 남자南子를 만나자, 자로가 불쾌한 기색을 보였다. 공자께서 맹세하여 말씀하셨다. "내가 만일 도리에 어긋난 짓을 했다면, 하늘에다 굿을 하여 고하거라! 하늘에다 굿을 하여 고하거라!"〔子見南子, 子路不說. 夫子矢之曰: "予所否者, 天厭之! 天厭之!"〕 (《논어·옹야雍也》)

공자가 위衛나라 영공靈公의 부인인 남자南子(?~B.C. 481)를 만나고 나서 자로가 불쾌해하는 모습을 보게 되었다. 이에 공자가 하늘에 대고 맹세하며 "天厭之〔천염지〕"라고 하였다. 여기에서 싫어한다는 뜻의 "厭〔염〕"자는 바로 고대에 무술巫術로 기도한다는 뜻이다. 다시 말해서 굿과 같은 방술의 형식으로 귀신에게 기도하는 것을 가리키지, 단순하게 싫어서 상대하지 않는다는 뜻만을 나타내는 것이 아니라는 것이다. 굿과 같은 무술로 귀신에 기도하는 술법은 원시 무술巫術시대에서 시작하여 후대에도 민간에 변함없이 광범하게 퍼졌다. 당나라의 장작張鷟(660~740)이 지은 《조야첨재朝野僉載》 권32에는 이렇게 기록되어 있다. "시골의 보통사람들도 대부분 굿과 같은 무술로 귀신에게 기도하는 것을 믿었고, 아이와 부녀자들은 부적을 매우 중시하였다. 〔下里庸人, 多信厭禱, 小兒婦女, 甚重符書.〕" 이것은 낭나라 사람들의 풍조를 말한 것이기에 더 이상 언급하지 않겠다.

모두가 알다시피 공자는 유가학파의 창시자이다. 그런데 호적胡適(1891~1962)의 《설유說儒》라는 대작이 발표된 뒤부터 선비라는

---

26) 전목은 "이 장에서는 귀신이 없다고 명백히 말하지 않았고, 또한 신에게 기도하는 것이 잘못이라고 직접 책망하지 않았으니, 학자들은 마땅히 이것을 세밀하게 밝혀야 한다."라고 하였다.(전목, 《논어신해》, 삼련서점, 2012, 179쪽.)

뜻의 '儒(유)'가 어떻게 시작되었는가를 고찰하는 것이 하나의 주요 쟁점이 되었다. 호적은 '儒'가 '은나라 백성들의 교사(教士)'로 '초상을 치를 때 의식(儀式)의 진행을 돕는 것'을 직업으로 삼은 사람이라고 여겼다.27) 이것은 사람들에게 많은 영감을 주어 '儒'와 은나라 민족의 샤먼문화 사이의 밀접한 관계를 깊이 있게 토론하게 하였다.

장태염(章太炎)(1869~1936)은 일찍이 다음과 같이 지적했다. "儒 (유)는 옛 문자에서는 본래 '需(수)'로 썼다. 그리고 '需'는 비가 내리기를 기도하는 무당이었다." 그는 《원유(原儒)》에서 "'需(수)'라는 것은 구름이 하늘 위에 있다는 것이다. 그리고 '儒'는 또한 천문을 알고, 가뭄이 들지 폭우가 올지를 식별한다는 것이다. ……농사를 주관하는 별인 영성(靈星)을 향해 춤추며 애절하게 비가 내리기를 구하는 사람을 유(儒)라고 한다. 그러므로 증석(曾晳)이 허둥지둥 기우제를 드리는 곳[舞雩]으로 향하려 하고, 원헌(原憲)이 성급하게 화관(華冠)을 쓰고자 한 것은 모두 불합리한 세상을 증오하는 마음에 무당이 되어 제단(祭壇)으로 가는 길에서 물러나 마음의 뜻을 마음껏 펼치겠다는 것이다. 〔需者雲上於天, 而儒亦知天文・識旱潦. ……靈星舞子吁嗟以求雨者, 謂之儒. 故曾晳之狂而志舞雩, 原憲之狷而服華冠, 皆以忿世爲巫, 辟易放志於鬼道.〕"28)라고 하였다. 장태염이 말한 바의 주요한 근거는 《논어・선진(先進)》에 나온다.

(증석이) 말했다. "늦은 봄에 일단 봄옷이 만들어지면, 관을 쓴 벗 대여섯 명과 아이 예닐곱 명을 데리고 가서 기수에서 몸을 씻고, 기우제 드리는 곳에서 바람을 쏘인 뒤에 노래하며 돌아오겠습니다." 〔(曾晳)曰: "莫春者, 春服旣成. 冠者五六人, 童子六七人, 浴乎沂, 風乎舞雩, 詠而歸."〕

---

27) 호적(胡適), 《설유(說儒)》, 《중앙연구원 역사어언소 집간(中央研究院歷史語言所集刊)》 1934년 제3기.

28) 시라카와 시즈카(白川靜), 《중국고대문화(中國古代文化)》, 문진출판사(文津出版社), 1983, 176쪽 참조.

사실 ≪논어≫에는 공자의 제자가 '기우제 드리는 곳'으로 놀러간 것을 기록한 곳이 한 군데 더 있다.

번지樊遲가 선생님을 따라 기우제를 드리는 곳 아래에서 노닐었다. 〔樊遲從遊於舞雩之下.〕 ⟨≪논어·안연≫⟩

('舞雩〔무우〕'에서) '雩〔우〕'는 '雩祀〔우사〕'라고도 하는데, 고대에 비를 기원하며 거행하는 제사이다. ≪춘추좌씨전≫ 환공桓公 5년(B.C. 707)에서 "용성龍星이 나타나 기우제를 지냈다. 〔龍見而雩.〕"라고 하였다. 두예杜預가 여기에 대해 다음과 같이 주석을 달았다. "용성이 나타나는 것은 4월이다. 창룡蒼龍은 28수〔宿〕의 체제에서 저녁에 동쪽에 나타나는데, 이때 만물이 번성하기 시작하며, 비를 기다려서 성장한다. 그렇기 때문에 하늘에 제사를 지내고, 멀리 백곡을 위하여 단비가 내리도록 기원한다. 〔龍見 建巳之月. 蒼龍, 宿之體, 昏見東方, 萬物始盛, 待雨而大, 故祭天, 遠爲百穀祈膏雨.〕" ≪예기·월령月令≫에서는 "(5월에) 곧 기내畿內의 모든 고을에 명령하여 제후와 경사卿士로서 백성에게 유익하였던 사람에게 기우제를 지내어 곡식이 잘 익도록 기원케 하였다. 〔(仲春之月) 乃命百縣, 雩祀百辟卿士有益於民者, 以祈穀實.〕"라고 하였다. 정현鄭玄은 이에 대해 "우雩는 애절하게 비가 오기를 비는 제사이다. 〔雩, 吁嗟求雨之祭也.〕"라는 주석을 달았다. ≪순자荀子·천론天論≫에서는 "기우제를 지내면 비가 오는 것은 왜일까? 그것은 어떤 까닭이 있는 것이 아니다. 오히려 기우제를 지내지 않더라도 비는 올 것이다. 〔雩而雨, 何也? 曰: 無佗也, 猶不雩而雨也.〕"라고 하였다. 양경楊倞은 이에 대해 "우雩〔우〕는 비가 내리기를 비는 기도이다. 〔雩, 求雨之禱也.〕"라는 주석을 달았다. 당나라의 장독張讀은 ≪선실지宣室志≫ 권2에서 "가뭄이 심하면 기우제를 지낸다. 〔旱亢則雩之.〕"라고 하였다. 이러한 문헌의 기록들을 통해서 기우제로 비가 내리기를 비는 활동들은 은

나라의 탕왕湯王이 비가 내리기를 기원한 것과 아주 유사하다는 것을 우리가 이해하고, 그들과 은나라의 샤먼문화가 일맥상통한다는 것을 알 수 있도록 해준다. 장태염은 '유자儒者(수자需者)'라는 것이 바로 이런 기우제를 지내 비가 내리기를 구하는 사람이기에 '유儒'의 학문은 샤먼문화와 아주 밀접한 연원을 가지고 있다는 것을 보여준다고 생각했다.

시라카와 시즈카는 심지어 다음과 같이 말했다. "공자의 학문은 본래 무사巫史의 학문이다. 공자는 실천을 통해서 이전 사람들로부터 전수하여 계승한 세계에다 자신의 체험을 더하여 그 속에 포함된 뜻을 재해석하여 그 의미를 풍부하게 하였다. 이렇게 전승한 것들은 모두가 신에게 제사를 드리는 일과 관계있는 의례儀禮의 부류로, 모두 무사들의 입을 통해서 전해 내려오던 것에 근거한 것들이다. 유학儒學의 원류는 바로 이런 무사巫史의 학문에서 생겨난 것이다."29) 시라카와 시즈카가 비록 공자의 학문과 무사巫史의 학문과의 관계를 과장하기는 하였지만, 오히려 우리들은 이를 통해 공자가 무사의 전통과 밀접한 관계에 있다는 것을 더 잘 이해할 수가 있다.

공자는 유가라는 학파를 열었을 뿐만 아니라, 예악禮樂문화의 창도자이자 실천자이다. 공자는 사람들에게 모든 방면에서 '주례周禮'를 회복하고 따르기를 요구하였다. 그렇다면 '주례'란 무엇이며, 어디에서 온 것인가? 이택후李澤厚는 그 물음에 대해 이렇게 말했다. "그것의 기본적인 특징은 원시 샤먼 예식禮式을 토대로 한 말기 씨족 통치 체계의 규범화이고 체계화이다. 초기 노예제로서의 은나라와 주나라의 체제는 여전히 씨족 혈연이라는 겹겹의 보따리 속에 포장

---

29) (일) 시라카와 시즈카, 오수강 옮김, 《공자전》(중역본), 인민출판사, 2014, 53쪽.

되어 있었고, 그 상부 구조와 의식 형태는 원시문화로부터 직접적으로 이어져 왔다."(또) "대체로 예禮의 기원은 신에게 제사지내는 데서 시작되었다. …… 그 특징은 신(조상)에게 제사지내는 것을 핵심으로 한 원시예식原始禮式임에 틀림없다."30)

우리는 이 말을 통해 '예禮'의 기원과 샤먼문화의 관계를 알 수 있다. ≪예기・제통祭統≫에서는 다음과 같이 말하고 있다. "무릇 사람을 다스리는 도리로는 예禮보다 급한 것이 없다. 예에는 다섯 가지 예식禮式이 있는데, 제사의 예식만큼 중요한 것이 없다.〔凡治人之道, 莫急於禮. 禮有五經, 莫重於祭.〕" "제사란 못다 한 봉양을 행하고 못다한 효도를 이어가는 것이다.〔祭者, 所以追養繼孝也.〕" "무릇 제사에는 열 가지 윤리가 있다. 귀신을 섬기는 도리가 나타나며, 임금과 신하 사이의 의리가 나타나며, 부모와 자식 사이의 천륜이 나타나며, 귀한 사람과 천한 사람 사이의 등급이 나타나며〔夫祭有十倫焉. 見事鬼神之道焉, 見君臣之義焉, 見父子之倫焉, 見貴賤之等焉〕" 그중에서 귀신에게 제사를 지내는 것이 '열 가지 윤리' 가운데 제일 앞자리에 배열되었다. 관례冠禮 등과 같은 것도 "제례祭禮"와 관련이 있다. ≪예기・관의冠義≫에서는 이렇게 말하고 있다. "관례는 예禮의 시작이다.〔冠者, 禮之始也.〕" "(이런 까닭으로) 예전에는 관례를 소중히 여겼다. 관례를 소중히 여겼기 때문에 사당에서 행하여 ……자신을 낮추고 선조를 존중하였다.〔(是故)古者重冠. 重冠故行之於廟. ……所以自卑而尊先祖也.〕" 거의 모든 '예禮'가 전부 선조라는 귀신에게 제사하는 데에서 발전해왔다. 이러한 것은 은나라의 샤먼문화와 관계가 아주 크다. 그래서 이택후는 "공자로 대표되는 유가 또한 바로 원시 예절 의식儀式인 샤먼활동을 조직하고 이끌어 온 사람들(무당[巫]을 비롯해 윤尹, 사史를 포

30) 이택후李澤厚, 〈공자재평가孔子再評價〉, ≪중국고대사상사론中國古代思想史論≫, 천진사회과학출판사天津社會科學出版社, 2003, 2쪽.

함)로부터 발전해 온 '예절 의식'을 전문적으로 감독하고 보존해 온 사람들이다."31)라고 하였다.

은나라의 복사卜辭에 나타난 것에 따르면, 은나라 사람들은 제례祭禮를 매우 중시하고, 몹시 정성을 들여 거행했다고 한다. 그들은 항상 아주 성대하고 긴 시간의 제례로 자신의 선조들에게 제사를 지냈다. 그 모든 과정을 매우 성실하게 집행하여 그들이 조상을 공경하고 숭배하는 마음을 드러내었다.32) 예禮가 원래는 제례祭禮를 가리키는 것이었기에 왕국유王國維 역시 고증을 통해 "신과 사람의 일을 받드는 것을 통틀어 예라고 한다. 〔奉奉神人之事通謂之禮.〕"(≪관당집림觀堂集林·석례釋禮≫)라고 지적하였다.

종합해서 말하면, 은나라의 제정일치祭政一致 정치를 개혁하는 과정에서 주周나라 사람들은 예악을 확인하고 (그에 동의하여 처음에는) 자신들의 언어 (표현) 방식을 두었다. 그런데 그 도중에 사관史官이 이러한 언어(표현 방식)의 담당자가 되었을 뿐만 아니라, 또한 주나라의 새로운 정치문화를 이끄는 선봉을 맡게 되었다. 구체적으로 말하면 이러한 변화를 실현한 창시자가 바로 주공周公이라는 것이다. 따라서 공자는 주공이 하夏나라와 상商나라를 참고하여 개조한 예악문화에 대해 충심으로 신봉하여 이렇게 말했다. "주나라는 하나라와 은나라 두 왕조를 귀감으로 삼았으니, 찬란하도다, 그 문화여! 나는 주나라를 따르겠노라. 〔周監於二代, 郁郁乎文哉! 吾從周.〕"(≪논어·팔일八佾≫)

공자는 ≪춘추春秋≫를 지어 한편으로는 "나라를 어지럽히는 신

하와 어버이를 해치는 자식을 두렵게 하고자 하고 [亂臣賊子懼]”, 다른 한편으로는 “노나라를 중심으로 기술하고 [據魯] ,”“주나라 왕실을 정통으로 받들며 [親周] ,”“은나라(송나라)의 옛 제도를 참조하는 것 [故殷(宋)] ”(≪사기 · 공자세가≫)으로 자신의 마음을 드러내었다. ≪사기 · 공자세가≫에서는 이것에 대해 다음과 같이 기록하고 있다. “(공자는) 곧 역사의 기록에 근거해서 ≪춘추≫를 지었는데, 위로는 은공隱公에서부터 아래로는 애공哀公 14년에 이르기까지 12군주[十二公]에 대한 역사이다. 노나라를 중심으로 기록하고, 주나라 왕실을 정통으로 받들며, 은나라의 옛 제도를 참조하여 하은주夏殷周 3대三代를 아울렀다. [(孔子)乃因史記作≪春秋≫, 上至隱公, 下訖哀公十四年, 十二公. 據魯, 親周, 故殷, 運之三代.] ” 공자는 노나라에서 태어났으므로 ≪춘추≫는 노나라의 역사에 근거해서 노나라의 일을 위주로 기술하였다. “주나라 왕실을 정통으로 받든 것”은 주나라가 바로 천자의 나라이고, 공자가 주나라 문화를 흠모했기 때문이다. ≪춘추≫ 노나라 선공宣公 16년(B. C. 593)의 기록에 “여름, 성주成周의 선사宣謝에 화재가 났다. [夏, 成周宣謝火.]”라고 되어 있다. 이것에 대해 ≪춘추공양전≫에서는 다음과 같이 풀이했다. “성주成周란 무엇인가? 동주東周이다. 선사宣謝라는 것은 무엇인가? 주나라 선왕宣王의 묘당廟堂에 있는 정자이다. 왜 주나라 선왕의 묘당에 있는 정자의 화재를 언급하였는가? 주나라 선왕의 중흥기에 만든 악기를 거기에 두었기 때문이다. 주나라 선왕의 묘당에 있는 정자에 있은 화재를 왜 기록하였는가? 재해를 기록하기 위해서이다. 노나라 밖에서 발생한 재해는 기록하지 않는데, 여기에서는 왜 기록하였는가? 주나라의 왕실을 정통[新]으로 보았기 때문이다. [成周何? 東周也. 宣謝者何? 宣宮之樹也. 何言乎成周宣謝災? 樂器藏焉爾. 成周宣謝災, 何以書? 記災也. 外災不書, 此何以書? 新周也.] ”라고 해석하였다. ‘新[신]’과 ‘親[친]’이라는 두 글자는 옛날에 통용하는 것이었다. 그렇기 때문에 “新周[신주]”란 바로 ‘주나라 왕실

을 정통으로 받든다.'는 뜻의 "親周〔친주〕"이다. "宋송나라의 옛날 제
도를 참조하였다.〔故宋〕"는 것은 또한 "은나라의 옛날 제도를 참조
하였다.〔故殷〕"는 말과 같다. 송나라가 은나라 왕실의 후예들이기
때문이다. ≪춘추≫ 양공襄公 9년에 "9년 봄, 송나라에 화재가 발
생하였다.〔九年, 春, 宋災.〕"라는 기록이 있다. 이에 대해 ≪춘추공양
전≫에서는 이렇게 풀이했다. "(송나라에서 발생한 화재를) 왜 기록하였
는가? 재해 사건을 기록한 것이다. 노나라 밖에서 발생한 재해는
기록하지 않는데, 여기에서는 왜 기록하였는가? 은나라 왕실의 후
손이기 때문에 재난을 기록한 것이다.〔何以書? 記災也. 外災不書, 此何以
書? 爲王者之後記災也.〕" ≪춘추곡량전≫에서도 다음과 같이 풀이하였
다. "9년 봄, 송나라에 화재가 발생하였다. 노나라 밖에서 발생한
재해는 기록하지 않는데, 여기에서는 왜 기록하였는가? (은나라 왕실
의 후예인) 송나라이기 때문이다.〔九年春, 宋災. 外災不志, 此其志何也? 故宋
也.〕" ≪춘추공양전≫에서 "은나라 왕실의 후손이기 때문에 재난을
기록한 것이다."라고 한 말이나, "(은나라 왕실의 후예인) 송나라이기 때
문이다."라고 한 말은 모두 같은 뜻이다. 송나라는 은나라 왕실의
후예들로, 공자가 송나라의 재해를 기록한 것은 은나라에 대한 동
족으로서의 감정을 무심코 드러낸 것이다. 그래서 ≪춘추≫에서
"은나라의 옛날 제도를 참조했다."는 것에 의미를 둔 것이다. 공자
가 ≪춘추≫를 지으면서 "노나라를 중심으로 기술하고," "주나라 왕
실을 정통으로 받들며," "은나라의 옛 제도를 참조한 것"에 함축된
심오한 뜻 속에는 은나라와 주나라 문화의 복잡한 관계에 대한 그
의 심정을 더욱 여실히 드러내었다.

공자의 사상과 은나라의 샤먼, 그리고 주나라의 사관史官 사이
의 복잡한 기원基源 관계에 관해서 부사년傅斯年(1896~1950)은 일찍
이 아주 적절하게 개괄한 적이 있는데, 다음과 같이 말했다. "노나

라 사람은 대체로 은나라에서 이주해 온 백성들이다. 은나라를 구성하는 여섯 씨족, 즉 조씨條氏, 서씨徐氏, 소씨蕭氏, 삭씨索氏, 장작씨長勺氏, 미작씨尾勺氏의 후손들이다. 그 통치자는 바로 주나라 종족의 성씨이고, 그 통치의 조력자는 제후로 봉하면서 내려준 제사의 관리자인 축祝을 비롯해 가계의 관리자인 종宗, 점복의 관리자인 복卜, 기록의 관리자인 사史로, 바로 은나라 시대의 지식계급이었다. ······ 공자의 선조는 송나라로부터 왔고, 집안 대대로 옛 예절을 전하는 자칭 은나라 사람이었다. 그래서 초기 유교에는 은나라 유산의 색채가 아주 짙다. 특히 삼년상이 그중에 가장 대표적인 것이다. 이른바 삼년상이라는 것은 바로 유가의 종교의식 중에서 가장 중요한 내용을 담고 있는 것인데, 이 제도는 은나라의 예속禮俗이지, 주나라의 제도가 아니다. 공자의 가족은 은나라의 후예인 송나라 사람이지만, 노나라에서 나고 자랐다. 그래서 그는 은나라와 주나라의 문화가 가지고 있는 특징에 대해 둘 다 체득하고 있다."33) 공자는 샤먼과 사관史官의 문화 사이를 적절히 헤쳐 나갔기에 출중하고 위대한 업적을 이루었던 것이다.

그래서 전목이 바로 다음과 같이 말한 것이다. "공자 이전에 중국의 역사문화는 이미 2,500년 이상 축적되어 있었지만, 공자가 그것을 집대성하였다. 공자 이후에도 중국의 역사문화가 다시 2,500년 이상 발전해왔지만, 공자가 그 새로운 계통을 열었다."34) 공자는 하나라를 비롯한 은나라와 주나라의 문화를 하나로 융합하였을 뿐 아니라, 인류 역사에 신기원을 열었다. 그는 선조들로부터 무사巫史의 문화 전통과 가족 전통을 계승하여 발전시켰을 뿐만 아니라, 지식인[士人]의 전통도 일으켰다. 샤먼문화는 그 가족의 전통

---

33) 구양철생歐陽哲生 주편主編, ≪부사년 전집傅斯年全集≫ 제2권, 호남교육출판사湖南教育出版社, 2003, 606쪽.

34) 전목, ≪공자전·서언序言≫, 삼련서점, 2012, 179쪽.

이고, 사史의 문화는 그가 업으로 삼아 배우고 흠모해온 문화 전통이었다. 그리고 지식인〔士人〕 전통은 그가 설립한 사학私學으로, 널리 학생들을 모아서 일으킨 새로운 계통이다. 무巫와 사史, 그리고 사士는 중국 문화에 있어 각기 다른 역사적 시기를 대표하는 세 가지 지식인이다. 그런데 공자는 한몸에 이 세 가지 지식인의 요소를 집약해 놓아 만민이 우러러보는 '위대하고도 지극히 성스러운 전대의 스승〔大成至聖先師〕'이 되었다. 공자는 ≪시경·차할車舝≫의 "높은 산 우러러보며, 큰길처럼 따라간다!〔高山仰止, 景行行止〕"는 구절처럼 우뚝하고 장엄한 인류의 표상이 되었다.

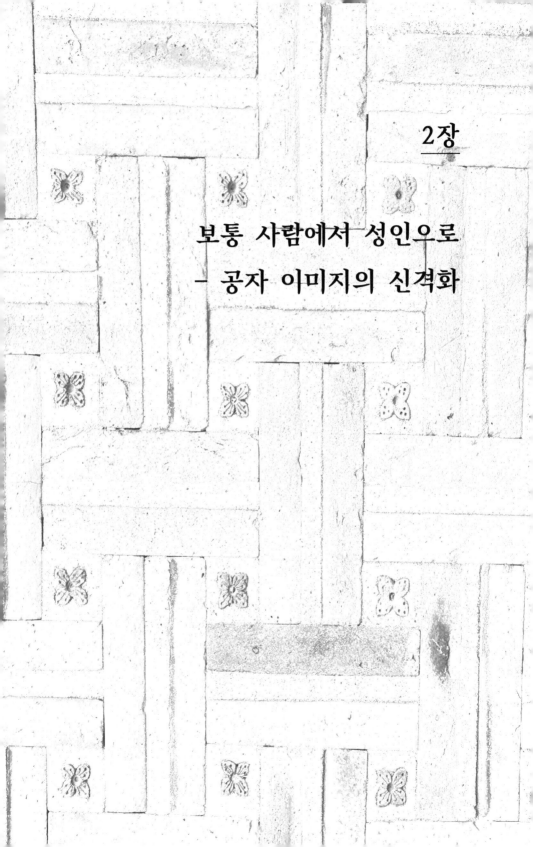

2장

보통 사람에서 성인으로
- 공자 이미지의 신격화

공자의 이미지에는 후대에 너무나 많은 색채가 덧씌워져, 평민의 공자에서 성인의 공자로 다시 신비적 요소를 가미한 꾸며낸 이야기〔讖緯〕 속의 공자에 이르게 되었다. 공자의 사상 또한 후대에 너무나 많이 바뀌었다. 양계초梁啓超의 말에 따르면, 공자는 동중서董仲舒와 하휴何休를 거치면서 조금 바뀌고, 마융馬融과 정현鄭玄을 거치면서 또 조금 바뀌고, 한유韓愈와 구양수歐陽脩를 거치면서 다시 조금 바뀌고, 정이程頤와 주희朱熹를 거치면서 또 조금 바뀌고, 육구연陸九淵과 왕수인王守仁을 거치면서 다시 조금 바뀌고, 고염무顧炎武와 대진戴震을 거치면서 또 조금 바뀌었다.1) 이 때문에 김경방金景芳 (1902~2001)은 공학孔學과 한학漢學 및 송학宋學 등 후대 유학과의 경계를 분명하게 구분하고서 공학의 연구를 이끌어 나갈 것을 주장하며 다음과 같이 말했다.

먼저 역대로 공자의 몸에 억지로 뒤집어씌운 것들을 하나하나 깨끗하게 벗겨내고, 공자 학설의 진면목을 되돌려놓은 후에 그것을 현대 사회에 소개시켜야 한다.2)

후대에서는 공자 이미지의 진위를 구별하기 어렵다는 것을 감

---

1) 양계초梁啓超, 《공교孔敎를 준수하는 것은 공자를 우러러 받드는 방법이 아님을 논하다(保敎非所以尊孔論)》(원래는 1902년 2월 22일 《신민총보新民叢報》 제2호에 게재), 양계초, 《청대학술개론淸代學術槪論》, 상해고적출판사, 1998, 87~88쪽.
2) 여소강呂紹綱, 〈독서 안내 : 김노와 《공자신전》(導讀: 金老與《孔子新傳》)〉, 김경방·여소강·여문욱, 《공자신전孔子新傳》, 장춘출판사長春出版社, 2006, 5~7쪽.

안하여, 주여동周予同(1898~1981)은 ≪꾸며낸 이야기 속의 성인 공자와 그의 제자들[讖緯中的孔聖與他的門徒]≫3)에서 꾸며낸 이야기가 담긴 문헌 속의 공자와 그 제자들의 이미지를 상세하게 분석하고, 공자의 참된 모습을 되돌려놓으려고 시도하였다.

이제 선현들이 이룬 연구의 기초 위에서 선진先秦 시기 여러 사상가의 저작과 ≪사기≫ 등 꾸며낸 이야기가 아닌 역사 자료를 중심으로, 선진 시기의 공자 이미지를 그려내고, 평범한 한 사람에서 세상을 일깨우는 스승인 성인으로 이미지가 변화되어 가는 과정을 탐구하고자 한다.

---

3) 주여동周予同, 〈꾸며낸 이야기 속의 성인 공자와 그의 제자들(讖緯中的孔聖與他的門徒)〉, 주여동 저, 주유쟁朱維錚 편집 교정, ≪공자, 성인 공자와 주희(孔子·孔聖和朱熹)≫, 상해인민출판사上海人民出版社, 2012, 83~109쪽. 원래 ≪안휘대학 월간安徽大學月刊≫ 제1권 제2기(1933년 2월)에 게재.

1절 | 공자 용모의 신격화

　공자의 생김새를 ≪논어≫ 속에서는 결코 직접적이고도 구체적으로 묘사하지 않았다. 단지 공자의 거동이나 용모에 대한 묘사가 많이 있을 뿐이다. 그것도 특히 〈향당鄕黨〉편에 가장 집중되어 있다. 예를 들면 다음과 같은 것이다.

　공자가 고향 마을에서는 삼가고 사양하여, 마치 말을 잘하지 못하는 사람 같았다. 종묘와 조정에서는 말을 분명하게 하되, 오로지 삼갈 따름이었다. 조정에서 하대부와 이야기할 때는 말을 강직하게 하고, 상대부上大夫와 이야기할 때는 말을 온화하게 하였다. 임금이 계실 때는 매우 조심스러워하면서도, 모습이 엄숙하였다. 임금이 불러서 국빈의 접대를 맡기면, 낯빛은 장중하고 발걸음은 머뭇거리는 듯하였다. 함께 서 있는 사람과 읍을 할 때는 손을 좌로 우로 하고, 옷깃이 앞뒤로 가지런히 움직였다. 빠른 걸음으로 나아갈 때는 새가 날개를 편 듯하였다. 〔孔子於鄕黨, 恂恂如也, 似不能言者. 其在宗廟朝廷, 便便言, 唯謹爾. 朝, 與下大夫言, 侃侃如也. 與上大夫言, 誾誾如也. 君在, 踧踖如也, 與與如也. 君召使擯, 色勃如也, 足躩如也. 揖所與立, 左右手. 衣前後, 襜如也. 趨進, 翼如也.〕

　궁궐 문에 들어갈 때는 몸을 움츠려서 마치 용납되지 못하는 것처럼 하였다. 서 있을 때는 문 가운데를 피하고, 지날 때는 문지방을 밟지 않았다. (비어 있는) 임금의 자리를 지날 때는 낯빛은 장중하고 발걸음은 머뭇거리는 듯하고, 말은 마치 모자란 사람처럼 하였다. 옷자락을 여미어 잡고 당堂에 오를 때는 몸을 움츠리고 숨을 죽여,

마치 숨 쉬지 않는 사람처럼 하였다. 나와서 섬돌 한 계단을 내려올 때는 안색이 펴져 기쁜 모습이었다. 계단을 다 내려오면, 종종걸음이 마치 새가 날개를 편 듯하였다. 다시 제자리에 돌아와서는 매우 조심스런 모습이었다. 〔入公門, 鞠躬如也. 如不容. 立不中門, 行不履閾. 過位, 色勃如也, 足躩如也, 其言似不足者. 攝齊升堂, 鞠躬如也, 屛氣似不息者. 出, 降一等, 逞顔色, 怡怡如也. 沒階趨進, 翼如也. 復其位, 踧踖如也.〕4)

〈향당〉 전편全篇은 〈학이學而〉로부터 이어져오던 문장과 어투를 완전히 바꿔, 순전히 객관적 묘사만을 하고, 뚜렷이 전기傳記의 색채를 띤 필치로 점잖고 예절 바른 공자의 이미지를 그려내었다. 그러나 공자의 생김새를 묘사하는 말은 자세하지 않다.

그에 반해 ≪사기·공자세가≫에서는 오히려 공자의 생김새에서 두드러진 세 가지 특징을 상세히 묘사하고 있다.

1. 공자는 "태어날 때 머리 위쪽 정수리가 우묵하게 들어가 있었다(生而首上圩頂)"

사마천은 공자의 "이름을 구丘라고 한 〔名曰丘〕" 내력에 대해 두 가지 다른 견해를 제시하였다. 한 가지는 공자의 부친인 숙량흘叔梁紇이 "안씨顔氏와 야합野合하여 공자를 낳았는데, 니구산尼丘山에서 기도를 한 뒤 공자를 얻게 되었다. 〔紇與顔氏女野合而生孔子, 禱於尼丘得孔子.〕"라고 보는 견해이고, 다른 한 가지는 공자가 태어날 때 머리 위쪽의 '정수리가 우묵하게 들어가 있는 〔圩頂〕' 것과 연관이 있다고 보는 견해이다.

---

4) 양백준楊伯峻, ≪논어역주論語譯注≫, 중화서국中華書局, 1980, 97~98쪽.

첫 번째 견해인 "니구산에서 기도를 한 뒤 공자를 얻어" "이름을 구라고 한" 것은 선진 시기 원시 종교에서의 숭배와 풍속이 직접적으로 반영된 것이라고 해야 할 것이다. 공자의 어머니인 안씨가 니구산에서 기도해서 공자를 얻은 것은, 또한 부모가 좋은 축복을 당부하여 출생한 아이가 "니구산의 수명과 같아지기"를 희망하는 것이다. 선진 시기의 문화 속에서, "장수〔壽〕"는 "오복五福" 가운데 으뜸을 차지한다. ≪상서尚書·홍범洪範≫에서 "오복 가운데 첫 번째는 장수이고, 두 번째는 부유함이며, 세 번째는 강녕이고, 네 번째는 덕을 좋아하여 즐겨 행하는 것이며, 다섯 번째는 천수를 누리는 것이다. 〔五福. 一日壽, 二日富, 三日康寧, 四日攸好德, 五日考終命.〕" 라고 하였다. 서주西周 시기에 산과 물의 시공간적 특성을 빌려 한 집안 식구나 웃어른의 장수와 건강을 기도하는 것은 보편적인 풍조였다. 전형적인 예로 ≪시경·소아小雅·남산유대南山有臺≫를 들 수 있다.

남산에 사초莎草 있고, 북산에 쑥 있네. 즐거운 군자여, 나라의 터전이로다. 즐거운 군자여, 만수가 기한이 없으리.
남산에 뽕나무 있고, 북산에 버드나무 있네. 즐거운 군자여, 나라의 영광이로다. 즐거운 군자여, 만수가 끝이 없으리.
남산에 가죽나무 있고, 북산에 오얏나무 있네. 즐거운 군자여, 백성의 부모로다. 즐거운 군자여, 덕음이 멋지 않으리.
남산에 산가죽나무 있고, 북산에 싸리나무 있네. 즐거운 군자여, 어찌 미수眉壽하지 않으리. 즐거운 군자여, 덕음이 무성하리.
남산에 헛개나무 있고, 북산에 쥐똥나무 있네. 즐거운 군자여, 어찌 장수하지 않으리. 즐거운 군자여, 그대의 뒤를 평안히 하여 기르리. 〔南山有臺, 北山有萊. 樂只君子, 邦家之基. 樂只君子, 萬壽無期. 南山有桑, 北山有楊. 樂只君子, 邦家之光. 樂只君子, 萬壽無疆. 南山有杞, 北山有李. 樂只君子, 民之父母. 樂只君子, 德音不已. 南山有栲, 北山有杻. 樂只君子, 遐不眉壽. 樂只君子,

德音是茂. 南山有枸, 北山有楰. 樂只君子, 遐不黃耇. 樂只君子, 保艾爾後.〕

　　여기서는 비比와 흥興의 기법을 사용하고 있다. 남산南山이 잇닿아 끊어지지 않는다는 것은 생명이 끊어지지 않고 오랜 세월 장수하는 것을 비유하여 읊조리는데 쓰였다. 그리고 남산의 생기발랄함은 바로 서주의 선현들에게 아주 자연스럽게 인류 개개인의 생명과 남산이 가진 자연의 영구함 사이에서 비유적인 연상을 불러일으키게 했다. 필자의 통계에 의하면, ≪시경≫ 속에 "수壽" 자는 모두 31번 나오고, 그중 〈노송魯頌〉에서의 횟수가 가장 많은 7번에 달한다. 이것으로 당시 노魯나라에서는 산에 기도하는 풍조가 성행했다는 것을 충분히 알 수 있다. 공자는 노나라에서 태어났고, 게다가 그의 아버지도 나이가 많았기에 그의 어머니가 니구산에서 공자를 위해 장수를 기도한 것은 당시 해당 지역의 풍속에 부합될뿐만 아니라, 가정의 실제 필요에서 나온 것이기도 하였다.

　　두 번째 견해인 "머리 위쪽 정수리가 우묵하게 들어가 있다."는 것은 공자의 생김새에 대한 직접적인 묘사이다. 이른바 "우정圩頂"이라는 것을 사마정司馬貞은 ≪사기색은史記索隱≫에서 "우정이라는 것은 정수리가 우묵하다는 뜻이다. 그러므로 공자의 정수리는 반우反宇와 같다. 반우라는 것은 집의 지붕과 같이 한가운데가 낮고 사방이 높은 것이다.〔圩頂, 言頂上窳也, 故孔子頂如反宇. 反宇者, 若屋宇之反, 中低而四傍高也.〕"라고 하였다. 후대의 수많은 공자의 초상화는 바로 그의 이러한 생김새를 따른 것이다. 사마천이 공자 머리꼭대기의 "우정"의 생김새에 관해 기록한 것이 있다. 그런데 그것이 어디에서 나왔는지 자세한 사정을 알기는 어렵다. 하지만 절대로 터무니없이 날조해 낸 것이 아니다. 사마천은 ≪사기·공자세가≫에서 이렇게 말했다.

나는 공자와 관련된 책을 읽어보고, 그의 사람됨을 상상할 수 있었다. 노나라에 가서 공자의 사당을 비롯해 수레, 의복, 예기禮器를 살펴보았다. 여러 유생들이 그 집에서 틈틈이 예를 익히고 있는 것도 보았다. 그러고 나자 나는 공경하고 흠모하는 마음이 일어나 머뭇거려져 그곳을 떠날 수가 없었다. 〔余讀孔氏書, 想見其爲人. 適魯, 觀仲尼廟堂車服禮器, 諸生以時習禮其家, 余祇回留之不能去云.〕

사마천이 오랜 시간 공자의 사당에서 발길을 멈추었다고 하니, 공자의 "우정"이라는 생김새에 대한 그의 묘사는 민간에서 입과 귀로 전해 오는 것으로부터 나온 것이거나, 혹은 공자의 그림을 직접 목격한 데서 근원한 것이 분명하다. 이것은 마치 ≪사기·유후세가留侯世家≫에서 "나는 그 사람(장자방)이 아마 몸집이 기이할 정도로 클 것이라 생각하였는데, 그의 초상을 보니 모습이 부녀자처럼 예뻤다. 〔余以爲其人計魁梧奇偉, 至見其圖, 狀貌如婦人好女.〕"라고 말하는 것과 같다. 장량張良의 생김새에 대한 그의 이해는 그림을 통해 알게 된 것이었다. 이것을 근거로 추측해보면, 사마천이 공자의 생김새를 묘사한 것 역시 그가 당시 보았던 공자의 그림으로부터 알게 되었을 가능성이 매우 크다.

그러나 후대에 이르면, 위에서 말한 사마천의 두 가지 견해를 뒤섞어 한 가지로 말한다. 예를 들면 ≪동가잡기東家雜記≫의 다음과 같은 기록이다. "대부 숙량흘과 안씨가 니구산에서 기도하여 공자께서 출생하셨는데, 태어나면서 머리 위쪽의 정수리가 우묵하게 들어가 있는 것이 마치 니구산의 꼭대기가 오목한 것과 같다. 〔叔梁大夫與顔氏禱於尼丘而先聖生, 生而首上圩頂, 如尼丘山頂之圩.〕"5) 공자의 부모가 니구산에서 기도하여 공자를 낳은 것과 공자의 머리꼭대기가 "우

---

5) (송宋) 공전孔傳 엮음, ≪동가잡기東家雜記≫ 권하卷下, 〈사당 바깥의 고적(廟外古迹)〉, ≪총서집성초편叢書集成初編≫본本.

정”이라는 두 가지 일을 하나로 합치고, 아울러 “우정”을 “마치 니구산의 꼭대기가 오목한 것과 같다.”라고 구체적으로 묘사하였으니, 억지로 끼워 맞추려는 정도가 지나침을 면할 수 없다.

“우정”은 후세에 “우정頸頂”이라고도 썼다. ≪이혹론理惑論≫에서 “복희는 얼굴이 용 모양에 코가 산처럼 생겼고, 중니는 머리가 지붕 모양처럼 생겼다.〔伏羲龍鼻, 仲尼反頯.〕”고 하였다. 또한 “반우反羽” 혹은 “반우反宇”라고도 썼다. 왕충은 ≪논형論衡・강서講瑞≫에서 “고요는 입이 말 모양이고, 공자는 앞이마가 짱구였다.〔皐陶馬口, 孔子反宇.〕”라고 하였다. 또 ≪논형・골상骨相≫에서 “전해지는 말에 따르면 황제는 (눈썹 뼈가 돌출하여) 용과 같은 모습이고, 전욱은 이마가 넓어 방패를 이고 있는 듯한 모습이다. ……고요의 입은 말의 입처럼 생겼고, 공자의 머리는 마치 뒤집힌 지붕 같다.〔傳言黃帝龍顔, 顓頊戴午. ……皐陶馬口, 孔子反羽.〕”라고 하였다.

동한東漢은 ≪사기≫가 쓰인 시기로부터 멀지 않다. 그런데도 벌써 이와 같은 차이가 나타나는 것을 보면, 전해지는 것이 아주 여러 상황이며, “정수리가 오목하다〔圩頂〕”는 말의 출처가 일치하지 않을 수 있다는 정황을 알 수 있다.

2. 공자는 “키가 9척 6촌이다〔長九尺有六寸〕”

≪사기・공자세가≫에 “공자는 키가 9척 6촌이어서 사람들이 그를 ‘키다리’라고 부르고, 그를 괴이하게 여겼다.〔孔子長九尺有六寸, 人皆謂之‘長人’而異之.〕”라고 기록되어 있다. 공자의 키에 대해 조사해 봐도 선진先秦 문헌에는 역시 기록되어 있지 않다. 그러나 ≪장자莊子・도척盜跖≫ 편에 근거해서 추론해보면, 공자의 키가 커서 사람

들이 "괴이하게 여긴 것"은 대체로 당시의 사실과 부합된다.

우화 형식으로 된 ≪장자·도척≫ 편에서는 공자가 도척盜跖을 배알하고 나서 이렇게 말한 것으로 서술하고 있다.

구丘가 듣기로 세상에는 세 가지 아름다운 갖춤이 있다고 합니다. 태어나면서 키가 크고 체격이 좋으며, 아름답기가 비길만한 짝이 없어 젊은이든 늙은이든 귀한 사람이든 천한 사람들이든 그를 보면 모두가 기뻐하는 것, 이것이 최고의 갖춤입니다. ……지금 장군은 이 세 가지를 모두 가지고 있습니다. 키는 8척 2촌이나 되고, 얼굴에는 광채가 나고, 입술은 붉고, 치아는 조개처럼 아름답게 정돈되어 있습니다.〔丘聞之, 凡天下有三德: 生而長大, 美好無雙, 少長貴賤見而皆說之, 此上德也. ……今將軍兼此三者, 身長八尺二寸, 面目有光, 脣如激丹, 齒如齊貝.〕

그런데 뜻밖에도 공자의 이 말은 도척으로부터 엄하게 꾸짖음을 당하는 다음과 같은 말을 듣게 된다. "내가 키가 크고 얼굴이 잘나서 사람들이 보고 좋아하는 이것은 부모가 나에게 물려준 축복이다.〔今長大美好, 人見而悅之者, 此吾父母之遺德也.〕" 도척은 키나 용모 등과 같이 사람들이 보고서 좋아하는 것은 모두 부모로부터 물려받아 갖추어진 것이기에 본래 자랑할 만한 가치가 없다고 생각했다.

도척의 이 말에 뒤이어, 장자莊子(약 B.C. 369~B.C. 286)는 다시 그의 입을 빌려 "스스로 뛰어난 재능의 선비이며 완전한 지혜와 덕의 사람이라 말하는〔自謂才士聖人〕" 공자에 대해 문왕文王과 무왕武王의 도와 같은 것을 거만하게 닦는 것에 호된 질책을 가하면서 아울러 다음과 같은 비난의 말을 덧붙였다. "너의 도리는 정신없이 내달려가기에 급급해하며, 속임수에 거짓투성이의 것이다.〔子之道, 狂狂汲汲, 詐巧虛僞事也.〕" 이 말은 공자로 하여금 "문을 나와 수레에 올랐으나 고삐를 잡으려다 세 번이나 놓치고, 눈앞이 캄캄하니 아무것도 보이지 않고, 얼굴은 사색이 되어 불 꺼진 잿빛과 같고, 수레 가로대에 기대어 고개를 떨어뜨린 채 숨도 쉬지 못할 정도〔出門上車, 執轡三失, 目芒然無見, 色若死灰, 據軾低頭, 不能出氣.〕"가 되게 하였다. ≪사기·노자열전老子列傳≫에서는 이렇게 말하고 있다.

세상에서 노자의 학설을 배운 사람들은 유가의 학설을 배척하고, 유가의 학설을 배운 사람들 역시 노자의 학설을 배척한다. "도가 같지 않으면 서로 어울려서 일을 꾀하지 못한다."^(≪논어·위령공≫)라고 하였는데, 이런 것을 두고 하는 말인가? 〔世之學老子者則絀儒學, 儒學亦絀老子. "道不同不相爲謀", 豈謂是邪?〕

또한 바로 이 열전에 덧붙어 있는 ≪장자전莊子傳≫에는 다음과 같이 기록되어 있다. 장자가 〈어부漁父〉 편을 비롯해 〈도척盜跖〉, 〈거협胠篋〉 등을 지어 공자의 무리를 비방하고 노자의 학설을 천명하였다. 〔作〈漁父〉·〈盜跖〉·〈胠篋〉, 以詆訿孔子之徒, 以明老子之術.〕"

이 말에 근거해서 보면, ≪장자·도척≫ 편에서 도척이 공자가 키나 용모를 말한 것에 대해 비난한 것은, 장자가 "공자의 무리를 비방하고 노자의 학설을 천명하는〔詆訿孔子之徒, 以明老子之術.〕" 일종의 언론 수단인 것이다. 따라서 바로 이러한 관점에서 분석하면, 공자의 키는 응당 사실과 일치하며, "사람들이 그를 '키다리'라고 부르고, 그를 괴이하게 여겼다."는 것 또한 사실이다. 그렇지 않으면, 장자가 〈도척〉 편의 긴 문장을 빌려 의견을 개진한 것은 곧 아무런 의미가 없는 것이 된다. 공자의 키가 "괴이한〔異〕" 것을 빌려와서 유가 사상을 널리 보급하였는데, 이것은 기본적으로 당시 공자의 제자들이 취한 일종의 책략이었다. 그러나 이것으로 인해 "유가의 학설을 배척하는〔絀儒學〕"^(≪사기·노자열전≫) 노장老莊의 무리로부터 통렬한 비난을 당하게 된 것이었다.

이러한 상황에 직면하여 유가의 총망 받던 학자인 순자荀子 (B.C. 313~B.C. 238)는 그런 책략을 자발적으로 청산하고, 자사子思 (B.C. 483~B.C. 402)와 맹가孟軻(약 B.C. 372~B.C. 289)를 "어리석고 무지한 유학자[瞀儒]"의 대열에 편입하고, 동시에 자장子張(B.C. 504~?)을 따르는 무리를 비롯해 자하子夏(B.C. 507~?)를 따르는 무리와 자유子游(B.C. 506~?)를 따르는 무리를 천한 유학자라고 질책하면서, 자기만이 공자의 진수를 전해 받은 사람으로 행세하였다.(《순자荀子·비십이자非十二子》) 그와 동시에 순자는 또한 특별히 〈비상非相〉이라는 글을 지어 키나 용모가 성인聖人 여부와 결코 필연적인 연관성이 없음을 주장하였다. 《순자·비상》 편의 서두에서 바로 "사람의 관상을 보고 그 길흉화복을 판단하는 일이 옛날 사람들에게는 있지 않았고, 학식 있는 사람들도 이것을 언급하지 않았다. 〔相人, 古之人無有也, 學者不道也.〕"라고 말한다.

그는 거기에다 다음과 같은 예를 들기도 하였다. "대체로 요임금은 키가 큰데 순임금은 작았고, 문왕은 키가 큰데 주공은 작았으며, 중니는 키가 큰데 자궁은 작았다. 〔蓋帝堯長, 帝舜短. 文王長, 周公短. 仲尼長, 子弓短.〕 "이것으로 키가 크고 작은 것이 모두 성인의 조건에 영향을 줄 수 없다는 사실을 이끌어내었다. 다시 말해 공자가 큰 키의 용모를 가졌다는 것으로 유학의 선전 수단으로 삼는 것은 명백히 "어리석고 무지한 유학자"의 행동이라는 것이었다. 순자는 한 걸음 더 나아가 이런 말을 했다.

공자의 용모에서 얼굴은 마치 방상씨의 탈을 뒤집어쓴 것 같고, 주공의 용모에서 몸은 마치 마른 나무가 우뚝 선 것 같고, 고요의 용모에서 얼굴빛은 마치 참외를 깎아 놓은 것 같았다. 〔仲尼之狀, 面如蒙倛. 周公之狀, 身如斷菑. 皐陶之狀, 色如削瓜.〕

이 말에 따르면 공자는 장신의 괴이한 용모에다 또한 "얼굴은 방상씨의 탈을 뒤집어쓴 것 같은" 흉악한 생김새도 갖고 있었다. 얼굴이 방상씨의 탈을 뒤집어쓴 것 같다는 것은, 얼굴이 네모나게 각지고 못생긴데다가, 머리털이 더부룩하게 많이 나 어수선하여 형상이 흉악하다는 의미이다. 양경楊倞은 여기에 대해 다음과 같은 주석을 달았다.

> 기俱는 방상方相이다. 그 머리털이 어지럽게 헝클어졌기 때문에 몽기蒙俱라고 한다. ……한시랑韓侍郎(한유韓愈)은 "눈이 네 개인 것이 방상方相이고, 눈이 두 개인 것이 기俱이다."라고 하였다. ≪신자愼子≫에서는 "모장毛嬙과 서시西施가 천하에 으뜸가는 미인이지만, 그에게 가죽으로 만든 그런 탈을 씌우면 그 모습을 본 자들은 모두 달아날 것이다."라고 하였다. 〔俱, 方相也. 其首蒙茸然, 故曰蒙俱. ……韓侍郎云: 四目 爲方相, 兩目爲俱. ≪愼子≫曰: 毛嬙·西施, 天下之至姣也, 衣之以皮俱, 則見之者皆 走也.〕6)

이것으로 공자의 얼굴 생김새가 보기 흉하다는 것을 알 수 있다. 그래서 후대의 유가 서적에서는 종종 공자의 얼굴 생김새에 대해 자세하게 묘사하지 않았던 것이다. 순자의 〈비상〉편을 통해서 보면, 당시 공자 문하의 제자들이 요임금과 순임금, 주나라 문왕과 주공, 그리고 공자 등과 같은 성현들의 용모를 빌려 유학을 널리 보급하려 했던 대략적인 상황을 알 수 있다.

공자는 키가 클 뿐만 아니라, 요임금과 우禹임금 등과 같은 성현들의 모습을 한데 모아 놓은 것과 같이 된 것은 대체로 70제자 (공자의 제자로 육예六藝에 능통한 70인)와 그 후학들의 손에서 이루어졌으

---

6) 왕선겸王先謙 지음, 심소환沈嘯寰·왕성현王星賢 표점 교감, ≪순자집해荀子集解≫, 중화서국, 1988, 74쪽.

며, ≪사기≫ 등과 같은 저서를 짓는데도 영향을 끼쳤다.

3. 공자는 성현의 생김새들을 한데 모아놓은 용모이다

≪사기·공자세가≫에서는 다음과 같이 서술하고 있다.

공자가 정鄭나라로 가는데 제자들과 서로 길이 어긋나서 홀로 성곽
의 동문에 서 있었다.
어떤 정나라 사람이 자공에게 말했다. "동문에 어떤 사람이 있는데 그
이마는 요임금과 닮았고, 그 목덜미는 고요와 닮았고, 그 어깨는
자산과 닮았는데, 허리 이하는 우임금보다 3촌이 짧더군요. 그런데
풀죽은 그 모습이 마치 집 잃은 개와 같았습니다."〔孔子適鄭, 與弟子相
失, 孔子獨立郭東門. 鄭人或謂子貢曰: "東門有人, 其顙似堯, 其項類皐陶, 其肩類子
産, 然自要以下不及禹三寸. 纍纍若喪家之狗."〕

≪사기≫의 이 기록은 ≪공자가어≫와 대체로 같다. ≪사기색
은≫에서 "(≪사기·공자세가≫의 '어떤 사람이 자공에게 말했다. 〔或謂子貢曰〕'라는
구절이) ≪공자가어≫에서는 '고포자경이 자공에게 말했다. 〔姑布子卿謂
子貢曰〕'는 것으로 되어 있다."라고 하였다. 즉 ≪공자가어≫는 ≪사
기≫에 비하여 이 여덟 글자가 많다.[7]
고포자경은 고대의 관상 보는 사람이다. 순자는 〈비상〉 편에
서 "옛날에는 고포자경이 있었고, 지금 세상에는 양梁나라의 당거唐
擧가 있다. 그들은 사람의 생김새와 얼굴빛만 보고도 그 길흉화복
을 알아낼 수 있어 세상 사람들이 그들을 칭찬하였다. 〔古者有姑布子

---

7) (역주) 엄밀히 말하면 "혹或" 자가 "고포자경姑布子卿"으로 기록된 것이기에 여
덟 글자가 아니라 세 글자가 많은 것이다.

卿, 今之世梁有唐擧, 相人之形狀顏色, 而知其吉凶妖祥, 世俗稱之.〕"라고 말했다.

≪공자가어≫를 지은 사람에 대해서는 견해가 일치하지 않는데, 어떤 사람은 공자의 70제자의 제자들이라고 하고, 또 어떤 사람은 공안국孔安國(B.C. 156~B.C. 74)이라고 하고, 다른 어떤 사람은 왕숙王肅(195~256)이라고도 한다.8)

작자가 누구인지를 막론하고, "고포자경이 자공에게 말했다."라는 기록은 세상에 널리 퍼져 (사람들이) 신봉하고 있는 고대의 관상가인 고포자경의 도움을 받아 공자가 성현의 용모로 상승했다는 것만은 일치한다. 그러나 사마천은 "어떤 정나라 사람이 자공에게 말했다.〔鄭人或謂子貢曰〕"라는 애매모호한 화법으로 세상 사람들이 공자의 용모에 대해 묘사하고 이해한 것을 다시 반영하고, 더 한층 광범위하게 민간의 색채를 띠게 되었다.9)

앞에서 서술한 ≪사기≫의 세 번에 걸친 공자의 용모 특징에 대한 묘사는 물론 70제자와 그 후학들이 공자를 신격화하려는 영향을 받은 것이 분명하다. 그러나 그 안에는 또한 사마천이 찬술한 깊은 뜻이 깃들어 있다.

두 번째 용모의 묘사로 ≪사기·공자세가≫에서는 이렇게 기록하고 있다.

---

8) 양명조楊明朝는 출토된 문헌 등을 결합한 연구에서 "≪공자가어孔子家語≫는 왕숙王肅의 이름을 사칭한 저작이 아니라, '공자의 제자들이 정리할 때 윤색했을 가능성도 있고', '후인들이 옮기어 베끼는 과정에서 증감되었을 가능성도 있으며', '공안국이 자료를 정리하면서 글자를 잘못 배열하였을 가능성도 있다.'"라고 지적했다.(양명조, 〈≪공자가어≫ 통설通說〉, ≪공자가어≫, 하남대학출판사河南大學出版社, 2008, 48~66쪽 참고)

9) "고포자경이 자공에게 말했다.(姑布子卿謂子貢曰)"라는 구절이, 현행본 ≪공자가어≫에는 ≪사기≫와 똑같이 "누군가가 자공에게 말했다.(或謂子貢曰)"라고 되어 있으며, "고포자경"을 거론하지 않았다.

공자는 가난하고 지위가 낮았다. 그가 장성하여 일찍이 계씨의 작은 벼슬아치로 있을 때 그의 저울질은 공정하였고, 그가 일찍이 직리職吏를 맡았을 때 가축은 살찌고 새끼도 많았다. 이로 말미암아 그는 사공司空이 되었다. 얼마 후에 노나라를 떠났지만 제나라에서 내쳐지고, 송나라와 위衛나라에서는 쫓겨나고, 진陳나라와 채蔡나라 사이에서는 곤궁하게 되자 노나라로 돌아왔다. 공자는 키가 9척 6촌이어서 사람들은 모두 그를 '키다리'라고 부르며 기이하게 여겼다. 노나라가 다시 그를 잘 대우하니, 이로 말미암아 노나라로 돌아왔던 것이다. 〔孔子貧且賤. 及長, 嘗爲季氏史, 料量平. 嘗爲司職吏而畜蕃息. 由是爲司空. 已而去魯, 斥乎齊, 逐乎宋·衛, 困於陳蔡之間, 於是反魯. 孔子長九尺有六寸, 人皆謂之長人而異之. 魯復善待, 由是反魯.〕

사마천은 이렇게 공자의 이력을 간략하게 "이모저모 둘러볼" 때서야 비로소 공자가 "키다리"라는 기괴한 용모를 끄집어내었다. 위와 아래의 글 뜻을 살펴보면, 공자는 일생동안 벼슬살이가 순조롭지 못했고, 만년에는 "진나라와 채나라 사이에서 곤궁하게 되자", "돌아가자"라는 탄식을 하며, "노나라로 돌아갈" 생각을 했고, 그 "노나라로 돌아가는" 것이 이루어져 "노나라가 다시 잘 대우해 주었다"는 것이다. (그런데 공자가 "노나라로 돌아간 것"과 "노나라가 공자를 잘 대우해준 것" 사이에 "공자가 키다리라는 것"을 끼워 넣은 것을 보면) 여기서는 (노나라가 공자를 잘 대우해준) 원인을 그의 장신이라는 기괴한 용모 탓으로 돌리고, 또 공자가 이 때문에 노나라 사람들의 존경을 받았다는 것을 알 수 있다.

세 번째 용모의 묘사는 공자가 먼저 광성匡城 사람들에게 포위되는 곤경에 빠지고, 또 하마터면 송宋나라 사마司馬 환퇴桓魋에게 죽임을 당할지도 몰라 피난하는 도중에 있는 것이다. ≪사기·공자세가≫에서 그때를 기록하면서 앞에서는 "제자들과 서로 길이 어긋나서 홀로 성곽의 동문에 서 있었다."라고, 뒤에서는 "풀죽은 모습은 마치 집 잃은 개와 같았습니다."라고 하였으니, 당시의 상황을 잘 이해할 수 있다. (이것을 보면) 공자가 요임금, 고요皐陶, 자산子産, 우임금 등 여러 성현의 용모를 한몸에 갖추었다고 하더라도, 또 무슨 쓸모가 있었겠는가? 이것으로부터 공자가 성현들의 용모를 한데 갖추었다는 설에 대해 사마천이 회의하고 비판했다는 것을 엿볼 수 있다.

그러나 순자와 사마천 이후로도 공자의 용모는 끊임없이 신격화되었을 뿐만 아니라, 후대로 내려갈수록 오히려 점점 더 구체적이고 세밀해졌다. 우리가 《순자》와 《사기》를 통해서는 단지 공자의 키가 9척 6촌이고, "얼굴이 방상씨의 탈을 뒤집어쓴 것 같고", "정수리가 우묵하게 들어갔다"는 것을 알 수 있을 뿐이다. 그리고 《사기》 속의 정나라 사람이 우리에게 묘사한 용모에 따르면 "이마는 요임금을, 그 목덜미는 고요를, 그 어깨는 자산과 닮았지만, 허리 이하는 우임금보다 3촌이 짧았다. 〔顙似堯, 其項類皐陶, 其肩類子産, 然自要以下不及禹三寸.〕"는 것으로 여전히 공자의 용모는 모호하다. 그러나 《사기》 이후의 저작인 《공총자孔叢子》에서는 도리어 그 성현의 용모를 다음과 같이 뚜렷이 묘사하고 있다.

공자가 주周나라에 가서 장홍萇弘을 방문하여 대화를 끝내고 물러났다. 장홍이 유劉나라 문공文公(?~B. C. 506)에게 말했다. "제가 보기에 공자는 성인의 상相을 가지고 있습니다. 눈자위가 반듯하고 길면서 이마가 높게 툭 튀어나왔으니, 이것은 황제黃帝의 용모입니다. 팔은 길고 등은 불룩하고, 신장은 9척 6촌이니, 이것은 성탕成湯의 풍채입니다."〔夫子適周, 見萇弘, 言終退. 萇弘語劉文公曰: "吾觀孔仲尼有聖人之表. 河目而隆顙, 黃帝之形貌也. 脩肱而龜背, 長九尺有六寸, 成湯之容體也."〕 10)

10) (한漢) 공부孔鮒, 《공총자孔叢子》 권상卷上 〈가언嘉言〉, 《공총자소증孔叢子疏證》, 손소화孫少華, 《공총자 연구孔叢子研究》, 중국사회과학출판사中國社會

이러한 기록은 ≪사기≫와 현저하게 차이가 나는데, 공자의
"눈자위가 반듯하고 길다. 〔河目〕" 등과 같은 형상에 대해 구체적이
고 명확한 묘사를 하고 있다.11) 이와 동시에 ≪사기≫에 기록된
"정수리가 우묵하게 들어갔다."는 용모가 후세에서도 드러나고 있
다. ≪백호통白虎通·성인聖人≫에서는 이렇게 말했다.

> 공자는 앞이마가 짱구였는데, 이것은 그분이 은혜가 홍성하도록 수
> 립하고, 잠재된 선함이 사람들 사이에서 오고가게 한 것을 의미한
> 다. 성인이 홀로 알고 미리 내다보며 신명에 정통할 수 있는 것은
> 모두 하늘이 낳은 인물이기 때문이다. 〔孔子反宇, 是謂尼甫, 立德澤所興,
> 藏元通流. 聖人所以能獨見前睹, 與神通精者, 蓋皆天所生也.〕12)

명나라 사람이 편집한 ≪고미서古微書≫에도 역시 똑같은 기록
이 있으나, 출처를 밝히지 않고서 곧바로 〈예위禮緯〉13) 편에 포함
시키고 있다. 이에 근거해보면, ≪백호통≫의 기록은 당시 유행한

科學出版社, 2011, 544~545쪽.

11) ≪공총자≫는 송대 이후로부터, 옛사람들이 위서僞書라고 많이 의심했었는
데, 이에 대한 오늘날 사람들의 연구는 이미 획기적인 진전을 이룩하여, 위서
라는 의심을 타파하였으며, 아울러 진나라 말기나 한나라 초기 때, 아마도 이
미 정정訂正·편찬이 끝난 것으로 추단되었다.(손소화孫少華, ≪공총자 연구孔叢
子研究≫, 16~17·52~57쪽 참고) 또 손소화의 ≪공총자소증孔叢子疏證≫(≪공
총자연구≫, 545쪽)에 따르면, 이 ≪공총자≫ 속의 공자의 용모에 관한 묘사
는, ≪효경원신계孝經援神契≫·≪낙서위雒書緯≫ 등 위서에 기록된 황제黃帝·
우禹 등의 용모와 유사하다. 이에 의거하여 추단해 보면, ≪공총자≫ 속의 공
자 용모에 관한 구체적 묘사는, 아마도 그 당시의 위서에 크게 영향을 받았을
것이다.
12) (청淸) 진립陳立 지음, 오칙우吳則虞 표점 교감, ≪백호통소증白虎通疏證≫,
중화서국, 1994, 340쪽.
13) (명明) 손곡孫瑴 편찬, ≪고미서古微書≫ 권17 〈예위禮緯〉, ≪문연각사고전서
文淵閣四庫全書≫본.

참위讖緯의 설로부터 나온 것으로 추정된다. 그리고 그것이 억지로 끌어다 맞춘 것이라는 것은 자명한 것이다. 위서緯書 문헌 속의 공자의 용모에 대해 주여동周予同이 "성인으로서의 공자의 기괴한 용모〔孔聖的異表〕"라는 글에서 논리적으로 서술한 적이 있는데, 이것은 우리가 이 문제에 대해 깊이 이해하는데 도움이 된다.14)

참위의 문헌은 후세로 가면서 대부분 남아있지 않다. 그래서 주여동이 ≪백씨육첩白氏六帖≫과 ≪태평어람太平御覽≫ 등과 같은 부류의 책에서 흩어져 없어진 자료들을 모아 기록하였는데, 명대에 기록된 위서의 문헌 속에서 성인으로서의 공자 용모를 가장 상세하게 밝히고 있다. 명대의 백과사전인 ≪광박물지廣博物志≫에서는 ≪조정광기祖庭廣記≫를 인용하여 이렇게 말했다.

선대의 성인께서는 나면서부터 특이한 모습을 갖추고 계셨는데, 모두 49가지 (실제로는 50가지) 생김새이다.
① 헝클어진 머리〔反首〕, ② 움푹 들어간 볼〔洼面〕, ③ 미간의 우측으로 몰린 오른쪽 이마〔月角 : 윗이마 중앙의 뼈가 무소뿔처럼 도드라져 있는 것을 용서龍犀라 하는데, 이 용서가 머리카락으로 들어가는 방향이 왼쪽인 것을 가리킴〕, ④ 태양처럼 생긴 콧마루〔日準〕, ⑤ 반듯하고 긴 눈자위〔河目〕, ⑥ 크고 깊은 입〔海口〕, ⑦ 툭 불거진 입술〔牛唇〕, ⑧ 뾰족한 얼굴〔昌顔〕, ⑨ 가지런한 턱〔均頤〕, ⑩ 아래턱뼈에 바싹 붙은 목〔輔喉〕, ⑪ (말에서 때때로 발생하는) 중복 치아〔駢齒〕, ⑫ 용처럼 생긴 얼굴〔龍形〕, ⑬ 거북 등껍질처럼 생긴 등마루〔龜脊〕, ⑭ 범처럼 생긴 손바닥〔虎掌〕, ⑮ 서로 나란히 붙어 있는 늑골〔駢脇〕, ⑯ 높은 가슴〔參膺〕, ⑰ 우묵하게 들어간 정수리〔圩頂〕, ⑱ 산처럼 솟은 배꼽〔山臍〕, ⑲ 연결되어 완정한 덩어리를 이룬 뼈〔林背〕, ⑳ 날개 달린 팔뚝〔翼臂〕, ㉑ 오목한 머리〔窪

14) 주여동, 〈참위 속의 공자와 그의 제자〉, 주여동 저, 주유쟁 편집 교정, ≪공자, 성인 공자와 주희≫, 상해인민출판사, 2012, 84 · 95~96쪽. 원래 ≪안휘대학 월간安徽大學月刊≫ 제1권 제2기(1933년 2월)에 게재되었다.

頭〕, ㉒ 우뚝한 코〔隆鼻〕, ㉓ 언덕처럼 생긴 뺨〔阜脥〕, ㉔ 제방처럼 생긴 눈썹〔堤眉〕, ㉕ 땅에서는 그 한가운데로 중심을 잡는 발바닥〔地足〕, ㉖ 골짜기같이 생긴 몸의 구멍〔谷竅〕, ㉗ 요란히 코 고는 소리〔雷聲〕, ㉘ 광택이 나는 배〔澤腹〕, ㉙ 방상씨의 탈을 뒤집어쓴 것 같은 얼굴〔面如蒙供〕, ㉚ 무릎 밑까지 내려오는 손〔手垂過膝〕, ㉛ 12가지 색깔을 띤 눈썹〔眉有一十二彩〕, ㉜ 24가지 결을 지닌 눈동자〔目有二十四理〕, ㉝ 봉황이 서 있는 것 같은 선 자세〔立如鳳峙〕, ㉞ 용이 웅크리고 있고 것 같은 앉은 자세〔坐如龍蹲〕, ㉟ 천문이 그려진 손바닥〔手握天文〕, ㊱ 도度 자 혹은 왕王 자를 그리며 걷는 발걸음〔足履度字, 或作王字〕, ㊲ 달라붙듯 멀리 바라보는 시선〔望之如仆〕, ㊳ 날아오르는 듯이 내딛는 발걸음〔就之如升〕, ㊴ 긴 상체와 짧은 하체〔修上趨下〕, ㊵ 귀 뒤에까지 오는 굽은 등〔末僂後耳〕, ㊶ 천하를 경영하는 듯한 눈길〔視若營四海〕, ㊷ 부품한 이마에서부터 늘어진 귀〔耳垂珠庭〕, ㊸ 당요唐堯와 닮은 정수리〔其頂似唐堯〕, ㊹ 우순虞舜과 닮은 이마〔其顙似虞舜〕, ㊺ 고요皐陶와 닮은 목〔其項類皐陶〕, ㊻ 자산子産과 닮은 어깨〔其肩類子産〕, ㊼ 우임금보다 3촌이 짧은 허리 아래〔自腰以下不及禹者三寸〕, ㊽ "세상을 안정시킬 예언서를 만들 것이다."라는 글이 있는 가슴〔胸有文曰: '制作定世符.'〕, ㊾ 9척 6촌인 키〔身長九尺六寸〕, ㊿ 매우 굵은 허리둘레〔腰大十圍〕. 〔先聖生有異質, 凡四十九表, 反首洼面, 月角日準, 河目海口, 牛脣昌顔, 均頤輔喉, 駢齒龍形, 龜脊虎掌, 駢脇參膺, 圩頂山臍, 林嶺翼臂, 窪頭隆鼻, 阜脥堤眉, 地足谷竅, 雷聲澤腹, 面如蒙供, 手垂過膝, 眉有一十二彩, 目有二十四理. 立如鳳峙, 坐如龍蹲, 手握天文, 足履度字, 或作王字, 望之如仆, 就之如升, 修上趨下, 末僂後耳, 視若營四海, 耳垂珠庭, 其頂似唐堯, 其顙似虞舜, 其項類皐陶, 其肩類子産, 自腰以下不及禹者三寸, 胸有文曰: '制作定世符.' 身長九尺六寸, 腰大十圍.〕 15)

이곳에서 집대성한 공자의 생김새에 대한 묘사를 명나라의 고기원顧起元(1565~1628)은 다음과 같이 비평하였다.

---

15) (명) 동사장董斯張, ≪광박물지廣博物志≫ 권25 〈형체形體〉, 악록서사岳麓書社, 1991년 영인본, 535쪽.

공자의 49가지 생김새는 (유劉나라 문공文公에 소속된 대부大夫인) 장홍萇弘이 말한 것을 비롯해 고포자경이 진술한 것, 노래자老萊子의 제자가 기록한 것, 순경荀卿과 사마천 등이 기술한 것을 수집하였기 때문에 대체로 완전하다고 할 수 있을 것이다. 그렇지만 일찍이 위서에 있었던 "마음속 생각은 법도에 합치하고[胸應矩]", "혀의 결은 일곱 층으로 겹쳐 있고[舌理七重]", "균鈞이라는 글자가 손바닥에 있다[鈞文在手]"는 것 등은 오히려 언급하지 않았으니, 이것이 성인의 풍채를 다 드러냈다고 하기에 족하겠는가? [先聖四十九表採於萇弘之所談, 姑布子卿之所稱, 老萊弟子之所識, 與荀卿司馬遷輩之所述者, 蓋云備矣. 然緯書曾載胸應矩·'舌理七重'及'鈞文在手'等處又弗及焉, 是足以盡聖人之儀觀歟?] 16)

선진 시기의 여러 철학자와 ≪사기≫의 공자 외모에 대한 기록은 이미 상세하고 완전하였다. 그런데도 후대 위서에서 더 많은 기록을 더했으니, '마음속 생각은 법도에 합치한다.', '혀의 결은 일곱 층으로 겹쳐 있다.', '균鈞이라는 글자가 손바닥에 있다.' 등과 같은 것이 그것이다. 이곳에서는 이러한 것들을 오히려 누락하고 있으니, 이로부터 위서緯書에서 공자의 외모를 그럴듯하게 꾸미고 억지로 끌어다 붙이려는 열광과 유행이 어떠했는지를 알 수 있다.

이상과 같은 상황은 후대에 성인으로서 공자의 "기괴한 용모"에 대한 숭배를 아주 잘 나타내고 있다. 그렇지만 바로 이렇게 억지로 끌어다 붙이고, 더 나아가서 (거기에) 기가 죽어 납작 엎드린 것은 공자 이미지에 심각한 왜곡을 초래하였다. 이것은 또한 현대의 학자들이 강조한 것이기도 하다. 다시 말해서 한漢나라 이후에 공자의 이미지는 이미 점점 그 본래 모습을 상실했다는 것을 잘 드러내고 있다는 것이다. 그렇기 때문에 참된 공자를 연구하려면, 반드시 ≪논어≫ 등의 중요한 문헌 속으로 회귀해야 한다.17)

---

16) (명) 고기원顧起元, ≪설략說略≫ 권5 〈인기人紀〉, ≪문연각사고전서≫본.

2절 | 신성화의 길
– 공자의 자술로부터 제자들의 추모에 이르기까지

≪논어≫ 속의 공자에게는 생활의 정취가 많이 내포되어 있다. 그는 정감이 풍부한 아주 감성적인 사람이다. 그는 정서적으로 언제나 쉽게 감동을 받아 희로애락의 감정을 조금도 숨기지 않았다. 그는 낙관적이고 유머러스하며, 인정미가 넘치고, 인생의 근심과 괴로움 그리고 슬픔과 기쁨을 가득 안고 살았다. 그의 자평自評, 자조, 자득, 자부하는 어투 속에서 우리는 평범한 한 사람의 수십년 성장의 인생 역정을 볼 수 있다.

공자는 세 살 때 아버지를 여의고, 열일곱 살 때 어머니를 잃었다. 이런 잔혹한 현실은 그를 "여러 가지 비천한 일에도 능할 수있도록〔多能鄙事〕" 단련시키자, 세속 사람들은 그의 "성인〔聖者〕"이라는 명예에 의심을 품을 지경이었다. ≪논어·자한≫에는 이렇게 기록되어 있다.

> 태재가 자공에게 물었다. "선생께서는 성인이신가? 어찌 그렇게 재능이 많으신가?"
> 자공이 말했다. "진실로 하늘이 그분을 성인이 되게 하시고, 또 재능이 많게 하신 듯합니다."

---

17) 이러한 견해와 호소는 주여동을 대표로 하는데, 구체적인 내용은 ≪주여동경학사 논저 선집周予同經學史論著選集·공자孔子≫(증정본增訂本, 상해인민출판사, 1996) 참고.

선생님께서 그 말을 듣고 말씀하셨다. "태재가 나를 아는구나! 나는 어렸을 때 가난했기에 여러 가지 비천한 일에 능하였다. 군자는 능한 일이 많은가? 많지 않느니라."〔大宰問於子貢曰: "夫子聖者與? 何其多能也?" 子貢曰: "固天縱之將聖, 又多能也." 子聞之, 曰: "大宰知我乎! 吾少也賤, 故多能鄙事. 君子多乎哉? 不多也."〕

이 단락의 대화는 공자가 "여러 가지 비천한 일에 능한" 외롭고 가난한 자에서 성인聖人이 되어가는 인생 역정을 생생하게 보여준다. 공자가 스스로 "나는 어렸을 때 가난했기에 여러 가지 비천한 일에 능하였다."라고 한 것에 대해 ≪사기・공자세가≫에서는 "공자는 가난하고 지위가 낮았다. 그가 장성하여 일찍이 계씨의 작은 벼슬아치로 있을 때, 그의 저울질은 공정하였고, 그가 일찍이 직리職吏를 맡았을 때 가축은 살찌고 새끼도 많았다. 〔孔子貧且賤. 及長, 嘗爲季氏史, 料量平. 嘗爲司職吏而畜蕃息.〕"라고 비교적 자세히 기록하고 있다. ≪맹자・만장 하萬章下≫에서도 이렇게 말했다.

공자께서는 일찍이 창고지기가 되셨는데 "회계를 잘 맞추게 할 뿐이다."라고 말씀하셨다. 또 농장 관리인이 되셔서는 "소와 양이 무럭무럭 잘 자라게 할 뿐이다."라고 말씀하셨다. 〔孔子嘗爲委吏矣, 曰: "會計當而已矣." 嘗爲乘田矣, 曰: "牛羊茁壯, 長而已矣."〕

(맹자는) 이렇게 청년 시절의 공자가 "여러 가지 비천한 일에 능한" 상황을 기록하였다. 그가 일찍이 스스로 말하기를 "나는 공자의 문도가 되지는 못하였으나, 그 제자들에게서 사숙하였다.〔予未得爲孔子徒也, 予私淑諸人也.〕"(≪맹자・이루 하離婁下≫)라고 했다. 또한 어렸을 적 아버지를 여의어 외롭고 가난할 때 공자를 경배하는 우상으로 삼은 것이나, "그러므로 하늘이 어떤 사람에게 중대한 임무를 맡기려 하면 반드시 먼저 그의 정신을 힘들게 하고, 근육과 뼈를 수고롭게

하며, 그의 위장을 굶주리게 하고, 그 자신과 가정을 궁핍하게 한
다. 〔故天將降大任於是人也, 必先苦其心志, 勞其筋骨, 餓其體膚, 空乏其身.〕"(《맹자·고
자 하告子下》)18)라고 한 그의 유명한 구절 속에는 마음으로 흠모하는
우상인 공자의 모습이 있었던 듯하다. 그러나 단지 글로써 드러내
지 않았을 뿐 마음속에는 감추어져 있었다. 그러므로 "여러 가지
비천한 일에 능한" 것이 공자를 평범한 사람에서 성인에 이르도록
한 전설적인 이야기인 것이다.

　공자는 고생을 참아내며 배우기를 좋아하여 물질적인 생활이
비록 고생스러웠으나, 오히려 그 즐거움을 바꾸지 않았다. 그는 스
스로 이렇게 말했다. "거친 음식을 먹고 냉수를 마시며, 팔을 굽혀
베개로 삼더라도 즐거움이 또한 그 속에 있는 법이다. 〔飯疏食, 飮水,
曲肱而枕之, 樂亦在其中矣.〕"(《논어·술이》) 공자는 "태어나면서부터 아는〔生
而知之〕" 사람이 최상등이고, 그 다음이 "배워서 알아 가는〔學而知之〕"
사람이라고 생각했다. 그리고 그는 자신을 "나는 태어나면서부터
아는 사람이 아니고, 옛것을 좋아하며 부지런히 배우기를 구하는
사람이다. 〔我非生而知之者, 好古, 敏以求之者也.〕"(《논어·술이》)라고 생각했으
며, 자신은 결코 "태어나면서부터 아는" 천재가 아니라, "배워서 알
아 가는" 과정을 통해 비로소 이러한 재능과 학식에 도달했음을 강
조했다.

　배우기를 좋아한다고 말할 때, 그는 일관하던 겸양의 태도를
한 번 바꾸고서는, "열 가구 정도의 작은 마을에도 반드시 나처럼
충성스럽고 신의가 있는 사람이 있으나, 나만큼 배우기를 좋아하지
는 못하더라. 〔十室之邑, 必有忠信如丘者焉, 不如丘之好學也.〕"(《논어·공야장》)라
고 자신만만하게 말했다. 그리고 자로에게 자신을 다음과 같이 평
가해도 좋다고 가르쳤다. "그의 사람됨은 무엇을 배우려고 애쓸 때

---

18) 양백준, 《맹자역주孟子譯注》, 중화서국, 1960, 298쪽.

면 밥 먹기도 잊고, 즐거워 근심을 잊으며, 늙어가는 줄도 모른다. 〔其爲人也, 發憤忘食, 樂以忘憂, 不知老之將至云爾.〕"(《논어·술이》) 그는 일찍이 "15세에 학문에 뜻을 두었다. 〔吾十有五而志于學.〕"(《논어·위정》)라고 말했다.

또한 이렇게도 말했다. "내 일찍이 하루 종일 아무것도 먹지 않고, 밤새도록 잠도 자지 않고서 생각에 잠긴 적이 있었다. 그러나 아무런 소득이 없었으니, 배움에 힘쓰느니만 못한 일이다. 〔吾嘗終日不食, 終夜不寢, 以思, 無益, 不如學也.〕"(《논어·위령공衛靈公》) 그는 "태묘에 들어가서는 일마다 물어보았다. 〔入太廟, 每事問.〕"(《논어·위령공》) (이를 보고 어떤 사람이 말했다. "누가 추 땅 사람의 아들이 예를 안다고 말했는가? 주공의 사당에 들어가면서 일일이 묻다니!" 선생님께서 이 말을 듣고 말씀하셨다.) "이렇게 하는 것이 예이다." 〔(或曰: "孰謂鄹人之子知禮乎?" 入大廟, 每事問." 子聞之曰:) "是禮也."〕

그는 스스로에게 말하기를, "세 사람이 함께 일을 할 때는 반드시 거기에 내 스승이 있다. 그 가운데 좋은 점은 골라서 따르고 좋지 않은 점은 가려내어 내 잘못을 고친다. 〔三人行, 必有我師焉. 擇其善者而從之, 其不善者而改之.〕"(《논어·술이》)라고 하였다.

《여씨춘추呂氏春秋·중춘기仲春紀·당염當染》에서는 "공자가 노담과 맹소기, 그리고 정숙에게서 배웠다. 〔孔子學於老聃·孟蘇夔·靖叔.〕"라고 기록하고 있다. 《전국책戰國策·진책秦策》에서도 "무릇 항탁은 일곱 살에 이미 공자의 스승이 되었습니다. 〔夫項槖生七歲而爲孔子師.〕"라고 기록하고 있다. 이러한 기록을 통해 그가 배우기를 좋아하고, 배우는데 능숙하며, 아랫사람에게 묻기를 부끄러워하지 않고, 배움에 일정한 스승을 두지 않았다는 것을 알 수 있다.

공자가 "배우기를 좋아했다 〔好學〕"는 사실은 그때 당시나 후대 모두에서 주목받았다. 《논어》의 첫 번째 편은 〈학이學而〉이고, 공자가 이야기한 것을 기록한 《논어》의 첫 번째 글자가 바로 배울 "학學" 자이며, 《논어》에 모두 기록된 "학"자는 총 64번이다.^{(양백}

송나라의 황중원黃仲元(1231~1312)은 이렇게 말했다. "《논어》 20편은 공부의 도리와 방법이 아닌 것이 없으니, 이는 그 단서를 펼쳐놓은 것일 뿐이다. 〔《論語》二十篇, 無非學習之理與事, 此開其端耳.〕"19) 명나라의 유종주劉宗周도 이렇게 말했다. "'학學' 자는 공자 문하에 서 첫 번째 가는 진리〔第一義〕이며, '시습時習' 1장은 《논어》 20편 가운데 첫 번째 가는 의의이다. 공자가 평생토록 추구해 온 정신 은 깊고 심오한 학문의 단서를 영원히 열어 놓았으니, 실로 《논 어》에 전부 발휘되어 있다. 〔'學'字是孔門第一義, '時習'一章是二十篇第一義. 孔 子一生精神, 開萬古門庭闡奧, 實盡於此.〕"20) 전목錢穆 역시 이렇게 말했다. "공 자가 평소 가장 중시한 것은 스스로 공부하는 것과 사람을 가르치 는 것이었다. 〔孔子平生所最重視者, 在于自學與敎人.〕"21)

하나는 스스로 학습하는 것이고, 다른 하나는 다른 사람으로 하여금 공부하게 하는 것이다. 공자의 인격적 매력과 평생 추구해 온 정신, 그리고 유가 교육의 근본 취지는 사실 모두 이것에 힘입 은 것이다. 청나라의 손기봉孫奇逢이 이렇게 말한 것과 같다. "공자 는 70년을 공부하여 학문을 완성함으로써 인류의 영원한 목탁으로 자리매김하였다. 〔夫子以七十年之學習學成一個千古之木鐸位置.〕"22) 그러므로 '공 부〔學習〕'가 공자를 평범한 사람에서 성인으로 비약하게 해준 것이다.

공자의 일생은 기구하고 곤궁하였으며, 세상 사람들로부터 냉 대와 업신여김을 받을 대로 받았다. 그러나 공부를 향한 발걸음을

---

19) (송) 황중원黃仲元, 《사여강고四如講稿》 권1, 《문연각사고전서》본.

20) (명) 유종주劉宗周, 《논어학안論語學案》, 《유종주전집劉宗周全集》 제1책 〈경 술經術〉, 절강고적출판사浙江古籍出版社, 2007, 270쪽.

21) 전목錢穆, 《공자전·서언序言》, 삼련서점, 2012년, 3쪽.

22) (청) 손기봉孫奇逢, 《사서근지四書近指》 권5 "봉인청견장封人請見章", 《문연 각사고전서》본.

멈춘 적은 없었다. 또한 언제나 바른 도리를 더욱 발전시키겠다는 결심과 용기를 바꾼 적도 없었다. 그는 "아무리 황급한 때에도 여기에 있었으며, 아무리 어려운 상황에서도 반드시 여기에 있었다. 〔造次必於是, 顚沛必於是.〕"(《논어 · 이인》) 그는 열일곱 살 때 "요질(要絰: 요질腰絰, 즉 상복의 허리에 두르는 띠)"을 하고 계씨가 베푸는 연회에 갔으나, 양호陽虎에게 쫓겨났다. 그 후 "노나라를 떠났지만 제나라에서 내쳐지고, 송나라와 위나라에서는 쫓겨나고, 진나라와 채나라 사이에서는 곤궁하게 되었다. 〔去魯, 斥乎齊, 逐乎宋 · 衛, 困於陳蔡之間〕"(《사기 · 공자세가》) 그리고 (진陳나라로 가다가 광성匡城을 지날 때는) 광성 사람들에게 구속되는 곤란을 당했고, (송宋나라로 가던 길에 큰 나무 아래에서 예의를 강의할 때는 송나라 사마司馬인) 환퇴桓魋에게 하마터면 해침을 당할 뻔 했다.

그는 일찍이 잇따라 "일흔두 나라의 군주에게 나아가 벼슬을 구하면서 그들에게 선왕의 도리를 말하고, 주공周公과 소공召公의 자취를 밝혀주었다. 그러나 아무도 관심을 보이지 않았다. 〔以奸者七十二君, 論先王之道而明周 · 召之跡, 一君無所鉤用.〕"(《장자 · 천운天運》) 여럿이 하는 입방아는 쇠도 녹이듯, 잇따르는 중상모략은 공자의 웅대한 뜻을 실현하기 어렵게 만들었다. 그래서 그는 절로 한숨을 쉬며 "심하구나, 나의 노쇠함이여! 오래되었구나, 내가 꿈에 주공을 다시 뵙지 못함이여! 〔甚矣, 吾衰也! 久矣, 吾不復夢見周公.〕"(《논어 · 술이》), "봉황이 오지 아니하고, 하도河圖가 나타나지 아니하니, 나도 끝났는가 보구나! 〔鳳鳥不至, 河不出圖, 吾已矣夫!〕"(《논어 · 자한》)라고 말했다. 만년에 이르러 안연이 죽자, 그는 대성통곡하며 "하늘이 나를 망하게 하는구나! 〔天喪予!〕"(《논어 · 선진》)라고 하였다. 그리고 노나라 임금이 (곡부曲阜의) 서쪽에서 사냥하여 기린을 잡자, 그는 또 비애에 빠져 "나의 도道도 끝났구나! 〔吾道窮矣!〕"(《사기 · 공자세가》)라고 말했다.

그렇지만 그가 광匡 땅 사람들과 맞닥뜨렸을 때나 환퇴의 난을 만났을 때는 오히려 "하늘이 만약 이 문화를 없애려 하지 않는다면, 광 땅 사람들이 나를 어찌하겠느냐! 〔天之未喪斯文也, 匡人其如予何?〕"(《논어·자한》)라고 하거나, "하늘이 나에게 덕을 주셨으니, 환퇴가 나를 어찌하겠는가? 〔天生德於予, 桓魋其如予何?〕"(《논어·술이》)라고 하였다. 이 모든 것들은 그의 고달픈 인생을 위해 여러 가지 신비롭고 기이한 색채를 첨가하여 훗날 공자를 신격화하는 원천과 초석이 되었음에 틀림없다.

공자는 자신의 정치 능력과 그에 따른 기대가 매우 높았다. 그는 이렇게 말했다. "만약 나를 써 주는 사람이 있다면, 1년만 정치를 담당하더라도 그 나라는 괜찮아질 것이고, 3년이면 성과가 있을 것이다. 〔苟有用我者. 期月而已可也, 三年有成.〕"(《논어·자로》) 또 이렇게도 말했다. "만약 나를 써 주는 사람이 있다면, 나는 그 나라를 동쪽의 주周나라로 만들겠다! 〔如有用我者, 吾其爲東周乎!〕"(《논어·양화》)

《사기·공자세가》의 기록에 따르면, 공자가 사공司空에서 대사구大司寇로 된 것이 노나라 정공定公 10년(B.C. 500) 여름이었는데, 당시 제齊나라의 대부大夫인 여서黎鉏가 경공景公에게 이렇게 말했다고 한다. "노나라가 공구를 등용하였으니, 그 형세는 반드시 제나라를 위태롭게 할 것입니다. 〔魯用孔丘, 其勢危齊.〕"23) 그러면서 제나라와 노나라의 화해를 건의하여 협곡夾谷에서 회맹會盟의 자리를 마련하였다. 그리고 협곡의 회맹에서 공자는 지혜와 용기로 대국이라며 거만하게 굴던 제나라를 도리어 수세에 빠트리고, 노나라는 군사 한 명도 움직이지 않으면서 제나라로 하여금 자발적으로 노나라로부터 빼앗은 운郓을 비롯한 민양汶陽, 구음龜陰 등의 영토를 돌려주게 했다.

이 외교적 승리 이후 노나라 정공 13년에 공자는 노나라 국내

---

23) 사마천, 《사기·공자세가》, 중화서국, 1959, 1915쪽.

의 정치 문제를 해결하는데 착수했다. 그것은 "삼환三桓의 봉읍을 무너뜨려 [墮三都]"(《사기·공자세가》) 계손씨와 맹손씨 및 숙손씨라는 세 대부大夫의 군사력을 크게 위축시키고, 일정한 정도로 노나라 왕실의 위엄과 명망을 끌어올린 것이었다.

노나라 정공 14년에 공자가 "대사구로서 재상의 일을 대신 보게 되자 [由大司寇行攝相事]", "제나라 사람들이 이 소식을 듣고 두려워하며 말하기를, '공자가 정치를 하면 노나라는 필시 패자覇者가 될 것이고, 그렇게 되면 우리나라의 땅이 그들에게 가까워 우리가 먼저 병합될 것이다. 그런데도 어찌하여 땅을 노나라에 내주지 않는가?'라고 하였다. 이에 여서黎鉏가 말하기를 '먼저 공자가 정치를 담당하는 것을 막을 방법을 세우십시오. 막을 방법을 세우신다면 땅을 주지 않아도 될 것이니, 어찌 지체하겠습니까!'라고 하였다. [齊人聞而懼, 曰: '孔子爲政必霸, 霸則吾地近焉, 我之爲先幷矣. 盍致地焉?' 黎鉏曰: '請先嘗沮之. 沮之而不可則致地, 庸遲乎!']"[24]라고 한다.

제나라 사람들이 두려워하는 것으로부터 그들이 공자의 정치적 능력을 분명히 이해하고 있었다는 것을 미루어 짐작할 수 있다. 이른바 "공자가 정치를 담당하면 노나라는 필시 패자가 될 것이다."는 것은 결코 헛된 말이 아니다. 노나라 정공 13년에 공자는 대사구가 되어 "삼가의 봉읍을 무너뜨리고", 정공 14년에 공자는 "재상의 일을 대신하게 된" 것이 아직 1년이 되지 않았다. 그래서 그가 "만일 나를 써 주는 사람이 있다면, 1년만 정치를 담당하더라도 괜찮아질 것이고, 3년이면 성과가 있을 것이다. [苟有用我者. 期月而已可也, 三年有成]"(《논어·자로》)라고 말한 것이나, "만약 나를 써 주는 사람이 있다면, 나는 그 나라를 동쪽의 주나라로 만들겠다! [如有用我者, 吾其爲東周乎!]"(《논어·양화》)라고 말한 것이 애석하게도 그 결과

---

24) 사마천, 《사기·공자세가》, 중화서국, 1959, 1918쪽.

를 볼 수 없었다.

공자가 그렇게 짧은 기간밖에 정치를 담당할 수 없었던 것은 제나라 사람이 여악女樂으로 노나라의 군신 관계를 이간질하는데 성공했기 때문이었다. 그래서 노나라의 권신인 계환자季桓子가 죽을 때도 눈을 감지 못하고, 후회와 번민을 가득 품은 채 임종 전에 "한탄하며 '옛날에 이 나라는 거의 흥성할 수가 있었는데 내가 공자에게 죄를 지어 이에 흥성하지 못했다.'고 말했다. 〔喟然嘆曰: '昔此國 幾興矣, 以吾獲罪於孔子, 故不興也.'〕" 그리고 그의 계승자인 계강자季康子에게 "내가 죽으면 너는 반드시 노나라의 재상이 될 것이다. 노나라의 재상이 되면 반드시 공자를 불러들이도록 하라. 〔我卽死, 若必相魯. 相魯, 必召仲尼.〕"25)고 당부했다.

계환자로 인해 비록 공자가 노나라에서 벼슬하다가 72명의 군주에게 나아가 벼슬을 구하며 온갖 우여곡절을 겪었지만, 그가 기대했던 정치와 그의 실제적 정치 재능은 막대한 영향을 끼치며 그의 정치적 신화를 만들었다.

바로 이런 이유로 공자의 인생과 성취는 점차 전설적인 색채를 띠게 되고, 엄청난 매력을 풍기게 되었다. 특히 공자와 늘 함께 지내던 제자들 중에서 가장 가깝게 지냈던 제자가 그를 가장 정확하게 이해했다. 안연이 일찍이 이렇게 탄식했다.

우러러보려고 할수록 더욱 높아 보이고, 꿰뚫어보려고 할수록 더욱 굳건하며, 앞에 계신 듯 보이더니 홀연히 뒤에 계시는구나! 선생님께서는 차례차례 사람을 잘 인도하시어 글로써 나의 지식을 두루 넓혀 주시고, 예절로써 나의 행실을 단속해 주신다. 그만두려고 해도 되지 않아 어느덧 나의 재능을 다하게 된다. 선생님께서 우뚝 서 있는 듯하기에 좇아가려 했지만 따라갈 방도가 없구나! 〔仰之彌

25) 사마천, ≪사기·공자세가≫, 중화서국, 1959, 1927쪽.

高, 鑽之彌堅. 瞻之在前, 忽焉在後. 夫子循循然善誘人, 博我以文, 約我以禮. 欲罷不能, 旣竭吾才, 如有所立卓爾. 雖欲從之, 末由也已.〕（≪논어·자한≫）

배우기를 좋아하는 공자의 진취적 정신은 그와 마찬가지로 배우기를 좋아하고 어질며 재능이 있는 안연조차도 "앞에 계신 듯 보이더니 홀연히 뒤에 계시는구나!"라고 탄식하게 만들었다. 그러하니 그 외 공자 문하의 제자들은 말할 나위도 없다. 공자는 일찍이 이렇게 술회했다. "군자의 도리가 셋인데, 나는 그 가운데 하나도 제대로 실천하지 못하고 있다. 어진 사람은 근심하지 않고, 지혜로운 사람은 의심하지 않고, 용기 있는 사람은 두려워하지 않는다. 〔君子道者三, 我無能焉. 仁者不憂, 知者不惑, 勇者不懼.〕"（≪논어·자한≫） 이에 대해 자공이 "선생님께서 자신에 대해 말씀하신 것이다. 〔夫子自道也.〕"（≪논어·헌문≫）라고 평론했으니, 그와 공자가 의식 깊은 곳에서 정신적으로 일치하고 있음을 충분히 알 수 있다.

춘추시대 말기의 혼란스럽고 무질서한 사회 속에서 공자는 그들의 정신적 스승으로 제자들의 역량과 지혜를 결집시켜 주는 성현이자 인자仁者였다. 그는 제자들의 이런 평가에 대해 겸손하게 말했다.

성현〔聖〕이나 인자〔仁〕와 같은 것을 내 어찌 감당하겠는가? 그러나 만약 배우기를 싫증 내지 않고, 남을 가르치는 것을 고달파하지 않는 점에서는 감히 그렇다고 할 수 있겠다. 〔若聖與仁, 則吾豈敢? 抑爲之不厭, 誨人不倦, 則可謂云爾已矣.〕（≪논어·술이≫）

공자의 이 말은 다음과 같은 뜻이라고 생각한다. "성현이나 인자라고 말을 하면 내 어찌 감당하겠느냐? 그렇지만 배우고 그 배운 것을 실천하는 일을 결코 싫어하지 않으며, 다른 사람 가르치는 것을 결코 힘들어하지 않는 점에서는 바로 성현이나 인자와 같을 뿐이다." 그러나 공서화公西華는 이에 대해 이렇게 대답했다. "그것이 바로 제자들이 배울 수 없는 것입니다. 〔正唯弟子不能學也.〕" ≪맹자·공손추 상公孫丑上≫에서도 이 일에 대한 자공의 견해를 이렇게 기록하고 있다.

배우기를 싫어하지 않는 것은 지혜이고, 가르치기를 게을리 하지 않는 것은 인仁입니다. 인하고 지혜로우시니, 선생님은 이미 성인이십니다. 〔學不厭, 智也. 敎不倦, 仁也. 仁且智, 夫子旣聖矣!〕

당시의 제자들은 이미 공자를 성인으로 간주했음을 알 수 있다.26) 공서화나 자공의 말은 곧 공자 문하의 제자들의 공통된 마음의 소리를 대표하는 것이었다. 요컨대 이러한 논의를 통하여 공자의 이미지와 정신이 공자 문하의 제자들 사이에 어떻게 전해지고 신격화되었는지를 엿볼 수 있다.

수많은 제자들의 마음으로부터 우러나온 추종과 사랑으로 그와 그의 제자들을 비롯해 그와 그의 사업, 그와 그의 모든 것이 세상 사람들에게 점점 더 주목을 받게 되고, 또 차츰차츰 일종의 전설로 변했으며, 뭇사람의 입으로 전해지는 사이에 점차 신격화되어 갔다. 그는 일개 평범한 속세의 사람에서 성인으로 되어 가고, 공자 문하 제자들의 협소한 세상에서 천하의 넓디넓은 세상으로 확대되어 나갔다. ≪논어·팔일≫ 편에는 다음과 같은 기록이 있다.

의儀 땅의 국경 관리인이 공자를 만나고자 청하면서 말했다. "군자가 이곳에 왔을 때 만나 보지 못한 적이 없습니다." 수행하는 제자

---

26) 양백준, ≪논어역주≫, 중화서국, 1980, 76쪽 참조.

가 공자를 만나 뵙게 했다. 그가 공자를 뵙고 나오며 제자들에게 말했다. "여러분은 어찌하여 선생님께서 지위를 잃은 것을 걱정합니까? 세상이 무도한 지 오래되었으니, 하늘이 장차 선생님을 목탁으로 삼을 것입니다."〔儀封人請見. 曰: "君子之至於斯也, 吾未嘗不得見也." 從者見之. 出曰: "二三子, 何患於喪乎? 天下之無道也久矣, 天將以夫子爲木鐸."〕

이 변방의 관리는 공자에게 자신을 만나줄 것을 요청하고, 거기에다 "하늘이 장차 선생님을 목탁으로 삼을 것"이라며 극구 칭찬하였으니, 우러러 사모하는 정이 극진했다. ≪논어·헌문≫ 편에도 다음과 같은 기록이 있다.

자로가 석문에서 묵었다. 석문의 문지기가 물었다. "어디에서 오시오?" 자로가 말했다. "공씨孔氏 댁에서 옵니다." 문지기가 말했다. "안 되는 줄 알면서도 하려 하는 사람 말인가요?"〔子路宿於石門. 晨門曰: "奚自?" 子路曰: "自孔氏." 曰: "是知其不可而爲之者與?"〕

이 문지기는 공자를 알고 있을 뿐만 아니라, 또한 그를 "안 되는 줄 알면서도 하려 하는 사람"이라며 칭찬하고 있다. 그런데 이는 당시 사회의 공자에 대한 보편적인 평가를 대표하고 있으며, 옷깃을 여미며 경의를 표시하는 광경은 천년이 지났어도 마치 대면해서 보는 것 같다. 명나라의 장대張岱는 "안 되는 줄 알면서도 하려 하는 것이 성인이다. 〔知其不可爲而爲之, 聖人也.〕"(≪사서우四書遇·석문장石門章≫)라고 했는데, 문지기의 평가를 위한 더할 나위 없는 주석이라고 할 만하다.

당시에도 몇몇 사람은 공자에 대한 이해가 모자라 자공이 공자보다 현명한 것으로 오인했다. ≪논어·자장子張≫ 편에는 이에 대해 집중적으로 기록하고 있다. 여기에서 그 내용에 따라서 세 단락으로 나누어 인용하면, 다음과 같다.

⑴ 숙손무숙이 조정에서 다른 대부에게 "자공이 중니보다 낫다."라고 말했다. 자복경백이 그 말을 자공에게 알려주니, 자공이 말했다. "집의 담장에 비유하면, 우리 집 담장은 어깨 높이만 하여서 집 안의 좋은 것을 엿볼 수 있다. 그러나 선생님의 담장은 너무 높아서 그 문을 찾아내어 들어가지 않으면, 그 안에 있는 종묘의 아름다움과 온갖 방들의 다양함을 볼 수가 없다. 그런데 그 문을 찾아낼 수 있는 사람은 아마도 적을 것이니, 숙손이 그렇게 말할 수도 있지 않겠는가?"〔叔孫武叔語大夫於朝曰: "子貢賢於仲尼." 子服景伯以告子貢. 子貢曰: "譬之宮牆, 賜之牆也及肩, 窺見室家之好. 夫子之牆數仞, 不得其門而入, 不見宗廟之美, 百官之富. 得其門者或寡矣. 夫子之云, 不亦宜乎!"〕

⑵ 숙손무숙이 공자를 헐뜯자 자공이 말했다. "그러지 마십시오! 중니는 헐뜯을 수 없습니다. 다른 사람이 잘난 것은 언덕과 같아서 그래도 넘을 수 있습니다. 그러나 중니는 해나 달과 같아서 넘어갈 수가 없습니다. 사람들이 비록 해와 달을 스스로 잘라내려 해도, 그들이 어찌 해와 달을 상하게 할 수 있겠습니까? 다만 성인의 도량을 몰라보는 것을 드러낼 뿐입니다."〔叔孫武叔毀仲尼. 子貢曰: "無以爲也, 仲尼不可毀也. 他人之賢者, 丘陵也, 猶可踰也. 仲尼, 日月也, 無得而踰焉. 人雖欲自絶, 其何傷於日月乎? 多見其不知量也!"〕

⑶ 진자금이 자공에게 말했다. "선생께서 겸손해서 그렇지, 중니가 어찌 그대보다 낫겠습니까?" 자공이 말했다. "군자는 말 한마디로 지혜롭게 되기도 하고 그렇지 못하게 될 수도 있으니, 말은 신중하게 하지 않을 수 없습니다. 그분께 미칠 수 없는 것은 마치 하늘을 오르는데 계단을 밟고 올라갈 수 없는 것과 같습니다. 그분께서 제후나 경대부가 되셨다면, 이른바 '가르침으로 세우면 곧 서지고, 백성을 이끌고 나가면 곧 실행에 옮겨지고, 그들을 안정시키면 먼 곳의 사람들이 곧 모여들고, 그들을 힘든 일에 동원할지라도 곧 모두가 화목하게 된다.'라는 말처럼 될 것입니다. 그분은 살아 계시면 모두가 영광스럽게 여기고, 돌아가시면 모두가 슬퍼할 것이니, 내

가 어떻게 그분에게 미칠 수가 있겠습니까?"[陳子禽謂子貢曰: "子爲恭也, 仲尼豈賢於子乎?" 子貢曰: "君子一言以爲知, 一言以爲不知, 言不可不愼也. 夫子之不可及也, 猶天之不可階而升也. 夫子之得邦家者, 所謂立之斯立, 道之斯行, 綏之斯來, 動之斯和. 其生也榮, 其死也哀, 如之何其可及也."]

여기에서 자공은 먼저 집을 둘러싼 담장으로 비유를 들어, 자기 집의 담장은 한낱 어깨만한 높이인 까닭에 누구나 집의 아름다움을 볼 수 있다고 말한다. 그렇지만 공자의 담장은 오히려 너무 높아서 사람들이 들어가는 문조차도 찾지 못하니, 자연히 그 속의 다양함과 웅대함을 이해할 수 없다는 것이다. 숙손무숙이 공자를 비방한 것에 직면하여 자공은 도리어 공자는 헐뜯을 수 없다고 힘주어 말했다. 다른 사람의 현명함과 재능은 마치 산언덕과 같아서 또한 넘어설 수 있지만, 공자는 바로 해와 달이기에 그를 넘어설 수가 없다는 것이었다. 사람들이 공자를 헐뜯고 멀리하려 하지만, 이것은 그들이 스스로 해와 달을 배척하는 것과 같기에 해와 달 그 자체에 어떤 손상이 있겠는가? 그렇기 때문에 진자금의 두 번째 질문에 맞닥뜨려서는 자공이 조금도 거리낌 없이 "그분께 미칠 수 없는 것은 마치 하늘을 오르는데 계단을 밟고 올라갈 수 없는 것과 같습니다."라고 말했다. 이것은 그 어르신을 따라잡을 수 없는 것이 마치 푸른 하늘을 계단으로 올라갈 수 없는 것과 같다는 것이다. 자공은 공자의 사상과 정신이 이미 민심에 깊이 파고들어 있어 공자를 존중하는 사람은 민심을 얻을 것이라고 하였다. 또한 공자를 칭찬하여 "그분은 살아 계시면 모두가 영광스럽게 여기고, 돌아가시면 모두가 슬퍼할 것이다."라고 칭찬하여 공자의 신분과 지위 및 영향이 극치에 이르도록 밀고나갔다.

자공은 공자가 세상을 떠난 후에 스승의 명예를 극력으로 옹호하고, 그 사상과 학설에 대해 최대한의 충성을 나타냈다. ≪사기·공자세가≫에서 다음과 같이 말했다.

공자는 노나라 도성 북쪽의 사수泗水 부근에 매장되었다. 제자들은
모두 3년간 상복을 입고, 3년 동안 거상 중의 사람과 같은 마음으
로 행동했다. 이것을 마치고 서로 이별을 고하고 헤어질 때 통곡하
면서 각자 다시 슬픔의 감정을 다하자 어떤 제자는 다시 떠나기를
늦추기도 하였다. 오직 자공만은 무덤 옆에 여막을 짓고 모두 6년
동안 있다가 떠났다. 〔孔子葬魯城北泗上, 弟子皆服三年. 三年心喪畢, 相訣而去,
則哭, 各復盡哀. 或復留. 唯子貢廬於冢上, 凡六年, 然後去.〕

이 기록은 위의 ≪논어≫ 내용과 함께 살펴 볼 필요가 있다.
이것은 모두 충실한 제자로서 남다르게 깊고 두터운 자공의 정감
을 구체적으로 드러내고 있다. 자공의 이러한 행동은 공자 문하의
다른 제자인 자하를 비롯해 자장이나 자유 등과 같이 "스승이 죽자
마침내 배반하는 〔師死而遂倍之.〕"(≪맹자·등문공 上滕文公上≫) 행위와 극도의
대비를 이룬다. 이뿐만 아니었다. 공자가 살아서 동쪽으로 여러 나
라를 다닐 때도 주로 자공의 풍부한 재력의 지원에 힘을 입었다.
≪사기·화식열전貨殖列傳≫에는 다음과 같이 기록하고 있다.

자공子貢은 일찍이 중니에게서 배웠는데, 물러나서는 위衛나라에서
벼슬을 하였다. 또한 조曹나라와 노魯나라 사이에서 물자를 사두고
내다 파는 등 장사를 하였다. 공자의 제자 70여 명 중에 자공이
가장 부유하였고, 원헌原憲은 술지게미나 쌀겨조차도 배불리 먹지
못하며 후미진 뒷골목에 은거하였다. 자공이 사두마차를 타고 비단
뭉치를 선물로 들고 제후를 방문하였으므로, 가는 곳마다 뜰의 양
쪽으로 내려서서 자공과 대등한 예를 행하지 않은 왕이 없었다. 무
릇 공자의 이름이 천하에 널리 알려지게 된 것은 자공이 앞뒤로 모
시고 도왔기 때문이다. 이야말로 이른바 세력을 얻으면 세상에 더

욱 드러난다는 것이 아니겠는가? 〔子贛旣學於仲尼, 退而仕於衛, 廢著鬻財於曹·魯之閒, 七十子之徒, 賜最爲饒益. 原憲不厭糟糠, 匿於窮巷. 子貢結駟連騎, 束帛之幣以聘享諸侯, 所至, 國君無不分庭與之抗禮. 夫使孔子名布揚於天下者, 子貢先後之也. 此所謂得執而益彰者乎?〕27)

　　여기에서 사마천은 자공이 공자로 하여금 천하에 명성을 떨치게 한 공로를 높이 칭찬하고 있다. 공자는 일찍이 "내가 안회를 얻은 다음부터 문인들이 나와 더욱 친숙해졌다. 〔自吾有回, 門人益親.〕"(《사기·중니제자열전》)라고 하고, 또 "내가 중유를 얻은 뒤로부터는 다른 사람들의 험담이 나의 귀에 들리지 않았다. 〔自吾得由, 惡言不聞於耳.〕"(《사기·중니제자열전》)라고 하였다. 그에게 안연과 자로가 있은 후부터 비방이 없어지고, 제자들과 더욱 친숙하게 되었다는 의미이다.

　　그리고 여기에서 사마천은 또 "이른바 세력을 얻으면 세상에 더욱 드러난다는 것이다."라는 말로 자공을 칭찬한 것은 공자의 명성은 갈수록 높아지고, 지위는 더욱 높아졌다는 의미이다. 공자의 제자들 중에 자공은 "집안에 천금을 쌓아둔 〔家累千金〕"(《사기·중니제자열전》) 재력으로 명성을 날렸을 뿐만 아니라, 또한 외교적 책략으로 세상을 놀라게 했다. 전상田常이 제나라를 다스리며 노나라를 위협하던 다사다난한 시기에 자공이 공자의 명령에 받들어 제나라를 비롯해 진晉나라, 오吳나라, 월越나라 사이를 중재하여 놀라운 외교적 지혜로 시국을 급변하게 했다. 《사기·중니제자열전》에서는 다음

---

27) 《사기》 권129, 중화서국, 1959, 3258쪽. 앞에 보이는 "자공子貢"은, 《사기》 원문에 "자공子贛"으로 되어 있지만, 지금의 독자들이 쉽게 이해할 수 있도록 "자공子貢"으로 바꾸어 통일했다. 자공子貢·자공子贛은, 사실 동일한 인물이다. 자세한 내용은 유영덕劉榮德, 《자공子貢과 자공子贛(子貢與"子贛")》(《문사잡지文史雜志》, 2011년 제1기)·이건평李建平, 〈정주 죽간본 《논어》에서 바라본 "자공子貢"과 "자공子贛"(從定州簡《論語》看"子貢"與"子贛")〉(《문사잡지》, 2012년 제3기) 등 관련 연구를 참조.

과 같은 말로 칭찬했다.

　　자공은 한 번 나서면 노나라를 보존시키고, 제나라를 어지럽게 하
며, 오나라를 멸망시키고, 진나라를 강국이 되게 하며, 월나라를 제
후들의 우두머리가 되게 하였다. 즉 자공을 한 번 나서게 하였더
니, 각국의 형세에 균열을 일으켜 10년 사이에 다섯 나라에 각기
커다란 변화가 있었다는 것이다. 〔子貢一出, 存魯, 亂齊, 破吳, 彊晉而霸越.
子貢一使, 使勢相破, 十年之中, 五國各有變.〕

　　이로부터 당시 사회에서 자공의 명성과 영향력을 알 수 있다.
그래서 ≪논어≫에는 숙손무숙과 진자금 등이 몇 번이나 "자공이 중
니보다 낫다. 〔子貢賢於仲尼.〕"라고 말한 것을 기록하고 있다. 그리고
공자는 자공을 얻고 명성과 영향이 더욱 커졌으니, 사마천은 "이른
바 세력을 얻으면 세상에 더욱 드러난다는 것이다."라고 하였다.
　　위의 내용을 종합하면, 안연을 비롯해 자로, 자공 등 여러 제
자들이 공자를 얼마나 보살피고 사랑하며 추모했는지를 알 수 있고,
공자가 보통 사람에서 성인으로 격상하는데도 상당히 중요한 역할
을 하였으며, 심지어 결정적인 작용을 했다는 것을 알 수 있다.
　　춘추시대 말기의 혼란스럽고 무질서한 사회 속에서 공자는 그
들의 정신적 지도자였고, 그들의 역량과 지혜를 통합시킬 수 있는
스승이었다. 이에 대한 그들의 초지일관된 추종이 공자가 성인이
라는 훌륭한 명성을 이루도록 하였으며, 70제자 이후 그 후진의
제자들은 더욱더 성인이라는 공자의 이미지를 끝없이 높은 곳으로
밀어 올렸다.

3절 │ 공자 신격화의 계승
– 선진 사상가들의 공자 이미지

강유위康有爲는 이렇게 말했다. "장자는 공자를 지극히 지혜롭고 성스러운 성왕으로 일컬으며, 사시四時에 통달하여 인간 세상의 문명을 열었으니, 그 영향이 미치지 않는 곳이 없다고 했다. 맹자는 공자를 성스러우면서도 그 깊이를 헤아릴 수 없는 신神이라고 했다.〔莊子稱孔子爲神明聖王, 四通六闢, 其運無乎不在. 孟子稱孔子, 聖而不可測之爲神〕"28) 선진 사상가들이 공자와 관계된 사료나 이미지의 묘사는 두 가지 유형으로 나눌 수 있다. 하나는 작은 부분 또는 ≪논어≫의 편찬에 의해 현존하는 것이고, 다른 하나는 대부분 보충 수식하여 날조했다는 혐의를 면할 수 없는 것이다.

동한의 왕충王充은 ≪논형·정설正說≫에서 다음과 같이 말했다. "≪논어≫라는 것은 제자들이 공동으로 공자의 언행을 기록한 서적이다. 그들이 받은 가르침을 기록하는 시기가 매우 길어, 모두 수백 편이 되었다. ……한나라 왕조가 일어난 뒤 없어졌다가 무제 때 공자의 벽장 속에서 고문古文을 발견해서 ≪논어≫ 21편을 얻었다. 거기다 제나라 ≪논어≫와 노나라 ≪논어≫, 그리고 하간헌왕이 간직한 9편의 ≪논어≫를 합치면 모두 30편이었다. 소제 때에 이르러서도 고문 ≪논어≫ 21편만 읽혔다. ……지금 말하는 ≪논어≫는 20편이다. 제나라와 노나라의 ≪논어≫ 및 하간헌왕이 간

---

28) 강유위, ≪논어주論語注≫, 중화서국, 1984, 295쪽.

직했던 9편의 ≪논어≫가 없어졌다. 본래 30편이던 ≪논어≫가 나뉘어 흩어지면서 없어져 간혹 21편이 되거나, 목차에 가감이 생기기도 하고, 자구에 착오가 생기기도 했다. 그런데 ≪논어≫를 해설하는 사람들은 단지 겉치레를 문제 삼고 하찮은 것을 비난할 줄 알 뿐, 근본적인 편수나 목차를 살필 줄 모른다. 〔夫≪論語≫者, 弟子共紀孔子之言行, 勅記之時甚多, 數十百篇, ……漢興失亡. 至武帝發取孔子壁中古文, 得二十一篇, 齊·魯二(≪논형교석論衡校釋≫에 근거해 '二'는 연문衍文으로 간주함), 河間九篇, 三十篇. 至昭帝女(≪논형교석≫에 근거해 '女'는 '而'로 해석함)讀二十一篇. ……今時稱≪論語≫二十篇, 又失齊·魯·河間九篇. 本三十篇, 分布亡失. 或二十一篇. 目或多或少, 文讀或是或誤. 說≪論語≫者, 但知以剝解之問, 以纖微之難, 不知存問本根篇數章目.〕 "29)

여기서 말한 내용에 의하면, ≪논어≫가 맨 처음 편찬될 때는 "수백 편" 남짓 되었고, 진시황의 분서焚書를 거쳐 한나라 초기에 이르러서 아직도 30편이 전해졌으나, 나중에 없어져 21편에 이르게 되었다. 만일 위에서 말한 주장이 확실하다고 한다면, ≪논어≫는 널리 전파되는 과정 중에 적지 않은 편篇과 장章이 없어졌다.

청나라 학자들은 일찍이 ≪맹자≫를 참고로 ≪논어≫의 탐구를 더해갔다. 고염무顧炎武는 이렇게 말했다. "≪맹자≫에 인용된 공자의 말은 모두 29곳이다. 그중에 ≪논어≫에 기록된 것이 8곳이며, 또한 나머지도 (≪논어≫에 기록된 내용과) 대동소이하다. 그렇다면 공자의 말로 후세에 전해지지 않은 것이 많다. 그 때문에 (≪한서·예문지≫ 〈서序〉에서) '중니가 죽고 나서 은미한 말이 끊어졌다.'라고 한 것이다. 〔≪孟子≫引孔子之言凡二十九, 其載於≪論語≫者八, 又多大同而小異. 然則, 夫子之言, 其不傳於後世者多矣. 故曰: '仲尼沒而微言絶.'〕 "30)

진례陳澧(1810~1882)는 구체적인 문헌에서부터 연구를 시작해서

---

29) 황휘黃暉, ≪논형교석論衡校釋≫ 권28 〈정설正說〉, 중화서국, 1990, 1137~1139쪽.

30) (청) 고염무 저, 황여성黃汝成 집석集釋·진극성秦克誠 표점 교감, ≪일지록집석日知錄集釋≫ 권7 "맹자인어孟子引語" 조목, 악록서사, 1994, 263쪽.

다음과 같은 발견을 했다. "≪논어≫에서 성인의 말씀을 기록할 때 오직 요긴한 말씀만 기록하고, 그 나머지는 생략하였다. 예를 들어 ≪맹자·진심 하≫ 편에서 이르기를 '공자께서 내 집 문 앞을 지나가면서 내 집에 들어오지 않아도 내가 유감스럽게 생각하지 않는 사람이 있다면, 그것은 오직 향원일 것이다. 향원은 도덕을 해치는 사람이라고 하셨다.'라고 했다. 이에 따르면 ≪논어·양화≫ 편에 기록된 말은 앞의 세 구절을 생략한 것이다. 이것으로 추론해 보면, ≪논어·위정≫ 편의 '군자는 일정한 용도에만 쓰이는 그릇이 아니다.'라고 한 것이나, ≪논어·위정≫ 편의 '가르치는 데에 빈부귀천을 가리지 않는다.'라고 한 것과 같이 네 글자를 1장으로 삼는 것은 얼마나 지나치게 간략한 것이겠는가? 틀림없이 생략한 말이 있을 것이다. 〔≪論語≫記聖人之言, 有但記其要語, 其餘則刪節之者, 如≪孟子≫云: '孔子曰: 過我門而不入我室者, 我不憾焉者, 其惟鄕原乎! 鄕原, 德之賊也.' 據此, 則≪論語≫所記, 節去上三句也. 以此推之, 如'君子不器', '有敎無類', 四字爲一章, 何太簡乎? 必有節去之語矣.〕"31)

　　그런데 안타까운 것은 이렇게 구체적으로 탐구할 수 있는 것이 결국 아주 적다는 것이다. ≪예기·단궁檀弓≫ 편은 공자 연구의 기초 자료로서, 일반적으로 70제자 혹은 그 후학의 손에서 나온 신뢰성이 비교적 높다는 것이 통념이다.32) 그 속에는 공자와 그 제자들의 적지 않은 발자취가 기록되어 있다. 거기에는 공자가 어머니를 묻고, 많은 제자들을 거느리고 부모님을 위하여 뫼를 쓴 일이 기록되어 있다.

---

31) (청) 진례陳澧, ≪동숙독서기東塾讀書記≫, ≪사부비요四部備要≫본.

32) 왕몽합王夢鷗은 "〈단궁檀弓〉 편을 지은 사람은, 오늘날 편篇 속에 기록된 일에 의거하여 추론해보면, 공자·자유와 같은 시대 사람일 것으로 생각된다. …… 아마도 전국시대 학자들이, 예禮를 주장하는 여러 사람들의 다른 의견을 채집하여, 사소하고 잡다한 것을 모아서 한 편 전체를 만들었을 것이다."(≪예기금주금석禮記今注今譯≫, 대만상무출판사臺灣商務出版社, 1979, 61쪽)"라고 하였다.

공자는 어렸을 때 아버지를 여의어서, 그 묘가 어디에 있는지 알수 없었다. 그래서 어머니가 돌아가셨을 때 오보五父의 길가에 가매장을 하였다. 이것을 본 사람들은 모두 공자가 어머니의 장례를 치르는 것이라고 여겼다. 그러나 관에 매단 끈은 가매장을 할 때 다는 끈이었다. 추만보耶曼父의 어머니에게 물어본 이후에야 방防 땅에다 합장을 할 수 있게 되었다……

공자는 방 땅에 합장을 하고 나서 말했다. "내가 듣기로 옛날에는 묘를 만들면서 흙을 쌓아서 높이 솟은 모양으로 만들지 않았다고 한다. 그런데 현재 나는 이곳저곳을 돌아다니며 유세를 하는 사람이다 보니, 이곳이 무덤이라는 것을 표시하지 않을 수가 없다." 그런 뒤에 이곳에 흙을 높이 쌓아올려 그 높이를 4척尺으로 만들었다. 공자는 무덤을 쌓은 후에 제자들보다 앞서 돌아왔고, 제자들은 늦게 출발했다. 그런데 비가 매우 많이 내렸다. 제자들이 도착하자 공자가 물었다. "너희들은 어찌하여 이처럼 더디 돌아왔느냐?" 이에 제자들이 대답했다. "방 땅에 조성했던 묘가 큰비로 인해 무너졌습니다. 그래서 그것을 보수하느라 늦었습니다." 공자는 제자들의 대답을 듣고도 아무런 응답을 하지 않았다. (그래서 제자들은 공자가 무덤이 무너진 사실을 알아듣지 못한 것으로 생각하여) 이 일을 세 차례나 아뢰었다. 그러자 공자는 묵묵히 눈물을 흘리며 이렇게 말했다. "내가 듣기로 옛날에는 무덤을 쌓을 때 (신중을 거듭하여 무너질 일이 없었으므로) 무덤을 보수하는 일이 없었다." 〔孔子少孤, 不知其墓. 殯於五父之衢. 人之見之者, 皆以爲葬也. 其愼也, 蓋殯也. 問於耶曼父之母, 然後得合葬於防……. 孔子旣得合葬於防, 曰: "吾聞之: 古也墓而不墳. 今丘也, 東西南北人也, 不可以弗識也." 於是封之, 崇四尺. 孔子先反, 門人後, 雨甚. 至, 孔子問焉曰: "爾來何遲也?" 曰: "防墓崩." 孔子不應. 三, 孔子泫然流涕曰: "吾聞之, 古不修墓."〕33)

공자의 부모가 일찍 세상을 떠나 어려서 고아가 된 고난의 인

---

33) 왕몽합, ≪예기 금주 금석≫, 대만상무출판사, 1979, 65쪽·67쪽.

생, 그리고 공자가 아버지의 무덤이 있는 곳을 알지 못한 난처한 입장을 그대로 전해줌과 동시에 공자가 평범한 사람으로 매우 감성적이며 연민을 느끼게 하는 일면을 드러내 보인다. 이러한 기록은 공자가 성현이라는 완벽한 이미지에 손상되는 것이 없을 뿐만 아니라, 또한 공자가 젊어서 미천한 신분에서부터 성인에 이르기까지의 불우한 성장 과정을 보여주고 있다.

거기에는 자로와 안회, 그리고 공자가 죽은 후에 공자와 여러 제자들의 정황이 그려져 있다.

> 공자는 자로가 죽었다는 소식을 듣고 마당 한가운데서 자로를 위해 곡을 하였다. 자로를 조문하기 위해 찾아온 사람에게 공자는 절을 하였다. 곡을 마치고 나오자 그에게 자로가 죽은 연유에 대해서 물었다. 그가 대답했다. "자로가 죽은 뒤에 사람들은 그의 시체를 젓갈로 담았습니다!" 그러자 공자는 제자들에게 명령하여 집안에 있던 젓갈을 모두 내다버리게 했다. [孔子哭子路於中庭. 有人吊者, 而夫子拜之. 旣哭, 進使者而問故. 使者曰: "醢之矣." 遂命覆醢.] (≪예기 · 단궁≫)

> 안연의 상을 치르고 그의 집안에서 대상大祥 때 쓴 고기를 공자에게 보냈다. 공자는 밖으로 나와서 직접 그것을 받고, 들어와서는 거문고를 연주하여 슬픈 감정을 해소한 뒤에야 그것을 먹었다. 공자가 상제를 지낸 지 5일 뒤에 거문고를 탔으나 한 곡조를 다 연주하지 못했고, 10일 뒤에야 생황을 불고 노래할 수 있었다. [顔淵之喪, 饋祥肉, 孔子出受之, 入, 彈琴而後食之. 孔子旣祥, 五日彈琴而不成聲, 十日而成笙歌.] (≪예기 · 단궁≫)

> 공자가 죽자 문인들은 공자를 위해 어떤 상복을 입어야 할지 갈피를 잡지 못했다. 자공이 말했다. "예전에 선생님께서 제자인 안연의 상을 치를 때 마치 자신의 아들 상을 치르듯 하셨지만, 상복을 입

지는 않으셨다. 그리고 자로의 상을 치를 때에도 또한 선생님은 안
연 때처럼 하셨다. 청컨대 선생님의 상을 치를 때, 부친의 상을 치르
는 것처럼 하되, 상복은 입지 맙시다."[孔子之喪, 門人疑所服. 子貢曰: "昔
者夫子之喪顔淵, 若喪子而無服. 喪子路亦然. 請喪夫子, 若喪父而無服."] 《≪예기·단궁≫)

공자의 상을 공서적은 융성하게 치르고자 하였다. (그래서 삼대三代 때
의 장례 제도를 두루 적용하여) 관에다 홑이불을 덮어서 치장을 하고, 그
곁에는 담장처럼 천을 둘렀으며, 영구를 실은 수레 주변에는 삽翣
을 설치하고, 양쪽에 새끼줄을 두어 그것을 당겨서 수레가 균형을
유지하도록 하였으니, 이것은 주나라 때의 제도에 해당한다. 또한
타고 가는 수레에는 깃발을 세우고 숭아崇牙의 장식을 하였으니, 이
것은 은나라 때의 제도에 해당한다. 깃발의 장대에 흰색의 비단을
묶어두고, 그 위에 거북이와 뱀을 그린 깃발을 묶어두었으니, 이것
은 하나라 때의 제도에 해당한다. [孔子之喪, 公西赤爲志焉: 飾棺·墻, 置
翣設披, 周也. 設崇, 殷也. 綢練設旐, 夏也.] 《≪예기·단궁≫)

공자의 상을 치를 때 연燕나라에서 찾아와서 그 모습을 관찰하고자
한 사람이 있어 자하의 집에 머물도록 했다. 자하가 그에게 말했다.
"성인聖人이 일반인의 장례를 치르는 것이라고 알고 있었는가? 이것
은 일반인이 성인의 장례를 치르는 것이라네. 그러니 무엇을 보고
배울 수 있겠는가? 예전에 선생님께서 말씀하셨네. '나는 봉분을 쌓
을 때 마치 당堂의 터를 만들 듯이 네 면을 네모지게 하여 높게 쌓
는 것을 본 적이 있다. 그리고 제방을 쌓는 것처럼 남북 방향으로
높고 길게 만드는 것도 보았다. 또한 하나라 때의 지붕처럼 옆면을
넓고 낮게 만드는 것도 보았다. 한편 도끼의 날처럼 윗면을 좁게
만드는 것도 보았다.' 도끼의 날처럼 윗면을 좁게 만드는 것을 마
렵봉馬鬣封이라 이른다네. 이것은 오늘 하루 사이에 만들 수 있으
니, 세 개의 판축을 쌓아올리면, 봉분이 다 만들어지게 되니, 또한
선생님께서 이것을 행하고자 한 뜻일 걸세."[孔子之喪, 有自燕來觀者, 舍

於子夏氏. 子夏曰: "聖人之葬人與? 人之葬聖人也, 子何觀焉? 昔者夫子言之曰: '吾見封之若堂者矣, 見若坊者矣, 見若覆夏屋者矣, 見若斧者矣.' 從若斧者焉. 馬鬣封之謂也. 今一日而三斬板, 而已封, 尙行夫子之志乎哉!"] 《예기·단궁》

위에서 서술한 내용도 공자를 비롯해 자로와 안회 사이의 깊은 애정을, 그리고 자공과 같은 제자들이 공자를 섬기고 받드는 것을 다시 보여주고 있다. 그 속에 묘사된 공자와 제자들의 관계를 비롯해 성격, 감정 등은 《논어》에 기록된 공자와 제자들의 이미지와 완전히 일치한다. 《예기》에서도 공자의 상례와 장례를 치를 때 어떤 사람이 특별히 연燕나라에서 찾아와 참관했다고 언급했다. 여러 문헌의 기록에 따르면, 공자가 여러 나라를 두루 돌아다니며 학문을 강의하였으나, 결코 한 번도 연나라에 가본 적이 없다. 그런데 그가 죽은 후에 어떤 사람이 아주 먼 연나라로부터 특별히 찾아와 의식에 참관했다는 것이다. 이로부터 공자의 사상과 학설, 그리고 인간적 매력이 당시에 광범위하게 영향을 미쳤다는 것을 알 수 있다.

《예기·단궁》 편에는 또한 후세에 비교적 잘 알려진 이야기가 기록되어 있다.

공자가 제자들과 함께 태산 옆을 지나가고 있었다. 그런데 어떤 여인이 묘 앞에서 곡을 하는데 그 소리가 구슬펐다. 공자는 수레의 식式을 잡고서 그 소리를 들었다. 그리고 자로로 하여금 우는 연유를 묻게 하였다. "그대가 곡을 하는 것은 아마도 근심스런 마음이 거듭했기 때문인 것 같습니다." 그러자 그 여인은 대답했다. "그렇습니다. 예전에 제 시아버지가 호랑이에게 물려 죽었고, 제 남편 또한 호랑이에게 물려 죽었는데, 최근에는 제 자식마저 호랑이에게 물려 죽었습니다." 그녀의 대답을 전해들은 공자는 다시 묻게 하였다. "그렇다면 그대는 어찌하여 이곳을 떠나지 않는 것이오?" 그러자 그 여인이 대답했다. "이곳에는 호랑이가 있지만, 가혹한 정치가 없기 때문입니다." 공자는 그 말을 전해 듣고서 말했다. "제자들아! 명심하거라! 가혹한 정치는 호랑이보다 더 무서운 법이니라."

〔孔子過泰山側, 有婦人哭於墓者而哀, 夫子式而聽之. 使子貢問之曰: "子之哭也, 壹似重有憂者." 而曰: "然, 昔者吾舅死於虎, 吾夫又死焉, 今吾子又死焉." 夫子曰: "何爲不去也?" 曰: "無苛政." 夫子曰: "小子識之, 苛政猛於虎也."〕 《예기·단궁》

공자가 백성의 사정과 형편을 잘 이해하고, 민심을 자세히 살피며, 가혹한 정치를 몹시 증오했다는 정황이 드러나고 있다. 이것은 《논어·안연》 편에서 "인仁이란 사람을 사랑하는 것이다. 〔仁者愛人〕"34)라고 한 것이나, 《논어·선진》 편에서 "계씨가 주공보다 부유했는데도, 구(염유)가 그를 위해 세금을 거두어들여서 더욱 부유하게 해주었다. 선생님께서 말씀하였다. '(염유는) 나의 제자가 아니다. 문인들이여, 북을 울려 그를 성토해도 괜찮다!' 〔季氏富於周公, 而求也爲之聚斂而附益之. 子曰: '非吾徒也. 小子鳴鼓而攻之, 可也.〕"라고 한 것 등에서 사상이나 관념이 아주 근사하다.

총괄해서 말하면, 《예기·단궁》 편의 이러한 내용에는 《논어》의 없어진 장구章句가 있을 수도 있고, 또한 70제자와 그 후학들이 수식을 보충하거나 날조한 곳도 없지 않아 있을 것이다. 도무지 어느 것이 없어진 것이고, 어느 것이 날조된 것인지 아마도 분명히 변별해 내기는 어려울 것이다.

선진 여러 사상가의 저술 속에서 공자의 이미지와 역사적 자료에 대해 수식을 보충하거나 날조한 것은 대략 세 가지 부류로 나눌 수 있다.

---

34) (역주) 《논어·안연》 편의 원문에는 "번지가 인仁에 대하여 물었다. 선생님께서 말씀하셨다. '사람을 사랑하는 것이다.' 〔樊遲問仁. 子曰: '愛人.'〕"라고 되어 있다.

1. 공자와 그 제자들의 성현 이미지를 가일층 신격화하거나 치켜세운 것

이러한 상황은 주로 유가 학파의 저술 속에 나타나는데, 특히 ≪맹자≫가 전형적인 예이다. ≪맹자·공손추 상≫ 편에서는 이렇게 말하고 있다.

(공손추가 말했다.) "재아와 자공은 말을 잘했고, 염우와 민자 그리고 안연은 덕행에 뛰어났습니다. 공자께서는 그것을 겸했는데도 '나는 응대하는 언사를 잘하지 못한다.'라고 말씀하셨습니다." ……예전에 자공이 공자께 여쭈었다. "선생님은 성인이십니까?" 공자께서 대답하셨다. "성인은 내가 될 수 없다. 나는 배우는 것을 싫증내지 않고 가르치는 일을 게을리 하지 않을 뿐이다." 자공이 말했다. "배우기를 싫증내지 않는 것은 지혜이고, 가르치는 일을 게을리 하지 않음은 인仁입니다. 인하고 지혜로우시니, 선생님은 이미 성인이십니다." (공손추가 물었다.) "예전에 저는 들었습니다. '자하와 자유 그리고 자장은 모두 성인의 일부분을 가졌고, 염우와 민자 그리고 안연은 모두를 갖췄지만 미약했다……'"
"벼슬할 수 있으면 하고 그쳐야 하면 그치며, 오래 할 수 있으면 오래 하고 빨리 가야 하면 빨리 가는 이가 공자이다. 모두 옛 성인들인데, 나는 아직 그렇게 실행할 수 없다. 내가 바라는 바가 있다면 공자를 본받는 것이다." (공손추가 말했다.) "백이와 이윤은 공자와 그렇게 비슷합니까?" (맹자께서) 말씀하셨다. "아니다! 인류가 생긴 이래로 아직 공자만 한 분은 없었다."
……(맹자께서) 말씀하셨다. "재아와 자공, 그리고 유약은 총명하여 성인을 알 수 있었다. 그들이 설령 비루했더라도, 좋아하는 사람에게 아부하는 데까지 이르지는 않았을 것이다. 재아는 말했다. '내가

선생님을 보건대, 요순보다 훨씬 현명하시다.' 자공은 말했다. '그
들의 전장 제도를 보면 그 정치를 알고, 그들의 악곡을 들으면 그
갖춘 덕성을 감지할 수 있다. 백대 이후에라도 그 사이의 임금을
평가하는데는 이 기준을 벗어날 수 없다. 인류가 생긴 이래로 아직
선생님만 한 분은 없었다.' 유약은 말했다. '어찌 백성들에게 그치
겠는가! 들짐승으로는 기린과, 날짐승으로는 봉황, 흙더미로는 태
산, 그리고 괸 물로는 강과 바다는 같은 종류이다. 백성들로는 성
인 또한 같은 종류이다. (그러나) 그 종류에서 출중하고, 그 무리에
서 드높으니, 인류가 생긴 이래로 아직 공자만큼 위대한 분은 없었
다.'"〔宰我·子貢善爲說辭, 冉牛·閔子·顔淵善言德行. 孔子兼之, 曰: "我於辭命則
不能也." ……昔者子貢問於孔子曰: "夫子聖矣乎?" 孔子曰: "聖則吾不能, 我學不厭而
教不倦也." 子貢曰: "學不厭, 智也. 教不倦, 仁也. 仁且智, 夫子旣聖矣!" "昔者竊聞
之: 子夏·子游·子張皆有聖人之一體, 冉牛·閔子·顔淵則具體而微……." "可以仕則
仕, 可以止則止, 可以久則久, 可以速則速, 孔子. 皆古聖人也, 吾未能有行焉. 乃所
願, 則學孔子也." "伯夷·伊尹於孔子, 若是班乎?" 曰: "否! 自有生民以來, 未有孔子
也." ……曰: "宰我·子貢·有若智足以知聖人, 汗不至阿其所好. 宰我曰: '以予觀於夫
子, 賢於堯舜遠矣.' 子貢曰: '見其禮而知其政, 聞其樂而知其德, 由百世之後, 等百世
之王, 莫之能違也. 自生民以來, 未有夫子也.' 有若曰: '豈惟民哉? 麒麟之於走獸, 鳳
凰之於飛鳥, 太山之於丘垤, 河海之於行潦, 類也. 聖人之於民, 亦類也. 出於其類, 拔
乎其萃, 自生民以來, 未有盛於孔子也.'"〕

　　이 장편의 논술에서 맹자는 제자인 공손추와의 대화를 통해
인류가 생긴 이래로 공자와 비교가 될 수 있는 사람이 없고, 인류
가 생긴 이래로 공자보다 위대한 사람이 없음을 거듭 강조했다.
이 밖에도 ≪맹자·만장 하萬章下≫ 편에서 "공자는 성인 중에서도
행위를 때에 맞추어 하신 분이니, 모든 것을 하나의 체계로 완성
하신 분이다.〔孔子, 聖之時者也. 孔子之謂集大成.〕"라고 말하여 성인으로서
공자의 지위를 더할 수 없는 극치에 올려놓았다.
　　이와 동시에 70제자의 이미지와 지위에 대해서도 온힘을 다해
격상시켜 아무개는 "성인의 일부분을 가졌다."라고 하고, 아무개는

"총명하여 성인을 알 수 있었다."라고 칭찬했다. 맹자는 심지어 안회의 이미지를 대우大禹나 후직后稷과 동등하게 명예를 격상시킴으로써 후대에 공孔·안顔이라 나란히 일컫게 하고, 안회를 '아성亞聖'으로 대접하는 여론의 기초를 다졌다.

≪맹자·이루 하離婁下≫ 편에서는 다음과 같이 말했다. "우임금과 후직이 천하가 태평할 때를 만나 (치수와 농사 때문에 바빠서) 세 번이나 자기 집 대문 앞을 지나면서도 들어가지 못했는데, 공자께서 그들을 칭찬하셨다. 안회는 난세를 당하여 누추한 골목에 거처하면서 한 그릇의 거친 밥과 한 표주박의 물로 살았는데, 다른 사람들은 그 근심을 감당하지 못하겠지만 안회는 그 즐거움을 바꾸지 않았는데, 공자께서 이를 칭찬하셨다. 맹자께서 말씀하셨다. '우임금과 후직, 그리고 안회는 그 도가 같다. 우임금은 세상에 물에 빠진 사람이 있으면 마치 자신이 그를 빠뜨린 것과 같이 여기고, 후직은 세상에 굶주린 사람이 있으면 마치 자신이 그를 굶주리게 한 것처럼 여겼다. 이 때문에 그와 같이 급박했던 것이다. 우임금과 후직, 그리고 안회가 그 처지를 바꾼다면 모두 그렇게 했을 것이다.'〔禹·稷當平世, 三過其門而不入, 孔子賢之. 顔子當亂世, 居於陋巷, 一簞食, 一瓢飮, 人不堪其憂, 顔子不改其樂, 孔子賢之. 孟子曰: '禹·稷·顔回同道. 禹思天下有溺者, 由己溺之也. 稷思天下有飢者, 由己飢之也, 是以如是其急也. 禹·稷·顔子易地則皆然.'〕"

공자가 안회를 칭찬한 바탕 위에서 한 걸음 더 나아가 안회의 이미지를 치켜세우며, 맹자는 "우임금과 후직, 그리고 안회는 그 도가 같으며", "우임금과 후직, 그리고 안회가 그 처지를 바꾼다면 모두 그렇게 했을 것"임을 강조했다. 이렇게 해서 성현으로서 안회의 이미지가 완전히 드러나게 되었다. 그러므로 이런 것은 맹자를 대표로 하는 70제자의 후학들이 유가의 지위를 격상시키기 위해 전력투구했다는 것을 보여준다.

맹자는 유가 학설의 계승자로 자처하였는데, 그가 스스로 "나는 공자의 문도가 되지는 못하였으나, 그 제자들에게서 사숙하였다."라고 진술했다. 이것은 유가에 대한 그의 자각과 책임감을 드러낸 것이다. 많은 사람들이 익히 알고 있듯이, 바로 유가에 대한 맹자의 전수와 계승이 있었기 때문에 성인으로서의 공자 이미지가 비로소 진일보하고, 연속되며, 굳건해지고, 발전될 수 있었다.

2. 분장한 공자의 이미지로 책을 저술하고, 이론 정립의 근거로 삼은 것

이것은 선진의 여러 사상가의 저술 속에 표현된 공자 이미지의 주된 형태이다. 또한 이것은 그 독특한 시대적 배경과 불가분의 관계에 있다. 다른 학설이 연이어 나타나고, 여러 개의 학파가 패권을 다투던 전국시대에 공자의 담론과 그 이미지의 힘을 빌려 자기 학설의 근본적인 입론으로 삼는 것이 하나의 조류로 자리 잡은 듯하다. 그들은 자기가 제시한 관점에다 스스로 옳다고 하며 찬양했지만, 설득력이 기준에 미달된다. 그렇지만 만약 공자의 담론과 그 행적의 힘을 빌려와 자기 자신의 관점이나 학설을 실증하면, 적지 않은 권위의 힘을 갖게 되고, 또한 사람들을 쉽게 납득시킬 수 있었다.

이러한 형세 아래에서 공자는 멋대로 치장되거나 분장된 허구적 이미지로 이질화되어졌다. 이것 역시 후대에 공자에 대한 담론의 진위를 가리기 어렵게 하였다.

≪순자·유효儒效≫에서 말했다. "한 손님이 말했다. '공자께서는 '주공은 대단한 분이다. 자신이 존귀해질수록 더욱 공손하고, 집안이 부유해질수록 더욱 검소하며, 적과 싸워 이길수록 더욱 경계를

엄히 하셨다.'라고 말씀하셨습니다.' 거기에 대해 대답했다. '그것은 아마도 주공이 한 일이 아니려니와 공자의 말씀도 아닐 것이오.'〔客有道曰: '孔子曰: 周公其盛乎! 身貴而愈恭, 家富而愈儉, 勝敵而愈戒.' 應之曰: '是殆非周公之行, 非孔子之言也.'〕" 여기에서 "손님"이 인용한 "공자께서 말씀했다고 한 것"은 바로 당시 공자의 명의를 도용해서 만들어 낸 말이며, 이로써 좁은 식견으로 당시에 공자의 말이라고 사칭하여 개인의 견해를 피력하는 보편적인 상황을 미루어 알 수 있다.

공자의 담론이라고 제멋대로 사칭하는 행위는 어쩔 수 없이 "공자 말씀"의 진위를 구별하기 어려운 사태를 야기한다. 이 때문에 순자와 토론하는 이 "손님"은 공자의 '명의를 도용한 말씀' 한 조항을 인용하면서 결국 그런 일에 습관이 되어 그 말씀에 무슨 문제가 있는지 분별하지 못했다. 그래서 순자는 즉시 각별히 주의를 환기시키고 잘못을 바로잡았다. 순자가 단연코 분명히 말하기를, "그것은 주공이 한 일도 아니고, 공자가 한 말씀도 아닐 것이오." 라고 하였다. 이것은 순자가 이러한 현상에 대해 관심을 가지고 민감하게 살피며 경계심을 보였다는 것을 알 수 있으며, 동시에 그가 공자의 이미지에 대해 정성을 다해 지키려 했다는 것을 드러낸다.

그와 마찬가지로 ≪맹자·만장 상萬章上≫에서 다음과 같이 말했다. "함구몽咸丘蒙이 물었다. '예로부터 덕행이 훌륭한 선비는 임금이 그를 신하로 삼을 수 없고, 아비가 그를 자식으로 삼을 수 없다는 말이 있습니다.' 순임금이 남면하고 계시니 요임금이 제후들을 거느리고 북면하여 조회하고, 고수瞽瞍도 북면하여 조회하였습니다. 순임금이 고수를 보고는 그 모습이 어색하고 불안하였습니다. 공자께서 말씀하셨습니다. '이때는 천하가 위태로워 불안하였다.' 이 말이 정말로 그런지 모르겠습니다. 맹자께서 말씀하셨다. '아니다. 이것은 군자의 말이 아니다. 제나라 동쪽 야인들의 말이다.'〔咸丘蒙問

曰: "語云: '盛德之士, 君不得而臣, 父不得而子.' 舜南面而立, 堯帥諸侯北面而朝之, 瞽瞍亦北面而朝之. 舜見瞽瞍, 其容有蹙. 孔子曰: '於斯時也, 天下殆哉, 岌岌乎!' 不識此語誠然乎哉?" 孟子曰: "否. 此非君子之言, 齊東野人之語也.〕"

이곳에서 함구몽이 인용한 "공자의 말씀"은 이미 ≪묵자·비유하非儒下≫ 편의 "공자가 문하의 제자들과 한가로이 앉아 있다가 말했다. '순舜은 부친인 고수를 볼 때면 머뭇거리며 불안해하는 모습을 보였다. 당시 천하는 매우 위태로웠다.'〔孔丘與其門弟子閒坐, 曰: '夫舜見瞽瞍孰然, 此時天下岌乎!'〕"라는 구절에 나오고, 또 ≪한비자韓非子·충효忠孝≫ 편의 "옛 기록에 이르기를, 순이 고수를 만나보고 얼굴이 수심에 잠기었다. 공자가 말하기를 '이때를 맞아 위급하여 천하가 불안하였다. 도를 터득한 자는 아버지라도 정말 자식으로 대할 수 없고, 군주라도 정말 신하로 대할 수 없었다.'라고 하였다고 한다.〔記曰: "舜見瞽瞍, 其容造焉. 孔子曰: '當是時也, 危哉! 天下岌岌, 有道者·父固不得而子, 君固不得而臣也.'"〕"라는 구절에도 나온다.

지금으로서는 ≪한비자≫에서 말한 "옛 기록"의 출처를 고증할 길이 없기 때문에 이곳의 '공자의 말씀'의 최초의 출처도 판단할 도리가 없다. 그러나 ≪묵자≫와 ≪한비자≫의 인용을 보면, 그것이 당시에 상당히 널리 퍼져 있었다. 하지만 그것이 유가 사상과 어긋났기 때문에 함구몽은 그것의 진실성을 의심하고, 또 이것을 맹자에게 질문했다. 그리고 맹자의 대답은 아주 간단명료하였다. 그것은 "군자의 말이 아니고, 제나라 동쪽 야인들의 말"이라는 것이었다. 이로부터 볼 때 이 단락의 '공자의 말씀'은 실제로 유가에 먹칠을 하는 말이며, ≪묵자≫ 등과 같이 "유가를 비난하는〔非儒〕" 자들이 그것을 빌어 힐문하는 결과를 초래했다. 이것은 '공자의 말씀'을 멋대로 지어내는 풍조의 성행이 유가 사상의 전파에 부정적인 영향을 끼쳤다는 것을 의미한다.

총체적으로 말하면, 이러한 조류와 풍조 속에서 선진의 여러 사상가들은 대부분 시류에 영합해서 행동하고, 세태의 추이를 곧장 뒤따르며, 계속해서 공자의 이미지를 날조하여 자기의 책을 저술하고, 이론을 정립하는 근거로 삼았다. 구체적으로 말하자면, ≪맹자≫를 비롯해 ≪순자≫, ≪장자≫, ≪한비자≫ 등 여러 학파는 비교적 성공적으로 날조하였고, 당시와 후세에 미친 영향도 비교적 컸다.

≪맹자≫는 공자를 왕도王道의 대변자로 지나치게 꾸며놓았다. ≪맹자·공손추 상≫ 편에서 다음과 같이 말했다. "맹자께서 말씀하셨다. '힘으로 거짓되게 인仁을 꾸미는 자는 패자霸者인데, 패자는 반드시 큰 나라를 가지려 할 것이다. 덕으로 인을 행하는 사람은 왕자王者인데, 왕자는 큰 나라를 필요로 하지 않는다. 탕임금은 70리로, 문왕은 100리로 왕자가 되었다. 힘으로 사람들을 복종시키는 것은 진심으로 복종하게 하는 것이 아니다. 복종하는 사람들은 힘이 부족하기 때문이다. 덕으로 사람들을 복종시키는 것은 마음으로부터 기뻐하여 복종하는 것이니, 마치 70제자가 공자에게 복종하는 것과 같다.'〔孟子曰: '以力假仁者霸, 霸必有大國, 以德行仁者王, 王不待大. 湯以七十里, 文王以百里. 以力服人者, 非心服也, 力不贍也. 以德服人者, 中心悅而誠服也, 如七十子之服孔子也.'〕"

여기에서 맹자는 "70제자가 공자에게 복종하는 것"을 예로 들어 자신의 왕도정치에 대한 학문적 근원으로 삼는다. 요임금을 비롯해 순임금, 우임금이 선양禪讓으로 덕정德政을 구축한 것에다 맹자는 공자의 이미지와 담론에 또한 꾸밈을 더하여 "필부로서 천하를 얻는 사람은 덕德이 반드시 순임금이나 우임금과 같아야 하고, 또한 천자가 그를 천거하여야 한다. 그래서 공자께서 천하를 얻지 못하신 것이다.〔匹夫而有天下者, 德必若舜禹, 而又有天子薦之者, 故仲尼不有天下.〕"(≪맹자·만장 상≫)라고 강조했다.

맹자는 공자를 예로 들면서, 공자가 비록 성인으로 태어났지만, 요임금이나 우임금과 같은 천자의 천거가 없었기 때문에 천하를 얻을 수 없었다고 생각했다. 그는 "공자께서 말씀하셨다. '요임금과 순임금은 선양하였고, 하나라를 비롯해 은나라와 주나라는 자손이 이어받았으니, 그 의미는 같다.'〔孔子曰: 唐虞禪, 夏后·殷·周繼, 其義一也.〕"(《맹자·만장 상》)라는 구절을 인용하였는데, "공자가 말씀하셨다"를 빌려 그의 요임금과 순임금, 그리고 우임금의 선양설禪讓說을 탐구하는 근거로 삼았다.

사실 맹자로 대표되는 요임금과 순임금, 그리고 우임금의 선양설은 선진 시기에 이미 다른 견해가 있었다. 《한비자·외저설우하外儲說右下》에는 연왕燕王이 일찍이 대신大臣인 자지子之에게 나라를 맡기려고 반수潘壽에게 선양에 관한 일을 물은 기록이 있다. 반수는 대답했다. "옛날에 우禹는 익益을 사랑하여 천하의 일을 익에게 맡겼습니다. 이미 그렇게 하고 나서 계啓의 편에 있는 사람들을 관리로 삼았습니다. (우가) 늙게 되자 계가 천하를 맡기에 부족하다고 생각하였습니다. 그래서 천하를 익에게 전했습니다. 그러나 권세는 모두 계의 편에 있었습니다. 이미 그렇게 되어 그 패거리가 함께 익을 쳐서 천하를 빼앗았습니다. 이는 우가 이름만 천하를 익에게 전한 것이며, 실은 계를 시켜서 스스로 그것을 취하게 한 것입니다.〔禹愛益而任天下於益, 已而以啓人爲吏. 及老, 而以啓爲不足任天下, 故傳天下於益, 而勢重盡在啓也. 已而啓與友黨攻益而奪之天下, 是禹名傳天下於益, 而實令啓自取之也.〕"

《전국책戰國策·연책燕策》에도 "우임금이 익益에게 천하를 맡겨 두고, 자신의 아들인 계啓는 오히려 신하로 삼았다가, 늙게 되자 계에게는 천하를 넘겨줄 수 없다고 여기고 익에게 물려주었습니다. 그러자 계와 그를 지지하던 도당들은 익을 공격하여 천하를 빼앗았습니다. 이는 우가 명의상 천하를 익에게 넘겨 준 것뿐이며, 실제로는 계로 하여금 천하를 탈취하게 한 것입니다.〔禹授益而以啓爲吏,

及老, 而以啓爲不足任天下, 傳之益也. 啓與支黨委公益而奪之天下, 是禹名傳天下於益, 其實令啓自取之.〕"라고 기록되어 있다.

그리고 ≪한비자·외저설 우상外儲說右上≫에 다음과 같은 이야기가 실려 있다. "요堯가 천하를 순舜에게 전해 주려고 하였다. 곤鯀이 간하여 말하기를 '상서롭지 못합니다. 누가 천하를 필부에게 전할 수 있겠습니까?'라고 하였다. 요가 이 말을 듣지 않고 군사를 일으켜 곤을 우산羽山 근교에서 쳐 죽였다. 공공共工이 또 간하여 말하기를 '누가 천하를 필부에게 전할 수 있겠습니까?'라고 하였다. 요가 듣지 않고 또 군사를 일으켜 공공을 유주幽州의 도성에서 처형하였다. 이렇게 되자 세상에서는 감히 천하를 순에게 전수하지 말라고 말하지 못하게 되었다. 공자가 그것을 듣고서 '요가 순의 현명함을 아는 것은 그렇게 어려운 일이 아니다. 도대체 간하는 자를 처형하면서까지 순에게 반드시 전수시켜야만 하는 데 이른 것이 바로 그 어려운 일이다.'라고 하였다. 일설에 따르면 '의심을 받으면서도 살펴본 것을 단념하지 않는 일은 어렵다.'고 한다. 〔堯欲傳天下於舜, 鯀諫曰: '不祥哉! 孰以天下而傳之於匹夫乎?' 堯不聽, 擧兵而誅, 殺鯀於羽山之郊. 共工又諫曰: '孰以天下而傳之於匹夫乎?' 堯不聽, 又擧兵而誅, 共工於幽州之都. 於是天下莫敢言無傳天下於舜. 仲尼聞之曰: '堯之知, 舜之賢, 非其難者也. 夫至乎誅諫者必傳之舜也, 乃其難也.' 一曰. '不以其所疑敗其所察則難也.'〕"

여기에서 우리는 ≪맹자≫에 의해 미화된 요임금과 순임금의 선양이라는 덕정설德政說의 다른 면모를 볼 수 있다. 요가 순에게 제위를 물려주려 할 때, 곤과 공공은 죽음을 무릅쓰고 극력 간하였다. 하지만 도리어 이 때문에 주살되는 화를 당했다. ≪한비자≫는 "일설"이라는 형식을 함께 사용하여, 그때 당시 이 이야기를 기록한 다른 버전과 출처를 표명했다. 중요하게 여길 만한 것은 위에서 서술한 ≪한비자≫의 요와 순의 선양에 관계된 기록이 서진西晉의 급총汲塚에서 출토된 ≪죽서기년竹書紀年≫과 완전히 일치하는 곳이 상당히 많이 있으며, 그것이 한층 더 실증되었다는 점이다.

《진서晉書·속석전束晳傳》에서는 《죽서기년》의 내용을 이렇게 기술하고 있다. "위나라의 역사서인데, 대략 《춘추》와 상응하는 것이 많다. 그러나 그 속에 있는 경經과 전傳이 크게 다르니, 하나라의 연대가 은나라보다 길다고 하는 것이다. 익이 계의 왕위를 빼앗자, 계가 익을 죽였다. 태갑이 이윤을 죽였다. 문정이 계력을 죽였다. 〔蓋魏國之史書, 大略與《春秋》皆多相應. 其中經傳大異, 則云夏年多殷. 益干啓位, 啓殺之. 太甲殺伊尹. 文丁殺季歷.〕"35) 《죽서기년》을 살펴보면, 익을 비롯해 계, 태갑, 이윤, 문정, 계력 등의 일이 기록되어 있다. 권력의 인수인계 과정은 피비린내 나는 찬역과 살육으로 가득 찼다. 그 가운데 법림法琳의 〈대부혁폐불승사對傅奕廢佛僧事〉에서는 "《급총죽서》에서 이르기를, '순임금이 평양에서 요임금을 사로잡고 임금의 자리를 빼앗았다.'고 한다. 〔《汲冢竹書》云: '舜囚堯於平陽, 取之帝位.'〕"36)라는 구절을 인용하고 있다. 《소악연의蘇鶚演義》에서는 "《급총죽서》에서 이르기를, '순이 요의 자리를 빼앗고, 단주성丹朱城을 쌓았는데, 아俄가 또 빼앗아갔다.'고 한다. 〔《汲冢竹書》云: 舜簒堯位, 立丹朱城, 俄又奪之.〕"라는 구절과, "요가 선위한 후, 순이 임금이 되었다. 순이 선위한 후, 우가 임금이 되었다. 〔堯禪位後, 爲舜王之. 舜禪位後, 爲禹王之.〕"37)라는 구절을 인용하고 있다.

읽어보면 매우 놀랍고 소름이 오싹 끼치고, 겨우 빼앗는다는 뜻의 "찬簒" 또는 가둔다는 뜻의 "수囚"라는 한 글자이지만, 맹자가

---

35) (당唐) 방현령房玄齡 등, 《진서晉書》 권51, 중화서국, 1974, 2432쪽.

36) (양梁) 승우僧佑, 《광홍명집廣弘明集》 권11, 상해고적출판사, 1991, 송적사장본宋磧砂藏本 영인본.

37) 그 밖의 예증은 범상옹范祥雍의 《고본죽서기년집교정보古本竹書紀年輯校訂補》(상해인민출판사, 1957, 6~8쪽)와 방시명方詩銘·왕수령王修齡의 《고본죽서기년집증古本竹書紀年輯證》(상해고적출판사, 1981, 2쪽·63~65쪽) 참조.

미화한 요와 순의 선양이라는 인정仁政의 외투를 적나라하게 벗겨 냈다. ≪죽서기년≫의 이러한 기록은 유가의 전적 속에서 요와 순의 선양을 인정仁政이라고 한 학설과 현저한 차이가 있었기 때문에, 유가 학설이 성행하던 봉건시대에는 절대로 받아들여지기 어려웠다. 그래서 ≪죽서기년≫은 첨삭되고, 세상에 전해지지 못하고 실전되는 운명을 맞이했다.

　현대 사회로 들어서면서 고대 유가 이데올로기의 방해가 없어지게 되고, 적지 않은 학자들이 이미 ≪죽서기년≫의 사료적 가치를 충분히 중요시했다. 예를 들면 범상옹范祥雍은 "선진先秦의 전적이 후세에 전해지는 것이 많지 않은데, 어떤 서적은 한대의 유학자를 거치며 바뀌어져 이미 본래의 모습이 아니다. ≪죽서기년≫은 출토된 죽간竹簡으로 쓰인 서적의 결정판으로, 아직도 전국 시기 위魏나라 역사의 직접 기록을 보존하고 있다."38)라고 하였다. 방시명方詩銘과 왕수령王修齡 역시 "≪죽서기년≫의 기록과 전통적인 기록은 어긋나는 부분이 상당히 많다. 하지만 어떤 기록은 오히려 갑골문과 청동기 명문에 부합된다."39)고 하였다. 일본 학자 오가와 타쿠지[小川琢治]도 "(급총汲塚에서 출토된 서적인 ≪목천자전穆天子傳≫ 등과) ≪산해경山海經≫은 모두 선진 이후 유가에 의해 윤색되지 않아 오늘날까지 아직 그 진면목을 보존하고 있다. ≪상서≫나 ≪춘추≫와 비교할 때 근본적인 역사적 자료로서의 가치는 더욱 높다."40)라고 하였다. 또 어떤 학자들은 "≪죽서기년≫은 ≪사기≫보다 200여년 빠른 실록이다."41)라고 말했다.

---

38) 범상옹, ≪고본죽서기년집교정보 · 예언例言≫, 상해인민출판사, 1957.

39) 방시명 · 왕수령, ≪고본죽서기년집증 · 전언前言≫, 상해고적출판사, 1981.

40) (일日) 오가와 타쿠지(小川琢治), ≪목천자전穆天子傳 · 서언緖言≫, 왕천해王天海의 ≪목천자전 전역穆天子傳全譯≫(귀주인민출판사貴州人民出版社) 174쪽 인용.

41) 이민李民 · 양택령楊擇令 · 손순림孫順霖 · 사도상史道祥, ≪고본죽서기년역주古

그렇다면 급총에서 출토된 ≪죽서기년≫의 "순이 요의 자리를 빼앗았다."등과 같은 기록에 대해서도 경솔하고 간단하게 부정해서는 안 된다. 앞서 말한 내용을 종합하면, ≪맹자≫에 기록된 내용의 진실성을 의심할 수밖에 없다.42) 또한 ≪한비자≫와 ≪전국책≫ 및 ≪죽서기년≫ 등 유가에 속하지 않은 문헌을 통해, ≪맹자≫ 등과 같은 유가의 전적이 요임금과 순임금, 그리고 우임금의 선양에 대해 인정仁政이라는 꾸밈을 더하여 날조했다는 정황을 발견할 수 있다. 이러한 상황은 날조된 공자의 이미지에 기초하여 형성된 진일보한 파생과 확장이다.

≪순자≫는 공자를 천하를 제패할 수 있는 도리〔覇道〕의 대변인으로 날조하였다. ≪순자≫에는 〈비십이자非十二子〉와 〈중니仲尼〉 등의 편이 있는데, 의도는 근본부터 뜯어 고치는데 있었다. 다시 말해서 자사와 맹자 등 70제자 및 그 후학들에 대한 비판을 통해 유학을 계승한 중심적 지위에 자신을 굳건히 세우는 것이었다. 순자는 〈유효儒效〉 등의 편에서 공자가 사구司寇 등과 같은 관직을 맡은 경우를 예로 들었다. "공자가 노나라 사구가 되었을 때, 심유沈猶씨는 (무게를 늘려 팔기 위해) 감히 아침에 그의 양에 물을 먹이지 못하고, 공신公愼씨는 그의 음탕한 처를 내쫓고, 신궤愼潰씨는 너무 사치했던 탓으로 국경을 넘어 이사를 갔으며, 노나라의 소와 말을 파는 자들은 값을 속이지 않았으니, 이는 정도正道로써 사람을 다스렸기 때문입니다. 〔仲尼將爲司寇, 沈猶氏不敢朝飲其羊, 公愼氏出其妻, 愼潰氏踰境而徙, 魯之粥牛馬者不豫賈, 必蚤正以待之也.〕"(이하 ≪순자·유효≫)라고 하며, "선비가 조정에 있으면 곧 아름다운 정치를 하고, 아랫자리에 있으면 풍속을 아름답게 한다. 〔儒者在本朝則美政, 在下位則美俗.〕"는 것을 강조하는

本竹書紀年譯注・서언序言≫, 중주고적출판사中州古籍出版社, 1981.

42) 이에 대해, 필자는 이미 이 문제를 다룬 별도의 글이 있기에(미간未刊), 여기서는 더 이상 논의를 전개하지 않는다.

것으로 유학이 천하에 유익한 까닭을 드러냈다.

그는 나라를 다스리는 사士를 속인俗人을 비롯해 속유俗儒, 아유雅儒, 대유大儒라는 네 개의 등급으로 나누고, "임금이 속된 사람을 등용하면, 곧 만승의 나라라 하더라도 망한다. 속된 선비를 등용하면, 만승의 나라는 명맥이나 유지할 것이다. 우아한 선비를 등용하면, 천승의 나라가 편안해질 것이다. 위대한 선비를 등용하면, 곧 사방 백 리의 땅이라 하더라도 나라가 영구히 발전할 것이며, 3년 뒤면 천하를 통일하고, 제후들을 자신의 신하로 삼을 것이다. 만승의 나라에서 그를 등용한다면, 잠깐 사이에 안정되고, 하루아침에 명성이 온 세상에 밝게 빛날 것이다. 〔人主用俗人, 則萬乘之國亡. 用俗儒, 則萬乘之國存. 用雅儒, 則千乘之國安. 用大儒, 則百里之地, 久而後三年, 天下爲一, 諸侯爲臣. 用萬乘之國, 則擧錯而定, 一朝而伯.〕"라는 것을 강조하면서, 공자가 바로 이러한 대유라고 하였다.

여기에서 그는 "만일 나를 써 주는 사람이 있다면, 1년만 정치를 담당하더라도 괜찮아질 것이고, 3년이면 성과가 있을 것이다. 〔苟有用我者. 期月而已可也, 三年有成.〕"(《논어·자로》)라는 공자의 정치적 기대를 재치 있게 활용하여 자신의 가치를 드러내면서, 진秦나라 소왕昭王의 "유학자는 나라 사람들에게 무익한 존재가 아닌가? 〔儒無益於人之國?〕"(《순자·유효》)라는 의문에 훌륭하게 답했다.

〈왕패王霸〉편에서 순자는 "국가를 다스리는 사람이 예의를 확립하면 왕자王者로 불릴 수 있고, 신용을 확립하면 천하를 제패한 자〔霸〕로 불릴 수 있다. 〔用國者, 義立而王, 信立而霸.〕"는 근거를 제시하면서 다음과 같은 사실을 지적했다. "중니는 송곳을 꽂을 만한 땅도 없었다. 그러나 진실로 자기의 사상을 예의로써 다지고, 자기의 행동을 예의에 맡기며, 예의를 언어로 표현하여 예의가 실현된 시점에 이르러서는 천하에 어느 누구도 그의 덕을 가릴 수 없고 명성이 후세에까지도 전해졌다. ……그러므로 '온 나라가 예의를 실현

하게 되면 그날로 명성이 드러난다.'라고 하였으니, 탕왕湯王과 무왕
이 그런 경우이다. 탕왕은 박읍亳邑을 근거로 하고, 무왕은 호경鎬京
을 근거로 일어났는데, 모두 사방 백 리 정도의 영토에 불과하였
다. 그러나 천하를 통일하고 제후들을 신하로 삼으니, 거마車馬와
인적人迹이 통하는 곳에는 복종하지 않는 이가 없었다. 이는 다른
이유가 아니라 예의를 실현했기 때문이다. 이것이 이른바 '예의를 확
립하면 왕자로 불릴 수 있다.'는 것이다. 〔仲尼無置錐之地, 誠義乎志意, 加
義乎身行, 箸之言語, 濟之日, 不隱乎天下, 名垂乎後世. ……故曰: 以國齊義, 一日而白, 湯
武是也. 湯以亳, 武王以鄗, 皆百里之地也, 天下爲一, 諸侯爲臣, 通達之屬, 莫不從服, 無它
故焉, 以義濟矣. 是所謂義立而王也.〕" 공자가 말한 유가의 도의道義를 수행
하면, 천하를 제패할 수 있다고 여겼다. 따라서 공자가 말한 유가
의 "예의[義]"는 천하를 제패할 수 있는 학설의 중요한 근거가 된다.

　《장자》는 공자를 도가道家의 성인으로 꾸밈을 더하여 날조했
다. 사마담司馬談은 〈여섯 학파의 학문 요지를 논함[論六家之要] 〉에서
다음과 같이 말했다. "도가의 학설은 사람들로 하여금 정신을 집중
시켜 행동을 무형의 도에 합치하게 하고, 또한 만물을 풍성하게
한다. 그들의 학술은 음양가의 사시 운행이라는 커다란 순서에 의
거하여 유가와 묵가의 좋은 점을 취하고, 명가와 법가의 요점을
취하여 시대와 더불어 발전하고, 사물에 응하여 변화하며, 좋은 풍
속을 세워 일을 시행하니 옳지 않은 것이 없다. 따라서 그 요지는
간명하면서도 시행하기 쉽고, 노력하는 정도는 적으면서 거두는 효
과는 많다. 〔道家使人精神專一, 動合無形, 贍足萬物. 其爲術也, 因陰陽之大順, 采儒墨
之善, 撮名法之要, 與時遷移, 應物變化, 立俗施事, 無所不宜, 指約而易操, 事少而功
多.〕"43) 《장자》는 선진 시기 도가 사상의 중요한 전적으로 유가
와 묵가의 장점을 널리 취하였으니, 또한 이것이 저술로서 가지는
의의이기도 하다.

---

43) 《사기》 권130 〈태사공자서太史公自序〉, 중화서국, 1959, 3289쪽.

≪장자·우언寓言≫에서는 이렇게 말하고 있다. "내가 하는 말은 다른 사물에 빗대어 하는 말〔寓言〕이 열에 아홉이고, 거듭하는 말〔重言〕이 열에 일곱입니다. ……열에 아홉인 빗대어 하는 말은 밖에서 빌려와 말하는 것입니다. 빗대어 말하는 이유는 친아버지가 자기 아들을 중매하지 않는 것과 같습니다. 친아버지가 자기 아들을 칭찬하는 것보다는 남들이 칭찬해주는 것이 더 낫습니다. 내 죄가 아니라 사람들의 죄입니다. 자기랑 같으면 응수하고 같지 않으면 반대하고, 자기랑 같으면 옳다고 하고 다르면 비난하기 때문입니다. 열에 일곱인 거듭하는 말은 이미 있는 말을 가지고 말하는 것입니다. 거듭하는 말을 하는 이유는 어르신의 말씀과 같은 것이기 때문입니다. 〔寓言十九, 重言十七, ……寓言十九, 藉外論之. 親父不爲其子媒. 親父譽之, 不若非其父者也. 非吾罪也, 人之罪也. 與己同則應, 不與己同則反, 同於己爲是之, 異於己爲非之. 重言十七, 所以已言也, 是爲耆艾.〕"[44]

유가는 당시의 저명한 학설이고, 공자 또한 성인이고 종사宗師가 되기 때문에 ≪장자≫의 "빗대어 하는 말"과 "거듭하는 말"에 관심의 중심이 되었다. 일반적으로 ≪장자≫는 한 사람의 손에서 완성되지 않았고, 그 내편과 외편 및 잡편 세 편의 사상도 일치하지 않는다고 생각한다. 그런 까닭에 ≪장자≫ 속에의 공자 이미지에 대한 날조와 평가가 어떤 때는 칭찬이 되었다가, 어떤 때는 동정하는 것이 되고, 어떤 때는 비판하는 것이 되어 찬양하거나 헐뜯는 것이 전혀 일치하지 않고, 상당히 복잡하다.[45] 이 글에서는 단

---

44) 진고응陳鼓應, ≪장자금주금석莊子今注今譯≫, 중화서국, 2009, 775쪽.
45) ≪장자≫의 공자 이미지에 대해서는, 지금까지 탐구한 사람들이 비교적 많다. 방용方勇은 ≪장자≫ 속의 공자 이미지를 세 가지 "도식〔臉譜〕"으로 귀납한다. 첫째는 유가의 모습으로 등장하는 공자이고, 둘째는 유가에서 도가로 나아가는 공자이며, 셋째는 도가의 모습으로 등장하는 공자이다. 방용은 이 문제에 대한 학술계의 탐구를 "공자를 비난하는" 학설 · "공자를 보조하는" 학설 · "공자를 존경하는" 학설 등의 세 가지 의견으로 나눈다. 이상은 방용, 〈≪장

지 ≪장자≫에서 공자를 도가의 성인 이미지로 날조한 것에 대해서만 간략히 서술한다.

공자와 제자들이 광匡 땅의 사람들에게 포위되어 곤경에 빠진 것에 대해 ≪논어·자한≫ 등 선진 유가의 전적에는 겨우 "선생님께서 제자들과 함께 광 땅에서 포위되었을 때 ……하늘이 만약 이 문화를 없애려 하지 않는다면, 광 땅 사람들이 나를 어찌하겠는가? 〔子畏於匡, ……天之未喪斯文也, 匡人其如予何?〕" 등 몇 구절의 기록이 있을 뿐이다. 그러나 ≪장자·추수秋水≫ 편에서는 오히려 당시의 상황을 구체적으로 날조하여 자신의 의견을 표명한 것이 꽤 많다.

공자가 광匡이라는 고장으로 여행 갔을 때의 일이다. 송나라 사람들이 그를 겹겹으로 포위했으나, 공자는 계속해서 거문고를 타며 노래를 불렀다. 자로가 들어와 이 장면을 보고 말했다.
"어찌해서 선생님께서는 즐기고만 계십니까?"
공자가 말했다.
"이리 오너라. 내 너에게 말해 주겠다. 나는 궁지에 빠지지 않으려 오래도록 노력했지만 면하지 못한 것은 운명이고, 뜻을 이루고자 오래도록 노력했지만 얻지 못한 것은 시류이기 때문이다. 요순임금 시절에는 세상에 궁지에 빠진 사람이 없었다고 하지만, 그것은 그들이 지혜로워서가 아니었다. 걸주 시절에는 뜻을 이룬 사람이 세상에 없었다고 하지만, 그것은 그들이 지혜롭지 않아서가 아니었다. 시세가 그랬던 것이다. 무릇 물 위를 떠다니면서 교룡蛟龍을 두려워하지 않는 것이 어부의 용기다. 땅 위를 걸어 다니면서 외뿔소나 호랑이를 두려워하지 않는 것이 사냥꾼의 용기다. 흰 칼날이 눈앞에서 부딪쳐도 죽음을 삶처럼 보는 것이 열사의 용기다. 궁지에 빠지는 것이 운명이고, 뜻을 이루는 것이 시류라는 것을 알고 큰

자≫ 속의 공자 이미지(≪莊子≫中的孔子形象)〉, ≪장자학사莊子學史≫(제1책), 인민출판사人民出版社, 2008, 117~127쪽 참조.

역경 속에서도 두려워하지 않는 것은 성인의 용기다. 유由야, 편하게 있어라. 나는 운명에 따를 뿐이다."

얼마 지나지 않아 병사들의 지휘관이 찾아와 사과하며 말했다.

"양호인 줄 알고 포위했습니다. 이제 아니라는 것이 확인되었습니다. 죄송합니다. 이만 물러가겠습니다." [孔子遊於匡, 宋人圍之數匝, 而絃歌不惙. 子路入見, 曰: "何夫子之娛也?" 孔子曰: "來! 吾語女. 我諱窮久矣, 而不免, 命也. 求通久矣, 而不得, 時也. 當堯·舜而天下無窮人, 非知得也, 當桀·紂而天下無通人, 非知失也, 時勢適然. 夫水行不避蛟龍者, 漁父之勇也. 陸行不避兕虎者, 獵夫之勇也. 白刃交於前, 視死若生者, 烈士之勇也. 知窮之有命, 知通之有時, 臨大難而不懼者, 聖人之勇也. 由處矣! 吾命有所制矣." 無幾何, 將甲者進, 辭曰: "以爲陽虎也, 故圍之. 今非也, 請辭而退."]

≪장자≫는 곤궁과 현달[窮通] 그리고 시류와 운명[時命]의 입장에 서서 "궁지에 빠지는 것이 운명이고, 뜻을 이루는 것이 시류라는 것을 알고 큰 역경 속에서도 두려워하지 않는 것은 성인의 용기다."라고 하면서, 공자가 말한 "성인의 용기"가 어부나 사냥꾼, 또는 열사의 용기를 초월한 것임을 칭찬하고, 여러 용기들의 본보기로 삼았다.

공자가 진나라와 채나라에서 재난을 당한 일에 대해 ≪장자·양왕讓王≫ 편에서 남김없이 다 까발리면서 당시의 상황을 다음과 같이 꾸미고 날조하였다.

공자가 진나라와 채나라 국경에서 궁지에 빠져 7일 동안 익힌 음식도 못 먹고, 명아주 국에 쌀도 넣지 못해 얼굴빛이 아주 지쳐보였다. 그러나 억지로 방 안에서 거문고를 타며 노래하고 있었다.

안회가 나물을 캐고 있는데 자로와 자공이 와서 말을 붙였다. "우리 선생님께서는 노나라에서 두 번이나 추방되고, 위나라에서는 수레바퀴의 흔적을 지우며 달아나야 할 만큼 위급하셨습니다. 그리고 송나라에서는 나무를 잘라 깔아 죽이려 한 위협을 당하고, 은나라와 주나라에서도 궁지에 빠졌습니다. 그리고 이제는 진나라와 채나라 국경에서 포위되어 꼼짝도 못하고 계십니다. 게다가 선생님을 죽이는 것이 죄가 안 되고, 선생님을 능멸하는 것도 제재하지 않습니다. 그런데도 선생님께서는 거문고를 타고 노래하시며 조금도 음악을 멈추려 하시지 않습니다. 군자로서 부끄러움을 모르는 것이 어찌 이와 같을 수 있습니까?"

안회는 대꾸할 말이 없어 방에 들어가 그대로 공자에게 전했다. 공자는 거문고를 밀어놓고 크게 한숨을 쉬며 말했다.

"유由와 사賜는 소인들이로구나. 불러와라. 내 해 줄 말이 있다."

자로와 자공이 들어왔다. 자로가 말했다.

"이 정도 상황이면 궁지에 빠졌다 할 수 있습니다."

공자가 말했다.

"그게 무슨 말이냐? 군자는 도리와 연결되어 통하는 것을 통한다 하고, 도리에 막힌 것을 궁지에 빠졌다고 한다. 지금 나는 인仁과 의義라는 도리를 품고 난세의 어려움과 마주하고 있다. 이것이 어떻게 궁지에 빠진 것이냐? 마음으로부터 반성하여 도리에 막힌 것이 아니라면, 어려움을 당해도 본래 모습을 잃지 않는 법이다. 추위가 닥치고 서리와 눈이 내리면, 우리는 그것으로 소나무와 잣나무가 무성하다는 것을 안다. 지금 진나라와 채나라 국경에서 겪는 재난이 나에게 오히려 다행한 일이 아니겠느냐?"

공자는 조용히 거문고를 끌어와서는 다시 연주하며 노래를 부르니, 자로는 신이 나서 방패를 쥐고 춤을 추었다. 자공이 말했다.

"저희가 하늘은 높고 땅은 깊다는 것을 미처 알지 못했습니다. 옛날 도리를 깨달은 사람은 곤궁해도 즐거워하고, 형통해도 즐거워하였습니다. 즐거워하는 것은 곤궁하거나 형통한 것에 있는 것이 아니었습니다. 도리를 이 마음에 얻으면, 곤궁과 형통은 춥고, 덥고, 바람 불고, 비 오는 자연의 질서와 같은 것이었습니다. 그래서 허유는 영수 가에서 재미있게 살았고, 공백은 공수산에서도 스스로 흡족해하며 살았던 것입니다."〔孔子窮於陳·蔡之間, 七日不火食, 藜羹不糝,

顔色甚憊, 而弦歌於室. 顔回擇菜, 子路・子貢相與言曰:"夫子再逐於魯, 削迹於衛, 伐樹於宋, 窮於商・周, 圍於陳・蔡, 殺夫子者無罪, 藉夫子者無禁. 弦歌鼓琴, 未嘗絶音, 君子之無恥也若此乎?"顔回無以應, 入告孔子. 孔子推琴喟然而歎曰:"由與賜, 細人也. 召而來! 吾語之."子路・子貢入. 子路曰:"如此者可謂窮矣."孔子曰:"是何言也! 君子通於道之謂通, 窮於道之謂窮. 今丘抱仁義之道, 以遭亂世之患, 其何窮之爲? 故內省而不窮於道, 臨難而不失其德, 天寒旣至, 霜露旣降, 吾是以知松柏之茂也. 陳・蔡之隘, 於丘其幸乎!"孔子削然反琴而弦歌, 子路扢然執干而舞. 子貢曰:"吾不知天之高也, 地之下也. 古之得道者, 窮亦樂, 通亦樂. 所樂非窮通也, 道德於此, 則窮通爲寒暑風雨之序矣. 故許由娛於潁陽, 而共伯得乎共首."]

≪장자≫의 문채에는 공자가 "7일 동안 익힌 음식도 못 먹은" 생사존망의 기로에서 거문고를 타며 노래를 부르는 즐거움을 바꾸려 하지 않고, "곤궁해도 즐거워하고, 형통해도 즐거워하는" "도리를 마음에 얻은 사람"으로 되어 있다. ≪장자≫의 이러한 묘사는 내용상으로 ≪논어≫보다 한층 더 풍부하고, 공자와 그 제자들의 이미지도 상당히 멋이 있고 돋보이게 하고 있다. 전국 말기의 저작인 ≪여씨춘추・효행람孝行覽≫ 편에 전부 채록되어 있다는 것에서 그 이야기가 당시에 유행했다는 것을 충분히 알 수 있다.

≪장자≫는 때로 가난 속에서도 편안한 마음으로 도리를 즐기는〔安貧樂道〕 사상을 공자와 그 제자들의 이미지 속에서 녹여 만들어 내고, 그들을 통해 자신의 마음속에 있는 말을 전달하게 하기도 했다. ≪장자・양왕≫ 편에 이렇게 기록되어 있다.

공자가 안회에게 말했다. "회야, 가까이 와 보거라. 너는 집도 가난하고 지위도 낮은데, 어찌해서 벼슬을 하지 않는 것이냐?"
안회가 대답했다. "저는 벼슬하기를 원치 않습니다. 제게는 성곽밖에 50무畝의 밭이 있어 죽 정도는 넉넉히 먹을 수 있습니다. 성곽 안에는 10무의 밭이 있어 삼베옷 정도는 넉넉히 지어 입을 수 있습니다. 거문고를 타며 스스로 즐기고, 선생님의 도리를 배우며 스스로 즐거워합니다. 저는 벼슬을 하고 싶지 않습니다."

공자는 얼굴색을 바꾸며 말했다. "좋구나, 너의 생각이! 나도 이런 말을 들었다. '만족할 줄 아는 사람은 이익 때문에 자기 자신을 얽매지 않고, 살펴서 스스로 얻은 사람은 잃는 것을 두려워하지 않는다. 마음을 닦는 사람은 지위가 없어도 부끄러워하지 않는다.' 내가 그 말을 알고 있은 지가 오래되었으나, 이제 네게서 들은 뒤에야 알게 되었다. 이것은 내가 얻은 것이다."〔孔子謂顔回曰: "回來! 家貧居卑, 胡不仕乎?" 顔回對曰: "不願仕. 回有郭外之田五十畝, 足以給饘粥. 郭內之田十畝, 足以爲絲麻. 鼓琴足以自娛. 所學夫子之道者足以自樂也. 回不願仕." 孔子愀然變容曰: "善哉回之意! 丘聞之: '知足者不以利自累也, 審自得者失之而不懼, 行修於內者無位而不怍.' 丘誦之久矣, 今於回而後見之, 是丘之得也."〕

《장자》는 《논어》 속에서 공자가 칭찬한 안회의 이미지, 즉 "한 그릇의 밥과 한 바가지의 물로 누추한 동네에 살게 되면, 다른 사람들은 그 근심을 견뎌내지 못하는데, 안회는 그 즐거움을 바꾸지 않는다. 훌륭하도다, 안회여! 〔一簞食, 一瓢飮, 在陋巷. 人不堪其憂, 回也不改其樂. 賢哉回也!〕"(《논어·옹야》)라는 것에다 "집도 가난하고 지위도 낮은데도" 도리어 벼슬하기를 원치 않는 "도리를 이 마음에 얻은 사람"으로 안회를 꾸며 공자조차도 그의 감화를 받게 하였다. 요컨대 공자와 그 제자인 안연을 비롯해 자공, 자로의 이미지는 《장자》의 "빗대어 하는 말"과 "거듭하는 말"의 중요한 대상이 되었으며, 도가의 중요한 여러 가지 의리도 모두 그들의 언행을 통해 표현되었다. 그리고 그들의 출현 빈도는 매우 높았으며, 공자는 "도리를 이 마음에 얻은" 도가의 사람으로 노자에 버금갔다. 이것으로부터 《장자》가 유가의 저명한 학설의 도움을 받아 도가 사상을 보급하려 했던 노력을 알 수 있다.

물론 《장자》는 빗대어 하는 말을 잘 짓기에 그 꾸며진 일부의 내용은 거듭 헤아려보고 자세히 연구하면 들통이 나지 않을 수 없다. 예를 들면 ≪장자·천운天運≫에서 "공자가 노담에게 말했다. '저는 ≪시詩≫를 비롯해 ≪서書≫, ≪예禮≫, ≪악樂≫, ≪역易≫, ≪춘추春秋≫ 여섯 경전을 익혔습니다. 저 스스로도 오래했다고 생각하고, 그 내용도 잘 알고 있습니다. 그래서 그것을 가지고 72나라의 군주에게 벼슬을 구하며, 그들에게 선왕의 도리를 말하고, 주공과 소공이 걸어온 발자취를 설명했습니다. 그런데 아무도 관심을 보이지 않았습니다.'〔孔子謂老聃曰: '丘治≪詩≫·≪書≫·≪禮≫·≪樂≫·≪易≫·≪春秋≫六經, 自以爲久矣, 孰知其故矣, 以奸者七十二君, 論先王之道而明周·召之跡, 一君無所鉤用.'〕"라고 한 것이다. 여기에서 공자가 직접 진술하는 말투로 그가 72 나라의 군주에게 벼슬을 구했으나, 등용되지 못한 정황을 서술하고 있다.46)

이런 표현은 동한東漢의 학자인 왕충王充의 다음과 같은 질문을 초래했다. "≪장자≫라는 책에서 다음과 같이 말했다. '공자는 세상이 받아주지 않아 70여 개국을 유세하며 돌아다녔으나, 거처를 얻지 못했다.' 공자가 유세하며 돌아다니다 끝내 자신을 등용하는 임금을 만나지 못했다고 하는 것은 그렇다고 할 수 있다. 하지만 70여 개국을 돌아다니며 관직을 구했다는 말은 과장된 것이다. ≪논어≫나 그 제자의 서적을 살펴보면, 공자가 위나라에서 노나라로 되돌아오는 도중에 진나라에서는 양식이 떨어졌고, 위나라에서는 쫓기느라 수레바퀴 흔적을 지워야 할 정도였다. 제나라에서는 순임금 시대의 〈소韶〉라는 음악을 듣자 고기 맛을 잊을 정도로 심취했고, 송나라의 큰 나무 아래서 주나라 의례를 연습할 때는 송나라 대신들이 화가 나서 나무를 베어 깔아 죽이려 했다. 그리고 비費와 돈모頓牟라는 지방을 합쳐도 모두 10여 개 나라에 지나지 않는다. 70여 개 나라라고 전하는 말은 사실이 아니다. 아마도 공자

---

46) ≪여씨춘추·효행람孝行覽·우합遇合≫에는 "만났던 군주가 80여 명이었다. 〔所見八十餘君.〕"라고 되어 있다.

가 10여 개 나라에서만 벼슬을 구했을 것이다. 70여 개 나라라는
설은 책에 그렇게 기록되어 전해지기 때문에 70여 개 나라에서 관
직을 구하려 했다고 말하는 것이다. 〔書說: "孔子不能容於世, 周流游說七十餘
國, 未嘗得安." 夫言周流不遇, 可也. 言千七十國, 增之也. 案≪論語≫之篇, 諸子之書, 孔子
自衛反魯, 在陳絶糧, 削迹於衛, 忘味於齊, 伐樹於宋, 幷費與頓牟, 至不能十國. 傳言七十
國, 非其實也. 或時千十數國也, 七十之說, 文書傳之, 因言千七十國矣.〕"47)

이상으로 ≪장자≫ 등에서 공자를 거짓으로 꾸미고 빗대어 하
는 말의 특색을 살펴보았다.

≪한비자≫에서는 공자를 법가 사상의 대변인으로 꾸미고 날
조하였다. ≪한비자≫의 문채에서는 공자가 맨 먼저 고대의 법도
와 예법에 박식한 이론가로 그럴싸하게 꾸며졌다. ≪한비자·내저
설 상內儲說上≫〈일곱 가지 술책〔七術〕〉편에 다음과 같이 기록되어
있다.

은나라의 법에는 길거리에 재를 버린 자를 벌하게 되어 있다. 자공
이 과중하다고 여겨 공자에게 이에 대해 물었다. 선생님께서 말했
다. "다스리는 법을 터득한 것이다. 대저 길거리에 재를 버린다면,
반드시 사람의 몸에 내려덮일 것이다. 사람의 몸에 내려덮인다면,
그 사람은 반드시 화를 낼 것이다. 화를 내면 싸우게 된다. 싸우면
반드시 온 집안끼리 서로 해치게 된다. 이것이 바로 온 집안을 해
치게 되는 길이다. 비록 처벌을 하더라도 괜찮다. 또한 중벌이란
사람들이 싫어하는 것이며, 재를 버리지 않는 것은 사람들이 하기
쉬운 일이다. 사람들이 하기 쉬운 일을 하게 해서 싫어하는 일에
걸려들지 않게 하는 것이 바로 잘 다스리는 길이다."
어떤 곳에는 이렇게 되어 있기도 하다. 은나라의 법에 큰길에 재를
버린 자는 그 손을 자르는 것으로 되어 있다. 자공이 이에 대해 물
었다. "재를 버린 죄는 가벼운데, 손을 자르는 벌은 무겁습니다. 옛

---

47) 황휘, ≪논형교석≫ 권8〈유증儒增〉, 중화서국, 1990, 366쪽.

사람들은 왜 지나치게 엄한 것입니까?" 선생님께서 대답했다. "'재를 버리지 않는 일은 쉬운 것이며, 손이 잘리는 일은 싫어하는 것이다. 쉬운 일을 행하게 하여 싫어하는 일에 얽혀들지 않게 하는 것을 옛사람들은 쉽다고 생각하였다. 그래서 그 법을 시행한 것이다."〔殷之法刑棄灰於街者, 子貢以爲重, 問之仲尼, 仲尼曰: "知治之道也. 夫棄灰於街必掩人, 掩人人必怒, 怒則鬥, 鬥必三族相殘也. 此殘三族之道也, 雖刑之可也. 且夫重罰者, 人之所惡也, 而無棄灰, 人之所易也. 使人行之所易, 而無離所惡, 此治之道." 一曰. 殷之法, 棄灰于公道者斷其手, 子貢曰: "棄灰之罪輕, 斷手之罰重, 古人何太毅也?" 曰: "無棄灰所易也, 斷手所惡也, 行所易不關所惡, 古人以爲易, 故行之."〕48)

여기에서는 자공과 공자가 대화하는 방식을 통해 공자가 은나라의 법률에 대한 지식이 풍부하다는 것을 드러내 보였다. 그리고 "어떤 곳에는 이렇게 되어 있기도 하다."라는 방식으로 이것에 대한 기록에는 두 가지 다른 판본이 있음을 표시함으로써 그 말이 믿을 만한 것임을 확실히 나타내었다.

≪한비자·외저설 좌하外儲說左下≫에 이렇게 기록되어 있다.

공자가 노나라 애공을 모시고 앉았다. 애공이 복숭아와 수수를 하사하였다. 애공이 먹어보라고 권하였다. 공자는 수수를 먼저 먹고, 다음에 복숭아를 먹었다. 측근들이 모두 입을 가리고 웃었다. 애공이 공자의 행위에 대해 말했다. "수수는 먹는 것이 아니라 복숭아를 닦기 위한 것이오." 공자가 대답했다. "저도 그것을 알고 있습니다. 그러나 수수는 오곡 가운데 으뜸이며, 선왕의 제사에 가장 많이 쓰이는 것입니다. 과실은 여섯 가지 종류가 있으나, 복숭아는 하찮은 것이라서 선왕의 제사 때 묘당에 들여놓을 수도 없습니다. 저는 군자가 천한 것으로 귀한 것을 씻는다는 말은 들었어도, 귀한 것으로 천한 것을 씻는다는 말은 듣지 못했습니다. 지금 오곡 가운

---

48) (청) 왕선신王先愼 지음, 종철鐘哲 표점 교감, ≪한비자 집해韓非子集解≫, 중화서국, 1998, 224쪽.

데 으뜸이 되는 것을 가지고 과실 중의 하찮은 것을 씻는다면, 이
는 귀한 것을 가지고 하찮은 것을 씻는 일이 됩니다. 저는 이것이
도의(義)를 방해하는 일이라 생각하였기 때문에 감히 (복숭아를) 종묘
(의 제사의) 제물(인 수수)보다 먼저 먹을 수 없었던 것입니다."〔孔子御
坐於魯哀公, 哀公賜之桃與黍, 哀公: "請用." 仲尼先飯黍而後啗桃, 左右皆揜口而笑,
哀公曰: "黍者, 非飯之也, 以雪桃也." 仲尼對曰: "丘知之矣. 夫黍者五穀之長也, 祭先
王爲上盛. 果蓏有六, 而桃爲下, 祭先王不得入廟. 丘之聞也, 君子以賤雪貴, 不聞以貴
雪賤. 今以五穀之長雪果蓏之下, 是從上雪下也, 丘以爲妨義, 故不敢以先於宗廟之盛
也."〕49)

　　이 단락의 서술은 꽤나 소설적인 색채를 띠고 있다. 읽어 보
면 사람으로 하여금 웃음을 참을 수 없게 한다. 노나라 애공이 복
숭아와 수수를 내려주자, 공자는 "수수를 먼저 먹고, 다음에 복숭
아를 먹었다." 이 장면을 보고 애공의 측근들은 "입을 가리고 웃었
다." 그래서 노나라 애공이 수수는 먹는 게 아니고, 복숭아를 닦을
때 쓰는 것이라고 말해 주었다. 그런데 공자는 오히려 주저하지 않
고 예법의 큰 도리를 늘어놓았다. 즉 수수는 오곡 중에 으뜸으로
조상의 제사에 훌륭한 제물이나, 복숭아는 과일 중의 하등품으로
제사의 제물이 될 자격조차도 없기에 "군자는 천한 것으로 귀한 것
을 씻기는 해도, 귀한 것으로 천한 것을 씻는다는 말은 듣지 못했
다."라고 말한 것이다. 여기에서 ≪한비자≫는 또한 공자를 사람과
사물, 그리고 예법의 등급에 정통한 법리학의 성인으로 묘사하였
다.

　　그 다음으로 ≪한비자≫는 공자와 그 제자들을 법가 사상의
전파자이자 실천자, 그리고 집행자로 꾸며내었다. ≪한비자·내저
설 상≫〈일곱 가지 술책〉편에는 이렇게 기록되어 있다.

―――――――――――――――

49) (청) 왕선신 지음, 종철 표점 교감, ≪한비자 집해≫, 중화서국, 1998, 299
　　쪽.

노나라 사람이 잡풀이 무성한 늪지에 불을 질렀다. 때마침 북풍이 불어 불길이 남쪽으로 쏠리고 도성이 불탈 것 같았다. 애공이 걱정되어 몸소 많은 사람들을 재촉해 불을 끄려 했다. 그러나 곁에 사람이 아무도 없고 모두 짐승을 뒤쫓느라 불을 끄지 못하였다. 이에 공자를 불러서 물었다. 공자가 말했다. "무릇 짐승을 쫓는 일은 즐거운데다 벌을 받지도 않으며, 불을 끄는 일은 괴로운데다 상을 받지도 못합니다. 이것이 바로 불을 끄지 못하는 까닭입니다." 애공이 참으로 옳은 말이라고 했다. 그러자 공자가 다시 말했다. "일이 다급할 때는 상줄 여유가 없습니다. 그리고 불끈 자에게 모두 상을 준다면, 나라 형편으로도 사람들에게 상주기에 부족할 것입니다. 그럴 때는 다만 처벌을 행하십시오." 애공이 이에 대해서 옳은 말이라고 말했다. 그러자 공자가 곧 명령을 내렸다. "불을 끄지 않는 자는 항복하거나 도망친 죄로 다스리고, 짐승을 쫓는 자는 금지 구역에 들어간 죄로 다스릴 것이다." 명령이 내려지고 아직 두루 알려지기도 전에 불은 이미 다 꺼졌다.〔魯人燒積澤, 天北風, 火南倚, 恐燒國, 哀公懼, 自將衆趣救火, 左右無人, 盡逐獸而火不救, 乃召問仲尼, 仲尼曰: "夫逐獸者樂而無罰, 救火者苦而無賞, 此火之所以無救也." 哀公曰: "善." 仲尼曰: "事急, 不及以賞, 救火者盡賞之, 則國不足以賞於人, 請徒行罰." 哀公曰: "善." 於是仲尼乃下令曰: "不救火者比降北之罪, 逐獸者比入禁之罪." 令下未遍而火已救矣.〕

노나라에 큰불이 났을 때, 많은 사람이 "짐승을 뒤쫓느라" 불을 끄지 않았다. 공자는 노나라 애공을 위해 그 내면의 원인을 분석해 주었다. 즉 "짐승을 쫓는 일은 즐거운데다 벌을 받지도 않으며, 불을 끄는 일은 괴로운데다 상을 받지도 못하는 것"이 이런 상황이 초래된 것이라는 것이다. 동시에 공자는 이런 위급한 형세 아래에서는 상을 주는 것이 처벌을 내리는 것만 훨씬 못하기 때문에 "불을 끄지 않는 자"와 "짐승을 쫓는 자" 모두에게 중벌을 내리라는 의견을 제시하였다. 그래서 호령이 한 번 내려지자마자 불은 매우 빨리 꺼지게 되었다. 그렇지만 여기에서 공자는 거짓으로 꾸며져 완전히 법가의 한 인물로 변해 버렸다.

또 ≪한비자·외저설 좌하外儲說左下≫ 편에 다음과 같이 기록되어 있다.

공자가 위衛에서 재상이었을 때 제자인 자고子皐가 옥리가 되어 죄인의 발을 잘랐다. 발 잘린 자가 성문을 지켰다. 사람들 중에는 위나라 군주에게 공자를 헐뜯는 자가 있었다. "공자가 반란을 일으키려고 합니다." 위나라 군주가 공자를 잡아들이려고 하였다. 공자도 달아나고, 제자들도 모두 도망쳤다. 자고가 뒤늦게 성문을 나가려 하는데, 발 잘린 자가 그를 인도하여 성문 아래 방 속으로 도피시켜 주었다. 관리가 쫓아왔으나 붙잡지 못하였다. 밤중에 자고가 발 잘린 자에게 물었다. "내가 군주의 법령을 어길 수 없어서 자네 발을 직접 잘랐으니, 이제 자네가 원수를 갚을 때라네. 그런데 자네는 무슨 까닭으로 나를 굳이 도망치게 하는가? 내가 무엇 때문에 자네에게 이런 덕을 받는단 말인가?" 발 잘린 자가 말했다. "제가 발 잘린 것은 본래 저의 죄에 마땅한 것으로 어찌 할 수 없는 것이었습니다. 그러나 공께서 막 저를 재판하려 하실 때, 법령을 벗어나 저를 도우려고 말씀하시면서 저의 죄를 면하게 해주시려고 대단히 마음을 쓰셨습니다. 저는 그것을 잘 알고 있습니다. 판결이 나서 죄목이 정해지자 공께서는 애처로워 좋지 않은 기색이 얼굴에 보였습니다. 저는 보고서 또한 잘 알고 있습니다. 그것은 저를 사사로이 여겨서 그런 것이 아니라, 천성이 어진 마음이어서 본래 그러신 것이었습니다. 이것이 제가 기꺼이 공에게 은덕을 갚는 이유입니다." 이에 대해 공자가 말했다. "관리 구실을 훌륭하게 하는 자는 덕을 심고, 관리 구실을 잘 하지 못하는 자는 원한을 심는다. 개槪라는 것은 되질을 고르게 하는 것이며, 관리라는 것은 법을 공평하게 적용하는 자이니, 나라를 다스리는 자가 공평함을 잃어서는 안 된다."〔孔子相衛, 弟子子皐爲獄吏, 刖人足, 所刖者守門, 人有惡孔子於衛君者曰: "尼欲作亂." 衛君欲執孔子, 孔子走, 弟子皆逃, 子皐從出門, 刖危引之而逃之門下

室中, 吏追不得, 夜半, 子皐問刖危曰: "吾不能虧主之法令而親刖子之足, 是子報仇之
時也, 而子何故乃肯逃我? 我何以得此於子?" 刖危曰: "吾斷足也, 固吾罪當之, 不可奈
何. 然方公之獄治臣也, 公傾側法令, 先後臣以言, 欲臣之免也甚, 而臣知之. 及獄決罪
定, 公愀然不悅, 形於顏色, 臣見又知之. 非私臣而然也, 夫天性仁心固然也, 此臣之所
以悅而德公也." 孔子曰: "善爲吏者樹德, 不能爲吏者樹怨. 槪者, 平量者也, 吏者, 平
法者也, 治國者, 不可失平也."] 50)

공자의 제자인 자고가 옥리로 있을 때, 문을 지키던 자에게
발을 자르는 형벌을 내렸다. 하지만 문을 지키는 자는 자고가 법
에 의거하여 공정하게 처리한 것이라고 생각하여 그는 그것을 "기
껍게 여기고 은덕으로 삼았다." 그래서 나중에 자고가 피란할 때
그의 보복을 받지 않았을 뿐만 아니라, 또한 그의 도움으로 탈출
할 수 있었다. 이 일을 경험하면서 공자는 "관리 구실을 훌륭하게
하는 자는 덕을 심고", "나라를 다스리는 자가 공평함을 잃어서는
안 된다."라는 평가를 내리고, "되질을 고르게 하는 것"과 "법을 공
평하게 적용하는 것"의 중요성을 강조했다.

　여기에서 공자와 그 제자들은 법가 사상에 따라 공정하게 법
을 집행하는 본보기로 묘사되어 있다. 그리고 법가 사상에 담긴
이상적 모델, 즉 "형법의 행정이 비록 준엄하나 원망하는 자가 없
는 것은 그 마음 씀이 공평하고 격려하고 타일러 이해하게 하기 때
문이다."51)라는 것이 여기에 매우 훌륭하게 드러나 있다. 또한 이

---

50) 왕선신王先愼은 ≪한비자 집해韓非子集解≫에서 "'공자가 말하기를' 이하는 원
　래 순서가 뒤바뀐 것이니, 마땅히 연결해서 붙여야 한다. 〔孔子曰以下原錯簡, 可
　加以拼接〕"(중화서국, 1998, 293쪽 참조)고 했다. 이는 학계에서 공인된 바
　이다. 주훈초周勳初는 ≪한비자 교정 주석(韓非子校注)≫에서 "이 단락의 문장은
　'공자가 위나라 재상이었을 때' 고사의 종결 부분인데, 순서가 뒤바뀜으로 인
　해서 잘못 나눠진 것이라 생각한다."(강소인민출판사江蘇人民出版社, 1982,
　410쪽)고 했다.
51) 진수陳壽, ≪삼국지三國志≫ 권35 〈제갈량 열전(諸葛亮傳)〉, 중화서국, 1959,
　934쪽. "(진수가 제갈량을) 평가했다. 제갈량은 승상이 되어 백성을 어루만지

로부터 ≪한비자≫가 유가의 저명한 학설의 힘을 빌려 법가 사상을 보급하려 한 갖가지 노력을 알 수 있다.

3. 공자의 신격화 과정에서 꾸며진 이미지에 대한 객관적 기록

이러한 상황은 주로 ≪여씨춘추≫에 가장 전형으로 나타난다. ≪여씨춘추≫는 온갖 사상가들(의 학설)을 모아서 만든 것으로, 선진의 여러 사상가들이 공자를 신격화하고 날조하는 과정 속에서 사용한 여러 가지 소재들이 비교적 많이 보존되어 있다. 그리고 그런 소재들로부터 각 학파들이 자료를 잡다하게 골라 뽑아서 독자

고 예의와 법도를 보여주었으며, 관직을 간략하게 하고 때에 알맞은 제도를 따랐으며, 성실한 마음으로 공정한 정치를 폈다. 충의를 다하고 시대에 이로움을 준 사람에게는 비록 원수라도 반드시 상을 주고, 법을 어기고 태만한 사람에게는 비록 가까운 사람이라도 반드시 벌을 주었다. 죄를 인정하고 반성하는 마음을 가진 사람에게는 무거운 죄를 지었다 하더라도 반드시 풀어주었으며, 진실을 말하지 않고 말을 교묘하게 꾸미는 사람에게는 비록 가벼운 죄를 지었다 하더라도 반드시 사형에 처했다. 선을 행하면 비록 작은 일이라도 상을 주지 않은 적이 없고, 사악한 행동을 하면 사소한 것이라도 처벌하지 않은 적이 없었다. 여러 사무에 정통하고 사물의 근원을 이해하였으며, 명분을 따르고 실질을 구하여 거짓으로 가득한 사람과는 함께하지 않았다. 그 결과 촉나라 안의 사람은 모두 그를 존경하고 아꼈으며, 형법과 정치가 비록 엄격해도 원망하는 이가 없었다. 이는 마음을 공평하게 쓰고 상주고 벌주는 일을 분명히 했기 때문이다. 제갈량은 세상을 다스리는 이치를 터득한 뛰어난 인재로서 관중이나 소하와 비교할 만하다. 〔評曰: 諸葛亮之爲相國也, 撫百姓, 示儀軌, 約官職, 從權制, 開誠心, 布公道. 盡忠益時者雖讐必賞, 犯法怠慢者雖親必罰, 服罪輸情者雖重必釋, 游辭巧飾者雖輕必戮. 善無微而不賞, 惡無纖而不貶. 庶事精練, 物理其本, 循名責實, 虛僞不齒. 終於邦域之內, 咸畏而愛之, 刑政雖峻而無怨者, 以其用心平而勸戒明也. 可謂識治之良才, 管·蕭之亞匹矣.〕"

적인 책으로 만들었다. 이것으로 "안정과 혼란, 생존과 멸망의 법칙을 세우고 [紀治亂存亡]"(이하 ≪여씨춘추·계동기季冬紀·서의序意≫), "장수와 요절, 길함과 흉함을 헤아리고 [知壽夭吉凶]", "천지와 만물 및 고금의 일을 다 갖추었다. [備天地萬物古今之事]"(≪사기·여불위열전 [呂不韋傳] ≫) 그러므로 이것은 결코 어떤 한 학파의 학설에 편중되어 있는 것이 아니라 다른 것과 견주어도 비교적 객관적이다.

공자와 그 70제자들이 여러 나라를 두루 돌아다닐 때 한 번도 진秦나라에 간 적이 없었다. 그리고 순자가 일찍이 진나라 소왕昭王에게 자신의 주장을 펼쳐보였으나, 요직에 중용되지 못했다. 그렇지만 이 모두는 공자와 유가 사상이 진나라에 전파되는 데 아무런 영향이 없었다. ≪전국책·진책 3秦策三≫에 이렇게 기록되어 있다. "채택이 말하였다. '무릇 반드시 죽어야만 그 충성을 다한 것이고 이름을 이루는 것이 된다면, 아마 미자微子는 어진 사람이 되지 못하고, 공자는 성인이 되지 못하며, 관중은 위인이 되지 못할 것입니다.' 이 말을 듣고 응후應侯 범수范雎가 훌륭하다고 칭찬하였다. [蔡澤曰: '夫待死之後可以立忠成名, 是微子不足仁, 孔子不足聖, 管仲不足大也.' 於是應侯稱善.]" 이에 따르면 진나라의 임금과 신하가 공자를 성인이라 불렀다는 것을 바로 알 수 있다.

≪여씨춘추≫를 전체적으로 살펴보면, 공자와 그 제자들의 이미지를 기록하고 있는 것을 세 가지 상황으로 나눌 수 있다.

첫째는 공자와 그 제자들의 이미지를 이전보다 높이 끌어올리고, 또한 '공자가 옳다고 한 것은 시빗거리로 삼지 않는' 추세를 보인다는 것이다.

≪사고전서총목제요四庫全書總目提要≫에서는 ≪여씨춘추≫를 다음과 같이 평가했다. "이 서적을 선진 여러 사상가들의 말과 비교해보면, 유독 순수하고 올바르다. 대체로 유가를 위주로 하고, 도가와 묵가를 참고했다. 그렇기 때문에 육경六經을 비롯해 공자와 증자

의 말을 많이 인용하고 있다. 〔是書較諸子之言獨爲醇正, 大抵以儒爲主, 而參以道家 · 墨家, 故多引六籍之文與孔子 · 曾子之言.〕"52) 그리고 《사기 · 여불위열전》에 따르면, 이렇게 기록되어 있다. "이 무렵 위나라에는 신릉군이, 초나라에는 춘신군이, 조나라에는 평원군이, 그리고 제나라에는 맹상군이 있었다. 모든 선비들이 그들의 빈객이 되고 싶어 서로 다투었다. 여불위는 진나라가 강하면서도 그렇게 되지 못한 것을 부끄럽게 여겨 선비들을 불러 정성껏 대하자 빈객이 3,000명에 이르렀다. 이때 제후들의 나라에는 변사가 많았는데, 순경 같은 무리는 글을 지어 천하에 자신의 학설을 퍼뜨렸다. 이에 여불위는 자기 빈객들에게 각각 보고 들은 것을 쓰게 하여 〈팔람八覽〉, 〈육론六論〉, 〈십이기十二紀〉 등의 책으로 편집하니, 20여만 글자가 되었다. 〔當是時, 魏有信陵君, 楚有春申君, 趙有平原君, 齊有孟嘗君, 皆下士喜賓客以相傾. 呂不韋以秦之彊, 羞不如, 亦招致士, 厚遇之, 至食客三千人. 是時諸侯多辯士, 如荀卿之徒, 著書布天下. 呂不韋乃使其客人人著所聞, 集論以爲八覽 · 六論 · 十二紀, 二十餘萬言.〕"

그 때문에 《여씨춘추》가 비록 여불위의 문객이었던 여러 사람의 손에서 완성된 것이기는 하지만, 유가 학파는 이 책을 편찬하는데 주된 힘이 되었다. 《사기》에서 《여씨춘추》의 편찬 배경으로 다음과 같은 점을 특별히 강조하여 서술했다. "이때 제후들의 나라에는 변사가 많았는데, 순경 같은 무리는 글을 지어 천하에 자신의 학설을 퍼뜨렸다." 이것으로부터 《여씨춘추》를 편찬한 의도가 유가의 사상이 진나라에 영향을 미치고 전파되는 것을 확대하고, 진나라는 "유자가 없어서 〔無儒〕"(《순자 · 강국彊國》) "그렇게 하지 못하는 부끄러움 〔羞不如〕"을 설욕하는 데 있었음을 알 수 있다.53)

---

52) (청) 기윤紀昀 등 편찬, 사고전서연구소四庫全書硏究所 정리, 《사고전서총목제요四庫全書總目提要》 권117, 중화서국, 1997, 1568쪽.

53) 춘추 전국 시기의 진나라 지역에서의 유학의 전파 상황에 관해, 마은금馬銀琴의 전문적 연구가 있다. 마은금, 《주진시대 진나라 유학의 생존 공간 — 진나라에서의 《시경》의 전파를 아울러 논함(周秦時代秦國儒學的生存空間 -兼論

순자는 서쪽 진나라에 들어가 "유자는 나라에 무익한 존재〔儒
無益於人之國〕"(≪순자·유효≫)라는 소용의 편견을 겨냥해 "나라를 다스리
는 사람이 예의를 확립하면 왕자로 불릴 수 있고, 신용을 확립하
면 패자로 불릴 수 있다.〔用國者, 義立而王, 信立而霸.〕"(≪순자·왕패≫)라고
하는 유학의 이로움을 힘써 피력했다. 비록 끝내 진나라 소왕에게
중용되지는 못했지만, 진나라에 "유자가 없다"는 단점에 대한 순자
의 직설적인 비판은 오히려 진나라 임금과 신하를 분명히 뜨끔하
게 했다. ≪순자·강국彊國≫ 편에서 이렇게 말했다. "이 몇 가지 요
건들을 모두 함께 지니고 있지만, 왕자의 공적과 명성에 견주어
보면 까마득히 멀리 떨어져 있습니다. 그것이 무엇 때문이겠습니
까? 곧 진나라에는 유자가 거의 없기 때문입니다. 그러므로 오로
지 유자만을 쓰면 왕자王者가 되고, 다른 사람과 섞어 쓰면 패자霸
者가 되고, 하나도 쓰지 않으면 망한다고 하였습니다. 이것은 또한
진나라의 단점이 되고 있습니다.〔兼是數具者而盡有之, 然而縣之以王者之功名,
則偄偄然其不及遠矣! 是何也? 則其殆無儒邪! 故曰粹而王, 駁而霸, 無一焉而亡. 此亦秦之
所短也.〕"54)

　　이것은 당시 ≪여씨춘추≫의 편찬에서 "대략 유가를 위주로 하
게 된〔大抵以儒爲主〕" 배경이다. 그런 까닭에 ≪여씨춘추≫의 공자와
그 제자들의 이미지에 대한 묘사나 기록은 당시 유가가 전파된 실
제적인 상황을 어느 정도 객관적으로 반영하고 있다.

　　≪여씨춘추≫에서는 공자의 ≪역易≫에 대한 관심을 부풀려서
꾸며냈다. 공자와 ≪역≫의 관계는 ≪논어≫ 속에서도 겨우 다음
과 같은 한 곳에만 기록되어 있다. "선생님께서 말씀하셨다. '내가
몇 해를 더 살아서 50세에 ≪역≫을 배우면, 큰 허물은 없앨 수 있

　　≪詩≫在秦國的傳播)≫, ≪문학유산文學遺産≫ 2011년 제4기 참조.

54) 왕선겸 저, 심소환沈嘯寰·왕성현王星賢 표점 교감(點校), ≪순자집해荀子集
　　解≫, 중화서국, 1988, 303~304쪽.

을 것이다.〔子曰: 加我數年, 五十以學易, 可以無大過矣.〕"(《논어·술이》) 정현鄭玄
이 《논어》를 주석할 때 "50세에 마침내 《역》을 배웠다. 《노魯》
에서는 '역易'을 '역亦'으로 읽는다.〔五十以學易. 《魯》讀'易'爲'亦'.〕"(《논어주
소論語注疏》권7)라고 하였는데, 이 주석은 다른 하나의 판본이 있었다
는 사실을 제공한다. 《노魯》는 바로 《노논어魯論語》인데, 이것은
당시 《논어》의 다른 판본이다. 이 때문에 후세 학자들은 공자가
《역》을 배웠다는 것에 대해 의심을 일으키게 되었다.

　　주여동은 이렇게 말했다. "공자께서 '내가 몇 해를 더 살아서
50세에 《역》을 배우면, 큰 허물은 없앨 수 있을 것이다.'라고 말
씀하셨다. 이것은 공자가 《역》과 상관이 있다는 것을 말하는 것
이다. 그러나 《노논어》 속에는 '역易'이 '역亦' 자로 되어 있으니,
이것은 《역》이라는 경전을 가리킨 것이 아니라, 평생 공부할 것
을 강조한 것이다. 만약 《노논어》가 정확하다면, 공자와 《역》
의 관계는 매우 얕다."55) 주여동의 견해는, 대체로 공자가 《역》
을 배웠다는 것에 대한 부정적인 의견을 대표하고 있다.

　　《논어》 이외에 《여씨춘추·신행론愼行論》 편에 공자가 점을
쳤다고 하는 제목의 자료가 기록되어 있다. "공자가 점을 쳐서 비
賁괘를 얻었다. 공자가 '길하지 않구나.'라고 말했다. 자공이 말했
다. '무릇 치장하는 것은 또한 좋은 것인데, 어찌해서 길하지 않다
고 말씀하십니까?' 공자가 대답했다. '희다면 희고 검다면 검어야
지, 치장이 뒤섞인 것이 또한 어찌 좋겠는가?'〔孔子卜, 得賁. 孔子曰: '不
吉.' 子貢曰: '夫賁亦好矣, 何謂不吉乎?' 孔子曰: '夫白而白, 黑而黑, 夫賁又何好乎?'〕"
이것은 공자가 《역》을 이해하고 파악하고 있는 정도를 보여준
다. 이 기록에 대해 비록 무턱대고 긍정할 수도 없지만, 또한 간단

---

55) 주여동周予同, 《중국 경학사 강의中國經學史講義》, 상해문예출판사上海文藝出
　　版社, 1999, 50쪽 참고.

하게 부정할 수도 없다. 공자와 ≪역≫의 관계에 대해 사마천이 여러 곳에서 이미 분명히 말한 기록이 있다. 아마 ≪여씨춘추≫와 서로 참고해 보아도 좋을 것 같다.56)

≪여씨춘추≫에서는 공자가 제자에게 '예禮'를 요구한 것을 부풀려서 꾸며놓았다. ≪여씨춘추·맹동기孟冬紀≫에 이렇게 기록되어 있다. "공자는 제자가 먼 곳에서 돌아오자 지팡이를 받쳐 들고서 물었다. '그대의 조부께서는 안녕하신가?' 다음에는 지팡이를 잡고 두 손을 모으고서 물었다. '그대의 부모께서는 안녕하신가?' 그 다음에는 지팡이를 짚고서 물었다. '그대의 형제들은 안녕한가?' 마지막에는 걸음을 옮기며 제자를 등지고서 물었다. '그대의 처자식은 안녕한가?' 이와 같이 공자는 여섯 자의 지팡이로써 귀천의 등급을 깨우치게 하고, 친소親疎의 의리를 분별하게 하였으니, 하물며 존귀한 자리와 후한 녹봉을 가지고서야 어떠했겠는가? 〔孔子之弟子從遠方來者, 孔子荷杖而問之曰: '子之公不有恙乎?' 搏杖而揖之, 問曰: '子之父母不有恙乎?' 置杖而問曰: '子之兄弟不有恙乎?' 杖步而倍之, 問曰: '子之妻子不有恙乎?' 故孔子以六尺之杖, 諭貴賤之等, 辨疏親之義, 又況於以尊位厚祿乎?〕" 여기서는 공자의 '예'에 대한 교육을 매우 섬세하고 생동감 있게 묘사하고, 또한 공자가 "여섯 자의 지팡이로써 귀천의 등급을 깨우치게 하고, 친소의 의리를 분별하게 하였다."라고 칭찬했다.

≪여씨춘추≫에서는 또한 공자가 제자에게 '법法'을 교육한 것을 부풀려서 꾸며놓았다. ≪여씨춘추·선식람先識覽≫에는 이렇게 기록되어 있다. "노나라의 법에는 노나라 사람이 다른 제후국에 붙잡혀 노예가 되었는데, 그를 되찾아 오는 사람은 나라의 금고에서 사례금과 장려금을 받도록 되어 있다. 자공이 다른 제후국에서 노예가 된 노나라 사람을 되찾아 왔으나, 그 돈을 사양하고 받지 않

56) 공자와 ≪역易≫의 관계에 대해서는, 이 책의 "4장 공자와 ≪역경易經≫에 대한 새로운 논의" 부분 참조.

았다. 공자가 말했다. '자공이 실수했다. 지금 이후로 노나라 사람들은 다른 사람을 되찾아 오지 않을 것이다.' 이 말은 그 돈을 받아도 덕행에 누가 되지 않지만, 그 돈을 받지 않으면 다시는 사람을 되찾아 오지 않을 것이라는 것이다. 자로가 물에 빠진 사람을 구해주었더니, 그 사람이 소를 가지고 사례를 하자 자로가 그것을 받았다. 공자가 말했다. '노나라 사람들이 물에 빠진 사람을 반드시 구해 주려 할 것이다.' 공자는 사소한 것을 관찰하여 먼 데까지의 변화를 파악해 냈던 것이다. 〔魯國之法, 魯人爲人臣妾於諸侯·有能贖之者, 取其金於府. 子貢贖魯人於諸侯, 來而讓不取其金. 孔子曰: "賜失之矣. 自今以往, 魯人不贖人矣." 取其金則無損於行, 不取其金則不復贖人矣. 子路拯溺者, 其人拜之以牛, 子路受之. 孔子曰: "魯人必拯溺者矣." 孔子見之以細, 觀化遠也.〕"

《논어·학이》 편에 다음과 같은 말이 있다. "자공이 말했다. '가난해도 아첨하지 않으며, 부유해도 교만하지 않으면 어떻습니까?' 선생님께서 말씀하셨다. '괜찮겠지. 그러나 가난해도 도를 즐기고, 부유해도 예를 좋아하는 것만 못하다.'〔子貢曰: "貧而無諂, 富而無驕, 何如?" 子曰: "可也. 未若貧而樂, 富而好禮者也."〕"

《여씨춘추》의 것과 이것은 서로 참고할 수 있다. 공자는 "부유해도 예를 좋아하는 것"을 군자의 도리로 삼는데, 자공은 사람을 되찾아 왔지만 오히려 "그 돈을 받지 않은 것"은 예법을 위반하는 것이며, "부유해도 예를 좋아하지 않는 것"이 된다. 그래서 비록 겉보기에는 그가 상당히 칭찬받을 만하지만, "노나라의 법"을 파괴해서 "지금 이후로 노나라 사람들이 다른 사람을 되찾아 오려 하지 않게 되었으니", 해를 끼친 바가 적지 않다.

더욱 중요한 것은 《여씨춘추》에 공자와 그 제자들을 미화하거나 칭찬한 이미지가 있을 뿐만 아니라, 또한 일부의 서술 속에서는 공자의 말에 대한 인용을 대단히 중시하고 있다는 것이다. 이것은 이미 '공자가 옳다고 한 것은 시빗거리가 되지 않는' 추세가 있었다는 점이다. ≪여씨춘추·시군람特君覽·지분知分≫ 편의 사례로 그 일부를 살펴볼 수 있다. 이 편은 하나의 사건을 완전히 서술하고 난 후에 매번 ≪춘추≫ 삼전三傳의 체제를 모방하여 "공자께서 말씀하셨다〔孔子曰〕"라는 형식으로, 좋고 나쁨을 평가해서 잘잘못을 결정하였다.

　예를 들어 초나라 사람인 차비次非가 보검을 버리면서까지 교룡을 죽인 사실을 서술한 후 공자의 말을 인용하여 다음과 같이 칭찬하였다. "공자는 이 이야기를 듣고서 말씀하셨다. '좋구나! 썩은 고깃덩이와 부패한 뼈다귀가 될 것 때문에 보검을 버리는 사람이 아니고서는 차비라 이르겠는가? 〔孔子聞之曰: 夫善哉! 不以腐肉朽骨而棄劍者, 其次非之謂乎?〕" 송나라의 사성자한司城子罕이 지혜롭게 초나라 군대를 물리친 일을 서술한 후에 공자의 다음과 같은 말을 인용하여 칭찬하였다. "공자가 이 이야기를 듣고서 말씀하셨다. '무릇 묘당廟堂에서 도리를 닦아서 천리 바깥의 병거兵車를 무너뜨린 사람을 사성자한이라 이르는가?'〔孔子聞之曰: '夫脩之於廟堂之上, 而折衝乎千里之外者, 其司城子罕之謂乎?'〕"(≪여씨춘추·시군람·소류召類≫) 노나라의 후성자邱成子가 우재곡신右宰穀臣을 후하게 접대한 일을 서술한 후에 공자의 다음과 같은 말을 인용하여 칭찬하였다. "공자가 이를 듣고서 말씀하셨다. '무릇 지혜는 미세한 조짐을 알아 계책을 세울 수 있는 정도이고, 인자함은 재화를 맡길 수 있는 정도의 사람을 후성자라 이르는가?' 〔孔子聞之曰: "夫智可以微謀·仁可以託財者, 其邱成子之謂乎!"〕"(≪여씨춘추·시군람·관표觀表≫)

　"공자께서 말씀하셨다.〔孔子曰〕"라고 하는 이런 문장은 여타의 다른 전적에는 전혀 나오지 않으며, 감정과 말투에 있어서도 "≪춘추≫ 삼전三傳" 속의 "공자께서 말씀하셨다."라고 하는 것과 대단히 유사하다. 그러므로 이렇게 편찬한 의도는 분명히 이미 '≪춘추≫

삼전' 속에 있는 '공자가 옳다고 한 것은 시빗거리가 되지 않는 것'과 매우 비슷하다. 아마도 ≪사고전서총목제요≫(권117)에서 ≪여씨춘추≫를 "선진 여러 사상가들의 말과 비교해보면, 유독 순수하고 올바르다〔較諸子之言獨爲醇正〕"고 칭찬한 원인이 바로 여기에 있을 것이다.

≪여씨춘추≫의 편찬에 참가한 것을 계기로 유가 사상은 진나라에 비교적 신속하고 깊이 전파되었다. ≪사기 · 진시황 본기秦始皇本紀≫의 기록에 따르면, 진시황 35년(B.C. 212)에 유생을 생매장하여 죽일 때 진시황이 말했다. "내가 노생盧生 등을 존중하여 후하게 사례를 하였다. 그런데 이제 도리어 나를 비방하여 거듭 나를 덕德이 없는 사람이라 하고 있다.〔盧生等吾尊賜之甚厚, 今乃誹謗我, 以重吾不德也.〕" 이것을 통해서 진시황이 이전에는 유생들을 대함에 있어 존중했다는 것을 알 수 있다.

진시황이 460여 명의 유생을 생매장하여 죽인 후 진나라에 있던 나머지 유생들을 변방으로 유배시켰다. 그러자 그의 맏아들 부소扶蘇(?~B.C. 210)는 간언했다. "이제 막 천하가 평정되어 먼 지방의 백성들은 귀속되지 않았는데, 공자를 칭송하고 배우려는 모든 유생들을 지금 황제께서 엄한 형법으로 제재하시니, 소자는 천하가 불안해질까 두렵습니다. 황제께서는 이런 사실을 살펴주소서. ……유생들 모두가 공자를 칭송하고 배우려 합니다.〔天下初定, 遠方黔首未集, 諸生皆誦法孔子, 今上皆重法繩之, 臣恐天下不安. 唯上察之. ……諸生皆誦法孔子〕"(이하 ≪사기 · 진시황 본기≫) 이 말에서 공자가 당시 진나라 유생들의 마음속에 차지하는 정도와 진나라의 정치에 가져다 준 영향력을 알 수 있다.

부소의 간언에서도 그가 유가의 사상에 찬성하고, 유생들의 운명을 동정하고 지지한다는 것을 알 수 있다. 이 때문에 그 역시 아버지인 진시황으로부터 좌천과 유배를 당했다. 다시 말해서 "진시황은 노하여 부소를 북쪽의 상군上郡으로 보내 몽염을 감시하게 하였다. 〔始皇怒, 使扶蘇北監蒙恬於上郡.〕"는 것이다.

≪여씨춘추·서의序意≫에 "진나라의 천하가 된 지 8년째, 태세太歲가 군탄沼灘(신申의 방향)에 있는 해 〔維秦八年, 歲在沼灘〕"라고 기록한 것에 따르면, ≪여씨춘추≫의 편찬은 진시황 8년(B.C. 239)에서부터 35년(B.C. 212)까지이니, 겨우 27년이라는 짧은 시간에 유학의 세력이 신속하게 발전했다는 것을 우리는 미루어 짐작할 수 있다.

둘째는 당시 진나라 사람들의 관념 속에서 공자의 이미지는 노자보다 약간 낮았다는 것이다. ≪장자≫ 등의 기록에 따르면, 공자는 노자를 용龍에 비유한 적이 있다. ≪장자·천운≫ 편에서는 다음과 같이 말하고 있다. "공자가 노담을 만나고 돌아와서는 3일 동안 누구와도 말을 나누지 않았다. 제자가 물었다. '선생님께서는 노담을 만나고 오셨는데, 어떤 분이시던가요?' 공자가 말했다. '내 이제야 비로소 용을 보았구나. 용이 몸을 말아 모습을 보이더니, 다시금 몸을 펼치고는 아름다운 무늬를 그리며 구름을 타고 음양의 두 기운 사이를 날아다니더구나. 나는 입이 벌어진 채 입을 다물 수도, 혀가 달라붙어 말을 할 수도 없었다. 내가 어떻게 노담을 규정할 수 있겠느냐?' 자공이 말했다. '그렇다면 정말 죽은 것처럼 가만히 있어도 용처럼 보이고, 천둥소리를 내면서도 연못처럼 고요하고, 천지자연과 함께 움직이는 그런 분이시던가요? 저도 만나 볼 수 있을까요?' 얼마 후 공자의 소개로 노담을 만났다. 〔孔子見老聃歸, 三日不談. 弟子問曰: '夫子見老聃, 亦將何歸哉?' 孔子曰: '吾乃今於是乎見龍. 龍合而成體, 散而成章, 乘乎雲氣而養乎陰陽. 予口張而不能嗋, 予又何規老聃哉!' 子貢曰: '然則人固有尸居而龍見, 雷聲而淵默, 發動如天地者乎? 賜亦可得而觀乎?' 遂以孔子聲見老聃.〕"

≪사기·노자열전≫에서도 이렇게 말했다. "공자가 주나라에 가서 머물 때 노자에게 예禮를 물었다. ……공자가 돌아와서 제자들에게 말했다. '새는 잘 난다는 것을 내가 알고, 물고기는 헤엄을

잘 친다는 것을 내가 알며, 짐승은 잘 달린다는 것을 내가 안다. 그러니 달리는 짐승은 그물을 쳐서 잡을 수 있고, 헤엄치는 물고기는 낚시를 드리워 낚을 수 있고, 날아다니는 새는 화살을 쏘아 잡을 수 있다. 그러나 용에 관해서라면, 그것이 어떻게 바람과 구름을 타고 하늘로 올라가는지 나는 알 수 없다. 오늘 나는 노자를 만났는데, 그는 마치 용과 같은 존재였다.'〔孔子適周, 將問禮於老子. …… 孔子去, 謂弟子曰: '鳥, 吾知其能飛. 魚, 吾知其能游. 獸, 吾知其能走. 走者可以爲罔, 游者 可以爲綸, 飛者可以爲矰. 至於龍, 吾不能知其乘風雲而上天. 吾今日見老子, 其猶龍邪!'〕"

여기에 기록된 것들 속에서는 공자가 한결같이 노자를 용에 비유하고 있다.

그러나 《여씨춘추》 속에서는 공자가 오히려 스스로를 이무기에 비유하고 있다. 《여씨춘추·이속람離俗覽·거난擧難》에는 이렇게 기록되어 있다. "(노나라의) 계손씨가 제후의 집안을 농락하였다. 공자가 통치술을 깨우쳐 주려 하였으나 외면당했다. 이후에는 공자가 보살핌을 받으면서도 편리할 대로 말할 뿐이었다. 노나라 도읍의 사람들이 이 일을 가지고 공자를 헐뜯었다. 공자가 말하였다. '용은 맑은 것을 먹고 맑은 데서 노닐며, 이무기는 맑은 것을 먹고 탁한 데서 노닐며, 물고기는 탁한 것을 먹고 탁한 데서 노닌다. 지금 나는 위로는 용에 미치지 못하고, 아래로는 물고기와 같지 않다. 그럼 나는 이무기인가?'〔季孫氏劫公家. 孔子欲諭術則見外, 於是受養 而便說, 魯國以訾. 孔子曰: '龍食乎淸而游乎淸, 螭食乎淸而游乎濁, 魚食乎濁而游乎濁. 今 丘上不及龍, 下不若魚, 丘其螭邪.'〕"57)

공자는 노자처럼 "자신을 감추어 이름을 드러나지 않게 하는 것에 힘쓰는〔以自隱無名爲務〕"(《사기·노자 열전》) "숨어사는 군자〔隱君子〕"가 되기를 원치 않았을 뿐만 아니라, 또한 "물이 깊으면 옷을 입은 채로 건너고, 물이 얕으면 옷을 걷고서 건너는〔深則厲, 淺則揭〕"58)

---

57) 진기유陳奇猷, 《여씨춘추교석呂氏春秋校釋》, 상해고적출판사, 2002, 1319쪽.

것처럼 자신의 재능을 감추고 속세에 파묻혀 사는 사람이 되는 것도 원치 않았다. 그런 까닭에 자신을 이무기에 비유하고, 맑음과 탁함 사이에 끼어 있는 것으로 평가했다.

이러한 평가는 ≪논어·미자微子≫에 기록된 그 당시 사람들의 공자에 대한 평가와 비슷하다. ≪논어·미자≫에는 이렇게 기록되어 있다. "초나라의 미치광이 접여가 공자가 탄 수레 곁을 노래 부르며 지나갔다. '봉황이여! 봉황이여! 어찌하여 덕이 그리도 쇠하였는가? 지난 세월이야 충고해본들 되돌릴 수 없지만, 앞으로는 그래도 은둔자의 길을 따를 수 있으리. 그만두소, 그만두소. 지금 세상에 정치하는 사람은 위태하외다!'〔楚狂接輿歌而過孔子曰: '鳳兮! 鳳兮! 何德之衰? 往者不可諫, 來者猶可追. 已而, 已而! 今之從政者殆而!〕" 초나라의 미치광이가 노래한 "봉황"은 앞에서 말한 "맑은 것을 먹고 맑은 데서 노니는" "용"과 비슷하다.

그리고 ≪논어·미자≫ 가운데 장저와 걸익이 "또 자로 그대는 사람을 피하는 선비를 따르기보다는 차라리 세상을 피하는 선비를 따르는 것이 낫지 않겠는가?〔且而與其從辟人之士也, 豈若從辟世之士哉?〕" 라고 풍자하고, 이에 대해 공자가 "새나 짐승과 함께 어울려 살아갈 수는 없으니, 내가 이 세상 사람들과 함께하지 않고서 누구와 함께하겠는가? 천하에 도리가 있다면, 내가 구태여 세상을 바꾸어보려 하지 않을 것이다.〔鳥獸不可與同群, 吾非斯人之徒與而誰與? 天下有道, 丘不與易也.〕"라고 탄식하는 것은 또한 앞에서 말한 "나는 위로는 용에

---

58) ≪논어·헌문≫에는 이렇게 기록되어 있다. "공자께서 위나라에서 경쇠를 치고 계실 때, 삼태기를 메고 공자의 문 앞을 지나가던 사람이 말했다. '뜻이 담겨 있구나, 경쇠 치는 소리여!' 조금 더 들은 뒤에 말했다. '비속하구나, 경경하고 울리는 저 소리여! 자기를 알아주는 이가 없으면 그치고 말 것이지. 물이 깊으면 옷을 입은 채로 건너고, 물이 얕으면 옷을 걷고서 건널 일이다.'〔子擊磬於衛. 有荷蕢而過孔氏之門者, 曰: '有心哉! 擊磬乎!' 旣而曰: '鄙哉! 硜硜乎! 莫己知也, 斯而已矣. 深則厲, 淺則揭.'〕"

미치지 못하고, 아래로는 물고기와 같지 않다.〔丘上不及龍, 下不若魚.〕"
〈《여씨춘추·이속람·거난》〉라는 것과 비슷하다.

다만 《논어》 등 기타 전적 속에서는 지금까지 공자를 이무기에 비유한 적이 없고, 그와 노자를 비교했을 뿐이다. 그러므로 《여씨춘추》의 이러한 기록은 당시 진나라 사람들의 노자와 공자에 대한 이해와 평가를 객관적으로 보여준다.

당시 진나라에는 법가 사상이 성행하여 유가의 영향력에는 상대적으로 한계가 있었다. 이러한 상황에서는 노장의 이미지가 공자보다 높았을 것이라는 것은 의심의 여지가 없다. 진나라 왕이 총애한 한비자를 예로 들면,59) 그는 "형명과 법술法術의 학설을 좋아하였으나 그의 학문은 황로 사상을 바탕으로 한다. ……이사李斯(B.C. 284~B.C. 208)와 함께 순경荀卿을 스승으로 섬겼다.〔喜刑名法術之學, 而其歸本於黃老. ……與李斯俱事荀卿,〕"〈이하 《사기·한비자열전韓非子列傳》〉 이처럼 한비자는 유가인 순자를 스승으로 모셨지만, 오히려 "황로 사상을 바탕으로 하고〔歸本於黃老〕", 또한 "형명과 법술의 학설을 좋아하였다.〔喜刑名法術之學〕" 이 때문에 진나라 왕에게 중용이 된 것이다.

《한비자》에 있는 〈해로解老〉와 〈유로喩老〉 등의 여러 편은 《노자》 사상의 핵심을 이해하고 있으며, 사마천이 《사기》에서 노자와 한비자를 하나의 열전에 합쳐서 〈노자한비열전老子韓非列傳〉이라 하였으니, 둘의 내재적인 관계를 충분히 알 수 있다.60) 《사

---

59) 《사기·한비자열전》은 이렇게 기록하고 있다. "어떤 사람이 한비의 저서를 진秦나라로 가지고 갔다. 진나라 왕이 〈고분〉과 〈오두〉 2편의 문장을 보더니 '아! 과인이 이 사람을 만나 그와 사귈 수 있다면 죽어도 여한이 없을 것이다.'라고 하였다.〔人或傳其書至秦. 秦王見〈孤憤〉·〈五蠹〉之書, 曰: '嗟乎, 寡人得見此人與之游, 死不恨矣!'〕"

60) 명나라의 하양준何良俊(1506~1573)은 《사우재총설四友齋叢說》에서 이렇게 말했다. "태사공이 《사기》를 지으면서, 노자와 한비를 하나의 전기로 합쳐 기록했기 때문에, 세간에 어떤 이는 그것을 의아하게 생각했다. 이제 한비의

기・노자열전≫에는 노자가 "주나라의 장서를 관리하는 사관이었으며 [周守藏室之史]", "오랫동안 주나라에서 살다가 주나라가 쇠락해 가는 것을 보고는 그곳을 떠났다. 그가 함곡관에 이르자, 관령 윤희가 말했다. '선생께서는 앞으로 은둔하려 하시니 저를 위해 억지로라도 글을 써 주십시오.' 이 말을 듣고 노자는 ≪도덕경≫ 상, 하편을 지었다. [居周久之, 見周之衰, 乃遂去. 至關, 關令尹喜曰: '子將隱矣, 彊爲我著書.' 於是老子乃著書上下篇.]"라고 기록되어 있다.

만약 이러한 기록이 사실이라면, 노자의 ≪도덕경≫ 상, 하편은 응당 진나라 땅에서 쓰였고, 또 여기에서부터 전파된 것이다. 그러므로 선진 여러 사상가들의 저작이 진나라 땅에서 전파된 시간을 가지고 논하면, ≪노자≫가 유가 등의 다른 전적들보다 조금 앞서야만 한다. 이러한 의미에서 보면, 진나라 땅에서 노자의 영향은 공자에 비해 더 크다고 하는 것이 사리에도 들어맞는다.

책을 살펴보니, 〈해로〉와 〈유로〉 두 권이 있는데, 모두 노자를 드러내어 밝힌 것이다. 그런 까닭에 태사공은 열전의 뒷부분에 덧붙여 평한 말에서 이렇게 말했다. '신불해와 한비는 너무 지나치게 분석적이어서 너무 가혹하다. 이들의 학설은 모두 도덕에 근원을 두고 있기는 하지만, 그중 노자가 가장 심원하다.'고 하였으니, 한비의 근본이 노자에서 나온 것임을 알 수 있다. [太史公作≪史≫, 以老子與韓非同傳, 世或疑之. 今觀韓非書中, 有〈解老〉・〈喩老〉兩卷, 皆所以明老子也. 故太史公於論贊中曰: '申韓苛察慘刻, 皆源於道德之意, 而老子深遠矣', 則知韓非元出於老子.]"진주陳柱(1890~1944)는 ≪노자・장자・신불해・한비열전 강기(老莊申韓列傳講記)≫에서 이렇게 말했다. "노자와 장자는 도가이고, 신불해와 한비는 법가이다. 그런데 노자를 비롯해 장자, 신불해, 한비를 하나의 전기로 합쳐 기록했으니, 법가가 도가에 근원했다는 것을 보여준다. 이는 태사공이 학술의 원류 방면을 꿰뚫어 본 것이다. 후세의 사람들은 그것을 이해하지 못하고, 도리어 노자와 한비를 하나의 전기로 합침으로써 노자의 지위를 낮추었다고 하니, 이는 잘못된 것이다. [老莊道家, 申韓法家. 以老莊申韓合傳, 以見法家源於道家也. 此史公洞悉學術之源流處. 後人不解, 反以老韓同傳爲卑老, 謬矣.]"양연기楊燕起・진가청陳可青・뇌장양賴長揚, ≪역대 유명한 인물들의 ≪사기≫ 평가(歷代名家評≪史記≫)≫(북경사범대학출판사北京師範大學出版社, 1986, 569쪽) 참조.

이 밖에 진나라 문헌에는 공자가 스승을 구하는 상황이 많이 기록되어 있다. 그런데 이는 선진 여러 사상가들의 다른 문헌 속에서는 보이지 않는 기록이다. 예를 들면 ≪여씨춘추·중춘기仲春紀·당염當染≫ 편에 "공자는 노담과 맹소기 및 정숙에게서 배웠다. 〔孔子學於老聃·孟蘇夔·靖叔.〕"라고 기록되어 있다. ≪전국책戰國策·진책5秦策五≫에도 "항탁은 일곱 살에 이미 공자의 스승이 되었다. 〔項橐生七歲而爲孔子師.〕"라고 기록되어 있다. ≪장자≫와 ≪예기≫ 등에 모두 기록된 공자가 노자에게 배움을 구했다는 것을 제외하고, 진나라 문헌에는 공자가 맹소기와 정숙 및 항탁에게 배움을 구한 상황이 언급되어 있다.

이러한 기록은 공자가 비록 "아랫사람에게 묻기를 부끄러워하지 않고 〔不恥下問.〕"(≪논어·공야장≫), "배움에는 일정한 선생이 없다. 〔學無常師〕"(≪동관한기東觀漢記·전11傳十一≫)라고 하는 것과 함께 학문 탐구의 정신을 보여주는 것이기는 하지만, 공자가 성인으로서 이미지를 승격하는 과정을 두고 보면, 아무래도 공자를 약화시키는 부정적인 영향을 끼쳤다.

전국시대의 저작인 묵가墨家의 〈비유非儒〉편은 유가를 공격하는 것을 요점으로 삼았다. 그리고 도가는 노자를 종사宗師로 삼으면서 "세상에서 노자의 학설을 배우는 사람들은 유가의 학설을 배척하였다. 〔世之學老子者則絀儒學〕"(≪사기·노자열전≫) 이것을 보면 그 당시 묵가와 도가 두 학파의 유학에 대한 공격을 알 수 있다. 물론 ≪여씨춘추≫에서는 "대략 유가를 위주로 하되, 도가와 묵가를 참고하고 〔大抵以儒爲主, 而參以道家·墨家〕", "장자와 열자의 말을 인용하되 터무니없고 방자한 것은 모두 취하지 않고, 묵적의 말을 인용하되 〈비유〉와 〈명귀〉편은 취하지 않았으며, 종횡가의 학술과 형명의 학설은 한 번도 인용하지 않았다. 〔所引莊·列之言皆不取其放誕恣肆者, 墨翟之言不取其〈非儒〉·

〈明鬼〉者, 而縱橫之術·刑名之說一無及焉〕 "61)고 말하고 있다. 그러나 여전히 도가와 묵가 두 학파의 담론에는 공자와 유가에 대한 비판과 공격이 섞여 들어 있다는 것을 면할 수 없다. 지금에 와서 이러한 담론이 어느 학파의 손에서 나온 것인지를 이미 판정할 길이 없을지라도, 공자의 이미지에 대한 그들의 비난은 오히려 선명하게 알 수 있다.

≪여씨춘추·심분람審分覽≫ 편에서는 이렇게 기록하고 있다. "공자가 진陳나라와 채나라 국경에서 곤경에 처하여 명아주 국에 간조차 하지 못하고 7일이나 곡물을 맛보지 못하다가 낮에 잠이 들었다. 그 사이 안회가 식량을 구하러 갔다가 얻어 와서는 밥을 지었다. 거의 익을 무렵 안회가 가마솥 안의 것을 움켜쥐고 먹는 것을 공자가 멀리서 보았다. 잠깐 사이에 밥이 익어서 공자를 뵙고 음식을 올렸다. 그런데 공자는 짐짓 (안회가 솥 안의 밥을 먹는 것을) 보지 못한 척하고 일어나면서 말했다. '방금 꿈에서 돌아가신 아버님을 뵈었으니, 음식을 정결히 하고 난 후에 아버님께 올려야겠다.' 안회가 공자의 말을 받아 말했다. '안 됩니다. 좀 전에 검댕이가 가마솥 안에 들어갔는데, 음식을 버리는 것이 잘한 일이 아닌 것 같아 제가 집어내서 먹었습니다.' 공자가 탄식하며 말했다. '믿는 것은 눈인데 눈마저도 믿을 수 없고, 의지하는 것은 마음인데 마음마저도 의지하기에 부족하구나. 제자들아 기억해두어라. 사람을 안다는 것은 참으로 쉽지 않다는 것을.' 그러므로 아는 것이 어려운 게 아니라, 공자는 사람을 아는 것이 어렵다고 한 것이다. 〔孔子窮乎陳·蔡之間, 藜羹不斟, 七日不嘗粒, 晝寢. 顔回索米, 得而爨之, 幾熟. 孔子望見顔回攫其甑中而食之. 選間, 食熟, 謁孔子而進食. 孔子佯爲不見之. 孔子起曰: "今者夢見先君, 食潔而後饋." 顔回對曰: "不可. 嚮者煤室入甑中, 棄食不祥, 回攫而飯之." 孔子歎曰: "所信者目也,

---

61) (청) 기윤 등 편찬, 사고전서연구소 정리, ≪사고전서총목제요≫ 권117, 중화서국, 1997, 1568쪽.

而目猶不可信. 所恃者心也, 而心猶不足恃. 弟子記之, 知人固不易矣." 故知非難也, 孔子之
所以知人難也.]"

선진 시기의 다른 전적 속에서는 공자가 줄곧 "사람을 알아보
는" 지혜로운 사람이자 성현으로 유명했다. ≪논어·안연≫ 편에는
번지樊遲가 "아는 것[知]에 대해 질문 [問知]"했을 때, 공자는 "사람을
알아보는 것 [知人]"62)이라고 대답한 것으로 기록되어 있다. 그리
고 언제나 공자가 안회를 다음과 같이 평가한 것을 가장 좋은 본
보기로 삼아왔다.

> 선생님께서 말씀하셨다. "내가 안회와 종일토록 말했으나, 시키면
> 시키는 대로 따라하는 어리석은 사람처럼 어기지 않았다. 그런데
> 그가 물러난 뒤 그의 사생활을 살펴보니, 그것을 잘 깨우쳐 실천하
> 고 있었다. 안회는 결코 어리석지 않았다."[子曰: "吾與回言終日, 不違如
> 愚. 退而省其私, 亦足以發. 回也不愚."] (≪논어·위정爲政≫)

> 선생님께서 자공에게 말씀하셨다. "너와 안회는 누가 나은가?" 자
> 공이 대답했다. "제가 어찌 감히 안회와 견주겠습니까? 안회는 하
> 나를 들으면 열을 알지만, 저는 하나를 들으면 둘을 알 뿐입니다."
> 선생님께서 말씀하셨다. "네가 그만 못하다. 나도 네가 그만 못하다
> 고 생각한다."[子謂子貢曰: "女與回也孰愈?" 對曰: "賜也何敢望回. 回也聞一以知
> 十, 賜也聞一以知二." 子曰: "弗如也! 吾與女弗如也."] (≪논어·공야장≫)

> 애공이 물었다. "제자 가운데 누가 배우기를 좋아합니까?" 공자가
> 대답하였다. "안회라는 사람이 있었습니다. 그는 배우기를 좋아하
> 여 노여움을 다른 사람에게 옮기지 않고, 같은 허물을 되풀이하지

---

62) ≪논어·안연≫ 편에 이렇게 기록되어 있다. "번지가 인仁에 대하여 물었다.
선생님께서 말씀하셨다. '사람을 사랑하는 것이다.' 지知에 대하여 물었다. 선
생님께서 말씀하셨다. '사람을 알아보는 것이다.'[樊遲問仁. 子曰: '愛人.' 問知.
子曰: '知人.']"

않았습니다. 그런데 불행하게도 명이 짧아 일찍 죽었습니다. 지금은 그가 없으니, 배우기를 좋아하는 사람에 대해서는 듣지 못했습니다."〔哀公問: "弟子孰爲好學?" 孔子對曰: "有顔回者好學, 不遷怒, 不貳過. 不幸短命死矣! 今也則亡, 未聞好學者也."〕 ^(이하 《논어·옹야》)

선생님께서 말씀하셨다. "안회는 그 마음이 오래도록 인仁을 따르지만, 다른 사람은 어쩌다 한 번씩 인에 이를 뿐이다."〔子曰: "回也, 其心三月不違仁, 其餘則日月至焉而已矣."〕

선생님께서 말씀하셨다. "훌륭하구나, 안회야! 한 그릇의 밥과 한 바가지의 물로 누추한 동네에 살게 되면, 다른 사람들은 그 근심을 견뎌 내지 못하는데, 안회는 그 즐거움을 바꾸지 않으니, 훌륭하구나, 안회야!"〔子曰: "賢哉回也! 一簞食, 一瓢飮, 在陋巷. 人不堪其憂, 回也不改其樂. 賢哉回也!"〕

선생님께서 말씀하셨다. "말해 주면 실천하려는데 게으름을 피우지 않는 사람은 안회가 아닐까?"〔子曰: "語之而不惰者, 其回也與!"〕 ^(이하 《논어·자한》)

선생님께서 안연에 대해 말씀하셨다. "(그가 일찍 죽은 것이) 애석하구나! 나는 그가 나아지는 것은 보았으나, 그가 멈추는 것은 본 적이 없다."〔子謂顔淵, 曰: "惜乎! 吾見其進也, 未見其止也."〕

선생님께서 말씀하셨다. "안회는 나를 거들려는 사람이 아니구나! 내 말에 기뻐하지 않은 일이 없다."〔子曰: "回也非助我者也, 於吾言無所不說."〕
^(이하 《논어·선진》)

계강자가 물었다. "제자 가운데 누가 배우기를 좋아합니까?" 공자가 대답하였다. "안회라는 사람 배우기를 좋아했는데, 불행히도 명이 짧아 죽었습니다. 지금은 그런 사람이 없습니다."〔季康子問: "弟子

執爲好學?" 孔子對曰: "有顏回者好學, 不幸短命死矣! 今也則亡.")

선생님께서 말씀하셨다. "안회는 도에 거의 이르렀는데, 자주 먹을
것이 떨어졌다. 그런데 사賜는 벼슬을 하지 않고도 재물을 늘렸는
데, 추측하면 요행히 잘 맞았다."〔子曰: "回也其庶乎, 屢空. 賜不受命, 而
貨殖焉, 億則屢中.")

안연이 죽자 선생님께서 외치셨다. "슬프다! 하늘이 나를 망하게 하
는구나! 하늘이 나를 망하게 하는구나!"〔顏淵死. 子曰: "噫! 天喪予! 天喪
予!")

그런데 앞에서 인용한 ≪여씨춘추≫에서는 고의로 정반대의
방법을 써서 공자와 안연의 이미지를 추악하게 묘사하였다. 그러
니 공격해서 없애려는 그 마음은 말하지 않아도 분명하다. 만약 ≪논
어≫ 속의 공자가 안회를 평가한 수많은 기록을 진지하게 모두 훑
어보지 않는다면, 그 (≪여씨춘추≫의) 말미에 "공자가 탄식하며 말했
다.〔孔子歎曰〕" 등의 말에 쉽게 기만을 당하여, 실제 그런 일이 있는
줄 오해할 것이다.

만약 재차 이런 기록들을 세밀하게 분석하면, 공자와 안회의
이미지를 추악하게 묘사한 곳에는 유가의 전적과 어긋나는 부분이
상당히 많이 있다. 첫째는 공자가 "낮잠을 잤다〔晝寢〕"(≪여씨춘추·심분람·
임수任數≫)는 기록이다. 이것은 ≪장자≫ 등에서 공자가 "거문고를 타
고 노래를 부르면서〔弦歌〕" 스스로 즐거움을 찾는 상황의 묘사와
차이가 매우 크며, 또한 ≪논어≫의 기록과도 어긋난다.

공자는 "낮잠을 자는" 것을 몹시 싫어했다. ≪논어≫의 기록에
따르면, 공자는 일찍이 재여가 낮잠 자는 것에 대해 다음과 같은
말로 아주 불만스러운 마음을 토로했다. "재여가 낮잠을 잤다. 선
생님께서 말씀하셨다. '썩은 나무는 조각할 수 없고, 더러운 담장

은 흙손질할 수 없다. 재여에게 무엇을 책망하겠느냐?'〔宰予晝寢. 子
曰: '朽木不可雕也, 糞土之牆不可杇也, 於予與何誅?'〕"(≪논어 · 공야장≫) 공자는 시간
을 소중히 여겼기에 "그의 사람됨은 무엇을 배우려고 애쓸 때면 밥
먹기도 잊고, 즐거워 근심을 잊으며, 늙어가는 줄도 몰랐다.〔其爲人
也, 發憤忘食, 樂以忘憂, 不知老之將至云爾.〕"(≪논어 · 술이≫) 그리고 시간의 흐름
과 마주해서는 "선생님께서 시냇가에 서서 말씀하셨다. '흘러가는 것
이 이와 같구나! 밤낮으로 쉬지를 않는구나!'〔子在川上, 曰: '逝者如斯夫!
不舍晝夜.〕"(≪논어 · 자한≫)라고 감개하여 길게 탄식했다. 그러나 ≪여씨
춘추≫에서는 도리어 억지로 공자가 "낮잠을 잔" 것에 대해 언급하
고 있으니, 편찬자의 속셈을 알 수 있다.

둘째는 ≪논어 · 선진≫의 기록에 따르면, 공자는 안회를 "아들
같이〔猶子〕" 대하고, 안회는 공자를 "아버지처럼〔猶父〕" 대하여 스
승과 제자 두 사람은 매우 친밀하여 조금의 격의도 없고, 서로 간
의 정이 마치 부자처럼 돈독했다는 것이다. 그런데 ≪여씨춘추 ·
심분람≫에서는 "밥이 거의 익게 되었을 때 안회가 가마솥 안의 것
을 움켜쥐고 먹었다."고 하거나, "공자는 (안회가 솥 안의 밥을 먹는 것을)
짐짓 보지 못한 체 했다."고 하는 등의 기록은 편찬자가 고의적으
로 공자와 안연의 이미지를 추하게 묘사하였다. 이것은 공자를 의
심이 아주 많고 가식적인 인물로, 안회 역시 현명하지도 어질지도
못한 사람으로 형상화한 것이니, 그 불량한 마음씨를 알 수 있다.

또 ≪여씨춘추 · 효행람孝行覽≫ 편에는 이렇게 기록되어 있다.
"공자가 길을 가다가 쉬는데 말이 도망가 다른 사람이 농사지어 놓
은 것을 먹자 농부〔野人〕가 말을 잡아 두었다. 자공이 공자에게 그
사실을 알리고 가서 농부를 설득했다. 그러나 이야기를 다했음에
도 농부는 들으려 하지 않았다. 그런데 시골사람〔鄙人〕으로 막 공자
를 섬기게 된 자가 있어 이 사실을 공자에게 알리고 가서 설득하

게 하였다. 그래서 시골사람이 농부에게 말했다. '당신이 동해에서 농사짓는 것도 아니고, 내가 서해에서 농사짓는 것도 아닌데 어떻게 우리 말이 당신의 곡식을 먹을 수 없다는 거요?' 그 농부가 매우 기뻐하면서 서로 이야기를 주고받다가 이렇게 말했다. '말하는 것이 다들 이래야 말이 통하지, 유독 저번 사람 같아서야 원!' 그러고는 말을 풀어 돌려주었다. 〔孔子行道而息, 馬逸, 食人之稼, 野人取其馬. 子貢請往說之, 畢辭, 野人不聽. 有鄙人始事孔子者曰請往說之, 因謂野人曰: "子不耕於東海, 吾不耕於西海也, 吾馬何得不食子之禾?" 其野人大說, 相謂曰: "說亦皆如此其辯也, 獨如嚮之人?" 解馬而與之.〕"

　　공자 문하의 제자들 가운데 자공은 말주변이 좋기로 천하에 명성이 자자했다. 전상田常이 제나라를 좌지우지하면서 노나라를 위태롭게 할 때, 자공은 공자의 명령을 받아 제나라를 비롯해 진晉나라, 오나라, 월나라 사이를 유세하며 당시의 정치적 구도를 바꿨다. 그 일을 ≪사기≫에서는 이렇게 칭찬했다. "자공은 한 번 사신으로 나서자 노나라를 보존케 하고, 제나라를 어지럽게 했으며, 오나라를 멸망시키고, 진晉나라를 강국이 되게 하였으며, 월나라를 제후들의 우두머리가 되게 하였다. 즉 자공이 외교의 사명을 받아 한 번 뛰어다녔더니 각국의 형세에 균열이 생겨 10년 사이에 다섯 나라에 각기 커다란 변화가 있었다는 것이다. 〔子貢一出, 存魯, 亂齊, 破吳, 彊晉而霸越. 子貢一使, 使勢相破, 十年之中, 五國各有變.〕"(≪사기·중니제자열전≫)

　　그러나 ≪여씨춘추·효행람≫의 기록에 따르면, 자공의 유세 수준은 의외로 "막 공자를 섬기게 된" "시골사람"에도 미치지 못하고, 도리어 "농부"의 야유와 조소를 받았다. 이는 분명 상식적인 이치에 전혀 맞지 않는 것이다. 그로 인해 여기서는 고의적으로 공자와 자공의 이미지를 추하게 묘사한 편찬 의도가 확연히 드러난다. 그렇지만 만일 시각을 바꾸어 본다면, ≪여씨춘추≫ 가운데 공자와 그 제자들을 추하게 묘사한 이런 기록은 당시 묵가와 도가 등이 공자와 유가의 학설을 비판하고 공격한 것을 객관적으로 재현한 것이 된다. 그런데 이러한 부조화의 '목소리'는 대부분 공자의 이미지를 신격화하거나 높이려는 시대의 큰 물결 속에 파묻혔으며, 일부는 심지어 '세상에 드러난 것을 헛갈리게 하는 것〔亂章〕'조차도 하지 못했다.

위에서 서술한 것과 같이 다른 학설이 연이어 나타나 여러 개의 학파가 패권을 다투던 전국시대에는 각 학파가 공자의 담론이나 이미지의 힘을 빌려 자기 학설의 입론의 근본으로 삼는 것이 하나의 조류로 자리 잡은 듯하다. 이런 시대의 풍조 속에서 부분적으로 꾸며지고 날조된 내용은 아무래도 소설가의 이야기와 같은 색채를 띠게 되어 공자와 그 제자들의 이미지가 소설화되는 경향이 나타나게 되고, 이 때문에 후세의 의심 또는 비평을 초래하게 되었다.

지금 《논형》을 예로 들어보면, 그런 부분을 알 수 있다. 《논형·서허書虛》 편에는 이렇게 기록되어 있다. "전해오는 책들에서는 다음과 같이 말하고 있다. 안연이 공자와 함께 노나라 태산에 올랐다. 공자가 동남쪽을 바라보니, 오나라 창문閶門 밖에 백마가 매여 있었다. 이에 안연을 불러 백마를 가리키며 물었다. '오나라의 성곽 문이 보이느냐?' 안연이 대답했다. '보입니다.' 공자가 물었다. '성문 바깥에 무엇이 있는가?' 안연이 대답했다. '마치 하얀 비단을 걸어놓은 듯합니다.' 공자는 안연의 눈을 비벼주며 바르게 볼 수 있게 해주고는 함께 산을 내려왔다. 산을 내려온 뒤로 안연은 머리카락이 하얗게 변하고 이가 빠지다가 결국 병들어 죽었다. 아마도 정신력에 있어서 공자만 못한데 지나치게 정신을 쏟아 자신의 정기를 모두 소진한 까닭에 요절했다. 사람들은 이러한 이야기를 듣고 모두 사실이라고 여긴다. 그러나 틀림없는 거짓말이다. 《논어≫의 글을 살펴보아도 이런 말이 보이지 않고, ≪육경≫을 풀이한 글들을 조사해보아도 역시 이런 말이 없다.〔傳書或言: 顔淵與孔子俱上魯太山, 孔子東南望, 吳閶門外有繫白馬, 引顔淵指以示之, 曰: '若見吳閶門乎?' 顔淵曰: '見之.' 孔子曰: '門外何有?' 曰: '有如繫練之狀.' 孔子撫其目而正之, 因與俱下. 下而顔淵髮白齒落, 遂以病死. 蓋以精神不能若孔子, 彊力自極, 精華竭盡, 故早夭死. 世俗聞之, 皆以爲然. 如實論之, 殆虛言也. 案≪論語≫之文, 不見此言. 考≪六經≫之傳, 亦無此語.〕"

≪논형·서허≫ 편에는 또 이렇게도 기록되어 있다. "전해오는 책들에서는 다음과 같이 말하고 있다. '공자가 사수泗水에 매장되자, 사수는 공자를 위해 역류했다.' 이 말은 공자의 덕이 강물을 역류시켜서 자신의 묘지를 침범하지 않도록 했다는 뜻이다. 사람들은 이 말을 믿는다. 그래서 유가들도 이를 자랑스럽게 말하면서 공자의 후예들이 관직을 받을 만하다고 말할 때 사수가 역류한 것을 증거로 삼는다. 그러나 원래의 사정을 살펴보면 틀림없는 거짓말이다.〔≪傳書≫言: 孔子當泗水之葬, 泗水爲之卻流. 此言孔子之德, 能使水卻, 不漏其墓也. 世人信之. 是故儒者稱論, 皆言孔子之後當封, 以泗水卻流爲證. 如原省之, 殆虛言也.〕"63)

앞에서 서술한 한 조목은 안연이 요절한 원인을 설명하려는 데서부터 착수하여 공자의 타고난 몸을 신격화함으로써 절대 보통사람과는 비교될 수 없다는 취지이다. 그 다음의 한 조목은 공자가 사수泗水에 매장되었는데, 사수가 공자를 위하여 역류했다고 말하고 있다.64) 이러한 관점이나 기록은 그 본래의 뜻이 성인으로서 공자의 기상을 강조하는데 있었다. 그러나 약간 그 정도가 지나쳤기 때문에 왕충으로부터 '거짓말'이라고 배척을 당한 것이다. 그렇지만 터무니없는 '거짓말'이더라도, 오히려 "사람들은 이러한 이야

---

63) 황휘, ≪논형교석≫ 권4, 중화서국, 1990, 170~171쪽.

64) 후대의 소설인 ≪삼국지평화三國志平話≫에도 장비張飛가 크게 소리쳐 다리어귀를 끊자, 황하의 물이 장비를 위하여 역류했다는 서술이 있다. 이곳에서 공자라는 성인의 유적을 묘사한 소설가의 이야기 색채와 그 후세에 대한 영향을 알 수 있다.

기를 듣고 모두 그렇다고 여기고", "사람들은 이 말을 믿었다." 이러한 사실로부터 선진의 여러 사상가들이 대표적으로 거짓으로 꾸미고 신격화한 성인으로서 공자의 이미지가 크게 성공을 거두고, 깊은 영향을 끼쳤다는 것을 알 수 있다.

4. 성인으로서 공자를 급속하게 신성화하려고 한 원인에 대한 분석

춘추 전국시대를 전체적으로 살펴보면, 공자는 일개의 가난하고 천한 백성에서 인정받는 선각자이자 성현으로 승격되었다. 그것이 급속하게 이루어진 원인은 여러 가지이다. 공자에서부터 공자 문하의 제자들까지, 공자 문하의 추모에서부터 사회의 공인된 존경에 이르기까지, 그 시대에 은혜가 골고루 미친 것에서부터 후대의 영향에 이르기까지, 그리고 시대 흐름의 대세에서부터 개개인의 작은 개체에 이르기까지 등등 여러 가지 요인들이 조금씩 발전하고 모아져서 이루어진 결과이다.

첫째 원인은 공자의 초인적인 노력과 업적이다. 공자가 성장해 온 길은 전설과 같은 이야기로 가득 차 있다. 세 살 때 아버지를 여의고, 열일곱 살 때 어머니와 사별하여 외롭고 가난했으나 박학다식했다. 교육의 문이 넓게 열리자, 그의 사상과 인간적 매력 등은 많은 학생들을 끌어들였다. 공자는 "어렸을 때 가난했기에 비천한 일에 많이 능했으며 [少也賤, 故多能鄙事]"(이하 《논어·자한》), 학생들로부터 "진실로 하늘이 그분을 성인이 되게 하시고, 또 재능이 많게 하신 듯하다. [固天縱之將聖, 又多能也]"는 열광적인 사랑을 받았다. 공자는 학습 진도가 아주 빨라 배우기를 가장 좋아한다는 안회조차도 "앞에 계신 듯 보이더니, 홀연히 뒤에 계시는구나! [瞻之在前, 忽焉在後] "라고 탄식했다. 이러한 숭배와 사랑은 ≪논어≫ 속에 기록이 넘쳐난다.

둘째는 공자에 대한 학생들의 추종과 사랑이다. 이것은 공자가 보통 사람에서 성인으로 뛰어넘게 하는 중요한 원인이다. 앞에서 서술한 바와 같이 세상 사람들이 자공을 공자보다 현명하다고 칭찬할 때, 자공은 오히려 공자를 높은 담장에 비유하고 해와 달에 비유했다. 그렇게 함으로써 공자는 신성하여 범부와 다르다는 아주 위대한 이미지가 다져졌다. 자공을 대표로 하는 공자에 대한 그 문하 제자들의 존경과 사랑은 그를 신성화하는 길에 난공불락의 초석을 깔았다.

셋째는 가족적 전승과 사회적 찬양이다. 공자는 "성왕의 후예 [聖王之裔] "65)로 그 조상은 상商나라의 왕족이었다. 그런데 주周나라가 상나라를 멸망시키고, 주나라 성왕成王이 미자계微子啓를 송宋나라에 봉하자 결국 왕족에서 제후로 바뀌고 말았다. 4대 송나라 민공潛公에 이르러, 장남은 불보하弗父何이고, 차남은 부사鮒祀였다. 그런데 민공은 그 자리를 그 아들들에게 물려주지 않고 아우에게 전하니, 그가 바로 양공煬公이다. 그러자 부사는 양공을 시해하고 자신이 즉위하니, 그가 곧 여공厲公이다.66) 양공과 여공이 정권을 쟁탈하는 속에서도 장남인 불보하는 처음부터 끝까지 경卿으로 노나라 임금을 섬겼다. 이에 그 당시 인망과 평판이 아주 좋았다.

공자의 부친인 숙량흘叔梁紇은 핍양偪陽 전투67)와 노나라 방읍

---

65) 진사가陳士珂, ≪공자가어소증孔子家語疏證≫ 권9 〈본성해本姓解〉, 상해서점上海書店, 1987, 234쪽.

66) 전목, ≪공자전≫, 삼련서점, 2012, 1~2쪽 참고.

67) ≪춘추좌씨전≫ 양공襄公 10년(B.C.563)에 이렇게 기록되어 있다. "진晉나라 순언荀偃과 사개士匄가 핍양을 공격하여 정벌해주기를 청하였다. ……병인

防邑 전투68)에서 모두 전공을 세워 그 당시에 "용기와 힘으로 제후들에게 이름을 떨쳤다."69) ≪사기·공자세가≫에서는 "공자의 키가 9척 6촌이어서 사람들이 그를 '키다리'라고 부르고, 그를 괴이하게 여겼다."라고 기록하고 있다. 그런데 공자의 부친 또한 키가 10척인 데다가, "그 힘은 당할 사람이 없었다. 〔武力絶倫〕"(≪공자가어·본성해≫) 더욱이 세상 사람들은 다음과 같은 말로 칭찬했다. "(공자 어머니의) 부친인 안씨가 세 딸에게 (누가 숙량흘의 처가 되겠냐고) 물으며 이렇게 말했다. '추陬 땅 대부가 비록 그 아버지와 할아버지는 선비이지만, 그 선대는 성왕의 후예이다. 지금 숙량흘은 키는 10척이나 되며, 그 힘은 당할 사람이 없다. 나는 이 사람을 몹시 탐내고 있다.'〔顔父問三女曰: "陬大夫雖父祖爲士, 然其先聖王之裔. 今其人身長十尺, 武力絶倫, 吾甚貪之.〕"70)

숙량흘은 추鄹(추鄹, 또는 추陬) 읍의 장관을 지낸 적이 있었기에

일에 핍양을 포위하였으나, 승리하지 못하였다. 이때 맹씨孟氏의 가신家臣인 진근보秦堇父도 중거重車를 끌고 전쟁터로 갔었다. 핍양인偪陽人이 성문을 열자 제후들의 군사가 성문을 공격하니, 핍양인이 기관을 발동하여 현문縣門을 내렸다. 그러자 추인鄹人 숙량흘이 두 손으로 내려오는 현문을 떠받쳐 더 이상 내려오지 못하게 하고서 성안으로 들어갔던 군사들을 탈출시켰다. ……맹헌자가 말했다. '≪시경≫에서 말하는 힘이 범과 같다는 사람이 있구나!'〔晉荀偃, 士匃, 請伐偪陽. ……丙寅, 圍之, 弗克, 孟氏之臣秦堇父, 輦重於役, 偪陽人啓門, 諸侯之士門焉, 縣門發, 鄹人紇抉之, 以出門者. ……孟獻子曰, 詩所謂有力如虎者也.〕"

68) ≪춘추좌씨전≫ 양공襄公 17년(B.C. 556)에 이렇게 기록되어 있다. "가을에 제후齊侯는 우리나라의 북쪽 변경 지역을 침범하여 도읍桃邑을 포위하고, 고후高厚는 방읍防邑에서 장흘臧紇을 포위하였다. 우리 군대가 양관陽關에서 출발해 장흘을 영접하기 위해 여송旅松에 이르니, 추숙흘鄹叔紇을 비롯해 장주臧疇, 장가臧賈가 갑사 3백 명을 거느리고 밤에 (포위를 뚫고 나와) 제나라 군사를 습격하여 장흘을 여송으로 보내고는 다시 방읍으로 돌아가니, 제나라 군사가 노나라를 떠났다. 〔秋, 齊侯伐我北鄙, 圍桃, 高厚圍臧紇于防, 師自陽關逆臧孫, 至于旅松, 鄹叔紇, 臧疇, 臧賈, 帥甲三百, 宵犯齊師, 送之而復, 齊師去之.〕"

69) (송) 호자胡仔, ≪공자편년孔子編年≫ 권1, ≪문연각사고전서≫.

70) 진사가, ≪공자가어소증≫ 권9 〈본성해〉, 상해서점, 1987, 235쪽.

또 "추인흘鄹人紇"이라고도 부른다. 그래서 ≪논어≫에서는 여전히 공자를 친근하게 "추인의 자식 [鄹人之子] "(≪논어·자한≫)이라고 부르며, 존경의 뜻을 표시했다. 그런 까닭에 공자가 비록 어려서 아버지를 여의었지만, 아버지가 당시 가지고 있던 영향력은 공자의 이미지를 높이는데 어느 정도의 역할을 했다.

공자의 선조 가운데 공자의 이미지를 높이고 신격화하는데 가장 큰 영향을 끼친 인물은 7대조 정고보正考父이다. ≪춘추좌씨전≫ 소공昭公 7년(B.C. 535)에 이렇게 기록되어 있다.

"9월에 소공이 초나라에서 돌아왔다. 맹희자孟僖子는 예禮로써 잘 보좌하지 못한 것을 수치로 여겨 예를 학습하려고 그에 능한 사람이 있다고 하면 그를 찾아가서 배웠다. 그러다가 죽을 때에 이르러 그 수하의 대부를 불러놓고 이렇게 말했다. '예는 사람이 되는 근본이니, 예가 없으면 입신할 수가 없다. 내 듣건대 장차 현달할 사람으로 공구라는 사람이 있다. 그는 성인의 후예로 그 가문이 송나라에서 멸망했다고 한다. 그 조상 불보하弗父何는 보위를 송 여공에게 넘겨주었다. (불보하의 증손인) 정고보(공자의 조부)는 대공을 비롯해 무공, 선공을 보좌하여 삼명三命인 상경上卿이 되었음에도 더욱더 공손하였다. 그래서 그 솥에 다음과 같은 명문銘文을 새겨놓았다. '일명一命에 고개를 숙이고, 이명二命에 등을 구부리고, 삼명三命에는 허리를 굽히고, 길을 걸을 때는 (중앙으로 걷지 않고) 담장 가를 따라 다닌다면, 누구도 감히 나를 업신여기지 않으리라. 이 솥에 되직한 죽과 묽은 죽을 쑤어서 내 입에 풀칠하리라.' 그 공손함이 이와 같기에 장손흘臧孫紇이 다음과 같이 말했다. '성인으로 밝은 덕을 가진 사람이 만약 당장의 세상에서 뜻을 펴지 못하면, 그 후손 가운데는 반드시 달인達人이 나온다.' 지금 그 달인이 아마도 공구인 듯하다. 내가 만약 수명을 다하여 죽는다면, 반드시 설說(남궁경숙南宮敬叔)과 하기何忌(맹의자孟懿子)를 그 선생님께 맡겨, 선생님을 섬기며 예를 배워 그 지위를 안정되고 공고하게 하라."고 하였다. 그래서 맹의자와 남궁경숙이 중니를 사사한 것이다. 〔九月, 公至自楚, 孟僖子病不能相禮, 乃講學之, 苟能禮者從之, 及其將死也, 召其大夫曰, 禮, 人之幹也, 無禮無以立, 吾聞將有達者, 曰孔丘, 聖人之後也, 而滅於宋, 其祖弗父何, 以有宋而授厲公, 及正考父佐戴, 武, 宣, 三命茲益共, 故其鼎銘云, 一命而僂, 再命而傴, 三命而俯, 循牆而走, 亦莫余敢侮, 饘於是, 鬻於是, 以餬余口, 其共也如是, 臧孫紇有言曰, 聖人有明德者, 若不當世, 其後必有達人, 今其將在孔丘乎, 我若獲沒, 必屬說與何忌於夫子, 使事之而學禮焉, 以定其位, 故孟懿子, 與南宮敬叔, 師事仲尼.〕"71)

소공 7년이면, 공자의 나이는 겨우 17세였다.72) 그런데 당시

---

71) 양백준楊伯峻, 《춘추좌전주春秋左傳注》, 중화서국, 1981, 1295~1296쪽.
72) 《사기·공자세가》에서는 "공자 나이 17세 때의 일이다. 노나라 대부 맹희자가 병이 나서 곧 죽게 되었다. 〔孔子年十七, 魯大夫孟釐子病且死.〕"라고 기록되어 있고, 《사기색은史記索隱》에서는 "소공 7년, 《춘추좌씨전》에 이르기를 '맹희자는 예로써 잘 보좌하지 못한 것을 수치로 여겨 예를 학습하였는데, 예에 능한 사람이 있다고 하면 그를 찾아가서 배웠다. 그러다가 죽을 때에 이르러 수하의 대부를 불렀다.'라고 운운했다. 생각건대, 병이 났다는 것은 예에 능숙하지 못한 것을 병통으로 여겼다는 것이지, 병세가 심각하다는 말이 아니다. 소공 24년에 이르러 맹희자가 사망했는데, 가규賈逵(174~228)는 '중니의 당시 나이가 35세였다.'라고 했으니, 이 글은 잘못된 것이다. 〔昭公七年《左傳》云: '孟僖子病不能相禮, 乃講學之, 苟能禮者從之, 及其將死也, 召其大夫'云云. 按: 謂病者, 不能禮爲病, 非疾困之謂也. 至二十四年僖子卒, 賈逵云'仲尼時年三十五矣'. 是此文誤也.〕"라고 하였다. 그리고 《춘추좌씨전》 소공 11년에 맹희자가 "천구인의 몸에서 맹의자와 남궁경숙을 낳았다. 〔生懿子及南宮敬叔於泉丘人〕"라고 했다. 그러므로 만약 소공 7년의 기록에 따른다면, 이때 당시 맹의자와 남궁경숙은 아직 태어나지 않았다. 그래서 다함께 계산하여 비교해보면, 소공 24년 맹희자가 병이 위중하여 죽게 되었을 때의 당부라고 하는 것이 사리에 맞다. 이 해에 공자는 35세였고, 맹의자와 남궁경숙은 13세와 14세였으니, 거의 공자가 말한 "15세에 학문에 뜻을 두었다."라고 하는 연령에 가깝다. 그런 까닭에 맹의자와 남궁경숙에게 공자를 "선생으로 섬기라"는 맹희자의 신중한 당부가 있던 것이다. 그러므로 《사기》의 "공자 나이 17세 때"라는 설은 《춘추좌씨전》 소공 7년을 계속 사용한 것으로 틀렸으며, 관찰을 소홀히 한 것이다. "병들어 죽게 되었다 〔病且死〕"는 기록은 믿을 만한 사실이다.

노나라 정계의 거물 중 하나였던 맹희자는 공자를 "성인의 후예"로 "현달할 사람"이라고 칭찬했다. 공자의 선조인 정고보의 충후한 미덕을 보고서 장손흘은 "그 후손에 반드시 달인이 나온다."라고 칭송하고, 맹희자는 더 나아가 이 성인의 후예로 "달인"은 바로 공자라고 단언했다. 그 병세가 위급해지자 맹희자는 또 두 아들인 맹의자와 남궁경숙에게 공자를 "스승으로 섬길 것"을 분부했다. 그 당시 맹희자와 맹의자 부자, 그리고 계환자 등은 모두 노나라 정치를 대표하는 거물이었기에 맹희자가 찬양하고, 맹의자 형제가 "스승으로 섬기는 것"은 공자가 그때에 이끌어낸 사회적 명성과 반향을 보여준다.

그 후에 "남궁경숙이 노나라 군주에게 '공자와 함께 주나라에 가게 해주십시오.'라고 하자, 노나라 군주는 수레 한 대와 말 두 마리, 그리고 어린 시종 한 명을 함께할 수 있도록 해주고 주나라에 가서 예를 물어오게 했다. ……공자가 주나라에서 노나라로 돌아오니 제자들이 더욱 늘어났다.〔魯南宮敬叔言魯君曰: "請與孔子適周." 魯君與之一乘車, 兩馬, 一豎子俱, 適周問禮, ……孔子自周反于魯, 弟子稍益進焉.〕"[73] 이것으로부터 맹의자와 남궁경숙 형제가 공자를 "스승으로 모신" 것이 나중에 공자가 제자를 받아들이고, 그의 영향력을 확대하는데 있어서 촉진하는 작용을 일으켰다는 것을 알 수 있다.

넷째는 사회의 지식인들이 파란을 일으켜 조장한 것이다. 윗글에서 언급한 맹희자는 분명 제일의 지식인이었을 것이다. 그 다음의 대표적인 인물은 의儀 땅의 국경 관리인〔封人〕과 석문지기〔晨門〕이다. ≪논어·팔일八佾≫ 편에서는 이렇게 기록하고 있다. "의儀 땅의 국경 관리인이 공자를 만나기를 청하면서 '군자가 이곳에 왔을 때 만나 보지 못한 적이 없습니다.'라고 말했다. 공자를 수행하는 제

---

73) (한) 사마천, ≪사기·공자세가≫, 중화서국, 1959, 1909쪽.

자가 그더러 뵙게 했다. 그가 공자를 뵙고 나오며 말했다. '여러분은 어찌하여 선생님께서 지위를 잃은 것을 걱정합니까? 세상이 무도한 지 오래되었으니, 하늘이 장차 선생님을 선각자로 삼을 것입니다.'[儀封人請見. 曰: '君子之至於斯也, 吾未嘗不得見也.' 從者見之. 出曰: '二三子, 何患於喪乎? 天下之無道也久矣, 天將以夫子爲木鐸.]" ≪논어·헌문≫ 편에는 또 이렇게 기록되어 있다. "자로가 석문에서 묵었다. 석문지기가 물었다. '어디에서 오시오?' 자로가 대답했다. '공씨 댁에서 옵니다.' 석문지기가 말했다. '안 되는 줄 알면서도 하려 하는 사람 말인가요?'[子路宿於石門. 晨門曰: '奚自?' 子路曰: '自孔氏.' 曰: '是知其不可而爲之者與?']"

의儀 땅의 국경 관리인이 "세상이 무도한 지 오래되었으니, 하늘이 장차 선생님을 선각자로 삼을 것"이라고 칭찬했든, 또는 석문지기가 공자를 "안 되는 줄 알면서도 하려 하는 사람"이라고 칭찬했든 그 어느 것을 막론하고, 모두가 그 당시 사회의 일부 지식인들이 이미 공자의 높고 큰 이미지와 훌륭한 정신을 인식하고 있었다는 것을 나타낸다. 그들의 이야기는 모두 성인의 이미지로 공자를 형상화하는데 훌륭하게 추진하는 역할을 했다.

바로 당시 공자의 이미지와 사회적 여론의 영향력 때문에 초나라 영윤令尹인 자서子西는 마음속으로 두려워하여 초나라 소왕이 공자에게 영토를 하사하려는 것을 극력 만류했다. ≪사기·공자세가≫에서는 공자가 진나라와 채나라 국경에서 곤궁하게 되었던 일을 이렇게 기록하고 있다.

"이에 자공으로 하여금 초나라에 가게 했다. 초나라 소왕이 군대를 보내어 공자를 맞이한 후에야 겨우 곤궁에서 벗어날 수 있었다. 소왕이 서사書社의 땅 7백 리로 공자를 봉하려고 했다. 그러자 초나라의 영윤인 자서가 말했다. '왕께서 사신으로 하여금 제후에게 보낼 사람 중에서 자공만한 사람이 있습니까?' 왕이 대답했다.

'없다.' 자서가 말했다. '왕을 보필할 신하 중에서 안회만한 사람이 있습니까?' 왕이 대답했다. '없다.' '왕의 장수 중에서 자로만한 사람이 있습니까?' 왕이 대답했다. '없다.' 자서가 말했다. '왕의 장관 중에서 재여만한 사람이 있습니까?' 왕이 대답했다. '없다.' 자서가 말했다. '또한 초나라의 조상이 주周나라로부터 봉함을 받을 때 봉호는 자남子男이었고, 봉토는 50리였습니다. 지금 공자는 삼황오제 三皇五帝의 치국 방법을 저술하여 주공周公과 소공召公의 사업에 밝습니다. 그런데 왕께서 만약 공자를 등용하신다면 초나라가 어찌 대대손손 당당하게 다스려 온 사방 수천 리의 땅을 차지할 수 있겠습니까? 문왕은 풍성豊城에서 일어났고, 무왕은 호성鎬城에서 일어났지만 사방 백 리를 가지고 있는 군주가 마침내 천하에 왕 노릇을 하게 되었습니다. 지금 공자가 근거할 땅을 얻게 되면, 현명한 제자들이 보좌하고 있어 초나라에게는 복이 될 수 없습니다.' 소왕은 즉시 그만두었다. 이 해 가을에 초나라 소왕은 마침내 성보에서 세상을 떠났다. 〔於是使子貢至楚. 楚昭王興師迎孔子, 然後得免. 昭王將以書社地七百里封孔子. 楚令尹子西曰: "王之使使諸侯有如子貢者乎?" 曰: "無有." "王之輔相有如顔回者乎?" 曰: "無有." "王之將率有如子路者乎?" 曰: "無有." "王之官尹有如宰予者乎?" 曰: "無有." "且楚之祖封於周, 號爲子男五十里. 今孔丘述三五之法, 明周召之業, 王若用之, 則楚安得世世堂堂方數千里乎? 夫文王在豊, 武王在鎬, 百里之君卒王天下. 今孔丘得據土壤, 賢弟子爲佐, 非楚之福也." 昭王乃止. 其秋, 楚昭王卒于城父.〕 "74)

　　여기에서 초나라 영윤인 자서의 의도는 공자를 비방하는데 있었다. 그러나 그의 말을 통해 당시 제후국에서 공자와 그 제자들의 이미지와 지위를 충분히 알 수 있다. 초나라가 공자에게 봉지를 내리지 않았던 것은 별다른 원인이 있었던 것은 아니다. 공자와 그 제자들의 능력이 너무 뛰어나서 일단 봉지를 차지하면, 반드시 초나라를 위협할 것이기 때문이었다.

---

74) (한) 사마천, ≪사기・공자세가≫, 중화서국, 1959, 1932쪽.

이것은 20여 년 전75) 제나라 재상인 안영晏嬰이 공자를 헐뜯었던 상황과 현격한 차이가 있다. 공자 나이 서른다섯 살 때 일이다. 계평자季平子가 노나라에서 반란을 일으키자, 노나라 소공이 제나라로 도망쳤고, 뒤따라 공자가 제나라로 달려갔다. 제나라 경공景公이 "이계尼谿의 밭을 주어 공자를 봉하려고 하자〔將欲以尼谿田封孔子〕"(《사기·공자세가》), 안영의 만류에 부닥쳤다.

안영이 공자를 비난하며 말했다. "유학자는 말주변이 뛰어나서 법으로 규제할 수가 없습니다. 거만하고 제멋대로이니, 아랫사람으로 삼을 수 없습니다. 그들은 상례를 숭상하여 슬픔을 다할 수 있다면 가산을 탕진하면서까지 장례를 후하게 치르니, 그들의 예법을 습속으로 삼을 수 없습니다. 그들은 유세 다니며 관직을 구하여 녹봉을 취하니, 그에게 나라를 다스리게 할 수도 없습니다. 옛날의 어진 사람이 사라진 이래로 주나라가 쇠미해져 예악이 무너진 지 오래되었습니다. 지금 공자는 용모와 복식을 추존하여 진퇴와 읍양의 예법 그리고 추창趨蹌의 절차를 번잡하게 하니, 몇 세대를 지나도 다 배울 수 없으며, 살아서는 그 예법을 다 궁구할 수도 없습니다. 임금께서 그들을 채용하여 제나라 풍속을 바꾸려 하신다면, 이것은 백성들을 가르쳐 인도할 것이 되지 못합니다.〔夫儒者滑稽而不可軌法. 倨傲自順, 不可以爲下. 崇喪遂哀, 破産厚葬, 不可以爲俗. 游說乞貸, 不可以爲國. 自大賢之息, 周室旣衰, 禮樂缺有間. 今孔子盛容飾, 繁登降之禮, 趨詳之節, 累世不能殫其學, 當年不能究其禮. 君欲用之以移齊俗, 非所以先細民也.〕"76)

똑같이 공자를 비난하고 헐뜯고 있지만, 안영에서부터 자서에 이르기까지 공자와 유학에 대한 평가에 엄청난 변화가 일어났으

---

75) 노나라 소공昭公 25년(B.C. 517), 공자가 제나라로 갔다. 노나라 애공哀公 6년(B.C. 489), 공자가 초나라 왕을 만났다. 전목, 《공자연표孔子年表》, 《공자전》, 삼련서점, 2012, 136~137쪽 참고.

76) (한) 사마천, 《사기·공자세가》, 중화서국, 1959, 1911쪽.

며, 이는 전후 20여 년 사이에 공자 학설의 영향력이 확대되고, 개인 이미지의 승격이 빨랐다는 것을 반영한다. 이것은 공자가 동쪽의 여러 나라를 유세하고 다니며 사회의 지식인들을 선동한 것과 밀접한 관련이 있다.

이러한 형세 아래에서 초나라 영윤인 자서가 만일 그때의 안영처럼 공자와 그 학설을 부정하는 방식을 취했다면, 반드시 임금에게 신임을 얻을 수 없었을 것이다. 그래서 자서가 채택한 것은 "장차 부수어 버리고자 하거든 반드시 거듭 쌓아주고, 장차 무너뜨리고자 하거든 반드시 더욱 높이 올려주어라. 〔將欲毁之. 必重累之. 將欲踣之. 必高擧之〕"77)는 전술적인 방식이었다. 그가 말로는 공자를 높이 인정했다. 그러나 어찌 인정할 뿐이었겠는가. 그야말로 허풍을 섞어 가며, 공자와 그 제자들의 능력을 극단적으로 과장했다. 그래서 초나라 왕으로 하여금 위협을 느끼도록 해서 공자에게 봉지를 내리려는 생각을 버리게 했다.

비록 당시 제후국에는 초나라 영윤인 자서와 같이 이렇게 만류하는 조치들이 있었다. 그러나 성인으로서 공자의 이미지와 그 학설의 전파는 이미 억제할 수 없는 시대의 추세가 되었다. ≪사기·유림열전儒林列傳≫에는 다음과 같이 기록되어 있다.

공자가 세상을 떠난 뒤에 70여 명의 제자들이 사방의 제후에게 유세하였다. 그래서 크게는 사부師傅를 비롯해 경卿, 상相이 되고, 작게는 사대부의 친구나 스승이 되었지만, ……간혹 은거하여 나타나지 않은 사람들도 있었다. 자로는 위衛나라에, 자장은 진陳나라에, 담대자우澹臺子羽는 초나라에, 그리고 자하는 서하西河에 자리를 잡았고, 자공은 제나라에서 생애를 마쳤다. 전자방田子方을 비롯해 단간목段干木, 오기吳起, 금활희禽滑釐 등은 모두 자하 혹은 그의 제자

---

77) 진기유, ≪여씨춘추교석·시군람恃君覽≫, 상해고적출판사, 2002, 1399쪽.

로부터 학문을 전수받아 임금의 스승이 되었다. 이 무렵 유독 위魏나라의 문후文侯만이 학문을 좋아하였다. 그 후로는 진시황에 이르기까지 학문이 점차 쇠퇴하여 천하는 전쟁의 시대에 돌입하여 서로 다투고, 유교의 학술은 이미 배척되었다. 그러나 제나라와 노나라에서만은 유독 학자들이 끊이지 않았다. 제나라의 위왕威王과 선왕宣王의 시대에는 맹자나 순자와 같은 사람들이 모두 공자의 유업을 준수하면서 그에 더욱 광채를 더하여 그 학문을 당대에 드러나게 했다.〔自孔子卒後, 七十子之徒散游諸侯, 大者爲師傅卿相, 小者友教士大夫. ……或隱而不見. 故子路居衛, 子張居陳, 澹臺子羽居楚, 子夏居西河, 子貢終於齊. 如田子方・段干木・吳起・禽滑釐之屬, 皆受業於子夏之倫, 爲王者師. 是時獨魏文侯好學. 后陵遲以至于始皇, 天下并爭於戰國, 儒術旣絀焉, 然齊魯之間, 學者獨不廢也. 於威・宣之際, 孟子・荀卿之列, 咸遵夫子之業而潤色之, 以學顯於當世.〕78)

그런 까닭에 사마천은 열전의 뒷부분에 덧붙이는 평가에서 이렇게 말했다. "《시경》에 이런 말이 있다. '높은 산 우러러보며, 큰길처럼 따라간다.' 비록 그 경지에 이르지는 못했더라도 마음은 항상 그곳으로 가고 있다는 뜻이다. 나는 공씨의 책을 읽어 보고는 그 사람됨을 미루어 알게 되었다. ……천하에 군왕에서부터 어진 사람에 이르기까지 많은 사람들이 살아 있을 때는 모두 영예로웠으나, 죽으면 끝이었다. 그러나 공자는 벼슬하지 않았지만, 10여 세대를 전해 내려오면서 학자들이 그를 추존하여 본받고자 하였다. 천자와 왕후로부터 중원에서 육예를 말하는 자는 모두 공자에게서 올바른 것을 취하고 있으니, 가히 공자는 지극한 성인이라 할 수 있을 것이다.〔《詩》有之: '高山仰止, 景行行止.' 雖不能至, 然心鄕往之. 余讀孔氏書, 想見其爲人. ……天下君王至於賢人衆矣, 當時則榮, 沒則已焉. 孔子布衣, 傳十餘世, 學者宗之. 自天子王侯, 中國言六藝者折中於夫子, 可謂至聖矣!〕"79)

---

78) (한) 사마천, 《사기》 권121, 중화서국, 1959, 3116쪽.
79) (한) 사마천, 《사기・공자세가》, 중화서국, 1959, 1947쪽.

춘추시대부터 전국시대로 내려와 진나라를 거치면서 공자는
보통 사람에서 "지극한 성인"으로 되어 그 당시와 후대에 더없는
지위에 오르고 귀하게 되었다. 이것은 여러 세력이 힘을 합하여 이
룬 것이다.

4절 | 공자에 대한 부정적 이미지

"나무가 숲에서 두드러지면, 바람에 반드시 꺾이게 된다. 행실이 다른 사람보다 고결하면, 뭇사람들로부터 반드시 비난을 받게 된다. [木秀於林, 風必摧之. 行高於人, 衆必非之.]"80) 공자가 보통 사람에서 "지극한 성인"으로 이르는 성장의 노정에는 장애와 고생이 적지 않았으며, 비방과 좌절이 뒤따랐고, 그에 관한 부정적 이미지 또한 없지 않았다.

첫째는 공자가 살아있을 때 정치 권력자들에 의한 부정否定이다. 가장 대표적인 것이 제나라 재상인 안영이 공자를 부정한 것이다. ≪사기·공자세가≫의 기록에 따르면, 공자가 35세 이후에 제나라에 갔는데, 제나라 경공이 "이계의 밭을 주어 공자를 봉하려고 하자", 안영의 반대에 부닥쳤다.

안영이 공자를 부정한 말은 다음과 같았다. "유학자는 말주변이 뛰어나서 법으로 규제할 수가 없습니다. 거만하고 제멋대로이니, 아랫사람으로 삼을 수 없습니다. 그들은 상례를 숭상하여 슬픔을 다할 수 있다면 가산을 탕진하면서까지 장례를 후하게 치르니, 그들의 예법을 습속으로 삼을 수 없습니다. 그들은 유세 다니며 관직을 구하여 녹봉을 취하니, 그에게 나라를 다스리게 할 수도 없습니다. 옛날의 어진 사람이 사라진 이래로 주나라가 쇠미해져 예악이 무너진 지 오래되었습니다. 지금 공자는 용모와 복식을 추

---

80) (삼국三國) 이강李康, ≪운명론運命論≫, (청) 엄가균嚴可均 편집, ≪전삼국문全三國文≫ 권43, 중화서국, 1958, 1295쪽.

존하여 진퇴와 읍양의 예법 그리고 추창趨蹌의 절차를 번잡하게 하니, 몇 세대를 지나도 다 배울 수 없으며, 살아서는 그 예법을 다 궁구할 수도 없습니다. 임금께서 그들을 채용하여 제나라 풍속을 바꾸려 하신다면, 이것은 백성들을 가르쳐 인도할 것이 되지 못합니다. 〔夫儒者滑稽而不可軌法. 倨傲自順, 不可以爲下. 崇喪遂哀, 破産厚葬, 不可以爲俗. 游說乞貸, 不可以爲國. 自大賢之息, 周室旣衰, 禮樂缺有間. 今孔子盛容飾, 繁登降之禮, 趨詳之節, 累世不能殫其學, 當年不能究其禮. 君欲用之以移齊俗, 非所以先細民也.〕"81)

그런데도 공자는 오히려 안영에 대한 인상이 매우 좋았고, 높게 평가하였다. ≪논어·공야장≫에서는 이렇게 기록하고 있다. "선생님께서 말씀하셨다. '안평중은 남과 사귀기를 잘한다. 오래 사귀어도 남이 더욱 그를 공경하는구나.'〔子曰: '晏平仲善與人交, 久而敬之.'〕" ≪안자춘추晏子春秋≫에는 안자晏子가 공자를 헐뜯은 일이 많이 기재되어 있다. 그리고 공자와 그 제자들은 안자가 예의를 잘 알지 못했던 사건을 많이 조롱했다.

이러한 사실로부터 그 당시 두 학설 사이에 의견 충돌이 있었다는 것을 알 수 있다. ≪안자춘추≫는 쓰인 시기와 작자의 문제로 인해 여러 가지 상이한 의견이 존재한다. 하지만 오칙우吳則虞의 연구에 따라 추단해보면, ≪안자춘추≫가 쓰인 것은 진秦나라가 여섯 나라를 통일한 이후 어느 기간 동안이다.82) 필자는 이 추론이 전국 시기와 진나라 시황제 초기에 여러 학파가 학술적 논쟁을 벌인 사실과 부합된다고 생각한다.

공자가 제나라 경공을 만난 일에 관하여 ≪여씨춘추·이속람離俗覽≫ 편에서는 다음과 같은 견해로 기록하고 있다. "공자가 제나라 경공을 만났다. 경공은 늠구廩丘 땅을 주어 보살피려 하였다. 그

---

81) (한) 사마천, ≪사기·공자세가≫, 중화서국, 1959, 1911쪽.
82) 오칙우吳則虞, ≪안자춘추집석晏子春秋集釋·서언序言≫, 중화서국, 1962, 20쪽.

러나 공자는 사양하여 받지 않고 돌아와서 제자들에게 말하였다. '내가 듣기로 군자는 공로가 있어야만 봉록을 받는다고 하였다. 방금 경공에게 유세를 하였는데, 경공은 아직 실행도 해보지 않고서 늠구를 하사하려 하니 나를 모르는 것이 심하구나.' 제자들에게 서둘러 마차에 말을 매게 하고는 작별 인사를 하고 떠났다. 〔孔子見齊景公. 景公致廩丘以爲養. 孔子辭不受. 入謂弟子曰: '吾聞君子當功以受祿. 今說景公, 景公未之行而賜之廩丘, 其不知丘亦甚矣.' 令弟子趣駕, 辭而行.〕"

그런데 이 기록은 《사기》나 《안자춘추》와 모두 다르다. 이로부터 공자가 제나라 경공을 만난 것에 관하여 알 수 있는 것은 그 당시에 이 이야기가 아주 널리 알려졌으나, 그에 대한 논조가 일치하지 않는다는 것이다. 《여씨춘추》에는 공자와 유가에 대한 안영의 부정과 비난을 기록하지 않았다. 그것은 아마도 《여씨춘추》가 그 당시 진나라 유생의 손에서 나왔기 때문일 것이다. 《사기》나 《안자춘추》 등과 비교해보면, 이곳에서는 고의로 공자와 유가의 이미지를 보호하고자 했던 의도가 분명히 드러난다.

그 당시 소수의 정치 권력자들은 대부분 자신의 기득권을 옹호하기 위해서 함부로 비방하고 중상하였으며, 심지어 공자를 해치려고까지 했다. 공자가 제나라에 있을 때, 제나라 경공이 공자를 중용하지 못하도록 "제나라 대부가 공자를 해치려 하였다. 〔齊大夫欲害孔子〕"(이하 《사기·공자세가》) 공자가 송나라를 지날 적에는 "송나라 사마 환퇴가 공자를 죽이려 하였다. 〔宋司馬桓魋欲殺孔子〕" 공자가 진나라와 채나라 국경에 있을 때는 진나라와 채나라의 대부들이 교외에서 공자를 포위하여 공격했다.

《사기》에서는 이것에 대해 이렇게 기록하고 있다. "공자가 채나라로 옮긴 지 3년이 되던 해에 오나라가 진陳나라를 공격했다. 초나라는 진나라를 구하려고 성보城父에 군대를 주둔시켰다. 공자가 진나라와 채나라의 국경에 있다는 소식을 듣고 초나라에서 사람을 보내 공자를 초빙했다. 공자가 가서 예를 갖추려고 하자, 진나라와 채나라의 대부들이 이렇게 모의했다. '공자는 어진 사람으로, 그가 풍자한 것은 모두 제후들의 병폐에 들어맞을 것이다. 지금 오랫동안 그가 진나라와 채나라 국경에 머물렀으니, 여러 대부들이 시행한 것들은 모두 공자의 뜻에 맞지 않을 것이다. 오늘의 초나라는 큰 나라인데, 공자를 초빙하려고 한다. 공자가 초나라에 등용되면, 진나라와 채나라에서 일하는 대부들은 위험해질 것이다.' 이에 그들은 서로 시키는 일에 복종할 사람들을 보내 들판에서 공자를 포위했다. 그래서 공자는 초나라로 가지 못하고, 식량마저 떨어졌다. 〔孔子遷于蔡三歲, 吳伐陳. 楚救陳, 軍于城父. 聞孔子在陳蔡之間, 楚使人聘孔子. 孔子將往拜禮, 陳蔡大夫謀曰: '孔子賢者, 所刺譏皆中諸侯之疾. 今者久留陳蔡之間, 諸大夫所設皆非仲尼之意. 今楚, 大國也, 來聘孔子. 孔子用於楚, 則陳蔡用事大夫危矣.' 於是乃相與發徒役圍孔子於野. 不得行, 絶糧.〕 ''83)

진나라와 채나라의 대부들이 공자가 초나라 임금에게 등용되는 것을 두려워하고, "여러 대부들이 시행한 것들은 모두 공자의 뜻에 맞지 않을 것"이라는 생각은 전적으로 그들의 정치적인 이기심에서 나온 것으로, 하마터면 공자를 사지에 몰아넣을 뻔했다.

이 밖에 ≪한비자 · 설림 상說林上≫ 편에는 이렇게 기록되어 있다. "자어子圉가 공자를 송宋[상商]나라 재상에게 소개하였다. 공자가 나가고, 자어가 들어와서는 손님으로 온 공자에 대해 물었다. 재상이 이렇게 말했다. '내가 공자를 만나보고 나서 바로 자네를 보니, 벼룩이나 이와 같이 작게 보인다. 나는 지금 군주를 만나보게 할 것이다.' 자어는 공자가 군주에게 존중받을까 두려워하여 재상에게 이렇게 말했다. '군주께서 공자를 만나보시고 자네를 보면 역시 벼룩이나 이 같을 것이네.' 재상은 그래서 다시 만나보게 하지 않았다. 〔子圉見孔子於商太宰. 孔子出, 子圉入, 請問客. 太宰曰: "吾已見孔子, 則視子猶蚤蝨之細

83) (한) 사마천, ≪사기 · 공자세가≫, 중화서국, 1959, 1930쪽.

者也. 吾今見之於君." 子圉恐孔子貴於君也, 因謂太宰曰: "君已見孔子, 亦將視子猶蚤蝨也." 太宰因弗復見也.〕"

자어와 송나라 재상은 자신의 정치적 이익을 위하여 "공자가 군주에게 존중받는" 것을 두려워했기 때문에 그를 모략중상했다. 유사한 경우가 ≪한비자·외저설 좌하≫ 편에 기록되어 있다. "공자가 위衛나라에서 재상을 하고 있을 때였다. ……어떤 사람이 위나라 군주에게 공자를 이렇게 험담했다. '공자가 반란을 일으키려고 합니다.' 이에 위나라 군주가 공자를 잡아들이고자 하였다. 그래서 공자는 달아나고, 제자들도 모두 도망쳤다. 〔孔子相衛, ……人有惡孔子於衛君者曰: '尼欲作亂.' 衛君欲執孔子, 孔子走, 弟子皆逃.〕"

기득권의 변덕과 정쟁의 잔혹함으로 말미암은 공자의 이런 부정적 이미지나 평가는 모두 그런 정치 집권자의 꿍꿍이속에서 나온 '조작〔炮制〕'이었다. 그리고 그런 것들이 비록 한때 공자의 정치적 성과를 저지할 수 있었을지라도, 공자의 이미지를 신격화하고 신성화하는 길을 가로막을 수는 없었다.

둘째는 '안 되는 줄 알면서도 하려 하는' 공자의 적극적인 활동이다. 이것은 또한 아무리 해도 일부 세상 사람들의 몰이해와 비난, 심지어 야유를 피할 수 없었다. ≪논어·미자≫에는 일부 은둔자들이 공자를 이해하지 못하고 야유한 것을 기록하고 있다.

예들 들면 초나라 미치광이인 접여가 노래를 빌려 "지금 세상에 정치하는 사람은 위태하다. 〔今之從政者殆而〕"(이하 ≪논어·미자≫)고 풍자했다. 그리고 공자와 자로가 "나루터를 물었을 〔問津〕" 때, 장저長沮라는 사람은 "공자가 나루터를 알 것이다. 〔是知津矣〕"라고 비아냥거리고, 걸익桀溺이라는 사람은 "흙탕물이 도도하게 흘러 퍼져 천하가 모두 그러한데, 누가 더불어 그것을 바꿀 수 있겠는가? 〔滔滔者天下皆是也, 而誰以易之?〕"라고 빈정거렸다. 지팡이에 삼태기를 메고 가는 노인 〔杖荷丈人〕 역시 "손발을 부지런히 움직여 일하지 않고, 오곡을 분별하지도 못한다. [四體不勤, 五穀不分.] "는 말로 공자를 비난했다. 심지어 어떤 사람은 공자의 면전에다 대고 이렇게 힐문했다. "미생무가 공자께 말했다. '구는 무엇 때문에 그리도 황급하게 돌아다니는가? 말재간이나 부리려는 것은 아닌가?' 공자께서 말씀하셨다. '감히 말주변으로 속이려는 것이 아니라, 세상 사람의 고루함을 싫어하는 것입니다.'[微生畝謂孔子曰: "丘何爲是栖栖者與? 無乃爲佞乎?" 孔子曰: "非敢爲佞也, 疾固也."] "(≪논어 · 헌문≫)

세상 사람의 몰이해와 조소에 직면해서도 공자는 결코 낙담하지 않고, 한결같이 온화한 언행으로 대했다. 그리고 "새나 짐승과 함께 어울려 살아갈 수는 없으니, 내가 이 세상 사람들과 함께하지 않고서 누구와 함께하겠는가? 천하에 도리가 있다면, 내가 구태여 세상을 바꾸어 보려 하지 않을 것이다. [鳥獸不可與同群, 吾非斯人之徒與而誰與? 天下有道, 丘不與易也.] "(≪논어 · 미자≫)라고 말하는 것으로 자신의 적극적인 활동에 대한 결심과 기백을 나타내었다.

셋째는 공자 사후에 그 문하의 제자들이 자기를 부정한 것이다. 공자의 만년에 제자들이 흩어졌는데, 이것이 일부 제자들의 마음속에 가지고 있던 위신을 다소 떨어뜨렸다. 그런데 그런 제자들은 이익에 눈이 멀었다든지, 공자의 말에 순종하지 않는 사람들이었다. 그러다 보니 공자를 비방하는 일 역시 많이 발생했다.

공자가 만년에 노나라로 되돌아올 때, 제자들은 각지로 흩어져 어떤 사람은 은둔을 하고, 또 어떤 사람은 벼슬을 했다. 그래서 공자는 "진나라와 채나라에서 나를 따르던 제자들이 지금은 모두 문하에 있지 않구나! [從我於陳 · 蔡者, 皆不及門也.] "(≪논어 · 선진≫)라고 개탄스러운 감정으로 말했다.

그 당시 공자의 제자 중에는 관리가 된 사람이 적지 않았다. 단지 ≪논어≫의 기록만으로도 "자유가 무성의 읍장이 되었고 [子游

爲武城宰] "(《논어·옹야》), "자고가 비 땅의 읍장이 되었으며 [子羔爲費宰] "(《논어·선진》), "중궁이 계씨의 가신이 되었고 [仲弓爲季氏宰] "(《논어·자로》), "염구冉求가 계씨의 가신이 되었으며 [冉求爲季氏家臣] "(《논어·선진》) "자하가 거보 땅의 읍재가 되었고 [子夏爲莒父宰] "(《논어·자로》), "공서화가 제나라에 사신으로 갔으며 [公西華使於齊] "(《논어·옹야》) 자로는 위나라에서 벼슬을 했다는 것을 알 수 있다. 위나라에서 반란이 일어나 자로가 죽었을 때, "자공은 노나라를 위해 제나라에 사신으로 가서 [子貢爲魯使於齊] "84) 노나라에 없었다. 그런데 공자가 자로의 죽음을 전해 듣고 병이 위중해지자, 자공이 노나라로 돌아오니, 공자가 "사賜야, 네가 어찌하여 이렇게 더디게 오느냐! [賜! 爾來何遲也] "85)라며 탄식했다. 이상의 여러 가지 이야기를 통해 만년에 공

---

84) (한) 사마천, 《사기·중니제자열전》, 중화서국, 1959, 2194쪽.
85) 《예기·단궁 상檀弓上》 편에서는 공자가 임종하기 전에 자공을 접견한 상황을 이렇게 묘사하고 있다. "공자가 어느 날 아침 일찍 일어나서, 뒷짐을 지고 지팡이를 끌고 문 앞으로 갔다. 그곳에서 유유자적하며 이런 노래를 불렀다. '태산이 장차 무너지겠구나! 기둥이 장차 부러지겠구나! 철인이 장차 죽게 되겠구나!' 노래를 끝내고 난 뒤 안으로 들어가서, 방문 앞에 당도하여 앉았다. 자공이 그 노랫소리를 듣고서 말했다. '태산이 무너지게 되면 나는 장차 무엇을 우러러 볼 수 있겠는가? 기둥이 부러지고, 철인이 죽게 되면, 나는 장차 누구를 본받을 수 있겠는가? 선생님께서는 아마도 병이 위중해지실 것이다!' 그리고는 갑자기 급히 발걸음을 옮겨서 안으로 들어갔다. 공자가 말했다. '사야! 너는 왜 이리 늦게 오는 것이냐? 내가 너에게 들려줄 말이 있다. 하후씨 때에는 동쪽 계단 위에 빈소를 마련했으니, 죽은 자를 주인으로 삼았기에 여전히 빈소를 동쪽 계단에 둔 것이다. 은나라 때에는 계단 위의 양쪽 기둥 사이에 빈소를 마련했으니, 죽은 자를 주인으로도 빈객으로도 삼을 수 없었기에 빈객과 주인 양쪽에 끼어 있게 하였다. 주나라 때에는 서쪽 계단 위에 빈소를 마련했으니, 죽은 자를 빈객으로 삼았기에 여전히 빈소를 서쪽 계단에 둔 것이다. 그런데 내 조상은 은나라 출신이니, 나 또한 은나라 사람이라고 할 수 있다. 나는 어젯밤 꿈을 꾸었는데, 내가 양쪽 기둥 사이에 앉아서 전奠 제사를 받고 있었다. 이 꿈을 풀이해보자면, 성왕이 다시 나타나지 않고, 천하 사람들 중 그 누가 나를 종주로 삼을 수 있겠는가? 그러므로 이것은 필시 내

자와 그 제자들이 서로 흩어져 지낸 상황을 대체적으로 알 수 있다.

공자의 만년에 염유冉有(염구冉求)가 계씨의 가신이 되어 정치적 이권을 꾀하면서 스승을 존경하는 마음이 아무래도 다소 줄어들게 되었다. ≪춘추좌씨전≫ 애공哀公 11년(B.C. 484)에는 이렇게 기록되어 있다. "계손씨가 정전법井田法으로 세금을 매기려고 염유에게 자문을 구하도록 공자를 방문하게 하였다. 공자가 이에 대해 '나는 잘 알지 못한다.'라고 대답했다. 염유가 세 번이나 질문을 하다가 마지막에는 '선생님께서는 나라의 원로이시니, 선생님의 말씀에 의지해서 행하려는 것입니다. 그런데도 선생님께서는 어찌 말씀을 아니하십니까?'라고 하였다. 그래도 공자는 아무런 대답을 하지 않았다. 그러고 나서 염유를 사사롭게 따로 불러 이렇게 일렀다. '군자의 행실은 반드시 예禮에 비추어 헤아려야 한다. 베풀 때는 그 넉넉함을 취하고, 일을 할 때는 그 적절한 것을 제시하고, 거둘 때에는 적게 하는 것을 따랐다. 만약 이렇게 하는 것으로 하려 한다면, 구갑丘甲의 조세법86) 또한 충분할 것이다. 그런데 예를 헤아리지

가 죽은 다음에 일어날 일일 것이다. 그러므로 나는 아마도 머지않아 죽게 될 것이다.' 그런 뒤에 공자는 병으로 이레 동안 누워 있다가 죽었다. 〔孔子蚤作, 負手曳杖, 消搖於門, 歌曰: '泰山其頹乎? 梁木其壞乎? 哲人其萎乎?' 旣歌而入, 當戶而坐. 子貢聞之曰: '泰山其頹, 則吾將安仰? 梁木其壞‧哲人其萎, 則吾將安放? 夫子殆將病也.' 遂趨而入. 夫子曰: '賜! 爾來何遲也? 夏后氏殯於東階之上, 則猶在阼也. 殷人殯於兩楹之間, 則與賓主夾之也. 周人殯於西階之上, 則猶賓也. 而丘也殷人也. 予疇昔之夜, 夢坐奠於兩楹之間. 夫明王不興, 而天下其孰能宗予? 予殆將死也.' 蓋寢疾七日而沒.〕"

86) (역주) ≪춘추좌전주소≫ 권25, 성공成公 원년(B.C. 590) 조條에 "3월에 구갑법을 만들었다. 〔三月, 作丘甲.〕"고 하였다. 이에 대해 두예는 "≪주례‧대사도≫에 의하면 9부夫가 1정井이 되고, 4정이 1읍邑이 되며, 4읍이 1구丘가 되니, 1구는 16정井으로, 융마戎馬 1마리와 소 3마리를 낸다. 4구가 1순甸이 되니, 1순은 64정으로, 병거兵車 1대와 융마 4마리, 소 12마리, 갑사甲士 3명과 보졸步卒 72명을 낸다. 이것은 1순甸이 부담하는 세금인데, 지금 노나라는 이것을 1구丘에서 내도록 하였기 때문에 과중한 세금을 나무란 것이다.

않고 끝없이 욕심만을 부린다면, 비록 논밭에 세금을 부과하더라도 거두는 것이 쓰기에 부족할 것이다. 또한 자네의 계손씨가 만약 이러한 것을 행하려 법을 취하고자 한다면 주공周公의 법이 이미 있으니, 진실로 그것을 행하고자 한다면, 또한 무엇 때문에 나를 찾아온 것이냐?' 끝내 염유는 공자의 충고를 듣지 않았다. 〔季孫 欲以田賦, 使冉有訪諸仲尼, 仲尼曰: 丘不識也, 三發, 卒曰: 子爲國老, 待子而行, 若之何子 之不言也. 仲尼不對, 而私於冉有曰: 君子之行也. 度於禮, 施取其厚, 事擧其中, 斂從其薄, 如是則以丘亦足矣, 若不度於禮, 而貪冒無厭, 則雖以田賦, 將又不足, 且子季孫若欲行而法, 則周公之典在, 若欲苟而行, 又何訪焉, 弗聽.〕"

염유는 계손씨를 대신하여 재물을 긁어모았다. 이것은 공자의 가르침에 상관하지 않은 것이기에 공자는 잔뜩 화가 나서 다른 제자들 앞에서 이렇게 꾸짖었다. "(염유는) 나의 제자가 아니다. 문인들이여, 북을 울려 그를 성토해도 괜찮다. 〔(求)非吾徒也. 小子鳴鼓而攻之, 可也.〕"(《논어 · 선진》)87)

이것 외에 또한 "계손씨가 태산에서 여제旅祭를 지냈다. 〔季氏旅於泰山〕"(《논어 · 팔일》)는 것과 "계손씨가 전유를 정벌하려고 했다. 〔季氏將伐顓臾〕"(《논어 · 계씨》)는 것 등의 구절에서도 염유에 대한 공자의 호된 비평과 계손씨에 대한 염유의 아부를 볼 수 있다.

공자가 세상을 떠난 뒤에는 제자들이 그의 학설을 따르지 않는 상황이 점점 심각해졌다. 이것은 맹자로 하여금 "나는 공자의 문도가 되지 못했다. 〔予未得爲孔子徒〕"(《맹자 · 이루 하離婁下》)라고 하는 매우 가슴 아픈 말을 하게 했다. 《맹자 · 등문공 상滕文公上》에는 다음

〔"《周禮》: 九夫爲井, 四井爲邑, 四邑爲丘. 丘十六井, 出戎馬一匹, 牛三頭. 四丘爲甸, 甸六十四井, 出長轂一乘, 戎馬四匹, 牛十二頭, 甲士三人, 步卒七十二人. 此甸所賦, 今魯使丘出之, 譏重斂.〕"라고 풀이하였다.

87) 《논어 · 선진》 편에는 공자의 말에 대한 배경이 이렇게 설명되어 있다. "계씨는 주공보다 부유했는데도, 염구가 그를 위해 세금을 거두어들여서 더욱 부유하게 해주었다. 〔季氏富於周公, 而求也爲之聚斂而附益之.〕" 《춘추좌씨전》의 기록과 거의 유사하다.

과 같이 기록되어 있다.

진량은 남방의 초나라 출신으로, 주공과 공자의 법도를 좋아하여 북쪽으로 중원에 와서 배웠다. 그 결과 북방의 학자들 가운데 간혹이라도 그에 앞서는 자가 없었으니, 그는 이른바 걸출한 선비라고 할 만하였다. 그런데 그대의 형제들이 그를 수십 년 동안 섬겼으나, 스승이 죽자 돌연히 배반하는구나. 옛날에 공자께서 돌아가시자, 3년이 지난 후 문인들이 모두 짐을 정리해서 고향으로 돌아가려 했다. 그래서 상사喪事를 주관하던 자공의 처소에 들어가 읍하고서 서로 마주보며 곡을 했는데 모두 목이 쉰 후에 돌아갔다. 그러나 자공은 스승의 묘가 있는 곳에 다시 가서 여막을 짓고 홀로 3년을 더 지낸 후에 돌아갔다. 훗날 자하와 자장, 그리고 자유는 유약이 공자를 닮았다고 하여 공자를 섬기던 예로써 그를 섬기면서 증자에게도 이를 강요했다. 그러자 증자가 말했다. "그럴 수 없다. 선생님의 덕은 베를 양자강과 한수의 물로 씻고 가을볕에 말린 것과 같아 깨끗하기가 이보다 더할 수는 없기 때문이다." 그런데 이제 남쪽 오랑캐 땅의 때까치처럼 알 수 없는 소리를 지껄이는 사람의 말은 선왕의 도가 아니다. 그런데도 그대는 그대의 스승을 배반하고 그것을 배우니, 참으로 증자와 다르구나. 나는 새가 어두운 골짜기에서 나와 높은 나무로 옮겨간다는 말은 들었어도, 높은 나무에서 내려와 어두운 골짜기로 들어간다는 말은 듣지 못했네. ≪시경·노송魯頌·비궁閟宮≫에서 "서쪽 오랑캐와 북쪽 오랑캐를 치고, 남쪽의 초나라와 서舒나라를 응징하였다."라고 하였다. 주공도 바야흐로 이 초나라를 응징하려 했는데, 그대는 이 초나라를 배우니, 역시 나쁘게 변하는 것이로다. 〔陳良, 楚産也. 悅周公·仲尼之道, 北學於中國. 北方之學者, 未能或之先也. 彼所謂豪傑之士也. 子之兄弟事之數十年, 師死而遂倍之. 昔者孔子沒, 三年之外, 門人治任將歸, 入揖於子貢, 相向而哭, 皆失聲, 然後歸. 子貢反, 築室於場, 獨居三年, 然後歸. 他日, 子夏·子張·子游以有若似聖人, 欲以所事孔子事之, 彊曾子. 曾子曰: "不可. 江漢以濯之, 秋陽以暴之, 皜皜乎不可尙已." 今也南蠻鴃舌之人, 非先王之道, 子倍子之師而學之, 亦異於曾子矣. 吾聞出於幽谷遷于喬木者, 未

聞下喬木而入於幽谷者. ≪魯頌≫曰: "戎狄是膺, 荊舒是懲." 周公方且膺之, 子是之學, 亦爲不善變矣.〕

여기에서 맹자는 공자가 세상을 떠난 후 제자들이 공자를 대우하는 상황을 언급하였는데, 세 가지 주목할 만한 것이 있다.

1. "자하와 자장, 그리고 자유는 유약이 공자를 닮았다면서 공자를 섬기던 예로써 그를 섬기고자"했던 것을 맹자는 "수십 년 동안 섬겼으나, 스승이 죽자 돌연히 배반한 것"의 예증으로 삼았다.

이것을 읽어 보면 확실히 자신도 모르게 소름이 돋는다. 자하와 자장, 그리고 자유는 공자를 수십 년간 스승으로 섬기다가 공자가 세상을 떠나자 입장을 바꾸어서 공자의 학생인 유약을 선생으로 모셨고, 또한 공자 문하의 다른 제자들에게도 이렇게 할 것을 강요했다.

이런 방법은 정말로 공자의 가르침을 욕되게 하는 것이다. 맹자는 "새가 어두운 골짜기에서 나와 높은 나무로 옮겨간다는 말은 들었어도, 높은 나무에서 내려와 어두운 골짜기로 들어간다는 말은 듣지 못했다."는 말로 암시적인 비판을 가했다. 맹자 자신은 자사를 사숙私淑하고, 자사는 증자를 스승으로 삼았다라고 직접 말한 것은 아마도 자하와 자장, 그리고 자유와 경계를 구분하는 뜻을 포함하고 있을 것이다. ≪순자·비십이자非十二子≫에서도 자하와 자장, 그리고 자유 세 사람의 유파를 모두 "천한 유자〔賤儒〕"의 대열에 포함시키고 비판을 가했다. 이것으로 미루어 보면, 맹자와 순자 두 사람은 자하와 자장, 그리고 자유가 유약을 스승으로 섬긴 것에 대해서 공자의 문하를 배반한 것으로 규탄했음을 알 수 있다.

≪논어≫가 책으로 편찬된 과정에서 보면, 유약을 선생님으로

모신 자하와 자장, 그리고 자유 일파가 우위를 차지했던 것처럼 보인다. ≪맹자≫의 기록에 따르면, 자하와 자장, 그리고 자유가 유약을 스승으로 모시는 것이 비록 증자의 반대에 부딪치긴 했지만, 이것이 결코 ≪논어≫ 속에서 유약의 지위와 이미지에 영향을 주지 못했다.

≪논어≫의 첫 번째 편은 〈학이〉인데, 〈학이〉편의 제1장은 잘 알고 있는 것과 같이 "선생님께서 말씀하셨다. '배우고 그것을 때에 맞게 익혀 나가면, 또한 기쁘지 않겠는가? 벗이 먼 곳에서 찾아오면, 또한 즐겁지 않겠는가? 남들이 나를 알아주지 않아도 노여워하지 않으면, 또한 군자라 하지 않겠는가?'〔子曰: '學而時習之, 不亦說乎? 有朋自遠方來, 不亦樂乎? 人不知而不慍, 不亦君子乎?'〕"라는 것이다. 이어서 제2장은 "유자가 말하였다. '그 사람됨이 효성스럽고 공손하면서 윗사람에게 대들기를 좋아하는 사람은 없다. 윗사람에게 대들기를 좋아하지 않으면서 난을 일으키기를 좋아하는 사람은 없었다. 군자는 근본에 힘을 쓰니, 근본이 확립되어야 도道가 생겨난다. 효성스러움과 공손함은 인仁을 실천하는 근본이로다.'〔有子曰: '其爲人也孝弟, 而好犯上者, 鮮矣. 不好犯上, 而好作亂者, 未之有也. 君子務本, 本立而道生. 孝弟也者, 其爲仁之本與!'〕"라는 것이다. 유약의 말이 바로 공자의 뒤를 이어받고 있고, 또한 "유자有子"88)라고 존칭되어져 있다. 단지 이 한 부분

88) ≪논어≫에서 공자와 유자를 존칭하는 것 외에도, 또한 증자를 존칭한다. 양백준의 〈논어사전論語詞典〉의 통계에 의하면, ≪논어≫ 속에는 "유자"를 존칭한 것이 4번, "증자"를 존칭한 것이 17번이다. ≪맹자·등문공 상≫의 기록에 따르면, 자하와 자장 그리고 자유 등은 "유약이 공자를 닮았다면서〔以有若似聖人〕", 유자를 스승으로 모셨는데, 이는 공자의 상중에 있을 때였다. 그리고 양의楊義의 연구에 의하면, ≪논어≫는 두 번에 걸쳐 집중적으로 편집된 것으로 보인다. 제1차는 (공자의 상중에) 상복을 입고 편집한 것이고, 제2차는 증자의 문하에서 재편집한 것이다.(양의楊義, 〈≪논어≫의 원상 복구에 대한 초보적 연구(≪論語≫還原初探)〉, ≪문학유산≫ 2008년 제6기, 6~9쪽 참조) 상복을 입고 편집한 것은 바로 자하와 자장, 그리고 자유 등이 유자를 스승으로

에서도 당시 공자의 문하에서 유약을 스승으로 모시고 우러러 존경한 상황을 충분히 알 수 있다.

2. 공자가 세상을 떠난 뒤에는 제자들이 그 학문을 훌륭히 계승하여 발전시키지 못하고, 심지어 초나라 사람에게도 미치지 못하는 쇠퇴의 상황을 만들어 내었다.

이것은 맹자를 몹시 격분하게 한 것이다. ≪맹자·등문공 상≫편에서 "진량은 남방의 초나라 출신으로, 주공과 공자의 법도를 좋아하여 북쪽으로 중원에 와서 배웠다. 그 결과 북방의 학자들 가운데 그에 앞서는 자가 거의 없었다."라고 하였다.

공자가 여러 나라를 두루 돌아다닐 때에도 초나라에는 단지 북쪽 변경인 성보城父89)에만 이르렀을 뿐이었다. 그 때문에 공자의

모시던 그 무렵의 일이다. 이것이 ≪논어≫에서 "유자"로 존칭하게 된 유래이다. 제2차 증자 문하의 재편집은 증삼曾參의 지위를 끌어올렸다. 이것이 "증자"로 존칭하게 된 이유이다.

89) ≪사기·공자세가≫에서는 "공자가 채나라로 옮긴 지 3년이 되던 해에 오나라가 진陳나라를 공격했다. 초나라는 진나라를 구하려고 성보城父에 군대를 주둔시켰다. 공자가 진나라와 채나라의 국경에 있다는 소식을 듣고 초나라는 사람을 보내 공자를 초빙했다. ……초나라 소왕이 군대를 일으켜 공자를 맞이하자 비로소 공자는 곤궁에서 벗어날 수 있었다. 소왕이 서사社의 땅 7백 리로 공자를 봉하려고 했다. ……이 해 가을에 초나라 소왕은 마침내 성보에서 세상을 떠났다. 〔孔子遷于蔡三歲, 吳伐陳. 楚救陳, 軍于城父. 聞孔子在陳蔡之間, 楚使人聘孔子. ……楚昭王興師迎孔子, 然後得免. 昭王將以書社地七百里封孔子. ……其秋, 楚昭王卒于城父.〕"라고 했다. ≪사기·진기세가陳杞世家≫에서는 "민공 6년(B.C. 496)에 공자가 진나라에 왔다. ……진나라는 초나라에 구원을 요청하였다. 초나라 소왕이 구원하러 와서 성보城父에 진을 치자 오나라 군사가 물러갔다. 그 해에 초나라 소왕이 성보에서 죽었다. 그때 공자는 진나라에 있었다. 〔湣公六年, 孔子適陳. ……陳告急楚, 楚昭王來救, 軍於城父, 吳師去. 是年, 楚昭王卒於城父. 時孔子在陳.〕"라고 했다. 그리고 ≪사기·초세가楚世家≫에서는 "(초나라 소왕) 6년, 태자 건建을 성보에 머물게 하고 변방을 지키게 했다. 〔(楚昭王)六年, 使太子建居城父, 守邊.〕"라고 했다.

학문이 초나라에서의 그 영향력은 상대적으로 한계가 있었다. 그런데 맹자는 오히려 초나라 본토의 학자인 진량이 공자의 학설을 우러러 본받고 학습함에 있어서 자하와 자장, 그리고 자유 등 공자 문하의 제자들에게 뒤지지 않음을 강조했다.

여기에서의 "북방의 학자"는 ≪맹자≫에서 든 예에서 보면, 당연히 자하와 자장, 그리고 자유 등과 같은 공자 문하의 제자들을 가리킨다. 춘추 전국시대에 초나라는 남쪽에 위치하고 있어서 그 문명의 교화가 비교적 늦었기 때문에 늘 북방 지식인에게 경시를 당했다. 그래서 여기에서 그들을 "남쪽 오랑캐 땅의 때까치처럼 알 수 없는 소리를 지껄이는 사람"이라고 부른 것이다. 그러나 지금은 도리어 "북방의 학자들 가운데 간혹이라도 그에 앞서는 자가 없는" 형세가 뒤집힌 현상이 나타났다. 이것은 공자가 세상을 떠난 뒤에 북방의 학문이 쇠락했다는 것을 의미한다.

≪사기·중니제자열전≫에는 다음과 같이 기록되어 있다.

공자가 세상을 떠났어도 제자들이 여전히 그를 그리워했다. 그래서 유약의 얼굴이 공자와 닮았다고 하여 제자들이 함께 추대하여 스승으로 삼고 공자 때와 같이 스승으로 섬겼다. 어느 날 한 제자가 나아가서 물었다. "예전에 선생님께서 밖에 나가실 일이 있으면, 제게 우산을 준비시키시곤 하셨는데, 얼마 지나지 않아서 과연 비가 내렸습니다. 제가 묻기를 '어떻게 비가 올 줄을 아셨습니까?'라고 하니, 선생님께서 말씀하시기를 '≪시경≫에서 달이 필畢이라는 별에 걸려 있으면, 큰비가 내린다고 하지 않았느냐? 어젯밤에 달이 필에 머물러 있지 않았더냐?'라고 하셨습니다. 그런데 다른 날에는 달이 필에 걸려 있어도, 끝내 비가 내리지 않았습니다. 또 상구商瞿가 나이가 많도록 자식이 없어서 그 어머니가 측실을 얻게 하려고 하였습니다. 그런데 때마침 공자께서 그를 제나라로 심부름을 보내려고 하셨습니다. 그러자 상구의 어머니가 그 일을 미루어 달라고 부탁하였습니다. 이에 공자께서는 말씀하셨습니다. '걱정하지 마십시오. 상구는 마흔이 넘으면 반드시 다섯 아들을 두게 될 것입니다.' 그런데 그 뒤 정말로 그렇게 되었습니다. 제가 여쭙고자 하는 것은 선생님께서 그것들을 어떻게 알 수 있었을까 하는 것입니다." 유약은 잠자코 앉아 있기만 하고 대답하지 않았다. 제자가 일어나며 말했다. "유자는 그 자리에서 물러나 주시오. 그곳은 당신이 앉아 있을 자리가 아닙니다."〔孔子旣沒, 弟子思慕, 有若狀似孔子, 弟子相與共立爲師, 師之如夫子時也. 他日, 弟子進問曰:"昔夫子當行, 使弟子持雨具, 已而果雨. 弟子問曰:'夫子何以知之?'夫子曰:'≪詩≫不云乎? 月離于畢, 俾滂沱矣. 昨暮月不宿畢乎?'他日, 月宿畢, 竟不雨. 商瞿年長無子, 其母爲取室. 孔子使之齊, 瞿母請之. 孔子曰:'無憂, 瞿年四十後當有五丈夫子.'已而果然. 問夫子何以知此?"有若默然無以應. 弟子起曰:"有子避之, 此非子之座也!"〕

이 단락의 기록은 당시 공자 문하의 제자들이 다 같이 유약을 스승으로 받드는 상황을 반영하고 있을 뿐만 아니라, 유가의 학문이 이어나가기 어려운 난처한 상황을 반영하고 있다. 설령 여러 제자들에 의해 추대될 만큼 어질고 재능이 있는 유약과 같은 사람도 또한 모든 사람의 마음에 들 수는 없었다.

≪예기·단궁 하≫ 편에서는 공자가 세상을 떠난 후에, 노나라 애공이 유약을 두텁게 신임하여 예의를 물었던 사실을 다음과 같이 기술하고 있다.

어린 자식 돈欸이 죽자 애공은 그를 위해 발撥을 설치하려고 유약에게 자문을 구했다. 유약이 말했다. "괜찮습니다. 군주에게 소속된 세 가문의 신하들도 오히려 발을 설치하고 있습니다." 안류顔柳가 유약의 말에 반대하여 말했다. "천자의 경우에는 용의 그림이 그려진 순거輴車를 사용하고, 그 주위에 나무를 쌓아서 곽槨처럼 만들고, 또 그 위를 휘장으로 덮게 됩니다. 제후의 경우에는 순거는 사용하지만 용의 그림이 없고, 나무를 쌓되 곽처럼 만들지 않으며, 휘장으로만 그 위를 덮게 되고, 대신 유침楡沈을 만들어 두기 때문에 발을 설치하는 것입니다. 그런데 현재 세 가문의 신하들은 순거를 사용하지 않으면서도 발만을 설치하였으니, 예법 중에서도 합당하지 못한 것을 훔쳐서 사용하는 것인데, 군주께서는 어찌 그것을 배우고자 하십니까?"〔孺子䡅之喪, 哀公欲設撥, 問於有若, 有若曰: "其可也, 君之三臣猶設之." 顔柳曰: "天子龍輴而椁幬, 諸侯輴而設幬, 爲楡沈故設撥. 三臣者廢輴而設撥, 竊禮之不中者也, 而君何學焉!"〕

이 기록에서 보면, 예에 대한 유약의 지식이 어떤 면에서는 심지어 공자의 다른 제자인 안류에게도 미치지 못한다는 것이 드러난다. 노나라 애공이 어린 자식의 상례에 "발撥을 설치하고자" 한 일에 대해 유약이 의외로 그 예禮를 가능한 것으로 인정했으나, 오히려 안류로부터 "군주께서는 어찌 그것을 배우고자 하십니까?"라는 비판을 받았다. 다시 말해서 세 가문의 권신들이 천자와 제후의 예를 도용해서 시행한 것으로 참고할 것이 못되는데, 또 하필 그들을 모방하니 같은 잘못을 되풀이하는 셈이라는 것이다.

공자가 세상을 떠난 뒤에는 자하 등이 유약을 선생으로 섬기는 일 이외에도, 공자의 가르침을 엄수하지 않았으며, 심지어 유약을 공자와 대등한 지위에 놓기까지 했다. ≪사기·유림열전≫에는 이렇게 기술되어 있다. "공자가 세상을 떠난 후에는 70여 명의 제자들이 사방의 제후에게 유세를 했다. 그리하여 크게는 사부師傅를 비롯해 경卿, 상相이 되고, 작게는 사대부의 친구나 스승이 되었다. ……자하는 서하西河에서 자리를 잡고, ……전자방을 비롯해 단간목, 오기, 금활희 등은 모두 자하 갈래의 인물들로부터 학문을 전수받아 임금의 스승이 되었다. 이 무렵 유독 위나라 문후만이 학문을 좋아하였다.〔自孔子卒後, 七十子之徒散游諸侯, 大者爲師傅卿相, 小者友教士大夫, ……子夏居西河, ……如田子方·段干木·吳起·禽滑釐之屬, 皆受業於子夏之倫, 爲王者師. 是時獨魏文侯好學.〕"

자하는 만년에 서하 땅에 거주한 적이 있었는데, "학문으로 세상에 이름이 알려져 〔以學顯於當世〕"(《사기·유림열전》) 위나라 문후에게 예우를 받았다. 그런데 증삼은 일찍이 그를 이렇게 책망했다. "나는 너와 함께 (선생님의 고향을 끼고 있는) 수수洙水와 사수泗水 사이에서 선생님을 섬겼다. 그런데 너는 물러나 서하 땅에 거처하며 여생을 보내면서 서하 땅의 사람들로 하여금 네가 선생님과 다를 바 없다고 여기도록 했다. 이것이 너의 첫 번째 죄이다. 또 네 부모의 상喪을 치를 때, 백성들 중에는 너의 효성스러움을 칭찬하는 자가 없었다. 이것이 너의 두 번째 죄이다. 또 네 아들의 상을 치를 때, 실명까지 하였다. 이것이 너의 세 번째 죄이다. 〔吾與女事夫子於洙泗之間, 退而老於西河之上, 使西河之民疑女於夫子, 爾罪一也. 喪爾親, 使民未有聞焉, 爾罪二也. 喪爾子, 喪爾明, 爾罪三也.〕 "(《예기·단궁 상》)

이것은 자하가 부모의 상중에 있을 때 어떤 모범을 보여 백성들을 깨닫게 하지 못한 것은 예전에 효도를 다하라는 공자의 가르침에 어긋나는 것이며, 나이가 든 후에는 서하 땅에 살면서 그곳 사람들로 하여금 자신을 공자와 대등한 지위에 있다고 여기게 했다고 생각한 것이다.90) 그러므로 맹자와 증자 등의 이야기 속에서 우리는 공자가 세상을 떠난 후에 자하와 같은 제자들이 스승의 가르침을 소홀히 하고, 성인의 가르침을 위반한 대략적인 상황을 엿볼 수 있다.

3. 공자가 세상을 떠난 후에 공자에 대한 애정이 가장 깊은 사람은 자공이었다.

《맹자》의 기록에 따르면, 많은 제자들이 공자의 삼년상을 치르고 각자 집으로 돌아갔지만, 유독 자공만은 남아서 다시 3년

---

90) 왕몽구王夢鷗, 《예기금주금석禮記今注今譯》, 대만상무인서관臺灣商務印書館, 1979, 82쪽 참고.

을 지냈다고 한다. ≪논어·자장≫ 등의 글에서 모르는 사람이 공자를 헐뜯거나, 공자보다 자기를 칭찬하는 일을 직면할 때는 자공이 주저 없이 반격하고, 또 성인으로서 공자의 기상은 평범한 사람이 절대로 인지할 수 없는 것이라고 극력으로 찬미하는 것을 우리는 볼 수 있다. 그런 까닭에 ≪논어≫에서든 아니면 ≪맹자≫에서든 공자에 대한 자공의 감정은 진실하고 열렬하며, 그리고 변함이 없다.

그것은 자하 등과 같은 다른 제자들과 비교해보면, 모두 함께 놓고 말할 수 있는 상대가 아니다. 바로 자공과 같은 제자들이 충실히 뒤따르고 열광적인 성원을 보냈기에 성인으로서 공자의 이미지는 그의 사후에도 시들지 않고 도리어 진일보하여 격상되었다. 여기에는 자공과 같은 충실한 제자들의 공로가 크다. 이 점에 관하여 필자는 앞글에서도 이미 기술했기 때문에 더 이상 설명하지 않는다.

공자가 죽기 전날 밤, 노나라 애공과 집권 대신인 계강자 두 사람 모두 공자의 "사상을 이어받을 후계자〔衣鉢傳人〕"에 대해 매우 관심이 많았다. ≪논어·옹야≫ 편에는 이렇게 기록되어 있다. "애공이 물었다. '제자 가운데 누가 배우기를 좋아합니까?' 공자께서 대답하셨다. '안회라는 사람이 배우기를 좋아했습니다. 노여움을 다른 사람에게 풀지 않고, 잘못을 되풀이하지 않았는데, 불행히도 명이 짧아 죽고 지금은 그 사람이 없습니다. 그 후로 배우기를 좋아한다고 할 만한 사람을 듣지 못했습니다.'〔哀公問: '弟子孰爲好學?' 孔子對曰: '有顔回者好學, 不遷怒, 不貳過. 不幸短命死矣! 今也則亡, 未聞好學者也.'〕" 또 ≪논어·선진≫ 편에는 이렇게도 기록되어 있다. "계강자가 물었다. '제자 가운데 누가 배우기를 좋아합니까?' 공자께서 대답하셨다. '안회라는 사람이 배우기를 좋아했는데, 불행히도 명이 짧아 죽었

습니다. 지금은 그 사람이 없습니다.'[季康子問: '弟子孰爲好學?' 孔子對日:
'有顔回者好學, 不幸短命死矣! 今也則亡.']"

안연이 세상을 떠난 시점은 공자보다 2년 앞선다. 그 당시 공
자는 이미 칠순이 넘었고, 그 스스로 "70세에는 마음 내키는 대로
해도 규범을 벗어나지 않는다.〔七十而從心所欲, 不踰矩.〕"《논어·위정》)라
고 하였다. 그런 까닭에 비록 노나라의 애공과 계강자가 아주 은
근하고 함축적으로 질문했었지만, 공자는 오히려 매우 시원스럽게
대답했다. "배우기를 좋아하는 것〔好學〕"은 공자가 대대로 전하도
록 한 "모토〔招牌〕"이다. 그는 일찍이 다음과 같은 말로 자부심을
나타내었다. "열 가구 정도의 작은 마을에도 반드시 나처럼 충성스
럽고 신의 있는 사람이 있으나, 나만큼 배우기를 좋아하지는 못하
더라.〔十室之邑, 必有忠信如丘者焉, 不如丘之好學也.〕"《논어·공야장》)

따라서 이런 의미에서 보면, 공자의 나이가 이미 많아졌을 무
렵에 노나라의 애공과 계강자는 "제자 가운데 누가 배우기를 좋아
하는지"를 물은 것은 실제로 '사상을 이어받을 후계자'를 묻는 뜻이
다. 그래서 "죽고 지금은 그 사람이 없습니다. 그 후로 배우기를
좋아한다고 할 만한 사람을 듣지 못했습니다."라는 공자의 대답은
이 물음에 대한 공자의 유감과 비애로 굴절되어 있다. "운명을 깨
달을〔知天命〕" 나이를 훨씬 넘고, 또한 《주역》의 이치에도 통달했
던 그였기에 단지 모든 것을 '하늘의 뜻'에 맡길 뿐이었다.

《논어·선진》 편에는 "안연이 죽자 선생님께서 말씀하셨다.
'슬프다! 하늘이 나를 망하게 하는구나! 하늘이 나를 망하게 하는
구나!'〔顔淵死. 子日: '噫! 天喪予! 天喪予!'〕"라고 기록되어 있다. 《춘추공
양전春秋公羊傳》 애공 14년(B.C. 481 봄 조條)에도 "제자인 안연이 죽
자, 선생님께서 말씀하셨다. '슬프다! 하늘이 나를 망하게 하는구
나!' 자로가 죽자, 선생님께서 말씀하셨다. '슬프다! 하늘이 나를 단

절시키는구나!' 서쪽의 사냥터에서 기린이 잡히자, 공자께서 말씀하셨다. '나의 도가 다했구나!'〔顏淵死, 子曰: '噫! 天喪予.' 子路死, 子曰: '噫! 天祝予.' 西狩獲麟, 孔子曰: '吾道窮矣!'〕"라고 기록되어 있다. 이것들로부터 그가 '천명天命'에 대해, 그리고 자기의 학문이 끊이지 않고 전수되고 계승되는 것에 대해 자신으로서는 어찌할 수 없음을 느끼고 있음을 알 수 있다.

전체적으로 말하면, 비록 공자가 세상을 떠난 뒤에 "유가가 여덟 개의 유파로 갈라지고〔儒分爲八〕"(《한비자·현학》), 그 문하의 제자들은 흩어져 사상의 분열이 심각하며, 일부 제자들의 마음속에서 그의 위신이 다소 떨어졌다고는 하지만, 증자나 자공 등과 같이 근간이 되는 주요 제자들이 충실히 옹호하고 뒤따랐기 때문에 공자의 지위는 변함없는 전승과 발전을 이룩하였다. 다른 학파들의 공자에 대한 부정적 목소리와 일부 제자들의 사문師門을 바꾸는 행동은 필경 저급한 것에 지나지 않을 뿐이었다. 그렇기 때문에 공자가 세상을 떠난 뒤에 "70여 명의 제자들은 여러 나라로 흩어져 제후에게 유세를 하고〔七十子之徒散游諸侯〕"(《사기·유림열전》), 그 학문을 전수하며, 비록 진시황의 분서갱유를 당했어도 제나라의 학자들은 유독 유학을 포기하지 않았다.

공자 이후에 "제나라의 위왕威王과 선왕宣王의 시대에는 맹자나 순자와 같은 사람들이 모두 공자의 유업을 따르며 더욱 빛나게 만듦으로써 그 학문이 당대에 알려지게 되었다.〔於威·宣之際, 孟子·荀卿之列, 咸遵夫子之業而潤色之, 以學顯於當世.〕"(《사기·유림열전》) 전국시대에 각 학파의 사상이 혼란스러워질 무렵 맹자와 순자가 서로 이어가며 유학의 기치를 고양하여 성인으로서 공자의 이미지를 승격시켜 또한 더 높은 위치에 이르게 했다.

넷째는 공자가 세상을 떠난 뒤에 강적인 묵가의 유가에 대한 비판과 부정이다. 묵자는 일찍이 "유자의 학업을 배우고 공자의 학술을 받아들였다. 〔學儒者之業, 受孔子之術〕"(《회남자淮南子 · 요략要略》) 따라서 이런 각도에서 보면, 묵자는 실제적으로도 앞에서 말한 공자 문하 제자들의 자기 부정의 연속, 즉 공자 문하의 후학들이 자기 부정을 확대한 것이라고 볼 수 있다. 묵자가 비록 "유자의 학업을 배우고 공자의 학술을 받아들였다"고 할지라도, 결국에는 학파를 열어 유가와 공개적으로 대립했다. 그렇기 때문에 일반적으로는 그들을 공자 문하 제자들의 자기 부정과는 구분하여 유가와 묵가 두 학파의 투쟁으로 본다.

유가와 묵가는 "세상에 두드러지게 드러난 학파 〔世之顯學〕"(《한비자 · 현학顯學》)이기에 그들의 "후학으로 천하에 명예를 날린 자가 많아 이루 헤아릴 수 없다. 〔後學顯榮於天下者衆矣, 不可勝數〕"(《여씨춘추 · 중춘기》) 그렇기 때문에 묵자가 비록 공자의 문하에서 수업을 받았다고 할지라도, 학술 사상의 강적이기에 공자와 유가에 대한 그의 비판과 부정 역시 가장 맹렬했다.

《회남자 · 요략》 편에는 이렇게 기록되어 있다. "묵자는 유자의 학업을 배우고 공자의 학술을 받아들였다. 그러나 유가의 예절이 어지럽고 번거롭게 함을 이루 말할 수 없으며, 장례를 후하게 치르는 관습은 재산을 탕진하고 백성들을 가난하게 만들며, (오랜 기간 동안) 상복을 입는 행위는 생업을 망치고 세상사를 해치는 일로 생각했다. 그래서 묵자는 주나라의 도덕을 버리고 하나라의 정령을 행하였다. 〔墨子學儒者之業, 受孔子之術, 以爲其禮煩擾而不說, 厚葬靡財而貧民, 服傷生而害事, 故背周道而行夏政.〕"

선진의 여러 사상가의 저작들 중에서 《묵자》가 공자에 대한 비난이 가장 심했다. 그중에서도 〈비유非儒〉 상하上下 두 편은 최초로 공자와 유학을 전문적으로 비판한 글이다. 이 두 편 가운데 지금은 단지 하편만 남아 있는데, 그 편에서 3분의 1이라는 지면을 할애하여 두 번이나 안연이 공자를 평가한 것에 대해 기술하고 있다. 그래서 후대의 어떤 사람은 ≪안자춘추≫도 묵가의 손에서 나왔을 것이라고 의심했다.91)

≪묵자·비유 하≫ 편에는 다음과 같이 기록되어 있다.

제나라 경공景公이 재상인 안자晏子에게 물었다. "공자는 사람됨이 어떻소?" 안영이 대답하지 않자, 경공이 다시 물었다. 그래도 대답하지 않자, 경공이 말했다. "공자에 관해 이야기해 주는 사람이 매우 많았소. 모두들 그를 현자라고 하더군. 그런데 지금 과인이 묻는데 그대는 대답하지 않으니, 어찌된 일이오." 안영이 대답했다. "저는 사람이 못나 현자를 잘 알아보지 못합니다. ……지금 공자는 깊은 생각으로 공모해서 악당〔賊徒〕을 돕고, 애쓴 생각으로 지혜를 다해서 사악한 짓을 저질렀습니다. 그리고 백성을 충동해 군주에게 반기를 들게 하고, 신하를 교사해 군주를 시해토록 하니, 현자의 행동이 아닙니다. 타국에 들어가 그 나라 적도들과 어울리니, 의인의 부류가 아닙니다. 남의 불충함을 알고서 그것을 재촉하여 반기를 들게 하니, 그런 사람을 어질고 의롭다고 할 수 없습니다."〔齊景公問晏子曰: "孔子爲人何如?" 晏子不對. 公又復問, 不對. 景公曰: "以孔丘語寡人者衆矣, 俱以賢人也. 今寡人問之, 而子不對, 何也?" 晏子對曰: "嬰不肖, 不足以知賢人. ……今孔丘深慮同謀以奉賊, 勞思盡知以行邪, 勸下亂上, 教臣殺君, 非賢人之行也. 入人之國而與人之賊, 非義之類也. 知人不忠, 趣之爲亂, 非仁義之也."〕

여기에서 ≪묵자≫는 안자의 입을 빌려 공자의 됨됨이를 평가하고, 공자가 "깊은 생각으로 공모해서 악당을 돕고, 애쓴 생각으로 지혜를 다해서 사악한 짓을 저지르고, 백성을 충동해 군주에게 반기를 들게 하고, 신하를 교사해 군주를 시해토록 했다."라고 비

---

91) 오칙우, ≪안자춘추집석≫, 중화서국, 1962, 17쪽·602~605쪽 참조.

난하고, 세상 사람이 떠받드는 성인으로서 공자의 이미지를 "의롭지도 않고" "어질지도 못한" 악인의 이미지와 억지로 결부시켜 가능한 한 헐뜯고 나서야 직성이 풀리는 모양이었다.

≪묵자・비유 하≫ 편에는 또 이렇게 기록되어 있다.

공자가 제나라로 가 경공을 만났다. 경공이 크게 기뻐하며 공자를 이계尼溪 땅에 봉하려는 생각을 안자에게 고했다. 안자가 말했다. "불가합니다. 무릇 유자라는 사람은 오만하고 제멋대로인 자들이기에 백성을 교화시키게 할 수 없습니다. 그들은 음악을 좋아해 사람들을 어지럽히기에 믿고 다스리게 할 수 없습니다. 그들은 운명론을 들먹이며 국사를 태만히 처리하기에 직책을 맡게 할 수 없습니다. 그들은 상례喪禮를 중시하며 슬퍼하기를 그치지 않기에 백성을 사랑하게 할 수 없습니다. 기이한 옷을 입고 치장에 힘쓰기에 많은 사람들을 이끌게 할 수 없습니다. 공자라는 사람은 겉모습을 거창하게 꾸며 세상 사람을 미혹하고, 거문고를 타고 북을 치는 가무로 제자들을 끌어 모으고, 전당을 오르내리는 예절을 번잡하게 만들어 거동을 드러내 보이고, 잰걸음으로 재빨리 내딛는 추주趨走와 빙 둘러서 가는 반선盤旋의 예절에 힘써서 많은 사람들을 보게 합니다. 공자가 배운 것이 많고 학식이 넓다고는 하나, 이는 세상의 법도가 될 수 없습니다. 고심해서 생각한다고는 하나, 이는 백성에게 도움이 되지 않습니다. 수명을 아무리 늘일지라도 그 학문을 다 알 길이 없고, 나이가 아무리 들지라도 그 예절을 모두 실천할 길이 없고, 재물을 아무리 많이 쌓을지라도 그 음악을 만족스럽게 연주할 길이 없습니다. 오히려 사악한 술수를 번거롭게 꾸며서 세상의 군주를 미혹하고, 예악을 성대히 꾸려 어리석은 백성을 오도하고 있습니다. 그들의 도술은 세상에 내보일 수 없고, 그들의 학문은 백성을 바르게 이끌 수 없습니다. 지금 군주가 그를 봉해 제나라의 풍속을 일신코자 하나, 이는 나라와 백성을 올바로 이끄는 방법이 아닙니다." 경공이 말했다. "좋은 말이오." 이에 경공은 공자를 두터

이 예우하면서도 땅으로 봉하는 것을 유보하고, 공경한 자세로 접견하면서도 그의 도에 관해서는 물어보지 않았다. 공자는 이에 분노하여 경공과 안자에게 원한을 품은 나머지 부호인 치이자피鴟夷子皮를 내심 제나라 찬탈을 꾀하는 권신 전상田常에게 소개하고는 이를 남곽혜자南郭惠子에게 일러준 뒤 노나라로 돌아갔다. 얼마 뒤 제나라가 노나라를 치려 한다는 얘기를 듣고는 제자인 자공에게 말했다. "사賜야, 대사를 일으킬 기회는 바로 지금이다." 곧 자공을 제나라로 보내면서 남곽혜자를 통해 전상을 만나 오나라의 정벌을 권하게 했다. 이어 고씨高氏를 비롯해 국씨國氏, 포씨鮑氏, 안씨晏氏 등 제나라의 4대 가문에 유세해 전상의 반란을 방해하지 않도록 했다. 다시 월나라로 가 오나라의 정벌을 사주케 했다. 결국 3년 사이에 제나라와 오나라 모두 거의 패망에 이르는 재난을 겪어야만 했다. 당시 죽은 사람은 술수 때문이라고 하니, 바로 공자가 죽인 것이다. 〔孔丘之齊見景公, 景公說, 欲封之以尼谿, 以告晏子. 晏子曰: "不可! 夫儒浩居而自順者也, 不可以教下. 好樂而淫人, 不可使親治. 立命而怠事, 不可使守職. 宗喪循哀, 不可使慈民. 機服勉容, 不可使導衆. 孔丘盛容脩飾以蠱世, 弦歌鼓舞以聚徒, 繁登降之禮以示儀, 務趨翔之節以觀衆, 博學不可使議世, 勞思不可以補民, 絫壽不能盡其學, 當年不能行其禮, 積財不能贍其樂, 繁飾邪術以營世君, 盛爲聲樂以淫遇民, 其道不可以期世, 其學不可以導衆. 今君封之, 以利齊俗, 非所以導國先衆." 公曰: "善!" 於是厚其禮, 留其封, 敬見而不問其道. 孔丘乃恚, 怒於景公與晏子, 乃樹鴟夷子皮於田常之門, 告南郭惠子以所欲爲, 歸於魯. 有頃, 聞齊將伐魯, 告子貢曰: "賜乎! 舉大事將今之時矣!" 乃遣子貢之齊, 因南郭惠子以見田常, 勸之伐吳, 以教高·國·鮑·晏, 使毋得害田常之亂, 勸越伐吳. 三年之內, 齊·吳破國之難, 伏尸以言術數. 孔丘之誅也.〕 92)

《묵자》가 인용한 공자에 대한 안자의 평가는 《사기·공자세가》나 《안자춘추》 등의 기록과 내용이 서로 비슷하기에 더 이상 설명하지 않는다. 다만 《묵자》가 이것을 화제로 삼은 것은 그 의도가 공자의 이미지를 제멋대로 훼손시키려는데 있었다. 《묵

---

92) 오육강吳毓江 저, 손계치孫啓治 표점 교감, 《묵자교주墨子校注》, 중화서국, 1993, 439쪽.

자≫에서는 "공자가 분노하여 경공과 안자에게 원한을 품은 나머지", 문하생들을 선동하여 전상이 제나라에서 반란을 일으켜 오나라를 정벌하도록 충동질했다고 지적했다. 그리고 마지막에는 "제나라와 오나라 모두 거의 패망에 이르는 재난을 겪어야만 했다. 당시 죽은 사람은 술수 때문이라고 하니, 바로 공자가 죽인 것이다"라는 말로 질책했다.

≪묵자≫가 이런 각도에서 공자를 질책한 것은 솔직히 말해서 진정 더없이 악랄한 것이다. 비록 사상적 투쟁에서 감정적인 싸움을 피할 수는 없다고 해도, 이렇게 하는 것은 군자의 행실이 아닐 것이다. 여러 권卷으로 된 ≪묵자≫에서 빠져서 전해지지 않는 권卷이 있음에도 이 권만은 전해지는 것은 아마도 이것과 큰 관계가 있는 듯하다.

≪묵자≫에서 공자가 문하생들을 선동하여 전상이 제나라에 반란을 일으켜 오나라를 정벌하게 만들었다고 말한 일은 여타의 다른 문헌의 기록에 따르면, 실제로는 바로 공자와 그 제자들의 지혜가 드러난 것이라는 점이다. 그러나 ≪묵자≫에서는 그 일의 이치를 따지지 않고, 도리어 이것의 화근을 공자에게 전가시켰다. 전상이 제나라에 반란을 일으킨 것에 대한 잘못은 공자에게 있지 않고, 제나라의 임금과 신하에게 있으며, 제나라의 정치적 형세 또한 그렇게 되도록 전개되었기 때문이다.

이러한 사실은 ≪한비자≫에 많이 언급되어 있다. ≪한비자·이병二柄≫ 편에는 이렇게 기술되어 있다. "그래서 전상이 위로는 군주에게 작위와 봉록을 요청하여 여러 신하들에게 나누어 주고, 아래로는 두곡斗斛의 분량을 크게 하여 백성에게 은혜를 베풀었다. 이것은 간공簡公이 상을 내리는 권한을 잃고, 전상이 그것을 행사한 것이 된다. 그랬기 때문에 간공이 시해를 당한 것이다. 〔故田常上請爵祿

而行之群臣, 下大斗斛而施於百姓, 此簡公失德而田常用之也, 故簡公見弒.〕"이것은 제나라 간공이 덕망을 잃어 살해되고, 전상이 은덕을 베풀어서 권력을 쟁취했음을 말하는 것이다.

또한 ≪한비자·외저설 우상≫ 편에는 이렇게 기록되어 있다. "지금 전상이 일으킨 난은 조짐이 점차로 나타난 것인데도, 군주가 처벌하지 않았다. 안자는 그 임금으로 하여금 침범하고 업신여기는 신하를 제지시키도록 하지 않고 은혜를 베풀게 했다. 그래서 간공이 그런 재앙을 받은 것이다.〔今田常之爲亂, 有漸見矣, 而君不誅. 晏子不使其君禁侵陵之臣, 而使其主行惠, 故簡公受其禍.〕"이것은 전상의 반란이 제나라 간공과 안영이 방임해서 빚어진 것이라는 뜻이다.

그리고 ≪한비자·인주人主≫ 편에 이렇게 기록되어 있다. "송군宋君이 자한子罕에게, 그리고 간공이 전상에게 그 발톱과 어금니를 빼앗겼다. 그러나 빨리 그것을 탈취해오지 못했다. 그 때문에 자신은 죽고, 나라는 망했다. 이제 이런 문제를 처리할 방책을 가지지 못한 군주는 모두 송군이나 간공이 입은 재앙을 분명히 알면서도 그 과실을 깨닫지 못하는 사람들이다.〔宋君失其爪牙於子罕, 簡公失其爪牙於田常, 而不蚤奪之, 故身死國亡. 今無術之主, 皆明知宋·簡之過也, 而不悟其失.〕"이것은 제나라 간공이 화근을 키워 재앙을 초래했다는 뜻이다.

공자가 그 제자들을 선동하여 제나라에서 반란을 일으켜 화근이 될 전상의 세력을 동쪽의 오나라로 유도한 것은 그 당시 상황에서 약소한 노나라를 보전하기 위하여 어쩔 수 없이 취한 방책이었다. 사실 전상을 비롯해 오나라와 월나라의 임금은 모두 제각각 다른 속셈을 품고 있었다. 전상은 대외적인 전쟁을 통해 국내에서 자신의 위엄과 명망을 세워 임금을 시해하고 권력을 탈취하기 위해 준비하려 했다. 오나라 임금은 월나라를 격파한 뒤 야심만만하여 일찌감치 서쪽의 제나라와 진晉나라를 정벌하여 천하를 두고 패권을 다툴 계획이었다. 월나라 임금인 구천은 와신상담하며 오나라에 원수를 갚기로 맹세했다. 그리고 공자는 단지 자공을 사절로 파견하여 중개 역할을 한 것뿐이었다. 전쟁이 가져다 준 재난의 전체에 있어서 실제로 자공과 공자에게는 과실이 없고, 바로 전상을 비롯한 오나라 임금인 부차와 월나라 임금인 구천의 개인적인 야심에서 빚어진 것이다.

이 일의 원인과 경과에 관해서 ≪사기·중니제자열전≫에 비교적 상세하게 기술되어 있다. ≪사기·중니제자열전≫에서는 다음과 같은 말로 칭찬했다. "자공이 한 번 나서니, 노나라가 보존되고, 제나라가 어지럽게 되고, 오나라가 멸망하고 진晉나라가 강국이 되며, 월나라가 제후들 가운데 패자가 되었다. 자공이 한 번 사신으로 나서서 힘으로 서로를 부수게 하니, 10년 사이 다섯 나라에 각기 커다란 변화가 있었다. 〔子貢一出, 存魯, 亂齊, 破吳, 彊晉而霸越. 子貢一使, 使勢相破, 十年之中, 五國各有變.〕"

"노나라를 보존"하기 위한 이 전쟁에서 노나라는 칼 하나 창 하나도 쓰지 않고도 각 맹주들이 다투는 가운데서 승리를 거두었다. 이 뛰어난 외교적 승리는 한때나마 공자와 자공에게 이름을 세상에 널리 알리고, 유가의 사상을 당시에 크게 유행하게 하였다. 하지만 묵가는 "두드러지게 드러난 학파 〔顯學〕"로서의 우위를 빼앗기 위해 ≪묵자≫에서 이 전쟁은 공자가 "경공과 안자에게 원한을 품어" 보복하려고 일으킨 일이었다고 주장하며, 온갖 비난과 중상의 짓을 다하였으니, 그 동기를 가히 짐작할 수 있다.

≪묵자·비유 하≫ 편에서는 또 공자의 됨됨이와 품격을 여러 번 공격하고 헐뜯었다.

첫째는 공자가 법을 어기고 사사로운 정에 얽매였다고 이렇게 말한 것이다. "공자는 노나라에서 법을 관장하는 사구司寇가 되었지만, 조정을 버리고 권신인 계손씨를 받들었다. 그런데 계손씨가 노나라 군주와 다퉈 달아나게 되었다. 이때 계손씨가 관문의 통과 문제로 식읍의 백성과 다투자 공자가 손으로 성문을 들어 올렸다. 〔孔丘 爲魯司寇, 舍公家而奉季孫. 季孫相魯君而走, 季孫與邑人爭門關, 決植.〕" 《묵자》에서는 공자가 노나라의 사구가 되었을 때 조정을 돌보지 않고 도리어 계손씨에게 붙어 섬겼으며, 계손씨가 도망갈 때 공자는 또한 자기의 센 힘에 의지하여 수도의 성문을 손으로 밀어 올려 계손씨가 달아나는 것을 도왔다고 여기고 그렇게 말했다.

그런데 사실 《논어》 속에는 계손씨(계씨季氏)에 대한 불만이 많이 기록되어 있다. 예를 들면 "공자께서 계씨를 평하여 말씀하셨다. '팔일무를 자기 집 뜰에서 행하였다. 이런 일을 묵인한다면, 무슨 일인들 묵인하지 못하겠는가?' 〔孔子謂季氏: '八佾舞於庭, 是可忍也, 孰不可忍也?'〕"(《논어·팔일》)라고 하였으며, 또 "계씨는 주공보다 부유했는데도, 구(염유)가 그를 위해 세금을 거두어들여서 더욱 부유하게 해 주었다. 선생님께서 말씀하셨다. '(염유는) 우리의 무리가 아니다. 너희들은 북을 울려 그를 성토하는 것이 옳다.' 〔季氏富於周公, 而求也爲之聚斂而附益之. 子曰: '非吾徒也. 小子鳴鼓而攻之, 可也.'〕"(《논어·선진》)라고 하였다. 이것들은 모두 계씨에 대한 공자의 태도를 보여주고 있으며, 《묵자》에서 말한 "조정을 버리고 권신인 계손씨를 받들었다."고 하는 것은 사실 터무니없는 말이라는 것을 충분히 알 수 있다.

공자가 힘이 세어 "손으로 성문을 들어 올렸다."고 하는 것에 관해서는 당연히 그의 부친인 숙량흘의 완력이 유전된 것이다. 이는 그 당시 세상 사람들이 모두 알고 있는 일이었다. 그래서 《여씨춘추·신대람慎大覽》 편에서는 "공자의 완력이 도읍의 성문 결개를 들어 올릴 정도였다. 그러나 힘으로 세상에 알려지는 것을 좋아하지 않았다. 〔孔子之勁, 擧國門之關, 而不肯以力聞.〕"라고 기록하고 있다. 공자의 아버지인 숙량흘은 용기와 힘으로 제후들에게 이름을 떨쳤다. 그러나 공자는 더 이상 아버지의 옛길을 가지 않겠다고 말하면서 유학으로 몸을 일으켰다.

둘째는 공자의 사람 됨됨이가 비열하게 속임수를 쓴다고 말한 것이다. ≪묵자·비유 하≫ 편에는 다음과 같이 기록되어 있다.

공자가 채나라와 진나라 국경에서 곤경에 빠졌을 때의 일이다. 명아주 국에 쌀조차 넣을 수 없었다. 10일째 되던 날 자로가 돼지고기를 올리자, 공자는 고기가 어찌된 것인지 묻지도 않고 먹었다. 남의 옷을 벗겨 술을 사다 주자, 공자는 술이 어찌된 것인지 묻지도 않고 마셨다. 노나라 애공이 공자를 맞아들일 때 공자는 방석이 반듯하지 않으면 앉지를 않고, 고기가 바르게 썰어져 있지 않으면 먹지를 않았다. 자로가 나아가 그 까닭을 청하며 말했다. "어찌 진나라와 채나라 국경에 있을 때와 반대로 하십니까?" 공자가 대답했다. "이리 오거라, 내가 너에게 일러주겠다! 전에는 너와 함께 하루를 살아가는데 바빴지만, 지금은 너와 함께 의를 행하는데 여념이 없기 때문이다." 무릇 굶주리고 곤궁할 때는 마구 취해서라도 목숨을 살리는 일을 마다하지 않고, 배부를 여유가 있을 때는 거짓된 행동으로 스스로를 꾸미니, 더럽고 사악하며 거짓된 것으로 무엇이 이보다 더한 게 있겠는가?〔孔丘窮於蔡陳之間, 藜羹不糝, 十日, 子路爲享豚, 孔丘不問肉之所由來而食. 號人衣以酤酒, 孔丘不問酒之所由來而飮. 哀公迎孔子, 席不端弗坐, 割不正弗食, 子路進, 請曰: "何其與陳·蔡反也?" 孔丘曰: "來!吾語女, 曩與女爲苟生, 今與女爲苟義." 夫飢約則不辭妄取, 以活身, 嬴飽則僞行以自飾, 汙邪詐僞, 孰大於此!〕

여기에서 ≪묵자≫는 공자를 비난했다. 그가 진나라와 채나라 국경에서 식량이 떨어졌을 때, "고기가 어찌된 것인지 묻지도 않고 먹고", "술이 어찌된 것인지 묻지도 않고 마시다가", 노나라 애공이 공자를 맞이하여 연회를 베풀 때가 되어서는 오히려 "방석이 반듯하지 않으면 앉지를 않고, 고기가 바르게 썰어져 있지 않으면 먹지를 않는" 허세를 부렸다는 것이다. ≪묵자≫는 이러한 것으로부터 공자를 규탄하여 "굶주리고 곤궁할 때는 마구 취해서라도 목숨을 살리는 일을 마다하지 않고, 배부를 여유가 있을 때는 거짓된 행동으로 스스로를 꾸미니, 더럽고 사악하며 거짓된 것으로 무엇이 이보다 더한 게 있겠는가."라고 하였다.

이 말은 공자가 기아에 빠져 허덕일 때는 남의 것을 허락 없이 함부로 사용하면서 살려고 버둥거리다가, 배부르게 먹을 수 있을 때는 거짓으로 꾸며 스스로를 치켜세우니, 비열하고 추잡하게 속임수를 쓰는데 있어서 그를 능가할 만한 사람이 없다는 뜻이다. 솔직히 말하면 당시 유가와 묵가는 모두 두드러지게 드러난 학파였기 때문에 서로 다툼을 벌이는 것은 불가피했다. 그렇지만 ≪묵자≫가 이와 같이 공자를 평가한 것은 아무래도 비난이 너무 심하고, 말이 너무 지나쳤다.

그러나 다음과 같은 것은 주의를 기울일 만하다. 즉 ≪묵자≫가 비록 "유가를 비난하고〔非儒〕", 어떤 때는 공자에 대한 비난이 극도로 심하기도 했지만, 묵가가 자신의 사상적 주장을 천명할 때는 여전히 선진의 다른 사상가들과 마찬가지로 공자의 담론을 빌려 자기 학설을 입론하는데 근본으로 삼았다는 것이다. ≪묵자·공맹公孟≫ 편에는 다음과 같이 기록되어 있다.

묵자가 (제자인) 정번程繁과 이야기하다가 공자를 칭찬했다. 정번이 물었다. "유가를 비난하면서 무슨 까닭으로 공자를 칭찬하시는 것입니까?" 묵자가 대답했다. "공자의 말에도 마땅하여 바꿀 수 없는 것이 있기 때문이다. 지금 새들은 날씨가 덥고 가뭄이 들 것이라는 우환을 알면 높이 날아오를 것이고, 물고기들도 그런 근심이 있게 될 것을 알면 깊이 물속으로 들어갈 것이다. 이런 일을 당해서는 비록 우임금이나 탕임금이 계책을 세울지라도 필시 바꿀 수 없을 것이다. 새와 물고기가 어리석은 것이라 말할 수 있으나, 우임금과 탕임금도 오히려 그것들의 행동을 그대로 쫓는다. 지금 내가 공자를 칭송한 것도 같은 경우가 아니겠는가?"〔子墨子與程子辯, 稱於孔子. 程子曰: "非儒, 何故稱於孔子也?" 子墨子曰: "是亦當而不可易者也. 今鳥聞熱旱之憂則高, 魚聞熱旱之憂則下, 當此雖禹湯爲之謀, 必不能易矣. 鳥魚可謂愚矣, 禹湯猶云因焉. 今翟曾無稱於孔子乎?"〕

묵자는 정번과 토론하던 중에 공자를 인용해 증거로 삼았다. 이 때문에 정번의 반격을 받았다. 즉 당신은 유가를 비난하면서 어째서 공자를 칭찬하는가라는 것이다. 이에 묵자는 도리로써 반문을 했다. 즉 말하는 것이 옳기 때문에 고칠 수 없는 것이 아닌가라는 것이다. 예를 들면 새들이 날씨가 덥고 가물어질 것을 알고서 벌써 하늘 높이 날아오르며, 물고기도 날씨가 덥고 가물어질 것을 알고서 이미 물속 깊이 숨은 것이라고 했다. 이런 날씨가 되면, 설령 우임금이나 탕임금과 같은 성현이 그들에게 방법을 제시하더라도, 또한 이 정도에 불과할 것이라는 것이다. 새와 물고기가 가장 미련한 동물이지만, 설령 탕임금이나 우임금과 같은 성현일지라도 때로는 저것들의 이러한 모범을 본받는 것이 필요하다는 것이다. 그런데 지금 어떻게 묵적 자신과 같은 사람이 공자를 칭찬하지 않을 수 있겠는가라는 것이다.

이것으로부터 묵가가 "유가를 비판하는 것", 즉 공자와 유가 학설에 대한 비난과 부정은 모두 그들의 최종 목적이 아니며, 최종 목적은 묵가 학설을 천명하는데 있다는 것을 알 수 있다. 바꿔 말하면 형편에 따라 요구되는 것이 다르기 때문에 그들이 어떤 때는 공자를 찬양하고, 어떤 때는 공자를 비난하는 것은 전적으로 모두 묵가 학설의 필요에 따른 것이다.

《묵자》에서 공자를 칭찬할 때는 《맹자》나 《순자》 등과 같은 선진의 여러 사상가들이 공자의 이미지를 부풀려 꾸미는 상황과 전적으로 닮아 있다. 그러나 ≪묵자≫에서 공자를 비난할 때는 종종 정반대의 방법을 사용하여 추악하게 묘사할 수 있는 것을 다한다. 그래서 이것도 사실 부풀려 꾸민 공자 이미지의 변종으로 보아도 무방하다.

이 때문에 ≪묵자≫가 공자의 이미지를 부정적으로 부풀리고 꾸미는데 대표적이기는 하지만, 전국시대 여러 사상가들이 공자와의 담론 또는 이미지의 도움을 받아 자기 학설의 근거로 삼는 시대적 흐름에서 벗어나지 않는다. 이러한 의미에서 보면, 춘추 전국시대에 나타난 공자에 대한 긍정적 또는 부정적 이미지는 모두 그 당시에 공자와 그 사상이 영향을 미치고 전파되었다는 것을 실제로 재현한 것이기 때문에 우리가 그것들을 소중히 여기고 한걸음 더 나아가 연구할 만한 가치가 있다.

"청산은 강물을 막을 수 없기에 마침내 강은 동쪽으로 흘러간다.〔青山遮不住, 畢竟東流去.〕"(신기질辛棄疾,〈보살만菩薩蠻〉)라는 말이 있다. 춘추 전국시대 이후 공자를 부정하는 여론과 풍조가 지금까지 그친 적이 없었다. 하지만 공자는 한결같이 사람들의 존경을 받았고, 그의 이미지와 담론 및 인격은 2천여 년이 지났지만 매력은 여전하다. 이것은 춘추 전국 시기에 성인으로서 공자의 이미지가 신격화되고 높여지는 과정 중에 만들어져 형성된 견고한 토대와 밀접하게 서로 연관되어 있다. 바꿔 말하면 춘추 전국 시기에 공자의 이미지가 신격화되고 신성화되어 온 길을 돌이켜보는 것은 우리가 후세에 공자의 이미지와 그 사상의 영향과 보급을 더 잘 이해하는데 도움이 되니, "높은 산 우러러보며, 큰길처럼 따라간다.〔高山仰止, 景行行止.〕"라고 하는 ≪시경·소아·차할車舝≫의 의미와 같다.

3장

보통의 책에서 경전으로
- ≪논어≫의 지위 격상

≪논어≫라는 한 권의 책은 공자가 직접 편찬하고 교정한 것이 아니라, 그가 세상을 떠난 뒤 제자와 그 제자의 제자들이 편찬한 것이다. 한漢나라 이전에는 이것이 선진先秦의 여러 사상가들의 책과 나란히 놓여졌다. 그런데 서한西漢의 소제昭帝와 선제宣帝 두 황제 이후로는 날로 중시되어 그 지위와 명성이 선진의 다른 사상가들의 책과는 비교가 되지 않았다. 그래서 한대에는 ≪논어≫가 '일곱 경전經典'의 반열에 올라 한 권의 평범한 책에서 경전으로 승격되었으며, 날로 영향을 발휘하여 더욱 중요하게 되었다.

1절 | '제자諸子'라는 말의 풀이

　　선진시대에 '자子'라는 글자에는 자녀(계승자)라는 뜻을 나타내는
것 외에 다른 의미로 특히 주목할 만한 세 가지 상황이 있다.

　　첫째는 선진시대의 분봉 제도에서 다섯 등급의 작위 가운데
제4등급을 가리키는데, 다섯 등급의 작위는 바로 공公을 비롯해 후
侯, 백伯, 자子, 남男이다.

　　둘째는 선진시대 귀족 남자에 대한 존칭 또는 미칭이다. ≪춘
추곡량전春秋穀梁傳≫ 선공宣公 10년(B.C. 599)에 다음과 같은 기록이
있다. "가을에 천자가 그의 막내 왕자님〔王季子〕에게 노나라를 예방
禮訪하게 했다. 그를 왕계王季라고 이른 까닭은 왕자이며, 그를 자子
라고 이른 것은 존중하기 때문이다. 〔秋, 天王使王季子來聘. 其曰王季, 王子
也. 其曰子, 尊之也.〕" 범녕范寧(339~401)은 "자子라는 것은 사람을 공경
하는 뜻으로 부르는 호칭이다. 〔子者, 人之貴稱〕"라고 주해를 붙였다.
당시 대부분 귀족 남자에게만 존칭이나 미칭으로 "자子"를 썼을 뿐,
결코 모든 남자에게 미칭으로 "자"를 쓸 수는 없었다.

　　셋째는 스승에 대한 존칭이다. ≪논어·학이≫ 편에서 "선생님
께서 말씀하셨다. 배우고 그것을 때에 맞게 익혀 나가면 기쁘지 않
겠는가? 〔子曰: 學而時習之, 不亦說乎?〕"라고 하였는데, 형병邢昺(932~1010)
은 "자子는 옛사람들이 스승을 자子라고 칭하였다. 〔子者, 古人稱師曰子.〕"
라고 주해를 달았다. 이러한 존칭은 춘추시대 말기에 사학私學이
왕성하게 일어난 후에 생긴 칭호일 것이기 때문에 시기상으로 앞
의 두 가지 상황보다 약간 늦을 것이다. 그러므로 선진 시기에

"자"라는 글자에 함축된 의미는 자녀(계승자)라는 칭호 외에 기타 용법으로의 바로 지리적·사회적 신분을 잘 살펴볼 필요가 있다.

이러한 토대 위에 선진시대의 '제자諸子'라는 말은 풍부한 의미를 가지게 되었다.

1. '제자諸子'는 선진시대에 처음에는 귀족을 호칭하는 것으로만 쓰였다

제자諸子는 여러 자식[庶子]이라는 말과 같다. 즉 주周나라 천자와 귀족의 친족에 속하는 방계라는 것이다. ≪주례周禮·천관天官·궁정宮正≫에 "나라에 중대한 변고가 생기면 왕궁을 숙위한다. [國有故, 則令宿.]"라고 하였는데, 동한東漢의 정현鄭玄은 "왕의 여러 자식들이 맡은 직책이다. [王之庶子職.]"라는 주注를 달고, 당나라의 가공언賈公彦은 "('왕의 여러 자식은 공公을 비롯해 경卿, 대부大夫의 아들들이 보좌하는 일을 관장한다.'라고 한 것 다음에 나오는 것은 〈하관·제자諸子〉의 직책에 관한)문장이다. '서자'라고 하기도 하나, 제諸와 서庶는 같은 뜻이다. 제후의 여러 자식에게는 서자가 되고, 천자의 여러 자식에게는 제자가 된다. (여기서는 제후로 인한 것이기 때문에 서자라고 하였지만, 사실은 〈주례·하관〉에서 말한 것은 제자諸子의 직책이다.) [(云'王之庶子職掌國之倅'已下者, 是〈夏官·諸子〉職)文. 云'庶子'者, 諸·庶一也, 於諸侯卽爲庶子, 於天子則爲諸子. (今因諸侯言庶子, 其實〈夏官〉所云是諸子職也.)]"라는 소疏를 달았다. 만약 가공언의 해석에 따른다면, "제자"와 "천자"는 동성동본이지만, "제자"는 첩의 소생이기 때문에 신분의 지위가 조금 낮을 뿐이다.

"제자"와 대비되는 것으로 "제모諸母"라는 특별한 호칭이 있다. ≪예기·곡례 상曲禮上≫에 "제모에게는 하의를 세탁시키지 않는다. [諸母不漱裳.]"라는 말이 있는데, 이에 대해 정현은 "제모는 아버지의 첩이다. 〔諸母, 庶母也.〕"라는 주注를 달고, 당나라의 공영달孔穎達은 "제모는 아버지의 여러 첩 가운데 아들을 낳은 여자를 말한다. 〔諸母謂父之諸妾有子者.〕"라는 소疏를 달았다. 제모는 아버지의 첩〔庶母〕이라는 말과 같다. 그런데 특별히 "여러 첩 가운데 아들을 낳은 여자 〔諸妾有子者〕"를 지칭한 것은 어미가 아들로 인해 귀하게 되는 것이기에 결코 아버지가 가진 "여러 첩〔諸妾〕" 모두가 "제모"로 불릴 수는 없다. 이것으로부터 선진시대의 "제자"와 "제모"는 지위가 높고 총애를 받으며 위세가 드세다는 것을 알 수 있다.

2. 선진시대에 '제자'는 또한 천자와 제후의 첩에게 쓰인 관직 명칭이기도 하였다

≪춘추좌씨전≫ 양공襄公 19년에 "제자諸子, (즉 성姓이 자씨子氏인 여러 첩) 중에 중자仲子와 융자戎子가 있었는데 융자가 총애를 받았다. 〔諸子, 仲子, 戎子, 戎子嬖.〕"라고 하였는데, 이에 대해 양백준(1909~1992)은 "≪관자管子‧계戒≫ 편에 '중부제자中婦諸子'가 있는데, 방현령房玄齡 (579~648)은 '중부제자는 내관의 호칭이다. 〔中婦諸子, 內官之號.〕'라고 주석을 붙였다. 이른바 내관이라는 것은 또한 제후와 천자 첩의 다른 이름이기도 하다. 궁중에 거주하기에 반드시 관계官階를 가진다. 그래서 내관이라고 한다."라는 주注를 달았다.

　이로부터 "제자"는 천자의 방계 친족 가운데 편애하는 남자를 부를 때 쓰일 뿐만 아니라, 또한 천자와 제후의 첩 가운데 편애하는 여자를 부를 때도 사용된다는 것을 알 수 있다.

3. 선진시대에 '제자'는 공公을 비롯해 경卿, 대부大夫 자제들의 군사 교육을 담당하는 관직의 명칭이기도 하였다

《주례·하관夏官·제자諸子》에는 다음과 같은 말이 있다. "제자는 귀족의 자제들을 보좌하는 일을 관장하는데, 그들에 관계된 금령禁令과 그들에 대한 교육 및 관리를 담당하며, 그들의 등급을 분별하고, 그들의 조위朝位를 규정한다. 나라에 큰일이 있으면 그들을 통솔하여 태자에게 가서 오로지 태자의 지휘만을 받는다. 〔諸子掌國子之倅, 掌其戒令, 與其敎治, 辨其等, 正其位, 國有大事, 則帥國子而致於大子, 惟所用之.〕" 여기에서 정현은 "귀족의 자제〔國子〕는 공을 비롯한 경, 대부의 자제들이다. 〔國子, 公卿大夫之子弟.〕"라는 주를 달았다.

주나라에서는 귀족 자제들의 교육을 상당히 중시하여 그들을 여러 부처에서 분담하여 가르쳤다. "사씨師氏는 올바른 도리로 천자를 교도하는 일을 관장하고, 세 가지 성품〔三德〕으로 귀족의 자제를 가르친다. 그 첫째는 최고의 성품〔至德〕인데, 도리의 근본으로 삼는다. 둘째는 민첩한 성품〔敏德〕인데, 행실의 근본으로 삼는다. 셋째는 효성스런 성품〔孝德〕인데, 도리에 어긋나고 잘못된 것을 알게 하였다. 동시에 세 가지 행실〔三行〕로 그들을 교도한다. 그 첫째는 효성스런 행실〔孝行〕인데, 부모를 친애하게 하는 것이다. 둘째는 서로 사랑하는 행실〔友行〕인데, 어진 사람을 존경하게 하는 것이다. 셋째는 순종하는 행실〔順行〕인데, 스승과 어른을 섬기게 하는 것이다. 〔師氏掌以媺詔王. 以三德敎國子: 一曰至德, 以爲道本. 二曰敏德, 以爲行本. 三曰孝德, 以知逆惡. 敎三行: 一曰孝行, 以親父母. 二曰友行, 以尊賢良. 三曰順行, 以事師長.〕"(《주례·지관地官·사씨師氏》) 이것이 성품〔德〕과 행실〔行〕이다.

"보씨保氏는 천자의 과실을 간언하는 일을 관장하고, 학문과 기예로 귀족의 자제를 가르치는 일을 담당한다. 그리고 귀족의 사세에게 여섯 가지 기예[六藝]를 가르친다. 그 첫째는 오례五禮, 둘째는 육악六樂, 셋째는 오사五射, 넷째는 오어五馭, 다섯째는 육서六書, 여섯째는 구수九數이다. 또 귀족의 자제에게 여섯 가지 거동[六儀]을 가르친다. 그 첫째는 제사 때의 몸가짐이요, 둘째는 손님을 접대할 때의 몸가짐이요, 셋째는 조정에서의 몸가짐이요, 넷째는 장례에 임해서의 몸가짐이요, 다섯째는 부대部隊에서의 몸가짐이요, 여섯째는 수레나 말을 탔을 때의 몸가짐이다. 〔保氏掌諫王惡, 而養國子以道. 乃教之六藝: 一曰五禮, 二曰六樂, 三曰五射, 四曰五馭, 五曰六書, 六曰九數. 乃教之六儀: 一日祭祀之容, 二日賓客之容, 三日朝廷之容, 四日喪紀之容, 五日軍旅之容, 六日車馬之容.〕" (≪주례 · 지관 · 보씨保氏≫) 이것이 여섯 가지 기예와 여섯 가지 거동이다.

"대사악大司樂은 대학大學과 관련된 법을 관장하고, 악덕樂德과 악어樂語 및 악무樂舞로 귀족의 자제들을 교육한다. 〔大司樂掌成均之法. 以樂德 · 樂語 · 樂舞教國子.〕"(≪주례 · 춘관春官 · 대사악大司樂≫) "악사樂師는 나라에서 건립한 학교의 정령政令을 관장하고, 귀족의 자제에게 소무小舞를 교육한다. 〔樂師掌國學之政, 以教國子小舞.〕"(≪주례 · 춘관 · 악사樂師≫) "약사龠師는 귀족의 자제에게 손에 꿩의 꼬리털을 들고 피리 반주의 리듬에 맞추어 춤추는 것을 가르치는 일을 관장한다. 〔龠師掌教國子舞羽吹龠.〕" 이것이 음악 반주가 있는 춤[樂舞]이다.

그리고 "제자"는 귀족의 자제로 구성된 부대의 금령과 교육 및 관리를 담당하고, 그들의 등급을 분별하며, 조정에서 그들의 위치를 규정하고, 나라에 만약 큰일이 있으면 귀족의 자제들을 통솔하여 태자에게 가서 보고를 하고, 태자의 지휘에 따른다. 봄철에는 귀족의 자제들을 학교에 모이게 하고, 가을철에는 귀족의 자제들을 (대사례大射禮를 거행하는 장소인) 사궁射宮에 집결하게 하여 그들의 재능과 기예를 시험한다.

이로부터 "제자"라는 단어가 선진시대에는 특수한 정치적 신분과 지위를 가지고 있었다는 것을 알 수 있다. 이것이 어떤 때는 천자의 친족을 특별히 호칭하던 것이든, 천자와 제후의 첩에 대한 관직의 명칭이든, 공을 비롯한 경, 대부의 자제들에게 실시하는 군사 교육을 주관하는 관직명이든, 모두 상층의 특권 귀족과 밀접한 관계가 있다.

4. 한나라 이후 '제자'가 선진시대부터 한나라 초기에 이르는 각 학파의 학자들이나 그들의 저작을 가리키는 데 사용되기 시작했다

이러한 '제자'의 용례는 동한 반고班固의 ≪한서·예문지藝文志≫에 많이 나타난다고 일반적으로 생각한다. 예를 들면 "전국시대에는 합종合縱과 연횡連衡을 하면서 서로 진眞과 위僞로 나뉘어 다투니, 제자諸子의 설은 마구 어지러워졌다. 〔戰國從衡, 眞僞分爭, 諸子之言紛然殽亂..〕" 라고 하는 구절이다. 그런데 반고의 ≪한서·예문지≫는 주로 유향劉向과 유흠劉歆 부자의 ≪칠략七略≫을 근거로 하여 초고를 만들었고, 그 ≪칠략≫ 가운데 하나가 "제자략諸子略"이다.

반고는 ≪한서·서전敍傳≫에서 스스로 이렇게 말했다. "복희씨가 팔괘를 만들고, 그 뒤에 문자가 생겨났다. 우虞나라를 비롯해 하夏나라, 상商나라, 주周나라가 잇달아 흥성하였다. 이에 공자는 그 나라들의 업적을 편찬하고, ≪서경≫을 정리하고, ≪시경≫을 다듬고, ≪주례≫를 편집하고, ≪악경≫을 바로잡고, 〈단전象傳〉과 〈계사繫辭〉로 ≪주역≫을 확대하였고, 노魯나라 역사를 바탕으로 ≪춘추≫의 필법을 세웠다. 그러나 여섯 종류의 경학經學이 완성되었으나, 난세를 당해 널리 퍼져 나가지 못했다. 이에 온갖 학설이 난무하고,

여러 사상가들이 떠들썩하게 일어났다. 진秦나라는 이것들을 없애 버렸고, 한漢나라는 그 결함을 보충하였다. 유향이 전적典籍을 관장 하면서 아홉 개 학파로 구분하였다. 이에 많은 책들의 목록이 드러 나고, 위대한 공훈과 업적이 간략하게나마 서술될 수 있었다. 〔虙犧 畫卦, 書契後作, 虞·夏·商·周, 孔纂其業, 簒≪書≫刪≪詩≫, 綴≪禮≫正≪樂≫·≪ 彖≫·≪系≫·≪大易≫, 因史立法. 六學旣登, 遭世罔弘, 群言紛亂, 諸子相騰, 秦人是滅, 漢修其缺, 劉向司籍, 九流以別. 爰著目錄, 略序洪烈.〕"

이 글을 보면 반고와 관계가 있는 "제자"라는 개념은 그가 처 음으로 만들어 낸 것이 아니고, 바로 유씨劉氏 부자에게서 나온 것 이다.

≪한서·예문지≫에서 이렇게 말했다.

성제成帝 때에 이르러서는 책들이 많이 흩어지고 없어져 알자謁者인 진농陳農을 시켜서 천하에 남아 있는 책들을 구해오도록 하였다. 광 록대부光祿大夫 유향에게 조칙詔勅을 내려 경전과 여러 사상가의 책 들 및 시부詩賦에 잘못된 것을 바로잡게 하고, 보병교위步兵校尉 임 굉任宏에게는 병서兵書를, 태사령太史令 윤함尹咸에게는 천문이나 점 서와 같은 책을, 그리고 시의侍醫인 이주국李柱國에게는 의약이나 양 생술과 관련된 책을 교정하게 하였다. 한 가지 책이 끝날 때마다 유향은 곧 그 편목篇目을 정리하고, 그렇게 정리한 취지를 모아 기 록하여 임금에게 올려 아뢰었다.
유향이 세상을 떠나자 애제哀帝는 다시 유향의 아들인 시중봉거도 위侍中奉車徒尉 유흠으로 하여금 부친의 사업을 마치도록 하였다. 유 흠은 많은 책들을 총괄하여 그것을 ≪칠략≫으로 만들어 임금께 올 려 아뢰었다. 그래서 ≪집략≫이 있고, ≪육예략≫이 있고, ≪제자 략≫이 있는 것이다. 〔至成帝時, 以書頗散亡, 使謁者陳農求遺書於天下. 詔光祿 大夫劉向校經傳諸子詩賦, 步兵校尉任宏校兵書, 太史令尹咸校數術, 侍醫李柱國校方 技. 每一書已, 向輒條其篇目, 撮其指意, 錄而奏之. 會向卒, 哀帝復使向子侍中奉車都 尉歆卒父業. 歆於是總群書而奏其七略, 故有輯略, 有六藝略, 有諸子略.〕

한나라 성제는 유향에게 제자諸子의 시부詩賦를 교정하게 했다. 그래서 선진시대부터 한나라 초기까지 각 학파의 학자들이나 그들의 저작을 가리키는데 쓰인 "제자"라는 개념이 여기에서 처음으로 나타났으니, 대체로 유향이 만들어 낸 것이라고 할 수 있다.

　　유향은 ≪관자管子≫와 ≪안자晏子≫ 등의 책을 교정하면서 또한 최초로 "제자"라는 관념을 언급하였으며, 그가 손경孫卿(순자荀子)을 위해 쓴 ≪손경서록孫卿書錄≫에서는 이렇게 말했다. "이때의 손경은 뛰어난 재능을 가지고 있었는데, 열다섯의 나이가 되어서야 제齊나라로 유학을 갔다. 그는 제자諸子의 학설은 전부 선왕의 법도에 맞지 않는다고 생각했다.〔是時, 孫卿有秀才, 年十五始來遊學. 諸子之事皆以爲非先王之法.〕"(≪전후한문全後漢文≫ 권37)

　　그 후 그의 아들인 유흠이〈태상박사를 비판하는 성토문〔移書讓太常博士〕〉에서도 "제자"의 개념에 대해 이렇게 언급하였다. "문제文帝 때에 이르러서야 비로소 태상장고太常掌故 조조晁錯를 시켜 복생으로부터 ≪상서≫를 전수받게 하였다. ≪상서≫는 집안의 벽 속에서 처음 출토될 때 죽간은 썩고 가죽 끈은 끊어졌지만, 지금도 그 책이 남아있다. 그런데 현재의 유학자들은 다만 띄어 읽는 법만을 전해줄 수 있을 뿐이지만, ≪시경≫에 관한 학설도 비로소 싹을 틔웠다. 이후 천하에 많은 책들이 꽤 자주 나타났다. 이것들 모두는 저명한 학자들〔諸子〕이 전해준 학설이기에 학관에 두루 퍼지게 하고, 박사를 두기까지 하였다.〔至孝文皇帝, 始使掌故晁錯從伏生受≪尙書≫. ≪尙書≫初出于屋壁, 朽折散絶. 今其書見在, 時師傳讀而已. ≪詩≫始萌牙. 天下衆書, 往往頗出, 皆諸子傳說, 猶廣立於學官, 爲置博士.〕"(≪전후한문≫ 권40)

　　그 후 유씨 부자가 "저명한 학자들의 책들〔諸子〕"을 교정해감에 따라 "제자"라는 개념이 점차 널리 퍼져 나갔다. ≪한서・선원육왕전宣元六王傳≫에는 다음과 같이 기록되어 있다.

동평사왕東平思王이 조빙朝聘을 와서 저명한 학자들의 책과 태사공 (사마천)의 저작을 구하려고 상소문을 올렸다. 이에 대해 임금께서 대장군인 왕봉王鳳에게 물었다. 왕봉이 대답했다. "신臣이 듣건대, 제후가 조빙을 올 때는 전장典章과 제도制度를 상고하고, 법도를 바르게 하여 도리가 아닌 것은 말하지 않아야 한다고 합니다. 그런데 지금 동평왕은 운 좋게 조빙을 오게 되었음에도 제도에 적합하고 예법을 엄히 지켜 위험한 실수를 막으려고 생각하지 않고, 저명한 학자들의 책을 요구하니, 이것은 조빙하는 의리가 아닙니다. 저명한 학자들의 책들은 간혹 경학經學을 반대하여 성인聖人을 비난하기도 하고, 때로는 귀신을 드러내어 괴이한 것들을 믿게 합니다. 그리고 태사공의 책에는 전국시대 때 합종연횡을 도모하던 권모의 술책, 한漢나라가 일어나던 초기에 일을 꾸미던 신하의 계책, 기상의 이변, 그리고 험준한 요새로 삼을 지형이 담겨 있습니다. 이 책들은 모두 마땅히 제후왕諸侯王에게 있어야 할 것들이 아닙니다." 〔東平思王來朝, 上疏求諸子及太史公書, 上以問大將軍王鳳, 對曰: "臣聞諸侯朝聘, 考文章, 正法度, 非禮不言. 今東平王幸得來朝, 不思制節謹度, 以防危失, 而求諸書, 非朝聘之義也. 諸子書或反經術, 非聖人, 或明鬼神, 信物怪. 太史公書有戰國從橫權譎之謀, 漢興之初謀臣奇策, 天官災異, 地形阨塞, 皆不宜在諸侯王."〕

≪한서·선원육왕전≫에는 다음과 같은 기록이 있다. "동평사왕 유우劉宇는 감로 2년에 왕으로 즉위하였다. ……유우가 재위한 지 20년 되던 해에 원제元帝가 승하하셨다. ……내후년에 조빙을 왔다. 〔東平思王宇, 甘露二年立. ……宇立二十年, 元帝崩. ……後年來朝.〕" 이 기록에 따라 추리해보면, 동평사왕 유우가 조빙을 와서 저명한 학자들의 책을 요구하는 상소문을 올린 것은 분명 건시建始 2년(B.C. 31)이며, 유우가 그 책들을 요구했다는 것은 당시에 그 책들의 교정 작업이 이미 대략 완성되었음을 입증해 준다.

저명한 학자들의 책〔諸子書〕에 대한 교정이 완성된 뒤, 비록 왕망王莽이 제후왕의 정치적 목적을 방비하려고 유우의 제자서諸子書

요구를 저지했다고 하더라도, 결코 이러한 저지로는 제자서가 당시 상류 사회에 전파되는 것을 막을 수는 없었다. 예를 들어 같은 시기의 양웅揚雄은 제자서를 읽고서 ≪법언法言·오자吾子≫를 창작해야겠다는 충동이 일어났다는 것이다. ≪한서·양웅전揚雄傳≫에서는 이렇게 기록하고 있다.

> (양)웅은 제자諸子가 각기 자신의 지식을 가지고 잘못된 방향으로 달려갔다고 생각했다. 다시 말해 성인聖人을 비방하는데, 괴상하면서도 현실에 맞지 않고, 교묘한 말과 그릇된 주장으로 어지럽히니, 비록 짧은 말이라도 끝내 중대한 도리〔大道〕를 파괴하고 무리를 미혹시켜 소문에 빠져 그것이 스스로 잘못되었다는 것을 알지 못하게 하였다는 것이다. 그리고 태사공이 여섯 나라를 기록한 것에는 초나라와 한나라를 거쳐 기린이 잡힌 것까지만 기록되어 있는데, 이는 성인의 것과 같지 않고, 옳고 그름이 경전과 상당히 다르다고 여겼다. 그래서 사람들이 때로 양웅에게 질문하면, 항상 법을 가지고 응답했다. 그가 13권의 책을 지었는데, ≪논어≫를 본떴으나, ≪법언≫이라고 불렀다. 〔(揚)雄見諸子各以其知舛馳, 大氐詆訾聖人, 卽爲怪迂, 析辯詭辭, 以撓世事, 雖小辯, 終破大道而或衆, 使溺於所聞而不自知其非也. 及太史公記六國, 歷楚漢, 記麟止, 不與聖人同, 是非頗謬於經. 故人時有問雄者, 常用法應之, 譔以爲十三卷, 象≪論語≫, 號曰≪法言≫.〕

≪법언≫은 양웅이 ≪논어≫를 모방하여 지은 책이며, 이 책의 두 번째 편이 〈오자〉이다. 그가 책을 쓰려고 했을 때 들었던 맨 처음의 생각을 이렇게 서술했다. "주공周公으로부터 내려와 공자에 이르러서 왕도王道가 이루어졌다. 그러나 그 후로 세상은 기본이 되는 왕도라는 규범에서 어그러지고 떨어져나가고, 저명한 학자들은 스스로를 빛나게 하려고 도모하기에 〈오자〉를 지었다. 〔降周迄孔, 成于王道, 然後誕章乖離, 諸子圖徹, 譔〈吾子〉.〕" 양웅이 보기에 "저명한

학자들이 스스로를 빛나게 하려고 도모하는 것"은 대부분 "괴상하면서도 현실에 맞지 않고", "뭇사람을 현혹하는 [惑衆]" 주장이었다. 그래서 그는 모두 마음에 들지 않아 〈오자〉를 창작하여 저명한 학자들의 책에 맞서려고 하였다.

우리는 양웅의 개별적인 사례를 통해 당시 저명한 학자들의 책이 전파된 상황을 대략적으로 엿볼 수 있다. 양웅이 만약 일시에 저명한 학자들의 책을 많이 읽지 않았다면, 그 책들을 이렇게 신속하면서도 직접적으로 반영할 수는 없었을 것이다.

총괄적으로 말하면, 유향은 선진시대의 "제자" 관념을 빌려와 선진시대부터 한나라 초기에 이르기까지 각 학파의 학자들이나 그들의 저작을 지칭하였다. 그 개념이 당시 어떤 취지에서 나온 것인지 지금의 우리로서는 자세히 알 길이 없다. 그렇지만 그가 선진시대의 "제자" 개념을 차용해 왔다는 점에 있어서만은 그의 탁월한 식견이 잘 드러난다.

주지하다시피 서주西周의 분봉제分封制가 와해되면서 뒤이어 주나라의 원래 방계 귀족이 몰락하기 시작했고, 귀족 신분의 "제자"들의 위치도 점차 암담해져갔다. 그러나 다른 한편으로 공자 이후 사사로운 글방이 뒤따라 일어나면서 방대한 문화 지식 집단인 '사士'가 일어나 정치 무대에서 원래의 분봉 귀족의 지위를 대체하고, 역사적으로 중요한 능력을 발휘하였다. 이 때문에 원래 귀족이라는 특권의 색채를 지닌 "제자"라는 단어가 춘추 말기 이후로는 새롭게 일어난 지식인[士人] 집단에 전용하게 되었다. 이것은 분명 이름과 실상이 서로 부합하는 것이며, 역사 발전의 법칙에 합치하는 것이다.

요컨대 "제자"라는 개념이 하부 계층으로 옮겨진 것은 춘추 전국시대의 정치문화 계층이 급격히 변화한 것을 보여주고 있다. 그리고 신흥 지식인의 계층이 보편적으로 받아들여졌을 뿐만 아니라, 또한 정치문화 생활에서 중요한 영역을 차지하게 되었음을 나타내고 있다.

2절 │ 제자諸子 개념의 발전

선진시대에서는 "제자"라는 개념이 아직 학술적인 의미로 나타나지 않았다. 그렇지만 "제자"에 대한 사람들의 관심과 연구가 영향을 받지는 않았다.

≪장자·천하天下≫ 편에서 최초로 "제자"를 학술적으로 분류하고 연구하는 것이 나타났다. 장자는 이렇게 말하였다. "세상이 아주 어지러워지자 어진 사람과 성인이 모습을 감추었다. 이에 도道와 덕德이 일치하지 않게 되고, 세상에는 일부만 살피고도 스스로 만족해하는 사람이 많아졌다. ……세상 모든 사람들이 제각기 하고 싶은 대로 하면서도 그것을 방술方術이라고 여기니 슬프다. 온갖 학파의 학자들〔諸子〕이 앞으로 나아가기만 할 뿐 (도의 근본으로) 돌이킬 줄 모르니, 필시 도와 만나지 못할 것이다. 후세의 배우는 사람들은 불행히도 천지의 순수함과 옛사람들의 큰 모습을 보지 못할 것이니, 도술道術이 세상 사람들 때문에 찢겨질 것이다. 〔天下大亂, 賢聖不明, 道德不一, 天下多得一察焉以自好. ……天下之人各爲其所欲焉以自爲方. 悲夫! 百家往而不反, 必不合矣. 後世之學者, 不幸不見天地之純, 古人之大體, 道術將爲天下裂.〕"

이 글에서 장자는 아래에 열거하는 여섯 개 그룹의 학파에 대해 언급하였다. 첫째는 유가 학파, 둘째는 묵적墨翟과 금활리禽滑釐 학파, 셋째는 송견宋鈃과 윤문尹文 학파, 넷째는 팽몽彭蒙과 전병田駢 및 신도愼到 학파, 다섯째는 관윤關尹과 노담老聃의 도가 학파, 여섯째는 혜시惠施와 공손룡公孫龍의 명가名家 학파이다.

그 뒤를 이어 ≪순자·비십이자≫에서는 다시 한걸음 더 나아가 "십이자十二子"의 개념을 제시하였다. 순자는 선진시대에 각 학파의 대표적 인물인 타효它囂를 비롯해 위모魏牟, 진중陳仲, 사추史鰌, 묵적, 송견, 전병, 신도, 혜시, 등석鄧析, 자사子思, 맹가孟軻 등 여섯 학파의 12명에 대해 비판을 가하고, 중니(공자)와 자궁子弓(공자의 제자)의 학설을 추종하는 것을 위주로 하여 결말을 지었다.

이와 동시에 ≪여씨춘추 · 심분람 · 불이不二≫에서도 다음과 같은 "제자십가諸子十家"를 언급하였다. "노탐老耽(노담老耼)은 부드러움을 중시하고, 공자는 인仁을 중시하고, 묵적은 청렴과 정직을 중시하고, 관윤은 마음의 순결을 중시하고, 열자列子는 욕심의 비움을 중시하고, 진병陳騈(전병田騈)은 균등함을 중시하고, 양생楊生(양주楊朱)은 자신을 중시하고, 손빈孫臏은 기세를 중시하고, 왕료王廖는 미리 계획을 세우는 것을 중시하고, 예량兒良은 먼저 양보했다가 약점을 파악한 뒤에 적에 대한 대책을 강구하는 것을 중시하였다. 〔老耽貴柔, 孔子貴仁, 墨翟貴廉, 關尹貴清, 子列子貴虛, 陳騈貴齊, 楊生貴己, 孫臏貴勢, 王廖貴先, 兒良貴後.〕"

이러한 것들은 그 당시 "제자"라는 개념의 대략적인 발전 상황을 보여주고 있다. 그런데 진병을 비롯한 양생, 왕료, 예량 등 네 개의 유파는 뒷날 거의 자취가 없어질 지경이 되어 세상에 알려지지 않았다.

선진시대의 유가는 공자 사후에 공개적으로 분열되어 이른바 "유가가 갈라져 여덟 개 유파로 되었다. 〔儒分爲八〕"라는 설이 있다. 이에 대해 ≪한비자 · 현학顯學≫에서는 이렇게 말하고 있다. "공자가 세상을 떠난 뒤로 자장의 유가가 있고, 자사의 유가가 있고, 안자의 유가가 있고, 맹씨의 유가가 있고, 칠조개의 유가가 있고, 중량씨의 유가가 있고, 순자의 유가가 있고, 악정씨의 유가가 있다. 〔自孔子之死也, 有子張之儒, 有子思之儒, 有顔氏之儒, 有孟氏之儒, 有漆雕氏之儒, 有仲良氏之儒, 有孫氏之儒, 有樂正氏之儒.〕" 그리고 선진시대 유학의 맨 마지막 인물인 순자는 〈비십이자〉에서 자사와 맹가 학파, 자장 같은 천한 무리의 유자, 자하 같은 천한 무리의 유자, 그리고 자유 같은 천한 무리의 유자를 비판하였다.

이것을 통해 유학 내부에 격렬한 투쟁의 정황을 알 수 있다. ≪순자≫와 ≪한비자≫에서 분류한 유가의 유파를 보면, 유가에서 분열된 파벌 역시 8개 학파〔家〕이상이니, 그 당시 유가사상 내부의 심각한 분열을 알 수 있다.

이러한 내부의 분열과 투쟁은 유가가 저명한 학파로서 그 당시에 영향력이 막대했다는 것과 관계되며, 각 유파는 모두 공자사상의 정통으로 행세하기를 희망하여 서로를 배척했을 가능성이 있다. ≪여씨춘추·중춘기仲春紀·당염當染≫에는 이렇게 기록되어 있다. "자공을 비롯해 자하, 증자는 공자로부터 배웠고, 전자방은 자공으로부터, 단간목은 자하로부터, 오기는 증자로부터 배웠다. …… 공자와 묵자의 후학으로 천하에 명예를 드날린 자가 많아서 이루 헤아릴 수 없이 많다. 그런데 이들은 모두 그들로부터 영향을 받았다고 하는 것이 마땅할 것이다. 〔子貢·子夏·曾子學於孔子, 田子方學於子貢, 段干木學於子夏, 吳起學於曾子. ……孔·墨之後學顯榮於天下者衆矣, 不可勝數, 皆所染者得當也.〕"

≪사기·유림열전≫에서도 다음과 같이 말하고 있다. "공자가 세상을 떠난 뒤에 70여 명의 제자들이 사방의 제후에게 유세하였다. 그래서 크게는 사부師傅를 비롯해 경卿, 상相이 되고, 작게는 사대부의 친구나 스승이 되었지만, 간혹 은거하여 나타나지 않는 사람들도 있었다. 자로는 위나라에, 자장은 진陳나라에, 담대자우는 초나라에, 그리고 자하는 서하西河에 자리를 잡았고, 자공은 제나라에서 생애를 마쳤다. 전자방을 비롯해 단간목, 오기, 금활희 등은 모두 자하 갈래의 인물로부터 학문을 전수받아 임금의 스승이 되었다. 이 무렵 유독 위魏나라의 문후만이 학문을 좋아하였다. 그

후로는 진시황에 이르기까지 학문이 점차 쇠퇴하여 천하는 전쟁의 시대에 돌입하여 서로 다투고, 유교의 학술은 이미 배척되었다. 그러나 제나라와 노나라에서만은 유독 학자들이 끊이지 않았다. 제나라의 위왕과 선왕의 시대에는 맹자나 순자와 같은 사람들이 모두 공자의 유업을 준수하면서 그에 더욱 광채를 더하여 그 학문을 당대에 드러나게 했다. 〔自孔子卒後, 七十子之徒散游諸侯, 大者爲師傅卿相, 小者友敎士大夫, 或隱而不見. 故子路居衛, 子張居陳, 澹臺子羽居楚, 子夏居西河, 子貢終於齊. 如田子方·段干木·吳起·禽滑釐之屬, 皆受業於子夏之倫, 爲王者師. 是時獨魏文侯好學. 后陵遲以至于始皇, 天下幷爭於戰國, 儒術旣絀焉, 然齊魯之間, 學者獨不廢也. 於威·宣之際, 孟子·荀卿之列, 咸遵夫子之業而潤色之, 以學顯於當世.〕"

이렇게 유가가 비록 어느 정도 분열되긴 했지만, 전체적으로 볼 때 이러한 분열이 그 학설에 광범위하게 영향을 끼친 것은 아니었다.

동진東晉(317~420)의 ≪도연명집陶淵明集≫에 있는 〈성현군보록聖賢群輔錄·팔유八儒〉에는 이렇게 기록되어 있다.

공자가 세상을 떠난 후에 그 학문이 천하로 흩어져 나가 온 나라에 베풀어지니, 제자백가의 근원을 이루고, 법도로 유가를 삼게 되었다. 흙담을 둘러친 좁은 집에 대문은 대나무로 엮고 창문은 담장을 뚫었는데, 그 창문에는 깨어진 옹기 주둥이를 박고 지도리에는 새끼줄을 감았다. 그런 집에 살면서 이틀에 한 번 밥을 먹을 뿐이면서도 도리에 따르는 것을 자신의 임무로 삼는 사람은 도리를 간직한 선비로서 바로 자사씨子思氏 학파의 행동들이다.
의관衣冠을 갖추고 동작을 온순하게 하며, 크게 양보하는 것을 마치 거만히 하는 것처럼 여기고, 작게 양보하는 것을 위선僞善이라 여기는 것이 자장씨子張氏 학파의 행동들이다.
안씨顔氏 학파는 ≪시≫를 전하는 것을 도리로 삼고, 풍자로 깨우치게 하는 것을 위주로 하는 유가가 되었다.

맹씨孟氏 학파는 ≪서≫를 전하는 것을 도리로 삼고, 서로 소통시키고 멀리까지 통달하는 것을 위주로 하는 유가가 되었다.

칠조씨漆雕氏 학파는 ≪예≫를 전하는 것을 도리로 삼고, 공손과 검소 그리고 씩씩함과 공경을 위주로 하는 유가가 되었다.

중량씨仲梁氏 학파는 ≪악≫을 전하는 것을 도리로 삼고, 음양陰陽을 조화롭게 하여 풍속을 바꾸어 놓는 것을 위주로 하는 유가가 되었다.

악정씨樂正氏 학파는 ≪춘추≫를 전하는 것을 도리로 삼고, 문장을 연결하되 역사적 사실을 대구對句가 되게 하는 것을 위주로 하는 유가가 되었다.

공손씨公孫氏 학파는 ≪역≫을 전하는 것을 도리로 삼고, 순결하여 사악함이 없도록 애쓰는 것을 위주로 하는 유가가 되었다.〔夫子沒後, 散於天下, 設於中國, 成百氏之源, 爲綱紀之儒. 居環堵之室, 蓽門圭竇, 甕牖繩樞, 倂日而食, 以道自居者, 有道之儒, 子思氏之所行也. 衣冠中, 動作順, 大讓如慢, 小讓如僞者, 子張氏之所行也. 顔氏傳≪詩≫爲道, 爲諷諫之儒. 孟氏傳≪書≫爲道, 爲疎通致遠之儒. 漆雕氏傳≪禮≫爲道, 爲恭儉莊敬之儒. 仲梁氏傳≪樂≫爲道, 以和陰陽, 爲移風易俗之儒. 樂正氏傳≪春秋≫爲道, 爲屬辭比事之儒. 公孫氏傳≪易≫爲道, 爲潔淨精微之儒.〕

〈성현군보록〉이 도연명의 작품인지 여부는 예로부터 견해가 일치하지 않았으며, 지금까지도 정론이 없다. 그러나 그 글이 북조北朝(386~581)의 양휴지陽休之(508~582)가 편집한 ≪정절선생집靖節先生集≫에 최초로 나타나는 것을 보면, 분명 늦어도 북조시대 이전의 것일 것이다. 〈성현군보록〉은 ≪한비자≫에서 "유가가 갈라져 여덟 개 유파로 되었다."는 구분의 기초 위에서 각 유파마다 전수하고 계승한 학술에 대해 모두 명확하게 서술하고 있다. 이것으로부터 선진 유학이 번성했다는 것을 알 수 있다.

춘추전국시대에 유가가 각 유파로 분화되었다가 곧 맹자와 순자에 이르는 발전 과정에 관해서 주여동이 〈공자에서 맹자와 순자까지 — 전국시대의 유가 유파와 유가 경전의 전수[從孔子到孟荀 - 戰國時的儒家派別和儒經傳授]〉라는 대작에서 이미 상세한 묘사와 탐구가 있으니,1) 본문의 부족함을 보충할 수 있을 것이다.

한나라에서 선진의 여러 학자에 대해 분류하고 연구한 것으로 가장 권위 있는 논문 2편은 서한 서마담司馬談의 〈여섯 학파의 요지를 논함[論六家要旨]〉(《사기 · 태사공자서太史公自序》)과 동한 반고의 《한서 · 예문지》이다. 이것들에 대해 여태까지 논의된 것이 비교적 많다. 〈여섯 학파의 요지를 논함〉은 음양가를 비롯해 유가, 묵가, 명가, 법가, 도덕가道德家[도가道家] 등 여섯 학파의 우열을 집중적으로 논의하면서 도가가 으뜸이라고 강력히 주장한다. 그리고 《한서 · 예문지》는 유가를 비롯해 도가, 음양가, 법가, 명가, 묵가, 종횡가, 잡가, 농가, 소설가 등 "제자십가諸子十家"의 기원과 발전 및 특징에 중점을 두고 탐구했다. 이 둘 모두는 서로 다른 각도에서 후대의 사람들이 선진의 여러 학파를 연구하는데 견고한 기초가 되었다.

한나라 이후 여러 학파의 영향은 비좁은 정치의 영역에서부터 광활한 사상 문화의 각계각층으로 전파되어 나가기 시작했다. 남조南朝의 소량蕭梁(502~557) 시기에 이르러 유협劉勰(465~520)이 《문심조룡文心雕龍》에서 문체론文體論의 각도에서 여러 학파의 발전과 변천 및 문체의 특징에 대해 거시적인 탐구를 전개했다. 유협은 다음과 같이 말했다. "전국시대 이전은 성인의 세대에서 멀리 떨어지지 않았다. 그래서 시간을 초월한 고상한 견해로 스스로 한 학파를 개척할 수 있었다. 그러나 동한과 서한 이후에는 학파의 체제와 기세가 침체되어 미약해져 비록 학문의 대도에는 밝았지만 대부분 옛것에 의지해서 찾아낸 것이다. 이것은 성인의 세대에서 멀

---

1) 주여동 저, 주유쟁 편집 교정, 《공자, 성인 공자와 주희》, 상해인민출판사, 2012, 65~82쪽.

고 가까움으로 인해 점차 변한 것이다. 〔自六國以前, 去聖未遠, 故能越世高談, 自開戶牖. 兩漢以後, 體勢浸弱, 雖明乎坦途, 而類多依採, 此遠近之漸變也.〕"(《문심조룡·제자諸子》)

이런 논리적 판단에는 여러 학파의 학설 대부분이 포함된다. 여러 학파의 책들이 선진시대에는 실전失傳되어 양한兩漢시대에는 그 학파들이 말류에 처하게 되었다. 여러 학파에서 전형적이고 영향력이 비교적 큰 저술은 한나라 이후에 거의 나타나지 않았다. 수隋나라 왕통王通의 《문중자文中子》와 같은 경우는 정말 특별한 사례이다.

명청시대 이래로 여러 학파의 책〔諸子書〕을 한데 모아 계속 인쇄 출판하고 있다. 그 가운데 청나라 광서光緒(1875~1908) 초기에 절강서국浙江書局이 편집하여 간행한 《이십이자二十二子》는 역대 학자들, 특히 청대의 여러 대가들이 여러 학파의 책을 정리하고 연구한 성과를 모으는데 치중하였으며, 역대 판본 중에 교정과 주해가 정밀한 것들을 편집한 것으로 영향력이 크다. 그리고 1982년부터는 중화서국中華書局이 《신편제자집성新編諸子集成》을 편집 출판하기 시작하여 2010년에 이르러 이미 40종을 출판했다. 최근 몇 년간 여러 학파의 학술을 정리하고 연구하는 것이 갈수록 학자들의 주목을 받고 있으며, 이에 대한 연구는 제자 학술의 연구는 마치 동쪽 바다에서 처음 떠오르는 해와 같이 전망이 밝다.

3절 │ 제자諸子와 경학經學의 원류

주지하다시피 제자백가의 사상 체계는 중화민족의 넓고도 심오한 문화사상의 체계를 구축했다. 예를 들면 공자와 맹자 그리고 순자를 중심으로 하는 유가사상의 체계, 노자와 장자를 핵심으로 하는 도가사상의 체계, 손무孫武와 손빈孫臏을 대표로 하는 병가사상의 체계 등등이다. 한마디로 말하면 제자백가는 중국 학술 문화 사상의 중요한 원천이며, 그 속에는 풍부한 문화와 사상 및 학술의 자료가 보전되어 있다. 무릇 고대의 철학을 비롯해 정치, 경제, 역사, 문학, 문자학, 그리고 고대의 자연과학 등을 연구하는데 있어서 모두 제자백가의 책들에서 벗어날 수 없다.

고대의 경經을 비롯한 사史, 자子, 집集 사부四部의 영향에서 보면, 제자諸子의 영향은 결코 자부子部에만 국한되지 않는다. 청대의 요화姚華(1876~1930)는 이렇게 말했다. "각 학파의 학설이 자기 생각대로의 것이고, 그 법도가 똑같지 않다. 그러나 모두 제자諸子라는 말로 묶어진다. 제자라는 것은 사史의 분파(옛일과 세상에 알려지지 않은 재미있는 이야기를 기록하고, 시사 문제를 평론함)이며, 집集의 효시(운문〔文〕과 산문〔筆〕을 함께 기록함)이다.〔家之言私, 其制非一, 而皆總於諸子. 諸子者, 史之別派(記載 古事佚聞, 時書評論), 集之先河(文筆幷錄)也.〕"(≪논문후편論文後編・목록 상목록上≫)

제자가 "사史의 분파"(즉 사부史部의 분파)이자 "집集의 효시"라고 한 것은 그의 사부史部와 집부集部에 대한 중요한 영향을 가리킨다. 사실은 선진의 제자가 여기에 그치지 않으며, 또한 "경經"학의 원류인 동시에 경부經部의 형성에 끼친 영향도 적지 않다. ≪논어≫와 ≪맹자≫를 보면 가장 잘 드러난다. ≪논어≫와 ≪맹자≫는 후세에 유가의 13부部 경전 중의 하나로서 그 최초의 형태는 모두 "제자백가" 중의 하나였다가, 나중에 제자諸子에서 유가의 경전으로 승격된 것이다.

≪논어≫는 공자와 그 제자들의 말씀을 간추려 기록한 체제의 작품인데, 선진 시기에 "자부子部"의 서적으로 높여지기까지는 상당히 오랜 시간의 과정을 거쳐야 했다. 한나라에 이르러서야 ≪논어≫가 비로소 "자부"의 책에서 "경부經部"의 책으로 그 지위가 상승되었다. 이에 관해서는 다음 절에서 상세히 논의할 것이다.

≪맹자≫가 "자부"의 책에서 "경부"의 책이 된 시기는 훨씬 늦은 북송 때이다. 조익趙翼(1727~1814)은 ≪구북시화甌北詩話≫에서 이렇게 말했다. "생각건대 당나라 이전에는 ≪맹자≫가 제자서 중의 하나일 뿐이어서 홀로 중시된 적이 없었다. 한유가 처음으로 높이 받들기는 했지만, 또한 학업 과목으로 세우기를 요청하지는 않았다. 〔按唐以前≪孟子≫雜於諸子中, 從未有獨尊之者. 昌黎始推尊之, 然亦未請立學.〕"2) 선진 시기에 ≪맹자≫가 결코 특별한 존중을 받은 적이 없었다. 전국시대 후기에 유학의 신예인 순자가 〈비십이자〉 편에서 자사와 맹자 학파를 다음과 같이 비판하였다.

대략 고대 성왕을 법으로 삼기는 했으나, 그 근본을 알지는 못한다. 그러나 오히려 재주는 많고 뜻이 원대하며, 보고들은 것이 풍부하고 넓다. 지나간 옛 설을 근거로 또 다른 설을 만들어 그것을 오상五常이라고 말한다. 그러나 매우 괴팍스러워 예법에 맞지 않으며, 애매한데도 설명하지 않고, 답답하게 막혀 있는데도 해명하지 않는다. 그런데도 자신들의 말을 꾸미고 그것을 공경하며 말하기를

2) (청) 조익趙翼 저, 곽송림霍松林 · 호주우胡主佑 표점 교감, ≪구북시화甌北詩話≫ 권11 〈피일휴皮日休〉, 인민문학출판사, 1963, 164쪽.

"이것이 진정 공자의 말씀이다."라고 한다. 자사가 이를 제창하고, 맹가孟軻가 여기에 동조하였다. 세상의 어리석은 자들은 시끌벅적 떠들어대면서 이들의 잘못이 무엇인지 알지 못하고, 마침내 그 학설을 받아들여 전하면서 중니와 자궁이 이들로 인해 후세에 존중받게 되었다고 생각한다. 이는 곧 자사와 맹가의 죄이다.〔略法先王而不知其統, 然而猶材劇志大, 聞見雜博. 案往舊造說, 謂之五行, 甚僻違而無類, 幽隱而無說, 閉約而無解. 案飾其辭而祇敬之, 曰: "此眞先君子之言也." 子思唱之, 孟軻和之. 世俗之溝猶瞀儒・嚾嚾然不知其所非也, 遂受而傳之, 以爲仲尼子弓爲玆厚於後世. 是則子思孟軻之罪也.〕3)

격렬한 말투와 강렬한 적의로 맹자 학설의 편향성과 과실을 질책하고 있다. 진나라와 한나라 이후 당나라 초기에 이르기까지 맹자의 지위는 높지 않았다. 맹자는 단지 일반적인 유가의 학자로 비춰졌으며, ≪맹자≫라는 책은 "자부" 항목에 포함되었다. 특히 동한 때는 맹자에 대한 태도가 판이하게 다른 두 갈래, 즉 "맹자를 비난하는 그룹〔非孟〕"과 "맹자를 존숭하는 그룹〔尊孟〕"으로 형성되기 시작했다. "맹자를 비난하는 그룹"은 왕충王充(27~104)의 ≪논형論衡≫과 같은 것이다. 여기에는 특별히 〈자맹刺孟〉이라는 편이 있는데, 맹자의 여덟 가지 부분을 열거하며 하나하나 비평을 가하고 있다.

"맹자를 존숭하는 그룹"은 조기趙岐(?~201)와 같은 사람이다. 그는 탁월한 혜안에다 ≪맹자≫에 대한 호의로 ≪맹자≫라는 저작을 정리하고, 또 주석을 달아 유명한 ≪맹자장구孟子章句≫를 완성하여 ≪맹자≫ 전파의 역사에 일등공신이 되었다. ≪맹자≫ 7편은 이 때문에 세상에 전해지고, 잃어버리는 일을 면할 수 있었다.

이와 동시에 조기는 〈맹자제사孟子題辭〉를 지어 맹자의 생애를 정리하고, ≪맹자≫를 주석할 때 맹자를 "아성亞聖"으로 높이고, 아

---

3) (청) 왕선겸王先謙 저, 심소환沈嘯寰・왕성현王星賢 표점 교감, ≪순자집해荀子集解≫ 권6, 중화서국, 1988, 94~95쪽.

울러 서한 문제文帝(B.C. 180~B.C. 157 재위) 때 ≪맹자≫에 "전기박사傳記博士"를 두었던 일을 끄집어내었다. 그러나 조기가 말한 서한 때 ≪맹자≫에 "박사"를 두었다는 것은 역사적으로 검증되지 않은 것이기에 사람들로부터 의심스럽다는 질문을 받아야만 했다. 또 맹자를 "아성"으로 높인 것 역시 유감스럽게도 천여 년간 호응하는 사람이 아무도 없었다. 가장 전형적인 예가 초당初唐(618~711) 때이다. 당시 당 태종은 좌구명左丘明에서부터 범녕范寧에 이르기까지 22명의 유학자를 공자의 사당에 배향하도록 더 늘렸으며, 당나라 현종玄宗은 안연을 "아성"으로 봉했다. 그러나 이때 "공문십철孔門十哲" 등은 물론이고 맹자도 언급되지 않았다.

다만 중당中唐(766~835) 이후에 이르러 상황이 바뀌어 점차로 맹자의 이름이 공자 쪽으로 다가가 공자에 버금가는 "현인賢人"이 되면서 맹자에게도 봉호가 내려지고, ≪맹자≫는 유가 경전의 대열에 들어가야 한다는 의견이 제기되었다. 그 후로 지위가 점점 높아졌다.

당나라 대종代宗 보응寶應 2년(763)에 예부시랑禮部侍郎 양관楊綰이 글을 올려 ≪맹자≫를 ≪논어≫나 ≪효경≫ 등과 나란히 두고, "과거시험[明經]"의 과목에 추가할 것을 건의했다. 한유는 〈원도原道〉라는 글에서 최초로 유가의 "도통道統"을 언급하면서 맹자를 공자의 계승자로까지 높이고, 또 "공자와 맹자[孔孟]"로 당나라 초기의 "공자와 안연[孔淵]"을 대체했다. 당나라 말기에 피일휴皮日休는 조정에 글을 올려 ≪맹자≫를 독립된 하나의 경전으로 시험을 치를 것을 주장했다. 그러나 애석하게도 최고 통치자의 주목을 받지는 못했다.

북송 초기에 류개柳開(948~1001) 등은 피일휴의 영향을 받아 맹자를 아주 존경했다. 그리고 송나라 진종眞宗 때는 ≪맹자≫를 교정하기 시작했고, 특히 인종仁宗 때는 "맹자를 받드는 것[尊孟]"이 하나의 사상적 흐름이 되었다. 주로 범중엄范仲淹과 구양수歐陽修를 대표로 삼는데, 범중엄은 "천하 사람과 함께 즐거워하고 천하 사람과 함께 근심한다.〔樂以天下, 憂以天下.〕"(≪맹자·양혜왕 하≫)라는 맹자의 사상을 발표하고, "천하가 근심하기에 앞서 근심하고, 천하가 즐거워한 뒤에 즐거워해야 한다.〔先天下之憂而憂, 後天下之樂而樂.〕"(≪범문정집范文正集≫ 권7 〈악양루기岳陽樓記〉)라는 그의 모범적인 인격의 풍모를 드러내보였다. 구양수는 "공자 후에는 오직 맹가만이 도를 가장 잘 알았다.〔孔子之後, 惟孟軻最知道.〕"(≪문충집文忠集≫ 권66 〈장수재에게 보낸 두 번째 편지〔與張秀才第二書〕〉)라고 주장했다.

송나라 인종 경우景祐 5년(1038)에는 추현鄒縣에 맹자의 사당〔孟廟〕을 완공하여 공손추公孫丑와 만장萬章 등을 배향했다. 송나라 신종神宗 희녕熙寧과 원풍元豊 연간에는 '맹자를 받드는 것'이 한층 더 고조되었다. 그 당시 '낙학洛學'을 비롯해 '관학關學', '신학新學' 등이 비록 정치적 의견에서는 달랐지만, '맹자를 받드는 것'에 있어서는 일치했다. 왕안석의 변법變法이 실패한 후 '신학'이 폐기되고 배척을 당했음에도 불구하고 '맹자를 받드는' 추세는 오히려 통치자에게 모조리 다 받아들여졌다. 송나라 영종寧宗 가정嘉定 5년(1212)에 주희의 ≪맹자집주≫와 ≪논어집주≫가 함께 국가공인〔官方〕의 학문으로 중시되었다. 같은 시기에 목록학目錄學의 대가인 진진손陳振孫의 ≪직재서록해제直齋書錄解題≫ 목록학 분야에서도 ≪맹자≫를 '자부子部'에서 '경부經部'로 상승시켰다.

여기에 이르기까지 천여 년의 변화를 두루 겪으며 ≪맹자≫는 '제자서諸子書'에서 정식으로 '십삼경十三經'의 지위로 승격되면서 중요한 유가의 전적이 되었다.4)

─────────────

4) 앞에서 서술한 ≪맹자≫ 지위의 승격 과정에 대해, 본문은 요점만을 서술하였으니, 자세한 내용은 이준수李峻岫의 ≪한당 맹자 학술론漢唐孟子學術論≫(제노서사齊魯書社, 2010) 등의 논저를 참조.

4절 | ≪논어≫의 지위 격상

공자는 보통 사람에서 시작하여 세상을 깨우치는 성인聖人에 이른 사람이다. 춘추시대가 시작되면서부터 신성화된 그의 형상은 그 제자들과 선진의 여러 사상가들의 손을 거치면서 점점 더 위대하게 되었다. 우리는 "보통 사람에서 성인으로 - 공자 이미지의 신격화" 장章에서 선진 시기에 공자의 신격화 과정을 살펴보았다. 진한秦漢 시기로 내려오면서 공자의 지위는 날로 높아져 ≪논어≫는 "일곱 경전〔七經〕"의 반열에 올랐다.

진나라 때에는 많은 유생들이 ≪논어≫를 연구하고 전수하였으며, 간혹 박사博士(여러 사상가의 가르침을 전수하고 기록하는 관리로서의 박사)를 정해 두기도 하였다. ≪사기·봉선서封禪書≫에는 다음과 같은 기록이 있다. "(진시황은) 제위에 오른 지 3년 되는 해에 동쪽으로 군현을 시찰하다가 추역산騶嶧山에 이르러 제사를 올리고 진나라의 공로와 업적을 찬양하였다. 이 원행遠行에 제나라와 노나라의 유생 및 박사 70명이 따랐는데 태산 아래에 이르렀다. ……진시황이 이들의 논의를 들어보니, 각기 달라 시행하기가 어려웠다. 그래서 유생儒生의 수를 줄였다.〔(秦始皇)卽帝位三年, 東巡郡縣, 祠騶嶧山, 頌秦功業. 於是徵從齊魯之儒生博士七十人, 至乎泰山下. ……始皇聞此議各乖異, 難施用, 由此絀儒生.〕" 진시황이 이때는 단지 유생의 수를 줄이기만 하였지만, 진시황 34년에 이르러서는 책을 불태우고 유생들을 생매장하였다. 진시황 3년에서부터 34년까지 31년 동안은 유학이 짧지만 비교적 안정적인 발전을 이루었다. 또한 왕충王充도 ≪논형·서해書解≫에서 다음과 같이 기록하였다. "진나라가 비록 도리에 어그러지기는 했지만, 여러 선생의 서적을 불태우지는 않았다. 여러 선생의 죽간의 글들은 모두 남아있었다. 〔秦雖無道, 不燔諸子, 諸子尺書, 文篇具在.〕" 이러한 기록을 근거로 하여 대유戴維는 이렇게 주장하였다. "≪논어≫는 여러 선생의 책들 가운데 하나였으므로, 아마 태워 없앨 목록에는 포함되지 않았을 것이다. 설령 태워졌다고 해도 박사의 수중에 또한 있었을 것이고, 각 지방 유생들의 수중에도 소각을 면한 책들이 있었을 것이다. 이미 유생들이 있고, 또 원전도 있고, 더욱이 분서焚書와 금서禁書의 목록에 들어있지 않았다면, 진나라 때 ≪논어≫의 연구와 전승이 이루어진 것은 마땅하다고 볼 수 있을 것이다. 다만 문헌이 누락되어 서술의 실마리를 찾지 못할 뿐이다."5) 그의 추론은 합리적이고 믿을 만하다.

서한 때부터 ≪논어≫는 한 권의 중요한 책으로 여겨지기 시작했고, 일부 지식인들에게는 반드시 읽어야 할 책이 되었다. ≪논어≫가 경전으로 변화된 것은 역시 서한 때에 시작되고, 또 그 시기에 완성되었다.

1. ≪논어≫의 원래 이름이 ≪공자孔子≫였다는 학설

≪논어≫라는 이름이 언제부터 시작되었는지에 대해서는 현재까지 확정된 이론은 없다. ≪논어≫라는 책이름은 ≪예기・방기坊記≫에 최초로 나타난다. ≪예기・방기≫를 누가 지었는가에 대해서는 옛사람들의 견해가 일치하지 않는다. 조기빈趙紀彬은 다음과 같이 말했다. "사실 ≪논어≫라는 책이름은 한漢나라 때 처음으로

---

5) 대유戴維, ≪논어학사論語學史≫, 악록서사岳麓書社, 2011, 44쪽.

나타났다. 장병린章炳麟이 말한 ≪예기·방기≫, 동중서의 ≪춘추번로春秋繁露≫, 육가陸賈의 ≪신어新語≫ 외에도 가의賈誼의 ≪신서新書≫와 같은 책 역시 한나라 사람이 지은 책이다." 이러한 사실에 근거하여 조기빈은 선진시대 ≪논어≫의 책이름은 원래 ≪공자≫로, 마치 맹자가 지은 책을 ≪맹자≫라고 부른 것과 마찬가지라고 주장하였다. 그는 또 이렇게도 말했다. "오늘날 ≪논어≫라고 부르는 책은 도대체 선진 시기에는 어떤 제목이었을까? 이 문제에 대해 적호翟灝는 이렇게 말했다. '어떤 학자는 ≪논어≫라는 책이 선진 시기에는 마치 맹자가 지은 책을 ≪맹자≫라고 부르는 것처럼 ≪공자≫로 불렸을 것 같았다고 했다. 이것은 ≪시자尸子·광택廣澤≫에서 '≪묵자≫는 함께 사랑하는 것[兼]을, ≪공자≫는 공평한 것[公]을, ≪황자皇子≫는 정성스러운 것[衷]을, ≪전자田子≫는 균등한 것[均]을, ≪열자≫는 욕심 비우는 것[虛]을, ≪요자料子≫는 구별 짓는 것[別]을 귀하게 여겼다. [≪墨子≫貴兼, ≪孔子≫貴公, ≪皇子≫貴衷, ≪田子≫貴均, ≪列子≫貴虛, ≪料子≫貴別.]'라고 말한 것에 근거한 것이다.' 이것은 ≪공자≫가 일찍이 제자백가서에 포함되었다는 것이다. ≪논형·본성本性≫에서는 '공자는 도덕을 수립한 시조이며, 제자백가 중에서 가장 뛰어난 사람이다. [孔子, 道德之祖, 諸子之中最卓者也.]'라고 하였다. 이 말이 비록 공자를 높이는 것이기는 하나, 당시에 공자를 제자백가와 동등하게 여긴다는 것을 또한 은연중에 이미 드러내는 것이다. 어떤 학자의 이런 발언은 받아들일 만하며 허황된 것이 아니다.(≪사서고이四書考異·총고總考≫ 14) 적호는 선진 시기에 ≪논어≫라는 책이름과 함께 또한 '≪공자≫라는 다른 이름으로 부르기도 했다.'라고 여기는데, 아마도 맞거나 틀릴 확률이 반반씩 되는 것 같다. 그러나 이것으로부터 깨우침을 얻어 도리어 다음과 같이 단언하였다. '≪공자≫는 선진 시기의 옛 책이름이고, ≪논어≫는 바로 한나라 때 새로 만든 이름인데, 두 가지 이름이 동시에 통용된 것이 아니라, 전후로 서로 교체되어 사용되었다. 간단히 말해서 오늘날 ≪논어≫로 불리는 책이 선진 시기에는 본래 ≪공자≫라는 이름으로 불렸다는 것이다."6) 뒤이어 조기빈은 19가지의 사례를 통해 "≪논어≫라는 책이 선진 시기에는 본래 ≪공자≫라는 이름이었다는 것을 의심할 여지가 없다고 말할 수 있다."7)는 것을 증명하였다. 그러나 안타깝게도 그의 이러한 주장은 동조하는 사람들이 많지 않았다. 사실은 조기빈이 제시한 19가지 사례를 세심히 살펴보면, 전혀 이치가 없는 것은 아니며, 중시할 만한 가치가 있다. 만약 조기빈의 주장이 성립될 수 있다면, 선진 시기에 ≪논어≫가 여러 사상가의 책 가운데 한 권의 책으로 유전되었던 원래의 모습이 더욱 분명해질 것이다.

한나라 이후에 ≪논어≫는 벌써 "경經" 또는 "전傳"으로 불려졌다. 황수기黃壽祺는 "≪논어≫가 처음에는 ≪전傳≫이라는 이름으로 불렸는데, 공안국孔安國의 제자인 부경扶卿이 처음으로 ≪논어≫라는 이름으로 불렀다."8)라고 말했다. ≪논어≫의 호칭이 ≪…경≫ 또는 ≪…전≫인가 하는 문제에 대해 피석서皮錫瑞는 다음과 같이 설명하였다.

공자가 말씀하신 것이 분명한 것은 "경經"이라 하고, 제자들이 풀이한 것은 "전傳" 또는 "기記"라고 하였다. 그리고 제자들의 손을 거치면서 전수된 것을 "설說"이라고 하였다. ≪시경≫을 비롯해 ≪서경≫, ≪예기≫, ≪악경≫, ≪역경≫, ≪춘추≫ 등의 "육예六藝"는 공자가

---

6) 조기빈趙紀彬, 〈논어신탐 머리말(論語新探導言)〉, ≪중국철학中國哲學≫ 제10집, 삼련서점, 1983.

7) 조기빈, 〈논어신탐 머리말〉, ≪중국철학≫ 제10집, 삼련서점, 1983.

8) 황수기黃壽祺, ≪군경요략群經要略≫, 화동사범대학출판사華東師大學出版社, 2000.

손수 제정한 것이므로 "경經"이라고 불렀다. ······≪논어≫는 공자의 말씀을 기록한 것이지만, 공자가 지은 것이 아니고 제자들의 편찬으로 나온 것이다. 그래서 단지 "전傳"이라고만 불렀다. 한나라 사람들이 ≪논어≫를 인용할 때 "전傳"이라고 부르는 경우가 많았다. 〔孔子所定謂之經. 弟子所釋謂之傳, 或謂之記. 弟子展轉相授謂之說. 惟≪詩≫·≪書≫·≪禮≫·≪樂≫·≪易≫·≪春秋≫六藝乃孔子所手定, 得稱爲經. ······≪論語≫記孔子言而非孔子所作, 出於弟子撰定, 故亦但名爲傳. 漢人引≪論語≫多稱傳.〕9)

한나라 때의 책이나 문인들의 저술 속에서 ≪논어≫가 "경" 또는 "전"으로 불렸다는 견해는 학계에서의 인식이 일치하고 있다. 그러나 어떤 학자는 다음과 같이 말하기도 한다. "한나라 때 사람들은 ≪논어≫를 ≪맹자≫나 ≪순자≫ 또는 ≪묵자≫ 등과 마찬가지로 여러 사상가들의 책 중에 하나라고 여겼다. 한나라 사람들은 또한 ≪논어≫를 경전經典을 보조하는 '전傳' 또는 '기記'로 여겼다." 이 두 가지 상황을 애써 함께 섞게 되면, 억지로 끌어다 붙이는 꼴을 면할 수도 없고 실제의 사정을 얻을 수도 없다. 서한 초기에 왕실의 도서와 문헌이 부족하여 선진시대의 흩어지거나 알려지지 않은 책들을 정리하는 일은 당시 국가 문화정책의 급선무였다. 또 공자를 정통正統으로 삼아야 한다는 정치적 필요성에 의해 ≪논어≫를 여러 사상가의 책이라는 수준에서 '전' 또는 '기'의 수준으로 승격시켰다. 이것은 서한의 정치제도를 수립하고 발전시키려는 과정의 필연적 결과였다.

≪한서·유림열전≫에는 다음과 같은 기록이 실려 있다. "한나라의 고조가 항우를 주살하고 군대를 거느리고 노나라를 포위하였다. 노나라에서는 선비들이 여전히 경전을 가르치고 소리 내어 읽

---

9) (청淸) 피석서皮錫瑞, 주여동周予同 주석注釋, ≪경학의 역사(經學歷史)≫, 중화서국, 2004, 39쪽.

으며, 예의를 익히며, ≪시경≫을 노래하는 소리가 끊어지지 않았으니, 어찌 성인의 교화가 남아있고 학문을 좋아하는 나라라고 하지 않겠는가? 이리하여 한나라의 뭇 선비들도 비로소 그 경전의 학문을 닦고, 대사례나 향음주례를 익힐 수 있게 되었다. 숙손통叔孫通은 한나라의 예의를 제정하여 봉상奉常의 벼슬을 얻고, 함께 제정했던 여러 제자들은 모두 관리가 되었다. 이렇게 된 이후에야 한나라의 학문이 빠르게 흥성하였다. 〔及高皇帝誅項籍, 引兵圍魯, 魯中諸儒尙講誦習禮, 弦歌之音不絶, 豈非聖人遺化好學之國哉? 於是諸儒始得修其經學, 講習大射鄕飮之禮. 叔孫通作漢禮儀, 因爲奉常, 諸弟子共定者, 咸爲選首, 然後喟然興於學.〕"

한나라의 고조 유방劉邦은 숙손통과 같은 유생들을 중용하여 예절과 의식儀式을 확립하고 천하를 다스렸다. 학문의 융성은 오래 가지 못하고, 유방마저 세상을 떠나자, "효혜제孝惠帝와 고황후高皇后 때에는 공경公卿의 대신들이 모두 무력으로 공을 세운 신하들이었다. 효문제孝文帝 때에는 유생들이 제법 등용되었지만, 효문제 자신은 본래 형명刑名의 학설을 좋아하였다. 효경제孝景帝 때에는 유생을 등용하지 않았으며, 두태후竇太后는 황로黃老의 학설을 좋아하였다. 그래서 여러 박사들이 응당 관리로 배치되어야 했지만, 기다리며 언제 등용이 될지 물어보기만 했을 뿐 관직에 나아간 사람은 없었다. 〔孝惠·高后時, 公卿皆武力功臣. 孝文時頗登用, 然孝文本好刑名之言. 及至孝景, 不任儒, 竇太后又好黃老術, 故諸博士具官待問, 未有進者.〕"(≪한서·유림열전≫) 혜제와 문제 및 경제의 세 조정에서는 황로의 학설이 성행하였으나, 사람들이 공자의 사상을 전파하거나 받아들이는 데는 결코 영향을 주지는 못하였다. 당시에 유학은 충분히 중시될 만한 사상적 지위에 놓여 있지도 않았으며, 성행하던 황로의 학설과 갈등을 일으키거나 이익이 충돌되는 데 있지도 않았다. 그렇기 때문에 유방이 한나라를 건국하던 초기에 조서詔書로 정한 유학의 갖가지 예절과 의식의 제도가 변함없이 전파되고 성행하였으며, ≪논어≫의 "전傳"과

"기記"로서의 지위 역시 뚜렷하게 타격을 받지 않았다.

2. 서한 시기에 ≪논어≫의 박사博士 제도를 설치했다는 학설

동한 때 조기趙岐가 쓴 〈맹자 머리말[孟子題辭]〉에는 다음과 같은 말이 있다. "한나라가 흥기하면서 진나라의 포학한 금령을 없애고, 도와 덕을 갖춘 인재들을 초빙하였다. 효문제는 학문을 탐구할 길을 넓히고자 하여 ≪논어≫를 비롯해 ≪효경≫, ≪맹자≫, ≪이아爾雅≫에 모두 박사를 두었다. 그 후에 ≪전傳≫과 ≪기記≫의 박사를 폐지하고, 오경五經에만 박사를 두었을 뿐이다. [漢興, 除秦虐禁, 開延道德, 孝文皇帝欲廣遊學之路, ≪論語≫·≪孝經≫·≪孟子≫·≪爾雅≫皆置博士後罷≪傳≫·≪記≫博士, 獨立五經而已.]" 조기의 머리말보다 시기가 조금 늦은 ≪문심조룡文心雕龍·지하指瑕≫에서도 이렇게 말했다. "한나라 효문제 때 ≪논어≫를 비롯해 ≪효경≫, ≪맹자≫, ≪이아≫에 모두 박사를 두었다. [孝文時, ≪論語≫·≪孝經≫·≪孟子≫·≪爾雅≫皆置博士.]" ≪사고전서총목四庫全書總目·경부經部·사서류四書類≫에서도 다음과 같이 말했다. "≪논어≫는 한나라 문제文帝 때부터 박사를 두었다. 조기가 쓴 ≪맹자≫의 머리말에 따르면, 한나라 문제 때 일찍이 박사를 두었으나, 오래지 않아 폐지되었기 때문에 역사서에 기록되지 않았다고 한다. [≪論語≫自漢文帝時立博士. ≪孟子≫據趙岐題詞, 文帝時亦嘗立博士, 以其旋罷, 故史不載.]" 이상의 문헌들에 의거하면, 서한 문제 때 이미 관부官府에 ≪논어≫의 박사를 두었다.

만약 ≪사고전서총목≫에서 말한 것과 같다면, 역사서에 기록되지 않았기 때문에 (문제 때부터 박사를 두었다는 사실이) 후세 사람들의 의심을 사지 않을 수 없다. 그런데 만약 피석서의 ≪경학의 역사

[經學歷史]≫처럼 ≪한서·유림전≫의 기록, 즉 문제는 형명刑名의 학문을 좋아하여 "여러 박사들이 응당 관리로 배치되어야 했지만, 기다리며 언제 등용이 될지 물어보기만 했을 뿐 관직에 나아간 사람은 없었다."는 말에 근거하게 되면, 조기의 기록을 의심하고, 문제 때 ≪논어≫의 박사를 두었다는 견해를 부정하게 된다.10) 상당수 후대의 학자들은 피석서의 견해를 따르고 있다.

≪논어≫의 박사가 설치된 것을 부정하는 피석서의 견해에는 몇 가지 주목할 만한 점이 있다.

첫째, 조기趙岐 이전에도 서한의 학자인 유흠劉歆이 문제 때 널리 박사를 두었다는 견해를 피력한 것이 이미 있다. ≪한서·초원왕전楚元王傳≫에서는 유흠의 〈태상박사를 비판하는 성토문〉을 인용하여 다음과 같이 말하고 있다.

한나라가 흥기하였으나, 탁월한 군주와 영명한 임금들이 세상을 떠난 지 오래되자, 공자의 도道 또한 끊어져 유학의 법도를 이어나갈 수가 없게 되었다. 당시에는 숙손통만이 홀로 유교의 대략적인 예절과 의식을 제정하고, 천하에는 오직 점서인 ≪주역≫만 존재하여 다른 경서는 남아있지 않았다. ……효문제에 이르러, ……천하에 여러 책들이 종종 꽤 나타났는데, 모두 여러 사상가들이 경전을 풀이한 책들이라 곧 널리 학교를 세우고 박사를 두었다. 한나라 조정에서 유학자로는 가의賈誼가 유일하였다. 〔漢興, 去聖帝明王邈遠, 仲尼之道又絶, 法度無所因襲. 時獨有一叔孫通略定禮儀, 天下唯有≪易≫卜, 未有它書. …… 至孝文皇帝, ……衆書往往頗出, 皆諸子傳說, 猶廣立於學官, 爲置博士. 在漢朝之儒, 唯賈生而已.〕

한나라 문제가 선진시대의 책들을 널리 전파하기 위해 "학교를 세우고, 박사를 두었다." 위의 말에는 비록 구체적인 학관이나

10) (청) 피석서, 주여동 주해, ≪경학의 역사≫, 중화서국, 2004, 82쪽.

박사의 명칭을 언급하지는 않았지만, "모두 여러 사상가들이 경전을 풀이한 책들"이라는 구절로 미루어 볼 때, 응당 ≪논어≫에도 박사라는 관직을 두었을 것이다. 왜냐하면 "여러 사상가〔諸子〕"이든 "그들이 경전을 풀이한 책"이든 모든 말이 ≪논어≫를 벗어날 수 없기 때문이다. 단지 "문제가 형명刑名의 학설을 좋아하여" "여러 박사들이 응당 관리로 배치되어야 했지만, 기다리며 언제 등용이 될지 물어보기만 했을 뿐 관직에 나아간 사람은 없었다."라는 구절만을 가지고 유흠이 언급한 것, 즉 문제가 일찍이 "여러 사상가들이 경전을 풀이한 책들"을 위하여 널리 박사들 두고 학교를 세웠다는 견해를 부정할 수는 없다. (문제 때부터 박사를 두었다는 사실이) 역사서에 기재되지 않은 것은 ≪사고전서총목≫에서 이미 아주 분명하게 "그것이 오래지 않아 폐지되었기 때문"이라고 설명하듯이 바로 그 설치 시기가 매우 짧았기 때문이다.

둘째, 문제가 재위하던 기간에 ≪논어≫에 박사를 설치했는지의 여부와 상관없이 그가 ≪논어≫로부터 깊은 영향을 받았다는 것은 바로 인정해야 할 사실이다. ≪사기・문제본기文帝本紀≫에서는 다음과 같이 말했다. "태사공(사마천)이 말하기를, 공자께서 '반드시 한 세대가 지난 뒤에야 어진 정치가 행해질 것이다. 선한 사람이 나라를 다스린 지 100년이 지나야 잔인하고 흉포한 사람을 교화하고 착하게 하여 사형을 없앨 수 있다.'라고 말씀하셨으니, 진실하도다, 이 말씀이여! 한나라가 흥기하여 효문제에 이르기까지 40여 년 동안 군주의 덕이 지극히 성대하였다. 점차로 역법曆法을 고치고 복색服色을 확정하여 천자로 하여금 하늘에 제사를 올리는 데로 나아갔으니, 그 겸손하게 사양하는 모습을 지금도 이루지 못하고 있다. 아아, 어찌 어질다고 하지 않겠는가! 〔太史公曰: 孔子言'必世然後仁. 善人之治國百年, 亦可以勝殘去殺'. 誠哉是言! 漢興, 至孝文四十有餘載, 德至盛也. 廩廩鄕改正服封禪矣, 謙讓未成於今. 嗚呼, 豈不仁哉!〕"

사마친이 문제文帝의 어진 정치를 찬양한 것에서 보면, 공자의 어진 정치에 대한 견해가 문제에게 영향을 미쳤음을 볼 수 있다. ≪사기집해史記集解≫ 권10에서는 공안국의 다음과 같은 말을 인용하였다. "30년을 한 세대世代라고 한다. 만약 천명을 받고 왕이 된 자라면, 반드시 30년 사이에 어진 정치를 이룰 것이다. 〔三十年日世. 如有受命王者, 必三十年仁政乃成.〕" 어진 정치를 이루려고 하는 것은 필연적으로 ≪논어≫가 전파된 영향에 달려 있는 것이라 하겠다.

셋째, 문제가 재위하는 동안 ≪논어≫에 박사를 둔 것은 물론이고, ≪논어≫의 지위가 오경五經보다 높았다는 것 역시 의심할 여지가 없는 사실이다. 왕국유王國維는 ≪한위박사고漢魏博士考≫에서 문제가 ≪논어≫에 박사를 두었는지에 대한 분분한 의견을 피하면서 한나라 때의 구체적인 역사의 기록을 증거삼아 ≪논어≫와 ≪효경≫의 지위가 오경五經보다 높았다는 사실로 최종적인 결론을 내렸다. 그는 다음과 같이 말했다. "한나라 때는 ≪논어≫와 ≪효경≫ 및 고문자학古文字學인 소학小學을 받아들이기는 하였으나, 하나의 경전으로는 받아들이지 않았다. 그런데 하나의 경전으로 받아들이지 않으면서 ≪논어≫와 ≪효경≫에 앞서 받아들이는 것은 없었다." "한나라 때 ≪논어≫와 ≪효경≫의 전파가 실제로 오경五經보다 광범위했기 때문에 박사를 두었느냐 두지 않았느냐 하는 것으로 그 융성과 쇠망을 판단하는 것이 아니다." 왕국유의 고증에 의하면, ≪논어≫는 공자의 언행을 기록한 책이라고 여겨 한나라 때의 그 지위는 공자가 편찬하고 정리한 오경의 위에 있으면서 훨씬 더 숭상을 받고, 그 전파 역시 훨씬 광범위했다.

이로 미루어 보면, 문제가 ≪논어≫에 박사를 두었느냐 두지 않았느냐는 ≪논어≫의 전파와 수용에 조금도 영향을 미치지 않았다. 한나라에서 문제 이후에는 ≪논어≫가 박사제도의 반열에 있지 않았다. 그러나 그 실질적인 지위와 영향은 박사제도에 편제된 오경의 그것을 훨씬 능가하였다.

3. ≪논어≫와 관련된 저술의 성행

≪논어≫의 전파와 수용이 한나라 때 번성했다는 것은 ≪한서·예문지≫의 저술목록을 통해 그 대체적인 양상을 엿볼 수 있다. ≪한서·예문지≫의 기록에 의하면, 한나라 때 ≪논어≫와 관련된 저술은 "총 12전문가[家]의 229편"이라고 한다. 이러한 수량은 육경六經이나 ≪효경≫과 비교해도 조금도 손색이 없다. ≪한서·예문지≫에 근거하여 아래에서 열거한 다른 경전들에 대한 여러 사상가들의 저작과 비교하면 다음과 같다.

≪역경≫ : 총 13전문가의 294편
≪서경≫ : 총 9전문가의 412편
≪시경≫ : 총 6전문가의 416권
≪예기≫ : 총 13전문가의 555편
≪악기[樂]≫ : 총 6전문가의 165편
≪춘추≫ : 총 23전문가의 948편, ≪태사공太史公≫ 4편은 생략
≪효경≫ : 총 11전문가의 59편

위에서 비교한 목록을 통해 쉽게 알 수 있는 것은 ≪역경≫과 ≪예기≫ 및 ≪춘추≫ 세 가지만 전문가 수에 있어 ≪논어≫를 상회하고 있다는 것이다. 그런데 만약 우리가 이 세 가지를 다시 한 걸음 더 깊이 살펴보면, 다음과 같은 내재적 원인을 발견할 수 있다.

⑴ ≪역경≫ : 선진시대의 책들 가운데 진나라가 자행한 분서갱유의 재난에서 유독 ≪주역≫만은 전해질 수 있었다. 그 이유에 대해 ≪한서·예문지≫에서는 다음과 같이 기술하고 있다. "진나라 때 책들이 불태워졌다. 그런데 ≪역경≫은 점치는 일을 다루고 있어서 전승이 끊어지지 않았다. 〔及秦燔書, 而≪易≫爲筮卜之事, 傳者不絶.〕" ≪한서·유림열전≫에서도 다음과 같이 말하고 있다. "진나라가 유학을 가르치고 배우는 것을 금지시켰다. 그러나 ≪역경≫은 점치는 책으로 여겨 유독 금지시키지 않았다. 그래서 전수자가 끊어지지 않았다. 〔及秦禁學, ≪易≫爲筮卜之書, 獨不禁, 故傳受者不絶也.〕" ≪한서·초원왕전≫에서도 유흠의 〈태상박사를 비판하는 성토문〉을 인용하여 또한 이렇게 말하고 있다. "한나라가 건국되었으나 탁월한 군주와 영명한 제왕이 세상을 떠난 지가 오래되고, 공자의 도道도 또 끊어져 유학의 법도를 이어받을 곳이 없었다. 그러나 당시 숙손통만이 홀로 유교의 예절과 의식을 대체적으로 제정하고, 천하에는 오직 점서인 ≪역경≫만 있고 다른 책들은 존재하지 않았다. 〔漢興, 去聖帝明王遐遠, 仲尼之道又絶, 法度無所因襲. 時獨有一叔孫通略定禮儀, 天下唯有≪易≫卜, 未有它書.〕" 이 때문에 ≪주역≫과 관련된 저술들은 진나라가 자행한 분서갱유의 재난을 면할 수 있었고, 그와 관련된 저술도 비교적 많은 수량이 보존되었다. 설령 이와 같다고 하더라도, 위에서 서술한 저술의 수량을 비교해보면, ≪논어≫와 관련된 저술의 수량이 ≪역경≫에 비해 단지 조금 부족할 뿐이다.

⑵ ≪예기≫ : ≪예기≫와 관련된 저술은 "총 13전문가"에 의한 것이다. 그러나 실질적인 내용은 여러 가지가 뒤섞여 있다. ≪한서·예문지≫에 기록된 것에 따르면, ≪주례周禮≫ 등과 같이 예절과 관련된 책들을 제외하더라도 또한 ≪명당음양설明堂陰陽說≫ 5편, ≪군례사마법軍禮司馬法≫ 155편, ≪고봉선군사古封禪群祀≫와 ≪봉선의대封禪議對≫ 19편, ≪한봉선군사漢封禪群祀≫ 36편, ≪석거의주石渠議

奏≫ 38편이 들어 있다. 만약 이러한 저술들을 포함시키지 않고 계산한다면, ≪예기≫에 관련된 저술의 수량은 분명 ≪논어≫만 같지 못할 것이다.

(3) ≪춘추≫ : ≪한서·예문지≫의 기록에 의하면, ≪춘추≫와 관련된 저술의 수량이 가장 많다. 그중에 ≪춘추≫를 해석한 세 가지 전傳과 직접 관련된 것은 또한 겨우 12전문가에 불과하며, 그 나머지는 ≪춘추≫와 관련된 저술에 섞여 들어온 것이 매우 많다. 예를 들면 ≪추씨전鄒氏傳≫ 11권, ≪협씨전夾氏傳≫ 11권, ≪석거의주石渠議奏≫ 39편, ≪국어國語≫ 21편, ≪신국어新國語≫ 54편, ≪세본世本≫ 15편, ≪전국책戰國策≫ 23편, ≪진사秦事≫ 20편, ≪초한춘추楚漢春秋≫ 9편, ≪태사공太史公≫ 130편, ≪한저기漢著記≫ 190권 등과 같은 것이 그것이다. 만약 위에서 말한 저술들을 포함시키지 않는다면, ≪춘추≫를 해석한 세 가지 전傳과 관련된 저술의 수량 역시 ≪논어≫의 풍부함에 미치지 못한다.

이 밖에 ≪한서·예문지≫ 속에서 ≪논어≫가 배열된 순서 또한 중시해야 할 것으로, 한나라 사람들의 마음속에 ≪논어≫가 중요한 지위를 차지하고 있었음을 알 수 있다. ≪한서·예문지≫는 육경六經 다음에 ≪논어≫를 맨 먼저 배열하고, 그 다음에 ≪효경≫을 두고서 동시에 "≪효경≫은 공자가 증자曾子에게 효도에 대해 진술한 것이다.〔≪孝經≫者, 孔子爲曾子陳孝道也.〕"라고 하였다. 이 말로 미루어 보면, ≪효경≫이 ≪논어≫ 바로 뒤에 놓인 것은 또한 공자로부터 비롯된 원인이라는 것을 알 수 있다. ≪효경≫ 다음에 소학小學(고문자학古文字學)이 놓인 것 역시 아마 공자와 관련이 있을 것이다. 전기박錢基博(1887~1957)은 공자가 일찍이 육경을 편찬하면서 문자들을 바로잡았다고 여겨 다음과 같이 말했다.

창힐倉頡이 처음 문자를 만들 때 형상을 비슷하게 본떴기 때문에 문文이라고 하였다. 그 후에 형부形符와 성부聲符를 함께 보탠 것을 자字라고 하였다. 죽간이나 비단에다 글을 쓴 것을 서書라고 하였다. 서書라는 것은 이러한 것이다. 오제五帝와 삼왕三王이 세상을 다스리는 동안 시간이 지나면서 문자의 모양이 달라졌다. 태산에서 하늘에 제사를 지낸 72대의 제왕 시기에도 동일한 문자는 있지 않았다. 주나라 선왕宣王 때 태사太史인 주주籀가 ≪대전大篆≫ 15편을 지었는데, 옛날 문자와 간혹 달랐다. 공자가 육경의 편찬에 종사할 때에 먼저 문자를 고증하여 바로잡았다. 춘추시대에는 비록 창힐과 사주史籀가 남긴 것을 따르기는 하였으나, 옛날에는 문자를 만드는 전문가가 많아 그 문자가 아직도 종종 남아 있어 간혹 서로가 아주 달랐다. 분화된 나라에 있어서는 문자를 달리하는 경우가 더욱 많았다. 공자는 어떤 나라를 방문하게 되면, 반드시 그 나라의 정치에 대해 듣고, 또 역사를 담당하는 관리〔舊史氏〕가 소장하는 책을 열람하였다. 그리하여 공자는 120개 나라의 역사서를 비롯해 잃어버린 글, 참위서讖緯書, 멀리 떨어진 지방의 방언까지 모두 알고 있었다. 이런 지식을 바탕으로 육경을 편찬하면서 그 문자들 가운데 품위가 있고 상스럽지 않은 것을 택하여 사용하고, 그것으로 옛 문자를 대신해 글을 지었다. 공자는 품위 있고 상스럽지 않은 말로 ≪시경≫과 ≪서경≫에서 예제禮制를 지켜내었다. 육경 가운데 공자의 편찬을 거치지 않은 것은 그 글이 품위가 있지도 않고 상스럽다. 추측컨대 공자 당시에 필시 전적으로 문자만을 논의한 책이 있었을 것이다. 그러한 것이 허신許慎이 지은 ≪설문해자說文解字≫의 글에도 인용되어 나타나 있다. 예를 들면 '일一 자를 삼三 자에 꿰면 왕王 자가 된다.', '십十 자에 일一 자를 더하면 사士 자가 된다.', '기장〔黍〕으로 술을 만들 수 있다. (그래서) 벼〔禾〕에 물〔水〕을 넣은 것이다.' 등등이 그와 같은 것이다. 이와 같은 부류에 대해 그 설명에서 모두 공자로부터 인용했다고 하였다. 이것이 바로 공자가 문자를 바로잡았다는 증거이다.11)

이러한 까닭에 ≪한서·예문지≫에서는 ≪논어≫와 ≪효경≫ 및 소학小學을 모두 넓은 의미에서 "육예六藝의 글[六藝之文]"이라는 반열에 포함시키고, 아울러 "육예를 차례대로 배열하면 9종이 된다. [序六藝爲九種]"라고 설명하였다. 이것은 바로 육경에다 ≪논어≫와 ≪효경≫ 및 소학을 더하여 모두 9종으로 계산하고, 넓은 의미에서 "육예"에 귀속시킨 것이다. 육예란 사실 바로 육경六經으로, 한나라의 사람들이 육경을 다르게 표현한 것이다.

≪사기·골계열전滑稽列傳≫에서는 이렇게 말했다. "공자가 말씀하시기를 '육예는 (강조하는 점은 다르더라도) 세상을 다스리는데 있어서는 (그 작용이) 한결같다.'라고 하셨다. ≪예기≫는 사람을 예절에 따라 행동하게 하는 것으로써, ≪악기≫는 화목한 마음을 발하게 하는 것으로써, ≪서경≫은 역사적 사실을 말하게 하는 것으로써, ≪시경≫은 생각을 표현하게 하는 것으로써, ≪역경≫은 신령神靈의 교화로써, ≪춘추≫는 의로움으로써 다스린다. [孔子曰: 六藝於治一也. ≪禮≫以節人, ≪樂≫以發和, ≪書≫以道事, ≪詩≫以達意, ≪易≫以神化, ≪春秋≫以義.]"사마천이 여기서 말하고 있는 육예는 바로 유가의 육경六經이다. 또한 ≪한서·예문지≫에서는 육예의 다음으로 비로소 유가를 비롯해 도가, 음양가 등의 여러 사상가를 10가지 학파[十家]로 나누어 서술하였다. 그리고 아주 분명하게 ≪논어≫와 ≪효경≫ 등을 유가의 전적에서 따로 분류하고, 이 두 전적을 찬양하여 육경과 더불어 나란히 존중받는 지위에 이르도록 하였다. 이러한 사실은 서한의 소제와 선제 이래로 ≪논어≫와 ≪효경≫에 대해 관부官府가 인가했던 상황과 부합한다.

---

11) 전기박錢基博, ≪중국문학사中國文學史≫, 중화서국, 1993, 20~24쪽.

4. ≪논어≫와 칠경七經

≪논어≫가 유가의 전적 중에서 단독으로 구분되고, 이것이 찬양되어 "육경"과 더불어 나란히 존중받는 지위에 이르게 된 것은 아마도 한나라 무제 때 이루어졌을 것이다. 그렇게 된 것은 아래와 같은 몇 가지 측면에서 원인을 찾을 수 있다.

첫째, 한나라 무제가 "제자백가를 배척하고, 오직 유가의 학술만을 높인다. 〔罷黜百家, 獨尊儒家.〕"라는 정치적 요구에 영합하기 위해서였다. 무제 때 오경(그 가운데 ≪악경樂經≫은 이미 망실됨)에 박사를 두었다. 그래서 ≪한서·무제본기≫에서는 이를 "효무황제孝武皇帝께서 즉위하자마자 갑자기 제자백가를 배척하고, 육경을 널리 알려 칭찬하셨다. 〔孝武初立, 卓然罷黜百家, 表章六經.〕"라는 말로 찬양하였다. 이 일은 동중서의 건의를 채택한 것으로, 그 취지는 사상을 통일하여 천하일통天下一統의 국면을 형성하려는데 있었다. 동중서는 무제에게 다음과 같은 말로 간언하였다.

> ≪춘추≫의 대일통大一統12)이라는 것은 하늘과 땅의 영원한 법규요, 옛날과 지금의 보편적인 도리이기 때문입니다. 오늘날에는 스승들마다 도道를 달리하고, 사람들마다 의론을 달리하고, 모든 학파가 방도를 다르게 하여 그 지향하는 뜻이 동일하지 않습니다. 이 때문에 위에서는 전체의 통일을 유지할 수가 없습니다. 그리고 법률과 제도가 자주 바뀌어 아래에서는 지켜야 할 바를 알지 못하고 있습니다. 저의 어리석은 생각으로는 육예六藝의 과목과 공자의 학

---

12) (역주) 이 말은 ≪춘추공양전≫ 은공隱公 원년元年에 "어째서 왕정월王正月이라고 말했는가? 크게 하나로 통일하기 위해서이다. 〔何言乎王正月? 大一統也.〕"라는 구절에서 나왔다.

술에 있지 않은 것은 그 도를 끊어버려 함께 나아가지 못하게 해야 합니다. 그리하여 간사하고 치우친 학설들이 없어진 뒤에야 기강이 (하나로 될 수 있고 법도가) 밝아져 백성들이 따라야 할 바를 알게 될 것입니다. 〔春秋大一統者, 天地之常經, 古今之通誼也. 今師異道, 人異論, 百家殊方, 指意不同, 是以上亡以持一統. 法制數變, 下不知所守. 臣愚以爲諸不在六藝之科孔子之術者, 皆絶其道, 勿使並進. 邪辟之說滅息, 然後統紀(可一而法度)可明, 民知所從矣.〕(《한서·동중서전董仲舒傳》)

"제자백가를 배척하고, 오직 유가의 학술만을 높인다."라는 유명한 상소문의 이 부분에서 동중서는 오직 "육예의 과목과 공자의 학술"만을 숭상해야 한다고 제의하였다. 이것에 위배되는 것은 "모두 그 도를 끊어버려 함께 나아가지 못하게 하십시오."라고 하고, 이렇게 되면 천하일통天下一統의 목적을 이룰 수 있다고 하였다. 이것으로써 우리는 다음과 같은 사실을 알 수 있다. 즉 "오직 유가의 학술만을 숭상해야 한다."라고 생각한 동중서는 "육예의 과목과 공자의 학술"을 유가의 원칙이자 학설 및 사상으로 여겼다는 것이다. "육예의 과목과 공자의 학술"이라고 한 것은 사실상 "칠경七經"을 유가학설의 근본으로 삼은 것이다. "육예의 과목"이란 말은 바로 공자가 편찬한 《시경》을 비롯한 《서경》, 《예기》, 《악기》, 《역경》, 《춘추》에서 나온 것이며, "공자의 학술"이란 말은 바로 《논어》로, 공자의 언행을 기록한 것이다. 그리고 얼마 후에 《효경》을 끌어들인 것은 추측컨대 그 원인이 또한 공자와 관련이 있는 것 같다. 그것은 바로 《한서·예문지》에서 다음과 같이 풀이한 말 때문이다. "《효경》은 공자가 증자에게 효도에 대해 진술한 책이다. 〔《孝經》者, 孔子爲曾子陳孝道也.〕"

서한 사람들은 《효경》을 효도와 관련된 공자의 견해를 기록한 책이라고 여겼다. 그래서 《논어》 바로 뒤에 《효경》을 배열하고 "육예六藝"로 불렀다. 그리고 이것이 바로 넓은 의미에서 육경에 포함시킨 사례이다. 이로 말미암아 《논어》와 《효경》은 "육경"과 함께 존중되는 경전의 지위를 얻게 되었다. 게다가 서한 사람들은 소학小學을 중시하였는데, 반고의 《한서·예문지》에서는 넓은 의미에서 "육예의 글"에 소학을 포함시켰다. "칠경七經"과 "팔경八經" 및 "구경九經"이라는 견해가 점차 무르익어 가게 되자 《한서·예문지》는 "육예의 글"이라는 조목을 통해 육경에 《시경》을 비롯해 《서경》, 《예기》, 《악기》, 《역경》, 《춘추》 외에도 그 범위를 넓혀 《논어》와 《효경》 및 소학小學의 세 가지를 포함시켰다. 이로써 "구경九經"이라는 골격이 서한 시기에 이미 점점 형성되어가고 있었다는 것을 알 수 있다. 그런데 《논어》와 《효경》 및 소학小學 중에서 《논어》는 공자의 언행이 기록된 중요한 책이라고 여겨 가장 먼저 "육경"과 나란히 놓이면서 "칠경七經"으로 받들어졌다.

둘째, 한나라에서는 소제昭帝 때부터 《논어》를 역대 황제와 태자들의 필독서로 삼았다. 《한서·소제기》에는 시원始元 5년(B.C. 82)에 소제가 다음과 같은 조서를 내렸다고 기록되어 있다. "짐이 보잘것없는 몸으로 종묘를 보존할 책임을 지게 되니, 전전긍긍하며 아침 일찍 일어나고 밤늦게까지 깨어 있으면서 옛 제왕의 일을 배우고, 《보부전保傳傳》을 비롯해 《효경》, 《논어》, 《상서尙書》를 통독하였다. 하지만 아직 이것들에 밝다고 말할 수 없다. 〔朕以眇身獲保宗廟, 戰戰栗栗, 夙興夜寐, 修古帝王之事, 通《保傅傳》·《孝經》·《論語》·《尙書》, 未云有明.〕" 소제 이후에 《논어》는 더더욱 서한의 역대 황제들로부터 중시되었다. 《한서·선제기宣帝記》에는 원평元平 원년(B.C. 74) 가을 7월에 곽광霍光이 임금께 다음과 같은 의견서를 올렸다고 기록되어 있다. "한나라 무제武帝의 증손자인 병이病已에게 궁중의 내궁에서 살면서 돌봄을 받도록 하라는 조서가 내려졌는데, 18세가 될 때까지 ≪시경≫을 비롯해 ≪논어≫, ≪효경≫ 등을 배워 품행이 반듯하고 검소하며 인자하여 사람들을 사랑하니, 소제昭帝를 이어받은 후에는 선대의 제왕들을 계승하고 만백성을 자식처럼 여길 것입니다.〔孝武皇帝曾孫病已, 有詔掖庭養視, 至今年十八, 師受≪詩≫·≪論語≫·≪孝經≫, 操行節儉, 慈仁愛人, 可以嗣孝昭皇帝後, 奉承祖宗, 子萬姓.〕"이 의견서에서 곽광은 선제를 옹립하는 이유를 특별히 다음과 같이 언급했다. "(선제는) ≪논어≫, ≪효경≫ 등을 배워 품행이 반듯하고 검소하며 인자하여 사람들을 사랑한다." 이것을 통해서 당시 사람들이 ≪논어≫와 ≪효경≫을 중시했다는 것을 알 수 있다.

선제 때 석거각石渠閣에서 회의가 열렸는데, 이것은 오경의 배열을 확정하려는 한 차례의 대규모 학술 회의였다. ≪한서·예문지≫의 저자가 기록한 것을 보면, ≪논어≫와 ≪효경≫ 역시 그 회의의 대상에 있었다. ≪한서·예문지≫의 ≪논어≫ 부류에서는 "≪의주議奏≫ 18편. 석거각에서 논의함〔≪議奏≫+八篇, 石渠論〕"이라고, ≪효경≫ 부류에서는 "≪오경잡의五經雜議≫ 18편. 석거각에서 논의함〔≪五經雜議≫+八篇, 石渠論〕"이라고 말하고 있다. 이것으로부터 당시에 ≪논어≫와 ≪효경≫이 이미 오경五經과 함께 상당한 위치에 있었음을 알 수 있다. ≪한서·예문지≫의 기록을 근거로 당시의 상세한 상황을 추측해 볼 수 있다.

≪논어≫ 부류에서는 단독으로 "≪의주議奏≫ 18편. 석거각에서 논의함"이라 하고, ≪효경≫ 부류에서는 모호하게 "≪오경잡의五經雜議≫ 18편, 석거각에서 논의함"이라 하였다. 이것으로부터 ≪논어≫는 독립된 부류로 여긴데다 토론과 정리도 그렇게 되었으며, ≪효경≫은 "오경"이라는 경전류에 뒤섞여 넣어져 ≪논어≫와 같이 단독적인 부류가 되는데 이르지는 못했다는 것을 알 수 있다. 이러한 점에 근거해보면, 또한 당시에 ≪논어≫는 이미 육경(≪악경≫

은 이미 없어졌음)과 완전히 동등하게 중시되었다고 추측할 수 있다.

또 ≪한서·예문지≫의 기록에 따르면, 단독으로 부류를 이룬
데다 토론과 정리도 그렇게 된 것은 ≪논어≫를 제외하고 겨우 ≪서
경≫과 ≪예기≫ 및 ≪춘추≫의 세 경전만 있을 뿐이고, 나머지
≪시경≫을 비롯해 ≪역경≫, ≪악기≫ 등은 아마도 모종의 원인
으로 말미암아 단독으로 부류를 이루지 않은 것으로 토론하고 정
리하였다. ≪한서·예문지≫의 기록에 의거하면, "≪서경≫"의 부
류는 "≪의주議奏≫ 42편. 선제 때 석거각에서 논의함〔≪議奏≫四十二
篇, 宣帝時石渠論〕"으로, "≪예기≫"의 부류는 "≪의주≫ 38편. 석거각
〔≪議奏≫三十八篇, 石渠〕"으로, "≪춘추≫"의 부류는 "≪의주≫ 39편. 석
거각에서 논의함〔≪議奏≫三十九篇, 石渠論〕"으로 되어 있다. 이러한 문
헌 기록의 비교를 통해서 ≪논어≫가 당시에 중요한 지위에 있었
다는 것을 한층 더 두드러지게 나타내었다. 선제 때 ≪논어≫가 이
와 같이 중시된 것은 무제 때 ≪논어≫를 매우 중시했던 것과 밀
접한 연관이 있다.

또 ≪한서·소광전疏廣傳≫에는 다음과 같은 기록이 있다. "(내
가 태자의 사부師傅로) 재직한 지 5년 되던 해에 태자는 12세였는데,
≪논어≫와 ≪효경≫을 완전히 이해하고 있었다. 〔在位五歲, 皇太子年十二,
通≪論語≫·≪孝經≫.〕" 소광에게 학문을 전수받은 사람은 선제의 태자
로, 훗날에 한나라의 원제元帝이다. ≪한서·평제기平帝紀≫에는 다
음과 같은 기록이 있다. "원시元始 5년(A.D. 6)에 평제平帝가 천하를
정복하고서, 흩어져 없어진 유가의 경전〔逸經〕을 비롯해 고기古記,
천문天文, 역산曆算, 종율鍾律, 소학小學, 사편史篇, 방술方術, 본초本草,
오경, ≪논어≫, ≪효경≫, ≪이아≫ 등을 가르칠 사람에게 통지하
고 한 장의 추천장과 타고 올 마차를 보내 서울에 오게 하였더니,
이르는 사람이 수천 명이었다. 〔徵天下通知逸經·古記·天文·曆算·鍾律·小

學·史篇·方術·本草及以五經·≪論語≫·≪孝經≫·≪爾雅≫教授者，在所爲駕一封軺傳，
遺詣京師．至者數千人．〕"

동한 이후에 이러한 풍조는 더욱 심해졌다. 동한의 포함包咸과
포복包福 부자는 2대에 걸쳐 당시 황제의 스승 신분으로 ≪논어장
구論語章句≫를 지어 큰 영향을 미쳤다. ≪후한서·유림열전≫의 기
록에 따르면, 포함은 "≪노시魯詩≫와 ≪논어≫를 배웠다. ……건무
建武 연간(25~56)에 조정에 들어가 태자에게 ≪논어≫를 가르치고,
또 ≪논어장구≫를 지었다. 〔習≪魯詩≫·≪論語≫. ……建武中, 入授皇太子≪論
語≫, 又爲其≪章句≫.〕" 여기에서 말하는 태자는 곧 한나라의 명제明帝
이다. 또 ≪후한서·유림열전≫의 기록에 의하면, 포함의 "아들 포
복이 낭중郎中이 되어 역시 조정에 들어가 화제和帝에게 ≪논어≫를
가르쳤다. 〔子福, 拜郎中, 亦以≪論語≫入授和帝.〕" 동한이 건국되면서부터 포
함은 조정에 들어가 ≪논어≫를 가르치기 시작하여 광무제光武帝를
비롯해 명제, 장제章帝, 화제和帝 등 네 임금을 거쳤으니, 포씨包氏
가문이 ≪논어≫에 미친 영향의 크기를 가히 알 수 있다.

서한의 평제平帝와 동한의 화제和帝 이후, 양한兩漢의 조정 모두
가 외척이나 환관에 장악되어 제왕을 위해 ≪논어≫를 가르치는
전통이 방해를 받아 도중에 단절되지 않을 수 없었다. 그러나 서
한의 소제昭帝 이후로 한나라의 왕실과 민간에서 ≪논어≫를 가르
치고 배우면서부터 그것이 사회적 풍조가 되었다. 단지 드문드문
남은 사료를 근거로 그 주요한 부분을 어렴풋이나마 살펴볼 수 있
을 뿐이다. ≪한서·경십삼왕전景十三王傳≫에는 무왕繆王 유제劉齊의
태자인 유거劉去는 "≪역경≫을 비롯해 ≪논어≫, ≪효경≫을 스승
으로부터 배워 이것들에 모두 능통하였다. 〔師受≪易≫·≪論語≫·≪孝
經≫皆通.〕" 라고 기록되어 있다. 또 ≪한서·주운전朱雲傳≫에는 다음
과 같은 기록이 있다. "주운은 자字가 유游로 노나라 사람이었으나,
훗날 평릉平陵으로 이사하였다. 어릴 때부터 의협심이 강한 사람들

과 교류하여 목숨을 바쳐서라도 남을 돕고 원수를 갚으려 하였다. 그는 키가 8척이 넘고, 용모가 건장하여 용기와 힘으로 명성을 날렸다. 그러나 나이 마흔에 그동안의 생각을 바꾸어 박사 백자우白子友에게서 ≪역경≫을, 장군將軍이었던 소망지蕭望之에게서 ≪논어≫를 배워 능히 그 학문들을 전수할 수 있게 되었다. 〔朱雲字游, 魯人也, 徙平陵. 少時通輕俠, 借客報仇. 長八尺餘, 容貌甚壯, 以勇力聞. 年四十, 乃變節從博士白子友受≪易≫. 又事前將軍蕭望之受≪論語≫, 皆能傳其業.〕" 동한의 왕충은 자신이 학습해 온 과정을 다음과 같이 진술했다. "8세에 서당에 나갔다. 서당에는 어린아이들이 백 명 이상이었다. 모두들 잘못을 저질러 맨살에 회초리를 맞거나 글씨를 잘못 써서 채찍질을 당하기도 하였다. 그러나 왕충의 글쓰기는 날마다 나아지고, 잘못을 저지르는 일도 없었다. 글쓰기가 완전하게 되자 선생에게 하직을 고하고, ≪논어≫와 ≪상서≫를 공부하며 날마다 천자문을 외웠다. 경전에 대한 학식이 넓어지고 덕성이 성취되자 선생을 떠나 스스로 일가를 이루니, 글을 쓰면 모두 놀랍게 여겼다. 〔八歲出於書館, 書館小僮百人以上, 皆以過失袒謫, 或以書醜得鞭. 充書日進, 又無過失. 手書既成, 辭師受≪論語≫·≪尙書≫, 日諷千字. 經明德就, 謝師而專門, 援筆而衆奇.〕"(≪논형·자기自紀≫) 이것으로 보면, ≪논어≫는 공부를 시작하는 아이들의 필독서로 그 전파의 범위가 깊고도 넓었다는 것을 알 수 있다.

셋째, "칠경七經"에 대한 기록은 무제 때 처음으로 나타난다. 칠경의 명칭에 대한 의견은 줄곧 일치하지 않았다. 그러나 ≪논어≫가 칠경 중의 하나라는 데는 이견이 많지 않았다. 예를 들어 동한의 ≪일자석경一字石經≫에서는 ≪역경≫을 비롯해 ≪시경≫, ≪서경≫, ≪의례儀禮≫, ≪춘추≫, ≪춘추공양전〔公羊〕≫, ≪논어≫를, ≪후한서·장순전張純傳≫의 "칠경" 조목에 대한 당나라 이현李賢의 주석에서는 ≪시경≫을 비롯해 ≪서경≫, ≪예기≫, ≪악기≫, ≪역경≫, ≪춘추≫, ≪논어≫를, 송나라 때의 유창劉敞이 지은 ≪칠경소전七經

小傳≫에서는 ≪서경≫, ≪시경≫, ≪주례≫, ≪의례≫, ≪예기≫, ≪공양≫, ≪논어≫를 칠경이라고 하였다. 위에서 서술한 것처럼 여러 학자들이 언급한 칠경의 명칭이 각기 조금씩 다르다. 그러나 ≪논어≫는 어디에나 배열되어 있다. 그래서 청나라의 전조망全祖望은 ≪경사문답經史問答≫에서 다음과 같이 명확하게 말했다. "칠경이라는 것은 대개 육경 외에 ≪논어≫가 추가된 것이다. 동한 때에는 ≪효경≫을 더하고 ≪악기≫를 떼어냈다. 〔七經者, 蓋六經之外, 加≪論語≫. 東漢則加≪孝經≫而去≪樂≫.〕"

　　"칠경"과 연관되는 기록은 한나라 무제 때 처음 나타난다. ≪사기·사마상여전司馬相如傳≫에는 다음과 같은 기록이 있다. "사마상여는 촉군蜀郡의 성도成都 사람으로 자字가 장경長卿이다. 어려서부터 책 읽기를 좋아하면서도 검술을 배웠다. 그래서 그의 부모는 그를 어리석은 자식이라는 뜻의 견자犬子라고 불렀다. 상여가 공부를 마치고 나서 인상여藺相如의 사람됨을 흠모하여 다시 상여相如로 이름을 고쳤다. 〔司馬相如者, 蜀郡成都人也, 字長卿. 少時好讀書, 學擊劍, 故其親名之曰犬子. 相如旣學, 慕藺相如之爲人, 更名相如.〕" ≪사기색은≫ 권26에서는 다음과 같이 말했다. "진복秦宓이 말하기를 '문옹文翁이 사마상여를 보내 칠경을 배우게 하였다.'고 했다. 〔秦宓云: '文翁遣相如受七經.'〕" ≪사기색은≫에서 인용한 ≪삼국지三國志·촉지蜀志·진복전秦宓傳≫을 보면, 다음과 같은 구절이 있다. "촉나라에는 본래 학자가 없었다. 그런데 문옹文翁이 사마상여를 동쪽으로 보내 칠경을 배우게 했다. 그리고 돌아와서는 관리와 백성들에게 가르치게 했다. 이리하여 촉나라의 학문이 제나라나 노나라와 견줄 수 있게 되었다. 이 때문에 ≪지리지地里志≫에서 말하기를, '문옹이 (관리와 백성들의) 교육을 선도하고, 사마상여는 그들의 스승이 되었다.'라고 했다. 한나라의 왕실은 선비들을 얻어 그 시대에 유학이 흥성하게 했다. 그러나 동중서의 무리가 봉선封禪의 예절에 통달하지 못하였다. 그러자 사마상여가 그 의례를 제정했다. 무릇 예를 제정하고 음악을 지어 풍속을 바꾸었으니, 예교의 질서로 세상에 도움을 준 사람이 아니겠는가! 〔蜀本無學士, 文翁遣相如東受七經, 還敎吏民, 於是蜀學比於齊·魯. 故《地里志》曰: '文翁倡其敎, 相如爲之師.' 漢家得士, 盛於其世. 仲舒之徒, 不達封禪, 相如制其禮. 夫能制禮造樂, 移風易俗, 非禮所秩有益於世者乎!〕"13) 이 기록에 따르면, 사마상여는 칠경을 공부하였을 뿐만 아니라, 봉선封禪의 의식과 예절을 제정하는 전문가로 동중서의 학문적으로 부족한 점을 메우고 풍속을 바꾸는 데 지대한 영향을 끼쳤다.

또한, 소통蕭統이 지은 《문선文選》에 수록된 사마상여의 《봉선문封禪文》에는 다음과 같은 말들이 있다. "삼황오제三皇五帝 때의 법도와 기풍은 육경이라는 책이 전하는 것을 통해 볼 수 있다. 〔五三六經, 載籍之傳, 維風可觀也.〕" "옛날의 육경을 답습하여 칠경으로 하고자 하니, 그렇게 펼쳐 나간다면 가짓수가 끝이 없을 것이다. 〔將襲舊六爲七, 攄之無窮.〕" 동한의 복건服虔은 "옛날에는 육경이었는데, 한나라에서 칠경으로 만들려고 한 것이다. 〔舊爲六經, 漢爲七經.〕"라고 주석을 달았다. 이러한 것들로 미루어 보면, 《삼국지·진복전》의 기록이 믿을 만한 것임을 입증할 수 있다. 따라서 한나라 무제 때부터이미 "칠경"이 있었다. "칠경"이 나타난 것은 한나라 무제가 "육예의 과목과 공자의 학술"만을 받들어 (이념적으로) 천하를 통일하려는 요구에 발맞추어 가면서 점차 무르익어 생겨난 것이다.

"칠경"의 명칭은 동한 때 그 사용 범위와 깊이가 더욱 넓어지고 깊어졌다. (동한의) 부의傅毅는 〈명제뇌明帝誄〉에서 "칠경을 널리 떨치게 하고, 공자의 학설을 훌륭하게 드러내었다. 〔七經宣暢, 孔業淑著.〕" (《전후한문全後漢文》 권43)라고 하였다. 여기에서는 "칠경"과 "공자의 학설"을 함께 거론하였다. (또 동한의) 채옹蔡邕은 〈현문선생이휴비玄文先生李

---

13) 진수, 《삼국지三國志》 권38, 중화서국, 1959, 973쪽.

休碑)에서 이휴李休를 다음과 같이 칭송하였다. "어려서부터 학문을 좋아하여 경전의 연구에 몰두하고, 칠경을 종합하고, 또한 뭇 위서 緯書에도 통달하여 의미와 도리를 탐색하고 극진히 하고, 성인의 취지를 두루 살폈다.〔少以好學, 遊心典謨, 旣綜七經, 又精羣緯, 鉤深極奧, 窮覽聖旨.〕"(《전후한문》 권75) 또한 조일趙壹은〈비초서非草書〉에서 다음과 같이 말했다. "다만 이 글을 거듭 생각하고 집중해서 마음을 쓴다고 해도, 어찌 저 칠경에다 그렇게 하는 것과 같겠는가? (칠경은) 책력을 살펴서 음률에 일치시키고, 천체天體의 역법을 통해 시간을 계산하고, 깊고도 오묘한 의미를 탐구하고, 은미하여 드러나기 어려운 신명神明을 밝게 드러내어 하늘과 땅의 마음을 전망하고, 성인聖人의 심정을 헤아리는 것이다.〔第以此篇研思銳精, 豈若用之於七經, 稽曆協律, 推步期程, 探賾鉤深, 幽贊神明, 鑒天地之心, 推聖人之情.〕"(《전후한문》 권82) 조일은 "칠경"을 "성인의 뜻〔聖旨〕"이나 "성인聖人"과 함께 언급하고 있다. 또한 작자 미상의〈한성양령당부송漢成陽令唐扶頌(광화光和 6년 2월 25일 병오丙午)〉에서는 다음과 같이 말했다. "유학의 도리와 학술에 빠져 마음껏 즐기고, 칠경을 곱씹으며 음미한다네.〔耽樂道述, 咀嚼七經.〕"(《전후한문》 권104) 이러한 글을 통해 "칠경"이 백성들의 마음에 깊이 들어가 있었다는 것을 알 수 있다.

이 밖에도 동한의 왕충은 《논형》에서 《논어》를 육경이나 여러 사상가의 책들과 나란히 놓았는데, 이것 역시 아주 중요한 정보이다. 예를 들면 《논형·서허》 편에서 안연이 백발이 되고 이가 빠졌다는 구절을 겨냥해 다음과 같이 말했다. "《논어》의 문장을 살펴보아도 이런 말은 나타나지 않는다. 육경을 해석한 전傳을 뒤져보아도 역시 이런 말이 없다. 무릇 안연이 천리 밖을 볼 수 있고, 성인聖人과 동일했다면, 공자나 여러 사상가들〔諸子〕이 무엇 때문에 꺼리고 말하지 않았겠는가?〔案《論語》之文, 不見此言. 考六經之傳, 亦

無此語. 夫顏淵能見千里之外, 與聖人同, 孔子·諸子, 何諱不言?〕"14) 또 ≪논형·
유증儒增≫에서 공자가 70여 나라를 돌며 유세했다는 사실에 의문
을 제기하며 다음과 같이 말했다. "70개 나라에 가서 만나기를 청
했다고 말하는 것은 과장된 것이다. ≪논어≫의 각 편과 여러 사
상가의 책〔諸子之書〕을 살펴보면, 공자가 위衛나라에서부터 노나라로
돌아오는 과정에 진陳나라에서는 식량이 떨어졌고, 위나라에서는
임용되지 못했고, 제齊나라에서는 (순임금의 음악인 〈소韶〉를 듣고 석 달 동
안) 고기맛을 잊었고, 송宋나라에서는 (환퇴桓魋가 공자를 해치고자) 나무
를 베었다. 이와 아울러 비費와 돈모頓牟의 경우까지 더하더라도 거
쳐 간 나라는 10개 나라가 되지 않는다. 70개 나라라고 말하는 것
은 사실이 아니다.〔言干七十國, 增之也. 諸子之書, 孔子自衛反魯, 在陳絶糧, 削迹於衛,
忘味於齊, 伐樹於宋, 幷費與頓牟, 至不能十國. 傳言七十國, 非其實也.〕" 왕충이 ≪논
어≫를 "육경"이나 "여러 사상가들의 책"과 함께 언급하는데, 이것
은 ≪논어≫가 "육경"이나 "여러 사상가들의 책"에서 벗어나 학문적
으로 독립적인 신분과 지위에 홀로 서있음을 충분히 보여주는 것
이다.

주여동周予同도 역시 다음과 같이 말하였다. "≪한서·예문지≫에
따르면, '육예의 목록 분류〔六藝略〕'에서는 육예를 9가지로 분류하고,
육경의 뒤에 ≪논어≫와 ≪효경≫ 및 소학小學을 덧붙였다. 이것으
로 미루어 보면, 한나라 무제 이후에 ≪논어≫와 ≪효경≫의 지위
가 점차 올라갔다는 것을 알 수 있다. 한나라 때는 '효로써 천하를
다스린다.〔以孝治天下〕'는 강령으로 종법제宗法制와 봉건제도를 선전
하였으며, 혈연을 정치적 단결의 도구로 이용하였다. 그래서 귀족의
자제들은 먼저 ≪논어≫와 ≪효경≫을 배워야 했고, 그와 함께 ≪시
경≫을 비롯해 ≪서경≫, ≪예기≫, ≪역경≫, ≪춘추≫라는 오경

---

14) 황휘黃暉, ≪논형교석論衡校釋≫ 권4, 중화서국, 1990, 170~171쪽.

五經을 더한 '칠경'을 배워야 했다."15) 이러한 것들은 한나라 때 ≪논어≫의 지위가 여러 사상가들의 책에서 경전으로 승격된 원인을 대략적으로 말해준다.

한나라 이후 도교와 불교가 크게 발전함으로 인해 유가는 한동안 쇠퇴했다. 그러나 ≪논어≫의 전파와 수용에 있어서는 어떤 타격이나 영향도 주지 못했다. 그중에서도 하안何晏의 ≪논어집해論語集解≫와 황간皇侃의 ≪논어의소論語義疏≫ 등과 같이 ≪논어≫에 주註나 소疏를 단 저작들 가운데 현학玄學이나 불학佛學의 방식을 빌려 ≪논어≫에 주석를 달아 풀이함으로써 ≪논어≫의 거대한 생명력을 충분히 드러내주었다. 당나라와 송나라 이후에도 물론 한유나 주희 모두가 ≪논어≫와 ≪맹자≫로 유학을 부흥시키고, 성리학의 체계를 형성하는 선봉으로 삼았다. 주희는 심지어 제자들에게 다음과 같이 훈계하기도 했다. "≪논어≫와 ≪맹자≫는 공부를 적게 해도 효과가 크다. 그런데 ≪육경≫은 공부를 많이 해도 효과가 적다. 〔≪語≫·≪孟≫工夫少. 得效多. ≪六經≫工夫多. 得效少.〕"16) 이러한 이유로 한나라 이후로 ≪논어≫는 유가의 문화에 있어서 경전과 같이 중요한 책으로 여겨 시종일관 중시되어 오랫동안 그 영향력이 줄어들지 않았다.

---

15) 주여동, ≪중국경학사 강의中國經學史講義≫, 상해문예출판사, 1999, 23쪽.
16) (송) 여정덕 편집, ≪주자어류朱子語類≫ 권19, 중화서국, 1986, 428쪽.

4장

공자와 ≪역경易經≫에 대한
새로운 논의

공자와 육경六經의 관계는 줄곧 학계의 관심과 논쟁의 초점이 되었다.

육경은 유가의 여섯 가지 경전, 즉 ≪시詩≫, ≪서書≫, ≪예禮≫, ≪악樂≫, ≪역易≫, ≪춘추春秋≫를 가리킨다. 이 "육경"이란 명칭은, ≪장자・천운天運≫ 편의 "공자가 노담에게 말했습니다. '저는 ≪시≫, ≪서≫, ≪예≫, ≪악≫, ≪역≫, ≪춘추≫ 여섯 경전을 익혔습니다. 저 스스로도 오래 했다고 생각하고 그 내용도 잘 알고 있습니다.' 〔孔子謂老聃曰: "丘治≪詩≫・≪書≫・≪禮≫・≪樂≫・≪易≫・≪春秋≫六經, 自以爲久矣, 孰知其故矣.〕"라는 구절에 맨 처음 나타난다. 한나라 무제가 모든 학파를 배척하고 유가만을 중시하면서, 육경은 최초로 국가 공인의 지위를 갖게 되었다.

육경은 한나라에서 '육예六藝'라고도 불렀다. ≪사기・골계열전滑稽列傳≫에는 이렇게 기록되어 있다. "공자가 말했다. '육예가 다스림에 있어서는 한가지다. ≪예기≫는 사람을 절도 있게 하고, ≪악≫은 화합하게 하고, ≪서경≫은 옛일을 말하여 본받게 하며, ≪시경≫은 옛 성현을 뜻을 전달하게 하며, ≪역경≫은 신비스럽게 하고, ≪춘추≫는 정의로 시비를 가리게 한다.' 〔孔子曰: '六藝於治一也. 禮以節人, 樂以發和, 書以道事, 詩以達意, 易以神化, 春秋以義.'〕" ≪한서・예문지≫에서도 육경을 육예라고 칭했다.

이전에 금문학파今文學派는 공자가 육경을 "서술〔述〕"했다고 생각하고, 고문학파古文學派는 공자가 육경을 "편찬〔修〕"했다고 생각했다.1) ≪사기・공자세가≫의 기록에 따르면, ≪춘추≫는 공자가 역

---

1) 주여동, ≪중국경학사 강의中國經學史講義≫, 상해문예출판사上海文藝出版社, 1999,

사의 기록에 근거해서 지은 것이며, ≪역≫은 그 일부분인 단사彖辭를 비롯해 상사象辭, 계사繫辭, 설괘說卦, 문언文言 등을 지은 것이고, ≪시경≫은 삭제하고 정정한 것이며, ≪상서尙書≫는 편집하고 정리한 것이고, ≪예≫와 ≪악≫도 수정한 것이라는 것이다.2) 그러나 ≪사기≫의 이러한 견해는 결코 후세에 보편적인 인정을 받지 못했다. 여기서는 ≪사기≫를 근거로 후세의 연구 성과를 결합하여 약간 정리함으로써 공자와 육경의 관계를 밝히려고 한다.

49쪽 참조.
2) 주여동, ≪중국경학사 강의≫, 상해문예출판사, 1999, 49쪽 참조.

1절 │ 육경六經의 순서

육경을 앞뒤로 배열하는 순서의 문제와 관계해서 의견 차이와 논쟁이 비교적 크다. 여기에는 대체로 세 가지 견해로 이루어진다.

첫째는 《시》, 《서》, 《예》, 《악》, 《역》, 《춘추》의 순서이다. 《장자·천운》 편에는 "공자가 노담에게 말했다. '저는 《시》를 비롯해 《서》, 《예》, 《악》, 《역》, 《춘추》 여섯 경전을 익혔습니다.'〔孔子謂老聃曰: "丘治《詩》·《書》·《禮》·《樂》·《易》·《春秋》六經.〕"라고 기록되어 있다. 또 《장자·천하天下》 편에 "《시》는 사람들의 마음〔志〕이 어떠해야 하는지를, 《서》는 어떤 일이 있었는지를, 《예》는 어떻게 행동해야 하는지를, 《악》은 어떻게 화목할 수 있는지를, 《역》은 어떻게 음陰과 양陽이 운행하는지를, 《춘추》는 어떻게 이름과 분수를 떳떳하게 하는지를 보여줍니다. 〔《詩》以道志, 《書》以道事, 《禮》以道行, 《樂》以道和, 《易》以道陰陽, 《春秋》以道名分.〕"라고 기록하고 있다.

둘째는 《역》, 《서》, 《시》, 《예》, 《악》, 《춘추》의 순서이다. 이것은 동한의 반고가 지은 《한서·예문지》의 배열 순서이다. 《한서·유림열전》에 이렇게 기록되어 있다. "한나라가 건국된 후 치천 사람인 전생은 《역》을, 제남 사람인 복생은 《서》를 강론했다. 그리고 《시》를 강론한 사람은 노나라에서는 신배공, 제나라에서는 원고생, 연나라에서는 한태부였다. 《예》를 강론한 사람은 노나라의 고당생이다. 《춘추》를 강론한 사람은 제나라에서는 호무생, 조나라에서는 동중서였다. 〔漢興, 言易自淄川田生. 言

書自濟南伏生. 言詩, 於魯則申培公, 於齊則轅固生, 燕則韓太傅. 言禮, 則魯高堂生. 言春秋, 於齊則胡毋生, 於趙則董仲舒.〕"《악》이 소실되어 전승되지 않은 것을 제외하고 나머지 다섯 경전의 배열 순서는 《역》, 《서》, 《시》, 《예》, 《춘추》로, 또한 《한서·예문지》와 일치한다.

셋째는 《역》, 《서》, 《시》, 《춘추》, 《예》, 《악》의 순서이다. 《한서·무제기武帝紀》에서는 "효무제가 처음에 즉위해서는 분명히 모든 학파의 학설을 철폐하여 내쫓고 유가의 육경만을 널리 알리며 칭찬하였다.〔孝武初立, 卓然罷黜百家, 表章六經.〕"라고 하였다. 이 말에 대해 안사고顏師古는 "육경은 《역》을 비롯해 《시》, 《서》, 《춘추》, 《예》, 《악》을 말한다.〔六經, 謂《易》·《詩》·《書》·《春秋》·《禮》·《樂》也.〕"라고 주석을 달았다.

앞의 두 가지 배열 순서는 비교적 대표성을 지니고 있다. 그리고 "《시》를 선두로 삼는다."라고 하거나 "《역》을 앞에 둔다."라고 직접적으로 언급한 두 가지 방식은 학계에서 연구한 것이 비교적 많다. 그런데 세 번째 배열 순서는 "《역》을 앞에 두는" 방식에 속하지만, 그 안의 《시》를 비롯한 《서》, 《춘추》, 《예》, 《악》의 순서가 약간 조정되어 있어서 대표성을 가지지 못했다. 그래서 학자의 관심을 비교적 적게 받았다.

1. 육경의 순서를 정하게 된 원인에 대한 옛사람들의 탐구

육경은 왜 이렇게 다른 배열 순서가 있게 된 것일까? 당나라 때부터 이에 대해 사람들이 관심을 가지고 있었다. 그러나 아쉽게도 지금까지 아직 확정된 이론이 없다. 당나라 육덕명陸德明의 《경전석문經典釋文·서序》에 다음과 같이 기록되어 있다.

오경과 육경[六籍]은 성인이 교훈을 주고, 깊고 오묘한 이치를 가르치는 것이니, 어찌 우열이 있겠는가? 그러나 때로 경박한 풍조가 순후한 기풍을 해치는 일이 있어 병에 따라 약을 쓰다 보니, 서로 전례를 따라 일을 거행하지 않게 되었지만, 어찌 선후가 없어서이겠는가? 그런 까닭에 경전의 순서가 서로 다르게 된 것이다. 예를 들어 ≪예기·경해≫에서는 ≪시≫를 선두로 삼았고, ≪칠략≫과 ≪예문지≫에서는 ≪역≫을 맨 앞에 두었다. 그리고 완효서阮孝緖의 ≪칠록七錄≫ 역시 이 순서와 같지만, 왕검王儉의 ≪칠지七志≫는 ≪효경≫을 첫 번째로 삼았다. 원래는 그 순서에 선후가 있으며, 그렇게 하는 법도에는 각각 저마다 취지가 있었다. 그런데 지금은 저술 시기의 빠르고 늦음, 그리고 경전이 지닌 뜻[經義]의 전체적인 차이를 근거로 순서를 확정해서 다음과 같이 선포하고자 한다.

≪주역≫은 비록 그 글이 주나라 때 출현했지만, 괘卦는 복희가 창시했으니, 이미 유교[名敎]가 처음 시작될 때부터 존재했던 것이다. 그래서 ≪역≫을 일곱 경전의 으뜸으로 삼는다. ……≪고문상서≫는 오제五帝 말기에 이미 출현했으니, 이치상으로 삼황三皇의 경서 뒤이어야 한다. 그래서 ≪역≫의 다음이다. ……≪모시≫는 주나라 문왕 때 이미 출현했고, 또 〈상송商頌〉을 아우르고 있다. 그래서 요순堯舜의 뒤에 있는 것으로, ≪역≫과 ≪서≫의 다음이다. ……≪삼례≫ 가운데 ≪주례≫와 ≪의례≫는 모두 주공이 지은 것이니, 마땅히 문왕의 다음에 두어야 한다. 그런데 ≪예기≫가 비록 성인이 기록한 것을 따른 것이기는 하지만, 문자를 잃어버린 지 이미 오래이며, 또한 ≪주례≫와 ≪의례≫에 누락된 것을 기록하였기에 서로 합칠 때는 ≪시≫의 아래에 위치한다. ……옛날에 ≪악≫이란 경전이 있어서 이를 다른 경전들과 합쳐 육경[六籍]이라 불렀다. 그러나 사라진 지 이미 오래이며, 지금 역시 빠져 있다. ≪춘추≫는 공자가 지은 것이니, 이치상으로 마땅히 주공周公의 뒤에 있어야 한다. 그래서 ≪예≫의 다음에 위치한다. 〔五經六籍, 聖人設教訓, 誘機要, 寧有短長? 然時有澆淳, 隨病投藥, 不相沿襲, 豈無先後? 所以次第互有不同. 如≪禮記·經解≫之說, 以≪詩≫爲首. ≪七略≫·≪藝文志≫所記, 用≪易≫居前. 阮孝緖≪七錄≫

亦同此次. 而王儉≪七志≫, ≪孝經≫爲初. 原其後前, 義各有旨. 今欲以著述早晚, 經
義揚別, 以成次第, 出之如左. ≪周易≫: 雖文起周代, 而卦肇伏犧. 旣處名敎之初, 故
≪易≫爲七經之首. ……≪古文尚書≫: 旣起五帝之末, 理後三皇之經, 故次於≪易≫.
……≪毛詩≫: 旣起周文, 又兼〈商頌〉, 故在堯舜之後, 次於≪易≫·≪書≫. ……
≪三禮≫: ≪周≫·≪儀≫二禮, 竝周公所制, 宜次文王. ≪禮記≫雖有戴聖所錄, 然忘
名已久, 又記二≪禮≫闕遺, 相從次於≪詩≫下. ……古有≪樂≫經, 謂之六籍, 滅亡旣
久, 今亦闕焉. ≪春秋≫: 旣是孔子所作, 理當後於周公, 故次於≪禮≫.] 3)

육덕명은 육경의 배열 순서를 탐구한 최초의 학자이다. 그는
육경의 배열 순서의 차이를 "≪시≫를 선두로 삼는 것"과 "≪역≫
을 맨 앞에 두는 것" 두 부류로 나누었다. 그리고 "≪역≫을 맨 앞
에 두는 것"의 배열 순서에 대해 상세히 설명해 나가면서 이것이
"저술 시기의 빠르고 늦음"의 차이라고 생각했다. 현대 학자인 양
백준 등은 이 주장에 찬성한다.4)

아쉽게도 육덕명이 "≪시≫를 선두로 하는 것"의 배열 순서에
대해서는 설명하지 않은 탓에 문제가 아직도 미해결로 남아 있다.
주여동은 금고문학자의 시각에서 한 걸음 더 나아가 상세히 설명
하였다. 그는 "≪시≫를 선두로 하는 것"은 금문학자의 배열 순서
에 속하고, "≪역≫을 맨 앞에 두는 것"은 고문학자의 배열 순서에
속하는 것으로 간주했다.

주여동이 육덕명의 "≪역≫을 앞에 두는 것"의 배열 순서에 찬
동한 것은 "저술 시기의 빠르고 늦음"이라는 견해 때문이었다. 주
여동은 다음과 같은 말로 설명했다. "≪역경≫의 팔괘는 복희씨가
그린 것이다. 그래서 ≪역≫을 맨 처음에 배열해야 한다. ≪서경≫
의 첫 장은 〈요전堯典〉이니, 복희씨에 비해 시기적으로 늦다. 따라
서 두 번째에 배열해야 한다. ≪시경≫ 중 가장 빠른 것이 〈상송商

---

3) (당) 육덕명陸德明, ≪경전석문經典釋文≫, 중화서국, 1983, 3~4쪽.
4) 양백준, ≪경학천담經學淺談·서론(導言)≫, 중화서국, 1984, 4쪽.

頌)이니, 요순보다도 늦다. 따라서 세 번째에 배열해야 한다. ≪예≫
와 ≪악≫은 주공이 만든 것이니, 상商나라 이후의 것이다. 따라서
네 번째와 다섯 번째에 배열해야 한다. ≪춘추≫는 노나라의 역사
로, 공자의 수정을 거쳤다. 따라서 가장 마지막에 배열해야 한다."5)
이것은 고문학자의 배열 순서이다. 그러나 금문학자의 배열 순서
는 "≪시≫를 선두로 삼는 것"으로, 이는 육경의 내용에 있어 얕고
깊음의 정도에 따른 배열 순서이다.

　　고문학자들은 육경이 만들어진 시기의 빠르고 늦음에 따라 배
열 순서를 정했다고 주여동은 생각했다. 그리고 고문학자는 공자
를 역사학자로 보았기에 "그들은 육경을 모두 이전 시대의 역사적
자료로 여겼다."라고 생각했다. 그리고 주여동은 이렇게도 주장했
다. "금문학자들은 공자를 정치가이자 철학자 및 교육자라고 여겼
다. 그 때문에 그들은 육경을 배열할 때 교육자가 교과과정을 배
열하는 의미를 포함시켰다. 그들은 ≪시≫를 비롯한 ≪서≫, ≪예≫,
≪악≫이 보통교육 또는 초급교육의 과정이라고 생각했다. 그리고
≪역≫과 ≪춘추≫는 공자의 철학과 정치학 및 사회사상이 담겨진
것이기에 재능이 뛰어난 사람이 아니면 이해할 수 없다. 그래서
맨 마지막에 배열되어 있으며, 이것은 공자의 전문교육 혹은 고급
교육의 과정이라고 말할 수 있다. 그리고 ≪시≫와 ≪서≫는 부호
(문자)의 교육이며, ≪예≫와 ≪악≫은 실천(도덕)을 연마하게 하
는 것이다. 그래서 ≪시≫와 ≪서≫가 먼저 배열되고, ≪예≫와 ≪악≫
또한 그 다음에 배열된 것이다."

　　그런데 육덕명이 구분한 "≪시≫를 선두로 삼는 것"과 "≪역≫
을 앞에 두는 것"의 육경 배열방식을 주여동이 금문학자와 고문학

---

5) 이하는 모두 주여동周予同, ≪경금고문학經今古文學≫, ≪주여동 경학사 논저 선
　 집周予同經學史論著選集≫(증정본增訂本), 상해인민출판사, 1996, 6~8쪽 참고.

자의 범주에 포함시킨 것은 또한 의문을 불러일으키는 것을 면할 수 없다.

김경방金景芳은 주여동의 견해가 "당연히 근거가 있는 것이다." 라고 하였다. 그러나 김경방은 동시에 "그 근거에 문제가 있다."고 주장했다. 김경방은 이렇게 지적했다. "선진 시기와 한나라 초기에 육경을 말했기 때문이다. ……기본적으로 모든 것은 ≪시≫를 비롯한 ≪서≫, ≪예≫, ≪악≫, ≪역≫, ≪춘추≫를 순서에 따라 배열한 것 때문에 일어난 것이다. 이른바 '고문학자'가 매긴 순서라는 것은 없었다. 그 순서는 ≪한서·예문지·육예략六藝略≫에서부터 시작되었다. ≪한서·예문지≫의 편찬은 유흠의 ≪칠략≫을 저본으로 삼았으니, 곧 〈육예략〉에서 말하는 육경의 순서는 분명 유흠의 망발이다."6) 또 이렇게 지적하기도 했다. "주씨가 소위 '고문학자의 배열 순서는 육경이 출현한 시기의 선후에 따른 것이다.'라고 하는 것은 사실 근거가 부족하다."

이것은 고문학자가 육경의 출현 시기의 선후에 따라 순서를 정했다고 하는 주여동의 견해를 부정하는 것이다. 사실상 "≪역≫을 맨 앞에 두는" 배열 순서가 "저술 시기의 빠르고 늦음"의 차이라고 하는 육덕명의 주장을 부정하고 있는 셈이다. 김경방의 견해에 따르면, "'≪역≫을 맨 앞에 두는' 육경의 순서는 '육경이 출현한 시기의 선후에 따라' 그렇게 간단하게 배열한 것에 그치지 않고, 유흠이 고문학자로서의 자리를 쟁취하려는 목적에서 나온 날조된 것이다."7) 그런데 애석하게도 육덕명과 주여동의 견해를 부정한 후에, 김경방은 육경에서 "≪역≫을 맨 앞에 두는 것"과 "≪시≫

---

6) 김경방金景芳, 〈공자의 진귀한 유산―육경(孔子的這一份珍貴的遺産―六經)〉, ≪김경방 고사 논집≫, 제노서사, 1991, 135쪽.
7) 김경방, 〈공자의 진귀한 유산―육경〉, ≪김경방 고사 논집≫, 제노서사, 1991, 135쪽.

를 선두로 하는 것"의 배열 순서에 왜 차이가 있는지 제대로 설명하지 못하고 있다. 이것은 매우 유감스러운 일이다.

요명춘廖名春은 김경방의 주장이 "자못 사람을 깊이 생각하게 만든다."고 보았다. 그는 다음과 같이 생각했다. "'《역》을 맨 앞에 두는' 육경의 순서가 널리 전해진 것은 확실히 고문학자의 세력이 왕성해진 것과 연관이 있다. 하지만 문제는 금고문 논쟁에서 《주역》이 초점이 아니라, 초점은 바로 《주례》와 《춘추좌씨전》이라는 것이다. 유흠이 육경의 순서를 정하는 과정에서 만약 고문학자로서의 지위를 쟁취하려 했다면, 마땅히 《주례》와 《춘추좌씨전》을 부각시켰어야 했다. 그렇기 때문에 '《역》을 맨 앞에 두는' 육경의 배열 순서가 유흠이 고문학자로서의 지위를 쟁취하려는 목적에서 나온 날조된 것이라고 말하는 것은 그 이유가 결코 충분하지 않다."8) 그래서 "《역》을 맨 앞에 두는 것"과 "《시》를 선두로 하는 것"의 배열 순서가 다른 것은 유흠과 큰 관련이 없다고 그는 주장했다.

그렇게 된 내적인 원인이 도대체 무엇인지에 대해 요명춘 역시 자신의 설명을 제시했다. 그는 이것이 공자가 만년을 전후로 하여 《주역》 등에 대한 인식의 변화와 직접적인 관련이 있다고 생각했다. "노년이 되기 전 공자는 《주례》를 경시하고, 《역》을 점치는 책으로 간주했다. 그는 여러 경전을 인용하면서 《주역》을 여러 경전의 우두머리로 맨 앞에 놓지 않고, 《시》를 필두로 《서》, 《예》, 《악》, 《역》의 순서를 따랐다. 그런데 '만년에 《역》을 좋아하게 된 [晩而好易]'(《한서·유림열전》) 이후에는 《역》을 중시하고 《시》를 비롯해 《서》, 《예》, 《악》을 경시하였다. 그래서 《역》의 배열 순서를 《시》를 비롯한 《서》, 《예》, 《악》의

---

8) 요명춘, 〈육경 순서의 근원 탐구〉, 《역사연구》, 2002년 제2기.

뒤에서 앞으로 당겨놓았을 가능성이 높다. ······공자의 만년을 전후한 제자들은 이전과는 다른 공자의 경학 사상에 영향을 받아서 여러 경전에 대한 인식도 다른 점이 있었다. 그래서 그 경전들을 열거하며 이야기할 때도 순서가 다르게 되었다."9)

사실상 이러한 논법은 아마도 성립되기 어려울 것이다. 그 원인은 다음과 같은 세 가지이다.

첫째는 위에서 인용한 ≪장자·천운≫과 ≪장자·천하≫ 등 선진 시기의 전적에서 기록한 것과 같이, 무릇 육경을 언급한 것은 모두 ≪시≫를 필두로 한 ≪서≫, ≪예≫, ≪악≫, ≪역≫, ≪춘추≫의 순서로 예외가 없었다. 혹은 ≪시≫를 비롯한 ≪서≫, ≪예≫, ≪악≫ 사경四經만 있고, ≪역≫과 ≪춘추≫를 언급하지 않았다. 예를 들면 ≪예기·왕제王制≫에서는 "악정樂正은 사술四術을 숭배하고, 사교四敎를 세우니, 선왕이 남긴 ≪시≫를 비롯해 ≪서≫, ≪예≫, ≪악≫에 따라서 사士들을 완성시킨다.〔樂正崇四術, 立四敎, 順先王≪詩≫·≪書≫·≪禮≫·≪樂≫以造士.〕"라고 하였다.

둘째는 장자가 유가의 제자가 아니기 때문에 자연히 이전과는 다른 공자의 경학 사상에 영향을 받았을 리가 없다. 그런 까닭에 ≪장자≫의 기록은 상대적으로 중립의 태도를 취하고 있어서 객관적이고도 실제적으로 그 당시 육경의 순서를 반영하고 있다.

셋째는 ≪장자·천하≫ 편이 선진 시기의 학술 사상을 총괄적으로 갖춘 방대한 저작이라는 것이다. 다시 말해서 그 속의 각 학파에 대한 비판에는 장자와 도가 학파의 주관적인 호오好惡가 뒤섞여 있는 것을 피할 수는 없지만, 육경의 배열 순서는 바로 그 당시 유가 학술의 형세를 객관적으로 반영한 것이라는 것이다. 따라서 그것은 중시할 만한 가치가 있다.

---

9) 요명춘,〈육경 순서의 근원 탐구〉,≪역사연구≫, 2002년 제2기.

이러한 것으로 미루어 보면, 아주 분명한 것은 ≪주역≫의 육경에서의 순서와 공자 만년을 전후한 ≪주역≫에 대한 인식의 변화 이 둘 사이에는 필연적인 인과 관계가 없다는 것이다.

2. 육경의 순서를 정하게 된 원인에 대한 세심한 탐구

육경의 배열 순서의 변화는 사실 어떤 의미에서 ≪역경≫을 육경의 핵심으로 삼으려고 발전해가는 선진先秦과 양한兩漢 시기의 궤적을 나타내고 있다. 대략적으로 다음과 같은 세 단계를 거친다. 제1 단계는 선진 시기에서 한나라 초기까지이다. 이때는 육경에서 '≪시≫를 선두로 삼고', ≪역경≫ 또는 ≪주역≫이라고 하는 것은 무에서 유를 창조하는 것과 같은 발전을 거쳐 그 순서가 육경의 끝에서 두 번째에 배열되었다. 제2 단계는 서한 초기에서 서한 말기에 이르는 시기이다. 이때는 ≪역경≫의 지위가 점점 상승되어 육경 중에서 그 순서는 끝의 두 번째 자리에서 점점 앞쪽으로 옮겨지기 시작했다. 제3 단계는 서한 말기이다. 이때는 ≪역경≫이 점차 육경의 첫머리를 차지하여 '≪역≫을 맨 앞에 두는' 육경의 배열 순서가 형성되기 시작했다. 이 세 단계의 발전을 탐구함으로써 우리는 대략적으로 육경의 순서가 변화된 내재적인 원인을 엿볼 수 있다.

선진 시기의 어떤 전적에는 ≪시≫를 비롯한 ≪서≫, ≪예≫, ≪악≫ 사경四經만을 말하고, ≪역≫과 ≪춘추≫를 언급하지 않았다. 예를 들면 ≪장자·잡편雜篇·서무귀徐無鬼≫의 다음과 같은 기록이다. "여상女商이 물었다. '선생은 도대체 우리 임금께 무슨 말씀을 하신 것입니까? 저도 우리 임금께 많은 것을 말씀드렸습니다.

어떤 때는 ≪시≫를 비롯해 ≪서≫, ≪예≫, ≪악≫을 말씀드렸고, 어떤 때는 ≪금판≫이나 ≪육도≫ 같은 병법을 말씀드렸습니다.'〔女商曰: 先生獨何以說吾君乎? 吾所以說吾君者, 橫說之則以≪詩≫·≪書≫·≪禮≫·≪樂≫, 從說之則以≪金板≫·≪六弢≫.〕 ≪시≫를 비롯한 ≪서≫, ≪예≫, ≪악≫ 사경과 ≪금판≫이나 ≪육도≫ 등의 병서가 서로 맞서는 동등한 위치에서 논의되고 있다.

성현영成玄英(608~669)은 이에 대해 다음과 같은 소疏를 달았다. "≪금판≫과 ≪육도≫는 ≪주서周書≫의 편명인데, 혹자는 신비한 참언讖言이라고도 한다. 판본에 (도弢 자가) 도韜 자로 되어 있는 것은, 그 글자에 따라 (도韜로) 읽는다. (≪육도≫는) ≪태공병법≫이라고도 하는데, 〈문도〉를 비롯해 〈무도〉, 〈호도〉, 〈표도〉, 〈용도〉, 〈견도〉를 일컬어 ≪육도≫라고 한다.〔≪金版≫·≪六弢≫, ≪周書≫篇名也, 或言秘讖也. 本有作韜字者, 隨字讀之, 云是≪太公兵法≫, 謂〈文〉·〈武〉·〈虎〉·〈豹〉·〈龍〉·〈犬〉≪六弢≫也.〕"

또 ≪상군서·농전農戰≫에는 이렇게 말했다. "≪시≫를 비롯해서 ≪서≫, ≪예≫, ≪악≫, 선량, 수양, 인애, 청렴, 언변, 지혜 등 이들 열 가지가 나라에 있으면, 군주는 백성들로 하여금 적을 방어하고 공격하게 할 수가 없다.〔≪詩≫·≪書≫·≪禮≫·≪樂≫·善·修·仁·廉·辯·慧, 國有十者, 上無使守戰.〕" ≪상군서·거강去强≫에서도 이렇게 말했다. "≪시≫를 비롯해 ≪서≫, ≪예≫, ≪악≫, 효도, 공경, 선량, 수양을 사용해서 다스리는 나라는 적이 쳐들어오면 반드시 국토를 빼앗길 것이며, 적이 쳐들어오지 않으면 반드시 나라를 가난하게 할 것이다.〔國用≪詩≫·≪書≫·≪禮≫·≪樂≫·孝·弟·善·修治者, 敵至必削國, 不至必貧國.〕"

≪춘추좌씨전≫ 희공僖公 27년(B.C.633)에는 다음과 같이 기록되어 있다. "조쇠趙衰가 말하였다. '(극곡郤縠이 옳습니다.) 신臣이 자주 그의 말을 들어보았는데, ≪예≫와 ≪악≫을 좋아하고, ≪시≫와

≪서≫에 힘썼습니다. ≪시≫와 ≪서≫는 의리의 창고이고, ≪예≫와 ≪악≫은 도덕의 준칙입니다. 그리고 도덕과 의리는 나라와 백성을 이롭게 하는 근본입니다.'〔趙衰曰: (郤縠可,) 臣亟聞其言矣, 說≪禮≫·≪樂≫而敦≪詩≫·≪書≫. ≪詩≫·≪書≫, 義之府也, ≪禮≫·≪樂≫, 德之則也, 德義, 利之本也.〕"

　　≪순자·영욕榮辱≫에서는 이렇게 말했다. "하물며 옛 임금의 도道며, 어짊과 의로움의 법도, 그리고 ≪시≫를 비롯해 ≪서≫, ≪예≫, ≪악≫의 근본에 대해서야 생각할 겨를이나 있겠는가? 〔況夫先王之道, 仁義之統, ≪詩≫·≪書≫·≪禮≫·≪樂≫之分乎!〕" 또 이렇게도 말했다. "≪시≫를 비롯해 ≪서≫, ≪예≫, ≪악≫의 근본에 대해서는 원래 일반 사람들로서는 알 수 있는 것이 아니다. 〔夫≪詩≫·≪書≫·≪禮≫·≪樂≫之分, 固非庸人之所知也.〕" 이상은 모두 ≪시≫를 비롯해 ≪서≫, ≪예≫, ≪악≫ 이 네 가지 경전을 언급한 예들이다.

　　한편 ≪예기·왕제王制≫에서는 이렇게 말했다. "악정은 네 가지 경학〔四術〕을 존중하여 네 가지 교과목〔四敎〕을 세우니, 선왕이 남긴 ≪시≫를 비롯한 ≪서≫, ≪예≫, ≪악≫에 따라 사士들을 완성시킨다. 봄과 가을에는 ≪예≫와 ≪악≫으로써, 겨울과 여름에는 ≪시≫와 ≪서≫로써 가르친다. 〔樂正崇四術, 立四敎, 順先王≪詩≫·≪書≫·≪禮≫·≪樂≫以造士. 春·秋敎以≪禮≫·≪樂≫, 冬·夏敎以≪詩≫·≪書≫.〕"

　　≪시≫를 비롯한 ≪서≫, ≪예≫, ≪악≫을 "네 가지 경학"과 "네 가지의 교과목"으로 삼았지만, ≪역≫과 ≪춘추≫를 언급하지는 않았다. 이에 근거해보면, 대체로 ≪시≫를 비롯해 ≪서≫, ≪예≫, ≪악≫이 "네 가지 경학"과 "네 가지의 교과목"이라는 국가공인의 지위를 갖췄던 것으로 미루어 판단할 수 있다. 그리고 "봄과 가을에는 ≪예≫와 ≪악≫으로써, 겨울과 여름에는 ≪시≫와 ≪서≫로써 가르친다."라는 말을 통해 서주西周 시기에 ≪시≫를 비롯한 ≪서≫, ≪예≫, ≪악≫ 네 가지 경전이 이미 높이 받들어지는 지위에 있

었다는 것을 알 수 있다.

그 후 ≪춘추≫는 유가 학파인 맹자와 순자의 대대적인 추앙
으로 점차 ≪시≫를 비롯한 ≪서≫, ≪예≫, ≪악≫ 사경과 나란히
높이 받들어졌다. ≪맹자·등문공 하滕文公下≫에서는 이렇게 말했
다. "공자께서 이런 세태를 걱정하여 ≪춘추≫를 지으셨다. 그러나
역사를 서술하는 것은 천자가 하는 일이다. 그래서 공자께서 '나를
이해하게 되는 것도 오직 ≪춘추≫ 때문일 것이고, 나를 비난하게
되는 것도 오직 ≪춘추≫ 때문일 것이다.'라고 말씀했던 것이다.
〔孔子懼, 作≪春秋≫. ≪春秋≫, 天子之事也. 是故孔子曰: '知我者其惟春秋乎! 罪我者其
惟春秋乎!'〕" 또 "공자가 ≪춘추≫를 짓자 인륜을 어긴 신하와 자식
들이 두려워하게 되었다. 〔孔子成≪春秋≫而亂臣賊子懼.〕"라고도 하였다.

그런데 이것은 공자가 ≪춘추≫를 지은 뜻을 지극히 과장한
것이다. ≪순자≫에 이르러서는 ≪시≫를 비롯한 ≪서≫, ≪예≫,
≪악≫과 똑같이 ≪춘추≫를 존중하였다. ≪순자·유효儒效≫에서는
이렇게 말했다. "그러므로 ≪시≫를 비롯한 ≪서≫, ≪예≫, ≪악≫
도 모두 이것에 합쳐진다. ≪시≫에서 말하고 있는 것은 성인의
뜻이고, ≪서≫에서 말하고 있는 것은 성인의 일이고, ≪예≫에서
말하고 있는 것은 성인의 행실이고, ≪악≫에서 말하고 있는 것은
성인의 조화이고, ≪춘추≫에서 말하고 있는 것은 성인의 섬세한
뜻이다. 〔故詩書禮樂之道歸是矣. 詩言是其志也, 書言是其事也, 禮言是其行也, 樂言是其
和也, 春秋言是其微也.〕" 이 구절에서는 먼저 ≪시≫를 비롯한 ≪서≫,
≪예≫, ≪악≫을 설명하고, 나중에 ≪춘추≫를 끄집어내었다.

그런데 ≪순자·권학勸學≫에서는 이렇게 말했다. "그러므로
≪서≫는 정치에 관한 일을 기록한 것이고, ≪시≫는 음악에 알맞
은 것들을 모아놓은 것이고, ≪예≫는 법의 근본이자 여러 가지
일의 벼리이다. 그렇기 때문에 학문은 ≪예≫에 이르러 끝맺게 된
다. 대저 이것을 일컬어 도덕의 대들보라고 하니, 예에서 공경을

표하려 꾸미는 것, 음악에서 절도에 맞고 조화를 이루게 하는 것, ≪시≫와 ≪서≫에서 해박하고 풍부함을 이루게 하는 것, ≪춘추≫에서 살펴서 알아내게 하는 것 등이다. (하늘과 땅 사이에 있는 모든 것을 포괄한다.) 〔故≪書≫者, 政事之紀也. ≪詩≫者, 中聲之所止也. ≪禮≫者, 法之大分, 類之綱紀也. 故學至乎禮而止矣. 夫是之謂道德之極. 禮之敬文也, 樂之中和也, ≪詩≫ · ≪書≫之博也, ≪春秋≫之微也. (在天地之間者畢矣.)〕"또 같은 편에서 "≪예≫와 ≪악≫은 기준만을 제시하여 설명이 부족하고, ≪시≫와 ≪서≫는 옛것만을 말하여 현실에 절실하지 못하고, ≪춘추≫는 깊은 뜻에 말이 간략하여 얼른 이해할 수 없다. 〔≪禮≫ · ≪樂≫法而不說, ≪詩≫ · ≪書≫故而不切, ≪春秋≫約而不速.〕"라고 하였다. ≪맹자≫에서부터 ≪순자≫까지는 선진 시기에 ≪춘추≫의 지위가 향상된 것을 구체적으로 보여주고 있다.

그 이후로는 ≪역경≫이 ≪시≫를 비롯한 ≪서≫, ≪예≫, ≪악≫, ≪춘추≫와 나란히 일컬어지기 시작했다. ≪장자 · 천운≫ 편에는 이렇게 기록되어 있다. "공자가 노담에게 말했다. '저는 ≪시≫를 비롯해 ≪서≫, ≪예≫, ≪악≫, ≪역≫, ≪춘추≫ 여섯 경전을 익혔습니다.'〔孔子謂老聃曰: 丘治≪詩≫ · ≪書≫ · ≪禮≫ · ≪樂≫ · ≪易≫ · ≪春秋≫六經.〕"또 ≪장자 · 천하≫에 다음과 같이 말하고 있다. "그 가운데서도 분명하여 법도에 있는 것은 예로부터 법률로 대대로 전해오는 사관의 기록에 아직 많이 남아있다. ≪시≫를 비롯해 ≪서≫, ≪예≫, ≪악≫에 있는 것은 추나라와 노나라의 선비들과 허리띠를 두르고 다니는 유학자들 중에 잘 아는 사람이 많다. ≪시≫는 사람들의 마음이 어떠한지를, ≪서≫는 어떤 일이 있었는지를, ≪예≫는 어떻게 행동하는지를, ≪악≫은 어떻게 화목하게 되는지를, ≪역≫은 어떻게 음과 양이 운행되는지를, ≪춘추≫는 어떻게 명분을 세우는지를 말해주고 있다. 이런 법도가 온 세상에 퍼져 온 나라에 베풀어진 것을 뭇 학파의 학자들이 때로 치켜들어 말하곤 한다. 〔其明

而在數度者, 舊法世傳之史尙多有之. 其在於《詩》·《書》·《禮》·《樂》者, 鄒·魯之士·搢紳先生多能明之. 《詩》以道志, 《書》以道事, 《禮》以道行, 《樂》以道和, 《易》以道陰陽, 《春秋》以道名分. 其數散於天下而設於中國者, 百家之學時或稱而道之.〕"

〈천하〉편은 선진 시기의 학술 흐름을 서술한 특별 논문이다. 이것은 먼저 《시》를 비롯한 《서》, 《예》, 《악》의 사경을 말하고, 나중에 《시》를 비롯한 《서》, 《예》, 《악》, 《역》, 《춘추》의 육경을 기술하고 있다. 이러한 서술은 대체로 선진 시기에 사경에서 육경으로 발전해 가는 것을 반영하고 있다.

비교적 특수한 것은 《예기·경해經解》에 나오는 다음과 같은 기록이다. "공자가 말씀하셨다. '그 나라에 들어가 보면, 그 나라의 교육을 알 수 있다. 그 나라 사람들이 온화하고 부드러우며 돈독하고 도타우면, 《시》의 가르침이 시행된 것이다. 마음이 트여서 원대함을 안다면, 《서》의 가르침이 시행된 것이다. 그 마음이 크고 넓으며 겸손하고 선량하다면, 《악》의 가르침이 시행된 것이다. 그 마음이 청결하고 정미하다면, 《역》의 가르침이 시행된 것이다. 그 행동이 공손하고 검소하며 장엄하고 공경하다면, 《예》의 가르침이 시행된 것이다. 글을 지어 일을 평가한다면, 《춘추》의 가르침이 시행된 것이다. 그러므로 《시》의 가르침을 잘못 터득하면 어리석게 되고, 《서》의 가르침을 잘못 터득하면 속이게 되며, 《악》의 가르침을 잘못 터득하면 사치를 부리고, 《역》의 가르침을 잘못 터득하면 어그러지게 되며, 《예》의 가르침을 잘못 터득하면 번잡하게 되고, 《춘추》의 가르침을 잘못 터득하면 문란하게 된다. 따라서 그 사람됨이 온화하고 부드러우며 돈독하고 도타우면서도 어리석지 않다면, 《시》에 조예가 깊은 자이다. 마음이 트여서 원대함을 알면서도 속이지 않는다면 《서》에 조예가 깊은 자이다. 그 마음이 크고 넓으며 겸손하고 선량하면서도 사치를 부리지 않는다면 《악》에 조예가 깊은 자이다. 그 마음이 청결하고 정미하면서도 질서에 어그러지지 않으면 ≪역≫에 조예가 깊은 자이다. 공손하고 검소하며 장엄하고 공경하면서도 번잡하지 않다면 ≪예≫에 조예가 깊은 자이다. 글을 지어 일을 평가하면서도 문란하지 않다면 ≪춘추≫에 조예가 깊은 자이다.'〔孔子曰: "入其國, 其敎可知也. 其爲人也: 溫柔敦厚, ≪詩≫敎也. 疏通知遠, ≪書≫敎也. 廣博易良, ≪樂≫敎也. 潔靜精微, ≪易≫敎也. 恭儉莊敬, ≪禮≫敎也. 屬辭比事, ≪春秋≫敎也. 故 ≪詩≫之失, 愚. ≪書≫之失, 誣. ≪樂≫之失, 奢. ≪易≫之失, 賊. ≪禮≫之失, 煩. ≪春秋≫之失, 亂. 其爲人也: 溫柔敦厚而不愚, 則深於≪詩≫者也. 疏通知遠而不誣, 則深於≪書≫者也. 廣博易良而不奢, 則深於≪樂≫者也. 潔靜精微而不賊, 則深於≪易≫者也. 恭儉莊敬而不煩, 則深於≪禮≫者也. 屬辭比事而不亂, 則深於≪春秋≫者也.〕"

　　≪예기·경해≫에서 육경에 대해 자질구레하고 번잡하게 해석한 것은 그 글 쓰는 수법이 선진의 기타 전적들과 사뭇 다르다는 느낌을 갖게 한다. 이러한 글은 서한西漢 사람의 손에서 나왔을 가능성이 매우 크다. 특히 ≪시≫를 필두로 ≪서≫, ≪악≫, ≪역≫, ≪예≫, ≪춘추≫의 순서로 육경을 배열하는 방식은 ≪역≫을 ≪예≫ 앞에 배열한 것이며, 또한 그것이 서한 시기에 책으로 편찬되었다고 하는 분명한 특징을 드러낸 것이다. 이 점에 대해서는 아래의 글에서 상세히 논의하겠다.

　　전체적으로 말하면, 선진 시기를 종합적으로 고찰해 볼 때 비록 전국시대 후기에 ≪시≫를 비롯한 ≪서≫, ≪예≫, ≪악≫, ≪역≫, ≪춘추≫라는 육경이 형성되기 시작했지만, ≪역≫이 육경의 반열에 진입한 시기가 비교적 늦고, 순서의 배열도 끝에서 두 번째 자리였다.

　　서한시대 초기에 이르러서도 유가 학설의 전승에서 ≪시≫를 필두로 한 ≪서≫, ≪예≫, ≪악≫, ≪역≫, ≪춘추≫라는 육경의 순서는 변함없이 계속되고, 변화가 일어나지 않았다. 예를 들면 ≪사기·유림열전≫에는 이렇게 기록되어 있다. "무제武帝께서 즉위하실 무렵 조관趙綰과 왕장王臧의 무리들이 유학에 정통하고, 황제 역시 유학에 뜻을 두었다. 그리하여 방정方正과 현량문학賢良文學의 시험을 통해 선비들을 선발하였다. 이로부터 ≪시≫를 논하는 사람으로는 노나라의 신배공을 비롯해 제나라의 원고생, 연나라의 한태부가 있었고, ≪서≫를 강론한 사람으로는 제남의 복생이 있었다. ≪예≫를 강론한 사람으로는 노나라의 고당생이 있었고, ≪역≫을 강론한 사람으로는 치천의 전생이 있었다. ≪춘추≫를 강론한 사람으로 제나라와 노나라에는 호무생이 있었고, 조趙나라에는 동중서가 있었다. 〔及今上卽位, 趙綰·王臧之屬明儒學, 而上亦鄕之, 於是招方正賢良文學之士. 自是之后, 言詩於魯則申培公, 於齊則轅固生, 於燕則韓太傅. 言尙書自濟南伏生. 言禮自魯高堂生. 言易自菑川田生. 言春秋於齊魯自胡毋生, 於趙自董仲舒.〕"

동중서는 ≪춘추번로春秋繁露·옥배玉杯≫에서 이렇게 말하고 있다. "군자로 직위에 있는 사람이라면 부당하게 사람을 복종시킬 수 없다는 것을 잘 알고 있다. 그 때문에 육예를 선택해서 자신의 행실을 갈고 닦도록 한다. ≪시≫와 ≪서≫는 그 사람의 뜻을 갖추게 하고, ≪예≫와 ≪악≫은 그 사람의 성장을 순후하게 하고, ≪역≫과 ≪춘추≫는 그 사람의 앎을 분명하게 한다. 여섯 가지 학문〔六學〕은 하나같이 모두 중요할 뿐만 아니라 각각 나름의 장점을 지니고 있다. ≪시≫는 그 마음을 선한 방향으로 이끌기 때문에 본바탕을 기르는데 장점이 있다. ≪예≫는 욕망을 제어하여 절도에 맞게 하기 때문에 문채 나는 덕을 기르는데 장점이 있다. ≪악≫은 인품과 덕성을 찬양하게 하기 때문에 풍모를 기르는데 장점이 있다. ≪서≫는 공적을 드러나게 하기 때문에 일하는 역량을 기르는데 장점이 있다. ≪역≫은 천지의 변화에 근본을 두기 때문에 변화의 추세를 알게 하는데 장점이 있다. ≪춘추≫는 옳고 그름을 바르게 하기 때문에 사람을 관리하는데 장점이 있다. 〔君子知在位者之不能以惡服人也, 是故簡六藝以瞻養之. ≪詩≫·≪書≫具其志, ≪禮≫·≪樂≫純其養, ≪易≫·≪春秋≫明其知. 六學皆大, 而各有所長. ≪詩≫道誌, 故長於質. ≪禮≫制節, 故長於文. ≪樂≫

詠德, 故長於風. ≪書≫著功, 故長於事. ≪易≫本天地, 故長於數. ≪春秋≫正是非, 故長於
治人.〕"10)

사마천은 동중서에게서 ≪춘추≫를 배웠다.11) 그리고 ≪시≫
를 필두로 ≪서≫, ≪예≫, ≪악≫, ≪역≫, ≪춘추≫의 순서로 육
경을 배열하는 것은 당연히 동중서의 영향을 받은 것이다. 또한
동중서의 견해는 대체로 서한 초기에 유가가 인식한 육경의 순서
를 대표한다.

사실 서한 초기에 이르러 유가 이외의 다른 학파에서는 선진
시기 이래로 ≪시≫를 필두로 ≪서≫, ≪예≫, ≪악≫, ≪역≫, ≪춘
추≫라는 육경의 순서에 이미 미세한 변화가 일어났다. 예를 들어
가의賈誼는 ≪신서新書・육술六術≫에서 이렇게 말했다. "그러므로 안
으로 육법六法에 근본하고, 밖으로 육행六行을 실천해서 ≪시≫를
비롯해 ≪서≫, ≪역≫, ≪춘추≫, ≪예≫, ≪악≫ 여섯 가지 학술
을 일으켜서 대의로 삼으니, 이를 육예라고 한다.〔是故內本六法, 外體
六行, 以與≪詩≫・≪書≫・≪易≫・≪春秋≫・≪禮≫・≪樂≫六者之術, 以爲大義, 謂之
六藝.〕" 또 ≪신서・도덕설道德說≫에서는 이렇게 말했다. "이러한 까
닭으로 이것을 대나무와 비단에 저술한 것을 책이라고 한다. (책들
가운데) ≪서≫는 이것으로 기록한 것이요, ≪시≫는 이것으로 뜻을
삼는 것이요, ≪역≫은 이것으로 점을 치는 것이요, ≪춘추≫는 이

---

10) 소여蘇輿, ≪춘추번로의증春秋繁露義證≫, 중화서국, 1992, 35~36쪽.

11) ≪사기・태사공자서≫에 "태사공이 대답하였다. '나는 동중서로부터 들었는
데, 그는 말하기를, 주나라의 왕도가 쇠미하자 공자는 노나라의 사구司寇가 되
었다. 그러자 제후들은 공자를 시기하고, 대부들은 공자를 방해하고 나섰다.'
〔太史公曰: '余聞董生曰: 周道衰廢, 孔子爲魯司寇, 諸侯害之, 大夫雍之.'〕"라고 하였
는데, 동생董生에 대하여 배인裴駰은 ≪사기집해史記集解≫ 권130에서 "복건은
말하기를, (동생은) 동중서를 가리킨다고 했다.〔服虔曰: 仲舒也.〕"라는 구절을
인용하고 있다. 또 말하기를, "나〔駰〕는 태사공의 이 말은 동생董生의 말을 서
술한 것이라고 짐작한다. 동중서는 스스로 ≪춘추공양전≫을 연구했다.〔駰謂
太史公此辭是述董生之言. 董仲舒自治≪公羊春秋≫.〕"라고 하였다.

것으로 규율을 삼는 것이요, ≪예≫는 이것으로 실천하는 것이요, ≪악≫은 이것으로 즐기는 것이다. 〔是故著此竹帛謂之書, 書者此之著者也, 詩者此之志者也, 易者此之占者也, 春秋者此之紀者也, 禮者此之體者也, 樂者此之樂者也.〕"

가의가 두 차례 육경을 언급할 때 ≪시≫를 필두로 ≪서≫, ≪역≫, ≪춘추≫, ≪예≫, ≪악≫이라고 하거나, 또는 ≪서≫를 필두로 ≪시≫, ≪역≫, ≪춘추≫, ≪예≫, ≪악≫이라고 하였다. 이것은 결코 우연히 그렇게 한 것이 아니다. 엄연히 그 당시 육경에 관한 다른 종류의 배열 순서이기 때문에 마땅히 검토할 만한 가치가 있다. 가의의 기록은 두 가지 중요한 정보를 암시하고 있다. 첫째는 ≪시≫와 ≪서≫의 순서가 뒤바뀐 것이다. 가의는 먼저 ≪시≫와 ≪서≫를 말했는데, 이것은 선진 시기의 순서이다. 나중에 다시 ≪서≫와 ≪시≫를 말하는데, 이것은 서한 시기에 나타난 새로운 순서이다. 둘째는 ≪역≫과 ≪춘추≫의 순서가 ≪예≫와 ≪악≫의 앞으로 이동한 것이다. 이렇게 자리가 바뀐 것이 가의에게는 두 차례인데 모두 일치한다. 의심할 바 없이 이것 또한 서한 시기에 나타난 새로운 순서이다.

가의의 ≪신서≫에 있는 육경의 순서 변화는 얼마 뒤 ≪회남자·태족훈泰族訓≫에 다음과 같이 똑같이 나타나고 있다. "온화하고 인자하며 유순하고 선량하게 하는 것은 ≪시≫의 품격이고, 순박하고 도타우며 성실하고 너그럽게 하는 것은 ≪서≫의 가르침이며, 분명하고 명료하며 조리 있고 통달하게 하는 것은 ≪역≫의 의미이고, 공손하고 검소하며 존중하고 사양하게 하는 것은 ≪예≫의 행위이며, 관대하고 너그러우며 간결하고 편안하게 하는 것은 ≪악≫의 감화이고, 책망하고 비평하게 하는 것은 ≪춘추≫의 단련이다. 〔溫惠柔良者, ≪詩≫之風也. 淳龐敦厚者, ≪書≫之敎也. 淸明條達者, ≪易≫之義也. 恭儉尊讓者, 禮之爲也. 寬裕簡易者, 樂之化也. 刺幾辯義者, ≪春秋≫之靡也.〕"12) ≪회남자≫에 나오는 육경의 순서는 ≪시≫를 필두로 ≪서≫, ≪역≫, ≪예≫, ≪악≫, ≪춘추≫의 순서이다. 비록 ≪춘추≫가 여전히 맨 끝 자리에 배열되고, ≪역≫은 겨우 ≪시≫와 ≪서≫ 다음에 배열되고 있을 뿐이지만, 이 점은 가의의 ≪신서≫와 일치하는 것이다.

앞에서 인용한 ≪예기·경해≫의 기록으로 되돌아가 보면, 그 육경 순서는 ≪시≫를 필두로 ≪서≫, ≪악≫, ≪역≫, ≪예≫, ≪춘추≫의 순서로, 선진의 전적들 속에 나오는 육경의 순서와 다르다. 거기에서는 ≪역≫의 순서를 ≪예≫의 앞으로 옮겼는데, 이것은 분명 서한시대 이후에서야 겨우 있을 만한 변화이다. 육경의 순서 변화에 있어서 ≪역≫이 ≪악≫의 앞으로 이동하거나, 또는 ≪예≫의 앞으로 이동했다는 것은 서한 초기에 ≪역≫의 지위가 점점 상승했다는 것을 구체적으로 보여주는 것이다.

서한 시기에 ≪역≫의 지위가 높아진 것은 분명 ≪역≫이 진나라 분서焚書의 재앙을 피한 것으로 그 원인을 돌려야 할 것이다. 그렇게 되어 ≪역≫은 서한 시기에 천혜의 발전 공간을 얻게 되었다. 이것은 바로 유대균劉大均(1943~)이 다음과 같이 말한 것과 같다. "≪주역≫은 진나라가 천하를 통일한 후에 여전히 '점을 치는 일'에 속하는 것으로 되어 있었기 때문에 학술적으로 높은 지위에 있지 않았다. 또한 바로 그렇기 때문에 그것이 진나라에서 있었던 분서의 재앙을 피할 수 있었던 것이다. ……진시황의 분서갱유에 대한 반작용으로 서한 사람들은 다시 유가를 받들었고, 특히 무제武帝 때에 이르러서 유가는 이미 독존獨尊의 지위에 있었다. 건원建元 5년(B. C. 136)에 오경박사五經博士를 두었는데, ≪주역≫이 그 안에 있었다. 한나라 초기 사람들은 필시 공자가 ≪역≫에 주석을 단 것으로 알았을 것이니, 성인께서 이미 ≪주역≫의 문자를 해석한 것

---

12) 유문전劉文典, ≪회남홍렬집해淮南鴻烈集解≫, 중화서국, 1989, 674쪽.

이 되어 ≪주역≫의 학술적 지위도 공자를 빌려 더욱 높아졌다. 아마도 이것이 바로 ≪주역≫이 한나라에 이르러 일약 육경의 우두머리가 된 근본 원인일 것이다."[13]

≪사기·유림열전≫에서 이렇게 말했다. "진나라 말기에 이르자 ≪시≫와 ≪서≫를 불사르고 유학자들을 매장시켰으니, 육예는 이로부터 없어졌다.〔及至秦之季世, 焚詩書, 阬術士, 六藝從此缺焉.〕" 그러나 ≪역≫은 오히려 광범위하게 전파되어 "노나라의 상구商瞿가 공자로부터 ≪역≫을 전수받았다. 공자가 죽자 상구가 ≪역≫을 전수하였는데, 제나라의 전하田何에 이르기까지 여섯 세대였다. 전하의 자字는 자장子莊이었으며, 이 무렵에 한나라가 건국되었다. 전하는 동무 사람인 왕동자중王同子仲에게 전수하고, 자중은 치천 사람인 양하楊何에게 전수하였다.〔自魯商瞿受易孔子, 孔子卒, 商瞿傳易, 六世至齊人田何, 字子莊, 而漢興. 田何傳東武人王同子仲, 子仲傳菑川人楊何.〕"(≪사기·유림열전≫) 양하는 사마천의 부친인 사마담司馬談에게 ≪역≫을 전수하였다.

≪한서·유림열전≫에서도 이렇게 말했다. "진나라에 이르러 유학을 금지시켰다. ≪역≫은 점을 치는 책이어서 유독 금지시키지 않았다. 그래서 전수하는 자가 끊이지 않았다.〔及秦禁學, 易爲筮卜之書, 獨不禁, 故傳受者不絶也.〕" 뿐만 아니라 ≪역≫에 대한 학문은 서한 초기부터 중요시되기 시작했다. ≪사기·유림열전≫에는 이렇게 기록되어 있다. "양하는 ≪역≫으로 원광元光 원년(B.C. 134)에 초빙되어 중대부中大夫에 올랐다. 제나라 사람인 즉묵성卽墨成은 ≪역≫으로 양陽나라의 재상에 올랐다. 광천 사람인 맹단孟但은 ≪역≫으로 태자문대부太子門大夫가 되었다. 노나라 사람인 주패周霸를 비롯해 거莒 사람인 형호衡胡, 임치臨菑 사람인 주보언主父偃 등은 모두 ≪역≫으로

---

13) 유대균劉大均, ≪주역개론周易槪論≫(증보본增補本), 파촉서사巴蜀書社, 2008, 97쪽·100쪽.

녹봉이 2천 석이나 되었다. 〔楊何以易, 元光元年徵, 官至中大夫. 齊人卽墨成以易至城陽相. 廣川人孟但以易爲太子門大夫. 魯人周霸, 莒人衡胡, 臨菑人主父偃, 皆以易至二千石.〕" 이 기록들을 통해 그 당시 ≪역≫을 공부한 지식인들이 모두 조정에 선발되고 중용되었음을 알 수 있다.

또 ≪한서 · 예문지≫에는 다음과 같은 기록이 있다.

옛날에 중니가 세상을 떠나자 뜻 깊고 섬세한 이야기들이 없어지고, 70제자들이 세상을 떠난 뒤에는 경전의 중요한 뜻이 어그러졌다. 그래서 ≪춘추≫는 나뉘어져 다섯이 되고, ≪시≫는 나뉘어져 넷이 되었으며, ≪역≫에는 몇 갈래의 전傳이 생겨났다.

전국시대에는 합종合縱과 연횡連衡으로 갈려 서로 참과 거짓으로 나눠 다투니, 여러 학자들의 설은 어지럽게 난무하였다. 진秦나라에 이르러 이것을 걱정한 나머지 그 글들을 거두어 불태워버림으로써 일반 백성들을 어리석게 만들었다.

한나라가 일어나 진나라의 실패를 바꾸려고 많은 서적을 거두어 바치는 길을 넓게 열어 주었다. 그러나 효무제孝武帝 때에 이르러서도 서적에 실린 기록이 이지러지고 떨어져나가 예禮는 깨어지고 악樂은 무너졌다. 그래서 황제는 이를 탄식하며 말했다. "짐朕이 참으로 걱정스럽구나!" 이에 장서목록藏書目錄을 작성하고, 사서寫書의 관직을 두어 아래로 여러 학자들의 학설에 이르기까지 모두 궁중 도서관에 비치하여 채웠다.

성제成帝 때에 이르러서도 상당한 책이 흩어지고 없어졌다. 그래서 알자謁者인 진농陳農으로 하여금 천하에 남아 있는 책들을 모으게 하였다. 그리고 조칙을 내려 광록대부 유향에게는 경전과 여러 학자들의 학설〔諸子〕 및 시부詩賦를, 보병교위步兵校尉 임굉任宏에게는 병서兵書를, 태사령 윤함尹咸에게는 술수術數의 책을, 시의侍醫인 이주국李柱國에게는 의약과 양생〔方技〕의 책을 교정하게 하였다. 한 가지 책이 끝날 때마다 유향은 곧 그 편목을 정리하고, 그 취지를 기록하여 임금에게 올려 아뢰었다.

유향이 세상을 떠나자 애제哀帝는 다시 유향의 아들인 시중봉거도위 侍中奉車徒尉 유흠劉歆에게 아버지의 사업을 마무리하도록 하였다. 이에 유흠은 많은 서적을 총괄하여 그것을 ≪칠략≫으로 만들어 임금께 올려 아뢰었다. 그래서 ≪집략輯略≫이 있고, ≪육예략六藝略≫이 있고, ≪제자략諸子略≫이 있고, ≪시부략詩賦略≫이 있고, ≪병서략兵書略≫이 있고, ≪술수략術數略≫이 있으며, ≪방기략方技略≫이 있는 것이다. 이제 그 요점을 줄여서 하나의 책으로 갖추었다. 〔昔仲尼沒而微言絶, 七十子喪而大義乖. 故春秋分爲五, 詩分爲四, 易有數家之傳. 戰國從衡, 眞僞分爭, 諸子之言紛然殽亂. 至秦患之, 乃燔滅文章, 以愚黔首. 漢興, 改秦之敗, 大收篇籍, 廣開獻書之路. 迄孝武世, 書缺簡脫, 禮壞樂崩, 聖上喟然而稱曰: "朕甚閔焉!" 於是建藏書之策, 置寫書之官, 下及諸子傳說, 皆充祕府. 至成帝時, 以書頗散亡, 使謁者陳農求遺書於天下. 詔光祿大夫劉向校經傳諸子詩賦, 步兵校尉任宏校兵書, 太史令尹咸校數術, 侍醫李柱國校方技. 每一書已, 向輒條其篇目, 撮其指意, 錄而奏之. 會向卒, 哀帝復使向子侍中奉車都尉歆卒父業. 歆於是總群書而奏其七略, 故有輯略, 有六藝略, 有諸子略, 有詩賦略, 有兵書略, 有術數略, 有方技略. 今刪其要, 以備篇籍.〕

서한은 진나라가 서적을 불태운 후에 교체된 나라이다. 그래서 육경을 수집 정리하는 힘든 여정은 한나라 초기에 문제와 경제가 "많은 서적을 거두어 바치는 길을 넓게 열어 준" 것에서부터 무제가 "장서 목록을 작성하고 사서의 관직을 두고", 다시 성제가 "천하에 남아 있는 책들을 모으게 하여" 유향과 유흠 부자에게 명하여 최초로 교정 정리하기까지에 이른다. 이런 백여 년의 노력을 거쳐 천하의 서적이 일시에 완비되었다.

≪한서・유림열전≫에서도 일찍이 한나라가 육경을 회복하는 힘든 노정을 이렇게 서술하고 있다.

한나라가 건국된 후 치천 사람인 전생은 ≪역≫을, 제남 사람인 복생은 ≪서≫를 강론했다. 그리고 ≪시≫를 강론한 사람은 노나라에는 신배공, 제나라에는 원고생, 연나라에는 한태부였다. ≪예≫를 강론한 사람은 노나라의 고당생이다. ≪춘추≫를 강론한 사람은 제나

라에는 호무생, 조나라에는 동중서였다. 〔漢興, 言易自淄川田生. 言書自濟
南伏生. 言詩, 於魯則申培公, 於齊則轅固生, 燕則韓太傅. 言禮, 則魯高堂生. 言春秋,
於齊則胡母生, 於趙則董仲舒.〕

　　《한서 · 유림열전》의 기록에 의하면, 한나라가 들어서서 육경
을 복구하는 과정에서 《역경》의 회복이 가장 빨랐다. 왜냐하면
진나라가 자행한 책을 불태우는 재앙을 당하지 않아 전수와 계승
의 순서가 명확하고, 그래서 재건하는데 문제가 없었기 때문이다.
그리하여 한나라가 들어서면서 육경 중에서 맨 먼저 세상에 널리
전해지게 되었다.
　　두 번째로 세상에 전해진 경전은 《상서》이다. 이것은 진나
라의 박사인 복생伏生에 의해 전수되었다. "진나라 때 《서》가 금
서였는데, 복생이 그것을 벽 속에 숨겼다. ……효문제 때 《상서》
에 능통한 사람을 찾았으나, 천하에 아무도 없었다. 그런데 복생이
잘 안다는 소문을 듣고 그를 초빙하려 하였다. 이때 복생은 나이
가 아흔 살이 넘었고 늙어서 다닐 수가 없었다. 그래서 태상太常에
게 조칙을 내려 장고掌故인 조조晁錯를 보내 전수받게 했다. 〔秦時禁書,
伏生壁藏之. ……孝文時, 求能治《尙書》者, 天下亡有, 聞伏生治之, 欲召. 時伏生年九十
餘, 老不能行, 於是詔太常, 使掌故晁錯往受之.〕"(이하 《한서 · 유림열전》) 한나라 문
제 때 조조를 파견하여 복생에게 《상서》를 배우게 했고, 조조가
《상서》 공부를 마친 후에는 문제와 경제 부자에게 상당히 신임
을 받았다. 그로부터 《상서》가 다시 세상에 전해지게 되었다.
　　세 번째로 세상에 전해진 경전은 《시경》이다. 이 경전이 한
나라 고조 때는 노나라 사람인 신공申公에 의해, 문제 때는 연나라
사람인 한영韓嬰에 의해, 경제 때는 제나라 사람인 원고轅固에 의해
전해졌다. 신공은 "젊었을 때 초나라 원왕元王 유교劉交와 함께 제나
라 사람인 부구백浮丘伯을 섬기며 《시》를 배웠다. 한나라를 세운

고조高祖가 노나라를 지날 때 신공이 제자의 신분으로 스승을 따라 노나라 남궁南宮에서 알현했다. 여태후呂太后 때는 부구백이 장안長安에 있었는데, 초나라 원왕이 아들인 유영劉郢과 신공을 파견하여 학업을 마치게 했다.〔少與楚元王交俱事齊人浮丘伯受≪詩≫. 漢興, 高祖過魯, 申公以弟子從師人見于魯南宮. 呂太后時, 浮丘伯在長安, 楚元王遣子郢與申公俱卒學.〕" 한영은 문제文帝 때 박사가 되었고, "경제景帝 때는 상산태부에 이르렀다.〔景帝時至常山太傅〕"

네 번째로 세상에 전해진 경전은 ≪예≫이다. 이것은 한나라 문제 때 노나라의 고당생高堂生에 의해 전해졌다. "노나라 고당생은 ≪사례士禮≫ 17편을 전수했다. 그리고 노나라 서생徐生은 용모와 태도를 잘 꾸몄는데, 문제 때 그것으로 예관대부禮官大夫가 되었다.〔魯高堂生傳≪士禮≫十七篇, 而魯徐生善爲頌. 孝文時, 徐生以頌爲禮官大夫〕"

다섯 번째로 세상에 전해진 경전은 ≪악樂≫이다. ≪악경樂經≫이 비록 없어지기는 하였지만, 한나라 경제의 아들이자 하간헌왕河間獻王인 유덕劉德이 ≪악기樂記≫를 지었으며, 이것이 ≪악≫의 문헌으로서는 대표적인 것이다. ≪한서·예문지≫에서는 그것에 대해 이렇게 서술하고 있다. "한나라가 건국되자 제씨制氏가 아악雅樂을 다섯 가지 음과 여섯 가지 가락〔聲律〕으로 정리하여 대대로 악관樂官이 되었다. 그것으로 갱장鏗鏘과 고무鼓舞의 기강을 세웠으나, 그 의미를 말할 수는 없었다. 여섯 나라의 군주 중 위魏나라 문후文侯가 옛 것을 가장 좋아했는데, 효문제 때 악인樂人인 두공竇公을 얻어 그 책을 헌상하였다. 그 책이 바로 ≪주관周官·대종백大宗伯≫의 〈대사악大司樂〉의 장章이다. 무제武帝 때 하간헌왕이 선비를 좋아하여 모생毛生 등과 함께 ≪주관≫을 비롯해 여러 학자들이 음악과 관련하여 언급한 것들을 모아 그것으로 ≪악기≫를 만들었다. 팔일八佾의 무舞를 헌상하였는데, 제씨의 것과 크게 다르지 않았다. ……유향이 그 책을 교정하여 ≪악기≫ 23편을 얻었다. 〔漢興, 制氏以雅樂聲律, 世在樂官, 頗能紀其鏗鏘鼓舞, 而不能言其義. 六國之君, 魏文侯最爲好古, 孝文時得其樂人竇公, 獻其書, 乃≪周官·大宗伯≫之〈大司樂〉章也. 武帝時, 河間獻王好儒, 與毛生等共采≪周官≫及諸子言樂事者, 以作≪樂記≫, 獻八佾之舞, 與制氏不相遠. ……劉向校書, 得≪樂記≫二十三篇.〕"

여섯 번째로 세상에 전해진 경전은 ≪춘추≫이다. 이것은 한 나라 무제 때 호무생胡毋生과 동중서에 의해 전해졌다. 호무생은 경제 때 박사가 되었고, "동중서와 함께 공부를 했다. ……늙어서는 제나라로 돌아가 제자들을 가르쳤다. 제나라 지역에서 ≪춘추≫를 강론하는 자들은 대부분 호무생에게 전수받았고, 공손홍 역시 많은 영향을 받았다. 〔與董仲舒同業. ……老, 歸敎於齊, 齊之言≪春秋≫者宗事之, 公孫弘亦頗受焉.〕"(≪한서·유림열전≫)

≪한서·초원왕전≫에 실려 있는 유흠의 〈태상박사를 비판하는 성토문〔移書讓太常博士〕〉에 또한 육경의 순서가 진나라의 분서 이후 회복의 늦고 빠름과 밀접한 관계가 있다는 것을 명확히 보여주고 있다. 그래서 맨 처음이 ≪역≫이고, 다음이 ≪서≫, 그 다음이 ≪시≫와 ≪예≫ 및 ≪춘추≫이다.

한나라가 건국되었을 때는 성스럽고 영명한 제왕의 시대와 너무 멀고, 공자의 도道 또한 끊어져 법도로서 좇아 따를 만한 것이 없었다. 그때 유독 숙손통叔孫通 한 사람만이 예의禮儀의 전반을 제정할 수 있었다. 천하에는 오직 ≪주역≫ 점서만 남아 있고 다른 책은 없었다.
혜제惠帝 때가 되어서야 서책을 사사롭게 소장할 수 없다는 법률〔挾書律〕이 폐지되었지만, 공경대신公卿大臣을 비롯해 강후絳侯 주발周發, 영음후潁陰侯 관영灌嬰과 같은 공신의 무리들은 모두 갑옷을 입은 무장들이어서 그것을 의미 있는 것으로 삼는 사람은 아무도 없었다. 문제文帝 때에 이르러서야 비로소 장고掌故 (업무를 맡고 있던) 조조晁錯

를 시켜 복생으로부터 《상서》를 전수받게 하였다. 《상서》는 집안의 벽 속에서 처음 출토될 때 죽간은 썩고 가죽 끈은 끊어졌지만, 지금도 그 책이 남아있다. 그런데 현재의 유학자들은 다만 띄어 읽는 법만을 전해줄 수 있을 뿐이지만, 《시경》에 관한 학설도 비로소 싹을 틔웠다.

이후 천하에 많은 책들이 꽤 자주 나타났다. 이것들 모두는 저명한 학자들[諸子]이 전해준 학설이기에 학관에 두루 퍼지게 하고, 박사를 두기까지 하였다. 그러나 조정에 있는 유학자는 오직 가의賈誼 한 사람뿐이었다. 무제 때 이르러서야 추나라를 비롯해 노나라, 양梁나라, 조趙나라에 《시》와 《예》 및 《춘추》를 강설하는 선배 학자들이 꽤 많이 나타났다. 이들은 모두 건원建元(B.C. 140~B.C. 135) 연간에 출현한 사람들이다. 〔漢興, 去聖帝明王遐遠, 仲尼之道又絶, 法度無所因襲. 時獨有一叔孫通略定禮儀, 天下唯有《易》卜, 未有它書. 至孝惠之世, 乃除挾書之律, 然公卿大臣絳·灌之屬咸介冑武夫, 莫以爲意. 至孝文皇帝, 始使掌故晁錯從伏生受《尙書》. 《尙書》初出于屋壁, 朽折散絶, 今其書見在, 時師傳讀而已. 《詩》始萌牙. 天下衆書往往頗出, 皆諸子傳說, 猶廣立於學官, 爲置博士. 在漢朝之儒, 唯賈生而已. 至孝武皇帝, 然後鄒·魯·梁·趙頗有《詩》·《禮》·《春秋》先師, 皆起於建元之間.〕

이상에서 정리하여 기술한 내용으로부터 다음과 같은 사실을 알 수 있다. 즉 《한서·유림전》과 《한서·예문지》 등에 기록된 《역》을 필두로 《서》, 《시》, 《예》, 《악》, 《춘추》의 육경의 순서는 진나라의 분서 이후 서한에서 육경이 회복되는 속도의 늦고 빠른 순서에 따라 배열되었다는 것이다. 명확한 이해를 위해 도표로 나타내면 다음과 같다.

육경六經	진秦 분서焚書 이후의 전수자	생존 시기
《역》	전하田何	진秦나라 · 한漢나라 고조高祖
《서》	복생伏生	진나라 · 한나라 고조 · 한나라 무제武帝
《시》	신공申公	한나라 고조 · 한나라 무제
《예》	고당생高堂生	한나라 무제
《악》	하간헌왕河間獻王	한나라 경제景帝 · 한나라 무제
《춘추》	호무생胡毋生 · 동중서董仲舒	한나라 경제 · 한나라 무제

앞서 말한 내용을 종합하면 다음과 같은 사실을 알 수 있다. "《시》를 선두로 하는" 《시》, 《서》, 《예》, 《악》, 《역》, 《춘추》라는 육경의 순서는 육경이 출현한 시기의 늦고 빠른 순서로 배열한 것이다. 이 점은 바로 육덕명과 주여동이 말한 바와 같다. 그리고 "《역》을 맨 앞으로 하는" 《역》, 《서》, 《시》, 《예》, 《악》, 《춘추》라는 육경의 순서는 진나라의 분서 이후 서한에서 육경이 회복되는 시기의 늦고 빠른 순서로 배열한 것이다. 이 점은 《한서 · 유림전》과 《한서 · 예문지》 등의 기록에서 확인할 수 있다.

《역》은 책을 불태우는 진나라의 재앙을 당하지 않았기 때문에 서한 초기부터 시작해서 대대로 중시되고, 그 지위는 끊임없이 높아졌다. 한나라 성제 때에 이르러 "천하에 남아 있는 책들을 모아들이도록 하면서 [求遺書於天下] "(《한서 · 예문지》) 《역》은 육경 가운데 유일하게 진나라의 분서를 피한 경서로서 유향과 유흠 등과 같이 교정하고 정리하는 사람들로부터 중시되었다.

《한서 · 초원왕전》에 실려 있는 유흠의 〈태상박사를 비판하는 성토문〉에서 이렇게 말했다. "한나라가 건국되었을 때는 성스럽고 영명한 제왕의 시대와 너무 멀고, 공자의 도道 또한 끊어져 법도로서 좇아 따를 만한 것이 없었다. 그때 유독 숙손통 한 사람만이 예의의 전반을 제정할 수 있었다. 천하에는 오직 ≪주역≫ 점서만 남아 있고 다른 책은 없었다. 〔漢興, 去聖帝明王遐遠, 仲尼之道又絶, 法度無所因襲. 時獨有一叔孫通略定禮儀, 天下唯有≪易≫卜, 未有它書.〕" 이것으로부터 유흠이 ≪역경≫에 특별히 주목했다는 것을 알 수 있다.

서한 시기에 육경이 회복되는 시기의 늦고 빠른 순서로 배열하게 되자 ≪역≫은 단번에 첫째가는 자리에 오르면서 ≪시≫를 비롯한 ≪서≫, ≪예≫, ≪악≫, ≪춘추≫ 위에 군림하고, 육경의 우두머리가 되었다. 그리고 유향과 유흠 부자와 동시대 사람인 양웅揚雄이 "육경의 크기에 있어서 ≪역≫만한 것이 없다. 〔六經之大莫如≪易≫〕"라고 찬양한 것이 있다. 이로부터 서한의 성제成帝와 애제哀帝 이후로 ≪역경≫은 이미 육경의 윗자리를 차지하고 있었다는 것을 알 수 있다.

그 후 반고의 ≪한서·예문지≫는 유흠의 ≪칠략≫을 저본으로 삼아 ≪역경≫이 "바른 이치의 근원 〔大道之原〕"이라고 칭송하며, 육경의 맨 앞에 두면서 후세에 영향을 끼쳤다. 그런 까닭에 김경방은 일찍이 ≪육예략≫의 육경의 순서가 분명히 유흠으로부터 나왔다고 말했다. 이 판단은 매우 정확한 것이었다. 그러나 이러한 육경의 순서가 유향과 유흠 부자의 사사로운 견해로 결정될 수 있는 것은 아니었다. 그것은 서한에서 육경이 회복되는 시기의 늦고 빠른 순서를 반영한 것이다. 이러한 육경의 순서가 금문학자나 고문학자와는 실제로 큰 상관이 없다.

2절 | 공자와 ≪역경≫에 대한 새로운 논의

공자와 ≪역≫(≪주역≫·≪역경≫이라고도 함), 그리고 ≪역전易傳≫의 관계는 공자 연구와 역학 연구에서 비교적 관심을 끄는 내용 중의 하나이다. 그러나 공자와 ≪역≫의 관계를 부정하는 사람들이 있다. 예를 들어 전목錢穆(1895~1990)은 일생에 수십 년 동안 ≪논어≫를 깊이 연구하면서도 늘 꿋꿋하게 공자가 ≪역≫을 배웠다는 견해에 대해 부정적 의견을 견지했다. 주여동은 이렇게 말했다.

> 공자가 ≪역≫을 찬미한 일에 관해서 후세 유학자의 논쟁이 아주 치열하고, 분쟁도 제일 많다. ……≪논어≫를 판단의 기준이 되는 서적으로 삼는다면, 공자가 ≪역≫을 찬미한 증거는 보이지 않는다. ≪논어≫라는 책 전체에서 ≪역≫에 관한 것은 단지 3조목이다. 하나는 증자曾子의 말로, 지금의 ≪역경≫ 간괘艮卦의 상사象辭와 비슷하다. 다른 하나는 공자의 말로, 지금의 ≪역경≫ 항괘恒卦의 효사爻辭에 보인다. 이것들은 모두 '≪역≫을 찬미한 것'과 상관이 없다. 나머지 하나는 공자가 일찍이 이렇게 말한 것이다. "내가 몇 해를 더 살아서 50세에 ≪역≫을 배우게 되면, 큰 허물은 없을 것이다. [子曰: 加我數年, 五十以學易, 可以無大過矣.] "(≪논어·술이≫) ……결국 개괄적으로 말하면, 공자에게는 결코 ≪역≫에 관한 저작이 없다는 것이다.14)

---

14) 주여동 저, 주유쟁 편집 교정, ≪공자, 성인 공자와 주희≫, 상해인민출판사, 2012, 19쪽.

그러나 공자와 ≪역≫의 관계에 찬동하는 사람도 적지 않다. 예를 들면 김경방이 ≪역전≫을 공자가 지었다고 주장하는 것과 같은 것이다. 공자가 ≪역전≫을 지은 것과, 공자와 ≪역전≫의 밀접한 관계에 대해 김경방은 이렇게 지적하고 있다.

> ≪사기·공자세가≫에서 "공자는 늘그막에 ≪역≫을 좋아하여 읽다가 그 책을 엮은 가죽 끈이 세 번이나 끊어졌다. 〔孔子晚而喜易, 讀易, 韋編三絕.〕"라고 하였다. 이것이 바로 공자가 ≪역≫의 비밀을 발견했을 때 어찌할 바를 모를 정도로 기뻤으며, 그래서 심혈을 기울이고 고심해서 ≪역전≫을 지었다고 하는 실상이다.
> ≪주역·계사 상繫辭上≫에 "공자께서 말씀하시기를, ≪역≫을 왜 지었을까 라고 한다면, 만물의 이치를 알아 천하의 사무를 성취하여 천하의 도리를 포괄하는 것뿐이다. 〔子曰: 夫≪易≫, 何爲者也? 夫易開物成務, 冒天下之道, 如斯而已者也.〕"라고 하셨다. 이것이 바로 공자께서 ≪역경≫은 철학적 저작이지 다른 것이 아니라고 명백히 말씀하신 것이다. 옛사람이 이르기를, "영웅만이 영웅을 알아 볼 수 있다."고 했다. 그래서 나는 ≪역경≫의 철학 사상이 ≪역경≫을 지은 사람의 것이자, 또한 공자의 것이라고 생각한다.15)

특히 1973년 장사長沙에서 마왕퇴馬王堆라는 한나라의 고분이 출토된 후 공자와 ≪역≫의 관계에 대한 사람들의 인식이 심화되었다. 그 고분에서 출토된 백서帛書 ≪요要≫ 편에는 공자가 만년에 ≪역≫을 좋아한 상황을 "집에 있을 때는 ≪역≫을 앉는 자리에 두었고, 밖에 나갈 때는 행낭에 넣고 다녔다. 〔居則在席, 行則在囊〕"라고 기록하고 있다. 공자가 늘그막에 ≪주역≫을 아주 좋아해서 집에

---

15) 김경방金景芳, 〈어떻게 공자를 평가할 것인가(如何評价孔子)〉, 김경방·여소강呂紹剛·여문욱呂文郁, ≪공자신전孔子新傳≫, 장춘출판사長春出版社, 2006, 11쪽.

있을 때는 깔개 위에 두고, 외출할 때는 주머니에 넣고 다녔다는 것이다.16) 마왕퇴의 백서 ≪요≫ 편은 1993년부터 지금까지 정리되고 있는데, 관련된 연구 논저가 200여종이나 될 만큼 공자와 ≪역≫의 관계를 연구하는 학자들에게 중요한 출토 문헌이 되고 있다. 이제 크게 주목을 받는 이 출토 문헌은 한쪽에 밀쳐두고, 대대로 전해지는 관련 문헌을 정리하면서 공자와 ≪역≫의 관계에 대해 새롭게 탐구해보기로 한다.

1. 공자가 ≪역≫을 배웠다고 하는 ≪논어≫의 기록에 대한 재검토

후세에 들어오면서 공자와 ≪역≫의 관계에 대한 인식이 엇갈리고 있다. 그렇게 된 중요한 원인 중의 하나는 바로 ≪논어≫를 기록한 판본의 차이이다. 현행본 ≪논어·술이≫에는 이렇게 기록되어 있다.

> 선생님께서 말씀하셨다. "내가 몇 해를 더 살아서 50세에 ≪역≫을 배우게 되면, 큰 허물은 없을 것이다." 〔子曰: "加我數年, 五十以學≪易≫, 可以無大過矣."〕

동한東漢 시기의 ≪논어≫에 정현鄭玄은 "'五十以學≪易≫〔50세에 ≪역≫을 배우다〕'에 대해 ≪노논어魯論語≫에서는 '易〔역〕'을 '亦〔역〕'으로 읽었다. 그런데 이제 ≪고논어≫를 따라 '易〔역〕'으로 읽는다. 〔五十以

---

16) 진송장陳松長·요명춘廖名春, 〈비단에 씌어진 〈이삼자문〉·〈역지의〉·〈요〉를 풀이한 글(帛書〈二三子問〉·〈易之義〉·〈要〉釋文)〉, ≪도가문화연구道家文化硏究≫ 제3집, 1993, 424~435쪽.

學≪易≫. ≪魯≫讀'易'爲'亦', 今從≪古≫.〕"라고 하는 주석을 달았다.

한나라의 ≪논어≫에는 중요한 판본 세 가지가 있다. 하나는 ≪고논어古論語≫로, ≪고문논어古文論語≫라고도 한다. 다른 둘은 ≪금문논어今文論語≫로, 주요한 것은 ≪제논어齊論語≫와 ≪노논어魯論語≫이다. 서한 말기에 이르러 안창후安昌侯 장우張禹(?~B.C.5)가 ≪노논어≫와 ≪제논어≫에서 좋은 것을 골라 합쳐서 하나로 만들었다. 이것을 ≪장후논張侯論≫이라고 부른다.

또 동한 말기에 이르러 정현이 다시 ≪고문논어≫와 ≪금문논어≫를 혼합하여 하나로 만들었다. 정현의 ≪논어주論語注≫ 원문은 ≪고논어≫의 독음을 근거로 ≪제논어≫를 바로잡아 완성되었다. 정현이 이것을 교정한 후에는 하나도 정정訂正하지 않았다. 그래서 주석 중에 기록된 것이 내려오게 됨으로써 다량의 이독異讀(한 글자를 둘 이상의 음音으로 같지 않게 읽음)과 이문異文(통용자通用字와 가차자假借字 및 이체자異體字의 통칭)이 남게 되었다.

≪논어≫의 정현의 주注에 따르면, "五十以學≪易≫〔오십이학≪역≫〕"이 ≪제논어≫에는 "五十以學亦〔오십이학역〕"으로 되어 있다. 이렇게 전체 문장을 만들게 되면 다음과 같다. "선생님께서 말씀하셨다. '내가 몇 해를 더 살면서 나이 오십이 되도록 배운다면, 확실히〔亦〕 큰 허물은 없을 것이다.〔子曰: 加我數年, 五十以學, 亦可以無大過矣.〕"만약 ≪노논어≫의 판본에 따른다면, 원래 구절의 뜻이 완전히 바뀌어 ≪역≫과 전혀 관계가 없는 것이 된다. 그래서 ≪논어≫에서 고문과 금문의 차이로 말미암아 공자와 ≪역≫의 관계를 둘러싼 후세 학자들의 견해에 커다란 차이가 있게 되었다.

공자와 ≪역≫의 관계를 부정하는 사람들로는 주여동을 예로 들 수 있는데, 그는 이렇게 주장한다. "'선생님께서 말씀하셨다. '내가 몇 해를 더 살아서 50세에 ≪역≫을 배우게 된다면, 큰 허물은 없을 것이다. 〔子曰: 加我數年, 五十以學《易》, 可以無大過矣.〕' 이것은 공자와 《역》이 관계가 있다는 것을 입증하는 것이다. 하지만 《노논어》에 '易〔역〕'이 '亦〔역〕' 자로 되어 있다. 이것은 《역》이라는 경전을 가리키는 것이 아니라, 평생토록 학습할 것을 강조한 것이다. 만일 《노논어》가 정확한 것이라면, 공자는 《역》과 관계가 전혀 없어지게 된다. 나는 《사기·공자세가》의 기록에 몇 가지 문제가 있다고 생각한다. 《역》과 《춘추》는 공자와의 관계가 크지 않다. 한나라에서는 공자를 연구했던 것이 아니라, 공자를 이용해 봉건 통치를 공고히 하려 했다. 그래서 《역》을 철학으로 간주하고, 《춘추》를 역사철학으로 만들었다."17)

반면에 공자와 《역》의 관계를 찬성하는 사람들로는 수십 년간 '역학' 연구에 종사한 대만사범대학교 서근정徐芹庭(1945~) 교수를 예로 들 수 있다. 그는 《역》을 가지고 《논어》를 주석하는 방식을 채택하여 공자와 《역》의 밀접한 관계를 조목조목 고찰하였다.18)

앞에서 서술한 관점의 차이에서 필자는 공자가 《역》을 배웠다는 《논어》 속의 기록에 대해 긍정적으로 보아야 한다고 생각한다. 주여동과 같이 공자와 《역》의 관계를 부정하는 사람들은 한나라가 공자를 이용해 봉건 통치를 공고히 했다는 것을 강조한다. 그런데 이에 대한 옳고 그름은 이미 본 연구의 범위를 넘어서는 것이기 때문에 여기서 그 문제에 대해 더 이상 언급하지는 않겠다. 그러나 사마천의 《사기·공자세가》의 기록에 "몇 가지 문제가 있다."는 것에 대해서는 우리가 탐구할 만한 가치가 있다. 또

---

17) 주여동周予同, 《중국경학사 강의中國經學史講義》, 상해문예출판사, 1999, 50쪽 참조.

18) 서근정徐芹庭, 《주나라, 진나라, 양한兩漢의 대가 53인의 역의(周秦兩漢五十三家易義)》, 중국서점中國書店, 2011, 9~19쪽.

현행본 ≪논어≫ 속의 "易[역]"이라는 글자가 ≪노논어≫에 "亦[역]"으로 되어 있다고 하는 것도, 비록 의미상으로는 뜻이 통하는 것 같지만, 그것을 이치로 헤아려 보면 도리어 부합하지 않는다. 이 점에 있어서는 ≪논어≫를 전면적으로 탐구할 때 다음과 같은 네 가지 측면에서 더욱 분명히 드러난다.

첫째는 공자가 이른 시기에 공부해야 한다는 것을 특별히 강조했다는 것이다. 그렇게 하지 않아서 40대나 50대가 되어서도 이름이 세상에 알려지지 않으면, 몹시 두려워할 만하다고 했다. ≪논어·위정≫에는 이런 말이 있다. "선생님께서 말씀하셨다. '나는 15세에 학문에 뜻을 두고, 30세에 예의를 알아 독립적 인격체로 자립하고, 40세에 판단하는 데 혼란을 일으키지 않고, 50세에 하늘의 이치를 알고, 60세에 다른 사람의 말을 들으면 곧 그 이치를 알고 따를 수 있고, 70세에 마음 내키는 대로 해도 규범에 벗어나지 않았다.'〔子曰: 吾十有五而志于學, 三十而立, 四十而不惑, 五十而知天命, 六十而耳順, 七十而從心所欲, 不踰矩.〕" 또 ≪논어·자한≫에는 이런 말이 있다. "선생님께서 말씀하셨다. '후배들은 두려워할 만하다. 어찌 뒤에 오는 사람이 오늘의 우리들보다 못하리라고 장담할 수 있겠는가? 40세나 50세가 되어서도 좋은 명성이 들리지 않으면, 이런 사람은 두려워할 것 없다.'〔子曰: 後生可畏, 焉知來者之不如今也? 四十·五十而無聞焉, 斯亦不足畏也已.〕" 또한 ≪논어·양화≫에는 이런 말이 있다. "선생님께서 말씀하셨다. '나이 마흔이 되어서도 사람들에게서 미움을 받으면, 그의 일생은 더 이상 가망이 없다.'〔子曰: '年四十而見惡焉, 其終也已.'〕"

이런 말들에 따르면, 공자는 나이가 어릴 때 공부해야 한다는 것을 매우 강조했다. 15세에 "학문에 뜻을 두었는데도", 40세나 50세가 되어서도 "좋은 명성이 들리지 않고" "사람들에게서 미움을 받는" 현상에 대해 엄중히 경계하였다. 이것은 분명히 상식적인 학습의 범주를 넘어서는 것이다.

둘째는 공자가 사람이 50세가 지나면 하늘의 이치를 알게 된다[知天命]는 것을 특별히 강조했다는 것이다. 이것은 ≪역≫을 배우는 것과 서로 잘 들어맞는 것이다. 그렇기 때문에 공자가 "50세에 하늘의 이치를 알았다."라고 하고, 또 "50세에 ≪역≫을 배우게 되면, 큰 허물은 없을 것이다."라고 한 것이다. ≪역≫은 천명天命이나 천도天道와의 관계가 비교적 밀접하다. ≪역≫이 배우기 어렵다는 것을 모든 사람이 다 알고 있기 때문에 공자는 50세가 넘은 나이에라도 다시 ≪주역≫을 공부하면, 많은 현묘한 이치를 깨달을 수 있다고 지적했다.

또 공자는 일찍이 다음과 같은 경고의 말을 했다. "군자는 세 가지 경계할 것이 있다. ……늙어서는 혈기가 바야흐로 쇠약해지니, 경계할 것은 탐내어 얻으려는 데 있다. [君子有三戒 ……及其老也, 血氣旣衰, 戒之在得.]"(≪논어·계씨≫) 옛사람에게 50세면 '노인'이라 말할 수 있었다. 그러니 50세에 ≪역≫을 배우는 것은 또한 노년에 '탐내어 얻으려는 데 대한 경계'를 치유하는 좋은 처방이다.

≪역≫을 배우는 것은 사람들에게 세상의 물욕과 잡된 생각을 없애고, 명예와 이익에 무심하게 할 수 있다. 한나라의 ≪고표비高彪碑≫에서 "물욕이 없이 마음을 비우고 검소한 품행을 유지하기 위해 50세에 배웠다. [恬虛守約, 五十以學]"(≪동한문기東漢文紀≫ 권31, 〈한고유주자사주군지비漢故幽州刺史朱君之碑〉)라고 한 것은 바로 ≪논어≫의 "50세에 ≪역≫을 배운다."고 한 것을 전고典故로 삼은 것이고, 비문에서 "물욕이 없이 마음을 비운다."고 한 것은 바로 50세에 ≪역≫을 공부한 결과인 것이다. 이것은 공자가 노년기에 들어서면 경계할 것은 탐내어 얻으려는 데 있다고 경고한 것을 서로 확인해 주는 것이 된다.

셋째는 ≪논어≫ 속에 ≪역경≫에 대한 명확한 기록이 여러 군데 있다는 것이다. 앞서 서술한 바와 같이 설령 공자와 ≪역≫의 관계를 부정하는 주여동 역시 ≪논어≫ 책 전체에서 ≪역≫에 관한 세 조목의 자료가 있다는 것을 인정했다. "50세에 ≪역≫을 배운다."는 것을 제외하고, 아직 두 조목이 남아 있다.

그 가운데 한 조목이 ≪논어·자로≫의 다음과 같은 기록이다. "선생님께서 말씀하셨다. '남쪽 사람들의 말에 사람이 항심恒心이 없으면, 무당이나 의원도 될 수 없다고 하는 것이 있는데, 참 옳은 말이다. ≪역≫에서도 그 덕을 항상 지니고 있지 못하면, 언젠가는 치욕을 받을 것이라고 하였다.' (그 까닭을 묻자) 선생님께서 말씀하셨다. '항심이 없는 사람은 이 점괘의 의미를 알지 못하기 때문이다.' 〔子曰: 南人有言曰: '人而無恆, 不可以作巫醫.' 善夫! '不恆其德, 或承之羞.' 子曰: '不占而已矣.'〕"

이 말 중에 "그 덕을 항상 지니고 있지 못하면, 언젠가는 치욕을 받을 것이다."라고 하는 것은 ≪주역·항괘恒卦≫ 구삼九三의 내용이다. 이것을 보면, 공자가 ≪역≫을 개별적인 제자들의 가르침 속에 넣어 놓고는 단지 ≪역≫을 인용했다고 말하지 않았을 뿐이라는 것을 알 수 있다. 글 전체의 어투로 보면, 이 구절은 어쩌면 제자의 입에서 나온 것으로 공자에게 물어본 말일 수 있다. 또 다른 가능성은 공자가 인용하고는 아울러 이 구절의 내용을 설명했을 것이라는 것이다. 어떤 상황이든지를 막론하고 공자가 개개의 제자들을 가르칠 때, ≪역≫을 그 내용 중의 하나로 삼았다는 점에서는 아무런 문제가 없다.

다른 한 조목은 ≪논어·헌문≫의 다음과 같은 기록이다. "선생님께서는 '그 자리에 있지 않으면, 그 정사를 도모하지 않는다.'라고 말씀하셨고, 증자께서는 '군자는 생각이 그 지위를 벗어나지 않는다.'라고 말씀하셨다. 〔子曰: 不在其位, 不謀其政. 曾子曰: 君子思不出其位.〕"

증자가 말한 "군자는 생각이 그 지위를 벗어나지 않는다."라고 하는 것은 《역경·간괘艮卦》 상전象傳의 말과 똑같다. 증자의 말은 "그 자리에 있지 않으면, 그 정사를 도모하지 않는다."라는 공자의 말에서 한 걸음 더 나아간 해석이다. 이것은 공자의 재전 제자(증자의 제자)가 모아서 기록한 것으로 추정되며, 또한 공자와 증자가 《역》을 평소 교육의 내용으로 삼았다는 것을 구체적으로 보여주는 것이다.

넷째는 《노논어》에서 "易〔역〕"을 "亦〔역〕"으로 기록한 것이다. 이것은 마땅히 진나라가 한나라로 바뀌는 시기에 입으로 전수할 때 발생한 착오라고 해야 한다. "50세에 《역》을 배운다."는 것을 서한 시기에 전해지던 세 종류의 《논어》 판본에서 보면, 《고문논어》와 《금문논어》는 물론 다른 한 종류인 《제논어》에도 모두 "易〔역〕"으로 되어 있고, "亦〔역〕"으로는 되어 있지 않다.

《고문논어》는 공자 고택의 벽을 허물 때(B.C. 154) 나와 한나라 무제 때의 공안국孔安國이 주석을 달았기 때문에 아마도 《논어》의 원형에 더 가까울 것이다. 그러나 《제논어》와 《노논어》는 모두 입으로 전수하는 것에 의지해서 완성되었으며, 입으로 전수할 때는 동음이자同音異字가 생기기 쉽고, "易〔역〕"과 "亦〔역〕"은 대개 발음이 유사해서 와전되었을 가능성이 충분하다. 그러므로 《고논어》와 《제논어》 속의 "50세에 《역》을 배우게 되면, 큰 허물은 없을 것이다."라는 구절은 입으로 전수된 《노논어》에 이르러 "나이 오십이 되도록 배운다면, 확실히〔亦〕 큰 허물은 없을 것이다."라는 것으로 되었을 것이다.

《논어》의 정현의 주석에 따르면, 《고논어》와 《제논어》 속에는 유사한 동음이자同音異字가 적잖이 들어 있다. 예를 들면 《논어·향당》 편에 이렇게 기록되어 있다. "임금이 살아있는 짐승〔生〕

을 내리시면 반드시 그것을 기르셨다. ≪노논어≫에서는 ‘生〔생〕’을 ‘牲〔생〕’으로 읽는다. 이제 ≪고논어≫를 따르도록 한다. 〔君賜生, 必畜 之. ≪魯≫讀生爲牲, 今從≪古≫.〕”生〔생〕과 牲〔생〕은 발음이 유사하지만 글 자가 다르다. 두 글자를 비교해서 말하면, “生〔생〕”으로 쓰면 뜻이 늘어나고, “牲〔생〕”으로 쓰면 뜻이 좁고 한정된다.

또 ≪논어·선진≫ 편에는 다음과 같은 기록이 있다. “옛것을 그대로 두면 어떠하기에 반드시 개조하는가? ≪노논어≫에서는 ‘仍〔잉〕’을 ‘仁〔인〕’으로 읽는다. 지금은 ≪고논어≫를 따르도록 한다. 〔仍舊貫, 如之何? 何必改作? ≪魯≫讀仍爲仁, 今從≪古≫.〕” 仍〔잉〕과 仁〔인〕은 발음이 유사하지만 다른 글자이다. 또한 “仁舊〔인구〕”라고 하면, 문 맥이 통하지 않아서 말이 안 된다.

그리고 ≪논어·계씨≫ 편에는 다음과 같은 기록이 있다. “말 하는 것이 때가 이르지 않았는데도 말하는 것을 조급하다고 한다. ≪노논어≫에서는 ‘躁〔조〕’을 ‘傲〔오〕’로 읽는다. 이제 ≪고논어≫를 따 르도록 한다. 〔言未及之而言謂之躁. ≪魯≫讀躁爲傲, 今從≪古≫.〕” 躁〔조〕와 傲 〔오〕는 발음이 비슷하지만, 다른 글자이다. 다만 앞 문장의 의미를 헤아려 보면, 마땅히 “躁〔조〕”자로 되는 것이 훨씬 낫다.

이상의 몇 가지 예는 자못 대표성을 지니고 있다. 비록 전체 가 아닌 일부를 본 것이라 해도, 대체로 ≪노논어≫가 입으로 외 워서 전하는 방식 때문에 발음상의 사고로 인하여 글자에 적잖은 착오와 차이가 생겼고, 그 발음이 같거나 비슷하지만 글자가 다른 것이 대부분 ≪고논어≫만 못하다는 것을 알 수 있다. 그래서 “50 세에 ≪역≫을 배우게 되면, 큰 허물은 없을 것이다. 〔五十以學≪易≫, 可以無大過矣.〕”라는 구절에 대해 ≪노논어≫에서는 비록 “易〔역〕”을 “亦〔역〕”으로 쓰고 있지만, ≪노논어≫의 동음이자의 전반적인 수준 이 보편적으로 낮은 상황에서 보면, “亦〔역〕”자도 또한 “易〔역〕”자보다 훨씬 못하고, 의미상으로도 "易〔역〕" 자가 훨씬 뛰어나다. 따라서 여기에서 불일치하는 ≪논어≫의 원문은 마땅히 "五十以學 ≪易≫, 可以無大過矣.〔50세에 ≪역≫을 배우게 되면, 큰 허물은 없을 것이다.〕" 라고 하는 것이 좋을 것이다.

2. 공자가 ≪역≫을 배웠다는 것에 대한 선진 시기 학자들의 기록

≪논어≫ 외에 선진 시기 학자들의 문헌에도 공자가 ≪역≫을 공부했다는 기록이 비교적 많다. ≪논어≫에서 공자가 "50세에 ≪역≫을 배운다."라고 한 것과 관계가 가장 밀접한 것이 ≪장자·천운≫ 편의 다음과 같은 기록이다.

공자는 살아온 나이가 50하고도 한 살을 더 먹었음에도 아직 참다운 도리를 알지 못했다. 그래서 남쪽 패沛로 가 노담을 만났다.
노담이 말했다. "선생, 오시었소? 내 선생이 북방의 현자라는 말을 들었소. 선생 역시 참다운 도리를 체득하셨겠지요?" 공자가 말했다. "아직 터득하지 못했습니다."
노담이 말했다. "선생은 어디에서 그것을 찾으려 하셨소?" 공자가 말했다. "예의규범〔度數〕에서 찾으려 했습니다만, 5년이 지나도록 찾아내지 못했습니다."
노담이 말했다. "또 다른 어디서 찾으려 하셨소?" 공자가 말했다. "음양의 이치에서 찾으려 했습니다만, 12년이 지나도록 찾아내지 못했습니다." 〔孔子行年五十有一而不聞道, 乃南之沛, 見老聃. 老聃曰: "子來乎? 吾聞子北方之賢者也, 子亦得道乎?" 孔子曰: "未得也." 老子曰: "子惡乎求之哉?" 曰: "吾求之於度數, 五年而未得也." 老子曰: "子又惡乎求之哉?" 曰: "吾求之於陰陽, 十有二年而未得."〕

≪장자≫가 비록 우언으로 된 책이지만, ≪장자≫ 속에 기록된 공자의 여러 가지 말과 행적에서 보면 전혀 근거가 없는 바람처럼 떠도는 풍문이라고 보기는 어렵다. 예를 들면 "광匡이라는 고장으로 여행을 갔다. 〔遊於匡〕"(≪장자·추수≫)라는 말을 비롯해 "서쪽 위나라로 여행을 떠났다. 〔西遊於衛〕"(≪장자·천운≫)라는 말, "초나라에 갔을 때 접여가 공자가 묵은 집 앞에서 노닐며 노래를 불렀다. 〔適楚, 接輿遊其門〕"(≪장자·인간세人間世≫)라는 말, "진나라와 채나라 국경에서 포위되어 7일 동안 익힌 음식을 먹지 못했다. 〔圍於陳·蔡之間, 七日不火食〕"(≪장자·산목山木≫)라는 말 등이 그런 것이다.

공자가 노자를 만난 일은 문헌에 많이 실려 있다. 그러나 여러 학자들의 기록이 결코 일치하지는 않는다. 그런데 여기에서 공자가 "예의규범에서 찾으려 했습니다."라는 것과 "음양의 이치에서 찾으려 했습니다."라는 것 등의 묘사에서 공자가 ≪역≫을 배운 정황을 간파해내기 어렵지 않다. 그 속의 상황이 어쩌면 ≪장자≫의 우언이라는 허구에서 나왔다는 것을 피할 수는 없지만, 또한 공자가 ≪역≫을 배웠다는 실제적 정황을 역으로 부각시킬 수도 있다.

또 ≪여씨춘추·신행론愼行論≫에는 공자가 점을 친 상황을 이렇게 기록하고 있다. "공자가 점을 쳐서 비賁괘를 얻자, '길하지 않구나.'라고 말했다. 자공이 '무늬가 찬란하다면 좋은 것인데, 어찌 길하지 않다고 말씀하십니까?'라고 말했다. 이에 공자가 '희다면 희고 검다면 검어야지, 무늬가 섞여 있는데 무엇이 좋단 말인가?'라고 말했다. 〔孔子卜, 得賁. 孔子曰: '不吉.' 子貢曰: '夫賁亦好矣, 何謂不吉乎?' 孔子曰: '夫白而白, 黑而黑, 夫賁又何好乎?'〕"

이것은 ≪역≫의 괘卦에 대해 공자가 잘 이해하고 정통해 있다는 것을 분명하게 나타내고 있다. 유대균劉大均(1943~)은 다음과 같이 말했다 "≪논어·자로≫ 편에서 공자는 일찍이 ≪주역≫ 항恒괘

구삼九三의 효사爻辭인 '그 덕을 항상 지니고 있지 못하면, 언젠가는 치욕을 받을 것이다. [不恆其德, 或承之羞]'라는 말을 인용하고, 아울러 '항심이 없는 사람은 이 점괘의 의미를 알지 못한다. [不占而已矣]'라는 말을 덧붙였다. 이에 따르면 공자가 ≪주역≫을 연구했었다는 것을 우리는 확신할 수 있다. 그리고 '항심이 없는 사람은 이 점괘의 의미를 알지 못한다.'는 말 또한 공자가 일찍이 '점'을 쳤었다는 것을 말해준다."19) 유대균이 ≪논어≫의 기록에 근거해서 공자가 ≪주역≫을 연구했고, 또 "점을 쳤었다."는 판단을 내렸다. 이것은 공교롭게도 ≪여씨춘추≫와 서로 참조하고 검증하는 것이 된다.

선진 시기 학자들의 영향을 받고, 잡가雜家라는 칭호를 가지고 있는 ≪회남자(·인간훈人閒訓)≫에도 또한 이렇게 기록되어 있다. "공자가 ≪역≫을 읽다가 손損괘와 익益괘에 이를 때마다 크게 탄식하면서 말했다. '덜어내거나 보태는 행위는 아마도 왕자王者의 일인가 보다!' 일 가운데는 간혹 상대를 이롭게 하고자 한 행위가 결과적으로 상대를 해롭게 만들기도 하고, 간혹 상대를 해롭게 하고자 한 행위가 상대를 이롭게 만드는 경우가 있다. 그러므로 이로움과 해로움이 뒤바뀌는 변화, 그리고 그것이 재앙과 복이 되어 나오는 대문을 잘 살피지 않을 수 없다. [孔子讀≪易≫, 至損·益, 未嘗不憤然而歎, 曰: '益損者, 其王者之事與! 事或欲與利之, 適足以害之. 或欲害之, 乃反以利之. 利害之反, 禍福之門戶, 不可不察也.']"

여기에서는 공자가 ≪역≫을 읽고 ≪역경≫을 공부하여 이해하고 있다는 것을 명확하게 언급하고 있다. 이 기록은 동시대의 사마천의 ≪사기≫의 기록과 서로 참조하고 검증하는 것이 될 수 있다.

---

19) 유대균劉大均, ≪주역개론周易槪論≫(증보본), 파촉서사, 99쪽.

3. 공자가 ≪역≫과 관련되었다는 사실에 대해 신뢰도가 비교적 높은 ≪사기≫의 기록

공자가 만년에 ≪주역≫을 좋아했다는 것을 사마천은 ≪사기≫에 거듭 기록하였다. 이러한 기록은 한걸음 더 나아가 공자가 "50세에 ≪역≫을 배웠다."는 것을 믿게 할 만한 증거로 볼 수 있다. ≪사기·공자세가≫에서는 다음과 같이 기록하고 있다.

공자는 늘그막에 ≪역≫을 좋아하여 〈서괘전〉을 비롯해 〈단전〉, 〈계사전〉, 〈상전〉, 〈설괘전〉, 〈문언전〉 등을 짓고, ≪역≫을 읽다가 가죽 끈이 세 번이나 끊어질 정도였다. 그랬기에 공자가 말했다. "만약 나에게 몇 년의 시간이 더 주어진다면, ≪역≫에 대한 모든 것을 터득할 수 있을 것이다."〔孔子晚而喜≪易≫, 序〈彖〉·〈繫〉·〈象〉·〈說卦〉·〈文言〉. 讀易, 韋編三絶. 曰: "假我數年, 若是, 我於易則彬彬矣."〕

또 ≪사기·전경중완세가田敬仲完世家≫에는 이렇게 기록되어 있다.

태사공은 말한다. "아마도 공자는 나이가 들어 ≪역≫을 좋아했을 것이다. 역易의 학술적 깊이가 그윽하고 심원하니, 통달한 인재가 아니라면 누가 눈여겨 볼 수 있었겠는가!"〔太史公曰: 蓋孔子晚而喜≪易≫. 易之爲術, 幽明遠矣, 非通人達才孰能注意焉!〕

공자가 늙어서 ≪역≫을 좋아하게 된 것은 한편으로 "50세에 하늘의 이치를 알아야겠다.〔五十而知天命〕"는 인식이 영향을 끼쳤을 수도 있고, 다른 한편으로 공자가 ≪주역≫을 접한 시기가 비교적 늦었기 때문일 수도 있다. 유대균은 이에 대해 다음과 같이 말했다. "서주시대 전기에 ≪주역≫이라는 책은 천자의 점을 치는 일을 맡아보던 관리가 대를 이어 지켜왔다. 이 학문은 전담자에 의해 관리되어 왔기 때문에 일반인들은 접촉할 기회가 없었다. ……춘추시대에 이르러서도 이러한 상황은 여전히 변함없었던 것 같다. 단적인 증거가 ≪춘추좌씨전≫ 소공昭公 2년(B.C.549)의 다음과 같은 기록이다. '진후晉侯가 한선자韓宣子를 보내어 노나라에 와서 빙문하였다. ……한선자가 태사씨의 집에서 도서를 구경할 때 ≪역상≫과 ≪노춘추≫를 보고서 '주나라의 예절이 모두 노나라에 있구나.〔晉侯使韓宣子來聘, ……觀書於大史氏, 見≪易象≫與≪魯春秋≫, 曰, 周禮盡在魯矣.〕'라고 말했다. ……한선자와 같은 그런 사람도 노나라에 와서 겨우 '태사씨'의 집에서야 ≪역상≫을 보았다고 했다. 이것을 보면, 이 책은 진후晉侯의 집에도 갖추어져 있지 않았으니, 일반인들은 더더욱 볼 수 없었음을 알 수 있다. 또 예를 들면 ≪춘추좌씨전≫ 장공莊公 22년(B.C.672)에는 다음과 같이 기록되어 있다. '주사周史가 ≪주역≫을 가지고 와서 진후陳侯를 뵈었다. (진후는 그에게 시초점을 치게 하였다.)〔周史有以周易見陳侯者, (陳侯使筮之.)〕' 아마 진후도 역시 이 책이 없었을 것이다."[20]

이러한 예를 근거로 추측해보면, 공자가 아마도 ≪주역≫을 접한 것은 나이가 이미 50을 넘겼을 수 있다. ≪사기·공자세가≫의 기록에 따르면, 노나라 정공定公 9년(B.C.501)인 나이 51세에 공자가 비로소 관직에 나아갔다. "정공定公이 공자를 중도재中都宰로 삼았는데, 1년 뒤 사방에서 모두 공자가 다스리는 방법을 따라했다. 그래서 공자는 중도재에서 사공司空이 되고, 사공에서 다시 대사구大司寇가 되었다.〔定公以孔子爲中都宰, 一年, 四方皆則之. 由中都宰爲司空, 由司空爲大司寇.〕"(≪사기·공자세가≫) 공자는 52세에 대사구로 승진하여 재

20) 유대균, ≪주역개론≫(증보본), 파촉서사, 2008, 96쪽.

상의 업무를 대행하였다. 공자가 처음으로 ≪주역≫을 접할 기회가 있었다면, 아마도 이 시기였을 것이다.

또 앞서 말한 유대균의 고증에 따르면, ≪주역≫이라는 책은 전담자가 관리했기 때문에 한선자는 노나라에 가서 "태사씨"의 집에서야 ≪역상≫을 보았다. 그리고 사마천은 "집안 대대로 천관에 관한 일을 맡아 [世典天官]"(≪한서·사마천전司馬遷傳≫) 태사太史의 관직을 세습했다. 이러한 가족의 내력과 세습한 직위로 태사령이 된 사마천이 공자와 ≪주역≫의 관계 및 그 역학易學의 전승을 추측한 것이기 때문에 그의 견해는 강력한 신뢰성을 가지고 있다.

≪사기·태사공자서太史公自序≫에는 이렇게 기록되어 있다. "대저 음양을 비롯해 사시四時, 팔위八位, 십이도十二度, 이십사절기에는 각각 금기禁忌를 두고 있으니, 그것에 순응하는 자는 번창하고, 거스르는 자는 죽지 않으면 망하게 된다. ……봄에 생겨나 여름에 생장하고, 가을에 거두어들여 겨울에 저장하는 것은 자연계의 위대한 법칙이다. 여기에 순종하지 않는다면, 천하를 바로 세울 기강은 없다. 그런 까닭에 '춘하추동 사시가 돌아가는 큰 순서는 놓쳐서는 안 된다.'〔夫陰陽四時·八位·十二度·二十四節各有教令, 順之者昌, 逆之者不死則亡. ……夫春生夏長, 秋收冬藏, 此天道之大經也, 弗順則無以爲天下綱紀, 故曰'四時之大順, 不可失也'.〕"(배인裴駰은) ≪사기집해史記集解≫에서 장안張晏의 다음과 같은 말을 인용하여 주석으로 삼았다. "팔위는 팔괘의 방위이다. 십이도는 12차十二次(고대 중국에서 해와 달, 행성의 위치 및 그 운동을 측량하기 위해 황도黃道를 12개 부분으로 나눈 것)이다. 이십사절二十四節은 그 12차에 들어맞는 절기〔氣〕이다. 절기마다 각각 금기를 두었으니, 이를 일컬어 월령月令〔日月〕이라 한다. 〔八位, 八卦位也. 十二度, 十二次也. 二十四節, 就中氣也. 各有禁忌, 謂日月也.〕"

또 ≪사기·태사공자서≫에서는 이렇게 말했다. "≪역≫은 천지를 비롯해 음양, 사시, 오행의 원리를 밝혀 놓은 것이다. 그래서 변화에 대한 서술이 뛰어나다. 〔易著天地陰陽四時五行. 故長於變.〕" 사마담 과 사마천 부자는 역학의 요점을 명백하게 서술하고 있다. 그리고 그 속에서 말한 도수度數와 음양에 관한 견해는 ≪장자·천운≫에 서 공자가 "참다운 도리를 예의규범에서 찾으려 했고", "음양에서 찾으려 했다."라는 기록과 서로 참조하여 검증할 수 있다. 또한 이 것으로부터 역학에 관한 공자의 풍부한 지식을 엿볼 수 있다.

≪사기≫에서 말한 "≪역≫은 천지를 비롯해 음양, 사시, 오행 의 원리를 밝혀 놓은 것이다."라는 견해에 대해 유대균은 이렇게 설 명했다. "이 견해는 일찍이 현대인에게 의심을 불러일으켰다. 왜냐 하면 현행본 ≪역전≫에는 결코 오행 관념이 없기 때문이다. 필자 는 과거에 이에 대해 아무리 생각해도 이해할 수 없었다. 그런데 백서帛書 ≪역전≫이 출토됨에 따라 이렇게 오랜 수수께끼가 마침 내 풀렸다. 즉 원래 백서 ≪역전≫의 〈요要〉편 속에서는 이미 오 행의 내용을 언급하고 있었다는 것이다."21)

또 ≪사기·천관서天官書≫에서는 이렇게 말했다. "공자가 육경 을 거론하면서 괴이한 사건을 기록은 하되 그에 관한 설명을 기록 하지는 않았다. 천도나 천명에 관해서 전수하지 않았다. 그에 합당 한 사람에게 전수할 때는 말해 줄 필요가 없었다. 그러나 합당하 지 않은 사람에게 알려줄 때는 비록 말해 주어도 말귀를 깨닫지 못 하였다. 〔孔子論六經. 紀異而說不書. 至天道命. 不傳. 傳其人. 不待告. 告非其人. 雖言 不著.〕"

≪사기정의史記正義≫에서는 이 구절을 이렇게 풀이했다. "천도와 성명이란 것에 대해 아마 뜻을 가지고 있어 전해 줄 만하면 전해 줄 수 있으나, 그 중대한 요지는 미묘하여 스스로의 타고난 자질

---

21) 유대균, ≪현행본·백서본·죽서본 ≪주역≫의 종합적 고찰(今·帛·竹書≪周 易≫綜考)≫, 상해고적출판사, 2005, 143쪽.

에 달려 있어 반드시 상세하게 설명해 줄 필요가 없다는 말이다. 〔言天道性命, 忽有志事, 可傳授之則傳, 其大指微妙, 自在天性, 不須深告語也.〕” 이것은 공자가 ≪역≫과 천도를 공개적으로 전수하지 않은 원인을 대략적으로 설명한 것이다. 이장지李長之는 이에 대해 이렇게 말했다. “사마천은 ≪역≫을 '유형과 무형을 통괄한 것〔幽明〕'이라고 인식하였다. 그래서 무릇 유형과 무형을 통괄해서 말하는 것을 모두 ≪역≫의 가르침으로 간주할 수 있다.”22)

≪사기・전경중완세가≫에는 이렇게 기록되어 있다. “태사공은 말한다. '아마도 공자는 나이가 들어 ≪역≫을 좋아했을 것이다. 역易의 학술적 깊이가 그윽하고 심원하니, 통달한 인재가 아니라면 누가 눈여겨 볼 수 있었겠는가!'〔太史公曰: 蓋孔子晩而喜≪易≫. ≪易≫之爲術, 幽明遠矣, 非通人達才孰能注意焉!〕” 또 ≪사기・외척세가外戚世家≫에는 다음과 같은 기록이 있다. “사람들은 인륜의 도를 널리 펼 수 있다. 그러나 운명〔命〕과 같은 것은 도무지 어찌할 수가 없다. 부부간의 사랑에 대해서는 군주라도 신하에게 강제할 수 없고, 아버지라고 해서 아들에게 강제할 수 없는데, 하물며 그보다 지위가 낮은 사람들임에랴! 이미 결혼을 했으면, 간혹 자손을 이룰 수도 있고 이루지 못할 수도 있으며, 간혹 그 끝을 살필 수도 없으니, 어찌 운명이 아니겠는가? 공자는 운명을 드물게 말씀하셨으니, 이것은 아마도 분명하게 말하기가 곤란하였기 때문일 것이다. 만약 유형과 무형의 변화를 통괄하는 변화에 통달할 수 없다면, 어떻게 본성과 운명을 알 수 있겠는가. 〔人能弘道, 無如命何. 甚哉, 妃匹之愛, 君不能得之於臣, 父不能得之於子, 況卑下乎! 旣驩合矣, 或不能成子姓. 能成子姓矣, 或不能要其終, 豈非命也哉? 孔子罕稱命, 蓋難言之也. 非通幽明之變, 惡能識乎性命哉?〕 ”

이것들은 모두 유형과 무형을 통괄하는 변화와 공자가 만년에

---

22) 이장지李長之, ≪공자전≫, 동방출판사東方出版社, 2010, 19쪽.

≪역≫을 좋아한 것, 그리고 천도에 대해 드물게 말한 것의 관계를 밝히고 있다. 공자는 본성과 운명에 대해 드물게 말했는데, 이것이 공자가 하늘의 이치를 대하는 태도였다. 그리고 이에 대해 이장지는 이렇게 말했다. "≪논어≫에서 공자가 본성과 운명 및 천도를 말하지 않았다. 그것은 바로 ≪역≫의 도道이기 때문이었다."23) 공자가 ≪역≫과 천도의 전수를 공개적으로 하지 않았기 때문에 후세 사람들은 공자와 ≪역≫이 큰 관련이 없다고 오해했다.

사실 ≪사기(·공자세가)≫에서 사마천은 공자가 "늘그막에 ≪역≫을 좋아하여 〈서괘전〉을 비롯해 〈단전〉, 〈계사전〉, 〈상전〉, 〈설괘전〉, 〈문언전〉 등을 지었다."라고 했을 뿐만 아니라, 또한 ≪역≫의 학술을 전수해 준 제자가 있어 춘추 전국시대부터 진나라와 한나라에 이르기까지 전승이 쇠퇴하지 않았음을 명확하게 지적했다.

≪사기·중니제자열전≫에는 공자가 상구商瞿에게 ≪역≫을 전수했다고 기록되어 있다. 상구는 공자 문하에서 ≪역≫의 학술을 전승하여 새로운 학파를 창설한 제자이다. 그의 행적은 ≪논어≫에 나타나지 않고, 공자보다 나이가 29세 적다. ≪사기·중니제자열전≫에는 이렇게 기록되어 있다. "상구가 나이가 많이 들어도 자식이 없어서 그 어머니가 측실을 얻게 하려고 하였다. 그런데 때마침 공자께서 그를 제나라로 심부름을 보내려고 하셨다. 그러자 상구의 어머니가 그 일을 미뤄 달라고 부탁하였다. 이에 공자께서는 말씀하셨다. '걱정하지 마십시오. 상구는 마흔이 넘으면 반드시 다섯 아들을 두게 될 것입니다.' 그런데 그 뒤 정말로 그렇게 되었다. 〔商瞿年長無子, 其母爲取室. 孔子使之齊, 瞿母請之. 孔子曰: '無憂, 瞿年四十後當有五丈夫子.' 已而果然.〕" 만약 이 기록이 믿을 만한 것이라면, 공자가 ≪주역≫을 공부한 후 예측의 능력을 갖추었다는 것을 알 수 있다.

---

23) 이장지, ≪공자전≫, 동방출판사, 2010, 19쪽.

≪사기·중니제자열전≫은 역학 전승의 완전한 계보를 다음과 같이 기록하고 있다. "공자는 ≪역경≫을 상구에게, 상구는 초나라 사람인 간비자홍馯臂子弘에게, 간비자홍은 강동江東 사람인 교자용자矯子庸疵에게, 교자용자는 연나라 사람인 주자가수周子家豎에게, 주자가수는 순우淳于 사람인 광자승우光子乘羽에게, 광자승우는 제나라 사람인 전자장하田子莊何에게, 전자장하는 동무東武 사람인 왕자중동王子中同에게, 왕자중동은 치천菑川 사람인 양하楊何에게 전수하였다. 〔孔子傳≪易≫於瞿, 瞿傳楚人馯臂子弘, 弘傳江東人矯子庸疵, 疵傳燕人周子家豎, 豎傳淳于人光子乘羽, 羽傳齊人田子莊何, 何傳東武人王子中同, 同傳菑川人楊何.〕"24)

또 ≪사기·태사공자서≫에서도 "태사공은 당도唐都로부터 천문학을 배웠고, 양하로부터 ≪역≫을 전수받았으며, 황자黃子로부터 도가의 이론을 익혔다. 〔太史公學天官於唐都, 受易於楊何, 習道論於黃子.〕"라고 하였다. 사마천의 부친인 사마담은 "양하로부터 ≪역≫을 전수받은" 역학의 정통적 전승을 잇고 있다. 이런 의미에서 말하는 것이기 때문에 공자와 ≪역≫의 관계 및 역학의 전승 계보에 대한 사마천의 기록은 한층 신뢰도를 더하는 것이다.

≪한서·유림전≫에서는 이렇게 기록하고 있다. "노나라의 ≪춘추≫에 근거해서 공公 12명의 행적을 열거하고, 문왕과 무왕의 도道로 표준을 삼았으니, 나라를 다스리는 도를 하나로 통일하였으며, (애공哀公 14년〔B.C.481〕에) '기린을 잡았다'라는 대목에서 끝났다. 늘 그 막에는 ≪역≫을 좋아하여, ≪역≫을 읽다가 가죽 끈이 세 번이나 끊어졌으며, ≪역≫에 ≪전傳≫을 지었다. 〔因魯≪春秋≫, 擧十二公行事, 繩之以文武之道, 成一王法, 至獲麟而止. 蓋晚而好≪易≫, 讀之韋編三絶, 而爲之≪傳≫.〕" 이

---

24) 자홍子弘은, "자궁子弓"이라고 쓰기도 하는데. ≪사기정의史記正義≫ 권67에는 이렇게 기록되어 있다. "≪한서≫와 ≪순자≫에는 모두 글자가 '자궁'으로 되어 있다. ≪사기≫에 홍弘 자로 된 것은, 아마도 잘못 기록한 듯하다. 〔≪漢書≫及≪荀卿子≫皆云字子弓, 此作弘, 蓋誤也.〕"

기록은 공자가 ≪역≫을 좋아했고, ≪역전≫을 지었다는 주장을 인정하는 것이다.

≪한서・유림전≫은 또한 역학의 전승 계보를 이렇게 기록하고 있다. "본래 노나라 상구는 자字가 자목子木인데, 공자에게 ≪역≫을 전수받아 자가 자용子庸인 노나라의 교비橋庇에게 전수했다. 자용은 자가 자궁子弓인 (양자강 남쪽 연안 지역인) 강동의 간비馯臂에게 전수했다. 자궁은 자가 자가子家인 연나라 사람 주추周醜에게 전수했다. 자가는 자가 자승子乘인 동무 사람 손우孫虞에게 전수했다. 자승은 자가 자장子莊인 제나라의 전하田何에게 전수했다. 진나라에 이르러 유학을 금지하였다. 그러나 ≪역≫은 점을 치는 책이어서 유독 그것만 금지를 당하지 않았다. 그 때문에 전수하는 자가 끊이지 않았다. 한나라가 건국되자 전하田何는 (옛) 제나라의 공족公族이라는 이유로 (지금의 섬서성陝西省 서안시西安市 동남쪽의) 두릉杜陵으로 옮겨 살게 되면서 호號가 두전생杜田生이고 자가 자중子仲인 동무 사람 왕동王同을 비롯해 낙양의 주왕손周王孫, (양梁나라 사람인) 정관丁寬, 제나라 사람인 복생服生에게 ≪역≫을 전수하였다. 이들은 모두 ≪역전≫과 관련된 여러 편의 글을 지었다. 왕동은 치천 사람인 양하에게 ≪역≫을 전수하였다. 〔自魯商瞿子木受≪易≫孔子, 以授魯橋庇子庸. 子庸授江東馯臂子弓. 子弓授燕周醜子家. 子家授東武孫虞子乘. 子乘授齊田何子莊. 及秦禁學, ≪易≫爲筮卜之書, 獨不禁, 故傳受者不絕也. 漢興, 田何以齊田徙杜陵, 號杜田生, 授東武王同子中・雒陽周王孫・丁寬・齊服生, 皆著≪易傳≫數篇. 同授淄川楊何.〕"

≪사기≫와 비교해보면, ≪한서≫에서는 ≪역경≫만 진나라에서 "유학을 금지하는 〔禁學〕" 영향을 받지 않아 전수가 끊이지 않았다고 특별히 강조했다. 그래서 공자 이후로 역학의 전승은 일찍이 단절된 적이 없으며, 공자가 ≪역≫을 공부하여 ≪역전≫을 지은 일에 대해 ≪사기≫와 ≪한서≫가 모두 명백히 기록하고 있어 신뢰성이 높기에 쉽사리 부정을 용납하지 않는다.

이 때문에 일찍이 공자가 ≪역≫을 공부했다는 것에 대해 부정적인 견해를 가진 주여동 같은 사람도 또한 사마천의 기록에 대한 신뢰성을 인정하지 않을 수 없었다. 그는 공자 문하의 제자들을 고찰할 때 이렇게 말했다. "상구, 즉 자목이 ≪역≫을 전수했다는 주장은 일찍이 사마천이 열거한 완전한 전수의 계통으로 인해 비교적 믿을 만하다."25) 유대균도 이렇게 말했다. "사마천과 반고처럼 그렇게 사료에 책임감이 있는 사람은 절대 터무니없이 꾸며내지 않기에 그들의 말에는 반드시 근거가 있을 것이다."26) 그런 까닭에 ≪논어≫나 ≪사기≫ 속의 공자가 ≪역≫을 공부했다거나 ≪역전≫을 지었다는 것과 관련된 기록도 또한 마땅히 믿고 따르기에 합당하다.

---

25) 주여동, 〈공자에서 맹자·순자까지 — 전국시대의 유가 유파와 유가 경전의 전수(從孔子到孟荀 – 戰國時的儒家派別和儒經傳授)〉, 주유쟁 편집 교정, ≪공자, 성인 공자와 주희≫, 상해인민출판사, 2012, 72쪽.
26) 유대균, ≪주역개론≫(증보본), 파촉서사, 2008, 99쪽.

3절 | 공자와 기타 오경五經

1. 공자와 ≪시詩≫·≪서書≫

≪사기·유림열전≫에는 다음과 같은 기록이 있다. "공자는 왕도王道가 무너지고 사도邪道가 흥하는 것을 근심하여 ≪시≫와 ≪서≫를 재편집하고, ≪예≫와 ≪악≫을 고쳐 진흥시켰다. 제나라에 가서 〈소韶〉를 듣고는 석 달 동안 고기맛을 분간하지 못했다. 위衛나라에서 노나라로 돌아온 후에 음악을 정비하자 ≪아雅≫와 ≪송頌≫이 각각 제자리를 찾게 되었다. 〔孔子閔王路廢而邪道興, 於是論次≪詩≫·≪書≫, 修起≪禮≫·≪樂≫. 適齊聞〈韶〉, 三月不知肉味. 自衛返魯, 然後樂正, ≪雅≫·≪頌≫各得其所.〕"

또 ≪사기·공자세가≫에도 다음과 같은 기록이 있다. "공자의 시대에는 주나라가 쇠약해져 ≪예≫와 ≪악≫은 버려지고, ≪시≫와 ≪서≫가 훼손되었다. 이에 공자가 삼대三代의 예를 거슬러 올라가 ≪서전書傳≫의 서문을 지었다. 위로는 요임금과 순임금의 시대를 기록하고, 아래로는 진秦나라 목공에 이르기까지 그 사건에 따라 순서대로 엮었다. ……그러므로 ≪서전≫과 ≪예기≫는 공자에서 비롯된 것이다. 〔孔子之時, 周室微而≪禮≫·≪樂≫廢, ≪詩≫·≪書≫缺. 追跡三代之禮, 序≪書傳≫, 上紀唐虞之際, 下至秦繆, 編次其事. ……故≪書傳≫·≪禮記≫自孔氏.〕"

공자가 살았던 춘추시대 말기에는 주나라가 쇠약해져 ≪시≫를 비롯해 ≪서≫, ≪예≫, ≪악≫이 내버려지고 훼손되었다. 그래서 그가 ≪시≫를 비롯해 ≪서≫, ≪예≫, ≪악≫을 각각 새로 정리했던 것이다. 사마천이 공자와 ≪시≫·≪서≫의 관계에 사용한 단어는 "논차論次〔재편집〕"이고, 공자와 ≪예≫·≪악≫의 관계에 사용한 단어는 "수기修起〔고쳐 진흥시켰다〕"였다. 이것을 보면, 그가 한 글자 한 구절을 세심히 퇴고하면서도 작은 부분까지도 중요하게 여겨 매우 정교하게 다루었다는 것을 알 수 있다.

먼저 공자가 ≪시≫와 ≪서≫를 논차論次한 것에 대해 말하기로 한다. 논차는 곧 배열 순서를 정하는 것이다. 배열 순서를 정한다는 것은 바로 내용과 순서를 편집하여 확정하는 것이다. 김경방 등은 "이른바 '논論'이라는 것은 내용의 취사선택을 논의하는 것이고, 소위 '차次'라는 것은 목차를 조정하여 편집하는 것이다."[27]라고 주장했다.

≪사기·공자세가≫에는 이렇게 기록되어 있다. "옛날에는 시詩가 3,000여 편이었다. 그러나 공자에 이르러 그 중복된 것을 가려내고, 예의에 쓸 수 있는 것을 취하였다. 이에 위로는 설契과 후직后稷에 관한 시를 채집하고, 중간으로는 은나라와 주나라의 성대함을 서술한 시에서부터 유왕幽王과 여왕厲王 때의 예악이 무너지는 데까지 이르며, 남녀 간의 애정을 맨 앞에 두었다. 그래서 '〈관저關雎〉 마지막 장의 악곡을 ≪국풍(風)≫의 시작으로 삼고, 〈녹명鹿鳴〉을 ≪소아小雅≫의 시작으로 삼고, 〈문왕文王〉을 ≪대아大雅≫의 시작으로 삼고, 〈청묘清廟〉를 ≪송≫의 시작으로 삼는다.'라고 하였다. 이렇게 가려진 305편을 공자가 모두 거문고와 비파의 연주에 따라 노래를 불러보고는 〈소〉, 〈무〉, ≪아≫, ≪송≫의 음악에 합치되게 했다. ≪예≫와 ≪악≫이 이로부터 회복되어 서술되었으며, 이로써 왕도가 갖추어지고 육예가 완비되었다. 〔古者詩三千餘篇, 及至孔子, 去其重,

27) 김경방·여소강·여문욱, ≪공자신전≫, 장춘출판사, 2006, 7~8쪽.

取可施於禮義, 上采契后稷, 中述殷周之盛, 至幽厲之缺, 始於衽席, 故曰⟨關雎⟩之亂以爲≪風≫始, ⟨鹿鳴⟩爲≪小雅≫始, ⟨文王⟩爲≪大雅≫始, ⟨淸廟⟩爲≪頌≫始. 三百五篇孔子皆弦歌之, 以求合⟨韶⟩·⟨武⟩·≪雅≫·≪頌≫之音. ≪禮≫·≪樂≫自此可得而述, 以備王道, 成六藝.]"

이 기록에 따르면, 공자는 ≪시경≫에 다음과 같은 주요한 5가지 일을 해내었다.

첫째는 중복되는 것을 추려낸 일이다. ≪사기≫의 기록에 의하면, "옛날에는 시가 3,000여 편이었다. 그러나 공자에 이르러 그 중복된 것을 가려내었다." 그렇게 해서 공자는 3,000여 편을 300여 편으로 만들었다. 그러나 공자가 ≪시≫를 가려내었다는 ≪사기≫의 말은 당나라의 공영달孔穎達(574~648)로부터 의심을 받기 시작했다. 정초鄭樵(1104~1162)에서부터 주희朱熹(1130~1200), 조익趙翼(1727~1814), 최술崔述(1739~1816), 위원魏源(1794~1857) 등에 이르기까지 모두 공자가 ≪시≫를 가려내었다는 말을 부정했다. 그리고 현대의 학자들 역시 적지 않은 사람이 공자가 ≪시≫를 가려내었다는 말을 부정하고 있다. 특히 2001년 상해박물관上海博物館에서 초楚나라의 죽서竹書인 ≪공자시론孔子詩論≫을 발견한 이후로 공자가 ≪시≫를 가려내었다는 말에 대한 연구가 학술 논쟁의 초점이 되었다. 솔직히 말해서 사마천이 설령 진기한 것을 좋아하는 성격이었다고 하더라도, 그가 역사가로서 실제 상황에 대해 객관적으로 기록한 글을 함부로 단호하게 부정하는 것은 아마 조심해야 할 듯하다. 그러므로 공자가 ≪시≫를 가려내었는지 아닌지는 원래대로 정사正史의 기록을 증거로 삼아야 할 것이다.

둘째는 선택하는 일이다. ≪사기≫의 기록에 따르면, 공자는 중복된 ≪시≫를 뺄 때 어느 것을 삭제하고 어느 것을 보존할 것인지 "순서에 따라 차례를 정하는 [取次]" 원칙을 가지고 있었다. 그 원칙은 "예의에 쓸 수 있는 것을 선택한다."는 것이었다. 그런 것

들 가운데 의리에 합치되는 것과 예의의 교화에 사용할 만한 것이
선택되어 남게 되었다.

셋째는 연대에 따라 편집한 것이다. ≪사기≫의 기록에 따르
면, 공자는 "중복된 것을 빼 버린" 후에 남은 ≪시≫를 역대 왕조
의 연대 순서에 따라 배열을 통일했다. 맨 먼저 은나라의 시조인
설契(≪상송商頌≫)과 주나라 시조인 후직后稷(≪생민生民≫)을 술회했다. 그
다음에는 은나라와 주나라 두 왕조의 흥성을 서술하고 나서, 곧장
주나라의 유왕과 여왕의 정치적 실수로 이어갔다. 이러한 순서의
배열은 은나라와 주나라 두 왕조가 떨치고 일어나 번창하였다가
다시 쇠퇴에 이르는 정치적 역정을 생동감 있게 반영함으로써
≪시≫의 역사학적인 색채를 드러내고 있다.

≪맹자·이루 하≫ 편에서는 이렇게 말하고 있다. "성왕聖王의
자취가 사리지자 시가 없어지고, 시가 없어진 뒤에 ≪춘추≫가 지
어졌다. 진晉나라의 ≪승≫과 초나라의 ≪도올≫, 그리고 노나라의
≪춘추≫가 모두 같은 것이다.〔王者之迹熄而詩亡, 詩亡然後≪春秋≫作. 晉之
≪乘≫, 楚之≪檮杌≫, 魯之≪春秋≫, 一也.〕" 여기에서 말하는 ≪시≫에 반
영된 "성왕의 자취"가 바로 ≪시≫의 역사학적인 색채이다. 이것은
≪사기≫에서 공자가 ≪시≫를 순서에 따라 배열할 때 "위로는 설
과 후직에 관한 시를 채집하고, 중간으로는 은나라와 주나라의 성
대함을 서술한 시에서부터 유왕과 여왕 때의 예악이 무너지는 데
까지 이르렀다."라는 기록과 함께 서로에 감추어진 부분을 밝혀주
는 계기가 된다.

≪사기·십이제후연표十二諸侯年表≫에서는 이렇게 말했다. "주나
라의 법도가 해이해지자 시인은 그 근원이 남녀 간의 애정에 있다
고 여겨 〈관저〉를 지었다. 인의가 점차 쇠미해지자 〈녹명〉을 지어
풍자하였다. 여왕厲王에 이르러 그가 자신의 실정失政을 듣기 싫어

하고, 공경公卿들도 죽임을 두려워하여 감히 간언하는 자가 없게 되자, 재앙이 일어나 여왕이 마침내 체彘로 달아났다. 혼란이 수도에서부터 시작되자 주공과 소공이 연합하여 다스렸다. 〔周道缺, 詩人本之衽席, 〈關雎〉作. 仁義陵遲, 〈鹿鳴〉刺焉. 及至厲王, 以惡聞其過, 公卿懼誅而禍作, 厲王遂奔于彘, 亂自京師始, 而共和行政焉.〕 이것은 《시》와 정치가 밀접한 관계에 있다는 것을 나타낸다. 그렇기 때문에 공자가 순서에 따라 정리를 한 후에야 《시》가 시학詩學으로서의 특징을 지니게 되었을 뿐만 아니라, 또한 역사학적인 색채를 갖출 수 있게 되었다.

넷째는 사시四始(《풍》·《소아》·《대아》·《송》을 가리킴)의 순서에 따라 배열하되 《풍》을 필두로 《아》, 《송》의 순서로 열거했다는 것이다. 《사기(·공자세가)》의 기록에 따르면, 공자는 《시》를 다음과 같은 순서에 따라 배열했다. "남녀 간의 애정에서 시작하기 때문에 〈관저〉 마지막 장의 악곡을 《풍》의 시작으로 삼고, 〈녹명〉을 《소아》의 시작으로 삼고, 〈문왕〉을 《대아》의 시작으로 삼고, 〈청묘〉를 《송》의 시작으로 삼는다." 즉 남녀와 부부의 관계, 그리고 친구 사이의 정을 서술한 시를 서두로 삼았기에 〈관저〉를 《국풍》의 제1편으로 삼고, 〈녹명〉을 《소아》의 제1편으로 삼았으며, 〈문왕〉을 《대아》의 제1편으로 삼고, 〈청묘〉를 《송》의 제1편으로 삼았다는 것이다. 이것이 일반적으로 말하는 '사시四始' 순서에 따라 배열한 것이며, 그 속의 《풍》과 《아》 및 《송》 각 편의 순서도 모두 공자의 정리를 거친 것이다.

'사시四始'의 순서에 따른 배열에는 내용적으로 "남녀 간의 애정에서 시작하는 것"을 고려하는 이외에도 아마도 음악적인 원인도 있는 것 같다. 이른바 "〈관저〉의 난亂을 《풍》의 시작으로 삼는다. 〔〈關雎〉之亂以爲《風》始〕"라고 했는데, 여기에서 "난亂"이라고 하는 것은 고대 음악에서 마지막 장의 악곡이다. 《논어》에서도 〈관저〉의 "난亂"에 대해 공자의 다음과 같은 칭찬을 기록하고 있다. "태사지擊가 승가升歌(당堂 위에서 노래하는 것)를 시작하고, 〈관저〉 마지막 장의 악곡을 연주할 때 아름다운 소리가 귀에 가득하구나! [師擊之始, 關雎之亂, 洋洋乎! 盈耳哉.] "(《논어·태백泰伯》) 이와 관련해서 《예기·악기樂記》에서는 "음악을 처음 연주할 때에는 북소리에 맞추고, 재차 한 악절을 끝낼 때에는 징소리에 맞춘다. [始奏以文, 復亂以武.] "라고 하였다.

이 구절에 대해 양백준은 다음과 같이 설명했다. "'음악의 처음〔始〕'이라는 것은 악곡의 첫머리이다. 고대에 음악의 연주에서 그 시작하는 것을 '승가升歌'라고 했으며, 일반적으로 태사에 의해서 연주가 시작된다. 사지師摯는 노나라 태사로서 이름은 지摯이다. 그에 의해서 연주가 되기 때문에 '태사 지가 승가를 시작한다. [師摯之始] '라고 말했다. '시始'는 음악의 첫머리이고, '난亂'은 음악의 마지막으로 '시'에서 '난'까지를 '일성─成'이라 했다. '난'은 '여러 사람과 악기가 함께 연주하고 노래하는 것〔合樂〕'으로 오늘날의 합창과 같다. 합주할 때에는 〈관저〉의 악장樂章을 연주하였기 때문에 '관저지란關雎之亂'이라고 했다."28)

전목도 또한 다음과 같이 설명하고 있다. "고대 음악에는 승가升歌도 있고, (당 아래에서 생황을 연주하는) 생주笙奏도 있으며, (당 위에서 비파 연주에 맞추어 노래를 한 후에 당 아래에서 생황을 연주하는) 간가間歌도 있고, (당 위에서 비파 연주에 맞추어 노래를 하면서 동시에 당 아래에서 생황을 불면서 합주하는) 합악合樂도 있는데, 이 네 가지의 과정이 한 차례 끝나는 것이 일성─成이다. 승가가 시작되면, 비파 연주로 앙상블을 이루게 한다. 예를 들면 (오례五禮 중 가례嘉禮에 속하는) 연례燕禮와 대사례大射禮에서는 모두 태사에 의해 승가가 시작된다. 지摯가 태사이기 때문에 '태사 지가 승가를 시작할 때 [師摯之始] '라고 하는 것이다. 승가로

---

28) 양백준, 《논어역주》, 중화서국, 1980, 83쪽.

(이미 실전失傳된 ≪시경·소아≫ 〈신궁新宮〉 한 편의 시를) 세 번 반복해서 연주를 마치면, 뒤이어 생황을 부는 악공[笙]은 (침문寢門 안으로) 들어가 당堂 아래에서 (걸어둔 경쇠[磬]의 중앙에 서서 〈남해南陔〉·〈백화白華〉·〈화서華黍〉 세 편의 시를 연주하면) 경쇠 연주로 앙상블을 이루는데, 역시 세 번 반복해서 연주를 하고 마친다. 그러한 후에 간가間歌가 있다. 간가는 먼저 (당 위에서) 생황을 연주한 후에 그 반주에 맞추어 노래를 부르는데, 노래를 부르고 생황을 연주하는 것이 서로 번갈아 바뀌기 때문에 간間이라고 하는 것이다. 역시 세 번 반복해서 연주를 하고 마친다. 맨 마지막이 합악合樂이다. 합악은 당 위에서 비파 연주에 맞추어 노래를 하고, 또 당 아래에서 생황을 연주하는 것이 동시에 이루어진다. 역시 세 번 반복해서 연주를 하고 마친다. ≪시경·국풍·주남周南·관저≫ 그 다음의 여섯 편은 합악에 사용되기 때문에 '관저지란'이라고 한다. 승가는 노래로 뜻을 전하는 사람을, 합악은 가락으로 뜻을 전하는 시를 말하는데, 서로 전할 뜻을 충분하게 갖추고 있다. 〔古樂有歌有笙, 有間有合, 爲一成. 始於升歌, 以瑟配之. 如燕禮及大射禮, 皆由太師升歌. 摯爲太師, 是以云師摯之始. 升歌三終, 繼以笙入, 在堂下, 以磬配之, 亦三終, 然後有間歌. 先笙後歌, 歌笙相禪, 故曰間, 亦三終. 最後乃合樂. 堂上下歌瑟及笙幷作, 亦三終. ≪周南·關雎≫以下六篇, 乃合樂所用, 故曰關雎之亂. 升歌言人, 合樂言詩, 互相備足之.〕"29) 공자는 ≪시경·국풍·주남·관저≫ 마지막 장의 악곡을 15 〈국풍〉의 시작으로 삼았는데, 이것을 통해 그의 음악에 대한 고심을 엿볼 수 있다.

　　다섯째는 현악에 맞추어 노래 부르고 합주하게 한 것이다. ≪사기(·공자세가)≫의 기록에 따르면, ≪시≫에 실려 있는 "305편을 공자가 모두 거문고와 비파의 연주에 따라 노래를 불러보고는 〈소〉, 〈무〉, ≪아≫, ≪송≫의 음악에 합치되게 했다." 공자는 ≪시≫ 가운데 305편으로 추려낸 후에 그것을 전부 연주하고 노래할 수 있

---

29) 전목錢穆, ≪논어신해論語新解≫, 삼련서점, 2012, 212쪽.

게 하되, 〈소〉를 비롯한 〈무〉, 《아》, 《송》과 같은 악무樂舞의
음조에 합치되게 했다. 《논어》에서는 공자가 〈소〉를 비롯해 〈무〉,
《아》, 《송》과 관련된 것을 여러 차례 기록하고 있다.

> 선생님께서는 〈소〉에 대해서 "지극히 아름답고, 또 지극히 선하다."
> 고 말씀하시고, 〈무〉에 대해서는 "지극히 아름답기는 하지만, 지극
> 히 선하지는 못하다."고 말씀하셨다. 〔子謂〈韶〉, "盡美矣, 又盡善也." 謂
> 〈武〉, "盡美矣, 未盡善也."〕 《논어·팔일》)

> 선생님께서 제나라에서 〈소〉를 들으시고는 석 달 동안 고기맛을 분
> 간하지 못하셨다. 〔子在齊聞〈韶〉, 三月不知肉味.〕 《논어·술이》)

> 안연이 나라 다스리는 방법에 대해 물었다. 선생님께서 말씀하셨
> 다. "하나라의 역법을 쓰고, 은나라의 질박한 수레를 타며, 주나라
> 의 면류관을 쓰고, 음악은 순임금의 〈소무〉를 사용하는 것이다." 〔顏
> 淵問爲邦. 子曰: "行夏之時, 乘殷之輅, 服周之冕, 樂則〈韶舞〉."〕 《논어·위령공》)

> 선생님께서 말씀하셨다. "내가 위나라에서 노나라로 돌아온 이후에
> 음악이 바르게 되어, 《아》와 《송》이 각각 제자리를 얻게 되었
> 다." 〔子曰: "吾自衛反魯, 然後樂正, 《雅》·《頌》各得其所."〕 《논어·자한》)

최초의 《시》는 음악이나 춤과 합쳐졌으며, 중국 상고시대에
는 시와 음악 및 무용이 한덩어리가 된 원초적 형태를 띠었다.
《예기·악기》에서 "시는 그 뜻을 말로 나타내며, 노래는 그 소리
를 읊조리는 것으로 나타내고, 무용은 그 몸가짐을 움직이는 것으
로 나타낸다. 〔詩言其志也, 歌詠其聲也, 舞動其容也.〕"라고 하였다. 그래서
공자는 《시》 305편을 거문고와 비파의 연주에 따라 노래를 불
러보고 음악에 합치되게 하였으며, 이것은 시와 음악 및 무용이

한덩어리가 되는 원초적 형태를 회복시켰다.

〈소韶〉라는 악곡은 일명 〈소무韶舞〉라고도 부른다. 안연이 나라 다스리는 방법을 묻자, 공자가 대답한 다음의 말에 나온다. "하나라의 역법을 쓰고, 은나라의 수레를 타며, 주나라의 면류관을 쓰고, 악무樂舞는 순임금의 〈소〉를 사용하는 것이다." 이를 통해 보면, 공자가 〈소무〉를 중시했다는 것을 충분히 알 수 있다.

《상서·우서虞書·익직益稷》에는 순임금 때의 〈소무〉를 이렇게 기록하고 있다. "기夔가 말했다. '명구鳴球를 두드려 치며, 거문고와 비파를 연주해서 노래하니, 할아버지와 아버지의 신이 와서 이르고, 우虞나라의 국빈들이 자신의 자리에 있으면서 제후의 한 사람으로서 덕으로 사양합니다. 당하堂下에는 피리와 작은 북을 연주하고, 축祝과 어敔를 두드려서 시작과 끝으로 삼습니다. 생황과 쇠북을 번갈아 울리자 새와 짐승이 춤을 추며, 〈소소簫韶〉를 아홉 번 연주하자, 봉황이 와서 춤을 춥니다.' 기가 말했다. '아! 제가 경쇠를 세게 치기도 하고, 경쇠를 가볍게 치기도 하자 짐승들이 모두 따라 춤을 추며, 여러 관직의 우두머리가 진실로 화합합니다.'〔夔曰: '戛擊鳴球·搏拊·琴·瑟·以詠.' 祖考來格, 虞賓在位, 群后德讓. 下管鼗鼓, 合止柷敔, 笙鏞以間. 鳥獸蹌蹌.〈簫韶〉九成, 鳳皇來儀. 夔曰: '於! 予擊石拊石, 百獸率舞, 庶尹允諧.'〕"

이것은 상고시대에 시와 음악 및 춤이 삼위일체가 된 연주의 성대한 분위기를 생동감 있게 재현하고 있다. 연주할 때에 쇠북을 비롯해 경쇠, 거문고, 비파, 피리, 생황, 퉁소, (손잡이가 있는 작은 북인) 땡땡이, 북, (곡식을 되는 네모반듯한 모양의 타악기인) 축柷, (아악雅樂의 연주를 마칠 때 두드리는 엎드려 있는 낮은 호랑이 모양의 타악기인) 어敔 등이 있어 어떤 사람은 가사를 노래하고, 또 어떤 사람은 새나 짐승 또는 봉황으로 분장을 하여 나풀나풀 춤을 춘다. 그래서 공자가 〈소〉를 듣고 "석 달 동안 고기맛을 분간하지 못했으며", "지극히 아름답고, 또 지극히 선하다"고 칭송했던 것이다.

공영달은 이에 대한 소疏에서 다음과 같이 말했다. "음악이 음악다우려면, 어떤 사람은 노래를 하고 어떤 사람은 춤을 추되, 노래를 하면 그 가사를 읊조리면서 목소리를 올렸다 내렸다(播) 해야 하고, 춤을 추면 그 몸을 움직이면서 악곡을 따라야 한다. 〔樂之爲樂, 有歌有舞, 歌則詠其辭, 而以聲播之, 舞則動其容, 而以曲隨之.〕"(《춘추좌씨전주소春秋左氏傳注疏》 권39)라고 풀이하였다.

유보남劉寶楠(1791~1855)도 《논어정의論語正義》에서 이렇게 말했다. "《시》를 풍風과 아雅 및 송頌의 체제와 똑같게 하고, 음악을 풍風과 아雅 및 송頌의 음률과 동일하게 하되 본성과 정감에 근본을 두고, 도수度數를 헤아리며, 음률을 조화롭게 하여 그 음악 소리가 순수하고 온화한 것을 모두 한데 모아 《아》와 《송》이라 하였다. 〔《詩》之風·雅·頌以體則, 樂之風·雅·頌以律同, 本之性情, 稽之度數, 協之音律, 其中正和平者, 則俱曰《雅》·《頌》焉云爾.〕"(《광영당유고廣英堂遺稿·아송각득기소해雅頌各得其所解》)

공자 스스로 "내가 위나라에서 노나라로 돌아온 이후에 음악이 바르게 되어, 《아》와 《송》이 각각 제자리를 얻게 되었다."라고 말한 것은 《아》와 《송》 모두 원래의 시와 음악 및 무용의 면모를 회복하게 되었다는 것이다. 이것은 공자의 《시》에 대한 또 하나의 중요한 공헌이다.

한편, 《상서》를 순서에 따라 편집하고 정리하면서 공자는 주로 세 가지 작업을 했다. 첫째는 연대의 경계를 확정한 것이고, 둘째는 적합한 자료를 선택한 것이며,30) 셋째는 서序를 쓴 것이었다.

《사기·오제본기五帝本紀》에 다음과 같이 기록되어 있다.

---

30) 연대의 경계 확정〔斷限〕과 적합한 자료 선택〔選材〕에 대한 자세한 내용은, 김경방·여소강·여문욱, 《공자신전》, 장춘출판사, 2006, 161쪽 참조.

학자들은 오제五帝에 대해서 이야기를 많이 했지만, 그것은 이미 오래되었다. 그러나 ≪상서≫에서는 요임금 이후의 인물만을 기재하고 있고, 여러 학자들이 황제黃帝에 대해서 말하지만 그 글이 우아하지도 온당하지도 못해서 벼슬아치나 학식 있는 사람들은 그것을 말하기를 꺼려한다. 유생들 가운데는 공자가 전한 〈재여문오제덕宰予問五帝德〉과 〈제계성帝系姓〉을 전수하지 않는 이도 있다. 〔學者多稱五帝, 尙矣. 然≪尙書≫獨載堯以來. 而百家言黃帝, 其文不雅馴, 薦紳先生難言之. 孔子所傳宰予問五帝德及帝系姓, 儒者或不傳.〕

또 ≪한서·예문지≫에서는 한층 더 상세하게 기술하고 있다.

≪서≫가 생겨난 것은 오래되었다. 공자가 이것을 편집할 때 위로는 요임금에서 끊어내고 아래로는 진秦나라에서 멈추니, 무릇 100편이 되었다. 이를 위해 서문을 써서 그 지은 뜻을 말하였다. 〔≪書≫之所起遠矣, 至孔子纂焉, 上斷於堯, 下訖于秦, 凡百篇, 而爲之序, 言其作意.〕

공자는 ≪상서≫를 편찬하면서 그 시간의 시작과 끝을 "위로는 요임금에서 끊어내고 아래로는 진나라에서 멈추었다." ≪사기≫에서 그 하한선을 정한 것에 대해서는 설명하지 않으면서 상한선을 정한 것에 대해서는 "오직 요임금 이후의 인물만을 기재하고 있다."고 극력 강조하여 공자의 공헌을 부각시켰다. 왜냐하면 공자 이전에 ≪상서≫의 상한선에 있는 인물들로 "학자들이 오제에 대해서 이야기를 많이 했고", "여러 학자들이 황제에 대해서 이야기했지만 그 글이 우아하지도 온당하지도 못했기" 때문이다. 그래서 공자가 ≪상서≫의 상한선에 있는 인물에 대해서는 "오직 요임금 이후의 인물만을 기재할" 뿐이고, 요임금 이전의 인물들은 공자에 의해 삭제되었다. 이것이 ≪상서≫의 상한선에 대한 공자의 정리이다.

공자 이전에 ≪상서≫ 편명篇名의 수는 이제 우리가 알 길이

없다. 그러나 ≪한서≫의 기록에 의하면, 공자가 편찬한 ≪상서≫
는 100편이라고 한다. 이것을 통해 공자가 어떻게 자료를 발췌하
고 선택했는지를 알 수 있다. 공자는 ≪상서≫ 100편에 대해서
서문을 지어 "지은 뜻을 말하고", 취지를 밝히면서 자신의 깊은 의
도를 드러냈다.

2. 공자와 ≪예禮≫ · ≪악樂≫

≪사기 · 유림열전≫에는 이렇게 기록되어 있다. "공자는 왕도
가 무너지고 사도가 흥하는 것을 근심하여 ≪시≫와 ≪서≫를 재
편집하고, ≪예≫와 ≪악≫을 고쳐 진흥시켰다. 제나라에 가서 〈소〉
를 듣고는 석 달 동안 고기맛을 몰랐다. 위나라에서 노나라로 돌
아온 후에 음악을 정비하자 ≪아≫와 ≪송≫이 각각 제자리를 찾
게 되었다." 여기에서 "고쳐 진흥시켰다"는 것은 곧 정리해서 원래
의 상태로 돌이켰다는 말이다. 이것은 "≪예≫와 ≪악≫이 이미 훼
손되었으나, 공자의 가공과 정리를 거친 후에 복원되었기 때문에
사마천은 공자가 '≪예≫와 ≪악≫을 고쳐 진흥시켰다'라고 했다."
는 것을 의미한다.31)

또한 ≪사기 · 공자세가≫에도 이렇게 기록되어 있다. "옛날에는
시가 3,000여 편이었다. 그러나 공자에 이르러 그 중복된 것을
가려내고, 예의에 쓸 수 있는 것을 취하였다. ……이렇게 가려진
305편을 공자가 모두 거문고와 비파의 연주에 따라 노래를 불러
보고는 〈소〉, 〈무〉, ≪아≫, ≪송≫의 음악에 합치되게 했다. ≪예≫
와 ≪악≫이 이로부터 회복되어 서술되었으며, 이로써 왕도가 갖

---

31) 김경방 · 여소강 · 여문욱, ≪공자신전≫, 장춘출판사, 2006, 7~8쪽.

추어지고 육예가 완비되었다." 공자가 ≪시≫와 ≪서≫의 정리를
통해 점진적으로 ≪예≫와 ≪악≫을 회복시키게 되자 "왕도가 갖추
어지게" 되었던 것이다.

공자는 예禮의 회복에 아주 많은 노력을 기울였다. ≪사기·공
자세가≫에는 다음과 같은 기록이 있다.

> 공자의 시대에는 주나라가 쇠약해져 ≪예≫와 ≪악≫은 버려지고,
> ≪시≫와 ≪서≫가 훼손되었다. 이에 공자가 삼대의 예를 거슬러
> 올라가 ≪서전≫을 서술하였다. 위로는 요임금과 순임금의 시대를
> 기록하고, 아래로는 진나라 목공에 이르기까지 그 사건에 따라 순
> 서대로 엮었다. 공자가 말했다. "하나라의 예에 대해서는 내가 충
> 분히 말할 수 있지만, 그 후대인 기杞나라에서 증거를 대기에 부족
> 하다. 은나라의 예에 대해서도 내가 충분히 말할 수 있지만, 그 후
> 대인 송나라에서 증거를 대기에 부족하다. 문헌이 충분하다면, 나
> 는 그것을 증명할 수 있을 것이다." 공자가 은나라와 하나라 예禮
> 가운데 부족하거나 더해진 것을 보고 말했다. "백 세대 이후일지라
> 도 알 수 있으니, 하나는 문채가 넘치고 다른 하나는 질박함이 지
> 나치구나. 주나라는 하나라와 은나라 두 왕조를 거울로 삼았으므로
> 화려하고도 아름답구나, 그 문채여! 나는 주나라의 예제를 따르겠
> 노라." 그러므로 ≪서전≫과 ≪예기≫는 공자로부터 비롯된 것이
> 다. 〔孔子之時, 周室微而禮樂廢, ≪詩≫·≪書≫缺. 追跡三代之禮, 序≪書傳≫, 上
> 紀唐虞之際, 下至秦繆, 編次其事. 曰: "夏禮吾能言之, 杞不足徵也. 殷禮吾能言之, 宋
> 不足徵也. 足, 則吾能徵之矣." 觀殷夏所損益, 曰: "後雖百世可知也, 以一文一質. 周
> 監二代, 郁郁乎文哉. 吾從周." 故≪書傳≫·≪禮記≫自孔氏.〕

김경방 등은 공자가 "고쳐 진흥시킨" ≪예≫가 가리키는 것은
≪삼례三禮≫ 중의 ≪의례≫이며, "≪주례≫는 늦게 나와서 공자가
보지 못했던 듯하니, ≪예기≫는 분명히 공자 사후에 70제자의 후
학들이 남겨 놓은 학설을 수집하여 기록한 것이다."32)라고 주장했

다. 또 ≪춘추좌씨전≫ 소공昭公 5년(B.C.537)에는 다음과 같은 기록이 있다. "소공이 진晉나라에 가서 교로郊勞에서 증회贈賄 때까지 예를 잃음이 없었다. 〔公如晉, 自郊勞至于贈賄, 無失禮.〕" 이것을 두고 여숙제女叔齊가 "이는 의식이니, 예라고 할 수 없습니다. 〔是儀也, 不可謂禮.〕"라고 하였다. 김경방 등은 고대의 예는 예의 의식과 예의 의의意義라는 두 측면을 포괄한다고 생각했다. 주여동도 "공자가 이른바 예라고 하는 것은 문자를 사용한 ≪예경禮經≫을 두고 한 말이 아니라, 세상을 구원하는데 쓰이는 ≪예경≫의 의의와 의식을 두고 한 말이다."[33]라고 하였다.

이상에서 서술한 견해와 ≪논어≫의 기록을 종합해보면, 공자는 ≪예≫를 회복하는데 주로 다음과 같은 세 가지 작업을 했다.

첫째는 "거슬러 올라가는 것 〔追跡〕"이었다. ≪사기≫의 기록에 따르면, 공자는 "삼대의 예를 거슬러 올라가", 하나라와 상나라 및 주나라 삼대의 예제禮制의 자취를 더듬어가며 고찰하였다. 이것은 공자가 예를 회복하기 위해 한 첫 단계의 중요한 작업이었다.

둘째는 "순서에 따라 배열하는 것 〔編次〕"이었다. ≪사기≫의 기록에 따르면, 공자는 "삼대의 예를 거슬러 오르며 ≪서전≫의 순서를 매겼으니, 위로는 요임금과 순임금의 시대를 기록하고, 아래로는 진나라 목공에 이르기까지 그 사건을 순서에 따라 배열하였다." 여기서 "그 사건을 순서에 따라 배열하였다."는 것은 단지 ≪서전≫에만 있었던 것이 아니고, ≪예≫에도 또한 있었다. 그래서 ≪사기≫에서는 또한 "그렇기 때문에 ≪서전≫과 ≪예≫는 공자로 비롯된 것이다."라고 말했다. 이것은 ≪서전≫과 ≪예≫ 모두 공자가 차례대로 배열하고 수정을 가하여 정리한 것임을 명확히 지적한

32) 김경방·여소강·여문욱, ≪공자신전≫, 장춘출판사, 2006, 7~8쪽.
33) 주여동 저, 주유쟁 편집 교정, ≪공자, 성인 공자와 주희≫, 상해인민출판사, 2012, 18쪽.

것이다.

셋째는 "언어로 증명했다는 것〔言徵〕"이다. ≪논어·팔일≫ 편에 이렇게 기록되어 있다. "선생님께서 말씀하셨다. '하나라의 예에 대해서는 내가 충분히 말할 수 있지만, 그 후대인 기杞나라에서 증거를 대기에 부족하다. 은나라의 예에 대해서도 내가 충분히 말할 수 있지만, 그 후대인 송나라에서 증거를 대기에 부족하다. 문헌이 충분하다면, 나는 그것을 증명할 수 있을 것이다.'〔子曰: '夏禮, 吾能言之, 杞不足徵也. 殷禮, 吾能言之, 宋不足徵也. 文獻不足故也, 足則吾能徵之矣.'〕" 이것은 공자가 다음과 같은 뜻을 나타낸 것이다. '하나라의 예의禮儀 제도를 내가 말로 드러낼 수 있으나, 다만 하나라의 후대인 기나라가 이것을 넉넉히 증명할 문헌을 남겨두지 않았다. 은나라의 예의 제도를 내가 또한 말로 드러낼 수 있으나, 다만 은상殷商의 후손인 송나라가 이 제도를 넉넉히 증명할 문헌을 남겨두지 않았다. 만약 기나라와 송나라 두 나라가 충분한 문헌을 가졌다면, 내가 이 제도를 증명할 수 있다.' 이것으로부터 공자가 하나라와 은나라의 고례古禮, 그리고 기나라와 송나라의 예의제도에 대해 탐구했다는 것을 알 수 있다. 그는 또 "주나라는 하나라와 은나라 두 왕조를 거울로 삼았으므로 화려하고도 아름답구나, 그 문채여! 나는 주나라의 예제를 따르겠노라. 〔周監於二代, 郁郁乎文哉! 吾從周.〕"(≪논어·팔일≫)라고 하였다. 주나라의 예의 제도는 하나라와 은나라를 참조한 기초 위에서 제정된 것이기에 화려하고 아름다움을 중시할 뿐만 아니라, 수수하고 질박함도 중시했다. 그렇기 때문에 풍부함과 다채로움을 보인 것이 공자가 인정하고 찬양하는 것이 되었다.

넷째는 몸소 실천한 것이다. 공자는 ≪예≫라는 문헌을 정리했을 뿐만 아니라, ≪예≫를 몸소 실천한 전문가이다. ≪논어≫에서 '예禮'를 언급한 곳이 비교적 많은데, '예'라는 글자가 모두 75차레 나온다. 그중에 예법을 문의하거나 토론한 곳도 비교적 많다. 그것들이 비교적 집중되어 있는 〈팔일〉편과 같은 것은 예를 논의한 전문적인 문장[篇]이라고 말할 수 있다. 어떤 편篇이나 장章, 예를 들어 〈향당鄕黨〉편과 같은 것은 비록 '예'라는 글자가 나타나 있지 않지만, 한 편 전체가 모두 예의를 실행한 공자의 구체적인 동작을 서술하고 있으며, 많은 부분이 모두 '예'의 내용과 의식儀式을 나타내고 있다.

　공자가 《악》을 정리했다는 것은 공자 스스로가 말한 다음과 같은 말에 나타난다. "내가 위나라에서 노나라로 돌아온 이후에야 음악이 바르게 되어, 《아》와 《송》이 각각 제자리를 얻게 되었다." 《사기·유림열전》에서도 《논어》의 기록에 근거하여 다음과 같이 기록하고 있다. "공자가 위衛나라에서 노나라로 돌아온 이후에 음악이 바르게 되어, 《아》와 《송》이 각각 제자리를 얻게 되었다. 〔孔子自衛返魯, 然後樂正, 《雅》·《頌》各得其所.〕"

　한나라 이후에 《악경》이 없어지자 금문학자들은 '악樂'은 본래 경서經書가 없고, 전부 《시》와 《서》 속에 포함되어 있었다고 생각했다. 그러나 고문학자들은 《악》이 진시황의 분서로 불태워졌다고 여겼다. 그래서 공자 당시에 《악경》이 있었는지 없었는지에 대해 각 학파의 견해가 같지 않다. 주여동은 다음과 같이 주장했다. "《논어》 책 전체를 보면, 악樂에 관한 것은 모두 여섯 조항이다. 그 가운데 한 조항을 제외하고는 대부분 음악을 찬미하거나 음악을 비평하는 이야기이다. 그러므로 종합적으로 말을 하면, 공자가 악樂에 대해 한 일은 단지 시가를 정리하고, 그것을 악기로 실제 연주하게 하여 옛날 음악과 서로 합치되게 했을 뿐, 소위 《악경》이라고 부를 만한 특수한 저작은 없었다."34)

---

34) 주여동 저, 주유쟁 편집 교정, 《공자, 성인 공자와 주희》, 상해인민출판

그러나 ≪사기·공자세가≫의 기록에 의하면 다음과 같다.

공자가 노나라의 태사에게 말했다. "음악이란 예측할 수 있는 것입니다. 연주를 시작할 때에는 다섯 음이 조화를 이루고, 음률의 높고 낮음이 화음을 이루며, 음절이 명쾌하고 연속하여 끊어지지 않아야만 악곡이 이루어졌다고 할 수 있습니다."

(또 이렇게도 말했다.) "내가 위나라에서 노나라로 돌아온 이후에야 음악이 바르게 되어, ≪아≫와 ≪송≫이 각각 제자리를 얻게 되었습니다."〔孔子語魯大師: "樂其可知也. 始作翕如, 縱之純如, 皦如, 繹如也, 以成." "吾自衛反魯, 然後樂正, ≪雅≫·≪頌≫各得其所."〕

공자가 노나라 태사에게 말하는 것을 보면, 공자는 ≪악≫의 문헌을 정리했을 뿐만 아니라, 또한 자기 자신의 음악 사상을 가지고 있어서 순전히 정리만 한 것은 아니었다. "연주를 시작할 때에는 다섯 음이 조화를 이루고, 음률의 높고 낮음이 화음을 이루며, 음절이 명쾌하고 연속하여 끊어지지 않아야만 악곡이 이루어졌다고 할 수 있습니다."라고 그가 진술한 것은 음악에 대한 그의 독창적이고, 핵심을 찌르는 견해를 드러내고 있다.

공자가 음악을 중시한 것은 후세에 비교적 큰 영향을 끼쳤다. 양계초梁啓超(1873~1929)는 일찍이 ≪악기≫가 원래 70제자 이후의 학자들이 기록한 것이며, 결코 공자가 직접 진술한 것이 아니라고 하였다. ≪순자≫의 서두에 〈악론樂論〉편이 있는데, 대동소이하게 이야기하고 있다. 이로부터 공자 제자들이 예악으로 교화한 정황을 알 수 있다.35)

사, 2012, 18쪽.

35) 양계초梁啓超, ≪공자孔子≫, 길림출판그룹유한책임회사(吉林出版集團有限責任公司), 2012, 38쪽.

3. 공자와 ≪춘추春秋≫

공자가 ≪춘추≫를 지었다고 맹자가 분명하고 확실하게 이야기했다. ≪맹자·등문공 하≫에서 다음과 같이 말했다.

세상의 기강이 해이해지고 도리가 희미해지자 사악한 학설과 잔악한 행위가 일어났으니, 신하로 그 임금을 죽이는 자가 생겨나고 자식이 그 아비를 죽이는 자가 생겨났다. 공자께서 이런 세태를 걱정하여 ≪춘추≫를 지으셨다. 그러나 역사를 서술하는 것은 천자가하는 일이다. 그래서 공자께서 "나를 이해하게 되는 것도 오직 ≪춘추≫ 때문일 것이고, 나를 비난하게 되는 것도 오직 ≪춘추≫ 때문일 것이다."라고 말씀했던 것이다. 〔世衰道微, 邪說暴行有作, 臣弑其君者有之, 子弑其父者有之. 孔子懼, 作≪春秋≫. ≪春秋≫, 天子之事也. 是故孔子曰: "知我者其惟≪春秋≫乎! 罪我者其惟≪春秋≫乎!"〕

옛날에 우임금이 홍수를 다스리자 천하가 평온해졌고, 주공이 오랑캐들을 흡수하고 맹수들을 몰아내자 백성들이 편안하게 되었으며, 공자가 ≪춘추≫를 짓자 인륜을 어긴 신하와 자식들이 두려워하게 되었다. 〔昔者禹抑洪水而天下平, 周公兼夷狄驅猛獸而百姓寧, 孔子成≪春秋≫而亂臣賊子懼.〕

또 ≪맹자·이루 하≫에서 이렇게 말하고 있다.

맹자께서 말씀하셨다. "성왕의 자취가 사라지자 ≪시≫가 없어지고, ≪시≫가 없어진 뒤에 ≪춘추≫가 지어졌다. 진晉나라의 ≪승≫과 초나라의 ≪도올≫, 그리고 노나라의 ≪춘추≫가 모두 같은 것이다. 거기의 일들은 제나라 환공과 진나라 문공의 일이고, 그 글은 사관의 것이다. 공자께서 말씀하시기를 '거기에 담긴 의리를 내

가 외람되게 취했다.'라고 하셨다." [孟子曰: "王者之迹熄而≪詩≫亡, ≪詩≫
亡然後≪春秋≫作. 晉之≪乘≫, 楚之≪檮杌≫, 魯之≪春秋≫, 一也. 其事則齊桓·晉
文, 其文則史. 孔子曰: '其義則丘竊取之矣.'"]

김경방 등은 이 말들에 대해 상세히 풀이했다. "≪맹자≫의 이
세 단락의 이야기는 세 가지 문제에 답을 준 것이다. 첫째는 ≪춘
추≫가 공자에 의해 지어졌다는 것이다. 둘째는 공자가 ≪춘추≫
를 지은 데는 일정한 정치적 의도가 있었다는 것이다. 셋째는 ≪춘
추≫가 일반적인 역사책과 다르다는 것이다. 역사책은 사실을 중
시하지만, 공자가 지은 ≪춘추≫는 의리를 중시한다."36)
    또 이렇게도 말했다. "≪춘추≫가 공자가 지은 것인가 아닌가
하는 문제의 초점은 ≪춘추≫가 노나라 역사의 옛 문헌을 공자가
대략 베껴 쓴 것인지, 아니면 노나라 역사의 옛 문헌을 자료로 하
여 자신의 정치적 관점을 집어넣어 한 편의 새로운 작품을 만들어
내었는지에 달려 있다. 맹자는 '공자께서 말씀하시기를, 거기에 담
긴 의리를 내가 외람되게 취했다고 하셨다.'라고 하였다. 여기서 '외
람되게 취했다'라는 한마디 말은 그 의미가 중대하다. 공자가 특정
한 의리를 '외람되게 취하여' ≪춘추≫에 부여했다면, 이 의리는 마
땅히 공자의 소유이다. 이것이 바로 공자가 ≪춘추≫를 지었다는
것에 내포된 의미이다." 이러한 해석은 ≪맹자≫의 본뜻에 부합되
는 매우 타당한 것이다.
    공자가 ≪춘추≫를 지었다는 것은 ≪춘추공양전≫ 소공 12년
(B.C.530)에서도 이렇게 기록하고 있다.

    ≪춘추≫는 신뢰할 만한 역사책이다. 그 차례는 제나라 환공과 진

---

36) 이하는 모두 김경방·여소강·여문욱, ≪공자신전≫, 장춘출판사, 2006, 7
    ~8쪽.

나라 문공이 정한 것이다. 그 회합은 회합을 주관한 사람이 안배한 것이다. 그 문장에 타당하지 못한 것이 있다면, 그것은 나 공구의 죄이다. 〔≪春秋≫之信史也, 其序, 則齊桓·晉文, 其會, 則主會者爲之也. 其詞, 則丘有罪焉耳!〕

이 내용은 ≪맹자·이루 하≫와 대체로 같다. ≪춘추좌씨전≫ 속에서는 비록 직접적으로 언급하지 않았지만, 이 책은 "공자께서 말씀하였다. 〔孔子曰〕"라는 말을 많이 인용함으로써 춘추시대의 역사적 사실에 대해 평론을 덧붙였다. 이것을 통해 ≪춘추≫ 속에 포함된 공자의 역사에 대한 포폄褒貶과 미언대의微言大義를 알 수 있다.

≪사기·공자세가≫에 이렇게 기록되어 있다. "공자가…… ≪춘추≫를 지을 때에는 기록할 것은 기록하고 가려낼 것은 가려냈기 때문에 자하와 같은 제자들도 한마디 말도 더하거나 뺄 수 없었다. 제자들이 ≪춘추≫를 배우고 나자, 공자가 말했다. '후세에 나를 알아주는 사람이 있다면 ≪춘추≫ 때문일 것이며, 나를 비난하는 사람이 있다 해도 이 또한 ≪춘추≫ 때문일 것이다.' 〔孔子……, 爲 ≪春秋≫, 筆則筆, 削則削, 子夏之徒不能贊一辭. 弟子受春秋, 孔子曰: '後世知丘者以≪春秋≫, 而罪丘者亦以≪春秋≫.'〕" 이것을 통해 공자가 ≪춘추≫에 기울인 심혈과 정력을 충분히 엿볼 수 있다.

사마천이 "중니가 고초를 당하면서도 ≪춘추≫를 지었다. 〔仲尼 厄而作≪春秋≫〕"(≪한서·사마천전司馬遷傳≫)라는 사실로부터 분발하여 (≪사기≫를) 저술했다는 견해가 있다. 이것은 그가 친구에게 보내는 편지인 〈보임안서報任安書〉 속에 잘 드러날 뿐만 아니라, 그의 ≪사기≫ 평론 속에서도 보인다. ≪사기·십이제후연표≫에서 다음과 같이 말했다.

공자는 왕도를 밝히려고 70여 명의 임금에게 만나주기를 요청했다. 그러나 아무도 받아주지 않았다. 그래서 공자는 서쪽으로 가서 주나라를 둘러보며 역사를 기록한 책과 옛날 전적과 전문傳聞을 조사하고서 노나라의 사적에 근거하여 《춘추》를 편찬하였다. 멀리는 노나라 은공 원년부터 기록하고, 가깝게는 애공 때 기린을 잡은 시기까지 이르렀다. 그 문장을 간략하게 쓰고, 번잡하고 중복되는 것을 빼고, 의리에 부합하는 법률을 제정하여 왕도가 갖추어지고 사람의 일에 부합하도록 했다. 70여 명의 제자들은 스승이 가르치고자 하는 취지를 구술로 전하는 것을 받아 적었다. 그 구술에는 비평을 비롯해 권고, 찬양, 은휘隱諱, 힐난, 훼손 등의 말들이 있었으나, 그것을 글로써 나타낼 수는 없었다. 〔孔子明王道, 干七十餘君, 莫能用, 故西觀周室, 論史記舊聞, 興於魯而次《春秋》, 上記隱, 下至哀之獲麟, 約其辭文, 去其煩重, 以制義法, 王道備, 人事浹. 七十子之徒口受其傳指, 爲有所刺譏褒諱挹損之文辭不可以書見也.〕

여기에서 사마천은 공자가 "70여 명의 임금에게 만나주기를 요청했으나, 아무도 받아주지 않은" 불운에 처해서 《춘추》를 지었다는 견해를 거듭 밝혔다. 이것은 공자가 《춘추》를 지은 창작 배경을 분명하게 진술한 것이다. 《맹자·이루 하》에서 "《시》가 없어진 뒤에 《춘추》가 지어졌다."라고 하는 《춘추》의 창작 배경과 비교해보면, 개인의 감정적인 색채를 더 많이 띠고 있다. 위에서 서술한 《사기》의 기록에 근거하면, 공자가 《춘추》를 지었다는 것은 주로 다음과 같은 네 가지 측면을 드러내고 있다.

첫째는 "역사를 기록한 책과 옛날 전적과 전문傳聞을 조사했다."는 것이다. 이것은 공자가 《춘추》를 지을 때 자료를 수집했다는 것이다. 즉 각 나라의 역사적 기록에 근거하고, 그 기초 위에서 수정하여 완성했다는 것이다. 그러므로 《사기·공자세가》에서 공자가 《춘추》를 지을 때에는 기록할 것은 기록하고 가려낼 것은 가려냈다. 〔爲《春秋》, 筆則筆, 削則削〕"고 하고, 공영달은 《상서주

小尙書注疏·상서서尙書序≫에서 공자가 "역사를 기록한 책을 요약하여 ≪춘추≫를 편찬했다. 〔約史記而修≪春秋≫〕"라고 한 것은 모두 이런 의미에서 말한 것이다.

둘째는 "번잡하고 중복되는 것을 빼버렸다. 〔去其煩重〕"는 것이다. 이것은 공자가 ≪춘추≫를 지을 때의 자료 선택이다. 역사를 기록한 책과 옛날 전적과 전문傳聞의 기초 위에서 적당한 자료를 선택하여 정리하되, "번잡하고 중복되는 것을 빼버리고", 사료를 정리하여 ≪춘추≫를 짓는데 유용한 소재를 그 가운데서 선택하였다.

셋째는 "그 문장을 간략하게 썼다. 〔約其辭文〕"는 것이다. 이것은 공자가 ≪춘추≫를 지을 때의 언어에 기울인 노력이다. ≪춘추≫는 글자의 운용이 엄격해서 칭찬할 때는 자字로 부르고, 폄하할 때는 이름으로 불렀다. 그 말은 간략했으나, 의미는 풍부하였다. 이른바 "간단하지만 심오한 말로 대의를 이야기하고 〔微言大義〕", "한 글자에도 포폄의 뜻이 함축되어 있다. 〔一字寓褒貶〕"(≪모시계고편毛詩稽古編≫권6)고 하는 ≪춘추≫의 필법은 공자가 ≪춘추≫의 언어적인 표현에 대단히 심혈을 기울였다는 것을 나타낸다.

넷째는 "의리에 부합하는 법률을 제정하려 했다. 〔以制義法〕"는 것이다. 이것은 공자가 ≪춘추≫를 지을 때의 창작 의도이다. 즉 ≪맹자≫에서 "공자가 ≪춘추≫를 짓자 인륜을 어긴 신하와 자식들이 두려워하게 되었다. 〔孔子成≪春秋≫而亂臣賊子懼.〕"(≪맹자·등문공 하≫)라고 한 것은 공자가 ≪춘추≫를 지을 때 특별한 정치적 의도를 가지고 있었다는 것이다. 이것은 ≪춘추≫와 일반적인 역사책의 가장 큰 차이이다. 공자가 ≪춘추≫를 지을 때 "의리에 부합하는 법률을 제정하려 했다."는 정치적 의도에 관해서 사마천은 그의 ≪사기·태사공자서≫에서 좀 더 자세하고 뚜렷하게 기록하고 있다.

상대부上大夫 호수壺遂가 물었다. "옛적에 공자는 무슨 까닭으로 ≪춘추≫를 지었습니까?" 태사공이 대답했다. "나는 동중서로부터 들었는데, 그가 말하기를 '주나라의 왕도가 힘을 잃어갈 때 공자는 노나라의 사구가 되었다. 그러자 제후들은 공자를 시기하고, 대부들은 공자를 방해하고 나섰다. 공자는 자기의 좋은 말이 받아들여지지 않고, 선왕의 도리가 실행되지 않을 것을 알았다. 이에 242년의 노나라 역사에서 시비를 따져 이로써 천하의 한 본보기로 삼으려 하여 천자라도 어질지 못하면 깎아내리고, 무도한 제후는 폄척貶斥하며, 간악한 대부는 쳐버림으로써 왕도王道의 사업을 이루고자 했을 뿐이다.'라고 하였습니다. 공자도 '나는 추상적인 말로 기록하려 해보았지만, 그보다는 차라리 위정자가 행한 실재 치적을 놓고 포폄褒貶을 진행하는 것이 일을 훨씬 더 절실하고 명백히 하는 것이라고 여겼다.'라고 말하였습니다.

무릇 ≪춘추≫는 위로 삼왕三王의 도리를 밝히고, 밑으로 인간사의 기강을 변별하여 혐의를 분별하고, 시비를 판명하여 망설이며 머뭇거리는 일은 결정하게 하며, 좋은 사람을 친애하고 악한 사람을 미워하게 하며, 어질고 유능한 사람을 존중하게 하고, 못난 사람을 천대하게 하며, 이미 망해 버린 나라의 이름을 보존하고, 이미 끊어져 버린 세대를 계승시키며, 헐어진 것을 보충하고 폐기된 것은 다시 일으켜 세웠습니다. 이 모든 것이 왕도의 가장 중요한 일입니다. ……≪춘추≫는 시비를 변별해 놓은 것이기 때문에 사람을 다스리는데 장점이 있습니다. 그러므로…… ≪춘추≫는 도덕과 의리로 되어 있기에 어지러운 세상을 수습하여 올바른 세상으로 되돌려 놓는 데는 ≪춘추≫보다 더 좋은 책이 없습니다. ≪춘추≫는 수만 자로 이루어졌고, 그 의미 역시 수천 가지나 됩니다. ……≪춘추≫는 예의의 대종大宗입니다. 무릇 예의란 사건이 발생하기 이전에 그것을 막는 것이고, 법률이란 사건이 발생한 후에 거기에 적용되는 것입니다. 그런데 법률이 잘못에 적용된다는 사실은 쉽게 알고 있으면서도, 예의가 잘못을 미연에 방지할 수 있다는 사실은 잘 알지

못하고 있습니다."〔上大夫壺遂曰: "昔孔子何爲而作≪春秋≫哉?" 太史公曰: "余
聞董生曰: '周道衰廢, 孔子爲魯司寇, 諸侯害之, 大夫壅之. 孔子知言之不用, 道之不行
也, 是非二百四十二年之中, 以爲天下儀表, 貶天子, 退諸侯, 討大夫, 以達王事而已
矣.' 子曰: '我欲載之空言, 不如見之於行事之深切著明也.' 夫≪春秋≫, 上明三王之道,
下辨人事之紀, 別嫌疑, 明是非, 定猶豫, 善善惡惡, 賢賢賤不肖, 存亡國, 繼絶世, 補
敝起廢, 王道之大者也. ……≪春秋≫辯是非, 故長於治人. 是故……, ≪春秋≫以道
義. 撥亂世反之正, 莫近於≪春秋≫. ≪春秋≫文成數萬, 其指數千. ……故≪春秋≫
者, 禮義之大宗也. 夫禮禁未然之前, 法施已然之後. 法之所爲用者易見, 而禮之所爲禁
者難知."〕

사마천은 동중서에게 배웠고, 그가 호수와 토론한 ≪춘추≫의
심오한 뜻은 동중서에게서 (가르침의) 혜택을 받은 결과이다. 그리고
동중서는 대학자로부터 배워서 한나라 춘추학春秋學의 대가가 되었
으니, ≪춘추≫라는 경전의 뜻이 전승된 순서가 명확하다는 것을
알 수 있다. 공자가 ≪춘추≫를 지었다는 설은 ≪맹자≫를 바탕으
로 하여 더욱 크게 발전하였다.

앞서 말한 내용들을 종합하면, ≪사기≫가 ≪맹자≫의 뒤를
이어 공자가 ≪춘추≫를 지었다는 것에 대해 상세히 기록하고 있
기 때문에 자세히 연구할 만한 가치가 있다는 것을 알 수 있다.
그중에 공자가 ≪춘추≫를 지을 때 자료 수집을 비롯해 사료의 선
택, 언어의 연마, 창작 의도 등에 관련된 여러 가지 내용은 공자가
≪춘추≫를 지을 때의 상황을 전반적으로 보여주고 있다.

후세에 공자가 ≪춘추≫를 지었다는 것을 최초로 부정한 사람
은 서진西晉의 두예杜預(222~282)이다. 그는 "정치적인 이유 때문에
≪춘추좌씨전≫으로 ≪춘추≫를 억누르고, 주공周公으로 공자를 배
척했다."37) 그런 까닭에 두예의 관점은 많은 사람들의 반대에 부
닥쳤다. 대표적인 예가 청나라 피석서皮錫瑞(1850~1908)의 다음과 같

---

37) 김경방·여소강·여문욱, ≪공자신전≫, 장춘출판사, 2006, 168쪽.

은 말이다. "만약 공자가 《춘추》를 지었다는 것을 부정하는 두예의 견해에 따르면, 공자는 왜 나를 이해하는 것도 비난하는 것도 오직 《춘추》 때문일 것이라 하고, 외람되게 취했다는 말을 하겠으며, ……맹자는 왜 공자가 《춘추》를 지은 공로를 고대의 제왕에 견줄 만하다는 경천동지할 말을 하였겠는가?"38) 그러므로 공자가 《춘추》를 지었다는 것은 《맹자》에서 말한 것이 확실할 뿐만 아니라, 《사기》에도 상세히 기록되어 있기에 결단코 섣부른 부정을 용납하지 않는다.

종합해서 말하면, 공자와 육경의 관계가 대단히 밀접한 것은 김경방이 말한 바와 같다. "공자는 육경에 지극히 많은 공을 들였다. 공자는 《시》와 《서》를 재편집했고, 《예》와 《악》을 정리하여 회복시켰으며, 《역》의 서문을 지었고, 《춘추》를 저술하였다. 모두 공자가 남긴 소중한 유산이자, 공자 학설의 주요한 주체이며, 공자 사상의 아주 많은 부분이 그 속에 포함되어 있다. 그 가운데 《역》과 《춘추》는 특히 중요하다. 공자의 학문을 연구하면서 '육경'을 내버려 둔다는 것은 상상할 수조차 없는 일이다."39)

---

38) 피석서皮錫瑞, 《경학통론經學通論》, 중화서국, 1959, 2쪽. 공자가 《춘추》를 지었다는 것을 부정하는 두예 등에 관한 비판적인 서술의 상세한 내용은 김경방 · 여소강 · 여문욱, 《공자신전》, 장춘출판사, 2006,168~170쪽 참조.
39) 김경방 · 여소강 · 여문욱, 《공자신전》, 장춘출판사, 2006, 170쪽.

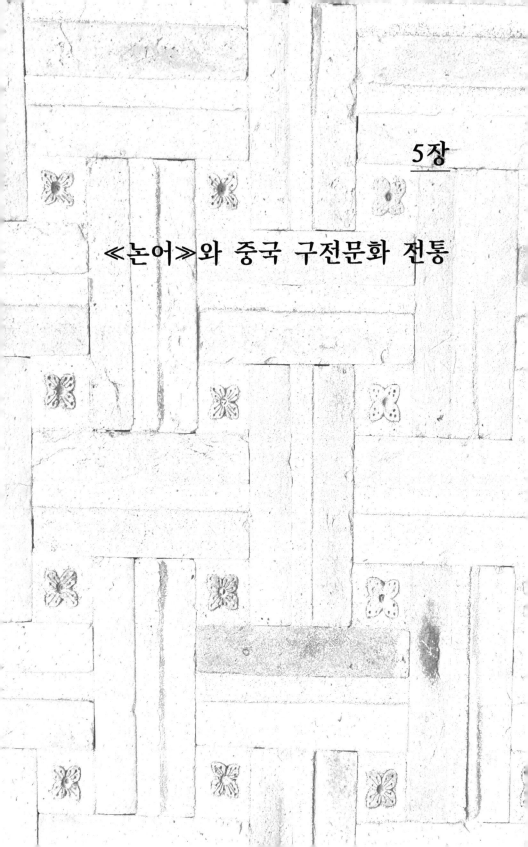

5장

≪논어≫와 중국 구전문화 전통

《논어》는 어록체의 산문으로 공자와 그 제자들의 말소리와 웃는 모습, 사소한 말과 행동 하나하나를 생동감 있게 기록하고 있다. 그러나 이 작품은 결코 공자가 직접 편찬하고 수정한 것이 아니라, 그의 사후에 제자들과 그 제자들의 제자들에 의해 편집된 것이다. 공자는 스스로 "나는 선현의 제도를 전하되 창작하지 않는다.〔述而不作〕"(《논어·술이》)라고 한 것에서 그와 중국 구전문화 전통 사이의 밀접한 관계를 알 수 있다.

　어떤 사람은 여태까지의 구전문화 역사에서 공자를 최후의 대가라고 부른다. 공자가 사학私學을 열면서 선비〔士〕의 계층이 왕성하게 일어났고, 온갖 학자들은 서로 앞 다퉈 책을 지어 자기의 주장을 선전하였다. 이때부터 상고시대 점복과 역법을 관장하는 사람〔巫史〕에게 있어 온 구술문화의 전통은 끊어지고, 책을 저술하여 자신의 학설을 세우는 새로운 풍조가 막을 열었다. 공자와 《논어》는 이러한 전통과 새로운 풍조 사이에 있어서 우리가 당시의 역사를 이해하고 복원하는데 살아 있는 화석으로 가치가 매우 높다.

1절 | ≪논어≫의 결집結集

　　≪논어≫가 언제 자료가 모아져 책으로 편집되었고, 마지막에 누구에 의해 결정판이 만들어졌는가 하는 문제는 명확하게 설명할 방법이 없다. 후대의 문헌에 기록된 정황으로 미루어 볼 때, 편집이 가장 이른 시기에 이루어졌다는 견해는 ≪논어≫가 공자 문인들에 의해 편찬되었다는 것이다. ≪한서・예문지≫에 다음과 같이 기록되어 있다.

　　　≪논어≫는 공자가 제자와 그 당시 사람들의 질문에 답을 한 말과 제자들과 함께 나눈 이야기, 그리고 공자에게 직접 들은 말을 기록한 것이다. 그 당시 제자들마다 제각기 기록한 바가 있었는데, 공자께서 세상을 떠난 뒤 문인들이 서로의 기록을 모아서 그것들을 이치에 따라 차례를 세워 편찬하였다. 그래서 ≪논어≫라고 일컬은 것이다. 〔≪論語≫者, 孔子應答弟子時人及弟子相與言而接聞於夫子之語也. 當時弟子各有所記. 夫子旣卒, 門人相與輯而論篹, 故謂之≪論語≫.〕

　　≪한서・예문지≫에서 말하는 "문인들 〔門人〕"이란 구체적으로 누구일까? 문헌에 기록된 말이 자세하지 않아 구체적인 것을 알 수 있는 방법은 없다. 고대의 문생門生과 문인門人, 그리고 제자弟子라는 말에는 미세한 차이가 있다. 송나라 구양수歐陽脩(1007~1072)의 〈후한 공주(103~163) 비음 제명後漢孔宙碑陰題名〉에 "스승에게 직접 전수 받은 사람은 제자가 되고, 전해지는 가르침을 전수 받은 사람은 문생이 된다. 〔其親授業者爲弟子, 轉相傳授者爲門生.〕"라고 하였다. 공자의 제자

라고 불리는 사람이 3,000명이고, 현인으로 불리는 사람이 70명이다. 그중에 공자에게 직접 수업을 받은 사람은 제자로 불리고, 전해지는 가르침을 전수 받고 직접적으로 수업을 받지 않은 사람은 문생 또는 문인으로 불린다.

무릇 《논어》 속에 나오는 이름은 다행히도 모두 공자에게 직접 가르침을 받아서 제자라고 일컫는다. 그런 까닭에 바로 이러한 각도에서 《한서》에서 《논어》는 공자와 제자들의 언어를 기록하고, "문인들이 서로의 기록을 모아서 그것들을 이치에 따라 차례를 세워 편찬하였다."라고 한 것이다. 다시 말해서 《논어》는 공자 문하에서 서로 전수 받아 떠도는 것 가운데 공자와 제자들의 언어를 편집하여 만들었다는 것이다. 그러므로 반고의 《한서》에 나오는 견해가 가장 빠르고, 또한 《논어》 원본과도 가장 일치한다.

그 다음은 《논어》가 공자 제자들의 편집과 교정에 의해 이루어졌다고 여기는 것이다. 동한의 조기趙岐(108~201)는 〈맹자 머리말[孟子題辭]〉에서 "70명의 제자들이 공자가 말씀한 것을 두루 모아 《논어》를 만들었다. [七十子之疇, 會集夫子所言, 以爲《論語》.]"라고 하였다. 동한의 왕충王充(27~104)은 《논형·정설》에서 "《논어》라는 것은 제자들이 공동으로 공자의 언행을 기록한 것이다. [夫《論語》者, 弟子共紀孔子之言行.]"라고 하였다. 삼국시대 (위魏나라) 하안何晏(193~249)은 〈논어집해서論語集解序〉에서 "한나라 중루교위中壘校尉 유향이 말하기를 '《노논어》 20편은 모두 공자의 제자들이 여러 유익한 말들을 기록한 것이다.'[漢中壘校尉劉向言: 《魯論語》二十篇, 皆孔子弟子記諸善言也.]"라고 하였다. 그들은 모두 《논어》가 공자 제자들의 손에서 나온 것이지, 문인들의 손에서 나온 것이 아니라고 여겼다. 이상은 한나라 학자들 가운데 두 가지 대표적인 견해이다.

청나라 이후에 다시 두 가지 견해가 갈라져 나왔다. 그 한 가지 견해는 ≪논어≫가 공자의 제자들 가운데 일부의 손에서 나왔다는 것이다. 예를 들면 송상봉宋翔鳳(1779~1860)이 정현의 ≪논어주소경해論語注疏經解≫ 서문에서 발췌하여 ≪논어≫는 "중궁과 자유 및 자하 등이 결정판을 편찬했다. 〔仲弓·子游·子夏等所撰定.〕"(≪논어주소·논어주해전술인論語注解傳述人≫)라고 지적한 것과 같은 것이다.

다른 한 가지 견해는 ≪논어≫가 공자에 의해 직접 정정訂定되었다고 여기는 것이다. 예를 들면 요연廖燕(1644~1705)의 다음과 같은 말이다. "옛사람들은 ≪논어≫가 공자의 제자들에 의해 기록된 것이라고 말한다. 그러나 확실한 증거가 없다. 내가 생각하기로 이 책이 위대한 성인께서 천하를 경영하였던 글이니, 어찌 다른 사람이 대필할 수 있었겠는가? 바로 편篇 속에 있는 여러 현인들의 주장과 견해 역시 모두 공자가 첨삭한 말이다. 〔昔人稱≪論語≫爲孔子弟子所記, 幷無確據, 余謂此書爲大聖人經天緯地之文, 豈他人可能代筆者耶? 卽篇中諸賢論說, 亦皆孔子筆削之詞.〕"(≪이십칠송당집二十七松堂集≫ 권7〈잡저雜著〉) 이공李塨(1659~1733) 또한 이렇게 말했다. "일찍이 ≪논어≫는 대부분 성인께서 직접 정정하여 편집한 것을 모아놓은 것이다. 후학들이 기타의 경전은 부분적으로 나누어 읽을 수 있으나, 오로지 ≪논어≫만은 마땅히 누구나 되풀이하여 처음부터 끝까지 소리 내어 읽어야 한다. 〔嘗疑≪論語≫多屬聖手親定. 後學諸經或可分讀, 惟≪論語≫宜人人熟誦也.〕"

이러한 견해는 확실히 터무니없는 억측의 말에 지나지 않는다. 그러나 이것은 또한 청나라 사람들이 이 화제에 열중하였다는 것을 반영하고 있다.

≪논어≫라는 책을 종합적으로 살펴보면, 공자를 높이 받들 뿐만 아니라 유자有子와 증자曾子를 높이 받들고 있다. 그 나머지 제자들은 모두 이름이나 자字를 부른다. 이것으로 ≪논어≫가 편찬된 상황을 대강 짐작할 수 있다. 양의楊義(1946~)의 연구에 따르면, 두

차례 집중적인 편찬 작업이 있었던 것으로 생각된다. 첫 번째는 공자의 상중喪中에 편찬된 일이고, 두 번째는 증자의 제자들에 의해 다시 편찬된 일이다.1)

≪맹자·등문공 상藤文公上≫의 기록에 따르면, 공자가 세상을 떠나고 얼마 지나지 않아 자하를 비롯해 자장, 자유 등은 "유약이 공자를 닮았기 때문에 [以有若似聖人]", 그를 스승으로 섬겼다고 한다. 상중에 편찬했다는 것은 바로 자하를 비롯해 자장, 자유 등이 유자를 스승으로 섬기던 시기이고, 이것이 ≪논어≫에서 '유자'를 높이 받들게 된 까닭이다. 두 번째로 증자의 제자들이 다시 편찬했다는 것은 증삼曾參의 지위가 높아졌다는 것이고, 이것이 '증자'를 높이 받들게 된 이유이다. 양백준의 〈논어사전〉의 통계에 따르면, ≪논어≫에서 '유자'를 높이 받든 것이 4번, '증자'가 17번이다. 이 두 차례의 편찬 중에서 두 번째로 증자 제자들에 의해 다시 편찬된 것이 비교적 큰 비중을 차지했다는 것을 알 수 있다.

≪논어≫는 여러 사람의 손을 거쳐 완성된 것으로, 어느 시기 어떤 곳에서 어느 사람이 완성한 것이 아니다. 그렇기 때문에 책 전체의 편찬 원칙이 한결같지가 않다. 현행본 ≪논어≫는 모두 20편인데, 적지 않은 학자들이 앞과 뒤의 각 10편을 상편과 하편 두 권으로 나눌 수 있다고 주장한다. 그런데 앞쪽의 9편은 공자와 초기의 제자들의 언행이 기록되어 있고, 제10편인 〈향당〉 편은 그 내용과 문장이 앞의 9편과 같지 않고, 전문적으로 공자의 일상생활과 일을 처리하는 태도 및 여러 가지 자질구레한 일이 기록되어 있어 어떤 학자들은 이것이 한 시기에 편집된 ≪논어≫의 완결편인 것 같다고 주장한다. 그러나 뒤의 10편은 상편의 누락된 내용

---

1) 양의楊義, 〈≪논어≫ 복원에 대한 초보적 연구(≪論語≫還原初探)〉, ≪문학유산文學遺産≫, 2008년 제6기 참조.

을 보충한 것으로, 상편과 하편을 합하여 한 권의 ≪논어≫라는 책을 만들었다.

그럼에도 어떤 학자들은 상하편의 편찬 시기가 결코 다른 것이 아니라, 소재를 기록한 시기가 다른 것이라고 주장한다. 예를 들면 왕박王博의 다음과 같은 말이다. "'논어 상편〔上論〕'과 '논어 하편〔下論〕'의 구별이 반드시 편찬된 시기(예컨대 이른바 본편〔初編〕과 속편續編)의 차이를 나타내는 것은 아니다. 이러한 구별은 소재를 기록한 시기의 차이로 인해서 생긴 것인지도 모른다. 그리고 소재를 기록한 시기와 편찬된 시기의 차이는 완전한 두 가지 별개의 문제이다."2) 그는 ≪논어≫를 편찬한 구성 원칙을 아래의 세 가지 상황으로 총괄하였다.

⑴ 한 편篇 안에 오직 단일한 주제만 있는 것. 예를 들면 〈학이〉편의 주제는 학문을 논하는 것이고, 〈팔일〉편의 주제는 예악이며, 〈공야장〉의 주제는 공자와 제자들 및 그 당시 사람들 사이의 평론 등이다. 이런 종류에 속하는 것으로는 〈옹야〉를 비롯해 〈술이〉, 〈향당〉, 〈선진〉, 〈자장〉 등의 편이 있다.

⑵ 한 편 안에 다른 주제를 포함하는 것. 이런 종류에 속하는 것으로는 〈위정〉을 비롯해 〈자한〉, 〈안연〉, 〈자로〉, 〈미자〉 등의 편이 있다.

⑶ 비록 뚜렷한 주제가 결여되어 있지만, 어떤 제자 또는 그 후학에 의해 편집된 것으로 추측되는 것. 예를 들면 〈이인〉편은 자유에 의해, 〈태백〉편은 증자에 의해, 〈헌문〉편은 원헌原憲에 의해, 〈요왈〉편은 자장에 의해 편집된 것으로 추측되는 것 등이다.

---

2) 이하는 모두 왕박王博, 〈≪논어≫의 편찬에 대해 논함(論≪論語≫的編纂)〉, ≪간백사상문헌논집簡帛思想文獻論集≫, 대만고적출판사유한회사(臺灣古籍出版社有限公司), 2001, 321쪽.

왕박은 아울러 이러한 귀결이 ≪논어≫의 편집 과정을 복원하려고 시도하는 우리들의 노력에 도움을 줄 것이라고 밝혔다. 그것은 우리가 어떤 사람이 편집 작업에 참여할 수 있었는지, 당시 가능했을 편집과 분업의 정황 등등을 이해하는데 도움을 줄 수 있다.

확실히 ≪논어≫ 편찬의 시기를 어떻게 나눌 것이며, 어떤 사람이 편찬에 참여했는지에 대해 학자들의 견해를 일치되게 하는 것이 몹시 어려워 여전히 끝나지 않은 연구 주제로 남아 있다. 그리고 현행본 ≪논어≫는 당시의 원형이 맞는가? 공자의 어록 가운데 ≪논어≫에 편입되지 않은 것은 얼마나 되는가? 아마 이러한 의문들은 수수께끼일 것이다.

청나라 최술崔述(1739~1816)은 이렇게 말했다. "≪논어≫ 각 편의 끝부분은 대부분 후세 사람들이 채집하여 끼워 넣은 문장이다. 〈계씨〉 편 이하의 다섯 편은 특히 대부분이 공자가 남긴 글이 아니다. [≪論語≫每篇之末, 多爲後人采入之文. 〈季氏〉以下五篇, 尤多非孔氏遺書.]"(≪수사고신록洙泗考信錄≫ 권4)3) 고염무顧炎武(1613~1682) 역시 다음과 같이 말했다. "≪맹자≫에 인용된 공자의 말씀은 모두 29조목이다. 그중에 ≪논어≫에 실려 있는 것이 8조목인데, 또한 대부분 대동소이하다. 그러하다면 공자의 말씀 가운데 후세에 전해지지 않은 것이 많다. 그렇기 때문에 (≪한서·예문지≫ 서序에서) '중니가 죽고 나서 정

---

3) (역주) ≪수사고신록≫ 권4에는 이렇게 기록되어 있다. "≪논어≫의 뒤쪽 다섯 편은 의심스럽다. ≪논어≫의 뒤쪽 다섯 편은 의심스러운 부분이 많다는 것은 〈계씨〉 편의 글에는 대구가 많아 전반적으로 다른 편과 어울리지 않는다는 것이다. 특히 '전유顓臾' 장장은 ≪춘추≫의 경문이나 전문과 어긋나기도 한다. 〈미자〉 편은 고금의 일화를 두서없이 기록하고 있는데, 성인 공자의 가르침과 전혀 관련이 없는 것들도 있다. 그 가운데에서도 특히 '초광楚狂' 등 세 장장章의 말씨나 의미는 장주莊周와 흡사하여 모두 공자가 남긴 글과 다르다. [≪論語≫后五篇之可疑. 唯其後之五篇多可疑者. 季氏篇文多俳偶, 全與他篇不倫, 而顓臾一章至與經傳抵捂, 微子篇雜記古今軼事, 有與聖門絶无涉者. 而楚狂三章語意乃類莊周, 皆不似孔氏遺書.]"

묘하고 아름다운 말이 끊어졌다.'라고 한 것이다. 〔≪孟子≫引孔子之言凡 二十九, 其載於≪論語≫者八, 又多大同而小異. 然則, 夫子之言, 其不傳於後世者多矣. 故 曰: '仲尼沒而微言絶.'〕 "4)

　　이러한 이유로 송나라 때부터 ≪논어≫ 이외에 흩어져 잃어버린 공자의 언행과 행적을 체계적으로 모아 편집하여 책으로 만들었다. 그 대표적인 예가 ≪공자집어孔子集語≫이며, 후세에 전해지는 것은 두 종류이다. 첫째는 송나라의 설거薛據가 잃어버린 자료를 모아 수록한 2권으로 된 책이고, 둘째는 청나라 손성연孫星衍(1753~1818)이 잃어버린 자료를 모아 수록한 17권으로 된 책이다. 설거가 모아 수록한 책은 ≪문연각사고전서文淵閣四庫全書≫에 들어가 있고, 손성연이 모아 수록한 책은 ≪속수사고전서續修四庫全書≫에 들어가 있다. 손성연의 책이 앞선 설거의 책을 추월하여, 후에 우위를 차지하는데, 나중에 나왔으면서도 한층 정밀하였다. 이 책은 문자의 수에 있어서 설거가 모아 수록한 책의 예닐곱 배를 넘을 뿐만 아니라, 또한 편집의 질에 있어서도 크게 향상되었다. 그래서 ≪논어≫와 ≪공자가어≫ 이외에 공자의 언행을 풍부하게 기록한 중요한 전적이 되었다.

---

4) (청) 고염무 저, 황여성 집주·진극성 표점 교감, ≪일지록집석日知錄集釋≫ 권7 "맹자인어孟子引語" 조목, 악록서사, 1994, 263쪽.

2절 | ≪논어≫라는 말의 뜻풀이

선진시대에 여러 학자들이 ≪논어≫에 대해 붙인 호칭은 비교
적 복잡한다. ≪맹자≫와 ≪순자≫에서는 일반적으로 "공자왈孔子曰"
이라 말했다. 그 밖에서는 ≪논어≫를 ≪어語≫, ≪전傳≫, ≪기記≫,
≪논論≫ 등으로 불렀는데, 이러한 것들이 적지 않다. ≪논어≫라
는 책의 이름이 언제 출현하기 시작한 것인지 지금까지도 정설이
없다.

1. ≪논어≫라는 이름 짓기

≪논어≫라는 이름이 언제부터 시작되었는지에 대한 의견이 분
분하다. 비교적 대표적인 것으로는 전국시대에 시작되었다는 설과
한나라에서 시작되었다는 설 두 종류가 있다.

전국시대에 시작되었다는 설은 유협劉勰(468~520)의 ≪문심조룡·
논설論說≫이 대표적이다.

> 옛날 공자께서 하신 정묘하고 아름다운 말씀을 나중에 제자들이 기
> 억을 되살려 기록하였다. 그래서 그 경전의 이름을 깊이 존경하여
> ≪논어≫라고 불렀다. 대개 각종 어록[論]에 이름을 붙인 것은 바로
> 여기에서 비롯된 것이다. [昔仲尼微言, 門人追記, 故仰其經目, 稱爲≪論語≫.
> 蓋羣論立名, 始於玆矣.]

≪논어≫라는 명칭은 전국시대에 그 문인들이 기억을 되살려 기록한 것에서 시작되었음을 지적하고 있다. 하지만 이러한 의견은 문헌상의 증거가 없다. 왜냐하면 오늘날 보이는 선진시대 여러 학파들의 저작 속에서 공자의 말을 인용할 때 단지 "공자왈孔子曰"이라고만 하고, ≪논어≫라는 명칭을 사용한 적이 없는 것 같기 때문이다.

한나라에서 시작되었다는 설은 왕충의 ≪논형·정설≫이 대표적이다.

> 처음에는 공자의 자손인 공안국이 노나라 사람 부경에게 ≪논어≫를 전수했다. 부경이 형주자사로 승진한 뒤 비로소 ≪논어≫라고 불렀다. 〔初, 孔子孫孔安國以教魯人扶卿, 官至荊州刺史, 始曰≪論語≫.〕

그런데 왕충의 견해 역시 전국시대에 시작되었다고 말하는 사람들에게 했던 질문에 부닥치게 된다. 예를 들면 김경방의 다음과 같은 말이다. "왕충이 한나라 무제 때에 이르러 ≪논어≫라고 부르기 시작했다고 여기는 것은 아마도 성립될 수 없을 것 같다. 왜냐하면 ≪예기·방기坊記≫에 이미 분명하게 ≪논어≫라는 명칭이 있기 때문이다. ……≪논어≫라는 책 이름은 최초로 ≪예기·방기≫에 나타난다. 〈방기〉를 누가 지었는지에 대해서는 옛사람들의 의견이 같지 않다. ≪경전석문≫〈치의緇衣〉편명 아래에 유환劉瓛(434~489)의 말을 인용하여 '공손니자가 지은 것이라고 하였다. 〔公孫尼子所作也.〕'라고 하였다. 그런데 〈치의〉와 〈방기〉는 문체가 비슷하기 때문에 어떤 사람은 〈방기〉 역시 공손니자가 지은 것이라 해야 한다고 주장한다. 공손니자는 ≪한서·예문지≫에 '70명의 공자 제자이다. 〔七十子之弟子.〕'라는 주석을 달았다. ≪수서隋書·경적지 3經籍志三≫에는 바로 '공자의 제자가 지은 것일 것이다. 〔尼似孔子弟子.〕'라고 하였다. ≪수서·음악지 상音樂志上≫에는 심약沈約(441~513)의 말을 인용하여 '〈중용〉을 비롯해 〈표기〉, 〈방기防記〉, 〈치의〉는 모두 〈자사자〉에서 얻었다. 〔〈中庸〉·〈表記〉·〈防記〉·〈緇衣〉皆取〈子思子〉.〕'라고 하였다. 이는 심약이 〈방기防記〉(즉 〈방기坊記〉)는 자사子思가 지은 것이라고 생각했음을 알려준다. 두 가지 설 가운데 누구의 주장이 옳은지는 잠시 미뤄두고, 자사와 공손니자가 모두 70명의 제자 가운데 한 사람이라는 것은 인정할 수 있다. 그렇다면 〈방기坊記〉가 자사나 공손니자 중 누가 지었는지에 관계없이 공자 사후로부터 멀지 않았다는 것은 의심할 여지가 없다."5)

대유戴維 역시 다음과 같이 말했다. "현재의 출토 자료에서 살펴보면, 곽점초간郭店楚簡과 상해박물관 간독簡牘에는 모두 현재 전해지고 있는 〈치의〉 편과 매우 비슷한 것이 있다. 그리고 〈중용〉을 비롯해 〈방기〉, 〈치의〉 여러 편은 모두 자사가 지은 것이다. 따라서 〈방기〉는 마땅히 〈치의〉와 같이 선진 시기의 저술에 속하는 것이라고 추론할 수 있다."6)

만약 김경방의 고증에 따른다면, ≪문심조룡≫에서 말한 ≪논어≫라는 책 이름은 전국시대 공자의 문인들로부터 나왔다는 주장은 〈방기〉의 기록과 서로 검증할 수 있다. 그렇지만 〈방기〉가 전국시대의 자사나 공손니자가 지은 것인지의 여부에 대해 학술계의 견해가 또한 완전히 일치하지는 않는다. 그래서 또 적지 않은 학자들이 왕충의 견해에 찬성하여 ≪논어≫라는 이름을 지어 붙인 것은 한나라에서 시작되었고, ≪예기·방기≫도 한나라 사람이 지은 것이라고 생각한다.

예를 들면 장태염章太炎(1869~1936)은 이렇게 주장했다. "생각건

---

5) 김경방·여소강·여문욱, ≪공자신전≫, 장춘출판사, 2006, 171쪽.
6) 대유戴維, ≪논어연구사論語研究史≫, 악록서사岳麓書社, 2011, 7쪽.

대 《논어》가 처음으로 세상에 나오자 동중서(B.C. 179~B.C. 104)
와 동방삭東方朔(B.C. 154~B.C. 93)은 이미 그것을 많이 인용했다. 사
마천(B.C. 145~B.C. 86)이 《사기》에 적어 놓은 것은 모두 《제논
어》와 《노논어》 이전에 있었던 것이다. 아마도 공안국(B.C. 156~
B.C. 74) 당시에는 《논어》가 이미 예서隸書로 쓰여 사람들의 입에
서 입으로 전송되었을 것이다."7) 또 이렇게도 주장했다. "《논어》
라는 명칭을 고증해보면, 《예기》에 처음 나온다. 한나라 육가陸賈
(B.C. 240~B.C. 170)의 《신어新語》 속에도 인용된 적이 있다. 그러
나 이 책은 후세의 사람이 육가의 이름을 빌어 지은 것 같아 확실
한 증거로 삼기에는 부족하다."8) 그리고 황수기黃壽祺 역시 이렇게
말했다. "《논어》는 처음의 명칭이 《전傳》이었다. 그런데 공안
국의 제자인 부경扶卿에 이르러서 처음으로 그 명칭을 《논어》라
고 하였다."9)

장태염과 황수기가 왕충의 견해를 인정한 까닭은 후세에 전해
지는 문헌들 중에 《예기·방기》를 제외하고, 《논어》라는 명칭
이 주로 한나라 사람의 저술에 처음 나타나기 때문이다. 예를 들
어 동중서의 《춘추번로春秋繁露》와 《사기》 등 한나라 사람의 저
작이 아닌 것이 하나도 없다.

《사기·중니제자열전》에는 다음과 같은 기록이 있다.

태사공이 말했다. "학자들이 공자의 70제자에 대해 말한 것이 많다.

7) 장태염章太炎, 《광논어변지廣論語騈枝》, "차전불습호此傳不習乎〔이런 전수 받은
   것을 복습하지 않았던가〕" 조목(條), 《국학상태國學商兌》 1933년 제1기.

8) 장태염, 《광논어변지강록廣論語騈枝講錄》, 《중법대학 월간中法大學月刊》, 1932
   년 제2기.

9) 황수기黃壽祺, 《군경요략群經要略》, 화동사범대학출판사華東師範大學出版社, 2000,
   186쪽.

그 가운데 칭찬한 것은 간혹 실제보다 지나친 것도 있고, 비방한 것은 간혹 참모습을 훼손한 것도 있다. 그 어떤 경우이든 그들의 참모습을 모르고 말한 것이다. 그러한즉 공자 제자들의 명부는 공씨의 벽에서 나온 고문古文이 상당히 옳을 것이다. 나는 제자들의 이름과 글을 모두 ≪논어≫에 있는 공자 제자들의 문답에서 취하여 차례로 편을 엮고, 의심나는 것은 싣지 않았다."〔太史公曰: "學者多稱七十子之徒, 譽者或過其實, 毁者或損其眞, 鈞之未睹厥容貌, 則論言弟子籍, 出孔氏古文近是. 余以弟子名姓文字悉取≪論語≫弟子問幷次爲篇, 疑者闕焉."〕

대유戴維는 사마천의 이 단락 글자들을 다른 방식으로 끊어 읽을 수도 있다고 생각했다. 즉 "論言弟子籍〔논언제자적〕"은 "≪論≫言弟子籍〔≪논어≫에서 말하는 제자들의 명부〕"이나 혹은 "≪論言弟子籍≫〔≪논언제자적≫이라는 책〕"으로, "取≪論語≫弟子問〔취≪논어≫제자문〕" 역시 "取≪論≫語弟子問〔≪논어≫에서 언급한 제자들의 문답에서 취했다〕"이나 혹은 "取≪論語弟子問≫〔≪논어제자문≫이라는 책에서 취했다〕"으로 끊어 읽을 수 있다는 것이다. 따라서 결론적으로 말하면, "≪논어≫라는 명칭에 대한 학설은 ≪사기≫ 속에 있다는 것으로 단정할 수 없다."10)는 것이다. 이 말의 숨은 뜻은 ≪사기≫에서 ≪논어≫로 명명한 것은 신뢰할 수 없다는 것이다.

이제 위에서 말한 대유의 몇 가지 구두점을 살펴보면, 물론 의미상 통할 수 있다. 그러나 실제 정황을 헤아려보면 모두 통하지 않는다.

첫 번째는 "論言弟子籍〔논언제자적〕"이다. ≪사기≫의 "論言〔논술하다〕"은 동사로 쓰여 공자 제자들의 명부를 논술한 견해가 아주 많고 복잡하지만, 사마천은 공안국의 학설이 "거의 정확할 것"이라고 여겼다는 것을 가리킨다. 따라서 실제로 그 나머지 두 종류의 독

---

10) 대유, ≪논어 연구사論語研究史≫, 악록서사, 2011, 7쪽.

법讀法, 즉 "《論》言弟子籍" 또는 "《論言弟子籍》"은 모두 원문의 뜻에 합치되지 않는다.

두 번째는 "取《論語》弟子問〔취《논어》제자문〕"이다. 이 말은 다음과 같은 것을 가리킨다. 사마천이 《논어》를 채록採錄하는 표준으로 삼은 것은 《논어》가 공자와 그 제자들의 문답을 기록한 책이기 때문에 사마천이 고증한 제자들의 명부는 모두 《논어》 속의 것이다. 그런데 그중에도 "의심나는 것은 싣지 않았으며〔疑者闕焉〕", 다른 서적은 살펴보지 않았다는 것이다. 그래서 그 외의 두 종류의 독법, 즉 "取《論》語弟子問" 또는 "《取論語弟子問》"은 모두 《사기》의 본뜻에 합치하지 않는다.

만약 "取《論》語弟子問"으로 읽는다면, "《論》"은 책이름이 되고, 남아 있는 "語弟子問"에서 "語"와 "問"은 모두 동사가 된다. 이것은 분명 문법에도 부합하지 않으며, 문맥에도 순조롭지 못하다. 만약 "取《論語弟子問》"으로 읽는다면, "《論語弟子問》"은 책이름이 되게 된다. 잠시 그 책이름의 유무를 문제로 삼지 않고, 단지 이 책이름의 독법만을 논하더라도, 응당 "《論語―弟子問》"으로 읽어야 한다. 그러한 즉 "《論語》"는 엄연히 이미 하나의 단어로 구성되어 있다.

또한 《사기·중니제자열전》에 따르면, 공자 문하의 제자 명부는 대부분 그 당시 《논어》라는 책에서 나왔다. 일부 제자들이 비록 《논어》에 보이지 않더라도, 전수와 계승의 질서를 함부로 부정해서는 안 된다. 상구를 예로 들면, 그는 공자에게서 《주역》을 배웠지만 그의 이름이 《논어》에 나오지 않는다. 비록 그렇다고 하더라도, 사마천의 부친인 사마담이 양하에게서 《주역》을 배운 것에서부터 양하 이전의 역학의 전승 계보가 바로 상구와 공자에게로 거슬러 올라간다는 것은 믿고 증거로 삼을 수 있다. 그렇기에 사마천의 견해가 믿을 만하다는 것을 충분히 알 수 있다.

위에서 서술한 ≪사기≫와 ≪예기≫ 및 ≪논형≫ 등의 문헌 기록들을 종합하면, 아마도 ≪논어≫라는 명칭이 가장 일찍 사용된 것은 확실히 한나라 무제 시기로부터 시작되었다고 추단할 수 있다. 왕충이 ≪논형≫에서 한 주장은 그 당시 상당한 근거를 가지고 있었을 것이다.

사마천은 공안국에게 고문을 배웠으니, ≪논어≫라는 명칭이 어쩌면 공안국으로부터 나왔을지도 모른다. 또한 고본古本 ≪예기≫도 공자의 옛집을 허물면서 얻은 것이다. 그런 까닭에 ≪예기·방기≫의 문장도 아마 그로부터 나온 것일지도 모른다. 만약 이러한 주장을 실증할 수 있다면, 최초로 ≪논어≫라고 명명된 것은 당연히 고본 ≪논어≫로부터 나온 것이다.

≪사기·중니제자열전≫에서는 이렇게 말하고 있다. "태사공이 말했다. '학자들이 공자의 70제자에 대해 말한 것이 많다. 그 가운데 칭찬한 것은 간혹 실제보다 지나친 것도 있고, 비방한 것은 간혹 참모습을 훼손한 것도 있다. 그 어떤 경우든 그들의 참모습을 모르고 말한 것이다. 공자 제자들의 명부는 공씨의 벽에서 나온 고문古文이 상당히 옳을 것이다. 나는 제자들의 이름과 글을 모두 ≪논어≫에 있는 공자 제자들의 문답에서 취하여 차례로 편을 엮고, 의심나는 것은 싣지 않았다." 사마천은 공자 문하의 70여 제자에 관한 서로 다른 기록들 중에서 비교적 공씨의 고문을 인정한다는 견해를 명확히 피력하였다. 그래서 "공씨의 벽에서 나온 고문이 상당히 옳을 것이다."라고 한 것이다.

공씨의 고문은 한나라 무제 때 처음 발견되었다. 공자의 옛집을 허물면서 얻었는데, 그 속에는 ≪논어≫와 고본 ≪예기≫ 등의 책이 있었다. ≪한서·예문지≫에는 이렇게 기록되어 있다. "노나라의 공왕共王이 공자의 옛집을 헐고 궁전을 넓히고자 하다가 《고문상서古文尚書》를 비롯해 《예기》, 《논어》, 《효경》 등 모두 수십 편을 얻었는데, 모두 옛글자〔古字〕로 되어 있었다. 공왕이 직접 찾아가 그 집에 들어가니 고鼓, 금琴, 슬瑟, 종鍾, 경磬 등의 악기 소리가 들렸다. 이에 공왕은 두려워 공사를 멈추고 더 이상 허물지 않았다. 공안국은 공자의 후손이다. 벽 속에서 나온 책들을 모두 얻어 29편을 살펴보고, 다시 16편을 더 얻었다. 안국安國은 그것을 헌상했으나, 무고巫蠱의 사건을 만나 학관學官에 들어가게 하지는 못하였다. 〔魯共王壞孔子宅, 欲以廣其宮, 而得《古文尚書》及《禮記》·《論語》·《孝經》凡數十篇, 皆古字也. 共王往入其宅, 聞鼓琴瑟鍾磬之音, 於是懼, 乃止不壞. 孔安國者, 孔子後也, 悉得其書, 以考二十九篇, 得多十六篇. 安國獻之. 遭巫蠱事, 未列于學官.〕"

　《논어》라는 이름은 어쩌면 공안국이 진헌한 고본 《논어》에서 나왔을지도 모른다. 사마천은 공안국으로부터 고문을 배웠기 때문에 《사기》에 처음으로 《논어》라는 명칭을 사용했을 것이다. 공안국은 일찍이 고본 《논어》를 가지고 노나라 사람인 부경을 가르친 적이 있는데, 처음으로 《논어》라고 불렀을 것이다. 왕충은 《논형·정설》에서 "처음에는 공자의 자손인 공안국이 노나라 사람 부경에게 《논어》를 전수했다. 부경이 형주자사로 승진한 뒤 비로소 《논어》라고 불렀다. 〔初, 孔子孫孔安國以敎魯人扶卿, 官至荊州刺史, 始曰《論語》.〕"라고 하였다. 이러한 견해는 노나라 공왕이 공자의 가택을 허물고, 공안국이 고본 《논어》 등을 진상했다는 등의 기록과 상호 검증할 수 있다. 따라서 신뢰도가 상당히 높고, 중시할 만한 가치가 있는 것이다.

2. ≪논어≫에 숨겨진 뜻

≪논어≫라는 책 속에 함축된 뜻이 무엇인지에 대해 예로부터 다양한 견해가 있어 왔다. 비교적 대표성을 지닌 것이 ≪한서·예문지≫의 다음과 같은 기록이다.

≪논어≫는 공자가 제자나 당시 사람들의 질문에 답한 것과 제자들이 서로 어울려 말한 것, 그리고 공자에게 직접 들은 말을 모아놓은 것이다. 그 당시 제자들마다 제각기 기록한 것이 있었는데, 공자가 세상을 떠난 뒤 문인들이 서로 기록한 것을 모아서 그것들을 이치에 따라 차례를 세워 편찬하였다. 그래서 ≪논어≫라고 부른다.〔論語者, 孔子應答弟子時人及弟子相與言而接聞於夫子之語也. 當時弟子各有所記. 夫子旣卒, 門人相與輯而論纂, 故謂之論語.〕

여기에서 ≪한서≫는 ≪논어≫에 기록된 것이 공자와 그 제자들의 말이고, "서로의 기록을 모아서 그것들을 이치에 따라 차례를 세워 편찬했기"때문에 ≪논어≫로 부르게 되었다고 생각했다. "서로의 기록을 모아서 그것들을 이치에 따라 차례를 세워 편찬했다"는 것은 곧 모은 것을 체계적으로 정리하여 책으로 만들었다는 것이다. 이러한 견해는 장태염의 인정을 받았는데, 그는 한 걸음 더 나아가 이렇게 주장했다. "나는 책이 이름을 얻은 것은 사실 대나무와 나무의 도움에 의지한 것이라고 생각한다. 이로써 볼 때 언어와 문자의 기능은 일정하지 않다. 세상 사람들은 (직물의 날실이라는 뜻의) '경經'을 (변하지 않는다는 뜻의) '상常'으로, (경서에 대한 풀이라는 뜻의) '전傳'을 (글의 의미를 읽는다는 뜻의) '전轉'으로, (순서에 따라 배열한다는 뜻의) '논論(중국어 발음: lún)'을 (순서라는 뜻의) '윤倫(중국어 발음: lún)'으로 생각한다. 그런데 이것은 모두 후세 유학자들의 고증에 따른 해설로, 반드시 그 진면목을 본 것은 아닐 것이다. 생각건대 ……'논論'이라는 글자는 옛날에 (차례 또는 질서라는 뜻의) '윤侖(중국어 발음: lún)' 자로 썼을 것이다. 대나무 조각〔竹簡〕을 병렬로 연결하여 책으로 엮되 각각의 것을 차례대로 꿰었기에 이를 두고 '윤侖'이라 하였다. ≪논어論語(중국어 발음: lúnyǔ)≫는 스승과 제자가 서로 묻고 대답한 것이니, 역시 예전에 들은 것을 간략하게 적어 놓아 흩어져 각각의 조각으로 되어 있던 것을 순서에 따라 배열하여 서질書帙로 만들고, 이것을 ≪윤어侖語(중국어 발음: lúnyǔ)≫라 불렀다."(≪국고논형國故論衡·문학총략文學總略≫)

이에 따르면 ≪논어≫는 공자 문하의 제자들이 (예전에 들은 것을) 순서에 따라 배열하여 책으로 만든 '언어의 집성集成'인 것이다.

또 다른 하나의 비교적 대표적인 견해는 '論〔논〕'이 '倫〔윤〕(중국어 발음: lún)'의 통가자通假字로 '윤리'를 의미한다는 것이다. 동한의 유희劉熙는 ≪석명釋名·석전예釋典藝≫에서 이렇게 말했다.

≪논어≫는 공자가 제자들에게 한 말을 기록한 것이다. 논論은 질서이니, 윤리倫理가 있다는 것이요, 어語는 서술이니, 자기가 말하고 싶은 바를 서술한 것이다. 〔≪論語≫, 紀孔子與諸弟子所語之言也. 論, 倫也, 有倫理也. 語, 敘也, 敘己所欲說也.〕

유희가 말한 "윤리"는 조리條理라는 말과 같다. 그의 이러한 주장은 유협의 찬동을 얻었다. 유협은 ≪문심조룡·논설≫에서 다음과 같이 말했다.

성인께서 평소에 하신 훈계를 경經이라 하고, 경을 이치에 따라 서술한 것을 논論이라 한다. 논은 질서〔倫〕이니, 조리〔倫理〕에 잘못이 없으면 성인의 뜻을 욕되게 하지는 않을 것이다. 옛날 공자께서 하

신 정묘하고 아름다운 말씀을 나중에 제자들이 기억을 되살려 기록
하였다. 그래서 그 경전의 이름을 깊이 존경하여 ≪논어≫라고 불
렀다. 대개 각종 어록[論]에 이름을 붙인 것은 바로 여기에서 비롯
된 것이다. 〔聖哲彝訓曰經, 述經叙理曰論, 論者, 倫也. 倫理無爽, 則聖意不墜. 昔
仲尼微言, 門人追記, 故仰其經目, 稱爲≪論語≫. 蓋羣論立名, 始於玆矣.〕

그러나 유희와 유협의 이러한 전통적인 주장은 양백준의 다음
과 같은 의문에 부닥치게 된다. "설마 공자와 그의 제자들 이외에
다른 사람이 말한 것은 모두 '조리 있는 서술'이 아니란 말인가?
만약 그렇지 않다면, 이렇게 '논어'라고 이름을 붙인 것에는 무슨
의미가 있는가?"(이하 ≪논어역주·서론〔導言〕≫)

이들을 서로 비교해보면, 양백준은 ≪한서·예문지≫의 견해
에 비교적 찬동하는 편이다. 그래서 "≪논어論語≫의 "논論"은 바로
편찬하다는 뜻이고, "어語는 언어를 뜻한다."라고 생각했다. 동시에
그는 "≪논어≫라는 명칭이 이미 그 당시에 있었던 것이지 후세에
다른 사람이 갖다 붙인 것이 아니다."라고 생각했다.

그 밖에 조기빈趙紀彬(1905~1982)은 육덕명陸德明(550~630)의 ≪경
전석문經傳釋文·논어음의論語音義≫에 근거하여 다음과 같은 새로운 해
석을 내놓았다. "'논論'이라는 글자에는 '정리하다', '편집하다〔撰次〕'
등의 뜻이 있다. 그리고 '어語'라는 글자는 '두 사람이 대등하게 말
하는' 것을 일컫는데, '논쟁하다〔論難〕', '응대하여 설명하다〔答述〕' 등
의 뜻이 있다. (육덕명, ≪경전석문≫ 권24 〈논어음의論語音義〉) 글자 그대로 해석
하면, '논어論語'는 바로 지난 대화를 정리하고 편집했다는 것, 즉
'대화를 모아 놓은 책〔對話集〕'이라는 뜻이다. ……≪논어≫는 곧 한
권의 ≪공자 문하에서 있었던 대화를 모아 놓은 책〔孔門對話集〕≫이
다."(조기빈, ≪논어신론≫ 〈머리말〔導言〕〉)

이러한 해석은 사실 ≪한서·예문지≫의 기록에서 발전하여 변

화되어 나온 것이다. 하지만 그 해석은 한층 더 통속적이면서 생동적이다.

3. ≪논어≫의 판본

≪논어≫가 책으로 만들어진 과정이 비교적 복잡하고, 판본 역시 비교적 복잡한데, 서한 시기에 이르러 세 가지 계통이 형성되었다. ≪논어≫ 판본의 계통 형성과 발전 상황에 대해 서한 사람들은 결코 설명하지 않았다. 동한에 이르러 반고의 ≪한서≫와 왕충의 ≪논형≫ 기록이 대표적인 것으로, 서한 시기의 ≪논어≫ 편수篇數의 대략적인 상황을 설명하고 있다. 그런데 사람들 대부분이 ≪한서≫의 기록에는 비교적 관심을 가졌지만, ≪논형≫의 기록에 대해서 언급한 것은 거의 없다.

≪논형·정설≫에서 이렇게 말했다.

≪논어≫를 말하는 자는 모두 문장을 설명하고 글자를 풀이할 줄만 알 뿐, ≪논어≫가 본래 몇 편인지는 모른다. 그리고 단지 주나라가 8촌寸을 1척尺으로 삼은 것만을 알 뿐, ≪논어≫에서 유독 1척 길이의 죽간을 사용한 의미를 모른다. 대개 ≪논어≫는 제자들이 공자의 언행을 공동으로 기록한 것이다. 그 기록을 한 시간이 매우 길어 수십 수백 편이 되었다. 그래서 8촌 죽간을 1척으로 하는 것이 기록하기도 간략하고 휴대하기도 간편하였다. ≪논어≫는 경서로 전해진 것이 아니기에 잊어버릴까 걱정해서 전문傳文으로 기록해 남긴 것이다. 이 때문에 8촌 길이의 죽간을 사용하고, 경서를 기록하는 데 주로 사용한 2척 4촌 길이의 죽간을 쓰지 않은 것이다. ≪논어≫는 한나라가 건국된 뒤 없어졌다가 무제 때 공자의 집 벽

속에서 고문으로 된 것을 찾아내 취합하여 21편을 얻었다. 거기에
다 ≪제논어≫와 ≪노논어≫ 및 ≪하간(헌왕)논어≫의 9편을 합치
니 모두 30편이었다. 소제 때까지도 고문 ≪논어≫ 21편만 읽었
다. 선제 때는 고문 ≪논어≫를 태상박사에게 하사하였다. 당시에
는 여전히 책이라고 불렀으나 문자를 알기가 어려워 ≪전傳≫이라
고 이름 지었다. 나중에 다시 예서로 써서 전수해 읽고 외우게 했다.
처음에는 공자의 자손인 공안국이 노나라 사람 부경에게 전수했다.
부경이 형주자사로 승진한 뒤 비로소 ≪논어≫라고 불렀다. 지금
말하는 ≪논어≫가 20편인 것은 제나라와 노나라 및 하간헌왕이
간직했던 9편을 잃어버렸기 때문이며, 본래의 30편이 흩어져 잃어
버려 간혹 21편이 되기도 한다. 그리고 여기에는 목차의 가감이
생기기도 하고, 자구의 착오가 생기기도 했다. ≪논어≫를 말하는
자는 단지 문제되는 것을 벗겨내어 풀이하고 어려운 것을 분석하는
것만을 알고, 문제가 되는 근본인 편수篇數와 목차를 알지 못한다.
옛것을 익히고 그것을 미루어 새것을 알아야 스승이 될 수 있다.
그런데 지금 옛것도 알지 못하면서 스승이라 칭하는 것은 어찌된
일인가? 〔說≪論≫者, 皆知說文解語而已, 不知≪論語≫本幾何篇. 但知周以八寸爲
尺, 不知≪論語≫所獨一尺之意. 夫≪論語≫者・弟子共紀孔子之言行, 勅記之時甚多,
數十百篇, 以八寸爲尺, 紀之約省, 懷持之便也. 以其遺非經, 傳文紀識恐忘, 故以但八
寸尺, 不二尺四寸也. 漢興失亡. 至武帝發取孔子壁中古文, 得二十一篇, 齊・魯二, 河
間九篇, 三十篇. 至昭帝女讀二十一篇. 宣帝下太常博士, 時尙稱書難曉, 名之曰傳. 後
更隸寫以傳誦. 初, 孔子孫孔安國以敎魯人扶卿, 官至荊州刺史, 始曰≪論語≫. 今時稱
≪論語≫二十篇, 又失齊・魯・河間九篇, 本三十篇, 分布亡失. 或二十一篇. 目或多或
少, 文讚或是或誤. 說≪論語≫者, 但知以剝解之問, 以纖微之難, 不知存問本根篇數章
目. 溫故知新, 可以爲師. 今不知古, 稱師如何?〕11)

우선 이 글의 서두와 결말의 말투로 보면, 왕충은 ≪논어≫에
대한 자기의 이해에 상당한 자신감을 가지고 있었다. 그러므로 그
가 말한 "비로소 ≪논어≫라고 불렀다."는 것도 마음대로 발표한 의

---

11) 황휘黃暉, ≪논형교석論衡校釋≫, 중화서국, 1990, 1135~1139쪽.

견이 아니고, 당연히 상당한 근거가 있었을 것이다. 그렇지 않았다면, 그가 학식이 넓은 사람이 훈계하는 말투로 당시의 유명 인사를 비난할 리가 없다. ≪논형≫에서 또 "그 기록을 한 시간이 매우 길어 수십 수백 편이 되었다."라고 한 것은 결코 근거가 없는 것이 아니기에 경솔하게 부정할 수 없다.

유반수劉盼遂(1896~1966)는 ≪사서고이四書考異·총고總考·논어의 본래 상태[論語原始]≫에서 이렇게 말했다. "왕충이 ≪논어≫는 본래 수십 수백 편이라고 말한 것은 아주 놀랍게 들릴 것이라고 생각한다. 그러나 그것이 아직 배열 순서에 따라[論] 편집되지 않았던 시기로 거슬러 올라가 말하면, 또한 그의 말이 터무니없는 것이라고 할 수 없다. 왕충의 이 말은 그 당시에는 반드시 근거를 가지고 있었을 것이나, 지금에는 고증할 수가 없다.〔王氏云, ≪論語≫本數十百篇, 殊覺駭聽. 然溯其未輯論時言之, 亦未可謂其誇誕. 王此言, 當時必更有本, 今不可稽.〕"[12]

왕충은 ≪논어≫의 원본이 "수십 수백 편"이 있었지만, "한나라가 건국된 뒤 없어졌다가" 한나라 무제 때 공자의 옛집 벽을 허물면서 ≪고본 논어≫를 비롯해 ≪제논어≫, ≪노논어≫, ≪하간(헌왕)논어≫ 9편 등 총 30편을 얻었으나, 이 30편 가운데 나중에 ≪제논어≫와 ≪노논어≫ 및 ≪하간(헌왕)논어≫ 9편은 나중에 또 다시 잃어버렸다고 생각했다. 그래서 왕충은 "≪논어≫를 말하는 자"가 "문제가 되는 근본인 편수와 목차를 알지 못해" ≪논어≫의 판본과 편 및 장에 대해 아는 것이 매우 적다고 비판했다.

≪논형≫의 기록에 의하면, ≪논어≫가 "수십 수백 편"에서 "30편"으로, 다시 현행본 20편에 이르게 된 것은 ≪논어≫가 망실된 대략적인 상황을 반영하고 있음을 알 수 있다. 그 가운데 ≪하

---

12) 황휘, ≪논형교석≫ "부록 : 유반수의 ≪논형집해≫(附劉盼遂≪論衡集解≫)", 중화서국, 1990, 1136쪽.

간(헌왕) 논어≫(어떤 사람은 9편이라 한 것은 ≪논형≫의 기록이 잘못된 것이며, 마땅히 7편이라 해야 한다고 말했다.) 같은 것은 일찍이 한나라에 전해졌지만, 나중에 역시 없어져 버렸다. 그래서 단지 ≪고본 논어≫와 ≪제논어≫ 및 ≪노논어≫ 세 종류의 주요 판본만 남게 되었다.

≪한서·예문지≫에는 이렇게 기록되어 있다.

≪고본 논어≫(≪고론古論≫이라고 약칭하기도 함) 21편은 공자의 옛집 벽 속에서 나왔는데, (현행본 ≪논어≫ 권19의 〈자장〉 편 이외에) 두 가지의 〈자장子張〉 편이 있다. ≪제齊≫(≪제논어齊論語≫ 또는 ≪제론齊論≫이라고도 함)는 22편인데 〈문왕問王〉과 〈지도知道〉 편이 더 있다. ≪노魯≫(≪노논어魯論語≫ 또는 ≪노론魯論≫이라고도 함)는 20편. ≪전傳≫(≪노논어≫를 해석한 전傳으로, 당시 경經과 전傳이 따로 행해졌음)은 19편. ≪제설齊說≫(≪제논어≫를 해석한 것임)은 29편, ≪노하후설魯夏侯說≫(하후승夏侯勝이 조서詔書를 받고 ≪노논어≫를 해설한 것임)은 21편. ≪노안창후설魯安昌侯說≫(노나라 안창후安昌侯 장우張禹가 헌상한 논어장구論語章句로, 주注가 1편을 차지하고 있음)은 21편. ≪노왕준설魯王駿說≫(노나라 왕준王駿이 ≪노논어≫를 해설한 것임)은 20편. ≪연전설燕傳說≫(연燕나라 사람이 ≪논어≫를 해설한 것임)은 3권이 있다. 〔≪論語≫古二十一篇. 出孔子壁中, 兩〈子張〉. ≪齊≫二十二篇. 多〈問王〉·〈知道〉. ≪魯≫二十篇. ≪傳≫十九篇. ≪齊說≫二十九篇. ≪魯夏侯說≫二十一篇. ≪魯安昌侯說≫二十一篇. ≪魯王駿說≫二十篇. ≪燕傳說≫三卷.〕

이에 근거해서 그 당시 ≪논어≫의 복잡한 상황을 알 수 있다. ≪고본 논어≫와 ≪제논어≫ 및 ≪노논어≫ 세 판본을 제외하고도 ≪연전설≫이라는 ≪논어≫ 판본이 있었다. 마찬가지로 ≪노논어≫에는 ≪노하후설≫을 비롯해 ≪노안창후설≫, ≪노왕준설≫ 등의 판본이 있었다. 그리고 ≪제논어≫에는 22편과 29편이라는 차이가 있었다. 이 ≪제설≫의 29편은 왕충이 말한 30편과 비슷하다. 그러나 아쉽게도 세상에 전해지지 않고 있다.

서한 시기에는 금문경학이 성행하여 《노논어》와 《제논어》가 중시되었다. "《고본 논어》는 실질적으로 하나의 유물 발견이다. 비록 하안의 《논어집해》에 공안국의 주석이 포함되어 있다고 말은 하지만, 그 당시에는 결코 전수되거나 유행되지 않았다."[13] 《한서·예문지》에서 《고문상서古文尚書》를 서술할 때 이렇게 말했다.

노나라의 공왕共王이 공자의 옛집을 헐고 궁전을 넓히고자 하다가 《고문상서》를 비롯해 《예기》, 《논어》, 《효경》 등 모두 수십 편을 얻었는데, 모두 옛글자로 되어 있었다. 공왕이 찾아가 그 집에 들어가니 고鼓, 금琴, 슬瑟, 종鍾, 경磬 등의 악기 소리가 들렸다. 이에 공왕은 두려워 공사를 멈추고 더 이상 허물지 않았다. 공안국은 공자의 후손이다. 벽 속에서 나온 책들을 모두 얻어 29편을 살펴보고, 다시 16편을 더 얻었다. 안국安國은 그것을 헌상했으나, 무고巫蠱의 사건을 만나 학관學官에 들어가게 하지는 못하였다.
〔魯共王壞孔子宅, 欲以廣其宮, 而得《古文尚書》及《禮記》·《論語》·《孝經》凡數十篇, 皆古字也. 共王往入其宅, 聞鼓琴瑟鍾磬之音, 於是懼, 乃止不壞. 孔安國者, 孔子後也, 悉得其書, 以考二十九篇, 得多十六篇. 安國獻之. 遭巫蠱事, 未列于學官.〕

그 당시 정치 형세의 영향으로 인해 《고본 논어》가 중시되지 않았음을 알 수 있다. (그 이유는) 개별적이면서 부분적인 측면에서 보면, 정치에 연루된 공안국의 영향을 받았기 때문인 것 같다. 그런데 거시적인 측면에서 보면, 바로 동한 시기의 고문경학과 금문경학 두 학파 간의 세력 투쟁이 격렬했음을 알 수 있다.

서한시대 말기에 이르러, 안창후安昌侯인 장우張禹(?~B.C.5)는 《노논어》에 근거하되 《제논어》를 참조하여 해설을 가하고 주석을 달아 《장후론張侯論》이라 불렀다. 《한서·예문지》에서는 "노

---

13) 대유, 《논어 연구사》, 악록서사, 2011, 5쪽.

나라 ≪안창후설安昌侯說≫ 21편"이라고 기록하고 있다. 장우는 그 당시 한나라 성제成帝의 스승이자 문하생 가운데 오래된 관리가 매우 많았으며, 지위 또한 높았다. 그래서 그의 학설이 아주 널리 퍼지게 되자 금문경학인 ≪제논어≫와 ≪노논어≫ 둘을 합쳐 하나로 만들었다.

동한 말기에 이르러, 정현은 ≪장후론≫에 근거하되 ≪제논어≫와 ≪노논어≫를 참조하여 주석을 달았다. 이것이 바로 오늘날까지 계속 전해져 오는 20편의 ≪논어≫라는 판본이다. 이러한 상황에 이르자 ≪제논어≫와 ≪고문 논어≫라는 두 가지 계통의 판본이 기본적으로 소멸되면서 ≪노논어≫ 속에 융합되었다.14)

그러나 이를 달리 이해하는 경우도 있다. 예를 들어 왕국유는 정현의 ≪논어주≫ 돈황잔권敦煌殘卷에 근거하여, 정현의 ≪논어주≫는 공안국의 고문古文 (≪논어≫) 판본에 근거하되 ≪노논어≫를 참조해서 완성한 것이지, 결코 ≪제논어≫에 근거하지 않았다고 주장한다.15) 그런데 ≪노논어≫가 금문경학에 속하는지 여부는 현대학자들의 견해가 서로 일치하지 않고 있다. 예를 들어 유사배劉師培(1884~1919)와 범문란范文蘭(1893~1969) 등은 ≪노논어≫가 고문에 속한다고 주장하고, 주여동은 "범문란의 그 주장은 고문학파인 유사배의 관점을 계승했는데, 범문란은 유사배의 학생이다."라고 주장했다.

그러나 일반적으로 금문경학은 노학魯學과 제학齊學으로 나누는 걸로 알려져 있다. 주여동이 일찍이 한나라 ≪논어≫의 전승학파傳承學派와 판본의 변천, 그리고 현행본 ≪논어≫의 내력을 그림으로 설명한 것이 있다.16) 그 설명도를 보면 다음과 같다.

---

14) 대유, ≪논어 연구사≫, 악록서사, 2011, 5쪽 참조.
15) 왕국유, ≪관당집림≫ 권4 〈서논어정씨주잔권후書論語鄭氏注殘卷後〉.
16) 주여동, ≪중국경학사 강의≫, 상해문예출판사, 1999, 104~105쪽.

■ ≪논어≫의 전승학파와 판본 변천에 대한 설명도

현행본 ≪논어≫의 내력에 관한 각 전문가의 견해도 서로 엇갈린다. 주여동은 정현의 주석이 고문과 금문을 섞어 하나로 만든 것이라 주장하고, 대유는 "≪제논어≫와 ≪고본 논어≫라는 두 가지 계통의 판본이 기본적으로 소멸되면서 ≪노논어≫ 속에 융합되었다."라고 주장했다. 현행본 ≪논어≫에 대해서도 주여동은 하안의 ≪논어집해≫에서 유래되었다고 주장하는데, 대유는 정현의 ≪논어주≫에서 유래되었다고 주장한다.

왕국유의 연구에 따르면, 정현의 ≪논어주≫ 또한 공안국의 ≪고본 논어≫에 근거한 것이다. 만약 현행본 ≪논어≫가 정말 정현의 ≪논어주≫에서 유래된 것이라면, 현행본 ≪논어≫는 실제로 ≪고본 논어≫ 계통에서 발전되어 나온 것이다. ≪한서·예문지≫의 기록에 따르면, ≪고본 논어≫ 21편은 "두 가지의 〈자장〉 편이 있다." 그런데 안사고의 주석에서 인용한 여순如淳의 주장을 참조해 보면, 초과된 1편 (즉 두 가지의 〈자장〉 편篇) 가운데 당연히 마지막 편의 〈자장〉을 분리해내어야 한다. 애석하게도 정현의 ≪논어주≫는 송나라 이후에 점차 유실되었다. 그러나 하안의 ≪논어집해≫는 형병邢昺(932~1010)의 ≪논어정의論語正義≫ 속에 융합되어 들어가 영향이 비교적 깊고 넓은 판본으로 되었다. 나중에는 청나라 사람이 편찬한 "십삼경주소十三經注疏" 속에 수록되어 지금까지 영향을 미치고 있다. 정현의 ≪논어주≫는 20세기 초기 돈황敦煌 문헌의 발견

으로 인해 사람들의 시야에 다시 들어오면서 새로운 생명력을 발
산하고 있다.

3절 │ ≪논어≫와 중국 구전문화 전통

공자는 중국 춘추시대 이전의 구전문화를 집대성한 사람이자, 최후의 위대한 구전문학의 거장이다. 그는 일생동안 "선현의 제도를 전하되 창작하지 않았지만", 무한하고 소중한 문화재를 남겨 놓았다. ≪논어·술이≫에서 이렇게 말했다.

선생님께서 말씀하셨다. "나는 선현의 제도를 전하되 창작하지 않으며, 옛것을 믿고 좋아함을 가만히 우리 노팽과 견주어 본다." 〔子曰: "述而不作, 信而好古, 竊比於我老彭."〕

강유위康有爲(1858~1927)는 이에 대해 다음과 같은 주석을 달았다. "포함包咸(B.C.7~A.D.65)이 말했다. '노팽은 은나라(B.C.1600~B.C.1046)의 어진 대부로, 옛일을 기술하기를 좋아하였다. 나도 노팽처럼 옛일을 전하여 기술할 뿐이라는 말이다. 〔包咸曰: 老彭, 殷賢大夫, 好述古事. 我若老彭, 但述之耳.〕"17)

그런데 어떤 사람은 "노팽"이 곧 노자老子와 무팽巫彭이라고 주장하기도 한다. 만약 이러한 해석에 따르면, "노老와 팽彭"은 바로 샤머니즘〔巫覡〕 문화와 사관史官 문화의 대표이다. 무팽은 은나라의 어진 대부로 은나라 조정의 무巫의 직책을 맡은 사람이었기 때문에 무팽이라고 일컫는다. 또 어떤 기록에서는 무팽이 황제黃帝(B.C.2717~B.C.2599) 혹은 당요唐堯(B.C.2188~B.C.2067) 시기의 사람이라고

---

17) 강유위, 루우열 정리, ≪논어주≫, 중화서국, 1984, 87쪽.

한다. 무팽이 은나라 사람이든지, 아니면 황제나 당요 시기의 사람이든지를 막론하고, 한 가지 완전히 동일한 것이 있다. 그것은 바로 그의 무격巫覡이라는 신분이다.

≪여씨춘추・심분람審分覽・물궁勿躬≫에서는 "무팽은 의술을 만들어 내고, 무함巫咸은 점술을 만들어 내었다.〔巫彭作醫, 巫咸作筮.〕"라고 하였다. ≪산해경山海經・대황서경大荒西經・영산십무靈山十巫≫에서는 "영산이 있는데, 무함을 비롯해 무즉, 무반, 무팽, 무고, 무진, 무례, 무저, 무사, 무라라는 열 명의 무당이 여기로부터 오르내리고, 온갖 약이 이곳에 있다.〔有靈山, 巫咸・巫卽・巫肦・巫彭・巫姑・巫眞・巫禮・巫抵・巫謝・巫羅十巫, 從此升降, 百藥爰在.〕"라고 하였다. ≪산해경・해내서경海內西經≫에서는 "개명의 동쪽에 무팽을 비롯해 무저, 무양, 무리, 무범, 무상이 있다. 이들 모두는 일유의 시신을 둘러싸고 불사약을 가지고서 그 죽음을 막고 있다.〔開明東有巫彭・巫抵・巫陽・巫履・巫凡・巫相, 夾窫窳之尸, 皆操不死之藥以距之.〕"라고 하였다. 이 모든 것이 그가 무격이라는 예이다.

노자는 주나라 수장실守藏室의 사史로, 전형적인 사관史官의 신분이다. ≪한서・예문지≫에서 도가道家의 연원을 서술할 때도 "도가학파〔道家者流〕는 대개 사관史官에서 나왔다. 이들은 대대로 있어 온 성패를 비롯해 존망, 화복, 고금의 도리를 기록하였다.〔道家者流, 蓋出於史官, 歷記成敗存亡禍福古今之道.〕"라고 하였다.

그런데 공자는 "선현의 제도를 전하되 창작하지 않고, 옛것을 믿고 좋아하는 것"을 가만히 노자와 무팽에 비유했다. 이 말의 숨은 뜻은 자신이 "술이부작述而不作" 방면에서 노자와 무팽 이래의 샤머니즘 문화와 사관 문화의 전통을 계승했다는 것이다. 이 "술이부작"의 샤머니즘 문화와 사관 문화의 전통은 실제로 중국 상고시대의 입에서 입으로 전수하는〔耳口相傳〕 문화의 전통이다.

≪설문해자說文解字≫(권4)에서 "술述은 (따른다는 뜻의) 순循이다.〔述,循也.〕"라고 풀이하였다. 이에 대해 ≪설문해자주說文解字注≫(권2하下)에서 "술述은 (따른다는 뜻의) 순循이다. 술述(중국어 발음: shù)이라는 글자는 아마도 (소리에 의거하여 서술하다는 뜻의) 술術(중국어 발음: shù)이라는 글자를 가차假借하여 만들었을 것이다.〔述, 循. 述或假借術爲之.〕"라고 하였다. ≪강희자전康熙字典≫ (권30)에서 "술述은 ≪설문해자≫에서 (따른다는 뜻의) 순循이라고 했으니, ≪논어≫의 '술이부작'이라는 것이다.〔述, ≪說文≫循也. ≪論語≫述而不作.〕"라고 하였다.

사실 "술이부작"의 "술"이라는 글자는 '답습하다'는 뜻을 제외하고도 '서술하다'와 '기술하다' 등의 뜻이 있다. 그런 까닭에 여기서의 "술이부작"은 당연히 논리적으로 서술하되 창작하지 않는다는 의미이어야 한다. 양백준의 〈논어사전〉에 따르면, ≪논어≫에 "술"이라는 글자는 모두 3개가 나오는데, '서술하다'와 '기술하다' 그리고 '설명하다'라는 의미를 나타낸다. 이곳의 "술이부작" 이외에 ≪논어·헌문≫에서 "어려서는 공손하지 못하고, 어른이 되어서도 본받을 것이 없으며, 늙어서 죽지조차 않으면, 이는 덕을 해치는 사람이다.〔幼而不孫弟, 長而無述焉, 老而不死, 是爲賊!〕"라고 하였는데, 여기서 "無述〔무술〕"의 "述〔술〕"은 곧 '칭찬하다'와 '찬양하다'라는 뜻이다. 또 ≪논어·양화≫에서 "선생님께서 말씀하셨다. '나는 말이 없고자 한다.' 자공이 말했다. '선생님께서 만약 아무 말씀도 하지 않으시면, 저희들은 무엇을 따르고 전하겠습니까?'〔子曰: '予欲無言.' 子貢曰: '子如不言, 則小子何述焉?'〕"라고 하였다. 공자의 말은 더 이상 이야기하고 싶지 않다는 것이다. 그래서 자공이 그렇게 하시면 저희들이 전수할 방법이 없다는 것을 표명한 것이다. 자공의 전수할 방법이 없다는 말에서 그 당시 공자 문하에서 있었던 입에서 입으로 전수하던 수업 방식을 짐작할 수 있다.

선진 시기에, "술述"은 입에서 입으로 전수하는 문화의 형태로 샤머니즘 문화와 사관 문화 속에서 중요한 역할을 하였다. ≪의례·소뢰궤사례少牢饋食禮≫에 다음과 같은 기록이 있다.

소뢰궤사少牢饋食의 예이다. 제사의 날짜는 정일丁日이나 기일己日로 정한다. 제사지내기 11일 전에 점을 치는데, 묘문廟門 밖에서 점을 친다. 주인은 조복朝服을 착용하고 묘문의 동쪽에서 서쪽을 향해 선다. 사史도 조복을 착용하고, 왼손으로 시초통의 아래를 잡고 오른손으로 시초통 덮개를 벗겨낸 다음 왼손으로 넘겨서 시초통의 아래를 함께 잡고, 동쪽을 향해 주인에게 점칠 내용에 대한 명령을 받는다. 주인은 "효손孝孫 아무개(주인의 이름)는 다가오는 정해일丁亥日에 황조皇祖 백 아무개[伯某]께 세시歲時의 제사를 올리고, 아무개의 비[某妃]를 아무개 씨[某氏]께 배향하고자 하오니 흠향하소서!"라고 말한다. 사史는 "알겠습니다."라고 말하고, 묘문의 서쪽에서 서쪽을 향해 서서 오른손으로 점대통 아래를 뽑아 벗겨 내고 왼손으로 시초를 잡은 다음 오른손으로 점대통의 덮개와 아랫부분을 함께 잡고 점을 친다. 이어서 사史는 주인의 말을 반복하여 "그대 위대한 시초의 신령함을 빌려 점을 치고자 하나이다. 효손 아무개는 다가오는 정해일에 황조 백 아무개께 세시의 제사를 올리고, 아무개의 비를 아무개 씨께 배향하고자 하오니 흠향하소서!"라고 말한다. 이어서 점대통을 내려놓고 서서 점을 친다. (시초점으로 얻은 괘를 기록하는) 괘자卦者는 사史의 왼쪽에 앉아 점을 쳐서 얻은 괘卦를 나무막대기[木]로 땅에 그린다. 점치는 일을 마치면, 이어서 괘자가 목판에 괘를 기록한다. 사史는 이를 주인에게 보여 준 후 물러 나와 점괘의 길흉을 판단한다. 점괘의 결과가 길하면, 사史는 시초를 점대통에 넣어 둔다. 사史는 시초를 넣은 점대통과 괘를 기록한 목판을 함께 잡고서 주인에게 "점괘가 길하다고 나왔습니다."라고 고한다. 이어서 주인은 점괘의 결과를 여러 제관祭官에게 알린다. 종인宗人은 사람들에게 제기를 깨끗이 씻도록 명하고, 재宰는 사람들에게 술을 담그도록 명한다. 이어서 모두 물러 나온다. 만약 얻은 점괘가 길하지 않으면, 열흘 후의 정일丁日이나 열흘 후의 기일己日에 이르러 또 제사지낼 날짜의 길흉을 점치는데, 처음 점을 칠 때와 동일한 절차로 한다. 〔少牢饋食之禮. 日用丁己. 筮旬有一日. 筮於廟門之外. 主人朝服, 西面於門東. 史朝服, 左執筮, 右取上韇, 兼與筮執之, 東面受命於主人. 主人曰: '孝孫某, 來日丁亥, 用薦歲事於皇祖伯某, 以某妃配某氏. 尙饗!' 史曰: '諾!' 西面於門西, 抽下韇, 左執筮, 右兼執韇以擊筮, 遂述命曰: '假爾大筮有常. 孝孫某, 來日丁亥, 用薦歲事於皇祖伯某, 以某妃配某氏. 尙饗!' 乃釋韇立筮. 卦者在左坐, 卦以木. 卒筮, 乃書卦於木, 示主人, 乃退占. 吉, 則史韇筮, 史兼執筮與封以告於主人: '占曰從.' 乃官戒, 宗人命滌, 宰命爲酒, 乃退. 若不吉, 則及遠日, 又筮日如初.〕

여기서 묘사한 것은 사관이 주인으로부터 점을 치라는 명령을 전달받는 상황이다. 비록 그 신분은 사관이지만, 그 활동은 농후한 샤머니즘 문화의 색채를 띠고 있다. 사관은 주인의 명령을 받아 신명神明에게 주인의 말을 "전달하고서〔述〕" 길흉을 점친다. 또 ≪의례·근례覲禮≫에도 다음과 같이 기록되어 있다.

천자가 사자를 보내어 제후〔侯氏〕에게 수레와 의복을 하사하는데, 제후는 관사의 외문外門 밖에서 맞이하여 재배를 한다. 수레〔路〕를 먼저 진설하는데, 서쪽을 윗자리로 삼아 수레에 맬 네 마리의 말을 수레 다음(동쪽)에 진설한다. 더 하사하는 좋은 물건들은 정해진 수가 없는데, 수레의 남쪽에 놓는다. 사자로 온 공경公卿〔諸公〕이 옷이 담긴 상자〔篋〕를 받들고, 조서詔書〔命書〕를 그 위에 올려놓고, 서쪽 계단으로 당堂에 올라가서 동쪽을 향해 서면, 태사太史는 이에 그의 오른쪽에 선다. 제후가 당에 올라가서, 서쪽을 향하여 선다. 태사는 조서를 읽는다. 제후는 당에서 내려와 두 계단의 사이에서 북쪽을 향하여 머리를 바닥에 대면서 재배를 한다. 제후는 당에 올라가서 배례를 완성한다. 〔天子賜侯氏以車服. 迎於外門外, 再拜. 路先設, 西上, 路下四, 亞之, 重賜無數, 在車南. 諸公奉篋服, 加命書於其上, 升自西階, 東面, 大史是右. 侯氏升, 西面立. 大史述命. 侯氏降兩階之間. 北面再拜稽首, 升成拜.〕

여기서 태사가 "명령을 전달한다"는 것은 구두로 천자의 명령을 낭독한다는 것이다. 이것이 드러내 보이는 것은 예의禮儀 제도 하에서의 사관 문화 가운데 입에서 입으로 전수하던 문화의 형태이다.

인류 사회의 초기에는 한동안 입에서 입으로 전수하던 역사가 존재했다. 인류가 문화 활동을 시작한 이후부터 역사를 기록하는 단계로 들어서기 이전까지는 모두 입에서 입으로 전수하는 의사소통 방식에 의지했다. 인류 사회의 탄생 역사는 아주 오래된다. 전 세계에서 최초의 인류는 아프리카에 생존했는데, 지금으로부터 3~4백만년 전이다. 중국에서 최초의 인류인 원모인元謀人은 지금으로부터 170만년 전이다.

그러나 인류가 역사를 기록한 것은 아주 짧다. 중국의 5천 년 간 문명은 휘황찬란했다. 하지만 지금까지 최초의 비교적 성숙한 기록 문자인 갑골문도 2~3천년의 역사에 지나지 않는다. 3~4백만년의 인류 역사와 비교하면, 분명히 하찮아서 말할 가치도 없다.

우리는 인류가 문명을 기록하는 시대로 들어서기 이전에 입에서 입으로 전수하던 역사가 뜻밖에도 얼마나 길었는지, 입에서 입으로 전수하는 소통 방식이 인류의 활동에 어떤 중요한 역할을 해 왔는지를 미루어 알 수 있다. 그런 까닭에 이러한 입에서 입으로 전수하는 문화 전통은 인류 사회의 발전에 중요하고도 심원한 영향을 끼쳤다. 그리고 인류 사회가 기록 문자를 창조하고 발명한 이후에도 꽤 오랜 시간 동안 그것은 변함없이 역할을 발휘하였다.

한정된 문헌 자료 속에서 우리는 이러한 입에서 입으로 전수하는 문화 전통이 공자 이전의 서주 문화 속에서도 여전히 중요한 역할을 발휘했음을 알 수 있다. 그들 사관은 중요한 정치 활동에 참여하여 상고上古 시기 맹인의 거대한 정치 체계에 하나의 진용을 형성했다. 그리고 이 숙련된 맹인의 정치 체계는 바로 상고 시기에 입에서 입으로 전수하던 문화 전통을 반영하고 있다. ≪국어·주어 상周語上≫에는 이렇게 기록되어 있다.

> 그러므로 천자가 정치를 듣기 위해 공경公卿에서부터 선비들에 이르기까지는 시詩를, 고瞽에게는 곡曲을, 태사太史에게는 서書를, 소사少師에게는 잠箴을, 수瞍에게는 부賦를, 몽矇에게는 송誦을, 백공百工에게는 간諫을, 서인에게는 전어傳語를 바치게 하였습니다. 그리고 가까운 신하에게는 규간規諫을 마음대로 펴게 하고, 친척에게는 왕이 놓치는 것을 살피는데 도움을 주도록 하고, 고瞽와 사史에게는 가르침을 일러주고, 기耆와 애艾에게는 이를 수정하도록 하였습니다. 그렇게 한 이후에야 왕이 이를 따져보고 짐작하여 나아가는 것입니다. 이렇게 함으로써 일을 실행하여도 어그러짐이 없었던 것입니다. 〔故天子聽政, 使公卿至于列士獻詩, 瞽獻曲, 史獻書, 師箴, 瞍賦, 矇誦, 百工諫, 庶人傳語, 近臣盡規, 親戚補察, 瞽·史教誨, 耆·艾修之, 而後王斟酌焉, 是以事行而不悖.〕

이 단락의 사료 속에는 맹인이 주나라의 정치에 참여한 정황이 생생하게 알려주고 있다. 그 가운데 (겉보기에는 눈이 멀쩡하나 앞을 보지 못하는 장님인) 고瞽와 (후천적으로 눈이 먼 장님인) 수瞍 및 (선천적으로 눈동자가 없는 장님인) 몽矇은 모두 맹인이다. 그리고 단락 속에서 "고瞽는 곡曲을", "수瞍는 부賦를", "몽矇은 송誦을" 바치게 했다는 것은 그들이 맹인으로서 음音을 듣고 표준에 맞게 조정할 뿐만 아니라, 그들이 맹인으로서 기억력도 아주 비상했음을 입증해 준다. 기억력이 비상하다는 것은 입에서 입으로 전수하는 문화 전통 속에서 대단히 중요한 것이다.

문일다聞一多(1899~1946)는 ≪시와 노래〔詩與歌〕≫에서 이렇게 말했다. "장님의 기억력은 특히 발달했다. 그래서 고대에 왕에게 시를 낭송해주는 것을 전문으로 하는 벼슬아치를 몽矇, 고瞽, 수瞍라고 하였다." 여기에서 말하는 것도 바로 이러한 이치이다. 이 때문에 주나라의 정치에는 "고瞽가 곡曲을 바치는"것이 존재했을 뿐만 아니라, 또한 "수瞍는 부賦를", "고瞽와 사史는 가르침을 일러주는"것도 있었던 것이다. 수瞍와 고瞽 등의 맹인과 사관은 함께 국가의 정치 교화 활동에 참여했고, 그 지위는 아주 중요했다.

≪시경・주송周頌・유고有瞽≫에서는 이렇게 말했다.

장님 악사여, 장님 악사여, 주나라의 뜰에 있구나. 업業을 설치하고 종 틀을 설치하니, 숭아崇牙에 깃털을 꽂았도다. 작은 북, 큰 북, 매단 북, 소고, 경쇠, 축杻, 그리고 어圉가 이미 갖추어져 연주하니, 퉁소와 피리도 갖추어 불도다. 둥둥 쿵짝 삘릴리 소리가 경건하고 화평하게 어울려 울려 퍼지니, 선조께서 이에 들으시며 우리 손님이 오시어 길이 이루어짐을 보는도다. 〔有瞽有瞽, 在周之庭. 設業設虡, 崇牙樹羽, 應田縣鼓, 鞉磬柷圉. 旣備乃奏, 簫管備擧. 喤喤厥聲, 肅雝和鳴, 先祖是聽. 我客戾止, 永觀厥成.〕

또 ≪시경・대아・영대靈臺≫에서 이렇게도 말했다.

종 틀에 업業과 숭아가 있고, 큰북과 북 및 큰 종이 있으니. 아, 차례를 따라 종을 침이여. 아, 즐거운 벽옹辟廱에서 하도다. 아, 차례를 따라 종을 침이여. 아, 즐거운 벽옹에서 하도다. 악어가죽 북이 둥둥 울리니, 장님 악사가 음악을 연주하네. 〔虡業維樅, 賁鼓維鏞. 於論鼓鐘, 於樂辟廱. 於論鼓鐘, 於樂辟廱. 鼉鼓逢逢, 矇瞍奏公.〕

이 시 속의 고瞽와 몽矇 및 수瞍는 종교적인 제사 활동에서 중요한 역할을 하고 있다. 특히 "장님 악사여, 장님 악사여, 주나라의 뜰에 있구나. ……둥둥 쿵짝 삘릴리 소리가 경건하고 화평하게 어울려 울려 퍼지니, 선조께서 이에 들으시며"라고 하는 부분은 흡사 그들이 곧 선조의 대변인과 같았으며, 그들이 입으로 외우는 말은 마치 사람들로 하여금 선조의 시대로 거슬러 올라가 선조의 역사적인 공적, 선조의 음성과 웃는 모습을 기억하게 하여 모두 어렴풋이 곁에 있게 하는 듯하였다. 입에서 입으로 전수하여 한결같이 대대로 외우는 말은 선조의 사적을 보존하고, 다음 세대에 영향과 교훈을 주었다. 이것이 바로 맹인 정치체계에 있는 강력한 기능이다.

주나라의 맹인 정치 체계는 규모와 진용이 방대하다. ≪주례·춘관春官·종백宗伯≫에는 이렇게 기록하고 있다.

> 대사大師에는 하대부下大夫 2인이고, 소사小師에는 상사上士 4인이며, 고몽瞽矇에는 상고上瞽 40인, 중고中瞽 100인, 하고下瞽 160인이다. 〔大師, 下大夫二人. 小師, 上士四人. 瞽矇, 上瞽四十人, 中瞽百人, 下瞽百有六十人.〕

기록에 따르면, 주나라 조정의 고몽瞽矇이라는 관원 수는 300명이나 되고, 또한 상중하 세 가지 등급으로 나누어지며, 각 등급에 배정된 인원수도 서로 다르다. 이렇게 방대한 고몽의 집단이 정치에 참여하는 것은 여타 관직의 집단과는 비교가 안 된다. 이렇게 발달하고 방대한 맹인들의 정치체계는 또한 주나라에서 입에서 입으로 전수하는 문화 전통이 번창하고 안정되었다는 것을 의미한다.

공자는 "찬란하구나, 그 문화여! 나는 주나라를 따르겠다. 〔郁郁乎文哉! 吾從周.〕"(≪논어·팔일≫)라고 하였다. 서주의 예악 문화에 대한 동경 속에는 자연히 주나라의 고몽을 핵심으로 하는 입에서 입으로 전수하는 문화 전통의 계승과 발양이 포함되어 있다. 이것이 바로 그가 말한 "술이부작"의 시대적 배경과 문화적 연원이다.

서양의 문화 전통에도 이와 비슷하게 입에서 입으로 전수해 온 유구한 역사가 있다. 이러한 맹인은 입에서 입으로 전수하는 문화를 계승하고 발양하는 사람일 뿐만 아니라, 또한 새로운 문화를 만들어 내는 사람이기도 했다. 우리가 이미 잘 알고 있듯이 서양의 고대 그리스 문화의 근원은 호메로스의 서사시에 있다. 통상 ≪일리아스〔Ilias〕≫와 ≪오디세이아〔Odysseia〕≫라고 부르는 것이다. 이 두 편의 장편 서사시는 고대 그리스 구술口述문학을 집대성했다고 칭송을 받고 있다. 그리고 고대 그리스의 가장 위대한 작품이자, 서양문학 속에서도 가장 위대한 작품으로 서구 학자들이 기원전 11세기에서 기원전 9세기의 유럽 사회를 연구하는 진귀한 문헌이 되었다. 이 호메로스라는 사람은 전해지는 말에 의하면 맹인이다. 그렇기 때문에 그 사람이야말로 호메로스(Homēros, B. C. 800~B. C. 750)라고 불리는데, 'Homēros'는 이오니아(Ionia) 사투리로 '맹인'을 의미한다.18) 대대로 전해 오는 호메로스의 서사시는 결코 한 사람이 지은 것이 아니라, 그 당시 고대 그리스의 음유시인(troubadour)들이 공동으로 만들어 낸 것이다. 이 음유시인들이 바로 호메로스를 대표로 하는 맹인의 무리이다. 그들은 발달한 기억력에 의지해서 '영웅의 서사시'를 계속 입에서 입으로 전송하여 마침내 그것을 문자로 기록하게 하여 입에서 입으로 전수하는 문화를 문자로 적는 문화로 바꾸어 놓았다.

중국의 초기 사학자로 좌구명左丘明(B. C. 502~B. C. 422)과 같은 사람이 바로 그와 같다. 좌구명은 두 눈이 실명되자 춘추시대 고瞽라는 맹인 사관의 대열에 참여했다. 그리고 고대와 연관된 역사와

---

18) 유가維柯(Giovanni Battista Vico, 1668~1744), 주광잠朱光潛 중국어 번역, ≪신과학新科學≫, 인민문학출판사人民文學出版社, 1997, 440쪽.

전설을 암송하고 진술하여 입에서 입으로 전수함으로써 문자의 기록을 보충하고 풍부하게 했다. 그는 대대로 전해 내려오는 《춘추좌씨전》과 《국어》를 저술하였다. 사마천은 "좌구명이 실명하고 나서 《국어》를 편찬하였다. [左丘失明, 厥有《國語》.]"(《한서》 권62 〈보임안서〉)고 하였다.

좌구명은 공자로부터 상당한 존경을 받았다. 《논어·공야장》에는 이렇게 기록하고 있다. "선생님께서 말씀하셨다. '말솜씨가 좋고, 얼굴을 잘 꾸미며, 지나치게 공손한 것을 좌구명이 부끄러운 일이라고 여겼는데, 나도 부끄럽게 생각한다. 원망을 숨기고 그 사람과 벗하는 것을 좌구명이 부끄러운 일이라고 여겼는데, 나도 부끄럽게 생각한다.'〔子曰: 巧言·令色·足恭, 左丘明恥之, 丘亦恥之. 匿怨而友其人, 左丘明恥之, 丘亦恥之.〕"

중국의 상고시대 문화 속에서 좌구명을 비롯해 공자나 그 제자들은 모두 호메로스와 비슷한 역할을 맡았다. 공자가 "선현의 제도를 전하되 창작하지는 않는다"고 했지만, 만년에 노나라의 역사서에 기초를 두고 "《춘추》를 저술한"(《사기·태사공자서》) 것은 "전하는 것〔述〕"을 "창작하는 것〔作〕"으로 변화시킨 것이며, 입에서 입으로 전수하는 문화를 문자로 적는 문화로 바꾸어 놓은 것이다.

공자가 《춘추》를 지어 "제자에게 입으로 전수하였다. 〔口授弟子〕"(《한서·예문지》) 그런데 좌구명이 그 참뜻을 잃어버릴까봐 두려워 공자가 지은 《춘추》에 기초를 두고 《춘추좌씨전》을 저술하여 "공자가 사실에 바탕을 두지 않은 언론言論으로 경經을 헛되이 해설하지 않았다는 사실을 증명하였다. 〔明夫子不以空言說經〕"(《한서·예문지》) 그리고 공자가 제자들에게 입으로 전수한 함축된 말 속에 담긴 심오한 뜻〔微言大義〕을 저술하여 문자로 바꾸어 놓았으니, 이것이 바로 《춘추좌씨전》의 유래이다.

≪춘추좌씨전≫ 이후의 ≪춘추공양전≫과 ≪춘추곡량전春秋穀梁傳≫ 등은 모두 "입으로 말〔口說〕"을 진술하는 구전口傳의 역사로부터 바꾸어져 나온 것이다. 이런 의미에서 본다면, "춘추삼전春秋三傳"과 "호메로스의 서사시"의 출판 과정은 서로 아주 비슷하며, 상고시대 동서양의 입에서 입으로 전수하는 문화가 문자로 적는 문화로 바꾸어졌음을 구체적으로 보여 주고 있다. ≪한서・예문지≫에는 다음과 같은 기록이 있다.

옛날의 군주는 대대로 사관을 두었다. 왕이 무엇인가를 하면 사관은 반드시 그것을 기록하였다. 그것은 왕자가 언행을 삼가고 자손에게 법칙을 보이기 위해서였다. 좌사左史는 왕의 말을 기록하고, 우사右史는 왕의 행동을 기록하였다. 왕의 행동을 기록한 것이 ≪춘추≫이고, 왕의 말을 기록한 것이 ≪상서≫다. 그리고 그것은 옛날의 이제二帝와 삼왕三王 시대를 통하여 다 그러했던 것이다.
동주시대가 되면서 주나라 왕실은 쇠약해지고, 제후는 주나라의 예禮가 자기들에게 해롭게 하는 것을 싫어하여 예에 관한 전적들을 없애버렸다. 공자는 옛날 성왕聖王의 사업을 존속시키려고 생각하여 이렇게 말했다. "하나라의 예의를 나는 말할 수 있으나, 그 후예인 기나라에서 그것을 실증하기에는 부족하다. 은나라의 예의를 나는 말할 수 있으나, 그 후예인 송나라에서 그것을 실증하기에는 부족하다. 이는 문헌이 부족하기 때문이다. 만약 충분하다면, 내가 그것을 실증할 수 있을 것이다."(≪논어・팔일≫)
노나라는 주공周公의 아들 백금伯禽이 봉封해진 나라로 예의와 문물이 갖추어졌고, 사관의 기록에도 예로부터의 법칙이 있었다. 그래서 공자는 노나라 태사인 좌구명과 노나라의 기록을 살펴보되 역대 왕의 행동에 근거하고 사람의 도리에 따라 공로를 세운 것은 일으켜 세우고 실패한 것은 벌을 받게 하였다. 그리고 해와 달을 빌려 역曆을 바르게 정하고, 조현朝見과 빙문의 예가 어떤지에 따라 예악

을 바로잡으려 칭찬하기도 하고 꺼리기도 하고 깎아내리기도 하고
물리치기도 하였다. 그러나 왕후王侯와 대부들이 그것을 꺼려하기에
글로써 나타낼 수가 없어 제자들에게 말로 전하였다.

그런데 제자들은 공자로부터 물러 나와서는 하는 말이 각기 달랐
다. 그래서 좌구명은 제자들이 각자 자신의 생각에 안주하여 공자
의 참뜻을 잃을까 두려워하였다. 그래서 하나하나 구체적인 사실을
논하여 《춘추좌씨전》을 지었다. 그것은 공자가 사실에 바탕을 두
지 않은 헛된 언론言論으로 경經을 설하지 않았다는 사실을 밝힌 것
이다.

공자가 저술한 《춘추》에서 깎아내리고 배척한 대인大人은 모두 당
대의 군신君臣으로 위세와 권세를 가진 사람들이었으나, 그들의 사
실을 모두 《춘추좌씨전》에 나타내었다. 그래서 《춘추좌씨전》을
숨겨 두어 세상에 돌지 않게 하여 당시의 어려움을 면하게 하였다.
그런데 말세가 되자 공자가 제자들에게 말로 전수한 것들을 해설하
는 일이 유행하였다. 그래서 《춘추공양전》, 《춘추곡량전》, 《춘
추추씨전[鄒氏傳]》, 《춘추협씨전[夾氏傳]》 등이 세상에 나타났다. 〔古
之王者世有史官, 君舉必書, 所以愼言行, 昭法式也. 左史記言, 右史記事, 事爲《春
秋》, 言爲《尚書》, 帝王靡不同之. 周室既微, 載籍殘缺, 仲尼思存前聖之業, 乃稱
曰: "夏禮, 吾能言之, 杞不足徵也. 殷禮, 吾能言之, 宋不足徵也. 文獻不足故也, 足則
吾能徵之矣." 以魯周公之國, 禮文備物, 史官有法, 故與左丘明觀其史記, 據行事, 仍人
道, 因興以立功, 就敗以成罰, 假日月以定曆數, 藉朝聘以正禮樂. 有所褒諱貶損, 不可
書見, 口授弟子, 弟子退而異言. 丘明恐弟子各安其意, 以失其眞, 故論本事而作《傳》,
明夫子不以空言說經也. 《春秋》所貶損大人當世君臣, 有威權勢力, 其事實皆形於《傳》,
是以隱其書而不宣, 所以免時難也. 及末世口說流行, 故有《公羊》·《穀梁》·《鄒》·
《夾》之傳.〕

또 《사기·십이제후연표》에는 이렇게 기록하고 있다.

그리하여 공자는 왕도를 밝히려고 70여 제후를 찾아가 간구하였
다. 그러나 아무도 공자를 등용하지 않았다. 그래서 공자는 서쪽
주나라 왕실의 서적을 살펴보고, 역사 기록과 예전의 견문들을 논

술하였는데, 노나라의 사적을 위시하여 ≪춘추≫를 편찬하였다. 멀리는 노나라 은공 원년부터 기록하여 가깝게는 애공 시대에 기린을 잡는 데까지 이르렀다. 그 문장은 간략하게 쓰고, 번잡하고 중복되는 것은 빼버렸다. 의리와 법도를 제정함으로써 왕도가 갖추어지게 되었다. 70여 명의 제자들은 스승이 가르친 의도를 말로 전해 받았는데, 거기에는 비평, 권고, 찬양, 은휘隱諱, 힐난, 훼손 등의 문장이 있었으나, 글로써 드러낼 수는 없었다. 노나라의 군자 좌구명은 제자들이 각각 오류를 범하고, 제각기 자신의 생각에 안주하여 그 진의를 잃는 것을 염려하였다. 그래서 그는 공자의 역사 기록을 바탕으로 그 구절을 상세하게 논술하여 ≪춘추좌씨전≫를 지었다.

〔是以孔子明王道, 干七十餘君, 莫能用, 故西觀周室, 論史記舊聞, 興於魯而次≪春秋≫, 上記隱, 下至哀之獲麟, 約其辭文, 去其煩重, 以制義法, 王道備, 人事浹. 七十子之徒口受其傳指, 爲有所刺譏褒諱挹損之文辭不可以書見也. 魯君子左丘明懼弟子人人異端, 各安其意, 失其眞, 故因孔子史記具論其語, 成≪左氏春秋≫.〕

이 두 곳의 기록은 모두 공자가 ≪춘추≫를 짓고, 좌구명이 ≪춘추좌씨전≫을 저술하게 된 까닭을 설명하고 있다. 그중에 "옛날의 왕자는 대대로 사관을 두었고", "좌사는 왕의 말을 기록하고, 우사는 왕의 행동을 기록하였다."라고 하는 것은 상고시대의 고瞽라는 맹인 사관史官의 문화와 관련이 있으며, 공자 이전의 구전문화 전통을 나타낸다고 할 수 있다.

하나라와 은나라의 예의가 기록된 문헌에 대해 공자가 "말하고〔言〕" "실증하겠다〔徵〕"고 한 것은 그의 "술이부작"이라는 전수 방식을 생동감 있게 드러내 보인다. 그가 비록 ≪춘추≫를 지었지만, 어떤 역사에 대해서는 여전히 말로 이야기해주는 방식으로 전해주었다. 그 속에는 "칭찬하기도 하고 꺼리기도 하고 깎아내리기도 하고 물리치기도 하였다. 그러나 왕후王侯와 대부들이 그것을 꺼려하기에 글로써 나타낼 수가 없어 제자들에게 말로 전하였다. 그런데 제자들이 공자로부터 물러 나와서는 말이 각기 달랐고", "말세가 되자 공자가 제자들에게 말로 전수한 것들을 해설하는 일이 유행하였다."는 것은 모두 그 당시 입에서 입으로 전수하는 문화가 성행했다는 것을 구체적으로 드러내 준다.

공자가 ≪춘추≫와 ≪역전≫을 지은 것을 제외하고 그 나머지는 모두 "술이부작"이라는 입에서 입으로 전수하는 전통적인 방식을 채용하였기에 다른 저술은 남기지 않았다. 공자가 죽은 뒤 공자의 제자들과 그 제자들의 제자[再傳弟子]들은 공자가 일생동안 말로 전수하며 가르친 언행을 ≪논어≫라는 책으로 편찬하였다.

주지하다시피 ≪논어≫는 어록체의 산문으로, 사실상 입에서 입으로 전수하던 문화가 문자로 적는 문화로 바뀐 것이다. 공자는 "술이부작"이라는 구전문화의 거장으로서, 그는 특히 구전문화의 문헌 자료를 수집하는 데 정통하였을 뿐만 아니라, 그 일을 중시하였다. ≪설원·경신敬愼≫의 다음과 같은 것이 그 예이다.

> 공자가 주나라 태묘를 구경하는데, 오른쪽 계단 앞에 금속으로 만든 동상이 하나 놓여 있었다. 그 동상은 입이 세 겹이나 꿰매어져 있었고, 그 등에는 명문銘文이 적혀 있었다. ……공자가 이를 읽고 제자들을 돌아보며 말했다. "기록해 두어라! 이 말은 비록 비속하기는 하나, 사정에 꼭 맞는 것들이다."〔孔子之周, 觀於太廟右陛之前, 有金人焉, 三緘其口而銘其背. ……孔子顧謂弟子曰: "記之, 此言雖鄙, 而中事情."〕

공자는 명문銘文을 소리 내어 읽고, 또 제자들에게 잘 기억할 것을 요구하였다.

또 예를 들면 ≪춘추좌씨전≫ 소공昭公 17년(B.C.525)에는 다음과 같은 기록이 있다.

가을에 담나라 군주[郯子]가 조정에 나아가 뵈니, 소공이 잔치를 열어 그와 술을 마셨다. 소공이 담나라 군주에게 물었다.

"소호씨少皞氏가 새[鳥]를 가지고 관직의 이름을 지은 것은 무슨 까닭입니까?"

담나라 군주가 대답했다.

"나의 조상이기 때문에 내가 그 까닭을 잘 알지요. 옛날 황제씨黃帝氏는 구름[雲]을 통해서 하늘의 명을 받은 사실이 기록되어 있습니다. 그런 까닭에 각 관직의 우두머리[雲師]을 정하면서 구름의 뜻을 가진 운雲이라는 글자를 넣어 이름을 지었습니다. 염제씨炎帝氏는 불[火]을 통해서 하늘의 명을 받은 사실이 기록되어 있습니다. 그런 까닭에 각 관직의 우두머리[火師]를 정하면서 불이라는 뜻을 가진 화火라는 글자를 넣어 이름을 지었습니다. 공공씨共工氏는 물[水]을 통해서 하늘의 명을 받은 사실이 기록되어 있습니다. 그런 까닭에 각 관직의 우두머리[水師]를 정하면서 물이라는 뜻을 가진 수水라는 글자를 넣어 이름을 지었습니다. 태호씨太皞氏는 용龍을 통해서 하늘의 명을 받은 사실이 기록되어 있습니다. 그런 까닭에 각 관직의 우두머리[龍師]를 정하면서 용이라는 글자를 넣어 이름을 지었습니다. 소호지少皞摯가 즉위할 때 봉조鳳鳥가 때마침 날아들었습니다. 그런 까닭에 새[鳥]를 통해서 하늘의 명을 받은 사실을 기록하고, 각 관직의 우두머리[鳥師]를 정하면서 새라는 뜻을 가진 조鳥라는 글자를 넣어 이름을 지었습니다. 봉조씨鳳鳥氏는 역정曆正입니다. 현조씨玄鳥氏는 춘분과 추분의 정령을 관장하는 우두머리입니다. 백조씨伯趙氏는 하지와 동지의 정령을 관장하는 우두머리입니다. 청조씨靑鳥氏는 입춘과 입하의 정령을 관장하는 우두머리입니다. 단조씨丹鳥氏는 입추와 입동의 정령을 관장하는 우두머리입니다. 축구씨祝鳩氏는 사도司徒입니다. 저구씨鴡鳩氏는 사마司馬입니다. 시구씨鳲鳩氏는 사공司空입니다. 상구씨爽鳩氏는 사구司寇입니다. 골구씨鶻鳩氏는 사사司事입니다. 이상의 구鳩라는 글자가 들어가는 다섯 가지는 백성을 모으는 관직입니다. 치雉라는 글자가 들어가는 다섯 가지는 다섯 분야의 공예를 관장하는 관리들입니다. 그들은 생활 용기를 개선하고, 도량형을 통일하여 백성들로 하여금 길이와 무게 따위를 균등하게 해주었습니다. 호扈라는 글자가 들어가는 아홉 가지는 아홉 분야의 농사일을 관장하는 관리들입니다. 그들의 임무는 백성들이 방종하지 않도록 제지하는 것이었습니다. 전욱顓頊에서부터 일어난 일은 먼 옛날의 일로 기록할 수가 없었습니다. 그래서 가까운 일에 대해서만 사실을 기록하였습니다. 백성의 일을 담당하는 관직의 우두머리[民師]를 정하면서 백성들의 일로 이름을 지은 것은 바로 경사스럽고 길한 징조를 받지 못한 까닭입니다."

중니가 그 이야기를 전해 듣고서 담나라 군주를 찾아뵙고 그것에 대해 배웠다. 얼마의 시간이 흐른 뒤 중니가 다른 사람에게 이렇게 말했다.

"내가 듣기로 '천자의 백관들이 각자의 직책을 올바로 시행하지 못하면, 그것을 사방의 오랑캐에게서 배워야 한다.'라고 하였으니, 사뭇 믿을 만하다."〔秋, 郯子來朝, 公與之宴, 昭子問焉, 曰, "少皞氏鳥名官, 何故也. 郯子曰, 吾祖也, 我知之, 昔者黃帝氏以雲紀, 故爲雲師而雲名, 炎帝氏以火紀, 故爲火師而火名, 共工氏以水紀, 故爲水師而水名, 大皞氏以龍紀, 故爲龍師而龍名, 我高祖少皞摯之立也, 鳳鳥適至, 故紀於鳥, 爲鳥師而鳥名, 鳳鳥氏曆正也, 玄鳥氏司分者也, 伯趙氏司至者也, 青鳥氏司啓者也, 丹鳥氏司閉者也, 祝鳩氏司徒也, 鴡鳩氏司馬也, 鳲鳩氏司空也, 爽鳩氏司寇也, 鶻鳩氏司事也, 五鳩, 鳩民者也, 五雉爲五工正, 利器用, 正度量, 夷民者也, 九扈爲九農正, 扈民無淫者也, 自顓頊以來, 不能紀遠, 乃紀於近, 爲民師而命以民事, 則不能故也." 仲尼聞之, 見於郯子而學之, 旣而告人曰, "吾聞之, 天子失官, 學在四夷, 猶信."〕 19)

공자는 담나라 군주가 구술한 역사에 대해 매우 관심이 많았으며, 또한 담나라 군주에게 가르침을 청했다. 아울러 "'천자의 백관들이 각자의 직책을 올바로 시행하지 못하면, 그것을 사방의 오랑캐에게서 배워야 한다.'라고 하였으니, 사뭇 믿을 만하다."라는 소감을 밝혔다. 이것은 공자가 이러한 구술 역사를 존중하고 우러

---

19) 양백준, 《춘추좌전주春秋左傳注》, 중화서국, 1981, 1389쪽.

러 보았으며, 그 가치와 지위를 인정한다는 것을 구체적으로 나타낸 것이다. 그리고 ≪논어 · 팔일≫과 ≪논어 · 향당≫에 "선생님께서 태묘에 들어가서는 일일이 물어보셨다. [子入大廟, 每事問.]"라고 기록되어 있다. 이것들은 모두 공자가 구술문화 전통을 중요시했으며, 또한 그것이 그의 일상적인 학습과 전수의 주된 내용이 되었음을 구체적으로 보여주는 것이다.

양백준의 〈논어사전〉 통계에 따르면, ≪논어≫에 (듣다는 뜻의) "문闻" 자는 모두 58번 나오는데, 그중에 "귀에 들어오다[聽到]"와 "전하여 들은 것[聽聞]"이라는 의미를 내포하고 있는 것이 48번이나 된다. 이렇게 아주 빈번하게 나타나는 "문闻" 자는 그 당시 공자가 제자에게 입에서 입으로 전수해 주던 수업 장면을 생생하게 재연해 준다.

≪논어 · 자장≫에서 이렇게 말했다.

자하의 문인이 자장에게 사람 사귀는 법을 묻자, 자장이 말했다. "자하는 뭐라고 하던가?" "자하께서는 좋은 사람과는 사귀고, 좋지 않은 사람은 멀리 해야 한다고 하셨습니다." 자장이 말했다. "내가 들은 바와는 다르구나."[子夏之門人問交於子張. 子張曰: "子夏云何?" 對曰: "子夏曰: '可者與之, 其不可者拒之.'" 子張曰: "異乎吾所聞."]

또 ≪논어 · 안연≫에서 이렇게도 말했다.

사마우가 근심하며 말했다. "남들은 모두 형제들이 있는데, 유독 나만 없구나." 자하가 말했다. "내가 들으니 '생사에는 명命이 있고, 부귀는 하늘에 달려 있다'고 한다. 군자가 언행을 삼가서 실수가 없고, 사람을 대함에 공손히 해서 예禮가 있으면 사해 안이 모두 형제인데, 군자가 형제가 없다고 해서 무엇을 근심하겠는가?"[司馬牛 憂曰: "人皆有兄弟, 我獨亡." 子夏曰: "商聞之矣: 死生有命, 富貴在天. 君子敬而無

失, 與人恭而有禮. 四海之內, 皆兄弟也. 君子何患乎無兄弟也?"〕

자하와 자장이 "전하여 들은 것〔聞〕"은 모두 공자가 말로 전수해 준 것에서 나온 것이다.

그리고 ≪논어·자장≫(제17장과 제18장)에는 이렇게 기록되어 있다.

증자가 말했다. "내가 선생님께 듣기로, '사람이 스스로 정성을 다하지는 않을지라도, 부모의 상을 당하면 반드시 정성을 다한다.'라고 하셨다."〔曾子曰: "吾聞諸夫子, '人未有自致者也, 必也親喪乎!'"〕

증자가 말했다. "내가 선생님께 듣기로, '맹장자의 효행 가운데 다른 일들은 남들도 모두 할 수 있으나, 아버지의 신하와 아버지의 정책을 바꾸지 않았던 일은 하기 어렵다.'라고 하셨다."〔曾子曰: "吾聞諸夫子, '孟莊子之孝也, 其他可能也. 其不改父之臣, 與父之政, 是難能也.'"〕

≪논어·양화≫(제4장과 제7장)에서 다음과 같이 말했다.

자유가 대답했다. "예전에 제가 선생님께 들었는데, '군자가 도를 배우면 남을 사랑하고, 소인이 도를 배우면 부리기가 쉬워진다.'라고 하셨습니다."〔子游對曰: "昔者偃也聞諸夫子曰, '君子學道則愛人, 小人學道則易使也.'"〕

자로가 말했다. "예전에 제가 선생님께 듣기로, '그 자신의 몸으로 선하지 못한 짓을 한 자의 당黨에는 군자가 들어가지 않는다.'라고 하셨습니다. 필힐은 중모읍에서 반란을 일으켰는데, 선생님께서 가신다니 어찌된 일입니까?"〔子路曰: "昔者, 由也聞諸夫子曰, '親於其身爲不善者, 君子不入也.' 佛肸以中牟畔, 子之往也, 如之何!"〕

≪논어 · 공야장≫에서 이렇게도 말했다.

자공이 말했다. "선생님의 문장은 얻어들을 수가 있었으나, 성명性命과 천도天道에 관한 선생님의 말씀은 얻어들을 수가 없었다."〔子貢曰: "夫子之文章, 可得而聞也. 夫子之言性與天道, 不可得而聞也."〕

이렇게 "선생님께 전해 들었다"라고 하는 기록은 모두 공자가 평소 교학을 말로 했다는 정황을 나타낸 것이라고 할 수 있다.
공자 문하의 제자들이 "전해들은 것〔聞〕"이 얼마인가 하는 것은 공부에 대한 노력의 정도를 직접적으로 반영하는 것이 된다. ≪논어 · 공야장≫(제9장과 제14장)에서 이렇게 말했다.

선생님께서 자공에게 말씀하셨다. "너와 안회는 누가 나은가?" 자공이 대답했다. "제가 어찌 감히 안회와 견주겠습니까? 안회는 하나를 들으면 열을 알지만, 저는 하나를 들으면 둘을 알 뿐입니다." 선생님께서 말씀하셨다. "네가 그만 못하다. 나도 네가 그만 못하다고 생각한다."〔子謂子貢曰: "女與回也孰愈?" 對曰: "賜也何敢望回. 回也聞一以知十, 賜也聞一以知二." 子曰: "弗如也! 吾與女弗如也."〕

자로는 가르침을 듣고 미처 그것을 잘 실천하기도 전에 또 가르침을 듣게 될까 두려워하였다.〔子路有聞, 未之能行, 唯恐有聞.〕

여기에서 안회가 "하나를 들으면 열을 아는 것"과 자공이 "하나를 들으면 둘을 아는 것", 그리고 자로가 "가르침을 들었는데" "또 가르침을 듣게 될까 두려워하는 것" 이 모든 것은 공자 문하 제자들이 공자가 입에서 입으로 전수해 준 것을 다르게 받아들였다는 것을 구체적으로 보여 준다.
공자의 아들인 공리孔鯉(B. C. 532~B. C. 483)도 공자의 제자들과 마찬가지로 입에서 입으로 전수하는 가르침을 받았다. ≪논어·계씨≫에는 이렇게 기록되어 있다.

진항(B. C. 511～B. C. 430)이 백어에게 물었다. "그대는 별도로 들은 것이 있는가?"

"없습니다. 일찍이 홀로 서 계실 때 제가 종종걸음으로 마당을 지나가자, '시詩를 배웠느냐?'하고 물어보셨습니다. '아직 배우지 못했습니다.'라고 대답했더니, '시를 배우지 않으면, 말을 할 수 없다.' 하시기에 물러 나온 뒤에 시를 배웠습니다. 다른 날에 또 홀로 서 계시는데 제가 종종걸음으로 마당을 지나가니, '예禮를 배웠느냐?' 하고 물어보셨습니다. '아직 배우지 못했습니다.'라고 하니, '예를 배우지 않으면 남 앞에 나설 수가 없느니라.' 하시기에 물러 나온 뒤 예를 배웠습니다. 이 두 가지를 들었습니다."

진항이 물러나 즐거워하며 말했다. "한 가지를 물었다가 세 가지를 얻어들었다. 시에 대해 듣고, 예에 대해 듣고, 군자가 자기 아들을 남달리 대하지 않는다는 것을 들었다." 〔陳亢問於伯魚曰: "子亦有異聞乎?" 對曰: "未也. 嘗獨立, 鯉趨而過庭. 曰: '學詩乎?' 對曰: '未也.' '不學詩, 無以言.' 鯉退而學詩. 他日又獨立, 鯉趨而過庭. 曰: '學禮乎?' 對曰: '未也.' '不學禮, 無以立.' 鯉退而學禮. 聞斯二者." 陳亢退而喜曰: "問一得三, 聞詩, 聞禮, 又聞君子之遠其子也."〕

공리가 "이 두 가지를 들었습니다."라고 한 것은, 공자가 그에게 입에서 입으로 전수하는 문화로 끼친 영향을 구체적으로 나타내는 것이다. 또 진항이 "한 가지를 물었다가 세 가지를 얻어들었다."라고 한 것의 "세 가지를 얻어들었다"라는 말은 바로 공리를 통해 간접적으로 받게 된 공자의 구전문화 교육에 엄청난 매력을 느꼈다는 것이다.

그리고 ≪논어·위령공≫에서 이렇게 말했다.

위나라 영공이 공자에게 진 치는 방법에 대해 물었다. 공자께서는

"제사 예법에 관한 일은 일찍이 들었으나, 군대의 일에 대해서는 아직 배우지 못했습니다."라고 대답하시고, 이튿날 바로 위나라를 떠나셨다.〔衛靈公問陳於孔子. 孔子對曰: "俎豆之事, 則嘗聞之矣. 軍旅之事, 未之學也." 明日遂行.〕

여기에서 "문聞"과 "학學"을 상대적으로 제시한 것으로부터 또한 그 당시에 말로 전수하는 교육의 역사를 알 수 있다. 공자가 "제사 예법에 관한 일은 일찍이 들었으나," "군대의 일에 대해서는 아직 배우지 못했다."라고 밝힌 것으로 공자 이전에 말로 전수하던 교육의 전통을 알 수 있다. 이와 같은 것으로부터 춘추시대에 구전문화가 전파된 대략적인 상황을 짐작할 수 있다.

만일 ≪논어≫라는 이 유가의 경전을 불교의 경전과 서로 비교한다면, 상고시대에 인류가 입에서 입으로 전수하던 문화의 공통된 역사 유적을 더 똑똑히 볼 수 있을 것이며, 또한 ≪논어≫와 구전문화 전통의 밀접한 관계를 더 깊이 이해할 수 있을 것이다. 불경 속에는 그 경전의 첫머리에 시작되는 말로 흔히 "여시아문如是我聞〔나는 이와 같이 들었다〕"과 "문여시聞如是(들은 것이 이와 같다)"라는 방식을 사용한다. 이러한 방식은 ≪논어≫ 속의 "자왈子曰(선생님께서 말씀하셨다)"과 "문저부자〔聞諸夫子〕(선생님께 들었다)" 등과 비슷하다.

이 모두는 구전문화 전통의 선명한 흔적이다. 모든 사람이 익히 알고 있듯이, 부처는 일생 동안 어떤 저술도 남기지 않았다. 부처가 입적하던 그해 우기雨期가 시작되면서부터 불교도들이 전후로 네 차례의 결집結集을 거쳐 오늘날의 매우 방대한 불교 전적을 만들었다. 매번의 결집은 모두 입에서 입으로 전수하는 형식으로 반포되었다. 이러한 결집은 공자가 죽은 뒤 ≪논어≫ 등의 유가 경전이 책으로 만들어진 과정과 상황이 아주 유사하다.

그러므로 중국 선진 시기의 전적이 비록 진나라로부터 "≪시경≫과 ≪서경≫이 불태워지고, 유생과 방사들이 살해되는 〔燔≪詩≫ ≪書≫, 殺術士〕 "(≪한서·유림열전≫) 재난을 겪었지만, 여전히 전해져 내려 왔다. 그러다가 한나라에 이르러 점차 회복하여 ≪논어≫와 오경五 經을 핵심으로 하는 문화의 체계를 형성하였다. 이러한 공로는 부 분적으로 입에서 입으로 전수하는 가르침의 방식에 돌려야 할 것 이다. 또 불교 전적은 이역에서 온 승려와 중국의 문인에 의해 입 에서 입으로 전수되고, 비교적 긴 번역과 전파의 과정을 거쳐 점 차 중국에 뿌리를 내리고 확대되었다. 결국은 입에서 입으로 전수 하는 문화가 문자로 적는 문화로 바뀐 것이다.

6장

공자와 중국 신화

근대 이후로 동서양의 문화가 교류하고 충돌하면서부터 적지 않은 중국인들은 서양의 고대 그리스 신화와 고대 로마 신화 및 북유럽 신화 등에 매우 깊은 감동을 받았다. 그들은 서양의 신화를 부러워하는 동시에 중국의 고대 신화는 왜 이다지 발달하지 못한 것일까 하는 개탄을 금치 못했다. 더 나아가 어떤 사람들은 문화적 열등감이라는 잘못된 인식에 빠져들었다. 이러한 정서는 청대 말엽 이래로 중국이 서양에 뒤떨어진다는 악몽과 함께 주변을 맴돌며 떠나지 않고 있다. 바로 이러한 상황에 20세기 전반에 일군의 저명한 학자들, 예를 들어 노신魯迅(1881~1936)을 비롯한 호적胡適(1891~1962), 모순茅盾(1896~1981) 등이 엄청난 정력을 들여 중국의 신화가 발달하지 못한 원인을 탐구하면서 중국 신화 연구의 서막을 열었다.

사실 이러한 현상에 대해 지금에 이르러서 우리는 세 가지 각성된 인식을 가져야 한다.

첫째는 중국과 서양의 문화는 제각각 그 특성과 장점을 지니고 있기에 서양 문화가 구비한 것을 중국 문화가 반드시 갖추어야 하는 것은 아니다. 만약 그렇지 않다면, 문화는 온통 공통성만 있을 뿐 차이와 개별성이 없으며, 다민족 문화를 구성할 수가 없을 것이다.

둘째는 오랜 기간 한족문화 중심의 관습적 영향을 받아 우리들이 중국 신화를 이야기할 때, 중국 영토 내의 소수 민족을 떠올리는 경우가 비교적 적다는 것이다. 사실 한족 이외의 기타 소수 민족은 아주 풍부한 자신들의 신화를 가지고 있다. 그것들은 끊이지 않고 지금까지 전해 내려오고 있는데, 예를 들어 티베트족의 서사시인 ≪거싸얼왕格薩爾王(1083~1119)≫을 비롯해 몽고족의 서사시인 ≪장꺼얼전江格爾傳≫, 키르기스족의 ≪마나스〔瑪納斯〕≫, 위구르족의 ≪아판티〔阿凡提〕(1208~1318) 이야기≫, 이족彝族의 ≪아스마〔阿詩瑪〕≫ 등은 아직까지 칭송되는 비교적 유명한 신화적인 영웅의 서사시들이다.

셋째는 중국의 신화가 본래 매우 풍부한데, 단지 문화 발전 속에서 역사화와 현실화가 되었을 뿐이라는 것이다. 바로 모순이 말한 다음과 같은 것이다. "중국의 문학가들이 신화를 수집하기 시작했을 때는 대부분의 신화가 훨씬 전에 이미 완전히 역사화 되었다. 신화의 역사화가 너무 일러 신화가 경직되어 생명력을 잃게 되는 결과를 낳기 일쑤였다."[1] 신화가 너무 일찍 역사화 된 것이 신화 그 자체에는 좋은 일이 아니다. 하지만 중국 문화의 전체 발전 과정에서 말하자면, 많은 위대한 역사학의 저작을 쏟아내었다. 고대 그리스와 고대 로마 및 고대 인도 등과 비교하면, 중국의 고대 신화는 적게 남아 있다. 그러나 우리의 풍부한 역사학 저작은 세계 여타의 국가와 비길 데가 없다. 신화의 때 이른 역사화가 또한 나쁜 것만은 아니다. 그것은 고대 중국이 일찍 인류 문명의 이성 시대로 진입하게 하고, 비할 바 없는 휘황찬란한 물질문명을 창조해 내게 하고, 고대 서양보다 큰 걸음으로 훨씬 앞서서 걸어가게 해주었다.

---

1) 모순茅盾, 〈중국신화 연구 ABC中國神話硏究ABC〉, ≪모순이 들려주는 신화(茅盾說神話)≫, 상해고적출판사, 1999, 38쪽·8쪽.

1절 | 공자의 중국 상고 신화에 대한 개조

중국의 신화가 일찍 역사화와 현실화가 되도록 하고, 중국의 고대인들이 비교적 일찍 이성 시대로 진입하게 한 것은 당연히 '축의 시대[軸心時代]'의 중국 선현들이며, 그중에 가장 큰 공헌을 한 사람이 공자이다.

중국 신화는 왜 전부 보존되지 못하고 단지 소량의 단편만 남은 것일까? 이에 대해 노신魯迅은 일찍이 다음과 같이 설명했다.

> 중국의 신화가 단편적으로 남아 있는 까닭에 대해 어떤 학자는 두 가지 이유를 들었다. 첫째는 한족漢族이 처음 황하 유역에 살 때 자연의 혜택이 부족하고, 그들의 생활 또한 근면하여 실제를 중시하고 낭만적인 상상을 멀리했기 때문에 예부터 전해오는 이야기를 집대성해 위대한 문학으로 이루기란 더욱 불가능했을 것이라는 것이다. 둘째는 공자가 수신, 제가, 치국, 평천하 등과 같은 실제에 힘쓰는 가르침을 들고 나와 귀신을 말하고자 하지 않았기 때문에 유가에서는 태고의 황당한 이야기를 말하지 않았다. 그래서 그 후로는 발전하지 못했을 뿐만 아니라, 흩어져 없어져 버렸다.2)

여기서는 공자가 중국의 신화에 끼친 영향을 언급했다. 즉 공자가 "실제에 힘쓰게 하는 것을 가르침으로 삼았기" 때문에 상고시대의 신화를 역사화·현실화하였다. 이것이 상고시대의 신화를 전

---

2) 노신魯迅, ≪중국소설사략中國小說史略≫, 상해고적출판사, 1998, 10쪽.

파하고 생산하는데 깊은 영향을 끼쳤다는 것이다.

공자가 상고시대의 신화를 역사화가 되도록 개조한 두 가지 유명한 사례, 즉 "기일족夔一足"과 "황제사면黃帝四面"이 있다. 이것은 예전부터 학계에서 거론해 온 것들이다.

1. 기일족夔一足

어떤 학자가 다음과 같이 말한 바와 같다. "중국 고대 신화의 '역사화' 문제를 언급할 때 중국과 외국 학자들은 모두 늘 '기일족夔一足'의 사례를 든다. 그것은 신화 속에 출현할 가능성이 있는 기이한 현상이 후세의 지성인들에 의해 이성적 논리에 맞는 역사적 사건으로 곡해됨으로써 아득한 옛날의 신화가 '없어져 버리고' 전해지지 않게 된 것을 설명할 목적에 있다."3)

"기일족"은 본래 세상에 널리 알려진 신화 속의 괴수이다. 그런데 나중에 공자가 그것을 이성적인 것으로 이해함으로써 바로 신화 속의 한 괴수가 현실 생활 속의 한 사람으로 되었다.

≪한비자·외저설 좌하外儲說左下≫에는 이렇게 기록되어 있다.

노나라 애공이 공자에게 물었다. "내가 듣기로 옛날에 기夔라고 하는 발이 하나인 이가 있었다고 하는데, 과연 발이 하나인 사람이 정말 있는가?" 공자가 대답했다. "그런 사람은 없습니다. 기는 발이 하나가 아니었습니다. 기라는 자는 화를 잘 내고 심성이 나빠서 사

---

3) (미美) 덕 보우드(D. Bodde), ≪중국고대신화中國古代神話≫, ≪중국문명논집中國文明論集≫(Essays on Chinese Civilization), 프린스턴대학교, 1981, 45~84쪽. 섭서헌葉舒憲, ≪영웅과 태양(英雄與太陽)≫, 섭서인민출판사陝西人民出版社, 2005, 234쪽 참조.

람들이 좋아하지 않았습니다. 비록 그렇더라도 남으로부터 해를 입지 않고 면할 수 있었던 것은 신의가 있었기 때문입니다. 사람들이 모두 말하기를 '이 한 가지 점만은 충분하다.'고 하였습니다. 기는 발이 하나라는 것이 아니라, 한 가지 점에서만은 충분하다는 것입니다." 애공이 말했다. "잘 생각해보면, 이것이 참으로 맞는 말이겠구나."

그런데 일설에는 이런 말이 있다. 애공이 공자에게 물었다. "내가 듣기로 기의 발이 하나라고 하는데, 정말인가?" 공자가 대답했다. "기는 사람입니다. 어째서 발이 하나이겠습니까? 그는 다른 사람과 다를 바가 없습니다. 그러나 그는 오로지 음악에만 통달하였습니다. 요임금이 말하기를 '기는 한 가지만으로 충분하다.'고 하고, 그를 악정樂正으로 삼았습니다. 그러므로 군자가 말한 것은 '기는 한 가지를 가지는 것만으로 충분하다는 것이지, 발이 하나라는 것은 아니다.'는 것입니다."〔魯哀公問於孔子曰: "吾聞古者有夔一足, 其果信有一足乎?" 孔子對曰: "不也, 夔非一足也. 夔者忿戾惡心, 人多不說喜也. 雖然, 其所以得免於人害者, 以其信也, 人皆曰獨此一足矣, 夔非一足也, 一而足也." 哀公曰: "審而是固足矣." 一曰. 哀公問於孔子曰: "吾聞夔一足, 信乎?" 曰: "夔, 人也, 何故一足? 彼其無他異, 而獨通於聲, 堯曰: '夔一而足矣.' 使爲樂正. 故君子曰: '夔有一, 足, 非一足也.'"〕

위의 인용문으로부터 알 수 있는 것은 ≪한비자≫ 속에 "기일족"에 대한 공자의 해석과 동시에 두 가지 다른 판본을 제시하고 있다는 것이다.

첫 번째 판본에는 그런대로 신화의 잔재가 보존되어 있다. 노나라 애공의 질문을 보면, 그는 상고시대 신화인 "기일족"에서 단지 "하나의 발〔一足〕"만을 가진 전설에 대해 호기심을 보였다. 그래서 공자에게 믿을 만한 정보를 구했다. 그런데 뜻밖에도 공자의 대답은 "기는 발이 하나라는 것이 아니라, 한 가지 점에서만은 충분하다는 뜻"이라는 것이었다. 이것은 직접적으로 기가 단지 "하나의 발"만 가지고 있다는 전설을 부정하는 것이었다. 공자는 결단코

"夔, 一足也〔기는 발이 하나〕"가 아니라, "夔一, 足也〔기는 한 가지에 있어서 만은 충분하다〕"라고 생각했다. 이렇게 신화 속의 외발 괴수를 하나의 역사적 인물로 해석하게 되면, "기라는 자는 화를 잘 내고 심성이 나빠서" 사람들이 좋아하지 않았던 것으로 생각하게 되는 것이다. 그래서 불쾌하게 "유독 이 한 가지 점만이 충분하다"라고 말했던 것이다.

두 번째 판본은 내용상으로 분명 여러 가지의 윤색이 가미되어 있다. ①기가 도대체 짐승인지 아니면 사람인지에 대해 특별히 명확하게 풀이하고 있다는 것이다. 즉 "기는 사람이다."라고 하는 것이다. ②기의 신기하고 기이한 성질을 약화시켰다. 기에게는 다른 기묘함이 없고, 다만 음악에 정통했다는 것을 강조했다. ③성인인 요임금의 견해를 인용하여 믿을 만한 증거로 덧붙여 좀 더 설득력을 갖추도록 했다. ④기는 음악에 정통한 역사적 인물일 뿐만 아니라, 또한 음악을 관장하는 관직을 맡은 사람이었다.

두 번째 판본과 비교해보면 첫 번째 판본은 분명히 더 원시적이고 질박하다. 위에서 서술한 전후의 두 가지 판본을 꼼꼼히 비교하면, "기일족"에 대한 역사화와 현실화로의 풀이가 완전해지도록 계속 진행되고 있다는 것이 드러난다.

유사한 기록이 또한 ≪여씨춘추·신행론愼行論≫ 속에도 나온다.

노나라 애공이 공자에게 물었다. "악정 기는 발이 하나였다는데 정말이오?" 공자가 대답했다. "옛날 순임금이 천하에 음악을 전파하여 교화를 시키고자 하였습니다. 그래서 중려重黎에게 명령하여 초야에 묻혀 있던 기를 천거해 올렸더니 순임금이 악정으로 삼았습니다. 이리하여 기는 6율律을 바로잡고, 5성聲을 조화시켜서 8풍風이 통하도록 하니, 천하가 크게 순화되었습니다. 중려는 다시 사람을 더 구하려고 하였습니다. 그러나 순이 말하기를, '모름지기 음악은 천지의 정화이고, 득실의 관건이기 때문에 오직 성인만이 이룰 수 있는 조화가 음악의 근본이라네. 그런데 기夔가 조화를 이루어서 천하를 평안하게 하고 있네. 기와 같은 사람은 하나면 족하오.'라고 하였습니다. 그러므로 말씀하신 것은 기 하나면 족하다고 한 것이지, 기의 발이 하나라고 한 것이 아닙니다."〔魯哀公問於孔子曰: "樂正夔一足, 信乎?" 孔子曰: "昔者舜欲以樂傳教於天下, 乃令重黎擧夔於草莽之中而進之, 舜以爲樂正. 夔於是正六律, 和五聲, 以通八風, 而天下大服. 重黎又欲益求人, 舜曰: '夫樂, 天地之精也, 得失之節也, 故唯聖人爲能和. 樂之本也. 夔能和之, 以平天下. 若夔者一而足矣.' 故曰夔一足, 非一足也."〕

이곳의 기록을 ≪한비자≫의 두 번째 판본과 비교해보면, 다시 각색되어 내용이 더 풍부해졌다. (1) 노나라 애공의 질문은 곧바로 기에게 관직 이름을 붙여서 "악정 기"라고 불렀다. (2) 사실을 입증해 주는 성현은 요임금에서 순임금으로 바뀌고, 기를 추천한 인물로 중려가 추가되었다. (3) 기와 순임금의 음악적인 교화에 대해 꽤 많이 미화하고 윤색하여 유가문화의 색채를 선명하게 띠고 있다.

사실상 상고시대의 신화로 되돌아가보면, 기夔는 신화 속의 괴수이지 사람이 아니다. 그리고 "일족一足"이라는 것은 기의 신체적인 특징이기 때문에 "기일족"이라고 부른 것이 확실하다.

≪산해경·대황동경大荒東經≫에는 이렇게 기록되어 있다.

동해의 한가운데 유파산이 있는데, 바다 쪽으로 7,000리나 쑥 들어가 있다. 그 위에 소같이 생긴 짐승이 있는데, 푸른 몸빛에 뿔이 없고 외발이다. 이것이 물속을 드나들 때면 반드시 비바람이 일며, 그 빛은 해와 달 같고, 그 소리는 우레와 같다. 이름을 기夔라고 한다. 황제가 이것을 잡아 그 가죽으로 북을 만들고 뇌수雷獸의 뼈로 두들기니, 소리가 500리 밖에까지 들려 천하를 놀라게 했다.
〔東海中有流波山, 入海七千里. 其上有獸, 狀如牛, 蒼身而無角, 一足, 出入水則必風

雨, 其光如日月, 其聲如雷, 其名曰夔. 黄帝得之, 以其皮爲鼓, 橛以雷獸之骨, 聲聞五百里, 以威天下.〕

여기에서 기는 상고시대 우레 신의 특징을 지니고 있으며, 생김새는 소의 모습에 가깝다. 신화적 사유가 존재하던 원시시대에 인류의 상상력은 꽤 많은 공통점이 있다. 중국 신화 속 '기'의 생김새에 대한 기록은 하나만 있는 것이 아니라 그 짝이 있다. 멕시코의 신화 속에도 다음과 같은 유사한 기록이 있다.

> 멕시코의 케찰코아틀(Quetzalcoatl)은 "날개를 가진 뱀"이 되기를 희망했다. 그는 "태양족의 사람〔人〕"일 뿐만 아니라, 또한 바람의 신이다. 이 신은 마야 사람(Mayas)들의 (800년 전에 만들어진 엘 카스티요(El castillo)로 불리는 피라미드를 지칭하는) 쿠쿨칸(Kukulcan)에서 유래하는데, 본래는 뇌신雷神이라는 뜻도 가지고 있다. 중앙아메리카 열대지방의 한낮의 태양에는 구름이 그 주위를 둘러싸는 현상이 일어나는데, 그것이 뱀의 모양과 몹시 비슷하다. 이로 인해 천둥과 번개, 그리고 비가 발생하기 때문에 이 같은 신앙이 형성되었다.4)

상고시대 신화 속에서 기의 신분은 여러 가지이다. 그리고 ≪산해경≫의 묘사 이외에 또한 청동기의 도철饕餮무늬 등에도 나타난다. 현대의 신화학神話學 연구가인 섭서헌葉舒憲은 기夔의 최초의 신분이 태양신太陽神이며, 이 태양신이 변화하여 신비로운 문화의 상징 등등의 의미를 지니게 되었다고 주장했다.5) 매우 흥미롭게도 공자는 문자유희文字遊戱와 유사한 방식을 통해 상고시대 신화의 "기일족夔一足"을 분해하여 "夔有一, 足. 非一足〔기는 한 가지를 가지는 것만으

---

4) 임혜상林惠祥, ≪인류학 개론(人類學論著)·신화학神話學≫, 복건인민출판사福建人民出版社, 1981, 114쪽.
5) 섭서헌, ≪영웅과 태양≫, 섭서인민출판사, 2005, 234~249쪽 참조.

로 충분하다는 것이지, 발이 하나라는 것은 아님)"이라는 것으로 이해하였다. 그리하여 괴수인 기를 악정인 기로 변모시켜 기의 신화적 색채를 벗겨내고 참신한 이성의 광채를 부여했다.

2. 황제사면黃帝四面

황제黃帝 또한 역사화 되기 이전에는 신화 속에서 활약한 인물이었다. 그중에 "황제사면黃帝四面"은 공자 이전에 줄곧 성행했던 신화와 전설6)이었다. 그래서 공자의 제자인 자공은 자기도 모르게 문제를 제기하고, 공자에게 질문하였다. ≪태평어람太平御覽≫ 권79에는 다음과 같은 ≪시자尸子≫의 기록이 인용되어 있다.

자공이 스승인 공자에게 물었다.
"옛날 황제라는 임금은 얼굴이 네 방향으로 달려 있다고 했는데, 그 말은 믿을 만한 것입니까?"
공자가 대답했다.
"황제께서는 자신과 덕이 같은 네 사람을 골라서 그들로 하여금 천하를 다스리게 하였다. 그들은 별로 머리를 쓰지 않아도 백성들이 친하게 다가왔으며, 모든 일을 기약하지 않아도 서로가 도와 일이 이루어져 크게 성공을 거두었다. 이것을 사람들이 잘못 알고 사방 네 쪽이 얼굴이었다고 하는 것이다."〔子貢曰: "古者黃帝四面, 信乎?" 孔子曰: "黃帝取合己者四人, 使治四方, 不計而耕, 不約而成, 此之謂四面."〕

자공이 말한, "옛날 황제라는 임금은 얼굴이 네 방향으로 달려

---

6) ≪여씨춘추・효행람孝行覽・본미本味≫에서 "황제는 사방으로부터 (현자들을 등용하여 그들에게) 정치를 맡겼다. 〔黃帝立四面.〕"라고 하였다.

있다."는 것은 언어적 맥락에서 헤아려 보면 그 당시 상당히 유행하던 전설이며, 황제의 외모는 무척 특이하게 생겨서 몸에 네 개의 얼굴을 가지고 있었다는 것이다. 자공은 믿을 수 없다고 생각해서 공자에게 가르침을 청하여 대체 어떻게 된 일인지 분명히 알고 싶었다.

공자는 설명을 통해 신화적 이미지를 지닌 황제를 속세의 제왕으로 개조하고, 원래 네 개의 얼굴을 가지고 있다는 기묘한 신화를 이성화하고 현실화하여 "자신과 덕이 같은 사람" 네 명을 파견하여 사방을 다스렸다고 말했다.

이 한 가지로는 증거가 되지 않겠지만, 후세의 출토 문헌에서도 "황제라는 임금은 얼굴이 네 방향으로 달려 있다"는 신화와 전설이 실증되었다. 1979년 장사의 마왕퇴라는 한나라 시기의 고분에서 출토된 전국시대의 ≪황제사경黃帝四經 · 십륙경十六經 · 입명立命≫에는 이렇게 기록되어 있다.

옛적에 황제는 본성이 소박하고 묻기를 좋아했다. 그는 스스로 모습을 지었는데, 네 개의 얼굴을 사방으로 하고 하나의 마음에 통하게 하였다. 앞으로 세 방향, 뒤로 세 방향, 왼쪽으로 세 방향, 오른쪽으로 세 방향으로 향하여 천자의 자리에 올라 예를 거행하였다. 이로써 천하의 으뜸이 되었다. 내가 하늘로부터 명을 받고, 땅으로부터 위치를 정해 받고, 사람에게서 이름을 지어 받아 오직 나 한 사람만이 하늘에 짝할 수 있다. 이에 왕王과 삼공三公을 세우고, 분봉한 제후국[立國]에는 군君과 삼경三卿을 두었다. 날짜를 헤아리고, 달을 추산하고, 해를 계산하여 그 날과 달에 행할 것을 맞추어 사용하니, 나는 (영토가 넓고 부유한 것이,) 하늘의 해와 달에 버금한다.

〔昔者黃帝質始好信, 作自爲象, 方四面, 傳一心, 四達自中, 前參後參, 左參右參, 踐位履參, 是以能爲天下宗. 吾受命於天, 定位於地, 成名於人. 唯余一人(德) 乃配天, 乃立王 · 三公, 立國置君 · 三卿. 數日 · 曆月 · 計歲, 以當日月之行. 吾(允地廣裕,) 類天

大明.] 7)

이 단락의 자료는 지금도 논쟁 중에 있다. 그러나 논쟁의 대부분은 ≪황제사경≫과 ≪시자≫의 "황제사면"에 관한 기술 중 어느 것이 먼저이고 어느 것이 나중인가 하는 문제와 관련된다. 어떤 학자는 이렇게 추단하였다. "사실 ≪시자≫라는 책은 ≪한서·예문지≫에 잡가雜家로 배열되어진 것인데, 후세의 사람이 '저술을 보충한다는 핑계로'(양계초梁啓超의 말) 선진시대 각 학파의 저작이나 사라진 학설을 수집해서 만든 것이다. 황제에 관한 이 고사는 백서帛書에서 나왔을 가능성이 크다. ……(≪황제사경≫과 ≪시자≫) 두 책을 서로 비교해보면, ≪황제사경≫의 표현이 분명 한층 더 예스럽고 소박하며 원시적이다. 그 속에 있는 황제의 이미지는 아직도 일종의 신화이다."8) 이에 따르면 상고시대 "황제사면"에 관계된 신화는 더욱더 확실히 믿을 만하다고 해야 할 것이다.

미국의 중국학 학자인 덕 보우드(D. Bodde)도 일찍이 "황제사면"의 사례를 들어 중국 신화의 역사화 문제를 설명했다. 그런데 그는 공자가 "사면四面"이라는 말에서 "면面" 자의 이중적인 의미를 교묘히 이용했다고 생각했다. 왜냐하면 면面은 얼굴을 가리킬 수 있을 뿐만 아니라, 방면이나 방위를 가리킬 수도 있기 때문이다. 이를 가려내어 선택하는 사이에 신화는 곧 역사가 되었다.9)

그 후 중국어 "사면"의 의미는 주로 "사방"이라는 뜻을 표시하

---

7) 국가문물국 고문헌연구실國家文物局古文獻研究室 편, ≪마왕퇴한묘백서馬王堆漢墓帛書≫ 일壹, 문물출판사文物出版社, 1980, 61쪽.

8) 김춘봉金春峰, ≪한대사상사漢代思想史≫, 중국사회과학출판사中國社會科學出版社, 1987, 50쪽.

9) (미) 덕 보우드, ≪중국고대신화≫, ≪중국문명논집≫, 프린스턴대학교, 1981, 50쪽. 섭서헌, ≪영웅과 태양≫, 섬서인민출판사, 2005, 192쪽 참조.

고, 단지 방면이나 방위라는 뜻만을 남겨 놓았다. 그 "사면"이 "얼굴"을 가리킨다는 최초의 함축적 의미는 신화의 역사화에 따라서 파묻혀져 알려지지 않게 되었다.

이러한 신화는 하나만 있는 것이 아니라 짝이 있다. 고대 인도의 신화 속에도 황제와 유사한 "사면"의 성인, 즉 고대 인도의 창조주인 대범천大梵天이 있다. 비록 후대의 문헌이 여러 사람의 손을 거쳐 기록되었지만, 여전히 그 '원시 신화의 진면목'을 잃지 않았다고 할 수 있다.

> 대범(Brahmā)은 진홍색의 얼굴빛에 네 개의 얼굴을 가진 조상〔大父〕이다.〔大梵緋紅色, 四面, 爲大父.〕 10)

이 대범천도 네 개의 얼굴을 가졌기에 우스개로 "완전 중국 황제의 쌍둥이 형제"11)라고 불린다. 이런 의미에서 중국의 황제가 "얼굴이 네 개"라고 하는 신화의 수수께끼를 방증하는데 사용할 수 있다.

섭서헌은 또 이렇게도 말했다. "≪리그베다Rigveda≫ 속의 다른 한 수首인 〈조일체가造一切歌〉에서 우리는 마침내 인류가 문자 기록이 있은 이래로 최초의 네 개의 얼굴을 가진 신의 원형을 찾아냈다. '저 세계의 출발점은 어디에 있는가? 그것으로 하여금 의존하게 하는 것은 왜인가? 모든 것을 창조한 자가 모든 것들의 저 세계를 살펴보고, 혼자 힘으로 땅을 만들고 하늘을 열어주었다. 그는 어디에 있는가? 또 어떻게 한 것인가? 사방에 눈이 있고, 사방에 얼굴이 있으며, 사방에 팔이 있고, 사방에 다리가 있는 오직 하나

---

10) (작자 미상) ≪오십오의서五十奧義書≫, 서범징徐梵澄 중국어 번역, 중국사회과학출판사中國社會科學出版社, 1984, 148쪽.
11) 섭서헌, ≪영웅과 태양≫, 섭서인민출판사, 2005, 255쪽 참조.

밖에 없는 신이 그 팔과 날개로 천지를 창조하고, 부채질로 구워 내는구나.' 위에서 서술한 것은 네 개의 얼굴을 가진 창조신에 대한 가장 원시적이면서 가장 구체적인 묘사이다. 이것은 우리에게 황제의 원시 형상을 보충하는데 표준으로 삼을 만한 상상의 단서를 제공한다."12)

이 모든 것은 충분히 "황제사면" 신화의 원시성과 진실성을 간접적으로 증명할 수 있다. 다만 공자가 신화를 역사화하고 현실화한 것에 영향을 받아서 이러한 신화의 유적도 점차 파묻혀 버렸을 뿐이다.

공자가 자세히 설명한 "황제사면", 즉 "자신과 덕이 같은 네 사람을 골라서 그들로 하여금 천하를 다스리게 하였다."라는 것은 사마천의 ≪사기 · 오제본기≫에서 진일보하여 이 네 사람은 구체적 성씨를 가진 자들로 이렇게 확정되었다. "(황제는) 풍후, 역목, 상선, 대홍을 등용하여 백성을 다스리게 하였다. 〔(黃帝) 擧風后 · 力牧 · 常先 · 大鴻以治民.〕" 그리고 후대에 이르러서도 끊임없이 각색되었다. 예를 들면 정현은 "풍후는 황제의 삼공이었다. 〔風后, 黃帝三公也.〕" 또 반고는 "역목은 황제의 재상이었다. 〔力牧, 黃帝相也.〕"(≪사기 · 오제본기≫)라고 주석을 달았다. 특히 ≪제왕세기帝王世紀≫에서는 견강부회가 더 심해져서 이렇게 말했다.

황제의 꿈에 큰 바람이 불어서 온 세상의 티끌이 다 제거되었다. 또 꿈에 어떤 사람이 천균千鈞(3만 근斤)의 석궁을 쥐고 많은 양떼를 몰았다. 황제가 잠에서 깨어 탄식하며 말했다. "바람은 호령號令이니, 정권을 잡고 있는 사람이다. 垢〔구〕에서 土〔토〕를 제거하면, 后〔후〕가 남는다. 천하에 어찌 성씨가 풍風이요, 이름이 후后인 사람이

---

12) 섭서헌, ≪중국신화철학中國神話哲學≫, 섭서인민출판사, 2005, 201~202쪽.

있겠는가? 무릇 천균의 석궁을 쥔 사람은 근력이 뛰어난 사람이다. 수만 마리의 양떼를 모는 것은 백성을 잘 다스릴 수 있는 사람이다. 천하에 어떻게 성씨가 역力이요, 이름이 목牧인 사람이 있겠는가?"그리하여 두 가지의 점을 친 결과에 따라 여기저기 물으며 찾아다녔다. 마침내 해우海隅 땅에서 풍후를 얻어 재상으로 봉했다. 대택大澤 땅에서 역목을 얻어 장군으로 발탁했다. 황제는 이 일에 의거하여 ≪점몽경占夢經≫ 11권을 지었다. 〔黃帝夢大風吹天下之塵垢皆去, 又夢人執千釣之弩, 驅羊萬羣. 帝寤而歎日: "風爲號令, 執政者也. 垢去土, 后在也. 天下豈有姓風名后者哉? 夫千釣之弩, 異力者也. 驅羊數萬群, 能牧民爲善者也, 天下豈有姓力名牧者也(哉?)"於是依二占而求之, 得風后於海隅, 登以爲相. 得力牧於大澤, 進以爲將. 黃帝因著≪占夢經≫十一卷.〕

이것은 풍후와 역목의 신분 유래에 각색을 더한 것이다. 상고 시대 신화에서 ≪제왕세기≫까지 여러 사람의 손을 거치는 사이에 억지로 갖다 붙이는 것이 더욱 심해졌으며, 참된 모습과는 더더욱 멀어지게 되었다.

"황제사면" 이외에 또한 "황제삼백년黃帝三百年"의 전설이 있다. (≪사기정의≫에는 인용하지 않았으나) ≪사기・오제본기≫와 ≪사기색은史記索隱≫ 권1에는 모두 ≪대대례기大戴禮記・오제덕五帝德≫을 인용하여 이렇게 말했다.

재아가 공자에게 물었다. "전에 저는 영이榮伊에게서 들었는데 황제黃帝는 3백년을 살았다고 했습니다. 묻자온데, 황제는 사람입니까? 애초부터 사람이 아닙니까? 어떻게 3백년을 살 수가 있습니까?" ……공자가 대답하였다. "살아서는 백성이 그 이로움을 얻은 것이 백년이요, 죽어서는 백성이 그 신神을 두려워한 것이 백년이요, 없어져서는 백성이 그 가르침을 이용한 것이 백년이다. 그러므로 3백년이라 하는 것이다."〔宰我問於孔子曰: "昔者予聞諸榮伊, 言黃帝三百年. 請問黃帝者人邪? 亦非人邪? 何以至於三百年乎?" ……對曰: "生而民得其利百年, 死而民

畏其神百年, 亡而民用其敎百年, 故曰三百年."]

　여기에서 공자가 재아에게 대답한 것은 앞의 문장에서 자공에게 대답한 것과 정황이 대단히 비슷하다. "황제사면"이거나 "황제삼백년"이거나를 막론하고, 공자는 모두 현실화하고 역사화하여 대답했고, 그것이 후세에 지대한 영향을 가져다주었다.

　≪사기 · 오제본기≫에서는 이렇게 말했다.

　태사공이 말했다. "학자들은 오제五帝에 대해서 많은 이야기를 했는데, 그것은 이미 오래되었다! 그러나 ≪상서≫에서는 요堯 이후의 일만을 기재하고, 여러 학자들은 황제에 대해서 이야기했다. 그러나 그 문장이 우아하지도 못하고 온당하지도 못해서 현귀하고 학식 있는 사람들은 그것을 말하기를 꺼렸다. 유생들 가운데는 공자가 전한 ≪재여문오제덕宰予問五帝德≫과 ≪제계성帝系姓≫을 전수하지 않는 이도 있다. 〔太史公曰: 學者多稱五帝, 尙矣. 然≪尙書≫獨載堯以來. 而百家言黃帝, 其文不雅馴, 薦紳先生難言之. 孔子所傳≪宰予問五帝德≫及≪帝系姓≫, 儒者或不傳.〕

　사마천과 후세의 유학자들은 모두 공자가 신화를 역사화로 개조한 것을 따르고, "문장이 우아하지도 못하고 온당하지도 못한" 신화와 전설에 대해서는 기록도 전파도 하지 않았다. 그렇게 해서는 중국 상고시대 신화가 사라질 운명인 것은 자연히 불가피할 수밖에 없었다.

2절 | 공자의 이성적 사고와 신화의 개조

먼저 공자가 상고시대 신화를 개조한 것은 서주시대 이후 이성적 사고가 부단히 발전하여 생긴 필연적인 결과이다. 공자는 학문을 연구하고 탐구하는 태도가 엄격하고 신중하여 상고시대의 사상과 문화를 변별적으로 받아들이고 맹종하지 않았으며, 경솔하게 믿지 않고 스스로 사색하기를 잘했다.

그는 제자들에게 "많이 듣되 의심나는 것은 잠시 유보하고, 그 나머지를 신중히 말해야 한다.〔多聞闕疑. 愼言其餘〕"(≪논어·위정≫)라고 훈계하고, 또 "아마도 알지 못하면서 제멋대로 지어내는 사람이 있겠지만, 나는 그런 일은 없다. 많이 듣고서 그 가운데 좋은 것은 가려서 따른다.〔蓋有不知而作之者, 我無是也. 多聞擇其善者而從之〕"(≪논어·술이≫)라고도 말했다. 상고시대의 신화를 대할 때 공자는 더더욱 "의심나는 것은 잠시 유보하며", "그냥 놓아두고 논하지 말〔存而不論〕"(≪장자·제물론≫) 것을 주장했다. 이른바 "선생님께서는 괴이한 일, 힘센 사람의 일, 바른 도리를 어지럽히는 일, 그리고 귀신에 관한 일을 말씀하지 않으셨다.〔子不語怪·力·亂·神〕"(≪논어·술이≫)라는 것을 강조한 것도 바로 이런 생각 때문이다.

공자는 서주 이후 주공周公과 자산子産 등 현철賢哲의 이성적 사상을 계승하여 언제나 귀신을 믿지 않았다. 심지어 일부 어리석고 낙후된 미신적 행위를 비난했다. ≪논어·공야장≫에서는 이렇게 말했다.

선생님께서 말씀하셨다. "장문중이 채蔡라고 부르는 큰 거북을 기르는데, 대들보를 받치는 기둥머리에는 산 모양을 새기고, 대들보 위의 동자기둥에는 마름을 그려 놓았는데도 그를 지혜롭다고 한다. 이를 어떻게 생각해야 할까?"〔子曰: "臧文仲居蔡, 山節藻梲, 何如其知也?"〕

장문중이 큰 거북 한 마리를 건사하면서 그 거북의 집 대들보 기둥머리인 지붕받침에는 산수화를 새겨 넣고, 대들보의 동자기둥에는 마름 풀을 그려 놓았다. 이것은 마치 천자가 선조를 받드는 종묘같이 장식한 것이다. 공자는 장문중이 거북에 아첨하여 복을 받으려는 이런 황당한 방식을 통렬히 비판했다.

공자 이전에 자산子産은 이성적 사고로 매우 유명했다. 공자는 그를 매우 존경했다. ≪논어≫ 두 곳에 다음과 같은 기술이 있다.

선생님이 자산에 대하여 말씀하셨다. "자산은 군자의 도 네 가지를 지니고 있었다. 그는 스스로 행실을 공손하게 하고, 윗사람을 공경하며 섬기며, 백성을 은혜롭게 보살피고, 백성을 도리에 맞게 부렸다."〔子謂子産, "有君子之道四焉. 其行己也恭, 其事上也敬, 其養民也惠, 其使民也義."〕 (≪논어·공야장≫)

어떤 사람이 자산에 관해 물었다. 선생님께서 말씀하셨다. "은혜를 베풀 줄 아는 사람이다."〔或問子産. 子曰: "惠人也."〕 (≪논어·헌문≫)

≪춘추좌씨전≫의 기록에 따르면, 소공昭公 18년(B.C.524), 정나라에 화재가 발생하자, 다른 사람들은 모두 신에게 가서 빌어야 한다고 충고했다. 자산은 하늘의 도리는 아득하지만, 사람의 도리는 실제에 가까운 것이다, 우리들은 사람의 도리를 강구해야지 하늘의 도리를 강구해서는 안 된다고 하였다. 결국 정나라는 신에게 빌러 가지 않았고, 또한 화재도 재차 발생하지 않았다.13) 소공 19

년(B.C.523), 정나라에 수해가 발생했다. 그러자 또 어떤 사람은 용왕이 해를 끼치는 것이라고 주장했다. 그러나 자산은 말했다. "우리들이 용에게 요구하는 것이 없고 용도 우리에게 요구하는 것이 없으니, 서로 상관이 없다."14)

소공 20년(B.C.522), 자산이 세상을 떠났다. 공자는 그 말을

---

13) 《춘추좌씨전》 소공昭公 18년(B.C.524)에는 이렇게 기록되어 있다. "송나라·위衛나라·진陳나라·정나라에 모두 화재가 발생하였다. 재신梓愼이 대정씨大庭氏의 창고에 올라가서 바라보고서 말하기를 '화재가 일어난 곳은 송나라·위나라·진나라·정나라이다.'라고 하였는데, 며칠 뒤에 네 나라가 모두 사자를 보내와서 화재를 통고하였다. (정나라의 대부) 비조神竈가 '내 말을 듣지 않으면, 우리 정나라에는 장차 또 화재가 있을 것이다.'라고 하였다. 이에 정나라 사람들은 그의 말대로 하자고 요청했으나, 자산은 그럴 수가 없다고 했다. 그러자 공자公子 대숙大叔이 말했다. '국가의 보물로써 국민을 보호할 수 있다고 하오. 만약에 화재가 일어나면, 나라가 거의 망하게 될 것인데, 나라가 망하는 것을 구해 낼 수가 있다는데, 그대는 어찌 보물을 내어 주기를 아까워 하십니까?' 그에 대해 자산은 말했다. '천도天道는 심원하나, 인도人道는 천근淺近한 것이오. 천근한 것은 심원한 것에 미칠 수가 없소이다. 어떻게 그것을 알겠는가? 비조가 어떻게 천도를 알겠는가? 이것은 또한 말을 많이 하다가 어쩌다가 맞아들어가는 것이다.' 자산은 끝내 보물을 내어 주지 않았고, 화재 또한 다시 일어나지도 않았다. 〔宋·衛·陳·鄭, 皆火, 梓愼登大庭氏之庫以望之, 曰: '宋·衛·陳·鄭也.' 數日, 皆來告火. 神竈曰: '不用吾言, 鄭又將火.' 鄭人請用之, 子産不可. 子大叔曰: '寶, 以保民也. 若有火, 國幾亡. 可以救之, 子何愛焉?' 子産曰: '天道遠, 人道邇, 非所及也, 何以知之? 竈焉知天道? 是亦多言矣, 豈不或信?' 遂不與, 亦不復火.〕"

14) 《춘추좌씨전》 소공 19년(B.C.523)에는 이렇게 기록되어 있다. "정나라에 홍수가 났다. 이때 용이 시문時門 밖 유연洧淵에서 싸우니 국인國人이 영제禜祭 지내기를 청하였다. 자산이 허락하지 않으며 말하기를 '우리의 싸움을 용은 보지 않는데 용의 싸움을 우리만이 볼 게 뭐가 있는가? 제사를 지낸다고 하더라도 유연은 본래 용의 주거지이니 (어찌 다른 곳으로 가게 할 수 있겠는가?) 우리가 용에게 요구하는 것이 없고 용도 우리에게 요구하는 것이 없다.'고 하였다. (국인은) 이에 제사지내려는 일을 그만두었다. 〔鄭大水, 龍鬪于時門之外洧淵, 國人請爲禜焉, 子産弗許, 曰: '我鬪, 龍不我觀也, 龍鬪, 我獨何覩焉, 禳之則彼其室也, 吾無求於龍, 龍亦無求於我.' 乃止也.〕"

듣고서 눈물을 흘리며 목을 놓아 울며 "옛날의 자애로움을 후세에
이은 사람〔古之遺愛〕"(《공자가어·정론해正論解》)이라고 자산을 칭찬했다. 자
산의 이성적 판단이 공자에게 깊은 인상을 남겼음은 두말할 것 없
다. 그래서 공자가 "기일족"이나 또는 "황제사면", 혹은 "황제삼백
년"을 어떻게 풀이하든, 거기에는 시종 이성적 판단과 지혜로 가득
차 있었다.

　　다음으로 공자가 상고시대의 신화를 개조한 것은 때로 유가의
학설을 구축할 필요에서 나왔다. 요堯와 순舜 및 우禹가 덕정德政을
베풀었다는 학설을 공자부터 시작하여 유가가 심혈을 기울여 정립
한 것은 바로 유가의 학설을 구축하는데 필요한 현실적 요구이면
서, 상고시대 요와 순 및 우의 신화를 역사화하고 현실화한 것이다.

　　공자 이전에는 요와 순 및 우에 관계된 전설이 분분했다. 예
를 들면 《춘추좌씨전》 소공 7년(B.C.535)에 자산이 말했다. "옛
날에 제요帝堯가 곤鯀을 우산羽山에서 죽이자 그 귀신이 황웅黃熊으로
변하여 우연羽淵으로 들어갔는데, 이 신神이 실제로 하교夏郊가 되었
다. 그래서 삼대三代가 모두 그 신에게 제사를 지냈다.〔昔堯殛鯀于羽
山, 其神化爲黃熊, 以入于羽淵, 實爲夏郊, 三代祀之.〕" 또 예를 들면 희공僖公 33
년(B.C.627)에 구계臼季가 말했다. "순이 죄인을 처벌할 때에는 곤을
추방하였다. 그러나 인재를 천거할 때에는 그의 아들인 우를 기용
하였다.〔舜之罪也, 殛鯀, 其擧也興禹.〕" 이러한 전설에 대해 여러 가지
견해가 일치하지 않고, 어떤 것들은 서로 모순되기도 한다.

　　《논어》에서 공자는 윤리적 관점에서 요와 순 및 우를 고대
의 도덕과 재능, 그리고 지혜가 출중한〔聖賢〕 왕이라고 극구 칭찬했
다.

　　선생님께서 말씀하셨다. "위대하도다! 요의 임금 노릇 하심이여. 높

고 크도다! 오직 하늘만이 크거늘, 오직 요임금만이 그것을 본받으셨으니, 넓고 아득하여 백성들이 뭐라고 이름 할 수 없구나. 높고도 크도다! 그가 이룩한 공적이여. 빛나도다! 그 문물제도여."〔子曰: "大哉, 堯之爲君也! 巍巍乎! 唯天爲大, 唯堯則之. 蕩蕩乎! 民無能名焉. 巍巍乎! 其有成功也. 煥乎, 其有文章!"〕 《논어·태백》

선생님께서 말씀하셨다. "억지로 하는 것이 없으면서도 천하가 잘 다스려지도록 한 이는 아마도 순임금이 아닐까? 무엇을 하였겠는가? 자신의 몸을 공손히 하고 남면했을 뿐이다."〔子曰: "無爲而治者, 其舜也與? 夫何爲哉, 恭己正南面而已矣."〕 《논어·위령공》

선생님께서 말씀하셨다. "우임금은 내가 흠잡을 곳이 없구나. 자신의 음식은 간소히 하였으나 조상신 제사에는 효성을 다하셨다. 평소 의복은 검소했으나 제례의 의관은 아름다움을 극진히 하셨다. 궁실은 허술하되 백성을 위한 치수에는 온 힘을 다했으니, 우임금은 내가 흠잡을 데가 없구나."〔子曰: "禹, 吾無間然矣. 菲飮食, 而致孝乎鬼神. 惡衣服, 而致美乎黻冕. 卑宮室, 而盡力乎溝洫. 禹, 吾無間然矣."〕 《논어·태백》

전국시대 이후에는 제자백가도 공자의 영향을 받아 점점 요임금과 순임금 및 우임금의 신상에서 신화의 흔적을 전부 벗겨내고, 그들을 인간 세상의 성군의 모범으로 치장했다. 특히 맹자는 순임금의 이미지를 한층 더 진전시켜 가정 윤리와 선양禪讓의 덕정德政 등의 방면에서 공자가 앞서 했던 것보다 몇 갑절 더 상세하게 설명했다. 이것은 유가의 이상형인 "한 몸에 온갖 선善을 다 갖춘"15) 성군을 만드는 데 그 목적이 있었다.

그러나 정산丁山은 깊은 연구를 통해서 오히려 "공자가 전하는

---

15) 정산丁山, 〈전국시대 각 학파가 전해 주는 요순의 신화(戰國諸子傳說堯舜的神話)〉, 《중국 고대의 종교와 신화 연구(中國古代宗敎與神話考)》, 상해세기출판그룹(上海世紀出版集團), 2011, 244쪽.

말 속에서 순은 아직도 '상제上帝'라는 원래의 모습을 잃지 않았다."
라는 결론을 얻었다. 그는 '舜[순]'의 고문古文이 '𡴂[순]'이라는 것에
근거하여 '순'은 실제 "갑골문의 사방신四方神의 이름에 보이는 '남방
의 신神인 𡴂[순]"16)으로 추단하였다. 동시에 그의 연구에 의하면,
후세에 요임금이 두 딸을 순임금에게 준 것으로 미화된 "두 왕비
[二妃]"는 실제 일신日神·월신月神이라는 것이다. 이 점은 ≪산해경≫
의 기록이 매우 상세하다.17)

　　그리고 우임금에 대해 고힐강顧頡剛(1893~1980)은 고증을 통해
다음과 같은 사실을 알아냈다. 禹[우]는 ≪설문해자≫에 다리가 있
는 대충大蟲으로 해석되어 있는데, 옛사람들이 이런 종류의 대충을
자신들이 숭배하는 신으로 삼는 토템(totem)과 비슷하다. 그런데
점차 '상제가 파견하여 치수治水한 신神'으로 변화 발전하였고, 더
나아가 '가장 오래된 천자'로 변화 발전하였다. 그리고 전국시대의
≪우공禹貢≫ 등의 문헌 속에 이르러서는, 마침내 하나라의 시조인
'하후夏后'가 되고, 게다가 요임금와 순임금과의 계승 관계 및 치수
의 전설이 있다.18) 이러한 연구를 통하여 공자 등이 요임금과 순
임금 및 우임금의 신화를 개조한 역사의 자취를 알아내기 어렵지
않다.

　　마지막으로 공자가 중국의 신화를 개조한데는 또한 일부분 직
업적 원인에서 나온 것도 있다. 이 점에 대해서는 정산丁山이 일찍
이 연구한 적이 있는데, 그는 이렇게 설명했다.

　　≪국어·노어 상魯語上≫에서 "황제는 온갖 물건을 발명하여 백성이

---

16) 정산, ≪중국 고대의 종교와 신화 연구≫, 상해세기출판그룹, 2011, 263쪽.
17) 정산, ≪중국 고대의 종교와 신화 연구≫, 상해세기출판그룹, 2011, 310~
　　311쪽.
18) 고힐강顧頡剛, ≪고사변古史辨≫ 제1책, 상해고적출판사, 1981, 106~119쪽.

재물에 대하여 이름과 쓰임을 밝게 알게 하였고, (전욱顓頊이 그 사업을 발전시켰다.) 제곡帝嚳은 능히 해와 달과 별의 차례를 밝혀내어 백성을 안심시켰다.〔黃帝能成命百物, 以明民共財, (顓頊能修之.) 帝嚳能序三辰以固民.〕"라고 하는 장문중臧文仲(?~B.C. 617)의 말은 "하늘을 열고〔開天〕", "사람을 만들었다〔造人〕"고 하는 의미를 짙게 띠고 있다. 이러한 이야기에 대한 근거를 설명한 적은 없다. 하지만 미루어 짐작컨대, 아마도 (맹인 사관史官인) 고사瞽史의 기록이나 혹은 축사祝史나 무사巫史와 같은 사람들이 만든 훈계〔訓語〕에서 나왔을 것이다. "선생님께서는 괴이한 일, 힘센 사람의 일, 바른 도리를 어지럽히는 일, 그리고 귀신에 관한 일을 말씀하지 않으셨다.〔子不語怪·力·亂·神.〕" (《논어·술이》)라고 하였으니, 이 종교적 미신을 본뜬 신화는 당연히 공자가 이야기하기를 좋아하지 않았다. 자공이 "선생님의 문장은 들을 수 있었으나, 성명性命과 천도에 관한 선생님의 말씀은 들어볼 수 없었다.〔子貢曰: 夫子之文章, 可得而聞也. 夫子之言性與天道, 不可得而聞也.〕"(《논어·공야장》)라고 말했듯이, 공자는 "천도"에 대하여 입을 다물고 말하지 않았다. 그 때문에 천도는 본래 고사나 축사의 입에 발린 말이었던 것이다.19)

앞에서 언급했듯이 장문중은 큰 거북을 총애하며 길렀기 때문에 공자의 비판을 받았다. 그는 아마 직업적 성향에서 큰 거북을 총애하며 길렀고, 동시에 "황제"와 "제곡"에 대한 상고 신화도 많이 전파했을 것이다.

그러나 마찬가지로 공자의 반대에 부닥쳤다. 공자는 은나라 사람의 후예로 무사巫史라는 가족적 전통을 짙게 가지고 있었다. 하지만 종교적 미신이라는 잘못된 영역에 빠져드는 것을 원치 않았다. 그가 사학私學을 설립하고, 많은 제자들을 받아들여 육예를

---

19) 정산, 〈공자 이전의 요순에 관한 신화(孔子以前關於堯舜的神話)〉, 《중국 고대의 종교와 신화 연구》, 상해세기출판그룹, 2011, 238~239쪽.

가르치며, ≪춘추≫를 지은 것은 바로 주공 이후의 이성적 정신으로 하여금 더 많은 광채를 발하게 하기 위해서였다.

　물론 중국의 상고시대 신화 체계가 자취도 없이 사라진 것이 전부 공자가 신화에 대해 역사화한 결과인 것은 결코 아니다. 영향을 끼친 요소로는 위에서 서술한 요소를 제외하고 공자 이후 불교의 영향도 그 요소 중의 하나이다.

　저승〔幽冥〕 신화의 경우 불교가 중국에 전래되기 이전에 있었던 중국 본래의 신화 속에 일부 남아 있었다. 전형적인 예는 ≪산해경·해내경≫과 ≪초사楚辭·초혼招魂≫에서 볼 수 있다.

　북해의 안쪽에 유도산이라는 산이 있는데, 흑수가 여기에서 흘러나온다. 산 위에는 검은 새를 비롯해 검은 뱀, 검은 표범, 검은 호랑이, 꼬리털이 더부룩한 검은 여우가 살고 있다. 대현산이 있고 현구민이 있으며, 대유국이 있고 적경민이 있다. 〔北海之內, 有山, 名曰幽都之山, 黑水出焉. 其上有玄鳥·玄蛇·玄豹·玄虎·玄狐蓬尾. 有大玄之山. 有玄丘之民. 有大幽之國. 有赤脛之民.〕 (≪산해경·해내경海內經≫)

　혼이시여, 돌아오시오. 그대는 저 어두운 저승으로 내려가지 마시오! (왕일王逸의 주注에 "땅 밑은 어둡기 때문에 저승〔幽都〕이라 부른다."라고 하였다.)
저승의 마왕인 토백土伯이 관문을 지키고, 그 머리의 뿔은 날카로워 섬뜩하오. (왕일의 주에 "땅에는 토백이라는 신괴神怪가 출입문을 맡아서 지키는데, 그 몸은 아홉 번 굽어 있고, 뾰족한 모양의 뿔이 있어, 그 뿔로 사람을 받아 해치는 일을 주관한다는 말이다."라고 하였다.)
등살은 두껍고, 손톱에는 피가 뚝뚝 떨어지며, 사람을 보면 얼른 쫓아온다오. 눈은 세 개에 호랑이 머리를 하고, 그 몸뚱이는 소 같다오. 〔魂兮歸來! 君無下此幽都些. (王逸注 : 地下幽冥, 故稱幽都.) 土伯九約, 其角觺觺些. (王逸注 : 言地有土伯, 執衛門戶, 其身九屈, 有角觺觺, 主觸害人也.) 敦脄血拇, 逐人駓駓些. 參目虎首, 其身若牛些.〕 (≪초사·초혼≫)

모순은 윗글에 대해 이렇게 설명했다. "여기서 말한 '저승' 안은 온갖 물체가 모두 검은색으로, 자못 그리스 신화에서 말한 저승 안은 음산하고 빛이 없다는 것과 엇비슷하다. 원시인들의 사후 세계에 대한 관념은 대부분 매우 처참한 것이었다. 눈은 세 개에 호랑이 머리를 하고, 그 몸뚱이는 소같이 생긴 토백이 바로 저승의 파수꾼으로, 마치 북유럽 신화에서 지옥문을 지키는 흉악하게 생긴 개[犬]인 가름(Garm)과 맞먹는 듯하다. 중국에는 아마도 극히 완벽한 저승 신화가 있었을 것이다. 그러나 지금은 위에서 서술한 단편 두 가지만 남아 있을 뿐이다. ……후대의 서적에서 저승을 이야기한 고사가 매우 많이 있다. 그렇지만 대개 불교 사상과 인도 신화가 섞여 있어 이미 중국 민족의 신화의 원래 모습이 아니다. 불교가 중국에서 흥성한 것은 아마 중국 본토의 저승 신화가 절멸되어 사라진 가장 큰 원인이지 싶다."[20]

이로부터 볼 때 다음과 같은 사실을 알 수 있다. 먼저 불교가 중국에 전래된 이후 외래의 고대 인도의 저승 신화가 중국 상고시대의 비교적 잘 갖춰진 저승 신화의 체계를 파괴해 버렸다는 것이다. 또한 중국 고유의 저승 신화가 전파되는 것을 단절시켰다는 것이다. 그래서 중국 상고시대의 저승 신화는 ≪산해경≫과 ≪초사≫ 등 동한 시기 이전의 전적들 속에 흩어져 잔존하게 되었다.

---

20) 모순, 〈중국신화 연구 ABC〉, ≪모순이 들려주는 신화≫, 상해고적출판사, 1999, 63~64쪽.

3절 | "자불어괴력난신子不語怪力亂神"의 역설

≪논어 · 술이≫에서 이렇게 말했다.

선생님께서는 괴이한 일, 힘센 사람의 일, 바른 도리를 어지럽히는
일, 그리고 귀신에 관한 일을 말씀하지 않으셨다. 〔子不語怪 · 力 · 亂 ·
神〕

전목은 이 말에 대해 일찍이 상세하게 설명한 적이 있다. 그
는 "子不語〔자불어〕"에 대해 바로 "선생님께서 평소 말하지 않았다."
는 뜻이며, "怪 · 力 · 亂 · 神〔괴력난신〕"에 대해 "이 네 가지는 사람들
이 말하기를 좋아하는 것이다. 그러나 공자는 통상적인 것〔常〕을
말하되 괴이한 일, 즉 나무와 돌의 기괴함이나 물속의 괴물, 또는
산속의 괴수 따위를 말하지 않았다. 사람이 갖추어야 할 품성〔德〕
을 말하되 힘센 사람의 일, 즉 손으로 배를 밀어 땅위를 달리게
하거나, 무쇠로 만든 세발솥을 들어 올리는 따위를 말하지 않았다.
정치를 통한 공명정대와 사회의 안정을 말하되 바른 도리를 어지
럽히는 일, 즉 아내와 첩을 교환하거나, 아버지가 죽은 뒤 자식이
그 아버지의 첩을 아내로 맞아들이는〔蒸母〕 따위를 말하지 않았다.
사람과 관련된 일을 말하되 귀신에 관한 일, 즉 어떤 신이 신莘 땅
에 강림했다거나, 신이 옥구슬을 꿴 주홍색 끈이 달린 관冠을 쓰고
싶어 했다거나 따위를 말하지 않았다. 힘센 사람의 일과 괴이한 일
은 실제로 그것이 있었다고 해도, 바른 도리를 어지럽히는 일과

귀신에 관한 일은 미혹에서 생겨난 것이다."21)

공자를 묘사한 ≪논어≫의 이 말은 ≪국어·노어 하≫와 ≪사기·공자세가≫ 속에서 공자가 "괴이한 일"과 "귀신"에 관한 말들을 쏟아 내고 있는 기록과 서로 모순된다.

≪국어≫와 ≪사기≫의 기록은 그 내용이 비슷하다. 여기서 ≪사기·공자세가≫의 기록을 인용하면 다음과 같다.

계환자는 우물을 파다가 흙으로 만든 항아리를 얻었는데, 그 안에 양羊 같은 것이 들어 있어 공자에게 물었다. "개를 얻었다고 하네." 공자가 말했다. "제가 듣기로 그것은 양입니다. 제가 듣건대 산의 요괴는 기夔와 망랑罔閬이고, 물의 요괴는 용龍과 망상罔象이며, 흙의 요괴는 분양墳羊이라고 합니다."

오나라가 월나라를 정벌해서 (월나라의 수도) 회계會稽를 무너뜨려 수레 길이만 한 인골人骨을 얻었다. 오나라 왕이 사신을 보내 공자에게 물었다. "인골 중에 어느 것이 가장 큽니까?" 공자가 말했다. "우임금이 여러 신하를 회계산으로 불러 모았을 때 방풍씨防風氏가 늦게 오자 우임금이 그를 죽이고 그 시체를 백성들에게 보여 주었는데, 그의 뼈마디가 수레처럼 길었으니 이것이 가장 큰 인골입니다." 오나라 특사[客]가 말했다. "누가 그 신입니까?" 공자가 말했다. "산천의 신은 구름을 부르고 비를 내려서 천하를 이롭게 할 수 있으니 그 산천을 지켜 제사지내는 것이 신이며, 토신土神과 곡신穀神을 지키는 것이 공후公侯인데 이는 모두 왕자王者에 소속됩니다." 오나라 특사가 말했다. "방풍씨는 무엇을 지켰습니까?" 공자가 말했다. "왕망씨汪罔氏의 군장君長은 봉산封山과 우산禺山을 지켰는데, 이 사람은 희씨釐氏 성을 가지고 있었습니다. 우虞, 하夏, 상商 시대에는 왕망汪罔이라 일컬었고 주나라 때는 장적長翟이라 하였으며, 지금은 대인大人이라고 합니다." 특사가 말했다. "사람들은 키가 어느

---

21) 전목, ≪논어신해≫, 삼련서점, 2012, 183쪽.

정도입니까?" 공자가 말했다. "초요씨僬僥氏는 세 척으로 가장 작았습니다. 가장 큰 사람이라도 이것의 열 배를 넘지 않는데 숫자상으로는 가장 큰 키입니다." 이에 오나라 특사가 말했다. "정말 훌륭하신 성인이시군요!" 〔季桓子穿井得土缶, 中若羊, 問仲尼云"得狗". 仲尼曰: "以丘所聞, 羊也. 丘聞之, 木石之怪夔・罔閬, 水之怪龍・罔象, 土之怪墳羊." 吳伐越, 墮會稽, 得骨節專車. 吳使使問仲尼: "骨何者最大?" 仲尼曰: "禹致群神於會稽山, 防風氏後至, 禹殺而戮之, 其節專車, 此爲大矣." 吳客曰: "誰爲神?" 仲尼曰: "山川之神足以綱紀天下, 其守爲神, 社稷爲公侯, 皆屬於王者." 客曰: "防風何守?" 仲尼曰: "汪罔氏之君守封・禺之山, 爲釐姓. 在虞・夏・商爲汪罔, 於周爲長翟, 今謂之大人." 客曰: "人長幾何?" 仲尼曰: "僬僥氏三尺, 短之至也. 長者不過十之, 數之極也." 於是吳客曰: "善哉聖人!"〕

이 기록들에서 나타나는 모순에 대해 최초로 따져 물은 사람이 청나라의 최술崔述(1739~1816)이다. 그는 이렇게 질의하였다.

≪논어≫에서 "선생님께서는 괴이한 일, 힘센 사람의 일, 바른 도리를 어지럽히는 일, 그리고 귀신에 관한 일을 말씀하지 않으셨다."라고 하였다. 과연 이런 일이 있었는가? "알지 못한다."라고 답하는 것이 옳을 것이다. 단지 '흙속의 요괴'를 하나 얻었는데, 나무와 돌과 물속의 요괴를 아울러 상세하게 알려주었다. 이는 공자가 괴이한 일을 말하기를 좋아한 것이니, ≪논어≫의 이야기와 서로 어긋난다는 것을 폭로한 것이 아닌가? 환자桓子는 노나라의 상경上卿으로, 양을 얻고서 개라고 거짓말을 하여 공자를 시험하였으니, 어린아이의 장난과 무슨 차이가 있겠는가? 이는 환자가 당연히 해야 할 바가 아니다. 또한 흙속에 정말로 (분)양墳羊의 요괴가 있다면, 응당 나타난 것이 한 번에 그치지 않았을 것이니, 물속의 요괴인 용의 경우가 그러하다. 만약 이전에 이러한 일이 없었다면, 옛사람이 어떻게 알았겠는가? 이미 수차례 그러한 일이 있었다면, 어떻게 그 후 2,000여 년 동안 더 이상 우물을 파다가 (분)양을 얻는 일이 다시 나오지 않았겠는가? 어찌 춘추 시기에 이르러 끝나

버렸다는 게 이상하지 않은가? 〔《論語》曰 : 子不語怪·力·亂·神. 果有此
事, 答以'不知'可也. 乃獲一'土怪', 而幷木石·水之怪而詳告之, 是孔子好語怪也, 不與
《論語》之言相刺謬乎? 桓子魯之上卿, 獲羊而詭言狗以試聖人, 何異小兒之戲, 此亦
非桓子之所宜爲也. 且土果有羊怪, 則當不止一見, 如水之龍然. 苟以前未有此事, 則古
人何以識之. 旣數有之, 又何以此後二千餘年更不復有穿井而得羊者? 豈怪至春秋時遂
絶乎? 是可笑也!〕 22)

　　최술이 따져 물은 이후로 이러한 모순은 공자를 연구하는데
한 가지 현안이 되어 관심을 모았다. 그 후 적지 않은 학자들이 그
속의 모순을 해결하거나 회피하려고 시도했다. 그러나 애석하게도
지금에 이르기까지 확정된 이론이 없다.

　　어떤 학자는 《사기》에서 공자가 "요괴와 귀신"을 말했다는
기록을 사마천에 의해 낭만화 된 문학적 기법의 탓으로 돌렸다.
예를 들어 이장지는 이렇게 말했다. "《논어》에서 공자는 괴이한
일, 힘센 사람의 일, 바른 도리를 어지럽히는 일, 그리고 귀신에
관한 일을 말하지 않는 사람이었다. 그런데 《사기·공자세가》에
서 공자는 도리어 나무와 돌 속의 요괴, 산천의 귀신, 그리고 키가
3척尺밖에 안 되는 난쟁이와 3장丈이 넘는 키다리를 알고 있었다.
이것은 무엇을 말하는 것인가? 이것은 사마천이 이미 공자를 낭만
화 했거나, 또는 그가 채택한 공자는 이미 순수한 고전의 측면이
아니었다는 것을 입증하는 것이다."23)

　　또 어떤 학자들은 이 모순적 잘못을 애써 사마천의 신상과 결
부시키기도 했는데, 사실 그것이 결코 공평한 것이 아니었다. 그리
고 사마천과 《사기》로부터 해답을 구하려 시도하였으나, 그것을
증명할 수 있는 확실한 증거를 얻지도 못했다.

　　예를 들면 고힐강은 이렇게 말했다. "《사기·공자세가》에서

22) 최술崔述, 《최동벽유서崔東壁遺書》, 상해고적출판사, 1983, 277쪽.
23) 이장지, 《사마천의 인격과 기질》, 삼련서점, 1984, 68쪽.

는 ≪논어≫와 같이 공자가 '괴이한 일, 힘센 사람의 일, 바른 도리를 어지럽히는 일, 그리고 귀신에 관한 일을 말하지 않았다'고 말하고서는, 또 ≪국어≫에 있는 공자의 귀신과 요괴에 대한 많은 이야기를 모아 기록한 것은 마치 그가 정말 이중인격을 가지고 있는 것처럼 느끼게 한다. 그러나 이것은 모두 사마천이 앞뒤가 맞지 않는 서로 모순된 자료를 맞닥뜨렸을 때, 달리 선택할 방법을 모르고 단지 나란히 기록하였기 때문이다. 이렇게 했기 때문에 이전의 문제가 아직 해결되지 않았는데, 새로운 문제가 또 생긴 것이다."[24] 이것은 기록들 사이의 모순을 ≪사기≫의 자료 선택이 온당하지 못한 탓으로 돌리고, 앞뒤가 서로 저촉되지 않는 자료를 달리 택할 방법을 몰랐다는 것을 지적한 것이다.

　　사실 사마천은 단지 실록實錄이라는 원칙에 따라 ≪국어≫ 등의 전적 속에서 사료를 취사선택하여 접목하였으니, 이 자체는 그의 잘못이 아니다. 그리고 한발 양보해서 가령 고힐강의 견해에 따라 ≪국어≫ 속의 이러한 기록을 ≪사기≫에 옮겨 넣지 않았다고 할지라도, 결코 이 모순의 존재를 회피할 수 있는 것은 아니다. 기껏해야 ≪사기≫ 속에 기록되지 않은 것에 불과할 뿐이다. 따라서 단지 ≪사기≫의 기록 여부에서 원인을 찾으려고 해서는 결코 모순이라는 본질적 문제를 근본적으로 해결할 수 없다는 것을 알 수 있다. 왜냐하면 이러한 모순은 결코 ≪사기≫에서 비롯된 것도, 또한 ≪국어≫에서 비롯된 것도 아니라, 바로 ≪논어≫에서 이미 시작되었기 때문이다.

　　이 점은 바로 주여동이 이렇게 말한 것과 같다. "≪논어≫ 자체에 몇 가지 모순이 존재한다. 예를 들면 공자는 '괴이한 일, 힘

---

24) 고힐강顧頡剛, ≪한대학술사략漢代學術史略≫, 동방출판사東方出版社, 1996, 195쪽.

센 사람의 일, 바른 도리를 어지럽히는 일, 그리고 귀신에 관한 일'을 말하지 않았다고 했다. 그런데 ≪논어≫에 '봉황이 오지 아니하고, 하도河圖가 나타나지 아니하니, 나도 끝났는가 보구나! 〔鳳鳥不至, 河不出圖, 吾已矣夫!〕'(≪논어·자한≫)라는 말이 있다. 이 말은 공자가 말한 것인가? 앞뒤 구절의 의미가 완전히 상반되는 것이 오히려 ≪춘추공양전≫에서 말한 것 같다. 공자는 이런 사람일 리가 없다."25)

≪논어≫에서 "괴이한 일, 힘센 사람의 일, 바른 도리를 어지럽히는 일, 그리고 귀신에 관한 일을 말하지 않았다."라는 공자의 이미지는 벌써 앞뒤가 맞지 않는다. 그래서 주여동은 "봉황이 오지 아니하고, 하도가 나타나지 아니하니, 나도 끝났는가 보구나!"라는 것은 공자가 한 말이 아닌 것 같다는 의심을 품기에 이른 것이다.

그러나 의심을 품는데도 불구하고 ≪논어≫에 분명하게 기록되었다는 것은 부정할 수 없다. 그러므로 이러한 모순의 근원을 탐구하는 것은 ≪사기≫로부터 착수해서는 안 되고, 또 ≪국어≫로부터 착수해서도 안 된다. 바로 ≪논어≫ 속으로 되돌아가야만 한다. 거기에는 우리가 생각해볼 만한 두 가지 측면이 있다.

첫 번째 측면은 ≪논어≫ 편찬 자체의 모순이다. ≪논어≫를 편찬할 때는 이미 문헌이 부족했기 때문에 상세한 상황을 알 수가 없었다. 양의楊義의 연구에 따르면, ≪논어≫는 두 차례에 걸쳐 집중적으로 편찬된 것으로 보인다. 제1차는 공자의 복상 중에 편찬되었고, 제2차는 증자의 제자들에 의해 거듭 편찬되었다.26) 양의의 견해를 정설로 삼을 수 있는지를 막론하고, 주지하는 바와 같이 ≪논어≫는 공자의 제자들과 그 제자의 제자들에 의해 책으로 만들어진 것이지, 결코 한 사람이 단시간에 편찬하여 만들어진 것

---

25) 주여동, ≪중국 경학사 강의≫, 상해문예출판사, 1999, 50쪽 참조.
26) 양의, 〈≪논어≫ 복원에 대한 초보적 연구〉, ≪문학유산≫, 2008년 제6기 참조.

이 아니다. 상이한 편찬 시기에 서로 다른 편찬자들이 공자에 대한 추억을 기록한 것들은 아마 앞뒤가 중복되고 서로 모순되는 것을 면할 수 없었을 것이다. 중복의 경우는 그 예들이 《논어》에 많이 남아 있다. 예컨대 공자의 안회에 대한 평가는 앞의 것과 뒤의 것의 내용이 완전히 같다.

> 애공이 물었다. "제자 가운데 누가 학문을 좋아합니까?" 공자께서 대답하셨다. "안회라는 사람이 배우기를 좋아했습니다. 그는 자신의 노여움을 다른 사람에게 옮기지 않았으며, 같은 허물을 되풀이하지 않았습니다. 그러나 불행하게도 단명으로 죽었습니다. 지금은 없으니, 학문을 좋아하는 사람에 대해 듣지 못했습니다."〔哀公問: "弟子孰爲好學?" 孔子對曰: "有顔回者好學, 不遷怒, 不貳過. 不幸短命死矣! 今也則亡, 未聞好學者也."〕 (《논어·옹야》)

> 계강자가 물었다. "제자 가운데 누가 배우기를 좋아합니까?" 공자께서 대답하셨다. "안회라는 사람이 배우기를 좋아했습니다. 그런데 불행히도 단명으로 죽었습니다. 지금은 그런 사람이 없습니다."〔季康子問: "弟子孰爲好學?" 孔子對曰: "有顔回者好學, 不幸短命死矣! 今也則亡."〕 (《논어·선진》)

또 예를 들면 《논어·학이》에서 이렇게 기록하고 있다.

> 선생님께서 말씀하셨다. "충성과 신의를 위주로 하며, 나보다 못한 사람을 사귀지 말며, 허물이 있으면 고치기를 꺼리지 말아야 한다."〔子曰: "主忠信, 無友不如己者, 過則勿憚改."〕

그런데 《논어·자한》의 기록도, 그 내용이 완전히 일치하고 있다.

선생님께서 말씀하셨다. "충성과 신의를 위주로 하며, 나보다 못한 사람을 사귀지 말며, 허물이 있으면 고치기를 꺼리지 말아야 한다."

〔子曰: "主忠信, 毋友不如己者, 過則勿憚改."〕

그런데 이렇게 앞과 뒤의 내용이 중복되는 문장은 아마 공자가 각기 다른 장소에서 말해서 다른 제자들에 의해 기록되었기 때문에 줄곧 삭제되지 않았을 것이다. ≪논어≫에서 앞뒤로 중복되는 것을 피하지 않은 것을 보면, ≪논어≫에서 앞뒤로 서로 어긋나고 모순되는 것을 개의치 않는 것이 바로 ≪논어≫ 최초의 본래 모습인 것 같다.

"선생님께서는 괴이한 일, 힘센 사람의 일, 바른 도리를 어지럽히는 일, 그리고 귀신에 관한 일을 말씀하지 않으셨다"는 것과 "봉황이 오지 아니하며, 하도가 나타나지 아니하니, 나도 끝났는가 보구나!"라고 한 것은 오늘날의 관점에서 보면 서로 모순을 안고 있는 말이다. 그러나 맨 처음 이것들은 서로 다른 제자의 손에서 나왔기 때문에 모두 보존되었던 것이다. 이러한 말은 모두 공자의 입에서 나온 것으로 단지 공자가 다른 상황에서 따로따로 말한 것일 뿐이다. 그런 까닭에 이것은 우리가 생각해 볼 필요가 있는 두 번째 측면이다.

두 번째 측면은 공자가 무엇을 말했는지, 무엇을 말하지 않았는지, 어떤 상황에서 말했는지, 어떤 상황에서 말하지 않았는지를 파악하는 것이다. 우리는 ≪논어≫에서 "선생님께서는 괴이한 일, 힘센 사람의 일, 바른 도리를 어지럽히는 일, 그리고 귀신에 관한 일을 말씀하지 않으셨다."라는 기록을 너무 융통성 없이, 너무 절대적인 것으로, 심지어 공자의 모든 활동을 판단하는 기준으로 이해해서는 안 된다. 왜냐하면 ≪논어≫의 언어적 관례에 따르면, 공자가 진술한 이러한 말에는 모두 틀림없이 바로 당시의 배경이 있었지만, 편찬할 때는 제자들이 단지 그 말만을 다시 모아 기록하여 정리했기 때문이다.

"선생님께서는 괴이한 일, 힘센 사람의 일, 바른 도리를 어지럽히는 일, 그리고 귀신에 관한 일을 말씀하지 않으셨다."라는 말은 결코 공자가 어떠한 경우에 있어서도 항상 괴이한 일을 비롯해 힘센 사람의 일, 바른 도리를 어지럽히는 일, 귀신에 관한 일을 전혀 언급하지 않았다는 것은 아니다.

≪국어≫와 ≪사기≫에 기록된 경우를 예로 들면, 계환자와 오나라 특사의 질문에 공자가 정중히 대답하지 않을 수 없었다. 앞에서 인용했다시피 최술은 비평 속에서 "과연 이런 일이 있었는가라고 하며, '알지 못한다.'라고 답하는 것이 옳을 것이다."라고 했다. 그러나 이것은 함부로 결론을 내린 말이다. 이 말은 공자의 본성을 전혀 모르는 것이다. 즉 공자는 차근차근 잘 타일러 가르치며, 알고 있는 것을 모조리 밝히고, 결코 "'알지 못한다.'고 답하면서" 적당히 얼버무릴 리가 없다는 것이다. 이것으로 미루어 보면, 실생활에서의 공자는 가끔 가다가 "괴이한 일을 비롯해 힘센 사람의 일, 바른 도리를 어지럽히는 일, 귀신에 관한 일"을 언급할 수밖에 없었을 것이다.

그런데 한 가지 분명한 점은 공자가 가르치는 과정에서는 전혀 "괴이한 일을 비롯해 힘센 사람의 일, 바른 도리를 어지럽히는 일, 귀신에 관한 일"을 말하지 않았다는 것이다. 공자는 가르치는데 있어서 수업의 내용과 강의 대상에 대해 각별히 신경을 쓰되, 원칙에 따르는 아주 신중한 태도를 가지고 있었다. 어떤 내용에 대해서는 그가 생활 속에서 전수하기를 바랐던 까닭에 수업에서 가르치려 하지 않았다. 그러나 어떤 내용에 대해서는 그가 개별적으로 배우는 사람의 능력에 따라 전수하기를 희망하여 집단적으로 가르치려 하지 않았다. 예를 들면 다음과 같은 것이다.

자공이 말했다. "선생님의 문장은 들을 수 있었으나, 성명과 천도에 관한 선생님의 말씀은 들어볼 수 없었다."〔子貢曰: "夫子之文章, 可得而 聞也. 夫子之言性與天道, 不可得而聞也."〕 《논어·공야장》

선생님께서 이익과 운명, 그리고 인仁에 대해서는 드물게 말씀하셨 다.〔子罕言利, 與命, 與仁.〕 《논어·자한》

《논어》에는 공자가 평소 수업에서 제자들에게 비교적 적게 말한 "성명"과 "천도" 등의 화제를 두 번 언급한 것이 있다. 이러한 화제는 설령 논의하더라도, 비교적 이해할 수 있는 사람이 드물었 기 때문이다. 공자는 교육에 있어서 배우는 사람의 능력에 따라 가르치는 것을 매우 중시했다. 그래서 교육의 대상이 다르면, 강의 의 내용도 달랐다. 어떤 때는 설사 같은 질문을 받았을지라도, 질 문자에 따라 다른 대답을 했다. 공자는 "보통 이상의 사람에게는 높은 가르침을 말해 줄 수 있지만, 보통 이하의 사람에게는 높은 가르침을 말해 줄 수 없다.〔中人以上, 可以語上也. 中人以下, 不可以語上也.〕" 《논어·옹야》라고 하면서 사람마다 자질이 다르기 때문에 가르치는 내 용도 자연히 같지 않아야 한다고 생각했다.

그는 또한 "더불어 말할 만한데도 더불어 말하지 않으면 사람 을 잃을 것이고, 더불어 말할 만하지 못한데도 더불어 말하게 되 면 실언할 것이다. 지혜로운 이는 사람을 잃지도 않고, 실언하지도 않는다.〔可與言而不與之言, 失人. 不可與言而與之言, 失言. 知者不失人, 亦不失言.〕" 《논어·위령공》라고 했다. 이것은 서로 다른 사람을 상대로 다른 장 소에서는 어떤 말은 할 수 있고, 어떤 말은 해서는 안 되는지, 어떤 사람과 이야기해야 하고, 어떤 사람과 이야기해서는 안 되는가 하는 것은 확실히 간단하고 쉬운 일이 아니기에 오직 진정한 지자智者만이 이것을 할 수 있다고 그가 생각했다는 것이다.

공자는 바로 이러한 지자였기에 강의의 장소와 인물 및 한계에 대해 모두 잘 파악하고 있었다. 공자는 다른 장소에서 다른 내용을 강의했으며, 각각의 학생에게 맞추어 다른 내용을 강의했기 때문에 이 절節의 서두에 주여동이 말한 모순이 존재하는 것처럼 보이는 이야기가 등장하는 것이다. 한편으로는 "괴이한 일, 힘센 사람의 일, 바른 도리를 어지럽히는 일, 그리고 귀신에 관한 일을 말하지 않았고", 다른 한편으로는 탄식하며 "봉황이 오지 아니하고, 하도가 나타나지 아니하니, 나도 끝났는가 보구나!"라고 하였다. 이것들은 모두 진실한 공자의 모습이며, 결코 상호 간에 모순되는 것이 아니다.

이 밖에 우리들이 이해해야 할 것은 ≪국어≫와 ≪사기≫에서 공자가 "요괴와 귀신"을 말한 기록이다. 이것들은 공자의 제자와 그 제자의 제자들이 공자를 신격화하고 거짓말로 꾸미려는 것으로부터 영향을 받지 않을 수 없었다는 것이다. 공자가 세상을 떠난 뒤 공자의 제자와 그 제자의 제자들은 공자를 열렬히 떠받들고, 공자의 생애와 말을 신격화하고 거짓말로 꾸민 곳이 적지 않다.

예를 들어 ≪논어·자장≫에서 자공은 공자를 칭송하여 "중니는 해와 달이어서 넘어설 수 없습니다. 〔仲尼, 日月也, 無得而踰焉〕"라고 하거나, "그분을 따를 수 없는 것은 마치 하늘로 계단을 밟고 올라갈 수 없는 것과 같습니다. 〔夫子之不可及也, 猶天之不可階而升也〕"라고 말했다. 공자를 태양과 달에 비유한 것은 견줄 수 있는 사람이 없으며, 만약 그와 견주려 한다면 그것은 하늘에 오르는 것처럼 어렵다는 것으로, 의식적으로 공자의 이미지를 치켜세운 것이다.

그러므로 ≪국어≫와 ≪사기≫에서 공자를 박학다식하고 재주가 뛰어나며, 세상의 기이하고 흥미로운 이야기를 모르는 것이 없는 것으로 묘사한 것도 신격화된 공자 이미지의 흔적이 될 수 있다. 그리고 지나친 과장으로 인해서 "괴이한 일, 힘센 사람의 일, 바른 도리를 어지럽히는 일, 그리고 귀신에 관한 일을 말하지 않았다."는 공자의 모습이 크게 대비를 이루면서 후세 사람들로부터 의심하는 질문을 받게 된 것이다.

결론적으로 말하자면, 공자가 중국 상고시대의 신화를 역사화하고 현실화한 것은 서주 시기 이후 이성적인 사고가 발전한 필연적인 결과이며, 공자가 "괴이한 일과 귀신에 관한 일을 말하지 않았다."라는 것도 이러한 이성적인 사고의 구현인 것이다. 아울러 "괴이한 일과 귀신에 관한 일을 말하지 않았다."라는 것은 ≪국어≫와 ≪사기≫에서 공자가 계환자와 오나라 임금의 사신에게 "요괴와 귀신"에 대해 이야기했다는 기록과도 결코 모순되는 것이 아니다. 그것들은 공자가 다른 장소에서 다른 상대를 만나 다르게 진술한 것으로, 각각의 배경을 가지고 있기에 서로 저촉되는 것이 아니다. 이것은 우리들이 역사의 현장으로 되돌아가 자세히 살펴볼 만한 가치가 있는 것이다.

7장

공자와 전통적인 천명天命 관념

천명天命이란 무엇인가? 이것은 공자가 일생 동안 끊임없이 사색하고 탐구한 문제이며, 고대의 철학가들이 애써 해답을 찾고자 했던 수수께끼이기도 하다. 삼려대부三閭大夫인 굴원屈原은 하늘을 향해 "천명은 덧없이 무상하니, 무엇이 죄이며 무엇이 복인가? 〔天命反側, 何罰何佑?〕"(《초사·천문天問》)라고 질문하였다. 이 질문에는 천명의 무상함에 대한 의혹으로 가득 차 있다. 사마천이 《사기》를 지은 것은 "하늘과 인간의 사이를 궁구하고자 한 것 〔欲以究天人之際〕"(《한서·사마천전司馬遷傳》), 즉 하늘과 인간의 관계를 탐구하고자 한 것이었다. 공자는 성인이자 철인으로서 더욱 부지런히 그것을 탐구하고 간절히 말했다.

《논어》 마지막 편에 아래와 같은 축약된 말로 마무리하였다.

공자께서 말씀하셨다.1) "운명을 알지 못하면 군자가 될 수 없고, 예禮를 모르면 남 앞에 나설 수 없고, 말을 분별하지 못하면 사람을 알 수가 없다." 〔孔子曰: "不知命, 無以爲君子也. 不知禮, 無以立也. 不知言, 無以知人也." 〕 (《논어·요왈》)

말을 분별하지 못하면 곧 사람을 알 수가 없다는 것은 말을 분

---

1) "공자께서 말씀하셨다〔孔子曰〕"는, 전목의 《논어신해》에 "선생님께서 말씀하셨다〔子曰〕"로 되어 있다. 전목은 이렇게 설명했다. "이 장章은 옛날 판본〔古本〕에 모두 '孔子曰〔공자왈〕'로 되어 있으나, 오직 주자의 《논어집주》 판본에만 '子曰〔자왈〕'로 되어 있다. 어떤 사람은 주자의 《논어집주》는 착오로 공孔이라는 한 글자를 누락했거나, 만약 그렇지 않으면 주자가 공자왈이라는 세 글자로 (말)할 경우 온당하지 않을 것을 고려해서 공孔 자를 삭제했을 것이라고 추정했다."(전목, 《논어신해》, 삼련서점, 2012, 464쪽.)

별하는 것이 인간으로서 그 됨됨이의 근본이고, 살아가는 시발점이라는 것이다. 예를 알지 못하면 곧 사람들 가운데 나설 수가 없다는 것은 예를 아는 것이 개인으로서 사회로 나아가는 근본이고, 개인이 사회와 화합하는 시발점이라는 것이다. 운명을 알지 못하면 군자가 될 수 없다는 것은 운명을 안다는 것이 군자로서의 시발점이라는 것이다. 그리고 군자의 수양은 공자의 학설에 따르면 인격적으로 사람의 마음을 사로잡는 본보기가 되는 것이다.

≪논어·계씨≫에서 말했다.

> 공자께서 말씀하셨다. "군자에게는 세 가지 두려워하는 것이 있다. 천명을 두려워하고, 대인을 두려워하며, 성인의 말씀을 두려워한다. 소인은 천명을 몰라서 두려워하지 않고, 대인을 소홀히 대하며, 성인의 말씀을 경시한다."〔孔子曰: "君子有三畏. 畏天命, 畏大人, 畏聖人之言. 小人不知天命而不畏也, 狎大人, 侮聖人之言."〕

위의 인용은 다른 상황에서 공자가 제시한 "군자가 두려워하는 세 가지"이다. 그 처음을 차지한 것은 여전히 "천명"이다. 그런데 단지 "소인만이 천명을 몰라서 두려워하지 않는다." 이를 보면 "천명을 아는 것"과 "천명을 두려워하는 것"이 공자의 인격적 도덕 수양에서 중요한 위치를 차지한다는 것을 알 수 있다.

≪논어·위정≫에서 "선생님께서 말씀하셨다. '나는 ……50세에 천명을 알았다.'〔子曰: 吾 ……五十而知天命.〕"라고 하였다. 도대체 무엇을 천명이라고 하는가? 후대에 ≪논어≫의 주注를 달고 소疏를 붙인 사람들은 모두 그들 자신이 이해한 언어로 그것을 상세히 해석하려고 시도했다. 삼국시대 (위魏나라의) 하안何晏(193~249)은 한나라 공안국孔安國(B.C. 156~B.C. 74)의 말을 인용하여 "천명의 운행을 아는 것이다. 〔知天命之終始也.〕"(≪논어집해의소論語集解義疏≫ 권1)라고 주석을 달

았다.

남조南朝 양梁나라의 황간皇侃(488~545)은 ≪논어의소論語義疏≫에서 말했다. "'50세에 천명을 알았다'는 것은 천명이 곤궁과 입신출세의 분수를 이르는 것이다. 천天이 명命하였다고 하는 것은 사람이 하늘의 기운을 부여받아 태어나니, 이런 곤궁과 입신출세를 얻는 것이 모두 하늘에 의해 명령된 것이라는 뜻이다. ……왕필이 말하기를, '천명의 흥망에는 때가 있기에 공자는 도가 끝내 세상에 실행되지 않을 것임을 알았다.'라고 하였다.〔五十而知天命者, 天命謂窮通之分也. 謂天爲命者, 言人禀天氣而生, 得此窮通皆由天所命也. ……王弼云: '天命廢興有期, 知道終不行也.'〕" 이것은 "곤궁과 입신출세〔窮通〕"를 가지고 천명을 해석한 것이다.

현대 학자인 전목은 이를 해명하는데 가장 부지런히 노력한 사람이다. 그는 ≪논어신해≫에서 이렇게 말했다. "천명은 인생에서 마땅히 지키고 행해야 할 온갖 도덕적 의리와 직책을 가리킨다. 도덕적 의리와 직책을 이해하기는 어렵지 않은 것처럼 보인다. 그러나 도덕을 지키고 직무를 다했는데도 여전히 곤궁하고 출세하지 못하는 사람이 있다. 그런데 어째서 당연한 것을 한 사람이 끝내 출세할 수 없고, 어째서 출세할 수 없는데도 여전히 당연한 것을 하는지, 그 뜻을 알기 어렵다. 이러한 상황에 마주치면, 바로 천명을 이해하는 공부가 요구된다."[2] ≪공자전≫에서 또한 이렇게 말했다. "사람은 마땅히 도道를 실천하는 것을 직책으로 삼아야 한다. 이것이 천명인 것이다. 하늘이 사람에게 도를 실천하라고 명령했지만, 도가 실행되지 않는 때가 있다. 이것도 역시 천명이다."[3]

전목은 만년에 이르러 천명을 다시 새롭게 이해하면서 '대오대철大悟大徹'의 경지에 도달했다. 그는 이렇게 말했다.

---

2) 전목, ≪논어신해≫, 삼련서점, 2012, 25쪽.
3) 전목, ≪공자전≫, 삼련서점, 2012, 32쪽.

서양인은 '하늘[天]'과 '사람[人]'을 떼어놓고 구분하여 말하기를 좋아한다. 중국인은 '하늘'과 '사람'을 융합해서[和合] 말하기를 좋아한다. 중국인은 '천명'이 '인생'에 드러난다고 생각한다. '인생'을 벗어나서는 '천명'을 말할 수 없고, '천명'을 벗어나서는 '인생'을 말할 수 없다. 그래서 고대의 중국인들은 '인생'과 '천명'이 가장 고귀하고 가장 위대한 점이라 생각하여 그 둘을 하나로 융화할 수 있었다. 사람을 벗어나면, 또한 어느 곳에서 하늘이 있음을 증명하겠는가? 그래서 고대의 중국인들은 인문人文의 발전 일체가 모두 천도天道를 순종한 데서 나온 것이라 생각했다. 천명을 위반하면, 인문이라고 말할 만한 것이 없다.4)

전목은 동서양 문화의 비교라는 높은 차원에 서서 자못 통찰력과 지혜를 갖추고 있었다. 이것은 그가 일생동안 항상 공자를 깊이 연구해서 공자의 천명 관념을 체득하고 꿰뚫고 있었다는 것을 충분히 보여준다.

공자의 천명 관념은 도대체 어떤 내용을 가지고 있으며, 또한 어떻게 깨달을 수 있을까? 아마도 시대의 변화 그리고 주체와 객체의 차이에 따라 깨닫는 내용은 자연히 제각기 다를 수 있을 것이다. 이는 바로 공자와 중국의 전통적 천명 관념이 심오하며 의미가 풍부하다는 것을 반영하는 것이다.

---

4) 전목, 〈중국 문화가 인류의 미래에 어떤 공헌을 할 것인가(中國文化對人類未來可有的貢獻)〉, ≪중국문화中國文化≫, 1991년 제4기.

1절 | 공자 이전의 '천명' 관념의 형성과 변천

최초로 '천명'에 대해 체계적으로 정리한 사람은 부사년傳斯年 (1896~1950)이다. 그의 ≪성명의 옛 글자와 옛 뜻에 관한 분석 연구〔性命古訓辨證〕≫는 각고의 노력을 기울인 대작으로 지금까지 전해져 내려오고 있다. 부사년은 일찍이 천명을 논의하려면 먼저 '상제上帝'와 '황천皇天' 관념을 논의해야 한다고 하면서 "우선 태고의 '제帝'와 '천天'이 어떠한 것인지 알아야 한다."5)고 지적했다. 그는 이러한 관념이 인류 사회 초기에 토템의 상징에서 유래하였다며 이렇게 주장했다. "자연물과 자연력, 그리고 조상은 바로 원시시대 사람들에게 숭배의 대상이었다. 이로부터 진보하여 약간의 단계를 거치면서 비로소 많은 귀신들의 주재자가 있게 되고, 비로소 추상적인 황천이 있게 되며, 비로소 보편적으로 알고 있는 상제가 있게 되었다." 바꿔 말하면 중국의 전통적인 천명 관념의 출현은 원시 종교나 토템 숭배와 매우 밀접한 관계를 가지고 있다는 것이다.

공자의 천명 관념은 하나라와 은나라 및 주나라 삼대의 천명 관념이 형성되고 변화 발전되는데 뿌리를 두고 있다. ≪예기·표기表記≫에서는 이렇게 말했다. "하나라의 도는 정령政令을 높이 받들어 귀신을 섬기고 공경하기는 하였으나 가깝게 대하지 않았다. ……은나라 사람은 귀신을 높이 받들어 백성들을 이끌어다 귀신을 섬기게 했다. ……주나라 사람은 예를 높이 받들고 베푸는 것을 좋

---

5) 이하는 모두 구양철생歐陽哲生 주편, ≪부사년 전집≫ 제2권, 호남교육출판사, 2003, 569쪽.

아하여 귀신을 섬기고 공경하기는 하였으나 가깝게 대하지는 않았다. 〔夏道尊命, 事鬼敬神而遠之. ……殷人尊神, 率民以事神. ……周人尊禮尙施, 事鬼敬神而遠之.〕" 여기에서 말한 "하나라의 도"는 문헌이 부족하기 때문에 고증할 수 없다. 그러나 은나라와 주나라 사람들의 상황은 모두 사실에 가깝다.

은나라 사람은 귀신을 중시하고, 천제天帝를 맹신했다. 곽말약郭沫若의 고증에 따르면 다음과 같다. "은나라 시대에는 이미 최고신의 관념이 있었다. 원래는 '제帝'로 불렸으나, 나중에 '상제'라고 일컬었다. 대략 은나라가 주나라로 교체되던 무렵에는 '천天'이라고도 불렀다. '천'이라는 명칭은 주나라 초기에 대한 기록인 ≪상서‧주서周書≫에 자주 보이고, 주나라 초기의 청동기 명문銘文에도 종종 나타난다. 그렇기 때문에 그 당시 주나라 사람들이 은나라 말기 사람들의 관념을 그대로 답습했다는 것은 의심할 여지가 없다. 갑골문〔卜辭〕에 근거하여 보면, 은나라 사람들의 최고신은 의지를 가진 일종의 인격신으로 상제는 명령을 할 수 있고, 좋아하고 싫어하는 것이 있었다. 그리고 비바람이 몰아치고 어둠침침한 날씨와 같은 일체의 기후, 길흉화복과 같은 사람의 일들이 모두 천天에 의해 주재되었다는 것을 알 수 있다."6)

은나라 시대의 관직에는 "하늘의 일과 관련된 것, 즉 종교적 성격을 띤 관리가 윗자리를 차지하고, 그 다음이 정무관과 사무관이었다."7) ≪예기‧곡례 하曲禮下≫에는 이렇게 기록되어 있다.

천자가 천관天官을 세울 때 육대六大를 먼저 세운다. '육대'는 곧 태

---

6) 곽말약郭沫若, ≪선진 시기 천도관의 발전(先秦天道觀之進展)≫, ≪곽말약 전집 역사편郭沫若全集歷史編≫1 ≪청동시대靑銅時代≫, 인민출판사, 1984, 324쪽.
7) 곽말약, ≪선진 시기 천도관의 발전≫, ≪곽말약 전집 역사편≫1 ≪청동시대≫, 인민출판사, 1984, 345쪽.

재大宰를 비롯해 태종大宗, 태사大史, 태축大祝, 태사大士, 태복大卜을 가리키며, 이들은 여섯 가지 법을 담당한다. 천자가 설치하는 다섯 관부의 수장은 사도司徒를 비롯해 사마司馬, 사공司空, 사사司士, 사구司寇이니, 이들은 오관부의 관료들을 다스린다. 천자가 설치하는 여섯 창고의 관리는 사사司士를 비롯해 사목司木, 사수司水, 사초司草, 사기司器, 사화司貨이니, 이들은 여섯 가지 직무를 담당한다. 천자가 설치하는 여섯 공인의 관리는 토공土工을 비롯해 금공金工, 석공石工, 목공木工, 수공獸工, 초공草工이니, 이들은 여섯 종류의 재료들로 기물을 제작하는 일을 담당한다. 〔天子建天官, 先六大: 日大宰·大宗·大史·大祝·大士·大卜, 典司六典. 天子之五官: 日司徒·司馬·司空·司士·司寇, 典司五衆. 天子之六府: 日司士·司木·司水·司草·司器·司貨, 典司六職. 天子之六工: 日土工·金工·石工·木工·獸工·草工, 典制六材.〕

천자는 먼저 천관을 세웠다. 천관 가운데 태종과 태축 및 태복은 모두 분명히 종교적 성격의 관직으로, 지위가 매우 높았다. 그러나 샤머니즘 문화가 역사의 무대에서 물러남에 따라 이러한 관직도 세력이 약해졌다. 한나라에 이르러서는 사마천의 〈임소경에게 보내는 글〔報任少卿書〕〉에 다음과 같은 예가 있다. "문장을 비롯해 역사, 천문, 역법을 맡아보니 점쟁이나 무당에 가까운 부류입니다. 본래 주상께서 희롱의 대상으로 여기시며, 악공이나 배우들처럼 길렀습니다. 그래서 세속 사람들조차 경시하고 있습니다. 〔文史星曆近乎卜祝之間, 固主上所戲弄, 倡優畜之, 流俗之所輕也.〕"(《한서·사마천전》)

이렇게 문장을 비롯해 역사, 천문, 역법을 담당하던 점쟁이나 무당의 관직이 쇠락하고, "귀천이 변천하는 역사는 바로 천도 사상의 몰락을 명백히 드러내고 있다."[8] 그러나 이러한 천도 사상의 몰락은 사실 천도 사상이 역사의 무대에서 물러났음을 뜻하고, 제

---

8) 곽말약, 《선진 시기 천도관의 발전》, 《곽말약 전집 역사편》1 《청동시대》, 인민출판사, 1984, 345쪽.

정일치〔巫王一體〕와 샤머니즘 정치의 시대가 끝났다는 것을 나타내는 것이지, 천도 사상이 이제부터 더 이상 존재하지 않는다고 말한 것은 결코 아니다. 그 가운데 '천명'의 관념은 줄곧 고대인들의 사회생활에 있어서 은연중에 감화를 주는 교육적 효과를 낳았다. 그런데 은나라 이후의 다른 시대에서는 그 명칭이 부단하게 변화하였다.

부사년의 ≪성명의 옛 글자와 옛 뜻에 관한 분석 연구≫에서는 이미 선진 시기의 유문遺文 속에 있는 '생生'을 비롯한 '성性', '영슈', '명命' 등의 여러 글자들을 상세하게 통계를 낸 이후에 다음과 같은 결론을 내렸다.

> 춘추시대에는 천도天道와 인도人道라는 말이 있었고, 한나라의 유학자에게는 천인天人에 관한 학설이 있었으며, 송나라의 유학자에게는 성명性命에 관한 학설이 있었다. 명命은 천天으로부터 내려오지만, 그것을 받는 것은 사람이며, 성性은 천天으로부터 내려오지만, 그것을 부여받은 것은 사람이기 때문에 선진 시기의 성명性命의 학설이 곧 그 당시의 천인에 관한 학설인 것이다. 한나라 유학자의 천인에 관한 학설이나 송나라 유학자의 성명에 관한 학설로 말하면, 그들의 철학적 사고에 같은 점과 다른 점이 있으며, 그것들의 명칭이 일치하지 않지만, 그들이 문제로 삼은 대상은 이른바 천인天人의 관계라는 것이니, 결코 두 가지 일이 아닌 것이다.[9]

하나라와 은나라 및 주나라 삼대의 왕조가 바뀌던 시기에 '천명'은 정치사상의 관념으로서 출현하기 시작하여 빈번히 사용되었다.

하나라의 우임금이 천명으로써 복종하지 않는 자를 정벌하였기에 ≪서경·우서虞書·고요모皐陶謨≫에서는 "하늘이 덕이 있는 이

---

9) 구양철생 주편, ≪부사년 전집≫ 제2권, 호남교육출판사, 2003, 568쪽.

에게 명하시면 다섯 가지 복장으로 다섯 등급이 드러나게 하시며, 하늘이 죄 있는 자를 정벌하시면 다섯 가지 형벌로 다섯 등급을 써서 징계하소서. 〔天命有德, 五服五章哉! 天討有罪, 五刑五用哉!〕 "라고 하였다.

상나라의 탕湯임금이 하나라를 멸하고, 이렇게 이야기했다.

하나라가 악덕한 군주로 인해 백성들이 도탄에 빠졌었노라. 이에 하늘이 임금께 용기와 지혜를 주시며 그 자신을 귀감으로 삼아 온 나라를 바로잡게 하여 우禹의 옛일을 잇게 하셨습니다. 이에 그 법을 따라서 천명을 받들어 따르신 것입니다. 하나라 임금이 죄가 있어 상천上天을 어기고 속여 아래에 명령을 반포하였습니다. 〔有夏昏德, 民墜塗炭, 天乃錫王勇智, 表正萬邦, 纘禹舊服. 玆率厥典, 奉若天命. 夏王有罪, 矯誣上天, 以布命于下.〕 (≪서경·상서商書·중훼지고仲虺之誥≫)

하나라가 죄가 많아 하늘이 명하여 처벌하게 하신 것이다. 〔有夏多罪, 天命殛之.〕 (≪서경·상서·탕서湯誓≫)

하늘의 도는 착한 자에게 복을 주고 음란한 사람에게 화를 내리기 때문에 하나라에 재앙을 내려 그 죄를 드러내셨다. 이러므로 나 소자小子가 하늘이 명하신 분명한 위엄을 받들어 행하여 감히 용서하지 못한다. 감히 검은 희생을 써서 위의 하늘과 땅의 신께 고하여 하나라에게 죄 줄 것을 청하노라. 〔天道福善禍淫, 降災于夏, 以彰厥罪. 肆台小子, 將天命明威, 不敢赦. 敢用玄牡, 敢昭告于上天神后, 請罪有夏.〕 (≪서경·상서·탕고湯誥≫)

하늘이 제비에게 명하시길 내려가 상나라 시조를 낳아 은나라 땅 아득한 데까지 거주하라 하였다네. 옛적에 상제가 씩씩한 탕임금에게 명령하시길 지경을 저 사방까지 다스리라 하였다네. 〔天命玄鳥, 降而生商, 宅殷土芒芒. 古帝命武湯, 正域彼四方.〕 (≪시경·상송商頌·현조玄鳥≫)

주나라의 무왕이 상나라를 멸하고, 다음과 같이 말했다.

온화하고도 아름다우신 용모의 문왕이시여! 아, 공경을 계속하여 밝히셨네. 큰 하늘의 명령은 상나라 자손들에게 있었네. 상나라의 자손들이 그 수가 억億뿐만이 아니었지만, 상제가 이미 명령하셨기에 주나라에 복종하였도다. 주나라에 복종한 것은 하늘의 명이 일정하지 않아서라네. 〔穆穆文王, 於緝熙敬止. 假哉天命, 有商孫子. 商之孫子, 其麗不億. 上帝旣命, 侯于周服. 侯服于周, 天命靡常.〕 (≪시경·대아·문왕文王≫)

11년에 무왕이 은殷을 정벌하였다. 1월 무오일에 군사가 맹진을 건너고서 〈태서〉 세 편을 지었다. ……상商나라의 죄가 두루 가득하여 하늘이 명하여 벌을 주시니, 내가 하늘을 따르지 아니하면, 그 죄가 (주왕紂王과) 같을 것이다. 나 소자小子는 밤낮으로 공경하며 두려워하여 문덕이 있는 아버지의 명을 받아 상제께 유類 제사를 지낸다. 〔惟十有一年, 武王伐殷. 一月戊午, 師渡孟津, 作〈泰誓〉三篇. ……商罪貫盈, 天命誅之, 予弗順天, 厥罪惟鈞. 予小子夙夜祗懼, 受命文考, 類于上帝.〕 (≪서경·주서周書·태서 상泰誓上≫)

왕이 다음과 같이 말씀하셨다. "아, 여러 제후들이여! 선왕이 나라를 세워 땅을 여시니, 공유公劉가 앞서 공훈을 두텁게 하셨고, 태왕太王에 이르러서 비로소 왕좌의 기틀을 닦으셨다. 왕계王季가 왕가王家에 부지런히 하시고, 우리 문덕이 있는 아버지 문왕이 그 공을 이루셔서 크게 하늘의 명을 받아 사방의 중국을 위무하였다." 〔王若曰: "嗚呼, 群后! 惟先王建邦啓土, 公劉克篤前烈, 至于大王肇基王跡, 王季其勤王家. 我文考文王克成厥勳, 誕膺天命, 以撫方夏."〕 (≪서경·주서·무성武成≫)

이상의 기록들 가운데는 ≪서경≫에서 나온 것이 많다. ≪상서≫에 대한 진위가 분분하고, 그 출처가 일치하지 않는다. 하지만 ≪시경≫의 ≪아≫나 ≪송≫과 결부시켜 보면, 대체로 하나라와 은나라 및 주나라가 교체되던 시기의 "천명"과 정치적 변혁의 관계를 반영하고 있다.

상나라 탕임금이 하나라를 멸하고 천명을 계승하고, 주나라 무왕에 이르러 상나라를 멸하고 또 천명을 계승했다고 한다. 도대체 '천명'은 누구와 가장 가까운 것일까? 그리하여 주나라 사람은 은나라 사람의 천도 사상을 계승하는 동시에 '천天'에 의심을 품기 시작하여 "하늘의 명이 일정하지 않다. 〔天命無常〕"(≪급총주서汲冢周書 · 오권해五權解≫)라고 생각해서 은나라의 사상 관념 속에서 다시 한걸음 더 나아가 "덕德"이라는 글자 하나를 제시했다.10)

주나라에 복종한 것은 하늘의 명이 일정하지 않아서라네. 〔侯服于周, 天命靡常.〕 (≪시경 · 대아 · 문왕≫)

황천皇天은 특별히 친하게 대함이 없이 오직 덕 있는 사람을 돕는다. 〔皇天無親, 惟德是輔.〕 (≪서경 · 주서 · 채중지명蔡仲之命≫)

귀신은 사람을 친애하는 것이 아니라 오직 덕 있는 사람에게 의지한다고 합니다. 그러므로 ≪서경 · 주서 · 채중지명≫에서 "황천은 특별히 친하게 대함이 없이 오직 덕 있는 사람을 돕는다."라고 하고, 또 "서직이 향기로운 것이 아니라 밝은 덕이 향기로운 것이다."라고 하고, 또 "백성이 제사의 물품들을 바꾸지 않아도 오직 덕이 요긴한 제사의 물품이 될 뿐이다."라고 하였습니다. 이 말대로라면 덕이 없으면 백성이 화목하지 않고, 신神이 흠향하지 않을 것이니, 신이 의지하는 곳은 아마 덕에 있을 것입니다. 〔鬼神非人實親, 惟德是依, 故≪周書≫曰: "皇天無親, 惟德是輔", 又曰: "黍稷非馨, 明德惟馨", 又曰: "民不易物, 惟德緊物." 如是則非德, 民不和, 神不享矣. 神所馮依, 將在德矣.〕 (≪춘추좌씨

---

10) 곽말약, ≪선진 시기 천도관의 발전≫, ≪곽말약 전집 역사편≫1 ≪청동시대≫, 인민출판사, 1984, 335쪽.

은나라의 샤먼정치가 실각함에 따라 "오로지 귀신을 친애"하는 천도 사상은 매우 빠르게 "황천皇天은 특별히 친하게 대함이 없이 덕 있는 자를 돕는다."라고 하는 천도 관념으로 대치되고, 종교와 천지신명[神祇]의 시대에서 지혜와 이성의 시대로 나아가기 시작했다.

그렇지만 주나라의 천도 관념은 은나라와 상나라의 문화를 계승하였기에 결코 샤먼정치라는 태생적 관계와 완전히 단절될 수 없었다. 바로 부사년이 다음과 같이 말한 바와 같다. "당시 이 무리의 사람들이 가진 천도관天道觀은 여전히 종교적 범위 안에서 단지 사람과 관계된 일에 대한 지식을 넓혀갔다. 그래서 아주 현저한 이성론理性論의 색채에 뒤덮여 하늘에 기원하려면 반드시 먼저 자기가 해야 할 일을 모두 해야 했고, 천명이 귀속되는 바를 알고자 하면 반드시 먼저 사람의 마음이 귀속되는 바를 알아야 했다. ……이러한 주장에는 필연적으로 하나의 취지가 따르게 되는데, 바로 천명이 일정하지 않다는 것이다. 오로지 천명이 일정하지 않기 때문에 사람으로서 해야 할 일은 반드시 실행해야만 했다. 이러한 천인론天人論은 '하늘의 위엄을 두려워하고 사람이 할 일을 중시하는 천명무상론天命無常論'이라고 일컬을 수 있다. 천명이 일정하지 않다(天命無常)는 이러한 사상을 상고 사회가 다 함께 믿었기 때문에 매우 광범위하게 유행되었다."11) 이와 같이 주나라 사람의 천명 관념이 종교적이면서 이성적이라는 이중적 특징은 운명으로 정해진 것이었다.

바꾸어 말하면 주나라 무왕이 상나라를 멸하고서 천명을 계승

---

11) 구양철생 주편, ≪부사년 전집≫ 제2권, 호남교육출판사, 2003, 593~594쪽.

했을 뿐만 아니라, 또한 천명은 일정하지 않다고 말하며 "황천은 특별히 친하게 대함이 없이 오직 덕 있는 사람을 돕는다."라고 한 것은 주나라 사람들이 천명을 다루는데 망설임과 모순의 관념을 구체적으로 드러내고 있다. 공자는 스스로 은나라 사람의 후예라고 자처했을 뿐만 아니라, 또한 서주의 예악을 숭상했다. 이러한 이중적 문화의 이해는 그의 천명에 대한 관념을 어쩔 수 없이 복잡하고도 심오하게 만들었다.

2절 | 공자의 '천명'에 관한 서술

　　'천天'과 '명命' 및 '천명天命'에 연관된 공자의 여러 가지 구체적인 표현과 견해는 양백준이 이미 이루어 놓은 전문적인 통계와 연구가 있다. 양백준의 통계에 따르면, ≪논어≫에서 '천天' 자를 사용한 것은 모두 18번이다. 그 가운데 다른 사람이 말한 것을 제외하고 공자 스스로 12번 반半을 말했다. 이 12번 반 가운데 '하늘〔天〕'에는 세 가지 뜻이 있다. 하나는 자연의 '하늘'이고, 다른 하나는 주재主宰 혹은 운명運命의 '하늘'이며, 또 다른 하나는 의리義理의 '하늘'이다.12) 그중에 자연의 하늘은 단지 3번밖에 나오지 않고, 또한 2번은 중복된다.

　　선생님께서 말씀하셨다. "나는 말이 없고자 한다." 자공이 말했다. "선생님께서 만약 아무 말씀도 하지 않으시면, 저희들은 무엇을 따르고 전하겠습니까?" 선생님께서 말씀하셨다. "하늘이 무슨 말을 하더냐? 사계절을 운행하여 만물을 생겨나게 할 뿐, 하늘이 무슨 말을 하더냐?"〔子曰: "予欲無言." 子貢曰: "子如不言, 則小子何述焉?" 子曰: "天何言哉? 四時行焉, 百物生焉, 天何言哉?"〕(≪논어·양화≫)

　　선생님께서 말씀하셨다. "위대하도다, 요의 임금다움이여! 거룩하도다, 오직 하늘만이 위대하거늘, 오직 요임금만이 견줄 수 있도다."〔子曰: "大哉, 堯之爲君也! 巍巍乎! 唯天爲大, 唯堯則之."〕(≪논어·태백≫)

---

12) 양백준, ≪논어역주·공자 시론(試論孔子)≫, 중화서국, 1980, 10쪽 참조.

의리의 하늘은 겨우 한 번 나온다.

왕손가가 물었다. "안방 신에게 아첨하는 것보다는 차라리 부뚜막 신에게 잘 보이는 것이 낫다고 하는데, 어떻게 생각하십니까?" 선생님께서 말씀하셨다. "잘못된 말이다. 하늘에 죄를 짓는다면 빌 곳이 없다."〔王孫賈問曰: "與其媚於奧, 寧媚於竈, 何謂也?" 子曰: "不然, 獲罪於天, 無所禱也."〕(《논어·팔일》)

주재의 하늘 혹은 운명의 하늘은 나오는 횟수가 비교적 많다. 모두 여덟 번 반인데 그중에서 두 곳이 중복된다.

선생님께서 남자南子를 만나자 자로가 좋아하지 않았다. 선생님께서는 맹세하여 말씀하셨다. "나에게 불미스러운 일이 있다면 하늘이 나의 도를 통하지 않게 하리라! 하늘이 나의 도를 통하지 않게 하리라!"〔子見南子, 子路不說. 夫子矢之曰: "予所否者, 天厭之! 天厭之!"〕(《논어·옹야》)

선생님께서 말씀하셨다. "하늘이 나에게 덕을 주셨으니, 환퇴가 나를 어찌하겠는가?"〔子曰: "天生德於予, 桓魋其如予何?"〕(《논어·술이》)

선생님께서 제자들과 함께 광匡 땅에서 포위되었을 때 말씀하셨다. "문왕이 돌아가신 뒤에 문화가 나에게 있지 않느냐? 하늘이 장차 이 문화를 없애려 한다면, 뒤에 죽을 나 또한 이 문화에 참여하지 못할 것이다. 하늘이 만약 이 문화를 없애려 하지 않는다면, 광 땅 사람들이 나를 어찌하겠느냐?"〔子畏於匡. 曰: "文王旣沒, 文不在茲乎? 天之將喪斯文也, 後死者不得與於斯文也. 天之未喪斯文也, 匡人其如予何?"〕(《논어·자한》)

선생님의 병환이 위독해지자 자로가 문인들에게 신하의 예절로 장례를 준비하게 했다. 선생님께서 병환이 좀 나아지자 말씀하셨다. "오래되었구나, 자로가 속여 온 지가! 신하가 없는데도 신하가 있는 듯이 하였으니, 내가 누구를 속이겠는가? 하늘을 속이자는 것인가?"〔子疾病, 子路使門人爲臣. 病間, 曰: "久矣哉! 由之行詐也, 無臣而爲有臣. 吾誰欺? 欺天乎?"〕(≪논어 · 자한≫)

선생님께서 말씀하셨다. "하늘을 원망하지 않고, 사람을 탓하지 않으며, 아래로부터 배워 위로 통달하나니, 나를 아는 이는 아마 저 하늘이 아닐까!"〔子曰: "不怨天, 不尤人. 下學而上達. 知我者, 其天乎!"〕(≪논어 · 헌문≫)

그중의 반半 번은 자하가 말한 것이다.

자하가 말했다. "내가 듣기로, '생사에는 명命이 있고, 부귀는 하늘에 달려 있다.'고 한다."〔子夏曰: "商聞之矣. 死生有命, 富貴在天."〕(≪논어 · 안연≫)

양백준은 자하가 말한 이 구절이 "아마도 공자가 한 말을 들었을 가능성이 가장 높기 때문에 그것을 반으로 계산했다."[13] 그는 또한 위에서 서술한 것처럼 공자가 "천天"을 말한 언어 환경에 근거하여 그것을 세 가지 상황으로 귀납하였다. 첫 번째는 서약하는 것으로, 그 당시 맹세한 말이다. 두 번째는 공자가 어려운 처지 혹은 위험한 지경에 처하여 자신에게 말을 한 것이다. 세 번째는 화를 내는 것으로, 불쾌한 감정을 털어놓는 것이다.

양백준은 "공자가 이렇게 하늘을 부른 것은 반드시 하늘이 진정한 주재자요, 진정으로 의지가 있다고 생각해서는 아니다."라고

---

13) 양백준, ≪논어역주 · 공자 시론≫, 중화서국, 1980, 10쪽 참조.

주장했다.14) 이로부터 알 수 있는 것은 공자의 '천' 관념 속에는 이미 은나라와 상나라 이래로 있어 왔던 '신성神性'의 색채에서 벗어나 이성의 빛줄기나 인간적인 순수함과 애정이 상당히 풍부하다. 그리고 맹세를 하거나, 스스로 마음을 달래거나, 그렇지 않으면 울분을 터뜨리는 것과 같이 평범한 사람의 생활의 정취를 구비하지 않은 것이 없다.

《논어》에서 공자가 "명命"을 말한 것은 다섯 번 반이다. 윗글에서 자하가 말한 반 번을 제외하고 그 나머지 다섯 번은 모두 공자의 입에서 나왔다.

> 백우가 병을 앓자 선생님께서 문병 가셔서 창문으로 그의 손을 잡고 말씀하셨다. "살아날 가망이 없으니, 운명인가! 이 사람한테 이런 병이 생기다니! 이 사람한테 이런 병이 생기다니!"〔伯牛有疾, 子問之, 自牖執其手, 曰: "亡之, 命矣夫! 斯人也而有斯疾也! 斯人也而有斯疾也!"〕 (《논어·옹야》)

> 선생님께서 말씀하셨다. "도가 장차 실행되는 것도 명命이며, 도가 장차 폐해지는 것도 명이니, 공백료가 명에 대해 어찌하겠는가?"〔子曰: "道之將行也與? 命也. 道之將廢也與? 命也. 公伯寮其如命何!"〕 (《논어·헌문》)

> 공자께서 말씀하셨다. "명을 알지 못하면 군자가 될 수 없다."〔孔子曰: "不知命, 無以爲君子也."〕 (《논어·요왈》)

이 몇 가지 구절을 결부시켜 보면, 공자의 "명"에 대한 심리는 비교적 복잡하다. 거기에는 포착할 수 없는 괴로움과 유감스러움이 있으며, 또한 평상시처럼 태연자약한 초연함도 있다. 특히 "도

---

14) 양백준, 《논어역주·공자 시론》, 중화서국, 1980, 11쪽 참조.

가 장차 실행되는 것도 명命이며, 도가 장차 폐해지는 것도 명이니, 공백료가 명에 대해 어찌하겠는가?"라는 말은 일종의 성숙된 이성理性과 자신감을 드러낸 것으로, 정말 "대자연 가운데 방랑하며, 기뻐하지도 두려워하지도 않네〔縱浪大化中, 不喜亦不懼〕"(《도연명집陶淵明集》 권2, 〈형영신形影神·신석神釋〉)라는 구절과 같은 여유로움과 대범함을 갖추고 있다.

《논어》에서 공자가 "천명"을 말한 것은 세 번이다.

> 선생님께서 말씀하셨다. "나는 ……50에 천명을 알았다."〔子曰: "吾 ……五十而知天命."〕(《논어·위정》)

> 공자께서 말씀하셨다. "군자에게는 세 가지 두려워하는 것이 있다. 천명을 두려워하고, 대인을 두려워하며, 성인의 말씀을 두려워한다. 소인은 천명을 몰라서 두려워하지 않고, 대인을 소홀히 대하며, 성인의 말씀을 경시한다."〔孔子曰: "君子有三畏. 畏天命, 畏大人, 畏聖人之言. 小人不知天命而不畏也, 狎大人, 侮聖人之言."〕(《논어·계씨》)

위에서 서술한 "천명"에 대한 진술은 《논어》의 맨 마지막 편인 〈요왈〉과 관계가 밀접하다.

> 공자께서 말씀하셨다. "명命을 알지 못하면 군자가 될 수 없고, 예禮를 모르면 남 앞에 나설 수 없고, 말을 분별하지 못하면 사람을 알 수가 없다."〔孔子曰: "不知命, 無以爲君子也. 不知禮, 無以立也. 不知言, 無以知人也."〕(《논어·요왈》)

여기서 말한 "명을 알지 못하면"에서의 "명"은 사실 "천명"이라는 뜻이다. 다만 문장 구조의 통일성을 위해 줄여서 "명"이라고 한 것에 불과하다. 전목이 말하기를 "어떤 사람은 이 장章이 ≪논어≫라는 작품을 완성하는〔終篇〕 것이기에 유달리 깊은 의미를 지니고 있다고 말한다. 그러나 대대로 전해지는 ≪노논어≫에는 이 장이 없고, 다만 정현이 ≪고논어≫를 ≪노논어≫와 비교해서 그 빠진 것을 골라 보충한 것일 뿐이다."15)라고 했다.

≪노논어≫는 금문今文 ≪논어≫인데, 진시황의 분서焚書의 화를 당한 뒤 진나라가 한나라로 교체되던 시기에 유학자들의 입에서 입으로 전수되다가 금문인 예서隷書로 바꾸어 베껴 써서 만든 것이다. 그 마지막 편이 잃어버려졌거나 누락되어 모자라는 것은 이치에 부합된다고 생각한다. 그렇지만 ≪고논어≫는 한나라 무제 때 공자의 고택을 허물고 얻은 것으로, 공자의 후예인 공안국이 전수하였으니, ≪논어≫의 원형에 훨씬 더 가까운 것 같다. 그런 까닭에 ≪논어≫는 이 편이 압권壓卷으로 그 의미가 각별하다.

강유위는 이 구절에 대해 다음과 같은 주석을 달았다. "명命을 아는 것이 근본이지만, 그 위에 반드시 예를 알고 말을 분별할 줄 알아야만, 비로소 인간 세상에 처해서도 지장이 없다. ≪논어≫가 일체 사물을 두루 설명하고, 마지막 편에서 이 세 가지를 신신당부하니, 학자들이 주의하지 않을 수 없다. 〔知命爲本, 復須知禮知言, 乃能處人間世而無碍. ≪論語≫遍陳萬法, 而于終篇丁寧斯三者, 學者不可不留意焉.〕"16)

≪논어≫라는 책을 종합적으로 고찰하면, "학學"에서 시작하여 "지명知命"과 "지례知禮", 그리고 "지언知言"으로 끝맺으니, 이로부터 공자의 "삼위일체"의 사상 체계를 볼 수 있다. "삼위"란 무엇인가? "지명"과 "지례", 그리고 "지언"이다. "일체"란 무엇인가? "공부〔學〕" 이다.

---

15) 전목, ≪논어신해≫, 삼련서점, 2012, 464쪽.
16) 강유위, 루우열 정리, ≪논어주≫, 중화서국, 1984, 97~98쪽.

그 체계의 심오한 뜻을 살펴보면, "공부"는 수단이자 과정이고, 궁극의 목적은 사회에 적용하는 것, 즉 "삼위"에 있다. "지명"과 "지례" 및 "지언"을 통해서야 비로소 군자로 세상에 설 수 있다. 공부에는 끝이 없다. "지명"과 "지례" 및 "지언"의 뒤에도 부족함을 알고, "곤란에 부딪히게 되면 배우려 해야 한다. 〔困而學之〕"(≪논어·계씨≫) 그러므로 "공부"가 이 "삼위일체"에 끊이지 않는 동력을 제공한 덕분에 사람을 격려하여 분발하게 한다.

마지막 편(의 마지막 장)에서 말한 "군자가 알아야 할 세 가지〔三知〕"는 앞에서 인용한 ≪논어·계씨≫ 편의 "군자가 두려워해야 할 세 가지〔三畏〕"와 떨어져 있지만 서로 뜻이 통한다. 공자가 강조한 "군자가 알아야 할 세 가지" 가운데 "지언"이 처음이고, "지례"가 그 다음이지만, "지명"이 가장 중요한 것이 된다. 그 차례의 중요성은 "군자가 두려워해야 할 세 가지"와 일대일로 대응하는 관계를 형성한다.

군자가 두려워해야 할 세 가지〔三畏〕	군자가 알아야 할 세 가지〔三知〕	수양 단계
천명을 두려워할 것〔畏天命〕	명을 아는 것〔知命〕(知天命)	군자가 됨〔以爲君子〕
대인을 두려워할 것〔畏大人〕	예를 아는 것 〔知禮〕(知長幼之序)	남 앞에 나설 수 있음〔以立〕
성인의 말씀을 두려워할 것 〔畏聖人之言〕	말을 분별하는 것〔知言〕	사람을 알 수 있음 〔以知人〕

"군자가 알아야 할 세 가지"와 "군자가 두려워해야 할 세 가지" 중에서 공자가 "천명"을 최고의 위치에 두었다는 것은 그의 "천명"에 대한 중시와 외경을 나타내고, 또한 그가 "천명을 아는 것"과 "천명을 두려워할 것"을 인격의 도덕적 수양에 있어 최고 경계로 삼았다는 것을 나타낸다. 그런 까닭에 후대에 높은 평가와 관심을

불러일으켰고, 애써 풀이하려는 모든 사람들이 이 오묘한 집의 문을 열려고 시도했다. 그러나 흡사 자공이 말한 바와 같이 아마 "그 문을 찾아내어 들어갈 수 없었거나 [不得其門而入]"(이하 《논어·자장》), 그렇지 않으면 "그 문을 찾아낼 수 있는 사람은 아마도 적었을 것이다. [得其門者或寡矣]"

부사년은 일찍이 이렇게 말했다. "《논어》의 뜻을 찾아 들어가 보면, 공자는 춘추시대에 천인론天人論에 있어 진보론자였다는 것을 확실히 느낄 것이다. ……공자는 춘추시대 말기의 각성된 진보론자 가운데 으뜸가는 대표자이다."

공자의 말은 얼마나 진실한가! 비록 시대적 혹은 가족적 원인으로 공자에게는 불가피하게 은나라 샤먼문화의 낙인이 붙어 다닌다. 하지만 그는 결코 귀신을 덮어놓고 믿지 않았으며, 은나라의 귀신에 맹종하는 천박함에서 벗어나 이성의 찬란한 빛을 갖추고 있다. 예를 들면 그가 "재계齋戒에 마음을 쓴 것"17)과 "괴이한 일, 힘센 사람의 일, 바른 도리를 어지럽히는 일, 그리고 귀신에 관한 일을 말하지 않은 것"(《논어·술이》) 등등이 있다.

강유위는 이렇게 말했다. "성인은 일상에 관한 일을 말하고 괴이한 일을 말하지 않으며, 덕행이 있는 사람의 일을 말하고 힘센 사람의 일을 말하지 않으며, 상도常道로 다스리는 일을 말하고 정도正道를 어지럽히는 일을 말하지 않으며, 인사에 관한 일을 말하고 귀신에 관한 일을 말하지 않는다. ……《한서·교사지郊祀志》에서 인용한 《논어》에 '역란力亂'이란 두 글자가 없다는 것은 곧 '괴신怪神'에 대해 특히 공자가 말하지 않았다는 것을 설명한다."18) 또 공자는 "귀신을 공경하되 가까이하지 않는 것 [敬鬼神而遠之]"(이하 《논어·

---

17) 《논어·술이》에서 "선생님께서 조심하시는 일은 재계와 전쟁과 질병이다. [子之所愼, 齊, 戰, 疾.]"라고 하였다.
18) 강유위, 루우열 정리, 《논어주》, 중화서국, 1984, 97~98쪽.

용야≫)을 "지혜롭다〔知〕"라고 일컬었으며, "미처 사람도 제대로 섬기지 못하면서, 어찌 귀신을 섬길 수 있으리오. 〔未能事人, 焉能事鬼〕"(≪논어·선진≫)라고 강조했다. 그는 일찍이 초나라 소왕이 귀신을 믿지 않는 태도에 대해 극찬한 적이 있다. ≪춘추좌씨전≫ 애공 6년(B. C. 489)의 기록에 따르면 다음과 같다.

이 해에 초나라 하늘에 한 떼의 붉은 새 모양을 한 채운彩雲이 태양을 끼고 3일이나 비상飛翔하였다. 초자楚子가 사람을 보내어 주나라 태사에게 물었다. 주나라 태사가 말했다. "그 징조가 아마도 왕의 신상身上에 미칠 것이다. 그러나 (재앙이 물러가기를 비는) 양제禳祭를 지낸다면 그 화를 영윤令尹이나 사마司馬에게로 옮겨가게 할 수 있습니다." 초나라 소왕이 말했다. "나〔腹心〕의 병을 제거하려고 그 병을 신하〔股肱〕에게 옮겨놓는 것이 무슨 이익이 되겠는가? 나에게 큰 재앙이 없다면 하늘이 어찌 나를 요절시킬 것이며, 죄가 있어 받는 벌이라면 또 어찌 남에게 옮겨가게 할 수 있겠는가?" 끝내 양제를 지내지 않았다.
당초에 소왕이 병을 앓을 때, 복인卜人이 "하신河神께 빌미를 만든 것입니다."라고 말했다. 그러나 소왕은 하신에게 제사를 지내지 않았다. 대부들이 남교南郊에서 제사지내기를 청하자, 소왕이 말했다. "삼대三代 때 왕명으로 규정한 제사〔命祀〕는 각국의 경내境內 명산대천에 망제望祭하는 데 불과하였다. 장강長江, 한수漢水, 저수雎水, 장수漳水는 우리 초나라가 망제하는 대천大川이니 화복이 오는 것도 여기에서 지나지 않을 것이다. 내가 비록 부덕하지만 하신에게 죄를 얻을 바는 아니다." 끝내 제사를 지내지 않았다. 공자가 논평하였다. "초나라 소왕이 대도를 알았으니, 그가 나라를 잃지 않은 것은 당연하다. ≪하서≫에 '저 도당陶唐으로부터 저 하늘의 상도를 따라 이 기주冀州 지방을 소유하였는데, 이제 그 도의 행함을 잃고 그 기강을 어지럽혀 이에 멸망하였다.'고 하고, 또 '진실로 이런 일〔玆〕이 생기는 것은 나〔玆〕에게 달렸다.'고 하였다. 모든 화복은 자신의 행위에서 유래하니 상도를 따라야 한다."〔是歲也, 有雲如衆赤鳥, 夾日以飛三日, 楚子使問諸周大史, 周大史曰, 其當王身乎, 若禜之, 可移於令尹司馬. 王曰, 除腹心之疾, 而寘諸股肱何益, 不穀不有大過, 天其夭諸, 有罪受罰, 又焉移之, 遂弗禜. 初, 昭王有疾, 卜曰, 河爲祟, 王弗祭, 大夫請祭諸郊, 王曰, 三代命祀, 祭不越望, 江漢雎漳, 楚之望也, 禍福之至, 不是過也, 不穀雖不德, 河非所獲罪也, 遂弗祭, 孔子曰, 楚昭王知大道矣, 其不失國也宜哉, ≪夏書≫曰, 惟彼陶唐, 帥彼天常, 有此冀方, 今失其行, 亂其紀綱, 乃滅而亡, 又曰, 允出玆在玆, 由己率常可矣.〕

공자는 이러한 일을 전해 듣고 초나라 소왕(B. C. 523~B. C. 489)의 진보적인 생각에 매우 탄복했다. 진陳나라가 혼란할 때, 공자는 초나라로 가서 소왕에게 몸을 의탁할 것을 생각했다. 또한 초나라 소왕도 공자가 초나라로 오는 것을 희망했고, 아울러 사람을 파견하여 공자를 맞이했다.19) 그러나 애석하게도 그 뒤에 초나라 소왕은 영윤令尹의 참언을 곧이듣고, 공자를 중요한 자리에 임용하지도 못하고 세상을 떠났다. 만약 그렇지 않았다면, 이와 같이 서로 아끼고 동정하던 두 사람이 정말로 어떤 경천동지할 위대한 업적을 이루어 냈을지 모른다. 어쩌면 이것이 바로 공자가 일찍이 평소처럼 태연자약했던 천명일 것이다.

공자의 천도에 대한 전수는 그가 천명을 대했던 태도와 마찬가지로 침착하고 여유로우면서도 완전히 순리에 따라 자연스럽게 했다. ≪사기·천관서≫에서는 이렇게 말했다.

공자는 육경을 평론하면서 괴이한 사건은 기록하되 그에 관한 설명은 기록하지 않았다. 천도나 천명에 관해서는 전수하지 않았으니, 자기 사람에게 전수할 때는 말해 줄 필요가 없었고, 자기 사람이 아닌 사람에게는 말해 주어도 말귀를 알아듣지 못하였다.〔孔子論六經, 紀異而說不書. 至天道命, 不傳. 傳其人, 不待告. 告非其人, 雖言不著.〕

---

19) 이장지, ≪공자전≫, 동방출판사, 2010, 68쪽 참조.

≪사기정의≫에서는 이를 다음과 같이 풀이했다. "천도와 성명은 어떤 사람〔忽〕이 포부를 가지고 있고 그것을 전수할 만하다면 전수한다. 그러나 그 요지는 미묘하여 (그것을 깨닫는 것은) 스스로의 타고난 자질에 달려 있으니, 상세히 설명〔告語〕해 줄 필요가 없다는 말이다. 〔言天道性命, 忽有志事, 可傳授之則傳, 其大指微妙, 自在天性, 不須深告語也.〕"
공자는 "천도와 성명"의 전수를 완전히 인연에 맡겨 전수할 만하면 전수하고, 조금도 억지로 요구하지 않았다. 그래서 그의 제자들이 "선생님께서 이익과 천명, 그리고 인仁에 대해서는 드물게 말씀하셨다."라고 하고, "성과 천도에 관한 선생님의 말씀은 들어 볼 수 없었다."라고 하는 등 많은 감탄이 있었던 것이다.

만약 위에서 서술한 천명 관념이나 천도와 성명을 전수하는데 인연에 맡기는 공자의 태도를 분명히 안다면, 그 속의 비밀〔奧秘〕을 통찰할 수 있다. 공자는 50세에 ≪역경≫ 공부를 시작하여 가죽끈이 세 번이나 끊어지고, "배우려고 애쓸 때면 밥 먹는 것도 잊고, 즐거워서 근심을 잊으며, 늙어가는 줄도 모를 〔發慎忘食, 樂以忘憂, 不知老之將至云爾.〕"(≪논어·술이≫) 정도였다. 하지만 공자는 ≪역경≫과 천도를 공개적으로 전수하지 않았다. 그래서 후세의 많은 학자들이 ≪논어≫에서 공자가 ≪역경≫을 공부했다는 기록을 의심하기에 이르렀다.

그러나 사실 ≪사기·중니제자열전≫을 펼쳐 읽어보면, 공자는 ≪역경≫을 각고의 노력으로 파고들었을 뿐만 아니라, 또한 ≪역≫에 관한 학문을 계승한 제자인 상구商瞿가 있었다는 것을 알게 될 것이다. 상구라는 이름이 ≪논어≫에는 기록이 보이지 않는다. 그러나 ≪사기≫와 ≪한서≫에는 분명하게 기재되어 있다. 이로부터 ≪논어≫에 공자가 ≪역경≫을 전수한 일을 기록하지 않은 것은 또한 그가 "성性과 천도天道"를 드물게 말한 것과 마찬가지로 모두 공자의 천명을 대하는 자연스러운 태도를 나타낸 것이다.

허탁운許倬雲(1933~)은 일찍이 "가장 가치 있는 춘추시대의 역사 연구 자료인 ≪춘추≫"20)의 고찰을 통해 그 당시 천명을 대하는 두 가지 태도, 즉 "하나는 인사가 천명에 의해 정해진다고 하는 외천론畏天論이요, 하나는 천명은 인사에서 기인된다고 하는 수덕론修德論이다."는 사실을 얻어 냈다. 이 두 가지 태도는 공자의 신상에 모두 어느 정도 남아 있는 것이라고 말할 수 있다. 그러나 그것을 현인에게 엄격하게 요구할 수 없는 것은 그 또한 완전히 시대를 벗어나서 존재할 수 없기 때문이다.

그러나 그의 천명관天命觀의 발전에 있어서 훌륭한 점은 "사람의 발견"을 근거로 천명관을 발전시켰다는 것에 있다. "공자는 비록 천명을 외경했으나, 오히려 그냥 두고서 논하지 않고, 막연한 천도를 아득히 먼 곳에 놓아두고, 세상 사람들의 시선을 거듭 현실의 인간 세상으로 되돌리고자 했다."21) 공자는 천명을 공경하면서 두려워했다. 그러나 결코 그 때문에 자기 자신을 속박하거나, 천명을 덮어놓고 믿거나, 소극적으로 행동하거나 한 것은 아니다. 그 반대로 그는 현실에 기반을 둔 적극적 처세의 태도로 "안 되는 줄 알면서도 하려 하고 [知其不可而爲之] "(≪논어 · 헌문≫), 사람들로 하여금 공경하여 우러러보는 '권력[力]'과 '천명[命]'에 대항하는 한 갈래의 길을 새로 만들어 냈다.

---

20) 이하는 모두 허탁운許倬雲, 〈선진 제자들의 천에 대한 인식(先秦諸子對天的看法)〉, ≪구고편求古篇≫, 대북연경출판사업회사(臺北聯經出版事業公司), 1982, 427쪽.

21) 허탁운, 〈선진 제자들의 천에 대한 인식〉, ≪구고편≫, 대북연경출판사업회사, 1982, 436쪽.

3절 | 공자의 '천명'을 대하는 적극성
– 안 되는 줄 알면서도 하려 하다 〔知其不可而爲之〕

　　공자의 일생은 시종 역경과 불행으로 가득했다. 유아기에는 아버지를 여의고, 청년기에는 어머니를 잃고, 만년에는 아들을 잃었다. 비록 중년에 사업이 순탄하지 않았던 것을 막론하더라도, 이러한 인생과 사업의 고난은 정말 경험한 사람이 드물다. 그렇지만 공자는 자기 인생의 이상을 위해 언제나 향상하도록 적극적으로 노력했다. 그리고 아무리 어려운 상황에서도 아무리 황급한 때에도 안되는 줄 알면서도 하려 했기에 범인의 영역을 벗어나 성인의 경지로 들어가는 위대한 성취를 이루었다.

　　≪사기・공자세가≫에는 "공구가 태어나고 나서 숙량흘이 죽었다. 〔丘生而叔梁紇死〕"라고 기록되어 있다. 그러나 후세 사람들이 공자와 홀어머니가 서로 의지하여 살아가면서 도대체 어떤 어려움과 고생을 겪었을지 상상하기는 어렵다. 공자가 나중에 회상할 때도 다만 "나는 어려서 가난했기에 비천한 일에 능한 것이 많았다. 〔吾少也賤, 故多能鄙事〕 "(≪논어・자한≫)라고 담담하게 말했을 뿐이다. 그 "비천한 일에 능한 것이 많았던" 것의 자세한 상황은 ≪사기・공자세가≫에 기록하고 있다.

　　공자는 가난하고 지위가 낮았다. 그가 장성하여 일찍이 계씨의 작은 벼슬아치로 있을 때, 저울질하는 것이 공정하였고, 그가 일찍이 직리職吏를 맡았을 때 가축은 살찌고 새끼도 많았다. 〔孔子貧且賤. 及

長, 嘗爲季氏史, 料量平. 嘗爲司職吏而畜蕃息..]

≪맹자·만장 하≫에서 이렇게도 말했다.

공자께서는 일찍이 창고지기가 되셨는데 "회계를 잘 맞추게 할 뿐
이다."라고 말씀하셨다. 또 농장 관리인이 되어서는 "소와 양이 무
럭무럭 잘 자라게 할 뿐이다."라고 말씀하셨다. 〔孔子嘗爲委吏矣, 曰:
"會計當而已矣." 嘗爲乘田矣, 曰: "牛羊茁壯, 長而已矣."〕

여기에는 그가 담당한 직무에 성의를 다하고 책임을 다하며,
뛰어나게 잘 해냈다는 것이 나타난다. 17세이던 해에 공자의 어머
니도 세상을 떠났다. 조실부모한 공자는 노나라 재상인 계씨의 집
에 일자리를 찾으러 갔으나, 계씨의 가신家臣인 양호陽虎에 의해 문
밖에서 거절당했다. 그런데 이 일로 공자는 낙담하지 않았다. 반대
로 그는 자기발전을 위해 적극적으로 노력하는 포부와 용기 그리
고 투지와 결심을 더욱 불러일으켰다.

≪사기≫의 기록에 따르면, 공자가 17세이던 해에 노나라의
대부大夫인 맹희자孟釐子가 "병들어 죽었다. 〔病且死〕" 그는 임종 때 두
아들인 맹의자孟懿子와 남궁경숙南宮敬叔에게 중니를 스승으로 섬기라
고 당부했다. 그런데 ≪사기≫의 이 기록은 아마 실제와 부합되지
않을 수도 있다.22) 그래서 후세 사람들은 공자가 17세에 학생을
모아 학교를 운영하기 시작했다는 ≪사기≫의 기록에 대하여 회의
적 태도를 보였다.

전목은 공자가 학생을 모아 학교를 운영한 시기를 30세 이후
라고 고증하여 바로잡았다. 만약 이와 같다면, 공자는 어머니가 세
상을 떠난 17세부터 30세가 될 때까지 그 사이에 아내를 얻고 아

---

22) 자세한 내용은 "2장 3절의 각주 72)" 참조.

들을 낳는 등등 일련의 일들을 포함한 이 10여 년의 어려운 삶을 어떻게 살아낸 것일까? 현대 사회에서 옛날을 추측해보면, 이 몇 해 동안 공자의 힘든 삶과 자강불식하는 그의 분투 정신을 상상하기 어렵지 않다.

공자가 학생을 모아 학교를 운영한 이후로, 생계의 어려움이 우선 일단락되었다. 그리고 맹의자와 남궁경숙이 공자를 스승으로 섬기고, 남궁경숙은 또한 직접 공자를 모시고 낙양에 가서 노자를 찾아뵈었다. 그때 이후로 공자의 문하생이 많아졌다.

공자는 생활이 안정되자 바로 정치에 투신했다. 35세 되던 해에 제나라로 망명한 노나라 소공을 따라 제나라로 갔다. 망명생활을 막 시작했을 때 그는 제나라 경공의 많은 환심을 얻고, 아울러 경공이 이계尼溪 땅을 공자에게 주려고 했다. 그런데 뜻밖에도 재상인 안영晏嬰(B. C. 578~B. C. 500)이 그만두도록 말렸다. 안영은 기회를 틈타 공자를 헐뜯는 말들을 하여 제나라 경공으로 하여금 공자에게 영지를 줄 생각을 단념하게 했을 뿐만 아니라, 또한 공자를 푸대접하게 했다. 이와 동시에 제나라의 대부들이 공자를 모해하려고 하자 공자는 곧 황급히 제나라를 떠났으며, 평생 제나라 땅에 발을 들여놓지 않았다.

공자가 노나라로 돌아온 후 학문을 닦고 연구하여 제자에게 전수하면서 또한 나라의 대사를 잊지 않았다. "권신에 반대하는 주장으로 당시에 그 이름을 알리기도 했다."(전목, 《공자전》 제5장) 그러는 사이 순식간에 나이가 50이 넘었다. 그때 당시에 어떤 사람은 계씨에 반대한다는 기치를 내걸고 공자로 하여금 출사하도록 꾀어내고 싶어 했다. 《논어》에는 이렇게 기록되어 있다.

공산불요가 비 땅에서 계씨를 배반하고 부르니, 공자께서 가려고 하셨다. 자로가 언짢아하며 말했다. "갈 곳이 없으면 그만둘 일이지, 하필 공산씨에게 가려 하십니까?" 선생님께서 말씀하셨다. "대저 나를 부르는 사람이 어찌 공연히 그랬겠느냐? 만약 나를 써 주는 사람이 있다면, 내가 그의 나라를 동방의 주나라로 만들 수 있지 않겠느냐?"〔公山弗擾以費畔, 召, 子欲往. 子路不說, 曰: "末之也已, 何必公山氏之之也." 子曰: "夫召我者而豈徒哉? 如有用我者, 吾其爲東周乎?"〕 《논어·양화》

전목은 이에 대해 이렇게 말했다. "공자가 부름의 말을 듣고 가려고 했다. 이때는 특히 오래도록 근심스럽고 답답한 심정의 때라, 가능성이 있는 기회를 만나자 마음이 동요하지 않을 수 없었던 것이다."23) "만약 나를 써 주는 사람이 있다면, 내가 그의 나라를 동방의 주나라로 만들 수 있지 않겠느냐?"라고 공자가 말했는데, 이것은 만약 정말 나를 쓸 수 있는 사람이 있다면, 나는 어쩌면 동쪽에 있는 또 하나의 주나라를 건설할 수 있을 것이라는 생각이 들어 있다.

공자의 드높은 호기의 배후에는 사실 뛰어난 재능과 큰 뜻을 품은 사람의 쓸쓸함과 한숨이 얼마간 감춰져 있다. 전목은 이에 대해 "사람은 마땅히 도를 행하는 것을 직무로 삼아야 하는 것이 바로 천명이다. 그러나 또한 도가 실행되지 않는 때가 있으니, 이 역시 천명이다."24)라고 평가하였는데, 이것은 공자와의 정신적 교분이 아주 돈독하다고 할 만하다. 공자는 결국 꿋꿋하게 자신의 절개를 지키고, 은거하며 벼슬길에 나아가지 않았다.

노나라는 양호陽虎의 난을 겪은 뒤 계씨 등의 권신들이 철저히 각성하여 공자를 기용하고자 하였다. 그리하여 공자가 출사했다. 처음엔 아주 순조로워 1년 사이에 여러 번 승진하여 중도재中都宰

---

23) 전목, 《공자전》, 삼련서점, 2012, 30쪽.
24) 전목, 《공자전》, 삼련서점, 2012, 32쪽.

에서 사공司空으로, 사공에서 대사구大司寇가 되어 재상의 직무를 대행하였다. 공자가 재상의 대리가 된 뒤 먼저 노나라는 제나라와의 협곡회맹夾谷會盟에서 공자의 지혜에 도움을 받아 전혀 무력을 쓸 필요가 없는 외교상의 중대한 승리를 거두었다.25)

그 후 공자는 "삼가三家의 봉읍을 무너뜨리는 일 [墮三都]"(≪사기·공자세가≫)을 시작으로 노나라의 오래된 난제, 즉 (노나라 환공桓公의 후손으로 대부大夫인) 계손씨季孫氏와 맹손씨孟孫氏 및 숙손씨叔孫氏 삼가의 권신들의 문제 해결에 착수했다. 그러나 애석하게도 성공을 눈앞에 두고 실패했다. 이것이 빌미가 되어 계씨의 원한을 사게 되고, 또 제나라 임금이 신하들의 이간책을 당하여 공자는 어쩔 수 없이 노나라를 떠나 동쪽으로 열국을 떠돌게 되었다.

공자는 일찍이 "만약 나를 써 주는 사람이 있다면, 내가 그의 나라를 동방의 주나라로 만들 수 있지 않겠는가?"라고 말했다. 공자가 노나라에 벼슬한 지 만 3년이 되지 않아 그 성과가 탁월했다. 안타깝게도 그 후 공자는 더 이상 정치에 참여하지 않았다. 이 얼마나 불행한 일인가! 공자의 불행이기도 하거니와, 더욱이 노나라의 불행이기도 하다. 노나라의 권신인 계환자는 죽어도 눈을 감지 못하고, 번뇌와 회한에 가득 차 임종 직전에 "한탄하며 말했다. '옛날에 이 나라는 거의 흥성할 수가 있었는데, 내가 공자에게 죄를 지어 이에 흥성하지 못했다.'[喟然嘆曰: '昔此國幾興矣, 以吾獲罪於孔子, 故不興也.']"(≪사기·공자세가≫)라고 하기에 이르렀다.

그러나 공자는 원망을 품지는 않았다. 동쪽으로 열국을 떠돌던 장장 14년이라는 고난의 세월 속에서도 그는 시종 거문고를 타고 노래하기를 멈추지 않았으며, 낙관적이고 진취적으로 나아갔다.

---

25) (B. C. 500년 노나라 정공定公과 제나라 경공이) 협곡夾谷에서 회맹할 때 (공자가 수행하면서 도운) 일은 ≪사기·공자세가≫에 자세하게 보인다.

설령 모살, 포위, 원망, 오해, 그리고 식량이 떨어지는 것과 같은 일련의 고난을 당하고, 위험과 곤란, 그리고 좌절이 반복되었으나, 그는 끝내 자신의 이상을 포기하지 않았다.

> 광匡나라를 지날 때는 광나라 사람들의 포위 공격을 당하여 거의 목숨을 잃을 뻔했다.
> 송나라를 지날 때는 자칫 송나라 사마司馬인 환퇴의 마수에 걸려들 뻔했다.
> 정나라를 경유할 때는 제자들과 길이 어긋나는 바람에 풀죽은 그의 모습이 마치 집 잃은 개와 같다며 다른 사람들에게 비웃음을 당했다.
> 포蒲나라를 거쳐 위衛나라로 갈 때는 포나라 사람들의 포위 공격을 당하여 어쩔 수 없이 위나라로 가지 않겠다는 맹약을 맺었다.
> 서쪽의 진晉나라로 들어가 조간자趙簡子에게 몸을 의탁하고자 하였으나, 그가 어진 대부를 살해했다는 소식을 들어야 했다.
> 초나라로 들어가고자 하였으나, 진陳나라와 채나라 대부들로부터 들판에서 포위 당하게 되어 초나라로 가지 못하고 식량마저 떨어졌다.
> 초나라 소왕이 700리의 땅을 영지領地로 내려 주고 공자를 영주로 봉하고자 하였으나, 재상인 자서子西의 훼방을 당했고, 오래지 않아 초나라 소왕마저 병으로 죽었다.
> 계강자季康子가 일찍이 공자를 노나라로 불러들였으나, 공지어公之魚의 참언을 입었다.[26]

노나라 애공 11년(B. C. 484), 공자는 68세의 늙고 쇠약한 몸으로 노나라로 되돌아왔다. 그러나 "노나라는 끝내 공자를 등용하지 않았으며, 공자 또한 관직을 구하지 않았다. [魯終不能用孔子, 孔子亦不求仕〕"(《사기·공자세가》) 그러나 그는 문헌을 정리하는데 열정적으로 헌

---

26) 공자가 열국을 두루 돌아다닐 때 조우한 갖가지 고난은 《사기·공자세가》 참조.

신하여 ≪시경≫을 가려내고, ≪주역≫에 서序를 쓰고, ≪춘추≫를 저술하였다. 이듬해에는 유일한 아들인 공리孔鯉가 세상을 떠났다. 3년째에는 가장 사랑하고 의발을 전수해 줄 제자인 안회(B. C. 521~B. C. 481)가 죽었다. 4년째에는 그를 가장 경애하여 받들어 모셨던 제자인 자로(B. C. 542~B. C. 480)도 죽었다. 이 일련의 충격으로 공자는 한번 병에 걸리자 일어나지 못하고, 노나라로 되돌아온 지 5년째 되던 해에 73세의 나이로 세상을 떠났다.

안회의 죽음을 들었을 때, 그는 "하늘이 나를 망하게 하는구나! 〔天喪予!〕"(≪논어·선진≫)라고 말했다. 그 자신이 세상을 떠날 때는 "천하에 도가 없어진 지 오래되었다! 아무도 나의 주장을 믿지 않는다. 〔天下無道久矣, 莫能宗予.〕"(≪사기·공자세가≫)라고 말하면서 유감을 가득히 품은 채 세상을 떠났다.

그렇지만 그는 결코 위축되지 않았다. 그는 "하늘을 원망하지 않고, 사람을 탓하지 않는다. 〔不怨天, 不尤人.〕"(이하 ≪논어·헌문≫)라고 하고, "나를 아는 이는 아마 저 하늘이 아닐까! 〔知我者, 其天乎!〕"라고 하였다. 그는 천도天道에 대한 자신감을 가지고 태연하게 세상을 떠났다.

강유위는 그를 평가하여 이렇게 말했다. "성인께서 위험을 전연 개의하지 않으셨다. 태연하게 거문고 가락에 맞추어 노래를 부르고, 학문을 닦고 연구하는 일을 그만두지 않으셨다. 아마도 정신이 따로 자연스럽게 노닐고 있는 듯하였으니, 인간의 빈곤과 현달을 모두 마술사〔幻人〕가 부리는 조화나 뜬구름이 오가는 것으로 생각하여 스스로 조금도 마음이 동요되는 바가 없이 아무 일도 없는 듯이 행동하신 것은 당연하다. 〔聖人履險如夷, 從容弦歌, 講學不輟, 蓋神明別有天游, 視人間之窮通, 皆如幻人之變化, 浮雲之來往, 自無所動其心, 宜其行所無事也.〕"27)

---

27) 강유위 저, 루우렬 정리, ≪논어주≫, 중화서국, 1984, 228쪽.

"성인께서는 세상을 바로잡으려 애쓰는 데 그 일생을 보내셨으나, 도가 실행되지 않아도 후회하지 않으셨다. 대개 사람의 나고 죽음이 다함이 없고 끝이 없듯, 세상을 다스리고 백성을 구제하는 일 또한 다함도 없고 끝도 없다. 성인께서 늘 성공하지는 못하고, 온갖 곳에서 억압을 당했어도 포기하지 않으셨기 때문에 공자가 된 것이다. [聖人終其身於恓皇, 道不行而不悔. 蓋生生世世, 無盡無窮, 救人濟世, 亦無盡無窮. 聖人時時亦未濟, 處處不厭亦不舍, 所以爲孔子也.] "28)

환퇴에게 생명을 잃을 뻔하고, 광나라 사람들에게 감금을 당하는 등 위협을 당했을 때에 공자는 꿈쩍도 하지 않고 "하늘이 나에게 덕을 주셨으니, 환퇴가 나를 어찌하겠는가? [天生德於予, 桓魋其如予何?] "(《논어·술이》)라고 하고, "하늘이 만약 이 문화를 없애려 하지 않는다면, 광 땅 사람들이 나를 어찌하겠는가? [天之未喪斯文也, 匡人其如予何?] "(《논어·자한》)라고 하는 천명에 관한 말을 쏟아냈다.

그 침착하고 냉정한 의연함 속에서 흘러나오는 자신감은 자부심이기까지 하였다. 위정통韋政通(1927~2018)은 이렇게 말했다. "이것은 모두 위태로운 상황에서 심지어는 죽음의 그림자 아래에서 폭발되어 나온 일종의 신비감과 절정의 경험을 증가시키고, 아울러 초연히 한 줄기 강대한 힘이 샘솟는 것을 느끼게 하는 것이었다. 그렇기에 이 늙은 도덕가의 종교적 심령의 메시지가 드러난 것이다. ……세계에서 부처나 예수와 동일시하는 등급의 위인 중에서 의심할 바 없이 공자는 적어도 신화와 신비한 색채를 지닌 인물이다. 비록 위급하고 곤란한 경우일지라도, 독려하는 사명감 아래에서 그는 신비감을 불러일으키기도 하고, 또한 자신의 종교적 심령의 일면을 드러내기도 하였다. 그러나 이것을 자랑으로 여기지 않았고, 또한 이것으로 사람을 가르치지도 않았다. 그는 교육을 통해 이상

---

28) 강유위 저, 루우럴 정리, 《논어주》, 중화서국, 1984, 224쪽.

적 인격인 군자를 양성하기를 희망했고, 군자에게는 조금도 신비한 색채가 없다."29)

하지만 그의 고단한 인생이 그를 신비롭게 만들었다. 그가 말한 "안 되는 줄 알면서도 하려 하는" 분투는 세상 사람들의 마음을 흔들어 놓았다. ≪논어 · 헌문≫에 이렇게 기록되어 있다.

자로가 석문에서 묵었다. 석문의 문지기가 물었다. "어디에서 오시오?" 자로가 대답했다. "공씨 댁에서 오늘 길입니다." 문지기가 말했다. "안 되는 줄 알면서도 하려 하는 사람 말인가요?"〔子路宿於石門. 晨門曰: "奚自?" 子路曰: "自孔氏." 曰: "是知其不可而爲之者與?"〕

이 문지기는 공자의 속마음을 참되게 알아주는 친구라고 말할 수 있다. 강유위가 이렇게 말했다. "안 되는 줄 알면서도 하려 한다고 하였으니, 문지기야말로 성인을 정확하고 깊이 아는 자이다.〔知其不可而爲之, 晨門乃眞知聖人者.〕"30)

물론 어떤 사람은 공자가 이렇게 절박하게 노력하는 까닭을 이해하지 못했다. ≪논어 · 헌문≫에는 다음과 같은 기록이 있다.

미생무가 공자에게 물었다. "구는 무엇 때문에 그리도 황급하게 돌아다니는가? 말재간이나 부리려는 것은 아닌가?" 공자께서 대답하셨다. "감히 말주변으로 속이려는 것이 아니라, 세상 사람의 고루함을 싫어하는 것입니다."〔微生畝謂孔子曰: "丘何爲是栖栖者與? 無乃爲佞乎?" 孔子曰: "非敢爲佞也, 疾固也."〕

---

29) 위정통韋政通, 〈공자의 성격(孔子的性格)〉, ≪공자≫, 동대도서회사(東大圖書公司), 1996. 부걸傅杰 선별 편집(選編), ≪논어 20강論語二十講≫, 화하출판사華夏出版社, 2009, 87쪽 인용.

30) 강유위 저, 루우렬 정리, ≪논어주≫, 중화서국, 1984, 223쪽.

"문지기"와 비교하면 이 "미생무"는 '소인'이라고 할 만하다. 미생무는 공자가 바쁘게 돌아다니며 "말재간을 부려 세속에 영합하려는 것"은 세상 사람들의 환심을 사고 비위를 맞추려 하는 것이라고 비꼬았다. 그래서 공자가 이 말로써 대답한 것이다.

이와 같은 오해에 직면하는 것은 참으로 더할 수 없는 커다란 비애이다. 강유위는 이렇게 말했다. "공자는 도덕으로 천하를 구제하고, 민생을 도모하려 했다. 그래서 사방 어디에도 앉을 새가 없이 바쁘게 돌아다녔다. 세상에 절박한 생활고로 시달리는 사람이 있으면 마치 자신이 그런 것처럼 비통해하고, 곤경에 처한 사람이 있으면 자기가 그 사람을 곤경에 빠뜨린 것처럼 여겼다. '천하에 도리가 있다면, 내가 구태여 세상을 바꾸려 하지 않을 것이다.'라고 하였으니, 그가 백성을 가엾이 여기는 인자함이 이와 같았다. 단지 자기 한 몸만을 돌볼 줄 아는 자는 어진 마음을 막아 끊어버리니, 어찌 미워하지 않을 수 있겠는가? 수십 년 동안 객지 생활의 고초와 그가 타고 다닌 수레와 말의 발자취에는 오랜 세월이 지났더라도 당연히 가장 어진 덕을 지닌 위대한 성인의 고심이 들어 있음을 헤아려야 한다. 〔孔子道濟天下, 拯救生民, 故東西南北, 席不暇暖, 哀饑溺之猶己, 思匹夫之納隍. '天下有道, 丘不與易', 其悲憫之仁如此. 彼僅知洁身自愛者, 塞斷仁心, 豈不可疾哉? 數十年羈旅之苦, 車馬之塵, 萬世當思此大聖至仁之苦心也.〕"[31]

이것은 바로 깊이 공자의 마음과 일치하는 것이다. 마찬가지로 초나라 광인〔楚狂〕인 접여接輿를 비롯해 장저長沮, 걸익桀溺, 지팡이로 농기구를 메고 가는 노인〔杖荷丈人〕의 비웃음과 조롱, 그리고 몰이해[32]에 직면했지만, 공자는 줄곧 편안한 마음 자세로 일관하여 흔들리지 않았고, 더더욱 그의 부지런히 뛰어다니는 열정에 타

---

31) 강유위 저, 루우열 정리, 《논어주》, 중화서국, 1984, 220쪽.
32) 모두 《논어 · 미자》에 보인다.

격을 주지 못했다.

파란만장한 인생을 겪고 난 후에도 공자는 여전히 안 되는 줄 알면서도 하려 하였다. 언제나 향상되고자 하는 마음과 게으름 부릴 줄 모르는 마음을 유지하고 있었다. 그러나 애석하게도 그런 자신을 알아주는 사람은 아주 드물고, 비방하는 자는 매우 많았다. 이것은 정말로 평범한 사람이 꿋꿋하게 참고 견딜 수 있는 것이 아니었다.

강유위는 이렇게 말했다. "군자가 바쁘게 천하를 두루 돌아다니는 것은 황공스럽게 벼슬길에 나아가 백성을 구제하는 의리를 행하고, 차마 하지 못하는 어진 마음을 발휘하기 위함이다. 예를 들면 친척이 병에 걸리면, 비록 낫지 않는다는 것을 알더라도 또한 반드시 사방으로 돌아다니며 약을 구하여 구제하려 하는 것과 같다. 도가 행해지지 않는다는 것을 오래전에 이미 알고 있었기에 안 되는 줄 알면서도 하려 하였던 것이다. 그때 당시 제나라 경공과 위나라 영공은 어리석었고, 진나라와 채나라는 약소한 나라였고, 권세를 잡은 신하와 명문 세가는 시새움했다. 중간 정도 이하의 지혜를 가진 사람도 공자가 필시 쓰이지 못할 것을 알았는데, 어찌 공자 같은 성인께서 그것을 알지 못했겠는가? 그런데도 변함없이 천하를 두루 바쁘게 돌아다니면서 도를 행하기를 싫어하지 않고, 남을 가르치기를 게을리 하지 않았다. 성대하도다, 공자의 어진 마음이여! 공자가 어찌 멀리 피하여 자신의 깨끗함을 지키는 것을 즐거움으로 삼을 줄 알지 못했겠는가? 하지만 차마 하지 못하는 어진 마음을 그냥 내버려둘 수도 없을 뿐더러, 백성을 구제하는 천직을 감히 그만 둘 수도 없었다. 이 여러 장章은 전부 천하를 두루 돌아다니면서 겪은 고초와 백성을 구제하려는 절박한 심정을 보여준다. 혼란한 나라인 줄 뻔히 알면서도 특별히 방문하고,

도가 행해지지 않을 것을 뻔히 알면서도 포기하지 않고, 여러 번 비웃음을 당하면서도 만나는 것을 싫어하지 않았다. 만약 (≪논어·양화≫ 편의) 불힐佛肸과 공산公山 등의 여러 장章을 함께 읽게 된다면, 공자의 지극히 어진 덕과 영원토록 내려주는 감동을 느끼게 될 것이다. 〔君子之栖栖周流, 皇皇從仕, 以行其救民之義. 發其不忍之心也. 如親戚有疾, 雖知不愈, 仍必奔走求藥以救之. 道之不行, 久已知之, 所謂知其不可而爲之也. 蓋當時齊景·衛靈之昏, 陳·蔡之弱, 權臣世家之妒, 中知以下知必不見用, 豈孔子之聖而不知之哉? 然仍數十年周流栖栖, 不厭不倦. 甚矣! 孔子之仁也. 孔子豈不知洁身遠避之爲樂哉? 而不忍之心旣不能恝, 救民之天職又不敢廢也. 此數章皆見孔子周流之苦, 救民之切. 明知亂世而特來, 明知不行而不舍, 累遭譏諷而接引不倦. 與欲就佛肸·公山數章合讀, 孔子之爲至仁·萬世下猶當感動也.〕"33)

인생의 고난과 개인의 꿈이 큰 갈등을 일으킬 때, 공자는 여유롭게 천명을 낙관하는 관념으로 인생을 대하고, 드높은 분발 정신으로 시종일관하며, 안 되는 줄 알면서도 하려 하였다. 그 정신과 인품은 동서고금의 학자들이 감동하는 바이니, 바로 "동양과 서양도 마음과 이치에 있어서는 동일하다. 〔東海西海, 心理攸同.〕 "(전종서錢鍾書, ≪담예록談藝錄≫)라고 말하는 것이다.

17세기 일본의 학자인 이토 진사이(伊藤仁齋, 1627~1685)는 '천명'을 이렇게 해석했다. "천天이라는 것은 사람이 그렇게 하려 하지 않는데도 그렇게 되는 것이요, 명命이라는 것은 그렇게 되도록 한 것이 없는데도 그런 결과가 온 것이다. 이 두 가지는 모두 사람의 힘으로 능히 미칠 수 있는 바가 아니다. 오직 선해야만 하늘의 마음을 얻을 수 있고, 오직 덕이 있어야만 하늘의 명을 받을 수 있다. 〔天者, 莫之爲而爲. 命者, 莫之致而至. 皆非人力所能及. 惟善可以獲乎天, 惟德可以膺乎命.〕 "34)

---

33) 강유위 저, 루우렬 정리, ≪논어주≫, 중화서국, 1984, 281쪽.
34) 이토 진사이(伊藤仁齋), ≪논어고의論語古義≫ 권3, 관의일랑關儀一郎 편집, ≪일본명가사서주석전서日本名家四書注釋全書≫ 제3권, 동경東京: 봉출판사鳳出版社,

18세기에 이르러 일본의 한학자漢學者인 가타야마 겐잔(片山兼山, 1730~1782)은 말했다. "무릇 천명이라는 것은 사람의 힘으로 조작할 수 없으며, 인간의 지혜로 알 수 없다. 그런데도 '안다'고 하는 것은 무엇인가? 어찌할 수 없다는 것을 알고서 몸을 닦고 도를 실행하며, 차분하게 기다리는 것을 이르는 것이다. 〔夫天命者, 不可以人力爲, 不可以人智知, 然而曰: '知之'者, 何也? 知其不可奈何, 修身履道, 安靜而俟之之謂也.〕"35)

일본의 학자들은 하안何晏(193?~249)과 황간皇侃(488~545)의 주소注疏를 비슷하게 해석하면서 한걸음 더 나아가 공자와 중국의 전통적인 천명관天命觀 속에 있는 "안 되는 줄 알면서도 하려 하는"'사람의 힘'과 '하늘의 명'이 서로 맞서 싸우는 정신적인 매력을 부각시키고 있다.

위정통은 이렇게 말했다. "공자는 깨어 있는 군주를 얻어 자신의 정치적 이상을 시행할 수 없었기에 일생이 평탄하지 못했다. 그렇지만 그는 끈기와 불요불굴의 분투로 오히려 벼슬길 밖에서 자주자립하고 다른 것을 기다리지 않는 인생의 길을 개척해 내었다. 그래서 후대의 뜻 있는 사람으로 하여금 '과거에 응시하는 문장 외에 다른 학문이 있다. 과거에 급제하여 이름을 내는 것 외에 다른 인생이 있다. 조정 외에 따로 활동의 근거로 삼을 곳이 있다. 〔程文之外, 另有學問. 科名之外, 另有人生. 朝廷之外, 另有立脚地.〕'는 것을 깨닫게 했다. 2,000여 년 동안 인간의 도리가 유지되고, 인문적 전통이 이

1973, 16쪽.

35) 가타야마 겐잔(片山兼山) 유교遺教, 갈산수葛山壽 기록[述]: 《논어일관論語─貫》 권1, 교토대학(京都大學) 도서관 소장 청라관靑蘿館 목각본木刻本, 저작 시기 미상. 이상 두 조목의 일본 자료는 모두 황준걸黃俊杰의 《도쿠가와 (막부 시기) 일본의 논어 해석 역사 평론(德川日本論語詮釋史論)》을 참조하였기에, 심심한 사의를 표한다. 이 책의 제8장은 "일본학자의 《논어》 '오십이지천명五十而知天命'"에 대해 논술하고 있다. 상해고적출판사, 2008, 228~264쪽 참조.

어지는 그 기본적인 동력은 여기에 의존하고 있다. ……공자라는 사람은 천국에 대한 갈망도 없거니와 지옥에 대한 공포도 없었다. 그의 평생 지향과 사업은 주로 주나라 문화 전통의 부흥과 인간 사회 질서의 재건이고, 세상의 사람들과 무리지어 함께 살면서 슬픔과 즐거움을 함께하는 것이었다."36)

이것은 공자가 자신의 '역량(力)'을 '천명(命)'과 마주하게 한 것이니, 안 되는 줄 알면서도 하려 하는 분투 정신이 후세에게 남긴 위대한 의의를 알게 한다.

---

36) 위정통, 〈공자의 성격〉, 《공자》, 동대도서회사, 1996. 부걸 선별 편집, 《논어 20강》, 화하출판사, 2009, 87쪽 참조.

4절 | 공자의 전통적 천명 관념이 끼친 정신적 영향

　　≪사기·공자세가≫에 다음과 같이 기록되어 있다. "태사공이 ≪시경≫에 이런 말이 있다며 말했다. '높은 산 우러러보며, 큰길처럼 따라간다.' 비록 그 경지에 이르지는 못했더라도 마음은 항상 그곳으로 가고 있다는 뜻이다. 나는 공씨의 책을 읽어 보고는 그 사람됨을 미루어 알게 되었다. 노나라에 갔을 때, 중니의 묘당을 비롯해 수레, 의복, 예기를 참관하던 중에 여러 유생들이 그 집에서 때때로 예를 익히는 것을 보고는 자신은 머뭇거리며 떠날 수가 없었다고 했다. 천하에 군왕에서부터 어진 사람에 이르기까지 많은 사람들이 살아 있을 때는 모두 영예로웠으나, 죽으면 끝이었다. 그러나 공자는 벼슬을 하지 않았지만, 10여 세대를 전해내려 오면서 학자들이 그를 추존하여 본받고자 하였다. 천자와 왕후로부터 중원에서 육예六藝를 말하는 자는 모두 공자에게서 올바른 것을 취하고 있으니, 가히 공자는 지극한 성인이라 할 수 있을 것이다. 〔太史公曰: ≪詩≫有之: '高山仰止, 景行行止.' 雖不能至, 然心鄉往之. 余讀孔氏書, 想見其爲人. 適魯, 觀仲尼廟堂車服禮器, 諸生以時習禮其家, 余祇回留之不能去云. 天下君王至於賢人衆矣, 當時則榮, 沒則已焉. 孔子布衣, 傳十餘世, 學者宗之. 自天子王侯, 中國言六藝者折中於夫子, 可謂至聖矣!〕"

　　이것은 사마천이 전기傳記를 통해 공자의 고달픈 생활 속에서도 멋지게 꾸려나간 인생을 생동감 있게 서술한 것이다. 사마천은 공자에 대한 흠모와 숭배로 충만해 있다. 그는 맹자 다음으로 공자를 가장 충성스럽게 추종하는 사람이자, 공자의 천명 관념을 계승 발전시킨 사람이기도 하다.

1. 사마천의 공자 천명 관념에 대한 계승과 발전

사마천은 〈보임안서報任安書〉에서 자신이 ≪사기≫를 창작한 뜻을 고백했다. "하늘과 인간의 관계를 탐구하고, 고금의 변화에 통달하여 일가의 학설을 이루고자 할 뿐입니다. 〔亦欲以究天人之際, 通古今之變, 成一家之言.〕"(≪한서·사마천전≫)

단순히 글자 그대로 말하면, "구천인지제究天人之際"는 곧 "천天"과 "인人" 사이의 관계를 탐구하는 것이다. 어떤 학자는 "천"이라는 개념을 사마천이 ≪사기≫에서 사용할 때, 그 함의는 대체로 다음과 같은 네 가지라고 말했다. 첫째는 자연적인 천이고, 둘째는 천제天帝의 별칭이며, 셋째는 천명天命으로 신령의 대명사이고, 넷째는 의리義理의 천으로 천과 덕德의 동일성을 강조한 것이다.

그러나 "인"의 함의는 응당 다수의 사람, 즉 인류와 개인적인 인간이라는 두 가지 측면을 포괄한다고 필자는 생각한다. 사마천의 "구천인지제究天人之際"는 바로 "천"과 인류 사회의 관계를 탐구하고자 하는 것이고, 또한 "천"과 개인적인 인간 사이의 관계를 탐구하고자 하는 것이다.

1) "구천인지제究天人之際"와 사마천 집안의 전통

공자와 마찬가지로 "하늘과 인간의 관계를 탐구하고자 하는" 사마천의 천명 관념도 그 집안의 전통에서 유래한다. 그가 ≪사기≫를 지은 취지는 부친의 유지遺志를 이루기 위한 것이었다. 이것은 ≪사기·태사공자서≫에서 거듭 언명한 것이다.

≪사기·태사공자서≫에는 이렇게 기록되어 있다. "태사공은 아들 천遷의 손을 잡고 울면서 다음과 같이 일러주었다. '우리 선조는 주周나라 왕실의 태사였다. 우리는 그 윗대인 우하虞夏시대부터 일찍이 공명을 세워 천문에 관한 일을 주관해왔다. 그런데 후세에 와서 중도에 쇠미해지더니, 이제 나의 대에서 단절되는 것일까? 그러나 네가 만약 또다시 태사가 된다면 곧 우리 선조의 유업을 이을 수 있을 것이다. ……내가 죽은 뒤에 너는 반드시 태사가 되어야 한다. 태사가 되어서는 내가 하고 싶어 하였던 논저論著를 잊어버리지 말고 네가 이루어 주기 바란다. 대저 효도라고 하는 것은 어버이를 섬기는 데서 시작하여 군주를 섬기는 것을 거쳐서 입신양명하는 데서 끝나는 것이다. 후세에 이름을 알려 부모를 영광되게 하는 것이야말로 효도 가운데서도 가장 중요한 것이니라.' 〔太史公執遷手而泣曰: "余先周室之太史也. 自上世嘗顯功名於虞夏, 典天官事. 後世中衰, 絶於予乎? 汝復爲太史, 則續吾祖矣. ……余死, 汝必爲太史. 爲太史, 無忘吾所欲論著矣. 且夫孝始於事親, 中於事君, 終於立身. 揚名於後世, 以顯父母, 此孝之大者.〕"[37]

사마천의 아버지는 죽을 때 아들이 태사의 직책을 계승하고, 역사책을 완성하는 것이 "지극한 효도"의 행위라는 것을 거듭 강조했다. 이것이 사마천이 ≪사기≫를 짓게 된 최초 동기라는 것은 이미 학자들에게 잘 알려져 있다. 그리고 사마천이 "하늘과 인간의 관계를 탐구하고자 한" 것은 바로 "천문에 관한 일을 주관"하는 선조의 구체적인 모습을 계승한 것이다.

사마담이 말한 "우리 선조는 주나라 왕실의 태사였고", "천문에 관한 일을 주관했다."는 조상의 사적은 ≪사기·태사공자서≫에 다음과 같이 상세히 기록되어 있다. "옛날 전욱제顓頊帝가 남정南正 중重에게는 천문에 관한 일을 관장하게 하고, 북정北正 여黎에게는 지리에 관한 일을 관장하도록 하였다. 당우唐虞시대에 와서도 중重

---

37) (한) 사마천, ≪사기≫ 권130, 중화서국, 1959, 3295쪽.

과 여黎의 후손들로 하여금 계속해서 천문과 지리에 관한 일을 주관하게 하여 하나라와 상나라에까지 이르렀다. 그러므로 중重과 여黎는 대대로 천문과 지리에 관한 일을 주관해왔다. 주나라에 이르러 정백程伯에 봉해졌던 휴보休甫 또한 여黎의 후손이었다. 그러다가 주나라 선왕宣王 때에 와서 여黎의 후손들은 그 관직을 잃고 사마씨司馬氏가 되었다. 사마씨는 대대로 주나라의 역사를 주관하였다. 〔昔在顓頊, 命南正重以司天, 北正黎以司地. 唐虞之際, 紹重黎之後, 使復典之, 至于夏商, 故重黎氏世序天地. 其在周, 程伯休甫其後也. 當周宣王時, 失其守而爲司馬氏. 司馬氏世典周史.〕" 이것이 사마천의 선조가 "천문에 관한 일을 주관"하게 된 유래이다.

≪국어·초어 하楚語下≫에도 이렇게 기록되어 있다. "초나라 소왕昭王(약 B.C.523~B.C.489)이 관야보觀射父에게 물었다. '≪주서周書≫에 중씨重氏와 여씨黎氏가 하늘과 땅이 서로 통할 수 없도록 하였다 하였는데 어찌 된 일입니까? 만약 그렇게 하지 않았다면 사람들이 능히 하늘에 오를 수 있었다는 것입니까?' 관야보가 대답하였다. '그러한 뜻이 아닙니다. 옛날에는 사람과 신이 함께 섞여 살지 않았습니다. ……그러다가 소호씨少昊氏 시대가 쇠미해지자, 구려九黎가 덕을 혼란시켜 백성들과 신이 뒤섞여 살게 되고, 지방의 공물을 바칠 수 없게 되었습니다. 무릇 사람마다 제사를 제 맘대로 지내고 집집마다 무사巫史가 될 수 있었으며, 서로 근거를 삼을 길이 없게 되었던 것입니다. 백성들은 제사에 가산을 탕진하게 되었고 그럼에도 복을 받을 수가 없었습니다. 증향烝享의 제사에 법칙이 없어지고, 백성과 신이 동등한 지위가 되고 말았습니다. ……전욱이 나라를 이어 받자, 이에 남정南正 중씨重氏를 시켜 하늘의 사무를 맡아 신의神意를 알아보게 하고, 화정火正 여씨黎氏를 시켜 땅의 사무를 살펴 백성의 뜻을 살피게 한 다음, 옛날의 법도를 회복하여 서로 침해하지 못하게 하였습니다. 이를 일컬어 하늘의 신과 땅

위의 사람이 서로 섞여 사는 것을 철저히 금한다는 절지천통絶地天
通이라 합니다.' 〔昭王問于觀射父, 曰: '≪周書≫所謂重・黎實使天地不通者, 何也? 若
無然, 民將能登天乎?' 對曰: '非此之謂也. 古者民神不雜. ……及少昊之衰也, 九黎亂德, 民
神雜糅, 不可方物. 夫人作享, 家爲巫史, 無有要質. 民匱于祀, 而不知其福. 蒸享無度, 民神
同位. ……顓頊受之, 乃命南正重司天以屬神, 命火正黎司地以屬民, 使復舊常, 無相侵瀆, 是
謂絶地天通.'〕[38]

사마천의 조상의 직책은 "절지천통絶地天通"으로 하늘과 사람의
관계를 조정하고 소통하는 것이며, 이것이 사관史官 최초의 직책이
다. 또한 이 직책은 가족 계승의 방식으로, 중重과 여黎의 시대에서
부터 사마천에 이르기까지 계속 이어졌다. 그리고 중重과 여黎의 후
예로서 사마씨 부자는 모두 자각적으로 하늘과 땅을 소통하게 하
는 것을 성스러운 사명으로 삼았다.

그런데 정확히 말하면 사마씨는 단지 여黎의 후손일 뿐인데, 어
째서 사마천은 중重과 여黎라 병칭하는 것인가? 이는 "절지천통"이
라는 집안의 전통적 사명으로 인한 것이다. 바로 사마정司馬貞이
≪사기색은≫에서 "태사공도 사관을 자신의 임무로 삼고자 했다.
그래서 선대의 천관天官들을 말하면서 아울러 중重을 가리켜 말했을
뿐이다. 〔亦是太史公欲以史爲己任, (故)言先代天官, 所以兼稱重耳.〕"[39]라고 말한
것과 같다.

이곳에서 "사관을 자신의 임무로 삼고자 했다"라고 하는 것은
정확히 말하면, 사마천이 스스로 말한 바와 같이 "하늘과 인간의 관
계를 탐구하는 것"을 자신의 임무로 삼았다고 해야 할 것이다. 바
로 이러한 자각은 아버지인 사마담이 사마천을 교육해서 성장시키
고 양성하는 과정에 의식적으로 "절지천통"이라는 가족적 색채를

---

38) (삼국) 위소韋昭, ≪국어國語≫ 권18 ≪초어 하楚語下≫, 상해서점上海書店,
    1987, 203~204쪽.
39) (한) 사마천 저, (당) 사마정 색은索隱: ≪사기≫ 권130, 중화서국, 1959,
    3285쪽.

강화했기 때문이다.

≪사기·태사공자서≫에는 사마담이 "당도로부터 천문학을 배우고, 양하로부터 ≪역≫을 전수받았으며, 황자로부터 도가의 이론을 익혔다. 〔學天官於唐都, 受≪易≫於楊何, 習道論於黃子.〕"라고 기록되어 있다. 당도는 한나라 초기의 저명한 천문학의 대가인데, ≪사기·역서曆書≫에 "현재의 황상이 즉위하자 방사方士인 당도를 초빙하여 28수宿들 간의 거리를 헤아려 계산하도록 하였다. 〔至今上卽位, 招致方士唐都, 分其天部.〕"라고 기재되어 있다. ≪사기·천관서天官書≫에도 "한나라 이래로 천문 역법의 사무를 맡아 처리한 사람들 가운데 별을 점친 사람은 바로 당도이다. 〔夫自漢之爲天數者, 星則唐都.〕"라고 실려 있다. 사마담이 "당도로부터 천문학을 배우려고" 노력한 것은 말할 필요도 없이 선조를 계승하여 다시 "천문에 관한 일을 주관"하기 위한 것이었다. 과연 당도 이후에 사마천이 다시 천문을 맡았다.40)

동시에 사마담이 "양하로부터 ≪역≫을 전수받고, 황자로부터 도가의 이론을 익힌 것"에서도 "절지천통"의 가족적 전통을 부흥하고자 하는 노력이 보인다. ≪역경≫과 도가의 학문은 모두 천지와의 관계가 아주 밀접하다. ≪주역·계사 상繫辭上≫의 서두에서 바로 "하늘은 높고 땅은 낮으니, 건乾과 곤坤이 정해졌다. 〔天尊地卑, 乾坤定矣.〕"라고 하였다. 또 "역易은 천지와 같다. 그러므로 천지의 도를 통괄할 수 있다. 위로는 천문을 관찰하고, 아래로는 지리를 관찰한 것이다. 〔易與天地準, 故能彌綸天地之道. 仰以觀於天文, 俯以察於地理.〕"(≪주역·계사 상≫)라고 말했다.

사마담은 〈여섯 학파의 학문 요지를 논함〉에서 다음과 같이 말했다. "도가의 학설은 ……음양가의 사시 운행이라는 커다란 순서

---

40) ≪사기·태사공자서≫에 "태사공(담談)은 당시에 천문을 관장했을 뿐 백성을 다스리지는 않았다. 그에게는 천遷이라는 이름의 아들이 있었다. 〔太史公旣掌天官, 不治民. 有子曰遷.〕"라고 기록되어 있다.

에 의거하여 유가와 묵가의 좋은 점을 취하고, 명가와 법가의 요점을 취하여 시대와 더불어 발전하고, 사물에 응하여 변화하며, 좋은 풍속을 세워 일을 시행하니 옳지 않은 것이 없다. ……대저 음양가는 사시四時를 비롯해 팔위八位, 십이도十二度, 24절기마다 각각 거기에 해당하는 교령教令을 정해놓았다. 그리고 이 교령에 잘 따라 행하게 되면 번창하고, 이 교령에 역행하게 되면 죽거나 망한다고 한다. 그러나 반드시 그렇지는 않다. 그래서 '사람으로 하여금 이것의 구속을 받게 하여 흔히들 이를 두려워하게 한다.'라고 하였던 것이다. 그러나 봄에 태어나고, 여름에 생장하고, 가을에 거두어들이고, 겨울에 저장한다고 하는 것은 자연계의 불변의 법칙이다. 〔道家, ……因陰陽之大順, 采儒墨之善, 撮名法之要, 與時遷移, 應物變化, 立俗施事, 無所不宜. ……夫陰陽四時·八位·十二度·二十四節各有教令, 順之者昌, 逆之者不死則亡, 未必然也, 故曰'使人拘而多畏'. 夫春生夏長, 秋收冬藏, 此天道之大經也.〕"

이런 생각은 모두 그가 "하늘과 인간의 관계를 탐구하고", ≪역경≫과 도가에서 배운 바의 결정을 융합한 것이다. 이로부터 사마천이 "하늘과 인간의 관계를 탐구하고자 한" ≪사기≫의 창작 의식은 그의 부친인 사마담으로부터 계승한 것임을 알 수 있다. "하늘과 인간의 관계를 탐구하는" ≪사기≫의 창작에는 그들 부자의 두 세대에 걸친 각고의 심혈이 깃들어 있다.

사마천의 학문적 기초는 먼저 그의 집안 대대로 전해오는 학문, 특히 아버지가 말로 전수하던 (학문에) 은연중의 감화에 힘입은 것이다. 그 다음은 유명한 스승의 전수와 가르침에 힘입었다. 그의 아버지는 당시 최고 수준의 학자인 동중서와 공안국 등(에 사마천)을 맡겨서 유학과 고문古文을 전수받게 했다. 개인의 노력과 총명한 이해력을 기반으로 아버지와 유명한 스승의 가르침과 인도 아래에서 사마천은 "당시의 모든 서적을 거의 다 공부했으며"41), 스스로 집안의 사명을 맡을 것을 깨달아 선조의 "천문에 관한 일을 주관하고" "절지천통"의 전통을 훌륭하고 휘황찬란하게 부흥시켰다.

《사기·태사공자서》에서 그는 거듭 자신의 결심을 서술했다. 아버지가 임종할 때, "사마천은 고개를 떨어뜨리고 눈물을 흘리면서 소자가 비록 못났지만 아버지께서 정리하고 보존해 온 중요한 기록들을 빠짐없이 다 편찬하도록 하겠습니다.〔遷俯首流涕曰: '小子不敏, 請悉論先人所次舊聞, 弗敢闕.'〕"라고 말했다. 태사공의 직책을 이어받은 다음 그는 또 "선친께서 말씀하셨으니 ⋯⋯내 어찌 감히 이 일을 마다할 수 있겠는가?〔先人有言, ⋯⋯小子何敢讓焉.〕(《사기·태사공자서》)"라고 하였다. 감정의 간절함이 말과 행동에 드러나 있다. 사마천이 이와 같은 책임감과 사명감을 스스로 깨달아 형성할 수 있었던 것은 '지극한 효도'라는 가족의 본분을 실행하기 위한 것이 주가 되며, 그 다음은 사관이라는 직업의 직책을 이행하기 위한 것이다.

2) "하늘과 인간의 관계에 대한 탐구"와 샤먼〔巫覡〕문화 전통

중重과 여黎 이후 사학史學이 그 뒤를 이어 흥성했고, 사관史官은 샤먼〔巫〕의 뒤를 이어 천인天人의 학문을 주관하였으니, 역대 통치자에 의해 중시되었다. 《사기·역서》에서는 이렇게 말하고 있다. "태사공은 말했다. '신농씨神農氏 이전의 일은 까마득한 옛일이 되고 말았다. 황제黃帝가 별의 자취를 정확하게 관측한 이후부터 오행으로 만물을 구성하는 이론 체계를 세우고, 천지만물이 생성 소멸하는 이치를 발견하고, 윤달을 설치하여 1년의 12달 외에 남는 시간을 처리하여 추운 계절과 더운 계절의 차이를 바로잡았다. 그리고 하늘과 땅의 신에게 제사를 받들고, 각종 관직을 설치하였는데, 이를 일러 오관五官이라고 하였다. 각 직책을 맡은 사람들이 자

---

41) 제사화齊思和, 〈약담사마천略談司馬遷〉, 《중국사탐연中國史探研》, 중화서국, 1981, 253쪽.

신의 직분을 다함으로써 서로 미루거나 다투는 일이 없게 되었다. 따라서 백성들은 하늘과 땅의 신에게 제사지낼 줄 알게 되고 성실히 살고 남을 속이는 일이 없었다. 그리고 하늘과 땅의 신은 음양을 조화시키고 백성들에게 복을 내리어 완전한 덕성을 갖추도록 해주었다. 백성들과 천지의 신은 각기 맡은 바 직책이 있다. 백성들은 맡은 바 직책을 엄격히 지켜 소홀함이 없었기에 하늘과 땅의 신이 그들로 하여금 농작물을 가꿀 수 있게 해주고, 백성들은 제물을 바침으로써 재화災禍가 생기지 않았고 바라는 바를 거둘 수 있게 되었다. 소호씨少暭氏가 쇠망하고, 구려족九黎族이 질서를 파괴하자 사람들이 신을 믿지 않고 신은 사람에게 복을 내리지 않았다. 각자의 직책과 피차의 관계를 모르게 되어 재화가 연달아 발생하여 끊임이 없고, 하늘에 제사를 받들 줄 아는 사람이 없었다. 전욱顓頊이 제왕의 자리에 올라서는 남정南正의 자리에 중重이라는 사람을 임명하여 천문을 주관하도록 하고 하늘과 땅의 신에게 제사지내는 일을 잘 봉행하도록 당부하였다. 그리고 화정火正의 자리에 여黎라는 사람을 임명하여 지리에 관한 일을 주관하고 백성들의 일을 잘 처리하도록 당부하였다. 그렇듯 그들로 하여금 과거의 전통을 부흥시키게 함으로써 더 이상 서로의 영역을 침해하는 일이 없게 되었다. ……당요唐堯가 중重과 여黎의 후손을 다시 임용하여 그들로 하여금 그 일을 관장하게 하고, 희씨羲氏와 화씨和氏라는 관직을 설치하여 운영하였다. ……우순虞舜도 당요에게 들은 그 말을 똑같이 하우夏禹에게 고해주었다. 이로 보건대 이상과 같은 일을 제왕들이 중요하게 다루었음을 알 수 있다. 〔太史公曰: 神農以前尙矣. 蓋黃帝考定星歷, 建立五行, 起消息, 正閏餘, 於是有天地神祇物類之官, 是謂五官. 各司其序, 不相亂也. 民是以能有信, 神是以能有明德. 民神異業, 敬而不瀆, 故神降之嘉生, 民以物享, 災禍不生, 所求不匱. 少暭氏之衰也, 九黎亂德, 民神雜擾, 不可放物, 禍菑薦至, 莫盡其氣. 顓頊受之, 乃命南正重司天以屬神, 命火正黎司地以屬民, 使復舊常, 無相侵瀆. ……堯復遂重黎之

後, 不忘舊者, 使復典之, 而立羲和之官. ……舜亦以命禹. 由是觀之, 王者所重也.〕”

　　사관은 상고시대 ‘오관五官’ 중의 하나로 “천문에 관한 일을 주
관하는” 직업이었는데, 그 전통과 책임에 대해 왕영조汪榮祖(1940~)
가 일찍이 상세히 논의하였다. 그는 다음과 같이 설명했다. “먼 옛
날 미개한 시대에 사관이 축祝과 무巫의 일을 아울러 처리했다. 이
른바 무巫는 의醫, 복卜, 축祝, 사史로 구분되는데, 바로 사史가 곧
무巫이다. 관야보觀射父는 사史를 비롯해 무巫, 격覡, 축祝, 종宗에 임
용되어서 동시에 오관五官의 직무를 담당했다. ≪춘추좌씨전≫(환공
桓公 6년〔B. C. 706〕)에서 말하기를, ‘이른바 도道란 백성에게 충실하고
신神에게 진실한 것입니다. 윗사람이 백성을 이롭게 하기를 생각하
는 것이 충忠이요, 축사祝史가 바른 말로 신에게 고하는 것이 신信
입니다. 〔所謂道, 忠於民而信於神也, 上思利民, 忠也, 祝史正辭, 信也.〕’라고 하였
다. 태사공은 여전히 그의 선조를 ‘문장, 역사, 천문, 그리고 역법
을 맡아보았으므로 복卜과 축祝에 가까운 부류〔文史星曆近乎卜祝之間〕’
(≪한서·사마천전≫)라고 하였다. 이것은 중원 지역에서 그렇게 여겼을
뿐만 아니라, 진나라와 서한 초기 사람들의 기록도 역시 ‘교의教儀
와 종묘 및 기도문의 부류’를 중요하게 여겼다. 이는 고대의 사史
가 제사를 아울러 주관했다는 점에서 동서양이 비슷하며, 사史의
임무는 미래를 예측할 수 있게 기록하는 것임을 알려준다. 근고近
古 시기로 내려오면서 황제의 권력이 점차 확대되고, 조정은 단지
보조만 할 뿐이었고, 사史의 임무는 곧 흥망에 유의하여 정치의 귀
감을 알려주어 정권을 수호할 수 있기를 기대하는 것이었다.”42)

　　“천문에 관한 일을 주관한” 선조의 전통에서 느끼는 바가 있어
서 ≪사기·태사공자서≫에서 사마담이 임종 당시 사마천에게 남

---

42) (미美) 왕영조汪榮祖, ≪사전통설 — 중서 사학의 비교(史傳通說 - 中西史學之比
　　較)≫ “사임史任 제24”, 중화서국, 2003, 232쪽.

긴 유언을 이렇게 기록하고 있다. "내가 죽더라도 너는 틀림없이 태사가 되어야 한다. 태사가 되거든 내가 하고자 했던 논저를 잊지 않도록 해라.〔余死, 汝必爲太史. 爲太史, 無忘吾所欲論著矣.〕" 또 이렇게도 말했다. "획린獲麟(B. C. 481) 이래 지금까지 400년 넘게 제후들은 서로를 집어삼키려는 싸움에만 몰두해 온 탓에 역사 기록은 끊어지고 말았다. 이제 한나라가 일어나 천하가 통일되었다. 그동안 역사적으로 많은 명군, 현군, 충신, 지사들이 있었다. 그런데 내가 태사령이란 자리에 있으면서도 그것을 기록으로 남기지 못해 천하의 역사를 폐기하기에 이르렀구나. 나는 이것이 너무나 두렵다. 그러니 너는 이런 내 심정을 잘 헤아리도록 해라!〔自獲麟以來四百有餘歲, 而諸侯相兼, 史記放絶. 今漢興, 海內一統, 明主賢君忠臣死義之士, 余爲太史而弗論載, 廢天下之史文, 余甚懼焉, 汝其念哉!〕"(《사기·태사공자서》)

이러한 심리 상태는 바로 요저전姚苧田이 다음과 같이 말한 것과 같다. "공자 당시에는 여러 나라에 여전히 사관의 직무가 있었다. 그런데 전국 시기에 이르러 다른 나라를 병탄하기 위해 날마다 전쟁을 일삼으면서 사관의 직무가 폐지되었다. ……아마도 사마담은 이전의 진나라로부터 계승한 폐단이 이어져 국정의 큰일을 기록한 말이 간언으로 의심받아 모두 폐기해야만 했고, 또 무巫, 사史, 복卜, 축祝의 관직이 마침내 악공樂工이나 기인伎人 또는 대조待詔의 아류로 몰락되어, 그렇게 흘러온 습성으로 스스로 분발할 수 없었을 것이다.〔孔子時, 列國猶有史職, 至戰國兼幷, 日尋干戈, 史職始廢. ……蓋談承前秦流弊, 記事之言疑於誹謗, 一切廢弛, 而巫史卜祝之官, 遂淪於倡優待詔之亞, 故習氣所流, 不能自振.〕"43)

그리고 사마천도 아버지가 남긴 명을 완성하리라는 뜻을 세워

---

43) (한) 사마천 원저原著, (청) 요저전姚苧田 절평節評, 왕흥강王興康·주민가周旻佳 점교點校, 곡옥谷玉 주석 : 《사기정화록史記菁華錄》, 상해고적출판사, 2007, 232~233쪽.

맹세하면서 ≪사기·태사공자서≫ 한 편 속에 존경하는 뜻을 세 번 표시했다고 할 수 있다. 그는 먼저 이렇게 말했다. "고개를 떨어뜨리고 눈물을 흘리면서 '소자가 비록 못났지만 아버지께서 정리하고 보존해 온 중요한 기록들을 빠짐없이 다 편찬하도록 하겠습니다.'라고 대답했다." 뒤이어 이같이 말했다. "선친께서 남긴 유언이 있으니 ……내 어찌 감히 이 일을 마다할 수 있겠는가?" 마지막에는 다음과 같이 말했다. "한나라가 개국한 이래 현명하신 지금의 천자에 이르러 상서로운 징조가 나타나 봉선 의식을 거행하고, 달력을 개정하고, 의복의 색깔을 바꾸는 등 하늘로부터 천명을 받아 황제의 은택이 한없이 뻗어나가고 있습니다. 풍속이 우리와 다른 해외의 나라들도 몇 번 통역을 거쳐 변경에 와서는 공물을 바치고 황제께 인사드리겠다며 줄을 섰습니다. 조정의 백관들이 황제의 성스러운 덕을 열심히 칭송하고는 있지만 그 뜻을 다 나타낼 수는 없습니다. 유능한 인재가 기용되지 못하는 것을 군주는 치욕으로 여깁니다. 지금 주상께서는 확실히 영명하십니다. 그런데도 그 성덕이 온 나라에 널리 퍼져 백성들에게 알려지지 못한다면 이는 담당하고 있는 관리의 잘못입니다. 마찬가지로 제가 그 자리를 관장하면서 영명하고 성스러운 황제의 덕을 기록하지 않거나 공신, 세가, 어진 대부들의 공업을 서술하지 않고 없앰으로써 아버지의 유언을 실추시킨다면 그보다 더 큰 죄는 없을 것입니다.〔漢興以來, 至明天子, 獲符瑞, 封禪, 改正朔, 易服色, 受命於穆淸, 澤流罔極, 海外殊俗, 重譯款塞, 請來獻見者, 不可勝道. 臣下百官力誦聖德, 猶不能宣盡其意. 且士賢能而不用, 有國者之恥. 主上明聖而德不布聞, 有司之過也. 且余嘗掌其官, 廢明聖盛德不載, 滅功臣世家賢大夫之業不述, 墮先人所言, 罪莫大焉.〕"

그는 시대적 사명과 "담당하고 있는 관리의 잘못", 그리고 "아버지의 유언을 실추시키는 것" 등 때문에 스스로를 독촉해가며 ≪사기≫라는 저서를 완성하고, 사관의 직책과 집안의 사명을 완수했다. 따라서 이런 의미에서 보면, 사마씨 부자에게 "하늘과 인간의 관계를 탐구하고자 했다."는 것은 실제로 사관의 영광스러운 전통을 중흥하는 것이며, 사관의 직책과 사명을 행하는 것이었다.

바로 왕영조가 다음과 같이 말한 바와 같다. "무릇 사마담이 천문을 주관하고, 사마천이 책을 만들면서 '하늘에서 상象을 관찰하고 [觀象於天]'(이하 ≪사기·천관서≫), '땅에서 온갖 사물의 법칙을 귀납한 [法類於地]' 것은 실로 그럴 만한 까닭이 있어서이다. 아마도 태사공이 천문을 관찰한 것은 예전에 살핀 변화를 미루어서 하늘과 인간의 관계를 해명한다 해도, 진실로 옛날의 천문이 오늘날의 천문과 같을 수 없었기에 '하늘의 운행은 30년에 작게 변하고, 100년에 중간 정도로 변하며, 500년에 크게 변한다. [夫天運, 三十歲一小變, 百年中變, 五百載大變.]'라고 말했던 것이다."44) 사마씨 부자가 "하늘과 인간의 관계를 탐구하고자 한" 것은 선조가 "천문에 관한 일을 주관했던" 역사가로서의 중대한 임무를 부흥하고, 중重와 여黎를 계승하고, 공자 이후로 "천하에 흩어진 옛 이야기들을 두루 모아 제왕들이 일어나게 된 자취를 살피고 [罔羅天下放失舊聞, 王跡所興] "(이하 ≪사기·태사공자서≫) "하늘과 인간의 관계를 통해 각종 사물의 발전과 변화 [天人之際, 承敝通變]"를 탐구함으로써 "일가의 학설을 이루는 [成一家之言]" 데에 있었다.

3) 사관과 천문의 관계

어떤 학자는 사마천이 ≪사기≫에서 "하늘과 인간의 관계를 탐구하고자 한 것은 고금의 변화에 통달하여 일가의 학설을 이루고자 한 것이다. [亦欲以究天人之際, 通古今之變, 成一家之言.] "(≪한서·사마천전≫

---

44) (미) 왕영조, ≪사전통설 — 중서 사학의 비교≫ "태사공太史公 제7", 중화서국, 2003, 62~63쪽.

라는 말의 함의가 ≪사기·천관서≫ 속에서 완전히 인정되고 발휘되었다고 지적하고, 또한 ≪사기·천관서≫는 "하늘과 사람의 관계를 탐구하는" 문제를 연구하는데 살펴봐야 할 주요한 점이라고 강조했다.45) 이러한 주장은 비록 ≪사기·천관서≫의 함의를 일방적으로 과장했다는 것을 면할 수 없기는 하지만, 오히려 ≪사기≫가 "하늘과 인간의 관계를 탐구한 것"과 천문을 관찰한 것 사이의 관계를 강조한 것이다.

≪사기·태사공자서≫에 이렇게 기록되어 있다. "태사공께서는 부자가 계속 이어 그 자리를 맡게 되자 말씀하셨다. '오호라! 내 선조께서 일찍부터 이 일을 주관하여 당우 때부터 이름이 났고, 주나라에서도 다시 그 일을 맡았으니, 사마씨는 대대로 천문을 주관하게 되었던 것이다. 이제 그 일이 우리에게까지 왔으니 단단히 명심해야 할 것이다! 단단히 명심해야 할 것이다!'〔太史公仍父子相續纂其職. 曰: '於戱! 余維先人嘗掌斯事, 顯於唐虞, 至于周, 復典之, 故司馬氏世主天官. 至於余乎, 欽念哉! 欽念哉!'〕"

그런데 애석하게도 사마담이 천관天官을 맡은 후에는 주남周南 땅에 머무르고 있어 봉선 의식에 참여할 수 없었다. "그 때문에 화병이 나서 그만 쓰러져 일어나지 못하게 되었다.〔故發憤且卒〕"(≪사기·태사공자서≫) 요저전은 이렇게 논평했다. "이 일은 천관이 주관하는 것이다. 그렇기 때문에 참여하지 못한 것이 한스러웠을 수 있으나, 사실 그것은 관습이었다."46) 요저전의 평론은 사마담의 울화병을 정확히 맞혔다. 그중 핵심은 사마씨 부자가 직접 말한 것을 채택하여 주석으로 삼은 것이라고 할 만하다.

---

45) 오상추吳象樞, 〈≪사기·천관서≫ 해독≪史記·天官書≫解讀〉, 섬서성사마천연구회陝西省司馬遷硏究會 편, ≪사마천여사기논집司馬遷與史記論集≫ 제4집, 섬서인민출판사陝西人民出版社, 2000, 408~409쪽.

46) (청) 요저전 선평選評, ≪사기청화록≫, 상해고적출판사, 2007, 233쪽.

≪사기·천관서≫에서 이렇게 말했다. "태사공은 말하였다. 처음 인류가 출현한 이래로 해와 달과 별의 움직임을 관찰하지 않은 임금이 없었을 것이다. 오제五帝[五家]와 삼대에 이르러서는 이를 계승 연구하여 관 쓰고 띠 매는 민족을 안으로 삼고, 이적夷狄의 이민족을 밖으로 하여 중국을 12주州로 나누었다. 그리고 위로는 하늘의 상象을 관찰하고, 아래로는 지상의 온갖 사물에서 법칙을 귀납하였다. 하늘에는 해와 달이 있고 땅에는 음과 양이 있다. 하늘에는 다섯 개의 큰 별[五星]이 있으며, 땅에는 다섯 가지 원소[五行]가 있다. 하늘에는 별자리들이 열을 지어 있고, 땅에는 주州의 강역疆域들이 있다. ……옛날에 천문 역법을 전수한 사람으로 고신씨高辛氏 이전에는 중重과 여黎가, 당요唐堯와 우순虞舜의 시대에는 희羲와 화和가 있었다. 〔太史公曰: 自初生民以來, 世主曷嘗不歷日月星辰? 及至五家·三代, 紹而明之, 內冠帶, 外夷狄, 分中國爲十有二州, 仰則觀象於天, 俯則法類於地. 天則有日月, 地則有陰陽. 天有五星, 地有五行. 天則有列宿, 地則有州域. ……昔之傳天數者: 高辛之前, 重·黎. 於唐·虞, 羲·和.〕"

또 이렇게도 말했다. "하늘의 운행은 30년에 작게 변하고, 100년에 중간 정도로 변하며, 500년에 크게 변한다. 큰 변화를 세 번 거치면 한 기紀이고, 세 번의 기紀를 거치면 일체의 변화를 다 갖추니 이것이 자연 주기의 한계이다. 국정을 담당하는 사람은 반드시 이러한 3과 5의 변화 주기를 중시해 위아래로 각기 1천 년씩으로 해야 한다. 그러면 천도와 인간의 관계가 서로 연결되어 완비된다. 〔夫天運, 三十歲一小變, 百年中變, 五百載大變. 三大變一紀, 三紀而大備: 此其大數也. 爲國者必貴三五. 上下各千歲, 然後天人之際續備.〕"

태사공은 여기에서 사관과 천문 및 천인天人 이 세 가지 사이의 밀접한 관계를 명백히 논술했다. 그렇기 때문에 여사면呂思勉은 이것에 근거하여 다음과 같이 강조했다. "고대에는 천도를 중시하여 사관이 자연 현상을 빠짐없이 기록했다, 그 때문에 그 직위는

대단히 존경을 받았다."47) 또 이렇게도 말했다. "≪속한서續漢書 ·
백관지百官志≫에 의하면 태사령太史令의 직위는 사실 천체 현상을
담당했는데도 그들이 소장한 도서는 아주 많았다." 이 유래는 무巫
나 사史와 같은 기원의 시기로 거슬러 올라가야 한다. 즉 "먼 옛날
미개한 시대에 사관이 축祝과 무巫의 일을 아울러 처리했기 때문에
사史의 임무는 미래를 예측할 수 있게 기록하는 것이었다."48)

사마천이 ≪사기≫를 창작할 때 "하늘과 인간의 관계를 탐구
한다."라고 한 것은 사실 여기에서 기원한다. 하지만 사마천 이후
에는 역사가와 천문가로 분화되어 두 가지 직업으로 되고, 삼국
시대 이래로 사관의 직책이 비록 천문을 관찰하는 것이었을지라
도, "그것을 기록하는데서 멀어졌고, 또 천체 현상이라는 것을 전
적으로 중시하지도 않았다."49) 이러한 변화는 실제로 왕영조가 다
음과 같이 말한 바와 같다. "근고近古 시기로 내려오면서 황제의 권
력이 점차 확대되고, 조정은 단지 보조만 할 뿐이었고, 사史의 임
무는 곧 흥망에 유의하여 정치의 귀감을 알려주어 정권을 수호할
수 있기를 기대하는 것이었다."50)

사마천 이래로 사관의 직책과 천문학이 분리됨에 따라 후세에
역사가와 천문학도 차츰 분리되었다. "하늘과 인간의 관계를 탐구
하는" 역사학의 창작 취지는 "고금의 변화에 통달한다〔通古今之變〕"
고 하는 ≪자치통감≫의 취지에 자리를 모조리 내주었다. 역사서
가 "지난 일을 거울삼아 나라를 다스리는 데 도움이 되게 한다.〔鑑

---

47) 여사면呂思勉, ≪진한사秦漢史≫, 상해고적출판사, 2005, 694쪽.
48) (미) 왕영조, ≪사전통설─중서 사학의 비교≫ "사임 제24", 중화서국, 2003,
232쪽.
49) 여사면, ≪진한사≫, 상해고적출판사, 2005, 695쪽.
50) (미) 왕영조, ≪사전통설─중서 사학의 비교≫ "사임 제24", 중화서국, 2003,
232쪽.

於佳事, 有資於治道〕 "(≪자치통감≫ 권239)라고 하는 현실적 기능에 치중하면서 "천문에 관한 일을 주관한다."라고 하는 사관의 최초 직책과 거리가 점점 멀어졌다.

4) 사마천이 직면한 "하늘"과 "인간" 사이에서의 곤혹

왕영조는 일찍이 이렇게 말했다. "사마천이 정신적으로 집중한 것은 '하늘과 인간의 관계를 탐구하고, 고금의 변화에 통달하여 일가의 학설을 이루고자 하는 것이었다.' 하늘과 인간의 관계를 탐구하는 것은 '역사 속의 원동력'을 밝히고자 하는 것이다. 서양의 봉건시대에는 프로테스탄트가 한창 흥성했고, 기독교 역사가는 '하느님'을 역사의 원동력으로 삼지 않는 자가 없었다. ……그러므로 역사라는 것은 바로 '하느님이 백성을 고르는 거룩한 일이고', 거룩한 일에 의해 '무한한 하느님의 계획'이 드러나는 것이다."51) 사마천이 ≪사기≫에서 "하늘과 인간의 관계를 탐구하려는" 창작 의도는 "하늘"과 "사람"의 관계를 구체적으로 해석하고 언급하려 할 때 종종 난관에 부딪혀 그 스스로 곤혹을 느끼거나, 후세 사람들의 오해나 심지어는 노골적인 비판을 사기도 한다.

맨 먼저 천도와 정치의 관계, 즉 인류 사회의 발전과 천도의 관계에서 그는 "정치와 천지의 변화를 살피는 것은 하늘과 인간 사이의 징조에 들어맞는 가장 근사한 것이다. 〔然其與政事俯仰, 最近天人之符.〕 "(≪사기·천관서≫)라고 생각했다. 그는 ≪사기·육국연표六國年表≫에서 이렇게 말했다. "진秦나라의 은덕과 의리를 논한다면 노나라와 위衛나라의 포악한 자보다도 못하고, 진나라의 병력을 재어보면 삼진三晉의 강대함만 못하였다. 그럼에도 불구하고 마침내 천하를 병

---

51) (미) 왕영조, ≪사전통설 — 중서 사학의 비교≫ "태사공太史公 제7", 중화서국, 2003, 69쪽.

합한 것은 반드시 진나라의 지리적 위치가 험고하여 형세가 이로 웠기 때문만은 아니니, 아마도 하늘이 도왔던 것 같다. 〔論秦之德義不如魯衛之暴戾者, 量秦之兵不如三晉之彊也, 然卒并天下, 非必險固便形勢利也, 蓋若天所助焉.〕"

　뒤이어 법칙으로 전체를 묶어서 다음과 같이 매듭지었다. "누군가가 말하기를 '동방東方은 만물이 처음 나는 곳이며, 서방西方은 만물이 성숙되는 곳이다.'라고 하였다. 무릇 먼저 일을 시작하는 사람은 반드시 동남東南에서 일어나고, 실제적인 효과를 거두는 것은 언제나 서북西北이었다. 그러므로 우禹는 서강西羌에서 일어났고, 탕湯은 박亳에서 일어났으며, 주나라는 풍豐과 호鎬를 근거로 하여 은나라를 정벌하였으며, 진秦나라의 제왕은 옹주雍州에서 일어났고, 한나라가 일어난 곳은 촉蜀(사천성四川省 성도成都 지역)과 한漢(지금의 섬서성陝西省 진령秦嶺 이남과 호북성湖北省 서북부 지역)이었다. 〔或曰: '東方物所始生, 西方物之成熟'. 夫作事者必於東南, 收功實者常於西北. 故禹興於西羌, 湯起於亳, 周之王也以豐鎬伐殷, 秦之帝用雍州興, 漢之興自蜀漢.〕" 그는 진나라가 천하를 통일한 것은 하늘의 도움이지, 결코 사람의 힘이 아니라고 보았다. 이에 대해 청나라의 장상남蔣湘南(1795~1854)은 이렇게 말했다. "천명이 어찌 진나라에 있었겠는가! ……대개 하늘의 도움으로 합병을 했는데도 스스로 그 규칙을 어지럽혔으니, 잘못된 것이다. 〔天命烏在秦哉! ……蓋以天助歸之而自亂其例, 誤矣!〕"52)

　또 ≪사기·진초지제월표秦楚之際月表≫에서 다음과 같이 말했다. "이것이 소위 전해지는 성인을 말함인가? 어찌 하늘의 뜻이 아니겠는가! 어찌 하늘의 뜻이 아니겠는가! 성인이 아니라면 누가 이리 천명을 받아 황제가 되겠는가? 〔此乃傳之所謂大聖乎? 豈非天哉, 豈非天哉! 非

---

52) (청) 장상남蔣湘南, ≪칠경루문초七經樓文鈔≫ 권3 〈독사기육국표후讀史記六國表后〉, ≪역대명가평〈사기〉歷代名家評〈史記〉≫, 북경사범대학출판사北京師範大學出版社, 1986, 384쪽.

大聖孰能當此受命而帝者乎?〕" 그의 생각에는 유방劉邦이 진나라 말기에 많은 봉기군蜂起軍 속에서 궐기하여 한나라를 세운 것도 천명의 보살핌이었던 것이다.

그 다음으로 인간 개개인의 성패와 천도의 관계에 있어서 사마천의 표현은 복잡하다. 경우에 따라서 그는 개인의 성공을 "천행天幸"에 귀결시킨다. 예를 들면 ≪사기·양후열전穰侯列傳≫에서 수가須賈의 입을 통해 다음과 같이 말했다. "≪서경·주서·강고康誥≫에 '천명은 일정하지 않다.'라고 했는데, 이는 요행이 잇따라 발생하지 않는다는 말이다. 대저 포연과 싸워 이기고 여덟 개 현을 떼어 받은 것은 병력이 강해서도 아니고, 계책이 정교해서도 아닌 천행이 많이 작용했기 때문이다. 지금 또 망묘를 도망가게 하고 북택에 진입하여 대량을 공략한 것은 천행이 잇따른 것으로 생각할 수도 있다. 〔≪周書≫曰: '惟命不于常', 此言幸之不可數也. 夫戰勝暴子, 割八縣, 此非兵力之精也, 又非計之工也, 天幸爲多矣. 今又走芒卯, 入北宅, 以攻大梁, 是以天幸自爲常也.〕"

≪사기·유후세가留侯世家≫에서 이렇게도 평론했다. "태사공이 말했다. '학자들은 대부분 귀신은 없다고 말하면서도 괴이한 일이 있다고들 한다. 즉 유후가 만난 노인이 그에게 책을 준 것과 같은 일은 괴이하다고 할 수 있다. 고조가 곤궁에 빠진 일이 여러 번이 있었는데, 유후가 늘 공을 세운 것은 어찌 하늘의 뜻이 아니라고 할 수 있겠는가?'〔太史公曰: '學者多言無鬼神, 然言有物. 至如留侯所見老父予書, 亦可怪矣. 高祖離困者數矣, 而留侯常有功力焉, 豈可謂非天乎?'〕"

≪사기·부근괴성열전傅靳蒯成列傳≫에서 다음과 같이 평론했다. "태사공이 말했다. 양릉후陽陵侯 부관傅寬과 신무후信武侯 근흡靳歙은 모두 높은 작위에 올랐던 사람으로, 고제高帝를 따라 산동山東에서 일어나 항우를 공격하였다. 그들은 적의 명장을 주살하였고, 수십 차례 적군을 격파하고 성을 함락시켰으나, 곤욕을 치른 적이 없다.

이는 또한 하늘이 도와준 것이다. 〔太史公曰: 陽陵侯傅寬·信武侯靳歙皆高爵,
從高祖起山東, 攻項籍, 誅殺名將, 破軍降城以十數, 未嘗困辱, 此亦天授也.〕”

　　그 나머지 ≪사기·위장군표기열전衛將軍驃騎列傳≫과 ≪사기·고
조본기高祖本紀≫ 등과 같은 곳에서도 모두 “천행”으로 설명하고 있
다. 이런 예들은 학자들의 논술에 상당히 많다.

　　그리고 불행한 사람들에 대해 지은 것은 ≪사기·항우본기項羽
本紀≫와 ≪사기·회음후열전淮陰侯列傳≫ 및 ≪사기·백이열전伯夷列傳≫
등과 같은 것이 있다. 이것들은 전형적이라고 할 만하며, 그 감회
도 가장 복잡하다.

　　≪사기·항우본기≫에서 그가 한편에서는 항우를 “끝내 ‘하늘
이 나를 망하게 하는 것이지, 결코 내가 싸움을 잘하지 못한 죄가
아니다.’라는 말로 핑계를 삼았으니 어찌 잘못된 일이 아니겠는가?
〔乃引‘天亡我, 非用兵之罪也’, 豈不謬哉!〕”라고 비평하면서도, 다른 한편에서
는 “나는 주생周生에게서 ‘순舜의 눈은 아마도 눈동자가 둘이었을 것
이다.’라는 말을 들었는데, 또 항우도 눈동자가 둘이라는 말을 들
었다. 그러나 항우가 어찌 순의 후예이겠는가? 〔吾聞之周生曰‘舜目蓋重瞳
子’, 又聞項羽亦重瞳子. 羽豈其苗裔邪?〕”라고 하였다. 용모에 있어서 항우와
순임금은 똑같이 모두 “눈동자가 두 개”이다. 이치대로 말하면, 이
길상吉相은 마땅히 천명을 향유해야 한다. 그런데 항우는 왜 실패
했을까? 사마천은 곤혹을 느꼈고, 답을 할 수 없었다.

　　≪사기·회음후열전≫에서 회음후 한신韓信의 불행과 운명에 대
해서도 단지 천도로 돌릴 수밖에 없었다. 이에 대해 요조전은 이
렇게 평론했다. “회음후는 바로 태사공이 몹시 애석하게 여긴 사람
이었다. 그 글의 맨 앞에서 가난할 때 실의에 빠진 상황을 상세히
묘사한 것을 보면, ‘장차 큰 임무를 내리려 할 때’라고 한 ≪맹자·
고자 하≫의 구절과 마찬가지로 마음의 동요를 느끼게 된다. 그는

마음속으로 한신을 확실히 한나라 초기의 제일인자로 보았던 것이다. 〔淮陰侯乃史公所痛惜者, 觀其起處詳寫貧時落魄景況, 遂與≪孟子≫'將降大任'一節一樣搖曳, 其意中固以漢初第一人目之.〕 "53)

요저전은 이어서 다음과 같이 평론했다. "내가 생각하기에 한신은 천하를 도모하는데 있어서는 뛰어났으나, 자신을 도모하는데 있어서는 어리석은 자라고 한 것은 공을 이루고 관직에서 물러난 후에는 맞는 말이지만, 중요한 자리에 임용되기 이전에는 합치하지 않는 말이다. 중용되기 전에는 실의에 빠져 답답하고 괴로워했으며, 관직에서 물러난 후에는 변란을 일으키려다 죄를 얻었다. 이것은 하늘이 한 짓이지, 사람이 할 수 있는 것이 아니다. 고조의 부거副車에 유폐되어서는 ……온몸이 산산이 찢어지고, 아들과 딸이 죽임을 당하고, 삼족이 주살되었으니, 자신을 도모하는데 지극히 어리석은 자라고 해야 하지 않겠는가? 아, 하늘이 결정한 것이니, 한신도 어찌 해볼 수가 없었다. 〔余以爲信之工於謀天下, 而拙於謀身者, 在成功身退之後, 而不在未遇之前. 蓋未遇之前, 落魄無憀, 動而獲咎, 是有天焉, 非人之所可爲也. 至於後車囚廢, ……受誅兒女, 一身瓦裂, 三族誅夷, 謂非自謀之至拙者乎? 嗟乎! 蓋亦有天焉, 信亦無如之何矣.〕 "

≪사기·백이열전≫에서 사마천은 "천명"에 대해 가장 의아해하며 이렇게 말했다. "혹자는 말하기를 '천도는 공평무사해서 항상 착한 사람을 돕는다.'라고 했다. 백이와 숙제 같은 사람은 착한 사람이라고 말할 수 있지 않은가? 그런데 그처럼 인덕仁德을 쌓고 행실을 깨끗하게 했음에도 그들은 굶어서 죽었다. 어디 그뿐이랴! 70제자 중에서 공자는 오직 안연만을 학문을 좋아하는 제자로 천거했다. 그러나 안연도 항상 가난해서 지게미와 쌀겨 같은 거친 음식도 배불리 먹지 못하고 끝내 요절하고 말았다. 하늘이 착한 사

---

53) (청) 요저전 선평選評, ≪사기청화록≫, 상해고적출판사, 2007, 135~136쪽.

람에게 보상해 준다고 한다면 어째서 이럴 수가 있는가? 도척盜跖
은 날마다 죄 없는 사람을 죽이고 사람의 살을 회쳐서 먹으며 포
악무도한 짓을 함부로 하고, 수천 명의 도당을 모아 천하를 횡행
했지만 끝내 천수를 다 누리고 죽었다. 이것은 그의 어떠한 덕행
에 의한 것이란 말인가? 이런 것들은 다 크고 뚜렷한 사례이다.
또 이를테면 근자에 이르러서도 품행이 정도正道에서 벗어나고, 오
로지 사람들이 꺼리고 싫어하는 일만 저지르면서도 종신토록 안락
하게 지내고, 부귀가 여러 대에 그치지 않는 사람이 있는가 하면,
혹은 또 갈 만한 곳을 골라서 가고, 말할 만한 때를 기다려 말하
며, 길을 갈 때는 작은 길로 가지 않으며, 공명정대한 일이 아니면
분발해서 하지 않으면서도 재난을 당하는 사람이 헤아릴 수 없을
만큼 많은 것은 어찌 된 것인가? 나는 이에 대해서 매우 의혹스러
움을 느낀다. 만약에 이런 것이 이른바 천도라고 한다면 그 천도
는 과연 맞는 것인가? 틀린 것인가? 〔或曰: ‘天道無親, 常與善人.’ 若伯夷·
叔齊, 可謂善人者非邪? 積仁絜行如此而餓死! 且七十子之徒, 仲尼獨薦顔淵爲好學. 然回也
屢空, 糟糠不厭, 而卒蚤夭. 天之報施善人, 其何如哉? 盜跖日殺不辜, 肝人之肉, 暴戾恣睢,
聚黨數千人橫行天下, 竟以壽終. 是遵何德哉? 此其尤大彰明較著者也. 若至近世, 操行不軌,
專犯忌諱, 而終身逸樂, 富厚累世不絶. 或擇地而蹈之, 時然後出言, 行不由徑, 非公正不發
憤, 而遇禍災者, 不可勝數也. 余甚惑焉, 儻所謂天道, 是邪非邪?〕”

　　사마천은 “하늘”과 “사람”의 관계로 인해 미혹에 빠져들어 스스
로 답을 할 수가 없었다. 이 “하늘”과 “사람”의 관계에 있어 마기창
馬其昶(1855~1930)의 논평은 정곡을 찌르고 있다. 그는 이렇게 말했
다. “만약 백이는 단지 사람에 의해 곤궁하게 된 것이 아니라면,
하늘이 실로 재앙을 내린 것이다. 천명이 이미 바뀌어 상나라가 바
뀌어 주나라가 된 것이다. 무릇 백이가 굶어죽고, 안연이 요절한
것이 슬프기는 하다. 그러나 사람이 도를 넓힐 수는 있지만, 천명
은 어찌 할 수가 없다. ……그런데 인간사를 끝까지 궁구할지라도

천도가 이와 같다는 것을 알 수가 없다. ……태사공은 분발하여 책을 써서 찬양하거나 비판하는 것으로 공자가 하던 일을 계속 이어나갔으니, 이른바 하늘과 사람의 관계에 밝은 자가 아니겠는가? 〔抑伯夷匪獨窮於人也, 天實厄之. 天命旣改, 易商而周, 悲夫伯夷餓死, 顔淵早夭, 人能宏道, 無如命何. ……然而人事之窮極, 天道之不可必知如此. ……太史公發憤著書襃譏貶損以賡續孔子之爲, 儻所謂明於天人之際者邪?〕"54)

이렇게 "하늘"과 "사람"의 관계를 탐구하는 것과 ≪사기≫ 속에 내포된 "하늘과 인간의 관계를 탐구하는" 심오한 이치에 대해 후세 사람들은 대부분 이해하지 못한다. 그들은 경미한 경우 오해하고, 심한 경우는 비난한다. 고대의 현인으로 유지기劉知幾(661~721)와 같은 역사학의 권위자라 해도 이러한 오해를 면할 수 없었다. 그는 사마천을 이렇게 비평했다. "무릇 성패를 논할 때는 인사를 기본으로 함이 마땅하며, 모든 것을 반드시 천명과 관련하여 말하면 국가 존망의 규율은 이치에 어긋나게 된다.〔夫論成敗者, 固當以人事爲主, 必推命而言, 則其理悖矣!〕"55)

현대의 학자들도 대부분 사마천이 동중서의 '천인감응天人感應' 사상에 영향을 받은 탓으로 돌린다. 사실은 전혀 반대이다. 사마천이 "하늘과 인간의 관계를 탐구하고자 했던" 것은 '천인감응'의 사상에 영향을 받았기 때문이 아니라, "하늘과 인간의 관계를 탐구하려는" ≪사기≫의 창작에 힘입어 하늘과 사람의 진정한 관계를 탐색하고, '천인감응'의 사상에 대한 맹목적인 믿음과 한계를 일소하려고 했던 것이다.

바로 제사화齊思和(1907~1980)가 다음에서 말한 바와 같다. "사

---

54) (청) 마기창馬其昶, ≪포윤헌문집抱潤軒文集≫ 권2 〈독백이열전讀伯夷列傳〉, ≪역대명가평사기歷代名家評史記≫, 북경사범대학출판사, 1986, 549~550쪽 인용.

55) (당) 유지기劉知幾 찬撰, (청) 포기룡浦起龍 석釋, ≪사통통석史通通釋≫ 권16 〈잡설 상雜說上〉 "≪사기≫ 8조條", 462쪽.

마천이 '하늘과 인간의 관계를 탐구하고, 고금의 변화에 통달하여 일가의 학설을 이루고자 했던' 것은 그가 복잡하게 뒤얽혀 있는 역사적 사실 속에서 여러 가지 도리를 찾아내어 자기의 견해를 내놓으려고 한 것이다. 그는 단순히 역사적 사실을 정리한 사람일 뿐만 아니라, 사상가이기도 하다. 그의 사상적 체계는 그의 아버지와도 같지 않다. 사마담의 사상은 도가를 위주로 하였지만, 사마천은 한 사람의 유학자일 뿐이었다. ……사마천이 유가를 존중하고 신봉한 것은 ≪사기≫ 속에 충분히 표현되어 있다. ……서한 시기의 유학에는 '하늘과 인간에 대한 관계의 학문〔天人之學〕'이 성행하여 하늘이 직접 인간의 행위를 감시하고 지배한다고 믿었으며, 일체의 자연 현상을 전부 하늘의 의지의 표현으로 해석했다. 당시 동중서가 바로 이러한 사상의 제창자였다. 사마천이 비록 동중서의 학생이기는 하였지만, 그는 이러한 미신적인 견해를 믿지 않았으며, 또한 그의 학설을 ≪사기≫ 속에 써넣지도 않았다."56) 사마천이 "하늘과 인간의 관계를 탐구하려는" 창작 사상은 상고시대 사관의 원시적 직책을 계승하고자 한 것으로 동시대의 "천인감응" 사상보다도 훨씬 귀중한 것이다.

왕영조는 이렇게 말했다. "사마천의 시대에는 천인감응 사상을 비롯해 오덕종시설五德終始說, 방사들의 불로장생 학설 등 모든 풍조가 쇠퇴하지 않았다. 역사를 찬술하는 자들은 이것을 기록하지 않을 수 없었다. 그런데 사마천만이 유독 그것들을 의심하고, 따로 하늘과 인간의 관계를 탐구하였으니, 그 식견이 높다고 말할 수 있다. ……사마천이 간혹 천상天象의 운수運數를 그대로 받아들인 것은 옛사람으로서 불가피한 것이었다. 그러나 숙명을 가지고 역

---

56) 제사화齊思和, 〈약담사마천略談司馬遷〉, ≪중국사탐연中國史探研≫, 중화서국, 1981, 255쪽.

사를 평가하지 않았다는 점은 거의 의심스러운 것이 없다."57) 그는 또 사마천이 "하늘과 인간의 관계를 탐구하려는" 것이 동중서의 '천인감응'의 영향을 받은 것이 아닐 뿐만 아니라, 그 사상보다도 훌륭하다는 점을 지적했다. 이로부터 사마천이 "하늘과 인간의 관계를 탐구하려는" 심오한 뜻을 밝혀내고자 하는 것은 절대 쉬운 일이 아님을 알 수 있다.

한마디로 말하면, "하늘과 인간의 관계를 탐구하려는" 것은 전욱시대에 백성과 신이 분리되면서부터, 그리고 중重과 여黎가 천지에 관한 사무를 주관하여 백성과 신을 소통시킨 이래로 사관의 천직이라는 것이다. 사마천이 ≪사기≫를 저술한 취지, 즉 "하늘과 사람의 관계를 탐구하려는" 것은 바로 사마천의 이러한 천직에 대한 일종의 자각적인 전수와 계승인 것이다. 사마씨 집안은 대대로 그 직책을 주관했다. ≪사기·태사공자서≫에 따르면, "하늘과 사람의 관계를 탐구하려는" 것은 결국 변함없이 대대로 내려온 조상들의 직책, 즉 일종의 가학家學 전통에 대한 자각적 계승이며, 사마천이 독창적으로 한 것은 아니다. 후세에 이러한 것을 의식적으로 치켜세우는 경향이 있지만, 이러한 공헌을 단지 사마천만의 공으로 돌리는 것은 사실 그 선조의 공적을 말살하는 것이다.

사마천이 ≪사기≫를 창작한 취지인 "하늘과 인간의 관계를 탐구하고, 고금의 변화에 통달하여 일가의 학설을 이룬다."는 것은 실제로 그가 세 종류의 다른 직책에 대한 사명과 인생에서 추구해야 할 것을 구체적으로 드러낸 것이다. "하늘과 인간의 관계를 탐구하는" 것은 집안의 전통을 계승하고자 하는 것이며, 신(하늘)과 백성(사람)을 소통시키는 것을 천직으로 삼음으로써 천지의 소통을

---

57) (미) 왕영조, ≪사전통설—중서 사학의 비교≫ "태사공 제7", 중화서국, 2003, 69~70쪽.

중시하고, 사관의 본래 직책을 이행하고자 하는 것이었다. 여기에 딱 들어맞게 말하면, 이것은 무巫와 사史가 기원을 같이하던 시기에 무巫로부터 분리되어 분화해 나온 신성한 사명인 것이다. "고금의 변화에 통달한다"는 것은 사관이라는 직책의 전통을 계승하여 본직에 최선을 다하고, "천하에 흩어진 옛 이야기들을 두루 모아 제왕들이 일어나게 된 자취를 살펴서 그 시말을 탐구하고 그 성쇠를 관찰"하고자 한 것이다. "일가의 학설을 이룬다"는 것은 공자의 개인적(私家) 저술의 전통을 계승하여 글을 써서 영원히 남기고자 발분해서 책을 쓰는 것이다. 그러므로 이런 의미에서 보면, 사마천이 강조한 《사기》의 창작 취지인 "하늘과 인간의 관계를 탐구하고, 고금의 변화에 통달하여 일가의 학설을 이룬다."는 것은 사실상 무巫와 사史 및 사士라는 세 가지 대표적인 지식인의 직책과 사명을 포괄하는 것이다.

독특한 가문과 독특한 시대, 그리고 독특한 개성을 가진 사마천은 공자의 뒤를 이어 다시 한몸에 무巫와 사史 및 사士라는 세 가지 대표적인 지식인을 동시에 축소한 행운아가 되었다. 그가 지향한 "하늘과 인간의 관계", "고금의 변화", "일가의 학설"은 "모든 것을 포괄하고, 모든 것을 정복하는 힘인 것이다."[58] 이로 인해 그의 《사기》는 거세게 뛰어오르는 물결이 치닫듯 폭넓게 다양한 사물의 변화를 형용하였다. "종으로는 수천 년을 관통하고, 횡으로는 각국 각 계층에 미쳐 모든 인류의 전체 활동이 상세히 기록되지 않은 것이 없었다."[59] 이후의 역사가들은 그것이 너무 멀어서 따라잡을 수 없었다.

《사기 · 태사공자서》에서 그는 거듭 《사기》의 창작이 공자

---

58) 이장지李長之, 《사마천의 인격과 풍격(司馬遷之人格與風格)》, 삼련서점, 1984, 23쪽.

59) 서호徐浩, 《이십오사논강(卄五史論綱)》, 인민문학출판사, 1949, 42~43쪽.

가 《춘추》를 지은 전통을 계승한 것임을 진술하며 이렇게 말했다. "선친께서 말씀하시기를 '주공周公이 죽고 난 뒤 500년 만에 공자가 태어났다. 그리고 공자가 죽고 난 뒤 오늘에 이르기까지 500년이 지났다. 이제 누가 성인의 사업을 이어받아 《역전》을 정확하게 이해하고, 《춘추》를 잇고, 《시》, 《서》, 《예》, 《악》의 본질을 밝힐 수 있을까?'라고 하셨다. 아버지의 뜻이 바로 여기에 있지 않았던가! 아버지의 뜻이 바로 여기에 있지 않았던가! 그러니 내 어찌 감히 이 일을 마다할 수 있겠는가? 〔先人有言: '自周公卒五百歲而有孔子. 孔子卒後至於今五百歲, 有能紹明世, 正《易傳》, 繼《春秋》, 本《詩》·《書》·《禮》·《樂》之際?' 意在斯乎! 意在斯乎! 小子何敢讓焉.〕"

사마천의 아버지는 아들이 제2의 공자가 되기를 희망했다. 이것은 실제로 '그 자신의 포부'이기도 했다. 총괄해서 말하면, 사마천은 공자에게 혜택을 받은 것이 매우 많아 "한 위대한 거인이 아득히 멀리서 한 천재를 인도하여 영원을 향해 나아가게 했다."[60] 공자의 천도 사상이 사마천에 끼친 영향은 단지 그 가운데 구체적으로 드러난 일부분일 뿐이다.

2. 공자의 "안 되는 줄 알면서도 하려 한" 정신에 대한 제갈량諸葛亮의 계승과 발전

《사기·공자세가》의 기록에 의하면, 공자는 35세 때 노나라를 떠나 제나라로 달려갔고, 51세부터 노나라의 정치에 참여하여

---

60) 이장지, 〈사마천과 공자〉, 《사마천의 인격과 풍격》, 삼련서점, 1984, 56쪽·67쪽. 공자가 사마천에 끼친 영향에 대해 이 책에서 상세히 논술하고 있다.

관직이 대사구에 이르렀으며, 4년 후인 55세 때 제자들을 거느리고 여러 나라를 두루 돌아다니기 시작하여 잇따라 위衛, 진陳, 조曹, 송宋, 정鄭, 채蔡나라에 이르렀다가, 68세 때 노나라로 되돌아왔다. 전후를 합쳐서 14년 동안 여러 나라를 바쁘게 돌아다니며 자기의 주장을 적극적으로 펼쳐 나갔다.

"안 되는 줄 알면서도 하려 한"그 정신은 그의 학생들에게 깊은 감동과 영향을 미쳤다. "증자가 말했다. '선비는 뜻이 크고 굳세지 않으면 안 되니, 책임은 무겁고 갈 길은 멀기 때문이다. 인仁의 실현을 자기의 임무로 삼으니 무겁지 아니한가? 죽은 뒤에나 그만둘 것이니 멀지 아니한가?'〔曾子曰: '士不可以不弘毅, 任重而道遠. 仁以爲己任, 不亦重乎? 死而後已. 不亦遠乎?'〕"(《논어·태백》) 72제자 중의 한 사람으로 증자는 공자의 인생 역정 속에서 유가 지식인이 가져야 할 인문정신의 가치와 추구를 깨달았다. 또 이를 통해 후대에 깊은 영향을 끼쳤다.

명나라의 장대張垈(1597~1680)는 이렇게 말했다. "안 되는 줄 모르면서 하는 것은 어리석은 사람이다. 안 되는 줄 알아서 하지 않는 것은 현인이다. 안 되는 줄 알면서도 하는 것은 성인이다. 제갈무후가 말했다. '지금 역적을 토벌하지 않으면, 한나라 또한 반드시 망하게 될 것입니다. 이대로 앉아서 기다리기보다는 저들을 토벌하는 것이 낫습니다.' 여기에 실로 운명을 만회할 방법이 있는 것이다.〔不知不可爲而爲之, 愚人也. 知其不可爲而不爲, 賢人也. 知其不可爲而爲之, 聖人也. 諸葛武侯曰: '卽不伐賊, 漢亦必忘, 與其坐而待之, 不如伐之.' 此處眞有挽回造化手段.〕"(《사서우四書遇·석문장石門章》) 곧장 "안 되는 줄 알면서도 하려 하는" 것을 성인의 상징으로 삼아 추앙한 후에 장대는 또 제갈무후(제갈량)의 북벌과 공자의 "안 되는 줄 알면서도 하려 하는"정신의 일맥상통을 강조했다.

《삼국연의三國演義》에서 나관중羅貫中(1330~1400)은 유가의 덕정

德政이라는 이상적 관점에서 '어진 임금'과 '현명한 재상', 그리고 '우수한 장수'가 있는 태평한 세상을 흠모했다. 그의 글에서 '현명한 재상'인 제갈량의 형상은 바로 완벽하고 결점이 없는 '성인'의 이미지이며, 소설 속에서 제갈량의 "안 되는 줄 알면서도 하려 하는" 인격적 매력과 비극적 정신을 힘써 형상화했다. 그리고 다시 공자 이후로 유가 독서인의 인격적 풍모를 선명하게 드러내어 농후한 유가 문화와 민족정신에 매력을 부여했다.

1) "안 되는 줄 알고 있는[知其不可爲]" 수경水鏡선생 사마휘司馬徽

《삼국연의》에서 작가는 먼저 제갈량의 "안 되는 줄 아는[知其不可爲]" 것을 두드러지게 강조하고, 뒤이어 "그런데도 하려 하는[而爲之]" 제갈량의 비극적 정신을 부각시킨다. 소설에서는 먼저 독자에게 불시에 한 가지 정보, 즉 제갈량이 산에서 나오기 이전에 이미 유비劉備(160~223)와 유선劉禪(207~271)을 보좌하는 자신의 공업이 성공할 수 없음을 예상했다는 것을 전달해 준다.

소설은 먼저 수경선생이라는 신비한 인물을 묘사하여 복선伏線을 깔았다. 소설에서 유비가 사마휘(?~208)를 처음 만나는 묘사에는 신비한 분위기로 덮여 있다. 《삼국연의》 제34회에는 유비가 채모蔡瑁에게 쫓기어 다급해진 상황에서 말을 타고 단계檀溪를 뛰어넘는데, "마치 구름과 안개 속을 지나온 듯하여[如從雲霧中起]"(《삼국연의》 제34회) 꿈을 꾼 듯 넋을 놓고 있다가 홀연히 한 목동을 만나 어떤 장원莊園에 이르러 수경선생 사마휘를 만나는 장면이 묘사되어 있다. 소설은 여기에서부터 모두 합쳐 여섯 번 수경선생 사마휘가 과거와 미래의 일을 아는 신기한 능력을 가지고 있음을 다음처럼 과장했다.

첫 번째는 사마휘가 어린아이에게 마을 어귀에서 유비를 기다리라고 시켰는데, 소설에는 이렇게 적혀 있다. "(목동은) 현덕을 유심히 바라보며 '장군은 지난날에 황건적을 격파한 유현덕 장군이 아니십니까?'라고 말했다. 〔(牧童)熟視玄德, 曰: '將軍莫非破黃巾劉玄德否?'〕"(이하 《삼국연의》 제35회) 한눈에 유비를 알아본 것은 유비를 의아하게 만들었을 뿐만 아니라, 독자들도 의아하게 만든다. 청대 모종강毛宗崗 (1632~1709)은 여기에 "극히 기묘하고, 대단히 신기하다. 〔氣絶, 幻絶.〕" 라고 평어評語를 붙였다. 그것은 작자의 필법을 깊이 체득하여 안 것이다.

두 번째는 예전에 만난 적이 없지만, 유비의 용모를 잘 이야기할 수 있다는 것이다. 소설에서 다음과 같이 말했다. "목동이 대답했다. '저는 본시 아는 것이 없지만, 스승님을 모시고 있습니다. 손님이 오시기만 하면 스승께서 곧잘 말씀하시기를 '유현덕은 키가 7척 5촌이요, 팔이 길어서 무릎 밑까지 내려오고, 눈으로 능히 자기 귀를 보니 당대의 영웅이라.'고 하시더이다. 이제 장군을 보니 들었던 말과 같아 짐작만으로 여쭤봤습니다. 〔牧童曰: '我本不知, 因常侍師父, 有客到日, 多曾說有一劉玄德, 身長七尺五寸, 垂手過膝, 目能自顧其耳, 乃當世之英雄. 今觀將軍如此模樣, 想必是也.'〕"

세 번째는 거문고를 탈 때 영웅이 엿듣고 있다고 말한 것이다. 소설에는 이렇게 서술하고 있다. "유현덕은 동자를 따라 한두 마장쯤 가서 장원 앞에 이르렀다. 말에서 내려 중문中門으로 들어가니 아름다운 거문고 소리가 들려왔다. 유현덕은 '들어가 아뢰지 마라. 여기서 좀 쉬자.' 하고 귀를 기울여 들었다. 그런데 거문고 소리가 갑자기 그치더니, 한 사람이 나오면서 웃으며 말했다. '거문고의 맑고 그윽한 가락에서 갑자기 살벌한 기상이 일어나니, 아마도 영웅이 숨어서 엿듣는 모양이로다.' 〔童子便引玄德. 行二里餘, 到莊前下馬, 入至中門. 忽聞琴聲甚美. 玄德敎童子且休通報, 側耳聽之, 琴聲忽住而不彈. 一人笑而出曰: '琴韻淸幽, 音中忽起高抗之調, 必有英雄竊聽.'〕" 모종강은 여기에 이렇게 평어를 붙였다. "예전에 현덕과 통성명한 적이 없었지만, 동자가 미리 알고 있었다. 이제 동자가 통보하지 않았는데도, 선생이 미리 나와 있었다. 이것은 동자가 눈으로 단번에 현덕을 알아맞힌 것이고, 선생은 귀로 대번에 현덕이 엿듣고 있음을 알아맞힌 것이다. 〔前不必玄德通名, 而童子先知. 今亦不必童子通報, 而先生先出. 是童子眼中看出一玄德, 先生耳中又听出一玄德.〕"

네 번째는 첫눈에 유비에게 이렇게 말한 것들이다. "공은 오늘 다행히 큰 액을 면했소이다. 〔公今日幸免大難!〕" "공은 굳이 숨길 필요는 없습니다. 공은 위험한 곳에서 도망쳐 여기로 오셨을 것이오. 〔公不必隱諱. 公今必逃難至此.〕" "나는 공의 기색을 보고, 이미 짐작했소. 〔吾觀公氣色, 已知之矣.〕" 사마휘는 집밖으로 한 발짝도 나가지 않고 이미 유비가 재난을 만난 일을 모두 알고 있었기에 모종강은 "신선이여, 신선이여! 〔仙乎! 仙乎!〕"라고 평어를 붙이며 극히 놀랍고도 이상하다고 하였다.

다섯 번째는 동요를 잘 이해하여 더 신비해 보이게 했다는 것이다. 소설은 수경선생의 이야기를 이렇게 묘사했다. "공은 형주, 양주의 고을 아이들이 부르는 동요를 들은 적이 있으신지요? 그 동요에, '8, 9년 사이에 비로소 쇠약해져 13년에 이르면 남는 자가 없으리. 마침내 천명은 누구에게 돌아가나, 진흙 속에 서린 용이 하늘로 올라간다.'고 했으니, 이 동요가 유행하기 시작한 것은 건안建安(헌제獻帝의 연호. 196~220) 초였지요. 그러다가 건안 8년(203)에 이르러 형주의 유표가 상처喪妻를 하고 집안이 어지러워지면서부터 동요의 내용대로 쇠약해지기 시작한 것이오. 동요에 남는 자가 없다고 한 것은 머지않아 유표가 세상을 떠나고 문관과 무장이 다 몰락해서 남는 자가 없다는 뜻이며, 천명을 받아 용이 하늘로 오른다는 것은 바로 장군을 두고 한 말이지요. 〔公聞荊襄諸邵小兒之謠乎? 其謠曰: '八九年間始欲衰, 至十三年無孑遺. 到頭天命有所歸, 泥中蟠龍向天飛.' 此謠始於建

安初. 建安八年, 劉景升喪卻前妻, 便生家亂, 此所謂始欲衰也. 無子遺者, 謂景升將逝, 文武零落無子遺矣, 天命有歸, 龍向天飛, 蓋應在將軍也.〕"이 내용에 따르면, 사마휘는 유비가 다행히 큰 재난을 모면한 과거의 일을 알고 있을 뿐만 아니라, 유비의 사후에 있을 미래의 일도 알고 있다.

여섯 번째는 서서徐庶의 어머니가 반드시 사망할 것이라고 단정한 것이다. 소설 제37회에는 사마휘가 서서를 만나러 왔을 때, 조조曹操가 서서의 어머니를 감금하고 있으면서 그의 어머니로 하여금 서서가 허창許昌에 오도록 서신을 보내게 했다고 유비가 대답하자, 이때 사마휘는 이렇게 말했다. "허허, 조조의 꾀에 넘어갔구려. 내 일찍이 들으니 서서의 어머니는 가장 현명한 분이라, 그런 분이 서신을 보내어 아들을 부를 리가 없소. 이는 필시 위조 편지일 것이오. 서서가 가지 않았으면 그 어머니는 살 수 있어도, 갔으면 어머니는 반드시 죽소.〔此中曹操之計矣! 吾素聞徐母最賢, 雖爲操所囚, 似不肯馳書召其子. 此書必詐也. 元直不去, 其母尙存, 今若去, 母必死矣.〕"(이하 《삼국연의》 37회) 모종강은 여기에 "수경은 사람을 알아보는 데 밝았고, 서서의 어머니는 의리를 위해 죽는 데 용감하였으니, 두 사람 모두 뛰어나다고 일컬을 만하다.〔水鏡之明於知人, 與徐母之勇於死義, 可稱雙絶.〕"라는 평어를 달아 사마휘의 선견지명에 감탄했다.

결론적으로 말하면, 소설에서 이렇게 여러 번 사마휘의 예견 능력을 묘사한 목적은 소설의 다음 문장을 위해 복선을 깔아놓은 것이다. 《삼국연의》 제37회에서 유비는 서서가 떠나기 전에 남양의 제갈량을 천거한 것을 사마휘에게 알려주고, 또 "그 사람은 과연 어떤 분입니까? 〔其人若何〕"라고 묻자, 사마휘는 대답하지 않고 오히려 웃으면서, "원직(서서)이 가려면 자기나 가지 왜 다른 사람까지 끌어들여 공연한 고생을 시킬 건 뭔가! 〔元直(徐庶)欲去, 自去便了, 何又惹他出來嘔心血也?〕"라고 하며, 서서가 쓸데없는 일을 하여 제갈량을 끌어들인 것을 책망했다. 유비가 산에서 나올 것을 제갈량에게 요청할 준비를 한다고 전해 들었을 때, 사마휘는 하늘을 우러러 크게 웃으며, "와룡(제갈공명)이 비록 그 주인은 만났으나, 때를 만나지 못했으니 아깝구나! 〔臥龍雖得其主, 不得其時, 惜哉!〕"라고 하였다.

소설은 바로 이렇게 사마휘의 예견 능력과 미래를 손금 보듯이 환히 아는 재능을 통해 제갈량이 산에서 나오는 것이 뒤바뀌기 어려운 대세라는 것을 분명하게 밝히고 있다. 소설의 앞부분 여섯 곳에서 사마휘의 예견 능력을 묘사한 것은 전부 제갈량이 산에서 나오는 것을 예견하는 것을 강조하기 위해서이다. 앞부분의 여섯 곳에서는 손님이고, 이곳에서는 주인이니, 손님으로 주인을 돋보이게 한 것은 제갈량이 산에서 나오기에 앞서 사전에 미리 "안 되는 줄 안다"는 것을 강조한 것이다.

2) "안 되는 줄 알고 있는〔知其不可爲〕" 최주평崔州平, 석광원石廣元, 맹공위孟公威

유비의 공업이 성공하기 힘들다는 것은 정해진 운명이었다. 이 점은 제갈량의 친구인 최주평, 석광원, 맹공위의 태도를 통해서도 이미 나타난다. 특히 최주평은 조금도 거리낌 없이 이렇게 말한다. "장군이 제갈공명으로 하여금 하늘과 땅을 재조정하고 인간 세상을 바로잡으려 하니 이는 쉬운 일이 아닙니다. 공연히 마음과 몸만 소모할까 두렵소. 장군도 들어서 아시겠지만, '하늘에 순종하는 자는 편안하며, 하늘을 거역하는 자는 자기 자신만 괴롭힌다.' 하였소. 또 말하기를 '하늘의 운수는 이치로써 막을 수 없으며, 천명이 정한 바는 사람의 힘으로도 어쩔 수 없다.'고 하였소. 〔軍欲使孔明斡旋天地, 補綴乾坤, 恐不易爲, 徒費心力耳. 豈不聞'順天者逸, 逆天者勞'·'數之所在, 理不得而奪之. 命之所在, 人不得而强之'乎?〕" 그는 유비가 제갈량에게 산에서 나올 것을 청하는 것은 심력을 낭비하는 것이며, 헛수고라고 생각했다.

≪삼국연의≫ 제37회에서 사마휘는 유비에게 제갈공명을 이렇게 소개했다. "공명은 원래 박릉 땅 최주평, 영천 땅 석광원, 여남 땅 맹공위, 그리고 서원직과 친한 사이지요. 이상 네 사람은 공부하는 태도가 정말 순수했지만, 제갈공명만 홀로 전체적인 것을 직관해 내었습니다. 그는 일찍이 무릎을 안고 시를 읊다가 친구 네 사람을 가리키며 말했습니다. '그대들이 벼슬길에 나가면 자사刺史나 군수郡守 정도는 할 걸세.' 그때 네 사람이 '공명이 뜻하는 바가 무엇인가.'라고 물으니, 공명은 그저 웃기만 하고 대답을 않더랍니다. 그는 늘 자기 자신을 옛 관중管仲과 악의樂毅에게 비교했으니, 그 재주를 측량할 수 없지요. 〔孔明與博陵崔州平・潁川石廣元・汝南孟公威與徐元直四爲密友. 此四人務於精純, 惟孔明獨觀其大略. 嘗抱膝長吟, 而指四人曰: '公等仕進, 可至刺史・郡守.' 衆問孔明之志若何, 孔明但笑而不答. 每常自比管仲・樂毅, 其才不可量也.〕" 모종강은 "앞에서는 한 사람의 이름도 말하려 하지 않다가, 이제는 한데 이어서 말하니, 미묘한 일이다. 〔前者一人姓名不肯道, 今則連片說出. 奇妙.〕"라고 평어를 달았다.

소설에서 네 사람을 한데 이어서 서술하는 것은 의도가 심원한 것이다. 제갈량은 최주평과 석광원 및 맹공위와 절친한 친구이지만, 재능과 지혜에 있어서는 세 사람보다 훨씬 위였다. 그렇다면 세 사람조차도 미래의 세상사에 대하여 손금 보듯 환한데, 제갈량이 어찌 그 도리를 모를 리 있었겠는가? 한마디로 말해서 소설에서 사마휘나 최주평 등의 예지 능력과 "안 되는 줄 안다"는 것을 묘사한 것은 모두 제갈량도 "안 되는 줄 안다"는 것을 강조하기 위해서이다.

3) "안 되는 줄 알고 있는〔知其不可爲〕" 제갈량

이미 ≪삼국연의≫ 제36회에서 소설은 서서가 이별에 임해서 유비에게 제갈량을 추천했지만, 제갈량이 산에서 나오려 하지 않을 것을 염려해서 먼저 제갈량을 예방하러 간 것을 묘사했다. 서서가 찾아온 이유를 설명하자, 제갈량은 말을 듣고 나서 안색을 바꾸며 "그대가 나를 희생시켜 제물로 바칠 생각인가! 〔君以我爲享祭之犧牲乎?〕"라고 말하고는 소매를 뿌리치고 들어가 버렸다. 서서는 어쩔 수 없이 "무안해서 얼굴을 붉히고 물러나왔다. 〔羞慚而退〕" 제갈량이 비록 자신을 관중과 악의에게 비유하지만, 산에서 나와 유비를 보좌할 의도가 애초에 없었음을 알 수 있다. 소설은 제갈량의 말 속에서 그도 "안 되는 줄 알았기" 때문에 산에서 나오려 하지 않았음을 암시하고 있다.

《삼국연의》에서 제갈량의 예지 능력에 대한 묘사는 생동감 있다고 말할 수 있다. 그런데 바로 노신魯迅이 말한 "제갈량은 지략이 뛰어나서 마치 요술을 부리는 사람과 같다. 〔諸葛多智而狀妖〕"(《중국소설사략》)라는 것도 모두 제갈량의 "안 되는 줄 알았던" 상황을 부각시키기 위한 것이었다. 실제로 소설은 제갈량이 과거와 미래의 일을 아는 능력을 애써 과장하고 있다. 그런데 그의 이러한 능력이 과장되면 될수록 위에서 말한 상황에서 직무를 맡기려는 창작 의도도 더욱 뚜렷해진다.

소설 제38회에서는 제갈량이 초가집을 나오지 않고서도 이미 천하의 일, 그리고 이후의 일을 알고 있음을 묘사했다. 그는 유명한 "융중산隆中山에서 결정한 천하삼분의 대책 〔隆中對〕"에서 유비를 위해 방법을 강구할 때 이렇게 말했다. "(장군께서는) 형주와 익주 두 곳에 걸쳐 그 험한 곳을 요새로 삼아 서쪽 오랑캐들과 화친하고 남쪽 오랑캐들을 위로하고, 밖으론 손권과 동맹하고 안으론 실력을 쌓으십시오. 그러다가 천하에 변란이 있으면, 즉시 한 장수에게 명하여 형주荊州 군사를 거느리고 완성宛城을 경유해서 낙양洛陽으로 쳐들어가게 하고, 장군은 친히 익주 군사를 거느리고 진천秦川으로 나선다면, 모든 백성은 음식을 바치면서 도처마다 장군을 환영할 것입니다. 진실로 그렇게만 하면, 대업大業을 달성할 것이며, 한나라 왕실을 다시 일으킬 수 있을 것입니다. 〔(將軍)若跨有荊·益, 保其巖阻, 西和諸戎, 南撫彝·越, 外結孫權, 內修政理. 待天下有變, 則命一上將將荊州之兵以向宛·洛, 將軍身率益州之衆以出秦川, 百姓有不簞食壺漿以迎將軍者乎? 誠如是, 則大業可成, 漢室可興矣.〕"

　　이곳에서는 어휘를 사용하는데 매우 주의를 기울이고, 극히 절도가 있다. 이러한 주의와 절도는 가설이 내포된 두 문장을 통해 연결된다. 첫째는 "천하에 변란이 있으면……"이라는 것이고, 둘째는 "진실로 그렇게만 하면……"이라는 것이다. 요컨대 만일 이러한 가설이 출현하지 않는다면, "천하에 변란이 있게 될" 상황이 발생하지 않는가? 그것은 또한 다른 하나의 국면일 수도 있다. 사실상 우리가 알기에 제갈량이 말한 "천하에 변란이 있게 될" 상황이 결코 나타나지 않았으며, 유비는 마지막에 형주조차도 지켜내지 못했고, 기껏해야 간신히 천하삼분의 국면을 유지하여 근본적으로 중원을 수복하고, 한나라 왕실을 부흥시킬 힘이 없었다.

　　이 모든 일은 제갈량이 계획하기 전에 이미 최후의 결말로 예견된 것이다. 그런 까닭에 그는 유비에게 미래에 대한 동경을 제시할 때 교묘하게 두 가지 가설 문장의 도움을 빌려 이러한 결말을 엄폐하려고 했다. 그리고 이때는 유비가 한창 흥에 겨워 그 속의 미묘한 뜻을 세심하게 살필 수 없었다. 또한 그 덕분에 제갈량은 이어서 다음과 같이 말했다. "장군께서 패업을 성취하시려거든 하늘의 때를 얻은 조조에게 북쪽 땅을 양보하고, 지리적 이점을 차지한 손권에게 남쪽 땅을 양보하십시오. 그리고 장군은 인심을 얻어 먼저 형주를 차지하여 집을 삼은 뒤에 서천 일대를 차지하고 기반을 삼아서 마치 솥발과 같이 삼분지세를 이룬 이후에야 중원을 도모할 수 있을 것입니다. 〔將軍欲成霸業, 北讓曹操占天時, 南讓孫權占地利, 將軍可占人和. 先取荊州爲家, 後卽取西川建基業, 以成鼎足之勢, 然後可圖中原也.〕"

제갈량이 더 많이 강조한 것은 삼국이 정립하는 형세였고, 중원을 회복하는 것에 대해서는 단지 피하려고 했을 뿐이다. 모종강은 그 속의 깊은 뜻을 읽어냈고, 그는 평어에서 이렇게 말했다. "이미 '솥발과 같이 삼분지세를 이루어야 한다.'라고 하고, 또 '중원을 도모해야 한다.'라고 하였다. 대개 솥발과 같이 삼분지세를 이루는 것은 하늘의 때에 순응하는 것이고, 중원을 도모하는 것은 사람으로서의 일을 다하는 것이다. 〔旣曰'成鼎足', 又曰'圖中原'. 蓋成鼎足是順天時, 圖中原是盡人事.〕" 다시 말해서 "솥발과 같이 삼분지세를 이루어야 한다."라는 것은 그 일을 할 수 있는 것이라는 것을 아는 것이고, "중원을 도모해야 한다."라고 하는 것은 그 일이 되지 않는다는 것을 알면서 하려는 것이다.

제갈량이 가진 앞일을 내다보고 '그 일이 되지 않는다는 것을 아는' 예측 능력으로는 ≪삼국연의≫ 제84회에 묘사된 유비가 패한 효정猇亭의 전투와 같은 것이다. 육손陸遜(183~245)이 승세를 몰아 추격하다가 부주의하여 "팔진도八陣圖"에 빠져 들어갔다가 우연히 제갈량의 장인丈人인 황승언黃承彦을 만났는데, 그가 말했다. "지난날에 내 사위가 사천으로 들어갈 때 이곳에다 석진石陣을 벌여놓았소. ……떠나면서 '뒷날 동오의 한 대장이 이 진영 속에서 방황할 것이니, 그때 끌어내주지 말라.'고 나에게 당부했었소. 〔昔小入川之時, 於此布下石陣. ……臨去之時, 曾分付老夫道: '後有東吳大將迷於陣中, 莫要引他出來'.〕" 모종강은 평어에서 탄복하며 이같이 말했다. "(공명이) 사천四川으로 들어갈 때 이미 백제성으로 달아날 것을 예상하고 미리 진도陣圖를 설치해 놓고 육손을 기다렸다. 또 육손의 목숨이 끊어져서는 안 된다는 것을 예견하고 특별히 장인인 황노인으로 하여금 은혜를 베풀게 했다. 그 신묘한 지략과 기묘한 계책이 이와 같은 경지에 이르렀도다! 〔(孔明)在入川時, 已逆知白帝城之奔, 而預設陣圖以待陸遜. 又逆知遜之數不當絶, 而特令丈人黃老做个人情. 其神機妙算, 至於如此!〕" 제갈량이 몇 년 후에 있을 이 전쟁도 이미 예상하고 있었음을 알 수 있다.

제갈량의 예지 능력은 그가 죽을 때가 되어 사후의 뒤처리를 안배하는 가운데도 충분히 드러나고 있다. 예컨대 대중들이 익히 알고 있는 "죽은 제갈량이 산 사마중달을 패주시킨다. 〔死諸葛走生仲達〕"는 것이나, 또 그가 위연魏延(?~234)이 반드시 반란을 일으킬 것을 알고 마대馬岱에게 주살하도록 안배한 것과 같은 것이다. 그밖에 이복李福이 승상이 죽은 뒤 누구에게 큰일을 맡겨야 하는지 물었을 때와 같은 것도 있다. 이복의 이 질문에 제갈량은 "내가 죽은 뒤 장완이 직무를 이어받을 만하다. 〔我死之后, 蔣琬可繼任.〕"(이하 《삼국연의》제104회)라고 대답했다. 이복이 다시 장완의 뒤는 누가 계승해야 하는지를 물었다. 제갈량은 "비의가 계승하는 것이 좋을 것이다. 〔費禕〕"라고 대답했다. 이복이 또다시 비의의 뒤는 누가 계승해야 하는지 물었다. 제갈량은 대답이 없었다. 주지하다시피 비의가 죽은 지 얼마 지나지 않아서 촉한蜀漢도 곧 멸망했다. 그래서 모종강은 이에 대해 다음과 같이 평론했다. "비의 이후에는 한나라의 황위와 국통도 다했다. 그 때문에 선생이 대답하지 않았던 것이다. 〔費禕之後, 漢祚亦終矣. 所以先生不答.〕"

이 외에 또 예를 들면 제갈량은 방통龐統(179~214)의 죽음을 예지하고 사전에 경고했다. 하지만 애석하게도 방통의 오해를 받았다. 그는 관우의 죽음을 예지하고 사전에 신신당부했다. 그러나 애석하게도 관우에게는 마이동풍과 같았다. 그밖에도 여러 가지 예가 있다.

요컨대 《삼국연의》에서 제갈량의 예지 능력을 여러 가지로 묘사한 것은 그가 모든 일을 귀신같이 다 예상하고 있었기에 산에서 나올 때 틀림없이 이미 자신의 미래의 운명을 알았지만, 그는 흔들림 없이 단호하게 일생을 바쁘게 일하며, 나라를 위하여 온 힘을 다 바쳐 죽을 때까지 그치지 않았음을 극력 과장하는데 있었다. 이것이 바로 "안 되는 줄 알면서도 하려 했던" 그의 위대한 점이다. 또 작자가 당대의 어진 재상의 "고심초사[苦心積慮]"를 묘사한 것이기도 하다.

4) "안 되는 줄 알면서도 하려 한[知其不可爲而爲之]" 제갈량

제갈량은 융중산에 은거했고, 타고난 성품이 담박하였다. 우리가 익히 알고 있는 "마음을 고요하게 함으로써 덕을 밝히고, 마음을 안정시킴으로써 생각이 멀리까지 마친다.[淡泊以明志, 寧靜以修遠]"라고 하는 것은 바로 그의 성격에 대한 사실적인 묘사이다. 설사 그가 산에서 나와 유비를 보좌하기로 결정했다 하더라도, 떠나기 전에 동생인 제갈균諸葛均에게 "너는 집안을 잘 보살피되 논밭을 황폐하게 하지 마라. 내가 성공하는 날에는 곧 돌아와서 숨어 살리라.[汝可躬耕於此, 勿得荒蕪田畝. 待吾功成之日, 卽當歸隱.]"(《삼국연의》 제38회)라고 당부하는 것을 잊지 않았다. 아직 공을 세우지 않았지만, 그는 미리 공을 세우고 나서 은퇴하려고 생각하였으니, 그의 명예와 이익에 담박했던 마음을 충분히 알 수 있다.

제갈량은 유비의 공업이 이뤄지기 어렵다는 것을 잘 알고 있었고, 자신도 타고난 성품이 담박했다. 그런데 어째서 결국 유비에게 승낙을 하고, 그를 따라 산에서 나온 것일까? 그는 〈전출사표前出師表〉에서 이렇게 해명하였다. "먼저 돌아가신 황제께서는 신臣을 낮고 천하다고 생각하지 아니하시고 진실로 스스로를 굽히시고 저의 초막으로 세 번이나 찾아와 주시어 신에게 당세에 해야 할 일을 자문하셨습니다. 이에 감격하여 마침내 먼저 돌아가신 황제에

게 달려가겠다고 허락하였던 것입니다. 〔先帝不以臣卑鄙, 猥自枉屈, 三顧臣
於草廬之中, 諮臣以當世之事, 由是感激, 遂許先帝以驅馳.〕"(≪한위육조백삼가집漢魏六朝百三
家集≫ 권22)

　　이는 전적으로 감사의 마음에서 나온 것이다. "이에〔由是〕"와
"마침내〔遂〕"라는 두 개의 부사副詞는 그가 당시에 감동했던 마음을
사실적으로 보여준다. 유비는 흐느껴 울면서 "'선생이 세상에 나가
시지 않으시면 억조창생은 장차 어찌 되겠습니까?'라는 말을 마치
고 소매로 눈물을 닦는데 옷깃을 다 적셨다. 〔'先生不出, 如蒼生何?' 言畢,
淚沾袍袖, 衣襟盡濕.〕"(≪삼국연의≫ 제38회) 제갈량은 이러한 진심에 마음이
움직였다.

　　그는 〈양보음梁甫吟〉(≪한위육조백삼가집≫ 권22)을 좋아한 것에서 대단
히 기개가 있고 호탕한 사람임을 알 수 있다. 그런 사람이 감격한
나머지 더 많은 것을 돌아볼 여유도 없이 결국 산에서 나와 달라
는 요청에 동의했고, 비장한 인생의 길을 선택했다. 최주평이 "하
늘에 순종하는 자는 편안하며, 하늘을 거역하는 자는 자기 자신만
괴롭힌다."라고 말했는데, 제갈량이 유비를 선택한 것은 "하늘을
거역하는 자는 자기 자신만 괴롭힌다."라는 순탄하지 못할 인생길
을 선택한 것과 마찬가지이다.

　　그때부터 그는 성의를 다하고 책임을 다하여 유씨 부자를 보
좌하며, 모든 일을 반드시 자신이 몸소 처리했다. 그래서 피로가
쌓여 병이 되어 54세에 군중에서 병으로 죽었으니, 완성하지 못한
사업을 남겨 두었고, 한없는 슬픔도 남겨 놓았다. (두보杜甫는 그의 죽
음을 이같이 애도했다.) "출사표 올리고 승첩을 못 거둔 채 몸이 먼저
죽음이여, 영웅들의 옷소매에 길이 눈물을 적시게 하리라. 〔出師未捷
身先死, 長使英雄淚滿襟.〕"(≪보주두시補注杜詩≫ 권21 〈촉상蜀相〉) 모종강은 제갈량
이 산에서 나온 것을 이렇게 평론했다. "무릇 한나라와 역적은 양

립할 수 없다. 비록 하늘의 때를 안다고 해도, 반드시 사람으로서의 일을 다해야 천하에 대의를 밝힐 수 있다. 〔蓋漢·賊不兩立, 雖知天時, 必盡人事, 所以明大義於天下耳.〕"

제갈량은 하늘의 때를 거스를 수 없고, 유씨 부자의 공업도 성공을 거둘 수 없다는 것을 분명하게 알고 있었다. 그러나 그는 과감히 "여섯 번이나 기산으로 쳐들어가 〔六出祁山〕"(《삼국연의》 제120회) "한나라 왕실을 부흥시키고, 옛날의 도읍으로 되돌아가길 〔興復漢室, 還於舊都〕"(《한위육조백삼가집》 권22. 〈전출사표〉) 원했다. 그가 "여섯 번이나 기산으로 쳐들어간" 것은 유비가 당부한 유명을 완성하기 위해서였다고 말하기보다는, 하나의 정신적인 목표이자, 일종의 "안 되는 줄 알면서도 하려 하는" 완벽을 추구하도록 인격이 이끄는 힘이었다고 말하는 편이 낫다.

"안 되는 줄 알면서도 하려 하는" 것은 사람의 힘과 하늘의 뜻이 서로 싸우는 일종의 비극적 정신이며, 인간의 정신적 노력과 객관적 물질세계와의 투쟁이 구체적으로 드러나는 것이다. 공자는 자기의 학설을 실현하기 위해 적극적으로 노력했고, 일체의 장애에 대하여 태산처럼 끄떡없고 굳건했다. "선생님께서 말씀하셨다. '하늘을 원망하지 않고, 사람을 탓하지 않으며, 아래로부터 배워 위로 통달하나니, 나를 아는 이는 아마 저 하늘이 아닐까!' 〔子曰: '不怨天, 不尤人. 下學而上達. 知我者, 其天乎!'〕"(《논어·헌문》) 또 이렇게 말했다. "도가 장차 실행되는 것도 명命이며, 도가 장차 폐하여지는 것도 명이다. 〔道之將行也與? 命也. 道之將廢也與? 命也.〕"(《논어·헌문》) 그는 성패와 득실을 따지지 않고, 자신의 노력을 문제 삼되 하늘을 원망하지 않고, 사람을 탓하지 않았다.

《삼국연의》에는 제갈량이 "안 되는 줄 알면서도 하려 하면서" 사람의 힘과 하늘의 뜻이 대결하는 상황을 묘사한 것이 비교적

많다. 가장 전형적인 것이 소설 제103회인 "사마의司馬懿(179~251)
는 상방곡에서 곤경에 빠지고, 제갈량은 오장원에서 별에 기도하
다.〔上方谷司馬受困, 五丈原諸葛禳星〕"이다. 제갈량은 여섯 번이나 군사를
기산으로 출병시켰다. 하지만 사마의는 굳게 지키고 싸우러 나오
지 않았다. 제갈량은 온갖 수단과 방법을 다 짜내어 사마의 부자
를 상방곡으로 꾀어내어 위나라 군사를 불로 태웠다. 그런데 뜻밖
에도 "광풍이 크게 일어나면서 검은 기운이 하늘에 가득 퍼지더니,
천지를 찢어발기는 듯한 우렛소리가 나면서 소나기가 억수같이 퍼
부었다. 골짜기에 가득한 불이 다 꺼지면서 지뢰는 터지지 않고,
모든 화기火器가 아무 소용도 없게 되었다.〔狂風大作, 黑氣漫空, 一聲霹靂響
處, 驟雨傾盆. 滿谷之火, 盡皆澆滅: 地雷不震, 火器無功.〕"(《삼국연의》 제103회)

　모종강은 평어에서 이렇게 말했다. "무후武侯는 조조가 죽지 않
을 것을 알고 일부러 관공關公으로 하여금 그를 놓아주게 했다고 하
고, 육손이 죽지 않을 것을 알고 특별히 황승언으로 하여금 그를
돕게 했다고도 어떤 사람은 말한다. ……그러나 상방곡의 일에 관
해서는 머리를 짜내어 할 수 있는 바를 다하고, 사람의 힘으로 할
수 있는 일을 다 하였다. 그런데 사람은 그들을 놓아주지 않으려
했지만, 하늘은 끝내 그들을 풀어 주었다. 일이 그렇게 된 후에야
천하의 후세 사람들은 일을 계획하는 데 충실하지 않은 것을 가지
고 무후를 나무랄 수가 없었고, 무후도 선대의 황제에게 여한이
없음을 고할 수 있었던 것이다.〔或謂武侯知曹操之不死, 而特使關公釋之. 知陸
遜之不死, 而特使黃承彥救之. ……惟至於上方谷之事, 而彈慮竭能, 盡其人力, 然而人不縱
之, 而天終縱之. 夫然後天下後世, 不得以謀事之不忠咎武侯, 而武侯亦得告無憾於先帝耳.〕"

　모종강의 평어는 작자가 제갈량의 "안 되는 줄 알면서도 하려
함"을 묘사한 의도를 깊이 이해하고 있다. 제갈량의 예지 능력이라
면, 그는 틀림없이 상방곡에서 사마의 부자를 태워 죽일 수 없다
는 것을 알았을 것이다. 하지만 왜 여전히 노심초사하여 행하려

했을까? 답안은 바로 "선대의 황제에게 여한이 없다"는 것을 표시하기 위해서이다. 그러므로 이런 의미에서 말하면, 제갈량이 "여섯 번이나 기산으로 쳐들어간" 것이든, 또는 "아홉 번이나 중원을 친〔九伐中原〕"(《삼국연의》제120회) 것이든 관계없이 모두 "안 되는 줄 알면서도 하려 하였던" 비장한 일이었다.

그렇지만 그것들은 이미 그 행동 자체를 뛰어넘어 책임과 사명, 그리고 정신으로 승화되었다. 이것은 그들의 마음에서 나온 책임과 사명이자 인격이라는 정신이 이끄는 힘이 그들로 하여금 정의를 위하여 뒤돌아보지 않고, 포기하지 않고 끝까지 나아가 "백번을 죽더라도 후회하지 않도록〔雖九死其猶未悔〕"(《초사 · 이소경離騷經》) 한 것이었다.

《삼국연의》제103회에는 제갈량이 수명壽命의 복을 더하고자 성신星辰에 양禳 제사를 지낸 것이 묘사되어 있는데, 축문에서 이렇게 말했다. "저는 난세에 태어나 산수山水 사이에서 늙고자 했습니다. 그런데 소열황제昭烈皇帝께서 세 번이나 찾아오신 은혜를 입고, 어린 주인을 부탁하시는 무거운 책임을 맡은지라, 감히 견마犬馬의 수고로움을 다하지 않을 수 없어 맹세코 국가의 역적을 치려 했습니다. 그러나 뜻밖에도 장성將星이 떨어지려 하고 이승의 목숨이 장차 끝나려고 하기에 삼가 흰 비단에 짧은 글을 적어 하늘에 고하나이다. 엎드려 바라건대, 인자하신 하늘은 굽어 살피시고 정상情狀을 들으시고 굽어 살피시어, 신의 목숨을 연장하여 위로는 임금의 은혜에 보답하고 아래로는 도탄에 빠진 백성들을 구제하고, 능히 천하를 바로잡아 한나라를 영원하게 하소서. 망령되이 목숨이 아까워서 비는 것이 아니고, 실로 어쩔 수 없는 실정에서 고하나이다.

〔亮生於亂世, 甘老林泉. 承昭烈皇帝三顧之恩, 託孤之重, 不敢不竭犬馬之勞, 誓討國賊. 不意將星欲墜, 陽壽將終. 謹書尺素, 上告穹蒼. 伏望天慈, 俯垂鑒聽, 曲延臣算, 使得上報君恩, 下救民命, 克復舊物, 永延漢祀. 非敢妄祈, 實由情切.〕"

이것이 터무니없는 기도라는 걸 제갈량은 알지만, 여전히 전심전력을 다하여 행하고 있다. 기도의 마지막 날에 본명등本命燈이 위연魏然에 의해 꺼져 버리자 작자는 탄식하며 이렇게 말했다. "만사는 사람 뜻대로 되지 않으니, 마음만으로는 목숨을 연장하기 어렵다. 〔萬事不由人做主, 一心難與命爭衡.〕" 모종강은 평어에서 이렇게 말했다. "천하에는 수명이란 것이 있는데, 어찌 그것을 빌릴 수 있는 자가 있으랴? ……상방곡에 비가 올 것을 어째서 알지 못했으며, 어찌 불사르지 못했을까? 그렇다면 무후가 수명의 복을 더하고자 성신에 양 제사를 지낸 것은 혹시 어리석은 짓이 아닐까? 누군가는 무후가 자신을 위해 수명을 달라고 기도한 것이 아니라, 한나라를 위해 수명을 달라고 기도한 것일 뿐이라고 말했다. 충신이 임금을 섬기는 것은 효자가 부모를 섬기는 것과 같으니, 그 어버이가 장차 죽을 것을 안다고 더는 의사를 찾아가 진찰받지 않으며, 다시 점을 쳐서 길흉을 판단하지 않는 것은 필시 사람으로서의 마음이 아닐 것이다. 〔天下豈有壽而可借者哉? ……上方谷之雨, 何以不知之, 而勿燒之也? 然則武侯之祝壽而禳星者, 毋乃愚乎? 曰: 武侯非爲己請命, 而爲漢請命耳. 忠臣之事君, 如孝子之事父母, 知其親之將殞, 而不復爲之求醫, 不復爲之問卜者, 必非人情.〕"

　　모종강은 이 회回의 두 가지 일을 결부시켜 제갈량의 의도가 안 되는 줄 알면서도 하려 한 데에 있었음을 명백히 논술하였다. 왜냐하면 제갈량은 천명을 분명하게 파악하고 있었기 때문이다. 그는 죽음에 이르러 유선에게 올리는 상주문上奏文에서 "삼가 들건대, 생사는 한계가 있어 이치에서 벗어나기 어렵습니다. 〔伏聞生死有常, 難逃定數.〕"(《삼국연의》 제104회)라고 하였다. 사마의는 제갈량이 "먹는 것은 적고 일은 많으니, 어찌 오래가겠는가? 〔食少事煩, 豈能長久?〕"(이하 《삼국연의》 제103회)라고 추측했다. 제103회에 대한 평어에서 모종강도 제갈량 "역시 스스로 이 세상에서 삶이 얼마 남지 않았음을 짐작했다. 〔亦自料其不久於人世也.〕"라고 하였다.

주부主簿인 양옹楊顒이 제갈량에게 "사소한 일까지 친히 다스리고 종일 땀을 흘리시니, 어찌 피곤하지 않겠습니까?〔今丞相親理細事, 汗流終日, 豈不勞乎?〕"라고 간언하였다. 제갈량이 흐느끼며 말했다. "내가 어찌 그걸 모르겠나. 그러나 선대의 황제께서 외로운 아드님을 부탁하는 중임을 맡았기 때문이라네. 그저 걱정스러운 것은 딴사람들이 나처럼 힘껏 일하지 않을까 하는 것뿐이라네.〔吾非不知: 但受先帝託孤之重, 惟恐他人不似我盡心也!〕" 제갈량은 나랏일에 마음을 다하려 안 되는 줄 알면서도 하려 하였으니, 책임과 사명이라는 무거운 짐이 그를 짓눌러 무너뜨리고, 그를 잠식했던 것이다.

후세 사람들은 "국궁진췌鞠躬盡瘁, 사이후이死而後已(몸과 마음을 다 바쳐 나라에 보답하다가 죽은 뒤에야 그만둔다.)"라는 이 여덟 글자로 제갈량을 높이 평가했다. "국궁진췌"라는 말은 맨 처음에 "국궁진력鞠躬盡力(마음과 몸을 다 바쳐 나랏일에 이바지함)"이라 썼다. 《삼국지·제갈량전諸葛亮傳》을 지은 배송裴松(372~451)이 장엄張儼(?~266)의 《묵기默記》에 들어 있는 〈출사표出師表〉의 다음과 같은 구절에서 인용하여 기록한 것이다. "모든 일이 이와 같아서 앞으로 어떻게 될지 알기가 어려우니, 저로서는 몸과 마음을 다 바쳐 나라에 보답하다가 죽은 뒤에야 그만둘 뿐입니다. 성공과 실패, 이로움과 불리함 같은 것이야 신의 지혜로 미리 헤아릴 수 있는 바가 아니옵니다.〔凡事如是, 難可逆料. 臣鞠躬盡力, 死而後已, 至於成敗利鈍, 非臣之明所能逆睹也.〕"

이 〈출사표〉를 후대 사람들은 〈후출사표後出師表〉라고 부른다. 〈후출사표〉가 처음에는 《제갈량집諸葛亮集》 속에 나타나 있지 않다. 그래서 일반적으로 후세 사람의 위작僞作이라고 의심한다. 〈후출사표〉의 진위가 어떠한지를 막론하고, 사람들 모두는 "국궁진췌, 사이후이"가 제갈량의 일생에 대한 정평定評이라는 데 의견일치를 보았다. 그것은 제갈량의 휘황찬란한 일생을 농축한 것이며, 위대하고 매력적인 인격을 묘사한 것이다.

모종강은 (《삼국연의》 제104회) 평어에서 다음과 같이 말했다. "그의 초심初心에 근거해보면, 본래 공이 이루어지길 기다린 후에 서호西湖에 배를 타고 노니는 범려范蠡와, 오곡을 먹지 않는 장량張良이 되고자 하였다. 그러나 일이 끝나기도 전에 오장원의 전투에서 사망할 것이라는 것을 몰랐다. ……오장원의 전투는 '죽은 뒤에야 그만둔다.'는 말을 실천한 것이다. ……촉나라 사람들은 공명을 그리워하여 누구나 다 똑같이 그 마음속에 죽기 전의 공명을 간직하고 있다. 위나라 사람들은 공명을 두려워하여 누구나 다 똑같이 그 눈 안에 죽기 전의 공명이 남아있다. 후세에 정의를 흠모하는 사람으로 〈전출사표〉와 〈후출사표〉 두 편을 읽고 흐느껴 울며 격앙하지 않는 이가 없었으니, 그 사람됨을 미루어 알 수 있다. 그렇다면 비록 무후가 지금까지 죽은 적도 없고, 이제까지 하던 일을 그만둔 적도 없었다고 말해도 될 것이다. 〔原其初心, 本欲俟功成之後, 爲泛湖之范蠡, 辟穀之張良, 而無知事之未終, 乃卒於五丈原之役. ……五丈原之役, 所以踐'死而後已'之一語也. ……蜀人之思孔明, 皆有一未死之孔明在其心. 魏人之畏孔明, 如有一未死之孔明在其目也. 後世之慕義者, 讀〈出師〉二表, 無不歔欷慷慨, 想見其爲人. 則雖謂武侯至今未嘗死, 至今未曾已焉, 可也.〕"

모종강은 평어에서 또 이렇게도 말했다. "죽음은 정해진 운명이지만, 무후가 죽고 싶어 하지 않는 마음을 가지게 된 것은 무슨 까닭인가? 어떤 사람은 이렇게 말했다. '어린 임금을 위탁받은 중임을 생각해서는 죽을 수 없었고, 왕위를 계승한 임금의 재주가 모자란 것을 생각하고는 죽을 수 없었고, 대외적으로 역적이 아직 소멸되지 않은 것과 대내적으로 여러 신하 가운데 자신과 필적할 수 있는 자가 한 사람도 없는 것을 헤아리고 또한 죽을 수 없었다. 죽어서도 죽어서는 안 되니, 이것이 무후가 죽고 싶어 하지 않은 까닭이다.' 〔死爲定數, 而武侯有不欲死之心, 何也? 曰: 念托孤之重, 則不可以死.

念嗣君之才劣, 則不可以死. 外顧敵之未滅, 内顧諸臣, 更無一人堪與我匹者, 則又不可以死. 不可以死而死, 此武侯所以不欲死也.]"

이러한 책임과 사명은 그로 하여금 "죽고 싶지 않고", "죽을 수 없게 했다." 그의 정신과 인격적 매력은 영원히 사람들의 심금을 흔들며, 언제까지나 사람들의 마음속에 살아 있다. 이것으로 그 사람됨을 미루어 알 수 있다.

그가 계승한 공자의 "안 되는 줄 알면서도 하려 하는" 유가 문화의 정신은 동시대의 수경선생과 최주평 등의 사람들보다 훨씬 수준이 높고 깊다. 모종강은 (《삼국연의》 제37회 평어에서) 제갈량과 "안 되는 줄 알면서도 하려 한" 성인인 공자를 병렬하여 다음과 같이 평론했다. "하늘에 순종하는 자는 편안하며, 하늘을 거역하는 자는 자기 자신만 괴롭힌다. 서서가 시작은 있고 끝이 없다고 한 것에 관계없이 산에서 나오지 않은 것만 못했다. 즉 공명이 심력을 다하다가 죽음에 이르렀으나, 끝내 위나라를 멸망시키지 못하고, 오나라는 미처 병탄하지 못했으니, 무슨 일이 성취되었는가! 그렇지만 춘추시대의 현인에게 장저, 걸익, 접여, 장인丈人을 모두 배우게해도, 안 되는 줄 알면서도 하려 한 공자를 알지 못했다면, 어느 누가 오랜 세월 주나라 왕실을 높이는 의리를 행하고 있겠는가? 삼국시대 명사들에게 수경선생, 최주평, 석광원, 맹공위를 모두 배우게 해도, 몸을 바치기로 뜻을 결정하고 이로움과 불리함을 헤아리지 않는 공명이 없었다면, 어느 누가 천고에 한나라를 부지하려는 마음을 전할 수 있었겠는가? [順天者逸, 逆天者勞. 無論徐庶有始無終, 不如不出. 卽如孔明盡瘁至死, 畢竟魏未滅·吳未吞, 濟得甚事! 然使春秋賢士盡學長沮·桀溺·接輿·丈人, 而無知其不可爲而爲之仲尼, 則誰着尊周之義於萬年? 使三國名流, 盡學水鏡·州平·廣元·公威, 而無志決身殲·不計利鈍之孔明, 則誰傳扶漢之心於千古?]" 이것은 바로 공자와 제갈량이 동시대의 사람에 비해 위대한 점이라는 것을 알려주고 있다.

한마디로 말하면, "국궁진췌, 사이후이"라는 여덟 글자는 제갈량의 일생에 대한 간결한 요약이며, 그의 인격적 매력이 집약된 표현이다. 그렇지만 제갈량의 일생을 두루 살펴보면, 이 여덟 글자는 한 가지 전제, 즉 안 되는 줄 알면서도 하려 했다는 것을 포함하고 있다.

사실은 공자부터 사마천까지, 그리고 다시 사마천에서 제갈량까지에 이르는 과정은 단지 수천 수백 년 동안의 지식인에 대한 하나의 축소판일 뿐이다. 수천 수백 년 이전에서부터 현재에 이르기까지 계속되는 세대의 지식인들은 자신의 이상과 포부를 위하여 운명에 굴복하지 않고, 어려움과 고통 속에서 연마하고 전진하면서 안 되는 줄 알면서도 행하고 있다. 이것은 공자라는 성인의 정신이 천고에 변하지 않고 반짝이며 찬란히 발하는 빛이다.

8장

공자의 인물 품평 사상

모두가 아는 것처럼 공자는 중국 고대의 저명한 사상가이자 교육가로, 그의 정치나 교육 사상과 긴밀하게 연결되어 있는 인물 품평은 상당히 주목할 만하다. 공자는 "사람을 사랑하여〔愛人〕" 사람을 역사상 유례없이 높은 가치에 올려놓았다.1) 그는 사람을 사랑하면서도 또한 인물 품평을 좋아하여 이런 것들을 일상의 정치와 교육 활동 속에 깊이 스며들게 했다.

≪논어·안연≫에 이렇게 기록되어 있다. "번지가 인仁에 대하여 물었다. 선생님께서 말씀하셨다. '사람을 사랑하는 것이다.' 지知에 대하여 물었다. 선생님께서 말씀하셨다. '사람을 알아보는 것이다.'〔樊遲問仁. 子曰: '愛人.' 問知. 子曰: '知人.'〕"2) ≪논어·학이≫ 편에서도 이같이 말했다. "남이 자기를 알아주지 않는 것을 근심할 것이 아니라, 내가 남을 알아보지 못할까 근심해야 한다.〔不患人之不己知. 患不知人也.〕" 공자의 일생을 종합해보면, "사람을 사랑하는 것"과 "사람을 알아보는 것〔知人〕"이 그의 사상과 일상생활을 일관하는 두 가지 중요한 준칙이었다.

---

1) 연국재燕國材가 공자의 사람에 대한 긍정을 최초의 인간에 대한 발견이라고 칭했다. 그의 〈공자 사상과 인간의 발견(孔子思想與人的發現)〉은, 곡부사대공자연구회曲阜師大孔子研究會·곡부사대공자연구소曲阜師大孔子研究所 편, ≪공자유학여당대사회문집孔子儒學與當代社會文集≫, 제로서사, 1991, 422쪽에 나온다.
2) 양백준, ≪논어역주≫, 중화서국, 1980, 131쪽.

1절 | 공자의 인물 품평과 교육·정치 사상

　황서기黃瑞琦는 이렇게 말했다. "내가 '≪논어≫의 인물 일람표'
를 엮어보았더니, ≪논어≫ 속에 나오는 170명 가운데 공자가 품
평한 인물이 80명이나 되었다. 그중에는 찬양하고 추앙한 사람도
있고, 찬양과 비하를 함께 한 사람도 있고, 또 비평하고 부정하는
사람도 있었다."3) 그렇지만 공자의 이러한 인물 품평은 원래 일부
러 그런 것이 아니었다. 모두 그의 정치와 도덕, 그리고 교육 사상
이라는 총체적 활동에서 시작된 것이며, 본래부터 품평을 위한 품
평을 하려는 것이 아니었다.

　≪논어·헌문≫에 "자공이 사람을 비교해서 논평하니, 선생님
께서 말씀하셨다. '사야, 너는 현명하냐? 나는 그렇게 한가하지 않
다.'〔子貢方人. 子曰: '賜也賢乎哉? 夫我則不暇.'〕"라고 기록되어 있다. 여기
에서 공자 자신은 일부러 다른 사람을 품평할 만큼 한가한 시간이
없다고 말하고 있다. 하지만 그는 확실히 수많은 인물들을 평론했
다. 거기에는 상고 시기의 현명한 군주도 있고, 근세의 풍운아도
있으며, 물론 더 많은 것은 바로 그가 평소 가르침을 전수해 주던
학생이었다.

　이렇게 말과 사실이 서로 위배되는 논리적 패러독스는 반드시
그의 인물에 대한 품평의 궁극적 목표와 결부되어야만 비로소 이
해할 수 있다. 그의 눈에는 인물 품평이 단지 '소질에 맞춘 교육〔因

---

3) 황서기黃瑞琦, ≪공자의 사람 평가와 공자 그 사람(孔子評人與孔子其人)≫, ≪공
　자유학여당대사회문집≫, 제로서사, 1991, 446쪽.

材施教〕'과 '사람을 잘 알아보고 충분히 활용하는〔知人善用〕' 정치 사이의 보조적인 수단인 하나의 중간 과정일 뿐이지, 궁극적인 목적이 아니었다. ≪논어·선진≫에 기록된 자로와 염유에 대한 교육 방식은 소질에 맞춘 교육의 전형이 되어 후세 사람들에 의해 자주 언급되고 있다. 그 글은 다음과 같다.

> 자로가 물었다. "(옳은 것을) 들으면 곧장 실행해야 합니까?" 선생님께서 말씀하셨다. "부형이 계신데 어떻게 그것을 들었다고 곧장 실행에 옮길 수 있겠느냐?" 염유가 물었다. "들으면 곧장 실행해야 합니까?" 선생님께서 말씀하셨다. "들었으면 곧장 실행에 옮겨야지!" 이 말을 듣고 있던 공서화가 물었다. "유가 '들으면 곧장 실행해야 합니까?'라 여쭈니 선생님께서는 '부형이 있지 않느냐'고 하셨고, 구가 똑같이 여쭈었을 때 선생님께서는 '들으면 곧장 실행해야 한다.'라고 하셨습니다. 제가 의심이 나서 감히 묻습니다." 선생님께서 말씀하셨다. "염유는 뒤로 물러나는 성품이기 때문에 앞으로 나아가게 이끌었고, 자로는 앞질러 나아가는 성품이기 때문에 물러날 줄 알게 한 것이다."〔子路問: "聞斯行諸?" 子曰: "有父兄在, 如之何其聞斯行之?" 冉有問: "聞斯行諸?" 子曰: "聞斯行之." 公西華曰: "由也問聞斯行諸, 子曰'有父兄在'. 求也問聞斯行諸, 子曰'聞斯行之'. 赤也惑, 敢問." 子曰: "求也退, 故進之. 由也兼人, 故退之."〕

이러한 교육 방식은 우선 "염유가 뒤로 물러나는 성품"이며, "자로가 앞질러 나아가는 성품"이라고 충분하게 '사람을 알아보는' 기초 위에 이루어진다. 하지만 이렇게 사람을 잘 알아보는 것은 수단일 뿐, "앞으로 나아가게 이끌고" "물러날 줄 알게 하는 것"이야말로 교육의 궁극적 목표이다.

상세하게 말할 필요 없이, '사람을 알아보는' 데 쓰인 공자라는 인자仁者의 예지에는 "닭 잡는 데 어찌 소 잡는 칼을 쓰는가.〔割雞焉

用牛刀] "(《논어·양화》)라는 말처럼 큰 인재를 작은 일에 썼다는 혐의가 있는 것 같다. 하지만 이것은 아마도 그가 바로 "사람을 비교해서 논평할〔方人〕" 겨를이 없다고 공언한 또 다른 심층적 원인일 것이다.

그는 언제나 사람의 성격을 무심결에 분석해 낼 수 있었다. 예를 들면 이렇게 말한 것이 있다. "민자건이 곁에서 모실 때 그를 공손하고 정직하다고 하고, 자로를 강직하고 거칠다고 하고, 염유와 자공을 온화하고 화락하다고 하시며, 선생님께서는 즐거워하셨다.〔閔子侍側, 誾誾如也. 子路, 行行如也. 冉有·子貢, 侃侃如也. 子樂.〕"(이하 《논어·선진》) 또 이렇게 말한 것도 있다. "자고는 우직하고, 증삼은 우둔하고, 자장은 편벽되고, 자로는 거칠다.〔柴也愚, 參也魯, 師也辟, 由也喭.〕" 이것을 보면, 공자와 함께 지내고 교분을 나눈 적이 있는 사람이라면, 그들의 성격에 대해 공자는 마치 속속들이 알고 있는 것처럼 막힘 없이 무심결에 말하면서도 조금도 힘을 들이지 않았다.

단지 《논어·공야장》의 경우에는 전편에서 모두 고금의 인물들에 대해 현명한지 여부와 이해득실을 평론하고, 공자는 여러 차례 자신의 제자들(에 대해서)도 품평하고 감정하였다. 이에 대해 전목은 "인물의 현명한지 여부와 행위의 이해득실을 알게 하니, 공자 문하의 가르침은 사람의 됨됨이, 즉 배운 바를 실제로 증명하는 것을 보다 중요시했다."4)라고 하였다.

예를 들면 다음과 같은 것이다.

① 선생님께서 공야장에 대해 말씀하셨다. "사위를 삼을 만하다. 비록 감옥에 갇힌 적이 있었으나, 그것은 그의 잘못이 아니었다."라고 하시고, 딸을 그에게 시집보냈다.〔子謂公冶長, "可妻也. 雖在縲絏之中, 非其罪也." 以其子妻之.〕(이하 《논어·공야장》)

---

4) 전목, 《논어신해》, 삼련서점, 2012, 110쪽.

②선생님께서 남용에 대해 말씀하였다. "나라에 도가 있을 때에는 버림받지 않고, 나라에 도가 무너졌을 때에는 형벌과 살육을 면할 만하다." 하시고 자기 형의 딸을 그에게 시집보냈다. 〔子謂南容, "邦有道, 不廢. 邦無道, 免於刑戮." 以其兄之子妻之.〕

똑같은 예로 ≪논어·선진≫에 다음과 같은 말이 있다. "남용이 〈백규〉 장을 여러 번 반복해서 외우니, 공자께서 형의 딸을 그에게 시집보내셨다. 〔南容三復〈白圭〉, 孔子以其兄之子妻之.〕"

공자는 공야장에 대해 "그에게 딸을 시집보낼 만하다. 그가 비록 일찍이 감옥에 들어간 적이 있지만, 그의 잘못이 아니었다."라고 평가하였다. 그리고서 자신의 딸을 그에게 시집보냈다. 또 남용에 대해서도 "나라에 도가 있을 때에는 버림받지 않고, 나라에 도가 무너졌을 때에는 형벌과 살육을 면할 만하다."라고 평가하였다. 그러면서 자신의 조카딸을 그에게 시집보냈다. 전목은 이렇게 말했다. "공자는 천고의 위대한 성인이지만, 그의 사위를 고르는 조건은 극히 평이했다. (≪논어≫의) 편집자가 이 장章을 본 편篇의 처음으로 삼은 것 역시 깊은 뜻이 있으니, 공부하는 사람들이 그것을 상세하게 밝혀야 한다."5) 공자가 딸과 조카딸을 잇달아 공야장과 남용에게 시집보낸 것은 분명 공자의 인물 품평 사상과 관련하여 우여곡절이 숨어 있는 사건이다. 하지만 애석하게도 공야장과 남용에 연관된 문헌 자료가 매우 드물어서 후세 사람들이 그 자세한 상황을 진술할 방법이 없다.

③선생님께서 자천에 대해 말씀하셨다. "군자답구나, 이 사람이여! 노나라에 군자가 없었다면 이 사람이 어디에서 이러한 덕을 얻었겠는가?"〔子謂子賤, "君子哉若人! 魯無君子者, 斯焉取斯?"〕

공자는 밀자천密子賤의 군자다운 덕에 대해 칭찬을 멈추지 않았

---

5) 전목, ≪논어신해≫, 삼련서점, 2012, 110쪽.

다. 밀자천은 군자다운 덕행을 갖추고 있을 뿐만 아니라, 어진 덕을 갖춘 군자를 따라 배우는 일에 능숙했다. 이러한 평가를 통해 공자는 밀자천의 군자다운 덕행과 품성을 도야하는데 뛰어난 점을 높이 평했다.

④ 자공이 물었다. "저는 어떠합니까?" 선생님께서 말씀하셨다. "너는 그릇이다." "무슨 그릇입니까?" 하니, 말씀하셨다. "호련이다."

〔子貢問曰: "賜也何如?" 子曰: "女器也." 曰: "何器也?" 曰: "瑚璉也."〕

⑤ 선생님께서 자공에게 물으셨다. "너와 안회는 누가 나은가?" 자공이 대답했다 "제가 어찌 감히 안회와 견주겠습니까? 안회는 하나를 들으면 열을 알지만, 저는 하나를 들으면 둘을 알 뿐입니다." 선생님께서 말씀하셨다. "네가 그만 못하다. 나도 네가 그만 못하다고 생각한다."〔子謂子貢曰: "女與回也孰愈?" 對曰: "賜也何敢望回. 回也聞一以知十, 賜也聞一以知二." 子曰: "弗如也! 吾與女弗如也."〕

⑥ 자공이 말했다. "내가 남이 나를 업신여기기를 바라지 않듯이, 나도 남을 업신여기는 일이 없었으면 합니다." 선생님께서 말씀하셨다. "사야, 이것은 아직 네가 해낼 수 있는 일이 아니다."〔子貢曰: "我不欲人之加諸我也, 吾亦欲無加諸人." 子曰: "賜也, 非爾所及也."〕

공자가 비록 "군자는 일정한 용도에만 쓰이는 그릇이 아니다.〔君子不器〕"(《논어·위정》)라고 말한 적이 있다. 그러나 여기에서 자공을 호련이라고 칭한 평가는 칭찬의 말이다. 공자는 자공에 대해 나라를 잘 다스려 안정시킬 수 있는 인재라고 칭찬했기 때문에 그를 호련에 비교했다. 호瑚와 련璉은 당시 종묘 의식에 쓰이는 그릇으로, 귀중할 뿐만 아니라 화려해서 자공의 신분과 재능에 상당히 부합하는 것이다. 자공의 부유함은 왕과 제후에 비할 수 있었고, 그의 외교적 재능은 집권자에게 널리 알려져 있었다. 《사기·중니제자열전》에서 자공이 뛰어난 말재주로 혼란스러운 말세에 노

나라를 보존케 하고, 제나라를 어지럽게 했으며, 오나라를 멸망시
키고, 진晉나라를 강국이 되게 하였으며, 월나라를 제후들의 우두
머리가 되게 하여 한순간에 천하의 형세를 크게 달라지게 했다고
기록하고 있다.

그리고 안회는 공자의 문하에서 가장 어질고 재능이 있는 제
자로서 자공이 도리어 그보다 못함을 탄식했고, 공자조차도 찬동
의 뜻을 표시했다. 안회가 비록 등장하지는 않았지만, 공자와 자공
두 사람의 칭찬은 주위의 구름에 색을 칠해 달을 그려내듯 이미
안회의 재능을 두드러지게 드러내었다. 공자가 자주 "훌륭하도다,
안회여! 〔賢哉, 回也!〕"(《논어·옹야》)라고 한 것은 이곳의 훌륭한 주석으
로 삼을 만하다.

⑦ 어떤 사람이 말했다. "염옹은 인仁하지만 말재주가 없습니다."
선생님께서 말씀하셨다. "말재주를 어디에다 쓰겠는가? 능란한 말
재주로 남을 대하면 자주 남에게 미움을 받을 뿐이다. 그가 인한
지는 모르겠지만, 말재주만 있으면 어디에 쓰겠는가?"〔或曰: "雍也,
仁而不佞." 子曰: "焉用佞? 禦人以口給, 屢憎於人. 不知其仁, 焉用佞?"〕

당시 세상의 풍조는 말재주를 숭상하고 있었기에 공자는 말 잘
하는 자에 대하여 지극히 반감을 가졌다. 그래서 공자는 "염옹은 간
소하다. 〔雍也簡〕"(《논어·옹야》)라고, 또 "안회는 어리석다. 〔回也如愚〕"
(《사기·중니제자열전》)라고, "자고는 우직하다. 〔(高)柴也愚〕"(이하 《논어·선진》)
라고, "증삼은 우둔하다. 〔參也魯〕"라고 말한 것이다. 이들은 모두 공
자가 "강직하고, 굳세고, 질박하고, 어눌한 것이 인仁에 가깝다. 〔剛·
毅·木·訥近仁〕"(《논어·자로》)라고 칭찬한 후덕한 사람이다. 공자는 덕
을 중시하고 말재주를 경시하며, 교묘하게 꾸며대는 말을 미워하
였으니, 염옹을 칭찬할 때도 자연스럽게 표출되었다.

⑧ 선생님께서 칠조개에게 벼슬에 나아가라 하셨다. 칠조개가

"저는 이 일에 대하여 아직 자신이 없습니다."라고 대답했다. 선생님께서 기뻐하셨다. 〔子使漆雕開仕. 對曰: "吾斯之未能信." 子說.〕

비록 유가는 "배워서 인격과 학문이 넉넉하면 벼슬할 것 〔學而優則仕〕"(《논어 · 자장》)을 중히 여겼지만, 공자는 문하의 제자들이 이익과 관록官祿에 열중하여 입신영달만을 추구하는 것을 원하지 않았다. 그렇기 때문에 칠조개가 겸손하게 사양하는 말을 듣고 공자는 매우 기뻐했다. 유가에서 '도道'와 '학學' 및 '정政' 세 가지 중에서 '도'가 첫 번째를 차지하고, '학'이 그 다음이고, '정'이 제일 마지막이다. 이러한 사실은 공자의 칠조개에 대한 평가에서도 역동적으로 드러난다.

⑨ 선생님께서 말씀하셨다. "도가 행해지지 않아 뗏목을 타고 해외로 나갈까 하는데, 나를 따를 사람은 자로뿐이겠지?" 자로가 그 말을 듣고 기뻐했다. 선생님께서 말씀하셨다. "자로는 용맹을 좋아함이 나보다 낫지만, 그에게서 타고 갈 뗏목의 재목을 취하지는 못하겠구나."〔子曰: "道不行, 乘桴浮于海. 從我者其由與?" 子路聞之喜. 子曰: "由也好勇過我, 無所取材."〕

자로는 공자의 가장 충실한 추종자였다. 이 점은 공자가 가장 잘 알고 있었다. 그래서 무심코 나오는 말을 막을 수 없었다. 그렇지만 자로는 성격이 거칠고 솔직해서 기쁨을 얼굴에 나타냈다. 그래서 공자가 그에 대해 칭찬하기도 하고 질책하기도 한 것은 자로를 교화하기 위한 것이었다.

⑩ 재여가 낮잠〔晝寢〕을 잤다. 선생님께서 말씀하셨다. "썩은 나무는 조각할 수 없고, 더러운 담장은 흙손질할 수 없다. 재여에게 무엇을 책망하겠느냐?" 선생님께서 말씀하셨다. "처음에 나는 사람에 대하여 그의 말을 듣고 그의 행실을 믿었는데, 지금 나는 사람에 대하여 그의 말을 듣고 그의 행실까지도 본다. 재여를 보고서

이렇게 고쳤다." [宰予晝寢. 子曰: "朽木不可雕也, 糞土之牆不可杇也, 於予與何誅?"
子曰: "始吾於人也, 聽其言而信其行. 今吾於人也, 聽其言而觀其行. 於予與改是."]

무엇을 "晝寢[주침]"이라고 하는지에 대해 역대로 갖가지 해석
이 아주 많은데, 일반적으로 대낮에 잠을 자는 것으로 해석하는
경우가 많다. 재여宰予, 즉 재아는 공자 문하에서 가르치는 네 과목
중에서 '언어' 부문에서 가장 뛰어나다.6) 그러나 여기서는 도리어
공자의 엄숙한 꾸짖음을 당한다. 그 속사정에 대해서는 후세에 상
당히 많은 추측을 야기했다.

≪논어≫가 한나라 초기에 전파될 때는 ≪노논어≫와 ≪제논
어≫의 구분이 있었지만, 한나라 장우張禹(?~B.C. 5)에 이르러 (두 가
지를) 섞어 하나로 만들었다. 그래서 청나라 당안唐晏(1857~1920)은
원인을 장우의 책임으로 돌리고 이렇게 말했다. "(장)우라는 한 간
사한 사람이 세상 사람에게 영합하는 잘못을 저질렀다. 그가 재상
이 되어서는 한나라를 그르치게 했을 뿐만 아니라, 경학을 전수하
는 데 있어서도 공자의 문하생을 헷갈리게 했다. 그래서 ≪논어≫
는 관중에 대해 느닷없이 헐뜯기도 하고 돌연 칭찬하기도 한다. 재
아에 대해서도 하나도 좋게 말한 것 없이 헐뜯기만 했다. 이것들
은 모두 ≪제논어≫에 나오지만, 장우가 그것을 한데 합쳤을 것으
로 추정된다. [(張)禹一邪人, 媚世之尤. 其爲相也, 旣誤漢室, 及傳經也, 又淆孔門.
故≪論語≫於管仲, 忽毀忽譽, 於宰我也, 毀之無一佳辭. 疑此皆出於≪齊論≫, 而禹合之
者也.]"7)

이것은 하나의 학설로 삼을 만하다. 공자는 부지런하고 배우

---

6) (역주) ≪논어·선진≫에는 "덕행에는 안연, 민자건, 염백우, 중궁이 뛰어나
고, 언어에는 재아와 자공이 능하고, 정사에는 염유와 계로가 밝았고, 문학에
는 자유와 자하가 능통했다. [德行, 顏淵, 閔子騫, 冉伯牛, 仲弓. 言語, 宰我, 子貢.
政事, 冉有, 季路. 文學, 子游, 子夏.]"라고 하였다.
7) (청) 당안唐晏, ≪양한삼국학안兩漢三國學案≫, 중화서국, 1986, 495쪽.

기를 즐겨하여 "발분하여 밥 먹기도 잊으며, 즐거워 근심을 잊어서 늙음이 닥쳐오는 줄도 몰랐다. 〔發憤忘食, 樂以忘憂, 不知老之將至〕"《논어 · 술이》 그렇기 때문에 재아가 대낮에 잠을 자며 시간을 낭비하는 행위에 대해 심히 분노했던 것이다.

⑪ 선생님께서 말씀하셨다. "나는 아직 강직한 사람을 본 적이 없다." 어떤 사람이 대답했다. "신정이 있습니다." 선생님께서 말씀하셨다. "신정은 욕심이 많으니, 어찌 강직할 수 있으리오?"〔子曰: "吾未見剛者." 或對曰: "申棖." 子曰: "棖也慾, 焉得剛?"〕

욕심이 없어야 강직하다. 공자는 강직의 덕을 지닌 사람을 지극히 존중했다. 그가 "강직하고, 굳세고, 질박하고, 어눌한 것이 인仁에 가깝다 〔剛 · 毅 · 木 · 訥近仁〕"《논어 · 자로》라고 칭찬한 네 가지 중에 "강직"은 그 첫 번째를 차지한다. 공자가 강직의 덕을 요구하고, 강직의 덕은 일반 사람들이 따라가기 어려운 인덕仁德의 높은 위치라는 것을 충분히 알 수 있다.

앞에서 말했듯이 공자가 학생들의 서로 다른 성격에 대해 이렇게 평판하는 것은 '소질에 맞추어 교육하는' 교육의 실천과 인덕의 교화에 대단히 유익하다. 그가 다른 학생들에 대해 평판한 것에서도 그의 인물 품평에 대한 적확함과 심오함을 볼 수 있다.

무엇을 "지인知人"이라고 하는가? 공자는 이렇게 말했다. "정직한 이를 등용해 바르지 못한 여러 사람들 위에 놓으면, 바르지 않은 이를 정직하게 할 수 있다. 〔擧直錯諸枉, 能使枉者直.〕"《논어 · 안연》 또 이렇게도 말했다. "정직한 사람을 발탁해 곧지 못한 사람들의 윗자리에 앉히면, 백성들이 복종할 것이다. 그러나 곧지 못한 사람을 등용해 정직한 사람들의 위에 앉히면, 백성이 복종하지 않을 것이다. 〔擧直錯諸枉, 則民服. 擧枉錯諸直, 則民不服.〕"《논어 · 위정》 그의 학생인 번지가 "지인"이란 말을 이해하지 못하자 자공이 이해를 돕기 위해 이렇게 말했다. "'넓게 포괄하는구나, 그 말씀이여! 순임금이 천하를 다스릴 때 백성들 속에서 뽑아 고요를 등용하니, 인仁하지 않은 자들이 멀어졌다. 탕임금이 천하를 다스릴 때 백성들 속에서 뽑아 이윤을 등용하니, 인하지 않은 자들이 멀어졌다. 〔富哉言乎! 舜有天下, 選於衆, 擧皋陶, 不仁者遠矣. 湯有天下, 選於衆, 擧伊尹, 不仁者遠矣.〕"《논어 · 안연》)

　　현인을 발탁하여 조정의 정사를 돕게 하는 것이야말로 공자가 말한 "지인"의 궁극적 함의임을 알 수 있다. 이 방면에서 자공은 분명 그 깊은 뜻을 이해하였다. "정직한 사람을 발탁해 곧지 못한 사람들의 윗자리에 앉힌다."고 하는 "지인"은 현명한 사람을 추천한다는 이념이며, 그의 덕치주의 학설에 있어서 중요한 조치이다. 단지 농사라는 "소인小人"8)의 일만 아는 번지가 공자의 깊은 뜻을 이해하지 못한다고 나무랄 수는 없다.

　　이것으로 미루어 보면, 학생들을 보다 더 잘 가르치는 것은 어쩌면 공자에게 있어 "지인"의 초급 목표에 불과하고, 최종 목표는 역시 '나라 다스리는 일을 통달하는 것〔達政〕'에 있음을 알 수 있다. 그는 "한쪽의 말만 듣고도 송사를 재판할 수 있는 사람은 아마 자로가 아닐까? 자로는 약속한 말을 유예하는 일이 없었다. 〔片言可以折獄者, 其由也與? 子路無宿諾.〕"(《논어 · 안연》)라고 말했다. 한쪽 편의 말

---

8) （역주） 《논어 · 자로》에 "번지가 곡식 심는 법 배우기를 청했다. 선생님께서 말씀하셨다. '나는 곡식 심는 경험이 많은 이만 못하다.' 다시 채소 가꾸는 법을 배우기를 청하니, '나는 채소 가꾸는 경험이 많은 이만 못하다.' 하셨다. 번지가 나가자 선생님께서 말씀하셨다. '소인이구나, 번지여! 윗사람이 예禮를 좋아하면 백성은 감히 공경하지 않을 수 없고, 윗사람이 의義를 좋아하면 백성은 감히 복종하지 않을 수 없고, 윗사람이 신信을 좋아하면 백성은 감히 진정으로 대하지 않을 수 없을 것이다. 이와 같이 한다면, 사방의 백성들이 자식을 포대기에 업고 몰려들 것이니, 어찌 스스로 곡식을 심어야만 하겠는가?' 〔樊遲請學稼, 子曰: '吾不如老農.' 請學爲圃. 曰: '吾不如老圃.' 樊遲出. 子曰: '小人哉, 樊須也! 上好禮, 則民莫敢不敬. 上好義, 則民莫敢不服. 上好信, 則民莫敢不用情. 夫如是, 則四方之民襁負其子而至矣, 焉用稼?'〕라고 하였다.

에 근거하여 사건을 판결할 수 있는 것은 아마도 자로뿐일 것이다. 왜냐하면 자로는 지금까지 약속을 연기하지 않았기 때문이다. 그의 자로에 대한 품평은 이미 완전히 교육에서 벗어나서 정치의 차원으로 들어섰다.

그는 학생들의 정치적 열정을 고찰하고 격려하기를 무척 좋아했다. ≪논어·선진≫에 다음과 같이 기록되어 있다.

자로를 비롯해 증석, 염유, 공서화가 선생님을 모시고 앉았다. 선생님께서 말씀하셨다. "내가 자네들보다 나이가 조금 많기는 하지만, 그렇다고 나를 어렵게 대하지는 마라. 자네들이 평소에 말하기를 '나를 알아주지 않는다.'고 하던데, 만약 누군가가 자네들을 알아준다면 어떻게 하겠느냐?"
자로가 경솔하게 대답했다. "천승의 나라가 대국 사이에 껴 견제를 받으면서 이웃 나라의 침략을 당하고 기근까지 겹쳐도, 제가 다스린다면 3년 안에 백성을 용맹스럽게 만들고, 사람 노릇 하는 바른 도리를 알게 할 것입니다." 선생님께서는 허허 웃으셨다.
"구야, 너는 어찌하겠느냐?" 염유가 대답했다. "사방 6, 70리 또는 5, 60리 되는 작은 나라를 제가 다스리게 된다면, 3년 만에 백성을 풍족하게 할 수 있습니다. 그리고 예와 악 같은 일들은 군자의 힘을 빌려야 할 것 같습니다."
"적아, 너는 어찌하겠느냐?" 공서화가 대답했다. "제가 능력이 있다고는 말할 수는 없으므로 좀 더 배우고 싶습니다. 종묘에서 제사 지낼 때나 제후들이 회동할 때에 검은 제복을 입고 장보의 갓을 쓰고서, 좀 도와주는 일을 하고 싶습니다."
"점아, 너는 어찌하겠느냐?" 하시자, 비파 두드리는 소리가 가늘어지더니, 쿵 소리를 내며 비파를 밀어 젖혀 두고 증석이 일어나서 대답했다. "저는 세 사람이 말한 것과는 다릅니다." 선생님께서 말씀하셨다. "해로울 것이 뭐 있겠느냐? 각기 자기 뜻을 말하는 것에 지나지 않는다." 증석이 말했다. "늦은 봄에 봄옷이 만들어지면, 갓 쓴 이 대여섯 사람과 동자 예닐곱과 기수沂水에서 목욕하고 무우舞雩에서 바람 쐬다가 시를 읊으며 돌아오겠습니다." 선생님께서는 "아!" 하고 감탄하시며 말씀하셨다. "나는 점과 같이하겠노라."〔子路·曾晳·冉有·公西華侍坐. 子曰:"以吾一日長乎爾, 毋吾以也. 居則曰:'不吾知也!'如或知爾, 則何以哉?"子路率爾而對曰:"千乘之國, 攝乎大國之間, 加之以師旅, 因之以饑饉. 由也爲之, 比及三年, 可使有勇, 且知方也."夫子哂之. "求! 爾何如?"對曰:"方六七十, 如五六十, 求也爲之, 比及三年, 可使足民. 如其禮樂, 以俟君子.""赤! 爾何如?"對曰:"非曰能之, 願學焉. 宗廟之事, 如會同, 端章甫, 願爲小相焉.""點! 爾何如?"鼓瑟希, 鏗爾, 舍瑟而作. 對曰:"異乎三子者之撰."子曰:"何傷乎? 亦各言其志也."曰:"莫春者, 春服旣成. 冠者五六人, 童子六七人, 浴乎沂, 風乎舞雩, 詠而歸."夫子喟然歎曰:"吾與點也!"〕

이곳에서 스승과 제자가 각자 자신의 뜻을 말했다. 이것은 바로 '사람을 알아보는 것'이면서, 또한 학생들이 정치 활동에 참여하는 것을 격려하는 모의 훈련이다. 때로는 그가 이렇게 '사람을 알아보아' 나라 다스리는 일을 통달하게 하는 것이라는 인물 품평은 놀랍게도 그의 최고 윤리 도덕인 '인'이라는 범주의 한계를 초월하기도 한다. ≪논어·공야장≫에 이렇게 기록되어 있다.

맹무백이 "자로는 어진 사람입니까?"라고 물으니, 선생님께서는 "모르겠다."라고 말씀하셨다. 다시 묻자 선생님께서 말씀하셨다. "자로는 천승의 나라에서 군사의 업무를 관장케 할 만하지만, 그가 인仁한지는 모르겠다.""염구는 어떻습니까?"라고 묻자, "염구는 천 가구 고을의 읍장이나 백승의 경대부집 총관리자 노릇을 시킬 수는 있지만, 그가 인한지는 모르겠다."라고 하셨다. "공서적은 어떻습니까?"라고 묻자, 선생님께서 말씀하셨다. "관복을 입고 조정에 서서 외빈을 접대하는 일을 맡길 만하지만, 그가 인한지는 모르겠다."〔孟武伯問:"子路仁乎?"子曰:"不知也."又問. 子曰:"由也, 千乘之國, 可使治其賦也, 不知其仁也.""求也何如?"子曰:"求也, 千室之邑, 百乘之家, 可使爲之宰也, 不知其仁

也." "赤也何如?" 子曰: "赤也, 束帶立於朝, 可使與賓客言也, 不知其仁也."]

공자가 맹무백(맹손씨孟孫氏, ?~B.C. 468)이 물은 '인덕仁德이란 무엇인가?'라는 화제를 내버려두고 쏟아낸 의론들은 오로지 자로와 염구 및 공서화 세 사람의 나라 다스리는 여러 가지 능력에 관한 것뿐이다. 겉으로는 동문서답인 것 같은 말 속에 표현된 것은 결국 이 지혜로운 사람의 '지인知人'의 최종적인 가치 판단이다. '지인'은 궁극적으로 나라를 다스리는 데에 있고, 나라를 다스리는 관건은 또한 현명한 인재를 임명하는 데 달려 있다. 현명한 인재를 임명하는 관건은 또한 '사람을 알아보고' 현인을 추천하는 데 달려 있다. 사람을 알아보는 것을 비롯해 현인을 추천하는 것, 현명한 인재를 임명하는 것, 나라를 다스리는 것은 공자의 '철인 정치〔賢人政治〕' 학설의 네 가지 필수불가결한 총체적 요소를 이루고 있다.

어떻게 현인을 추천하는가? ≪논어·자로≫ 편에 이렇게 말했다. "중궁이 계씨의 가신이 되어 정사에 관해 물었다. 선생님께서 말씀하셨다. '우선 담당 관리에게 맡기고, 작은 실수는 용서하고, 현재賢才를 천거해서 쓰도록 해라.' '어떻게 현재를 알아보고 등용합니까?' '네가 아는 이를 등용하면, 네가 모르는 이를 다른 사람들이 내버려두겠느냐?'〔仲弓爲季氏宰, 問政. 子曰: '先有司, 赦小過, 擧賢才.' 曰: '焉知賢才而擧之?' 曰: '擧爾所知. 爾所不知, 人其舍諸?'〕"

공자의 이러한 방식, 즉 "우선 담당 관리에게 맡기고, 작은 실수는 용서한다."라고 하는 '인재를 천거하는데 품행에 얽매이지 않는' 진보적인 방식은 후대의 제왕들이 민심을 얻으려 할 때 경쟁적으로 채용되었다. "네가 아는 이를 등용한다."라는 현인의 추천 관념이 한나라 이후 찰거제察擧制에 영향을 끼쳤다는 것도 명백히 알 수 있다.

다른 한편으로 공자는 현인을 알면서도 천거하지 않는 것을 아주 미워했다. 이것은 "자격도 없이 벼슬자리를 차지하고서 나라에서 주는 녹봉만 축내는 것 [尸位素餐] "(《한서·주운전朱雲傳》)으로, 직분을 감당할 자격이 없는 것이었다. 예를 들면 《논어·위령공》에서 이렇게 말했다. "선생님께서 말씀하셨다. '장문중은 벼슬자리를 도적질한 자로구나. 유하혜의 현명함을 알면서도 그를 천거하지 않았으니.' [子曰: '臧文仲其竊位者與? 知柳下惠之賢, 而不與立也.'] " 장문중에 대한 미운 감정이 그대로 나타나 있다.

하지만 공자가 "우선 담당 관리에게 맡기고, 작은 실수는 용서하라."는 것에는 또한 전제조건이 있다. 이 전제는 예악에 정통해야 한다는 것이다. 그것은 공자의 예악 정치라는 치국 이념과 밀접하게 연관되어 있다. 그는 일찍이 이렇게 말했다. "요즈음에 옛 선배들의 예악은 야인의 것 같고, 후배인 자신들의 예악은 군자의 것 같다고들 한다. 하지만 만약 쓴다면 나는 선배들 것을 따르겠다. [先進於禮樂, 野人也. 後進於禮樂, 君子也. 如用之, 則吾從先進.] "(《논어·선진》)

공자가 현인을 추천할 때 예악을 익히는 것이 중요하다는 것을 강조했음을 알 수 있다. 이에 대해 양백준은 다음과 같이 말했다. "공자는 '공부해서 우수하면 벼슬한다.'는 것을 주장한 사람이었다. 그런데 당시 경대부의 자제들이 부모의 직위를 답습하는 비호를 받았기 때문에 벼슬하면서 공부하는 상황에 불만을 가진 것 같다."9) 이것을 통해 공자의 '지인'이라는 교육 방식과 최종적으로 도달하려고 하는 목표를 알 수 있다.

예악 교육의 훈도를 받는 것은 그가 이상 속의 현인을 추천하고 현명한 인재를 임명하는 데 있어서 반드시 거쳐야 하는 단계일 뿐만 아니라, 이 순서를 함부로 뒤바꿔서도 안 된다. 반드시 사람을 알아보고 — 현인을 추천하고 — 현명한 인재를 임명하고 — 나라

---

9) 양백준, 《논어역주》, 중화서국, 1996, 109쪽.

를 다스리는 것이어야 하지, 절대 현인을 추천하고—현명한 인재를 임명하고—나라를 다스리고—예악을 학습하게 하는 것이 되어서는 안 된다. 공자의 '지인'이라는 인물 품평은 결국 당시의 전통적인 세습 정치에 대한 일종의 개혁이며, 막 흥기하기 시작한 사士 계층이 절실하게 필요로 하는 정치적인 개혁과 수요에 부응하는 것이었다.

현인을 추천하는 정치의 가장 이상적인 상태는 현인의 집단이 함께 다스리는 것이며, 나라에 군주가 없어도 다스려지는 것이다. 공자의 이러한 정치적 이상은 《논어·헌문》 속에 전형적인 하나의 예가 제시되어 있다. 《논어·헌문》에서 이렇게 말했다.

> 선생님께서 위衛나라 영공의 무도함에 관해 언급하시니, 강자가 말했다. "대저 이와 같이 한다면, 어찌 망하지 않겠습니까?" 공자께서 말씀하셨다. "중숙어는 빈객을 잘 접대하고, 축타는 종묘의 제사 일을 잘 관장하고, 왕손가는 군사 일을 잘 돌봅니다. 대저 이와 같이 하는데, 어찌 그 나라를 망치겠습니까?"〔子言衛靈公之無道也, 康子曰: "夫如是, 奚而不喪?" 孔子曰: "仲叔圉治賓客, 祝鮀治宗廟, 王孫賈治軍旅. 夫如是, 奚其喪?"〕

공자는 위나라 군주인 영공이 비록 어리석고 무도하다 할지라도, 중숙어와 축타 및 왕손가 같은 어진 신하가 각각 국가의 외교와 예악, 그리고 군사를 관장하기에 나라가 멸망에서 벗어나는 것을 보증할 수 있다고 생각했다. 여기에서 그는 다시 한 번 사람을 알아보는 것과 현명한 인재를 임명하는 것, 그리고 나라를 다스리는 것 사이의 관계가 얼마나 중요한지를 명백히 논술했다.

어진 이가 세 명만 있어도 천하는 다스려진다는 것이 공자의 덕치주의 사상의 핵심이다. 후대의 동한이 정치적으로 '군주는 우매하고 신하는 청렴하였다.〔上濁下淸〕' 그래서 동한은 거의 2백 년 동안 최고 권력이 외척과 환관의 손에 지배되었다. 하지만 유학자가 국정을 운영하여 동한이라는 큰 건물이 여러 번 위태로웠지만 기울어지지 않도록 하였다. 대체로 공자가 바란 것은 이러한 정치 유형을 연출하고 실시하는 것이었다.

예컨대 앞에서 인용한 ≪논어·공야장≫에서 학생들에게 어떻게 나라를 다스릴 것인가라는 리허설을 진행하도록 요구한 것도 바로 이러한 사상을 생생하게 반영하고 있다. 자로는 전쟁과 군사 행정을 책임질 수 있고, 염구는 나라의 정치와 경제를 관장할 수 있으며, 공서화는 나라의 예악과 제사 및 외교를 주관할 수 있다. 세 명의 어진 신하와 나라의 세 가지 중요한 일이 다시 한 번 사람들의 눈에 띈다. 이것은 우발적으로 자유로이 제기한 것이 아니라, 마음속에서 심사숙고를 거쳐서 저절로 튀어나온 일종의 학술 사상 체계이다.

이렇게 해서 우리는 다시 돌아가서 자공이 "사람을 비교해서 논평하는 것"을 대할 때 그가 했던 말을 보면, 그것이 절대로 과장된 말이 아니며, 또 결코 일부러 높은 식견을 말할 뜻도 가지고 있지 않음을 알 수 있다. 왜냐하면 인물 품평이 이제껏 모두 그의 최종 목표가 아니었기 때문이다. 그는 품평을 위한 품평을 하지 않았다. 그런데 또 언제나 다른 사람을 품평하고 있지 않은 적도 없었다.

2절 | 공자의 인물 품평과 인덕仁德의 갈망

공자는 비록 그가 결코 품평을 위해서 품평하지 않았다고 해명하였다 해도, 많은 사람들에 대한 그의 독특한 인물 품평의 세계는 고금에 영향을 끼쳤다. 내용상으로 그는 '인仁'의 중요성을 강조했다. 그는 "듣기 좋게만 말하고 얼굴 표정을 잘 꾸미는 사람 중에 인덕仁德을 지닌 사람이 드물다. [巧言令色, 鮮矣仁!] "(《논어 · 학이》)라고 하였다. "듣기 좋게만 말하는 것"은 '인'에 대립적인 면이다. 어떤 사람이 그의 학생인 염옹에 대해 인덕은 있지만 말재주가 없다고 평론하자, 공자는 반박하며 "어째서 말재주가 있어야 한단 말이냐? 사람을 대하되 논박하면, 자주 다른 사람으로부터 미움을 받을 것이다. [焉用佞? 禦人以口給, 屢憎於人.] "(《논어 · 공야장》)라고 하였다. 그는 또 말하기를 "인한 사람은 말하는 것이 어눌하다. [仁者, 其言也訒.] "(《논어 · 안연》)라고 하였다. 인덕을 지닌 사람은 말이 느리다는 것이다.

"인"은 그가 학생들을 평가하는 중요한 잣대이기도 했다. 그가 애지중지하는 학생인 안회를 평판할 때 이렇게 말했다. "안회는 그 마음이 오래도록 인을 어기지 않고, 다른 사람은 어쩌다 한 번씩 인에 이를 뿐이다. [回也, 其心三月不違仁, 其餘則日月至焉而已矣.] "(이하 《논어 · 옹야》) 안연은 배우기를 좋아하여 "노여움을 남에게 옮기지 않았으며, 같은 허물을 되풀이하지 않았고 [不遷怒, 不貳過] ", "한 그릇의 밥과 한 바가지의 물로 누추한 동네에 살게 되면, 다른 사람들은 그 근심을 견뎌 내지 못하는데, 안회는 그 즐거움을 바꾸지 않았다. [一簞食, 一瓢飲, 在陋巷. 人不堪其憂, 回也不改其樂.] "이것이 바로 공자의 "인"의 사상적 핵심이다.

군자와 소인의 도덕적 평판도 그의 인물 품평에 중요한 내용이었다. "군자는 태평하되 교만하지 않으며, 소인은 교만하되 태평하지 않다. [君子泰而不驕, 小人驕而不泰.]"(《논어·자로》) "군자는 위로 통달하고, 소인은 아래로 통달한다. [君子上達, 小人下達.]"(《논어·헌문》) 군자는 인의에 통달하고, 소인은 재물과 이익에 통달한다는 것이다.

무엇을 군자라고 하는가? 그는 "자기를 닦아서 공경스럽게 하고 [脩己以敬]"(이하 《논어·헌문》), "자기를 닦아서 남을 편안하게 하며 [脩己以安人]", "자기를 닦아서 백성을 편안하게 하는 것 [脩己以安百姓]"이라고 말했다. "자기를 닦아서 백성을 편안하게 하는 것"은 군자의 최고 경지이며, 요순조차도 완전히 성취하지 못했다고 한다.

군자의 인덕을 언급할 때 그는 무척 감개하여 자로에게 "덕을 아는 사람이 드물구나! [知德者鮮矣.]"(《논어·위령공》)라고 말했다. 또 이렇게도 말했다. "현자는 세상을 피하고, 그 다음은 땅을 피하고, 그 다음은 안색을 피하고, 그 다음은 말을 피한다. 이와 같이 한 사람이 일곱 사람이다. [賢者辟世, 其次辟地, 其次辟色, 其次辟言. 作者七人矣.]"(《논어·헌문》) 공자가 "드물구나!" "일곱 사람이다"라고 한 탄식 속에는 그가 기대하는 도덕적 가치와 당시 현실과의 큰 간격에 대한 안타까움과 유감이 구체적으로 잘 드러나 있다.

그는 또 비유적으로 이렇게 말했다. "기驥라는 천리마를 좋은 말이라고 하는 것은 그 힘을 칭찬하는 것이 아니라, 그 덕을 칭찬하는 것이다. [驥不稱其力, 稱其德也.]"(《논어·헌문》) "덕"이 "힘"보다 귀중함을 강조한 것은 그의 인물 품평과 현인의 추천 및 현명한 인재의 임명에서 거듭 밝힌 것이다. 그가 일찍이 "뜻있는 선비와 인仁한 사람 [志士仁人]"(이하 《논어·위령공》)은 "자신이 살고자 인仁을 해치는 일은 없지만, 자신을 희생시켜 인을 이루는 경우는 있다. [無求生以害

仁, 有殺身以成仁.〕"라고 격려한 것은 그가 절박하게 추구한 인덕仁德으로 나라를 다스리는 이상을 구현한 것이다.

이러한 이상적인 모델, 즉 사람을 알아보고—인덕을 교육하고—현인을 추천하고—현명한 인재를 임명하고—나라를 다스리는 것, 그리고 앞에서 서술한 다른 모델, 즉 사람을 알아보고—예악을 교육하고—현인을 추천하고—현명한 인재를 임명하고—나라를 다스리는 것은 그의 학설에서 양대 방면을 구성한다. 뿐만 아니라 지인知人, 거현擧賢, 임현任賢, 치국治國의 방략에서 인덕仁德과 예악禮樂이 좌우의 양 날개가 되는 것을 분명하게 알 수 있다. 이는 그가 일생동안 한결같이 관심을 가진 양대 초점이다.

3절 | 공자의 인물 품평 방법

인물 품평에는 슬기로운 지자智者의 귀중한 변증법적인 논리의 사고가 구현되어 있다. 《논어·헌문》에 이렇게 말했다. "덕이 있는 사람은 반드시 도리에 맞는 말을 하지만, 말을 잘하는 사람이 반드시 덕이 있는 것은 아니다. 인仁한 사람은 반드시 용기가 있지만, 용기 있는 사람이 반드시 인한 것은 아니다. 〔有德者必有言. 有言者不必有德. 仁者必有勇. 勇者不必有仁.〕" 또 이렇게도 말했다. "군자이면서 인하지 못한 사람은 있을지언정, 소인으로서 인한 사람은 아직 없다. 〔君子而不仁者有矣夫, 未有小人而仁者也.〕" 덕이 있는 사람과 말을 잘하는 사람, 인仁한 사람과 용기 있는 사람, 군자와 소인, 인仁한 사람과 인하지 못한 사람 등 여러 가지를 변증법적으로 대립시켜 놓고서 논리적 관계를 통일시키는데, 그 말이 간결하면서도 분명하다. 슬기로운 사람의 말로서 손색이 없다.

자공이 공자에게 "마을 사람들"의 평가에 대해 물었다. 공자가 대답했다. "마을 사람들이 모두 그를 좋아하는 것 〔鄕人皆好之〕"(이하 《논어·자로》)도 옳지 않고, "마을 사람들이 모두 그를 미워하는 것 〔鄕人皆惡之〕"도 역시 옳지 않으며, "마을 사람 가운데 선한 사람이 그를 좋아하고, 그 가운데 선하지 못한 사람이 그를 미워하는 것만 못하다. 〔不如鄕人之善者好之, 其不善者惡之.〕"라고 하였다.

만약 "마을 사람들이 그를 모두 좋아한다면", 그것은 이른바 무골호인에 가깝고, 공자는 그런 사람을 "향원鄕原"이라고 불렀다. 그리고 "향원"은 "덕을 해친다. 〔德之賊也.〕"(《논어·양화》)고 공자는 보았다. 이것은 그가 평소에 "여러 사람이 그를 미워한다고 해도 반드시 그를 잘 살펴보아야 하고, 여러 사람이 그를 좋아한다고 해도 반드시 그를 잘 살펴보아야 한다. [衆惡之, 必察焉. 衆好之, 必察焉.] "(≪논어·위령공≫)라고 말한 것이나, "오직 인仁한 사람이라야 사람을 좋아할 수도 있고, 사람을 미워할 수도 있다. [唯仁者能好人, 能惡人.] "(≪논어·이인≫)라고 말한 것과도 서로 일치하는 것으로, 모두 이 지자의 심오한 변증법적인 논리 사상을 구체적으로 드러내는 것들이다.

공자가 일생동안 품평한 80여 명의 인물들을 살펴보면 언급한 범위가 매우 넓다. 역사적인 인물도 있고, 당시의 인물도 있다. 요순과 제왕 및 현군도 있고, 향원과 비천한 사람도 있다. 별개의 사람도 있고, 같은 유형의 사람도 있다. 인물에 대한 오랜 세월 동안의 공적과 과실도 있고, 사건에 대한 시비곡직도 있다. 이런 것들이 위진시대의 인물 품평에 끼친 영향은 매우 크며, 주로 ≪세설신어世說新語≫에 나타난다.

공자는 대담하게 기존의 설에 의문을 제기하기도 했다. 예를 들면 "장무중은 자신의 영지인 방防 땅을 근거지로 해서 노나라에 그의 후계자를 경대부로 삼아 주기를 요구했으니, 비록 임금에게 압력을 가한 것은 아니라고 말하는 사람이 있지만, 나는 믿지 않는다. [臧武仲以防求爲後於魯, 雖曰不要君, 吾不信也.] "(≪논어·헌문≫)라고 그는 평론하였다. 예리한 식견으로 한눈에 장무중의 꿍꿍이속을 간파하고 있다. 특히 관중을 평판하는 문제에 있어서 "먼저 담당 관리에게 맡기고, 작은 실수는 용서한다. [先有司, 赦小過] "(≪논어·자로≫)라고 한 그의 말은 지자의 풍모를 밝게 드러낸다.

학생인 자로와 자공이 세속의 영향을 받아 "환공이 공자公子 규를 죽이자, 소홀은 죽었는데 관중은 죽지 않았으니, 관중은 인仁하지 않다고 하겠습니까? [桓公殺公子糾, 召忽死之, 管仲不死. 未仁乎?] "(이하 ≪논어·헌문》)라고 의문을 제기하였다. 공자는 이를 반박하며 말했다. "환공은 제후를 여러 차례 모아 맹약을 맺었는데, 무력을 쓰지 않은 것은 관중의 힘이었다. 〔桓公九合諸侯, 不以兵車, 管仲之力也.〕""관중이 환공을 도와 제후의 패자가 되게 해서 천하 일체가 모두 바르게 되었으니, 백성들이 오늘에 이르도록 그의 은혜를 입었다. 관중이 아니었다면, 우리들은 아마 머리를 묶지 않고 옷깃을 왼쪽으로 여미는 오랑캐가 되었을 것이다. 어찌 일반 서민들처럼 작은 신의에 얽매여, 도랑에서 스스로 목매어 죽어도 아는 사람이 없게 하겠는가? 〔管仲相桓公, 霸諸侯, 一匡天下, 民到于今受其賜. 微管仲, 吾其被髮左衽矣. 豈若匹夫匹婦之爲諒也, 自經於溝瀆, 而莫之知也.〕"

조금도 의심하지 않고 이렇게 관중을 비난하는 세속에서 떠돌아다니는 보통 사람들의 견해에 직면하여 그는 약간의 분개를 느꼈다. 공자는 관중에 대한 시비를 분간하는 것을 돕기 위해 다음과 같은 역사적 사실을 피력했다. "백伯씨의 병읍 300호를 빼앗았는데, 그것 때문에 백씨는 거친 밥을 먹으며 일생을 마치게 되었다. 하지만 관중을 원망하는 말이 없었다. 〔奪伯氏騈邑三百, 飯疏食, 沒齒, 無怨言.〕"(《논어·헌문》) 이렇게 나라를 다스린 효과는 후대에 제갈량과 같은 어진 재상만이 가질 수 있는 특별한 영예이다.10) 관중은 그 당시 백성들의 신뢰가 높아 민심을 크게 얻었으니, 절대 후대의 세속 사람들이 말한 것이 옳지 않음을 알 수 있다.

공자는 같은 유형의 사람들을 합해서 품평하기를 좋아했다. 앞에서 인용한 "향원은 덕을 해친다."와 같은 경우이다. 자로가 일찍이 공자에게 "어떠해야 선비라고 말할 수 있습니까? 〔何如斯可謂之士矣?〕"(이하 《논어·자로》)라고 물었다. 그는 이렇게 대답했다. "간절하

---

10) 《삼국지》 권40, 《촉서蜀書·요립전廖立傳》, 《촉서·이엄전李嚴傳》, 그리고 권35 《제갈량전諸葛亮傳》의 진수陳壽의 "평왈評曰"에 나온다.

고 진지하게 선을 권하고, 또한 서로 사이좋게 즐긴다면 선비라고 말할 수 있다. 벗에게는 간절하고 진지하게 선을 권하고, 형제와는 서로 사이좋게 즐겨야 한다. 〔切切·偲偲·怡怡如也, 可謂士矣. 朋友切切·偲偲, 兄弟怡怡.〕" 또 이렇게도 말했다. "선비가 편안히 사는 데만 마음을 둔다면, 선비가 되기에 부족하다. 〔士而懷居, 不足以爲士矣.〕"《논어·헌문》)

이것을 통해 보면, 공자의 "사士"에 대한 인정認定은 두 가지임을 알 수 있다. 첫째는 서로 잘못에 대해 꾸짖으며 화목하게 지내는 것이 마치 형제나 친구와 같다는 것이다. 둘째는 가정에만 미련을 두지 않으며, 안일을 추구하지 않는다는 것이다.

자로도 일찍이 공자에게 '완전한 사람〔完人〕'에 대한 견해를 물었다. 공자는 비유적으로 이렇게 말했다. "장무중 같은 지혜, 맹공작 같은 과욕寡欲, 변읍의 장자 같은 용기, 염구 같은 재주에 예악으로써 격식을 갖추면 인격이 완성된 사람이라고 할 수 있다. 〔若臧武仲之知, 公綽之不欲, 卞莊子之勇, 冉求之藝, 文之以禮樂, 亦可以爲成人矣.〕"(이하 《논어·헌문》) 또 이렇게도 말했다. "오늘날 인격이 완성된 사람이야 굳이 그럴 필요가 있겠느냐? 이익을 보면 의義를 생각하고, 나라의 위태로움을 보면 목숨을 바치고, 오랫동안 곤궁하게 살더라도 젊은 시절의 약속을 잊지 않는다면 인격이 완성된 사람이라고 할 수 있다. 〔今之成人者何必然? 見利思義, 見危授命, 久要不忘平生之言, 亦可以爲成人矣.〕"

공자는 "완성된 사람 〔成人〕"(완벽한 사람〔全人〕)에 대해 최고와 최저라는 두 가지 인식이 있다. 최고(의 이상적인 모습)는 지혜를 비롯해 불욕, 용기, 재주, 예악이라는 다섯 가지 요소를 갖춘 통일체이다. 최저(의 현실적인 모습)는 "이익을 보면 의를 생각하고", "나라의 위태로움을 보면 목숨을 바치고", "오랫동안 곤궁하게 살더라도 젊은 시절의 약속을 잊지 않는" 이 세 가지가 결합된 사람이다. 그중의 어떠한 한 가지라도 성취하기만 하면, 곧 완벽한 사람〔全人〕이라고 불릴 만하다.

한 사람의 지자라는 신분으로 공자가 한 인물 품평의 방법은 다양하다. 이여밀李如密(1947~)은 일찍이 처음으로 이 지자의 "관찰법"으로 "사람을 판별하는 5가지 방법[五觀]", 즉 그 학문을 관찰하고[觀學], 그 언행을 관찰하고[觀言行], 그 뜻을 관찰하고[觀志], 그 잘못을 관찰하고[觀過], 그 친구를 관찰하는[觀友] 방법을 제시했다.11)

공자는 사람이나 사물을 동태적으로 파악할 줄 알았다. 그는 이렇게 말했다. "처음에 나는 사람에 대하여 그의 말을 듣고 그의 행실을 믿었는데, 지금 나는 사람에 대하여 그의 말을 듣고 그의 행실까지도 본다. 재여를 보고서 이렇게 고쳤다."[始吾於人也, 聽其言而信其行. 今吾於人也, 聽其言而觀其行. 於予與改是.] (《논어·공야장》) 이것은 자각적으로 잘못을 알고 바로 고치는 일종의 의식意識이다.

그는 다른 사람을 품평할 때도 이렇게 할 줄 알았다. "아버지가 살아 계실 때에는 그의 뜻을 보고, 돌아가신 뒤에는 그의 행위를 보아야 할 것이다. 돌아가신 뒤 적어도 3년 동안 아버지의 방식을 바꾸지 않아야 효도라고 할 수 있다. [父在, 觀其志. 父沒, 觀其行. 三年無改於父之道, 可謂孝矣.] "(《논어·학이》) 그는 남용南容에 대해 "나라에 도가 있을 때 버림받지 않고, 나라에 도가 없을 때에도 형벌과 살육을 면할 만하다. [邦有道, 不廢. 邦無道, 免於刑戮.] "(《논어·공야장》)라고 품평하고, 조카딸을 그에게 시집보냈다.

공자는 사람의 마음속까지 세밀하게 꿰뚫어 보았다. 그리고 지자의 학식으로 미래 형세의 변화를 예견할 줄 알았으며, 외관의 먼지와 티끌을 제거하고 사건의 진상을 통찰할 줄도 알았다. 그는 공야장이 "비록 감옥에 갇힌 적이 있었으나, 그것은 그의 잘못이

---

11) 이여밀李如密·한연명韓延明, 《공자의 인재 관리 사상 탐구(孔子人才管理思想探討)》, 곡부사대공자연구회·곡부사대공자연구소 편, 《공자유학여당대사회문집孔子儒學與當代社會文集》, 제로서사, 1991, 210쪽.

아니었다.'라고 말하고, 자기 딸을 그에게 시집보냈다. 〔雖在縲絏之中, 非其罪也." 以其子妻之.〕"(《논어·공야장》) 이것들은 모두 오직 이 지자만이 가질 수 있는 탁견과 통찰력으로 일반적인 세속의 사람들이 결코 비교할 수 있는 것이 아니다.

다른 학생들이 자로를 업신여길 때, 공자는 도리어 "자로가 대청에는 올라섰지만, 아직 방안에는 들어오지 못했을 따름이다. 〔由 也升堂矣, 未入於室也.〕"(《논어·선진》)라고 말하면서 자로의 학문도 이미 괜찮은 정도이지만, 단지 아직 정밀하고 깊지 않을 뿐이라고 칭찬했다. 사람의 결점 속에서 그 사람의 장점을 볼 줄 알고, 또 단점에 대해 매우 적절하게 평가할 줄 알았다. 이것이 바로 지자의 특출한 점이다.

현대적 관점에 근거해 말하면, 그는 또한 실천의 중요성을 매우 강조하였다. 그는 이렇게 역설했다. "여러 사람이 그를 미워한다고 해도 반드시 그를 잘 살펴보아야 하고, 여러 사람이 그를 좋아한다고 해도 반드시 그를 잘 살펴보아야 한다. 〔衆惡之, 必察焉. 衆好之, 必察焉.〕"(《논어·위령공》) 한 사람에 대한 좋고 나쁨의 판정은 급히 결론을 내려서는 안 되며, 다른 사람의 그에 대한 사랑(이나 혐오)의 정도가 어떤지에 관계없이 모두 한번은 정밀한 관찰을 거쳐야만 한다. 그는 이렇게 말했다. "내가 사람들에게 누구를 비방하거나 누구를 찬양하던가? 내가 찬양한 적이 있다면, 아마 겪어본 바가 있기 때문일 것이다. 〔吾之於人也, 誰毀誰譽? 如有所譽者, 其有所試矣.〕"(《논어·위령공》) 만일 자신이 다른 사람에 대해 칭찬(또는 비평)한 바가 있다면, 그것은 반드시 자기가 직접 검증한 것이어야만 한다.

어떻게 고찰하는가? 그도 자신이 체험하여 터득한 것으로 이렇게 말했다. "군자는 작은 일로써 알 수는 없어도 큰일을 맡길 수 있고, 소인은 큰일은 맡길 수 없어도 작은 일로써 알 수는 있다.

〔君子不可小知, 而可大受也. 小人不可大受, 而可小知也.〕"(《논어·위령공》) 강유위는 여기에 다음과 같은 주석을 달았다. "이것은 사람을 관찰하는 방법을 알려 준다. 대개 군자는 세상일에 반드시 남보다 뛰어난 것은 아니지만, 재능과 덕은 충분히 중임을 맡을 수 있다. 소인은 비록 도량이 좁고 한정되었다 해도, 취할 만한 장점이 한 가지도 없다고는 할 수 없다. ……재능과 도량의 크기는 각각 그 분수가 있으니, 사람을 쓰는 자는 마땅히 재능과 도량에 따라 사용해야 한다. 사소한 일로 인재를 경시해서는 안 되고, 또 한 가지 기능을 가지고 큰 그릇으로 오인해서는 안 된다. 〔此言觀人之法. 蓋君子於世事, 未必過人, 而材德足以任重. 小人雖器量淺挾, 而未必無一長可取. ……材器大小各有其分, 用人者宜因材器使, 勿以小節輕量人才, 亦勿以一能誤爲大器.〕"12)

군자는 사소한 일에 임용해서는 절대로 그를 검증할 수 없으니, 도리어 중대한 임무를 맡길 수 있고, 소인은 결코 중대한 임무를 맡길 수 없으니, 오히려 사소한 일에 고용하여 그를 검증할 수 있다고 공자는 생각했다. 이것이 바로 그가 관중을 "누가 그만큼 인하겠는가? 누가 그만큼 인하겠는가? 〔如其仁! 如其仁!〕"(《논어·헌문》)라고 극찬한 척도의 근원이지, 자기가 단순하게 좋아하거나 싫어하는 데 근거한 것이 아니었다. 또한 이것은 학생들에게 스승이라는 신분을 가지고 궤변을 정당화하려 한 것은 더더욱 아니었다.

게다가 사람으로 하여금 존경심을 갖게 하는 것은 자신의 학문 연구〔道問學〕와 실물 경제가 상충될 때, 그는 오히려 반드시 생존이라는 현실에 직시하고, 가혹하고 끔찍스러운 현실을 시인했다는 것이다. 남을 아는 것이 또한 자신을 아는 것이 된다는 것이 그의 훌륭한 점이다. 그는 학문과 도덕이 가장 훌륭한 안연과, 장사를 잘해 재물이 가장 많았던 자공을 비교하면서 매우 감탄하는

---

12) 강유위, 루우열 정리, 《논어주》, 중화서국, 1984, 242~243쪽.

말투로 이렇게 말했다. "(안)회는 아마 도에 가깝지 않을까? 그러나 궁핍한 적이 많았다. 자공은 벼슬을 하지 않고도 재물을 늘렸으니, 생각해보면 요행히 잘 맞았다. 〔回也其庶乎. 屢空. 賜不受命, 而貨殖焉, 億則屢中.〕"(≪논어·선진≫)

이것은 일종의 쓰라리면서도 어찌 할 도리가 없음을 무의식중에 나타낸 것이다. 그래서 그가 진陳나라에서 식량이 떨어지자, "돌아가자. 〔歸與〕"(≪사기·공자세가≫)라는 탄식의 소리를 내었던 것이고, 어떤 때는 본의 아니게 "도가 행해지지 않아 뗏목을 타고 해외로 나갈 것이다. 〔道不行, 乘桴浮于海.〕"(≪논어·공야장≫)라고 하기도 했으며, 또 어떤 때는 ≪논어·선진≫ 편의 "자로, 증석, 염유, 공서화가 선생님을 모시고 앉았다."라는 장章 속에서 "나는 점과 같이하겠노라! 〔吾與點也!〕"와 같은 투로 서글프고 자조 어린 탄식을 하기도 했던 것이다.

4절 │ 공자의 인물 품평 사상의 영향

공자의 인물 품평은 후대에 심원한 영향을 미쳤다. 공자 제자의 제자인 이회李悝(B.C. 455~B.C. 395, 일명 이극李克, 자하의 제자)는 일찍이 위魏나라 문후에게 인재를 감식하는 자신의 방법을 소개하며 이렇게 말했다. "평상시에는 그의 가까운 사람을 살피고, 부귀할 때는 그와 함께하는 사람을 살피며, 현달했을 때에는 그가 추천한 사람을 살피고, 곤궁한 때에는 그가 하지 않는 일을 살피고, 가난할 때에는 그가 가지려 하지 않는 것을 살피십시오. 이 다섯 가지로 충분히 사람을 정할 수 있습니다. 〔居視其所親, 富視其所與, 達視其所擧, 窮視其所不爲, 貧視其所不取, 五者足以定之矣.〕"13)

이회가 "평상시에는 그의 가까운 사람을 살피"라고 한 것은 관중이 "그들의 교유 관계를 관찰하면 현명한지 그렇지 않은지 알 수 있다. 〔觀其交游, 則其賢不肖可察也.〕"(《관자管子 · 권수權修》)라고 한 것과 비슷하다. 이른바 공자가 "그 하는 일을 본다. 〔視其所以.〕"(이하 《논어 · 위정》)라는 것의 재판再版인 것이다.

"부귀할 때는 그와 함께하는 사람을 살피며, 현달했을 때에는 그 사람이 추천한 사람을 살피고, 곤궁한 때에는 그 사람이 하지 않는 일을 살피고, 가난할 때에는 그 사람이 가지려 하지 않는 것을 살핀다."는 것은 부유함, 출세, 좌절, 가난 등의 부침이나 격차에서 오는 형세를 통하여 한 사람을 판단하는 것이다. 바로 공자

---

13) (한) 사마천, 《사기》 권44 〈위세가魏世家〉, 중화서국, 1959, 1840쪽.

가 "그 일을 하게 된 동기를 살펴보고, 그 마음이 편안히 여기는 바를 헤아린다〔觀其所由, 察其所安〕"라는 관찰 방법을 구체화한 것이다.

동시에 이것은 또한 공자가 "가난"하거나 "부유"한 상황 하에서 어떻게 대처하는지에 관련된 이론을 흡수한 것이다. 하나는 "자공이 물었다. '가난해도 아첨하지 않으며, 부유해도 교만하지 않으면 어떻습니까?' 선생님께서 말씀하셨다. '괜찮다. 그러나 가난해도 도를 즐기고, 부유해도 예를 좋아하는 것만 못하다.'〔子貢曰: '貧而無諂, 富而無驕, 何如?' 子曰: '可也. 未若貧而樂, 富而好禮者也.'〕"《《논어 · 학이》》라는 것이고, 또 하나는 "선생님께서 말씀하셨다. '가난하면서 원망하지 않기는 어려워도, 부유하면서 교만하지 않기는 오히려 쉽다.'〔子曰: '貧而無怨難, 富而無驕易.'〕"《《논어 · 헌문》》라고 한 것이다. 이를 통해 이회 와 공자의 사상에서 일맥상통한 점을 볼 수 있다.

맹자는 한걸음 더 나아가 "그 하는 일을 본다."라고 하는 공자의 이론을 발전시켜 "눈동자〔眸子〕" 관찰의 중요성을 강조했다. 《맹자 · 이루 상離婁上》에서 다음과 같이 말했다. "맹자께서 말씀하셨다. '사람의 선악을 살피는 데에는 눈동자보다 더 좋은 것이 없다. 눈동자는 그 사람의 악을 숨기지 못한다. 마음속이 바르면 눈동자가 밝다. 마음속이 바르지 못하면 눈동자가 흐리다. 그의 말을 들어보고 그의 눈동자를 살핀다면, 사람들이 어떻게 마음을 숨기겠는가.'〔孟子曰: '存乎人者, 莫良於眸子. 眸子不能掩其惡. 胸中正, 則眸子瞭焉. 胸中不正, 則眸子眊焉. 聽其言也, 觀其眸子, 人焉廋哉?'〕"맹자의 '눈동자를 관찰함〔觀眸〕'과 《대대례기 · 문왕관인文王官人》의 "속마음을 살핌〔視中〕" 방법은 모두 초창기에 유가가 속마음의 자세한 관찰을 통해 실제적으로 사람의 재능을 품평한 것을 구체적으로 드러내고 있다.

공자가 '사람을 판별하는 다섯 가지 방법〔五觀法〕', 즉 그 학문을 관찰하고, 그 언행을 관찰하고, 그 뜻을 관찰하고, 그 잘못을 관찰하고, 그 친구를 관찰하는 방법은 삼국시대 제갈량이 "사람을 감별하는 일곱 가지 방법〔七觀法〕"(《편의십육책便宜十六策·지인편知人篇》)을 직접적으로 일깨워 주었다. 또 《편의십륙책·지인편》의 끝부분에서도 공자의 말을 직접 인용하여 다음과 같이 끝맺음하였다. "공자가 이렇게 말했다. '그가 하는 일을 보고, 일을 하게 된 동기를 살펴보고, 마음이 편안히 여기는 바를 헤아린다면, 그 사람이 어디에 자신을 숨기겠는가? 그 사람이 어디에 자신을 숨기겠는가?'"14) 이것을 보면 그가 공자의 인물 품평 사상을 흡수하고 계승하였다는 것을 알 수 있다.

이뿐만이 아니다. 공자보다 조금 후세의 예를 보면, 《일주서逸周書·관인官人》과 《대대례기·문왕관인》에는 주공周公과 문왕에 가탁하여 사람을 관찰하는 방법으로 다음과 같은 육정六徵이 있다. "첫째는 정성을 관찰하는 것이고, 둘째는 의지를 고찰하는 것이고, 셋째는 속마음을 살피는 것이고, 넷째는 표정을 살피는 것이고, 다섯째는 사사로운 생활을 관찰하는 것이고, 여섯째는 덕을 헤아리는 것이라고 한다.〔一曰觀誠, 二曰考志, 三曰視中, 四曰觀色, 五曰觀隱, 六曰揆德.〕" 그 가운데 "정성을 관찰하고", "의지를 고찰하고", "덕을 헤아리는 것"에는 공자를 답습한 흔적이 남아 있다.

《여씨춘추·계춘기·논인論人》 편에서도 "여덟 가지를 관찰하고 여섯 가지를 시험한다〔八觀六驗〕"라는 사람을 관찰하는 방법15)을 제기했고, 삼국시대 위나라에 이르러서는 유소劉劭(424~453)가 진일보하여 "팔관八觀"과 "오시五視"의 방법을 제출했다. 유소의 《인물지人物志》는 전문적으로 인물을 품평한 이론 서적이다. 그렇지만 그

---

14) 제갈량, 《제갈량집諸葛亮集》, 중화서국, 1960, 64쪽.
15) 진기유陳奇猷, 《여씨춘추교석呂氏春秋校釋》, 학림출판사學林出版社, 1995, 160쪽.

의 "팔관"과 "오시"의 방법에 관계없이 그가 "윗사람에게 편애를 받아도 아랫사람들에게 신임을 잃지 [偏上失下] "(이하 ≪인물지·칠무七繆≫) 않아야 될 뿐만 아니라, 또한 "아랫사람들에게 존경을 받아도 윗사람에게 신임을 얻지 못하면 [偏下失上] " 안 된다고 한 것이나, "주위들은 소문을 믿고 자신이 직접 본 것은 무시해서는 [以目敗耳] " 안 되고 "자신이 직접 관찰한 사실들을 근거로 소문을 바로잡아야 [以目正耳] "만 한다고 한 것이나, 혹은 "사람의 일부분만 알려고 한다면 아침나절이면 충분히 알 수 있지만, 그의 모든 면모를 상세히 탐구하자면 사흘은 지나야 충분하다. [欲觀其一隅, 則終朝足以識之. 將究其詳, 則三日而後足.] "16)라며 직접 대면하여 사람을 고찰하는 그의 방법은 그 근원을 탐구하면 모두 공자와 일맥상통한다.

비록 구품중정제九品中正制라는 관리 선발 제도가 실행된 후부터는 유가의 학술에 정통하는 것이 이미 양한 시기와 같이 더 이상 승진의 통로가 아니었다고 해도, 유학 경전은 일반적인 사인士人에게 흡인력을 잃어버렸다. 그러나 공자의 인물 감정鑑定 사상은 오히려 영향력이 아주 깊어졌다. 유소의 ≪인물지人物志≫는 삼국시대 위나라의 '구품중정제'의 산물이고, 또한 '구품중정제'는 한나라의 효렴찰거孝廉察擧의 습속과도 대단히 복잡하게 연관되어 있다.

이러한 풍조는 위진남북조시대까지 꾸준히 이어져 왔고, 심지어 그 이후 천여 년 동안 변함없이 그 여운이 이어졌다. 심지어 오늘날에도 이 지자의 인물 품평은 여전히 우리에게 깨우침을 준다. 위진 시기의 지괴志怪 소설인 ≪세설신어≫도 바로 이러한 인물 품평 풍조의 산물이다. ≪세설신어≫가 ≪논어≫를 공들여 모방하고 흉내를 낸 곳에 대해 학계에서는 이미 논자들이 끊임없이

---

16) 이숭지李崇智, ≪인물지교전人物志校箋≫ 권중卷中 〈접식接識〉, 파촉서사, 2001, 138쪽.

언급하고 있다.

공자가 "진晉나라 문공은 교활하고 바르지 않으며, 제나라 환공은 바르고 교활하지 않다. 〔晉文公譎而不正, 齊桓公正而不譎〕"(이하 《논어·헌문》)라고 하거나, "군자는 화합을 추구하고 뇌동하지 않지만, 소인은 뇌동할 뿐 화합하지 않는다. 〔君子和而不同, 小人同而不和〕"라고 한 방식의 언어적인 품평 방식은 위진시대 청담清談을 애호하던 명사들이 더한층 총애해 마지않았던 것이다. 《세설신어》 36편 가운데서 앞머리에 있는 "덕행德行, 언어言語, 정사政事, 문학文學" 네 편은 바로 《논어·선진》 편에 나오는 공자 문하의 네 가지 과목〔四科〕이다.

이러한 명사들이 모여서 《논어》를 이야기하면서17) 성인을 애호하거나 성인의 제자로 자처했다.18) 그리고 "아침에 도를 들으면 저녁에 죽더라도 괜찮다. 〔朝聞道, 夕死可矣.〕"(《논어·이인》)라는 공자의 술회 방식은 그들이 진심으로 닮고 싶은 것이 되었으며, 이것으로써 스스로 새로워지도록 격려했다고 할 수 있다.19)

---

17) 《세설신어》 권33, 〈우회尤悔〉에 이렇게 기록되어 있다. "환공이 막 은형주殷荊州를 깨뜨렸다는 보고를 받았을 때 마침 《논어》의 '부와 귀는 사람들이 누구나 바라는 바이지만, 그 맞는 도로 얻은 것이 아니면 처하지 않는다.'라는 구절을 강론하고 있었다. 환공은 얼굴색이 변하며 심히 괴로워하는 모습이었다. 〔桓公初報破殷荊州, 曾講《論語》, 至'富與貴, 是人之所欲, 不以其道得之不處', 玄意色甚惡.〕"

18) 《세설신어》 권9, 〈품조品藻〉에 이렇게 기록되어 있다. "유윤이 사인조에게 이르길 '(그대가 있는 것은) 나에게 네 명의 벗이 있기에 제자들이 친근함을 더한다.'는 격이라고 했으며, 허현도에게 이르길 '(그대가 있는 것은) 나에게 유由가 있기에 나쁜 말이 귀에 미치지 않는다.'는 격이라고 했다. 두 사람은 모두 (유윤의 말을) 받아들이고 불만을 품지 않았다. 〔劉尹謂謝仁祖曰: '自吾有四友, 門人加親.' 謂許玄度曰: '自吾有由, 惡言不及於耳.' 二人皆受而不恨.〕"

19) 《세설신어》 권15, 〈자신自新〉에 이렇게 기록되어 있다. "주처라는 자는 젊었을 때 얼마나 포악하게 굴었던지 향리 사람들이 모두 그를 근심거리로 여겼다. ……비로소 자기가 근심거리라는 것을 알고 개과천선할 뜻을 갖게 되었

다. 이리하여 오군吳郡 땅으로 가서 이륙二陸〔육기陸機, 육운陸雲〕을 찾아나섰다. 마침 평원平原〔육기〕은 없었고, 청하淸河〔육운〕만을 만나 사실대로 고하였다. '스스로 수양하여 고치고자 하나 나이가 이미 많아 끝내 성취가 없을까 여겨집니다.' 그러자 육운은 이렇게 일러주었다. '옛사람들은, 아침에 도를 들으면 저녁에 죽어도 좋다고 하였소. 하물며 그대처럼 앞날이 창창한 사람에게 있어서야 더욱 잘되었지요. 또한 사람은 마땅히 뜻이 서지 않음을 근심할 일이지 어찌 명성이 드날리지 않음을 근심하리오?' 주처는 드디어 뜻을 고쳐 열심히 한 끝에 마침내 충신 효자가 되었다. 〔周處年少時, 兇彊俠氣, 爲鄕里所患. ……始知爲人情所患, 有自改意. 乃自吳尋二陸, 平原不在, 正見淸河, 具以情告, 并云: '欲自修改而年已蹉跎, 終無所成.' 淸河曰: '古人貴朝聞夕死, 況君前途尙可. 且人患志之不立, 亦何憂令名不彰耶?' 處遂改勵, 終爲忠臣孝子.〕"

9장

공자의 학습관

공부〔學習〕는 공자 문하생들의 가장 중요한 요지要旨이다. ≪논어≫의 제1편이 〈학이〉이고, 공자의 언행을 기록한 ≪논어≫의 맨 처음 글자가 바로 "학學" 자이다. 그런 까닭에 송나라의 황중원黃仲元은 이렇게 말했다. "≪논어≫ 20편은 공부의 도리와 방법이 아닌 것이 없으니, 이는 그 단서를 펼쳐놓은 것일 뿐이다. 〔≪論語≫二十篇, 無非學習之理與事, 此開其端耳.〕"1) 이를 보면 "공부"를 중시한 데는 유가의 정묘한 오의奧義를 이해하는 것과 직접적이고도 밀접한 관계가 있음을 잘 알 수 있다.

---

1) (송) 황중원, ≪사여강고四如講稿≫ 권1, ≪문연각사고전서≫본.

1절 │ 학습에 대한 공자 자신의 진술

명나라의 이학가理學家인 유종주劉宗周는 이렇게 말했다. "'학學' 자는 공자 문하에서 첫 번째 가는 의의이며, '시습時習' 1장은 ≪논어≫ 20편 가운데 첫 번째 가는 의의이다. 공자가 평생토록 추구해 온 정신은 깊고 심오한 학문의 단서를 영원히 열어 놓았으니, 실로 ≪논어≫ 전부에 발휘되어 있다. 〔'學'字是孔門第一義, '時習'一章是二十篇第一義. 孔子一生精神, 開萬古門庭閫奧, 實盡於此.〕"2) 그는 "학" 자가 공자 일생에 있어서 정신의 내재적 근원임을 밝히고 있다. ≪논어·학이≫의 첫 장에서 이렇게 말했다.

> 선생님께서 말씀하셨다. "배우고 그것을 때에 맞게 익혀 나가면, 또한 기쁘지 않겠는가? 벗이 먼 곳에서 찾아오면, 또한 즐겁지 않겠는가? 남들이 나를 알아주지 않아도 노여워하지 않으면, 또한 군자라 하지 않겠는가?"〔子曰: 學而時習之, 不亦說乎? 有朋自遠方來, 不亦樂乎? 人不知而不慍, 不亦君子乎?〕

이것은 한 이상적인 학자의 필생의 경험을 서술하고 있지만, 실은 한평생 공부에 힘쓴 공자의 자기 이야기이다. 전목은 이것을 이렇게 이해했다. "배우고 그것을 때에 맞게 익혀 나간다는 것은 바로 처음 배우기 시작할 때의 일이니, 공자가 15세에 학문에 뜻

---

2) (명) 유종주, ≪논어학안論語學案≫, ≪유종주전집≫ 제1책 〈경술〉, 절강고적 출판사, 2007, 270쪽.

을 둔 이후에 해당된다. 벗이 먼 곳에서 찾아온다는 것은 곧 중년에 학문이 성숙된 이후의 일이니, 공자가 예의를 알아 독립적 인격체로 자립한 이후에 해당된다. 구태여 심오한 것을 배우고 존귀한 것을 행하지 않아도 최고의 경지에 도달하여 남들이 자신을 알아주지 않는 것을 의당 경솔하게 말하지 않을 것이니, 공자가 50세에 천명을 안 이후에 해당된다. 공부하는 사람이 오로지 배우고 그것을 때에 맞게 익혀 굳게 지키는 하나의 경지에 들어서면 곧 벗이 먼 곳에서 찾아와 즐거울 수가 있다. 맨 마지막 하나의 경지는 본래 공부하는 사람이 기대할 바가 아니다. 공부는 깊이 파고들어 날마다 진보하는 것을 추구하며, 남들이 알아주지 않는 것에 관해서는 정말로 어찌할 도리가 없는 것이다. 성인은 깊이 파고든 것이 극도에 달해서 자기의 앎이 더욱 깊어지고, 자신의 믿음이 더욱 견실해져 '나를 아는 이는 아마 저 하늘이 아닐까! 〔知我者其天乎〕'(《논어·헌문》)라고 하였으니, 학식이 천박한 자가 갑자기 따라잡을 수 있는 바가 아니다."3)

실제로 맨 마지막 하나의 경지는 또한 공자가 진술한 공부의 최종 목적을 언급하고 있다. 그러하기에 우리들이 깊이 생각하고 음미할 만하여 이 점을 이 장의 끝부분에서 서술하도록 남겨 둔다.

공자는 '사람에게 학문을 가르친' 교육가이자, 독학으로 재능을 갖춘 전문가이다. 《논어》라는 책 전체에서 "학"자는 도합 64번 나오며,4) 도리를 강의하고 공부하는 곳에 집중되어 있다.

공자는 "태어나면서부터 아는 〔生而知之〕"(이하 《논어·계씨》) 사람이 최상등의 사람이며, 그 다음이 "배워서 알아가는 〔學而知之〕" 사람이라고 생각했다. 그는 스스로 "나는 태어나면서부터 아는 사람이 아

---

3) 전목, 《논어신해》, 삼련서점, 2012, 4쪽.
4) 양백준, 〈논어사전〉, 《논어역주》 부록, 중화서국, 1980, 305쪽.

니고, 옛것을 좋아하며 부지런히 배우기를 구하는 사람이다. 〔我非生而知之者, 好古, 敏以求之者也.〕"(《논어·술이》)라고 하였으며, 자기는 결코 "태어나면서부터 아는" 천재가 아니라, "배워서 아는" 과정을 거쳐서야 겨우 이런 재능과 학문에 도달했다고 강조했다.

공자는 자신이 공부한 경험에 대해 수차례 여러 곳에서 모두 다 이야기했다. 예를 들면 "나는 열다섯에 학문에 뜻을 두었다. 〔吾十有五而志于學.〕"(《논어·위정》)라고 그는 말했다. 또 이렇게도 말했다. "내 일찍이 하루 종일 아무것도 먹지 않고, 밤새도록 잠도 자지 않고서 생각에 잠긴 적이 있었다. 그러나 아무런 소득이 없었으니, 배움에 힘쓰느니만 못한 일이다. 〔吾嘗終日不食, 終夜不寢, 以思, 無益, 不如學也.〕"(《논어·위령공》)

그는 일찍이 자기 자신을 칭찬하며 이렇게 말했다. "보고 배운 것을 묵묵히 기억하며, 배우되 싫증 내지 않고, 남을 가르치는 데 게을리 하지 않는 것이 내게 무슨 힘든 일이랴? 〔默而識之, 學而不厭, 誨人不倦, 何有於我哉?〕"(《논어·술이》) 공자는 겸허하기로 세상에 이름이 난 사람이지만, 유독 "배우기를 좋아하는〔好學〕" 것에 있어서는 오히려 사양하지 않았다. 《논어·공야장》에 이렇게 기록되어 있다.

열 가구 정도의 작은 마을에도 반드시 나처럼 성의를 다하고 신의가 있는 사람이 있으나, 나만큼 배우기를 좋아하지는 못하더라. 〔十室之邑, 必有忠信如丘者焉, 不如丘之好學也.〕(《논어·공야장》)5)

---

5) 여기에 금金나라의 왕약허王若虛(1174~1243)는 별도로 다른 해석을 하는데, 그는 문장 속의 "언焉" 자는, "어떤 사람은 ('~도다!'라는 뜻의) '언焉'을 ('어찌'라는 뜻의) '하何'로 해석하고, 그것을 아래의 구절에 귀속시켰다. ……성인은 지극히 겸허해서, 결코 다른 사람이 나보다 못하다고 말하려 하지 않았다는 뜻이다. 〔或訓'焉'爲'何', 而屬之下句. ……意聖人至謙, 必不肯言人之莫己若.〕"(《호남유로집湖南遺老集》 권5)

공자는 자신의 "배우기를 좋아하는" 자질에 대단한 자부심을 느꼈다. 실생활에서 공자는 분명히 "배우기를 좋아하는" 것으로 유명했다. 그는 이렇게 말했다.

세 사람이 함께 일을 할 때는 반드시 거기에 내 스승이 있다. 그 가운데 좋은 점은 골라서 따르고 좋지 않은 점은 가려내어 내 잘못을 고친다.〔三人行, 必有我師焉. 擇其善者而從之, 其不善者而改之.〕"(《논어·술이》)

그가 "배우기를 좋아하고", "배우는 데 뛰어나다〔善學〕"는 것을 알 수 있다. 그는 일찍이 멀리 수도인 낙양으로 가서 주周나라 수장실守藏室의 사史 직위에 있던 노담老聃에게 배우며 가르침을 청했다. 그리고 학생들에게 노자를 소개하며 이렇게 말했다. "새는 잘 난다는 것을 내가 알고, 물고기는 헤엄을 잘 친다는 것을 내가 알며, 짐승은 잘 달린다는 것을 내가 안다. 그러니 달리는 짐승은 그물을 쳐서 잡을 수 있고, 헤엄치는 물고기는 낚시를 드리워 낚을 수 있고, 날아다니는 새는 화살을 쏘아 잡을 수 있다. 그러나 용에 관해서라면 그것이 어떻게 바람과 구름을 타고 하늘로 올라가는지 나는 알 수 없다. 오늘 나는 노자를 만났는데, 그는 마치 용과 같은 존재였다.〔鳥, 吾知其能飛. 魚, 吾知其能游. 獸, 吾知其能走. 走者可以爲罔, 游者可以爲綸, 飛者可以爲矰. 至於龍, 吾不能知其乘風雲而上天. 吾今日見老子, 其猶龍邪!〕"(《사기·노자열전》)

또 《사기·공자세가》에는 이렇게 기록하고 있다.

제나라 태사와 음악을 두고 이야기했는데, '소韶'라는 음악을 듣고는 그것을 배우느라, 석 달 동안 고기맛을 분간하지 못하였는데, 제나라 사람들이 그를 칭송했다.〔與齊太師語樂, 聞韶音, 學之, 三月不知肉

味, 齊人稱之.〕

　그래서 공자가 평소 가장 중시한 것은 스스로 배우는 것과 사람을 가르치는 데 있었다고 전목은 말했다. 둘 중 하나는 자신이 공부하는 것이고, 또 하나는 다른 사람의 공부를 가르치는 것이다. 전목의 ≪공자전≫은 주로 이것들을 중심으로 전개되고 있다. 탁월한 식견을 갖추었다고 말할 수 있다.

　공자는 공부를 매우 좋아해서 스스로 "나는 열다섯에 학문에 뜻을 두었다. 〔吾十有五而志于學.〕"(≪논어·위정≫)라고 진술했다. 그는 독서를 낙으로 삼고, 학문의 완성에서 자신의 즐거움을 찾았으며, 경제적 어려움은 깨닫지 못하였다. ≪논어·술이≫에 이렇게 말했다.

　선생님께서 제나라에서 〈소〉를 들으시고는 석 달 동안 고기맛을 분간하지 못하고 말씀하셨다. "이 음악이 이 경지에까지 이를 줄은 미처 생각지 못했다."〔子在齊聞〈韶〉, 三月不知肉味. 曰: "不圖爲樂之至於斯也!"〕

　또 이렇게도 말했다.

　선생님께서 말씀하셨다. "거친 음식을 먹고 냉수를 마시며, 팔을 굽혀 베개로 삼더라도 즐거움이 또한 그 속에 있다. 의롭지 않은 부와 지위는 나에게 뜬구름과 같다."〔子曰: "飯疏食, 飮水, 曲肱而枕之, 樂亦在其中矣. 不義而富且貴, 於我如浮雲."〕(≪논어·술이≫)

　그는 동시에 당시의 표준어를 열심히 공부했다. ≪논어·술이≫에 이렇게 말했다.

　선생님께서 정음正音을 사용하셨으니, ≪시≫와 ≪서≫를 읽고 예를

행하실 때 모두 정음을 사용하셨다. 〔子所雅言, 《詩》·《書》·執禮, 皆
雅言也.〕

"아언雅言은 당시 중국에서 통용되던 언어이다."6)라고 양백준은
주석을 달았다. 유사배劉師培(1884~1919)는 《문장원시文章源始》에서
다음과 같이 말했다. "'말을 문자로 쓴 것이 순전히 아언이라는 것
이다.' 스스로 주석을 이렇게 달았다. '의정儀征 완阮씨가 말하기를,
아언이라는 것은 지금의 표준어와 같다.' (중국이라는 뜻의) 아雅와 (중원
지역이라는 뜻의) 하夏는 통가자通假字이고, 하夏는 중국인의 별칭이다.
그러므로 아언은 곧 중국인의 말인 것이다.' 〔'言之文者, 純乎雅言者也.' 自
注: '儀征阮氏曰: 雅言者, 犹今官話也.' 雅與夏通, 夏爲中國人之稱, 故雅言卽中國人之
言.〕"7) 이것을 보면 "아언"이 오늘날의 표준어에 해당된다는 것을
알 수 있다.

공자는 노년에 들어섰지만, 배움에는 여전히 지칠 줄 모르고
심오한 지식에 새로이 다가가는 것을 두려워하지 않았다. 예를 들
어 그는 이렇게 말했다. "내가 몇 해를 더 살아서 50세에 《역》
을 배우면 큰 허물은 없앨 수 있을 것이다. 〔加我數年, 五十以學易, 可以
無大過矣.〕"(《논어·술이》) 옛사람은 나이가 50을 넘으면 대부분 생명에
대해 우려하는 탄식으로 감상感傷적이 되었다. 그러나 공훈을 세우
는 일에 뜻을 둔 공자는 만년이 되었어도 웅대한 뜻이 다하지 않
았다. 《논어·술이》에서 이렇게 말했다.

섭공이 자로에게 공자에 대하여 물었는데, 자로는 대답하지 않았

---

6) 양백준, 《논어역주》, 중화서국, 1980, 71쪽 주석注釋 ①.
7) 유사배劉師培, 《문장원시文章源始》, 진위문陳偉文 편, 《국학과 근대 국어 연
   구(國學與近代國文研究)》, 이강출판사漓江出版社, 2011, 122쪽. 의정 완씨는
   청나라 학자인 완원阮元(1764~1849)을 가리킨다. 그는 강소성江蘇省 양주시揚
   州市 의정儀征 사람이다.

다. 선생님께서 말씀하셨다. "너는 어찌하여 이렇게 말하지 않았느냐? '그의 사람됨은 무엇을 배우려고 애쓸 때면 밥 먹기도 잊고, 즐거워 근심을 잊으며, 늙어가는 줄도 모른다.'"〔葉公問孔子於子路, 子路不對. 子曰: "女奚不曰, '其爲人也, 發憤忘食, 樂以忘憂, 不知老之將至云爾.'"〕

전목은 다음과 같이 말했다. "이 장은 공자가 스스로 말한 것이다. 공자는 평소 오직 스스로 배우기를 좋아한다고 말했으며, 그 호학好學의 독실함이 이와 같았다. 배움에서 아직 깨닫지 못한 것이 있으면, 분발하여 밥 먹기도 잊었다. 배움으로 터득한 바가 있으면, 즐거워 근심을 잊었다. 학문에는 끝이 없으니, 곧 공자가 분발하고 즐거워하는 것도 끝이 없었다. 이와 같이 부지런히 노력하면, 오직 시간이 부족해서 세월이 이미 지나간 것을 알지 못하니, 이것이 실로 최고의 경지이다."8)

또 이렇게도 말했다. "성인의 학문을 누구나 배울 수는 있지만, 결코 모든 사람이 그 궁극에 도달할 수 있는 것은 아니다. 그렇지만 그 도달할 수가 없는 것에 대해서는 여전히 호학好學의 한 부분으로 남겨두었다. 이것이 바로 대성인이 된 이유이다. 공부하는 사람이 이 장을 통해서 ≪논어≫ 책 전체를 관통하게 되면, 성인의 경지로 들어가는 문이 바로 여기에 있을 것이다."9) 이것이 공자와 보통 사람을 구분할 수 있는 가장 큰 차이점이다.

공자는 배우고 익히는 것〔學習〕을 매일의 과제로 삼았다. 그는 이렇게 말했다. "내 일찍이 하루 종일 아무것도 먹지 않고, 밤새도록 잠도 자지 않고서 생각에 잠긴 적이 있었다. 그러나 아무런 소득이 없었으니, 배움에 힘쓰느니만 못한 일이다.〔吾嘗終日不食, 終夜不寢, 以思, 無益, 不如學也.〕"(≪논어·위령공≫)

---

8) 전목, ≪논어신해≫, 삼련서점, 2012, 181쪽.
9) 전목, ≪논어신해≫, 삼련서점, 2012, 182쪽.

그는 배우는 것[學]과 가르치는 것[敎]을 한데 합쳐서 매일 반성하는 것으로 필수과목을 삼았다. ≪논어·술이≫에서 이렇게 말했다. "보고 배운 것을 묵묵히 기억하며, 배우되 싫증 내지 않고, 남을 가르치는 데 게을리 하지 않는 것이 내게 무슨 힘든 일이랴? [默而識之, 學而不厭, 誨人不倦, 何有於我哉?]"(≪논어·술이≫) 이와 동시에 그는 이런 감정을 나타내기도 했다.

덕을 닦지 못한 것, 학문을 익히지 못한 것, 의로운 일을 듣고 실천하지 못한 것, 그리고 잘못을 고치지 못한 것이 나의 근심이다. [德之不脩, 學之不講, 聞義不能徙, 不善不能改, 是吾憂也.] (≪논어·술이≫)

그래서 그는 교육을 광범위하게 보급하고, 누구에게나 차별 없이 실시했다. 그는 이렇게 말했다. "마른 포 한 묶음 이상을 가지고 와 스승 뵙는 예를 차리기만 해도 내 일찍이 가르쳐 주지 않은 적이 없었다. [自行束脩以上, 吾未嘗無誨焉.]"(≪논어·술이≫)

그는 제자를 널리 받아들였고, 또한 학생의 재질에 따른 적절한 교육을 중시하였다. 이것은 후세 사람들이 익히 아는 바이다. ≪논어·옹야≫에서 이렇게 말했다.

선생님께서 말씀하셨다. "보통 이상의 사람에게는 높은 가르침을 말해 줄 수 있지만, 보통 이하의 사람에게는 높은 가르침을 말해 줄 수 없다."[子曰: "中人以上, 可以語上也. 中人以下, 不可以語上也."]

이것은 각 개인의 지혜의 차이에 따라 순차적으로 조금씩 앞으로 나아가게 하는 맞춤형 교육을 강조한 것이다.

그는 또 이렇게도 말했다.

알려고 애쓰지 않으면 일깨워 주지 않고, 표현하려 애쓰지 않으면 틔워 주지 않는다. 네 모서리 가운데 하나를 들어 주었는데도 다른 세 모서리로 반응해 오지 않으면, 다시 가르쳐 주지 않는다. 〔不憤不啓, 不悱不發, 擧一隅不以三隅反, 則不復也.〕 《≪논어 · 술이≫》

분憤이라는 것은 근심과 고뇌가 서로 뒤엉킨 것이다. 주자는 ≪논어집주論語集注≫에서 "분憤은 마음으로 이해하고자 하나 아직 얻지 못했다는 뜻이다. 〔憤者, 心求通而未得之意.〕"라고 하였다. 비悱라는 것은 말을 하고 싶은데 말하지 못한다는 것이다. "불비불발不悱不發"에 대해 주자는 ≪논어집주≫에서 "비悱는 입으로 말하고자 하나 말하지 못하는 모습이다. 〔悱者, 口欲言而未能之貌.〕"라고 하였다. 공자는 이런 것들을 강조했다. 즉 학생이 마음으로부터 분발하여 능통해지기를 구하지 않으면, 자신은 그런 사람을 계발시켜 주지 않고, 입으로 표현하고자 애쓰는데도 달변에 어려움을 겪지 않으면, 자신은 그런 사람을 이끌어 주지 않는다는 것이다. 그리고 네 모서리 가운데 하나를 들어 보여주었는데 그 나머지 세 모서리를 잡고서 스스로 반응해서 실현하려고 하지 않으면, 자신은 그런 사람을 지도하지 않는다고 했다. 이것이 바로 후대의 교육에서 항상 말하는 "한 가지 일로부터 다른 것을 미루어 안다.〔擧一反三〕"는 말의 유래이며, 공자가 행한 교육의 과학성, 쌍방향성, 적극성, 그리고 융통성이 반영된 것이다.

≪논어 · 헌문≫에서 이렇게 말했다.

선생님께서 말씀하셨다. "나를 아는 사람이 없구나!" 자공이 말했다. "어찌하여 선생님을 아는 사람이 없을 수 있습니까?" 선생님께서 말씀하셨다. "하늘을 원망하지 않고, 사람을 탓하지 않으며, 아래로부터 배워 위로 통달하나니, 나를 아는 이는 아마 저 하늘이 아닐까!"〔子曰: "莫我知也夫!" 子貢曰: "何爲其莫知子也?" 子曰: "不怨天, 不尤人. 下學而上達. 知我者, 其天乎!"〕

이것은 공자가 일찍이 '학문에 힘쓴 것을 스스로 진술한 것'이자, 이에 대한 전형적인 평가로, "아주 소박하면서도 지극히 높고 깊다."10) 전목은 다음과 같이 말했다. "공자의 학문은 먼저 사람을 알아보는 것에 기초하니, 이것이 곧 하학下學이다. 점차 통달해서 하늘을 알아보는 데 이르니, 이것을 상달上達이라 한다. ……≪논어≫ 한 권은, 전부 하학을 말하고 있다. 하학할 줄 안다면, 자연히 상달할 수 있다."11)

공자의 노력과 탐구는 그 당시에 그가 응당 받아야 할 명성과 명예를 얻게 했다. ≪논어·술이≫에서 이렇게 말했다.

선생님께서 말씀하셨다. "성현〔聖〕이나 인자〔仁〕와 같은 것을 내 어찌 감당하겠는가? 그러나 만약 배우기를 싫증 내지 않고, 남을 가르치는 것을 고달파하지 않는 점에서는 감히 그렇다고 할 수 있겠다."〔子曰: "若聖與仁, 則吾豈敢? 抑爲之不厭, 誨人不倦, 則可謂云爾已矣."〕

전목은 이같이 말했다. "대개 도道는 끝이 없으니, 반드시 평생토록 그것을 배워야 한다. ≪주역·건괘乾卦 상전象傳≫에서 '하늘의 운행이 강건하니, 군자는 이를 본받아서 스스로 힘쓰면서 쉬지 않는다.〔天行健, 君子以自彊不息.〕'라고 하였다. 사람의 도리와 하늘의 운행이 하나로 합치는 것은 바로 이 싫증 내지 않고 지치지 않는 데 있으니, 곧 어짊과 지혜가 극에 달한 것이다."12) 공자의 호학好學

---

10) 전목, ≪논어신해≫, 삼련서점, 2012, 383쪽.
11) 전목, ≪논어신해≫, 삼련서점, 2012, 382~383쪽.
12) 전목, ≪논어신해≫, 삼련서점, 2012, 195쪽.

정신과 진보의 신속함은 공자 문하의 가장 현명한 제자인 안회조
차도 탄식해 마지않았으니, 그 밖의 제자들은 말할 나위도 없다.
≪논어·자한≫에서 이렇게 말했다.

> 안연이 "아!" 하고 탄식하며 말했다. "우러러보려고 할수록 더욱 높
> 아 보이고, 꿰뚫어보려고 할수록 더욱 굳건하며, 앞에 계신 듯 보
> 이더니 홀연히 뒤에 계시는구나! 선생님께서는 차례차례 사람을 잘
> 인도하시어 글로써 나의 지식을 두루 넓혀 주시고, 예절로써 나의
> 행실을 단속해 주신다. 그만두려고 해도 되지 않아 어느덧 나의 재
> 능을 다하게 된다. 선생님께서 우뚝 서 있는 듯하기에 좇아가려 했
> 지만 따라갈 방도가 없구나!"〔顔淵喟然歎曰: "仰之彌高, 鑽之彌堅. 瞻之在
> 前, 忽焉在後. 夫子循循然善誘人, 博我以文, 約我以禮. 欲罷不能, 旣竭吾才, 如有所
> 立卓爾. 雖欲從之, 末由也已."〕

자공도 이렇게 말했다. "선생님의 담장은 너무 높아서, 그 문
을 찾아내어 들어가지 않으면 그 안에 있는 종묘의 아름다움과 온
갖 방들의 다양함을 볼 수가 없다. 그런데 그 문을 찾아낼 수 있
는 사람은 아마 적을 것이다.〔夫子之牆數仞, 不得其門而入, 不見宗廟之美, 百
官之富. 得其門者或寡矣.〕"(≪논어·자장≫) 이것은 "높은 산 우러러보며, 큰
길처럼 따라간다.〔高山仰止, 景行行止.〕"(≪시경·소아·차할≫)는 것과 같은
것이기에 "공자는 70년을 공부하여 학문을 완성함으로써 인류의 영
원한 목탁으로 자리매김하였다.〔夫子以七十年之學習, 學成一個千古之木鐸位
置.〕"13) 그래서 사람들로 하여금 한없이 공경하고 우러러보며, 숭
배하고, 흠모하며 추종하게 한다.

---

13) (청) 손기봉, ≪사서근지≫ 권5 "봉인청견장封人請見章", ≪문연각사고전서≫
   본.

2절 │ 공부[學習]의 중요성

공자가 이와 같이 공부를 강조하고, 공부를 문제 삼은 것은 그가 공부의 중요성을 강조한 것과 서로 분리할 수 없다. ≪논어≫의 기록 속에서 공자는 주로 두 가지 측면에서 공부의 중요성을 강조했다.

첫째는 공부가 선천적인 부족함을 보충할 수 있다는 점을 강조한 것이다. ≪논어·계씨≫에는 이렇게 기록하고 있다.

공자께서 말씀하셨다. "태어나면서부터 아는 사람은 상등이다. 배워서 아는 사람은 그 다음이다. 곤란에 부딪혀서야 배우는 사람은 또 그 다음이다. 곤란에 부딪쳐도 배우지 않으면, 그러한 사람은 곧 하등이 된다."〔孔子曰: "生而知之者, 上也. 學而知之者, 次也. 困而學之, 又其次也. 困而不學, 民斯爲下矣."〕

공자는 태어나면서부터 아는 것, 그것이 최상등이라고 강조한다. 배우고 난 후에야 아는 것, 그것은 첫째 등급의 다음이다. 실천하는 과정에서 난관에 부딪친 뒤에야 그것을 배우는 것은 다시 한 등급 떨어진다. 난관에 부딪치지만 여전히 배우지 않는 것, 그것은 최하등이라 할 수 있을 뿐이다.

최상등의 사람은 바로 우리들이 흔히 말하는 '천재'이다. 하지만 이러한 사람은 필경 극소수에게만 해당된다. 공자조차도 자신은 "태어나면서부터 아는" 사람에 속하지 않고, 후천적으로 노력한 공부, 각고의 분투를 통해 도달했다고 생각했다. 그는 일찍이 스스로 이렇게 말했다. "나는 태어나면서부터 아는 사람이 아니고, 옛것을 좋아하며 부지런히 배우기를 구하는 사람이다. 〔我非生而知之者, 好古, 敏以求之者也.〕"(《논어·술이》) 그렇기 때문에 우리들 대다수는 모두 "배워서 알아가는 사람"에 속한다고 해야 할 것이니, 마땅히 자발적으로 공부하는 방식을 취하여 지식을 이해하고, 자신을 향상시키고, 환경을 개선하고, 심지어 자신의 운명을 바꿔 나가야 한다. 바로 후세 사람들이 흔히 말하는 "공부가 운명을 바꾼다."는 것이다. 이것은 대다수 사람들이 노력을 통해 누구나 해낼 수 있는 것이다. 공자가 적극적으로 제창하고 있는 것도 주로 이러한 유형의 사람들을 겨냥한 것이다.

세 번째 등급의 사람은 수동적으로 학습하는 유형에 속한다. 그들은 난관에 부딪쳐야 비로소 다시 그것을 공부한다. 그래도 이것은 괜찮은 것이다. 가장 두려운 것은 마지막 등급의 사람으로, 죽어도 뉘우치지 않는 유형에 속하는 사람들이다. 그들은 난관에 부딪쳐도, 여전히 배울 줄 모르고, 자발적으로 공부하지도 않는 그야말로 형편없는 사람들이다.

이것으로부터 우리들은 사람에 따라 공부를 대하는 다른 태도가 저마다 다른 인생을 형성한다는 것을 알 수가 있다. 선천적인 유전자도 물론 중요하지만, 후천적인 공부가 더욱 중요하다. 특히 공부에 대한 생각과 행동에 있어서는 반드시 자발적으로 향상을 꾀해야 한다.

둘째는 품행에 있어서 부족한 점을 보완하는 공부를 강조했다. 《논어·양화》에 이렇게 기록하고 있다.

선생님께서 말씀하셨다. "유야, 너는 여섯 가지 말에 따르는 여섯 가지 폐단이 있다는 것을 들어 보았느냐?"

자로가 대답했다. "아직 듣지 못했습니다."

"앉거라. 내가 너에게 말해 주마. 인仁을 좋아하되 배우기를 좋아하지 않으면, 그 폐단은 어리석어지는 데 있다. 지혜롭게 처신하기를 좋아하되 배우기를 좋아하지 않으면, 그 폐단은 방탕해지는 데 있다. 믿기를 좋아하되 배우기를 좋아하지 않으면, 그 폐단은 자기를 해치는 데 있다. 정직하기를 좋아하되 배우기를 좋아하지 않으면, 그 폐단은 남의 아픈 곳을 찌르는 데 있다. 용기 있게 행동하기를 좋아하되 배우기를 좋아하지 않으면, 그 폐단은 소란을 피우는 데 있다. 굳세게 되기를 좋아하되 배우기를 좋아하지 않으면, 그 폐단은 저돌적인 데 있다."〔子曰: "由也, 女聞六言六蔽矣乎?" 曰: "未也." "居! 吾語女. 好仁不好學, 其蔽也愚. 好知不好學, 其蔽也蕩. 好信不好學, 其蔽也賊. 好直不好學, 其蔽也絞. 好勇不好學, 其蔽也亂. 好剛不好學, 其蔽也狂."〕

속담에 "금은 순금이 없고, 사람은 완벽한 사람이 없다."고 했다. 공자가 생각하기로 모든 품행에는 다 저마다의 결점을 가지고 있어 전부 공부를 통해 그 문제점을 보완할 필요가 있었다. 그래서 공자는 집중적으로 자로에게 "인〔仁〕", "지〔知〕", "신〔信〕", "직〔直〕", "용〔勇〕", "강〔剛〕"이라는 여섯 가지의 품행을 가진 사람이 만일 배우지 않는다면, 장차 초래하게 될 여섯 가지 폐단을 이야기했다. 왜냐하면 자로는 성격이 거칠고 사나우며 "용맹스럽고 힘이 세기를 좋아하여〔好勇力〕"(《사기·중니제자열전》) 강직하고 굳세었기 때문이었다. 그러므로 공자의 이번 강의는 뚜렷한 목적을 지니고 있었다.

공자가 자로를 가르치며 말한 것은 이런 뜻이었다. "인덕仁德을 좋아하면서도 학문을 좋아하지 않으면, 그 병폐는 사람들에게 쉽게 우롱당하는 것이다. 총명해지고 싶어 하면서도 학문을 좋아하지 않으면, 그 병폐는 방탕하고 기초가 없어지게 되는 것이다. 성실해지고 싶어 하면서도 학문을 좋아하지 않으면, 그 병폐는 남에게 쉽게 이용당해 오히려 자기를 해치게 되는 것이다. 솔직해지고 싶어 하면서도 학문을 좋아하지 않으면, 그 병폐는 말이 날카로워 다른 사람의 마음을 아프게 하는 것이다. 용감해지고 싶어 하면서도 학문을 좋아하지 않으면, 그 병폐는 난을 일으켜 화를 자초하는 것이다. 강해지고 싶어 하면서도 학문을 좋아하지 않으면, 그 병폐는 겁 없이 함부로 행동하는 것이다."14) 앞에서 서술한 여섯 가지 서로 다른 품행을 가진 사람들은 모두 공부해서 그 문제점을 보완해야 한다.

관동管同(1780~1825)은 ≪사서기문四書紀聞≫에서 이렇게 말했다. "대인이 반드시 성실함을 좇을 필요가 없는 것은 오로지 학문을 하게 되면 의義가 어디에 있는지 알게 되기 때문이다. 가령 믿음직하게 되는 것을 좋아하되 학문을 좋아하지 않으면, 단지 약속을 중히 여기는 것만 알고 사리의 옳고 그름을 분명히 모르게 되어 근실하고 순후한 사람도 곧 소견이 좁고 고집불통의 소인이 된다. 더욱이 강건하고 용감한 기운을 가진 자는 반드시 주周나라와 한漢나라 때의 협객처럼 다른 사람을 위해 가벼이 자신을 희생하며 법규를 어기고 공명정대한 도리[公義]를 범하니, 성인의 관점에서 본다면 자기를 해치는 것이 아니고 무엇이겠는가?〔大人之所以不必信者, 惟其爲學而知義之所在也. 苟好信不好學, 則惟知重然諾而不明事理之是非, 謹厚者則硜硜爲小人. 苟又挾以剛勇之氣, 必如周漢刺客遊俠, 輕身殉人, 扞文綱而犯公義, 自聖賢觀之, 非賊而何?〕" 양백준은 관동의 말을 이렇게 칭찬했다. "이것은 춘추시대 협객들의 사실에 근거하여 이야기한 것이자, 또 유가들이 명철보신明哲保身의 이론에 근거해서 제기한 의론이다. 아마도 공자의 본래 뜻에 가까울 것이다."15)

이것으로부터 공자가 이 여섯 가지 품행을 가진 사람들을 겨

---

14) 양백준, ≪논어역주≫, 중화서국, 1980, 184쪽.
15) 양백준, ≪논어역주≫, 중화서국, 1980, 185쪽 주석 ⑤.

냥해 공부에 힘써야 함을 강조한 것이 단지 자로만을 대상으로 해서 말한 것이 아니며, 춘추시대 이래의 역사적 현실에 주안점을 두고 논의를 발표한 것으로 사람들에게 깊은 깨달음을 주려고 했다는 것을 알 수 있다.

공자가 강조한 품행과 공부의 중요성, 그리고 이 둘의 상호 연관성은 후세의 인재학人才學 이론에 중요한 참고 자료와 근거를 제공했다. 한나라와 위魏나라 이후, 덕행과 재능이 있는 사람을 선발하여 채용하면서 인물의 품행에 대한 평가는 하나의 중요한 학문이 되었다. 인물의 품행에 대한 탐구는 공자의 "육언육폐六言六蔽" 기초 위에서 더욱 철저해지고 세밀해졌다. 그중 가장 대표적인 것이 유소劉邵(한나라 영제靈帝 건녕建寧[168~172] 연간에 태어나 위魏나라 제왕齊王 정시正始[240~249] 연간에 사망함)의 ≪인물지人物志≫이다. 이 책의 〈체별體別〉 편에서는 다음과 같이 말하고 있다.

> (북위北魏의 유병劉昞은 이렇게 주석을 달았다.) "하늘로부터 음양의 기를 받아 성품에는 강함과 부드러움의 구분이 있으며, 구속하는 유형, 대드는 유형, 문아한 유형, 질박한 유형 등이 있어 그 본체는 각기 자신의 유형을 넘어서기도 한다."
>
> (≪인물지·체별≫ 원문에서 이렇게 말했다.) "……그러므로 강직하고 과감한 사람은 괴팍스러울 정도로 꼿꼿하여 다른 사람들과 화합하지 않으려 하므로, 자기의 꼿꼿함 때문에 마찰이 빚어지더라도 개의치 않는다. 그는 고분고분한 태도를 비굴한 것으로 여기면서 자신의 진취성만을 내세우려 한다. ……유순한 사람은 마음가짐이 느슨하고 결단력이 부족하여 일이 뜻대로 처리되지 않더라도 개의치 않는다. 그는 진취적으로 나서는 것을 남에게 상처 입히는 행위로 여기면서 평안하게만 지내려 한다. ……용감무쌍한 사람은 기세가 맹렬하여 결판 내기를 좋아하므로, 만용을 부리다가 꼬꾸라지더라도 개의치 않는다. 그는 순순히 참아내는 것을 겁약한 것으로 여겨 기세를 한

껏 발휘하려 한다. ……두려움이 많고 신중한 사람은 두려워하고 꺼리는 게 많아서 의로운 일을 실행하지 못하는 자신의 나약함에 대해 개의치 않는다. 그는 용감한 행위마저 경솔한 것으로 여기면서 자신의 망설임을 더해 나간다. ……올곧음만을 엄격하게 지키는 사람은 자기 소신만을 붙든 채 혼자만의 올곧음을 강변하면서 자기 성정의 고집스러움에 대해서는 아랑곳하지 않는다. 그는 시비분별을 따지는 판단을 헛된 소리로 여기면서 자신의 독선을 강화시킨다. ……논변을 잘하고 박식한 사람은 논리가 그럴듯하고 말주변이 있어서 말로 마구 떠들어 대는 것에 대해 개의치 않는다. 그는 바른 원칙마저도 속박으로 여기되 (종당에는) 말의 흐름에 휩쓸리고 만다. ……폭넓게 사귀면서 두루 베푸는 사람은 마음 씀씀이가 널리 미치도록 애쓰기에 자신의 교류가 두루뭉술하고 잡스러운 것을 개의치 않는다. 그는 절개가 있는 것을 속 좁게 여기면서 혼탁하게 교제의 폭을 넓힌다. ……깐깐하고 절개가 굳은 사람은 맑음을 일으켜 탁함을 물리치고자 하기에 자신의 생각이 좁은 점을 개의치 않는다. 그는 폭넓은 사귐을 더럽게 여기면서 자신의 좀스러움을 강화해 나간다. ……선선하고 능동적인 사람은 남보다 뛰어나기를 지향하므로, 자신의 뜻이 외람되더라도 개의치 않는다. 그는 조용하게 지내는 일을 정체된 것으로 여기면서 재빠르게 처신하는 일에 과감하다. ……침착하고 조용한 사람은 도리에 대한 사색을 되풀이하므로, 차분함 때문에 남보다 더디고 뒤처지더라도 개의치 않는다. 그는 과감한 행동을 덤벙거리는 일로 여기면서 자신의 나약한 태도를 아름답게 여긴다. ……소박하고 천진한 사람은 마음의 바탕이 안정되어 있고 순박하므로, 자신의 속마음이 다듬어지지 않고 우직하더라도 개의치 않는다. 그는 속임수를 허튼 짓으로 여기면서, 자신의 진실을 스스럼없이 드러낸다. ……속내를 감추고 속이기를 잘하는 사람은 다른 사람의 마음을 미리 헤아려 용납받기를 원하므로, 자신의 방법이 정도正道를 벗어나더라도 개의치 않는다. 그는 허심탄회한 태도를 어리석은 짓으로 여기면서 위선을 귀하게 친다. '학습'은 재질을 완성시켜 나가는 길이다."

(유병은 이렇게 주석을 달았다.) "자신의 속마음을 미루어 다른 사람의 마음과 소통해 나가는 방법이다."

(≪인물지·체별≫ 원문에서 이렇게 말했다.) "치우친 재질의 성품은 변화시킬 수 없다."

(유병은 이렇게 주석을 달았다.) "타고난 성품을 꿋꿋이 지키려 하여 옳은 말을 들어도 옮기려 하지 않는다."

(≪인물지·체별≫ 원문에서 이렇게 말했다.) "비록 가르쳐 배우게 해도, 재질이 이루어져서 잘못이 따르기 마련이다. ……그러므로 배워도 도에 들어가지 못하면 거의 다른 것과 합하지 못한다."

(유병은 이렇게 주석을 달았다.) "치우친 재질의 사람들은 각자 자기만의 본령을 가진다. ……이 때문에 사태를 다스리는 자는 사람의 어진 마음을 사용해서 그 탐욕을 제거하고, 사람의 지혜를 사용해서 그 교활함을 없앤 연후에야 여러 재질의 사람들을 모두 모아 부리고, 도를 만물에 두루 미치게 할 수 있다."〔稟氣陰陽, 性有剛柔. 拘抗文質, 體越各別. ……是故彊毅之人, 狠剛不和. 不戒其彊之搢突, 而以順爲撓, 厲其抗. ……柔順之人, 緩心寬斷. 不戒其事之不攝, 而以抗爲劌, 安其舒. ……雄悍之人, 氣奮勇決. 不戒其勇之毁跌, 而以順爲怯, 竭其勢. ……懼愼之人, 畏患多忌. 不戒其懦於爲義, 而以勇爲狎, 增其疑. ……凌楷之人, 秉意勁特. 不戒其情之固護, 而以辨爲僞, 彊其專. ……辨博之人, 論理瞻給. 不戒其辭之汎濫, 而以楷爲繫, 遂其流. ……弘普之人, 意愛周洽. 不戒其交之溷雜, 而以介爲狷, 廣其濁. ……狷介之人, 砭淸激濁. 不戒其道之隘狹, 而以普爲穢, 益其拘. ……休動之人, 志慕超越. 不戒其意之大猥, 而以靜爲滯, 果其銳. ……沉靜之人, 道思廻復. 不戒其靜之遲後, 而以動爲疏, 美其懦. ……樸露之人, 中疑實. 不戒其實之野直, 而以謫爲誕, 露其誠. ……韜譎之人, 原度取容. 不戒其術之離正, 而以盡爲愚, 貴其虛. 夫學, 所以成材也. 推己之情, 通物之性. 偏材之性不可移轉矣. 固守性分, 聞義不徙. 雖敎之以學, 材成而隨之以失. ……故學不入道, 恕不周物, 偏材之人, 各是己能. ……是以宰物者用人之仁去其貪, 用人之智去其詐, 然後羣材畢集(御), 而道周萬物也矣.〕16)

이상에서 유소는 12가지 '치우친 재질〔偏材〕'의 특성과 득실을

---

16) 이숭지李崇智, ≪〈인물지〉교전〈人物志〉校箋≫, 파촉서사, 2001, 41~62쪽.

분석하고, 아울러 본보기로 삼아야 할 점들을 제시했다. 이러한 이론과 사유는 공자의 "육언육폐六言六蔽"에 대한 계승과 발전을 구현한 것이다.

3절 | 공부의 대상과 내용

공자가 박학다식하고 재주가 뛰어나기에 사람들은 자연히 공자의 학문이 어디에서 왔는지를 캐묻고 궁금해하지 않을 수 없다. 공자는 어떻게 대학자가 된 것일까? 이러한 호기심과 추궁은 일찍이 춘추시대 말기에 이미 시작되었다. 그 당시 위衛나라의 공손조 公孫朝가 이미 자공에게 물은 적이 있었다. ≪논어·자장≫에 이렇게 기록되어 있다.

위나라 공손조가 자공에게 물었다. "중니는 어디서 배웠는가?" 자공이 말했다. "문왕과 무왕의 도가 아직 땅에 떨어지지 않아 사람들에게 남아 있습니다. 어진 사람은 그 가운데에서 근본적인 것을 알고, 어질지 못한 사람은 그 지엽적인 것을 알고 있습니다. 문왕과 무왕의 도가 없는 곳이 없으니, 선생님께서 어찌 어디에서인들 배우지 않으시며, 또 어찌 일정한 스승이 따로 있었겠습니까?"〔衛公孫朝問於子貢曰: "仲尼焉學?" 子貢曰: "文武之道, 未墜於地, 在人. 賢者識其大者, 不賢者識其小者, 莫不有文武之道焉. 夫子焉不學? 而亦何常師之有?"〕

자공의 대답은 우리에게 다음과 같은 것을 알려주고 있다. 공자가 배운 것의 내용이 주나라 문왕과 무왕의 도이다. 그것에는 실전된 것과 실전되지 않은 것, 문자로 기록된 것과 고대의 기물에 새겨진 것, 아주 오래된 것과 그 당시 실제로 존재하는 것, 말로 전해지는 것과 서면書面으로 작성된 것 등이 있다. (이를 통해) 공자가 공부한 것이 풍부하고도 광범위하다는 것을 잘 알 수 있다.

공자의 학습 대상에 있어 "어찌 일정한 스승이 있어야 했겠는 가?"라는 말은 바꿔 말하면, 공자는 '일정한 스승에게 배우지 않고', 재주와 덕행의 크고 작음에 관계없이 많은 사람들을 스승으로 삼았다는 것이다. 그는 스스로 "세 사람이 함께 일을 할 때는 반드시 거기에 내 스승이 있다.〔三人行, 必有我師焉.〕"(《논어·술이》)라고 말한 적이 있다. 이것은 그가 "일정한 스승에게서 배우지 않았다."는 생동감 넘치는 묘사이다.

1. 공부의 대상

노나라의 유구한 문화 전통이 바로 공자가 처한 생활 환경이 었기에 공자에게 "일정한 스승에게서 배우지 않고서도" 공부를 할 수 있는 편의를 제공하였다. 공자의 선조는 송宋나라 사람이며, 송 나라는 고대 은殷나라 왕족의 후손들이 받은 봉지封地로서 오래된 문화 전통을 가지고 있었다.

곡부曲阜를 중심으로 하는 노나라는 더욱 문화가 홍성한 지역 이었다. 곡부는 일찍이 전설 속 동이족東夷族의 수령인 소호少皞의 옛 수도였다. 은나라 중반에 이 왕조는 곡부를 도성都城으로 삼았 다. 주나라 무왕이 은나라를 멸망시킨 후 주공周公의 아들인 백금伯 禽을 노나라에 제후로 봉했다. 《춘추좌씨전》 정공定公 4년(B.C. 506)에 다음과 같이 기록되어 있다.

옛날에 무왕이 은나라와의 싸움에서 이기시고, 성왕成王이 천하를 안정시키고는 재덕을 겸비한 사람을 선발하여 땅을 나누어서 제후 로 봉하여 주나라 왕실의 울타리가 되게 하였다. 그런 까닭에 주공은 왕실을 보좌해서 천하를 다스리는데 (제후들이) 주나라 왕실과의 관계가 친밀하고도 견실하였다. 노공魯公에게는 대로大路와 대기大旂, 하후씨夏后氏의 황璜, 봉보封父의 번약繁弱을 나누어 주었다. 그리고 은殷나라의 유민遺民으로 구성된 여섯 씨족인 조씨條氏, 서씨徐氏, 소씨蕭氏, 삭씨索氏, 장작씨長勺氏, 미작씨尾勺氏를 나누어 주며 각 씨족의 종손[宗氏]을 거느리고, 그 방계의 자손[分族]들을 모으고, 또 그들에게 딸린 노예들을 인솔하고 가서 주공을 본받게 하였다. 이로 인하여[用] 주나라 왕실의 명령을 따르게 되었다. 이것은 그들로 하여금 노魯나라에서 직무를 맡아 주공의 훌륭한 덕행을 선양하게 한 것이다. (원래 사방 500리里인) 노나라에 (24개의 부용국附庸國, 즉 사방 200리里나 되는 많은) 토지를 봉지로 더해주고[陪敦]17), 축祝, 종宗, 복卜, 사史 등의 관리들과 각종 기물과 전책典策, 그리고 다른 여러 관리와 종묘에 항상 쓰이는 기물 등을 나누어 주었다. 상엄商奄의 백성들로 인하여 백금의 칙령으로 그들에게 명하도록 하고, 소호의 (도성이 있던) 옛터에 (제후로) 봉했습니다. 〔昔武王克商, 成王定之, 選建明德, 以藩屛周, 故周公相王室以尹天下, 於周爲睦, 分魯公以大路大旂, 夏后氏之璜, 封父之繁弱, 殷民六族, 條氏, 徐氏, 蕭氏, 索氏, 長勺氏, 尾勺氏, 使帥其宗氏, 輯其分族, 將其類醜, 以法則周公, 用卽命于周, 是使之職事于魯, 以昭周公之明德, 分之土田倍敦, 祝宗卜史, 備物典策, 官司彝器, 因商奄之民, 命以伯禽, 而封於少皞之虚.〕

김경방 등은 이에 대해 말했다. "백금이 봉지로 갈 때 주나라 왕의 특별한 하사품을 받았다. 그는 다량의 진귀한 기물과 전적을 노나라로 가지고 갔을 뿐만 아니라, 일군의 훌륭한 문화적 교양을 지닌 관리를 이끌고 갔다. 동시에 은나라 왕실에 복무하던 수공手工 제조업에 정통한 '은나라의 백성인 여섯 씨족'도 곡부로 데리고 갔고, 거기에다 이전부터 있었던 문화적 교양이 상당히 높은 '상엄

---

17) (역주) "배돈陪敦"은 《설문해자금석說文解字今釋》(하下), 〈토土·배培〉(탕가경湯可敬, 악록서사岳麓書社, 2001, 1969쪽)에 따르면 마땅히 "배돈培敦"으로 되어야 한다.

의 백성들'을 더 보태어 주었다. 이 모든 것이 다 노나라 문화의 번영에 아주 유리한 조건을 마련해 주었다. 그 후 노나라의 문화는 줄곧 여러 나라의 경모를 받았다."18)

예를 들면 노나라 양공襄公 29년(B.C. 544)에 오나라의 공자公子 계찰季札(B.C. 576~B.C. 484)이 노나라에서 주나라의 악무樂舞를 관람하고 찬탄해 마지않았다. 노나라 소공昭公 2년(B.C. 540)에 진晉나라의 집정대신인 한선자韓宣子(?~B.C. 514)가 노나라를 방문하여 "태사씨의 집에서 도서를 구경할 때 ≪역상≫과 ≪노춘추≫를 보고서 〔觀書於大史氏, 見≪易象≫與≪魯春秋≫〕"(이하 ≪춘추좌씨전≫) 감탄하여 말하기를 "주나라의 예절이 모두 노나라에 있구나. 나는 오늘에야 주공의 덕과 주나라가 왕이 된 까닭을 알았다.〔周禮盡在魯矣, 吾乃今知周公之德, 與周之所以王也.〕"라고 하였다. 이것은 다 공자가 있던 그 시대에 발생한 일이니, 그 당시 제후국들 가운데 노나라 문화의 지위를 알 수 있다.

공자는 일정한 스승에게서 배우지 않았다. 바로 김경방 등이 다음과 같이 말한 바와 같다. "공자는 출신이 빈천하여 귀족 학교에 들어가 교육을 받을 자격이 없었다. 그는 완전히 홀로 독학에 의존해서 지식이 해박한 학자가 되었다. ……학문을 탐구하기 위해 젊은 공자는 노나라를 비롯해 주나라, 위衛나라, 기나라, 송나라 등 여러 나라를 두루 돌아다녔다."19)

전목도 이렇게 말했다. "예전의 전하는 말에 의하면 공자는 노담에게 예법을 여쭈고, 장홍萇弘에게 음악에 대해 묻고, 담자郯子에게 관직의 이름에 대해 가르침을 청하고, 사양師襄에게 거문고를 배웠다고 한다. 곧 그에게 일정한 스승이 없었다는 증거이다."20)

---

18) 김경방·여소강·여문욱, ≪공자신전≫, 장춘출판사, 2006, 28쪽.
19) 김경방·여소강·여문욱, ≪공자신전≫, 장춘출판사, 2006, 27쪽.
20) 전목, ≪논어신해≫, 삼련서점, 2012, 450쪽.

그밖에도, 《여씨춘추·중춘기(·당염當染)》에서는 "공자가 노담과 맹소기, 그리고 정숙에게서 배웠다. 〔孔子學於老聃·孟蘇夔·靖叔.〕"라고 기록하고 있다. 《전국책·진책·진5秦五》에서도 "감라가 말했다. '무릇 항탁은 일곱 살에 이미 공자의 스승이 되었습니다.' 〔甘羅曰: '夫項橐生七歲而爲孔子師.'〕"라고 기록하고 있다.

이상의 것들은 공자가 일정한 스승에게 배우지 않았다는 것을 잘 나타내고 있다. 맹소기와 정숙은 역사책에 명성이 자자하지 않은 인물이었다. 항탁은 일곱 살짜리 어린아이였지만, 공자의 스승이 될 수 있었다. 이것들은 공자가 학문을 탐구하는데 있어서 겸손하고 노력했다는 것을 잘 알려준다.

공자가 일생동안 학문을 탐구하던 중에 가장 큰 영향을 끼친 것은 노나라 곡부에서 멀리 떨어진 수도〔京師〕로 가서 장홍과 노자에게 가르침을 청한 일이었다. 《사기·공자세가》에서는 이렇게 기록하고 있다. "노나라 남궁경숙이 노나라 군주에게 말했다. '공자와 함께 주나라에 가기를 청합니다.' 이 말을 듣고 노나라 군주는 그에게 수레 한 대와 말 두 마리, 그리고 어린 시종 한 명을 갖추어 주고 주나라에 가서 예를 물어보게 했는데, 아마도 이때 노자를 만났을 것이라고 한다. 〔魯南宮敬叔言魯君曰: '請與孔子適周.' 魯君與之一乘車, 兩馬, 一豎子俱, 適周問禮, 蓋見老子云.〕"

수도에서의 이 학문 탐구는 그 후에 있을 공자의 사업과 사상, 명성과 인망에 중대한 영향을 미쳤다. 그런 까닭에 사마천은 "공자가 주나라에서 노나라로 돌아오니 제자들이 더욱 늘어났다. 〔孔子自周反于魯, 弟子稍益進焉.〕"(《사기·공자세가》)라고 말했다. 공자가 주나라에서 노나라로 돌아오자 명성이 널리 퍼졌고, 문하에서 배움을 구하는 제자들의 숫자도 크게 증가했다. 그렇게 된 원인을 규명하면 세 가지 측면이 있다.

첫째는 이 학문 탐구가 공자에게 처음 출국하여 주나라를 방문하는 여행으로, 노나라 곡부에서 출발하여 많은 성읍城邑을 경유하면서 "세 사람이 함께 일을 할 때는 반드시 거기에 내 스승이 있다. 〔三人行. 必有我師焉.〕"(《논어·술이》)라는 배움에 뜻을 둔 마음에 따라 도중에 좋은 스승과 절차탁마할 기회를 적지 않게 만났을 것이 틀림없을 것이라는 것이다. 이러한 경험이 한편으로는 공자의 지식을 좀 더 보강하고, 다른 한편으로는 세상 사람들에게 공자에 대한 이해를 증진시켰다.

둘째는 이 학문 탐구에서 노나라의 고관 귀족의 자제인 남궁경숙이 공자 문하의 제자 신분으로 줄곧 수레를 몰며 동행한 것이 공자의 명성을 높이는데 보이지 않는 영향을 끼쳤다는 것이다.

셋째는 이 학문 탐구에서 노자 등의 유명한 스승을 방문한 것이 확실히 공자의 견문과 지식을 크게 증진시켰다는 것이다. 노자는 '주나라 수장실守藏室의 사史(라는 벼슬아치)'로 지식이 해박하고, 보고 들은 것이 풍부해서 공자의 시야를 크게 넓혀 주었다.

《사기·노자열전》에서는 노자가 공자에게 끼친 영향을 이렇게 기록하고 있다.

공자가 주나라에 가서 머물 때 노자에게 예禮를 물었다. 노자가 이렇게 대답하였다. "그대가 말하는 성현들은 그 육신과 뼈가 이미 썩어버리고 단지 그 말만 남아 있을 뿐이오. 하물며 군자도 그 때를 만나면 관직에 나아가지만, 때를 만나지 못하면 이리저리 날려 다니는 다북쑥처럼 떠돌아다니는 유랑의 신세가 될 것이오. 뛰어난 장사꾼은 물건을 깊이 숨겨두어 겉으로는 아무것도 없는 것처럼 보이고, 군자는 훌륭한 덕을 간직하고 있으나 외모는 어리석게 보인다고 들었소. 그대는 교만과 탐욕, 허세와 지나친 욕망을 버리도록 하시오. 이러한 것들 모두가 그대에게 아무런 도움이 되지 않을 것이오. 내가 그대에게 말할 것은 단지 이것뿐이오." 공자가 돌아와 서 제자들에게 말했다. "새는 잘 난다는 것을 내가 알고, 물고기는 헤엄을 잘 친다는 것을 내가 알며, 짐승은 잘 달린다는 것을 내가 안다. 그러니 달리는 짐승은 그물을 쳐서 잡을 수 있고, 헤엄치는 물고기는 낚시를 드리워 낚을 수 있고, 날아다니는 새는 화살을 쏘 아 잡을 수 있다. 그러나 용에 관해서라면, 그것이 어떻게 바람과 구름을 타고 하늘로 올라가는지 나는 알 수 없다. 오늘 나는 노자 를 만났는데, 그는 마치 용과 같은 존재였다."〔孔子適周, 將問禮於老子. 老子曰: "子所言者, 其人與骨皆已朽矣, 獨其言在耳. 且君子得其時則駕, 不得其時則 蓬累而行. 吾聞之, 良賈深藏若虛, 君子盛德容貌若愚. 去子之驕氣與多欲, 態色與淫 志, 是皆無益於子之身. 吾所以告子, 若是而已." 孔子去, 謂弟子曰: "鳥, 吾知其能飛. 魚, 吾知其能游. 獸, 吾知其能走. 走者可以爲罔, 游者可以爲綸, 飛者可以爲矰. 至於 龍, 吾不能知其乘風雲而上天. 吾今日見老子, 其猶龍邪!"〕 21)

노자가 이별하면서 남긴 말로 ≪사기·공자세가≫에는 별도의 다른 기록이 있다.

……(공자가) 떠나간다고 하자, 노자가 그를 배웅하며 말했다. "내 가 듣건대 돈 많고 신분이 귀한 자는 사람을 배웅할 때 재물로 하 고, 어진 자는 사람을 배웅할 때 말로써 한다고 하오. 나는 돈 많 고 신분이 귀하지는 못하나 마음속으로 어진 사람이라고 부르고자 하니 다음과 같은 말로써 그대를 배웅하겠소. '귀 밝고 눈 밝아 깊 이 관찰하는 사람이 죽음에 보다 가깝다고 하는 것은 다른 사람들 을 거론하는 것을 좋아하기 때문이요, 널리 익히고 변론을 잘하고 재능이 깊고 큰 사람이 그 자신을 위태롭게 한다는 것은 다른 사람 의 잘못된 점을 잘 끄집어내기 때문입니다. 다른 사람의 자식이 된 자는 자신의 존재를 내세우지 말고, 다른 사람의 신하된 자는 자신 을 드러내지 않아야 합니다.'"〔……辭去, 而老子送之曰: "吾聞富貴者送人以

21) (한) 사마천, ≪사기≫ 권63, 중화서국, 1959, 2140쪽.

財, 仁人者送人以言. 吾不能富貴, 竊仁人之號, 送子以言, 曰: '聰明深察而近於死者, 好議人者也. 博辯廣大危其身者, 發人之惡者也. 爲人子者毋以有己, 爲人臣者毋以有己.'"〕22)

노자는 연장자로서 공자의 사상과 언론 그리고 행위와 성격 등을 겨냥하여 몇 가지 건의를 했다. 노자는 공자에게 깊고 훌륭한 인상을 남겼다. 공자가 노자를 잠깐 나타났다 사라지는 신령스러운 용에 비유한 것은 노자에 대한 선망과 숭배를 나타낸 것이다.

≪예기·증자문曾子問≫에는 공자가 노자에게 예절의 네 가지 문제를 물어보는 장면이 상세히 기록되어 있다.

첫째는 전쟁 때 이미 죽은 임금의 위패를 가지고 가는가, 아니면 가지고 가지 않는가 하는 문제이다.

증자가 물었다. "옛적에 군대가 행차함에는 반드시 천묘遷廟의 신주를 모시고 행차를 했습니까?" 공자께서 대답하셨다. "내가 노담에게서 듣기로, '천자가 죽거나 제후가 죽게 된다면, 대축大祝은 뭇 묘들에 설치된 신주들을 가져다가 태조의 묘에 보관하는 것이 올바른 예법이다. 그런 다음에 졸곡卒哭을 지내며, 축문에서 성사成事라고 한 이후에야, 신주를 각각 그 본래의 묘로 되돌려 보낸다.'라고 했다. 그리고 '제후가 그 나라를 버리고 떠나게 되면, 태재太宰가 뭇 묘들에 설치된 신주를 취합하여 떠나간 군주를 쫓아가는 것이 올바른 예법이다. 제후가 태조의 묘에서 협祫제사를 지내게 되면, 대축은 나머지 4개의 묘에 설치된 신주들을 맞이하여 태조의 묘에 모시게 되니, 신주가 묘 밖으로 나오거나 묘로 들어갈 때에는 반드시 행인들의 출입을 통제한다.'라고 노담이 말했다." 〔曾子問曰: "古者師行, 必以遷廟主行乎?" 孔子曰: "吾聞諸老聃曰: 天子崩, 國君薨, 則祝取群廟之主而藏諸祖廟, 禮也. 卒哭成事而後, 主各反其廟. 君去其國, 大宰取群廟之主以從, 禮也. 祫祭於祖, 則祝迎四廟之主. 主, 出廟入廟必蹕. 老聃云."〕

---

22) (한) 사마천, ≪사기≫ 권47, 중화서국, 1959, 1909쪽.

둘째는 출상出喪 때 일식日蝕을 만나게 되면 어떻게 하는가 하는 문제이다.

증자가 물었다. "장례를 치르기 위해 영구를 빈구에서 꺼내어 길을 떠나는데 도로에 도달하여 갑작스럽게 일식이 발생한다면, 일상적인 예법에서 변경되는 사항이 있습니까? 아니면 변경하지 않고 그대로 시행하는 것입니까?" 공자께서 말씀하셨다. "옛적에 내가 노담을 따라서 향리에서 장례를 도운 적이 있었는데, 영구가 도로에 이르렀을 때 갑작스럽게 일식이 발생하였다. 그러자 노담이 내게 말하기를, '공구孔丘야, 영구를 멈춰 세워서 길의 오른쪽에 두고, 곡哭을 멈추고 일식이 바뀌는 것을 살펴라.'라고 했다. 해가 다시 정상적으로 되돌아온 이후에 길을 계속 가게 되니, 노담이 다시 말하기를, '이것이 일식이 생겼을 때의 예법이다.'라고 하였다. 장지葬地에서 되돌아온 이후에 나는 그 이유가 궁금하여 노담에게 묻기를, '무릇 영구가 한 번 길을 떠나면 되돌아올 수 없는 것이며, 일식이 발생한다면 그 현상이 끝나게 되는 것이 더딜지 아니면 빠를지도 알 수 없으니, 영구를 멈춰 세우는 것이 어찌 그대로 계속 길을 가는 것만 같겠습니까? 그러니 일식이 생기더라도 그냥 가는 것이 옳은 것이 아닙니까?'라고 하였다. 그러자 노담이 말하길, '제후가 천자를 찾아뵙기 위해 길을 나설 때에는 해가 뜬 것을 보고서 길을 떠나고, 해가 지는 것에 따라서 숙소로 들어가서 함께 모셔왔던 신주에게 전奠 제사를 올리며, 대부가 사신으로 갈 때에는 해가 뜬 것을 보고서 길을 떠나고, 해가 지는 것에 따라서 숙소로 들어가니, 무릇 영구에 있어서도 해가 뜨기 전에 일찍 출발하는 것이 아니며, 날이 저문 뒤에 숙박하는 것이 아니니, 별이 뜬 것을 보고도 길을 계속 가는 경우는 오직 죄인인 경우와 부모의 상喪에 분상奔喪하는 자들밖에 없을 것이다. 그런데 영구를 따라가는 중간에 일식이 발생한다면 날이 어두워지게 되는데, 어찌 별을 보게 되는 경우가 발생하지 않는다고 장담할 수 있겠는가? 그러므로 일식이 발생했을

때 길을 계속 가게 된다면, 죄인이나 분상하는 경우에 해당하게 될
것이다. 또한 군자가 예禮를 시행할 때에는 남의 부모로 하여금 우
환에 빠뜨리게 해서는 안 된다.'라고 했다. 나는 이러한 사실들을 노
담에게서 들었다.〔曾子問曰: "葬引至於堩, 日有食之, 則有變乎? 且不乎?" 孔
子曰: "昔者吾從老聃助葬於巷黨, 及堩, 日有食之, 老聃曰: '丘! 止柩, 就道右, 止哭
以聽變.' 旣明反而後行. 曰: '禮也.' 反葬, 而丘問之曰: '夫柩不可以反者也, 日有食之,
不知其已之遲數, 則豈如行哉?' 老聃曰: '諸侯朝天子, 見日而行, 逮日而舍奠. 大夫使,
見日而行, 逮日而舍. 夫柩不早出, 不暮宿. 見星而行者, 唯罪人與奔父母之喪者乎! 日
有食之, 安知其不見星也? 且君子行禮, 不以人之親痁患.' 吾聞諸老聃云."〕

셋째는 어린아이가 죽으면, 가까운 곳에 묻어야 하는가, 아니
면 먼 곳에 묻어야 하는가 하는 문제이다.

증자가 물었다. "요절한 자 중에 하상下殤(8~11세에 사망)한 자에 대
해서는 토주土周(흙을 구워 벽돌 모양으로 만든 후, 관을 넣게 되는 네 면에 쌓
아서 장례를 치름)의 방식을 따라서 가까운 동산에서 장례를 치렀으
니, 결국에 (시신을 운반하는 침상인) 기機에 시신을 실어서 들어 올린
다음 장지葬地로 가게 되는 것은 거리가 가깝기 때문일 것입니다.
그런데 오늘날에는 묘에 합장하는 것이 일반적인데 묘와의 거리가
멀다면, 그에 대한 장례를 어떻게 해야 합니까?" 공자께서 말씀하
셨다. "나는 이 문제와 관련하여 이전에 노담이 해준 말을 들은 적
이 있다. 그가 말하길, '옛적에 사일史佚이라는 신하에게 아들이 있
었는데 일찍 죽어 하상에 해당하였다. 그런데 묘가 멀리 떨어져 있
어서 곤란해 하고 있었다. 그러자 소공召公이 사일에게 어찌하여 궁
중宮中에서 아들의 시신을 관에 넣지 않는가라고 물었다. 이에 사일
이 옛날의 법도가 정해져 있는데, 제가 어찌 감히 그것을 어기고
아들의 시신을 관에 넣을 수가 있겠느냐고 대답했다. 소공이 이 문
제를 주공周公에게 물어보았는데, 주공이 어찌 못하겠느냐고 대답했
다. 소공이 사일에게 주공의 대답을 들려주자, 사일이 그 말대로
시행하였다.'라고 하였다. 그러므로 하상한 자에 대해서 관과 시신

을 감싸는 의복 등을 사용하여 관에 안치했던 일은 사일로부터 시작된 것이다."〔曾子問曰: "下殤: 土周葬于園, 遂輿機而往, 途邇故也. 今墓遠, 則其葬也如之何?" 孔子曰: "吾聞諸老聃曰: 昔者史佚有子而死, 下殤也. 墓遠, 召公謂之曰: '何以不棺斂於宮中?' 史佚曰: '吾敢乎哉?' 召公言於周公, 周公曰: '豈不可?' 史佚行之. 下殤用棺衣棺, 自史佚始也."〕

넷째는 나라에 장례가 있을 때, 전쟁을 무릅쓰는 것이 맞는지의 여부에 대한 문제이다.

자하가 물었다. "부모에 대한 삼년상을 치르는데 졸곡을 하고서 전쟁과 같은 일이 발생하였다면, 피하지 않고 군주의 명령에 따라서 전쟁에 임하는 것이 예법입니까? 그것이 아니라면, 애초에 군주가 담당 관리를 파견하여 그에게 다급한 상황을 말해 주며, 전쟁에 임하도록 재촉하게 되어서 오늘날처럼 전쟁에 참여하게 된 것입니까?" 공자께서 말씀하셨다. "하후씨 때에는 부모에 대한 삼년상을 치르게 되면, 빈소를 차리고 나서 관직에서 물러났었고, 은나라 때에는 장례를 치르고 나서 관직에서 물러났었다. 옛말에 '군자는 남의 부모에 대한 효심을 빼앗지 않으며, 또한 그러한 마음을 빼앗을 수도 없다.'라고 했으니, 바로 이것을 뜻함일 것이다." 자하가 물었다. "부모의 상을 치르고 있는 도중에 전쟁과 같은 일이 발생한 경우 피하지 않고 군주의 명령에 따라서 전쟁에 임하는 것은 잘못된 일입니까?" 공자께서 말씀하셨다. "내가 노담에게서 듣기로 '옛적에 노나라의 군주인 백금이 그렇게 한 것은 부득이해서였다.'라고 했다. 그러나 오늘날 부모의 삼년상을 치르면서 자신의 이익을 좇아서 전쟁에 참가하는 것이 예법에 맞는지 나는 잘 모르겠다."〔子夏問曰: "三年之喪卒哭, 金革之事無辟也者, 禮與? 初有司與?" 孔子曰: "夏后氏三年之喪, 旣殯而致事, 殷人旣葬而致事. 《記》曰: '君子不奪人之親, 亦不可奪親也.' 此之謂乎?" 子夏曰: "金革之事無辟也者, 非與?" 孔子曰: "吾聞諸老聃曰: 昔者魯公伯禽有爲爲之也. 今以三年之喪, 從其利者, 吾弗知也!"〕

이러한 의문이 아마 공자의 가슴속에 오랫동안 쌓여 있었으나, 가르침을 받을 사람이 없어 괴로웠을 것이다. 그런데 노자는 공자같이 겸허하게 지식을 탐구하는 사람을 아주 소중하게 여겼다. 그래서 노자는 사실과 도리에 근거하여 공자에게 확실한 대답을 해주었을 것이다.

진고응陳鼓應 등은 일찍이 ≪논어≫를 예로 들어 노자의 사상이 공자 사상에 끼친 영향을 ≪논어≫의 표현을 통해 구체적으로 분석했다.23) 예를 들면 ≪논어·위령공≫에서 이렇게 말했다. "선생님께서 말씀하셨다. '억지로 하는 것이 없으면서도 천하가 잘 다스려지도록 한 이는 아마도 순임금이 아닐까? 무엇을 하였겠는가? 자신의 몸을 공손히 하고 남면했을 뿐이다.' 〔子曰: '無爲而治者, 其舜也與? 夫何爲哉, 恭己正南面而已矣.'〕" 주지하다시피, "무위이치無爲而治"는 노자의 학설이고, 공자가 이처럼 "무위이치"를 추종하는 것은 관념적으로 노자의 영향을 깊이 받았다고 하지 않을 수 없다.

또 예를 들면 ≪논어·태백≫에서 이렇게 말했다. "선생님께서 말씀하셨다. '높고 위대하도다! 순임금과 우임금께서 천하를 가졌으나 조금도 자기를 위하지 아니하였다. 〔子曰: '巍巍乎! 舜禹之有天下也, 而不與焉.'〕" 여기에서 "천하를 가졌으나 조금도 자기를 위하지 아니하였다."라고 하는 관념은 ≪노자≫ 제2장의 "만물을 자라게 하면서도 자기 능력을 과시하지 않으며, 공을 이루고서도 그 자리에 있지 않고 물러난다. 〔爲而不恃, 功成(而)弗居〕"라는 사상과 비슷하다.

또 예를 들면 ≪논어·술이≫에서 이렇게도 말했다. "선생님께서 말씀하셨다. '성인을 내가 만나볼 수가 없구나. ……없으면서도 있는 체하고, 비었으면서 차 있는 체하고, 가난하면서도 사치하면

23) 진고응陳鼓應·백해白奚, ≪노자평전老子評傳≫, 남경대학출판사, 2001, 4~6쪽.

항심을 지니기가 어렵다. [子曰: '聖人, 吾不得而見之矣. ……亡而爲有, 虛而爲盈, 約而爲泰, 難乎有恆矣.']" 어떤 학자는 여기서 말하는 성인이 바로 노담이라고 생각한다. 또 ≪논어·태백≫에는 증자의 다음과 같은 말이 실려 있다. "재덕이 있으면서도 없는 듯하며, 차 있으면서도 비어 있는 듯하다. [有若無, 實若虛.]" 진고응 등은 증자의 이러한 관념은 당연히 공자에게서 나온 것이라고 생각한다. 이 두 단락의 이야기는 ≪사기·노자열전≫에서 노자가 공자에게 "훌륭한 장사치는 보화를 깊이 감추어 없는 듯이 하고, 군자는 성대한 덕이 있으면서도 용모는 어리석은 듯이 한다. [良賈深藏若虛, 君子盛德, 容貌若愚.]"라고 말한 것과 서로 일치한다.

노자가 "공이 완수되었으면 몸은 물러나야 한다. [功遂身退]"(≪노자≫ 제9장)라고 주장하는 것처럼 ≪사기·노자열전≫에서는 노자가 "주나라가 쇠락해 가는 것을 보고는 그곳을 떠났다. [見周之衰, 乃遂去.]"고 기록하고, 또 그를 "은거하는 군자 [隱君子]"라고 하였다. ≪사기·노자열전≫에서는 또 노자가 공자에게 이렇게 말했다고 기록하고 있다. "군자는 때를 만나면 관리가 되지만, 때를 만나지 못하면 바람에 이리저리 날리는 다북쑥처럼 떠돌이 신세가 되오. [君子得其時則駕, 不得其時則蓬累而行.]" 진고응 등은 노자의 이러한 사상적 경향이 공자에게 영향을 미쳤고, ≪논어≫에 많이 나타나고 있다고 주장한다. 예를 들면 ≪논어·태백≫에는 공자의 말을 이렇게 기록하고 있다. "나라에 도가 있으면 벼슬하고, 나라에 도가 없으면 자신을 거두어들여 감출 수가 있도다. [邦有道, 則仕. 邦無道, 則可卷而懷之.]"

요컨대 위에서 서술한 것들을 비교해보면, 노자의 사상이 공자와 ≪논어≫에 미친 영향을 간파하기 어렵지 않다. 다른 점이 있다면, 공자는 노자로부터 배워서 획득한 지식을 자연스레 자신의 사상 체계 속에 융통성 있게 활용하여 혼연일체를 이루어 사람들로 하여금 익숙해져서 눈치 채지 못하게 했다는 것이다.

공자는 공문자孔文子를 "영민하면서도 배우기를 좋아하고, 아랫 사람에게 묻기를 부끄러워하지 않았다. [敏而好學, 不恥下問.]"(《논어·공야 장》)라고 칭찬했다. 사실상 이것은 공자가 자기 자신의 호학好學 정 신을 묘사한 것이기도 하다. 위에서 언급한 바와 같이 그는 일곱 살짜리 어린아이인 항탁에게 배웠으며, 동시에 소수민족에게서도 배웠다. 《춘추좌씨전》 소공昭公 17년(B.C. 525)에 동방의 소수민족 인 담郯나라의 군주 담자郯子가 노나라를 찾아오자 공자는 즉시 담 자에게 소호少昊(약 B.C. 2422~약 B.C. 2322) 시기의 관직 제도를 물었 다. 《춘추좌씨전》에서는 이렇게 기록하고 있다.

가을에 담자가 조현朝見하니 소공이 잔치를 열어 그와 술을 마셨다. ……중니가 그 이야기를 전해 듣고서 담자를 찾아뵙고 그것에 대해 배웠다. 얼마의 시간이 흐른 뒤 중니가 다른 사람에게 말했다. "내 가 듣기로 '천자의 백관들이 각자의 직책을 올바로 시행하지 못하 면, 그것에 대해 사방의 오랑캐에게서 배워야 한다.'라고 하였으니, 사뭇 믿을 만하다."[秋, 郯子來朝, 公與之宴. ……仲尼聞之, 見於郯子而學之, 旣 而告人曰, 吾聞之, 天子失官, 學在四夷, 猶信.] 24)

공자는 담자와 이야기를 나누는 가운데 그의 해박한 지식에 감명을 받아서 "사방의 오랑캐에게서 배워야 한다."는 말로 그를 칭 찬했다.

공자는 배움에 대상을 가리지 않았으며, 장소를 가리지 않고, 언제나 그것을 번거롭게 여기지 않았다. 《논어·팔일》에서 이렇 게 말했다.

---

24) 양백준, 《춘추좌전주》, 중화서국, 1981, 1389쪽.

선생님께서 태묘에 들어가서는 일일이 물어보셨다. 이를 보고 어떤 사람이 말했다. "누가 추 땅 사람의 아들이 예를 안다고 말했는가? 주공의 사당에 들어가면서 일일이 묻다니!" 선생님께서 이 말을 듣고 말씀하셨다. "이렇게 하는 것이 예이다."〔子入大廟, 每事問. 或曰: "孰謂鄹人之子知禮乎? 入大廟, 每事問." 子聞之曰: "是禮也."〕

≪논어·향당≫에서도 "태묘에 들어가서는 일마다 물어보았다.〔入太廟, 每事問.〕"라고 하였다. ≪순자·유좌宥坐≫의 한 단락에도 공자가 태묘에 들어가서 '일마다 물어보는' 것이 생생하게 기록되어 있다.

공자께서 노나라 환공의 묘를 구경하는데 거기에 기울어진 그릇이 있었다. 공자께서 묘지기에게 물으셨다. "이것은 무엇에 쓰는 그릇이오?" 묘지기가 대답하였다. "이것은 거처하는 옆에 두고 교훈을 삼는 그릇〔宥坐之器〕일 것입니다." 공자께서 말씀하셨다. "내가 듣건대 거처하는 옆에 두고 교훈을 삼는 그릇은 비면 기울어지고, 알맞으면 바로 서고, 가득 차면 엎어진다 하였다." 공자께서는 그의 제자들을 돌아보며 말씀하셨다. "물을 갖다 부어 봐라." 제자들이 물을 길어다 부으니, 알맞을 때는 바로 서고 가득 차니 엎어지고 비게 되자 기울어졌다. 공자가 크게 한숨지으며 말씀하셨다. "아아! 가득 차고서도 엎어지지 않는 것이 어디 있을까?" 자로가 말했다. "감히 가득 찬 것을 지탱해 가는 도리가 있는지 여쭙고자 합니다." 공자께서 대답하셨다. "총명하고 신통한 지혜가 있으면 어리석음으로써 그것을 지키고, 공로가 천하를 덮을 만한 사람이면 사양함으로써 그것을 지키고, 용기와 힘이 세상을 뒤덮을 만하면 겁냄으로써 그것을 지키고, 온 세상을 차지하는 부귀를 지니면 겸손함으로써 그것을 지키는 것이다. 이것이 자신을 낮추고 또 낮추는 처세 방법이다."〔孔子觀於魯桓公之廟, 有欹器焉. 孔子問於守廟者曰: "此爲何器?" 守廟者曰: "此蓋爲宥坐之器." 孔子曰: "吾聞宥坐之器者, 虛則欹, 中則正, 滿則覆." 孔子顧

謂弟子曰: "注水焉." 弟子挹水而注之. 中而正, 滿而覆, 虛而欹, 孔子喟然而歎曰: "吁! 惡有滿而不覆者哉!" 子路曰: "敢問持滿有道乎?" 孔子曰: "聰明聖知, 守之以愚. 功被天下, 守之以讓. 勇力撫世, 守之以怯, 富有四海, 守之以謙. 此所謂挹而損之之道 也."] 25)

이러한 기록을 보면, 경건하고 정성스럽게 배우는 공자의 모습이 마치 우리 앞에 언뜻 나타나는 것 같다. 공자가 '(한편으로 기울어져 엎어지기 쉬운 그릇인) 의기欹器'를 물어본 기록을 통해 우리는 공자가 스스로 공부하는 동시에 다른 사람의 공부도 가르쳤다는 것을 알 수 있다. 공자가 일생동안 해 온 공부와 교육에는 스스로 배우고 다른 사람의 공부를 가르치며 서로 보완해 주는 교학상장敎學相長의 도리가 생동감 있게 설명되어 있다.

한마디로 말하면, 공자는 배움에 대상을 가리지 않았고, 장소도 가리지 않았으며, 오로지 겸허한 마음으로 학문을 탐구하되, 수많은 사람들을 스승으로 삼아 뭇사람의 우수한 점을 널리 받아들여 청출어람할 수 있었기 때문에 그는 위대할 수 있었다는 것이다. 바로 손기봉이 "공자는 70년을 공부하여 학문을 완성함으로써 인류의 영원한 목탁으로 자리매김 하였다. 〔夫子以七十年之學習, 學成一個千古之木鐸位置.〕"라고 말한 바와 같다. 공자는 수십 년간 꾸준하게 열심히 공부하여 인류의 문화적 지혜의 정상에 올랐다. 그래서 사람들은 자연히 그 뒤를 따라잡을 수 없는 것이다.

2. 공부의 내용

≪주례・지관・대사도大司徒≫에서 "육예는 예禮, 악樂, 사射, 어

---

25) 왕선겸 지음, 심소환・왕성현 표점 교감, ≪순자집해≫, 중화서국, 1988, 74쪽・520쪽.

御, 서書, 수數이다. 〔六藝. 禮·樂·射·御·書·數.〕"라고 하였다. 이것은 그 당시의 정부기관인 학교〔學〕에서 전수한 내용이다. ≪논어≫에 기록된 것을 보면, 공자의 교육 내용은 주나라 왕조의 관원들이 배우던 '육예' 등을 토대로 전개되었다. 공자가 사학을 개설했다는 것은 의심할 바 없이 자신의 교육 사상과 교육 이념에 대해 깊이 생각했다는 것을 구체적으로 드러낸 것이다. 공자의 교육학습 이념은 그가 서주西周의 예악 문화를 동경하고 추구하려 했다는 것을 나타낸다. ≪논어·팔일≫에는 이렇게 기록하고 있다. "주나라는 하나라와 은나라 두 왕조를 귀감으로 삼았으니, 찬란하도다, 그 문화여! 나는 주나라를 따르겠노라. 〔周監於二代, 郁郁乎文哉! 吾從周.〕" ≪논어·태백≫에서도 "주나라 문왕의 덕은 지극하다고 할 수 있다. 〔周之德, 其可謂至德也已矣.〕"라고 하였다. ≪논어·자장≫에는 다음과 같이 기록되어 있다.

위나라 공손조가 자공에게 물었다. "중니는 어디서 배웠는가?" 자공이 말했다. "문왕과 무왕의 도가 아직 땅에 떨어지지 않아 사람들에게 남아 있다. 어진 사람은 그 가운데에서 근본적인 것을 알고, 어질지 못한 사람은 그 지엽적인 것을 알고 있다. 문왕과 무왕의 도가 없는 곳이 없으니, 선생님께서 어찌 어디에서인들 배우지 않으시며, 또 어찌 일정한 스승이 있어야 했겠는가?"〔衛公孫朝問於子貢曰: "仲尼焉學?" 子貢曰: "文武之道, 未墜於地, 在人. 賢者識其大者, 不賢者識其小者, 莫不有文武之道焉. 夫子焉不學? 而亦何常師之有?"〕

자공이 말한 "문왕과 무왕의 도"는 확실히 공자가 평생 공부한 내용을 간결하고 정확하게 한마디로 요약한 것이다.

그렇지만 공자는 공부를 강조하는 동시에 인품과 덕성이라는 기초를 상당히 중요시했다. 공자는 제자들에게 인품과 덕성의 수양은 기초이니, 그것으로 자신을 완전하도록 닦아야 하고, 만약 "몸소 실천하고도 여력이 있으면" 그때 문화적 지식을 배울 수 있다고 훈계했다. ≪논어・학이≫에는 이렇게 기록하고 있다.

선생님께서 말씀하셨다. "젊은이들은 집에 들어가면 부모에게 효도하고, 밖에 나가면 어른을 공경하며, 말을 삼가되 말하게 되면 미덥게 하고, 널리 사람들을 사랑하며, 어진 사람을 가까이해야 한다. 그것을 행하고도 여력이 있으면 문헌을 배운다."〔子曰: "弟子入則孝, 出則弟, 謹而信, 汎愛衆, 而親仁. 行有餘力, 則以學文."〕

자하가 말했다. "아내의 현덕을 높이되 용모를 중시하지 않으며, 부모를 섬기되 그의 힘을 다 기울일 수 있으며, 임금을 섬기되 그의 몸을 바칠 수 있으며, 벗을 사귀되 말에 신용이 있으면, 비록 배우지 않았다 할지라도 나는 반드시 그를 배운 사람이라고 말할 것이다."〔子夏曰: "賢賢易色, 事父母能竭其力, 事君能致其身, 與朋友交言而有信. 雖曰未學, 吾必謂之學矣."〕

뒤의 한 조목은 비록 자하의 입에서 나왔기는 했지만, 분명히 앞의 한 조목의 일깨움과 영향을 받았다. 따라서 자하의 이러한 사상과 관념도 공자에게서 나왔다는 것을 의심할 여지가 없다. 이 두 조목의 기록을 통해 우리는 공부의 내용이 실제 두 가지 측면인 덕德과 문文을 포함한다는 것을 알 수 있다. 바로 후세 사람들이 말하는 도덕(덕행)과 문장(학문)과 비슷하다.

양자 중에서 덕행의 공부가 우선이고, 학문의 공부는 단지 전자를 "몸소 실천하고 여력이 있다."는 토대 위에서 더 앞으로 밀고 나가는 것일 뿐이다. 이 양자 사이의 관계에서 본말이 전도되어서는 안 된다. 전자는 후자를 대체할 수 있기 때문이다. 자하가 "부모를 섬기고", "임금을 섬기고", "벗을 사귀는" 등의 일을 해내었다면, "비록 배우지 않았다 할지라도 나는 반드시 그를 배운 사람이라고 말할 것이다."라고 말한 것과 같다.

그렇지만 후자는 전자를 대체할 수 없다. 한 사람이 오직 지식과 문화상의 공부 및 학식만 있고, 덕행상의 공부와 학식이 부족하면, 참다운 공부와 학식이라고 부를 수 없다. 애석하게도 후세 사람들은 흔히 이 두 가지에서 본말 관계를 바르게 맺지 못하고 있다. 바로 전목이 감탄하며 다음과 같이 말하는 것과 같다. "이렇게 공자 문하의 학문을 논하면, 본래 도덕과 품격의 완성을 중시했다. 그런데 후세 사람들이 덕행과 학문으로 나누어서 둘로 여겼으니, 이 두 장章의 뜻을 놓친 것이다."26)

공자는 또 이렇게 말했다. "군자는 중후하지 않으면 위엄이 없으니, 배우더라도 그것이 굳건하지 못하다. 성의와 신의를 위주로 해야 한다. 〔君子不重則不威, 學則不固. 主忠信.〕"(《논어·학이》) 그는 군자가 장중하지 않으면 위엄이 없고, 비록 공부를 하여도 배운 것이 굳건할 리가 없으니, 반드시 충忠과 신信 이 두 가지 도덕을 위주로 해야 하되 공부에 힘써야 한다고 생각했다. 그는 일찍이 덕행의 시각에서 '호학好學'의 정의를 내렸다.

> 선생님께서 말씀하셨다. "군자가 먹는 데 배부르기를 구하지 않으며, 거처하는 데 편하기를 구하지 않으며, 해야 할 일은 부지런히 하고, 말은 신중히 하며, 도덕과 학문이 높은 사람에게 나아가 자신을 바로잡으면, 배우기를 좋아한다고 할 수 있다." 〔子曰: "君子食無求飽, 居無求安, 敏於事而愼於言, 就有道而正焉, 可謂好學也已."〕

그는 군자로서의 행위가 밥을 먹는데 배부른 것을 구하지 않고, 거주하는데 편안한 것을 요구하지 않으며, 일을 할 때는 부지

---

26) 전목, 《논어신해》, 삼련서점, 2012, 11쪽.

런하고 민첩해야 하지만, 말은 신중하게 하며, 도道가 있는 사람에게로 가서 자신을 바로잡으면, 학문을 좋아한다고 말할 수 있다고 생각했다. 그는 또 이렇게도 말했다. "군자가 글을 널리 배우고 예禮로써 단속한다면, 또한 도리에 크게 어그러지지 않을 수 있을 것이다. 〔君子博學於文, 約之以禮, 亦可以弗畔矣夫!〕"《논어·안연》 그는 군자가 여러 가지 것을 두루 학습하고, 이것을 다시 예절로 제약하면, 경전의 말에서 벗어나거나 상도常道를 어기는 데 이르지 않을 수 있을 것이라고 생각했다.

앞에서 말한 이러한 기록을 종합하면, 공자가 덕행의 공부를 중시했다는 것을 충분히 알 수 있다. 후세의 어린이 교재인 《삼자경三字經》에서는 공자가 공부와 관계있는 내용을 구분하고 순서를 매기는 것을 간단명료하게 이렇게 말했다. "첫 번째는 부모에게 효도하고 윗사람을 공경하는 것이고, 그 다음이 보고 들은 것을 통해 식견을 넓히는 것이다. 〔首孝悌, 次見聞〕" "부모에게 효도하고, 윗사람을 공경하는 것"은 공자가 강조한 덕행 공부의 내용을 대표하고, "보고 들은 것"은 공자가 제창한 "몸소 실천하고 여력이 있으면, 문헌을 배운다."에서 "문헌〔文〕"의 내용에 포함된다.

이밖에 《논어》에는 또 공자가 제창하지 않은 두 가지 유형의 공부 내용을 언급했다. 그런데 적지 않은 사람들이 오랫동안 이것을 잘못 이해하고 있어 분명하게 밝힐 만한 가치가 있다.

첫 번째 유형은 농사짓는 일과 전원생활에 관한 것이다. 《논어·자로》에서 이렇게 말했다.

번지가 곡식 심는 법 배우기를 청했다. 선생님께서 말씀하셨다. "그것이라면 나는 노련한 농부만 못하다."
번지가 다시 채소 가꾸는 법 배우기를 청했다. 선생님께서 말씀하셨다. "그것이라면 나는 경험 많은 채소 농사꾼만 못하다." 〔樊遲請學

稼, 子曰: "吾不如老農." 請學爲圃. 曰: "吾不如老圃."]

오랫동안 적지 않은 사람들이 이것을 두고 공자가 농부와 채소 농사꾼을 업신여기는 것이라고 생각했다. 어떤 사람은 심지어 정치적 강령과 노선의 원칙적 관점에서 이것을 비판하고, 공자를 함부로 헐뜯었다. 사실 공자가 번지에게 이렇게 대답한 까닭은 ≪논어·위령공≫에서 매우 분명하게 설명하고 있다.

선생님께서 말씀하셨다. "군자는 도를 추구하지 먹을 것을 추구하지 않는다. 농사를 지어도 굶주림이 그 안에 있을 수 있고, 학문을 해도 봉록이 그 가운데 있을 수 있다. 군자는 도를 얻지 못할까 근심하지 가난을 근심하지는 않는다."〔子曰: "君子謀道不謀食. 耕也, 餒在其中矣. 學也, 祿在其中矣. 君子憂道不憂貧."〕

공자가 말한 뜻은 이런 것이었다. "군자는 학업에 힘을 기울이지, 입을 것과 먹을거리에 힘을 기울이지는 않는다. 농사를 짓더라도 항상 배가 고플 수 있고, 공부를 하더라도 항상 봉록을 얻을 수 있다. 그래서 군자는 오직 도를 체득하지 못하는 것을 근심할 뿐이고, 재물을 얻지 못하는 것은 초조해하지 않는다."27) 동중서는 한 걸음 더 나아가 이렇게 해석했다. "허둥지둥 재물과 이익을 추구하여 부족할까봐 항상 걱정하는 사람이 바로 서민의 심리이고, 허둥지둥 인의를 추구하여 백성을 교화시키지 못할까 걱정하는 사람이 바로 대부大夫의 심리이다. 〔夫皇皇求財利常恐乏匱者, 庶人之意也. 皇皇求仁義常恐不能化民者, 大夫之意也.〕 "(≪한서·동중서열전≫)

도리를 탐구하는 것과 생활 방도를 강구하는 것의 차이는 (지식인인) 사대부와 일반 백성의 질적인 차이이다. 일반 백성들은 단

---

27) 양백준, ≪논어역주≫, 중화서국, 1980, 169쪽.

지 자신의 물질적인 풍요에 만족하며 편안한 인생을 추구하기에 이른바 '단란하고 화목한 가정을 이루면' 족하다. 하지만 사士로서의 지식인은 물질적인 편안함에 만족할 것이 아니라, 더 높은 정신적인 추구가 있어야 한다. "선비가 편안히 사는 데만 마음을 둔다면, 선비가 되기에 부족하다. 〔士而懷居, 不足以爲士矣.〕"(《논어·헌문》)라고 한 공자의 훈계가 강조하는 것은 바로 이런 차원의 의미이다. 그러므로 이곳에서 공자가 번지에게 한 대답은 개별적으로 보아서는 안 되고, 공자의 사상 전체와 결부시켜 분석을 해야 한다.

청나라의 유보남은 이렇게 말했다. "예전에는 사농공상의 백성들이 각각 자신의 일을 익히고, 스스로 출중한 재주를 갖추지 않은 자는 학교에 들어가지 못했다. 춘추시대에는 선비로서 학문에 힘쓰는 자들이 대부분 봉록을 얻을 수가 없었다. 그래서 다른 직업으로 몰렸는데, 농사일을 익히는 자가 많았다. 이것은 번지가 곡식심고 채소 가꾸는 것을 배우기를 청한 것에서 뚜렷하게 나타난다. 장저와 걸익, 그리고 지팡이로 농기구를 메고 가는 노인 등의 부류는 비록 논밭을 경작하며 은거한다고 해도, 모두 먹을 것을 추구한다는 의심을 피할 수 없다. 그 당시 공부하는 자들이 먹을 것을 추구하는 것을 절박한 일로 삼아서 도를 추구하는 마음이 전일하지 못했다. 공자께서 사람들에게 군자가 마땅히 추구해야 할 도道와 배움이 응당 봉록이 되는 이치를 보여 주고, 농사를 지어도 배고픔을 면할 수 없지만, 배우면 봉록을 얻을 수 있다는 것으로 사람들을 배움으로 잘 이끌어 주셨다. 그렇다면 무릇 군자 된 자라면, 마땅히 스스로 힘써야 할 것이다. 〔古者四民各習其業, 自非有秀異者, 不升於學. 春秋時, 士之爲學者, 多不得祿, 故趨於異業. 而習於耕者衆, 觀於樊遲以學稼·學圃爲請, 而長沮·桀溺·荷蓧丈人之類, 雖隱於耕, 而皆不免謀食之意. 則知當時學者以謀食爲亟, 而謀道之心不專矣. 夫子示人以君子當謀之道, 學當祿之理, 而耕或不免餒, 學則可以得祿, 所以誘掖人以學, 而凡爲君子者, 當自勉矣.〕"28)

춘추시대 말기에 공자 한 사람만이 미덕으로 사람들을 교화하는 사업〔道業〕을 발전시키는데 급급했다. 그 때문에 당시 사람들은 "안 되는 줄 알면서도 하려 하다. 〔知其不可而爲之〕"(이하 《논어·미자》)라거나, "나루터를 알 것이다. 〔是知津〕"라거나, "손발을 부지런히 움직여 일하지 않고, 오곡을 분별하지도 못한다. 〔四體不勤, 五穀不分〕"라거나, "풀죽은 그 모습이 마치 집 잃은 개와 같다. 〔纍纍若喪家之狗〕"(《사기·공자세가》)라는 등의 비난을 하였다. 여기에서 공자가 어려움 속에서도 자신의 신념을 훌륭하게 지켜내고, 선비정신과 중국의 문화정신을 개척해 내었다는 것이 더욱 구체적으로 드러난다.

동진東晉의 도연명은 관직에서 물러나 은거한 후 전원에서 직접 농사를 지으며, 〈농사를 권함〔勸農〕〉이라는 시를 지었다. 그 시에 있는 "스승의 남기신 유훈 있으니, 도를 닦지 못했음을 근심할 것이지 가난을 근심하지 말라. 〔先師有遺訓, 憂道不憂貧〕"(《도연명집》 권3, 〈계묘년 입춘 옛 농가를 생각하며〔癸卯歲始春懷古田舍〕〉)라는 유명한 시구詩句는 공자와 번지의 대화에 함축된 의미에 대한 깊은 이해를 전해주고 있다. 강유위는 이렇게 말했다. "번지가 곡식 심는 법 배우기를 청하고, 장저와 걸익, 지팡이에 농기구를 메고 가는 노인과 삼태기를 멘 사람 등이 모두 논밭을 경작하며 은거한 것은 대개 선비〔士〕가 봉록을 얻기가 쉽지 않아 모두 직접 농사를 짓고 학업을 전폐했기 때문에 공자가 그들을 경계한 것이다. 지금 사람들도 선비로서 농업과 상업을 경영하고 학업을 등한시하는 경우가 많으니, 역시 공자가 경계하는 바이다. 〔樊遲請學稼, 沮溺·丈人·荷蕢皆隱於耕, 蓋士不易得祿, 故皆躬耕而廢學, 故孔子戒之. 今之人, 士多營農商而廢學, 亦孔子所戒也.〕"29) 지금의 사람들도 다시 그것을 경계해야 한다.

28) (청) 유보남, 《논어정의》, 중화서국, 1990, 637쪽.

29) 강유위 저, 루우럴 정리, 《논어주》, 중화서국, 1984, 242쪽.

두 번째 유형은 군대에 관한 일이다. ≪논어·위령공≫에는 이렇게 기록하고 있다.

위나라 영공이 공자에게 진 치는 방법에 대해 물었다. 공자께서는 "제사 예법에 관한 일은 일찍이 들었으나, 군대의 일에 대해서는 아직 배우지 못했습니다."라 대답하시고, 이튿날 바로 위나라를 떠나셨다. 〔衛靈公問陳於孔子. 孔子對曰: "俎豆之事, 則嘗聞之矣. 軍旅之事, 未之學也." 明日遂行.〕

위나라 영공이 공자에게 군대의 진을 치는 법을 물었다. 공자는 대답하기를 "예의에 관한 일이라면 내가 들은 적이 있지만, 이제까지 군대의 일은 배운 적이 없습니다."[30]라고 하였다. 그리고는 그 다음날 바로 위나라를 떠났다는 것은 공자가 "진 치는 법을 질문한" 위나라 영공에게 반감을 드러낸 것이다.

≪춘추좌씨전≫ 애공哀公 11년(B.C. 484)에 다른 기록이 있는데, 아마 말하는 것이 모두 똑같은 사건인 것 같다.

(공문자孔文子가) 태숙족太叔族을 공격하려 할 때 중니에게 묻자, 중니가 말하기를 "제사의 일이라면 일찍이 배웠지만, 군대의 일이라면 아직 듣지 못했습니다."고 하고서 물러나와 수레에 말을 메우라고 명하여 떠나면서 말했다. "새는 수목을 선택할 수 있지만, 수목이 어찌 새를 선택할 수 있는가?" 문자文子가 급히 만류하며 말했다. "제가 어찌 감히 제 개인의 이익을 꾀하겠습니까? 위나라의 화난禍難에 대해 자문하려 했던 것입니다." 이에 중니가 머무르려 하였으나, 노나라 사람이 폐백을 보내어 부르자 곧장 노나라로 돌아왔다. 〔孔文子之將攻大叔也, 訪於仲尼. 仲尼曰, 胡簋之事, 則嘗學之矣, 甲兵之事, 未之聞也. 退命駕而行, 曰, 鳥則擇木, 木豈能擇鳥, 文子遽止之, 曰, 圉豈敢度其私, 訪衛國

---

30) 양백준, ≪논어역주≫, 중화서국, 1980, 161쪽.

之難也. 將止. 魯人以幣召之. 乃歸.〕

≪춘추좌씨전≫의 기록을 통해 우리들은 공자가 군대의 일에 대한 대답을 거부한 이유를 다시 이해할 수 있다. 이른바 "≪춘추≫에는 의로운 전쟁이 기록되어 있지 않다.〔≪春秋≫無義戰〕"≪맹자·진심 하≫)라고 하는데, 위나라 영공이나 그의 대신인 공문자가 "태숙족을 공격하려는 것"은 의롭지 못한 전쟁을 하고자 하는 것이다. 그 때문에 공자가 대답을 거절한 것이다. 바로 강유위가 이렇게 말한 것과 같다. "조俎와 두豆는 제사에 쓰는 그릇이다. 군대의 진영〔兵陣〕은 화근을 일으키는 불길한 도구이다. 사람을 죽이는 일에는 부득이하여 그것을 사용한다. 나라를 다스리는 데는 마땅히 예악으로 백성들을 돈후하게 해야 한다. 위나라 영공은 도리에 어긋나서 백성을 교화하는 데 뜻이 없고, 사람을 죽이는 데 뜻을 두었다. 공자를 만나서 예절에 관해 묻지 않고 군대에 관해 물었을 뿐만 아니라, 날아가는 기러기를 우러러 보느라 시선이 공자에게 있지도 않았다. 이것이 공자가 일어나 떠난 까닭이다.〔俎豆. 禮器. 兵陣. 凶器. 殺人之事. 不得已而用之. 治國當先以禮樂厚民. 靈公無道. 無志於化民. 而志於殺人. 旣見孔子. 不問禮而問兵. 又仰視蜚鴻. 色不在孔子. 此孔子所以立行.〕"31)

사실 공자는 자주 학생들과 백성에게 군대의 진 치는 법을 가르쳤으며, ≪논어≫에도 적지 않은 기록이 있다. 예를 들면 ≪논어·자로≫(제29장과 제30장)에서 이렇게 말했다.

선생님께서 말씀하셨다. "착한 사람이 7년 동안 백성을 가르치면, 백성을 전쟁하러 나아가게 할 수 있다."〔子曰: "善人敎民七年. 亦可以卽戎矣."〕

---

31) 강유위 저, 루우렬 정리, ≪논어주≫, 중화서국, 1984, 227쪽.

선생님께서 말씀하셨다. "가르치지 않은 백성을 데리고 전쟁한다면, 이는 백성을 버리는 짓이라고 한다."〔子曰: "以不教民戰, 是謂棄之."〕

백성을 가르쳐 전투에 참가하게 하는 것은 방어 전쟁에 효과적인 것이지, 결코 침략 전쟁을 하러 가게 하는 것이 아니다. 동시에 그는 "아직 훈련을 받은 적이 없는 백성을 전쟁으로 내모는 것은 생명을 유린하는 것과 같다."32)라고 역설했다. 이것을 통해 그가 백성들에게 평소 군사 훈련을 강화시키는 것을 중시했음을 알 수 있다.

단지 공자는 평화의 애호자였을 뿐, 경솔하게 전쟁을 말하려 하지 않았다. ≪논어·술이≫에서 "선생님께서 조심하시는 일은 재계와 전쟁, 그리고 질병이다.〔子之所愼: 齊, 戰, 疾.〕"라고 하였다. 왜냐하면 전쟁은 국가의 안위와 백성의 생명에 직결되기 때문이다.

공부와 교육 속에서 공자는 그 당시 통용되던 '활쏘기'와 '거마車馬 몰기〔御〕' 등의 군사 체육 과목을 상당히 중요시했고, 그 자신도 그것들에 매우 뛰어났다. 공자는 키가 9척 6촌으로, 이러한 신체적 조건은 활쏘기와 거마 몰기 등의 기예를 배우는 데는 아주 유리한 것이었다. ≪예기·사의射義≫에는 이렇게 기록하고 있다.

공자가 확상矍相이라는 땅의 들에서 사례射禮를 실시했는데, 지켜보는 자들이 마치 담장처럼 에워쌌다.〔孔子射於矍相之圃, 蓋觀者如堵墻.〕

공자는 활쏘기 기술의 수준이 출중하다는 것을 알 수 있다. 당나라의 위대한 시인인 두보는 〈의심하지 말아 달라〔莫相疑行〕〉라는 제목의 시에서 "생각하니 옛날 봉래궁에 삼부를 바쳐 하루아침에

---

32) 양백준, ≪논어역주≫, 중화서국, 1980, 144쪽.

명성을 떨쳤다네. 집현전 학사들이 담처럼 둘러서서 내가 중서당에서 붓을 놀리는 것을 보았네.〔憶獻三賦蓬萊宮, 自怪一日聲烜赫. 集賢學士如堵墻, 觀我落筆中書堂.〕"라고 하고, "왕년에는 문장이 임금을 움직였(는데, 지금은 굶주림과 추위에 시달리며 길가에 다닌)다.〔往時文彩動人主(, 此日飢寒趨路傍).〕"라고 회상하는 것에는 긍지와 미련이 없지 않아 있다. 그 속에 "如堵墻〔담처럼 둘러서서〕"은 바로 공자의 "觀者如堵墻〔마치 담장처럼 애워쌌다.〕"에서 나왔다.

공자는 활쏘기 기술에 비해 자신의 거마 모는 기술의 수준이 더 높다고 생각했다. ≪논어·자한≫에는 이렇게 기록하고 있다.

교통 요지의 마을사람이 말했다. "참으로 위대하십니다, 공자시여! 박학하면서도 기예도 명성을 이루지 못한 것이 없으시네요." 선생님께서 이 말을 듣고 제자들에게 말씀하셨다. "내가 무엇을 해보일까? 마차를 몰아 볼까? 활을 쏴 볼까? 나는 마차를 몰아 보이리라."〔達巷黨人曰: "大哉孔子! 博學而無所成名." 子聞之, 謂門弟子曰: "吾何執? 執御乎? 執射乎? 吾執御矣."〕

공자는 박학다식하지만 명성을 내세울 만한 특기가 없다고 생각하는 세상 사람들의 회의에 직면했다. 이에 공자는 자신이 활쏘기와 거마 모는 기술이 아주 유명하며, 특히 거마를 모는 수준은 더욱 그렇다고 자신만만하게 말했다.

공자의 노년에 계강자가 염구를 중용했는데, 그가 중요한 전쟁에서 커다란 승리를 거두었다. 그 원인을 묻자, 염구는 공자에게 배운 것이라고 말했다. 군대에 관한 지식도 공자의 일상적인 교육의 중요한 내용이며, 그는 학생에게 군사 지식을 전수했고, 또 이것에 의지하여 제자들이 전쟁에서 승리했다는 것을 알 수 있다.

≪춘추좌씨전≫의 기록에는 노나라 애공 11년(B.C. 484)에 오나

라가 노나라와 연합하여 제나라를 공격하러 가자, 제나라 군대가 노나라를 습격했다는 내용이 있다. 노나라의 삼가三家(맹손씨·숙손씨·계손씨) 귀족들은 처음에는 아무도 대항하려 하지 않았다. 염유의 권유로 계강자가 비로소 군대를 출동시켰다. 교전의 결과는 염유가 통솔한 계씨의 군대가 전쟁에 이겼다. 그리하여 계강자는 염유의 군사적 재능이 배운 것인지, 아니면 타고난 것인지 물었다. ≪사기·공자세가≫에도 다음과 같이 기록되어 있다.

> 염유冉有는 계씨를 위하여 군대를 이끌고 낭읍郞邑에서 제나라와 전투를 벌여 이겼다. 계강자가 말했다. "당신은 군대의 일에 대하여 배운 적이 있는가? 아니면 타고난 재능인가?" 염유가 말했다. "공자에게서 배웠습니다." 계강자가 말했다. "공자는 어떤 사람인가?" 염유가 대답했다. "그를 등용하면 나라의 명성이 높아지고, 그의 방식을 백성들에게 시행하거나 귀신에게 고하건 간에 유감스러운 일이 없을 것입니다. 그에게 나와 같은 이 길을 걷게 한다면, 비록 천 사社(2만 5천 호戶)를 상으로 내려 준다 해도 공자는 유리하다고 생각하지 않을 것입니다." 계강자가 말했다. "내가 그를 초청하려고 하는데, 가능하겠는가?" 염유가 대답했다. "그를 초청하려고 하신다면 소인들의 하찮은 식견으로 그를 방해하지 않게 하면 가능할 것입니다."〔冉有爲季氏將師, 與齊戰於郎, 克之. 季康子曰: "子之於軍旅, 學之乎? 性之乎?" 冉有曰: "學之於孔子." 季康子曰: "孔子何如人哉?" 對曰: "用之有名. 播之百姓, 質諸鬼神而無憾. 求之至於此道, 雖累千社, 夫子不利也." 康子曰: "我欲召之, 可乎?" 對曰: "欲召之, 則毋以小人固之, 則可矣."〕

여기에서 염유(흔히 염구라고도 한다)는 공자가 군대 진 치는 등의 재능이 출중하다고 칭찬하며 이렇게 말했다. "그는 이런 사람입니다. 그러니 그를 임용하면, 반드시 성과를 얻을 것입니다. 성과가 있으면, 백성에게 반드시 유익할 것입니다. 귀신조차도 그의 결점을 찾아낼 수 없습니다. 그러나 그의 뜻에 부합되지 않는다면, 설사 그에게 2만 5천 호를 하사한다고 해도 그는 마음에 들어 하지 않을 것입니다."[33) 계강자가 결국 공자를 다시 기용하지 않은 것도 한탄스럽지만, 공자도 군대와 관련된 지식으로 세상에 영합할 생각이 없었으니 유감스러울 뿐이다.

---

33) 이장지, ≪공자전≫, 동방출판사, 2010, 81쪽.

4절 | 공부 태도와 방법

공자는 독학[自學]과 교학敎學에 크게 성공한 사람이다. ≪논어≫에는 그의 학습 태도와 방법에 관한 적지 않은 언행이 기록되어 있으니, 우리들이 중시할 만하다.

1. 학습 태도

≪논어≫의 기록을 종합하면, 다음의 몇 가지로 귀납된다.

1) 아는 것[知之]과 좋아하는 것[好之], 그리고 즐기는 것[樂之]이다

공부를 할 때는 태도가 단정하고, 엄밀하게 구체적인 일에 힘쓰며, 스스로를 속이지 않고, 남을 속이지 않으며, 말과 행동으로 대중에 영합하여 호감을 사지 않고, 모르면서 아는 척해서는 안 된다. 그는 일찍이 자로에게 이렇게 훈계했다. "유야! 너에게 안다는 것을 가르쳐 주랴? 아는 것을 안다고 하고, 모르는 것을 모른다고 하는 것, 이것이 아는 것이다. 〔由! 誨女知之乎? 知之爲知之, 不知爲不知, 是知也.〕"(≪논어·위정≫)

이것은 공자가 공부하는 사람들에게 "모르는 것"을 결코 창피하게 생각할 일이 아니라는 뜻에서 말한 것이다. 아는 것을 안다고 하고 모르는 것을 모른다고 하는 것, 이것이 바로 총명하고 지혜로운 것이다. 이와 반대로, 만약 허영虛榮 등의 원인으로 자신이 "모르는 것"을 의도적으로 감추려 한다면, 이는 어리석고 멍청한 것이다.

공자는 학생들에게 그도 모든 것을 다 알고 모든 것을 다 깨달은 성인이 아니며, 그가 지식에 정통한 것은 꾸준하게 열심히 공부해서 얻어진 것이며, 모든 사람들과 마찬가지로 알지 못한 데에서 앎으로의 과정을 거쳤다고 명확하게 말했다. 그는 일찍이 다음과 같이 적나라하게 말했다. "나는 태어나면서부터 아는 사람이 아니고, 옛것을 좋아하며 부지런히 배우기를 구하는 사람이다. 〔我非生而知之者, 好古, 敏以求之者也.〕"(《논어·술이》) 그는 또 이렇게도 말했다. "아마도 알지 못하면서 제멋대로 지어내는 사람이 있겠지만, 나는 그런 일은 없다. 많이 듣고서 그 가운데 좋은 것은 가려서 따른다. 많이 보고 기억하는 것은 나면서부터 아는 것의 다음이다. 〔蓋有不知而作之者, 我無是也. 多聞擇其善者而從之, 多見而識之, 知之次也.〕"(《논어·술이》)

공자가 지적한 것은 자신도 모르면서 오히려 근거 없이 지어내는 이런 사람이 아마도 있을 것이라는 것이다. 공자가 자신에게는 그러한 결함이 없다고 생각했다. 많이 듣고서 그 가운데 좋은 것을 선택하여 받아들이며, 많이 보고서 모두 마음속에 기억해 둘 뿐이라고 했다. 이렇게 "아는 것"은 단지 "나면서부터 아는 것 〔生而知之〕"(이하 《논어·계씨》)의 다음가는 "배워서 아는 사람 〔學而知之者〕"이고, 그 다음은 "곤란에 부딪혀서야 배우는 〔困而學之〕" 사람이며, 가장 마지막인 "곤란에 부딪혀도 배우지 않는 〔困而不學〕" 사람은 정말 형편없다고 했다.

후대에 순자는 공자의 "아는 것"에 대한 학습 태도를 명확히 밝히면서 이렇게 말했다. "알면 안다고 말하고 모르면 모른다고 말하여, 안으로 자신을 속이지 않고 밖으로 남을 속이지 않아야 한다. 이로써 어진 이를 높이고 법령을 두려워하여 감히 태만하거나 거드름을 피우지 않는 이런 사람이 우아한 선비이다. 〔知之曰知之, 不知曰不知, 內不自以誣, 外不自以欺, 以是尊賢畏法而不敢怠傲. 是雅儒者也.〕"(《순자·유효》)34) 또 이렇게도 말했다. "그러므로 군자는 아는 것이면 그것을 안다 하고, 모르는 것이면 그것을 모른다 한다. 이것이 말하는 요령이다. 할 수 있는 일이면 그것을 할 수 있다 하고, 할 수 없는 일이면 그것을 할 수 없다고 하는 것이 행동의 원칙이다. 말에 요령이 있으면 지혜로운 것이고, 행동에 원칙이 있다면 어진 것이다. 지혜롭고 어질다면 또한 무엇이 부족하겠는가? 〔故君子知之曰知之, 不知曰不知, 言之要也. 能之曰能之, 不能曰不能, 行之至也. 言要則知, 行至則仁. 旣知且仁, 夫惡有不足矣哉!〕"(《순자·자도子道》) "아는 것을 안다고 하고, 모르는 것을 모른다고 하는 것"은 아주 훌륭한 학습 태도이자, 공부하는 사람의 도덕적 수양을 검증하는 시금석이라는 것을 알 수 있다.

또 《논어·옹야》에서 이렇게 말했다.

선생님께서 말씀하셨다. "아는 것은 좋아하는 것만 못하고, 좋아하는 것은 즐기는 것만 못하다." 〔子曰: "知之者不如好之者, 好之者不如樂之者."〕

흔히 "흥미는 가장 훌륭한 스승이다."35)라고 말한다. "이것은 공자께서 스스로 공부의 재미로 한 단계씩 깊어져 곧바로 즐기는 곳에 이르게 되면, 자신도 모르게 손으로 춤추고 발로 구르며 뛰게 된다는 것을 묘사한 것이다. 〔此夫子自寫其學習之趣一步深一步, 直到樂處, 則不知手之舞之足之蹈之.〕"36) 이렇게 배우기를 좋아하고, 배우기를 즐기

---

34) (청) 왕선겸 지음, 심소환·왕성현 표점 교감, 《순자집해》, 중화서국, 1988, 140쪽.

35) 아인슈타인(愛因斯坦) 지음, 《아인슈타인 문집(愛因斯坦文集)》 3권, 상무인서관商務印書館, 1979, 144쪽.

36) (청) 손기봉, 《사서근지》 권6 "불여호지장不如好之章", 《문연각사고전서》본.

는 것은 바로 공자 자신의 모습이었다. 이것은 자기에 대한 이야기
일 뿐만 아니라, 자기 문하의 제자들에 대한 가르침과 일깨움이다.

　　포함包咸은 "학문을 아는 자는 독실하게 좋아하는 자만 못하고,
좋아하는 자가 깊이 즐기는 자만 못하다. 〔學問知之者不如好之者篤, 好之者
不如樂之者深.〕"37)라고 하였다. 황간皇侃도 이렇게 말했다. "('학문에 대
해 아는 자가 독실하게 좋아하는 자만 못하다'는 것은) 배움에 있어 깊고 얕음을
말한 것이다. '아는 것'이란 학문의 유익함을 아는 것이라는 말이
다. '좋아하는 것'이란 학문이 좋은 줄 알고 좋아하려는 것이라는
말이다. 무릇 유익함을 알고서 그것을 배우려는 것은 학문이 좋은
줄 알고 좋아하려는 것만 못하다. 그런 까닭에 (동진 시기의 유명한 문학
가이자 서지학자인) 이충李充이 이렇게 말했다. '비록 학문의 유익함을 안
다고 해도, 어떤 사람은 계산한 후에 배울 줄 알게 되니, 이익이
그의 마음속에 있다. 그러므로 독실하게 좋아하는 것만 못한 것이
다. ……좋아하는 것에는 기복이 있으니, 깊이 즐기는 자만 못한
것이다.'〔(云'知之者不如好之者'者,) 謂學者深淺也. 知之, 謂知學問有益者也. 好之, 謂欲好學
之以爲好者也. 夫知有益而學之, 則不如欲學之以爲好者也. 故李充曰: '雖知學之爲益, 或有
計而後知學, 利在其中, 故不如好之者篤也. ……好有盛衰, 不如樂之者深也.'〕"38)

　　아는 것에서 좋아하는 것에 이르고, 다시 즐기는 것에 이르는
것은 공부하는 사람의 태도에서 상승과 하강의 세 단계를 나타낸
것이다. 공부를 할 때 태도의 깊이는 우리들이 사업에서 성공하는
수준을 결정한다.

---

37) 포함包咸, 《논어포씨장구論語包氏章句》, 《옥함산방집일서玉函山房輯佚書》,
　　광릉서사廣陵書社, 2005, 1687쪽.
38) (남조南朝 양梁) 황간皇侃, 《논어의소論語義疏》, 중화서국, 1998, 199~200
　　쪽.

2) 근심하고 두려워하는 마음이 있어야 한다

≪논어·태백≫에서 이렇게 말했다.

선생님께서 말씀하셨다. "배울 때는 따라잡지 못하는 듯이 하고, 이미 배운 후에는 잃어버릴까 두려워하는 듯이 한다."〔子曰: "學如不及, 猶恐失之."〕

또 ≪논어·자장≫에서 이렇게도 말했다.

자하가 말했다. "날로 모르던 것을 알게 되고, 달이 가도 그가 알았던 것을 잊어버리지 않는다면, 배우기를 좋아한다고 말할 수 있다."〔子夏曰: "日知其所亡, 月無忘其所能, 可謂好學也已矣."〕

황간은 이에 대해 상세히 다음과 같이 설명했다. "따라잡지 못하는 듯이 한다는 것은 이미 따라잡았다는 것이다. 마치 잃어버릴까 두려워하는 듯이 한다는 것은 아직 잃어버리지 않았다는 것이다. 잃어버릴까 두려워할 줄 알면 (잃어버리지 않고,) 따라잡지 못하는 듯이 하면, 따라잡을 수 있다는 말이다. 〔如不及者, 已及也. 猶恐失者, 未失也. 言能恐失之, (則不失.) 如不及, 則能及也.〕"39) 이것은 모두 우리에게 공부할 때 근심하고 두려워하는 마음을 가져야 한다는 것을 알려준다.

공자는 공부하는 것을 마치 다른 사람과 쫓고 쫓기는 경주를 하는 것처럼 여겨, 따라갈 때는 따라잡지 못할까 두려워하고, 따라잡은 뒤에는 오히려 그것을 놓쳐버릴까 두려워하는 것이라고 말한다. "及〔급〕"이라는 글자는 갑골문에 "&"인데, 마치 한 손으로 등 뒤에서 앞사람의 발꿈치를 붙잡고 있는 형상이며, '붙잡다'와 '따라잡다'는 뜻을 나타낸다. 공자가 이 글자로 우리들이 공부할 때에 근

---

39) (남조 양) 황간, ≪논어의소≫, 중화서국, 1998, 216쪽.

심하고 두려워하는 심리를 나타낸 것은 사실상 엄청 구체적이다. 공부에는 끝이 없다. 그러나 만약 항상 그러한 근심하고 두려워하는 마음을 유지한다면, 공부라는 사업은 반드시 정진하게 될 것이다.

공자가 우리에게 이 공부의 올바른 도리를 훈계하는 것은 바로 청나라의 손기봉이 다음과 같이 설명하는 것과 같다. "따라잡지 못하는 듯이 하는 것은 무슨 일을 가리키는 것인가? 오히려 잃어버릴까 두려워하는 것은 또 어떤 것을 가리키는 것인가? 그것은 바쁘고 급하게 나아가기를 추구하는 마음과 물러날까봐 근심하는 마음이 교차하며 언젠가 할 일을 실현하게 될 것이며, 언젠가 지금의 일을 완성하고 그만두게 될 것을 기약하는 것이니, 그 공부하는 마음을 미루어 알 수 있다. 〔如不及, 是何事. 猶恐失之, 又何物也. 汲汲皇皇, 求進與憂退交集, 何時是滿願之日, 何時是歇手之期, 可想見其學習之心.〕"40)

≪논어 · 자한≫에는 이렇게 기록하고 있다.

선생님께서 시냇가에 서서 말씀하셨다. "흘러가는 것이 이와 같구나! 밤낮으로 쉬지를 않는구나!"〔子在川上, 曰: "逝者如斯夫! 不舍晝夜."〕

공자는 평생 근심하고 두려워하며 경계하는 마음으로 일관했다. 공부에 있어서 "무엇을 배우려고 애쓸 때면 밥 먹기도 잊고, 즐거워 근심을 잊으며, 늙어가는 줄도 모르는 〔發憤忘食, 樂以忘憂, 不知老之將至〕"(≪논어 · 술이≫) 진취적인 마음을 처음부터 끝까지 유지했다. 이것이 바로 그의 위대한 점이니, 우리들이 거울로 삼고 배워야 할 것이다.

---

40) (청) 손기봉, ≪사서근지≫ 권7 "학여불급장學如不及章", ≪문연각사고전서≫ 본.

3) 마땅히 배운 것을 음미해 새로운 것을 터득해야만 한다

≪논어·위정≫에서 이렇게 말했다.

선생님께서 말씀하셨다. "배운 것을 음미해 새로운 것을 터득해 나 간다면 스승 노릇을 할 수 있을 것이다."〔子曰: "溫故而知新, 可以爲師 矣."〕

또 ≪논어·자장≫에서 이렇게도 말했다.

자하가 말했다. "날로 모르던 것을 알게 되고, 달이 가도 그가 알 았던 것을 잊어버리지 않는다면, 배우기를 좋아한다고 말할 수 있 다."〔子夏曰: "日知其所亡, 月無忘其所能, 可謂好學也已矣."〕

공자가 말한 "배운 것을 음미해 새로운 것을 터득해 나간다면 스승 노릇을 할 수 있다."라고 한 토대 위에서 그의 학생인 자하는 한 걸음 더 나아가 공자의 사상을 구체적으로 설명했다. 자하는 "날마다 알지 못하는 것을 알고, 달마다 이미 능한 것을 복습하면 배움을 좋아한다고 할 만하다."41)라고 말했다. 황간皇侃은 두 가지 를 융합하여 "배운 것을 음미하는 〔溫故〕" 것이 바로 "달이 가도 그 알았던 것을 잊어버리지 않는 〔月無忘其所能〕" 것이며, "새로운 것을 터득해 나가는 〔知新〕" 것이 곧 "날로 모르던 것을 알게 되는 〔日知其 所亡〕" 것이라고 하였다.(≪논어집해의소論語集解義疏≫ 권1 주注) 자하의 공부에 대한 이러한 실천은 "배운 것을 음미해 새로운 것을 터득해 나간 다."라고 학습에 대해 공자가 요구한 것과 부합하는 것이며, 우리 들이 본받아야 할 것이다.

---

41) 양백준, ≪논어역주≫, 중화서국, 1980, 200쪽.

4) 끈기와 의지력이 있어야만 한다

공부는 자기의 일이기에 다른 사람이 도와줄 수가 없다. 공부의 깊이는 전부 당사자의 노력 정도에 달려 있다. 공자는 일찍이 이에 대해 멋있는 비유를 들었다.

선생님께서 말씀하셨다. "학문을 비유하자면 흙을 쌓아 산을 만드는 것과 같다. 산을 만들 때 한 삼태기의 흙이 부족하여 산을 완성시키지 못한 채로 그쳐도 내가 그친 것이고, 비유하자면 평지에 비록 한 삼태기의 흙을 쏟아 부어 산을 만들기 시작해도 조금이라도 높였다면 내가 높인 것이다."〔子曰: "譬如爲山, 未成一簣, 止, 吾止也. 譬如平地, 雖覆一簣, 進, 吾往也."〕 《논어·자한》

공자의 말은 다음과 같은 뜻이다. "(공부는) 비유컨대 흙을 쌓아 산을 만드는 것과 같다. 단지 한 삼태기만 더 보태도 산이 만들어지는데, 만약 계속하는 것이 귀찮아서 하지 않으려 한다면, 이것은 내가 스스로 그만두는 것이다. 또 비유컨대 평지에다 흙을 쌓아 산을 만드는데, 설사 이제 막 한 삼태기의 흙을 쏟아 부었을지라도, 만약 노력해서 계속 나아가려고 결심한다면, 그것 역시 내 스스로가 견지해 나가는 것이다."42)

전목은 이렇게 해석했다. "이 장章에서는 배우는 사람이 마땅히 스스로 꾸준히 노력하되, 오랫동안 쌓아서 끝내 성취해야 한다는 것을 말하고 있다. 만약 중도에 그만둔다면, 이전의 노력이 모두 허사가 될 것이다. 그만두든지 아니면 나아가든지 모두 나에게 달려 있고, 남에게 달려 있지 않다."43)

속담에 "뿌린 대로 거둔다."는 말이 있다. 공부는 소홀히 해서

---

42) 양백준, 《논어역주》, 중화서국, 1980, 93쪽.
43) 전목, 《논어신해》, 삼련서점, 2012, 216쪽.

는 안 되고, 절대로 중도에 그만두어서도 안 된다. 오직 뜻을 세워 바꾸지 않고 끈기 있게 계속해야만 비로소 정상에 오를 수 있다.

공자의 제자들 가운데 공부에 가장 끈기 있었던 사람으로는 마땅히 안회를 최고의 본보기로 삼아야 한다. ≪논어·옹야≫에서 말했다.

> 애공이 물었다. "제자 가운데 누가 학문을 좋아합니까?" 공자께서 대답하셨다. "안회라는 사람이 배우기를 좋아했습니다. 그는 자신의 노여움을 다른 사람에게 옮기지 않았으며, 같은 허물을 되풀이하지 않았습니다. 그러나 불행하게도 단명으로 죽었습니다. 지금은 없으니, 학문을 좋아하는 사람에 대해 듣지 못했습니다."〔哀公問: "弟子孰 爲好學?" 孔子對日: "有顏回者好學, 不遷怒, 不貳過. 不幸短命死矣! 今也則亡, 未聞 好學者也."〕

또 ≪논어·선진≫에서도 이렇게 말했다.

> 계강자가 물었다. "제자 가운데 누가 배우기를 좋아합니까?" 공자께서 대답하셨다. "안회라는 사람이 배우기를 좋아했습니다. 그런데 불행히도 단명으로 죽었습니다. 지금은 그런 사람이 없습니다."
> 〔季康子問: "弟子孰爲好學?" 孔子對日: "有顏回者好學, 不幸短命死矣! 今也則亡."〕

≪논어·자한≫(제20장과 제21장)에서 공자는 일찍이 거듭 안회를 이렇게 칭찬했다.

> 선생님께서 말씀하셨다. "말해 주면 실천하려는데 게으름을 피우지 않는 사람은 안회가 아닐까?"〔子曰: "語之而不惰者, 其回也與!"〕

선생님께서 안연에 대해 말씀하셨다. "(그가 일찍 죽은 것이) 애석하구나! 나는 그가 나아지는 것은 보았으나, 그가 멈추는 것은 본 적이 없다."〔子謂顔淵, 曰: "惜乎! 吾見其進也, 未見其止也."〕

안회는 공자 문하의 제자 중에 공부에 가장 용맹 정진한 사람이다. "나는 그가 부단히 진보하는 것만 보았지, 그가 멈추는 것은 보지 못했노라."44)라고 공자는 말했다. 또 "내가 말한 것을 듣고 시종 게으르지 않는 자는 아마도 안회 한 사람뿐일 것인지고!"45)라고도 공자는 말했다. 공자는 그에게 매우 만족해했고, 이미 유학의 의발을 그에게 맡길 작정이었다. 그런데 안타깝게도 안회는 한창나이에 요절했다. 그래서 공자는 애석해 마지않으며, "하늘이 나를 망하게 하는구나! 〔天喪予!〕"《《논어·선진》》라는 슬픈 탄식을 잇달아 부르짖었다.

그렇지만 안회의 마음속에서는 공자가 자신이 정진하는 것보다 더 빨리 정진하는 사람이었다. 《논어·자한》에서 이렇게 말했다.

안연이 "아!" 하고 탄식하며 말했다. "우러러보려고 할수록 더욱 높아 보이고, 꿰뚫어보려고 할수록 더욱 굳건하며, 앞에 계신 듯 보이더니 홀연히 뒤에 계시는구나! 선생님께서는 차례차례 사람을 잘 인도하시어 글로써 나의 지식을 두루 넓혀 주시고, 예절로써 나의 행실을 단속해 주신다. 그만두려고 해도 되지 않아 어느덧 나의 재능을 다하게 된다. 선생님께서 우뚝 서 있는 듯하기에 좇아가려 했지만 따라갈 방도가 없구나!"〔顔淵喟然歎曰: "仰之彌高, 鑽之彌堅. 瞻之在前, 忽焉在後. 夫子循循然善誘人, 博我以文, 約我以禮. 欲罷不能, 既竭吾才, 如有所立卓爾. 雖欲從之, 末由也已."〕

---

44) 양백준, 《논어역주》, 중화서국, 1980, 93쪽.
45) 양백준, 《논어역주》, 중화서국, 1980, 93쪽.

위에 인용한 "우러러보려고 할수록 더욱 높아 보이고, 꿰뚫어 보려고 할수록 더욱 굳건하며, 앞에 계신 듯 보이더니 홀연히 뒤에 계시는구나!"라고 하는 이 구절은 공자 문하의 스승과 제자가 온 마음으로 열심히 공부하는 모습을 가장 잘 묘사하고 있다. 힘은 비록 미치지 못한다 해도 마음은 이렇듯이 지향해야 한다.

2. 공부 방법

공부에는 지름길이 없으며, 또 다른 사람을 속일 수 없는 것이다. 공부를 서두르면 도리어 이루지 못한다. 오로지 착실하게 한 계단씩 밟아 나아가야만 비로소 성과를 얻을 수 있다. 그렇기 때문에 공자가 가르치는 ≪논어≫의 공부 방법은 사실 여전히 공부에 대한 의지력과 용기가 있어야만 비로소 도달할 수 있는 것이다.

첫 번째는 열심히 익히되 배움[學]과 연습[習]을 결합하는 것이다. ≪논어≫ 첫 번째 장章의 서두에서 이렇게 말했다.

> 선생님께서 말씀하셨다. "배우고 그것을 때에 맞게 익혀 나가면, 또한 기쁘지 않겠는가? 벗이 먼 곳에서 찾아오면, 또한 즐겁지 않겠는가? 남들이 나를 알아주지 않아도 노여워하지 않으면, 또한 군자라 하지 않겠는가?"〔子曰: "學而時習之, 不亦說乎? 有朋自遠方來, 不亦樂乎? 人不知而不慍, 不亦君子乎?"〕

≪논어≫의 서두에서 곧바로 "공부[學習]"에 대해 말하고 있다. "공부"는 "학學"과 "습習" 두 부분으로 이루어지며, "학"의 요체는 "습"에 있다. 만약 그렇지 않으면, 비록 "배운다[學]" 해도 진보가 없다.

습習의 본래 뜻은 새가 부단히 날갯짓을 연습하는 것을 가리킨다. ≪예기・월령月令≫에는 "(여름의 셋째 달인 계하季夏의 달에는) 매의 새끼가 나는 것을 익히기 시작한다. 〔鷹乃學習.〕"라고 하였으며, 진호陳澔(1260~1341)의 ≪예기집설禮記集說≫ 권3에서는 "학습이란 (매의) 새끼가 자주 날갯짓하는 것을 배우는 행동이다. 〔學習. 雛學數飛也.〕"라고 하였다. 공자가 서두에서 이야기한 "공부"도 이러한 본뜻에서 파생되어 나온 것이다. 본뜻을 보존하고 있을 뿐만 아니라, 파생된 의미도 자연스럽게 나타난다.

황간은 ≪논어의소論語義疏≫에서 이렇게 말했다. "습習은 이전에 배운 것을 연습한다는 말이다. 사람이 배우지 않는다면 그만이지만, 이미 배웠으면 반드시 그대로 좇아서 연습하되 불철주야 그만두지 않아야 한다는 말이다. 〔習是修故之稱也. 言人不學則已, 旣學必因仍而修習, 日夜無替也.〕" 이 말은 공자의 "학습" 속에 들어 있는 심오한 뜻을 꽤나 터득한 것이다. 송나라의 황중원黃仲元도 이렇게 말했다. "≪논어≫를 펼치면 그 중심은 '공부〔學習〕'라는 글자에 있고, 공부의 요점은 연습에 있다. ……연습하면 정통하게 된다. 〔≪論語≫開卷重在'學習'字上, 學之要在於習, ……習則熟矣.〕"46)

"학습"의 본뜻은 바로 배움〔學〕과 연습〔習〕을 합하는 것이다. 오직 부지런히 연습하되 실천을 중시해야만 비로소 성취할 수 있다는 것을 알 수 있다.

두 번째는 생각을 잘하되 배움〔學〕과 생각〔思〕을 결합하는 것이다. ≪논어・위정≫에서 이렇게 말했다.

선생님께서 말씀하셨다. "배우기만 하고 생각하지 않으면 얻는 것이 없게 되고, 생각만 하고 배우지 않으면 위태롭게 된다." 〔子曰: "學而不思則罔, 思而不學則殆."〕

---

46) (송) 황중원, ≪사여강고≫ 권1, ≪문연각사고전서≫본.

또 ≪논어 · 위령공≫에서도 이렇게 말했다.

선생님께서 말씀하셨다. "내 일찍이 하루 종일 아무것도 먹지 않고, 밤새도록 잠도 자지 않고서 생각에 잠긴 적이 있었다. 그러나 아무런 소득이 없었으니, 배움에 힘쓰느니만 못한 일이다."〔子曰: "吾嘗終日不食, 終夜不寢, 以思, 無益, 不如學也."〕

공부는 배움과 연습을 결합해야 하는 것일 뿐만 아니라, 또한 배움과 생각을 결합해야 하는 것이라고 공자는 강조했다. 이러한 사상은 선진 유가와 북송 이학가 등에 의해 한 단계 더 상세히 해석되어 후세에 큰 영향을 끼쳤다.

≪맹자 · 고자 상告子上≫에서 다음과 같이 말했다. "귀와 눈의 기능은 생각을 하지 못하여 (귀와 눈에서 생겨나는) 물욕에 (마음이) 가려지게 되니, 물욕이 외물과 사귀게 되면 (그 물욕이) 외물을 끌어당길 뿐이다. 마음의 기능은 생각하는 것이니, 생각하면 (이치를) 얻게 되고, 생각하지 못하면 (이치를) 얻지 못하게 된다.〔耳目之官不思, 而蔽於物, 物交物, 則引之而已矣. 心之官則思, 思則得之, 不思則不得也.〕" ≪예기 · 중용中庸≫에서는 이렇게 말했다. "널리 배우고, 자세히 캐물으며, 신중하게 생각하고, 분명하게 분별하고, 도탑게 실행한다.〔博學之, 審問之, 愼思之, 明辨之, 篤行之.〕"

≪순자 · 권학≫에서 이렇게 말했다. "군자들께서 '배우는 일을 중단하면 안 된다.'라고 말씀하셨다. ······나는 일찍이 온종일 생각해보았으나 잠깐 동안이라도 배워서 얻은 것만 못했다. 나는 일찍이 발꿈치를 들어 애써 바라보았으나 높은 곳에 올라가 널리 둘러보는 것만 못했다.〔君子曰: 學不可以已. ······吾嘗終日而思矣, 不如須臾之所學也. 吾嘗跂而望矣, 不如登高之博見也.〕"47)

---

47) (청) 왕선겸 지음, 심소환 · 왕성현 표점 교감, ≪순자집해≫, 중화서국,

양웅揚雄은 《법언法言‧학행學行》에서 이같이 말했다. "어떤 사람이 '학문을 해도 유익할 것이 없습니다. 타고난 자질대로 하는 것이 어떻습니까?'라고 물으니, 이렇게 대답했다. '아직 생각이 미치지 못한 말이다.' ……학문을 하여 도를 닦고, 사색을 하여 그것을 정밀하게 하고, 벗과 벗이 그것을 연마하고, 명예로운 것을 귀하게 여기고, 생애를 게으르지 않게 마친다. 그러면 학문을 좋아하는 사람이라고 이를 수 있을 것이다. 공자는 주공을 배운 사람이고, 안연은 공자를 배운 사람이다. 〔或曰: '學無益也, 如質何?' 曰: '未之思矣.' ……學以治之, 思以精之, 朋友以磨之, 名譽以崇之, 不倦以終之, 可謂好學也已矣. 孔子習周公者也, 顔淵習孔子者也.〕"48) 그런데 북송北宋의 정이程頤(1033~1107)는 진일보하여 "학문은 생각하는 것에 근원을 두고 있다. 〔學本於思.〕"(《하남정씨유서河南程氏遺書》 권6 제8조)라는 말을 제시하고, "생각"이 "학문"보다 더 중요하다고 주장했다.

이러한 논의들은 모두 서로 다른 각도에서 진일보하여 공자가 배움과 연습을 결합하려 하거나 혹은 배움과 생각을 결합하려는 사상을 강조하고 상세히 설명한 것이다. 우리들이 이것들을 똑같이 중시해야 한다.

세 번째는 아랫사람에게 묻기를 부끄러워하지 않고, 좋은 것은 가려서 따르되 배움〔學〕과 물음〔問〕을 결합하는 것이다. 공자는 "배워서 아는" 사람이 있고, "곤란에 부딪혀서야 배우는" 사람이 있는데, 배울 때 곤란이 있더라도 그것을 덮어 숨길 필요가 없다고 생각했다. 그리고 "곤란에 부딪혀도 배우지 않는" 것은 바로 배우는 사람들이 크게 금기시해야 할 것이라고 여겼다. 곤란이 있으면, 바로 공부〔學習〕를 통해서 곤란을 해소해야 한다. 《논어‧위령공》

1988, 4쪽.

48) 왕영보汪榮寶 찬찬撰, 진중부陳仲夫 점교點校, 《법언의소法言義疏》 권1, 중화서국, 1987 8쪽‧12쪽.

에서 이렇게 말했다.

> 자공이 물었다. "공문자는 어찌하여 시호를 문文이라고 했습니까?" 선생님께서 말씀하셨다. "영민하면서도 배우기를 좋아하고, 아랫사람에게 묻기를 부끄러워하지 않았다. 그래서 문이라고 했다."〔子貢問曰: "孔文子何以謂之文也?" 子曰: "敏而好學, 不恥下問, 是以謂之文也."〕

위의 인용에서 "영민하면서도 배우기를 좋아하고, 아랫사람에게 묻기를 부끄러워하지 않는다."는 것은 위衛나라 대부인 공문자를 칭찬한 것이면서, 공자가 배우기를 좋아하는 자기 자신을 가장 잘 묘사한 것이고, 또한 공자가 문하의 제자들을 훈계하고 격려한 것이다. 전목은 이에 대해 이렇게 말했다. "유능하면서도 무능한 자에게 물어보고, 박학다식하면서도 학식이 얕고 견문이 좁은 자에게 물어보는 것은 다 아랫사람에게 묻는〔下問〕 것이라 하니, 특별히 지위와 연령의 고하를 가리키는 것은 아니다."49)

"세 사람이 함께 일을 할 때는 반드시 거기에 내 스승이 있다. 그 가운데 좋은 점은 골라서 따르고 좋지 않은 점은 가려내어 내 잘못을 고친다.〔三人行, 必有我師焉. 擇其善者而從之, 其不善者而改之.〕"《논어·술이》라고 공자는 말했다. 공자는 일정한 스승에게 배우지 않았으며, 특정한 스승을 두지 않았다는 것은 바로 어디에서나 모두 스승이 있었다는 것이다. 연령이나 지위의 고하라든지, 지식의 많고 적음이라든지, 생김새의 아름다움과 추함이든지, 장점의 많고 적음이든지를 막론하고, 그들의 우수한 점만 보면 바로 배웠다는 것이다. 전목은 이렇게 말했다. "도가 없는 데가 없다. 학문은 단지 자기에게 달려 있을 뿐이다. 잘 배울 것 같으면, 스스로 스승을 얻을 수 있다."50)

---

49) 전목, 《논어신해》, 삼련서점, 2012, 112쪽.

이러한 말들로부터 배움과 물음이 도처에 널려 있다는 것을 알 수 있다. 단지 문제가 되는 것은 우리들이 배우려는 자세와 배우려는 용기를 가지고 있는지의 여부에 달려 있을 뿐이다.

---

50) 전목, ≪논어신해≫, 삼련서점, 2012, 167쪽.

5절 | 공부의 목적과 가르침

공부의 목적은 무엇인가? 사실 공자가 보기에 공부를 하는 최고의 상태는 바로 목적을 두지 않는 것이다. 하지만 일반적으로 사람들이 공부를 할 때면 모두 자신들이 공부하는 목적을 가지고 있다.

1. 각자가 공부하여 도달하려는 종점은 결코 일치하지 않는다

≪논어·자한≫에서 이렇게 말했다.

선생님께서 말씀하셨다. "같이 배울 수는 있어도 함께 도에 나아갈 수 있는 것은 아니다. 같이 도에 나아갈 수는 있어도 함께 도의 편에 설 수 있는 것은 아니다. 같이 도의 편에 설 수는 있어도 함께 상황에 맞게 대처할 수 있는 것은 아니다."〔子曰: "可與共學, 未可與適道. 可與適道, 未可與立. 可與立, 未可與權."〕

개체의 차이성으로 인해 사람마다 공부를 해서 도달하려고 하는 종점이 사실 모두 일치하지는 않는다고 공자는 생각했다. 예를 들면 함께 공부할 수 있는 사람이라 하더라도, 반드시 어떤 성취를 같게 얻을 수 있는 것은 아니다. 어떤 성취를 같게 얻은 사람이라 하더라도, 반드시 일마다 법칙에 따라 같게 행할 수 있는 것은 아니다. 일마다 법칙에 따라 같게 행하는 사람이라 하더라도, 반드시 시대의 추세에 따라 변통하는 것을 같게 할 수 있는 것은 아니다.51)

또 ≪논어·자한≫에서 이렇게도 말했다.

> 선생님께서 말씀하셨다. "싹이 돋았으나 이삭이 패지 못하는 것이 있고, 이삭은 팼으나 열매를 맺지 못하는 것이 있도다." [子曰: "苗而不秀者有矣夫! 秀而不實者有矣夫!"]

여기에서 공자는 개인 공부의 발전을 농작물 성장에 비유하고 있다. 그가 말한 뜻은 "농작물을 키우더라도, 오히려 이삭도 패지 않고 꽃도 피지 않는 것도 있도다! 이삭을 패고 꽃을 피우더라도, 열매를 맺지 못하는 것도 있도다!"52)라는 것이다. 양백준은 이렇게 말했다. "한나라와 당나라의 사람들은 대부분 공자의 이 말을 안회가 단명한 것에 대해 말한 것이라고 생각했다. 그러나 안회는 단지 '꽃을 피웠으되 열매를 맺지 못한 것 [秀而不實] '(미형爾衡[173~198], ≪동한문기東漢文紀≫ 권25 〈안자비顔子碑〉)이니, 그렇다면 '싹을 틔웠으나 이삭이 패지 못한 것'은 또 누구를 가리켜 말하는 것인가? 공자는 반드시 어떠한 의도를 가지고서 말했지만, 결국 무엇을 가리키는지 함부로 예측할 수 없다."53)

사람마다 문화적 배경을 비롯해 흥미, 연령, 신체적 건강, 노력의 정도 등이 천차만별로 다르다. 그래서 사람마다 마지막에 도달하는 지점도 일치하지 않는다. 교육 과정에서 공자도 이러한 점

---

51) 양백준, ≪논어역주≫, 중화서국, 1980, 95~96쪽.
52) 양백준, ≪논어역주≫, 중화서국, 1980, 94쪽.
53) 양백준, ≪논어역주≫, 중화서국, 1980, 94쪽.

을 충분히 주의했다. 그래서 그가 학생들에게 거는 기대도 다 달랐던 것이다. ≪논어·옹야≫에서 이렇게 말했다.

선생님께서 말씀하셨다. "보통 이상의 사람에게는 높은 가르침을 말해 줄 수 있지만, 보통 이하의 사람에게는 높은 가르침을 말해 줄 수 없다."〔子曰: "中人以上, 可以語上也. 中人以下, 不可以語上也."〕

공자는 사람마다 배운 것을 받아들이는 수준과 공부의 목적이 제각기 다르다고 생각했다. 그래서 "보통 수준 이상인 사람에게는 높고 깊은 학문을 말해 줄 수 있고, 보통 수준 이하의 사람에게는 높고 깊은 학문을 말해서는 안 된다."54)고 말한 것이다. 따라서 그가 사람들에게 거는 바람도 서로 달랐다.

만약 공부의 목적이 공리적인 것에서 나왔다면, 반드시 공부에 목표를 확정해야 한다. 그 목표로 공자는 "가까이는 부모를 섬기고, 멀리는 임금을 섬길 수 있게 하는 것"이라는 단기적 목표와 장기적 목표를 제시했다. ≪논어·양화≫(제9장과 제19장)에서 이렇게 말했다.

선생님께서 말씀하셨다. "자네들은 어찌하여 시를 배우지 않는가? 시는 감흥을 불러일으킬 수 있으며, 풍속의 성쇠를 살필 수 있게 하며, 사람과 잘 어울릴 수 있게 하며, 윗사람의 잘못을 풍자할 수 있으며, 가까이는 부모를 섬기고, 멀리는 임금을 섬길 수 있게 할 수 있으며, 새와 짐승 그리고 초목의 이름을 많이 알게 해준다."
〔子曰: "小子! 何莫學夫詩? 詩, 可以興, 可以觀, 可以群, 可以怨. 邇之事父, 遠之事君. 多識於鳥獸草木之名."〕

---

54) 양백준, ≪논어역주≫, 중화서국, 1980, 61쪽.

선생님께서 백어에게 말씀하셨다. "너는 ≪주남≫과 ≪소남≫을 배웠느냐? 사람이 ≪주남≫과 ≪소남≫을 배우지 않으면, 바로 담벼락을 마주 보고 서 있는 것과 같지 않겠느냐?"[子謂伯魚曰: "女爲≪周南≫·≪召南≫矣乎? 人而不爲≪周南≫·≪召南≫, 其猶正牆面而立也與?"]

이러했기 때문에 공자는 자신의 아들인 공리孔鯉에게 ≪시≫와 ≪예≫에서 시작해서 "부모를 섬기고", "임금을 섬기는" 것을 목표로 하여 공부에 힘쓸 것을 요구했다. 또 ≪논어·계씨≫에서 이렇게도 말했다.

진항이 백어에게 물었다. "그대는 별도로 들은 것이 있는가?"
"없습니다. 일찍이 홀로 서 계실 때 제가 종종걸음으로 마당을 지나가자, '시詩를 배웠느냐?' 하고 물어보셨습니다. '아직 배우지 못했습니다.'라고 대답했더니, '시를 배우지 않으면, 말을 할 수 없다.' 하시기에 물러나온 뒤에 시를 배웠습니다. 다른 날에 또 홀로 서 계시는데 제가 종종걸음으로 마당을 지나가니, '예禮를 배웠느냐?' 하고 물어보셨습니다. '아직 배우지 못했습니다.'라고 하니, '예를 배우지 않으면 남 앞에 나설 수가 없느니라.' 하시기에 물러나온 뒤 예를 배웠습니다. 이 두 가지를 들었습니다."
진항이 물러나 즐거워하며 말했다. "한 가지를 물었다가 세 가지를 얻어들었다. 시에 대해 듣고, 예에 대해 듣고, 군자가 자기 아들을 남달리 대하지 않는다는 것을 들었다."[陳亢問於伯魚曰: "子亦有異聞乎?" 對曰: "未也. 嘗獨立, 鯉趨而過庭. 曰: '學詩乎?' 對曰: '未也.' '不學詩, 無以言.' 鯉退而學詩. 他日又獨立, 鯉趨而過庭. 曰: '學禮乎?' 對曰: '未也.' '不學禮, 無以立.' 鯉退而學禮. 聞斯二者." 陳亢退而喜曰: "問一得三, 聞詩, 聞禮, 又聞君子之遠其子也."]

공자는 학생들에게 '육예'를 공부의 내용으로 삼아 사람들과 교제하고 손님을 접대하며, "부모를 섬기고", "임금을 섬기기"를 요구했다. 설령 자기의 아들인 공리라 할지라도, 역시 여기에서 예외가 아니었다.

2. 공리功利를 출발점으로 삼지 않으며, 도를 걱정하지 가난을 걱정하지 않는다

≪논어 · 헌문≫에서 이렇게 말했다.

선생님께서 말씀하셨다. "옛날의 학자들은 자신을 충실히 하기 위해 공부했고, 오늘날의 학자들은 남에게 인정받기 위해 공부한다."〔子曰: "古之學者爲己, 今之學者爲人."〕55)

공자가 말한 뜻은 "옛날 학자들이 공부한 목적은 자기의 학문과 도덕을 닦는 데 있었으며, 요즘의 학자들이 공부하는 목적은 자기를 꾸며 다른 사람에게 보이는 데 있다."56)는 것이다. 그는 옛날 학자들이 학업에 힘쓰는 것에 감개무량해했다. 왜냐하면 그들은 전적으로 자기 수양을 위하고, 자신의 학문과 도덕을 제고하는 것을 스스로 마음에 흡족해했기 때문이었다. 하지만 오늘날의 학자들은 공부의 목적이 순전히 대중에 영합하여 호감을 사고, 부귀를

---

55) ≪순자 · 권학≫에서 "옛날의 학자들은 자기 자신을 위해 학문을 하였고, 지금의 학자들은 남에게 보이기 위해 학문을 한다. 군자가 학문을 하는 것은 그자신을 아름답게 하기 위해서이고, 소인이 학문을 하는 것은 남에게 내놓아이용하기 위해서이다.〔古之學者爲己, 今之學者爲人. 君子之學也, 以美其身. 小人之學也, 以爲禽犢.〕"라고 하였다. ≪후한서≫ 권67 〈환영열전桓榮列傳〉에서 "위인爲人이라는 것은 명예에 의지하여 자신을 드러내는 것이다. 위기爲己라는 것은마음으로 도를 체득하는 것이다.〔爲人者, 憑譽以顯物. 爲己者, 因心以會道.〕"라고하였다. (이 두 가지는) 모두 공자 사상의 영향을 받은 진일보된 설명이다.

56) 양백준, ≪논어역주≫, 중화서국, 1980, 154쪽.

도모하기 위한 것이다. 이와 같이 공적과 이익을 도모하는 적나라한 심리 상태는 공자가 보기에 곧 인간성의 타락이며, 더없이 큰 비애였다.

공자는 제자들과 선비들[士人]에게 세속적인 공적과 이익을 멀리하고, 마땅히 감당해야 할 바의 책임과 사명을 짊어지도록 격려하여 힘쓰게 했다. 그는 일찍이 겸손하게 "내가 등용되지 못했기에 기예를 많이 익히게 되었다. [吾不試, 故藝.]"(《논어·자한》)라고 말했다. 이것은 자신이 공적과 이익을 위해서 공부하지 않았기 때문에 오히려 적지 않은 기예를 배울 수 있다고 여긴다는 것이다.

"도는 사람에게서 멀리 있지 않으니, 사람이 도를 행하면서 사람에게서 멀어진다면 도라고 할 수 없다. [道不遠人, 人之爲道而遠人, 不可以爲道.]"(《중용》 13장)라고 공자는 말했다. 또 "사람이 도를 넓힐 수 있는 것이지 도가 사람을 넓히는 것은 아니다. [人能弘道, 非道弘人.]"(《논어·위령공》)라고도 말했다. 공자가 보기에 "도를 넓히는 것"은 공부의 목표가 한층 더 높고 심원한 것이다. 그는 심지어 "아침에 도를 들으면 저녁에 죽더라도 괜찮다. [朝聞道, 夕死可矣.]"(《논어·이인》)라고 표명했다.

또 이렇게도 말했다. "부유함과 높은 지위는 누구나 원하는 것이다. 그러나 정당한 방법으로 얻은 것이 아니면, 그에 머물러 있지 않는다. 가난함과 비천함은 누구나 싫어하는 것이다. 그러나 정당한 방법으로 벗어나지 못하면, 그것을 떠나지 않는다. 군자가 인仁을 버리면 어디에서 명예를 이루겠는가? 군자는 밥 먹는 사이라도 인을 떠나지 않으니, 아무리 황급한 때에도 여기에 있으며, 아무리 어려운 상황에도 반드시 여기에 있다. [富與貴是人之所欲也, 不以其道得之, 不處也. 貧與賤是人之所惡也, 不以其道得之, 不去也. 君子去仁, 惡乎成名? 君子無終食之間違仁, 造次必於是, 顚沛必於是.]"(《논어·이인》)

물론 공자가 "남에게 인정받기 위한 [爲人]" 학문에 결코 반대한 것은 아니다. 그러나 엘리트 지식인으로서 물질적 욕망에 만족하는 데 국한되어서는 안 되며, 반드시 더 멀고 더 높은 정신적 추구가 있어야 한다. 전목은 이렇게 말했다. "공자는 '자신이 서고자 하는 것으로 남도 서게 해주며, 자신이 이루고자 하는 것을 남도 이루게 해준다.〔己欲立而立人, 己欲達而達人.〕'(≪논어·옹야≫)라고 하였다. 자신이 서고 자신이 이루는 것은 자기를 위한 것이다. 남도 세워 주고, 남도 이루어 주는 것은 다른 사람을 위한 것이다. 공자의 문하에서는 남에게 인정받기 위한 공부를 업신여기지 않았다. 다만 반드시 자신을 충실히 하기 위한 공부를 그 근본으로 세웠으니, 아직 자기를 위할 수 없으면서 남을 위할 수 있는 사람은 있을 수 없다는 것이다."57)

만약 선비〔士〕라는 지식인이 진실로 이것을 해낼 수 있다면, 장차 세상에 선비의 기풍이 크게 떨쳐지고, 민간의 풍속이 크게 진작될 것이니, 지극히 다행한 일일 것이다.

3. 공부해서 관리가 되어 세상을 다스리는 것이다

≪논어·태백≫에서 말했다.

선생님께서 말씀하셨다. "3년을 배우고서도 녹봉에 뜻을 두지 않는 사람을 만나기란 쉽지 않다."〔子曰: "三年學, 不至於穀, 不易得也."〕

공자가 생각하기에 어떤 한 사람이 학교에 들어가 여러 해 동안 공부를 하고서도, 그가 지향하는 것이 여전히 도를 추구하고,

---

57) 전목, ≪논어신해≫, 삼련서점, 2012, 337쪽.

진리를 추구하는 데 있고, 봉록이나 봉급 또는 직업을 구하는 데 있지 않다면, 그것은 보기가 쉽지 않은 것이라는 것이다. 공자는 또 이렇게도 말했다.

도를 독실하게 믿으면서도 배우기를 좋아하고, 죽음으로써 지키면서도 도를 잘 실천해야 한다. 위태로운 나라에 가서 벼슬하지 말며, 어지러운 나라에는 살지 말라. 천하에 도가 있으면 벼슬하고, 도가 없으면 은거해야 한다. 나라에 도가 있는데도 가난하고 천한 것은 부끄러워해야 할 일이고, 나라에 도가 없는데도 부유하고 귀한 것은 부끄러워해야 할 일이다. 〔篤信好學, 守死善道. 危邦不入, 亂邦不居. 天下有道則見, 無道則隱. 邦有道, 貧且賤焉, 恥也. 邦無道, 富且貴焉, 恥也.〕(《논어 · 태백》)

지식인은 돈독한 신념을 가져야 하고, 또 배우기를 좋아하되 그 신념을 죽을 때까지 굳게 지켜야 하며, 바른 도리를 널리 떨쳐 일으켜야 한다고 공자는 생각했다. 위급한 상황에 처한 나라에는 가지 않아야 하고, 기강이 문란한 나라에는 머물지 않아야 한다. 천하가 태평할 때는 마땅히 자신의 재능을 드러내야 하고, 혼란할 때는 감추고 벼슬길에 나아가지 않아야 한다. 나라가 평온할 때 만약 여전히 가난하고 천하다면, 그것은 수치스러운 일이다. 나라가 어지러울 때 오히려 재산이 많고 지위가 높으면, 그것도 수치스러운 일이다.

공자의 학생인 자장이 그에게 관직을 구하고 봉록을 얻는 공부의 방법을 물었다. 그런데 공자는 뜻밖에 그에게 어떻게 공부를 해야 하는지 그 방법을 알려주고, 아울러 만약 이런 것들을 다 해내면 관직과 봉록도 바로 그 속에 있다고 그에게 말해 주었다. 《논어 · 위정》에서 말했다.

자장이 봉록 얻는 방법을 배우려고 하자, 선생님께서 말씀하셨다. "많이 듣고 그 가운데 의심스러운 것은 빼놓고, 그 나머지만 신중히 말하면 허물이 적다. 많이 보고 그 가운데 위태로운 것은 빼놓고, 그 나머지만 신중히 행하면 후회가 적다. 말에 허물이 적고 행동에 후회가 적으면, 봉록은 그 안에 있다."〔子張學干祿. 子曰: "多聞闕疑, 愼言其餘, 則寡尤. 多見闕殆, 愼行其餘, 則寡悔. 言寡尤, 行寡悔, 祿在其中矣."〕

이와 같이 보기에 마치 동문서답 같은 대답 속에서 의외로 공부와 관리가 되어 나랏일 하는 것에 대한 공자의 태도가 완곡하게 드러나고 있다. 전목은 이같이 말했다. "공자는 자기 문하의 학생들이 봉록과 관직을 구하려고 급급해 하는 것을 싫어했다. 그러나 자장에게는 자기가 공부하는 것에 대해 많이 듣고 많이 보기를 추구하되, 의심이 가는 것은 보류해 두고 위태로운 것은 미루어 두라 하고, 다시 이어서 신중하게 말하고 조심스럽게 행동해서 말에 오류가 적고 행동에 후회할 일이 적게 되면, 관직을 구하고 봉록 얻는 방법이 곧 그 안에 있다고 알려 주었다. ……공자가 말한 것은 예나 지금이나 보편적으로 적용되는 도리이다."58) 사실 공자가 자장의 물음에 답해 준 것에는 바로 그가 강조한 "학문을 해도 봉록이 그 가운데 있을 수 있다. 〔學也, 祿在其中矣.〕 "(≪논어·위령공≫)라는 생각을 구체적으로 드러낸 것이다.

그래서 자하는 공자의 사상을 또한 "벼슬하면서 남는 힘이 있으면 학문을 하고, 학문을 하고 남은 힘이 있으면 벼슬을 할 것이다. 〔仕而優則學, 學而優則仕.〕 "(≪논어·자장≫)라는 것으로 요약했다. 그렇지만 실제로 공자는 먼저 배운 다음에 벼슬해야 한다고 주장했다. 그는 공부와 벼슬의 관계를 해결하는데 있어서 가장 좋아한 것은 칠조개의 태도였다. ≪논어·공야장≫에서 이렇게 말했다.

---

58) 전목, ≪논어신해≫, 삼련서점, 2012, 39쪽.

선생님께서 칠조개에게 벼슬하라고 하시자, 칠조개가 대답했다. "저는 이 일에 대하여 아직 자신이 없습니다." 선생님께서 기뻐하셨다.
〔子使漆雕開仕. 對曰: "吾斯之未能信." 子說.〕

이에 대해 전목은 이렇게 말했다. "벼슬을 한다는 것은 장차 도를 행하려는 것이기에 칠조개는 서둘러 벼슬하려 하지 않았다. 그는 이 일에 대해 아직 자신할 수 없다고 하면서 학문과 수양에 더욱 궁구하여 스스로 진보가 있기를 원하여 서둘러 관리가 되려고 하지 않았다. ……공자는 결코 벼슬하지 않는 것으로 고상함을 삼지 않았다. 그렇다고 그의 제자들이 이익과 봉록에 열중하고, 급급하게 입신영달을 구하는 것도 원하지 않았다. 그래서 칠조개가 겸손하게 사양하는 말을 듣고서 기뻐했던 것이다."59) 이 말은 공자의 마음과 매우 깊이 통하는 것이다.

"학문을 하고 남은 힘이 있으면 벼슬을 할 것이다." 하지만 "임금의 녹봉을 먹고 임금을 섬김에 충성을 다한다.〔食君之祿, 忠君之事.〕" (《삼국연의》 제68회)는 것도 사람의 본분이다. 공자는 이렇게 훈계했다.

임금을 섬길 때 그 일을 정성껏 하고, 보수를 받는 것은 뒤로한다.
〔事君, 敬其事而後其食.〕 (《논어·위령공》)

군주를 모셔서는 성실하게 일하고, 봉록 받는 일을 뒤로한다는 것이다. 주희는 이렇게 말했다. "군자가 벼슬을 하면, 관직 담당자가 되어서는 그 직무를 수행하고, 간언 담당자가 되어서는 그 충심을 다한다. 이 모두는 내가 맡은 일을 공경히 하는 것일 뿐, 먼저 녹봉을 구하는 마음이 있어서는 안 된다.〔君子之仕也, 有官守者修其職, 有言責者盡其忠, 皆以敬吾之事而已, 不可先有求祿之心也.〕" (《논어집주》 권8)

---

59) 전목, 《논어신해》, 삼련서점, 2012, 113쪽.

이것은 고대에 주로 임금과 신하의 관계에 관해서 말한 것이다. 오늘날에 이르러 이러한 도리는 우리가 상하 관계와 고용 관계 등을 해결하는데 여전히 참고할 만한 중요한 가치를 지니고 있다.

≪논어·선진≫에 이렇게 기록하고 있다. "자로가 자고에게 비읍費邑의 수령을 시키자, 선생님께서 말씀하셨다. '남의 자식을 망치는구나!' 자로가 말했다. '백성이 있고 사직이 있으니, 어찌 반드시 책을 읽은 다음에야 배우는 것이 되겠습니까?' 선생님께서 말씀하셨다. '이래서 나는 말재주 부리는 자를 미워하는 것이다.'〔子路使子羔爲費宰. 子曰: '賊夫人之子.' 子路曰: '有民人焉, 有社稷焉. 何必讀書, 然後爲學?' 子曰: '是故惡夫佞者.'〕"

자로가 자고에게 위나라 비費 땅의 읍장을 하도록 했다. 그런데 공자의 반대에 부딪쳤다. 공자가 무엇 때문에 극력 반대했는지, ≪논어≫에는 그 이유를 설명하고 있지 않다. ≪사기·중니제자열전≫에 이렇게 기록되어 있다. "자고는 신장이 5척에도 못 미치었다. 공자에게서 가르침을 받을 때 공자는 그를 우직하다고 여겼다.〔子羔長不盈五尺, 受業孔子, 孔子以爲愚.〕" 이 기록에 의하면, 아마도 오해가 있었던 것 같다. 그 오해는 공자가 자고에 대해 가진 편견으로 생각된다.

사실 자로가 공자에게 "어찌 반드시 책을 읽은 다음에야 배우는 것이 되겠습니까?"라고 반문한 것으로 추측해보면, 공자가 반대한 까닭을 이해하기 어렵지 않다. 왕충은 ≪논형≫에서 두 차례에 걸쳐 공자가 반대한 까닭을 이렇게 언급했다. "자로는 자고를 후정郈亭 지방 관리로 보내려 했지만 공자가 반대했다. 자고가 학문이 깊지 않아서 아는 바가 없다고 여겼기 때문이다.〔子路使子羔爲郈宰, 孔子以爲不可, 未學, 無所知也.〕"(≪논형·예증藝增≫) 또 이렇게도 말했다. "자로가 자고에게 비읍의 수령을 시키자, 공자가 말했다. '남의 자식을 망치는구나!' 공자가 이렇게 말한 것은 둘 모두 학문이 부족하고, 대도大道를 체득하지 못했기 때문이었다. 〔子路使子羔爲費宰, 孔子曰: '賊夫人之子.' 皆以未學, 不見大道也.〕"(≪논형·양지量知≫)

왕충의 해석에 따르면, 공자가 반대한 까닭이 자고는 "대도大道를 알지 못했기 때문"이라는 것을 알 수 있다. 대도라는 것은 고대에 임금과 신하 사이의 도리를 가리킨다. 자고가 임금과 신하 그리고 지위가 높은 사람과 낮은 사람 사이의 도리에 밝지 못한 것은 나라와 백성에게 이롭지 않다는 것이다.

사실이 증명하듯이 공자의 선견지명은 정확했다. 위나라에 내란이 일어났을 때 자고는 성城을 버리고 도망쳤다. 그러나 자로는 성 밖에서 성 안에 내란이 발생했다는 소식을 듣고, 성을 구하려 급히 달려갔다. 성문 밖에 이르렀을 때, 자고가 자로에게 이 때문에 불행을 당할 필요가 없다고 충고했다. 그러나 자로는 오히려 "그 나라의 봉록을 받는 자는 그 나라의 난리를 피할 수는 없다. 〔食其食者不避其難〕"(≪사기·중니제자열전≫)라는 말로 자신의 뜻을 나타내었다. 결과는 바로 공자가 예견한 바와 같이 자고는 살려고 도망쳤고, 자로는 내란으로 죽었다.60)

이 사건은 자로와 자고의 사람 됨됨이와 나랏일을 처리하는 데 있어서 큰 차이가 있음을 보여준다. 또한 공자가 학습 과정에서 제자들의 성격을 정확하게 파악했다는 것을 잘 드러내고 있다.

우리가 앞에서 말한 바와 같이 공자가 보기에 공부는 지식 방면의 내용을 포함할 뿐만 아니라, 또한 덕행 방면의 내용도 포함하고 있다. 공자는 자기 제자들에 대해 너무나 잘 알고 있었다. 바로 그가 자고의 사람 됨됨이를 충분히 알고 있었기 때문에 자고를

---

60) 이에 대한 상세한 내용은 ≪춘추좌씨전≫ 애공 15년, ≪사기·중니제자열전≫ 참조.

"비읍과 후정의 장관으로 삼는 것"에 반대할 수 있었고, 그래서 "남의 자식을 망치는구나!"라고 말했던 것이다. 이 때문에 "대도"에 밝지 못한 것을 줄곧 유가 공부에 있어서 중대한 금기로 간주했던 것이다. 후배로서 이를 삼가지 않을 수 있겠는가!

10장

공자의 교우관交友觀

'만물은 종류대로 모이고, 사람은 무리에 따라 분류된다.〔物以類聚, 人以群分.〕' 중국은 옛날부터 지금까지 벗을 사귀는 도리를 상당히 중요시했으며, 개인이 교제하는 범위를 중시했다. ≪관자管子 · 권수權修≫에서는 "그들의 교유 관계를 살펴보면, 현명한지 그렇지 않은지를 알 수 있다.〔觀其交游, 則其賢不肖可察也.〕"라고 하였다. 교우交友는 한 인간의 품행을 관찰하는 중요한 근거 중의 하나가 되었다.

사귄다는 뜻의 交〔교〕라는 글자는 갑골문에 "𡗵"로 되어 있다. 이것은 마치 한 사람〔𡗵〕이 양다리를 좌우로 교차하고〔𡗵〕 서 있는 형상이다. ≪설문해자≫(권10하下)에서는 이렇게 설명하고 있다. "교交는 다리를 교차시켰다는 뜻이다. 대大로 구성되어 있고, 교차된 모양을 상형하였다. 교交 부部에 속하는 한자는 모두 교交의 의미를 따른다.〔交, 交脛也. 從大, 象交形. 凡交之屬皆從交.〕"이것은 "교"가 바로 종아리를 서로 엇갈리게 하고 서 있거나, 사람이 양다리를 교차하고 있는 모습을 본뜬 것이라고 여기는 것이다.

이러한 이해는 갑골문의 글자 모양과 크게 다르지 않다. 옛사람들이 땅바닥에 자리를 깔고 앉아 무릎을 마주하고 이야기하는 것은 관계가 무척 좋다는 것을 나타내니, 대체로 "교" 자의 원시적 의미를 반영하고 있다. 그래서 옛사람들은 양다리를 교차하여 앉고 선 모습에서 자연스럽게 '친구'를 나타내는 전의적轉義的 의미가 파생되어 나왔다.

友〔우〕는 갑골문에 "𠬦"나 "𠬞" 또는 "𠬝"로 되어 있는데, 그 글자꼴에 함축된 의미에 대해서는 의견 차이가 비교적 크다. 어떤 사람은 "𠬦"가 두 손을 맞잡고 있는 모양으로, 악수하고 친구가 되는 것을 나타낸다고 주장한다. 또 어떤 사람은 "‰"가 "友〔우〕"자의 갑골문이 아니라고 주장한다.

글자 모양을 보면 두 손을 서로 마주하고 있는 모습이 아주 분명히 드러난다. 그렇기 때문에 이것은 방향을 같이한다〔同向〕, 뜻을 같이한다〔同志〕는 뜻을 나타내고, "友"의 원시적 의미라고 하는 것이 마땅하다. 그러므로 《설문해자》(권3하)에서는 "‰: 뜻을 같이하는 것이 우友이다. 이二와 우乂로 구성되어 있다. 서로 교제한다는 것이다.〔‰: 同志爲友. 從二乂. 相交友也.〕"라고 하였다. 이것은 지향하는 것이 같아서 서로 친하게 지낸다는 것이니, 이것을 일컬어 "우"라고 한다.

"교"와 "우"를 조합해서 만든 명사는 바로 친구〔朋友〕라는 뜻이다. 그리고 이 두 글자를 조합한 동사가 바로 친구를 사귄다는 뜻이다. "교"와 "우"의 본래 뜻에는 모두 "친구"라는 의미를 가지고 있으며, 그 동사인 "친구를 사귄다"는 의미는 아마 명사적 의미의 토대 위에서 발전되어 나왔을 것이다. 《예기・유행儒行》에서 이렇게 말했다. "유자의 행실은 방정함에 근본을 두고 의義로 확립하는데, 의가 같으면 나아가지만 다르다면 물러납니다. 그들은 벗을 사귐에 이와 같은 점이 있는 것입니다.〔其行本方立義, 同而進, 不同而退. 其交友有如此者.〕" 동한의 정현은 이렇게 말했다. "함께 한 스승의 문하에서 수학한 사람을 붕朋이라 하고, 뜻이 같은 사람을 우友라 한다. 〔同師曰朋, 同志曰友.〕"(《논어주소》 권1)

이것을 보면, 고대에 "붕우"라는 말의 뜻을 정의한 것에는 '붕'과 '우'의 의미가 조금 다르다는 것을 알 수 있다. "함께 한 스승의 문하에서 수학한 사람을 붕이라 한다."라고 하였으니, 고대에 "붕"의 함의는 '동학同學'이라는 단어와 비슷하다는 것을 알 수 있다.

"붕"에 비하면, "우"의 감정적 관계가 좀 더 가까운 듯하다. 왜냐하면 함께 한 스승에게서 전수받은 사람이라고 해서 결코 지향하는 것이 서로 맞는 것은 아니기 때문이다. 하지만 지향이 서로 맞는 사람도, 반드시 동일한 사승師承 관계가 있는 것은 아니다. 물론, 후세에는 일반적으로 "붕우"를 섞어서 말하는 경우가 많고, "함께 한 스승의 문하에서 수학했는지", 아니면 "지향이 같은지"의 미세한 차이에 그다지 관심을 갖지 않는다.

"교우"는 곧 친구〔朋友〕라는 뜻으로, 선진 시기에 비교적 넓게 사용되기 시작했다. ≪상군서·금사禁使≫에서는 이렇게 말했다. "그러므로 최상의 정치 상황에서는 부부나 친구 사이에도 상대방을 위해 죄악이나 비리를 덮어 줄 수 없고, 친밀한 관계로 인해서 법을 해치지 않으며, 백성들도 서로 잘못을 숨겨 줄 수 없습니다. 〔故至治, 夫妻交友不能相爲棄惡蓋非, 而不害於親, 民人不能相爲隱.〕""부부와 친구"를 앞뒤로 동렬에 두고 논하고 있다.

≪여씨춘추·계춘기季春紀·논인論人≫에서는 "교우"를 "사람을 평가하고〔論人〕" 관찰하는 중요한 근거로 삼고 있다. "여덟 가지를 관찰하고 여섯 가지를 시험하는 것은 현명한 군주가 사람들을 평가하는 수단이다. 사람을 평가할 때는 또한 여섯 종류의 인척과 네 종류의 사사로운 관계에 있는 이들을 가지고 한다. 여섯 종류의 인척은 무엇을 말하는가? 아버지를 비롯해 어머니, 형, 아우, 부인, 자식을 가리킨다. 네 종류의 사사로운 관계란 무엇을 말하는가? 사귀는 친구를 비롯해 오래된 친지, 같은 성읍이나 향리의 이웃, 거처하는 문 안의 사람들을 가리킨다. 안으로는 여섯 종류의 인척과 사사로운 관계에 있는 네 종류의 사람들을 이용하고, 밖으로는 여덟 가지를 관찰하고 여섯 가지를 시험하면 그 사람의 실정과 꾸밈, 탐욕과 비루함, 훌륭함과 추함을 빠뜨리지 않고 파악하게 된다. 〔八觀六驗, 此賢主之所以論人也. 論人者, 又必以六戚四隱. 何謂六戚? 父·母·

兄·弟·妻·子. 何謂四隱? 交友·故舊·邑里·門郭. 內則用六戚四隱, 外則用八觀六驗,
人之情僞·貪鄙·美惡·無所失矣.]"

≪여씨춘추≫에 따르면, 현명한 군주가 인재를 선발할 때 그
를 관찰하는 절차는 매우 엄격하다. 밖으로는 "관찰할 여덟 가지와
시험할 여섯 가지"가 있고, 안으로는 살펴야 할 "여섯 종류의 인척
과 네 종류의 사사로운 관계"가 있다. "여섯 종류의 인척"에서 벗어
난 것이 바로 "네 종류의 사사로운 관계"이다. "네 종류의 사사로운
관계" 가운데 "사귀는 친구〔交友〕"가 으뜸의 자리를 차지한다.

중국의 문화적 전통 속에서는 선진시대부터 특별히 교우를 중
시했다. 사람들은 항상 친구를 사귀는 형태를 통해 개인의 품행과
능력을 관찰하고, 심지어 지위와 품계를 높이거나 낮추는 것을 결
정할 수도 있었다. 그러므로 ≪논어≫에 기록된 공자의 교우 사상
도 바로 이러한 시대적 배경 하에서 나온 것이다.

공자는 그의 인생과 교육, 그리고 교과 과정 속에서 특별히 교
우의 도리를 중시했다. 〈학이〉와 〈공야장〉 및 〈안연〉 등의 편에서
교우의 도리를 전문적으로 논술했다. 구체적으로 말해서, 공자는
이하의 몇 가지 주요한 방면을 통해 교우의 도리를 설명했다.

1절 | 교우의 원칙

어떠한 친구를 선택해야 하는지, 어떻게 하면 친구가 되는지, 어떻게 친구와 지내야 하는지를 ≪논어≫의 관련 기록은 모두 유가 사상의 정수로 생동감 있게 구체적으로 표현하였다.

1) 첫 번째는 성의와 신의(忠信)의 원칙이다

유가는 이 점을 친구와 사귀는 가장 중요한 원칙으로 간주하고, 또한 일상의 교육과 수신 및 자기반성의 중요한 내용에 포함시켰다. ≪논어·공야장≫에서는 이렇게 말했다.

> 자로가 말했다. "선생님의 뜻을 듣고 싶습니다." 선생님께서 말씀하셨다. "노인들을 편안케 해드리고, 벗들이 나를 믿게 하고, 젊은이들을 감싸주고 싶다." 〔子路曰: "願聞子之志." 子曰: "老者安之, 朋友信之, 少者懷之."〕

공자는 이것을 스스로 실천하였으니, 그가 교우 속에서 충신의 중요성에 대하여 높이 인정했다는 것을 알 수 있다. 공자는 성의와 신의는 사람 됨됨이의 기본이라고 강조했다. 그러므로 교우는 더 말할 나위도 없다. ≪논어·위정≫에서 이렇게 말했다.

> 선생님께서 말씀하셨다. "사람으로서 신의가 없으면, 그런 사람은 괜찮을지 모르겠다. 소가 끄는 큰 수레에 끌채가 없고, 말이 끄는

작은 수레에 끌채가 없으면 어떻게 갈 수 있겠는가?"〔子曰: "人而無信, 不知其可也. 大車無輗, 小車無軏, 其何以行之哉?"〕

어떤 사람이 신용이 없으면, 장차 한 걸음도 나아가지 못하게 될 것이다. "신信이라는 것은 마음과 마음 사이를 관통하여 쌍방의 마음을 긴밀하게 연결할 뿐만 아니라, 또 활동에 여지를 두게 하는 것이니, 바로 크고 작은 수레에 있는 끌채와 것은 것이다."[1]

공자의 이런 사상은 그의 학생들에게 영향을 미쳤고, 또한 그들에 의해 자각적으로 계승되었다. ≪논어·학이≫에서 이렇게 말했다.

자하가 말했다. "벗을 사귀되 말에 신용이 있어야 한다."〔子夏曰: "與朋友交言而有信."〕

또 (≪논어·학이≫에서) 이렇게도 말했다.

증자가 말했다. "나는 날마다 여러 번 스스로를 반성한다. 남을 위해 일할 때 성의를 다하지 않았는가? 벗들과 사귀는데 미덥지 못했는가? (제자들에게) 미숙한 지식을 전수하지 않았는가?"〔曾子曰: "吾日三省吾身: 爲人謀而不忠乎? 與朋友交而不信乎? 傳不習乎?"〕

자하의 말은 공자를 그대로 계승한 것이라고 말할 수 있다. 그러나 증자의 말은 매일 자기를 반성하는 공부로 삼아 한층 더 상승한 것이니, 그 중시하는 정도를 알 수 있다. 후세 사람들이 증자를 공자 학설의 중요한 후계자로 보고, ≪중용≫이 그의 손에서 나왔다고 하는 것은 바로 그의 사상과 공자 학설이 한 계통으로 이어져 내려왔다는 것을 보여준다.

---

1) 전목, ≪논어신해≫, 삼련서점, 2012, 43쪽.

2) 두 번째는 취향의 원칙이다

≪논어·학이≫에서 이렇게 기록하고 있다.

선생님께서 말씀하셨다. "성의와 신의를 위주로 하며, 나보다 못한 사람을 사귀지 말며, 잘못이 있으면 고치기를 꺼리지 말아야 한다."
〔子曰: "主忠信, 無友不如己者, 過則勿憚改."〕

또 ≪논어·자한≫에서도 이렇게 기록하고 있다.

선생님께서 말씀하셨다. "성의와 신의를 위주로 하며, 나보다 못한 사람을 사귀지 말며, 허물이 있으면 고치기를 꺼리지 말아야 한다."
〔子曰: "主忠信, 毋友不如己者, 過則勿憚改."〕

공자는 "나보다 못한 사람을 사귀지 말라."고 여러 차례 강조했다. 여기에서 같다는 뜻의 "如〔여〕"는 닮다는 뜻의 "像〔상〕"이라는 의미이지, "미치다〔及〕나 ~과 비교가 되다〔比得上〕"라는 의미가 아니다. 사귀는 친구는 취향이 서로 비슷하고, 의기가 투합하고, 지향하는 바가 같아야 한다고 공자는 강조했다.

그는 덕행을 갖춘 사람은 반드시 지향하는 바가 일치하는 친구를 얻을 수 있다고 생각했다. 그래서 그는 확고하게 "가는 길이 같지 않으면, 서로 함께 일을 도모하지 않는다.〔道不同, 不相爲謀.〕"(≪논어·위령공≫)라고 언명했다. 동시에 또 "덕은 외롭지 않으니, 반드시 이웃이 있다.〔德不孤, 必有鄰.〕"(≪논어·이인≫)라고 굳게 믿었다. 이것은 그가 "도덕이 있는 사람은 외로울 리가 없고, 반드시 뜻을 같이하고 도리가 합치하는 사람이 있어 그와 동반자가 된다."[2]고 생각했다는 것이다.

---

2) 양백준, ≪논어역주≫, 중화서국, 1980, 41쪽.

전목은 이렇게 말했다. "덕 있는 사람은 설령 쇠패하고 혼란스러운 세상에 처할지라도 역시 고립되지 않는다. 그런 사람에게는 반드시 '같은 소리끼리 서로 응하고 같은 기운끼리 서로 찾는〔同聲相應, 同氣相求〕'(《주역·건괘·문언전文言傳》) 이웃이 있을 것이니, 공자에게 72제자가 있었던 것과 같다."3) "덕은 외롭지 않으니, 반드시 이웃이 있다."라는 말은 공자가 제자들에게 가르친 것이면서, 그가 평생 교제해 온 것에 대한 자기의 이야기라는 것을 알 수 있다.

3) 세 번째는 잘못을 알면 고칠 줄 알아야 한다는 원칙이다

공자는 잘못을 알고 고칠 줄 아는 행동을 매우 강조했다. 그는 어떤 사람이 잘못을 고치는 정황을 잘 살펴보면, 그 사람의 품성을 판단할 수 있다고 생각했다. 《논어·이인》에서 이렇게 말했다.

> 선생님께서 말씀하셨다. "사람의 잘못은 각각 그 부류에 따라 다르다. 그 잘못을 보면 그가 인仁한가를 알게 된다."〔子曰: "人之過也, 各於其黨. 觀過, 斯知仁矣."〕

이 말은 공자의 이런 생각을 나타낸 것이다. 즉 "사람이 각양각색이듯 사람의 잘못도 여러 가지이다. 어떤 잘못은 바로 그 어떤 사람에 의해 저질러진다. 어떤 사람이 저지른 잘못을 자세히 관찰해보면, 곧 그가 어떤 유형의 사람인가를 알 수 있다."4) 전목은 이렇게 말했다. "공로는 모든 사람이 탐내는 것이고, 잘못은 모든 사람이 피하려는 것이다. 그러므로 사람의 잘못에서 진심을 알 수

---

3) 전목, 《논어신해》, 삼련서점, 2012, 97쪽.
4) 양백준, 《논어역주》, 중화서국, 1980, 37쪽.

있다."5)

≪논어・술이≫에서 이렇게도 말했다.

선생님께서 말씀하셨다. "덕을 닦지 못한 것, 학문을 연구하지 못한 것, 의로운 일을 듣고 실천하지 못한 것, 그리고 잘못을 고치지 못한 것이 나의 근심이다."〔子曰: "德之不脩, 學之不講, 聞義不能徙, 不善不能改, 是吾憂也."〕

"잘못을 고치지 못한 것"과 "덕을 닦지 못한 것" 등 나란히 놓은 네 가지는 자기 근심의 중심으로 삼는 것이니, 공자가 잘못을 고치는 것을 중시했다는 것을 알 수 있다.

사람이 성인이 아닌 이상 누군들 잘못이 없겠는가? 잘못을 하는 것은 괜찮지만, 핵심은 잘못을 시정하는 태도에 있다. 유가는 사람들이 잘못을 고치는 태도의 차이에 따라 그것을 소인의 잘못과 군자의 잘못 두 부류로 나눈다.

자하가 말했다. "소인은 잘못을 저지르면 반드시 꾸며 대려고 한다." 〔子夏曰: "小人之過也必文."〕 (≪논어・자장≫)

자공이 말했다. "군자의 잘못은 일식이나 월식과 같다. 잘못을 저지르면 사람들이 모두 그것을 보게 되고, 그것을 고치면 사람들이 모두 우러러본다."〔子貢曰: "君子之過也, 如日月之食焉: 過也, 人皆見之. 更也, 人皆仰之."〕 (≪논어・자장≫)

소인은 자기의 잘못을 반드시 덮어 숨기려고 한다. 하지만 군자는 자신의 잘못을 조금도 숨기려 하지 않기 때문에 마치 일식이나 월식과 같이 잘못을 할 때면 사람들이 모두 볼 수 있고, 그것

---

5) 전목, ≪논어신해≫, 삼련서점, 2012, 83쪽.

을 고칠 때면 사람들이 모두 우러러보게 된다. 이러한 말이 비록 자하와 자공의 입에서 나왔지만, 모두 공자 사상의 참뜻을 깨달은 것이다. 그러므로 공자의 가르침을 통해 우리는 다음과 같은 것을 알 수 있다. 즉 어떤 사람이 잘못을 대하는 태도를 관찰하면, 그의 사람 됨됨이와 품성을 간파할 수 있고, 그렇게 함으로써 또 그를 친구로 삼아 교제를 계속할지를 확정할 수 있다는 것이다.

≪논어≫의 〈학이〉와 〈자한〉 편에는 중복되는 기록이 있다.

> 선생님께서 말씀하셨다. "성의와 신의를 위주로 하며, 나보다 못한 사람을 사귀지 말며, 잘못이 있으면 고치기를 꺼리지 말아야 한다."
> 〔子曰: "主忠信, 無友不如己者, 過則勿憚改."〕

공자가 서로 다른 상황 하에서 여러 차례 이 세 가지 교우의 원칙, 즉 성의와 신의를 위주로 하는 원칙과 취향을 같이하는 원칙, 그리고 잘못을 알고 고칠 줄 아는 원칙을 강조했다. 이것은 공자가 위에서 서술한 세 가지 원칙에 대해 동의하고 중시했다는 것을 잘 알게 해주는 것이다.

4) 네 번째는 솔직하고 성실해야 한다는 원칙이다

공자는 사람을 대하는 것이 솔직하고 성실했으며, 언행이 진실하여 사람을 감동시켰다. 공자가 병이 나자 노나라 경대부卿大夫인 계강자가 사람을 시켜 약을 보내왔다. ≪논어·향당≫에서는 이렇게 기록하고 있다.

> 강자가 약을 선사하자 절하고 받으시면서 말씀하셨다. "내가 이 약의 성질을 잘 알지 못하므로 감히 복용할 수 없습니다." 〔康子饋藥, 拜而受之. 曰: "丘未達, 不敢嘗."〕

계강자가 보내온 약을 대할 때, 공자는 먼저 절을 하고 난 후에 약을 받고서 심부름꾼에게 이런 뜻의 말을 했다. "내가 이 약의 성분에 대해서 모르니, 감히 시험 삼아 복용을 할 수 없습니다."6) 이렇게 면전에서 자신의 소견을 밝혔다. 이것은 공자의 친구를 대하는 솔직함과 진실함을 구체적으로 나타낸 것이다.

또 ≪논어·향당≫에는 이렇게도 기록하고 있다.

> 친구가 선물하는 것은 비록 수레와 말일지라도, 제사에 썼던 고기가 아니면 받을 때 절하지 않으셨다. [朋友之饋, 雖車馬, 非祭肉, 不拜.]

친구가 선물한 것이 설령 수레와 말같이 귀중한 종류일지라도, 공자는 절하며 받지는 않았다. 다시 말해서 단지 제사를 지낸 고기가 아니면, 공자는 받을 때 전혀 인사를 하지 않았다는 것이다. 이것도 공자가 친구를 솔직하고 성실하게 대하고, 겉치레나 표면적인 인사치레의 말에 신경 쓰지 않았다는 것을 구체적으로 보여준다. 그래서 공자는 유달리 진실에 위배되고, 면전에서 하는 말과 등 뒤에서 하는 말이 제각각인 친구를 미워했다. ≪논어·공야장≫에는 이렇게 말했다.

> 선생님께서 말씀하셨다. "말솜씨가 좋고, 얼굴을 잘 꾸미며, 지나치게 공손한 것을 좌구명이 부끄러운 일이라고 여겼는데, 나도 부끄럽게 생각한다. 원망을 숨기고 그 사람과 벗하는 것을 좌구명이 부끄러운 일이라고 여겼는데, 나도 부끄럽게 생각한다." [子曰: "巧言·令色·足恭, 左丘明恥之, 丘亦恥之. 匿怨而友其人, 左丘明恥之, 丘亦恥之."]

공자가 생각하기에 감언이설을 비롯해 위선적인 용모, 지나치

---

6) 양백준, ≪논어역주≫, 중화서국, 1980, 105쪽.

게 겸손함과 같은 이러한 태도는 수치스러운 것이고, 내심으로는 원한을 숨긴 채 표면적으로는 오히려 그 사람과 좋게 지내려 하는 이러한 행위 역시 수치스러운 것이라는 것이다. 이러한 가르침은 우리들이 자못 경계할 만한 것이다.

2절 | 어떠한 친구를 선택할 것인가

공자는 간결하고 명쾌하게 유익한 친구 세 가지와, 해로운 친구 세 가지로 요약했다. ≪논어·계씨≫에는 이렇게 기록하고 있다.

공자께서 말씀하셨다. "유익한 친구가 세 가지요, 해로운 친구가 세 가지다. 정직한 사람과 벗하며, 성실한 사람과 벗하며, 견문이 많은 사람과 벗하면 유익할 것이다. 편벽한 사람과 벗하며, 앞에서는 복종하는 듯하면서 내심으로 다른 생각을 하는 사람과 벗하며, 말을 잘해 교묘하게 둘러대는 사람과 벗하면 해로울 것이다."〔孔子曰: "益者三友, 損者三友. 友直, 友諒, 友多聞, 益矣. 友便辟, 友善柔, 友便佞, 損矣."〕

1. 정직한 사람

정직하고 솔직한 친구를 얻는 것은 인생에 있어서 다행스러운 일이다. 일반적으로 직언하고 충고할 줄 아는 이런 친구를 달리 '쟁우諍友'라고도 부른다. 나라에 바른 말로 권고해 주는 신하가 있으면 나라의 행운이고, 사士에게 바른 말로 권고해 주는 친구가 있으면, 사에게 있어서 다행스러운 일이다. ≪백호통白虎通·간쟁諫諍≫에서는 ≪효경·간쟁≫을 인용하여 이렇게 말했다. "대부大夫에게 바른 말로 권고해주는 신하가 세 명만 있으면, 비록 대부가 막된 행동을 하더라도 그 집안을 잃지 않는다고 했다. 사士에게 바른 말로 권고해 주는 친구가 있기만 하면, 그 자신에게서 아름다운 명성이 떠나지 않게 될 것이라고 했다.〔大夫有諍臣三人, 雖無道, 不失其家. 士有諍友, 則身不離於令名.〕" 왜냐하면 사람의 타고난 성품은 모두 듣기 좋은 말, 아부하는 말을 듣고 싶어 해서 정직하고 솔직한 언행은 때에 따라 어쩔 수 없이 날카롭고 귀에 거슬려 사람들이 좋아하는 것이 아니기에 다른 사람의 미움을 사기 쉽기 때문이다. 그래서 이렇게 바른 말로 충고해주는 친구를 가끔 만날 수는 있어도 얻기는 어렵다. 그렇기 때문에 공자도 그를 "유익한 친구 세 가지"의 첫 자리에 놓은 것이다.

공자 문하의 제자들을 두루 살펴보면, 공자는 그들에게 있어서 스승이기도 하고 친구가 되기도 했다. 솔직하고 정직한 것으로는 특히 자로가 으뜸이었다. 그래서 공자의 사랑을 크게 받았으며, 사제 간의 감정도 깊고 두터웠다. 《논어·옹야》에는 이렇게 기록하고 있다.

선생님께서 남자南子를 만나자 자로가 좋아하지 않았다. 선생님께서는 맹세하여 말씀하셨다. "나에게 불미스러운 일이 있다면 하늘이 나의 도를 통하지 않게 하리라! 하늘이 나의 도를 통하지 않게 하리라!"〔子見南子, 子路不說. 夫子矢之曰: "予所否者, 天厭之! 天厭之!"〕

공자는 자신의 정치적 주장이 위나라에서 시행할 수 있게 하기 위해 부득이 위나라 영공靈公의 총애를 받던 남자南子를 찾아갔다.7) 나중에 자로가 이것을 알고 언짢아하며 공자가 잘못했다고

---

7) 《사기·공자세가》에는 이렇게 기록되어 있다. "위나라 영공에게는 남자라는 부인이 있었는데 그녀는 사람을 시켜 공자에게 일렀다. '사방의 군자들은 우리 군주와 친하게 사귀고 싶은 생각이 있으면 반드시 그 부인을 만납니다. 우리 부인께서 뵙기를 원합니다.' 공자는 사양하다가 나중에는 부득이 가서 만났다. 〔靈公夫人有南子者, 使人謂孔子曰: '四方之君子不辱欲與寡君爲兄弟者, 必見寡小君. 寡

여겼고, 또 공자를 하늘에 대고 맹세하며 뜻을 밝히라고 다그쳤다. 또 예를 들면 공산불요가 노나라의 비읍費邑에 웅거하여 반란을 꾀하면서 공자를 불러들이자, 공자가 가려고 했다. 자로는 또 아주 못마땅해 했다. ≪논어·양화≫에는 이렇게 기록하고 있다.

공산불요가 비 땅에서 계씨를 배반하고 부르니, 공자께서 가려고 하셨다. 자로가 언짢아하며 말했다. "갈 곳이 없으면 그만둘 일이지, 하필 공산씨에게 가려 하십니까?" 선생님께서 말씀하셨다. "대저 나를 부르는 사람이 어찌 공연히 그랬겠느냐? 만약 나를 써 주는 사람이 있다면, 내가 그의 나라를 동방의 주나라로 만들 수 있지 않겠느냐?"〔公山弗擾以費畔, 召, 子欲往. 子路不說, 曰: "末之也已, 何必公山氏之之也." 子曰: "夫召我者而豈徒哉? 如有用我者, 吾其爲東周乎?"〕

자로는 공자에게 "갈 곳이 없다면 그만둘 일이지, 하필이면 공산씨에게 가려고 하십니까?"[8]라고 하였다. ≪논어≫에 기록된 이 두 가지 사건을 통해 우리는 자로가 공자에게 용감하게 자신의 의견을 솔직히 직언하는 것을 볼 수 있었다. 비록 그가 공자를 매우 존경하고, 또 공자를 수호했다고 해도 (자로가 공자를 스승으로 모신 뒤부터 사람들은 더 이상 감히 공자의 험담을 하지 못했다.)[9] 그는 공자가 잘못한 부분이 있다고 생각되면, 여전히 조금도 거리낌 없이 자기의 의견을 숨김없이 나타냈다. 그러므로 이런 제자가 공자의 쟁우諍友로 있

小君願見.' 孔子辭謝, 不得已而見之.〕"

8) 양백준, ≪논어역주≫, 중화서국, 1980, 182쪽.

9) ≪사기·중니제자열전≫에 "공자가 말했다. '내가 유를 얻은 뒤로부터는 다른 사람들의 험담이 나의 귀에 들리지 않았다.'〔孔子曰: '自吾得由, 惡言不聞於耳.'〕" 라고 하였는데, ≪사기집해≫는 왕숙王肅(195~256)의 말을 인용하여 말했다. "자로가 공자를 호위했기 때문에 (공자를) 업신여기는 사람들이 감히 악담을 할 수 없었다. 이 때문에 악담이 공자의 귀에 들리지 않게 되었다. 〔子路爲孔子侍衛, 故侮慢之人不敢有惡言, 是以惡言不聞於孔子耳.〕"

었다는 것은 참으로 공자의 인생에 있어서 다행스러운 일이었다. 그래서 공자가 자로를 대하는 감정이 아주 깊었다. 그는 "내가 유由를 얻은 뒤로부터는 다른 사람들의 험담이 나의 귀에 들리지 않았다."라고 찬탄한 것 외에도, 또 자로를 자신의 이상에 대한 가장 굳건하고 가장 충실한 지지자로 보았다. ≪논어·공야장≫에는 이렇게 기록하고 있다.

선생님께서 말씀하셨다. "도리가 행해지지 않아 뗏목을 타고 바다로 나간다면, 나를 따르는 사람은 바로 자로이겠지?." 자로가 이 말을 듣고 기뻐하였다. 〔子曰: "道不行, 乘桴浮于海. 從我者其由與?" 子路聞之喜.〕

공자가 자로를 이렇게 칭찬한 것은 정말로 최고의 칭찬이었다. 그래서 "자로가 이 말을 듣고 기뻐하였다." ≪예기·단궁≫에는 또 이렇게도 기록하고 있다.

공자는 자로가 죽었다는 소식을 듣고 마당 한가운데서 자로를 위해 곡哭하였다. 자로를 조문하기 위해 찾아온 사람에게 공자는 절을 하였다. 곡을 마치고 나오자 그에게 자로가 죽은 연유에 대해서 물었다. 그는 말했다. "자로가 죽은 뒤에 사람들은 그의 시체를 젓갈로 담갔습니다!" 그러자 공자는 제자들에게 명령하여 집안에 있던 젓갈을 모두 내다버리게 했다. 〔孔子哭子路於中庭. 有人吊者, 而夫子拜之. 既哭, 進使者而問故. 使者曰: "醢之矣." 遂命覆醢.〕

자로가 죽은 뒤로 공자는 매우 비통해했다. 그리고 자로의 시체가 잘게 썰려 육장肉醬이 되었다는 소식을 듣고, 사람에게 명하여 집안의 육장을 전부 쏟아 버리게 했다. 어떤 사람은 공자가 이때부터 더 이상 육장을 먹지 않았다고도 말한다. 공자와 자로는 스승이기도 하고 친구가 되기도 했다. 평생 서로 솔직하고 정직하게 지냈으며, 감정도 두터웠으니, '정직한 사람을 벗하는 것'의 본보기라고 할 만하다. 그래서 이들의 관계를 사람들은 공경하고 선망한다.

2. 성실하고 신용을 지키는 사람

성실과 신용을 중시하는 믿을 수 있는 친구가 있는 것은 인생에 있어서 다행스러운 일이다. ≪논어·향당≫에서 말했다.

친구가 죽었는데 거두어 줄 사람이 없을 때는 "초빈草殯하는 일은 내가 맡아야지." 하셨다. 〔朋友死, 無所歸. 曰: "於我殯."〕

친구가 죽어서 책임지고 거두어 줄 사람이 없자, 공자는 "장례는 내가 처리하리라."10)라고 하였다. 공자와 같은 친구라면, 확실히 인생에서 믿을 만한 친구이기에 나중의 일을 맡길 수 있다. 고대에는 이른바 일반적인 친구라는 뜻의 '생우生友'와, 절친한 친구라는 뜻의 '사우死友'가 있었다. '생우'와 비교해서 '사우'는 친분이 돈독하여 죽는 한이 있더라도 서로 저버리지 않는 신뢰할 만한 친구이다. 역사상 전해 내려오면서 가장 광범위하게 칭송 받고 있는 것이 동한의 범식范式과 장소張劭라는 '사우'의 전기傳奇이다. ≪후한서·독행열전獨行列傳·범식전范式傳≫에는 이렇게 기록되어 있다.

범식의 자는 거경巨卿이다. 젊어서 태학에 유학했다. 여러 유생들과 공부하다가 여남군汝南郡 출신의 장소와 친구가 되었다. 장소의 자

---

10) 양백준, ≪논어역주≫, 중화서국, 1980, 106쪽.

는 원백元伯이다. 두 사람이 작별을 고하고 고향으로 돌아갈 때, 범식이 원백에게 말했다. "2년 후에 돌아와 자네 양친께 문안도 드리고, 자네 자제들도 만나보겠네." 그렇게 2년 뒤에 만나기로 약속하고 헤어졌다. 나중에 약속한 날이 다가오자, 원백은 사정을 어머니께 말씀드리고, 음식을 장만해 달라 부탁드리고는 그를 기다렸다. 어머니가 말했다. "2년이나 떨어져 있은 데다 천 리 밖에서 맺은 약속이다. 너는 어찌 그리도 철석같이 믿느냐?" 원백이 대답했다. "거경은 신의가 있는 선비이니, 반드시 약속을 어기지 않을 것입니다." 어머니가 말했다. "그렇다면 당연히 너희들을 위해 술을 마련해 두어야겠구나." 약속한 날이 되자 거경이 과연 찾아왔다. 그는 대청에 올라 원백의 양친께 절하고 술을 마시며, 마음껏 회포를 풀고서는 헤어졌다.〔范式字巨卿. 少遊太學, 爲諸生, 與汝南張劭爲友. 劭字元伯. 二人並告歸鄉里. 式謂元伯曰: "後二年當還, 將過拜尊親, 見孺子焉." 乃共剋期日. 後期方至, 元伯具以白母, 請設饌以候之. 母曰: "二年之別, 千里結言, 爾何相信之審邪?" 對曰: "巨卿信士, 必不違." 母曰: "若然, 當爲爾醞酒." 至其日, 巨卿果到, 升堂拜飮, 盡歡而別.〕

친구 사이의 신의가 바로 그러했기에 장소는 범식을 완전히 신뢰하여 그에게 뒷날의 일을 부탁할 만한 사람으로 보고, "사우"라고 불렀던 것이다. 전기에는 이렇게 묘사하고 있다.

범식은 군郡에서 (업적을 고찰하여 기록하는 일을 주관하는) 공조功曹가 되었다. 훗날 원백은 병이 위독해 몸져누웠다. 같은 군에 사는 질군장邘君章과 은자징殷子徵이 조석으로 문병을 와서 그를 돌보았다. 원백은 임종을 맞아 탄식하며 말했다. "사우死友를 못 보고 가는 것이 한이다." 자징이 말했다. "나와 군장이 자네를 지극하게 돌보고 있으니, 우리가 바로 사우이거늘 다시 누구를 찾고자 하는 것인가?" 원백이 대답했다. "그대 두 사람은 나의 생우生友일 뿐이지만, 산양山陽의 범거경은 이른바 사우라네." 원백은 거경을 찾다가 숨을 거두었다. 범식이 홀연 꿈속에서 원백을 보았다. 검은 옷에 갓끈을 늘어뜨리고 신발을 끌면서 범식을 부르며 말했다. "거경, 나는 아무 날에 죽었다네. 마땅히 자네가 있을 때 장례를 치러야 영원히 황천길로 떠날 수 있지 않겠나. 자네가 나를 잊지 않았다면, 어찌 내 장례에 맞춰 도착하지 않겠는가?" 범식은 문득 잠에서 깨어나 비탄에 젖어 눈물을 흘렸다. 태수에게 사정을 자세히 말하고, 분상奔喪하러 갈 수 있게 해줄 것을 요청했다. 태수가 비록 마음속으로는 그 말을 믿지 않았으나, 그 정을 무시하기 어려워 그 일을 허락했다. 범식은 즉시 친구로서의 상복을 입고, 그의 장례 날짜에 맞추어 달려갔다. 범식이 미처 도착하기도 전에 장례는 이미 발인이 시작되었다. 이미 묏자리에 이르러 하관下棺을 하는데 관이 들어가려고 하지 않았다. 그의 어머니가 관을 어루만지며 말했다. "원백아, 어떻게 범식이 오기를 바라느냐?" 마침내 멈추어진 관을 옮기려 할 때, 바로 범식이 백마에 흰 수레를 타고 대성통곡하면서 오는 것이 보였다. 원백의 어머니가 바라보면서 말했다. "틀림없이 범거경일 것이다." 거경이 도착해서는 조문하며 말했다. "잘 가시오, 원백! 삶과 죽음의 길이 서로 다르니, 이로써 영영 작별일세." 장례에 모인 많은 사람들은 모두 그 광경에 눈물을 흘렸다. 범식이 새끼줄을 잡고 관을 이끄니, 그제야 앞으로 나갔다. 범식은 마침내 장례를 마친 후에도 무덤 옆에 살면서 묘와 그 곁의 나무들을 깔끔하게 다듬은 다음에야 비로소 떠났다. 〔式仕爲郡功曹. 後元伯寢疾篤, 同郡郅君章‧殷子徵晨夜省視之. 元伯臨盡, 歎曰: "恨不見吾死友!" 子曰: "吾與君章盡心於子, 是非死友, 復欲誰求?" 元伯曰: "若二子者, 吾生友耳. 山陽范巨卿, 所謂死友也." 尋而卒. 式忽夢見元伯玄冕垂纓屣履而呼曰: "巨卿, 吾以某日死, 當以爾時葬, 永歸黃泉. 子未我忘, 豈能相及?" 式悵然覺寤, 悲歎泣下, 具告太守, 請往奔喪. 太守雖心不信而重違其情, 許之. 式便服朋友之服, 投其葬日, 馳往赴之. 式未及到, 而喪已發引, 旣至壙, 將窆, 而柩不肯進. 其母撫之曰: "元伯, 豈有望邪?" 遂停柩移時, 乃見有素車白馬, 號哭而來. 其母望之曰: "是必范巨卿也." 巨卿旣至, 叩喪言曰: "行矣元伯! 死生路異, 永從此辭." 會葬者千人, 咸爲揮涕. 式因執紼而引, 柩於是乃前. 式遂留止冢次, 爲脩墳樹, 然後乃去.〕《후한서‧독행열전‧범식전》)

이 고사는 매우 감동적이어서 후세의 시인과 문장가들이 여기에서 창작의 소재를 취하는 경우가 많았고, 평론가들도 번번이 이에 대해 흥미진진하게 이야기한다. 섭적葉適(1150~1223)은 "나는 매번 범식과 장소의 고사를 읽을 때마다, 일찍이 눈물을 줄줄 흘리지 않은 적이 없다. 〔余每讀范式·張邵事, 未嘗不潸然涕墮.〕"11)라고 말했다. (청나라의) 오맹견吳孟堅은 이렇게 말했다 "거경의 전기를 읽다가 원백이 꿈속에 말한 몇 마디와 거경이 원백의 장례에 조문하면서 말한 몇 마디에 이르면, 서글프지만 도타운 우정에 비통한 감정이 마음에 스며들어 눈물이 주룩주룩 흘러내려 머리를 숙이고 생각에 잠겨 왔다 갔다 하기를 그만 둘 수가 없다. 이와 같은 친구 사이의 정은 아주 오랜 세월 동안 필적할 만한 사람이 없었다. 오늘날 오랜 친구가 서로 배척하는 것을 보면, 또한 견식이 있는 사람〔深人〕은 길게 탄식을 한다. 〔讀巨卿本傳, 至元白夢中數語, 及巨卿叩元白之喪數語, 凄慘篤厚之誼哀入肝脾, 泪潰潰下矣, 令人低回而不能已. 友生之情若此, 千古莫匹, 視今之故交矛盾者, 又深人長嘆息也.〕"12)

동한은 유학의 보급이 비교적 잘 된 시대였다. 그래서 고염무는 일찍이 "삼대 이하에서 풍속의 아름다움은 동한〔東京〕이상 가는 때가 없다. 〔三代以下風俗之美, 無尙於東京者.〕"13)라고 칭송하였다. ≪후한서≫의 편찬도 "취지가 심오하면서도 핵심을 찌르고 있으며 〔精意深旨〕"(≪후한서·자서自序≫), '근본이 유학으로 되돌아가는 것'이었다. 그렇기 때문에 범식과 장소의 우정 어린 전기는 공자가 칭찬한 '성실하고 신용을 지키는 사람을 벗하는 것'의 본보기가 된다.

---

11) (송) 섭적葉適, ≪습학기언서목習學記言序目≫(상上), 중화서국, 1977, 368쪽.

12) (청) 오맹견吳孟堅, ≪초정독사만필草亭讀史漫筆≫ 권2, ≪총서집성속편叢書集成續編≫본.

13) (청) 고염무 저, 황여성 집석, 진극성 표점 교감, ≪일지록집석≫ 권13 "양한풍속兩漢風俗", 악록서사, 1994, 469쪽.

3. 견문이 넓은 사람

견문이 넓은 친구가 있는 것은 인생에 있어서 즐거운 일이다. 공통된 취향을 가지고 있는 친구의 풍부하고 해박한 견문은 사람을 격려하여 분발하게 하는 동력이자 원천임에 틀림이 없다. ≪예기·학기學記≫에서 "홀로 배우기만 하고 도와줄 벗이 없다면, 고루하고 편협하여 학식이 천박해진다. 〔獨學而無友, 則孤陋而寡聞.〕"라고 하였다. 이것을 보면, '견문이 넓은 사람을 벗하는 것'이 공부에 중요하다는 것을 알 수 있다.

공자의 제자들 중에서 '견문이 넓기로는' 안회를 으뜸으로 친다. 그는 배우기를 좋아하고 열심히 노력하여 '견문이 넓은 것'으로 공자에게 크게 뒤지지 않는다. ≪논어·공야장≫에는 이렇게 기록하고 있다.

> 선생님께서 자공에게 말씀하셨다. "너와 안회는 누가 나은가?" 자공이 대답했다. "제가 어찌 감히 안회와 견주겠습니까? 안회는 하나를 들으면 열을 알지만, 저는 하나를 들으면 둘을 알 뿐입니다." 선생님께서 말씀하셨다. "네가 그만 못하다. 나도 네가 그만 못하다고 생각한다."〔子謂子貢曰: "女與回也孰愈?" 對曰: "賜也何敢望回. 回也聞一以知十, 賜也聞一以知二." 子曰: "弗如也! 吾與女弗如也."〕

공자는 자공에게 스스로 안회와 비교하여 누구의 견문이 넓은지를 물었다. 자공은 감히 안회와 비교할 수 없다고 하면서 안회는 한 가지 일을 들으면 열 가지 일을 미루어 알 수 있지만, 자기는 한 가지 일을 들으면 다만 두 가지 일을 미루어 알 수 있을 뿐이라고 대답했다. 공자는 자공의 이러한 견해에 동의한다고 밝혔다.

공자와 안연은 스승과 제자이면서 지향하는 바가 일치했기에 공자는 안회를 뜻을 같이하는 지기知己로 여겼다. 그는 안회에게 "등용되면 나아가 도를 행하고, 버림을 받으면 물러나 도를 간직하는 일은 오직 나와 너만이 할 수 있을 것이다.〔用之則行, 舍之則藏, 唯我與爾有是夫!〕"(≪논어·술이≫)라고 말했다. 공자는 "나를 써 주면 곧 행할 것이요, 써 주지 않으면 숨어 버릴 것이다."14)라고 하면서, 단지 안회와 그만이 그렇게 할 수 있다고 생각했다.

≪사기·공자세가≫에는 공자가 여러 나라들을 두루 돌아다니다가 진陳나라와 채나라 국경 사이에서 곤경에 빠진 일이 기록되어 있다. "식량마저 떨어졌다. 따르는 제자들은 굶어 병들어 잘 일어서지도 못하였다. 그러나 공자는 조금도 흐트러짐 없이 학술강의도 하고, 책도 낭송하고, 거문고도 타면서 지냈다.〔絶糧. 從者病, 莫能興. 孔子講誦弦歌不衰.〕"(이하 ≪사기·공자세가≫)

그런데 제자들은 이때 "마음이 상해 있어서〔有慍心〕" 공자가 극력으로 시행하려는 인의仁義의 도에 대해 회의를 느꼈다. 자로는 공자에게 이렇게 반문했다. "아마도 우리가 어질지 못하기 때문이 아니겠습니까? 그래서 사람들이 우리를 믿지 못하는 것이겠지요. 아마도 우리가 지혜롭지 못하기 때문이 아니겠습니까? 그래서 사람들이 우리를 놓아주지 않는 것이겠지요.〔意者吾未仁邪? 人之不我信也. 意者吾未知邪? 人之不我行也.〕" 자공은 스승인 공자에게 융통성을 부려 사람들의 비위를 맞추라고 설득하며 말했다. "선생님의 도가 지극히 크기 때문에 천하의 그 어느 나라에서도 선생님을 받아들이지 못합니다. 선생님께서는 어째서 자신의 도를 약간 낮추지 않으십니까?〔夫子之道至大也, 故天下莫能容夫子. 夫子蓋少貶焉?〕"

그런데 오직 안회만은 공자의 신념에 대해 확고부동했다. 안

---

14) 양백준, ≪논어역주≫, 중화서국, 1980, 68쪽.

회는 이렇게 말했다. "선생님의 도가 지극히 크기 때문에 천하의
그 어느 나라에서도 선생님을 받아들이지 못합니다. 비록 그렇기
는 하지만 선생님께서는 선생님의 도를 밀고 나가고 계십니다. 그
러니 그들이 받아들이지 않는다고 해서 무슨 걱정이 있겠습니까?
받아들여지지 않은 뒤라야 더욱 군자의 참모습이 드러나는 것입니
다. 무릇 도를 닦지 않는다는 것은 우리의 치욕입니다. 그리고 무
릇 도가 잘 닦여진 인재를 등용하지 않는다는 것은 나라를 가진
자의 수치입니다. 그러니 받아들여지지 않는다고 해서 무슨 걱정
이 되겠습니까? 받아들여지지 않은 뒤라야 더욱더 군자의 참모습
이 드러날 것입니다. 〔夫子之道至大, 故天下莫能容. 雖然, 夫子推而行之, 不容何
病, 不容然後見君子! 夫道之不修也, 是吾醜也. 夫道旣已大修而不用, 是有國者之醜也. 不容
何病, 不容然後見君子!〕"

　　공자 문하의 제자들이 거의 반대하고 떠나 버리는 역경 속에
서도 오로지 안회만이 "그러니 받아들여지지 않는다고 해서 무슨
걱정이 되겠습니까? 받아들여지지 않은 뒤라야 더욱더 군자의 참
모습이 드러날 것"이라고 하였다. 공자에 대한 그의 이해는 어떤
제자들보다 깊었다는 것을 알 수 있다. 공자는 안회의 말을 다 듣
고, 감동해서 이렇게 말했다. "그렇던가, 안씨 집안의 자제여! 자
네가 만약 큰 부자가 된다면, 나는 자네의 재무 관리자가 되겠네.
〔有是哉顔氏之子! 使爾多財, 吾爲爾宰.〕"

　　안회는 공자의 충실한 추종자로서 죽을 때까지 변하지 않았다.
≪논어・선진≫에서 이렇게 말했다. "선생님께서 광匡 땅에서 환난
을 겪으셨을 때, 안연이 뒤늦게 빠져나왔다. 선생님께서 '나는 네
가 죽은 줄 알았다.'라고 말씀하시니, '선생님께서 계신데 제가 어
찌 감히 죽을 수 있겠습니까?' 하였다. 〔子畏於匡, 顔淵後. 子曰: "吾以女爲
死矣." 曰: "子在, 回何敢死?"〕"

　　안회에 대한 공자의 감정도 아주 깊었다. 앞에서 말한 것과 같

이 만약 안회가 아주 많은 재산을 가진다면, 그는 안회를 위해 집사로 일할 수 있길 원한다고 밝혔다. 이것으로부터 안회에 대해 충심에서 우러난 존중을 알 수 있다. 안회가 죽었을 때, 공자는 몹시 슬퍼하며 통곡했다.

> 안연이 죽자 선생님께서 외치셨다. "슬프다! 하늘이 나를 망하게 하는구나! 하늘이 나를 망하게 하는구나!"〔顔淵死. 子曰: "噫! 天喪予! 天喪予!"〕 《논어·선진》

> 안연이 죽으니 선생님께서 통곡하셨다. 모시던 사람들이 말했다. "선생님, 지나치게 서러워하십니다." (선생님께서) 말씀하셨다. "그렇게 서러워했던가? 저 사람을 위하여 서럽게 울지 않으면, 누구를 위하여 그렇게 하겠는가?"〔顔淵死, 子哭之慟. 從者曰: "子慟矣." 曰: "有慟乎? 非夫人之爲慟而誰爲!"〕 《논어·선진》

또 《사기·중니제자열전》에서도 이렇게 기록하고 있다. 안회가 요절하자, "공자는 매우 애통하게 곡하면서 말했다. '나에게 안회가 있은 다음부터 문인들이 나와 더욱 친숙해졌다.'〔孔子哭之慟, 曰: '自吾有回, 門人益親.'〕" 배인裴駰의 《사기집해》에서는 왕숙王肅의 말을 인용하여 이렇게 말했다. "안연이 친밀한 벗이 되어 제자들로 하여금 날이 갈수록 공자와 친해지게 했다. 〔顔回爲孔子胥附之友, 能使門人日親孔子.〕" 안연은 공자에게 소원한 자를 가까이 친하게 지내도록 해준 친구로서, 학생들과 공자를 갈수록 친밀하게 해주었다.

해로운 친구 세 가지 중에 공자는 "편벽便辟한 사람"을 그 맨 앞에 두었다. 便〔편〕이라는 말은 하안의 《논어집해》에서 인용한 정현의 주석에 따르면, "편은 말을 잘하는 것이다. 〔便, 辯也.〕" 그리고 辟〔벽〕이라는 말은 총애하다는 뜻의 "嬖〔폐〕"와 서로 의미가 통한다. 따라서 便辟〔편벽〕은 아첨하고 알랑거리는 것을 가리킨다.

《상서·주서·경명冏命》에서 "신중히 네 관료들을 선택하되 말을 잘하고 얼굴빛을 아름답게 하는 자와 편벽되고 간사한 자를 쓰지 말라.〔慎簡乃僚, 無以巧言令色, 便辟側媚.〕"라고 하였다. 이것은 《논어》의 공자 사상과 비슷하다. 선유善柔는 면전에서 아첨하고 등 뒤에서 헐뜯는 사람을 가리킨다. 《일주서逸周書·문정해文政解》에서도 이러한 부류의 사람을 (국가를 위태롭게 해서 반드시 방지해야 하는 아홉 가지의 현상인) "구계九戒" 중에 하나로 넣었다. "구계는 첫째가 조정에 아첨을 잘하는 사람이 있는 것이고, 둘째는 나라가 전복될 만큼 위태로운데도 방치하는 것이다.〔九戒: 一, 內有柔成,. 二, 示有危傾.〕" (서한西漢의) 공조孔晁는 "유성柔成은 다른 사람에게 아부 잘하는 사람이다.〔柔成, 善柔諂人也〕"라고 주석을 달았다.

편녕便佞은 말을 교묘하게 꾸미고 언변에 능하며, 호언장담하는 것을 가리킨다. 하안의 《논어집해》에서 인용한 정현의 주석에 따르면 "아첨하는 말을 잘하는 것이다.〔謂佞而辯.〕" 공자는 특히 이런 부류의 사람들을 싫어해서 그는 일찍이 이렇게 말했다. "듣기 좋게만 말하고 얼굴 표정을 잘 꾸미는 사람 중에 인덕仁德을 지닌 사람이 드물다.〔巧言令色, 鮮矣仁!〕"(《논어·학이》)

이와 상대적으로 공자는 또 "강직하고, 굳세고, 질박하고, 어눌한 것이 인仁에 가깝다.〔剛·毅·木·訥, 近仁.〕"(《논어·자로》)라고도 하였다. 강剛은 강직한 것과 고집이 센 것을 가리킨다. 《상서·우서虞書·고요모皐陶謨》에서 "강건하면서도 독실하며, 용맹하면서도 의義를 좋아하는 것이다.〔剛而塞, 彊而義.〕"라고 하였다. 이것은 고요皐陶가 칭찬한 정치하는 자의 아홉 가지 품성 가운데 두 가지이다. 즉 강직하여 아첨하지 않으면서도 일을 처리하는 것이 착실하며, 굳세고 용감하면서도 도의에 맞다는 것이다.

의毅에 대해 주희는 ≪논어집주≫에서 "의毅는 굳셈이다. ……군세지 않으면 멀리 도달할 수 없다.〔毅, 强忍也, ……非毅無以致其遠.〕"라고 하였다. ≪논어·태백≫에서 "선비는 뜻이 크고 군세지 않으면 안 되니, 책임은 무겁고 갈 길은 멀기 때문이다.〔士不可以不弘毅, 任重而道遠.〕"라고 하였다. 하안의 ≪논어집해≫에서 인용한 왕숙의 주석에 따르면, "목木은 질박함이다.〔木, 質樸.〕" 눌訥은 꾹 참고서 말을 적게 하는 것이다. 따라서 공자가 말한 강剛, 의毅, 목木, 눌訥이라는 네 가지 품행은 "해로운 친구 세 가지"의 대립적인 면모이면서 "유익한 친구 세 가지"의 보완점으로 간주할 수 있다.

동한의 광무제光武帝 유수劉秀(B.C. 5~A.D. 57)는 선비의 풍모를 지닌 28명의 유장儒將으로 천하를 차지했다. 이 유장들은 유수와 마찬가지로 모두가 강剛, 의毅, 목木, 눌訥이라는 품성을 지닌 사람들이었다. 이들의 면면을 보면 다음과 같다.

등우鄧禹(2~58)는 "13세 때 ≪시경≫을 암송할 수 있었고, 그 뒤에 (수도인) 장안長安에서 공부하면서〔年十三能誦≪詩≫, 受業長安〕"(≪후한서≫ 권46) 광무제와 함께 유학遊學했다. 구순寇恂(?~36)은 성품이 학문을 좋아하여 ≪춘추좌씨전≫에 정통했다. 풍이馮異(?~34)는 책읽기를 좋아하여 ≪춘추좌씨전≫과 ≪손자병법孫子兵法≫에 능통했다. 가복賈復(9~55)은 젊어서부터 배우기를 좋아하여 ≪상서≫에 밝았다. 경엄耿弇(3~58)은 ≪노자≫를 좋아했고, 부친의 학문을 전수받아 익혔다. 제준祭遵(?~33)은 "어려서부터 경서를 좋아했고〔少好經書〕"(≪후한서≫ 권50), 유학儒學으로 관리에 임용되었다. 이충李忠은 예의범절을 매우 중시했으며, 경전에 밝은 선비로 등용되었다.

광무제는 "신중하고 돈후한 것〔謹厚〕"(이하 ≪후한서≫ 권1상 〈광무제기상 光武帝紀上〉)으로 천하를 얻었다. 그 종실의 자제들은 "광무제가 장군복인 붉은 옷에 큰 관을 쓰고〔見光武絳衣大冠〕" 봉기를 이끄는 것을 보고는 "모두 놀라며 '조심스럽고 신중한 자들도 다시 그를 위하게 된다.'라고 말했다. 〔皆驚曰: '謹厚者亦復爲之.'〕" 그가 왕위에 오른 뒤 고향으로 돌아오자 종실의 부인들도 모두 그가 "어렸을 때부터 예의가 바르고 성실했지만 〔少時謹信〕", 일찍이 이러한 성품으로 인해 천하를 차지할 것이라고 생각해 본 적이 없다고 말했다.

그의 대장大將인 풍이는 사람됨이 "겸손하게 사양하며 스스로 자랑하지 않아 〔謙退不伐〕"(《후한서》 권47) 크게 신임을 얻었다. 가복은 여러 장군들이 매번 공로를 따지고 자랑할 때에도 일찍이 말을 한 적이 없었다. 그러나 광무제는 늘 "가장군의 공로는 나 자신이 알고 있다. 〔賈君之功, 我自知之.〕"라고 말하면서 몹시 친애함을 보였다. 오한吳漢(?~44)은 "성품이 질박하고 돈후하며 꾸밈이 없어 〔質厚少文〕" (이하 《후한서》 권48) 광무제의 신임을 받았다. 장궁臧宮(?~58)은 "부지런히 일을 하되 말이 적어 광무제가 그를 매우 가까이했다. 〔勤力少言, 甚親納之.〕" 이밖에 여러 장군들이 있다.

이러한 사람들의 이야기를 담은 범엽范曄(398~445)의 《후한서·오한전吳漢傳》에서는 마무리를 지을 때, 한편으로는 오한의 질박하고 돈후하며 꾸밈이 없는 것을 극력으로 칭찬하고, 다른 한편으로는 "공자께서 말씀하셨다. '강직하고, 굳세고, 질박하고, 어눌한 것이 인에 가깝다.'"라는 말로 감탄했다. 이렇게 한 의도는 광무제와 여러 장군들의 신중하고 돈후하며 꾸밈이 없는 성품을 공자의 사상 체계 속에 포함시키는 데 있었다.

어떠한 친구를 선택할 것인지에 대해 공자의 제자들도 일정한 원칙이 있어야 하고, 마구 사귀거나 깊지 못한 교제를 해서는 안 된다는 사실을 제시했다. 《논어·자장》에서 이렇게 말했다.

자하의 문인이 자장에게 사람 사귀는 법을 묻자, 자장이 말했다.

"자하는 뭐라고 하던가?" "자하께서는 좋은 사람과는 사귀고, 좋지
않은 사람은 멀리해야 한다고 하셨습니다." 자장이 말했다. "내가
들은 바와는 다르구나." 〔子夏之門人問交於子張. 子張曰: "子夏云何?" 對曰:
"子夏曰: '可者與之, 其不可者拒之.'" 子張曰: "異乎吾所聞."〕

자장의 "내가 들은 바와는 다르다."는 말에서 어떤 친구와 교
제해야 되는지에 대한 자하와 자장의 사상이 모두 공자에게서 직
접 계승하고 있다는 것을 알 수 있다. 자하의 말은 사귈 만한 사
람은 가서 사귀되 사귈 만한 사람이 못 되거든 거절하라는 것이
다. 그러나 동시에 ≪논어·위정≫에서는 이렇게 말했다.

선생님께서 말씀하셨다. "군자는 두루 통하고 편당 짓지 않으며, 소
인은 편당 짓고 두루 통하지 못한다." 〔子曰: "君子周而不比, 小人比而不
周."〕

공자는 반드시 군자다운 친구나 유익한 친구와 교제하되, 소
인이나 해로운 친구와는 사귀지 말아야 한다고 했다. 그리고 군자
는 단결을 이루지만 결탁하지는 않으며, 소인은 결탁하지 단결을
이루지는 않는다고 경고의 말도 했다.

3절 | 교우의 심리 상태와 동기

어떻게 하면 친구와 함께 즐거운 심리 상태를 유지하며 지내는가에 대해 공자와 그의 제자들도 당시의 실상에 근거하여 여러 가지 가르침과 조언을 제시했다.

1. 글로써 벗을 사귄다

≪논어·안연≫에서 이렇게 말했다.

증자가 말했다. "군자는 글로써 벗들을 모으고, 벗으로써 자신의 어진 덕성을 기른다."〔曾子曰: "君子以文會友, 以友輔仁."〕

여기에서 증자가 군자는 문장과 학문으로 벗을 모아야 한다고 제의했다. 문장으로써 친구를 모으는 것은 후세에 문학 모임과 문학 단체의 중요한 버팀목이 되었다. 중국문학사에 있어서 수많은 문학 성회盛會나 문학 단체 가운데 아주 대표적인 것은 삼조三曹〔조조曹操와 그의 아들인 조비曹丕, 조식曹植〕 부자를 비롯해 건안칠자建安七子, 죽림칠현竹林七賢, 금곡집회金谷集會, 난정집회蘭亭集會, 가밀賈謐(?~300) 문하의 이십사우二十四友에 이르기까지 이 모두는 문학적 심미관을 자각적으로 추구하던 위진시대의 문장으로써 벗을 사귀는 성황을 구체적으로 드러낸다. 당송唐宋 이후에는 그 모임이나 단체가 더욱 많아서 일일이 열거할 수가 없다.

2. 벗으로써 자신의 어진 덕성을 기른다

≪논어 · 안연≫에서 이렇게 말했다.

증자가 말했다. "군자는 글로써 벗들을 모으고, 벗으로써 자신의
어진 덕성을 기른다." 〔曾子曰: "君子以文會友, 以友輔仁."〕

증자는 벗을 통해 우리의 어진 덕성을 기르는데 돕도록 하면,
함께 진보할 수 있다고 주장했다. 대만의 유명한 보인대학輔仁大學
은 바로 여기에서 따온 것이다. 대학교로서 이것은 매우 근사한
학교의 이름이고, 학교 운영의 특징과 부합되며, 또한 증자 사상의
본의에도 꼭 들어맞는다. 또 ≪논어 · 자한≫에서 이렇게도 말했다.

선생님께서 말씀하셨다. "같이 배울 수는 있어도 함께 도에 나아갈
수 있는 것은 아니다. 같이 도에 나아갈 수는 있어도 함께 도의 편
에 설 수 있는 것은 아니다. 같이 도의 편에 설 수는 있어도 함께
상황에 맞게 대처할 수 있는 것은 아니다." 〔子曰: "可與共學, 未可與適
道. 可與適道, 未可與立. 可與立, 未可與權."〕

전목은 공자의 이 말을 위에서 서술한 증자의 말과 앞뒤로 서
로 연계시켰다. 그는 여기에서 증자가 말한 앞 구절인 "글로써 벗
들을 모으고"는 바로 공자가 말한 "같이 배우는 것"에 해당되고, 뒤
구절인 "벗으로써 자신의 어진 덕성을 기른다"는 바로 "함께 도에
나아가는 것, 함께 서는 것, 함께 상황에 맞게 대처하는 것"에 해

당한다고 주장했다.15) 만약 이와 같다면, 공자와 그 제자들이 이에 대한 탐구를 심화하고 매진하여 그 영향이 심원했다는 것을 알수 있다.

3. 형식에 얽매이지 않는다

≪논어·향당≫에서 이렇게 말했다.

친구가 선물하는 것은 비록 수레와 말일지라도, 제사에 썼던 고기가 아니면 받을 때 절하지 않으셨다. 〔朋友之饋, 雖車馬, 非祭肉, 不拜.〕

공자가 친구의 선물에 대해서는 설령 수레와 말이라도 제사지낸 고기가 아니라면, 받을 때 모두 절하지 않았다. 진정한 친구의 교제는 번거롭고 불필요한 예절의 겉치레 형식에 달려 있지 않다. 잘 알다시피 공자는 지극히 예의를 차리는 사람이었다. 하지만 친구 앞에서는 절대 외재적인 형식에 얽매이지 않고, 솔직하고 성의 있게 대했다. 이 점은 특히 우리가 중시할 만한 것이다.
≪장자·산목山木≫에서 이렇게 말했다. "군자의 사귐은 물처럼 담담하고, 소인의 사귐은 술처럼 달콤하다. 군자는 담담함으로 친분을 이어가지만, 소인은 달콤함으로 헤어진다. 〔君子之交淡若水, 小人之交甘若醴. 君子淡以親, 小人甘以絶.〕" 이 말을 공자의 교우하는 태도와 합쳐서 잘 살펴보면, 교우하는 태도에 있어서 우리의 인식을 심화시킬 수 있을 것이다.

---

15) 전목, ≪논어신해≫, 삼련서점, 2012, 326쪽.

4. 물질적인 것을 중시하지 않는다

≪논어·공야장≫에는 이렇게 말했다.

자로가 말했다. "수레나 말 그리고 좋은 의복을 벗들과 함께 쓰다가 망가져도 섭섭해 하는 일이 없게 되기를 바랍니다."〔子路曰: "願車馬·衣輕裘, 與朋友共. 敝之而無憾."〕

또 ≪논어·자한≫에는 이렇게도 말했다.

선생님께서 말씀하셨다. "해진 솜옷을 입고도 여우나 담비 털옷을 입은 자와 함께 서 있으면서 부끄러워하지 않을 사람은 아마 자로가 아닐까?"〔子曰: "衣敝縕袍, 與衣狐貉者立, 而不恥者, 其由也與?"〕

진정한 친구의 교제는 결코 물질적인 추구에 달려 있지 않다. 공자는 자로의 친구를 대하는 태도를 매우 칭찬했다. 자기의 수레나 말, 또는 의복을 친구와 같이 쓰다가 낡아지더라도 아무런 불만이 없게 되는 것을 자로는 일찍이 자신의 지향점으로 삼았다.

그렇지만 그는 낡아빠진 헌솜으로 만든 무명옷을 입고, 여우와 담비 가죽으로 만든 갖옷을 입은 사람과 함께 서 있어도 털끝만큼도 부끄럽다고 생각하지 않았다. 자로가 친구를 대하는 솔직함과 진실함을 충분히 엿볼 수 있다. 이것은 우리가 오늘날 친구와 교제하는 데 있어서 중요한 깨우침을 준다.

5. 교우를 즐거움으로 삼는다

≪논어≫의 서두에서는 이렇게 말하고 있다.

선생님께서 말씀하셨다. "벗이 먼 곳에서 찾아오면, 또한 즐겁지 않 겠는가?" 〔子曰: "有朋自遠方來, 不亦樂乎?"〕 (≪논어·학이≫)

이곳의 "朋〔붕〕"을 어떤 학자는 "弟子〔제자〕"로 해석한다. 공자의 제자는 대다수 공자를 선망하여 찾아간 사람들이었다. 공자는 그 들에게 스승이면서 친구이기도 했다. 그들은 지향하는 바가 일치 하는 선비〔士〕로서 공자를 추종하며 섬겼기에 공자의 사업에 있어 서 굳건한 지지자가 되었다. 공자는 그들과의 교제를 즐거움으로 삼았으니, 그가 친구를 친밀히 대하고 애호하는 마음을 알 수 있 다. ≪논어·계씨≫에서 이렇게 말했다.

공자께서 말씀하셨다. "좋아하는 것 가운데 유익한 것이 세 가지 요, 해로운 것이 세 가지다. 행동을 예악에 맞게 조절하기를 좋아 하며, 남의 좋은 점 말하기를 좋아하며, 현명한 친구가 많아지는 것을 좋아하면 유익할 것이다. 교만 방자한 것을 좋아하며, 절제하 지 않고 놀기를 좋아하며, 먹고 마시는 것을 좋아하면 해로울 것이 다."〔孔子曰: "益者三樂, 損者三樂. 樂節禮樂, 樂道人之善, 樂多賢友, 益矣. 樂驕 樂, 樂佚遊, 樂宴樂, 損矣."〕

공자는 "현명한 친구가 많아지는 것을 좋아하는 것"을 인생에 서 "좋아하는 것 가운데 유익한 것 세 가지" 중 하나로 삼았다. 그 가 말한 "벗이 먼 곳에서 찾아오면, 또한 즐겁지 않겠는가?"라는 말과 이것을 함께 합쳐서 보면, 교우를 즐거움으로 삼는 인자仁者의 심경이 구체적으로 드러난다.

4절 │ 친구와 어떻게 지내야 하나

훌륭한 친구가 많아도 그들과 어떻게 지내며, 우정을 하늘과 땅처럼 영원하게 할 것인가 하는 것은 사실 더 어려운 일이다. ≪논어≫에서 공자도 실제 상황에 근거하여 제자들에게 여러 가지 충고를 해주었다. 이러한 충고는 변함없이 우리를 깨우치게 하고 참고해야 할 중요한 것이다.

1. 순서대로 잘 인도하되, 완곡하게 설득한다

≪논어·안연≫에는 이렇게 기록하고 있다.

자공이 벗함에 관해 물었다. 선생님께서 말씀하셨다. "충고하고 잘 인도하되, 따르지 않으면 중지해 스스로를 욕되게 하지 마라."〔子貢問友. 子曰: "忠告而善道之, 不可則止, 無自辱焉."〕

자공이 공자에게 친구를 대하는 방법을 물었다. 공자는 자공에게 "충심으로 그에게 권고하여 잘 인도하되, 그가 따르지 않거든 그만두어 모욕을 자초하지는 말라."[16]는 뜻의 말을 알려주었다. 이 방법은 아주 중요하다. 친구라면 반드시 충고를 해서 좋아하지 않는다는 것을 분명히 알게 하여 제멋대로 하게 내버려 두어서는

---

16) 양백준, ≪논어역주≫, 중화서국, 1980, 132쪽.

안 된다. 동시에 친구라는 본분을 잘 지켜 완곡하게 설득하고, 차례차례 잘 인도하되 참견이 지나쳐서는 안 된다.

전목은 이렇게 말했다. "친구에게 과실이 있으면, 알려주지 않을 수 없다. 그러나 반드시 친구에 대한 충성스러운 마음에서 나와야 하고, 또 모름지기 잘 타일러 이끌 수 있어야 한다. 이와 같이 했는데도 설득할 수 없고, 충고를 따를 기미를 보이지 않는다면, 당분간 그만두고 더는 말하지 않아야 한다. 만약 말을 그만두지 않는다면, 장차 스스로 모욕을 초래할 것이다."17) 이것은 공자가 자공에게 말해 준 본래의 의도에 꼭 들어맞는 것이다.

2. 너무 지나치게 관여하지 말고, 서로에게 어느 정도의 여유를 주라

앞에서 인용한 공자가 자공에게 해준 말인 "충고하고 잘 인도하는 것"을 마음에 두는 동시에 "따르지 않으면 중지해 스스로를 욕되게 하지 마라."고 한 것에 주의하여 상대방에게 돌이킬 수 있는 여지를 주어야 한다. 이렇게 해야만 비로소 서로의 감정을 해치는 데 이르지 않으며, 장기간 교제하는 데 유리하다. ≪논어·이인≫에는 이렇게 말했다.

자유가 말했다. "임금을 섬기되 번거롭게 하면 욕을 보고, 벗을 사귀되 번거롭게 하면 멀어질 것이다."〔子游曰: "事君數, 斯辱矣, 朋友數, 斯疏矣."〕

---

17) 전목, ≪논어신해≫, 삼련서점, 2012, 195쪽.

여기에서 자유는 위에서 서술한 공자의 이야기에서 한걸음 더 나아가 상세히 설명하고, 또 그 높이를 "임금을 섬기는" 데까지 상 승시켰다. 자유가 한 말은 "임금을 모시는데 지나치게 번거롭게 하 면 곧 모욕을 초래할 것이며, 친구를 대하는데 지나치게 장황하면 곧 멀어지게 될 것이다."[18]라는 뜻이다.

이 모두는 우리에게 다음과 같은 사실을 알려준다. 즉 실제로 상급자와 하급자가 함께 지내고, 친구 사이의 사람들이 함께 지낼 때 서로 어느 정도의 거리를 유지하여 상대방에게 적당한 여유를 남겨 주는 것이 서로의 감정을 증진시키는 데 도움이 된다는 것이 다. 이와 반대로 만약 지나치게 가까우면, 오히려 싫증나기 일쑤 고, 서로의 감정을 해치게 된다.

3. 세월이 흘러야 사람의 마음을 알 수 있다

≪논어·공야장≫에는 이렇게 말했다.

선생님께서 말씀하셨다. "안평중은 남과 사귀기를 잘한다. 오래 사귀어도 남이 더욱 그를 공경하는구나." 〔子曰: "晏平仲善與人交, 久而敬 之."〕

제나라의 재상인 "안평중은 타인과 화목하고 친구들과 사귀는 것을 잘하여 서로의 사귐이 오래될수록 다른 사람들이 더욱 그를 공경한다."[19]는 뜻으로 공자는 칭찬했다. ≪장자·산목≫에서는 이 렇게 말했다. "군자의 사귐은 물처럼 담담하고, 소인의 사귐은 술처

---

18) 양백준, ≪논어역주≫, 중화서국, 1980, 41쪽.
19) 양백준, ≪논어역주≫, 중화서국, 1980, 48쪽.

럼 달콤하다. 군자는 담담함으로 친분을 이어가지만, 소인은 달콤함으로 헤어진다. 〔君子之交淡若水, 小人之交甘若醴. 君子淡以親, 小人甘以絶.〕"친구와 장기간 교제하는 데 의지할 것은 진실함과 담백함이다. 일시적이고 물질적인 유혹으로는 진정한 친구로서의 교제에 이르게 할 수 없다.

4. 어려울 때 친구가 진정한 친구다

≪논어 · 자한≫에는 이렇게 말했다.

선생님께서 말씀하셨다. "날씨가 추워진 연후에야 소나무와 잣나무가 나중에 시든다는 것을 알게 된다."〔子曰: "歲寒, 然後知松柏之後彫也."〕

공자의 이 말은 "날씨가 추워진 다음에야 비로소 소나무와 잣나무의 잎이 가장 마지막에 떨어진다는 것을 알 수 있다."[20)는 뜻이다. 이것이 비록 자연의 소나무와 잣나무에 대한 이야기이지만, 그 속에는 상징적인 함의가 있다. 전목은 이렇게 말했다. "봄과 여름 사이에는 많은 나무들이 무성해졌다가 추운 겨울이 되면 다 말라 떨어지게 된다. 그런데 유독 소나무와 잣나무만이 끝까지 지탱하며 다시 화창한 봄기운이 오기를 기다리니, 이른바 '선비는 가난할 때 절개를 알 수 있고, 세상이 혼란할 때 충신을 알 수 있다. 〔士窮見節義, 世亂識忠臣.〕'(≪논어찬소論語纂疏≫ 권5)라는 것이다."[21)

이것은 친구에 있어서도 마찬가지이다. 자신이 가장 위험하고

---

20) 양백준, ≪논어역주≫, 중화서국, 1980, 95쪽.
21) 전목, ≪논어신해≫, 삼련서점, 2012, 221~222쪽.

어려울 때 종종 우정의 소중함을 체득할 수 있다. 서한의 역사가인 사마천은 이릉李陵(B.C. 134~B.C. 74)의 화禍로 인해 한나라 무제의 노여움을 사서 극형을 받았다. 이때 "집안이 가난하여 돈으로도 자신의 죄를 씻을 수 없고, 친구들 중에 아무도 나를 구해주지 않았으며, 황제 좌우의 근신近臣들도 나를 위해 한 마디 말도 해주지 않았다. [家貧, 財賂不足以自贖, 交遊莫救, 左右親近不爲一言.] "《보임안서》) 사마천은 "친구들 중에 아무도 나를 구해주지 않는다."는 것을 뼈저리게 느꼈다. 그래서 사마천은 친구 사이의 말없는 온정에 대한 목마름으로 가득 차 있었다. 이것이 바로 ≪사기≫에 친구 간의 우정을 묘사한 많은 명편名篇들을 있게 한 것이다. 예를 들면 〈관안열전管晏列傳〉의 관중과 포숙아의 사귐[管鮑之交], 〈염파인상여열전廉頗藺相如列傳〉의 염파와 인상여의 사귐[刎頸之交], 그리고 〈장이진여열전張耳陳餘列傳〉에서 권세와 이익 때문에 반목하는 장이와 진여의 사귐 등이 있다.

≪논어≫에서 공자는 또한 제자에게 "궁핍한 사람을 구원하고, 부자에게는 보태 주지 않아야 한다. [周急不繼富]"라고 충고했다. ≪논어·옹야≫(제4장과 제5장)에서는 이렇게 기록하고 있다.

자화를 제나라에 사신으로 보냈다. 염자가 자화의 어머니를 위하여 곡식을 청했다. 선생님께서 말씀하셨다. "엿 말 녁 되를 주어라." 더 주기를 청하니 "두 말 녁 되를 주어라." 하셨는데, 염자가 곡식 여든 섬을 주었다. 선생님께서 말씀하셨다. "적赤이 제나라로 갈 때에 살진 말을 타고 가벼운 털옷을 입고 갔다. 내가 듣건대 군자는 궁핍한 사람을 구원하고, 부자에게는 보태 주지 않았다고 한다."[子華使於齊, 冉子爲其母請粟. 子曰: "與之釜." 請益. 曰: "與之庾." 冉子與之粟五秉. 子曰: "赤之適齊也, 乘肥馬, 衣輕裘. 吾聞之也, 君子周急不繼富."]

원사原思가 공자의 가신 중에 우두머리가 되었다. 공자께서 그에게 곡식 900말을 주셨는데 사양했다. 선생님께서 말씀하셨다. "사양하지 마라! 그것을 네 이웃이나 동네 사람들에게 줄 수 있지 않겠느냐?"〔原思爲之宰, 與之粟九百, 辭. 子曰: "毋! 以與爾鄰里鄉黨乎!"〕

공자의 제자인 공서화가 제나라에 사신으로 파견을 나가게 되자, 염유가 그의 모친을 위해서 공자에게 좁쌀을 줄 것을 요청했다. 공자는 그녀에게 조금만 주라고 분부했다. 그러나 염유는 오히려 80석石을 주었다. 이 때문에 공자에게 "군자는 단지 다른 사람이 곤란할 때 도울 뿐, 부유한데 더 보태어 주지는 않는다."22)라는 꾸지람을 들었다.

사실 공자는 결코 인색하지 않았다. 그는 가사 관리 총책임자인 원사에게 한 번에 좁쌀 900말을 주었다. 원사가 너무 많다고 여기기에 공자는 그에게 여분의 좁쌀을 동네의 가난한 사람을 도와주는 데 쓰도록 했다.

≪논어≫에서 이 두 가지 사건은 앞뒤로 연이어 있다. 이 두 가지 사건은 공자가 학생들에게 가르친 전형적인 사례이다. 다시 말해서 친구를 도울 때 중요한 것은 곤경에 처했는지의 여부이지, 여유가 있는데 보태 주는 것이 아니라는 것을 가르쳐 준 전형적인 사례이다. 즉 그 사람이 급할 때 도움을 주되, 곤경에 처한 도움이 필요한 사람에게는 신속히 원조의 손길을 내밀어야 한다. 고난이 진심을 보게 하니, (고난 속의 친구를 도울 때) 그 즐거움 역시 화기애애하다.

---

22) 양백준, ≪논어역주≫, 중화서국, 1980, 56쪽.

5. 관용의 미덕이 있어야 한다

≪논어·자장≫에는 이렇게 기록하고 있다.

자하의 문인이 자장에게 사람 사귀는 법을 물었다. ……자장이 말
했다. "군자는 현자를 존중하고 뭇사람을 포용하며, 착한 사람을
칭찬하고, 그렇지 못한 사람을 가엾게 여긴다. 내가 대단히 현명하
다면 남들에게 어찌 받아들여지지 않을 것인가? 내가 현명하지 못
하다면 남들이 나를 멀리할 것이니, 어떻게 내가 남들을 멀리하겠
는가?"〔子夏之門人問交於子張. ……子張曰: "君子尊賢而容衆, 嘉善而矜不能. 我之
大賢與, 於人何所不容? 我之不賢與, 人將拒我, 如之何其拒人也?"〕

어떻게 하면 더 많은 친구를 사귈 수 있는 걸까? 자장은 공자
에게서 들은 것으로 공자 제자의 제자들에게 이렇게 가르쳤다. 우
선 크고 넓은 마음을 가지고 있어야 한다. 이미 어진 사람을 존경
할 수 있게 되었다면, 또한 보통 사람도 받아들여야 한다. 그리고
이미 좋은 환경에 처한 사람을 찬양했다면, 또한 불쌍하고 무능한
사람을 격려할 수 있어야 한다. 동시에 다음과 같은 말로 부단히
자기 자신을 성찰해야 한다. "내가 아주 좋은 사람이라면, 어떤 사
람에게서든지 용납되지 않을 수 있겠는가? 내가 나쁜 사람이라면
다른 사람들이 나를 거절할 것이니, 내가 어찌 다른 사람을 거절
할 수 있겠는가?"23) 또 ≪논어·안연≫에서는 이렇게 말했다.

자하가 말했다. "군자는 몸가짐을 삼가고 실수를 하지 않으며, 남
에게 공손하고 예를 갖추면, 사해 안의 사람들이 모두 형제가 될

---

23) 양백준, ≪논어역주≫, 중화서국, 1980, 200쪽.

것인데, 군자가 형제가 없다고 해서 무엇을 근심하겠는가?"〔子夏曰:
"君子敬而無失, 與人恭而有禮. 四海之內, 皆兄弟也. 君子何患乎無兄弟也?"〕

온 세상 모두가 형제이다. 친구 사이에 진솔하여 마음에 거리
낌 없고, 마음을 넓게 하며, 진심으로 대하고, 환난을 함께하니, 어
찌 친구가 천하에 두루 있지 않다고 근심하겠는가?

11장

≪논어≫와 양생養生

중국 문화는 줄곧 양생의 방도를 중요시해 왔다. 이것은 결코 도가만의 특허가 아니다. 공자께서는 일찍이 오래 살기 위해서 양생의 방도를 언급한 적이 없지만, 그의 '예禮'에 대한 학설 속에는 그것이 내포되어 있다. 유가의 예의규범 속에서 종종 중요한 양생의 방도를 넌지시 드러내고 있다.

1절 │ 양생과 심리 상태

유가는 양생이 사람의 평온한 심리 상태와 매우 긴밀한 관계
에 있다고 생각한다. ≪논어·학이≫에서는 다음과 같이 말하고 있
다.

선생님께서 말씀하셨다. "남이 나를 이해해 주지 않아도 화를 내지
않으면, 또한 군자라고 하지 않겠는가?" 〔子曰: "人不知而不慍, 不亦君子
乎?"〕

선생님께서 말씀하셨다. "남이 나를 알아주지 않는다고 걱정할 것이
아니라, 내가 남을 알아보지 못하는 것을 걱정해야 한다." 〔子曰: "不
患人之不己知, 患不知人也."〕

넓은 마음으로 모든 일을 너그럽게 감싸서 삭이게 되면, 생각
이 평온해져 뜬구름 같은 영예와 이익을 시시콜콜 따지는 마음이
자연히 없어지게 될 것이라는 말이다.

공자는 인생에서 연령의 단계에 따라 심리 상태를 (그 나이에 맞
게) 잘 조정해야 한다고 생각했다. ≪논어·계씨≫에서는 다음과
같이 말하고 있다.

공자께서 말씀하셨다. "군자에게는 경계해야 할 세 가지가 있다.
젊을 때는 혈기가 아직 성숙해지지 않은 때이니, 경계할 것은 여색
에 있고, 장성해서는 혈기가 한창 강한 때이니, 경계할 것은 싸움

에 있고, 늙어서는 혈기가 이미 쇠잔한 때이니, 경계해야 할 것은 욕심에 있다."〔孔子曰: "君子有三戒. 少之時, 血氣未定, 戒之在色. 及其壯也, 血氣方剛, 戒之在鬪. 及其老也, 血氣旣衰, 戒之在得."〕

공자가 보기에 소년과 장년 및 노년의 사람은 일생 중에서 언제나 각 연령 단계의 특성에 근거해서 경계하고 방비하여 혈기를 보살피고, 몸을 닦고 본성을 길러야만 했다. 젊은 시절에는 혈기가 성숙되지 않았기 때문에 요구되는 경계는 정욕에 집착하고 끌려 다녀서는 안 된다는 것이다. 그리고 장년이 되면 혈기가 알맞게 왕성해지기 때문에 요구되는 경계는 지지 않으려고 싸우기를 좋아해서 안 된다는 것이다. 마지막으로 연로하게 되면 혈기가 이미 쇠약해졌기 때문에 요구되는 경계는 욕심을 부려 만족할 줄을 몰라서는 안 된다는 것이다.

공자는 어진 사람[仁者]은 정적靜的이어서 장수한다고 여겼다. ≪논어·옹야≫에서는 다음과 같이 말하고 있다.

선생님께서 말씀하셨다. "지혜로운 사람은 물(의 속성)을 좋아하고, 어진 사람은 산을 좋아한다. 지혜로운 사람은 동적動的이고, 어진 사람은 정적靜的이다. 지혜로운 사람은 즐기고, 어진 자는 장수한다."
〔子曰: "知者樂水, 仁者樂山. 知者動, 仁者靜. 知者樂, 仁者壽."〕

어진 사람이 산과 같이 장수하는 것은 "고요함[靜]"으로써 인생에 대처하기 때문이다. 하고자 하는 것도 없고 구하고자 하는 것도 없거나, 마음을 평정하게 하여 욕심을 적게 해서, 명예와 이익을 좇지 않고 이상을 펼치는 것을 오랫동안 견지하게 되면, 반드시 장수의 방도를 이룰 수 있게 된다. 옛날부터 지금까지 많은 지식인들이 이 유명한 구절을 인생의 좌우명으로 삼고, 자신의 양생

의 방도로 여겼다. 현대 사회에서 미담으로 전해지는 것으로는 유
엽추劉葉秋(1917~1988)가 일찍이 영종일寧宗一(1931~)에게 건네준 말,
즉 "웃음은 노여움을 삭이게 하고, 고요함은 마음을 닦게 한다.〔笑
以化怒, 靜以養心.〕"는 것과 같은 것이다. 이것은 인생의 지당한 도리
라고 말할 수 있다.

공자께서 일찍이 안회顏回를 칭찬하여 "배우기를 좋아하여 자기
의 노여움을 다른 사람에게 옮기지 않는데, 불행히도 일찍 죽었다.
〔好學, 不遷怒, 不貳過. 不幸短命死矣.〕"(《논어·옹야》)라고 하였다. "웃음은 노
여움을 삭이게 하고, 고요함은 마음을 닦게 한다."라는 이 말은 확
실히 어진 사람이 양생의 진리를 털어놓은 것이다.

어진 사람이 양생하려고 군자의 도리를 실천하게 되면, 마음
이 평탄하고 넓어져 확 트인 도량으로 모든 것에 대처하고 모든
것을 포용하게 된다. 《논어·술이》에서는 다음과 같이 말하고 있
다.

선생님께서 말씀하셨다. "군자는 마음이 평온하고 여유가 있으며, 소
인은 항상 근심과 걱정에 싸여 있다."〔子曰: "君子坦蕩蕩, 小人長戚戚."〕

사람이 항상 근심하고 걱정하는 마음을 갖고 있으면, 필연적
으로 양생과 충돌할 수밖에 없다. 전목錢穆이 말했다. "군자는 하늘
의 뜻에 순종하고 자기의 처지에 만족하기에 하늘을 우러러보고
땅을 굽어보아도 양심에 부끄러움이 없어 그 마음이 편안하고 관
대하다. 그러나 소인은 마음이 이기적이고 욕심이 많아 명예와 이
익을 다투는 데 거리낌 없고 득과 실에만 조바심을 내기 때문에
항상 압박감이 있는 듯하고, 또한 걱정과 두려움이 많다. 독자는
이것으로 반성해보면, 도덕을 증진시킬 수 있다."[1] 전목은 평생
《논어》를 읽고 연구하는 것을 생각하며 살았다. 그래서 자연히

공자로부터 양생하는 데 도움을 받은 것이 아주 많았다. 여기에서 말한 것은 공자의 심령과 부합하여 도리를 깨달은 데서 나온 말이다. 또한 그가 95세의 고령에 세상을 떠난 것은 양생에 대한 그 자신의 이야기를 한 것이기에 소중하게 여길 값어치가 있다.

양생의 방도는 긴장과 이완을 적절하게 하는 데 있다. 공자는 평생 동안 극도로 고달프고, 분주히 뛰어다니느라 기진맥진하였다. 그러나 또한 일과 휴식을 적절히 안배하는 데 주의를 많이 기울였다. 일을 해서 지친 뒤에는 적당히 휴식하는 것이 필요하다. 공자는 일을 해서 지친 뒤에는 마차를 몰거나 활쏘기, 또는 낚시하기를 좋아하였다. 앞의 두 가지는 당시의 "육예六藝" 가운데 하나이며, 또한 공자가 평소에 가르치는 내용이기도 하였다. ≪논어·팔일≫에서는 다음과 같이 말하고 있다.

선생님께서 말씀하셨다. "군자는 다툴 만한 일이 없으나, 반드시 다투게 되는 것은 활쏘기뿐이다. 사대射臺에 올라서는 상대에게 두 손을 맞잡고 절을 하고[揖], 시합을 마치고 사대를 내려왔다가 진 사람은 다시 당堂에 올라 벌주를 마시니, 그 다투는 모습들이 군자답다."[子曰: "君子無所爭, 必也射乎! 揖讓而升, 下而飮, 其爭也君子."]

공자가 말하기를 "군자라면 어찌 되었든 다툴 만한 일이 없겠지만, 만약 다툴 것이 있다면 반드시 활쏘기뿐이다."라고 하였다. ≪예기·사의射義≫에서는 다음과 같이 말하고 있다.

공자께서 확상矍相의 채소밭에서 활을 쏘는데, 구경하려는 사람들이 담장을 두른 듯이 많았다. [孔子射於矍相之圃, 蓋觀者如堵墻.]

---

1) 전목, ≪논어신해≫, 삼련서점, 2012, 180쪽.

공자의 활쏘기 솜씨가 매우 뛰어나 구경하는 사람들을 많이 끌어 모았으며, 공자도 활쏘기에 대해 매우 자신만만하였다. 이것으로부터 공자가 평소 활쏘기를 열심히 했다는 것을 알 수 있다. 또한 ≪논어·자한≫에서는 다음과 같이 말하고 있다.

교통 요지[達巷]의 마을사람이 말했다. "참으로 위대하십니다, 공자시여! 박학하면서도 기예技藝도 명성을 이루지 못한 것이 없으시네요." 공자께서 이 말을 듣고 제자들에게 이렇게 말씀하셨다. "내가 무엇을 해보일까? 마차를 몰아 볼까? 활을 쏴 볼까? 나는 마차를 몰아 보이리라."[達巷黨人曰: "大哉孔子! 博學而無所成名." 子聞之, 謂門弟子曰: "吾何執? 執御乎? 執射乎? 吾執御矣."]

그리고 공자는 자신의 활솜씨와 마차를 모는 기술이 아주 유명하며, 더욱이 마차를 모는 수준이 매우 높다고 자신하였다. 이것으로부터 공자가 마차를 모는 것을 좋아했다는 것을 알 수 있다.

공자는 한가할 때 또한 낚시를 하러 갔을 수도 있다. ≪논어·술이≫에서는 다음과 같이 말하고 있다.

공자께서는 낚시질은 해도 그물질은 하지 않으셨으며, 주살로 새를 잡기는 하셨지만 잠자는 새는 쏘지 않으셨다. [子釣而不綱, 弋不射宿.]

낚싯대를 드리우는 것은 충분히 마음을 즐겁게 하고 피로를 풀어 주어 편안함과 여유로움을 얻을 수 있다. 그렇기 때문에 많은 사람들이 낚시를 좋아해서 상냥하고 부드러운 마음을 가지게 되는 것이다. 공자도 역시 이와 같았다.

2절 | 양생과 음식

1. 양생과 음주飮酒

　적당한 음주는 양생에 유익하다. 음주로 양생하는 풍조는 일찍부터 있어 왔다. 음주의 기원에 대해 반고班固의 ≪한서·식화지食貨志≫에서는 다음과 같이 말하고 있다. "희화羲和(왕망王莽의 신新나라 때 대사농大司農이란 관직을 개칭한 것임) 벼슬을 지낸 노광魯匡이 말하기를 '……술이란 하늘이 내린 아름다운 녹봉으로, 제왕이 이것으로써 천하를 기르니, 제사를 지내 복을 기원하고, 쇠약해진 몸을 도와주고 병을 다스리게 한다. 모든 예절과 의식儀式의 모임에 술이 쓰이지 않을 수 없다.'라고 하였다. 〔羲和魯匡言: '……酒者, 天之美祿, 帝王所以頤養天下, 享祀祈福, 扶衰養疾. 百禮之會, 非酒不行.〕" 현존하는 문헌에 따르면, 음주는 적어도 서주西周부터 시작되어 이미 제왕이 양생, 즉 "쇠약해진 몸을 돕고 병을 다스리는" 중요한 방법으로 여겨졌다.
　도연명은 〈구일한거九日閑居〉라는 시에서 다음과 같이 말했다. "술을 마시면 온갖 시름 떨칠 수 있고, 국화를 먹으면 늙어가는 나이를 억제할 수 있다네. 〔酒能祛百慮, 菊爲制頹齡.〕" ≪예문유취藝文類聚≫에서는 위魏나라 문제文帝와 종요鍾繇의 말을 인용하여 다음과 같이 말했다.

　세월이 흘러 어느덧 다시 9월 9일이 되었네. 9는 양수陽數로 (9월 9일은) 해와 달이 함께 어우러진 것이니, 세상에서 그 이름을 아름답게 여기며 장수에 좋다고 생각하네. ……향기로운 국화가 부산하게 홀로 무성한데, 장부는 아니지만 하늘과 땅의 순수하고 온화함을 머금고, 향기의 온화한 기운까지 만들어 내니, 무엇이 이와 같을 수 있겠는가? 그래서 굴원이 천천히 늙어가는 것을 슬퍼하여 가을에 떨어진 국화 꽃잎을 먹고, 몸을 도와 수명을 연장할 것을 생각하였 네. 그러하니 국화보다 더 귀한 것이 어디 있겠는가. 삼가 국화꽃 한 묶음을 바쳐 800년을 산 팽조의 도술을 돕고자 하네.〔歲往月, 來 忽復九月九日, 九爲陽數, 而日月並應, 俗嘉其名, 以爲宜於長久. …… 至於芳菊, 紛 然獨榮, 非夫含乾坤之純和, 體芬芳之淑氣, 孰能如此, 故屈平悲冉冉之將老, 思食秋菊 之落英, 輔體延年, 莫斯之貴, 謹奉一束, 以助彭祖之術.〕

이것을 보면 위진시대의 사람들은 양생을 하는데 국화로 담근 술을 특별히 중요시하였다는 것을 알 수 있다. 그리고 도연명도 예외가 아니었다. 하지만 도연명의 음주는 공자의 가르침을 따른 것이다. 음주의 목적은 양생에 있는 것이지, 취하도록 양이 지나친 것이 아니었으며, 절제해서 술을 마시는 데 있었다. ≪논어≫의 기록 에 따르면, 적당한 음주는 예절과 의식에서 요구되는 것이며, 양생 에도 위배되지 않는다. ≪논어 · 자한≫에서는 다음과 같이 말하고 있다.

선생님께서 말씀하셨다. "밖에 나가서는 공경公卿을 섬기고, 집에 들 어와서는 부형을 섬기며, 장례의 일에 정성을 다하지 않음이 없고, 술로 고생하지 않는 일 중에 어느 것을 내가 제대로 하는가."〔子曰: "出則事公卿, 入則事父兄, 喪事不敢不勉, 不爲酒困, 何有於我哉?"〕

"술로 고생하지 않는"다고 하는 것은 술 때문에 괴롭게 되지 않는다는 것으로, 공자가 술을 마실 때 절제했다는 것을 말하는 것이다.

또한 ≪논어·향당≫에서는 다음과 같이 말하고 있다.

술을 마시는 데 정해진 양이 없지만, 취해서 흐트러지는 데까지는 이르지 않으셨다. 〔惟酒無量, 不及亂.〕

마시는 술에 양을 제한하지는 않았다. 그러나 취해서 정신이 어지럽게 될 정도는 아니었다. 이성과 지혜가 맑은 상태를 유지하는 것이 또한 양생을 이루는 데 중요하게 여기는 것이다.
또한 ≪논어·향당≫에서는 다음과 같이 말하고 있다.

마을 사람과 술을 마실 때는 노인이 나가면 이에 나가셨다. 〔鄕人飮酒, 杖者出, 斯出矣.〕

공자는 '향음주례鄕飮酒禮'를 거행한 후 노인들이 모두 나가기를 기다렸다가 자기는 그제야 겨우 나갔다. 이것은 그가 술을 마신 후에도 정신과 지혜가 여전히 또렷했다는 것을 말하는 것이다.
또한 ≪논어·향당≫에 "사 온 술과 사 온 포脯는 드시지 않으셨다. 〔沽酒市脯不食.〕"라는 기록이 있다. 공자가 장터에서 사 온 술을 마시지 않았다는 것을 보면 집에서 빚은 술만 마셨다는 것을 알 수 있다. 이것도 역시 양생의 도를 중요시한 것이다.
위에서 인용한 ≪한서·식화지≫에는 다음과 같은 기록이 있다.

희화 벼슬을 지낸 노광이 말했다. "……술이란 하늘이 내린 아름다운 녹봉으로, 제왕이 이것으로써 천하를 기르니, 제사를 지내 복을 기원하고, 쇠약해진 몸을 도와주고 병을 다스리게 한다. 모든 예절과 의식儀式의 모임에 술이 쓰이지 않을 수 없다. 그래서 ≪시경≫에서 말하기를 '술 없으면 내가 사 오리라.'라고 하였다. 그러나 ≪논어≫에서는 '사 온 술은 마시지 않는다.'라고 말했다. 그런데 이 두 가지는 서로 반대되는 것이 아니다. 무릇 ≪시경≫은 태평성세를 근거로 한 것이기에 술을 사고파는 곳이 관청에 있어 그 맛이 깔끔하고 부드러우며 감미로워 사람에게 이롭다. 그래서 서로를 제어할 수 있었다. 그러나 ≪논어≫에서의 공자는 주나라가 쇠퇴하여 혼란스러운 때를 당했기에 술을 사고파는 곳이 백성에게 있어 그 맛이 천박하고 조악하여 정성스럽지 못했다. 그래서 (사 온 술을 공자가) 수상쩍게 여겨 먹지 않은 것이다."〔義和魯匡言: "……酒者, 天之美祿, 帝王所以頤養天下, 享祀祈福, 扶衰養疾. 百禮之會, 非酒不行. 故≪詩≫曰'無酒酤我', 而≪論語≫曰酤酒不食', 二者非相反也. 夫≪詩≫據承平之世, 酒酤在官, 和旨便人, 可以相御也. ≪論語≫孔子當周衰亂, 酒酤在民, 薄惡不誠, 是以疑而弗食."〕

공자가 왜 "사 온 술을 마시지 않았는지"에 대해서는 상세히 설명하고 있는데, 우리가 깊이 생각해 볼만한 가치가 있다. 요즘 상업 식품의 안정성 문제가 빈번하게 발생하고 있는데, 공자 시대의 그것과 비교해보면, 한층 더 "그 식품이 천박하고 조악하며, 정성스럽지 못하다." 어떻게든 이익은 좇아가고 손해는 피해 가려 하니, 효과적으로 먹고 마시며 양생하는 것은 진정 한마디로 다 설명할 수 없다.

2. 양생과 식사

≪논어≫에는 공자가 음식을 매우 중요하게 생각했다는 기록이 있다. 그것은 한편으로는 예절과 의식儀式의 규범과 요구 때문이고, 다른 한편으로는 양생의 방도와 부합하기 때문이었다.

1) 음식은 깨끗하고 가늘어야 한다는 원칙

≪논어 · 향당≫에서는 다음과 같이 말하고 있다.

밥은 곱게 찧은 쌀로 한 것을 싫어하지 않으셨고, 회膾는 가늘게
썬 것을 좋아하셨다. 〔食不厭精, 膾不厭細.〕

여기에서는 공자가 음식을 중요하게 여겼다는 것을 서술하고
있다. 다시 말해서 식량은 곱게 찧은 것을 싫어하지 않고, 생선이
나 고기는 잘게 썬 것을 좋아했다는 것이다. 이것은 물론 예절과
의식에서 중요시하는 것이기도 하지만, 양생의 방도에 상당히 합
치하기도 하는 것이다. 음식을 깨끗하고 가늘게 하는 것은 소화시
키기가 쉬워 양생에 도움이 된다.

2) "열 가지 먹지 않는" 원칙

공자의 "열 가지 먹지 않는" 원칙은 ≪논어 · 향당≫에 나온다.
첫 번째, "밥이 쉬어 맛이 변하거나, 생선이 상하고 고기가 부
패했으면 드시지 않으셨다. 〔食饐而餲, 魚餒而肉敗, 不食.〕"
위의 말은 식량에 곰팡이가 피고 썩어 악취가 나며, 생선과
고기가 부패하면 먹지 않는다는 말이다. 또한 공자의 음식에 대한
다음과 같은 견해도 있다. "나라의 제사를 돕고 받은 고기는 하룻
밤을 묵히지 않고 바로 나누어 주셨다. 집안 제사에 쓴 고기는 사
흘을 넘기지 않고 나누어 주셨는데, 사흘을 넘기면 드시지 않으셨
다. 〔祭於公, 不宿肉. 祭肉不出三日. 出三日, 不食之矣.〕" 나라의 제사나 행사에
쓰인 고기는 다음날까지 둘 수 없다는 말이다. 이것은 다음과 같
은 이유 때문이다. 고대에 제사나 행사를 거행할 때 모두 당일 이
른 아침에 가축을 잡은 후에 의식을 거행한다. 이튿날에 또 제사

를 드리는 것을 "역제繹祭"라고 불렀다. 역제 후에 비로소 사람들에게 제사를 돕기 위해 자기가 가지고 온 고기를 가지고 돌아가게 한다. 어떤 사람은 또한 귀천의 등급에 따라 각각 제사 고기를 나눠 주었다고 한다. 이와 같다면, "나라의 제사를 돕고" 받은 고기는 나누어 주기 전에 적어도 하루 이틀 정도 눌러두었기 때문에 다시 하루를 눌러두어 이튿날까지 둘 수 없다는 것이다.2) 다른 제사 고기는 일반적으로 모두 집안에서 잡은 것이거나 친구가 보내 준 것으로 조금 더 눌러둘 시간이 있지만, 눌러두는 것이 3일을 넘길 수는 없다. 만약 3일을 눌러두었으면 이미 먹을 수 없다.

모두가 알다시피, 현대의 과학적 검사에 따르면 이렇게 부패하고 변질된 음식물 속에는 암 등을 유발하는 좋지 않은 물질이 포함되어 있다. 일찍이 춘추시대에 공자는 이미 이러한 측면을 스스로 깨우쳐 의식하고 있었으니, 참으로 성인의 선견지명이다. 당나라의 위대한 시인인 두보杜甫는 부패된 쇠고기를 먹고 병에 걸려 죽었다는 말이 전해지고 있다.3)

두 번째, "음식의 색깔이 나쁘면 드시지 않으셨다. 〔色惡, 不食.〕"

이것은 음식물의 색깔이 보기에 좋지 않으면 먹지 않았다는 말로, 공자가 살던 시대에 예의를 중요시한 데서 나왔을 가능성이 크

---

2) 양백준楊伯峻, 《논어역주論語譯註》, 중화서국, 1980, 104쪽.

3) 《구당서舊唐書·문원전文苑傳》에는 다음과 같이 기록되어 있다. "두보가 피란하러 뇌양耒陽에 왔다. 그런데 '홍수로 인해 길이 막혀 보름 정도 먹지를 못하였다.'〔爲暴水所阻, 旬日不得食.〕 현령縣令이 배를 보내 두보를 마중하였다. '두보가 쇠고기와 백주를 먹고, 하룻밤 사이에 죽었다.'〔啗牛肉白酒, 一夕而卒.〕" 《신당서新唐書·문원전文苑傳》에도 다음과 같이 말하고 있다. "보름이 넘도록 먹지를 못했다가, 현령이 배를 보내 마중해서 돌아오게 되었다. 현령이 구운 쇠고기와 백주를 보냈는데, 만취하였다. 하룻밤 사이에 죽었다.〔涉旬不得食, 縣令具舟迎之, 乃得還. 令嘗饋牛炙白酒, 大醉, 一昔卒.〕" 이를 근거로 후세 사람들은 두보의 사망원인이 폭음이나 폭식, 또는 부패된 쇠고기 때문이라고 추측하였다.

다. 그런데 음식물의 색깔이 보기에 좋지 않다는 것은 음식물이 부패하여 변색되었을 가능성이 있고, 또한 음식물 자체가 본래 그런 것일 수도 있다. 하지만 현대 사회에 이르러서는 과학 기술도 발달하고, 인공 색소도 발달하였다. 우리의 식품 속에 첨가된 인공 색소는 도리어 사람의 몸과 건강을 해치는 중요한 요인 중의 하나가 되기도 한다. 그러므로 공자의 시대에서 현재의 상황을 돌이켜 볼 수 있다. 다시 말해서 음식물의 색깔이 보기에 좋지 않은 것은 마땅히 먹지 말아야 하고, 색깔이 너무 보기 좋은 것도 다시 신중하게 살펴보고 먹는 것이 필요하다는 것이다.

세 번째, "냄새가 고약하면 드시지 않으셨다. [臭惡, 不食.]"

이것은 냄새가 좋지 않으면 먹지 않는다는 것이다. 음식물의 냄새가 좋지 않다는 것은 또한 두 가지 가능성이 있다. 하나는 음식물이 부패하여 변질되었을 가능성이고, 다른 하나는 이것이 음식물 자체의 본래 냄새일 가능성이다. 하지만 어떤 상황이든 관계없이 공자는 모두 먹기를 거부했다. 그러므로 이것은 예절의 요구가 있고, 또 양생을 중요하게 여기기 때문일 것이다.

네 번째, "알맞게 삶아지지 않았으면, 드시지 않으셨다. [失飪, 不食.]"

이것은 요리가 적절하지 않으면 먹지 않았다는 것이다. 요리가 적절하지 않다는 것은 겉으로 보기에는 예절과 의식의 요구인 것처럼 보이지만, 실제로는 오히려 양생의 도리가 아주 많이 포함된 것이다. 요리가 적절하지 않으면, 음식물이 지나치게 설익거나 지나치게 익게 된다. 현대 과학의 연구에 따르면, 사실 두 가지 모두 몸의 건강을 해친다고 한다.

다섯 번째, "그 때의 음식이 아니면, 먹지 않으셨다. [不時, 不食.]"

여기에서의 "그 때"는 보통 두 가지로 해석된다. 하나는 "시절이나 계절"을, 다른 하나는 "시간"을 가리킨다. 전자의 해석을 따르면, 제철의 음식으로 적합하지 않으면 먹지 않았다는 것이다. 옛날에 제철의 음식으로 적합하지 않은 것은 아마도 오늘날 온실에 재배한 음식물과 비슷할 것이다.

믿을 만한 사료의 기록에 따르면, 서한西漢 때부터 온실에서 채소가 재배되어 나오기 시작했다고 한다. ≪한서·순리전循吏傳·소신신召信臣≫에는 다음과 같은 기록이 있다. "태관원太官園에는 겨울에 성장할 파와 부추의 뿌리를 심고, 지붕을 덮어 밤낮으로 불을 피워 따뜻한 공기를 공급하여 자라게 했다. 신신信臣은 이것들이 모두 계절에 맞지 않는 물건으로 사람에게 해가 될 수 있으니, 마땅히 진상품으로 바치려고 재배해야 하지 말아야 한다고 생각했다. 이에 이것들을 법률에 위배되는 것이라 하여 모두 진상하기를 그만두니, 비용을 줄인 것이 1년에 수천만(전錢)이었다. 〔太官園種冬生蔥韭菜茹, 覆以屋廡, 晝夜然蘊火, 待溫氣乃生, 信臣以爲此皆不時之物, 有傷於人, 不宜以奉供養, 及它非法食物, 悉奏罷, 省費歲數千萬.〕" 이러한 (재배) 기술은 동한東漢 이후 한층 더 발달하였다. ≪후한서·황후기皇后記≫에는 한나라 안제安帝 (영초永初) 7년(113)에 등태후鄧太后가 다음과 같은 조서를 내렸다고 하였다. "무릇 진상하는 것으로 새로운 맛을 내는 것들 가운데 제철의 것이 아닌 것이 많다. 간혹 따뜻하게 길러 억지로 익힌 것이 있고, 혹은 싹을 캐낸 것이 있다. 이것들은 맛이 들지 않았고, 생장을 일찍 꺾은 것이니, 어찌 때에 순응하여 기른 물건이겠는가. 전傳에서 말하기를 '그 때가 아니면 먹지 않는다.'고 하였다. 지금부터 능묘와 종묘에 제사를 드리고, 궁중에 먹을 것을 공급하는 사람은 모든 것을 때를 기다렸다가 올리도록 하라. 〔凡供薦新味, 多非其節, 或鬱養强執, 或穿掘萌牙, 味無所至而夭折生長, 豈所以順時育物乎! 傳曰: '非其時不食.' 自今當奉祠陵廟及給御者, 皆須時乃上.〕" 왕선겸王先謙은 ≪후한서집해後漢書集解≫에서 다음과 같이 말했다. "그 밑에 불을 피워 땅의 습기를 증발시켜 따뜻하게 해서 기르는 것이니, 억지로 계절보다 먼저 여물게 하는 것이다. 〔言火其下, 使土氣蒸發, 郁暖而養之, 强使先時成熟也.〕"
공자의 시대에 온실에서 재배하는 기술이 있는지의 여부는 현재로는 증명할 수 있는 문헌의 기록이나 고고학적 발견이 없다. 한나라 때는 단지 "태관원"과 기타 소수의 몇몇 원포園圃만 겨우 진상물을 바칠 수 있었다. 그리고 단지 황제와 지극히 부귀한 집안만이 겨우 그것을 누릴 수 있었다. 그런데 공자의 시대에 설령 이렇게 온실에서 재배하는 기술이 있었다고 하더라도, 공자는 아마 그것을 누릴 수 없었을 것이다.4) 그러므로 전자의 해석은 의미상으로 볼 때는 말이 통하는 것 같지만, 공자가 살던 시대의 구체적 현실 생활과 연관지어보면 그다지 들어맞지 않는 것이다.

후자의 해석에 따르면, 식사 시간이 이르지 않았으면 먹지 않는다는 것이다. 이것은 옛날에 예절이 요구하는 것이자, 과학적이고 합리적인 식사의 방법이며, 양생의 방도에 부합한다. ≪여씨춘추·진수盡數≫에서는 "식사하는데 때를 잘 맞추면 몸에 재앙이 없다. 〔食能以時, 身必無災.〕"라고 말하고 있다. 하루에 두 끼 혹은 세 끼를 먹을 것인지 반드시 일정한 규율을 정해야 한다. 규칙적인 식사는 몸의 건강을 보장하는 기본이기 때문이다.

여섯 번째, "자른 것이 바르지 않으면 드시지 않으셨다. 〔割不正, 不食.〕"

이 말은 잘라내는 방법이 정확하지 않으면 먹지 않았다는 것이다. 이것은 이미 예절과 의식에서 중요시하는 것이고, 또한 양생의 방도에도 부합한다. 많은 사람들이 잘 알고 있는 "요리사가 소를 해체하는 방법〔庖丁解牛〕"은 양생의 방도와 상당히 부합한다. 이

---

4) 양백준도 유사한 관점을 견지하고 있다. 양백준, ≪논어역주≫, 중화서국, 1980, 103쪽 참조.

말은 ≪장자·양생주養生主≫에 나오는 것으로, 다음과 같은 말이 나온다. "중中의 경지를 따라 그것을 삶의 근본 원리로 삼으면, 자기의 몸을 보전할 수 있고, 생명을 온전히 유지할 수 있고, 어버이를 잘 봉양할 수 있고, 하늘로부터 부여받은 수명을 끝까지 누릴 수 있다. 〔緣督以爲經, 可以保身, 可以全生, 可以養親, 可以盡年.〕" 이 말은 해부의 지식을 말한 것이자 또한 양생의 도리를 말한 것이다. 해부할 때는 "자연의 결을 따라 커다란 틈새를 치며, 커다란 공간에서 칼을 움직여야 한다. 〔依乎天理, 批大郤, 導大窾.〕"(≪장자·양생주≫) 즉 소의 몸체가 가진 본래의 구조에 따라 근육이 서로 연결된 틈새를 가르고, 뼈 관절 사이의 공간을 파고들어 가서 소의 몸체 구조에 따라 칼날을 움직여 가면, 본래의 결을 따라 소의 고기를 발라내게 되니, 이렇게 해야 비로소 정확하게 자르는 것을 얻게 된다는 것이다. 장자가 보기에 정확하게 자르는 방법이 인류가 양생하는 방도와 상당히 부합하는 것이었다. 그 반대로 하는 것은 몸을 상하게 하는 것이었다. 공자의 행동이 비록 예절과 의식에 부가된 규제를 따른 것일 수도 있지만, ≪장자·양생주≫에 비춰보면 둘 사이의 밀접한 관계를 우리는 엿볼 수 있다. 공자가 "자른 것이 바르지 않으면 드시지 않으셨다."는 것이 양생의 중대한 방도를 함축하고 있는지 여부는 우리가 더 깊이 연구하고 생각해볼 만한 가치가 있다.

일곱 번째, "그 음식에 맞는 장醬이 갖추어지지 않으면 드시지 않으셨다. 〔不得其醬, 不食.〕"

이 말은 특정한 맛을 내는 간장과 식초가 없으면, 먹지 않았다는 것이다. 한 지역의 풍토가 그 지역의 사람을 기른다. 풍토가 다르면, 맛을 내는 방법도 다르다. 이것 역시 양생의 방도에 부합하는 것이다. 예를 들어 북방의 자연환경은 날씨가 고르지 않기에 간장과 식초는 장과 위의 소화에 도움을 주니 양생에 보탬이 되며, 남방은 습하기에 매운 쪽으로 맛을 내어 습기를 없애는 데 도움을 주니 양생에 보탬이 된다. ≪황제내경黃帝內經·소문素問≫에는 다음과 같은 기록이 있다.

동쪽 지역은 하늘과 땅의 기운이 처음 생겨나는 곳이다. 생선과 소금이 생산되는 곳은 해변에 물을 끼고 있어 그곳의 사람들은 생선을 먹고 짠맛을 좋아하여 모두 그곳을 편안히 여기고 그곳의 먹거리를 즐긴다. ……서쪽 지역은 금과 옥이 나는 지역이자 모래와 돌이 많은 곳으로서, 하늘과 땅의 기운이 거두어들여지는 곳이다. 그곳의 사람들은 구릉지에 거주하며 바람이 많고 물과 토양이 억세다. 그래서 그 사람들은 옷을 입지 않고 풀을 걸치고, 날것을 먹고 기름진 것을 먹어 뚱뚱하다. ……북쪽 지방은 하늘과 땅의 기운이 갈무리되는 곳이다. 그 지세가 높아 구릉에 거주하며, 바람이 차고 얼음이 얼어 추위가 매섭다. 그곳 사람들은 광야에 거주하길 좋아하고 우유로 만든 음식을 잘 먹는다. ……남쪽 지방은 하늘과 땅의 기운이 우쩍 커지고 양기가 왕성한 곳이다. 그 지세가 낮고 물과 토양이 부드러워 안개와 이슬이 모여든다. 그곳 사람들은 신맛을 좋아하고 발효시킨 음식을 먹는다. ……중앙 지방은 그 지세가 평탄하면서 습하며, 만물을 자라게 할 하늘과 땅의 기운이 모여든다. 그곳 사람들은 여러 가지를 섞어서 먹으며, 힘들게 일하지 않는다.
　[東方之域, 天地之所始生也, 魚鹽之地, 海濱傍水, 其民食魚而嗜鹹, 皆安其處, 美其食. ……西方者, 金玉之域, 沙石之處, 天地之所收引也, 其民陵居而多風, 水土剛强, 其民不衣而褐薦, 其民華食而脂肥. ……北方者, 天地所閉藏之域也, 其地高陵居, 風寒冰冽, 其民樂野處而乳食. ……南方者, 天地所長養, 陽之所盛處也, 其地下, 水土弱, 霧露之所聚也, 其民嗜酸而食胕. ……中央者, 其地平以濕, 天地所以生萬物也衆, 其民食雜而不勞.] 5)

5) (청) 장지청張志淸 집주集註, 방춘양方春陽·황원원黃遠媛·이관화李官火·요난영姚蘭英 표점 교감, ≪황제내경집주黃帝內經集註≫ 권2, 절강고적출판사浙江古籍出版社, 2002, 92~95쪽.

공자는 노나라 사람으로, 음식은 간장과 식초로 맛을 낸 것을 좋아하니, 역시 위에서 말한 양생의 과학에 부합한다.

여덟 번째, "고기가 많더라도 밥보다 많이 드시지는 않으셨다. [肉雖多, 不使勝食氣.]"

이 말은 식탁 위에 고기 종류가 비록 많아도 그것을 먹되 주식보다는 많이 먹지 말라는 것이다. 이런 식습관은 특별히 지금의 우리가 경계해야 한다. 지금의 우리에게는 물질이 풍부하고 요리의 종류도 아주 다양하다. 보통 회식이나 연회를 할 때 야채와 고기만 먹고 주식은 아주 조금 먹거나, 어떤 때는 심지어 거의 먹지 않는다. 이것은 사실 몸의 건강에 아주 좋지 않은 것이다.

아홉 번째, "사 온 술이나 포는 드시지 않으셨다. [沽酒市脯不食.]"

이 말은 시장에서 사 온 술이나 육포는 먹지 않았다는 것이다. 이것을 통해 공자가 마신 술과 먹은 육포는 모두 집에서 만든 것을 중요시하였으며, 대체로 섭취한 것도 안심하고 먹을 수 있는 것이었다는 것을 알 수 있다. 어떤 학자들은 여기에 근거하여 공자가 "속수束修"를 학비로 받았다는 견해를 부정하였다. 그러나 이것은 공자가 강조한 것이 "시장에서 사 온 포[市脯]"라는 말에서 "시장[市]"이라는 글자이지 "포脯"라는 글자가 아니라는 것을 소홀히 여긴 것이다. 우리의 현재 사회는 분업이 아주 세밀하여 근본적으로 자기 집에서 술을 빚거나 육포를 만들 수 없다. 그러므로 양생을 위해서는 되도록 비교적 깨끗한 식품을 선택하고, 깨끗한 음식점에 가야 한다. 병은 입으로 들어온다는 이치를 명심해야 한다.

열 번째, "생강 드시는 것을 거르지 않으셨으나, 많이 드시지는 않으셨다. [不撤薑食, 不多食.]"

이 말은 식사 후에 생강을 먹었는데, 많이 먹지는 않았다는 것이다. 생강은 양기陽氣의 성질을 가진 식물로 양생에 도움이 된다. 그것은 위장의 점막을 자극하여 장腸에 피가 많이 모이도록 하여 소화 기능을 강화할 수 있고, 찬 음식을 많이 먹어 불편함을 일으키는 증세에 효과적인 치료가 될 수 있다. 그러나 분명 많이 먹는 것은 적절치 못하다.

이외에도 ≪논어·향당≫에서는 "임금이 날고기를 하사하시면 반드시 익혀서 사당에 올렸다.〔君賜腥, 必熟而薦之.〕"라고 하였다. 아마도 공자 또한 날것으로 먹는 것을 주장하지 않았던 것 같다. 일반적인 음식물, 그중에서 특히 육류는 반드시 익혀서 먹었다.

3절 | 양생과 수면

중국은 농경 문명의 중요한 발상지로, 특별히 "해가 뜨면 일하고, 해가 지면 쉰다.〔日出而作, 日落(入)而息.〕"(≪장자·양왕讓王≫)는 양생의 방도에 주의를 기울였다. 옛날에는 잠자는 시간을 종종 중요한 양생의 방도로 여기는 경우가 많았다. 이것은 양생과 관계있는 수많은 옛날 책에 골고루 기록되어 있다. "어둑어둑한 황혼이 되면, 조용조용히 사람이 잠들기 시작한다.〔奄奄黃昏後, 寂寂人定初.〕"(≪악부시집樂府詩集≫ 권73) 속담에 "해시亥時에는 반드시 집으로 돌아가 일찍 잠자리에 들어야 한다."라고 말한다. "해시"는 밤 9시에서 11시 사이이다. 옛날 사람들은 "도리를 자연으로부터 본받기〔道法自然〕"(≪도덕경道德經≫ 제25장)를 강조하였다. 사람은 하늘과 땅의 조화로운 기운을 받아 태어났기에 사람의 신체는 하늘과 땅의 기운에 순응해야 하기 때문이다. 그러므로 사람의 일상생활은 반드시 하늘과 땅이 운행되는 규율에 순응해야 한다.

잠을 자는 것에 관해 공자는 세 번 이야기했다.

첫 번째는 잠을 자려 할 때 말하지 않았다는 것이다. ≪논어·향당≫에서는 다음과 같이 말하고 있다.

잠자리에 들어서는 말을 하지 않으셨다.〔寢不言.〕

잠자는 데 집중하면 잠드는 데에 도움이 된다. 그렇게 하면 잠들기가 빠르고, 그 반대가 되면 불면증에 걸리기가 쉽다.

두 번째는 잠잘 때의 자세다. 정확한 잠자리의 자세는 수면과 몸의 건강에 도움이 된다. ≪논어·향당≫에서는 다음과 같이 말하고 있다.

주무실 때는 시체처럼 누워 자지 않으셨다. 〔寢不尸.〕

황간은 ≪논어의소≫에서 다음과 같이 말했다. "잠잘 때는 마땅히 몸을 비스듬히 하고, 다리를 조금 굽혀야 한다. 시체〔尸〕라고 말한 것은 반듯이 누워 팔다리를 죽은 사람처럼 뻗는 것이다. 〔眠當敧而小屈足. 尸, 謂偃臥四體, 布展手足, 似死人.〕" 뻗는다〔偃臥〕는 것은 반듯이 눕는다〔仰臥〕는 것이다. 이것을 보면 공자가 사지를 펴고 반듯하게 누워 잠자는 자세를 반대했다는 것을 알 수 있다. 이런 수면의 자세는 마치 시체가 꼿꼿하게 드러누운 것과 같다. 옛날의 양생 이론에 따르면, 이러한 수면 자세는 원기를 모으고 정력을 회복하는 데 이롭지 않았을 가능성이 있다.

세 번째는 낮에 잠을 자는 것을 반대했다는 것이다. ≪논어·공야장公冶長≫에서는 다음과 같이 말하고 있다.

재여가 대낮에 잠을 자고 있는 것을 보시고 선생님께서 말씀하셨다. "썩은 나무로는 조각을 할 수 없고, 썩은 흙담은 흙손질을 할 수 없다. 재여에게 뭐 하러 꾸짖겠느냐."
선생님께서 말씀하셨다. "처음에는 내가 사람을 대할 때 그의 말을 듣고 그의 행실도 그러리라 믿었다. 그런데 이제 내가 사람을 대할 때는 그의 말을 듣고 그의 행실까지 살펴보게 되었다. 재여로 인해 과거의 태도를 바꾸게 되었다." 〔宰予晝寢. 子曰: "朽木不可雕也, 糞土之牆不可杇也, 於予與何誅." 子曰: "始吾於人也, 聽其言而信其行. 今吾於人也, 聽其言而觀其行. 於予與改是."〕

이 기록에 관해서 줄곧 견해 차이가 비교적 많았다. 어떤 사람은 공자가 낮잠을 반대하는 것이 시간을 귀중히 여기는 것을 나타낸 것이라고 생각했다. 옛날에는 좋은 조명의 조건이 없어서 날이 저물어 어둡게 되면 공부를 할 수 없었다. 그래서 낮의 시간이 짧으니, 그 시간을 잘 이용해서 공부해야 한다는 것이다. 또 다른 사람은 이렇게 생각했다. 공자는 재여가 몸이 약해 낮에 잠을 잔다고 여겨, 그에게 낮잠을 자라고 권했다는 것이다.6) 그러나 만약 각도를 바꾸어 옛사람의 양생학養生學의 각도에서 본다면, 낮에 잠을 자는 것은 바로 낮과 밤이 뒤바뀌게 되고, 양陽과 음陰을 구분하지 못하게 되니, 오래되면 오래될수록 양생에 이롭지 않게 된다는 것이다.

---

6) 남회근南懷瑾, ≪논어별재論語別裁≫, 복단대학출판사, 2002, 215~218쪽.

4절 | 질병과 약 복용

공자는 양생의 방도를 매우 중요시하여 평생 질병을 멀리하고, 질병에 대해 특히 조심하고 신중하였다. ≪논어·술이≫에서는 다음과 같이 말하고 있다.

공자께서 특히 조심하신 것은 재계齋戒와 전쟁, 그리고 질병이었다.
〔子之所愼. 齊·戰·疾.〕

질병에 대해 조심한 것은 공자가 일생동안 특별히 양생의 방도를 중시하고 강구하려 한 것과 따로 떼어놓을 수 없다. 전쟁에 대해 신중히 여긴 것은 그것이 나라의 안위와 백성의 생사존망에 관련된 것이기 때문이었다. 그에 반해 질병에 대해 신중히 여긴 것은 그것이 개인의 생사존망과 관계되는 것이기 때문이었다. 그러므로 이것들은 모두 공자가 신중하지 않을 수 없는 점이었다.

그런데 공자는 설령 병에 걸렸더라도 함부로 약을 먹지 않았다. ≪논어·향당≫에는 다음과 같이 말하고 있다.

강자가 약을 선사하자 절하고 받으시면서 말씀하셨다. "내가 이 약의 성분을 알지 못하니, 감히 복용하지는 못하겠습니다."〔康子饋藥, 拜而受之. 曰: "丘未達, 不敢嘗."〕

공자가 병에 걸리자 노魯나라 대부大夫인 계강자가 사람을 보내 공자에게 약을 전해주었다. 공자가 먼저 예의에 따라 절하고 나서 약을 받고는 심부름꾼에게 이렇게 말했다. "내가 이 약의 성분에 대해 잘 알지 못하니, 감히 복용하지는 못하겠습니다." 이것은 공자가 약을 복용할 좋은 방법을 찾으려 했음을 나타낸다. 다시 말해서 약재의 성질을 알기 전에는 절대로 경솔하게 복용할 수 없다는 것이다. 설령 이것이 존귀한 윗사람이 선사한 것이라도 예외는 아니었다. 예의상으로 윗사람에게 차려야 할 예의를 그는 최고의 한도까지 차렸다. 하지만 약의 성분과 복약에 있어서 공자는 절대로 대충하지 않았다.

바로 이와 같았기 때문에 생산력의 수준이 아주 낮고 의료 기술이 매우 낙후된 춘추시대에 그가 비록 인생의 불운과 불행을 수없이 겪었지만, 73세까지 살 수 있었다. 이것은 정말로 기적이다. 그렇기 때문에 사람들은 공자의 신체적 조건과 체질에 관해서 많은 전설과 흠모하는 마음을 가지게 된 것이다. ≪논형·서허書虛≫에서는 다음과 같이 말하고 있다.

전해오는 책에서 어떤 사람이 이렇게 말했다.
"어느 날 안연이 공자와 함께 태산에 올라갔다. 공자가 동남쪽을 바라보다가, 오吳나라의 도읍인 창문閶門 밖에 흰 말 한 필을 묶고 있는 것을 보았다. 공자가 안연을 데리고 와서 그것을 가리켜 보여주면서 '오나라 도읍인 창문이 보이느냐?'라고 물었다.
안연이 '보입니다.'라고 대답하였다. 그러자 공자가 '창문 밖에 뭐가 있느냐?'라고 묻자, 안연이 '흰 비단을 묶어 놓은 것과 같은 형상이 있습니다.'라고 대답하였다.
공자가 그의 눈을 문질러 바로 보게 해주고는 함께 산에서 내려왔다. 그런데 산에서 내려온 후 안연은 머리가 희어지고 이가 모두 빠지더니, 마침내 병에 걸려 죽었다. 대개 정신이 공자만 못한데 억지로 힘을 극한에 이르기까지 쓰니, 정신의 원기가 소진되었기 때문에 일찍 죽은 것이다."

세상 사람들이 이 이야기를 듣고서 모두 그럴 것이라고 여겼다. 〔≪傳書≫或言: "顏淵與孔子俱上魯太山, 孔子東南望, 吳閶門外有繫白馬, 引顏淵指以示之, 曰: '若見吳閶門乎?' 顏淵曰: '見之.' 孔子曰: '門外何有?' 曰: '有如繫練之狀'. 孔子撫其目而正之, 因與俱下. 下而顏淵髮白齒落, 遂以病死. 蓋以精神不能若孔子, 彊力自極, 精華竭盡, 故早夭死. 世俗聞之, 皆以爲然.〕 7)

사람들이 공자의 장수와 안연의 요절을 전설로 엮어서 풀어놓았다. 그리고 안연의 정신이 성인인 공자에 미치지 못하는데, 억지로 시력을 써서 오나라 도읍인 창문을 보려 하다가 일찍 죽음을 초래했다고 생각하였다. 이런 전설은 사람들이 공자의 신체에 대해 공경과 경모와 두려움이 가득했다는 것을 반영하는 것이다.

뜻밖에도 공자가 73세라는 많은 나이를 향유하게 된 기적과 신화의 배후에는 사람들에게 잘 알려지지 않은 공자의 여러 가지 양생의 비결이 숨겨져 있다. 공자는 양생의 방도를 중요시했기 때문에 장수하였고, 그의 제자인 안회는 양생에 주의를 기울이지 않았기 때문에 애석하게도 일찍 죽었다. 위에서 서술한 "전해오는 책"에 초점을 맞추면, 안연의 머리가 희어지고 이가 빠졌다는 기록은 바로 왕충이 다음과 같이 말한 바와 같다. "안연의 머리가 희어지고 이가 빠진 것은 공부하는데 정력을 쓰고, 부지런히 일하고도 쉬지 않아 기력이 소진되었다. 그래서 죽음에 이르렀다." 이것은 매우 과학적이고 합리적인 해석이다. 안연은 꾸준히 공부하는 데 들인 노력이 지나쳤고, 긴장과 이완을 적절히 해야 하는 양생의 방도를 알지 못했기 때문에 일찍 죽은 것이다. 둘을 비교해보면, 공자도 역시 열심히 공부했지만, 그는 양생의 방도를 알았기 때문에

---

7) 황휘, ≪논형교석≫ 권4, 중화서국 1990, 170쪽.

장수하였다.

《역대 무명의사들의 체험 기록〔歷代無名醫家驗案〕》에서는 《고금
도서집성古今圖書集成》의 다음과 같은 기록을 인용하였다.

어느 날 공자가 병에 걸리자 노나라 애공이 의사를 보내 살펴보게
하였다. 의사가 물었다. "거처와 음식은 어떠합니까?"
선생님께서 대답했다. "저는 봄에는 바람이 통하는 곳에 살고, 여
름에는 깊은 그늘에 가려 햇빛이 들지 않는 곳에 살고, 가을에는
찬바람을 맞지 않고, 겨울에는 불을 피우지 않습니다. 음식은 남김
없이 먹고, 술은 늘 마시지는 않습니다."
의사가 말했다. "참으로 명의십니다."〔一日, 孔子有疾, 魯哀公使醫往視視
之. 醫曰: "居處飲食何如?" 子曰: "丘某春之居葛籠, 夏居密陽, 秋不風, 冬不煬, 飲食
不遺, 飲酒不勤." 醫曰: "是良醫也."〕

이 기록은 공자가 양생의 방도를 상당히 체득했다는 것을 다
시 한 번 집중적으로 반영하고 있다. 다시 말해서 봄에는 통풍성
이 좋은 데를 골라 공기가 막힘이 없는 곳에 거주하고, 여름에는
강한 햇볕이 오래 쪼이는 곳을 피하고, 가을에는 불어오는 찬바람
을 받지 않고, 겨울에는 불을 쬐지 않는 것이다. 그리고 식사는 적
당한 정도에서 멈춰 남기는 것이 없게 하며, 비록 술을 마시더라
도 늘 마시는 것은 아니었다. 비록 이 사료는 그 진실성에 대해
더 깊이 연구할 필요가 있지만, 공자가 양생의 방도를 중요시한다
는 것을 한걸음 더 나아가 실증한 것이다. 옛날의 의사들까지도
공자가 "거처하고 먹고 마시는 것"을 중요한 양생의 의학적 기록으
로 여겨 연구하고 보급하고자 했다.

모든 사람이 다 알다시피, 공자는 교육가이자 정치가였다. 그
러나 공자가 시행한 양생의 방도는 오히려 오랫동안 주목 받지 못
하였다. 이것은 우리가 앞으로 더욱 중시하고 공부해야 할 부분이

다. ≪논어≫를 읽고 연구한 것과 공자가 시행한 양생의 방도를 결합시켜 ≪논어≫를 깊이 연구한다면, 온화한 마음을 길러 공자의 양생이라는 책의 바다를 유유히 거닐며 자유로움을 즐길 수 있을 것이다.

12장

≪논어≫의 문학적 성취

≪논어≫는 한나라 때부터 경전으로 받들어지기 시작하여 1919
년 5·4운동에 이르기까지 왕성한 세력을 떨쳤다. 그러나 5·4운
동 기간에는 '공자의 유교 사상을 타도하자〔砸到孔家店〕'라는 구호 아
래 ≪논어≫의 신성한 경학적 지위가 붕괴되고, 선진 시기 제자諸
子의 면모로 복귀하였다.

　　5·4운동이 일어나면서부터 ≪논어≫는 제자서諸子書 중의 하
나가 되어 그 문학적 특징을 끊임없이 발굴해내고 해석하면서 그
의미가 날로 풍부해지고 완전하게 되었다. 문학적 시각에서 ≪논
어≫를 깊이 연구하면서부터 신비한 경학적 베일을 벗어 버린 공
자와 그 제자들의 원래 이미지가 날로 학계의 관심을 끌었다. 공
자와 ≪논어≫가 더 이상 신비롭지 않게 되면서 그들을 깊이 연구
하고 널리 보급하는데 더욱 도움이 되었다.

1절 | 문학적 가치의 발굴

≪논어≫에서 경학적 베일을 걷어 낸 후 ≪논어≫는 선진 시기 산문散文으로서의 문학적 가치가 점진적으로 세상 사람들에 의해 발굴되었다. ≪논어≫는 문장이 짧지만 힘이 있으며, 문채가 정교하고 아름다우며, 정취가 생생하게 약동하여 선진 시기 어록체 산문의 문학적 가치를 드러내기에 충분했다. 송나라 이학가인 정이程頤는 "공자의 말은 구구절절이 모두 자연스럽다. 〔孔子言語, 句句是自然.〕"(≪하남정씨유서≫ 권5 제6조)라고 하였다. 주희도 일찍이 정이가 ≪논어≫를 깊이 연구하면서 느끼고 체득한 것을 인용하여 문학적 색채를 상당히 띠고 있다고 말했다.

(정자程子께서 말씀하셨다.) ≪논어≫를 읽고 나서 전혀 아무 일도 없는 사람이 있고, 읽고 나서 그 가운데 한두 구절을 얻고 기뻐하는 사람이 있다. 읽고 나서 좋다는 것을 아는 사람이 있고, 읽고 나서 너무도 좋은 나머지 자신도 모르게 손으로 춤추고 발로 구르며 뛰게 되는 사람도 있다.

지금 사람들은 책을 읽을 줄 모른다. 가령 ≪논어≫를 읽을 경우에 읽기 전에도 이런 사람이고 읽은 뒤에도 그저 이런 사람일 뿐이라면, 이것은 곧 읽지 않은 것이나 마찬가지이다.

나〔頤〕는 17, 18세부터 ≪논어≫를 읽었는데, 그때도 이미 글자의 뜻은 알았다. 그런데 그 후에 읽으면 읽을수록 그 의미가 더욱 깊어짐을 깨달았다. 〔(程子曰:) ≪論語≫, 有讀了後全無事者, 有讀了後其中得一兩句喜者, 有讀了後知好之者, 有讀了後不知手之舞之, 足之蹈之者. 今人不會讀書. 如讀

≪論語≫, 未讀時是此等人, 讀了後又只是此等人, 便是不曾讀. 某自十七八讀論語, 當時已曉文義, 讀之愈久, 但覺意味深長.〕 1)

설령 송명이학宋明理學의 시대에 ≪논어≫가 '사서오경四書五經'의 하나로 간주되었다 할지라도 그 문학적 광채를 완전히 가릴 수는 없었다.

근대 이후 전기박錢基博(1887~1957)은 ≪논어≫에 대해 문학적 가치를 대대적으로 발굴하고, 전면전인 연구를 전개한 일인자이다. ≪논어≫의 문학적 가치에 관계된 그의 여러 가지 논의는 지금까지도 그보다 더 나은 사람이 없다. 전기박은 그의 ≪중국문학사中國文學史≫ 총론 제1장 첫머리에 요지를 이렇게 밝히고 있다. "문학사를 연구하면, 무엇을 문학이라고 하는지 알지 않으면 안 된다. ……'문학'이라는 두 글자는 ≪논어≫에 처음 보인다."2) 이어서 제1장 〈선진先秦〉 편에서 제1절 "문장의 기원 탐구"와, 제2절 "육경六經"을 서술하고, 제3절에서 공자를 전문적으로 논하고 있다.

전기박은 이렇게 지적했다. "공자가 이미 죽은 뒤 제자들이 서로의 기록을 모아서 그것들을 이치에 따라 차례를 세워 편찬하되 공자의 말을 연접하여 ≪논어≫ 20편을 만들었다. 대개 공자는 선현을 잇고 후학을 인도하여 이제삼왕二帝三王의 문학을 집대성한 사람이다. 그리고 공자가 중국 문학에 있어서 업적이 있다고 하는 까닭은 또 다섯 가지가 있다."

이것은 ≪논어≫의 모든 것이 중국문학사 전체에 중대한 영향을 끼쳤다고 말하는 것이다. 다시 말해서 위로는 당唐, 우虞, 하夏,

---

1) (송) 주희 찬撰, ≪사서장구집주四書章句集注 · 논어서설論語序說≫, 중화서국, 1995, 43쪽.

2) 전기박錢基博, ≪중국문학사中國文學史≫, 중화서국, 1993, 20쪽. 이하 이 책을 인용한 부분에 대해서는 더 이상 일일이 각주로 표시하지 않는다.

상商, 주周 오대의 문학을 계승하여 집대성하고, 아래로는 후대 문학의 효시가 되었다는 것이다. 폭포수와 같은 이런 기세로 ≪논어≫의 문학적 지위를 긍정하는 사람은 지금까지 보지 못했다. 전기박은 공자가 끼친 '중국 문학에 있어서의 업적'은 다섯 가지 방면에 있다고 주장했다.

첫째는 문자를 바로잡은 것이다. 공자는 육경을 개정改訂하여 확정하면서 먼저 문자를 바로잡아 "그 글자가 우아하고 순수한 것을 골라 사용했다."

둘째는 시의 압운을 정정訂正한 것이다. 고대의 시가는 모두 현악에 맞추어 노래를 불렀다. "그렇다면 공자가 정정하기 이전에는 아마 압운이 현악과 어울리지 않았을 것이다. 이미 정정된 후에는 배우는 사람은 그것에 의거하여 운보韻譜를 만들었다. 그래서 ≪역상易象≫을 비롯해 ≪초사≫, 진시황이 세운 돌비, 한나라의 부賦는 압운이 ≪시≫ 3백 편과 일치한다. 이것은 모두 공자를 표준으로 삼았기 때문이다."

셋째는 허자虛字를 사용한 것이다. "상고시대 문학의 태동기에 허자는 아직 유행하지 않아 어조사의 사용이 드물었다." 그런데 "공자의 문장에 이르러 허자가 점차 갖춰지게 되었다." "이것은 실로 중국 문학에 있어서 하나의 큰 진보를 이룬 것이다." 전기박은 허자와 문학이 매우 큰 관계를 가지고 있다며 이렇게 주장했다. "대개 문학의 중요한 임무는 감정을 나타내는 데 있다. 허자는 바로 감정을 표출해 낼 수 있는 것이다. 따라서 문장에 반드시 허자가 갖춰진 이후에야 표정과 태도가 나오게 된다." 이것으로부터 공자가 중국 문학의 진보에 끼친 영향을 알 수 있다.

넷째는 "문언文言"을 만들었다는 것이다. "'문언'은 공자가 만든 것이다. 공자 이전에는 언言도 있고 문文도 있었다. (말[言]을 꾸미지 않은) 직언直言을 언言이라 하며, (말[辭]을 다듬은) 수사修辭를 문文이라 한다. 그런데 공자는 직언에 (사용되던) 조사助詞[語助]를, 운韻을 사용한 대구對句의 문장[文]에 뒤섞어 (대구로 이루어진 문장인) 기奇와 (대구가 뒤섞인 문장인) 우偶가 상생하고, 또한 때로 우偶를 바꾸어 (대구가 되도록) 배열해서 특별히 문언이라는 하나의 문체[體]를 창조했다. 대개 공자가 '문언'을 만든 이후에 중국 문장의 규모가 갖추어졌다. 문언은 문文과 언言의 사이를 절충한 것이다. 언어에서는 지방의 발음과 민간의 풍속을 제거하고 힘써 간결함을 추구하였으며, 문장[文]에서는 전아하고 장중함을 추구하지 않았다."이 말은 공자로부터 비로소 중국의 문장이 점자 발전하기 시작했다고 주장하는 것이다.

다섯째는 총집總集을 편찬했다는 것이다. 공자는 ≪시경≫과 ≪상서≫를 편찬하고 교정했다. "≪시경≫은 후대 총집의 분류와 채록의 편집에 효시가 되었으며, ≪상서≫는 후대 총집이 왕조의 연대순으로 배열되게 하는 시초가 되었다."이를 통해 공자가 문학 총집을 편집하는 본보기가 되었음을 알 수 있다.

전기박의 ≪중국문학사≫는 5·4 신문화 운동의 전야인 1917년 2월 20일에 발간되었다. 진독수陳獨秀(1879~1942)는 1916년에 북경대학(교 문과대학) 학장을 맡았으며, 1918년 이대조李大釗(1889~1927)와 ≪매주평론每週評論≫을 창간하고, 신문화를 제창하면서 5·4 신문화 운동의 주요 지도자 중의 한 사람이 되었다. 이대조는 1917년 11월 7일(러시아 역법으로 10월 25일)에 10월 (프롤레타리아) 혁명이 발발한 후 한껏 고무된 모습으로 〈프랑스·러시아 혁명의 비교 관찰[法俄革命之比較觀]〉을 비롯해 〈서민의 승리[庶民的勝利]〉, 〈볼셰비키주의의 승리[布爾什維主義的勝利]〉, 〈신기원新紀元〉 등의 문장과 연설문을 잇달아 발표하면서 열정적으로 10월 혁명을 구가했다. 호적胡適은 1917년 여름에 귀국한 뒤 북경대학교 교수를 맡아 백화白

話 문학과 문학 혁명을 제창함으로써 신문화 운동의 지도자 중 한 사람이 되었다.

시간적으로 비교해보면, 전기박의 ≪중국문학사≫의 발간은 진독수와 이대조 및 호적 세 사람의 신문화 운동 지도자들보다 앞선다고 해야 한다. 바꾸어 말하면 신문화 운동이 시작되기 전, 즉 아직 '공자의 유교 사상을 타도하자'는 구호가 제기되기 전에 전기박은 이미 문학적 시각을 활용하여 그 당시 경학으로서의 ≪논어≫를 연구하기 시작했다는 것이다. 이런 학술의 독창적인 견해는 ≪논어≫ 연구의 신기원을 열었다. 문학적 시각에서 ≪논어≫를 깊이 연구한 것은 ≪논어≫의 경학 시대가 종결되었다는 것을 상징하며, ≪논어≫의 연구에 있어서 새로운 한 페이지가 펼쳐졌다는 것이다.

전기박의 ≪중국문학사≫가 발간된 지 15년 후인 1932년에 정진탁鄭振鐸(1898~1958)이 ≪삽도본 중국문학사揷圖本中國文學史≫ 초판을 출간했다. 그가 비록 ≪논어≫의 문학적 특징을 설명하는데 있어서 전기박이 개척한 길을 계승할 수 없었지만, 그는 오히려 공자의 문학 비평 이론에 대해 비교적 일찍 관심을 가졌다.

정진탁의 ≪삽도본 중국문학사≫에서는 ≪논어≫의 문학적 가치에 대해 그다지 많이 논의하고 있지 않다. 하지만 이전에 노신魯迅이 평론한 것에 비하면 훨씬 많다. 노신은 1926년 하문夏門대학교에서 중국문학사 (교육) 과정을 맡고 있을 때 편찬한 강의안講義案인 ≪한문학사강요漢文學史綱要≫에서 ≪논어≫의 문학적 특징을 "문장은 전혀 화려하게 꾸밈이 없으나, 뜻을 나타내는 데에는 충분하다."3)라고 평론했다. 그리고 정진탁은 이렇게 평가했다. "공자는

---

3) 노신, ≪한문학사강요漢文學史綱要≫, ≪노신전집魯迅全集≫ 제9권, 인민문학출판사, 1981, 364쪽.

있는 힘을 다해 이상적인 도덕을 유지하고자 한 것이다. ……'새나 짐승과 함께 어울려 살아갈 수는 없으니, 내가 이 세상 사람들과 함께하지 않고서 누구와 함께하겠는가? 천하에 도리가 있다면, 내가 구태여 세상을 바꾸어 보려 하지 않을 것이다. 〔鳥獸不可與同群, 吾非斯人之徒與而誰與? 天下有道, 丘不與易也.〕 '(≪논어·미자≫) 이러한 정신은 진실로 모든 시대의 사람들을 감동시키기에 충분하다."4) 정진탁은 공자의 문학관을 중국 비평 문학의 발단으로 간주하여 다음과 같이 중점적으로 서술하였다.

(동한 헌제獻帝의 연호인) 건안建安(196~220) 이전에는 문학 평론〔批評〕이 없었다고 말할 수 있다. 공자는 문학에 대해 한편으로 단지 감상하는 태도만을 가지고 있었다. 마치 "태사 지摯가 승가升歌를 시작하고, 〈관저〉 마지막 장의 악곡을 연주할 때 아름다운 소리가 귀에 가득하구나! 〔師摯之始, 關雎之亂, 洋洋乎! 盈耳哉.〕 "(≪논어·태백≫)라고 한 것과 같다. 다른 한편으로 가지고 있었던 것은 공리주의功利主義 문학관이었다. 그래서 여러 번 "시를 배우지 않으면, 말을 할 수 없다. 〔不學詩, 無以言〕 "(≪논어·계씨≫)라고 하거나, "시는 감흥을 불러일으킬 수 있으며, 풍속의 성쇠를 살필 수 있게 하며, 사람과 잘 어울릴 수 있게 하며, 윗사람의 잘못을 풍자할 수 있으며, 가까이는 부모를 섬기고, 멀리는 임금을 섬길 수 있게 할 수 있으며, 새와 짐승 그리고 초목의 이름을 많이 알게 해준다. 〔詩, 可以興, 可以觀, 可以群, 可以怨. 邇之事父, 遠之事君. 多識於鳥獸草木之名.〕 "(≪논어·계씨≫) 라고 하였다. 이것은 가장 철저한 시의 응용 이론이라고 말할 수 있다. 그래도 아직 '인간적 예술관'이라고 말하는 데에는 미치지 못한다. 그는 또 "생각에 사특함이 없다. 〔思無邪〕 "(≪논어·위정≫)라는 설을 가지고 있지만, 그 의미는 역시 그다지 명료한 것이 아니다. 한마디로 말

---

4) 정진탁鄭振鐸, ≪삽도본 중국문학사揷圖本中國文學史≫, 중국사회과학출판사, 2009, 68쪽.

하면, 공자의 시에 관한 평론은 주로 응용의 일면에 중점을 둔 것이다. 이것도 별로 이상한 것은 아니다. 우리들이 보기에 그 시대의 외교상에서 응대하는 말[辭令]은 거의 전부가 '시'를 말하는 것으로써 준칙을 삼았다. 이것은 바로 '시'의 응용이 실제상으로 이미 광범위한 것이었음을 알 수 있다.5)

정진탁의 이러한 설명은 한걸음 더 나아가 전기박이 ≪논어≫의 문학적 가치를 탐구하는 것을 심화시켰고, 문학 비평사의 차원에서 공자와 ≪논어≫를 연구하는 효시가 되었다.

그로부터 2년 후인 1934년에 곽소우郭紹虞(1893~1984)는 (선진에서 북송까지의 부분을 다룬) ≪중국문학비평사中國文學批評史≫ 상권을 출판했다. 이것은 문학 비평사의 전문적인 저작으로, 곽소우가 정진탁의 기초 위에서 진일보하여 공자와 ≪논어≫의 문학관에 대한 연구를 심화시킨 것이다. 곽소우는 다음과 같이 지적했다. "주나라와 진나라에 있었던 여러 학자들의 학설 속에는 원래 문학 평론이라고 말할 것이 없었다. 그러나 이것은 그들이 문학에 대해 견해를 가지고 있지 않다고 말하는 것은 아니다. 이러한 견해가 바로후대 문학 평론의 맹아이고, 후대의 문학 평론에 대하여 상당한 영향력을 미쳤으며, 특히 유가가 그러했다. ……유儒는 그 자신이바로 이른바 문학하는 선비였다."6)

곽소우는 다음과 같은 공자의 문학관을 제시했다. "문장을 숭상하고 실용을 숭상한 두 가지 관념은 아마도 서로 모순되는 것같다. ……이 두 가지 관념에서 문장을 숭상하면 당연히 실용에서 벗어나고, 실용을 숭상하면 틀림없이 문장에 소홀하게 된다. 그래서 두 관념이 마치 어떤 충돌이 있는 것 같다. 하지만 공자는 오

---

5) 정진탁, ≪삽도본 중국문학사≫, 중국사회과학출판사, 2009, 191쪽.
6) 곽소우郭紹虞, ≪중국문학비평사中國文學批評史≫, 상해고적출판사, 1979, 9쪽.

히려 절충하여 알맞게 조절할 수 있었다."

곽소우는 ≪논어·태백≫의 "먼저 시를 배우고, 예로써 입신하고, 음악에서 완성할 것〔興於詩, 立於禮. 成於樂〕"이라는 구절에 근거하여 공자가 시를 교육하려는 관념을 탐구하여 다음과 같이 말했다. "시를 교육하여 그것을 생활에 응용하려면 반드시 음악에 합치되기를 기다려야 한다. 그런 뒤에야 비로소 인사人事에 다양하게 응용될 수 있다. 공자가 시를 교육하는 데는 두 가지 작용이 있었다. 첫째가 심성을 바로잡기 위해 음악을 개조하는 것이고, 둘째가 의리를 설명하는 것이다."7) 아울러 더 나아가 공자가 핵심으로 삼는 음악에 합치되는 시가詩歌의 관념이 얼마나 깊은 영향을 미쳤는가를 탐구했다.

만약 20세기에 ≪논어≫의 문학적 가치에 대한 연구를 구분 짓는다면, 대개 두 부분으로 명확히 구분할 수 있다. 20세기 전반기는 ≪논어≫의 문학적 가치가 발굴되는 개척기이며, 20세기 후반기는 바로 ≪논어≫의 문학적 가치가 점차 상세히 해석되는 심화기深化期이다. 20세기 50~60년대부터 시작하여 ≪논어≫의 문학적 가치에 관한 연구가 전기박을 비롯해 정진탁, 곽소우 등이 개척한 길을 따라서 심화되어 왔다.

---

7) 곽소우, ≪중국문학비평사≫, 상해고적출판사, 1979, 10쪽.

2절 | 문학적 가치의 해석

　전기박 이후에는 전목이 ≪논어≫의 문학적 가치를 가장 깊고 넓게 해석한 사람이라고 말할 수 있다. 1917년 2월, 전기박의 ≪중국문학사≫가 발간된 후에 1918년 11월, 전목도 그의 첫 번째 ≪논어≫ 연구서인 ≪논어신해≫를 출간했다. 그 당시 전기박과 전목은 모두 중학교에 재직하고 있었다. 전목은 그 뒤에 저술한 ≪나이 여든에 부모를 회상하다〔八十億雙親〕·사우에 관한 자잘한 기억〔師友雜億〕≫에서 이전에 그와 전기박의 교제를 추억하며 이렇게 말했다. "8년이나 되는 긴 세월을 중학교에 재직하면서 함께 일한 동료가 백 명을 넘는다. 그중에 가장 예의 바르게 일을 처리한 사람이라면, 맨 먼저 기박을 추천한다. 평생 동안 교제하면서도 학문을 하는 데 부지런하고, 사람을 대하는 데 너그러운 사람이라면, 역시 기박을 첫손으로 꼽는다." 이 말을 통해 전목의 전기박에 대한 존경의 마음을 알 수 있다. 전목이 평생토록 ≪논어≫를 연구한 데는 전기박이 이처럼 ≪논어≫의 문학적 가치를 높이 받든 것이 전목에게 꽤 영향력을 끼쳤다고 하지 않을 수 없다.

　전목은 일생 동안 주로 경전과 역사를 연구하는데 정력을 기울였으나, 문학에 공을 들인 것은 비교적 적다. 그 내면적인 원인을 그는 일찍이 이렇게 서술했다. "스스로 생각해보면 어릴 적에는 문학을 좋아하여 하나의 시문을 얻으면, 늘 손으로 베껴 쓰고 입으로 낭송하여 줄줄 외울 수가 있게 되어도 되풀이하기를 그만두지 않았다. 하지만 중화민국이 건국되자 신문학 운동이 갑자기 일어나면서 구문학舊文學을 비방하고 신문학을 제창하는 의론이 분분하더니, 이것이 한 시대의 풍조를 이루었다. 내가 평소 좋아했던 것은 바로 그 시대가 경시하고 질책하며 반대하는 대상이 되었다. 내가 비록 그것을 아주 좋아하는 마음이 쇠퇴하지 않았기에 단지 스스로 즐거워하고 기뻐하여 문을 닫고 자신이 좋아하는 것을 소중히 여겼을 뿐, 자신의 견해를 확립하여 그것을 드러내며 세상에 맞서지는 못했다."8) 이 때문에 전목은 일생 동안 문학을 탐구한 저작이 비교적 적다.

1963년 12월에 전목은 ≪논어신해≫를 출판하기에 앞서 1963년 3월에 ≪중국 문학 강연집中國文學講演集≫ 초판을 출간하였다.9) 이것은 그가 문학을 탐구한 첫 번째 논저이다. 이 ≪중국 문학 강연집≫ 속에서 그는 ≪논어≫의 문학적 가치에 연관된 일련의 깊고 예리한 논평을 내놓았다. 여기에서 그는 이렇게 말했다. "일반적으로 ≪논어≫를 경서로 보고 성인의 말씀이기에 문학으로 논해서는 안 된다고 주장한다. 그러나 문학의 관점에서 보면, ≪논어≫라는 책의 문학적 가치는 매우 높다."10)

그는 경학에 대한 일관된 시각을 바꾸어 문학적인 관점으로 바꾸어 ≪논어≫를 연구했다. 이러한 (관점의) 전향은 그와 전기박의 밀접한 관계와 결부시켜 보면, 전기박이 ≪논어≫의 문학적 가치를 추앙한 것에 영향을 받았다고 하지 않을 수 없다.

---

8) 전목, ≪중국문학논총中國文學論叢·재서再序≫, 대만연경출판공사臺灣聯經出版公司, 1998.

9) 그 뒤에 이러한 기초 위에서, 다시 편폭을 늘려 ≪중국문학논총中國文學論叢≫이라는 책을 썼다.

10) 전목, 〈중국 문학 속의 산문 소품(中國文學中的散文小品)〉, ≪중국문학논총≫, ≪전빈사선생전집錢賓四先生全集≫, 대만연경출판공사, 1998, 92쪽. 이 장에서 논의한 것은, 주로 이 책의 91~99쪽을 참조하였으니, 이하 더 이상 일일이 각주로 표시하지 않는다.

또한 이러한 영향 관계의 존재 여부를 논하지 않더라도, 전목이 ≪논어≫의 문학적 가치를 탐구한 것은 확실히 전기박이 개척한 길을 따라서 깊이 파고든 것이다. 전목은 "중국에서 가장 오래된 산문 소품은 당연히 ≪논어≫에서부터 멀리 거슬러 올라가야 한다."라고 지적했다. 그는 ≪논어·자한≫의 "선생님께서 말씀하셨다. '날씨가 추워진 연후에야 소나무와 잣나무가 나중에 시든다는 것을 알게 된다.'〔子曰: "歲寒, 然後知松柏之後彫也."〕"라는 구절을 예로 들어 이렇게 강조했다. "이 장은 겨우 한 구절의 말일 뿐이지만, 오히려 문학이라고 생각할 수 있고, 그것을 문학 속의 소품으로도 간주할 수 있다." 또 ≪논어·자한≫의 "선생님께서 시냇가에 서서 말씀하셨다. '흘러가는 것이 이와 같구나! 밤낮으로 쉬지를 않는구나!'〔子在川上, 曰: "逝者如斯夫! 不舍晝夜."〕"라는 것을 예로 들어 이렇게 주장했다. "이 장은 단지 두 구절이지만, 역시 문학이며, 문학 속의 소품이라고 할 수 있다."

그는 또 이것들을 종합하여 이렇게 말했다. "이상의 두 장은 후세 사람들이 시의 제목을 짓거나 시를 짓는 재료로 많이 채택되었다. 이 두 장의 문자를 논하더라도, 역시 시인의 말투이다. 단지 산문 형식으로 썼을 뿐이니, 대체로 일종의 산문시散文詩라고 할 수 있다. 시는 반드시 비比와 흥興에 주의해야 하는데, 이 두 장은 바로 전부 비와 흥을 사용했다. 말하는 것은 여기에 있는데 뜻은 저기에 있었다. 그렇기 때문에 마땅히 문학이라고 일컬을 수 있을 뿐만 아니라, 시가 포함하고 있는 뜻〔詩意〕도 매우 풍부하다." 이것은 ≪논어≫가 문학으로서 가지는 시적詩的 의미에 대해 아낌없는 찬사를 보낸 것이다.

그는 또 이렇게도 말했다. "시에는 부賦, 비比, 흥興이라는 세 가지 문체가 있다. 부賦는 그 일을 직접적으로 서술하여 한 가지 일을 솔직하고 분명하게 묘사하기 때문에 문학이 되기 어려운 것 같다. 그러나 부체賦體가 오직 운문의 묘사에만 쓰이면, 비로소 문학적 작품이 되기가 쉽다. 옛사람들이 좌사左史는 (임금의) 말을 기록하고, 우사右史는 (임금의) 행위를 기록한다고 하였다. 말을 기록하고 행위를 기록하는 것은 모두 사史(의 직무)에 속한다. ≪논어≫는 본래 말을 기록하고 행위를 기록한 책이다. 공자의 언행을 기록한 것은 부체에 속하면서도 산문의 묘사에 쓰였기 때문에 이치대로 하면 응당 문학에 속하지 않는다고 해야 한다. 하지만 ≪논어≫ 속에 이렇게 그 일을 직접 서술한 짧은 문장의 부류들은 역시 매우 풍부한 문학적 정취를 담고 있어서 실제로 문학에 포함시키는 것이 마땅하다." 이것은 운문과 부체의 차원에서 ≪논어≫의 문학적 정취를 칭송하는 것이다. 그는 ≪논어·옹야≫를 예로 들었다.

賢哉回也! 一簞食, 一瓢飮, 在陋巷. 人不堪其憂, 回也不改其樂. 賢哉回也! 〔훌륭하도다, 안회여! 한 그릇의 밥과 한 바가지의 물로 누추한 동네에 살게 되면, 다른 사람들은 그 근심을 견뎌내지 못하는데, 안회는 그 즐거움을 바꾸지 않는다. 훌륭하도다, 안회여!〕

이 28개의 글자에서 밑줄 친 11개의 글자를 덜어 내어도 그 의미는 다음과 같이 변함없이 논리적이고 문법적이다.

一簞食, 一瓢飮, 在陋巷. 不改其樂. 賢哉回也! 〔한 그릇의 밥과 한 바가지의 물로 누추한 동네에 살면서, 그 즐거움을 바꾸지 않는다. 훌륭하도다, 안회여!〕

그렇지만 빠져나간 밑줄 친 11개의 글자로 인해 "곧 문학 작품으로서의 예술성이 풍부해졌다. 이것은 이른바 깊은 정회情懷를 읊되 목소리를 길게 이어지게 한다는 것으로, 공자가 안회를 칭찬하는 마음속 정감을 한바탕 충분히 드러낸 것이다." 특히 "人不堪 其憂〔인불감기우〕" 다섯 글자는 "바로 안회와 반대되는 면을 묘사함으 로써 칭찬한 것으로 일종의 과장을 배가시킨 것이다. 이 장은 자 구를 반복하여 사용하고, 또 반대되는 면에 의하여 돋보이게 할 수 있었다. 그래서 찬탄의 의미가 아주 충분하게 드러날 수 있었 다." 그는 또 ≪논어·술이≫를 예로 들었다.

선생님께서 말씀하셨다. "거친 음식을 먹고 냉수를 마시며, 팔을 굽혀 베개로 삼더라도 즐거움이 또한 그 속에 있는 법이다. 의롭지 않은데도 돈이 많고 지위가 높은 것은, 내게는 뜬구름과 같다."〔子 曰: "飯疏食, 飮水, 曲肱而枕之, 樂亦在其中矣. 不義而富且貴, 於我如浮雲."〕

그는 이 장이 만약 "'樂亦在其中矣〔낙역재기중의〕'라는 구절에서 끝 났다면, 문학 작품이라고 말할 수 없었다."라고 주장했다. 그러나 바로 "不義而富且貴, 於我如浮雲〔불의이부차귀, 어아여부운〕"이라는 끝 구 절이 있었기 때문에 문학 작품이 될 수 있었다. 이 구절은 "마치 화룡점정畵龍點睛과 같이 장章 전체 문장의 기세를 생동감 넘치게 했 다. 그리고 이것은 지시한 말의 의미를 넘어선 참으로 좋은 신비 롭고 고상한 운치를 가지게 했다. 그러므로 이 장도 결국 아주 좋 은 문학 소품이 된다."

그리고 ≪논어·선진≫을 예로 들었다.

안연이 죽으니 선생님께서 통곡하셨다. 모시던 사람들이 말했다. "선 생님, 지나치게 서러워하십니다." 선생님께서 말씀하셨다. "그렇게 서러워했던가? 저 사람을 위하여 서럽게 울지 않으면, 누구를 위하 여 그렇게 하겠는가?"〔顔淵死, 子哭之慟. 從者曰: "子慟矣." 曰: "有慟乎? 非 夫人之爲慟而誰爲!"〕

전목은 위의 글에 대해 다음과 같이 주장했다. "이 장은 상세할 뿐만 아니라 차분하다. 공자는 그 당시 스스로 몹시 서럽게 울었다. 그러나 그 자신은 그것을 깨닫지 못했기에 학생이 곁에서 그에게 주의를 환기하라고 귀띔해 주었다. 그 얼마나 대단히 훌륭한 묘사인가? 부체賦體로 그것을 직접 서술하면서도 좋은 문학이 될 수 있음을 알려 준다. 계속해서 '曰有慟乎〔왈유통호〕'라는 네 글자는 한층 더 절묘한 물음이다. 공자는 몹시 슬프게 울었지만, 공자가 스스로 깨닫지 못하자 옆 사람이 그를 일깨워 주었다. 그러나 공자는 여전히 꿈속에 있는 것처럼 애매모호하게 자신의 감정에 푹 빠져 있었으니, 또한 그 슬픔이 진실하다는 것을 보여준다."

그는 이렇게도 설명했다. "문학의 최고 경지는 사람의 마음속 느낌을 드러낼 수 있는지에 있으며, 또한 표현이 섬세하게 깊은 곳에 도달할 수 있는지를 귀하게 여긴다. 이와 같다면 인생이 곧 문학이고, 문학이 곧 인생이다. 양자가 한데 합쳐져 응결되면, 문학에서 가장 뛰어난 작품이 된다. 성인은 성정性情의 수양이 가장 높은 곳, 즉 인생의 최고 경지에 도달한 사람이다. 만약 성인의 언행을 묘사하여 본질적인 부분에 도달할 수 있다면, 자연히 최고의 문학으로 간주할 수 있다."

전목은 다시 계속해서 "非夫人之爲慟而誰爲〔비부인지위통이수위〕"라는 구절도 매우 좋다며 이렇게 주장했다. "공자는 스스로 지나치게 슬피 울었다는 것을 알고, 또 스스로 비유를 들어 설명하려고 했다. '내가 그를 위해 이렇게 울지 않으면, 또 누구를 위해 그렇게 하겠는가?' 이 장에서 보여준 감정은 정말 깊고 두터울 뿐만 아니라, 또한 비통하기까지 하다. 《논어》를 기록한 자는 자세하면서도 차분한 필법으로 당시의 상황을 전달했다. 그래서 마침내 문학의 걸작을 완성할 수 있었다. 만약 차분하지 않았다면, 비통함도 없었다. 그리고 상세할수록 더 차분하다. 만약 우리가 유쾌한 마음을 표현하려고 했다면, 이와 같은 필치를 사용할 수 없다. 이 장과 (≪논어·옹야≫ 편의) '현재회야賢哉回也' 장을 시험 삼아 비교해 읽어보면 알게 될 것이다." 그래서 그는 "안연사顔淵死" 장을 "중국의 산문 소품 가운데 가장 뛰어난 작품으로 간주했다."

공자는 일찍이 그의 아들인 공리를 가르치며 "시를 배우지 않으면, 말을 할 수 없다. [不學詩, 無以言] "(≪논어·계씨≫)라고 하였다. 전목은 이에 근거하여 다음과 같이 추측했다. "그 당시 공자의 제자들과 공자 문하의 후학들은 반드시 누구나 문학적인 수양을 대단히 중시했을 것이다." 또 이렇게도 말했다. "그러므로 지금 전해지는 ≪논어≫가 설사 그 전부가 문학이라고 할 수 없다 할지라도, 적어도 비문학적인 것은 아니며, 문학적이지 않은 것은 더욱 아니다. 문학으로 말하면, ≪논어≫의 좋은 문장은 위에서 예를 든 것에 그치지 않는다. 위에서는 단지 예를 들었을 뿐이다." 이것은 마땅히 ≪논어≫의 문학적 가치를 중시해야 한다는 것을 강조한 것이다.

위에서 서술한 이러한 견해들은 모두 전목의 ≪중국 문학 속의 산문 소품[中國文學中的散文小品]≫에 나온다. 그는 중국 역대의 산문 소품들을 종합적으로 고찰한 후에 이 글의 결말부에서 다시 화제를 공자와 ≪논어≫로 돌렸다.

다시 심오한 부분을 이야기하면, 우리들이 옛사람을 배울 때 결코 그가 쓴 문장만 배우는 것이 아니다. 더욱 중요한 것은 그 사람을 배우는 것이다. 공자가 ≪논어≫라는 책 속에서 표현한 것으로 그의 각양각색의 모습과 태도가 있기에 ≪논어≫를 읽으면 공자의 사람됨의 진면목을 알 수 있다. 태사공은 (≪사기·공자세가≫에서) "나는 공씨의 책을 읽어 보고는 그 사람됨을 미루어 알게 되었다. [余讀孔

氏書, 想見其爲人.〕"라고 하였다. 우리들이 문학을 공부할 때 관건은 응당 여기에 있다고 해야 할 것이다.

이 말로부터 전목이 《논어》의 문학적 지위와 가치를 중요시했다는 것을 알 수 있다.

동시에 전목은 《시경》 속 비比와 흥興의 기법을 결합하여 중국 문화의 차원에서 《논어》의 비와 흥의 기법을 탐구했다. 그는 이렇게 말했다. "《시경》 3백 편은 곧 부賦와 비 및 흥 세 가지로 나뉜다. 비와 흥 두 가지 문체는 실로 이후 중국의 문학적 표현의 주요한 방식과 기교가 되었다. 사실 비와 흥이라는 것은 곧 만물 일체와 저 천인합일이라고 하는 마음의 경지가 문학 분야에서 생동적이고 선명하게 표현되어 무의식중에 드러난 것이다. 비와 흥을 알지 못하면, 곧 중국 문학의 묘미와 심원한 의지, 그리고 그 지향을 이해할 수 없다."

《논어》의 비와 흥에 대해 전목은 〈술이〉의 "거친 음식을 먹고 냉수를 마시며, 팔을 굽혀 베개로 삼더라도 즐거움이 또한 그 속에 있는 법이다. 의롭지 않은데도 돈이 많고 지위가 높은 것은 내게는 뜬구름과 같다. 〔飯疏食, 飮水, 曲肱而枕之, 樂亦在其中矣. 不義而富且貴, 於我如浮雲.〕"는 구절을 예로 들어 다음과 같이 주장했다. "이 한 구절은 당연히 도덕적 수양의 최고 경지에 속한다. 그러나 '於我如浮雲〔어아여부운〕'이라는 다섯 글자에 이르러서는 문학적 경지로 바뀐다. 이 때문에 다섯 글자는 바로 일종의 비와 흥이다. 이 다섯 글자가 있기에 장 전체가 즉시 세속의 번뇌를 초탈하여 새로운 국면을 전개할 수 있었다. 이 다섯 글자가 있기에 바로 독자로 하여금 가슴이 확 트이게 하여 몸이 훌쩍 솟구쳐 휙 날아가게 하는 느낌을 준다. 무릇 중국 문학을 읽는다면, 반드시 이러한 예리한 눈을 갖추어야 할 것이다."11) 여기에서 전목은 《논어》의 비와 흥을 예로 들어 학자들에게 ≪논어≫의 문학과 중국 문학을 깊이 연구하는 비결을 제시했다.

이밖에 전목은 ≪논어≫를 쉽게 풀이하면서도 또한 ≪논어≫ 문체의 아름다움을 잊지 않았다. 예로 들면 ≪논어・술이≫에는 이렇게 기록되어 있다.

선생님께서 말씀하셨다. "거친 음식을 먹고 냉수를 마시며, 팔을 굽혀 베개로 삼더라도 즐거움이 또한 그 속에 있는 법이다. 의롭지 않은데도 돈이 많고 지위가 높은 것은 내게는 뜬구름과 같다."〔子曰: "飯疏食, 飮水, 曲肱而枕之, 樂亦在其中矣. 不義而富且貴, 於我如浮雲."〕

전목은 이것을 해설하면서 이렇게 말했다. "이 장은 고상하고 멋스런 정취가 높고 심원하니, 한 편의 산문시로 간주하여 읽을 만하다."12) 이를 통해 그가 ≪논어≫의 문학적 특징을 상황에 따라 시의적절하게 설명하고 있음을 알 수 있다.

중국 대륙은 20세기의 60년대 이후부터 ≪논어≫의 문학적 가치를 해석하고 연구하여 비교적 많은 논저들을 한꺼번에 쏟아내고, 또 비교적 높은 성과를 이루었다. 1960년대 초에 유국은游國恩 (1899~1978) 등이 편집을 주관한 ≪중국문학사≫가 출판되었다. 이 책은 중화인민공화국 건국 이후에 고전 문학 연구를 이끌어 내는데 비교적 큰 영향을 끼쳤다. 그래서 이 책은 ≪논어≫의 문학적 가치를 긍정하고 연구하는 것에 대해 기본적으로 그 이후의 연구에 있어서 표준 양식과 방법을 다음과 같은 세 가지로 확정했다.

첫째는 공자의 문학관을 확정한 것이다. 이에 대해 다음과 같

---

11) 전목, ≪중국 문화와 중국 문학(中國文化與中國文學)≫, ≪중국문학논총≫, 대만연경출판공사, 1998, 50~51쪽.

12) 전목, ≪논어신해≫, 삼련서점, 2012, 163쪽.

이 주장했다. "공자는 일생 동안 시가 교육을 가장 중시하여 일찍
이 제자들에게 '시는 감흥을 불러일으킬 수 있으며, 풍속의 성쇠를
살필 수 있게 하며, 사람과 잘 어울릴 수 있게 하며, 윗사람의 잘
못을 풍자할 수 있게 해준다. [詩, 可以興, 可以觀, 可以群, 可以怨.] '(《논어·
계씨》)라고 했다. 이것은 우리나라 최초의 문학 평론으로, 《시경》의
가치를 인식하고 시가의 창작을 지도하는데 중요한 의의를 지닌
다."13)

　　둘째는 《논어》의 언어적 특색을 확정한 것이다. 이에 대해
다음과 같이 주장했다. "《논어》는 어록체의 산문으로, 주로 공자
의 말씀을 기록하였다." 《논어》는 간단한 대화와 문답을 통해
"그 당시 공자 문하의 제자들 간의 친근한 이야기를 완곡하고 곡진
하게 표현하여 말은 간략하나 뜻은 모두 들어 있어 의미심장하기
때문에 자세히 음미할 가치가 있다.""공자의 평상시 해학과 독실
하게 진리에 빠져드는 자유子游의 모습들은 그들 스승과 제자 사이
의 따뜻하고 유쾌하며 기뻐하는 감정들을 완연히 눈에 보이게 하
는 것 같다."

　　셋째는 《논어》 속 인물들의 이미지를 성공적으로 형상화하
고 확정했다는 것이다. 《논어》는 "간단한 대화와 행동 속에서 인
물들의 이미지를 보여주며," 공자 문하의 제자들의 이미지와 은둔
자의 이미지를 전부 구체적으로 생동감 있게 묘사하였다고 이 책
에서는 주장했다.

　　여기에 영향을 받아 중국 대륙에서 그 뒤에 출판된 《논어》
의 문학적 연구에 대한 적지 않은 논저들은 대부분 《논어》의 문
학관과 언어적 특색, 그리고 인물의 이미지 형상화 등의 방면에서

---

13) 유국은游國恩, 《중국문학사中國文學史》(1), 인민문학출판사, 1963, 62쪽.
　　이하 이 책을 인용한 부분에 대해서는 더 이상 일일이 각주로 표시하지 않는
　　다.

탐구를 전개하였다. 이것은 이 책이 ≪논어≫의 문학적 가치에 대해 풍부하고 전면적인 연구를 수행하였음을 구체적으로 드러내는 것이다.

　≪논어≫가 만약 공자와 제자들의 문학적 정감과 언어적 해학을 기록한 거대한 그릇이라고 한다면, 그 안에는 매우 풍부한 공자의 이미지와 생명의 형상이 담겨져 있다. 임어당林語堂(1895~1976)은 일찍이 ≪공자의 유머〔論孔子的幽默〕≫를 지었다. 그 책에서 "정감이 넘치고 이치에 맞다.", "여의치 않은 경우가 열에 여덟아홉이었지만, 늘 의연하게 대처했다.", "여유 있게 유유자적했다.", "가장 인정에 가까운 모습", "인간미가 물씬 풍긴다.", "아주 활기차게 활동했다.", "허세라고는 전혀 없었다.", "예의에 집착하는 꼴사나운 태도를 보이지 않았다." 등의 말로써 공자의 이미지를 형용하였다. 그리고 ≪논어≫ 원문을 근거하여 우리에게 낙관적이고 코믹한 공자의 인생과 생명의 형상을 간단히 묘사해 주었다. ≪논어·자한≫에는 이렇게 말하고 있다.

　　교통 요지의 마을사람이 말했다. "참으로 위대하십니다, 공자시여! 박학하면서도 기예도 명성을 이루지 못한 것이 없으시네요." 공자께서 이 말을 듣고 제자들에게 말씀하셨다. "내가 무엇을 해보일까? 마차를 몰아 볼까? 활을 쏴 볼까? 나는 마차를 몰아 보이리라."
　　〔達巷黨人曰: "大哉孔子! 博學而無所成名." 子聞之, 謂門弟子曰: "吾何執? 執御乎? 執射乎? 吾執御矣."〕

　임어당은 이에 대해 이렇게 말했다. "이 이야기는 정말 유머러스한 말투다. 우리도 유머러스하게 다소 멍청한 말투로 그것을 읽을 수밖에 없다. 이 대목 어디에 점잖은 말투가 느껴지는가?" 또 ≪논어·자한≫에서는 이렇게 말했다.

자공이 말했다. "여기에 아름다운 옥이 있다면, 함에 싸 넣어 감추어 둘까요? 높은 값을 구하여 팔까요?" 선생님께서 말씀하셨다. "팔아야지! 팔아야지! 나는 좋은 값 쳐줄 사람을 기다린다."〔子貢曰: "有美玉於斯, 韞匵而藏諸? 求善賈而沽諸?" 子曰: "沽之哉! 沽之哉! 我待賈者也."〕

자공은 상인의 시각에서 공자에게 농담조로 말했는데, 공자는 뜻밖에도 그 말투에 거스르지 않고 "팔아야지! 팔아야지! 나는 물건을 볼 줄 아는 구매자를 기다릴 뿐이다."라고 하였다. 사람으로 하여금 읽고서 웃음을 참을 수 없게 한다.

≪논어≫ 속에 있는 공자의 문학적 이미지를 이장지는 일찍이 시적 정취가 넘치는 말로 이렇게 평했다. "공자는 자신의 이상을 실현하려는 데 있어서 대단히 열정적이어서 어떤 때는 사실로부터 아주 멀리 떨어져 있는데도, 그는 벌써 기뻐 어쩔 줄 몰라 하며 모든 것을 잊어버렸다. 그야말로 기뻐서 다소 치기를 부리는 것이 마치 순진무구한 어린아이와 같다. 예를 들면 바로 공자가 50세 때, '공산불뉴가 비 땅에서 계씨에 반기를 들고, 사람을 시켜서 공자를 불렀다.〔公山不狃以費畔季氏, 使人召孔子.〕'(이하 ≪사기·공자세가≫) 바로 국면으로 말하면, 이 국면은 본래 아주 작았다. 그리고 사실로 말하면 사실로부터 또한 아주 멀었다. 그런데 공자는 이미 신이 나서 '대개 주나라 문왕과 무왕이 풍豐과 호鎬에서 일어났듯이 지금 비 땅이 비록 작기는 하지만 대체로 풍이나 호와 같지 않겠는가! 〔蓋周文武起豐鎬而王, 今費雖小, 儻庶幾乎!〕'라고 하였다. 또 '대저 나를 부르는 사람이 어찌 공연히 그랬겠느냐? 만약 나를 써 주는 사람이 있다면, 내가 그의 나라를 동방의 주나라로 만들 수 있지 않겠느냐?〔夫召我者而豈徒哉? 如有用我者, 吾其爲東周乎?〕'(≪논어·양화≫)라고 하였다. 그는 이미 주나라 문왕이나 무왕이 되려 하였고, 게다가 주나라의 천하를 건설하려고 했다. 여기에서 나는 그에게 약간 돈키호테의

정신이 있다고 생각한다. 왜냐하면 그 열정이 닮았으며, 그 용기가 닮았으며, 그 자부심이 닮았으며, 그 이익과 손해를 마음의 밖에 두는 것이 닮았으며, 그 생활을 환상 위에 건립한 것이 더욱 닮았기 때문이다. 이것이 바로 공자의 성격 가운데 아주 황당한 부분이다. 귀여운 돈키호테여! 그러나 이것이 공자의 위대함에 영향을 미치지는 않는다. 사람은 원래 사람일 뿐, 사람이 논리대로 성장하는 존재가 아니다. 생명력의 원천에는 원래 연기도 있고, 안개도 있다. 물이 너무 맑으면 고기가 없다. 이런 측면에서 보면, 공자 정신의 핵심이 있는 곳은 바로 여전히 낭만인 것이다."14)

전기박은 일찍이 공자를 칭송하여 이렇게 말했다. "대개 공자는 선현을 잇고 후학을 인도하여 이제삼왕二帝三王의 문학을 집대성한 사람이다. 그리고 공자가 중국 문학에 있어서 업적이 있다고 하는 까닭은 또 다섯 가지가 있다." 그러나 애석하게도 우리가 근백 년 동안 ≪논어≫의 문학적 특징을 발굴하고 해석해 온 역사를 회고해보면, 전기박과 전목이 발굴하고 해석한 깊이와 넓이에 미치는 사람을 지금까지 보기 드문 것은 매우 유감스러운 일이다.

서복관徐復觀은 일찍이 "공자의 인격은 마치 투명한 수정체와 같다."(≪서복관잡문徐復觀雜文≫)라고 하였다. 이렇게 자못 시적 정취를 지닌 공자의 이미지와 ≪논어≫에 담겨진 풍부한 문학적 가치의 발굴과 해석을 위해서는 확실히 우리들이 거기에 걸맞게 더욱 깊고 넓게 노력해야만 한다.

---

14) 이장지, ≪공자와 굴원≫, ≪공자전≫ 부록1, 동방출판사, 2010, 200쪽.

선현을 잇고 후학을 인도하다
─《논어》의 선비 정신 이야기

사土는 넓은 의미에서 고대 중국의 독서인이나 지식층, 즉 오늘날 말하는 인텔리를 일컫는 말이다. ≪의례·상복喪服≫(전문傳文)에서 "(야인野人은) 아버지와 어머니 사이에 무슨 차이가 있는가라고 말한다. 그러나 도읍의 사土는 아버지를 존중할 줄 안다.〔(野人曰,) 父母何算焉? 都邑之士, 則知尊禰矣.〕"라고 하였다. 가공언賈公彦은 이에 대한 소疏에서 "사土는 아래로 야인을 상대하고, 위로 대부를 상대하니, 곧 여기서 말하는 사는 이른바 조정의 관직에 있는 사와 성읍에 살고 있는 사, 그리고 백성으로 예절을 아는 자를 통틀어 사라고 일컫는다.〔士下對野人, 上對大夫, 則此士所謂在朝之士並在城郭士, 民知義禮者, 總謂之爲士也.〕"라고 하였다.1)

≪한서·식화지 상食貨志上≫에는 이렇게 기록되어 있다. "사농공상의 사민四民에게는 각기 본업이 있다. 학문을 해서 관직에 있는 자를 사土라 하고, 토지를 개척하여 곡식을 심는 자를 농農이라 하며, 기술을 사용하여 기물을 만드는 자를 공工이라 하고, 재물을 소통시키고 화물을 파는 자를 상商이라 한다.〔士農工商, 四民有業. 學以居位曰士, 闢土殖穀曰農, 作巧成器曰工, 通財鬻貨曰商.〕"2) 사는 사민의 첫 자리를 차지하며, 농·공·상과 마찬가지로 모두 '생업'에 종사한다. 그렇지만 사土는 학문을 생업으로 삼아 사회와 국가에 쓰이면서 스스로 생계를 강구한다.

호추원胡秋原(1910~2004)은 이렇게 말했다. "한 국가의 생명은 그 나라의 학술 문화에 달려 있고, 한 국가의 생명력은 그 나라의

---

1) (청) 완원阮元, ≪십삼경주소·예기주소禮記注疏≫ 권30, 중화서국, 1980, 1105쪽.
2) (한) 반고, ≪한서≫ 권24, 중화서국, 1962, 1117~1118쪽.

지식인에 달려 있기에 그 지식인의 책임감과 사명감에 의해 나라
가 좌우된다. 바로 그들이 책임감과 사명감을 가지기 때문에 비로
소 창조력도 있게 되는 것이다."3) 여기서는 특별히 지식인과 국운
사이의 밀접한 관계를 강조하고 있다.

---

3) 호추원胡秋原, ≪고대 중국 문화와 중국의 지식인(古代中國文化與中國知識分子)≫,
중화서국, 2010, 11쪽.

1절 | 공자의 사士에 대한 정의

춘추시대에 '사士'는 이미 중요한 정치권력으로 일어서기 시작했다. 초기의 '사'는 향교에서 기숙하여 유세하면서 그 당시의 정치에 대해 비평하는 글을 발표했다. ≪춘추좌씨전≫ 양공襄公 31년 (B.C. 542)에는 이렇게 기록되어 있다. "정나라 사람들이 향교에서 유세하면서 집정자의 잘잘못을 의논하니, 연명然明이 자산子産에게 말했다. '향교를 허무는 것이 어떻겠습니까?' 그러자 자산이 말했다. '무엇 때문에 허물겠는가? 사람들이 조석으로 공자를 알현하고서 물러 나와 향교에서 놀면서 집정의 선악을 의논한다. 그래서 저들이 선善하다고 하는 것은 내가 행하고, 저들이 악惡하다고 하는 것은 내가 고친다면, 이들이 바로 나의 스승이니, 무엇 때문에 향교를 허물겠는가? 나는 충심으로 선을 행하여 원한을 줄였다는 말을 들었지만, 위세를 부려 원한을 막았다는 말은 듣지 못하였다. 어찌 저들의 비방을 급속히 막을 수 없겠는가? 그러나 사람들의 비방을 막는 것은 냇물을 막는 것과 같아서 나중에 둑이 크게 터져 물이 범람하면 상하는 사람이 반드시 많을 것이니, 나는 구제할 수가 없다. 그러나 조금 터놓아 물을 소통시키는 것만 못하고, 내가 저들의 말을 듣고서 나의 잘못을 고치는 것만 못하다.' 〔鄭人游于鄕校, 以論執政, 然明謂子産曰, "毁鄕校何如", 子産曰, "何爲, 夫人朝夕退而游焉, 以議執政之善否, 其所善者, 吾則行之, 其所惡者, 吾則改之, 是吾師也, 若之何毁之, 我聞忠善以損怨, 不聞作威以防怨, 豈不遽止, 然猶防川, 大決所犯, 傷人必多, 吾不克救也, 不如小決, 使道不如, 吾聞而藥之也."〕"

자산이 "향교를 허물지 않고", 선비를 존중하는 방법은 공자로부터 최고의 예찬을 얻었다. ≪춘추좌씨전≫(양공 31년)에는 이런 기록이 있다. "중니께서 이 말을 듣고 말씀하셨다. '이로써 보면 사람들이 자산을 불인不仁하다고 하더라도 나는 믿지 않노라.'[仲尼聞是語也, 曰. '以是觀之, 人謂子産不仁, 吾不信也.']" 갈조광葛兆光(1950~)은 이렇게 말했다. "자산과 향교에 관해 말한 대목이 기록되어 있는데, 적어도 춘추 후기부터 '향교'와 같은 교육 기관이 두루 생겨나기 시작했다. 그곳에는 정치를 이해하고 언론을 발표하거나 비판할 수 있는 이들이 많이 있었다."4)

향교는 고대의 지방 교육 기구로 춘추시대 '사'가 일어나기에 더없이 좋은 온상을 제공했다. 그런데 '사' 계층의 흥기는 때마침 말세를 만났다. 사회가 무질서하여 '사' 계층의 출신도 한 가지가 아니었다. 몰락한 귀족이 있고, 신흥 하층 평민도 있고, 그리고 생활 형편이 좋지 않은 무사도 있었으니, 전체적으로 아주 혼란스러웠다. 공자와 그의 제자들은 유가 경전인 ≪논어≫를 통해 '사'의 언행에 대해 제약하고 규정하여 '사'의 사회적 책임감과 사명 의식을 강조했다.

양백준의 통계에 의하면, ≪논어≫에 '사士'는 15번 나온다.5) 어떠한 사람을 '사'라고 할 수 있는가? '사'는 어떤 등급으로 나눌 수 있는가? 제자로부터 이러한 질문을 받고 공자는 일일이 상세하게 설명했다. ≪논어·자로≫(제20장과 제21장)에서는 이렇게 기록하고 있다.

자공이 물었다. "어떻게 해야 선비[士]라고 일컬을 수 있습니까?"

---

4) 갈조광葛兆光, ≪중국사상사中國思想史≫ 제1권, 복단대학출판사, 1998, 162쪽.

5) 양백준, ≪논어역주≫, 〈논어사전〉, 중화서국, 1980, 216쪽.

선생님께서 말씀하셨다. "자신의 행동에 미흡함이 있으면 부끄러워할 줄 알며, 사방에 사신으로 나가서 임무를 완수하여 군주의 사명을 욕되게 하지 않으면 선비라고 할 수 있다."

(자공이) 말했다. "감히 그 다음가는 것을 여쭙겠습니다." (선생님께서) 말씀하셨다. "일가친척들이 효자라고 칭찬하고, 마을 사람들이 어른 공경할 줄 안다고 칭찬하는 인물이다."

(자공이) 말했다. "감히 그 다음가는 것을 여쭙겠습니다." (선생님께서) 말씀하셨다. "말에는 반드시 신용이 있고, 행동에 반드시 결과가 있으면, 완고한 소인이기는 하지만, 그 다음은 될 만하다."

(자공이) 말했다. "지금 정치하는 사람은 어떠합니까?" 선생님께서 말씀하셨다. "아! 슬프다. 기량이 좁고 견문이 짧고 얕은 사람들을 어찌 따질 필요가 있겠느냐?"〔子貢問曰: "何如斯可謂之士矣?" 子曰: "行己有恥, 使於四方, 不辱君命, 可謂士矣." 曰: "敢問其次." 曰: "宗族稱孝焉, 鄕黨稱弟焉." 曰: "敢問其次." 曰: "言必信, 行必果, 硜硜然小人哉! 抑亦可以爲次矣." 曰: "今之從政者何如?" 子曰: "噫! 斗筲之人, 何足算也."〕

선생님께서 말씀하셨다. "중용을 실천할 수 있는 사람을 얻어 함께 하지 못할 바에는 반드시 광자狂者나 견자狷者와 함께 할 것이다. 광자는 진취적이고, 견자는 부질없는 짓을 하지 않기 때문이다."〔子曰: "不得中行而與之, 必也狂狷乎! 狂者進取, 狷者有所不爲也."〕

자공은 그 당시 유명한 외교가였다. 그렇기 때문에 공자는 자공의 실제 상황과 결부시켜 "사"에 대한 정의를 내렸다. "자신의 행동에 미흡함이 있으면 부끄러워할 줄 알며, 사방에 사신으로 나가서 임무를 완수하여 군주의 사명을 욕되게 하지 않는 것"을 사의 기준으로 삼아 자공을 격려했다. 자공이 꼬치꼬치 캐묻자 공자는 또 '사'의 다른 등급을 구별하여 정의를 내려 주었다. 가장 높은 수준의 '사'는 안으로 "자신의 행동에 미흡함이 있으면 부끄러워할 줄 알고", 밖으로 "군주의 사명을 욕되게 하지 않는 것"을 해낼 수 있는 사람이다. 그 다음 등급의 '사'는 일가친척들이 그를 효자라 칭찬하고, 마을 사람들이 어른 공경할 줄 안다고 칭찬할 만큼 효도와 공경을 함께 수련한 사람이다. 또 그 다음 등급의 '사'는 말을 하면 반드시 미덥게 하여 번복하지 않으며, 실행하면 단호하게 하여 바꾸지 않는 사람이다. 그 위에 두 가지 부류의 특별한 '사'가 광자와 견자이다. 광자는 진취적인 사람이고, 견자는 하지 않으려는 사람이다.

이상에서 공자가 '사'를 다섯 가지 등급으로 나누는 것을 알 수 있었다. 앞의 세 가지 등급은 순서의 차례를 가지고 있으니, 바로 상사上士, 중사中士, 하사下士이다. 나머지 두 가지 등급은 흔히 말하는 (지향이 높고 심원한) 광사狂士와 (세속에 물들지 않고 자신의 순결을 지키는) 견사狷士로, '사'의 특별한 유형에 속한다. 비록 특이하다고 하지만, 공자는 그들에 대해 여전히 긍정적인 태도를 견지했다. 광자는 진취적으로 노력할 줄 알고, 견자는 쓸데없는 일을 하지 않을 줄 안다고 인정했다.

≪공자가어·오의해五儀解≫에는 공자가 노나라 애공에게 언급한 사람의 다섯 가지 등급을 이렇게 기록하고 있다.

공자가 말했다. "사람은 다섯 가지로 구분할 수 있습니다. 첫째 용렬한 사람, 둘째 선비〔士人〕, 셋째 군자, 넷째 현인, 다섯째 성인입니다. 이 다섯 가지 부류를 구분할 수 있으면 나라 다스리는 도는 끝난 것입니다. ……소위 용렬한 사람이란 끝낼 때의 삼가야 할 규칙을 마음에 두고 있지 않으며, 입으로도 법도대로 가르치는 말을 할 줄 모르며, 어진 사람을 가려서 자신의 몸을 의탁할 줄 모르며, 힘껏 행해서 자기 스스로 결정지을 줄 모르며, 작은 것만 보고 큰 것에는 어두워 자신이 힘쓸 것이 무엇인지 알지 못하며, 물욕에 따르기를 마치 물 흐르듯하지만 자신이 고집하며 지켜야 할 것이 무엇인지 알지 못합니다. 이러한 사람을 용렬한 사람이라고 합니다."

〔孔子曰: "人有五儀: 有庸人, 有士人, 有君子, 有賢人, 有聖人. 審此五者, 則治道畢
矣. ……所謂庸人者, 心不存愼終之規, 口不吐訓格之言, 不擇賢以托其身, 不力行以自
定. 見小闇大, 不知所務. 從物如流, 不知其所執, 此則庸人也."〕 6)

이 다섯 가지 등급 중에서 선비 이상의 군자, 현인, 성인은 모두 선비에서 부단히 수양을 쌓아서 도달한 것이다. 그러나 유독 용렬한 사람에 대하여 공자는 부정적이고 비판적인 태도를 견지했다. 이런 부류의 사람은 독립된 인격과 정신을 갖추고 있지 않아 일정한 입장과 주견 없이 대세를 따르는 무리에 속한다고 보았다. 그리고 이와 동시에 그는 '선비'에 대하여 전반적으로 다음과 같이 정의를 내리고 있다.

"어떤 이를 두고 선비라 합니까?" 공자께서 말씀하셨다. "소위 선비 란 마음에 결정한 바가 있고 계획하는 바를 지켜내며, 비록 올바른 도에 대하여 그 근본은 다 모른다 할지라도 반드시 솔직한 행실이 있으며, 비록 백 가지 아름다움을 다 갖추지는 못하였다 해도 반드 시 마음에 자신이 처하는 바가 있습니다. 그런 까닭에 많이 알기에 힘쓰지 않되 반드시 자기가 아는 것에 대해서는 세밀히 배우려고 하며, 많은 말을 하려고 힘쓰지 않되 반드시 자신이 말하는 것은 세밀히 알고자 하며, 많은 일을 행하는 데 힘쓰는 것이 아니라 반드 시 자신이 행하는 일을 세밀히 알아서 행하며, 아는 것이나 말하는 것이나 행하는 것을 모두 요령이 있게 하여 마치 자기가 타고난 성 명性命이 자신의 몸에 담겨 있어 옮겨질 수 없는 것처럼 합니다. 부 귀에 처한다 해도 그것을 이익이라 여기지 않으며, 빈천에 처한다 해도 손해를 보고 있다고 여기지 않습니다. 이런 이를 가리켜 선비

---

6) 진사가陳士珂, ≪공자가어소증孔子家語疏証≫ 권1 〈오의해五儀解〉, 상해서점, 1987, 29쪽.

라고 하는 것입니다."〔何謂士人?〕孔子曰: "所謂士人者, 心有所定, 計有所守, 雖不能盡道術之本, 必有率也. 雖不能備百善之美, 必有處也. 是故知不務多, 必審其所知. 言不務多, 必審其所謂. 行不務多, 必審其所由. 知旣知之, 言旣道之, 行旣由之, 則若性命之形骸之不可易也. 富貴不足以益, 貧賤不足以損, 此則士人也."〕7)

공자의 정의定義 속에서 선비는 반드시 한결같이 추구하는 것이 있어야 하며, 변함없는 지조가 있어야 하고, 일정한 가치적 신념을 가지고 있어야 하며, 쉽게 바깥 사물에 의해 좌우되지 않아야 한다. 이것이 '선비'로서의 기본 조건이다. ≪논어≫에서 공자는 또 다른 각도에서 설명하고 아울러 '선비'라고 하기엔 부족한 두 가지 경우를 언급하고 있다.

선생님께서 말씀하셨다. "선비로서 도에 뜻을 두고도 허름한 옷과 거친 음식을 부끄럽게 여기는 사람은 더불어 도를 논하기에 부족하다."〔子曰: "士志於道, 而恥惡衣惡食者, 未足與議也."〕 (≪논어·이인≫)

여기에서 공자가 지적한 선비는 다음과 같은 사람이다. 즉 어떤 선비가 이미 "도"에 뜻을 두고 있으면서 또한 자기가 먹는 나쁜 음식과 허름한 옷을 치욕스럽게 여긴다면, 이런 사람은 사실 '선비'라고 불릴 자격이 없는 것이다. 공자의 이 말에 담긴 심오한 뜻은 바로 전목이 다음과 같이 논술하고 있는 바와 같다. "대개 '도'는 천하와 후세에 관련된 공적인 일이며, 의복과 음식은 한 개인에 속하는 사사로운 일이다. 그런데 그 사람이 자기 자신의 의복과 음식의 좋고 나쁨에 감정을 억제할 수 없으면, 어찌 천하와 후세 사람들을 위해 지극히 공정한 계획을 만들고 힘쓰는 일에 임할 수 있겠는가? 이런 사람은 마음이 깨끗하지 않아 수많은 해악을 남길

---

7) 진사가, ≪공자가어소증≫ 권1 〈오의해〉, 상해서점, 1987, 29쪽.

것이다. 설령 뜻이 있을지라도 한갓 허황된 뜻일 뿐이다. 도는 거짓되게 행해서는 안 되기 때문에 이런 사람과는 함께 논의할 수 없다. 뜻 있는 선비는 이 장을 충분히 깊이 음미해야지 그 말이 평이하다고 소홀히 하면 안 된다."8)

또 ≪논어·헌문≫에는 이렇게 말했다.

> 선비가 편안히 사는 데만 마음을 둔다면, 선비가 되기에 부족하다.
> 〔士而懷居, 不足以爲士矣.〕

공자는 또한 이런 지적도 했다. 즉 어떤 선비가 만약 집이나 고향에서 생활하는 편안함에 연연해한다면, 역시 선비라고 불릴 자격이 없다는 것이다. ≪춘추좌씨전≫ 희공僖公 23년(B.C. 637)에는 진晉나라 문공文公이 망명한 고사가 기록되어 있다. 그가 제나라에 안거하면서 첩이 생기고, 재산이 생기자 다시 옮길 생각을 않았다고 한다. 그러자 아내 강씨姜氏가 그에게 말했다. "떠나시죠. 첩을 그리워하고 안일함을 도모하면, 실로 명성을 잃게 됩니다. 〔行也, 懷與安, 實敗名.〕"9) 이 말뜻과 여기서 공자가 말한 "선비가 편안히 사는 데만 마음을 둔다면 선비가 되기에 부족하다"는 것은 도리가 비슷하다.

어떻게 하면 '사'라고 일컬을 수 있는지에 대해 공자는 늘 다른 장소에서 서로 다른 대상에 맞추어 서로 다른 방식으로 설명했다. 자공과 자로가 다른 장소에서 동일한 문제인 "어떻게 해야 선비라고 일컬을 수 있습니까?"라고 질문했다. 이에 공자는 자로의 실제 상황에 근거하여 자공에게 대답한 것과는 다르게 말했다.

---

8) 전목, ≪논어신해≫, 삼련서점, 2012, 84~85쪽.
9) 양백준, ≪논어역주≫, 중화서국, 1980, 145~146쪽.

자로가 물었다. "어떠해야 선비라고 말할 수 있습니까?" 선생님께서 말씀하셨다. "간절하고 진지하게 선을 권하고, 또한 서로 사이좋게 즐긴다면 선비라고 말할 수 있다. 벗에게는 간절하고 진지하게 선을 권하고, 형제와는 서로 사이좋게 즐겨야 한다."〔子路問曰: "何如斯可謂之士矣?" 子曰: "切切·偲偲·怡怡如也, 可謂士矣. 朋友切切·偲偲, 兄弟怡怡."〕
(《논어·자로》)

자로는 우정을 중시하고, 성격이 강직하고 솔직했다. 그러나 "간절하고 진지하게 서로 면려하는 마음이 부족했기 때문에 공자가 이것으로써 훈계하여"[10) 자로를 고무시킨 것이다. 그에게는 절차탁마로 벗과 사귀고, 화기애애함으로 형제와 지내는 것이 필요했기에 이렇게 하면 '선비'라고 말할 수 있다고 한 것이다.

"어떻게 해야 선비라고 일컬을 수 있습니까?"라는 자공과 자로의 물음에 뒤이어 자장이 또 "선비는 어떠해야 통달했다고 할 수 있습니까?"라는 의문을 제기했다. 이것을 통해 공자와 제자들이 평소 '선비'에 대해 치열하고 심각하게 토론하였음을 미루어 알 수가 있다.

자장이 물었다. "선비는 어떠해야 통달했다고 할 수 있습니까?"
선생님께서 말씀하셨다. "네가 말하는 통달의 뜻이 무엇이냐?"
자장이 대답했다. "제후의 나라에서도 반드시 소문이 나고, 경대부의 가家에서도 반드시 소문이 나는 것을 말합니다."
선생님께서 말씀하셨다. "그것은 소문이 난 것이지 통달이 아니다. 통달이란 질박하고 정직하면서 의義를 좋아하고, 언어를 자세히 살피고 얼굴빛을 관찰하며, 사려 깊게 남들에게 자신을 낮추는 것이다. 그러면 제후의 나라에서도 반드시 통달하고, 경대부의 가에서도 반드시 통달하게 된다. 소문이 난다는 것은 얼굴빛은 인자하나

10) 전목, 《논어신해》, 삼련서점, 2012, 350쪽.

행실은 그것과 어긋나고, 그렇게 살아가면서도 스스로 의심하지 않는 것이다. 그러면 제후의 나라에서도 반드시 소문이 나고, 경대부의 가에서도 반드시 소문은 나게 된다."〔子張問: "士何如斯可謂之達矣?" 子曰: "何哉, 爾所謂達者?" 子張對曰: "在邦必聞, 在家必聞." 子曰: "是聞也, 非達也. 夫達也者, 質直而好義, 察言而觀色, 慮以下人. 在邦必達, 在家必達. 夫聞也者, 色取仁而行違, 居之不疑. 在邦必聞, 在家必聞."〕《《논어 · 안연》)

자장은 공자에게 '선비'는 마땅히 어떻게 해야 "통달할" 수 있는지를 물었다. 그는 이른바 "통달"이라는 것이 나라의 관직을 맡고 있을 때도 반드시 명성이 있고, 경대부의 가에서 일할 때도 반드시 명성이 있는 것이라고 생각했다. 하지만 공자는 그것은 "소문"이지, "통달"이 아니라는 것을 지적했다. 진정한 "통달"은 반드시 천성이 질박하고 정직하면서 성정이 의義를 좋아하고, 다른 사람의 말을 잘 헤아리고, 다른 사람의 안색을 잘 관찰하되 마음씨도 겸손하게 사양할 줄 아는 것이다. 그런데 그 "소문"이라는 것은 겉으로는 인덕仁德을 좋아하는 것 같지만, 실제 행동은 오히려 그렇지 못하면서 그들 스스로는 끝내 어진 사람으로 자처하며, 그렇게 하는 것에 전혀 의심하지 않는 것이다. 공자는 이런 사람은 벼슬을 할 때도 반드시 명성을 편취하고, 경대부의 가에 있을 때에도 거짓으로 명성을 사취할 것이라고 주장했다.

공자와 자장의 "소문"과 "통달"의 관계에 대한 토론에서도 공자의 선비 정신에 관한 상세한 해석을 꽤 볼 수 있다. 소위 덮어놓고 고의적으로 개인의 공명과 관록만을 추구하는 수단이 되는 것은 전부 "통달"이라고 할 수 없다. 그것은 겉 다르고 속 다른 위선자이다. 이러한 위선적인 선비를 공자는 "소문"이라고 일컬었다. 예를 들면, 공자 당시의 소정묘少正卯(?~B.C. 496)에서부터 서한 시기의 왕망王莽(?B.C. 45~A.D. 23), 그리고 동한 시기에 유가의 선비로 거짓되게 명성을 얻은 많은 사람들까지 모두 공자가 반대한 "소문"의 선비라는 면모를 구체적으로 보여준다. 이로부터 공자가 인성을 파악하는데 핵심을 찌르고 있으며, 선비 정신에 대해서도 고매함을 요구하고 있음을 엿볼 수 있다.

소정묘는 노나라의 "명망 있는 사람[聞人]"으로 명성을 사취했다. 그래서 공자는 집권한 뒤 속히 그의 죄를 물어 죽였다. ≪순자・유좌宥坐≫에서는 다음과 같이 기록하고 있다.

공자께서 노나라의 사구司寇가 되어 나랏일을 맡게 되자 조정에 나간 지 7일 만에 소정묘를 처형하였다. 문인들이 앞으로 나와 공자에게 물었다.

"소정묘는 노나라에서 유명한 사람입니다. 선생님께서 정치를 맡으시면서 맨 먼저 그를 처형한 것은 실수가 되지 않겠습니까?"

공자께서 대답하셨다.

"거기 앉거라! 내 네게 그 까닭을 설명해 주마! 사람에게 악한 것이 다섯 가지가 있는데, 도둑질도 그 속에는 끼지 않는다. 첫째는 마음이 만사에 통달하면서도 음험한 것, 둘째는 행실이 편벽되면서도 완고한 것, 셋째는 거짓말을 일삼으면서도 말을 잘하는 것, 넷째는 아는 것이 추잡하면서도 광범한 것, 다섯째는 그릇된 일을 일삼으면서도 겉으로는 윤택해 보이는 것이다.

어떤 사람이 이상 다섯 가지 것들 중 한 가지만 가지고 있다 하더라도 군자의 처벌을 면할 수 없을 것이다. 그런데 소정묘는 그런 것들을 다 갖추고 있다. 그러므로 그가 사는 곳에는 따르는 자들이 모여 무리를 이루었고, 그의 말은 사악함을 꾸며 여러 사람들의 눈을 속일 수가 있었으며, 그의 실력은 올바른 사람들을 반대하면서 홀로 설 수 있을 정도였다. 이런 자는 소인들의 영웅이라 할 수 있으니, 처형하지 않으면 안 되는 것이다. 그래서 탕임금은 윤해尹諧를 처형하였고, 문왕은 번지潘止를 처형하였으며, 주공은 관숙管叔을 처형하였으며, 태공은 화사華仕를 처형하였으며, 관중은 부리을付里乙을 처형하였고, 자산은 등석鄧析과 사부史付를 처형했던 것이다. 이상 일곱 명의 사람들은 모두 시대는 다르지만 마음은 같은 자들이기 때문에 처형하지 않으면 안 되었다.

≪시경≫에도 '마음에 시름 겨우니, 여러 소인들의 미움만 사네.'라고 읊고 있는데, 소인들이 무리를 이루면 걱정할 만한 일이 되는 것이다."〔孔子爲魯攝相, 朝七日而誅少正卯. 門人進問曰: "夫少正卯魯之聞人也, 夫子爲政而始誅之, 得無失乎?" 孔子曰: "居! 吾語女其故. 人有惡者五, 而盜竊不與焉: 一日心達而險, 二日行辟而堅, 三日言僞而辯, 四日記醜而博, 五日順非而澤. 此五者有一於人, 則不得免於君子之誅, 而少正卯兼有之. 故居處足以聚徒成群, 言談足飾邪營衆, 强足以反是獨立, 此小人之桀雄也, 不可不誅也. 是以湯誅尹諧, 文王誅潘止, 周公誅管叔, 太公誅華仕, 管仲誅付里乙, 子産誅鄧析史付, 此七子者, 皆異世同心, 不可不誅也. ≪詩≫曰: '憂心悄悄, 慍於群小.' 小人成群, 斯足憂也."〕

진나라의 여불위呂不韋(B.C. 292~B.C. 235)도 이러한 "소문〔聞〕"의 인사였기에 마침내 처지가 뒤집혀 사라지게 되었다. ≪사기·여불위열전≫에는 이렇게 기록하고 있다.

태사공은 말한다. "여불위는 노애嫪毒까지 존귀하게 만들었고, 문신후文信侯라는 칭호를 받았다. 어떤 사람이 노애를 고발하였는데, 노애도 그 소문을 들었다. 진시황은 좌우의 신하들을 통해서 증거를 확보하려고 아직 발표하지 않았다. 진시황은 옹雍 땅으로 가서 교사郊祀를 지냈는데, 노애는 화를 입을까봐 두려웠고, 이에 자기의 무리들과 음모를 꾸미며, 태후를 꾀어 황제의 옥새로 군사를 뽑아서 기년궁蘄年宮에서 반란을 일으켰다. 진시황은 군관을 보내어 노애를 공격하였고, 노애가 패퇴하여 달아나자 끝까지 추격하여 호치好畤에서 그의 목을 베고 마침내 그의 일족들을 멸하였다. 그리고 여불위도 이 사건과 연루되어 배척당하였다. 공자가 말한 '소문〔聞〕'의 인사가 바로 여불위였던가?"〔太史公曰: "不韋及嫪毒貴, 封號文信侯. 人之告嫪毒, 毒聞之. 秦王驗左右, 未發. 上之雍郊, 毒恐禍起, 乃與黨謀, 矯太后璽發卒以反蘄

年宮. 發吏攻毒, 毒敗亡走, 追斬之好時, 遂滅其宗. 而呂不韋由此絀矣. 孔子之所謂'聞'者, 其呂子乎?"〕

　　≪사기집해≫(권67)에는 다음과 같이 기록되어 있다. "≪논어≫에서 '소문이 난다는 것은 얼굴빛은 인자하나 행실은 그것과 어긋나고, 그렇게 살아가면서도 스스로 의심하지 않는 것이다. 그러면 제후의 나라에서도 반드시 소문이 나고, 경대부의 가에서도 반드시 소문은 나게 된다.'라고 하였는데, 마융이 '이것은 영인佞人을 말한 것이다.'라고 주석을 달았다. 〔≪論語≫曰: '夫聞也者, 色取仁而行違, 居之不疑, 在邦必聞, 在家必聞.' 馬融曰: '此言佞人也.'〕" ≪사기집해≫의 이 부분에서는 단지 마융의 주注을 요약하여 인용하고 있을 뿐이다. ≪논어집해의소≫(권6)에서 인용한 마융의 주석에는 이렇게 되어 있다. "이것은 영인佞人을 말한 것이다. 영인은 안색이 겉으로는 어진 듯하면서 행동은 그것과 어긋난다. 그리고 그 위선적인 행위에 안주하며 스스로 의심하지 않는다. 〔此言佞人也. 佞人假仁者之色, 行之則違, 安居其僞, 而不自疑者也.〕" 마융의 주석은 진일보하여 ≪논어≫에서 공자가 말한 "소문〔聞〕"의 인사에 대한 뜻을 상세하게 설명하였다.

　　서한 말기의 외척인 왕망도 "소문〔聞〕" 인사의 전형이다. ≪한서 · 왕망전王莽傳≫에서 그를 다음과 같이 평론하였다.

　　왕망은 처음에는 외척으로 일어나 절조 있는 행실로 명예를 얻어 일가친척이 효성스럽다고 일컫고, 스승과 친구가 그의 어짊을 인정하여 지위가 황제의 곁에서 정사를 보좌하는 데 이르렀다. 성제와 애제의 통치 때는 국가를 위해 노고를 아끼지 않고 도를 곧게 행하여 칭송을 받았다. 그런데 어찌 이른바 "경대부의 가에서도 반드시 소문이 나고, 제후의 나라에서도 반드시 소문이 나게 되었는데", "겉으로는 어진 듯이 하면서 행동은 도리를 어기는" 자가 되었는가? 〔王莽始起外戚, 折節力行, 以要名譽, 宗族稱孝, 師友歸仁. 及其居位輔政, 成 · 哀之際,

勤勞國家, 直道而行, 動見稱述. 豈所謂"在家必聞, 在國必聞", "色取仁而行違"者邪?〕

　　소정묘와 여불위, 그리고 왕망 등과 같이 아주 간사스럽고 아주 못된 짓을 하는 무리는 진위를 가리기가 어렵다. 그리고 공자가 "소문"과 "통달"에 대해 해석한 것도 지나치게 심오해서 후세의 제자들이 때때로 그 정밀하고 깊은 곳을 이해할 수 없어서 "소문"과 "통달"을 구분하기 어려워했다. ≪대대례기·증자제언曾子制言≫에는 공자가 말한 "통달"에 대한 증자의 해설을 기록하고 있다.

　　제자가 증자에게 물었다. "대저 선비는 어떻게 하면 통달할 수 있습니까?" 증자께서 말씀하셨다. "능통하지 않으면 배우고, 의심스러우면 묻고, 행하고자 하면 어진 사람에게 가까이 가서 비록 험한 길이 있다고 하더라도 따라서 행하면 통달하는 것이다. 지금의 제자들은 남에게 처지는 것을 근심하고, 어진이 섬기는 것을 알지 못한다. 알지 못하는 것을 부끄러워하면서도 또한 묻지 않는다. 하고자 해도 그 아는 것이 부족하기 때문에 사리에 어둡고, 사리에 어두운 채로 그 세상을 마칠 뿐이다. 이것을 궁민窮民이라 이른다."
　　〔弟子問於曾子曰: "夫士, 何如則可以爲達矣?" 曾子曰: "不能則學, 疑則問, 欲行則比賢, 雖有險道, 循行達矣. 今之弟子, 病下人不知事賢, 恥不知而又不問, 欲作則其知不足, 是以惑闇, 惑闇, 終其世而已矣, 是謂窮民也."〕 11)

　　여기서 증자는 제자들이 이해하기 쉽도록 "통달"과 "궁색〔窮〕"을 한곳에다 서로 비교해 놓았다. 그러나 공자가 그런 것처럼 "통달"과 "소문"을 한곳에다 두지는 않았다. 증자는 "통달"을 순조롭게 뜻을 이루는 것으로, "궁민窮民"은 자포자기해서 뜻한 바를 이루지 못하는 것으로 이해했다. 이로부터 그 당시 공자 제자의 제자들이

───────────────

11) 방향동方向東, ≪대대례기회교집해大戴禮記滙校集解≫, 중화서국, 2008, 546쪽.

공자의 "소문"과 "통달"에 대해 이론적으로 광범위하고 심도 있는 토론을 전개했다는 것을 알 수 있다.

증자가 "통달"에 대해 이해한 것을 공자가 언급한 것과 비교해 보면, 바로 난귀천樊貴川이 다음과 같이 말한 것과 같다. "기준이 약간 낮아졌다. 첫째로 증자는 단지 어진 사람에게 배워야 한다고 말했을 뿐, 무엇을 공부해야 하는지, 어떻게 배워야 하는지에 대해서는 공자가 구체적으로 말한 것만 못하다. 둘째로 증자는 '의義를 좋아해야' 한다고 요구하지 않았다. 이것은 공자가 당초에 품었던 원대한 이상이 전국시대 초기의 그의 제자들에 이르러 이미 나날이 환상처럼 깨어지고 있음을 분명하게 보여준다."12) 시각을 바꾸어 보면, 바로 공자가 확립한 '선비'의 여러 가지 기준과 규범이 후세에 이르러 이론과 실천에 있어서 모두 큰 변화가 발생한 것이다.

그러나 공자의 선비 정신에 대한 규범과 제약은 또한 제자들로 하여금 '선비'에 대해 깊이 이해하도록 고무시켰다. 예를 들면 증자와 자장의 '선비'에 대한 인식은 이해력이 매우 뛰어나서 공자의 '선비'에 관한 요지를 깊이 체득한 것이었다.

> 선생님께서 말씀하셨다. "뜻있는 선비와 인仁한 사람은 자신이 살자고 인仁을 해치는 일은 없지만, 자신을 희생해서 인을 이루는 경우는 있다."〔子曰: "志士仁人, 無求生以害仁, 有殺身以成仁."〕 《논어·위령공》

> 증자가 말했다. "선비는 뜻이 크고 굳세지 않으면 안 되니, 책임은 무겁고 갈 길은 멀기 때문이다. 인仁의 실현을 자기의 임무로 삼으니 무겁지 아니한가? 죽은 뒤에나 그만둘 것이니 멀지 아니한가?"〔曾子曰: "士不可以不弘毅, 任重而道遠. 仁以爲己任, 不亦重乎? 死而後已, 不亦遠

---

12) 난귀천樊貴川, 《논어 교과 과정》, 중국사회과학출판사, 2010, 142쪽.

乎?"〕 (≪논어·태백≫)

자장이 말했다. "선비는 국난을 보면 목숨을 바치고, 이득이 될 것을 보면 의義를 생각하며, 제사에는 경건함을 생각하고, 상사에는 슬픔을 생각해야 한다. 그러면 선비라고 할 만하다."〔子張曰: "士見危致命, 見得思義, 祭思敬, 喪思哀, 其可已矣."〕 (≪논어·자장≫)

공자는 일찍이 숭고한 뜻을 가진 사람과 어진 사람은 삶에 연연하여 인덕仁德을 손상시키지 않고, 다만 용감하게 자신을 희생하여 인덕을 이루어야 한다고 강조했다. 이것도 그의 선비에 대한 정신적 요구이다. 증자에 이르러서는 진일보하여 공자의 선비에 대한 요구를 심화시켰다. 선비는 강건하고 굳센 의지력이 있지 않으면 안 된다고 그는 주장했다. 왜냐하면 천하에 인덕을 실현시키는 것을 자기 임무로 삼았기에 책임이 막중하고 길은 아득히 멀고, 자기의 모든 것을 다 바쳐 일하되 죽을 때까지 그치지 않아야 하기 때문이다.

자장에 이르러서는 곧 공자의 평소 가르침을 한데 묶어 제자들이 어떻게 하면 '선비'가 되는지를 교육하고 지도하는 데 인품의 기준으로 삼았다. 자장은 그것을 네 가지 내용으로 나누었다.

첫째는 "견위치명見危致命"으로, 위험을 보면 기꺼이 목숨을 내놓는 것을 가리킨다. ≪논어·헌문≫에는 공자가 자로에게 한 "성인成人"에 대한 다음과 같은 대답이 나온다. "자로가 인격이 완성된 사람〔成人〕에 관해 묻자, 선생님께서 말씀하셨다. '장무중 같은 지혜, 맹공작 같은 적은 욕심, 변읍의 장자 같은 용기, 염구 같은 재주에 예악으로써 격식을 갖추면 인격이 완성된 사람이라고 할 수 있다.〔子路問成人. 子曰: '若臧武仲之知, 公綽之不欲, 卞莊子之勇, 冉求之藝, 文之以禮樂, 亦可以爲成人矣.'〕"

둘째는 "견득사의見得思義"로, 이익이 있는 것을 보면 곧 마땅히 얻어도 되는지의 여부를 생각하는 것을 가리킨다. 이런 이야기는 공자가 한 번만 한 게 아니다. 이미 앞서 인용한 ≪논어·헌문≫에 "이익을 마주하면 의리를 생각하라〔見利思義〕"는 내용이 나오고, 또 ≪논어·계씨≫에서도 이렇게 말하고 있다. "공자가 말하였다. '군자는 아홉 가지를 생각한다. 볼 때는 명철한지를 생각하고, 들을 때는 총명한지를 생각하고, 얼굴빛을 드러낼 때는 온화한지를 생각하고, 몸가짐을 가질 때는 공손한지를 생각하고, 말을 할 때는 충직한지를 생각하고, 일을 처리할 때는 정중한지를 생각하고, 의문이 생길 때는 질문할 것을 생각하고, 분노가 일어날 때는 나중에 처할 곤경에 대해 생각하고, 이득이 되는 것을 볼 때는 의로운지를 생각한다.'〔孔子曰: '君子有九思: 視思明, 聽思聰, 色思溫, 貌思恭, 言思忠, 事思敬, 疑思問, 忿思難, 見得思義.'〕"

셋째는 "제사경祭思敬"으로, 제사 드릴 때에는 엄숙하고 공경하게 할 것을 생각하는 것을 가리킨다. 앞에서 인용한 ≪논어·계씨≫의 "군자구사君子九思" 가운데 "사사경事思敬"이 변화되어 나온 것이다. 춘추시대에는 "나라의 큰일은 제사와 전쟁에 의해서 결정되었다. 〔國之大事, 在祀與戎〕"(≪춘추좌씨전≫ 권27 성공成公 13년〔B.C. 578〕) 그렇기 때문에 자장이 말한 "제사경"과 공자가 말한 "사사경"은 실제는 같은 의미이다.

넷째는 "상사애喪思哀"로, 상중에 있을 때에는 비통하고 애달픔을 생각하는 것을 가리킨다. 이것은 ≪논어·팔일≫에 나오는 다음의 말과 같다. "선생님께서 말씀하셨다. '윗자리에 있으면서 너그럽지 않고, 예의를 차리되 공경스럽지 않으며, 상가에 가서 애통해 하지 않는다면, 내가 무엇으로써 그를 보아 주리오!〔子曰: '居上不寬, 爲禮不敬, 臨喪不哀, 吾何以觀之哉?'〕" 이것은 변화되어 나온 것이다. 공자의 본래 의도는 "임상불애臨喪不哀"를 가지고 윗자리에 있는 통치자를 비평하는 것이었다. 그런데 자장은 이것을 근거로 "상사애"를 "선비"에게 요구되는 한 가지 품성으로 삼았다. 자장이 제시한 이 네 가지 '선비'의 인품 기준은 모두 공자의 사상 속에서 발전되어 나온 것이며, 공자가 '선비'를 정의定義한 참뜻을 깊이 깨달은 것이다.

춘추 말기에 공자의 "선비"에 대한 규범이 백성들의 뜻과 합치되면서 그들의 마음속 깊이 파고들기 시작했다. ≪국어·노어 하≫에는 이렇게 기록하고 있다. "공보문백公父文伯의 어머니인 경강은 계강자의 종조숙모였다. 공보문백의 어머니가 계씨 집으로 갔더니 강자가 마침 조회朝會를 하고 있었다. ……그 어머니는 이렇게 탄식하였다. '노나라가 망하려는가!'〔公父文伯之母, 季康子之從祖叔母也. 公父文伯之母如季氏, 康子在其朝, ……其母嘆曰: '魯其亡乎!'〕" 공보문백의 어머니는 노나라의 조정이 혼란한 것을 슬프게 탄식하며, 뒤이어 공보문백을 훈계하며 이렇게 말했다. "제후들은 아침에 천자의 업무 명령을 잘 처리하고, 낮에는 나라의 직무를 살피고, 저녁이면 법 집행의 정황을 살피며, 밤이면 백공들을 경계시켜 일탈함이 없도록 한 다음에야 편안히 잠자리에 들 수 있었다. 다음으로 경대부는 아침에 그 직무를 살피고, 낮에는 여러 가지 서무를 처리하고, 저녁에는 그 업적을 살피며, 밤에는 자신 집안의 일을 정리한 다음에야 편안히 잠자리에 들 수 있었다. 선비는 아침에 업무를 받아 낮에는 이를 강습하여 관철하며, 저녁이면 다시 이를 복습하고, 밤이면 그날 과오나 유감스러운 일이 없는가를 따져본 다음에야 겨우 편안히 잠자리에 들 수 있었다. 서인으로부터 그 이하는 날이 밝으면 노동하고, 어두워지면 휴식하되 하루도 태만히 굴지를 않았다. 〔諸侯朝修天子之業命, 晝考其國職, 夕省其典刑, 夜儆百工, 使無慆淫, 而後卽安. 卿大夫朝考其職, 晝講其庶政, 夕序其業, 夜庀其家事, 而後卽安. 士朝受業, 晝而講貫, 夕而習復, 夜而計過無憾, 而後卽安. 自庶人以下, 明而動, 晦而休, 無日以怠.〕"(≪국어·노어 하≫)

공보문백의 어머니가 묘사하는 현명한 정치는 조리 있고, 질서 정연하며, 각각 그 자리에 편안히 처하여 각자 맡은 바 소임을 다하는 것이다. 공보문백의 어머니는 계강자의 종조숙모이자, 공자와 동시대의 사람이다. 일개의 귀족 여성으로 그녀가 '선비'의 직책과 사명을 이야기한다는 것은 '선비'에 관련된 공자의 학설이 그 당시에 미친 영향을 구체적으로 보여준다.

전체적으로 말하면, 위에서 서술한 공자와 그 학생들의 '선비'에 대한 설명은 포괄하는 내용이 매우 넓다. 위로는 "군주의 사명을 욕되게 하지 않는 것"에 미치고, 중간으로는 부모에게 효도하고 윗사람에게 공손히 하는 윤리 도덕에 미치며, 아래로는 개인의 수양에 미칠 뿐만 아니라 품행의 단속을 비롯해 절개의 이상적인 실현, 도덕적 책임, 사회적 사명 등의 매우 많은 영역이 관련되어 있다. 그래서 중국의 후대 선비 계층에 광범위하고 심원한 영향을 끼쳤다.

2절 | 고대 지식인과 그들의 인문 정신

≪논어≫에서 말한 '선비[士]'는 좁은 의미의 '선비' 계층이다. 넓은 의미의 '선비' 계층은 마땅히 그 이전에 출현했던 무巫와 사史 두 계층을 포함해야 한다. 무와 사史 및 선비 세 가지 계층은 전체적으로 서로 다른 역사적 시기에 중국 고대 지식인의 발전 형태를 포괄하고 있다.

무巫는 중국의 지식인이 최초로 드러난 형태로, 인류의 미개 시대에 지식과 문화를 전수하고 계승하는 사명을 짊어지고 있었다. 그들은 하늘과 소통하며 애니미즘 이전의 시대와 애니미즘 시대의 주재자로 신비한 의지를 대표하고, 종교 문화를 전파했다. 바로 호추원胡秋原이 다음과 같이 말한 것과 같다. "중국의 지식인은 각국의 지식인과 마찬가지로 원래는 모두 종교에 봉직하는 사람이었다. ……하지만 중국의 지식인은 의외로 맨 먼저 종교로부터 해방되어 현세의 지식을 연구했다. ……그리고 중국 최초의 전문적인 지식인은 사관史官이었다."13) 인류의 지식이 진보함에 따라 샤먼 계층이 몰락한 후에 사관 계층이 그들을 대체해서 일어나기 시작했다.

'사史'의 원시적 직무는 신을 섬기는 것으로, 주로 종교적 활동에 종사하여, '무'와의 관계가 비교적 가깝다. 그래서 학계에는 '무와 사는 기원이 같다[巫史同源]'라는 설이 있는 것이다.14) 서복관徐復

---

13) 호추원胡秋原, ≪고대의 중국문화와 중국의 지식인≫, 중화서국, 2010, 7쪽.
14) 장광직張光直, ≪청동휘주青銅揮塵≫, 상해문예출판사, 2000, 288쪽. 장광직은 "이론적으로는, 청동기와 비석에 문장을 새기는 자는 아마 유일하게 글자를

觀은 중국의 역사학과 그 정신의 성립이 종교적 역사에서 인문적 역사학으로 향하는 발전 과정을 겪었다며 다음과 같이 지적했다. "사史는 중국 문화의 요람이며, 고대 문화가 종교에서 인문人文을 향해 나아가는 하나의 교량과 통로였다. ……중국 학술의 기원을 밝혀내고 뿌리를 찾고자 하면, 응당 중국의 모든 학문이 사史에서 나왔다고 말해야 할 것이다."15)

서주시대 후기에 사관의 문화가 일어나기 시작한 것은 중국 고대의 또 하나의 지식인 계층이 일어난 것을 나타낸다. 서복관이 "중국의 모든 학문이 사史에서 나왔다."라고 강조한 것은 주로 유가 지식인의 흥기라는 각도에서 말한 것이다. 왜냐하면 공자가 가진 지식 방면의 학문은 대부분 역사학에서 나왔기 때문이다. "공자의 학문적 근원과 그가 받아들여 계발하고 보강한 것은 대부분 역사를 탐구한 데서 나왔으며, 그가 주나라의 우수한 사史의 업적과 종교가 변화하여 인문적 정신으로 된 것을 계승한 것에서 나왔다. 그가 배우고 가르친 《시》, 《서》, 《예》, 《악》은 모두 고대의 '사史'의 작업이라고 할 수 있다."16)

이와 동시에 공자는 사학을 설립하고, 지식을 민간으로 내려가게 했다. 그는 사람들을 교육하고 세상을 구원하는 입장에 서서 역사의 새로운 변화에서 나온 사士에 새로운 내용과 이미지를 부여했다. 비록 공자 이전에 이미 '사'의 분화가 있었지만, 공자가 그것에 대해 새로이 정의를 내리고 규범화한 것은 이 장의 윗글에서 인

쓸 줄 아는 사람일 것이고, 정인貞人과 복인卜人은 정력을 집중하여 종교적인 행사에 종사하면 된다."라고 지적했다.

15) 서복관徐復觀, 《양한사상사兩漢思想史》 제3권, 화동사범대학출판사, 2001, 140쪽.

16) 이유무李維武, 《서복관 학술사상 평전徐復觀學術思想評傳》, 북경도서관출판사北京圖書館出版社, 2001, 218쪽.

용하여 말한 것과 같다. "공자는 실무 능력과 정치적 자질이 없이 정치에 참여하는 사람은 사士라고 부르는 것을 허락하지 않았다. 공자가 사士에게 요구한 것은 개인적인 생활의 요구를 벗어나서 자신의 인격을 갖추어 각 계층의 사람들을 구원하는 사명을 담당하는 것이다. 이것이 공자가 사람들을 가르치고 세상을 구원하는 입장에 서서 역사의 새로운 변화에서 나온 사士에게 부여한 새로운 내용과 새로운 이미지이다. 그러므로 이것은 사회적 계층에서의 사士가 아니라, 인격적 세계에서의 사士인 것이다. 공자는 바로 이러한 사士 가운데의 성인이다."17) 그래서 사士 계층은 공자 이후부터 일어나 2,000여 년의 봉건제도를 함께하면서 중국의 고대 지식인 계층 중에 경과한 시간이 가장 길고, 영향력도 가장 심원한 하나의 계층이 되었다.

선진 시기 이래로 "나라에 도가 있으면 벼슬하고, 나라에 도가 없으면 자신을 거두어들여 감추는 것 [邦有道, 則仕. 邦無道, 則可卷而懷之] "(《논어·태백》)에서부터 "남의 일로 기뻐하지 않고 자신의 일로 슬퍼하지 않는다. 조정의 높은 곳에 처하면 백성들을 걱정하고, 강호의 먼 곳에 처하면 군주를 근심한다. [不以物喜, 不以己悲. 居廟堂之高則憂其民, 處江湖之遠則憂其君] "(《범문정집》 권7 〈악양루기岳陽樓記〉)고 한 것을 거쳐 "망나니가 옆에 칼을 차고 나오는데 내가 앙천대소하는 것은, 간담상조하던 두 지도자를 남겨 놓을 수 있기 때문이라네. [我自橫刀向天笑, 去留肝膽兩崑崙] "(담사동譚嗣同(1866~1898), 〈옥중제벽獄中題壁〉)라고 한 것까지, 그리고 "아무리 황급한 때에도 여기에 있었으며, 아무리 어려운 상황에서도 반드시 여기에 있었다. [造次必於是, 顚沛必於是.] "(《논어·이인》)고 한 것에서부터 "천지를 위하여 마음을 정립하고 생민을 위하여 도를 정립하며, 옛 성인을 위하여 끊어진 학문을 잇고 만세를 위하

---

17) 서복관, 《양한사상사兩漢思想史》 제3권, 화동사범대학출판사, 2001, 21쪽.

여 태평시대를 열어야 한다. 〔爲天地立心, 爲生民立道, 爲去聖繼絶學, 爲萬世開太平〕 "(장재張載, ≪근사록近思錄·위학爲學≫)고 한 것을 거쳐 "천하가 흥하고 망하는 것은 보통 사람에게도 책임이 있다. 〔天下興亡, 匹夫有責〕"(≪일지록·정시正始≫)고 한 것과 "집안에 땡전 한 푼 없어도, 마음속으로는 천하를 근심하네. 〔身無半文, 心憂天下〕"(좌종당左宗棠[1812~1885], 〈서재련書齋聯〉)라고 한 것에 이르기까지 이 모든 것은 전 세대의 선비와 지식인의 끊임없는 노력과 탐구, 그리고 그들의 포부와 사적事迹을 드러낸 것이기에 우리를 감동케 한다. 그들의 정신과 유산은 다시 우리가 계승하고, 더욱 확대 발전시켜야 한다. 그러나 "길은 아득히 멀기만 하기 〔路漫漫其修遠兮〕"(≪문선文選≫ 권32 〈이소離騷〉)에 어진 사람과 뜻 있는 선비에게 책임은 무겁고 갈 길은 멀다.

[후 기]

공자의 형상은 후세 사람들에 의해 크게 신격화되고 많이 변하였다. 이것은 진정한 공자의 모습이 아니다. 공자는 ≪논어≫에 묘사된 것처럼 일상생활에 근접해 있으며, 감정이 풍부한 사람이다. 공자는 정서가 풍부하고, 희로애락을 거리낌 없이 표현하였다. 또한 유머러스하고 인정미가 넘쳤으며, 그의 일생은 생명의 근심 고통과 희비의 연속이었다.

공자의 일생은 시종 불우함과 불행이 충만하였다. 어린 시절 아버지가 돌아가시고, 청년시절 어머니가 돌아가셨고, 만년에 자식을 잃었을 뿐만 아니라 중년에는 사업이 순조롭지 못했다. 그는 힘든 인생을 보냈고, 실의를 겪었다. 그러나 자신의 이상을 위해 항상 적극적으로 위를 향해 나아갔고, 곤궁에 빠지거나 불가능함을 알더라도 앞으로 나아갔기에, 결국은 위대한 업적을 이룰 수 있었다.

공자는 3세 때에 부친이 돌아가시고, 17세에 모친이 돌아가셨지만 포기하지 않고 스스로의 힘으로 생활하고, 자질구레한 일에 재능을 보이며 청년시절의 고난을 이겨내고 자립하였다.

그는 많이 듣고 배우는 것을 좋아하였다. 그의 가장 큰 즐거움은 스스로 배워 다른 사람을 가르치는 것이었다. 그는 종종 스스로가 "무언가에 의욕이 생기면 먹는 것도 잊고, 도를 즐기느라 근심을 잊어, 늙음이 다가오는 것도 알지 못하였다"고 하였다. 그는 일찍이 가장 아끼던 제자 안회顔回를 칭찬하며 "현명하도다, 안회여! 한 그릇의 밥, 한 바가지의 물로 누추한 거리에서 살면 사람들은 감히 근심을 참지 못하거늘, 안회는 변치 않고 즐거워하니, 어질도다, 안회여!"라고 하였다. 이 말은 사실 공자 자신의 젊은 시절 학문을 추구하던 모습을 반영한 것이다. 청나라 손기봉孫奇逢은 "공자의 70년 학문이 천고의 가르침을 이루었다."고 하였다. 공자의 업적은 학문을 좋아하던 사람이 이룬 성과이다. 학문을 좋아하는 태도는 외롭고 빈곤한 소년을 위대한 스승으로 성장시켰다. 공자의 매력적인 인격과 일생의 정신, 유가儒家의 교의敎義는 모두 여기에 근원을 둔다.

그는 온갖 어려움과 불행을 겪으면서도 발걸음을 멈춘 적이 없었다. 여러 차례 폭도들에게 감금되었고, 죽음의 위협을 받기도 했다. 그를 질투하고 해하려 한 사람들도 있었고, 그를 이해하지 못하는 사람들도 있었다. 세상 사람들의 멸시와 천대를 받으면서도 공자는 시종 도道를 이루고 크게 넓히고자 하는 의지를 포기하지 않았다. 이장지李長之는 "공자는 돈키호테의 정신"을 가진 "귀여운 돈키호테"라고 하였으며, "자신의 이상을 실현하는 것에만 열중하여, 때로는 현실과 멀어져도, 오히려 모든 것을 잊어버릴 정도로 기뻐하였으니 마치 순수한 어린아이 같았다."고 하였다. 공자의 이러한 모습은 그의 낙관적인 성격과 식지 않는 열정 덕분이었다.

이러한 요소들로 인해 그의 인생은 점점 전기적傳奇的인 색채를 발하며 큰 매력을 내뿜게 되었는데, 특히 공자와 늘 함께하는 제자들이 공자를 가장 잘 이해했다. 혼란하고 무질서한 사회에서 공자는 제자들의 정신적인 스승이 되었고, 제자들의 힘과 지혜를 응집시키는 스승이 되었다. 수많은 제자들이 충심으로 따르면서 공자와 그의 제자들, 그리고 그의 사업과 그와 관련된 모든 것들이 세상 사람들의 주목을 받게 되었고, 점차 전설이 되고, 사람들의 구전 속에서 신격화되었다. 이에 공자는 일개 보통 사람에서 점차 성인이 되었다.

사실 그의 일생은 비참함과 고통으로 가득 차 있다. 50세가 넘어서 비로소 관리가 되어 노魯나라의 국정을 다스리게 되었지만, 3년도 되지 않아 큰 성과에도 불구하고 타인의 질투와 이간질 때문에 조국을 떠나야만 했다. 외지에서 14년을 떠돌다가 68세가 되어서야 늙고 쇠약한 몸을 이끌고 노나라로 돌아왔다. 그리고 남은 생애를 문헌 정리에 집중하여 《시경詩經》과 《주역周易》을 정리하고, 《춘추春秋》를 지었다. 공자 나이 69세에 하나뿐인 아들 공리孔鯉가 죽었다. 71세에는 가장 아끼던 제자인 안회가 죽고, 72세에는 그를 가장 잘 따르던 제자 자로子路가 죽었다. 이러한 일련의 큰 타격으로 인해 공자는 병들게 되고 노나라로 돌아온 지 5년째 되던 73세에 세상을 떠난다.

공자는 안회의 죽음을 듣고 "하늘이 나를 버리셨구나!"라고 했고, 자신이 세상을 떠날 때에는 "천하에 도가 없어진 지 오래되었구나! 아무도 나의 말을 믿어 주지 않는구나!"라며 개탄하였다.

그러나 그는 결코 낙심하지 않았으며, "하늘을 원망하지 않고, 사람을 허물하지 않았고", "남이 나를 알아주지 않음을 근심하지 않았으며", "나를 알아주는 것은 하늘뿐이구나."라고 하며, 천도天道에 대한 확신을 가지고 여유롭게 세상을 떠났다.

인생의 많은 고난을 경험한 뒤에도, 공자는 여전히 안 되는 줄 알면서도 하려 했고, 위를 향해 나아가고 나태함을 모르는 열정을 유지하였다. 인생의 고난과 개인적인 이상이 충돌될 때는 낙관적이고 여유로운 천명관天命觀으로 인생을 바라보며 항상 드높게 전진하는 분투 정신을 가지고 불가능한 것도 지속적으로 시도하였다.

공자를 숭배하던 사마천司馬遷은 ≪사기史記·공자세가孔子世家≫
에서 "≪시경≫에 '높은 산은 우러러 볼만하고, 큰 덕은 따라 행할
만하다.'고 했는데, 우리가 그 경지에 도달할 수는 없으니, 마음으
로나마 이를 따르는 것이다. 나는 공자의 책을 읽고, 그의 사람됨
을 생각해 보았다. 노나라에 가서, 공자의 사당에서 그가 쓰던 수
레·의복·예기 등의 유물을 보았다. 많은 학생들이 때에 맞추어 이
곳에 와서 유가의 예를 배우는데, 나는 고개를 숙이고 서성이며 차
마 떠날 수가 없었다. 천하에는 군왕과 현인은 많았다. 당대에는
영화로웠지만 죽은 후에는 끝이었다. 공자는 서민이었지만, 10여
대에 전해지며 배우는 자들이 모두 존경하였다. 천자와 왕후로부
터 중국에서 육예를 말하는 사람들이 공자를 표준으로 삼아 사리
에 맞기를 구하였으니 공자야말로 지극한 성인이라고 할 수 있을
것이다."라고 하였다. 지극히 옳은 소리이다. 공자를 숭배하는 사
람의 진심을 담은 말이라고 할 수 있다.

공자를 숭배하던 도연명陶淵明은 시에서 "선사가 남긴 유훈이
있는데, 도를 걱정하나 가난을 걱정하지 않는다."고 하였다. 공자
는 "나는 열다섯에 학문에 뜻을 두었고, 30에 자립했고, 40에 미혹
되지 않았고, 50에 천명을 알았다."고 했다. 도연명은 시에서 "아
선阿宣은 곧 열다섯 살이 되나, 문文과 술術을 좋아하지 않는다. 옹
雍과 단端은 열세 살이나, 육과 칠을 알지 못한다."고 하며, 공자가
15세에 "학문에 뜻을 둔 것"으로 자신의 아이들을 가늠하였다. 그
는 심지어 장남의 자字를 '구사求思'로 짓고, "공급을 숭상하고 그분
을 따르기를 원하여" 공자의 손자 공급孔伋(자 자사子思)을 따라잡기를
바라는 마음을 담았다. 도연명의 출사와 은거도 모두 공자의 "30
에 자립했고, 40에 미혹되지 않음"의 인생에 근거하여, 29세에 출
사하고 42세에 은거했다. 도연명의 이러한 인생 경력은 공자의 인

생을 참고하여 설정하고 실행한 것이다. 그는 "하늘을 받드는 것은 이미 정해진 명령이고, 성인을 본받는 것은 그들이 남긴 글이다. 임금에게 충성하고 부모에게 효도하고, 향리에서 신의를 세운다." (《감사불우부感士不遇賦》)는 확고한 인생 목표를 가지고 있었다. 진송晉宋의 불안하고 변화가 심한 말세에 도연명은 다섯 번 관직에 나아갔지만, "창생을 크게 구제한다."(《감사불우부》)는 이상적인 포부가 하나씩 좌절되고, 마지막에는 자기 한 몸의 선善만을 꾀한 은거의 길을 선택하게 된다. 그러나 도연명이 세상의 일을 잊지 않았고 마음이 평화롭지 못했음은 은거 후에 지은 〈영형가咏荊軻〉 같은 울분이 가득찬 시에서 반영되고 있다. 공자의 '안 되는 줄 알면서도 하려 하는 정신'이 도연명의 노력에서 구현되고 있음에 다시 한 번 감동하게 된다. 안 되는 줄 알면서도 하려 하는 이 정신은 선비들의 마음을 영원히 뒤흔들고 있다.

여러 해 전에 학생들을 위해 '도연명연구陶淵明硏究'라는 선택과목을 7, 8년간 개설한 적이 있다. 도연명의 유가 사상에 관한 개인적인 생각들이 은연중에 수업에서 표현되면서 많은 학생들이 나를 '도陶선생'이나 '유儒선생'으로 불렀음을 나중에야 알게 되었다. 학생들이 나에게 이러한 평가를 하리라는 것은 생각도 못했었다. 최근 몇 년간 학생들을 위해 《논어》를 연구하는 과목을 개설하면서 과거에 개설했던 '도연명연구' 과목이 생각났고, 개인적으로 경험한 《논어》 연구과정의 다양한 변화들이 회상되었다.

매번 평온한 마음으로 《논어》를 읽으면 알 수 없는 감동이 느껴진다. 그러나 인생의 다양한 순간에 읽는 《논어》의 느낌은 매번 다르게 다가왔다. 소년 시절에 《논어》를 읽으면 모호하기만 했고, 청년 시절에 읽은 《논어》는 열정으로 가슴을 가득 채웠고, 중년에 읽은 《논어》는 탄식과 개탄이 가득했다. 실의의 순간에 ≪논어≫를 읽으면 용기와 독려를 얻을 수 있었고, 즐거울 때 ≪논어≫를 읽으면 기쁨과 유머에 즐거워졌다. 마음이 번잡할 때는 ≪논어≫를 통해 평안함을 얻을 수 있었다.

이번에 ≪논어≫를 연구한 개인적인 느낌과 소감을 공개적으로 발간함은 ≪논어≫에 대한 10년 연구의 회고이자 젊은이들에게 수업교재를 제공하고자 함이다. 그중 일부 내용은 젊은이들을 위해서 집필한 것이다. 예를 들면, '공자의 교우관交友觀', '공자의 학습관學習觀', '≪논어≫와 양생養生' 등이다. ≪예기禮記≫에 "홀로 배우고 친구가 없으면, 외롭고 누추하여 듣는 것이 적다."고 하였다. 그러므로 공자의 학습관과 교우관에 대해 중점적으로 연구하여 현대 대학생의 실생활에 도움이 되고자 하였다. 현대 대학생들은 양생을 중요시하지 않지만, 현대 대학생들의 생활 관리가 상대적으로 느슨하고, 많은 학생들의 일상생활이 규칙적이지 않고, 음식에 절제가 없으며, 건강을 중시하지 않기 때문에 '≪논어≫와 양생'에 대해서도 언급하였다. 이 내용들이 ≪논어≫를 연구하는데 조금이라도 도움이 되었으면 하는 것이 나의 가장 큰 바람이다.

≪논어≫에 대한 해석은 매우 다양하며, ≪논어≫를 연구한 저서도 매우 많이 출간되었다. 본 저서는 저자가 최선의 노력을 기울여 저술하였지만, 혹여 틀린 곳이 있다면 보충과 교정에 관한 가르침이 있기를 희망한다.

鍾書林
2014년 초봄 무한대학武漢大學에서 초고를 완성하고,
2014년 초가을 한국 영남대학교 숙소에서 원고를 완성하다

[한역본 후기]

    내 인생에서 가장 즐겁고 행복한 일은 2014년 한국의 영남대학교를 방문하여 박운석 교수를 알게 된 것이다. 그때부터 우리의 즐거운 만남이 시작되었고 인생에서 가장 아름다운 추억을 만들었다.

    처음으로 중국 대륙을 떠나 새로운 친구들을 사귀고 새로운 문물을 알 수 있다는 사실에 가슴 설레는 기쁨이 있고, 한편으로는 낯선 환경에 초조하기도 하였다. 하지만 나의 이러한 초조함은 금방 사라졌다. 비행기에서 내리자 박교수는 중국어를 잘 아는 학생으로 하여금 우리 일행을 맞아주었으며, 모든 생활의 어려움을 도와주었다. 환영연은 훈훈하고 자유로운 분위기였고, 네 살배기 딸의 장난기 가득한 놀이를 박교수는 잘 받아주었다. 그들의 즐거워하는 모습은 처음 만난 사이가 아니고 오랜만에 만난 할아버지와 손녀 같았다. 정말 하늘이 준 인연이었다.

    박교수는 나의 아버지보다 나이가 조금 적고, 두 분 다 공군부대에서 복무한 경력이 있어서인지 박교수를 만날 때마다 각별한 친절함과 여유를 느꼈다.

    방문 기간 동안 학교 수업이 없어서, 나는 연구에 몰두할 시간이 더 많이 생겼다. 그때 ≪〈논어〉연독십이강≫이라는 원고를 쓰고 있었는데, 막바지에 이르렀다. 박교수는 ≪논어≫를 특히 좋아하였으며, 학생들에게 강의하고 있었다. 가끔 나와 ≪논어≫에 대하여 열띤 토론을 벌였다. 그는 ≪〈논어〉연독십이강≫ 원고를 보고 큰 관심을 보이며 한국어로 번역하여 출판하고자 하였다. 나는 그 말에 흥분하고 감동했다. 흥분되는 것은 ≪논어≫에 대한 우리의 관심과 열정이었으며, 감동되는 것은 학술의 전당에 이제 막 입성한 젊은이에게 보내준 박교수의 배려였다.

　≪논어≫에 대한 공통의 흥미 때문에 박교수와의 교제가 더욱 빈번해졌다. 그는 빡빡한 일정 속에서 시간을 쪼개 한국의 오래된 서원을 방문해 옛 유가문화가 현대 한국에서 풍기는 매력을 체험하게 했다. 그는 우리들을 그가 초청 받은 한국전통혼례식에 참가하도록 했는데, 엄숙한 결혼행사에서 유교 의례가 한국의 현대 일상생활에 활력을 불어넣고 있음을 느꼈다. 또 한 번은 한국 향교에서 음력 2월과 8월 상정일上丁日에 공자를 추모하는 성대한 석전제釋奠祭를 지내는 것에 대해 흥미로운 이야기를 들려주었다. 그는 몇 년 전에 대구 향교에서 거행한 석전제에 아헌관亞獻官으로 참석하였다며, 아관박대峨冠博帶하고 홀판笏版을 들고 찍은 사진도 보여주었다.

　한국에서 유학하던 시절은, 박교수 덕분에 인생에서 가장 행복한 시간 중 하나가 되었다. 그의 열정으로 나는 한국의 유교문화와 그 문화 고적에 대해 더욱 직접 관찰하고 깊은 인상을 받을 수 있었다. "만 권의 책을 읽고 만리 길을 가다.〔讀萬卷書, 行萬里路.〕"처럼 적지 않은 책 밖의 것을 맛보았다.

　헤어질 때 박교수는 퇴직하면 무한대학으로 와서 강의를 해주기로 약속했다. 2017년 9월, 박교수는 약속대로 무한대학에서 강의를 했다. 우리는 무한대학 낙가산珞珈山 기슭과 동호東湖 호반에서 산책하며 많은 이야기를 나누었다. 그가 강의하는 한 달 동안, 박교수는 우리 대학원생과 무한대 학부생들을 위한 시리즈 강의가 여러 차례 열려 뜨거운 환영과 찬사를 받았다. 이 기간 동안 우리는 또한 ≪논어≫의 번역, 출판 등 많은 것들에 대해 토론했다. 나 같은 후생을 향한 그의 진지함과 열정은 나로 하여금 감내하기 힘들게 하였다. 그의 인자함은 나에게 깊은 인상을 심어 주었다.

아직도 생각나는 것은, 그와 함께 지내는 동안의 사소한 일에 대한 감동이다. 그가 무한에 도착해 호텔에 투숙했을 때, 매일 호텔 식당에서 식사를 하고 사인을 하면 된다고 당부했다. 그러나 그가 출발하기 전에, 나는 호텔에 가서 계산을 한 후에야 박교수가 호텔에서 식사를 하지 않았다는 것을 알았다. 내가 그와 함께 식사를 했던 그 몇 차례 외에는 한 달 동안 호텔 식당에서 식사한 적이 없었다. 그는 호텔 밖에서 중국 음식을 즐겨 먹었다고 하였다. 사실 나는 그가 나를 배려하여 비용을 절약하고 있다는 것을 알고 있었지만, 감사함과 동시에 대접을 다하지 못한 것 같아 미안하였다. 그는 나를 품어주고 어깨를 두드리며 마음을 풀어 주었다.

헤어질 때 박교수는 은퇴한 후, 시골에 은거하여 농민이 될 거라고 하였다. 나는 그의 이런 활달함이 매우 부러웠다. 얼마 지나지 않아 그가 밭을 갈아 고구마를 수확한 사진을 잇달아 보내와 풍년의 기쁨을 즐기는 모습을 보고 매우 기뻤다. 나는 그에게 미국에 1년간 유학 갈 것이라고 말했다. 그 말을 듣고 그는 기뻐하며 나와 미국에서 만나기로 약속했다.

사실 나의 미국 유학 계획은 그의 격려에서 비롯되었다. 2014년 한국에 유학했을 때 박교수는 기회가 되면 꼭 미국에 유학을 가도록 독려했고, 함께 그의 미국 유학 추억을 나누기도 했다. 2018년 8월 말, 나는 미국 서부의 풍광이 수려한 솔트레이크시티에 가서 그와 여러 번 전화 통화를 했다. 박교수는 외국에 있는 나에게 여러 차례 전화를 걸었다. 얼마 안 있어 그는 전화로 이 ≪〈논어〉연독십이강≫의 한글 번역본이 곧 완성될 것이라는 것을 알려 주었고, 후기를 써 달라고 해서 나는 흥분했다. 그러나 밭의 곡식을 돌보느라 미국에 오지 못한다는 말을 듣고 서운하기도 했다.

2019년 4월, Kean대학의 공욱영孔旭燊 교수 초청으로 〈Confucius and his leadership (孔子及其領導藝術)〉이라는 제목으로 강연을 하게 되었다. 이 강좌의 제목은 내가 한국 영남대학교에 있을 때 박교수와 함께 토론했던 주제로 항상 내가 흥미를 갖고 있었다.

《〈논어〉연독십이강》은 내가 10여 년 동안 《논어》를 공부한 결과물이다. 천 명의 독자가 《햄릿》을 읽었으면 천 명의 햄릿이 있듯이, 《논어》도 마찬가지일 것이다. 각 시대별로, 개개인별로, 심지어 개인도 연령 단계에 따라, 《논어》에 대한 느낌과 감흥이 다를 것이다. 그래서 나의 이 원고는 《논어》 텍스트로부터 출발하여 공자의 사람됨과 《논어》라는 책을 탐구한 것은 모두 나 개인의 독해 체험이다.

이 책은 《논어》를 읽고 연구하는 지금의 언어 환경에서 출발하여, 공자의 가족 문화 전통, 보통 사람에서 성인으로 - 공자 이미지의 신격화, 보통의 책에서 경전으로 - 《논어》의 지위 격상, 공자와 《역경易經》에 대한 새로운 논의, 《논어》와 중국 구전문화의 전통, 공자와 중국 신화, 공자와 전통적인 '천명天命' 관념, 공자의 인물 품평 사상, 공자의 학습관, 공자의 교우관交友觀, 《논어》와 양생養生, 《논어》의 문학적 성취 등 12장으로 나누어 서술하였다. 경학經學·사학史學·문학文學을 한데 아울러 《논어》를 읽는 일반인에게 입문서 한 권을 제공하여 《논어》 읽는 재미를 북돋우고자 하였다.

《〈논어〉연독십이강》 원고가 완성되었을 때는 한국 영남대학교에 방문교수로 있었고, 한글 번역본이 완성되었을 때는 미국에서 방문교수로 있었다. 중국 성현의 언행을 기록한 유가儒家의 전적인 《논어》는 시공時空을 초월하여 서로 다른 나라 사람들의 사랑을 받고 있다. 불과 몇 년 사이에 다른 나라를 건너다니는 것이

얼마나 영광스러운 일인가. 내가 아끼는 성현선사 공자의 가호加護
와 내가 존경하는 박교수의 사랑이 있었던 것 같다.

鍾書林

2019년 8월 미국 솔트레이크시티 우소에서

안 되는 줄 알면서도 하려 하다
≪논어≫연독십이강

초판 인쇄 – 2020년 1월 25일
초판 발행 – 2020년 1월 31일

저 자 – 鍾 書 林
역 자 – 朴雲錫 金洪水
발행인 – 金 東 求
발행처 – 명 문 당(창립 1923년 10월 1일)
　　　　서울시 종로구 윤보선길 61(안국동)
　　　　우체국 010579-01-000682
　　　　전 화 (02) 733-3039, 734-4798
　　　　FAX (02) 734-9209
　　　　Homepage　www.myungmundang.net
　　　　E-mail　mmdbook1@hanmail.net
　　　　등록 1977.11.19. 제1-148호

■

ISBN　979-11-90155-37-3　03820